2012年度国家社会科学基金西部项目结项成果
（结项证书号：20180713）

李伟民

著

莎士比亚戏剧
在中国语境中的接受与流变

中国社会科学出版社

图书在版编目（CIP）数据

莎士比亚戏剧在中国语境中的接受与流变/李伟民著.—北京：中国社会科学出版社，2019.6

ISBN 978-7-5203-4542-2

Ⅰ.①莎⋯ Ⅱ.①李⋯ Ⅲ.①莎士比亚（Shakespeare，William 1564-1616）—戏剧文学—影响—中国文学—戏剧文学—文学研究 Ⅳ.①I561.073②I207.3

中国版本图书馆 CIP 数据核字（2019）第 110683 号

出 版 人	赵剑英
责任编辑	郭晓鸿
特约编辑	王顺兰
责任校对	冯英爽
责任印制	戴　宽

出　　版	中国社会科学出版社
社　　址	北京鼓楼西大街甲 158 号
邮　　编	100720
网　　址	http://www.csspw.cn
发 行 部	010-84083685
门 市 部	010-84029450
经　　销	新华书店及其他书店
印　　刷	北京明恒达印务有限公司
装　　订	廊坊市广阳区广增装订厂
版　　次	2019 年 6 月第 1 版
印　　次	2019 年 6 月第 1 次印刷
开　　本	710×1000　1/16
印　　张	48.25
插　　页	2
字　　数	682 千字
定　　价	188.00 元

凡购买中国社会科学出版社图书，如有质量问题请与本社营销中心联系调换
电话：010-84083683
版权所有　侵权必究

目　录

引论　从历史走向未来的中国莎学 …………………………………… 1

第一章　从晚清到民国：莎士比亚入华的"前经典化"时期 ……… 19
　第一节　《莎氏乐府本事》及其莎剧注释本在中国 ………………… 19
　第二节　民国时期的莎士比亚研究：从文本到对舞台演出的认识 ……… 36

第二章　形成具有中国特色的莎学 ……………………………………… 49
　第一节　马克思主义莎评与西方马克思主义莎评 …………………… 49
　第二节　博我以文，约吾以美：走向新世纪的中国莎学 …………… 57

第三章　真善美在中国舞台上的诗意性彰显 …………………………… 69
　第一节　莎剧演出：经典的意义 ……………………………………… 70
　第二节　莎士比亚戏剧的独特气韵：研究和演出 …………………… 86
　第三节　以校园莎剧节为号召：中国大学莎士比亚戏剧演出 ……… 106

第四章 深沉哲思与严谨演绎：现实主义和浪漫主义结合的莎剧叙事 ………… 121

第一节 青春、浪漫与诗意美学：张奇虹对莎士比亚《威尼斯商人》的舞台叙事 ………… 121

第二节 人性的演绎：在王袍加身与脱落之际：《李尔王》的当代阐释 ………… 134

第三节 《泰特斯·安德洛尼克斯》：血泊与哲思相交织的空间叙事 ………… 142

第四节 回到话剧审美艺术本体：《温莎的风流娘儿们》的舞台叙事 ………… 156

第五节 历史演绎与世俗戏谑的空间表征：《亨利四世》的中国化空间叙事 ………… 170

第六节 面对经典的舞台叙事：北京人艺改编的《哈姆雷特》 ………… 182

第七节 诗化意象的空间重构：《理查三世》的跨文化书写 ………… 192

第五章 演绎、思考与创新：先锋实验精神与对莎剧神韵的把握 ………… 210

第一节 转动万花筒，隐喻中的先锋性：林兆华改编的《哈姆雷特》 ………… 210

第二节 戏仿与隐喻：《理查三世》的叙事策略 ………… 223

第三节 后经典叙事：从《科利奥兰纳》到《大将军寇流兰》 ………… 245

第四节 我秀故我在：走向现代的《第十二夜》 ………… 260

第五节 中国化：田沁鑫变形的《明》 ………… 282

第六节　中西文化、语言在艺术和美学上的成功对接：
　　　　双语《李尔王》……297

第七节　肢体叙事与现代莎士比亚：形体戏剧
　　　　《2008 罗密欧与朱丽叶》……301

第六章　与莎士比亚相约在中国舞台 ……315

第一节　异质文化与艺术之间的跨越 ……315

第二节　从《麦克白》到昆剧《血手记》……328

第三节　音舞叙事：越剧《马龙将军》与《麦克白》……345

第四节　从《麦克白》到婺剧《血剑》……366

第五节　跨文化的本土建构：从《麦克白》到徽剧《惊魂记》……380

第六节　戏与非戏之间：川剧《马克白夫人》……395

第七章　生存与变异：莎士比亚戏剧的互文与互文化 ……410

第一节　国剧艺术中的京剧莎剧 ……410

第二节　从主题到音舞的互文：京剧《哈姆雷特》与
　　　　现代文化转型 ……425

第三节　悲剧《哈姆雷特》戏剧性情景的建构与越剧
　　　　抒情性演绎 ……447

第四节　旋转的舞台：互文在京剧《歧王梦》与莎剧之间 ……465

第五节　跨界叙事：京剧《温莎的风流娘儿们》与
　　　　"福氏喜剧" ……474

第八章　美在民族化：中国地方戏莎剧 …… 489

第一节　成功与遗憾：阐释莎剧内涵的地方化莎剧 …… 489

第二节　现代意识下的实践与理论创新：越剧《第十二夜》 …… 505

第三节　在场与不在场：《冬天的故事》的越剧改编 …… 522

第四节　西卉东植：《罗密欧与朱丽叶》与花灯剧《卓梅与阿罗》 …… 536

第五节　经典与草根，叙述兼代言：二人转《罗密欧与朱丽叶》 …… 556

第六节　遮蔽与失落的悲剧审美：越剧《罗密欧与朱丽叶》 …… 575

第九章　莎士比亚戏剧的地域化："何必非真"与"取神略貌" …… 590

第一节　黄梅戏：为莎剧增色的写意性表达 …… 590

第二节　中西戏剧审美观念的碰撞 …… 597

第三节　粤剧《天之骄女》与《威尼斯商人》 …… 612

第四节　叙事与抒情模式：粤剧《豪门千金》对《威尼斯商人》的改编 …… 626

第五节　对经典的跨文化阐发：从《第十二夜》到粤剧《天作之合》 …… 639

第六节　"秀"出来的"东北味"：吉剧《温莎的风流娘儿们》 …… 655

第七节　地域化呈现：互文性视角下的丝弦戏《李尔王》 …… 667

第十章　台湾莎学研究情况综述 …… 681

第一节　奠基与发展 …… 681

第二节　莎剧演出 …………………………………………… 688

第十一章　结语：“后莎士比亚400时代” ………………………… 695

参考文献 ………………………………………………………… 730

后　记 ………………………………………………………… 757

引论　从历史走向未来的中国莎学

莎士比亚在中国的传播表明，他是 20 世纪在中国影响最大的域外文学家之一。中国人民为莎士比亚在中国的传播付出了极大的心血，同时，由于中国独特的文化传统，中国的莎学研究和莎剧演出独树一帜，苏联马克思主义莎学对中国莎学产生了重要影响并引起中国学者的反思。

一　莎士比亚是时代的灵魂

与莎士比亚同时代的执剧坛之牛耳者本·琼生称誉他是"时代的灵魂"，说他"不属于一个时代而属于千秋万代"。大诗人弥尔顿对莎士比亚敬佩得五体投地。弥尔顿在诗中说"他，一个贫民的儿子，登上艺术宝座，他创造了整个世界，加以统治"。17、18 世纪的英国古典主义者德莱登心悦诚服地认为"莎士比亚有一颗通天之心，能够了解一切人物和激情"。19 世纪，浪漫主义、现实主义兴起后，莎士比亚风靡整个欧洲，雨果、司汤达等人在和古典主义的斗争中，都高举莎士比亚这面旗帜，鼓吹莎士比亚精神，并把他奉为神明，认为他是浪漫主义的最高典范。雨果说莎士比亚"这种天才的降临，使得艺术、科学、哲学或者整个社会焕然一新"，他的光辉"照耀着全人类，从时代的这一个尽头到那一个尽头"。德国的狂飙运动也是高唱着莎士比亚的赞歌，举着他的旗帜前进的。歌德说："我读到他的第一页，就使我一生都属于他了；读完第一部，我就像一个生下来的盲人，一只奇异的手在瞬间使我的双眼看到了光明……感谢赐我智慧的神灵。"巴尔扎克、狄更斯、雪莱、普希金、屠格涅夫等都以莎士比亚作品为榜样。普希金认为莎士比亚具有一种与人民接近的伟大品质。杜波罗留波夫把莎士比亚看作"黑暗王国的一线光明",说他"指出了人类发展新的几个阶段",是"人类认识的最高阶段的最充分的代表",他的作品"表现出道德的最充分的理想"。别林斯基对莎士比亚更是有着无限崇拜。他在《文学的幻想》中写道:"莎士比亚——这位神圣而崇高的莎士比亚——对地狱、人间和天堂全都了解。他是自然的主宰……通过了他的灵感的天眼,看到了宇宙脉搏的跃动。他的每一个剧本都是一个世界的缩影,包含着整个现在、过去及未来。"

莎士比亚在马克思的心目中所占的位置也是独一无二的,没有任何其他作家可以与之相比。在马克思的著作中,仅以数量来说,引用或谈到莎士比亚的竟有三四百处之多。所以有人说,莎士比亚是马克思科学研究过程中从始至终的最好伴侣。他为马克思的科学理论提供例证、模型和历史内容,提供资本主义社会发展的雏形和趋势,也为革命理论提供了大量的形象论据,甚至他们对人类未来的美好理想也是不谋而合、基本一致的。马克思对莎士比亚是满腔热情与无限欣赏的,说他创造的福斯塔夫是"不朽的骑士"。马克思在引证泰门的话时说"莎士比亚特别强调了货币的两种特性","绝妙地描绘了货币的本质",并且赞叹道:"莎士比亚塑造的典型在19世纪下半叶开出了灿烂的花朵"。由于马克思具有伟大崇高的思想和深厚的文学修养,掌握了广阔的人类社会历史经验,以及对自然本质的认识和高深渊博的学问,自然会了解到莎士比亚的真正价值,了解到他对改造现实的伟大意义,只有这样才能具体反映世界、说明世界,揭示资本主义制度下社会的种种弊端和不合理现象,从而得出必须变革现实的结论,并提出自己的社会理想和向往人类美好未来的憧憬。莎士比亚和马克思在精神上是相联系的,思想上是相通的,只是在方法上,一个是形象的感染力,一个是理论的说服力。马克思把形象寓于理论之中,莎士比亚把理论寓于形象之中。

威廉·莎士比亚的名字在19世纪30年代进入中国。当时,泱泱神州大地正处于面临列强瓜分、灾难深重、亟须通过向西方学习强国之道寻求变革的时刻。同时，华夏国土也发生了有史以来影响最广泛、最深远的中西文化的大交融和剧烈碰撞。传统的中国文化面临着一场陌生的时代浪潮、陌生的西方文化、陌生的价值观念的强烈撞击，东方中国被这种撞击后所产生的巨响所警醒，西方文化如潮水般涌向这块古老的大地，时代的发展孕育着新旧的更替，文化价值观念的嬗变将催生新思想的产生，域外文豪的引进促使了文艺在内容与形式上的变革，中西文化的交融、交锋打开了人们禁锢已久的思想，开创了崭新的中国现代文学和文化。莎士比亚就是引起中国戏剧从内容到形式嬗变的一个杰出代表。2016年是莎士比亚逝世400周年，当我们梳理莎氏在中国的传播和影响，纪念世界文学史上这位最杰出的"不属于一个时代，而属于所有世纪"的伟人之时，更可以预见"后莎士比亚400时代"辉煌的未来。

二 睁开眼睛看到了莎士比亚

在19世纪中前期，莎士比亚的名字被介绍到中国，虽然不是专门的介绍，也不能说立刻就产生了什么"重大影响"，但是，莎士比亚的名字却随着一些西方思想家、文学家的名字第一次登陆中国，为20世纪对莎士比亚全面的介绍、翻译、演出和介绍奠定了基础。莎士比亚的名字第一次引进中国和林则徐不无关系。林则徐为了了解西方国情，请人译述了英国人慕瑞（Hugh Murry）的《世界地理大全》（*Cylopaed of Geography*），编辑成《四洲志》，并于1839年出版。① 《四洲志》一书中记载了世界五大洲中30多个国家的地理和历史，是中国当时一部较有系统的外国地理志。《四洲志》第二十八节英吉

---

① 有学者的论莎文章中将《四洲志》出版的时间误认为是1836年。《四洲志》的刊本后世仅见南清河王氏铸版《小方壶斋舆地丛抄》再补编第十二帙。据林则徐《四洲志》，华夏出版社2002年版，第117页。中国大百科全书出版社《简明不列颠百科全书》编辑部：《简明不列颠百科全书》第五卷：林则徐"1839年3月10日到广州后即派人编译《四洲志》"，中国大百科全书出版社1985年版，第327页。胡敬署等编：《文学百科大辞典》亦同，华龄出版社1991年版，第289页。吴泽、杨翼骧：《中国历史大辞典·史学史卷》称："据西人记载有道光二十一年（1841）刊本"，上海辞书出版社1983年版，第108页。

利国谈到英国情况时说"在威弥利赤建图书馆一所,有沙士比阿、弥顿、士达萨特、弥顿四人,工诗文,富著述"。"沙士比阿"即莎士比亚。1838年,林则徐被道光皇帝任命为钦差大臣,往广东查禁鸦片。从1839年3月至1840年11月,林则徐一直进行组织和翻译工作,当时参与译书的人有亚孟、袁德辉、亚林和梁进德等。他们翻译英国人慕瑞所著的《世界地理大全》,并整理编译成《四洲志》,从而了解到中国以外的众多国家的社会、地理、民族、风俗状况。《四洲志》对他了解各国概况尤其是英国的情况很有帮助。莎士比亚名字的传入发轫于中西文化的交流与碰撞中,出于中国人渴望"睁眼看世界"以改变贫弱中华帝国的现状,出于中国人自觉与自愿了解世界的愿望主动去"拿来"。与此同时,宗教信徒连同宗教把有关的文化成果带进来,促进了文化的交流。莎士比亚的名字是伴随着船坚炮利的外来势力通过传教士再次进入中国的。清咸丰六年(1856),上海墨海书院刻印了英国传教士慕维廉的《大英国志》,其中提到的"舌克斯毕",即今天通称的莎士比亚。[①] 光绪五年(1879),曾纪泽出使英国,在伦敦观看了《哈姆莱特》,有关情况记载于他的《使西日记》中。光绪八年(1882),美国牧师谢卫楼的《万国通鉴》云:"英国骚客沙斯皮耳者善作诗(戏)文,哀乐罔不尽致,自侯美尔(现通译荷马)之后,无人几及也。"光绪二十二年(1896),上海著易堂书局翻印了英国传教士艾约瑟编译的《西学启蒙十六种》,对莎士比亚的生平做过简介。英国和美国的传教士虽然在译述中将莎士比亚的名字传入中国,但是在中国文化界并没有产生什么了不起的影响,正如澳大利亚学者约翰·梅逊所强调的,自17世纪以来,来到中国的耶稣会传教士促进两种文化之间第一次有了真正的知识上的交流,虽然耶稣会教士向中国介绍了许多科学思想,但他们对中国文化并没有产生任何真正深刻的影响。

[①] 戈宝权:《莎士比亚作品在中国》,载中国莎士比亚研究会:《莎士比亚研究》(创刊号),浙江人民出版社1983年版,第332页。

三 翻译、评论和出版莎士比亚作品

1904年《大陆》杂志刊登了《希哀苦皮阿传》（即莎传）。莎剧被介绍到中国来，以上海达文社用文言文译，题名为英国索士比亚著的《澥外奇谭》为最早。1904年出版了林纾与魏易合译的《英国诗人吟边燕语》。1916年林纾、陈家麟合作译述了5个莎剧。在戏曲文学和表演艺术方面有很大贡献的清末民初京剧改良家汪笑侬第一次以诗体的形式对莎剧进行了评论。从莎士比亚的名字最初传入中国到中国人认识到莎士比亚在文学上的价值以后，对莎士比亚作品的翻译、评介和演出就开始了。从某种意义上说，莎士比亚戏剧的翻译和介绍标志着一个国家和民族接受外来文化并受到影响的程度。1921年和1924年，田汉用现代汉语翻译了全本的《哈孟雷特》和《罗密欧与朱丽叶》。田汉翻译莎士比亚的原因用他自己的话说就是："莎翁的人物远观之则风貌宛然，近视之则笔痕狼藉，好像油画一样。所以引起了我选择译《莎翁杰作集》的志愿"。从此，一个翻译莎作的活动一直延续到21世纪的今天，其中重要的莎译家有：朱生豪、梁实秋、曹未风、孙大雨、虞尔昌、卞之琳、方平、陈才宇、辜正坤等人。1911年天笑将莎士比亚的《威尼斯商人》改编成《女律师》，可以称为莎剧在中国最早的改编本。《奥瑟罗》《韩姆列王子》等莎剧，都是陆镜若从日本"贩运"回来的。从1923年9月到1981年7月除《创造月刊》（1923年1卷4期）、《小说月报》（1924年15卷4号）分别刊出"雪莱纪念号""拜伦专辑"，《论语》（1933年第12期）、《青年界》（1933年3卷5期）和《矛盾》（1933年1卷5、6期）分别刊出"萧伯纳游华专号""萧伯纳来华纪念""萧伯纳氏来华纪念特辑"外，在外国作家中，国内出版个人专号最多的为莎士比亚。由章泯、葛一虹编辑的《新演剧》（上海）1937年8月1日1卷3期出版了以莎士比亚为中心的莎士比亚特辑；由欧阳予倩、马彦祥编辑的《戏剧时代》（上海戏剧时代出版社）1937年8月1日1卷3期出版了莎士比亚特辑；由田汉编辑的《戏剧春秋》（戏剧春秋社）1941年10月10日1卷5期出版了莎士比亚纪念辑，并在目录上注明是

"莎士比亚逝世325周年纪念辑";由张契渠编辑的《文潮月刊》(文潮出版社)1948年4月1日4卷6期出版了莎翁专辑;由梁之盘编辑的《红豆漫刊》(南国出版社)1935年6月1日3卷1期出版的"英国文坛十杰专号"评介了包括莎士比亚在内的14—20世纪的10位作家。① 直到1981年第7期《外国文学》才出版了"莎士比亚专号"。

晚清思想界的几位代表人物——严复、梁启超以及稍后的鲁迅、李大钊都在著作中提到莎士比亚的名字。严复在《天演论·导言十六·进微》中说:"词人狭斯丕尔之所写生,方今之人,不仅声音笑貌同也,凡相攻相感不相得之情,又无以异。"严复特别欣赏莎剧不朽的生命力和对人物情感的描写。梁启超将Shakespeare译为莎士比亚,从此沿用至今。五四和新文化运动时期,以鲁迅为代表的新文化运动与形形色色资产阶级文化派别的斗争也涉及对莎士比亚的看法,鲁迅认为:"莎剧的确是伟大的。""一本《凯撒传》,就是作政论看,也是极有力量的。"鲁迅在《坟·科学史教篇》中说:"盖使举世惟知识之崇,人生必大归于枯寂……故人群所当希冀要求者,不奈端已也,亦希诗人狭斯丕尔(Shakespeare)……""奈端"即牛顿,鲁迅认为莎士比亚是文学界的代表,与科学界的牛顿相提并论,可见他对莎士比亚的重视。至于鲁迅对莎士比亚的不恭敬和讽刺,则是针对"中国文士们"拿心目中的"莎士比亚"教训人、吓唬人(之举),对他们将作为"我们懂英文的,在学堂里研究过他的戏"作为所谓"体面""够哏儿的事情"② 的有力反击,与鲁迅本身对莎士比亚在世界文学史上的看法没有关系。这个时期的中国莎学评论还来不及对莎作进行深入研究,而是在文学论争中以莎士比亚作为论争的武器。同时,这一时期的中国莎学通过介绍苏联莎学的成果接受了马克思主义美学的一些基本观点。

---

① 王建开:《五四以来我国英美文学作品译介史》,上海外语教育出版社2003年版,第152页。
② 《鲁迅全集》(第三卷),人民文学出版社1981年版,第6页。

四 把青春和生命熔铸在莎士比亚作品翻译中

在中华民族优秀外来文化宝库中主要有 11 部《莎士比亚全集》，其中朱生豪翻译的《莎士比亚全集》占有重要的位置。朱生豪译莎"为中华民族争一口气"，替近百年来中国翻译界完成了一件最艰巨的工程，实现了鲁迅"于中国有益，在中国留存"的殷切期望。在日本侵略者的炮火之中，朱生豪"目睹事变日亟，闭户家居，摈绝外务，始得专心一志，致力译莎"。虽贫病交加，然他矢志译莎的决心不动摇，译就了 31 部莎剧。曹禺说："朱生豪先生一生为莎士比亚的译作，功绩奇绝，且身前贫苦，不屈不折，终于完成了大业，蚀得敬佩。"朱生豪完全可以和日本的坪内雄藏博士、德国的希雷格尔和匈牙利的亚各尼（John Arang）的功绩相媲美。朱生豪为中华民族建立了一座世界优秀文化的代表——莎士比亚不朽的丰碑。

"朱生豪翻译莎士比亚之所以能够取得如此重大的成功，其重要条件就是他的诗人素质，正是这种诗人素质沟通了两颗伟大的心灵，融合了两个民族语言艺术的创造天才。朱生豪译莎取得巨大成功最根本的原因，是他的爱国思想。"许国璋联系朱生豪的境遇说：朱生豪既缺图书，又无稿费可言，以一人之力，在不长时间里完此译事，是由于什么动力？首要是天才的驱使。朱译似行云流水，即晦涩处也无迟重之笔，译莎对他肯定是乐趣也是动力，境遇不佳而境界极高。朱译不同于他人也高于他人。朱生豪以他的诗人气质和他所具有的中国古典文化和中国古典诗词修养成就了翻译莎作的豪举。朱生豪读诗，也写诗，古体、近体、长短句和新诗均各具风骨，不落俗套，正是由于他对中国古典诗词的挚爱，工于旧体诗词且擅作新诗，才沟通了中外两个杰出人物的心灵。① 著名词学家施蛰存感慨：朱生豪除翻译《莎士比亚全集》之外，旧体诗词作得那么好，译莎才能达到达与雅，胜人一筹。朱生豪

---

① 李伟民：《才子佳人柴米夫妻——杰出翻译家、诗人朱生豪和宋清如的爱情》，《中国人民大学复印报刊资料·当代文萃》2003 年第 6 期。李伟民：《朱生豪故里行》，《人民日报》（海外版）2002 年 8 月 20 日。

钟情于英国诗歌，是一位天才的诗人。他译莎追求的是"神韵""意趣"，以"诗情"译莎，反对"逐字逐句对照式硬译"，更多采用了"意译"。方平认为，以文字的妥帖流畅而言，该以朱译本为第一。朱生豪以诗人译诗，华美艳丽的语言、浓墨重彩的译笔善于表达出浓郁的诗意。但是，有时为了追求文学性和舞台效果，文辞华美、渲染过分、增饰较多，有"雅"而有余、"信"而不足的情况。朱生豪能用优美典雅的汉语形式来表达莎士比亚诗剧中的灵魂，将自然的声音贯穿于诗歌创作和翻译莎士比亚的实践中，保持了莎剧的诗情和神韵。1992年纪念朱生豪80诞辰专题研讨会，2007年朱生豪故居开放仪式暨朱生豪与莎士比亚学术研讨会，2012年纪念朱生豪诞辰100周年学术研讨会的先后召开，以及《中国莎士比亚研究通讯》"朱生豪研究"专栏的创设，把朱生豪翻译研究不断推向了新的高潮。

梁实秋译莎开始于抗战前夕和抗战中。1930年胡适就任中华教育文化基金董事会编辑委员会主任委员，在他拟订的一项庞大的文化计划中，有一项就是翻译莎士比亚戏剧。胡适认为把莎士比亚打扮成小说家，实在是"萧士比亚的大罪人"，他要彻底改变把莎士比亚看作一个小说家的错位，还莎士比亚戏剧家、诗人的本来面目。胡适拟请梁实秋、陈通伯、叶公超和徐志摩翻译莎剧，由于多种原因，最后只剩梁实秋一个人孤独地开始了这漫长的工作。当时，只有20岁的顾仲彝立志用20年时间翻译完成莎剧全集和哈代小说全集。胡适主持的编译委员会拟译莎剧时，顾仲彝正好在翻译《罗密欧与朱丽叶》，他得到消息后去函自荐，要求参与，然而译者已定，没有被接受。后来，已经在复旦大学任教的他再次投书胡适，论述用诗体及散文体译莎剧的问题，未得答复。几年过去了，仅有梁实秋的几种莎剧译本问世，令他相当失望；1930年，他应上海戏剧协社要求翻译了《威尼斯商人》，1931年翻译了《三千金》《李尔王》。

1930年梁实秋赴青岛大学任国文系主任兼文学院院长。他利用空闲时间翻译莎剧，他自己规定每天译2000字，两个月翻译一部莎剧。他最早译成的是《哈姆雷特》《马克白》《奥赛罗》《威尼斯商人》《如愿》和《暴风雨》。

梁实秋译莎孜孜紧扣原作，积铢累寸不轻易改动原文。他说："莎士比亚就是这个样子，需要存真。"梁实秋的翻译原则是把原文中的"无韵诗"一律译成散文，而原文中之押韵处则悉译为韵语。他不回避难译之处，尽最大努力传达莎氏原意。梁实秋在译莎时尽量遵循原文，忠实而委婉，信实而可靠，采用的是"直译"的方法。梁实秋在译莎时不是写《雅舍小品》的散文家，而是一个严谨的学者。除了译莎外，1964年莎士比亚诞辰400周年时，梁实秋主持编写了《莎士比亚四百周年诞辰纪念集》。梁实秋是三四十年代发表莎评最多的学者和翻译家，[①] 他的译莎与莎评体现为"对西方莎学研究自觉的整体把握"[②]。

中国人对莎士比亚的译介已有一百多年，期间出现了数位大师级的翻译家，如朱生豪、梁实秋、孙大雨、曹未风、曹禺、戴望舒、卞之琳、虞尔昌、方平等。孙大雨在翻译《黎琊王》时首创"音组"理论，而且对译文的注释文字字数往往超过了正文，对于读者理解莎作有相当大的帮助。孙大雨历来主张莎士比亚戏剧是戏剧诗或诗剧，而不是话剧（散文剧），原文是不押脚韵的格律诗行（或称抑扬格）五音步"素体韵文"，所以译成汉语不应当是话剧，而应为语体的格律诗剧。《黎琊王》出版时正值抗战结束，孙大雨在书中向"杀日寇除汉奸的抗日英雄致敬"。孙大雨在被打成右派和反革命的几十年里始终对莎士比亚情有独钟，难以割舍对莎氏的一片痴情。莎学家袁昌英、孙家琇、张泗洋、吴兴华、顾绶昌、林同济、杨烈和刘炳善等人均因为热爱莎士比亚而被打成右派，但即使如此也泯灭不了他们对莎士比亚的挚爱。方平对莎士比亚作品的翻译、研究也显示了他对莎士比亚不一般的情感。方平联合当今中国莎士比亚研究与翻译界的多位学者翻译出版了《新莎士比亚全集》，并且在中国台湾出版。该书作为20世纪结束和21世纪开始的一部莎士比亚全集，是我国莎学史上第一部诗体莎剧译本，采用孙大雨首创的"音组"

---

① 李伟民：《梁实秋与莎士比亚》，《书城杂志》1994年第10期。
② 李伟昉：《梁实秋莎评研究》，商务印书馆2011年版，第245页。

理论，把剧中无韵体诗行翻译成有节奏的语体中文。《新莎士比亚全集》的特点体现在译文语言的新鲜活泼上。译文在保持较高艺术水准的同时，又尽量以口语化的诗体形式表现出来，适合新生代阅读，更适合剧场演出。余光中认为，这样的译本能在舞台上见真章，演员说得上，听众能入耳。

五　从俄苏莎学的影响到中国莎剧主体意识的确立

作为世界莎学研究的一个重要组成部分，中国莎学的发生、发展与外来莎学思潮的影响有密不可分的联系。除了英国莎学以外，俄苏莎学在中国的传播与被接受程度是其他外来莎学理论难以相比的。俄苏莎学理论为中国莎学家理解莎士比亚的思想，探悉莎作艺术的审美标准和审美方式，研究莎作的主题、形象、结构、背景和艺术特色等方面奠定了最初的基础，甚至成为中国莎学研究所遵循的最显赫的理论。俄苏莎学理论被介绍到中国，使中国翻译、研究莎作的人，第一次接触到域外莎学理论。中国发表的第一篇译自外国作家的莎研文章，即登载在《奔流》1928年1卷1期上的屠格涅夫著、郁达夫译的《哈姆雷特与堂吉诃德》。

从20世纪20年代开始，中国莎评通过对俄苏莎评的译介，特别是对马克思主义莎评的译介，打开了中国人的眼界，联系自己国家和民族命运，中国人对莎作有了更深的体会。二三十年代对俄苏莎学的介绍，已经从总体到细微处对"莎士比亚的剧作也有了较系统的观照"。这一时期缺乏厚重的中国莎学著述，莎氏也在文艺、思想论争中被涂上了各种油彩。施蛰存在《我与文言文》中谈到"文学遗产"时对苏联莎学做了歪曲的理解。他说，"苏俄起初是'打倒莎士比亚'，后来是'改编莎士比亚'，现在呢，不是要在戏剧季'排演原本莎士比亚'了吗？……这种政治方案运用之于文学的丑态，岂不令人齿冷！"施蛰存的这段话，表明他对俄苏莎学了解得并不多。实际上，重视推崇莎士比亚乃俄苏莎学在近代以来的传统。鲁迅针对所谓"第三种人"杜衡在《文艺风景》创刊号上发表的《莎剧凯撒传里所表现的群众》中抨击左翼文艺的行径，以赞美民众的态度给予了还击：莎剧确实是伟大的，它实在已经打破了文艺和政治无关的高论了。1922年5月11日，鲁迅在孔德学校集会上和俄国盲诗人爱罗先珂受邀观看了燕京女校学生演出的莎剧《无风起浪》。鲁迅领导的《译文》杂志从1934年到1936年刊载了苏联莎学家和戏剧家的多篇莎学论文，表明他对苏联莎学的关注。从20世纪20年代开始翻译的俄苏莎评对于发展中的中国莎学起到了重要的指导作用，通过对俄苏莎评的译介，我们知晓了如群星璀璨的俄国文学巨擘对莎士比亚的推崇；通过对苏联莎评的译介，为中国莎学评论提供了马克思主义美学指导原则。1934年茅盾的《莎士比亚与现实主义》转述了苏联莎学家狄纳摩夫1933年的论文《再多些马克思主义》的基本观点，表明在文学创作和文学研究上应该遵循马克思主义文艺创作原则。

莎士比亚对英国戏剧的影响一开始就很显著。同时他也影响了许多国外的戏剧家和导演。很多欧美演员都靠演他的角色取得自己的最高成就，而导演则把排演莎剧作为检验和证明自己导演理论的试金石。在莎剧演出上，中国也深受俄苏莎剧演出理论的影响。20世纪五六十年代斯坦尼斯拉夫斯基的戏剧理论对中国话剧的发展产生了重大的影响，斯坦尼斯拉夫斯基表演法要求演员除运用其他方法外，还要运用情绪记忆，即他对过去经历和情绪的回忆。演员走上舞台不是作为一个人物去开始一种行动或生活，而是作为他先前经历情境的规定性延续，演员曾经进行过精神集中和感觉判断的训练，因而能对整个舞台环境自如地做出反应。

根据斯坦尼斯拉夫斯基的表导演理论，几个主要莎剧的演出都得到了苏联专家的指导。苏联莎学权威莫罗佐夫的《莎士比亚在苏联》《莎士比亚传》，阿尼克斯特等人的《英国文学史纲》《莎士比亚和他的戏剧》等一系列论著对中国莎学研究产生了相当大的影响。[①] 他们的莎评汉译本，几乎成了中国大学外文系、中文系讲授外国文学和莎士比亚戏剧不可缺少的参考书。中

[①] 中国社会科学院外国文学研究所外国文学研究资料丛刊编辑委员会：《莎士比亚评论汇编》（下），杨周翰编选，中国社会科学出版社1981年版，第495页。

国作家协会文学研究所也开设了莎士比亚讲座。除了赵澧在文学研究所开设的莎士比亚课程以外,在西方文学单元的课程中孙家琇讲《奥赛罗》《李尔王》,曹禺讲《罗密欧与朱丽叶》,吕荧讲《仲夏夜之梦》,吴兴华讲《威尼斯商人》①,卞之琳讲《哈姆雷特》。② 从他们的著述中,中国读者才开始对俄苏莎学研究、俄苏莎学史、莎士比亚及其戏剧创作获得了不同于西方莎学的比较完整的莎学知识,特别是关于马克思、恩格斯高度评价莎士比亚的论述,并且逐步加深了中国读者对莎剧巨大思想容量和精湛艺术成就以及对人民"遥远理想"的认识。③ 理论和实践上的准备为20世纪最后20年中国莎学的勃兴作好了准备。

自20世纪70年代以来,中国莎剧表导演已经走向成熟,标志为"中国这个学生"离开了"苏联这个老师",在排演莎剧时鲜有苏联莎学专家指导。1986年在中国的上海和北京同时举办了规模盛大的莎士比亚戏剧节,25台包括中国许多地方剧种的莎剧演出争奇斗艳;'94上海国际莎士比亚戏剧节上9台莎剧相继展示在中国舞台上,在导表演上这些莎剧的排演完全依靠的是中国人自己的智慧和力量,中国莎剧的表演和导演在学习斯坦尼斯拉夫斯基戏剧理论的基础上,已经能够运用我们民族自己的戏曲理论来演绎莎士比亚戏剧了。无论是大型的莎剧节20多种莎剧集中上演,还是平时零星的演出,中国人完全能够依靠自己的力量排出异彩纷呈的莎剧。20世纪80年代以来,用中国戏曲在舞台上演出莎士比亚戏剧引起了莎学界的广泛注意。东西方交流产生的碰撞,可谓"刚柔相推而生变化"(《周易·系辞上》),雅俗共赏演绎人生。同时,由于莎士比亚在世界文学史、戏剧史上的位置,以及东西方文化的巨大差异,所以采用中国戏曲演出莎剧,向世界展现了中华文化、中国戏曲的博大精深和在跨越东西方异质文化方面的主动性、可行性。以表现手

---

① 孟宪强:《中国莎学简史》,东北师范大学出版社1994年版,第30—31页。
② 卞之琳:《莎士比亚的悲剧〈哈姆雷特〉》,《文学研究集刊》第2册,人民文学出版社1956年版,第70—128页。
③ 吴兴华:《吴兴华诗文集》(诗卷),上海世纪出版集团、上海人民出版社2005年版,第187页。

法和设计情节来讲，中国戏曲充满了诗情画意，在自由表现生活时拥有丰富的手段，既擅长讲故事，又擅长刻画人物心理；莎士比亚戏剧也重视故事的有头有尾和"大团圆"的结局，强调舞台的"虚拟性"以调动观众的想象力。这就表明中国戏曲美学和莎士比亚戏剧美学理想无论在外在形式还是在内在思想内容上都是可以沟通的。中国戏曲莎剧的出现绝不是一时的"标新立异"，对莎剧的现代化和莎学研究的意义是相当深远的。尽管用中国戏曲演出莎剧还存在着种种不同意见，但是，戏曲莎剧丰富了中国戏曲舞台，加深了我们对莎士比亚的理解，提高了中国莎剧的演出水准，促进了中国莎士比亚舞台艺术研究的不断深入则是毫无疑问的。在莎剧改编上既有"中国化"的改编方法，充分发挥我国戏曲运用丰富艺术手段准确表现生活真实的特长，淋漓尽致地揭示了人物的性格和灵魂；又有接近莎翁原作，将西方文化与戏曲形式融合的改编，同时还有用英语改编莎剧的形式。

由于中国莎学所取得的令世界瞩目的成绩，中国莎学的发展反而引起了俄罗斯莎学界的惊异。中国对俄苏莎学译介的数量仅次于对英国莎学译介的数量，在世界各国莎学在中国的传播中居于第二位。更为重要的是对莎作的评论、研究中，中国莎学学者更倾向于俄苏莎学家的结论，特别是从苏联莎学评论中，学到了马克思主义莎学研究方法，尽管这种莎学理论有时是以"左"的面貌出现的。构成苏联马克思主义莎学的这些特点，对中国莎学研究产生了深刻的影响，在相当一段时期左右着中国莎学研究的方向，而且至今仍然对中国莎学研究起着指导、参考作用。

但是，随着中国莎学研究近年来取得的长足发展，中国莎学研究者对莎作理解的日趋深刻，开始对马克思主义理论独自钻研，对苏联马克思主义莎学在某些方面的正确性产生怀疑。经过多年的思考、比较、研究，结合莎士比亚作品的实际，中国莎学研究者开始反思：苏联的马克思主义莎学是否完整、准确理解了马克思主义的精髓？联系历史和时代的影响，苏联马克思主义莎学中难道没有"左"的影子吗？是否在苏联的莎学研究中存在着简单化地理解马克思主义的问题，是否有贴标签曲解马克思主义的现象？是否有为了适应政治形势将莎士比亚挪入特定的政治理论范畴为苏联当代政治服务的倾向等诸如此类的问题。以上这种研究倾向可以说在苏联莎学和中国莎学中都不难找到它的影子。

从中国莎学的发展看，苏联莎学中阿尼克斯特等人的莎学理论对中国莎学研究的影响尤为广泛，其著作成为研究者、学习者研究莎作的指导书。从这些理论中，中国莎学学者才开始获得对莎士比亚及其戏剧的较为系统、完整的认识。马克思、恩格斯对莎士比亚的高度评价，成为指导中国莎学研究者解析莎作的有力武器。这种影响不仅过去存在、现在存在，而且在未来的中国莎学研究中也将继续发挥着应有的影响。但是，我们也应该看到，毕竟中国莎学研究在总结苏联马克思主义莎学研究经验的基础上，正在逐步或已经初步构筑了自己的莎学理论体系，在反思中我们已经摈弃了苏联莎学研究中"左"的影响，认识到我们过去莎学研究的偏颇之处，用中国人的眼睛看莎士比亚，用我们民族传统戏曲理论和实践演绎莎剧，在吸收世界莎学理论的基础上，在总结我们过去莎学研究理论和莎剧舞台演出实践的基础上，形成具有鲜明中国特色的莎学研究理论、方法，并且力争在超越前人的基础上，对马克思主义莎学的发展，对世界莎士比亚研究的发展做出自己的贡献。

六 《莎士比亚全集》的翻译

在中国莎士比亚学中，翻译莎士比亚作品取得了辉煌的成就。莎士比亚作品的翻译、莎士比亚作品的评论和研究与莎士比亚戏剧的演出，在中国莎士比亚传播史上形成了三足鼎立的相辅相成、互相影响的局面，其中对莎士比亚作品的翻译构成了评论、研究与演出的基础。而对莎士比亚翻译作品的批评与评论，不但对莎作翻译的质量、特色是必要的，而且对促进中国翻译事业的不断进步也是有益的。尽管莎士比亚的翻译研究有如此重要的地位和不可缺少的理由，但是在我们以往的莎学研究中，却忽视了对莎士比亚翻译研究特点的了解以及理论上的归纳。

检视中国莎士比亚作品的翻译，可以说，多年来一批著名翻译家均致力于原创性的莎作翻译，从20世纪40年代起到21世纪初，陆续推出了一部部优美、典雅，既适合案头阅读又适合舞台演出，或散文或诗剧的莎士比亚全集。不算没有经过改译、重校而冠以莎士比亚全集之名和重印出版的众多版本，仅翻译或经过改译、增补、重校有较大影响的《莎士比亚全集》就有11套，它们分别是朱生豪等译的《莎士比亚全集》（人民文学出版社1978年版），朱生豪、虞尔昌译的《莎士比亚全集》（台北世界书局1957年版），梁实秋译的《莎士比亚全集》（台湾远东图书公司1967年版），朱生豪等译的《莎士比亚全集》（新世纪出版社1997年版），朱生豪等译的《莎士比亚全集》（译林出版社1998年版），方平主编、主译的《新莎士比亚全集》（河北教育出版社2000年版），朱生豪、陈才宇译的《莎士比亚全集》（浙江工商大学出版社2015年版），朱生豪、陈才宇译的《朱译莎士比亚戏剧31种》（浙江工商大学出版社2011年版），嘉兴市图书馆编的《朱生豪译莎士比亚戏剧手稿》（国家图书馆出版社2012年版），朱生豪、苏福忠译的《莎士比亚全集》（新星出版社2014年版），辜正坤等译的《莎士比亚全集》（外语教学与研究出版社2016年版）。进入21世纪以来，嘉兴市人民政府联合中国莎士比亚学会两次召开朱生豪翻译学术研讨会，全面深入探讨了朱生豪的翻译思想。2017年12月，"翻译与跨文化价值重构：新译皇家版《莎士比亚全集》研讨会"在清华大学召开。

七　莎士比亚的思想和艺术

人文主义是欧洲文艺复兴时期，新兴资产阶级的重要思潮，表现在意识形态的各个领域。莎士比亚处于文艺复兴末期，其人文主义思想既吸收了前人的思想精华，又具有鲜明的时代特点和个性特征。莎士比亚的人文主义思想主要是指他的个性解放思想和理想主义。就个性解放思想而言，它又包含解放人的情感、确定人的地位和开发人的智慧这样三层含义；从理想主义而言，又包括一般生活方式和国家社会政治这两个层面。

中世纪的欧洲，人们被宗教禁欲主义所蒙骗和禁锢，把现世生活当作一场领取天堂入场券必不可少的苦修，极力压抑与生俱来的情感和欲求，扭曲了正常的人性。文艺复兴运动的一大功绩就是从人性论出发，推翻了禁欲主义的谬说，肯定人具有满足正常的情感需求和追求幸福生活的权利。在莎士比亚的作品里，我们再次听到了对青春和美、爱情和友谊的热烈礼赞。其中尤其值得一提的是《罗密欧与朱丽叶》，男女主人公的爱情生活是那么纯洁无瑕、热烈执着，达到莎士比亚爱情题材作品的极致，成为千古绝唱。中世纪的宗教教义将人置于无足轻重的位置，人匍匐在神的脚下，乞求神的恩典，他们的命运早已注定，不管是幸运还是不幸，只有恭顺和忍耐。莎士比亚则将人提升到神的高度，突出人的地位和作用，认为人是"宇宙的精华，万物的灵长"，人作为自然的最高产物，是自己命运的主宰，人的行为是由自己的思想所决定的，而非超自然之物。这一观点在莎士比亚的作品中随处可见。在《哈姆雷特》中，他肯定人的仪表、行为和智慧比神毫无逊色。在莎士比亚时代，中世纪烦琐的经院哲学和枯燥的宗教律条使人不胜其烦。莎士比亚认为对身心发展有益的、对现实生产有用的知识学问才能开启心灵，增长才干，使人得以改造和征服自然，把人间变成天堂。他借《亨利六世》中人物之口宣告："知识就是力量，它可以把我们升入天堂。"对莎士比亚来说，理想的生活方式应该是情感与理智的平衡，灵与肉的统一，个人和社会的和谐。

莎剧中众多的人物，血肉丰满、栩栩如生，尤其是主要角色，人各一面，鲜明突出，以不可重复的样式独立存在着，正如黑格尔所说，"每个人都是一个整体，本身就是一个世界"。以莎士比亚笔下的女性来说，有柔情似水的少女，天真无邪的公主，机智聪颖的女法官，放荡淫乱的贵妇，阴险凶残的妖巫，等等。但是，她们的个性、特点绝不雷同。莎士比亚在塑造人物、突出人物个性的同时，极力给他们注入思想的血液，并与时代精神相结合，使之上升为具有认识价值和历史意义的典型形象。如哈姆雷特最终成为人文主义思想家的典型。罗密欧与朱丽叶的爱情闪耀的是反对封建家长制、争取爱情自由的人文主义理想的夺目光彩。

莎士比亚写作"剧本是为了舞台演出而不是为了阅读……随着社会的发展和文学风尚的变化,后代对于莎士比亚的理解和评价也在经历着不断的变化"①。我们需要阐发和传播莎士比亚的伟大成就,更需要对莎学中的重大问题进行系统和深入的研究。莎剧中的人物,千姿百态,个性鲜明,但他们的性格不是单一的,而是由多种要素构成的,甚至这些要素有时还是相互对立的,但莎士比亚却用生花妙笔把他们完美地糅合在一起,艺术地组成多重性格的结合体。莎士比亚揭示人物性格复杂性的奥秘所在是他严格按照人的本身特点来写戏剧人物,因此,他们的性格就不是单一的,而是复杂多变的。莎士比亚刻画人物的艺术关键,不在于表现他们说什么、做什么,而在于表现他们怎样说、怎样做,即通过人物的行动来表现他们,使人物的性格和思想借具体的行动得到充分的显露。人物的性格处于不断变动之中,而且有一个合乎逻辑的发展过程。如麦克白还未走上犯罪道路时,正直善良,头脑清醒,他的野心和权力欲被限制在理智的轨道上。当他打了胜仗,赢得了荣誉时,野心便膨胀了起来。他暗杀了国王邓肯,除掉了功臣班柯,杀害了麦克德夫的夫人和儿子,野心驱使他逐渐走向毁灭的道路。麦克白性格的步步发展,使这个人物活了起来。戏剧受到形式的限制,比起小说来,一般的心理描写往往难以奏效。莎士比亚巧妙地运用内心独白的艺术手段,补救了这一缺陷。无论我们是通过文本阅读,还是通过舞台感受,都能发现莎氏通过独特的内心独白,把各类人物深藏在内心的思想感情,赤裸裸地揭示出来,使他笔下的人物成为具有广阔而复杂的内心世界的形象,他的作品也就获得了巨大的心理真实。②③ 在莎剧中最有名的独白大多出自悲剧的主人公之口。这些独白在透视人物内心世界的同时,富有戏剧性,能推动情节的发展;有深

---

① 赵澧:《莎士比亚》,《外国文学研究资料选编》(初稿)上、中编,中国人民大学语言系1963年油印本,第1—4页。
② 李伟民:《俄苏莎学理论在中国的传播》,中国人民大学复印报刊资料《戏剧、戏曲研究》1998年第1期。
③ 李伟民:《异彩纷呈:'94上海国际莎剧节》,中国人民大学复印报刊资料《戏剧、戏曲研究》1995年第1期。

刻的哲理性，表达作者对现实、对人生的深刻认识。《雅典的泰门》中泰门关于黄金的一大段独白，"绝妙地描绘了货币的本质"。莎剧中哈姆雷特的独白次数最多，他关于"生存还是毁灭"的深刻思索，则是最有名的哲理性独白，是刻画哈姆雷特复杂性格的不可缺少的部分。① 由此哈姆雷特也成为莎士比亚所创造的世界文学史上的不朽形象。

---

① 张泗洋等：《莎士比亚大辞典》，商务印书馆2001年版，第381—382页。

第一章　从晚清到民国：莎士比亚入华的"前经典化"时期

在早期的中国英语教学中，无论是教会学校的英语教学还是一般学校的英语教学，或者是社会上的初习英语者的教材，一般都是根据兰姆姐弟的《莎士比亚戏剧故事集》，以《莎氏乐府本事》书名命名，或者直接搬用莎剧加以注释，以供教师教学或学生学习英语之用。这些莎士比亚简易读物，对学习者了解莎士比亚戏剧、学习地道的英语产生了重要影响。莎士比亚戏剧简易读物有一些以英文学习为目的莎士比亚戏剧中文注释本，这些注释本既包括对兰姆姐弟《莎士比亚戏剧故事集》的注释，也包括对完整的莎士比亚剧本的注释，还包括了以文学阅读为目的的中译本《莎氏乐府本事》。这些英文莎氏简易读物的出现，在中国的英语教育史中占有重要的地位，也是那一时期英语教育中的畅销书之一。

第一节　《莎氏乐府本事》及其莎剧注释本在中国

作为西方经典的莎士比亚戏剧随着传教士的脚步被引入中国，自此，中国的英语学习者开始接触到莎剧，而他们首先阅读的是莎剧英文简易读物。这些莎剧英文简易读物．对于学习者学习地道的英文、了解莎士比亚戏剧产生了重要的影响。我们可以把这些莎剧的简易读物分为五种类型：第一种，以中文注释的莎剧简易英文读物，主要以中文注释兰姆姐弟的《莎士比亚戏剧故事集》为主；第二种，以中文注释莎士比亚戏剧的英语学习读物，而不是经过兰姆姐弟改写的读本；第三种为英汉对照本的莎剧简易读物；第四种为不加任何注释的兰姆姐弟的英文《莎士比亚戏剧故事集》；第五种，以文学阅读为目的，由林纾和其他人翻译的兰姆姐弟的《莎士比亚戏剧故事集》（出版时也多以《莎氏乐府本事》来命名）。

兰姆姐弟合写的《莎士比亚戏剧故事集》开始虽然是作为本国青少年读物编写的，但是，流传到域外，尤其是在中国现在已经成为人们认识莎士比亚戏剧时不可缺少的一本入门书。对于晚清和民国以来初习英文的中国学生来说，数量众多的英文注释本和汉英对照的《莎氏乐府本事》更是不可多得的初级英文学习教材。在中国最早翻译过来的不是整本的莎士比亚戏剧，而是普及性的《莎氏乐府本事》以及多种莎剧注释本和汉英对照本，这些书籍成为晚清和民国时代学习英文的学生必读的书籍之一，也是后来成为英语大师的许多著名学者的英文入门读物之一，而今天的英语学习者也仍然把注释本莎剧作为学习英语的读物之一。这些以"莎氏乐府"之名出版的读物，在翻译实践上为莎士比亚全集的出版奠定了基础。从中国英语教育史的角度看，众多的以"莎氏乐府本事"命名的英文读物在中国的英语教育史上占有重要的地位，但并没有引起国内学界的重视，对其的研究相当薄弱，所以理应引起我们的高度重视。

"'英语热'于晚清创办外国语学堂不久就开始兴起"[①]，表明中国人急于学习外国文化科技、了解域外世界的心态和急迫的心情。辛亥革命以后，随着外来文化、文学、思潮的引进，各种英语教材和教学参考书品种不断增多，"世界文学名著的节录本、缩写本、英汉对照本《莎氏乐府本事》"[②] 等书受到学习者的欢迎。当时英语教学的目的之一，就是"使学生建立进修英语之

---

① 高晓芳：《晚清洋务学堂的外语教育研究》，商务印书馆2007年版，第232页。
② 李传松、许宝发：《中国近现代外语教育史》，上海外语教育出版社2006年版，第30页。

良好基础……使学生从英语方面发展其语言经验；使学生从英语方面加增其研究外国文化之兴趣"。① 在众多的以"莎氏乐府本事"或"莎氏乐府"命名的书籍中，大体上是根据兰姆姐弟编写的《莎士比亚故事集》翻译过来的，旧时通称《莎氏乐府本事》，少量来自直接对莎氏原文剧本的注释。《莎氏乐府本事》被译成中文或作为学习英语的注释读物出版、印刷过多少次，现在已经很难统计清楚了。中国无数的英文学习者和老一辈学者是由《莎氏乐府本事》来提高英语学习水平，了解莎士比亚的。1928 年，郭沫若曾经回忆：《莎士比亚戏剧故事集》"林琴南译为《英国诗人吟边燕语》，也使我感受着无上的兴趣。它无形之间给了我很大的影响"。朱生豪在秀州中学读书期间就将《莎氏乐府本事》作为英语阅读课本，书中的异国风情、广阔的社会场景、跌宕的感情波澜和深邃的人生哲理深深吸引了朱生豪。② 季羡林回忆，"在中学时，英文列入正式课程……我只记得课程是《泰西五十轶事》《天方夜谭》《莎氏乐府本事》（*Tales form Shakespeare*）"③。范存忠说他是读了"莎士比亚的《裘力斯凯撒》和《威尼斯商人》，于是对英美文学有了一知半解了"。④ 吴景荣也是在高中一年级就阅读了兰姆姐弟的《莎氏乐府本事》⑤。桂诗春读兰姆姐弟的《莎氏乐府本事》的时候，"当时也不知道莎士比亚是何许人也，只不过感到故事情节生动曲折，颇有吸引力"⑥，而颇能引起他阅读的兴趣。《莎氏乐府本事》及其各种注释本由于出版的数量巨大又曾经被学习英语的学子作为阅读、学习读物，我们认为在很长一段时间里，兰姆姐弟编写的这本普及性《莎士比亚戏剧故事集》的影响在初学英文的学生中间要超过了英文

---

① 付克：《中国外语教育史》，上海外语教育出版社 1986 年版，第 58 页。
② 朱尚刚：《诗侣莎魂我的父母朱生豪、宋清如》，华东师范大学出版社 1999 年版，第 25 页。
③ 季羡林：《我和外国语言》，季羡林等：《外语教育往事谈》，上海外语教育出版社 1988 年版，第 2 页。
④ 范存忠：《学然后知不足》，季羡林等：《外语教育往事谈》，上海外语教育出版社 1988 年版，第 46 页。
⑤ 吴景荣：《外语教育的回忆片段》，季羡林等：《外语教育往事谈》，上海外语教育出版社 1988 年版，第 173 页。
⑥ 桂诗春：《应用语言学与我》，季羡林等：《外语教育往事谈》，上海外语教育出版社 1988 年版，第 321 页。

版、中文版《莎士比亚全集》。《莎氏乐府本事》的各种版本在中国的传播，不但构成了中国英语教育史上的重要一环，在莎士比亚在中国的足迹研究中也具有相当重要的意义。

一 作为文学读物的《莎氏乐府本事》

作为文学读物，光绪三十一年二月林纾与魏易采用文言文形式合译的兰姆姐弟的《吟边燕语》由商务印书馆列为"说部丛书第一集、第八编"出版。光绪三十二年四月，《吟边燕语》又由商务印书馆出版了第三版。因为"晚清时流行的做法是将小说与戏曲、弹词、道情、时新歌词等均列入'说部'，统称为'小说'"[1]。在过去出版的一些莎学论著中，多把《吟边燕语》误作成《英国诗人吟边燕语》，经我核对光绪三十一年版本，这是不对的。[2] 无论是封面还是扉页，都无这个书名。扉页标注的是"说部丛书第一集、第八编《吟边燕语》，英国莎士比原著，中国商务印书馆译印"。全书共收入20个莎剧故事。关于《吟边燕语》的出版，林纾翻译《吟边燕语》的目的，可见他的"序"：

> 夜中余闲，魏君偶举莎士比笔记一二则，余就灯起草，积二是日书成，其文均莎诗之记事也。嗟夫！英人固以新为政者也，而不废莎氏之诗。余今译莎诗记事，传本至夥，互校颇有同异，且有去取。此本所收仅二十则，余一一制为新名，以标其目。林纾也对莎剧不甚了解，认为莎剧首先是诗，由于影响很大才搬上了舞台，彼中名辈，耽莎氏之诗者，家传户诵，而又不已，则付梨园，则为院本。[3]

---

[1] 刘永文：《西方传教士和晚清小说》，《明清小说研究》2003年第1期。
[2] 李伟民：《〈莎氏乐府本事〉及其莎剧注释本在中国——莎剧入华的"前经典化"时期》，《东方翻译》2010年第5期。
[3] 林纾：《序》，[英]莎士比亚/兰姆姐弟：《吟边燕语》，林纾、魏易译，上海商务印书馆译印，光绪三十一年初版，第1—2页。

对于自己翻译《吟边燕语》的动机，林纾曾说：

> 欧人之倾我国也，必曰识见局，思想旧，泥古骇今，好言神怪，因之日就沦弱渐即颓运。而吾国少年强济之士，遂一力求新，丑诋其故老，放弃其前载。维新之从，余谓从之诚是也。顾必为谓西人之凤行凤言，悉新于中国者。则亦举人增其义，毁人益其恶耳。……虽哈氏莎氏，思想之旧，神怪之诡，而文明之士，坦然不以为病也。余老矣，既无哈莎之通涉，特喜译哈莎之书。①

与革命象征价值的主张南辕北辙，林纾认为，西方的有识之士求新的行动和言论都比中国突出，然而文明之士并不以莎士比亚的剧本、内容中的神怪思想为旧。林纾不合时宜地强调"文化象征价值"，② 这一点正好与主张变革的少年强济的新文学之士相反。所以，林纾要以翻译莎氏之书来证明自己的守旧理论，并以此来作为与新文学论战的武器。但以其所达到的效果来看，却在中国青少年眼前打开了一扇通往域外世界的窗户，引导他们更加亲近新文学，更加向往中国之外的新气象、新精神和新思想。

自上述文言文本《莎氏乐府本事》出版以后，在很长一段时间里未见有新的《莎士比亚故事集》出版。直到30多年后才有杨镇华译本。杨镇华翻译的《莎氏乐府本事》由上海启明书局1937年初版，1947年3版，也收入了20个莎剧故事，书前有杨镇华写的"小引"和"莎翁传略"等文字③。在"小引"中杨氏提道："这本书并不是莎翁的原作，所以我们如果要说到本书的作者是'温和的莎翁'，便不得不另外再提两个人"，即兰姆姐弟。译者随即描述了兰姆姐弟的生平和编写《莎氏戏剧故事集》的经过，让读者认识到

---

① 林纾：《序》，莎士比亚/兰姆姐弟：《吟边燕语》，林纾、魏易译，上海商务印书馆译印，光绪三十一年初版，第1—2页。
② 彭程：《荒野与大学有着同等的重要性》，钱理群、刘铁芳编：《乡土中国与乡村教育》，福建教育出版社2008年版，第137页。
③ ［英］莎士比亚/兰姆姐弟：《莎氏乐府本事》，杨镇华译，启明书局（上海）1937年版，第1—3页。

兰姆姐弟那善良宽厚的人性，虽然处在人生种种不如意的遭遇和痛苦之中，仍然能够发出和保持一种微笑。杨镇华在民国二十四年初版的《翻译研究》（商务印书馆）中提到，译诗"应以诗译诗，应传原作情绪，应传原作内容，应取原作形式"。杨氏批评了按照"华英对照"的《标准英文文学读本》把《哈姆莱特》翻译成比原文还要难懂好几倍的文字。在该译本中，杨镇华翻译了《仲夏夜之梦》《冬天的故事》《威尼斯商人》《辛贝林》《麦克俾斯》《泼妇的驯服》等7篇作品，其他的13篇莎剧故事由张由纪翻译，因而这部《莎氏乐府本事》其实是由杨镇华和张由纪共同翻译的，但该书的封面仅署了杨镇华一位译者的姓名。杨镇华还翻译了《仲夏夜之梦》一剧，1945年由重庆新中国书局出版。

《莎氏乐府本事》（《莎士比亚戏剧故事集》）在1949年以后也多次印刷出版，而且印刷数量颇大，成为提高青少年文学素养的推荐书目。萧乾于1956年翻译出版了《莎士比亚故事集》（又名《莎士比亚戏剧故事集》），该书由中国青年出版社出版以后多次印刷，印数近百万册；河南人民出版社1992年也出版了萧乾翻译的《莎士比亚戏剧故事集》；人民文学出版社2004年出版了《莎士比亚戏剧故事集》（萧乾编写）。汤真翻译了奎勒·库奇改写的《莎士比亚历史剧故事集》，1981年由中国青年出版社出版，译者提到该书与兰姆姐弟的作品被称为姊妹篇。以上这些译本都是根据兰姆姐弟的《莎士比亚戏剧故事集》注释、翻译的。《莎士比亚戏剧故事集》作为英语学习的入门读物出版量巨大，主要有：商务印书馆1964年出版了"英语简易读物"《莎士比亚戏剧故事集》，该书由H. G. WYATT改写，吴翔林注释；上海译文出版社1989年出版了"英汉对照"《莎士比亚戏剧故事集》；中国青年出版社1997年出版了王维昌、浩宇编写的《莎士比亚戏剧故事集》；外语教学与研究出版社1998年出版了王桂林注释的"英语简易读物"《莎士比亚戏剧故事集》。商务印书馆1984年出版《莎士比亚注释丛书》，至1997年共出版了18种。1982年1月，由巴·格日勒图采用蒙文翻译兰姆姐弟的同名《莎士比亚戏剧故事集》由内蒙古人民出版社出版，该书收入了 20 个莎剧故事；① 1988 年 3 月，由《世界文学学生文库》编译组根据兰姆姐弟的《莎士比亚戏剧故事集》编译的朝鲜文版《莎士比亚故事集》②由民族出版社出版，该书收入了 12 个莎剧故事；1993 年，新疆人民出版社出版了由艾合买提·伊明采用维吾尔文翻译的《莎士比亚悲剧》，该悲剧集根据人民文学出版社 1978 年 4 月北京第 1 版翻译，收入了三部莎氏悲剧，印数为 2200 册。以上这些译本都是根据兰姆姐弟的《莎士比亚戏剧故事集》注释、翻译的。

二 根据原文莎剧编写的《莎氏乐府本事》注释本

民国十三年前后，任教于北京大学的朗巴特教授（讲师）在商务印书馆出版了他注释的莎剧，但那已经不是根据兰姆姐弟改写的本子注释的莎剧故事了，而是对莎剧全剧的汉语注释。经朗巴特之手注释的有《李尔王》《麦克白》《威城商人》《罕姆莱脱》《罗瞿悲剧》《罗马大将该撒》。③ 在书中为了使读者便于学习，不但采用汉语进行注释，而且还采用英文注释，并且在书中针对每一幕的故事、情节、人物、背景、语言等设计了多少不等的提问，目的是在进一步提高学生英语水平的基础上，对莎剧有更进一步的了解。葛传椝作为商务印书馆编译所的英文编辑，曾经为朗巴特教授用英语译著的莎士比亚的喜剧 *As You Like It* 提出意见，"'说用英语译注'也许有些读者感到突兀，因为原文是英语，怎会用英语翻译它。其实一点也不错……这种译，实际上是一种比较紧跟原文的 paraphrase"。④ 而这种采用莎剧原剧本的阅读在难度上显然超过了兰姆姐弟的《莎氏乐府本事》。陆佩弦回忆，"圣约翰的英

---

① ［英］查尔斯·兰姆、玛丽·兰姆：《莎士比亚戏剧故事集》（蒙文），巴·格勒日图译，内蒙古人民出版社 1982 年版。
② ［英］查尔斯·兰姆、玛丽·兰姆：《莎士比亚故事集》（朝鲜文），《世界文学学生文库》编译组，民族出版社 1988 年版。
③ ［英］莎士比亚：《罗马大将该撒》，郎巴特注释，上海商务印书馆 1924 年版。
④ 葛传椝：《英语教学往事谈》，季羡林等：《外语教育往事谈》，上海外语教育出版社 1988 年版，第 62 页。

文系主任 Dr. Throop 把莎翁宏文变成压得学生透不过气的'刑具'……我发现读了五六部剧本之后，好像对莎士比亚的语言较为熟悉了些，也较容易理解了些"。① 许国璋中学时代的读书"最得益的，还是养成了自学英语的习惯。读的是周越然注的《莎氏乐府本事》。读时非常吃力，一页生词多达二三十个……注文在书末，翻阅不便，舍注而读，亦渐渐懂得……"② 许多学生中学时代就通过阅读《莎氏乐府本事》等英文读物，"为进入高校外国文学系或英国文学系选修莎士比亚打下了基础"。③

民国七年八月上海商务印书馆出版了吴县与杨锦森注释、余姚与蒋梦麟校订的《罗马大将该撒》，该书较注释兰姆姐弟的《莎士比亚故事集》进了一步，注释的是莎士比亚原作，在注释中采用文言文和白话文共同注释的形式。由此可见，不仅是注释者，就是学生也处在文言文与白话文的转型阶段。如该撒和妻子等人的对话："What dost thou with thy best apparel on?" 翻译为"汝为何衣汝最佳之衣服而逍遥于道上"。④ "I have not from your eyes that gentleness and show of love as I was wont to have" 翻译为"汝近日容色不复如往时之温柔含情愫"。⑤ "Yet I see, thy honorable metal may be wrought from that it is disposed" 翻译为"然自君之言语视之，汝虽有高义之性质，而汝性质所趋向，则殊不然，欲引汝性质至其所趋向，易耳"。⑥ 这本书中不但有对词句的翻译，而且对根据学生的英文程度对一些词句给予了解释，如"He plucked me ope his doublet" 翻译为"渠自裸其胸"，并解释"me 字为英国 Elizabeth

---

① 陆佩弦：《外语教学往事回忆》，季羡林等：《外语教育往事谈》，上海外语教育出版社 1988 年版，第 244 页。

② 许国璋：《回忆学生时代》，季羡林等：《外语教育往事谈》，上海外语教育出版社 1988 年版，第 191 页。（许国璋先生的回忆在这里可能有误，根据现有资料，周越然并没有注释《莎氏乐府本事》，而是在民国十八年撰写出版了《莎士比亚》一书，可参见李伟民《周越然与李慕白的莎士比亚研究》，中国人民大学复印报刊资料：《外国文学研究》，2010 年第 1 期。）

③ 付克：《中国外语教育史》，上海外语教育出版社 1986 年版，第 62 页。

④ ［英］莎士比亚：《罗马大将该撒》，杨锦森注释，蒋梦麟校订，商务印书馆（上海）中华民国七年八月版，第 1 页。

⑤ 同上书，第 3 页。

⑥ 同上书，第 11 页。

女王时代著作家所用以令文字生色之词，ope 一字，今文不复用，doublet 为莎士比亚时英人所衣之衬衫，并非罗马古服"①。该书的封面就是一个中国人在桌前学习的图画，表示这是一本中国人学习英文的书籍。为了方便读者学习和加深影响，该书的每一幕还设置了多少不等的针对《罗马大将该撒》一书的提问，其根本目的是在阅读莎剧剧情的基础上提高读者的英文水平。该书从中华民国十三年七八月至十二月已经从初版印刷到第五版了，由此可见此类书出版的市场空间及受到读者欢迎的程度。

商务印书馆于中华民国十七年五月出版了由喜尔采用英文注释的《舌战姻缘》（莎氏乐府易解），即莎剧《无事生非》，此书包括了全部的《无事生非》剧本，对于从原文阅读莎士比亚带来了便利，这不是一般意义上的英文学习读物，而是让读者在具备了一定英文基础的前提下，更直接地从原文的角度阅读莎剧、了解莎士比亚。在我国的莎士比亚研究史上并没有学者提到这样一部书。此类适合中国初中文化程度的简易读物还有《莎士比亚乐府纪略》。邝富灼博士曾任商务印书馆编译所英文部部长，他自幼在美国长大，说得一口流利的英语，但几乎不会讲汉语。邝富灼曾编辑了《英文轨范》（*English Language Lessons*）和《新世纪英文读本》（*New Century Englishi Readers*）。《莎士比亚乐府纪略》英文书名为 *Storles from Shakespeare*，*A Collection of Storles from English Literature*,② 在薄薄的 74 页中，选择了 9 部莎剧给予介绍，由于该书的英文相当浅显，为读者初学英文之读物，故书中没有列出注释。

商务印书馆于中华民国元年六月再版了《麦克白传》（附汉文释义）一书，于 1921 年初版了沈宝善注释的《威匿思商》，该书专门就注释原则进行了说明："名家著作文义艰深，故书中列有释义一门，唯是书专为英文程度较

---

① ［英］莎士比亚：《罗马大将该撒》，杨锦森注释，蒋梦麟校订，上海商务印书馆中华民国七年八月版，第 10 页。
② 邝富灼：《莎士比亚乐府纪略》，商务印书馆（上海）中华民国八年九月初版，中华民国二十一年八月第一版，中华民国二十九年二月第五版。

高者而设，句诠字释取足达意而止，其浅近而易知者则概不阑入。"① 中华书局 1929 年初版的桂来苏注释据莎剧情节改写的《莎氏戏剧本事》（1941 年，昆明第三版），收入莎剧故事 19 篇。1935 年八月，北京中华书局出版了兰姆姐弟的《莎氏乐府》作为"基本英文文库"的配套书，书中标明的译者为"T. Takata"，发行人为李虞杰。作为一本学习英文的入门书，该书仅选择了 5 部莎剧，并在附录中列出了一张"基本英语字表"，② 该字表采用英汉一一对照的方法，将 100 个动词、400 个名词、150 个形容词列出，供读者参考。这套"基本英文文库"还包括《凯撒大将》等书。

三 根据兰姆姐弟的《莎士比亚故事集》编写的汉语注释本

翻译、注释兰姆姐弟的《莎氏乐府本事》，主要是满足中国学生学习英语的需求，与此同时，原文对照本、英汉注释本的《莎氏乐府本事》开始大量印行。作为一种学习英语的重要普及读物，《莎氏乐府本事》和注释本开始出现在中国学生学习英语的课堂上，并对初习英文的中国学生产生了较大的影响。据统计，在 1949 年以前，出版简易英文读物包括《莎氏乐府本事》的出版社主要有商务印书馆和中华书局。兰姆姐弟编写的《莎氏乐府本事》一直是学生学习英语的重要阅读教本。而且这些英汉对照或注释的莎剧故事也采用"莎氏乐府"的名字。

上海中华书局（1916 年）（民国二十四年六月）出版的张莘农注释的《威匿斯商人》以及附有国文注释的《飓引》（1930 年）、《暴风雨》（1936 年）的英语读本都是根据兰姆姐弟的《莎士比亚故事集》由上海的中华书局在（民国二十五年二月）出版。这些注释的文字既有用文言文注释的，也有用白话文注释的。而英文原文则非常浅显易懂，特别适合中国的初中学生阅读，以"初中学生文库"的名义出版，如对《暴风雨》中词句的注释："In it

---

① ［英］莎士比亚/兰姆姐弟：《威匿思商》，沈宝善注释，商务印书馆（上海）1921 年版，第 1 页。（原文无标点，标点为笔者所加，文中所引为该注释本中的"凡例"，没有标注页码，"凡例"共两页。）

② T. Takata：《莎氏乐府》（基本英文文库），中华书局（北京）1935 年版。（发行人：李虞杰。）

were dense forests where tall trees grew, and strange plants with brightly coloured flowers"注释者翻译为"鸟有密林，巨树生焉，且有奇木异卉，错以绚烂之花"。① "Immediately the sky grew dark, lightning flashed and thunder pealed, and the wind roared and howled"被翻译为"俄而天昏矣，雷闪矣，雷声轰动，风声怒号"。② "And how we came to be there I know no more than the other"被翻译为"且吾侪何由得至彼处，予不审其故，亦无逾于余之知彼事也（知彼事指熟睡之事）"。③ "Will money buy them?"被翻译为"金钱可以贿买若辈乎"。④

中华书局1917年出版的沈步洲注释的《新体莎氏乐府演义》（英汉双解），就是据莎士比亚剧本情节编写的故事集，其中收入了莎剧故事9篇。该书在民国十九年九月发行，到民国二十一年九月已经出版了三版。该书注释较为详细，全书共404页，注释就占了100页。该书的全部注释采用了句子翻译的方法，注释的语体文采用了半文半白的语言形式，如该书第21页的注释"男子有室，有如四月之日，初夏之雨，胸中狂热，时吁嗟若不怡，以后则渐冷，女子之心，有如五月之原圃，遇日光时雨，而花草纷披，但变化相因，时异境亦迁矣"⑤。又如在第三幕中，"fathers that wear rags, etc.: Poor parents recelve slight sympathy from their children while rich parents are flattered。"这一句沈步洲翻译为"父母贫贱，儿女薄情，父母富贵，谄媚丛集"。⑥ "I'll ne'er trust medicine: If you are not ill, I'll never trust medicino again, for it is poson"被翻译为"汝诚无病，无不复信医药，因汝所服者毒也"。⑦ 在注释之外，沈步洲也给予评点，如"莎士比亚常以当时风俗移植于古时奉行邪教

---

① ［英］莎士比亚/兰姆姐弟：《暴风雨》，张莘农注释，中华书局民国二十五年二月版，第2页。
② 同上书，第7页。
③ 同上书，第80页。
④ 同上书，第84页。
⑤ 沈步洲：《新体莎氏乐府演义》（英汉双解），中华书局1921年版，第313页。
⑥ 同上书，第374页。
⑦ 同上书，第376页。

之丹麦国甚可留意"。① "莎氏喜用对偶，汝苟为上帝之佳儿，吾亦为汝之孝子"。② 商务印书馆在民国元年再版了沈宝善注释的莎士比亚的《麦克白传》，封面上专门标注了"附汉文释义"，文中的注释大多采用文白夹杂的汉语形式，有时又以汉语成语直接表现莎剧中的语言，显示出从文言文向白话文过渡时期翻译语言的特点，这样文白夹杂的语言形式在当时并不妨碍彼时学生的理解，可以说比较切合学生的语言习惯和文化背景，也是语境和社会环境相统一的体现。如下列对白翻译：

"As whence the sun'gins his reflection, shipwrecking storms and direful thunders break"被翻译为"日出东方固然，然烈风暴雨，时亦有出自东方者（意谓麦克白今虽得胜 Macdonwald 而挪威王亦已得进攻之机缘矣）"③。"Sleep that knits up the ravell'd sleeve of care"被翻译为"睡卧以偿纷乱之心思"。④ 对于"Help me hence, ho!"沈宝善注释为"扶我起来（麦夫人猝然昏迷，不省人事，或因听麦克白讲论，不能忍受，故佯作此举，使其分心，盖恐其漏泄机关也）"⑤。

中华民国二十一年七月商务印书馆出版了甘永龙注释的《原文莎氏乐府本事》（附汉文释义），该书至民国二十七年五月已经重印到第八版，可见该书受学习英语人士的青睐程度。该书在"凡例"中说："爰采西籍之菁英撷名家之著作，特辑是书，以饷学者。沧海一波，椎轮初制，冀以增进读书之趣味，唤起文学之观念而已。名家著作文义艰深，故书中列有释义一门，唯是书专为英文程度较高者而设，句诠字释取足远意而止，其浅近而易知者则概不阑入。"⑥ 在"暴风雨"一幕的原文"when the old man *sallied forth* to combat

---

① 沈步洲：《新体莎氏乐府演义》（英汉双解），中华书局1921年版，第398页。
② 同上书，第400页。
③ ［英］莎士比亚：《麦克白传》，沈宝善注释，上海商务印书馆民国元年版，第2页。（此书在民国元年再版，据此可以推知，该书的初版为民国元年之前。原文无标点，标点为笔者所加，文中所引为该注释本中的"凡例"，没有标注页码，"凡例"共两页。）
④ ［英］莎士比亚：《麦克白传》，沈宝善注释，上海商务印书馆民国元年版，第23页。
⑤ 同上书，第26页。
⑥ ［英］莎士比亚：《麦克白传》，沈宝善注释，上海商务印书馆民国元年版，第1页。

with the *elementa*"①，其中的斜体部分注释者依然翻译为"冲出、突出"和"原质"（指风雨）②。甘永龙的这本《原文莎氏乐府本事》（附汉文释义），在中华民国三十五年二月已经出版到第12版（即第12次印刷），只是封面已经变得更为朴素，甚至是不加修饰了。由此可见当时社会上对这样的注释本莎剧故事欢迎的程度了。由于该书的"释义"是附在全书的最后，所以不及附在当页或一部戏剧结尾处的注释阅读起来方便。该书的编纂思想显然也是着眼于英文学习者，同时亦希望读者通过阅读对文学和莎士比亚有更多的了解。

在列为学生读物的莎剧注释本《莎氏乐府本事》中，梁实秋翻译的《暴风雨》一书也被列入了"新中学文库"，以"中华教育基金董事会编译委员会编辑"的名义于中华民国二十六年五月初版，中华民国三十六年二月三版。在该译本中，梁实秋撰写了"序"和"例言"，梁实秋强调："莎士比亚在《暴风雨》里描写的依然是那深邃复杂的人性——人性的某几方面。他依然是驰骋着他的想像，爱丽儿和卡力班都是他的想像力铸幻出来的工具，来帮助剧情的发展。"③ 在"例言"中梁实秋申述了自己的翻译主张和方法，他说："莎士比亚之运用'无韵诗'体亦甚为自由，实已接近散文，不过节奏较散文稍为齐整；莎士比亚戏剧在舞台上，演员并不咿呀吟诵，'无韵诗'亦读若散文一般。所以译文一以散文为主，求其能达原意，至于原文节奏声调之美，则译者力有未逮，未能传达其万一，惟读者谅之。"④ 梁实秋的这个译本虽然已经不是作为学习英文的书籍出版的，但是却是为具有中学文化程度的人士了解莎士比亚和文学而准备的。我们在《梁实秋文集》编辑委员会2002年由

---

① ［英］莎士比亚：《麦克白传》，沈宝善注释，上海商务印书馆民国元年版，第141页。
② 同上书，第17页。
③ 梁实秋：《梁实秋文集》（第八卷），《梁实秋文集》编辑委员会，鹭江出版社2002年版，第253—259页。
④ ［英］莎士比亚：《暴风雨》，梁实秋译，上海商务印书馆民国二十六年五月版，第7页。

鹭江出版社出版的《梁实秋文集》第八卷中看到，该文集也仅仅收录了"序"①，而没有收录此"例言"。

四 英汉对照本《莎氏乐府本事》

春江书局1930年出版了兰姆改编、奚识之译注的《莎氏乐府本事》，该书到1941年2月共再版了18次，可见其畅销的程度。其中收入20篇莎剧故事，卷首附有"莎士比亚小传"。笔者手中的该书为民国二十三年一月第三版，该书用的是英汉对照加注释的方式，全书正文共687页。在"莎士比亚的小传"中称颂莎士比亚"竟造成了世界上文人所崇拜的作品"。②在"凡例"中明确表示了自己所面对的读者对象："适用于中等学校，为时已久，可供中等学校教科及学者自修参考之用。此类英文文学读本，学生欲明了其深意，细加翻检，每以功课繁重，常恐时间不足；故译成中文，置于原文之旁，以省读者翻检之劳，俾受心领神会之益。"③夏晋麟在该书的"序言"中也认为"英文在今日的中国，有成为'第二语言'的趋势，成为治学者所必需之工具，而英文之在学校课程中，占一仅次于国文的重要地位，是不能否认的一种事实。然而全国各学校中，英文教学的效率，似乎不能令我们满意。以中学毕业生而论，平均每个中学生，习英文至六七年之久，然而毕业之后，除了师长曾经讲授过的课本以外，不能阅读原文书籍的，是占着绝对的大多数。"④造成上述情况的原因为学生阅读量过少，英文自修书籍的缺乏等。为了方便学生阅读，该书在两页之中不但采取英汉对照的翻译形式，而且注释就附在汉语译文的旁边，这样阅读起来极其方便。笔者翻检书中的注释，并与后来出版的同类型书籍进行对照，对莎剧原文故事中的许多单词，不但本

---

① 梁实秋：《梁实秋文集》（第八卷），《梁实秋文集》编辑委员会，鹭江出版社2002年版，第253—259页。
② 奚识之：《莎氏乐府本事》，春江书局（上海）1930年版，第1页。
③ 同上书，第3页。
④ 夏晋麟：《序言》，奚识之：《莎氏乐府本事》（附译文注释），春江书局（上海）1930年版，第6页。

书给予了注释,后来出版的同类型的《莎氏乐府本事》也不约而同地给予了注释。这充分说明了注释者已经考虑到了阅读对象的英文水平。

上海启明书局 1941 年初版的兰姆著、何一介译的《莎氏乐府本事》(英汉对照),书中除了收入 20 个莎剧故事以外,书前还有蔼美的"小引",对莎氏的创作及本书改编者做了简介。蔼美认为莎士比亚"剧本里的人物极为复杂,有的是日常遇到的人,有的是历史上的人物,有的是人间英雄,有的是超人间的神仙,而他写来都各栩栩欲活,各个时代的生活,各种社会的真相,也都极真切地表现于读者之前。他的作品里所具有的是最飘逸的幻想,最静美的仙境,最广阔的滑稽,最深入的机警,最恳挚的怜悯心,最强烈的热情,和最真切的哲学"。① 蔼美在介绍了兰姆姐弟编写该书的经过后,提到我国的一般中学多采用这本读物为高中的英文教材,但是由于莎剧的深奥和不易理解,故在保持原著精华的基础上,方便青年学子领悟以及研究而译述之。如在《哈姆雷特——丹麦的王子》中,英文为"he grew weary of the word, which seemed to him an *unweeded* garden, where all the wholesome flowers were *choked* up",作者翻译为"他对于世界也发生厌倦了,他以为似乎是野草蔓生的花园,一切可爱的娇花,都憔悴了"。其中的斜体部分,译者注释为"野草蔓生"和"憔悴"。② 在《罗米亚和朱丽叶》中的"楼台会"一段,英文为"and when he had *descended* from her chamber – window, as he stood below her on the ground, in that sad *foreboding* state of mind in which she was, he appeared to her eyes as one dead in the bottom of a tomb",译述者翻译为"当他从窗口爬出了她的卧房,站在下面,她的心是多么的难过,她的眼帘里好像现着一个在坟墓之中的死尸"。其中的斜体部分译者注释为"下去"和

---

① [英]查尔斯·兰姆、玛丽·兰姆:《莎氏乐府本事》(英汉对照),何一介译述,启明书局(上海)中华民国三十六年十月三版,第1—2页。
② 同上书,第496—497页。

"不快"。① 如"descended"② 这个单词的注释与那时出版的一般英汉字典如《世界英汉寸半字典》的解释并无二致，只不过规模更大的英汉辞典的释义更为完备罢了。如世界书局1952年重印的民国二十五年版《英汉求解、作文、方法、释义四用辞典》，由蔡元培题词"择精语详"，梅贻琦题词"学海思源"，黎照寰题词"钩深攫微"，由朱生豪等人参与编撰。《英汉求解、作文、文法、释义四用辞典》的释义达到5项③，并列举了5个句子，正如邹鲁在该词典序中所说"今之研外国文者，不难于认词，而难于辨义，不难于作法，而难于求解"，④ 以帮助读者辨义和求解。但以号称"采字极夥……释义简明完备，雀小脏全"⑤ 的小型英汉字典并不见收录这些英文单词，所以译述者考虑到学习者的英文程度，还是给予了注释。再如在《李耳王》中的"暴风雨"一场，英文为"when the old man *sallied forth* to *combat* with the elements, less sharp than his daughters' unkindness. For many miles about there was *scarce* a bush"，译述者翻译为"狂风怒号，雷电交加，老人与风雨相搏，倒觉得不像他女儿般苛刻。走了几里的路后，遇到一处稀稀的矮林；在荒芜之上，黑暗之夜，国王李耳暴露于狂风怒雷下"。其中的斜体部分译者注释为"冲出""抵抗"和"稀的"⑥，与《英汉求解、作文、文法、释义四用辞典》"格斗、战"⑦"稀少的、缺乏的"⑧ 的释义并无多大的差别。该书不但采用英汉对照的编排方法，而且根据英语学习者掌握英文的程度给予适度的注释，这样的

---

① ［英］查尔斯·兰姆、玛丽·兰姆：《莎氏乐府本事》（英汉对照），何一介译述，启明书局（上海）中华民国三十六年十月三版，第478—481页。
② 同上书，第172页。
③ 詹文浒：《英汉求解、作文、文法、释义四用辞典》，世界书局（上海）1948年版，第1440页。（根据民国二十五年版重印，中华民国三十七年十月已经出版到第二十二版）。
④ 同上书，第5页。
⑤ 编者：《引言》，《世界英汉寸半字典》，世界书局（上海）1934年版，第1页。
⑥ ［英］查尔斯·兰姆、玛丽·兰姆：《莎氏乐府本事》（英汉对照），何一介译述，启明书局（上海）中华民国三十六年十月三版，第172页。
⑦ 詹文浒：《英汉求解、作文、文法、释义四用辞典》，世界书局（上海）1948年版，第334页。
⑧ 同上书，第1451页。（根据民国二十五年版重印，中华民国三十七年十月已经出版到第二十二版，到1952年又在中国香港出版）。

方式显然有利于提高学习英文的积极性。①

在英汉对照本中，之江等根据兰姆姐弟的《莎士比亚戏剧故事集》翻译了《铸情》（《罗密欧与朱丽叶》），《铸情》由上海译者书店于中华民国三十三年二月初版，中华民国三十五年五月再版，成都西大街的"译者书店印刷厂"印制。该书虽然不是专为学习英文的学生准备的，但是却记录了译者的一段感情经历。作者在"芙蓉城中"的"代译者小序"中说："为什么要译《铸情》呢！为什么还要以这些文字赚人眼泪呢？难道前几年敌人的残暴和汉奸的丑恶还没有把人们的泪水挤干！？难道你忘了三年前的一个晚上！？……莎翁的《铸情》打动过千万人的心，赚到过亿兆人的泪，你岂能例外？……我不惜耗费时间，把血淋淋的故事——《铸情》——翻译出来，使每一个青年男女看了它而有所警惕，不至于重蹈罗米欧与朱丽叶的覆辙；使每一个处境与朱丽叶类似的少女知道；任何消极的办法对后世等于没有办法，只有投身社会，现身建国工作，在争取整个国家民族的强盛中，才能得到本人自由幸福，才能赏欲自己平生的愿望；因为如果像罗米欧与朱丽叶似的铸成大错，只会使人感到：'春蚕到死丝方尽，蜡炬成灰泪始干'……徒然引起冷酷者的讥嘲和多情者的咏叹罢了。"② 从文中的口气来看，译者显然是写给自己的知心朋友的，对朱丽叶似的少女的遭遇表示出极大的同情，对日本侵略者和卖国贼、汉奸表示出极大的义愤，希望国家强盛，人民能够享受自由、平等和博爱。

可以说，为了满足人们学习英语的需要和阅读莎剧的渴望，以"莎氏乐府本事"书名出版的书籍印刷数量不小。这些书籍还有：重庆新亚书店1945年出版的力行教育研究社翻译的《莎氏乐府本事》（英汉对照，正音注释），

---

① ［英］查尔斯·兰姆、玛丽·兰姆：《莎氏乐府本事》（英汉对照），何一介译述，启明书局（上海）中华民国三十六年十月三版，第248—249页。

② ［英］查尔斯·兰姆、玛丽·兰姆：《铸情》（《罗密欧与朱丽叶》），之江等译，上海译者书店（上海）中华民国三十三年二月初版。（中华民国三十五年五月再版，成都西大街的"译者书店印刷厂"印制。）

其中也收入20个莎剧故事；上海广学会1929年出版的狄珍珠译述、王斗奎笔记的《莎士比亚的故事》，包括作者根据莎士比亚戏剧故事情节改编的《威尼斯商人》《李耳王》《丹麦的哈麦勒特》《野外团圆》《罗梅阿和周立叶》《痛恨人类的泰门》《岛上的经过》《贪心的马喀伯》等15篇；世界书局1936年出版的由张光复翻译的《莎氏乐府本事》。

在以往的中国莎士比亚研究中忽视了对这些普及性的读物《莎氏乐府本事》和莎剧注释本、英汉对照本的研究，对它们的出版情况往往不甚清楚或略而不谈。而这些普及性质的《莎氏乐府本事》恰恰在中国的英语教育史上占有非常重要的地位，并且也是莎士比亚在中国传播的重要一环。其实，我们一点也不应该忽视普及性的《莎氏乐府本事》和莎剧注释本。因为，这些原文注释本、英汉对照本和汉语莎剧注释本的《莎氏乐府本事》的大量出版"满足了中国学生学习英文的需要"①，也使习英文的学生对莎士比亚的戏剧有了一个初步的认识，对中国莎学的发展也做出了贡献：可以说正是《吟边燕语》《莎氏乐府本事》和各种莎剧注释本、英汉对照本构成了莎士比亚在中国的"前经典化"时期，它们在中国的传播为后来完整、准确地翻译莎士比亚剧本和《莎士比亚全集》做了一定的实践和理论上的准备，同时也以其目标读者——初习英文的学习者研读莎剧，共同构成了莎士比亚在中国的传播。

第二节　民国时期的莎士比亚研究：从文本到对舞台演出的认识

对民国时期戏剧家对莎剧的论述研究向来薄弱，本节根据民国时期稀见资料的梳理，认为民国时期的戏剧家、翻译家对莎剧舞台性的认识扭转了林纾等人将莎剧定位于"故事""小说"的诊断，这在莎学研究中具有非常重

---

① 李伟民：《中国莎士比亚批评史》，中国戏剧出版社2006年版，第7—8页。

要的意义。当时，一些戏剧家、翻译家对莎剧舞台性与剧场效果的强调，为莎剧的翻译与舞台演出奠定了一个正确的基础，有助于我们既从文学性，更从舞台演出的特殊性两个方面把握莎剧，同时也为我们加强从舞台演出的角度研究莎剧提供了可贵的经验。我们对莎剧的认识是一个从文学叙事到舞台演绎观念的根本转变。

自莎士比亚在中国登陆以来，从文学文本角度研究莎士比亚戏剧始终占据了重要位置，而从舞台角度研究莎剧相对于文本研究来说，长期居于次要地位。近年来，这种情况仍然没有多大改变。在莎学领域，仍然不足以从根本上改变这一长期以来形成的重文本轻演出研究的状况。这既说明了莎学研究的特殊性，也说明了文本研究由于其长期以来形成的研究范式、传统与研究格局，以及由于舞台研究的特殊性，这一局面在短期内较难改变。

但是，自莎士比亚戏剧传入中国以来，我们从来就没有放弃从舞台与演出的角度对莎剧进行研究，伴随着莎剧登上中国舞台，我们也开始了从舞台与演出的角度研究莎剧的历史。尤其是民国以来，在中国舞台上不断有莎剧演出，伴随着演出，一些莎学家和戏剧家也对莎剧演出进行了介绍与研究。但是，随着时代的发展，这类对莎剧演出进行研究的材料已经很难觅到了。即使在已经出版的《莎士比亚在中国舞台上》《中国莎学简史》以及我本人的《中国莎士比亚批评史》中也没有或很少有深入梳理这类莎剧演出研究的稀见资料，理论探讨则更为零散。显然，这是我们研究莎剧在中国演出中的一个重大缺失。

一　舞台性：莎剧存在的重要形式

自 20 世纪 20 年代开始，在中国的莎剧研究中，已经摆脱了林纾等人对于莎士比亚是诗人，莎剧是故事、小说的错误认识。此前，观众对于仅有故事情节、经过大肆删减的莎剧演出颇有微词，认为《汉孟雷特》"是上海的一位新剧大家依了《吟边燕语》里的情节而编的，莎氏的剧本以兰姆姐弟编撰的故事，已经成了哄小孩子的东西，又成了林琴南先生的史汉文笔'七颠八倒'的一译，那里再经得起上海新剧家的改动、点缀……《汉孟雷特》的故事不是莎氏的锻造，莎氏不过把这故事造成了他的伟大的剧本……现在上海的新剧家也把这故事造成了他的剧本，与莎氏简直没有丝毫的关系"。① 这样的认识标志着其时对莎士比亚的认识已经超越了前人，在认识上将莎剧回归到了戏剧本体，对于正确认识莎剧具有非常重要的意义。根据一般的认知，剧本对于舞台演出具有重要作用，但是任何事物如果强调到了极端，反而会走向它的反面。剧本是一剧之本，这句话在很多时候只说对了一半，剧本创作完成，其实对于舞台演出来说，只是完成了一半，另一半要靠导演和演员在舞台上的天才创造，剧本完成可以说仅是"一剧半本"。

那么等到根据田汉等人的全译本一出版，自然会受到社会的关注，因为当时的观众渴望通过莎剧的完整演出了解、欣赏莎剧。我们从田汉等人的论述中，可以看到戏剧家对舞台上莎剧重要性的强调。尊重莎剧的舞台性，注重莎剧演出的剧场效果，将莎剧真正当作戏剧来对待，这种观念的根本转变，在莎士比亚的传播史上具有重要作用，为在舞台上创作真正体现莎士比亚戏剧精神的莎剧奠定了坚实的基础，即对莎剧的文本翻译制定了规则，也为莎剧的舞台演出指明了方向，而明确莎剧的"舞台性"正是民国戏剧研究对莎学研究的贡献之一。1921年田汉发表了《哈孟雷特》，② 这是中国第一个以白话形式翻译的莎剧。作为一名戏剧家，田汉在翻译时自然注意到了演出的问题，并且初步考察了莎剧演出的历史。田汉据 Nakamura 文章翻译增补而成的《莎士比亚剧演出之变迁》探讨了莎剧演出及莎士比亚时代的剧场、舞台，尤其是对文本与舞台、演员在演出中的作用等关系，强调了表演对于莎剧的重要性。这标志着国人对莎士比亚认识的根本转型。他提出："戏剧之具体表现底先决条件莫若剧场（Theatre）了……莎氏的剧曲在当时这种条件之下底舞台上要收到成效得靠伟大的演员之功……原始莎剧实以最复杂的精神内容纳

---

① 作者不明：《莎士比亚名剧〈汉孟雷特〉》，《晨报副刊》民国十三年三月二十五日，第29期。
② 田汉：《哈孟雷特》，《少年中国》1921年第12期。

之于最单纯的形式之下；这种象征化的艺术之后闪示着自然底本质。莎氏剧之真正的复兴并不在 Garrick 所用的歌曲之文学的形式；而在演技方面……不过我们得回顾莎氏作剧时的情形，他不是一个专门诗人，他的剧本不是为着可读（Readable）而写的，他的戏剧之创作与成功半受着天才伶人 Burbage 的刺戟（激），他由他而得着创作的灵感。可是莎氏剧之精神的复兴将来仍要靠天才的伶人之功。"① 显然，田汉已经比较清醒地认识到了，在莎剧文本与演出的关系问题上，莎剧最终是要搬上舞台的，不仅仅为了阅读，还为了可以演出，心中有无剧场意识对于理解、认识莎剧至关重要。莎剧正是靠舞台的象征化才传达出了戏剧的本质。莎剧之所以能够不断产生世界性的影响，演员的舞台再创造、演员的演技在其中起着重要作用，只有不断的演出才能够在舞台上长久存在下去，也才能够常演常新。如果缺少了演员的再创造，人们是无从了解莎剧及其人文主义精神的。莎士比亚戏剧精神最终要落实在舞台上，靠的是演员的天才表演以及对莎剧的诠释。② 田汉的这一观点对于纠正人们基于林纾翻译的兰姆姐弟的故事形式的《吟边燕语》所产生的印象以及幕表戏莎剧的演出，无疑起到了非常重要的规范作用，为莎剧显示出真正的舞台艺术特性奠定了初步的基础。

在引进、改编外国戏剧的潮流中，出于对戏剧时代性的敏感，宋春舫积极引进和介绍外来戏剧。作为戏剧家的宋春舫也从演出的角度认为莎剧是"一幅英国文艺复兴时代舞台风俗画"③。而且他从莎剧舞台上中西戏剧舞台男扮女装的历史出发，认为在戏剧演出使用女伶上，英国开始较晚，主要是受基督教观念的束缚，因为"牧师扮演女角，本是不伦不类"，④ 莎氏戏剧中的主要女角由男人扮演的情况不在少数，这些演员也都名噪一时。而中国戏

---

① 田汉：《莎士比亚剧演出之变迁》，《南国》1929 年第 3 期，第 446 页。
② 同上书，第 419—447 页。
③ ［英］A. Cruse：《莎士比亚时代的英国剧院》，宋春舫译，《商务印书馆周刊》1936 年第 189 期，第 9 页。
④ 陈友峰：《生命之约：中国戏曲本体新论》，文化艺术出版社 2008 年版，第 313 页。

曲中"'男旦'艺术的产生绝不是一个偶然现象……'男旦'是在作为社会主流意识的'男权意识'受到质疑和批判、男权社会开始动摇的特定历史环境中开始出现的"①。"男子扮演女角,从现代欧美人眼光中看来,如果不带浪漫的色彩,那么未免不了有些滑稽讽世的意味。"② 而中国历史上的戏剧演出,早有"燕舞环歌"的证明。在清朝早期,"我们的女伶也和英国的女伶一样,不许登台",但我们却不是受到基督教思想的禁锢。他认为在扮演女角上,梅兰芳和莎剧有相通之处,关键在于对戏剧的深刻理解与天才阐释。因为"全世界有三个国家——日本、英国和中国——舞台上男扮女装,本是司空见惯的一件事,昭垂史册,其中杰出的人才,是恒河沙数,然而全世界中,古往今来,男伶扮演女角,最著名的,当然要推我们中国的梅兰芳了"③。这篇文章的用意在于详细介绍戏剧特别是莎剧表演中男伶扮演女角的制度,强调这种现象在莎剧和中国戏曲演出中都是一种特殊的现象,具有多方面的审美价值。梅兰芳的演出和世界上任何演员相比也绝不逊色,通过这样的比较促使人们从舞台演出的角度认识到,无论是莎剧还是梅兰芳的京剧在艺术精神、美学思想上以及戏剧表演上都是相通的。

从舞台演出的角度研究莎士比亚的主要是一批曾经先后在国立戏剧专科学校任教和从事戏剧教育的学者。从舞台演出的角度研究莎剧,避免了一开始评论者的心中就只有文学文本,而把舞台和剧场效果搁置在一旁的弊端,尤其是从戏剧艺术本体的角度研究莎剧,为读者提供了从另一个视角认识莎剧的可能。作为具体排演莎剧的导演和组织者,余上沅更是从舞台实践的角度阐释了自己的导演理念。莎剧既是"诗",也是"戏剧",虽然他无意对这两者进行区别,但是作为一个戏剧家,他充分肯定了莎士比亚在世界戏剧史

---

① [英] A. Cruse:《莎士比亚时代的英国剧院》,宋春舫译,《商务印书馆周刊》1936年第189期,第11页。
② 宋春舫:《从莎士比亚说到梅兰芳》,《逸经》1936年第8期,第419—424页。
③ [英] A. Cruse:《莎士比亚时代的英国剧院》,宋春舫译,《商务印书馆周刊》1936年第189期,第11页。

上的地位。"莎士比亚是古今中外唯一的伟大戏剧诗人"。① 有了莎剧，"才有近代戏的成功"。② 他认为唯有认识清楚莎士比亚是属于戏剧的本体，抓住舞台演出的特性，尊重舞台演出的规律，才能在演出上真正体现出莎剧的内在精神。余上沅说："我们国立戏剧学校举行公演的目的……因为这是一个戏剧教育机关，我们要使学生得到各种演剧的经验，虽然也时常顾到演剧在社会教育上的效用，表演莎士比亚剧本是世界各国（不仅是英国）认为极重要的表演之一，甚至于是演剧的最高标准……莎氏剧的表演也很有神圣化的意味。"③ 余上沅从剧本本身、剧本读法、演员动作、布景、服装上阐述了演出《威尼斯商人》的导演思想，"希求达到提起许多人研究莎士比亚的兴趣……将来逐渐养成了莎氏剧之演出的标准"④。谈到演出莎剧，他强调，在排演时，为了使观众一听就懂，"把原译本稍加修改"，对于舞台上的念白，应从容地说下去，使观众听得明白，"我们对于莎氏剧之读法所感到的困难很多，当它是旧戏的韵白，当它是文明戏的调子，当然都不对，当它是随口说话也不对"。⑤ 关于演员的动作，"我们愿意守定表演技术里的一条金科玉律——与其多动，不如少动。在稳静的姿势之下，让观众少分精神，而多注意于听清楚剧中的词句。在必须动作的时候再用动作，还来得更有力量"。⑥ 布景只用绒幔子，只用几件必要的大道具。因为莎士比亚时代的舞台和中国舞台有相似之处——"不用布景"。这样的演出有为莎剧在中国的演出提供借鉴、积累经验的用意，同时也为改编外国戏剧提供了借鉴的经验。余上沅认为演出莎剧的目的是通过莎剧训练学生的表演能力和提高学生的表演技巧，积累表演经验，无论是台词、动作还是舞台布景，余上沅都明确表示了排演莎剧的理

---

① 余上沅：《翻译莎士比亚》，《新月》1930年第3期。
② 同上。
③ 余上沅：《我们为什么公演莎氏剧》，《国立戏剧学校莎士比亚纪念特刊》1937年6月，第61页。
④ 同上书，第66页。
⑤ 同上书，第64页。
⑥ 同上。

念，同时也意在为今后的莎剧排演提供借鉴的经验，而这也成为后来戏剧表演专业训练学生的一条不变的规则和课程内容。

20世纪20年代，人们已经对莎士比亚的创作方法有具体的评价，认为莎士比亚挖掘人性的功夫，可谓达到最高峰了……他的泼剌的批判的现实主义的创作方法……卓越的语言天才……富于创造力的勇气，① 使研究者更为看重莎氏的创作原则，既是客观的反映，同时也是主观的表现。② 但一般的文艺批评家并没有把莎士比亚作为戏剧家来深入挖掘其舞台表导演的美学内涵。但难能可贵的是，戏剧理论家陈瘦竹对舞台上的莎剧格外重视，他始终对莎剧的舞台性以及莎剧的观赏效果有清醒的认识，而这一点正是单纯的文学文本所缺乏的。因为"舞台上传递给我们的审美信息是以立体的、具体可感的、生生不息的鲜活形象的方式传递的，而不是以单纯的语言或声音的方式传递的。它呈现在我们眼前的是一种生活场景的再现"。③ 他在评述《马克白》的结构艺术与性格描写时提出："莎士比亚并非书斋中的文人，而是剧场中的天才。假如他不加入戏班，不现身舞台，不熟悉观众，他或许只是一位天才的诗人，而不是天才的戏剧家。"④ 莎士比亚的剧本当然纯为当时演员舞台观众而作，编剧技巧就是要吸引观众，引起他们的观看兴趣。剧作家应该先了解观众，然后才能娱乐观众、启迪观众。"莎士比亚的剧本，虽然情节既美妙性格又深刻，但是我们必须先要肯定，他既是出身剧场，当然会尊重一般观众的要求，以情节为主，以性格为辅。"⑤ 莎士比亚是"为着求娱乐求刺激求知识的观众，以及被观众三面包围，虽有相当装置但是仍极自由的舞台"。⑥ 作为一个戏剧理论家，陈瘦竹特别肯定了舞台演出的重要性，强调剧场感，强调情节在戏剧中的重要作用，而不是一味突出人物的性格特点，可以说是抓

---

① 林焕平：《莎士比亚为什么成功?》，《文章》1946年第4期。
② 孟式钧：《论："再莎士比亚底写：创作方法上地两种倾向"》，《杂文》1935年第3期。
③ 陈友峰：《生命之约：中国戏曲本体新论》，文化艺术出版社2008年版，第82页。
④ 陈瘦竹：《莎士比亚及其〈马克白〉》，《文潮月刊》1946年第4期。
⑤ 同上。
⑥ 同上。

住了戏剧的本质,这源于其对莎剧舞台性以及应该达到的剧场效果的深刻认识。莎士比亚不是象牙塔里的诗人,而是演员出身的戏剧家,也只有抱着这个态度才能正确欣赏莎剧。《马克白》中这部悲剧的主角,虽然名为恶汉,虽然明知故犯,但却不是一个全无天良不知悔悟的小人,只是他的良心不及野心强大而已。① 而"《威尼斯商人》虽是一出喜剧,但也是莎氏喜剧中最富于悲剧性者,是描写压迫者和被压迫者喜剧中的悲剧。《李尔王》的题材是有普遍性永久性的,这戏里描写的,乃是古今中外无人不密切感觉的父母与子女的关系……所谓孝道与忤逆,这是最平凡不过的一件事"。在《马克白》里,莎氏把犯罪者的心理完全描写出来了,由野心,而犹豫,而坚决,而恐怖,而猜疑,而疯狂。② 这种从舞台和剧场效果的角度研究莎剧,重视舞台上的莎剧,就有别于当时一些学者型的莎学论文,如袁昌英的《歇洛克》③ 和《沙斯比亚的幽默》④,以及杨晦的《雅典人台满》⑤ 等都可以说是从文学角度而非从舞台演出的角度研究莎剧的论文。

尽管将莎剧定位于戏剧,而不是诗歌和小说已无疑问,但是对于莎剧首先是舞台戏剧的定位,在很长时期内,国人的认识仍然比较模糊。民国时期对莎士比亚的介绍是庞杂的,其中既有比较严肃、深入地分析莎剧的文章,也有单纯、浅显的介绍,甚至有些文章根本就是捕风捉影的创作。有些介绍者对莎士比亚的认识也不正确,如对莎剧首先是戏剧的认识不清晰,对莎剧艺术形式理解错误,甚至连话剧与歌剧在艺术形式之间的区别也极为模糊。如李慕白就认为"伊丽沙白朝代的人民,对于舞台剧,其不发生极大的兴趣",⑥ 甚至有人称莎士比亚为"歌剧宗师"。⑦ 这些介绍虽然并非主流,但仍

---

① 陈瘦竹:《莎士比亚及其〈马克白〉》(续),《文潮月刊》1946 年第 4 期。
② 泽夫:《关于莎士比亚的名剧》,《同行月刊》1936 年第 10 期。
③ 袁昌英:《歇洛克》,《国立戏剧学校莎士比亚纪念特刊》1937 年 6 月,第 47—60 页。
④ 袁昌英:《沙斯比亚的幽默》,《国立武汉大学文哲季刊》1935 年第 2 期。
⑤ 杨晦:《雅典人台满》,杨译,《雅典人台满》,重庆新地出版社 1944 年版,第 10 页。
⑥ 李慕白:《莎士比亚时代的剧院——英国文学漫谈之一》,《世纪评论》1947 年第 2 期。
⑦ 刘梅:《戏剧鼻祖莎士比亚:他是一个放债人》,《宇宙新闻》1947 年第 5 期。

然显示出，在很长一段时间里，国人对"莎剧首先是舞台艺术"存在着一个逐渐认识的过程。

二 定位：解读莎剧的关键

梁实秋堪称是20世纪20年代至1949年中国撰写莎评最多的人。2002年10月由鹭江出版社出版的《梁实秋文集》中的第八卷收录了他的绝大部分莎学文章，但在收录时仍有一些缺失，如梁实秋发表于《国立戏剧学校莎士比亚特刊》上的《关于〈威尼斯商人〉》一文，该书在收录时就删除了三页多的篇幅。这就提醒我们，解读民国莎剧研究，必须以第一手材料为准。我们知道，是把莎剧定位于"故事""小说"，还是纯粹的文学文本，或将莎剧定位于"剧本"，无论是在翻译中还是在舞台的二度创作上都会有很大的区别。定位不同，译本的风格也会不同，舞台的演出效果更会有相当大的差异。作为一个翻译家，梁实秋也从翻译的角度谈到翻译与演出之间的关系。在"关于译本"，在这一节中梁实秋说自己的译本"理论的批评家常嫌我的译本太缺乏诗意，不够'文'。剧院的导演又嫌我的译本太'文'了。这两种批评我都接受。这两种批评本身也不冲突。批评家的批评，我接受，但是不容易实践，因为我已尽了我的力，我只能有这样的成绩。导演者的困难却很容易解除，只须在字句上再修饰一番就行了"。[①] 这可以是看作梁实秋的莎剧翻译观，同时也涉及莎剧的排演。难能可贵的是作为一个翻译家，梁实秋也始终强调莎士比亚首先是一个戏剧家，如果在译莎时心里没有戏剧，那么是译不好莎剧的。梁实秋的这一观点无论是对于当时认识莎剧的舞台性，还是对于1949年以后一批莎学家只把莎剧作为文学作品来阐释的现象，都具有提示作用。

---

① 梁实秋：《关于〈威尼斯商人〉》，《国立戏剧学校莎士比亚特刊》1937年6月，第22页。可参见《梁实秋文集》编辑委员会《梁实秋文集》（第8卷），鹭江出版社2002年版，第555—675页。（根据笔者查考，鹭江出版社出版的《梁实秋文集》中所收录的这篇文章并非全文，而刊载于《国立戏剧学校莎士比亚特刊》上的《关于〈威尼斯商人〉》乃为全文，而国内一些学者在研究梁实秋时对此并没有详加考辨。）

梁实秋认为，"莎士比亚的剧本，是演员用的，不是为人读的"。① 他认为如果不把莎士比亚当作戏剧来翻译和演出，我们对莎士比亚的认识就是不完整的。因为剧院对于莎士比亚的艺术也有重大影响，② 认为莎士比亚"并非自始至终的是一个诗人，他亦并非自始至终是一个戏剧家，他是由诗人而变成为戏剧家"。③ 这一指导思想，也是当时梁译莎剧能够被选为舞台演出脚本的原因之一。莎氏的"十四行诗是抒情诗，那三十多出是戏剧诗，全是诗，所以莎士比亚仍是彻底的一个诗人"。④ "我说莎士比亚由诗人变成为戏剧家，并不是把他归入易卜生萧伯纳一类，在近代意义上把莎士比亚当作一个戏剧家……我认为也是稍失之偏。我们必不可忘记，莎士比亚的戏剧是很有个性的一种东西，是诗与戏剧的混合体。"⑤ "莎士比亚的作品是'诗的戏剧'这一类型中最高的成绩。"⑥ "莎士比亚的作品中名为诗而实在不成为诗的地方太多了。我可以大胆地说，从量上估计，十分之八不是诗……我认为这正足证明莎士比亚的艺术手腕之高明。他很明白他的任务是写戏，不是作诗，是用对话和动作表现一段情节及其意义，不是要在文字上用心制作声调铿锵的音节或富丽堂皇的辞藻。"⑦ 这里显然有一个如何认识莎剧的问题，十分之八九不是诗，那么就只能是戏剧了，其戏剧性也就表现为对话和动作。作为杰出的翻译家梁实秋可以说与朱生豪、英若诚等人一样，是将莎剧作为能在舞台上演出的剧本进行翻译的。

民国时期的莎评以翻译加介绍为主，如李贯英在翻译时且译且评莎剧中有关花卉的诗句，认为莎氏民俗典故的简明确当，有伟大的文学价值。⑧ 莎士比亚的"用典足以代表人民的风俗，他的植物花卉的典志是人民生活上，思

---

① 梁实秋：《莎士比亚——三十三年十一月在中央大学的演讲稿》，《文史杂志》1944年第4期。
② 梁实秋：《莎士比亚研究之现阶段》，《东方杂志》1936年第7期。
③ 梁实秋：《莎士比亚是诗人还是戏剧家》，《文学杂志》1937年第1卷第2期。
④ 同上。
⑤ 同上。
⑥ 同上。
⑦ 同上。
⑧ 李贯英：《"莎士比亚的英国"中的"民俗"》，《民俗》1928年第37期。

想上的直接的果实"。① 但也有评论家干脆把莎士比亚称为"剧圣",而不是"诗人",强调的是莎氏的剧作家身份,更能充分说明这一问题。莎士比亚绝顶的智慧,深入的观察,以及在剧团里吸取的舞台经验,和创造的才干……把希腊、拉丁美洲、欧洲和英国历代的文豪诗人高深的理想与作风全部吸收起来。② 随着陆续有一些莎评文章和莎剧剧本翻译出版,人们已经认识到莎士比亚在思想领域的价值,称莎士比亚是伟大的思想家,莎士比亚"能在一句很简单而叫人永远忘不了的话语中提出人类的美德和罪恶。性格的问题和整个生命的问题,荣誉、果敢、贞洁、慈祥、爱心和名声等问题对于人类是这样重要"。③

显然,这样的认识已经廓清了莎剧的文学性质以及诗的意蕴,更清醒地认识到莎剧其为戏剧特殊性和其因之为是戏剧而具有的对话、动作、音乐、舞蹈、程式,才能在翻译和舞台创作中兼顾两者之间的关系,从而在更加准确理解莎士比亚的基础上,深刻理解莎剧中所蕴含的人文主义精神。

三 中西比较:早期对莎剧的阐释

如果从戏剧比较的眼光来看,当时的一些莎剧论者已经具有了比较的意识。因为"中国人刚刚接触西方戏剧时的潜意识和特殊视角,体现了一种'比较'和对中西戏剧差异识别的意念"。④ 可以说这些论述已经具有了中西戏剧比较的视角,通过将莎剧与其他外国戏剧家、中国戏曲比较,他们已经拥有了一种广阔的视野。

莎士比亚和莫里哀都是世界著名的戏剧家。在20世纪30年代,莎士比亚在中国的名声已经超过了莫里哀,有感于此,汪梧封把莎士比亚与莫里哀放在一起进行比较,目的是引起人们对莫里哀戏剧的关注,但是讨论的结果

---

① 李贯英:《莎士比亚的民俗花卉学》,《民俗》1928年第57期。
② 丁小曾:《剧圣:莎士比亚》,《戏剧生活》1942年第1期。
③ 英新:《伟大的思想家莎士比亚》,《智慧》1947年第36期。
④ 田本相:《中国现代比较戏剧史》,文化艺术出版社1993年版,第20页。

却相反。他说,莎氏的戏剧虽有不及莫氏的地方,但总体来说,莎氏戏剧在艺术成就上仍然高于莫氏。他提出以诗论则莎高于莫;以戏论,则莫胜于莎。论者在这里显然强调的是莎剧的文学性质以及诗的意蕴,而相比之下,莎剧在戏剧性上则不如莫里哀的戏剧。但是涉及悲剧的比较,论者也看到了莎氏在悲剧创作成就远高于莫里哀①。以"所写人物的异真,想象的高远,哲理的切实深刻,写作时只以观众为目标,作品当时大受欢迎,不留意于刊印剧本"②,所以汪氏反而认为,莎士比亚在戏剧艺术创作成就上高于莫里哀。

而从中西角度比较的则有赵景深。他的《汤显祖与莎士比亚》这篇文章可以说是较早的一篇从戏剧比较的角度探讨莎剧和汤显祖戏剧的中西戏剧比较研究的论文。莎剧与汤剧二者之间有诸多的相同之处:作者生卒年相同,在戏曲界都占有最高的地位,在题材上都是取材于前人的多,自己创作的少,莎士比亚不遵守三一律,汤显祖不遵守音律,都是不受羁勒的天才。这种不受约束的创作手法,自身就体现出一种"合和"的审美原则,远远胜于"虚饰"③的艺术,在悲剧写作上都达到了一个高峰。④ 汤显祖和莎士比亚都在戏曲界占有无可撼动的艺术地位。赵景深将汤显祖与莎士比亚进行比较,对于读者从中西文化、戏剧和审美的角度更清晰地认识二者的审美原则提供了思考,即汤显祖和莎士比亚戏剧之间诸多的内在审美机制的一致。

而身为戏剧家的焦菊隐则没有局限于莎剧"文学性"与"戏剧性"之间的论争,而是超越了这些具体的论争,因为对他来说,莎剧属于舞台是毫无疑问的,关键是如何演出的问题,以及莎剧在精神生活中的巨大作用,他看重的是戏剧对社会、现实的作用和影响力。他的《关于〈哈姆雷特〉》一文也强调了演出莎剧对于莎学研究的意义。⑤ 莎剧"在十九世纪的俄国人看来,

---

① 汪梧封:《莎士比亚与莫里哀》,《光华大学·半月刊》1934 年第 4 期。
② 同上。
③ 赵景深:《汤显祖与莎士比亚》,《文艺春秋》1946 年第 2 期。
④ 同上。
⑤ 焦菊隐:《关于〈哈姆雷特〉》,《戏剧生活》1942 年第 3—4 期。

是多么亲切，多么需要。当沙皇统治已衰颓仍发挥着混乱的残暴的时代，莎士比亚对痛苦中的俄国人，更成了一个伟大的同情者，启发者和鼓励者"。革命后的俄国人民，对于莎士比亚，仍更有着极深的爱好。虽然莎氏的时代和新兴世纪有相当距离，但一方面他的作品具有普遍性，对今日现实社会仍然具有暴露的力量，一方面他的人生哲学，一种抗议的、奋斗的、乐观的哲学，又深深给苏联人民所走的路线，做一个有力的示证。①

  他们对莎士比亚戏剧舞台性与剧场性的论述，在莎学研究中具有重要意义，为日后莎剧的表导演提供了可资借鉴的宝贵经验。从林纾等人将莎士比亚定位于诗人，将莎剧定位于故事、小说以来，还原了莎剧为戏剧的定位，可以说是一个文学观念的改变，对莎剧的认识是一个从文学叙事到舞台演绎观念的根本转变，也说明人们对戏剧的对白、动作等戏剧性的认识更为深刻了。这样不仅有利于莎剧的翻译、有利于莎剧的阐释，更有利于莎剧的演出。

---

① 焦菊隐：《俄国作家论莎士比亚》，《文艺生活》1941年第2期。

第二章　形成具有中国特色的莎学

第一节　马克思主义莎评与西方马克思主义莎评

一　莎学研究中的重要流派：马克思主义莎评

在梳理中国马克思主义莎评特点的基础上，描述了中国马克思主义莎学的发展历程，并通过对当代西方马克思主义文论中涉及的莎学研究提出了拓展马克思主义莎学研究的构想。

20世纪二三十年代以来，马克思主义莎评成为世界莎学研究中的一个重要流派，而且在莎学研究领域取得了一系列重要的研究成果。时至今日，马克思主义莎学仍然是莎学研究中经常涉及的话题。世界莎士比亚大会多次将"马克思主义莎学"列为会议讨论的议题。传统的马克思主义莎学批评强调要从伊丽莎白和詹姆士王朝时代英国的社会、政治、经济进程看待莎氏，把莎氏视为"革命的人道主义者"，具有非宗教和唯物的人生观。在革命的年代里，马克思在阶级斗争的事业中，把包括莎士比亚在内的他所赞赏的作家当作武器。受俄苏莎评的影响，20世纪中国莎学的发展，始终与俄苏马克思主义莎学的译介与研究有密切联系。莎士比亚是马克思科学研究自始至终的最好伴侣。马克思、恩格斯论莎士比亚是马克思文艺理论及批评的重要组成部分。我们从《威尼斯商人》中的夏洛克出现在马克思的文章中，就可以领会到马克思评断当代与夏洛克类似的人物的标准。由苏联莎学家开创的马克思主义莎评采用马克思主义观点分析莎士比亚及其戏剧,把莎士比亚定位于"那个时代资产阶级人文主义的理想代表"①,刷新和丰富了几个世纪以来的莎学研究,其影响遍及英国、美国、中国,以及东欧。俄苏马克思主义莎学批评对中国莎学所产生的影响是与社会主义的政治意识形态性质紧密相关的。国外马克思主义莎评的代表人物主要有卢纳察尔斯基、葛兰西、弗里契、莫洛佐夫、斯米尔诺夫、阿尼克斯特、考德威尔、拉卜金、凯尔特、安奈特·鲁宾斯坦、魏曼、特雷·伊格尔顿、斯蒂芬·格林布拉特、乔纳森·多利默等人,另外一些学者则描写了"西方马克思主义"论著。尽管马克思主义莎评本身也存在着不一致的观点,观点各有侧重,但却在莎学研究上呈现出比较一致的倾向,马克思主义莎评往往把莎作同历史、现实生活和人性联系起来考察。马克思主义莎评试图在莎学研究中贯彻辩证唯物主义与历史唯物主义的观点,常常把莎作放到历史发展和阶级斗争中去考察其社会意义;强调莎作的历史进步意义,反对把莎作看作有中世纪意识形态和艺术方法因素的继承;在强调莎作"人民性"的同时,联系意识形态斗争的具体语境,着重阐释莎氏的乐观主义和现实主义创作方法。以苏联为代表的马克思主义莎学研究对中国莎学研究影响有深刻影响。20世纪下半叶,中国莎学研究搬用苏联莎学研究模式,运用阶级分析的方法,注重对马克思提出的"莎士比亚化"做出自己的阐释。马克思在莎氏剧本中看到了与现代资本家的世界观截然相反的世界观,在莎学研究中强调人性论和人道主义则被看作修正主义者的主要思想武器。这些观点构成了那一时代中国莎学研究的独特模式和主流话语。研究者认为,只要运用马克思主义的基本观点和理论,采用辩证唯物主义与历史唯物主义的观点,就能够超越西方莎学,克服其弊端。

---

① [苏] A. A. 斯米尔诺夫:《莎士比亚的马克思主义解释》,杨林贵译,张泗洋、孟宪强编:《莎士比亚的三重戏剧:研究演出教学》,东北师范大学出版社1988年版,第294页。

二 莎学批评的再出发

在中国莎学批评中,由于苏联莎学强烈的意识形态色彩和西方莎学批评及新的文学方法论的译介,俄苏马克思主义莎学批评失去了昔日的主流地位。新时期以来的中国莎学批评强调借鉴西方莎学理论,在研究中往往以多元化的审美力图消解莎学研究中的意识形态色彩。同时,我们的莎学研究在有意识地建构当代中国特色时,尚缺乏对与马克思主义学说有着本质区别的"西方马克思主义"莎学观点的认识,没有对特定历史时期和特定地缘政治条件下的"西马"学说中涉及的莎学批评进行仔细梳理。而西方马克思主义的核心内容就是人性、人道主义。改革开放以来,我们的莎学研究对"西马"缺乏应有的对话和批评,故我们的莎学批评也多从人性、人道主义入手,而不再从马克思主义的认识论、反映论和历史方法与辩证方法研究莎作,弱化或抛弃了唯物主义历史观和阶级分析,张扬人性、人道主义,于有形与无形中受到"西马"文学批评的影响。

三 中国的马克思主义莎评

从历史上看,中国的莎学研究通过对俄苏莎评的译介,特别是对马克思主义莎评的译介和学习,使中国的莎学研究者看到了不同于英美莎评的崭新理论资源。而马克思主义莎评中的唯物史观和人民因素,对于在当前价值观念多样化的背景下如何建立有中国特色莎学同样具有重要意义。包括马克思主义莎评在内的马克思主义文学批评成为中国文论现代化的方向。而马克思主义莎评中所涵盖的采用历史唯物主义和辩证唯物主义观点的研究方法,以含有特殊时代特征的"人民性"作为评判标准,联系中国语境,反对侵略、压迫,强调阶级与阶级斗争来分析主题、人物,既不能剥离意识形态因素,也不窄化审美和批评视野,亦有重要的理论价值,为莎学提供了以马克思主义文学批评和美学研究的指导原则。中国的莎学批评在苏联马克思主义莎评的基础上,将马克思主义莎评具体应用到自己的莎学研究中,并取得了一批基础性的研究成果,奠定了20世纪下半叶中国莎学研究的基本格局。但是随着改革开放,中国的莎学批评开始反思"苏联马克思主义莎学"是否准确理解了马克思主义的精髓,以及莎评中"左"的倾向,简单化理解马克思主义,将莎士比亚纳入特定的意识形态领域的斗争,为现实政治服务的倾向。

茅盾是第一位向中国读者介绍马克思、恩格斯对莎氏的评价,并将莎氏与现实主义联系起来论述"莎士比亚化"的学者。杨晦的《〈雅典人台满〉序》被认为是"中国第一篇企图用马列主义观点来分析莎士比亚的论文"。中国马克思主义莎学批评的主要代表人物为卞之琳、孙家琇、张泗洋、赵澧和孟宪强等人,而同时代的吴兴华、陈嘉、李赋宁也在自己的莎学论文中将马克思主义理论运用到具体的莎学批评实践中。安奈特·鲁宾斯坦在《英国文学的伟大传统》一书中指出,莎学研究应联系莎士比亚生活的新旧交替时代的社会政治斗争,以及莎氏反对封建内战、主张民族统一,反映君主职责、个人野心与政治、宗教等诸多层面,否则会只见树木,不见森林。卞之琳在他的一系列长篇莎学论文中认为,莎士比亚在他的剧作中很大程度上反映了阶级与阶级斗争的观点。他在莎学研究中,也看到了莎氏对阶级的划分,并以阶级分析与阶级斗争的观点来理解莎士比亚所反映的时代和社会环境。卞之琳将莎士比亚定位于"能发扬本阶级与广大人民利益相一致的思想,在揭发封建借以的罪恶本质的同时,也揭发本阶级与人民利益相矛盾的倾向,莎士比亚在他的戏剧里,站在广大人民一边,不但反对封建罪恶,而且反对资本主义关系的罪恶倾向"。莎士比亚不但是本阶级的叛逆者,而且是本阶级的掘墓人。卞之琳发表的长篇莎学论文引用马克思、恩格斯、列宁、斯大林的《资本论》《自然辩证法·导言》《共产党宣言》《德国农民战争》《列夫·托尔斯泰》《给拉萨尔的信——论革命悲剧》《给明娜·考茨基的信——论倾向文学》《路易·波拿巴的雾月十八日》《马克思、恩格斯、斯大林论文艺》等。卞之琳运用马克思主义文艺观指导莎学研究,他明确提出运用辩证唯物主义和历史唯物主义的立场、观点、方法来研究莎士比亚作品中的人物,莎氏所处的时代是封建社会基础崩溃和资本主义关系兴起的文艺复兴的交替时代，把握了这一点也就把握了马克思主义莎学的精髓。时值晚年，卞之琳已经认识到，意识形态化为了当时的政治领域运动，不加思考地认为莎学批评必须以苏联模式的马克思列宁主义为指导，多采用阶级分析的方法研究莎剧，不可避免地深受时代和意识形态领域阶级与阶级斗争观念的影响，存在着机械地、简单地理解并用马克思主义莎学指导莎学研究，将苏联马克思主义莎学视为唯一正确的莎学研究方向，禁锢了研究者的视野，也不能全面深刻地认识莎士比亚及其戏剧的经典价值。

马克思曾经提出了包含对人的感觉、情欲和需求的肯定，通过"人也按照美的规律来构建"的学说体现了马克思主义美学思考的现代性。马克思乃是从黑格尔走向马克思主义，也是从"人"的哲学批判走向经济学批判。孙家琇在莎学研究中运用马克思主义、辩证唯物主义和历史唯物主义对莎氏及其作品进行研究，形成了她的马克思主义莎学观，也是她一贯的指导思想。她认为，马克思、恩格斯运用科学的世界观对莎士比亚的创作经验和创作特点的概括与总结具有普遍的意义。莎剧所反映的欧洲封建社会的阶级和资本主义上升阶段的历史现实、社会家庭、人与人之间的关系和思想意识的变化，极好地印证了马克思主义理论。张泗洋的《莎士比亚引论》（上、下）被认为是在我国近一个世纪的莎学史中的第一部用马克思主义观点系统全面研究莎士比亚的著作。这部著作强调要深入研究莎氏，必须注重历史和社会背景，必须放到"国家的背景"中，看到生产力和生产方式的发展水平，并最终看到其对时代和社会的各个方面包括文学和戏剧所产生的深刻影响。马克思主义莎学批评是在问题意识中展开，即在资本现代性原则的社会中，确认莎作的经典价值的。莎士比亚深刻地、多方面地描写了他的时代。他的戏剧创作乃是文艺复兴时期社会生活的最充分的艺术上的反映。赵澧在莎学研究中运用马克思主义指导自己的莎学研究，在研究中以辩证唯物主义与历史唯物主义解释莎士比亚及其作品。在研究中注重影响莎士比亚创作的时代和环境因素，进而把握莎士比亚的总特征和莎剧的主题思想、艺术特点，并对西方莎学和苏联马克思主义莎学中的偏颇提出了批评。吴兴华发表的莎学论文虽不乏真知灼见，但也以苏联马克思主义莎学观点为主，从阶级斗争角度解析莎剧，对西方资产阶级莎学提出批评，对莎作批评提出了符合当时意识形态语境的研究。孟宪强晚年以辩证唯物主义和历史唯物主义的认识论和方法论为指导，运用马克思主义美学对《哈姆雷特》进行了全面研究。

四 当代西方的马克思主义莎评

中国特色的莎学研究，表现为以苏俄马克思主义莎学为中介，实现中国语境下的莎学批评；或将马克思主义文艺理论直接与莎作文本分析相结合；或试图借鉴西方马克思主义莎评。著有《莎士比亚和社会》《莎士比亚戏剧论文集》的英国马克思主义文艺理论家特里·伊格尔顿肯定文学的意识形态性和社会功能，认为真正的马克思主义批评就是要挖掘文本与意识形态之间的发展关系，并以他的"文学生产论""审美意识形态论"以及"理论之后的理论"等对莎作做出评述，引起研究者的关注。詹姆逊也认为马克思主义文化解释学，要坚持唯物主义历史观，辩证法是马克思主义的灵魂。这些理论显然可以运用于中国马克思主义莎学的建构中。在当代西方马克思主义莎学研究中，乔纳森·多利默、艾伦·辛菲尔德、加布里埃尔·伊根以及特雷·伊格尔顿等人的英国马克思主义莎评有较大影响。他们的莎评注重从社会角度出发阐释莎作，尤为习惯从权力与策略角度对莎作文本进行深度解读。伊格尔顿的《莎士比亚与社会：莎剧批评研究》采用结构主义理论分析莎作。他的《威廉·莎士比亚》通过互文性解释莎剧与马克思恩格斯著作中的微言大义，强调从语言、自然、法律、欲望、价值、缺失层面研究莎剧。加布里埃尔·伊根的《莎士比亚与马克思》着重从政治、文学、戏剧和文化批评视角分析莎剧。乔纳森·多利默与艾伦·辛菲尔德的《政治的莎士比亚：文化唯物主义新论》从大众文化角度出发，挖掘文本和社会中隐含的非主流倾向，强调布莱希特戏剧理论与舞台实践和莎剧之间所具有的辩证关系。乔纳森·多利默的《激进的悲剧：莎士比亚及其同时代人戏剧中的宗教、意识形态、权力》则揭示了权力运作、人性与意识形态之间的多元互动关系。格雷斯·霍克斯的《现代主义莎士比亚》将莎作阐释视为历史和政治行为，认为现代主义与马克思主义对莎作的认知不无趋同之处。伊芙·堪布斯的《一段历史：唯物主义莎士比亚》认为莎作文本中所透露出来的意识形态倾向对当代读者和观众都有深刻的影响。美国马克思主义莎评分为以斯蒂芬·格林布拉特为代表的新历史主义批评和以吉恩·霍华德为代表的马克思主义莎评，后者与瓦尔特·科恩、司各特·舍肖编著的《马克思主义莎评》从"幽灵"学说、女性与文化生产、海外贸易在莎剧中的描写，研究了现代电影中的莎剧。而吉恩·霍华德的《马克思、弗洛伊德：伟大的莎士比亚学者》则从新历史主义、文化唯物主义、女权主义、后结构主义、现代主义以及法兰克福马克思主义视角对莎剧进行了再解读，认为马克思主义莎评已经形成了从历史唯物主义和辩证唯物主义理论角度分析莎作的理论、概念、技巧的方法。

五 武器的批判与批判的武器

苏联马克思主义莎学中的"人民性"是一个包含强烈意识形态色彩的概念，我们不难从他们的莎学论述中觅到其踪迹。但是，站在时代的高度，当我们重新审视"人民"的概念时，我们也应该认识到，"人民"也是中国马克思主义文学批评的核心概念，马克思主义莎学的"人民性"丰富了世界范围内的莎学批评。马克思主义莎学研究强调不能脱离文本语境研究莎作，更不能无视辩证唯物史观，如果我们的莎学批评不加扬弃地运用各种西方现代文艺理论和莎学学说，无视马克思主义文艺观的哲学基础，就会将莎学研究引入歧途。例如，女性主义的代表人物肖瓦尔特解读《哈姆雷特》时提出"奥菲利亚历来被批评界所忽视不是偶然的，而是男权争霸的结果。在这个主观预设的指挥下，莎士比亚的经典剧目被彻底颠覆。奥菲利亚头戴野花被赋予双重的象征：花是鲜花，意指处女纯洁的绽放；花是野花，象征妓女般的玷污。她死的时候身着紫色长裙，象征'阴茎崇拜'。她蓬乱的头发具有性的暗示"。① 而马尔库塞则通过对马克思美学的批判"有意把马克思主义美学说成是完全否定艺术形式的美学"②。改革开放以来莎评批评家们已经清醒认识到，传统的马克思主义莎评具有鲜明的时代特征，所以应该在莎学批评中，将马克思、恩格斯的莎士比亚评述与在他们之后的马克思主义莎学理论进行严格区分。诚如张永清所说："我们丝毫不否认马克思、恩格斯的文学批评理论与马克思主义的文学批评理论之间的内在联系性与有机整体性……马克思、恩格斯的文学批评也不是'马克思主义文学批评'。"③ 换言之，马克思、恩格斯对莎士比亚的评述与马克思主义莎学批评之间具有内在的联系，但马克思、恩格斯的莎氏论述，不能简单地与后来产生的"马克思主义莎学"画等号，而后者在阐释过程中往往被极端单一化、政治化、阶级化、狭隘化和倾向化了。与此同时，对西方当代莎评中冠以各种主义的研究也要看到其偏颇之处。20 世纪 80 年代中期以来，一些莎学研究者对苏联马克思主义莎学批评中将哈姆雷特定位于人文主义者艺术典型的观点提出了质疑，明确提出了哈姆雷特不是人文主义者，而是具有中世纪思想的封建王子，这就是对俄苏马克思主义莎学的反思。20 世纪 90 年代，个别对苏联马克思主义缺乏历史认识的学者对异彩纷呈的莎学研究提出是否坚持了马克思主义莎学研究方向的质问。

马克思主义莎学理论在建设有中国特色莎学研究中具有重要作用。时代发展到今天，马克思主义莎学并没有过时，仍然具有活力，而且其本身的发展也证明，运用马克思主义的基本理论和美学理论研究莎士比亚及其剧作仍然在莎学研究中占有重要位置。习近平总书记强调"要以马克思主义文艺理论为指导"，认为"只有牢固树立马克思主义文艺观，真正做到了以人民为中

---

① 张江：《强制阐释论》，《文学评论》2014 年第 6 期。
② 方汉文：《西方文艺心理学史》，陕西人民出版社 1999 年版，第 430 页。
③ 张永清：《马克思主义文学批评的困境与出路》，载陈奇佳、张永清编《文学与思想》，商务印书馆 2011 年版，第 89—90 页。

心，文艺才能发挥最大正能量"。① 马克思主义莎学批评对中国莎学研究有其巨大和积极的作用。正是因为马克思主义莎学等非东方与非西方莎评的"异质性"的差异，才导致了中国莎学批评的"现代性"的形成。中国的莎学批评也在其发展过程中试着用社会学的方法解释莎作，从将莎剧纳入社会学意义的理解到美学与文艺层面的认识，从而使中国莎学研究构建了鲜明的以马克思主义"唯物史观"为理论基础的莎学批评。在中国莎学研究史上，已经形成了以马克思主义的科学理论为基础，兼收并蓄，有选择地汲取西方莎学理论、批评流派、现代以及后现代文论和舞台演出理论中有价值的成分，对莎士比亚进行全方位考察的格局。②

第二节　博我以文，约吾以美：走向新世纪的中国莎学

21世纪的中国莎士比亚研究如何发展，这是许多中国莎士比亚研究者面临的一个课题。在重读经典的呼唤声中，莎士比亚毫无疑问是应该重读的经典之一。在一百多年的中国莎士比亚传播史中，曾经涌现出一批杰出的莎作翻译家，经典的莎士比亚作品翻译文本，令人震撼、引起轰动的话剧和中国戏曲改编的莎士比亚戏剧演出，以及一些重要的莎士比亚研究论著。重读莎士比亚有多种方法。纵观中国莎士比亚批评史，并从当下中国莎士比亚批评的现状出发，才能读出新意，因此必须重视莎士比亚戏剧的演出，尤其是对中国戏曲改编的莎剧，应该研究其成功与不足；紧紧跟踪世界莎学研究动向，在资料引进方面重视20世纪世界莎学研究成果的译介，在引进西方莎学研究成果的基础上，对中国莎学研究中的一些带有明显时代痕迹的观点进行更新；在莎学研究中引入包括后现代主义在内的多

---

① 习近平：《在文艺工作座谈会上的讲话》，《光明日报》2015年10月15日，第2版。
② 本节完成以后，通过与张薇博士讨论，受到启发，丰富了本节。

种阐释方法，摈弃以往我们熟悉同时却带有明显局限性的观点，使包括莎士比亚翻译批评与比较研究在内的莎学研究在前人的基础上得到进一步的发展。在世界莎学研究领域成为一支重要的力量，是时代赋予中国莎学研究者的光荣使命。

文学经典的产生有几种情况，一种是产生之初不是经典，但随着时间的淘洗，后来被尊为经典；一种是一产生就是经典；一种是当时被推为经典，后来则不被人们所认可。莎士比亚无疑是属于第一种情况。但是，莎士比亚作品又与其他经典有所不同。它的经典地位显示出一种长期的稳定性，不仅在世界范围的文学经典文本研究中独占鳌头，而且在舞台上常演不衰，而我们对经典阐释的最终意义就在于，发掘经典内在的精神价值与审美价值，不断放大经典的人文价值。正如哈罗德·布鲁姆所说："一部文学作品能够赢得经典地位的原创性标志是某种陌生性，这种特性要么不可能完全被我们同化，要么有可能成为一种既定的习性而使我们熟视无睹……莎士比亚则是第二种可能性的绝佳榜样。"[1] 莎士比亚的经典地位就充分显示出了这样的陌生性。莎士比亚的戏剧最初并不是经典，其经典地位的获得一个重要原因在于随着时间的变化，人们的认识也在发生着变化，而莎士比亚具有连接通俗与经典的独特魅力。莎剧在产生之初由于其通俗性、娱乐性与时代和社会有紧密联系，但是随着时代和社会发展能够激发人们对它自身、文学与艺术和人性不断产生新的认识，其通俗性的身份已经被改写。莎剧在与世界的交流和对话中，不断地被重写和解构，是莎士比亚赢得经典地位的重要原因。那么，我们在兼及中国莎学发展史的基础上对中国莎士比亚研究的现状做出一番描述、展望，并据此提出若干研究策略也就并不显得突兀了。

---

[1] ［美］哈罗德·布鲁姆：《西方正典：伟大作家和不朽作品》，江宁康译，译林出版社2005年版，第3页。

一 机遇与挑战

纵观中国莎士比亚研究领域，我们看到，尽管中国莎学在其发展的过程中遇到了不少困难，显得比较沉寂，"危机"之说也时有耳闻，但在国内各种学术刊物上发表的莎学研究论文仍然居于外国文学研究之首。不容否认的是，在改革开放的近40年中，在国内的外国文学研究领域，莎学研究始终得以持续保持其研究势头不衰，个中缘由值得深入探讨。中国的莎士比亚研究包括的范围主要有：莎士比亚作品翻译、莎士比亚文本研究、莎士比亚戏剧演出、莎士比亚课堂教学。同时，莎士比亚研究在促进国际文化交流，推动中国戏剧理论、戏剧演出的不断发展和文学理论研究的创新方面也做了许多有益的工作。

但是，我们也应该看到中国莎学研究还面临着许多困难，主要表现在：莎学研究缺乏长远规划，没有形成重大的理论突破，研究方法老化，引进西方最新莎学成果不足，与西方莎学界缺乏长期、固定和经常性的交流，国内学者之间、研究与演出之间缺乏对话渠道，缺乏足以实现中国莎学理论体系的建立，从而难以产生深刻影响世界的莎学论著，莎剧演出困难较多、研究经费匮乏等。但是，毋庸讳言的是，随着中外文化交流的进一步繁荣，国外莎剧演出的引入，中国莎剧演出经过不断打磨后的日趋成熟，以及西方文学艺术理论所带来的某些新的研究方法和范式，使中国莎学研究的问题意识增强了，研究视野开阔了，中青年莎学学者逐渐成熟，研究的范围有所扩大，研究的方法也较以前更加多样化了，与20世纪八九十年代中国莎学研究纵向对比，应该说，中国莎学研究并没有就此止步。

二 莎剧演出成为推动莎学研究的动力

莎士比亚研究区别于其他外国作家的最显著的特征之一，就是不仅可以进行文本研究和考证，而且可以进行舞台创作实践。这是莎士比亚戏剧经典化过程中的重要一环。所以，我们就可以看到，在中国戏剧舞台上，莎士比亚戏剧不但可以用英语演出，而且可以采用话剧与中国戏曲的形式演出；莎士比亚戏剧不仅被专业戏剧团体推上舞台，而且已经成为大学生校园戏剧经常性演出的剧目，这是莎士比亚批评不断被激活的原动力之一，也是莎士比亚在中国被经典化的重要原因之一。所以，无论是哪种形式的莎剧演出，都构成了中国莎学的一个重要组成部分，特别是中国戏曲改编的莎剧已经成为世界莎士比亚舞台上一朵奇葩。因为，中国戏曲改编的莎剧以不同于西方话剧的"唱念做打"来演出，加上西方观众对莎剧故事情节已经烂熟于心，中国戏曲莎剧的演出往往会使他们产生眼睛一亮的感觉。京剧艺术、昆曲艺术、川剧、越剧与莎士比亚戏剧的结合，无论在内容上还是形式上都显现出了双重叠加的经典艺术价值。在此意义上，莎士比亚"可以教导我们如何在自省时听到自我……教我们如何接受自我及他人的内在变化，也许包括变化的最终形式"。① 那么，中国传统文化、中国戏曲与号称西方经典的莎士比亚的对接，借中国戏曲包装莎剧，产生的艺术震撼力、冲击力是巨大的，其文化交流的意义也不容忽视。所以，中国戏曲改编的莎剧演出对于理解莎剧，从创作、导演、表演及实践和理论的角度探讨莎剧有着重大意义，不仅构成了中国莎学研究的一个重要方面，给西方观众送去了中国戏曲、中国文化和中国艺术，而且，也通过演出带动、促进了中国莎学研究的发展。②

近年来，中国举办的莎士比亚戏剧演出已经成为一种新常态，中央戏剧

---

① ［美］哈罗德·布鲁姆：《西方正典：伟大作家和不朽作品》，江宁康译，译林出版社2005年版，第22页。
② 1980年，徐企平导演，上海戏剧学院第三届藏族班毕业演出剧目《柔蜜欧与幽丽叶》一经公演便引起轰动。为了让藏族学生读懂、吃透剧本，对照阅读、删改汉藏文剧本、重点全面研读，分析人物、讲解导演构思、排练。当柔蜜欧轻声呼唤"哦，我的爱！我的爱妻！"时，柔蜜欧把幽丽叶轻轻抱起，缓步走向台口，在两人深情凝视中，催人泪下的画外音对白回荡在剧场……英国皇家莎士比亚剧院院长克爵士和美国戏剧专家在观摩以后，对该剧的演出给予很高评价。徐企平排演该剧的指导思想是钟爱莎氏的《柔蜜欧与幽丽叶》，喜欢纯朴、热情、勤奋的藏族学生，藏族儿女担负得起表演世界名著的重担，莎翁这朵绚丽的舞台艺术之花一定会绽放在白雪皑皑的世界屋脊之上。该剧开创了少数民族演员演出莎剧的先河。该剧被邀请到中南海怀仁堂演出三场。邓颖超在观看后对演员说："你们的戏，是开在喜马拉雅山上的一朵奇葩。"胡耀邦、万里接见了剧组全体成员。导演徐企平有幸成为被胡耀邦接见过的戏剧导演。文化部命名该班为"先进教学集体"。徐企平排练使用的藏文剧本被收藏于英国伯明翰公立图书馆莎士比亚文献部。

学院、上海戏剧学院都举办了多届国际莎剧演出戏剧节、戏剧周,国家大剧院和中国国家话剧院也举办了多次莎剧演出戏剧节。国际莎剧演出频繁登上中国舞台。莎剧已经成为中国高校经常排演的剧目。仅中国国家话剧院排演的莎剧就有《威尼斯商人》《温莎的风流娘儿们》《第十二夜》《理查三世》(林兆华)、《理查三世》(王晓鹰)、《罗密欧与朱丽叶》。

从中国莎学的发展史来看,中国现代戏剧从萌芽期开始就受到莎剧艺术的滋养,显性影响表现为对莎作的阅读、翻译、研究、传播;深层影响表现为莎剧在人物塑造,情节丰富性、生动性,语言诗意化,现实主义表现,风格浪漫化和莎氏悲剧审美方式方面对中国现代戏剧的影响。通过比较我们可以看到,莎剧和中国戏剧、戏曲的结合相得益彰,从莎剧中我们更看到了中国戏曲巨大的包容性和生命力。事实证明,中国的京剧和各种地方戏,用来表现莎士比亚戏剧,具有它独特的优越性。近年来莎剧如何为当代观众所接受并喜爱,一直是莎剧研究关注的课题之一,而中国戏曲莎剧的演出不仅成为连接东西方的文化纽带,而且成为连接古代与现代的一条途径,成为古老艺术形式与现代戏剧观念的对接方式之一。所以,很多采用中国戏曲形式改编的莎剧受到了中国观众和西方观众的喜爱,中国戏曲的传播与莎士比亚经典的回馈,取得的是双赢的成功。通过莎剧演出实践,人们认识到,既可以有传统形式的莎剧演出,也可以借莎剧表现现代生活和现代意识与观念,二者并不矛盾。莎剧成为连接过去与现在生活、思想观念、思维方式和人性的一座桥梁。从这个意义上说,在21世纪的中国莎学领域,舞台上的莎士比亚戏剧演出将放射出更加璀璨耀眼的光芒。

三 借鉴西方文学、文化理论的他山之石

为了使中国莎士比亚研究在以往研究的基础上,有更深入的发展,就必须在"扬弃"的基础上借鉴西方文学、文化研究中的理论。如果我们的莎士比亚研究仍然停留在以往研究范式的框架中,那么这样的研究就很难取得任何进展,由于学养、学识的差距,我们甚至不能超越我们的前辈莎学研究者。

那么，突破的关键在哪里呢？我认为，值得我们关注的是，随着西方学术界在20世纪的语言学转向和西方现代与后现代文论的引进，一些学者从语言学角度和后现代语境出发，对莎士比亚最重要的四大悲剧《哈姆雷特》《李尔王》《奥赛罗》《麦克白》进行了深入解读，从语言、宗教、莎氏对西方作家影响角度对莎剧进行研究。因此，从这一角度对莎士比亚进行阐释，我们就会获得远比前辈莎学学者丰富的阐释资源和更加开阔的视野。这种多角度、多种理论参与的阐释，不仅使莎士比亚研究成为检验各种理论和学说的试金石，而且使中国莎学研究范围不断得以拓宽，尽管这种研究还表现得相当不成熟和稚嫩，但毕竟我们在阐释策略上建构起了理论的基石，在认识深度上有所加强，在研究形式上有所创新，甚至给人以方法论上的启示。研究者利用当下的西方文论建构与解构莎剧，能使人们对原有视点下的莎学研究形成了某种超越，甚至可以对我们以往的莎士比亚批评进行检验、校正和再批评。

我们欣喜地看到，随着中国莎学研究的发展，从当下的西方文学、文化理论出发阐释莎作在中国莎学研究中的比重在逐年增加，在解构与建构中使莎士比亚成为思想的源泉和文化批评的训练场、演兵场。立足于中国的莎士比亚研究，本身就具有"中西文化和文学的'互识'、'互补'和'互证'"①的特点，不但对于文学理论、文学批评、文学史的研究具有积极意义，而且对于促进现代莎学的不断创新也有不可小觑的作用。正如王国维所说，中西二学，盛则俱盛，衰则俱衰，风气既开，互相助推。且居今日之世，讲今日之学，未有西学不兴，而中学能兴者；亦未有中学不兴，而西学能兴者。如果将中国莎士比亚研究放在中西之学的大背景下看，我们就不难理解借助西学理论重读莎士比亚的意义了。所以这一类批评既有从宗教、心理学、浪漫主义的研究出发观照莎氏作品，又有从后现代主义、女性主义、后殖民主义、叙事文学、后结构主义、原型理论、文学符号学阐发莎氏作品的研究成果。这种情况的出现与近年来国内对西方文论的引进有很大的关系，同时表明莎

---

① 乐黛云：《比较文学研究的现状和前瞻》，《兰州大学学报》（社会科学版）2007年第6期。

学研究者的某种学术自觉,即莎学研究力求突破既有的研究范围与范式,寻求新的学术增长点。

从莎士比亚与基督教的研究中,我们获得了与原来的中国莎学研究迥异的观点和有很大差异的评价,进一步认识到莎士比亚作品的丰富性、复杂性、多义性。我们看到,不但莎氏悲剧与基督教有不容忽视的联系,而且莎士比亚的喜剧也是贯穿着《圣经》教义与宗教典故的作品。尽管美国当代最有影响的文学理论家哈罗德·布鲁姆一再强调:"莎氏最压抑的悲剧《李尔王》和《麦克白》产生不出基督教意识,伟大而隐晦的戏剧《哈姆雷特》和《一报还一报》也不会。"① 但那毕竟只是哈罗德·布鲁姆的一家之言,我们完全可以在自己的研究基础上得出自己的结论。因为我们没有基督教的生活背景,我们才会对莎士比亚作品中的基督教因素更加敏感,正所谓"行之而不著焉,习矣而不察焉,终身由之而不知其道者,众也"(《孟子·尽心上》),而我们则"于百物之情状,视之洞若观火,而躬筦其机以开阖之"(梁启超,《管子传》第十一章)。正因为莎剧的多样性、丰富性,所以莎剧既具有人文主义文学反对封建桎梏、争取个性解放、社会进步的时代精神,又体现了仁慈、宽恕、博爱精神,这种精神既来源于古希腊罗马文学传统和基督教思想,其中又异常鲜明地体现了"人文主义—基督教"双重文化价值意识,并发展成为后来的西方文学家的基本价值指向和莎士比亚剧作人文精神的主要价值取向。

莎学研究的丰富性与多样性,表现在我们已经超越的既有的以阶级与阶级斗争的眼光来研究莎作的模式上。在我们的研究中早已关注到从美学、现代性、文化等层面把握莎作的精神,如莎剧处理戏剧人物心理活动:如暗示情节,简练剧情,拓展戏剧舞台空间,使观众获得了相对自由、强烈时间差的感觉。种族、性别、他者等后殖民关键词彰显了莎剧的后殖民色彩,就内容产生的历史依据和体现的殖民主义象征意义、人物蕴含的殖民

---

① [美]哈罗德·布鲁姆:《西方正典:伟大作家和不朽作品》,江宁康译,译林出版社2005年版,第37页。

话语中东方主义思维方式、被歪曲表征的被殖民者形象、后殖民语境下被殖民者的悲哀说明了殖民主义主题；莎剧中人性的善恶两面各有神魔对应的原型系列等话题；探讨了莎剧中蕴含的情节是不是由古希腊罗马神话和基督教神话融合而成的问题，以及莎士比亚早期喜剧狂欢化色彩表现为笑谑地给狂欢国王加冕、脱冕，各种狂欢式的变体或者狂欢节的辅助性礼仪，"绿色世界"的建构和语言戏谑，人文主义世界观与人生观的"狂欢精神"；莎剧与《圣经·创世记》的主要内容、整体结构有对应关系，《圣经》特有的隐含叙事结构，贯穿《圣经》中的惩罚与拯救思想也在莎剧中以特有的意象呈现出来；通过女性主义研究，人们看到莎剧中的一些女主人公受到男性话语的压迫，但她们没有意识到这种压迫，她们对男性话语的颠覆是当时社会的权力场所能允许的，而且也受到了某种抑制、解构，显示莎剧的主要倾向也不是以人文主义为中心，而是以建立真诚和谐的人际关系为主旨等讨论，均从不同的侧面对莎士比亚进行了现代意义的阐释。

四 阐释中的比较

中国莎士比亚研究成果的增多，表现为随着比较文学这门学科的发展和壮大，从比较的角度，采用比较文学、比较文化研究方法解析莎作，以及从中西文明视角出发的文学批评，获得了更广泛的研究空间，也为中国莎学做出了一定的贡献。"以不同语言的文学作为比较对象，则能够有相对稳定的较高的比较价值"，因为其研究重心是"放在发现不同语言载体中的文学的独特的审美机制上，尤其是那种只为某种民族和语言的文学所独有的审美特点和审美机制"[①]上，才是我们莎士比亚研究的目的。应该说，莎士比亚与中国作家、作品的比较研究方面是一个大题目，在这个题目之下，既可以有宏观的比较，也可以有微观的比较；既可以是作家之间、作品之间的比较，也可以是戏剧之间的比较，甚至是表演形式之间的比较。莎士比亚作品的翻译由于其跨文化的性质，本身

---

① 辜正坤：《中西文化比较导论》，北京大学出版社2007年版，第285页。

就成为比较文学的一个有机组成部分。据统计，与其他域外作家和中国作家、作品的比较文学研究相比，"关于莎士比亚与中国文学的关系研究，成果最多"，其中既有莎士比亚与中国作家的平行研究，如莎士比亚与汤显祖、关汉卿、李渔、纪君祥、曹雪芹及其相关作品的比较研究，也有莎士比亚在中国的传播问题的研究。由此我们可以清楚地看到莎士比亚研究已经成为比较文学研究领域经常涉及的课题之一。从比较文学的角度进行莎学研究主要是在五个层面上展开的，即莎士比亚戏剧与中国古典戏剧的比较；莎士比亚对中国现代文学、现代作家影响的比较；莎士比亚与外国作家、作品的比较；关于中国戏剧、戏曲改编莎剧的争论；莎士比亚在中国的研究。① 从比较文学研究中的莎氏研究来看，我们发现，在一般的比较文学论著中，对莎士比亚的比较主要借鉴了莎学研究者的成果，而在平行研究中，莎士比亚与中国作家的平行比较很难超越同异比附的僵硬模式。但是，我们也应该看到，从中西戏剧比较出发，对莎士比亚和中国戏剧、戏曲的研究，有助于人们从更加广泛的层面认识文化的包容性与兼容性，能在更深更广的层面上互相借鉴，并最终在这种交流中不断扩大自己的影响力与文化交流中的穿透力。

自20世纪80年代以来，从中国戏曲、戏剧与莎剧比较角度探讨中西戏剧的异同构成了莎剧研究的一个重要方面。在这种比较中，研究者痴迷地将中国古典戏曲中的人物与莎剧中的人物进行形象、性格、审美以及主题、情节、结构之间的比较。把莎剧中的人物放在世界文学史的范围内进行比较，有助于人们更清晰地认识到悲剧人物的共性与不同的个性，从而在更广泛的基础上探索人性，诸如此类的比较尽管还存在着若干不足，但有助于人们从中西方文学、戏剧的审美角度把握莎氏戏剧的美学与道德意义，从不同方面的比较式介入，能够更深刻地领悟到中西文学艺术、文化之间的相同之处与不同之处则是毫无疑问的。

---

① 李伟民：《比较文学视野观照下的莎士比亚研究》，《中南民族大学学报》（人文社会科学版）2006年第5期。

五　面向现代的中国莎学

中国对莎士比亚的翻译、演出和研究构成了多声部的鸿篇巨制交响乐，从19世纪一直演奏到今天。未来的中国莎学研究如何发展是一个难题，在困难与危机中，同时也孕育了期望。中国莎学研究，到底面临着哪些任务呢？又有什么对策呢？我认为概括起来主要有：应该明确提出建立有鲜明特色的中国莎学学派，并构建中国莎学学科理论体系。实质上这一学科的建立至今也没有明确起来，尽管我们距离这一目标仍然有不小的距离，但是仍然应该将其作为一个目标提出来。到今天为止，莎士比亚教学仍然只是大学英文系中附属于"英美文学"教学的一个专题，在大学中文系则附属于"外国文学"教学内容中的一节，即使在外语院校的研究生的文学教学中也很少把"莎士比亚研究"作为专题来讲授。显然，要扭转这一状况，是一个长期而艰巨的任务，值得研究者为此而不断努力。在部分高等学校的中文和英文教育中，也包括莎士比亚研究研究生的培养，尽管莎士比亚已经作为课堂讲授的一项内容，但作为一门传统而系统的学科，我们还面临着构建中国高等院校莎学学科教学体系的任务，这也是我们与西方莎学的明显差距。在21世纪，我们应当建立中外莎学国际交流的畅通渠道，进一步拓展中国莎学学者与国际莎学界和莎剧演出交流渠道，形成中外学者和编导合作机制。在这一方面，美国戏剧专家诺曼·沃克来华执导中央芭蕾舞团演出的大型芭蕾舞剧《罗密欧与朱丽叶》巧妙运用现代舞扭曲夸张造型，展示朱丽叶痛苦、畏惧而又充满希望的内心情感，著名指挥家卞祖善把缕缕情思融入如泣如诉、哀而不伤的旋律中，舞台艺术家马运洪以二层楼房的设计贯穿全剧，群舞、独舞、双人舞既展现了群众性的节庆活动，又有情窦初开的少女细腻的心理描绘；既有激烈的广场械斗，又有缠绵悱恻的独舞、双人舞，朱丽叶、罗密欧初遇时的一见钟情，月下幽会时的狂热相恋，卧室告别时的难舍难分，墓地殉情时的悲恸愤恨，生动展现了原作的精彩段落和人物形象，将观众带入优美、紧张的艺术境界的遐想，这些均可作为重要参照。同时，中国莎学学者应主动出击，将中国莎学的成果让国际莎学界知晓，让西方学者在他们传统、擅长的莎学研究领域中懂得，莎学研究中的西方途径在全球化的背景下是不完善的，也是难以行得通的，因此在构建"世界莎士比亚批评史"的过程中，做出中国学者的贡献，在国际莎坛发挥中国学者应有的作用，也就成为中国莎学研究者义不容辞的任务了。①

为此，我们要加强莎学研究基础工作、资料工作，追踪国际莎学动态。在原有《莎士比亚评论汇编》的基础上不断推出新的国外莎学研究资料汇编，引进世界莎学研究新成果；同时，注重经典重读，在莎士比亚文本细读上下功夫，莎士比亚作品的全部意义正是在无数读者创造性的阐释和阅读中逐渐形成的。对莎士比亚的文本细读早已超越了把史实考证和原义复制作为终极目的的阶段，这种细读应该是在了解文本的隐秘原义的基础上，把握经典存在的时间性与对经典理解的历史性之间的关系，更加重视莎士比亚作品在时间变迁中不断增长的意义，把对莎士比亚作品中对现代人文价值的弘扬作为一项重要使命。在跨文化的戏剧传播中，包括莎士比亚戏剧在内，只要我们"找到把传统审美特色和现代精神结合起来的方法，戏曲可以成为中国文化走向世界的一条捷径，中国戏曲演绎西方故事和古装新戏都可以，关键是形式必须尊重戏曲，内容不忘面向现代"②。无论是传统的内容，还是地道的戏曲形式，关键是具备"能与现代人精神沟通的内涵，表达普世哲理和美学价值"③，就能使古老的莎剧和中国戏曲焕发新的生机。"中国的地方戏曲有三百多种。如果这三百多个剧种或多或少地都能演出莎士比亚，那对于在中国普及莎士比亚，引导人们去认识、去欣赏莎士比亚，将是十分有益的。同时，这样做会提高戏曲演员的文化修养，扩大戏曲工作者的视野。中国的戏曲充

---

① 李伟民：《中国莎士比亚批评史》，中国戏剧出版社2006年版，第477—478页。
② 孙惠柱：《民族特色与普世价值：中国戏曲可能在世界各地可持续发展吗？》，上海戏剧学院戏剧学研究中心：《戏剧学》（第四辑），文化艺术出版社2016年版，第13页。
③ 同上书，第12页。

满无穷的、完美的诗意、思想与感情，它应该是与莎士比亚能够相通的。"①因为作为经典的莎士比亚剧作的意蕴是难以穷尽的，我们对它的理解与阐释也是永无止境的，"真把莎士比亚剧作演得尽善尽美，即使在西方有长久莎士比亚演出传统的国家，也是不容易的。所以，我们的演出尤其需要国内外的专家们的认真的批评、评论"。② 因此，我们应该拓展思维空间，革新研究方法和研究范式，利用西方文艺理论、哲学、美学理论、文学、戏剧理论和语言学理论促进思想方法和研究方法的调整，逐步完成文本研究、舞台演出研究、批评范式等批评主体思维方式的转变，在建设性的历史累积中不断深化对莎士比亚的研究。我们应该启动编辑《中国莎士比亚大百科全书》，更好地发挥中国莎士比亚研究会的会刊《中国莎士比亚研究通讯（中华莎学）》的学术影响力；坚持举办中国莎士比亚戏剧节和搞好省、市莎学研究。加强网络与莎学研究、莎士比亚的普及工作。创造条件争取世界莎士比亚大会在中国召开，从而真正实现莎士比亚与当代中国在21世纪的对接。

---

① 曹禺：《曹禺全集》（第5卷），田本相、刘一军主编，花山文艺出版社1996年版，第466页。
② 同上。

第三章　真善美在中国舞台上的诗意性彰显

莎士比亚戏剧在中国舞台上的演出，相对于其他外国戏剧来说，显然具有得天独厚的吸引中国观众的特殊之处。而且其演出与研究多年来在国内也保持了长盛不衰的局面。因为，无论是在中华人民共和国成立的初年，还是在改革开放的年代，将莎士比亚搬上中国舞台具有一种文化交流上的象征意义，既是与经典的对话，也是参与世界戏剧舞台艺术之间的对话，显示对世界文学艺术瑰宝的一种态度，同时更是一个国家文化软实力的某种体现。尤其是在已经远离了"救亡"与"革命"的年代，对莎士比亚接受的需要，对人性的呼唤，已经远远超过了包括易卜生戏剧在内的其他外国戏剧家的可以对社会生活直接进行干预的"社会问题剧"。根据已经出版的各类学科统计报告、引用报告以及本研究在统计中获得的数据，莎士比亚在国内是被研究得最多的外国作家。①②③④ 同时莎士比亚戏剧也是被搬上中国舞台最多、最频繁的外国戏剧。尤其是在"重读经典"的呼声中，对包括莎剧演出与莎士比亚研究在内的传统经典作家的再诠释一直是吸引广大舞台工作者与外国文学研

---

① 李铁映：《中国人文社会科学前沿报告》(1999)，社会科学文献出版社2000年版。
② 李铁映：《中国人文社会科学前沿报告》(2001)，社会科学文献出版社2002年版。
③ 中国社会科学院外文所课题组：《人文社会科学（外国文学篇）前沿扫描》，《中国社会科学院院报》2002年7月1日。（近年多种文献计量学研究"外国文学"论著的统计，均将莎氏列为研究最多的外国文学作家。）
④ 教育部社政司：《中国高校人文社会科学研究通鉴》(1996—2000)，中国人民大学出版社2004版。

究者的题目之一。为此也就引出了"21世纪的中国莎剧演出与莎士比亚研究如何发展?"的问题。这是许多准备排演莎剧与莎士比亚研究者面临的课题。为此有必要从艺术研究的角度对新中国成立六十多年以来中国舞台上的莎剧演出做一番理论梳理。

近年来在重读经典的呼声中,莎士比亚毫无疑问应该是重读的经典之一。而在中国戏剧、戏曲舞台上排演莎剧,无疑是对经典再诠释的方式之一。在一百多年的中国莎士比亚传播史中,莎剧演出不断,引起轰动的话剧和中国戏曲改编的莎剧演出,在中西戏剧交流史上留下了令人难忘的印象。毋庸讳言的是,随着中外文化交流的进一步繁荣,国外莎剧演出引入,中国莎剧演出经过东西方戏剧理论不断打磨后已经日趋成熟。西方艺术、戏剧理论所带来的某些新的演出方法和范式,使中国舞台上的莎剧表演已经初步形成了自己的风格与演出方式,即话剧形式的莎剧演出与戏曲形式的莎剧演出。而且随着艺术视野的不断开阔,创造了既能够吸引西方观众也能够使中国观众感兴趣的莎剧。重读、重观莎士比亚这样的经典,有多种方法,而采用话剧与戏曲形式演出莎剧则是莎士比亚——这样的经典走向中国普通大众,与中国文化相交融的最重要的方式。莎士比亚不同于其他外国作家的根本特点之一,就是他的戏剧是活跃在舞台上的,因此必须重视莎剧的舞台演出,尤其是对中国戏曲改编的莎剧应该研究其成功与不足。关注中国舞台上的莎剧演出,并使中国莎剧成为在世界莎剧演出舞台上既有自己的丰富文化内涵,又有自己独特的美学特征,既是莎士比亚的,也是中国化的戏剧,显然这是时代赋予中国莎剧演出与研究者的光荣使命。

第一节 莎剧演出:经典的意义

针对学术研究的浮躁,近年来重读经典的呼声一直没有间断。重读经典不应该仅仅局限于文本范围的探讨,对于莎士比亚这样的戏剧家,对他的重读、重观显然应该包括莎剧在舞台上的不断演绎。莎士比亚戏剧无疑是应该属于重读、重观、重释的经典戏剧作品之一。因为,从世界文学、戏剧的范围看,莎剧的经典地位显示出一种长期的稳定性,不仅在世界范围的文学经典文本研究中独占鳌头,而且在舞台上常演不衰,而我们对经典阐释的最终意义就在于,发掘经典内在的精神价值与审美价值,不断放大、重释经典的人文价值。正如哈罗德·布鲁姆所说:"一部文学作品能够赢得经典地位的原创性标志是某种陌生性,这种特性要么不可能完全被我们同化,要么有可能成为一种既定的习性而使我们熟视无睹……莎士比亚则是第二种可能性的绝佳榜样"[1];莎剧的经典地位就充分显示出了这样的陌生性。莎剧具有连接通俗与经典的独特魅力。莎剧能够激发人们对它自身、文学、艺术和人性不断产生新的认识。莎剧在与世界的交流与对话中,不断地被建构与解构,而这种建构与解构的过程就是莎士比亚赢得经典地位的重要原因。同时,也因为话剧、戏曲与莎剧的融合,产生了一批无论是在思想内涵还是在审美创造上都具有经典特征以及探索特点的中国莎剧。

一 激活与放大:熠熠闪光的话剧莎剧

首任中国莎士比亚研究会会长曹禺曾经满怀激情地说过,我们是以各种不同的形式来演出莎士比亚戏剧的,所有这些活动、创造,都在舞台上发出了它们独特的光彩,在莎士比亚与中国人民之间架起一座座美丽的桥梁。如果我们观察中华人民共和国成立以来中国舞台上的莎剧演出,我们就会发现,以1986年为分界,中国舞台上的莎剧演出分为三个阶段或呈现出三种不同的模式。第一阶段,成立初期到1986年前,中国舞台上的莎剧演出主要以话剧为主,主要采用斯坦尼斯拉夫斯基的现实主义创作方法排演莎剧,即莎剧表演力求演员在创造角色中,要完成一个最高的任务,用一句话说就是激发演

---

[1] [美]哈罗德·布鲁姆:《西方正典:伟大作家和不朽作品》,江宁康译,译林出版社2005年版,第3页。

员—角色的心理生活动力和自我感觉诸元素的创作意向。这个最高任务,既受剧作家的创作动机、情感思想的制约,也通过剧本以主题的形式表现出来。这时候的莎剧演出尽管也融入了中国导表演思想,主要还是处于学习阶段,但是较之1949年前中国舞台上的莎剧演出已经有了质的飞跃。第二阶段,1986年以后的莎剧排演中尽管采用现实主义创作方法演出的莎剧还占有主导地位,但是大量出现了以戏曲形式演出的莎剧。这类莎剧以"形式兼带精神",不但将中国戏曲艺术与莎剧结合起来,而且还在戏曲理论、布莱希特戏剧理论的指导、影响下,创作出一批浪漫色彩浓郁的莎剧。第三阶段,近年来,莎士比亚戏剧进入了商业演出的范围,借莎剧的故事或主题改编莎剧(包括影视剧作品),或以戏仿形式演出莎剧。其中既有正规的演出,也有校园莎剧的演出,包括已经进行了10届的中国大学莎剧比赛,但那已经不属于正规的演出了,只是凭青年学生的热情、兴趣与练习英语的需要而进行的业余演出活动,艺术上的价值有限。

谈到中华人民共和国成立以来,包括台湾地区、香港舞台上的莎剧演出,首先取得重要成绩的是话剧形式的莎士比亚戏剧,而后是戏曲莎剧异军突起,跨文化的莎剧演出受到重视。"莎剧不但屹立于世界剧坛,成为当代众所周知的经典,更是跨文化剧场的最爱。"[①]但相比而言,话剧莎剧的主体意识似乎发端更早也更为自觉。我们知道,西方戏剧是由"写实主义戏剧所建立起来的一整套从表演、舞美到剧场的技术和制度"[②]。这类话剧形式的莎剧尽管在表现主题上各有侧重,但是都力图从现实主义的角度挖掘出蕴含在莎剧中深邃的人文主义精神,在具体落实语言动作化和文学形象的视觉化方面取得了较高成就。话剧莎剧在中国莎士比亚戏剧的演出中被视为正统的莎剧演出,为莎剧在中国舞台上树立"经典"的地位奠定了基础,并且产生了一批可以被称为具有经典因素的话剧莎剧。这类话剧莎剧大多由中国顶级表演艺术家

---

① 陈芳:《莎戏曲:跨文化改编与演绎》,"国立"台湾师范大学出版中心2012年版,第2页。
② 邹红:《作家·导演·评论:多维视野中的北京人艺研究》,文化艺术出版社2008年版,第243页。

担纲主演,其演出已经成为戏剧院校学生学习的范本。如中央戏剧学院的《黎雅王》与辽宁人民艺术剧院的《李尔王》均由著名表演艺术家担任主演,堪称话剧改编莎剧的优秀剧作。我们以李默然的《李尔王》为例,李默然创作的《李尔王》把深邃的思想和现实主义的性格刻画结合起来,突出了李尔王刚愎、自信、骄横、愚昧的性格特点,而一旦王袍脱落,李默然就着重表现他对生活看法的崩溃。演出以真实表现荒诞,使观众从现实中感受到象征的力量,不仅是个人的命运,而是人类的命运和世界的前途。而由杨世彭导演、著名话剧家胡庆树主演的《李尔王》则将李尔王内心的孤苦无助、大彻大悟,将权力的在握与丧失表现得淋漓尽致。1980年11月,中央戏剧学院徐晓钟、郦子柏导演的《麦克白》突出的是"那个时代的残酷渗入我们的感觉和想象之中","血腥"的戏剧象征语汇隐喻了悲剧的戏剧内涵,同时把握、显示出恐惧重于怜悯,展现了弑君者、暴君的内心痛苦和折磨,刻画了麦克白的灵魂自我戕害的全过程。陈薪伊导演的《奥赛罗》营造了奥赛罗三个层次的心理空间——理想层次、世俗层次、黑暗复仇层次,"心理风暴"[①] 三个层次的空间为人物精神世界创造了外化的条件,鲜明、准确地体现出奥赛罗的悲剧就在于他丧失了对美的信念,由追求美、捍卫美的英雄,沦落为毁灭美的罪人。雷国华导演的《奥赛罗》不仅仅是一出性格悲剧,还是强调其普遍意义,即揭示了人类某些根本性弱点的寓言剧。奥赛罗与伊阿古不再是简单的英雄与奸佞的关系。1956年,中央戏剧学院表演干部训练班的《柔蜜欧与幽丽叶》,体现了为争取幸福、获得爱情就要向古老的封建世界的残酷势力作英勇斗争,男女主角不惜以死赢得了世仇的和解与和平的到来的主题;1961年,中央戏剧学院58级表演班毕业公演的《罗密欧与朱丽叶》,借鉴戏曲表现手法,采用抛掷彩球的表演,用飘逸的白沙巾,具象化地表现连接青年男女纯真爱情的信物,"既含蓄又深情,既壮美又纯真,将人们的情感带进

[①] 陈新伊:《〈奥赛罗〉的心理空间》,毛时安:《生命档案:陈新伊导演手记》,上海社会科学院出版社2006年版,第184页。

了一个崇高的境界",①塑造了天真、热情的青年形象;1980年上海戏剧学院藏族班演出的《柔蜜欧与幽丽叶》侧重展示人物命运和性格的发展轨迹。尽管这些话剧莎剧在主题的表现、艺术手法上侧重点有所区别,但无一不是严格按照现实主义的创作方法来演绎莎剧的,力图在深入挖掘莎剧中的人文主义精神的同时,较好地阐释莎剧内在进步因素。

二 内容与形式:莎剧现代性的体现

对于有着悠久戏剧传统、众多剧种的中国戏曲舞台来说,总是以现实主义表现形式演出莎士比亚戏剧总使人感到某种不满足,于是采用中国戏曲改编莎剧成为一些剧团检验自己剧种和导表演水平的一种方式。戏曲莎剧一经在舞台上亮相,就博得了莎学家和广大戏迷的肯定。戏曲与莎剧的结合可以说是在20世纪80年代中期,即1986年的中国莎士比亚戏剧节期间异军突起。

在这段时间的前后,尽管有人也看到了莎剧与中国戏曲结合的可能,但是,在一些莎学家看来戏曲与莎剧的结合还显得非常别扭。对这种结合的疑虑首先来自京剧是否能和莎剧结合。首先就是"莎剧能否改编为京剧""改编以后是莎剧还是京剧"。虽然实践对此早在20世纪20年代就做出了回答,但从理论上并没有进行过比较深入的探讨。一些人首先看到,京剧与莎剧之间在美学上的同构。京剧在自由表现生活时拥有丰富的手段,既擅长讲故事,又擅长刻画人物心理;莎剧也重视故事的有头有尾和"大团圆"的结局,强调舞台的"虚拟性"以调动观众的想象力。在美学层面上,西方悲剧在本体上属于一种模仿的艺术,因此便形成了形态上的一些特有的美学风貌。"悲剧的舞台形态基本上是再现生活形态……其内心的活动就远比外在的动作来得主要。"②对中国悲剧来说,感情的激动基于外形式(美的技艺)的刺激,审

---

① 张奇虹:《让"上帝"降临人间》,中国莎士比亚研究会:《中国莎士比亚研究会成立大会暨首届年会纪念特刊》1984年版,第54—55页。
② 蓝凡:《中西戏剧比较论稿》,学林出版社1992年版,第586页。

美的形式超过了对内容的理解。① 如果将莎剧的再现生活形态与激烈的内心矛盾冲突及京剧的高度审美化的表演形式结合在一起，将内心活动外化为审美的动作，既能够从观赏层面上表现莎剧中深刻的哲理内涵与心理活动，也能够在哲学与美学层面上深入挖掘京剧刻画人物形象、塑造人物性格的象征性、形象性、具象性、审美性、深刻性与类型性，同时也符合现代人对戏剧审美的要求。

莎学研究者首先注意到的是京剧与莎剧在舞台布景和观众欣赏方面的诸多类似之处。20 世纪 50 年代，张振先对以京剧形式演出莎剧，从剧场、舞台演出、观众等几个方面提出了自己的看法和可能。他认为，莎剧和京戏确实也有很多相同或相似的地方。② 对于一个熟悉京剧的观众来说，他更多地着眼于对形式的欣赏，即使是同一剧团演出的同一剧目，剧情和故事的叙述也已经变得不重要了。这就是说，京剧观众在一定程度上可以忽略莎剧剧情，而着眼于京剧形式的魅力，但是也有莎学家对此提出了异议。孙家琇认为：改编莎剧，并不是简单容易的事情，更不是直接"拿来"翻改缀补的事。孙家琇提出衡量改编是否成功的一个重要标准，即"是否合乎现实主义艺术创作的精神"。仅仅想象一下哈姆雷特、麦克白斯、夏洛克等外国人物着京戏服装、走京戏台步、唱京戏皮黄腔调，就觉得格格不入、十分滑稽；王元化认为，在中国演出莎剧"要严格采用道安废弃格义和鲁迅所主张的译文保存洋气，而不能采用以外书比附内典（格义）及削鼻挖眼（归化）的办法"。从来没有看过莎剧的观众，如果看了用中国戏曲形式归化的莎剧，认为莎剧是和我们的戏曲一样的，这并不意味着介绍莎士比亚的成功，只能说是失败。③ 真要把莎剧"改编"为京戏，是否也有违反现实主义原则的危险或可能。④

---

① 蓝凡：《中西戏剧比较论稿》，学林出版社 1992 年版，第 591 页。
② 张振先：《莎士比亚的戏剧和京戏》，《争鸣》1957 年第 3 期。
③ 王元化：《思辨录》，上海古籍出版社 2004 年版，第 469 页。（可参见李伟民《从〈莎士比亚研究〉到〈莎剧解读〉——王元化的译莎论莎》，李伟民：《光荣与梦想——莎士比亚在中国》，香港天马图书有限公司 2002 年版，第 414—419 页。）
④ 孙家琇：《对于〈莎士比亚戏剧与京戏〉一文的意见》，《争鸣》1957 年第 6 期。

在文艺要遵循"现实主义"创作原则的语境下，人们怀疑采用京剧形式不可能表现出莎剧中所蕴含的"人文主义精神"；而以京剧演出莎剧，又担心观众难以接受这种演出形式。

1986年，借首届中国莎士比亚戏剧节的东风，25台莎剧一齐呈现在中国舞台上，不但有在现实主义思想指导下演出的莎剧，而且有在浪漫主义思想指导下演出的莎剧；不但有话剧形式的莎剧，而且有戏曲形式的莎剧演出。特别是近年来戏曲莎剧演出更是取得了长足的发展，无论在经典的重新演绎上，还是在莎士比亚精神的表现上，抑或在戏曲艺术与莎剧的磨合上都取得突出的成绩，既诠释了莎剧中的人文主义精神，又在戏曲与莎剧的融合中展现了中国戏曲的包容性。通过不断实践，人们不但在实践上，而且在理论上认识到，莎剧与中国传统戏曲之间都有许多共同的内在精神上的契合，对于昆曲《血手记》这样的中国莎剧来说，人们并不希望改编是"按照原剧本不折不扣的翻版"。① 在这一阶段中，采用昆曲、京剧、越剧、黄梅戏、川剧和丝弦戏改编莎剧都有成功的范例。昆曲《血手记》与黄梅戏《无事生非》都是将人物的内心体验和外部表演结合在一起，既忠实莎剧原作的精神，又具有强烈的艺术表现力和审美的艺术价值。《血手记》和《无事生非》追求的是虚拟性表演、虚拟性空间装置、雕塑感和程式化，"写意容许变形的表现手法"②，审美感觉是在"想象"中完成的。越剧《王子复仇记》结合莎剧中的台词和越剧抒情性的特点，既糅合了越剧尹派唱腔委婉深沉和道情的抒情旋律以及绍兴大班高亢激越的特点，又突出王子哈姆雷特性格的复杂性，同时能看到中国古代青年王子身上所反映出的人性积极的一面。

自现代以来，以戏曲的形式搬演莎剧，人们首先想到的就是京剧，就是

---

① ［英］伊安·赫伯特：《西方戏剧经典在亚洲舞台》，朱凝译，《戏剧》（增刊）2008年，第7页。

② 王元化：《思辨录》，上海古籍出版社2004年版，第437页。(可参见李伟民《从〈莎士比亚研究〉到〈莎剧解读〉——王元化的译莎论莎》，李伟民：《光荣与梦想——莎士比亚在中国》，香港天马图书有限公司2002年版，第414—419页。)

京剧是否能够成功搬演莎士比亚悲剧,特别是《哈姆雷特》。因为采用京剧这种艺术形式改编《哈姆雷特》本身就是现代审美意识的一种生动呈现。而经过改编的京剧《王子复仇记》的现代意识也表现为,调动京剧表演的各种艺术手段,演绎《哈姆雷特》中的人性,这就要求导演和演员采用陌生的异域文化——京剧这种艺术形式,利用原作的故事,讲述一个现代人灵魂、人格的挣扎过程。我们认为这样的改编正是具有现代莎剧意识的具体体现。因为改编者通过京剧诠释了《哈》剧中蕴含的人类时时刻刻都面临着罪恶的诞生,但人类也时时刻刻在重建着自己生存家园的人文精神,改编所追求的是美好、和谐,是个体生命在这样的打破与建立之间完成的价值体现。京剧改编莎剧对于其他剧种具有示范和实验意义。而无论是京剧《歧王梦》还是越剧《王子复仇记》、丝弦戏《李尔王》,其表演也是现代舞台意识的生动呈现,这就是说戏曲在对待或处理审美主客体(心与物)关系上[①]有自己的审美原则和习惯,即使面对悲剧和凄惨场景,观众也会为演员的动人唱腔和优美扮相、身段、过人武功而喝彩。西方人对《李尔王》的故事情节可以说是非常熟悉的。如何利用京剧的形式表现其中所蕴含的人性的光辉,这是摆在编剧、导演和演员面前的任务。对于中国悲剧来讲,不是以"激起恐惧与怜悯为目的",而是以伦理美德的打动(感化)为目的。因为在实际上,中国悲剧并不是净化心灵的崇高审美——恐惧与怜悯,而是因合理(情理和伦理)而得到的道德感化——一种高台教化的善的审美。[②] 如果将莎剧的再现生活形态和激烈的内心矛盾冲突与戏曲的表演形式结合在一起,既能够从观赏层面上表现莎剧中所蕴含的深刻的哲理内涵与心理活动,也能够从哲学与美学层面上深入展示京剧刻画人物形象。概括性京剧《歧王梦》、昆曲《血手记》、越剧《王子复仇记》以及其他戏曲莎剧都较为完美地体现了众多人物性格上的复杂性、具象性、观赏性、准确性与概括性。戏曲莎剧自然也离不开音舞这一特

---

① 王元化:《思辨录》,上海古籍出版社2004年版,第407页。
② 蓝凡:《中西戏剧比较论稿》,学林出版社1992年版,第596页。

点。这种现代意识表现为，调动戏曲表演的各种艺术手段，演绎莎剧中的人性，对于耳熟能详莎剧的欧美观众来说，对故事情节的了解是次要的，而审美感的获得则上升为主要方面。这就要求导演和演员，尽可能利用陌生的异域文化的外在形式，以戏曲的音舞讲述一个现代人灵魂、人格的挣扎过程。

所以，昆曲、京剧、越剧、黄梅戏、川剧等剧种以"有歌有舞，以演一事"①的方式与莎剧的结合，无论在内容与形式上都显现出了双重叠加的经典艺术价值。在此意义上，莎士比亚"可以教导我们如何在自省时听到自我……教我们如何接受自我及他人的内在变化，也许包括变化的最终形式"。② 从中国戏曲与号称西方经典的莎士比亚的对接中，我们可以看到，莎剧和中国戏剧、戏曲的结合相得益彰，从莎剧中我们更看到了中国戏曲巨大的包容性和生命力。事实证明，中国的京剧和各种地方戏，用来表现莎剧，具有独特的优越性。因为京剧"是一种具有民族艺术特点的写意型表演体系……优秀的写意艺术比拙劣的写实艺术可以说更真实"③。近年来莎剧如何为当代观众所接受并喜爱，一直是莎剧研究关注的课题，而中国戏曲莎剧的演出不仅成为连接东西方的文化纽带，而且成为连接古代与现代的一条途径，成为古老艺术形式与现代戏剧观念的对接方式之一。所以，很多采用中国戏曲形式改编的莎剧受到了中国观众和西方观众的喜爱，对中国戏曲的传播与莎士比亚经典的回馈，取得的是双赢的成功。通过莎剧演出，人们认识到，既可以有传统形式的莎剧演出，也可借莎剧表现现代生活和现代意识与观念，二者并不矛盾。莎剧成为连接过去与现在生活、思想观念、思维方式和人性的一座桥梁，也是戏曲莎剧当下获得现代性的必然方式。

三 解构与建构："先锋性"莎剧的当代价值与商业性

21世纪以来莎剧演出更为活跃，已经不仅仅局限于前面两种形式的莎剧

---

① 王国维：《宋元戏曲史》，凤凰出版传媒集团、江苏文艺出版社2007年版，第6页。
② [美]哈罗德·布鲁姆：《西方正典：伟大作家和不朽作品》，江宁康译，译林出版社2005年版，第22页。
③ 王元化：《思辨录》，上海古籍出版社2004年版，第467—470页。

演出，而是融入了后现代元素的莎剧演出，出现了互文、戏仿与解构的莎剧演出，尽管对这种演出还存在着种种不同意见，但是这种解构式的先锋莎剧的演出却受到了年轻一代的欢迎，在艺术形式上显得更好看了，同时反映了观众追求感官刺激、追求享乐、追求多元的文化需求。而近年来被称为先锋实验精神的莎剧以著名演员作为号召一直活跃在中国舞台上，并且产生了很大的影响，受到了青年观众的热捧。林兆华的《哈姆雷特》被誉为中国最具先锋实验精神的戏剧作品之一，他对《哈姆雷特》进行的全新阐释，一扫过去对《哈姆雷特》排演所形成的思维定式，形成了极强的解构性，同时在另一层面上也进行了新的建构。相对于《哈姆雷特》来说，《理查三世》引起的争议更多，在演出中，让观众感受到的是群体声音和形象的轮番轰炸。如果说《哈姆雷特》是一个令人眼花缭乱的万花筒，那么林兆华是如何转动《哈姆雷特》这个万花筒的呢？这就是角色之间的互换。在"第一幕中，当新国王克劳迪斯与王后劝慰哈姆雷特之后，准备携手离去，这时，垂头丧气的哈姆雷特突然精神抖擞，变成踌躇满志的国王，挽起王后的手臂，昂然下场，刚才还趾高气扬的国王克劳迪斯则头一低，满脸阴郁，变成了哈姆雷特，开始诉说内心的痛苦"。[①] 通过这种外部形象的转换，他们的内心世界也发生了根本变化，两个人的精神世界形成了强烈的对比、对立，并且在这种对比、对立中显示出人性的复杂。

　　林兆华将文艺复兴时代的一出具有强烈人文主义精神的悲剧，建构为当代人和当代生活的悲剧，"使莎剧充满了荒诞不经的迷幻色彩，在障眼法的后面，却深藏着导演的生命哲学"，成功地将文艺复兴时代的人文主义精神移植到20世纪人类所面临的尴尬和两难之中，通过对人性的深入发掘与跨时空链接，以对悲剧和经典《哈姆雷特》的隐喻认知解构了原有的"人文主义精神"，建构了"人人都是哈姆雷特"的感悟，利用人们已经熟悉的经典，将观众带入经过解构的莎剧之中，为观众提供了认知经典莎剧与人性的新视角，

---

① 杜清源：《舞台新解》，林克欢：《林兆华导演艺术》，北方文艺出版社1992年版。

将人性中的美与丑、善与恶、爱与恨、生存与死亡、平凡与伟大以及平和与焦虑展现给了中国观众。林兆华对《哈姆雷特》"人文主义精神的解构"与对忍受着荒诞处境折磨,像吮吸母乳一样吮吸母亲的痛苦的神经质的城市孤儿形象的建构,①在某种意义上拓展了我们对于莎士比亚戏剧特别是《哈姆雷特》的理解。②正如杜清源所认为的,林兆华的《哈姆雷特》的演出,"起码在两个方面突出地显示了他们的创造意识:一是对哈姆雷特艺术形象的重新解释并赋予独特的体现方式;二是对'墓地'一场意蕴的开掘,并由此而创造出新的舞台景观"。③这种解构与建构是面对经典可贵的创造意识,正是中国导演在阐释《哈姆雷特》过程中所表现出来中国意识和中国化的舞台建构,这种"抛弃实景做法……取消大量形体动作……演员叙述故事"④的方法在对传统演绎的《哈姆雷特》的主题、内容和认知的解构与建构中,使我们看到莎剧不朽价值的同时,构成了莎剧的当代价值与现代性,这也是我们为什么要不断在舞台上特别是中国舞台上搬演莎剧的理由之一。

进入 21 世纪以来,国内的戏剧舞台上已经不满足于完全遵循现实主义风格或浪漫主义风格演绎莎剧的路数,而是借用莎剧的故事,大胆吸收各种艺术形式来演绎莎剧,对莎剧演出进行商业包装。无论是编剧还是导演、演员,首先追求的是观赏性,适合当代青年的欣赏口味。演员由影视明星或大腕担任,布景豪华,服饰华丽,演员众多,舞美和音乐富于流行性、现代感。由著名导演田沁鑫编剧、导演,郝平、陈明昊主演的《明》,因对莎士比亚的《李尔王》改编的角度和风格的改变而引起了较大的争议。该剧的故事情节为皇帝年事已高准备退位,却不知道该把江山传给三个儿子中的哪一个,身边的大臣推荐皇帝参考莎士比亚的名剧《李尔王》。《明》讲述了一个励志的故

---

① 孟京辉:《先锋戏剧档案》,作家出版社 2000 年版,第 357 页。
② 陈吉德:《中国当代先锋戏剧》,中国戏剧出版社 2004 年版,第 62 页。
③ 杜清源:《舞台新解》,林克欢:《林兆华导演艺术》,北方文艺出版社 1992 年版。
④ 张仲年:《中国实验戏剧》,上海世纪出版集团、上海人民出版社 2009 年版,第 33 页。

事,当李尔王走进中国、走进明朝的时候,他不是国王了,他变成了天子。该剧突出了在江山面前所有的人都是过客,皇帝也不例外,大胆采用了间离等舞台效果,该剧已经不再是悲剧,而调侃、幽默占据了舞台……该剧把权力演绎为一种颇有戏谑意味的政治游戏,权力最好的象征就是一把椅子。所以舞台上没有皇位,而是十几把一模一样的椅子。中国戏的精神是"戏","戏"乃"戯"也,"戯"是繁体字,是装扮的意思,它的重点不在"教"而在"乐"。"乐"要求的是再现中的表现,即使是面对经典,也要采用平视、平等的态度,注重的是戏剧娱人的美学价值。李尔王对应的角色是朱元璋,李尔王的女儿则成了诸皇子。由林兆华导演、濮存昕主演的《大将军寇流兰》(改编自莎士比亚的《科利奥兰那斯》)以"深入人类社会更为本质的思考"映照我们生存世界的面貌,进而透视世界本身。该剧通过大段诗化的独白及演员奔放不羁的表演与舞美设计的空间感、仪式感,以及摇滚乐队的活力,把悲剧英雄马修斯的性格刻画得异常细腻,但却在整体上颠覆了莎士比亚对人性的深刻把握,造成了人文精神的失落。莎剧中的人文精神已经演变为表演形式和表演技艺的载体。舞台的豪华气势,已经湮没了导演林兆华所期许观众觉悟到的戏剧与人文精神,成为解构中的再解构。该剧引起争议较多的是采用摇滚形式解读莎剧,此举遭到强烈质疑。悲剧采用倾斜矗立的钢架、粗线条的桌椅、昏黄的灯光、粗布大袍的布景与服装设计,"既古典又现代",以强烈的摇滚精神和金属气质给观众以强烈的视觉与听觉上的冲击,观众由此产生怀疑这是否就是莎剧。

四 莎士比亚的东西互渐:讲好莎剧故事,纪念莎士比亚逝世 400 周年

但是,在"先锋性"与商业价值之外,还有一个现象值得关注,即借纪念莎士比亚和汤显祖逝世 400 周年,在全球纪念莎士比亚,演出莎剧不仅达到高潮,而且演出形式更为开放、多元和包容,形成了百花争艳的局面。2016 年 4 月 8 日,由中国戏曲学会汤显祖研究分会、浙江省委宣传部和遂昌县人民政府举办的"汤显祖、莎士比亚文化的当代生命国际高峰学

术论坛"在浙江省遂昌县召开。2016年9月24日,"2016中国·抚州汤显祖剧作展演暨国际高峰学术论坛"把纪念莎士比亚列入会议主要议题。其实,在这之前,纪念演出活动就已经拉开序幕。2012年,国家话剧院参加英国莎士比亚环球剧院为伦敦奥运会举办的37种语言演出莎氏全集37个剧目的"Globe to Globe"戏剧节。2015年7月2日,国家话剧院的普通话版《理查三世》在匈牙利东南部小镇朱拉城堡的"湖上舞台"首演,拉开了"第11届莎士比亚节"序幕。2015年11月18日,《理查三世》作为第八届特拉维夫国际戏剧节的首演剧目,在以色列卡梅尔剧院演出。王晓鹰的中国版《理查三世》以中国传统戏曲的舞台时空结构,戏曲与话剧演员同台表演,以中国式思维"阴阳太极"来解释和表达对理查三世这个邪恶人物的理解。

莎剧演出国际化特征明显,2016年7月至2017年7月,国家大剧院邀请多位国内外著名编导演,如英国皇家莎士比亚剧团、陈薪伊、李六乙、濮存昕、佟瑞欣、王诗槐、凯丽、关栋天、朱杰等排演了《仲夏夜之梦》《哈姆雷特》《李尔王》《威尼斯商人》。2015年9月19—27日,第四届世界戏剧院校联盟国际大学生戏剧节在中国中央戏剧学院举行。本届戏剧节由保加利亚国立戏剧影视学院、中国中央戏剧学院、德国恩斯特·布施戏剧学院、墨西哥韦拉克鲁斯大学、西班牙戏剧学院、乌克兰卡宾·卡利国立戏剧影视大学、日本桐朋学园艺术短期大学7所院校演出了7台莎翁悲剧《罗密欧与朱丽叶》。7台《罗密欧与朱丽叶》的演出,舞台手段全部拒绝完全写实。原剧本的地点包括维罗纳和曼托瓦两座城市,具体则有广场、街道、教堂、墓地、凯普莱特家,没有一台演出实实在在地模拟出其中任何一个空间;原剧本的情节针脚比较细密,没有一台演出完整呈现时间链条。导表演认为,人物在舞台上才能来去自由,不必寻找外在的真实环境,不必追随剧情的因果连贯。7台演出均未对原剧作进行颠覆性改编,但均弱化了反封建主题,中国、乌克兰、日本、西班牙的演出着重突出了爱情主题,侧重点分别用"凄美""浪漫""悲情""诗意"概括。上海戏剧学院举办了"上戏有戏"莎士比亚戏剧展演。自2015年以来，上海戏剧学院举办了国际小剧场展演，推出越剧版《仲夏夜之梦》，由越剧历史上第一届越剧本科班学生演绎，在草坪上搭景，打造景观版《仲夏夜之梦》。《哈姆雷特》则推出刚果学生版和蒙古国与德国学生共同演绎的版本。《理查三世》则由哥伦比亚和上海戏剧学院学生带来两个截然不同的版本。2016年，上海戏剧学院导演系2013级同学在知名导演尼古拉斯·巴特的指导下，排出了《皆大欢喜》这部大戏；2013级表演内蒙古班演出了话剧《罗密欧与朱丽叶》；2014级音乐剧班演出了《西区故事》。《西区故事》是音乐剧史上一部里程碑式的作品，由20世纪最杰出的指挥家之一伯恩斯坦作曲。故事取材于莎士比亚的戏剧《罗密欧与朱丽叶》，男女主人公分别来自纽约西区贫民窟两个势不两立的帮派，虽然深深相爱，却最终双双死于帮派间的仇恨中。导演余青峰以实验性的新昆剧《夫的人》改编了莎士比亚名剧《麦克白》。《夫的人》以麦克白夫人为第一人物、第一视角，对她的心理情感变化进行深度探索和挖掘，用东方昆曲的传统方式塑造这位西方女性形象，通过昆曲的唱念做打和话剧的白话台词相结合，再加以现代流行的网络用语和上海话，让观众看到昆曲的多种可能性，从而喜欢昆曲。上海戏剧学院研究生版的《"罗密欧"与"朱丽叶"》，采取了"戏中戏"的方式。该剧不仅仅刻意弱化了时代背景，甚至整部剧中都没有透露主人公的名字。

莎士比亚戏剧的价值正在于它能不断激发创作者的灵感。纪念莎士比亚逝世400周年，不仅仅应该重排"原汁原味"的莎剧，更应该鼓励围绕莎剧进行的新创作。2016年2月，在上海大剧院举行的"爱上莎士比亚"艺术季系列活动中，上演了"王与国"三部曲：《亨利四世》（上）、《亨利四世》（下）和《亨利五世》。在《亨利五世》的舞台上，演员们脚踩着的是用近似于有机玻璃材质制成的半透明地面；在演员脚下，有着微缩景观沙盘式的设计，诸如河流、城市、山丘。在进行到战争场面时，舞台下还会朝上打出红光，映在演员身上的影子是斑驳的，充满了战争感。

2016年4月，上海大学生用自己的理解方式，重新解构了经典莎剧

《哈姆雷特》,梦工厂剧社导演汤志伟说,他只是借用了原故事的一个"壳"。上海滑稽剧团排练莎士比亚名剧《仲夏夜之梦》。瑞士罗曼德管弦乐团演出了普罗科菲耶夫的芭蕾组曲《罗密欧与朱丽叶》选段。1826年,17岁的德国古典音乐家门德尔松以莎剧为灵感创作了《仲夏夜之梦》序曲。2013年,日内瓦大剧院芭蕾舞团推出了全新制作的现代芭蕾《仲夏夜之梦》。4月23日,由瑞士日内瓦大剧院芭蕾舞团带来了现代芭蕾《仲夏夜之梦》的公开彩排。

在上海大剧院中剧场举行了由北方昆曲剧院讲演的"400年的相遇——汤显祖与莎士比亚";举行了"再寻莎士比亚"乐高工作坊。同时,由上海芭蕾舞团与上海大剧院联合制作的原创芭蕾舞剧《哈姆雷特》在上海大剧院揭开首演的面纱。这是世界范围内首次将《哈姆雷特》改编为大型芭蕾舞剧,也是用足尖演绎"生存还是毁灭",用音乐和身体语言一起讲述王子复仇的故事。上海芭蕾舞团首席演员吴虎生领衔饰演哈姆雷特,上芭首席演员范晓枫出演王后,奥菲莉娅则由青年演员戚冰雪饰演。4月22、23日,"普华永道之夜"现代芭蕾《仲夏夜之梦》亮相上海大剧院。同时,上海大剧院亦迎来了"诗意"莎剧,将莎士比亚的《十四行诗》组编为舞台剧《粉墨登场》,企望探秘莎氏的创作生涯和个人生活。① 甚至展示莎士比亚生平和创作心路历程的剧作也被搬上了中国舞台。2016年12月26日,由苏州剧作家朱树创作的原创话剧《莎士比亚》在苏州姑苏区首演。9名青年演员将莎士比亚亲历的一场政治斗争搬上舞台,创造性地呈现了这位伟大戏剧家创作《哈姆雷特》的心路历程。该剧以表现主义的舞台布景和舞美,以蓬勃、精彩、充满激情的排比句和隽永的经典台词,尽情展现了莎剧种蕴含的人文主义精神。在莎士比亚逝世400周年之际,该剧采用写实与写意相结合的叙事方式,从具体与抽象,从戏剧艺术与历史语境,通过哈姆

---

① 沙嫣婆:《讲好莎剧的中国故事——莎士比亚的东西互渐:莎剧走出去与迎进来》,《中国莎士比亚研究通讯》2015年第1期。

雷特与莎士比亚对话的方式，艺术地呈现了莎士比亚创作过程中的内心情感。

中国的多位国家领导人都读过莎士比亚的作品，甚至在学生时代演出过莎剧。2015年10月22日，中国国家主席习近平在英国访问期间讲述了自己年轻时代阅读莎士比亚作品的经历，他说："'生存还是毁灭，这是一个问题。'哈姆雷特的这句话，给我留下了极为深刻的印象……我想方设法寻找莎士比亚的作品，读了《仲夏夜之梦》《威尼斯商人》《第十二夜》《罗密欧与朱丽叶》《哈姆雷特》《奥赛罗》《李尔王》《麦克白》等剧本。莎士比亚笔下跌宕起伏的情节、栩栩如生的人物、如泣如诉的情感，都深深吸引着我。年轻的我，在当年陕北贫瘠的黄土地上，不断思考着'生存还是毁灭'的问题，最后我立下为祖国、为人民奉献自己的信念。我相信，每个读过莎士比亚作品的人，不仅能够感受到他卓越的才华，而且能够得到深刻的人生启迪。"同时，习近平主席提出，中国明代剧作家汤显祖被称为"东方的莎士比亚"，他创作的《牡丹亭》《紫钗记》《南柯记》《邯郸记》等戏剧享誉世界。汤显祖与莎士比亚是同时代的人，他们两人都是1616年逝世的。2016年是他们逝世400周年。"中英两国可以共同纪念这两位文学巨匠，以此推动两国人民交流、加深相互理解。"[1]

2011年6月26日，时任中国国务院总理温家宝参观英国莎士比亚故居，他说："我从小就读过莎士比亚的作品，看过莎士比亚的戏剧，但是直到长大后才真正懂得莎士比亚。莎士比亚的作品，不是读一遍，不是读十遍，而是要读一百遍才能读懂。中国人应该了解英国文化，英国人也要了解中国文化。中华民族有五千年历史，文学作品浩如烟海。从这些作品中，你可以了解我们这个伟大国家苦难的经历，也可以了解他奋斗和壮大的过程[2]"。

---

[1] 《习近平提议中英两国共同纪念莎士比亚与汤显祖逝世400周年》，2015年10月22日，人民网，http://politics.people.com.cn.

[2] 《温家宝总理拜访英国文学巨匠莎士比亚故居侧记》，新华社，中央政府门户网站，www.gov.cn，2011年6月27日。

2016年的莎剧演出和学术研讨活动达到了高潮。2016年12月6日，由中华人民共和国文化部、英国文化媒体和体育部主办，上海市文化广播影视管理局承办的"跨越时空的对话：中英纪念汤显祖莎士比亚逝世400周年研讨会"在上海召开。中国国务院副总理刘延东到会讲话，文化部部长雒树刚致欢迎词，英国文化媒体和体育大臣布拉德雷致辞，中英专家围绕着莎翁与汤翁作品的民族特色与世界影响进行了深入探讨。改革开放以来，中国文化与莎士比亚之间已经形成了具有开放性、多元化的全方位互动。无论是在莎士比亚作品翻译方面，还是莎士比亚戏剧演出方面，抑或在莎士比亚研究上，中国的莎士比亚研究学者、编导演正在以自己优秀的文化张开双臂热情地拥抱莎士比亚、理解莎士比亚、演绎莎士比亚，并以自己坚定的文化自信，通过莎士比亚看到了中国文化在世界上独特的思想价值与审美品格，看到了中国文化和莎剧本身所具有的经典性和普遍美学价值。

第二节 莎士比亚戏剧的独特气韵：研究和演出

中国的莎士比亚研究特点主要体现在对莎作的翻译、研究和莎剧的演出上。莎学研究已经超越了外国文学、英国文学和戏剧研究，成为一门独立的学问。中国莎学有不同于欧美莎学的独特之处，融入了我们中国的文化、艺术和戏剧精神以及伦理道德思想。中国戏剧（戏曲）演出莎剧是以独特的艺术语言来诠释莎士比亚，"以歌舞演故事"的戏曲在与莎剧的遇合过程中，显示出中国戏曲独有的审美与认识价值，中国莎剧体现出来的独特审美价值是我们吸收、借鉴人类优秀文明成果和国外优秀文化成果的生动体现，也是一个文化大国应有的文化自信。

一 走向经典：中国莎学的独特性

在中国的莎士比亚翻译、研究和演出中，已经达成了一个明确的共识，那就是在创立具有中国特色的莎学体系过程中，应该全面系统地总结中国莎学发展历程，让世界了解中国莎学，在国际莎学界与同行能够进行平等对话，并拥有话语权。我们为什么会忽视了莎学研究的特殊性？中国莎学的特殊性究竟表现在哪些方面呢？这就是本节试图回答的问题。为此，我们应对莎学研究的特点有所了解。

对于莎学来说，根据18世纪以来世界莎士比亚研究的学术广度、深度，当前世界莎学研究的总体趋势，以及我们的研究状况来看，中国的莎士比亚研究既属于外国文学研究、外国戏剧研究、英国文学研究、英国戏剧研究，而又涉及了文学研究、文化研究、舞台艺术研究、比较文学、比较文化研究等多个领域，即从世界范围来看，莎士比亚研究已经远远超越了外国文学、戏剧，英国文学、戏剧研究的范围，成为一门独立的有很强辐射力的学问。如果我们客观地考察中国的外国文学、戏剧研究和英国文学、戏剧研究已有的研究成果、教材，这一特点就更为突出。无论在外国文学史、戏剧史，还是在英国文学史、戏剧史的研究中，莎士比亚都只是作为一节或一章被概括提及，而要进入莎士比亚研究这一领域，仅仅涉及上述研究显然是不够的，必须进入莎学研究这一专门领域。

而莎学对上述学科的超越性主要表现在哪里呢？我认为这一超越性正表现在莎士比亚的翻译、研究和舞台演出三个方面。① 具体来说，从翻译研究的角度，既有散文形式且取得了很高成就的莎作全集，也有诗体全集，究竟是以异化翻译为主，还是适当运用归化翻译方法，在翻译中如何体现原作的精神与形式，仅"生存与毁灭，这是一个值得思考的问题"一句话就有20多种译文和各种不同的讨论；在莎学研究中，我们对其特殊性的忽视表现为一向以文本研究为主，对莎作产生的时代环境、历史意义、人民性、文艺复兴时期同时代作家的关系、莎作与基督教的关系、莎氏对现代作家的影响、主题与艺术特点等进行了多方面的讨论，但从舞台、影视角度研究不同民族、

---

① 李伟民：《中国莎士比亚批评史》，中国戏剧出版社2006年版，第17页。

不同国度各种形式的改编莎剧则相对薄弱；今天中国莎剧舞台的话剧莎剧和戏曲莎剧演出已经取得了不俗的成绩，但从中西文化碰撞与交融角度的研究远远不能令人满意，舞台演出也有待创新，而从舞台角度研究莎剧已经成为当代世界莎剧研究的潮流和学者们关注的热点。我们认为，中国的莎学研究也应该追踪国际莎学研究的潮流，文本研究与舞台研究并重。莎剧舞台研究是莎士比亚内在的活力和产生世界性影响的重要原因之一。因为莎剧舞台、影视的改编可以使我们获得比文本研究更为广阔的视野，为莎学研究带来无限的机遇，从中我们亦可以看到各种艺术形式是如何改编莎剧，反映其人文主义精神的，从而拓宽和加深对莎士比亚的理解。通观今天中国的莎学研究，改编莎剧已经远远超越了一般的文本改编、舞台演出，而融入了我们通过中国文化、艺术、戏剧对莎氏的理解，即从我们的眼光看莎士比亚，站在我们的文化立场上分析莎士比亚。

在中国的语境之中，无论是翻译、研究和演出都必然与中国文化发生千丝万缕的联系，甚至成为中国文化的一个有机组成部分，举例来说，包括话剧莎剧在内，我们采用昆曲、京剧、越剧、黄梅戏、川剧、湘剧、婺剧、花灯戏改编的莎士比亚戏剧，无论其内容和形式都发生了变化，既是莎剧，又有别于莎剧，既是中国的，又是莎士比亚的，而这类改编已经成为我们民族戏剧中的一笔宝贵财富，是中国莎剧区别于英美莎剧和世界其他民族莎剧的标志，也是我们在走向经典的过程中不断选择的结果。这就是说中国的莎士比亚翻译、研究和舞台演出由于其特殊性已经形成了自己的特点，对于这一特色，我们有必要在梳理学科特点的基础上予以重视。所以，建立在民族文化基础上的中国莎学研究不能仅仅从若干西方学者的具有权威性的批评模式出发。

中国莎学的独特性表现在，我们的研究更多地要从自己民族、文化、艺术、文学、戏剧的传统出发，去把握和研究莎士比亚，无论是翻译、研究，还是舞台演出都融入了我们自己。正如孟宪强所说：我国莎学应该成为我国社会主义文化建设的一个组成部分。它应该成为我国繁荣戏剧事业的一个借鉴；发展莎学促进莎剧各种形式的演出，可以从更高的层次上净化和美化人的灵魂，有助于我们民族文化素质的提高。① 中国莎学研究的特殊性要求我们，既着眼于历史，又看到未来，从莎士比亚的原作中，从当今中国莎学的现实境况中，从经典的价值中，从莎士比亚的影响力和固有的精神内涵中，去把握新的时代要求与研究动力；以文化大国和中华民族应有的文化自信，从历史的瞬间中寻找永恒的精神价值，从历时性中发现共时性，从我们的民族文化、民族艺术中去重新发现莎士比亚作品中所蕴含的真善美。

二 从误读走向繁荣

自 20 世纪 20 年代开始，在中国莎学研究中，已经摆脱了林纾等人对于莎士比亚是诗人，莎剧是故事、小说的误读，在剧本翻译、莎作研究和舞台演出上都取得了很好的成绩。民国时期，翻译出版了大量《莎氏乐府本事》以应英语学习和演出之用，② 在各类报刊上发表了大量有关莎士比亚的文章，其舞台演出也从幕表剧过渡到改译剧和话剧演出。那时，民国的观众对于仅有故事情节，经过大肆删减的幕表剧莎剧演出已经颇有微词，认为《哈姆雷特》"是上海的一位新剧大家依了《吟边燕语》里的情节而编的……莎氏不过把这故事造成了他的伟大的剧本……现在上海的新剧家也把这故事造成了他的剧本"。③ 这标志着当时对莎士比亚的认识已经超越了前人，在认识上将莎剧回归到了戏剧的本体，对于正确认识莎剧具有非常重要的意义。

民国时期王国维译介的《莎士比亚传》，对莎士比亚生平、创作的介绍与评论，使人们从文体的角度对莎士比亚的戏剧有了正确的认知。王国维对莎士比亚"真戏剧"的推崇，与他的文学观、戏剧观、美学观和戏曲研究有着

---

① 孟宪强：《形成具有中国特色的莎学——中国莎学史述要》，孟宪强：《中国莎士比亚评论》，吉林教育出版社 1991 年版，第 50 页。
② 李伟民：《中国英语教育史上的重要读物：莎士比亚戏剧简易读本》，《语言教育》2013 年第 3 期。
③ 作者不详：《莎士比亚名剧〈汉孟雷特〉》，《晨报副刊》1914 年 3 月 25 日（第 6 卷，第 29 期）。

不可分割的联系。他认为莎士比亚戏剧是"客观之自然与客观之人间"的戏剧。如果从戏剧比较的眼光来看，当时的一些莎剧论者已经具有了把莎剧与中国传统戏剧比较的意识。这正说明"中国人刚刚接触西方戏剧时的潜意识和特殊视角，体现了一种'比较'和对中西戏剧差异识别的意念"。① 可以说这些论述已经具备了中西戏剧比较的眼光，通过比较莎剧与其他外国戏剧、中国戏曲的异同，他们已经拥有了一个更为广阔的视野。

以焦菊隐为例，他始终强调，莎剧是属于舞台的，关键是如何演出的问题，以及莎剧在精神生活中的巨大作用。他的《关于〈哈姆雷特〉》一文也强调了演出莎剧对于莎学研究的意义："莎剧是多么亲切，多么需要。"② 所以，他举例说，19世纪前进的俄国作家，都在加倍地注意莎士比亚，研究、讨论莎士比亚。焦菊隐显然清楚，以戏剧的形式忠实地描写本民族的现实生活，是话剧借鉴外国戏剧的内容与艺术经验，其中当然包括莎剧在中国的演出。"表现本民族的现实生活而形成的优秀传统，并在现实发展中经过磨砺而愈益显示出其坚实的艺术生命力"，③ 而这正是莎剧对于中国的意义所在。

民国时期，莎剧演出的实践和戏剧家对莎剧为舞台艺术的认知，给我们以重要的启示。莎士比亚的戏剧没有一本是专为贵族而创作的，他的戏剧是专为万千平民观众而写的，④ 让观众通过各色人物看到人性的复杂。民国时期的电影《一剪梅》对《维洛那二绅士》的改编体现出互文性与戏仿的特点。《一剪梅》在解构了莎氏喜剧《维洛那二绅士》中蕴含的文艺复兴时期人文主义精神的基础上，建构了一种戏说形式的莎剧，其中既有对当时扭曲社会现象的平面移入，又形成了金钱、美女、权力等大众梦想的娱乐化变体，二者在故事安排上多具有相同或相似的模式。

---

① 田本相：《中国现代比较戏剧史》，文化艺术出版社1993年版，第15页。
② 焦菊隐：《关于〈哈姆雷特〉》，《戏剧生活》1942年第1卷，第3—4期。
③ 焦菊隐：《俄国作家论莎士比亚》，《文艺生活》1941年第1卷，第2期。
④ 徐云生：《研究莎士比亚的伴侣》，《文学季刊》1935年第2卷，第1期。

20世纪40年代顾仲彝根据《李尔王》改编的《三千金》是一个互文与戏仿并重、改编与创作兼有的中国化的莎氏悲剧，通过"归化式互文翻译"将莎氏悲剧气氛置换为讥刺。《王德明》《阿史那》是李健吾在民国时期根据莎士比亚的悲剧《麦克白》《奥赛罗》"翻译加改编"的本土化莎士比亚戏剧。这是民国以来一种特殊的中国化莎剧。改编在重置情节的基础上，将中国故事置于该剧的悲剧精神之中，其中既有对中国历史、文化、人性的叩问，又有对权力、阴谋、野心的影射、担忧与批判。

从教会学校的英文莎剧演出，到莎剧幕表剧、改译剧，再到包括话剧、戏曲整部莎剧的正规演出，莎士比亚以其自身的经典性，有别于其他外国作家在中国单纯的文本研究，获得了更为广阔的研究空间。在理论的引进上，中国对俄苏莎学译介的数量超过了对英国莎学理论的引进。20世纪五六十年代，在对莎作的评论、研究中，中国莎学学者更倾向于俄苏莎学对莎士比亚的评价和对莎剧的分析，特别是从苏联马克思主义莎学评论中，学到了研究方法，尽管这种莎学理论有时蕴含了较强的时代特征与政治色彩。但是，自20世纪70年代以来，中国莎剧导表演已经走向成熟，标志为"中国学生"离开了"苏联老师"，在排演莎剧时鲜有苏联莎学专家指导。无论是1986年的首届中国莎士比亚戏剧节20多部莎剧一齐上演，还是1994年的上海国际莎剧节和平时的演出，中国人完全能够依靠自己的力量排演出异彩纷呈的莎剧。由于中国莎学取得了令世界瞩目的成绩，中国莎剧所蕴含的独特美学价值，中国莎学的发展、莎剧演出反而引起了俄罗斯莎学界和英美莎学界的惊叹与感佩。

三 激活与放大：熠熠闪光的中国莎剧

在中华人民共和国成立70年的时间里，话剧、京剧、昆曲、川剧、越剧、黄梅戏、粤剧、沪剧、婺剧、豫剧、庐剧、湘剧、丝弦戏、花灯戏、东江戏、潮剧、汉剧、徽剧、二人转、吉剧、客家大戏、歌仔戏、歌剧、芭蕾舞剧24个剧种排演过莎剧。这在外国戏剧改编为中国戏曲中可谓绝无仅有的特殊例子。曹禺曾经说，"莎士比亚的戏剧是诗、是哲学，是深刻的思想与人性的光辉；是仁爱，是幽默，是仇恨的深渊，是激情的巅峰"。①在莎剧的改编中，我们强调用真实、典型环境激发演员—角色的心理动力和自我感觉诸元素的统一，并创造出丰满的人物形象。莎剧表演强调，形象受剧作家创作动机、情感思想的制约。这时候的莎剧演出尽管也融入了中国导表演思想，但主要还是处于学习斯坦尼斯拉夫斯基戏剧理论的阶段。在戏曲改编莎剧的演出中多位演员通过扮演莎剧人物获得中国戏剧最高奖——"梅花奖"。这类莎剧或以所谓"中国化""西洋化"的形式阐释莎剧，更将中国戏曲艺术与莎剧结合起来，创作出一批具有经典价值的戏曲莎剧和规模宏大、创作严肃、表演严谨的话剧莎剧，在斯坦尼斯拉夫斯基戏剧理论、布莱希特戏剧理论的指导、影响下，创作出一批现实主义与浪漫主义结合的莎剧。20世纪90年代以来，莎剧的商业化演出比较活跃，借莎剧的故事或主题改编莎剧（包括影视剧作品），或以拼贴、戏仿形式演出莎剧。其中既有正规的演出，亦有明星加盟的大片。国家话剧院、国家大剧院以"永远的莎士比亚"为题举办了多次国际莎剧展演。校园莎剧的演出，也在高校学生中形成了持续性影响，包括已经进行了10届的中国大学莎剧比赛。

（一）现实主义的话剧莎剧

中国舞台上的莎剧，首先取得重要成绩的是话剧形式的莎剧演出。我们知道，西方戏剧是由"写实主义戏剧所建立起来的一整套从表演、舞美到剧场的技术和制度"②，这类话剧形式的莎剧尽管在表现主题上各有侧重，但是都力图从现实主义的角度挖掘出蕴含在莎剧中的深邃的人文主义精神，以反映人性的复杂、塑造丰满的人物形象为旨归，在具体落实语言动作化和文学

---

① 曹禺：《祝辞》，载《中国莎士比亚研究会·首届中国莎士比亚戏剧节节目单》（上海），1986年4月。
② 邹红：《作家·导演·评论：多维视野中的北京人艺研究》，文化艺术出版社2008年版，第243页。

形象的视觉化方面取得了较高成就。话剧莎剧在中国莎士比亚戏剧的演出中被视为正统的莎剧演出,为莎剧在中国舞台上树立"经典"地位奠定了基础,并且产生了一批可以被称为具有经典因素的话剧莎剧。这类话剧莎剧大多以中国杰出表演艺术家或新秀担纲主演,其演出已经成为莎剧再创作和戏剧院校学生学习的范本。如中央戏剧学院的《黎雅王》《马克白斯》与辽宁人民艺术剧院的《李尔王》均由著名表演艺术家担任主演,堪称话剧改编莎剧的优秀剧作。张奇虹导演的中国青年艺术剧院的《威尼斯商人》以具有青春浪漫叙事、抒情风格的改编,显示了改革开放以后,中国戏剧人对莎作人文精神的理解。中央实验话剧院的《温莎的风流娘儿们》以斯坦尼斯拉夫斯基戏剧理论为指导,把笑声中的批判作为舞台叙事总基调,创作出浪漫主义与现实主义演绎手法兼具,有鲜明中国气派的莎剧。话剧莎剧从内容和形式两个方面的成功演绎,都使莎剧演出得到了国内外莎学家的肯定。北京人民艺术剧院与日本四季剧团打造的莎士比亚悲剧《哈姆雷特》的舞台叙事,在对人物的呈现过程中既构成了对作品的人文主义精神的再现,也通过舞台叙述对人物的性格和精神进行了再创造,在中国话剧舞台上演出了一部沿袭北京人民艺术剧院一贯风格的《哈姆雷特》,充分利用现代舞台叙事话语拉近了莎士比亚戏剧和当代观众的距离。

(二)戏曲与莎剧的遇合

欧美戏剧和俄罗斯戏剧从斯坦尼斯拉夫斯基的再现说、传统纪实剧、现代纪实剧再到"词句转换"的"维尔巴基戏剧"(verbatim theatre),一直是沿着在舞台上求"真"的轨迹发展的,其写实性与中国戏曲的写意性有天壤之别。而对于中国戏曲来说,感情的激动基于外形式(美的技艺)的刺激,审美的形式超过了对内容的理解。如果将莎剧的再现生活形态、激烈的内心矛盾冲突、戏曲写意的高度审美化程式与唱腔结合在一起,将内心活动外化为唱腔和动作以及特有的戏曲程式,既能够从观赏层面上表现莎剧中所蕴含的深刻哲理内涵与心理活动,也能够在哲学与美学层面上深入挖掘戏曲刻画人物形象与塑造人物性格的象征性、形象性、具象性、审美性、深刻性及类型性，同时也符合现代人对戏曲审美的要求。莎学研究者首先注意到的是京剧与莎剧在舞台布景和观众欣赏方面的诸多类似之处。

"中国戏曲演出莎剧，当然地包含着话剧与戏曲、中国戏剧与外国戏剧这两个领域的比较研究。"① 1986年，携首届中国莎士比亚戏剧节的东风，25台莎剧一齐呈现在中国舞台上，不但有在现实主义思想指导下演出的莎剧，而且有在浪漫主义思想指导下演出的莎剧；不但有话剧形式的莎剧，而且有戏曲形式的莎剧演出。特别是近年来戏曲莎剧的演出更是取得了长足发展，无论在经典的重新演绎上，在莎剧人文主义精神的表现上，还是在戏曲艺术与莎剧的磨合上都取得了突出的成绩，既挖掘、展示了莎剧中人性的丰富和复杂，又在戏曲与莎剧的融合中展现了中国戏曲的包容性。通过不断实践，人们不但在实践上，而且在理论上认识到，莎剧与中国传统戏曲之间有许多共同、共通的内在精神。对于昆曲《血手记》这样的中国莎剧来说，人们并不希望改编是"按照原剧本不折不扣的翻版"。② 在这一阶段中，采用中国戏曲改编莎剧都有成功的范例。昆曲《血手记》以戏曲写意手法，通过昆曲的程式外化，突出了悲剧人物的心理状态。黄梅戏以"何必非真"的审美形式演绎了莎士比亚喜剧《无事生非》。该剧将黄梅戏唱腔、表演之美拼贴入莎剧《无事生非》的情节之中。黄梅戏《无事生非》的美学形态，呈现了后经典叙事、元叙事与虚拟、写意基础上的审美叠加。婺剧是中国南方最古老的剧种之一。根据《麦克白》改编的婺剧莎剧《血剑》把莎剧中对人性中假恶丑的鞭笞以古老的婺剧形式呈现在观众面前，通过后经典叙事的建构，在叙事与抒情之间的转换和互涉中达到了对人性的深度开掘。越剧《第十二夜》的改编，在固守莎剧精神、原著精髓和主题意蕴的基础上，以现代意识灌注于该剧的改编和演出之中，为中国莎剧改编提供了一部具有独特艺术价值的莎

---

① 叶长海：《中西文化在戏剧舞台上的遇合——关于"中国戏曲与莎士比亚"的对话》，胡伟民：《导演的自我超越》，中国戏剧出版社1988年版，第85页。
② ［英］伊安·赫伯特：《西方戏剧经典在亚洲舞台》，朱凝译，《戏剧》2008年第S1期。

士比亚剧作和具有现代意识、现代感觉、现代信息、现代情感，深受现代观众喜爱的、具有鲜明美学追求的越剧莎剧。越剧莎剧《马龙将军》在莎剧《麦克白》的人文主义精神得到表现的基础上，实现了形式的替换与重构。从而将现代意识注入越剧《马龙将军》之中，在"情与理"戏剧观念的转换与音舞对叙事的改写中，形成了内容与形式、演出方式、戏剧观念等新的对话与互文性关系。越剧《王子复仇记》结合莎剧中的台词和越剧抒情性的特点，既糅合了越剧尹派唱腔委婉深沉和道情的抒情旋律以及绍兴大班高亢激越的特点，又突出王子哈姆雷特性格的复杂性。经过改编的京剧《王子复仇记》的现代意识，调动京剧表演的各种艺术手段，演绎《哈姆雷特》中的人性，导演和演员采用陌生的异域文化——京剧这种艺术形式，利用原作的故事，讲述了一个现代人灵魂、人格的挣扎过程。

我们认为这样的改编正是具有现代莎剧意识的具体体现。京剧莎剧《王子复仇记》实现了主题与形式的替换与重塑，在"情与理"戏剧观念的转换与音舞对叙事的改写中，形成了内容与形式、演出方式、戏剧观念等新的互文关系，即表现为借鉴的"互文性主题"与再造的"音舞性主题"的双重改写。因为改编者通过京剧诠释了《哈》剧中蕴含的人类时时刻刻都面临着罪恶的诞生，但人类也时时刻刻在重建着自己生存家园的人文精神，改编所追求的是美好、和谐，是个体生命在这样的突破与建构之间完成的价值体现。根据莎士比亚戏剧《李尔王》改编的京剧莎剧《歧王梦》实现了从文本之间的互文到文化之间的互文。既展示了人文主义精神，又在这种互文过程中与中国传统伦理教化实现了对接。

以京剧的形式改编莎剧对于其他剧种具有示范和实验意义。而无论是京剧《歧王梦》还是越剧《王子复仇记》《第十二夜》、黄梅戏《无事生非》，还是台湾改编的京剧《李尔王》、豫剧《威尼斯商人》，其表演也是现代舞台意识的生动呈现，这就是说戏曲在对待或处理审美主客（心与物）关系上有自己的审美原则和习惯，即使面对悲剧和凄惨场景，观众也会从演员的动人唱腔和优美扮相、多变身段、过人武功中获得审美享受。如何利用戏曲表现莎剧中所蕴含的人性光辉,这是摆在编演人员面前的任务。对于改编者来讲,不是以"激起恐惧与怜悯"为目的,而是以伦理美德的打动(感化)为目的。中国舞台上的莎氏悲剧并不是净化心灵的崇高审美——恐惧与怜悯,而是因合理(情理和伦理),① 从而得到道德感化。如果将莎剧再现生活形态和激烈内心矛盾冲突与戏曲的表演形式结合在一起,既能够从观赏层面,又能从思想意义上领略莎剧的深刻哲理内涵与心理表现。京剧《歧王梦》、昆曲《血手记》、越剧《第十二夜》《王子复仇记》、黄梅戏《无事生非》以及其他戏曲莎剧都较为完美地塑造人物,体现人物性格的复杂性,并凭借戏曲的具象性、观赏性、准确性与概括性的审美得到观众的认可。

花灯剧《卓梅与阿罗》(《罗密欧与朱丽叶》)在将花灯与莎剧对接中,以遵循原作的悲剧精神为根本,以云南哀牢山彝族花山大寨卓梅与阿罗的爱情故事为线索,以戏曲特别是花灯载歌载舞的表现形式,把剧情与彝族民间习俗结合起来,在实现文本重构与形式替换的基础上,在思想内涵和艺术表现形式上对《罗密欧与朱丽叶》中的悲剧精神做了"写意性"的审美建构。川剧《马克白夫人》在川剧的唱、念、做、打程式中,不仅充分挖掘、外化了马克白夫人杀人前后的心理特征,而且通过改编把马克白的心理特征拼贴在马克白夫人的表演中,二者的心思、心理、行动合二为一,以角色的意识流动为线索,在叙述媒介多样性的基础上,充分体现出人物的心理变态。川剧《马克白夫人》以"诗意"的川剧审美形式演绎了莎士比亚的悲剧《麦克白》,而《麦克白》则借助于唱腔和表演的诗意展现了人物性格、心理、行动和情感。②

二人转《罗密欧与朱丽叶》采用叙事兼代言的诗体形式,以"做比成样"的叙事手法,以抒情的"半真半假"与"相"的神似再现了原作的悲剧精神。粤剧《天之骄女》(《威尼斯商人》)、《豪门千金》(《威尼斯商人》)、

---

① 蓝凡:《中西戏剧比较论稿》,学林出版社 1992 年版,第 596 页。
② 李伟民:《戏与非戏之间:莎士比亚的〈麦克白〉与川剧〈马克白夫人〉》,《四川戏剧》2013 年第 2 期。

《天作之合》(《第十二夜》),运用粤剧的舞台艺术表现手法,在中国化、地方化的改编中,突出了原作的喜剧精神,成为当代粤剧改编莎剧取得重要成绩的标志性戏剧。戏曲莎剧调动戏曲表演的各种艺术表现手段,演绎莎剧中的人性,无论是对于莎剧耳熟能详的欧美观众,还是中国观众来说,对故事情节的了解是次要的,而审美感的获得则为主要方面。戏曲莎剧尽可能利用陌生的异域文化的外在形式,以戏曲的音舞讲述莎剧中的爱恨情仇和人的灵魂的挣扎过程。

(三)经典嬗变:中国莎学与国际莎剧交流

改革开放以来,莎剧的导表演体现出"以我为主",结合当代生活,融入中国人对莎剧的理解、对人性思考的改编倾向。同时也体现为莎剧导表演超越了斯坦尼斯拉夫斯基现实主义演剧体系,不惜借用和拼贴各种艺术表现手法改编莎剧,甚至以先锋和实验为号召,讲求通过对莎剧真善美与假恶丑、人生与爱情的当代思考,达到重新认识莎剧,解剖人性、娱乐、愉悦的目的。中国青年艺术剧院的《第十二夜》采用戏仿、拼贴,融入当下社会世俗生活,在轻松、幽默、调侃、戏谑的喜剧氛围中,以"我秀(Show)故我在"的喜剧精神,诠释了原作的人文主义思想。林兆华的《哈姆雷特》成功地将文艺复兴时代的人文主义精神移植到20世纪人类所面临的尴尬和两难之中,通过对人性的深入发掘与链接,以对《哈姆雷特》的隐喻认知解构了原有的"人文主义精神",建构了"人人都是哈姆雷特"的理念,并折射出处于改革开放年代的中国人对莎剧的现代解读。林兆华的《理查三世》力图阐释出原作的深层内涵,又在戏仿与隐喻中获得部分观众的理解与认同。该剧既通过舞台叙述话语与当下观众理解的戏仿呈现了莎剧的魅力,又通过隐喻引发了观众对所谓的人性与权力的再思考,[①] 但导演的叙事方式和主观意图并不能得到观众的理解。

---

① 李伟民:《光与影中的戏仿与隐喻叙事——论林兆华改编的莎士比亚戏剧〈理查三世〉》,《四川戏剧》2014年第1期。

我们更看重的是，这些号称先锋实验性质的莎剧改编，为人们带来的思想和艺术呈现方式的冲击激活了中国莎剧舞台，同时也引起了中国莎学研究学者的关注，为中国莎学研究注入了鲜活的例证。从某种意义上来说，中国的莎剧演出促进了中国莎学的发展和不断深入。莎学学者对中国莎剧改编、演出文本、导表演、空间呈现方式和舞台艺术的研究不但已经成为中国莎学研究中的一个重要学术领域，而且是外国莎学学者很难代替也不可能代替的。一些中国学者为此做出了许多开创性贡献。

除了莎剧演出之外，进入21世纪以来，国际和全国性的莎士比亚学术研讨活动日趋活跃，一些高校、学术团体和政府组织相继举办了一系列高规格、具有很高学术含量的莎学学术研讨会。现任国际莎士比亚学会主席彼德·霍布鲁克（Peter Holbrook）、前任国际莎士比亚协会主席吉尔·莱文森（Jill Levenson）以及国际知名莎学专家大卫·贝文顿（David Bevington）、英国伯明翰大学莎士比亚研究院院长迈克尔·道布森（Michael Dobson）等相继来华参加了在中国举办的莎学学术研讨会。东华大学教授杨林贵继方平先生之后，担任了国际莎协执委，李伟民等人担任了国际莎学通讯委员会委员。十多位中国的莎士比亚研究学者参加了第十届世界莎士比亚大会。中国召开的纪念汤显祖学术研讨会，仍然把莎士比亚研究列为重要议题，甚至在一定程度上实现了国内莎学研究和汤学研究两支学术研究队伍的互补与互彰。

中国莎学研究、莎剧演出正在走向世界，而且已经向世界发出了自己的声音，展示出自己古老而又现代的独特文化艺术魅力。据统计，2002—2017年，相继有浙江传媒学院举办了"莎士比亚与二十一世纪（杭州莎士比亚论坛）"（2002），复旦大学外文学院举办了"莎士比亚与中国：回顾与展望"学术研讨会（2004），四川外国语大学、电子科技大学、西南大学举办了"莎士比亚与英语文学研究全国学术研讨会"（2006），浙江省嘉兴市文联、广电新闻出版局举办了"朱生豪故居开放仪式暨莎士比亚学术研讨会"（2007），台湾大学外文系举办了"莎士比亚论坛2007学术研讨会"（2007），台湾政治大学历史系举办了"马基雅维利与莎士比亚的世界"学术研讨会（2007），宁波大学和英国诺丁汉大学联合举办了"莎士比亚学术研讨会"（2008），台湾大学外文系举办了"莎士比亚论坛讲演：在地域全球的莎士比亚理论与表演"学术研讨会（2008），中国莎士比亚学会（筹）和北海市地方志办公室举办了"莎士比亚学术研讨会（北海会议）"（2008），台湾大学外文系举行了"台湾莎士比亚风景成立大会"（2008），武汉大学举办了"2008 莎士比亚学术研讨会：多重视域中的莎士比亚"（2008），中央戏剧学院举办了"莎士比亚与当代舞台艺术家研讨会暨作品展示"（2006），中央戏剧学院参加了联合国教科文组织国际剧协教育中心"国际莎士比亚戏剧节"（2008），四川外国语大学莎士比亚研究中心/中国戏剧文学学会举办了"第七届全国戏剧文学研讨会暨中外戏剧与莎士比亚研究论坛"（2009），东华大学/中国莎士比亚学会举办了"上海国际莎士比亚论坛"（2011）。重要的国际国内莎士比亚学术研讨会还有："上海国际学术论坛暨朱生豪诞生 100 周年纪念活动"（2012）；嘉兴"纪念朱生豪诞辰一百周年学术研讨会"（2012）；2013 年 4 月，中国外国文学学会莎士比亚研究会在原中国莎士比亚学会的基础上，在北京大学宣告成立并举行了学术研讨会。此外还有"第三届武汉大学国际莎士比亚学术研讨会（2013）""2014 中国遂昌汤显祖文化节暨汤显祖与莎士比亚文化国际学术研讨会"，南京大学举办的"全国莎士比亚学术研讨会"（2014），遂昌"汤显祖、莎士比亚文化当代生命国际高峰学术论坛"（2016），东华大学举办的"2016 上海国际莎士比亚论坛"，上海戏剧学院举办的"2016 国际莎士比亚戏剧节暨首届中华戏剧学刊联盟学术会议"（又称"第三届中国莎士比亚戏剧节"），2016 年 10 月北京大学举办的"纪念莎士比亚逝世 400 周年学术研讨会暨中国莎士比亚研究会年会"，2016 年 7 月东华理工大学举办的"2016 中国·抚州汤显祖剧作展演暨国际高峰学术论坛"。2016 年 12 月，"中英纪念汤显祖·莎士比亚逝世 400 周年研讨会"在上海举行。香港中文大学继续举办了"中国大学莎士比亚戏剧节"，该活动迄今已经连续举办了 10 届。[①] 这 10 年间，在中国高校学

[①] "中国大学莎士比亚戏剧比赛（节）"由英国莎士比亚学会与香港中文大学于 2005 年联合举办，每年一届，宗旨为增进中国大学生对莎士比亚的了解，2014 年停办。

生中间掀起了演出莎剧尤其是英文莎剧的热潮。一些国外演出团体以及高等院校也不时推出采用英文或中文演出的莎士比亚戏剧比赛。2017年,纪念汤显祖和莎士比亚的"第二届文化传承和创新国际论坛"(抚州)召开期间,莎士比亚戏剧和汤显祖戏剧同台竞技,可谓繁花似锦,"姹紫嫣红开遍"莎学研究领域。

"莎士比亚演出的任何固定模式化,都是有害无益的。"① 进入21世纪的十多年来,无论是专业的还是业余的莎剧改编演出,都更为倾向于彰显改编主体对莎剧某一方面内涵的强调,在改编中或从中国戏曲形式出发突出原作中的某一思想、倾向、意象,或者解构莎学研究中原有的成说,另起炉灶,甚至与现实人生、语境进行嫁接。改编关注的焦点,往往不是利用中国戏剧挖掘莎剧的主题、思想和内涵,而是聚焦于莎士比亚在当代文化变革中的变形。无论是专业剧团还是业余莎剧演出,首先追求的是莎剧与中国戏剧形式、文艺复兴时代的莎剧与当下中国语境、对莎剧的传统认知与本土文化语境之间的对接,对原作主题思想的挖掘具不具备现代意义,已经变为改编是否能够引起当代青年观众的兴趣,承载莎剧的戏剧形式能否对莎剧原作做出更为合理,也更具美学价值的阐释。改编指导的哲学意义表现为:"我们所能指称的任何东西都能被很多根本不具有相同意义的表达式所指称。"② 例如由田沁鑫编剧、导演的《明》已经不再是悲剧,调侃、幽默占据了舞台……该剧把权力演绎为权力最好的象征就是一把椅子。所以舞台上没有皇位,而是十几把一模一样的椅子。把中国戏曲的精神"戏",乃为"戲"的叙事与抒情发挥得淋漓尽致,表演重在"写意"引发的"愉悦",而非"写实"带来的"思考","乐"甚至成为改编的出发点。

20世纪80年代以来,包括英国皇家莎士比亚剧团、英国老维克剧团在内的国外剧团有不少来华演出过莎剧。英国TNT剧团常年来华演出莎剧,在华

---

① 胡伟民:《导演的自我超越》,中国戏剧出版社1988年版,第90页。
② [美]阿尔斯顿:《语言哲学》,牟博、刘鸿辉译,生活·读书·新知三联书店1988年版,第27页。

演出的莎剧有《第十二夜》《麦克白》《罗密欧与朱丽叶》《哈姆雷特》《威尼斯商人》《驯悍记》《无事生非》。而2016年在纪念莎士比亚逝世400周年的"国际莎士比亚戏剧节"演出了近20部莎剧，主要有：阿根廷—德国的《哈姆雷特大都市》、刚果（布）—法国的《哈姆雷特》、印度的《麦克白芭提雅》、意大利的《莎士比亚民谣》《哈姆雷特丽雅》、荷兰的《M夫人》《麦克贝恩》、葡萄牙的《哈姆雷特》、塔吉克斯坦的《愚人法院》、乌克兰的《李尔王》《哈姆雷特》、英国的《无台词版麦克白》《快乐战争》、美国的《威尔夫人》、中国—英国的《仲夏夜梦南柯》，以及中国的《麦克白斯》、京剧《驯悍记》①。2016年，韩国旅行者剧团标榜以莎氏精神与韩国民俗文化融合，以富有代表性的韩国肢体动作、表情及语言在广州演出了Jung-Ung Yang（梁正雄）导演的《仲夏夜之梦》，该剧曾获"韩国年度最佳戏剧奖"等多项奖项。2017年，比利时导演卢克·帕西瓦尔携俄罗斯圣彼得堡波罗的海之家剧院演出的《麦克白》，该剧简化故事线索，依赖演员情绪状态的调整，完成麦克白心理形象的塑造。上述莎剧演出，均试图在解释原作或引申原作思想的同时，在演出形式上大胆创新。有些改编甚至已经在整体上解构了莎士比亚对人性的描述，改编者企图通过莎剧中蕴含的各种隐喻意象来审视当代社会、文化，乃至伦理、道德和信仰等问题，表演形式的大胆出新，已经改变了莎剧原作中的内涵和空间叙事方式，莎剧中的人文精神已经演变为表演形式和表演技艺的载体和不囿于固定叙述模式的百花齐放、各说各话的格局。

我们应该看到，在莎剧舞台上，话剧莎剧与戏曲莎剧形成了中国莎剧表演的两大形式，从舞台"上演的角度考虑问题"②应该成为改编的原则之一。在忠实于原作的同时，改动也是不可避免的。例如曹禺译《柔蜜欧与幽丽叶》

---

① 中莎：《"2016上海国际莎士比亚论坛"和"2016国际莎士比亚戏剧节暨首届中华戏剧学刊联盟学术会议"隆重开幕》，《中国莎士比亚研究通讯》2016年第1期。
② 曹禺：《译者前记》，莎士比亚：《柔蜜欧与幽丽叶》，曹禺译，人民文学出版社1954年版，第1页。

遇见丑角插科打诨的俏皮话时，甚至增加了一些"韵文"，增加了一点"诗"意。《柔蜜欧与幽丽叶》"是歌颂爱情和青春的悲剧"，[①] 但是有人认为它是反封建的戏，有人强调反对"世仇"，宣扬太平、和睦，这些解释都有一定道理，关键是译文在反映莎氏人文主义精神的基础上要有文采。曹禺翻译该剧的指导思想是为舞台演出服务，所以他说："我以为这个悲剧充满了乐观主义的情绪，并不使人悲伤。只是象四月的天，忽晴忽雨。"[②] "莎士比亚剧作是语言的大海"，翻译、演出莎剧对我们的戏剧创作、演出有借鉴意义，要"古为今用""洋为中用"，改编莎剧应该遵循这一原则，曹禺译《柔蜜欧与幽丽叶》，在直译出来会失去风趣的时候，大胆改成中国观众能了解的笑话，也会使人会心一笑。

近年来，国外莎剧频频造访中国，高校莎剧演出渐成常态。但以现实主义风格为主，遵循斯坦尼斯拉夫斯基戏剧理论的话剧莎剧仍然在莎剧舞台上具有不可替代的审美艺术价值，中国青年艺术剧院的《威尼斯商人》、辽宁人民艺术剧院的《李尔王》、中央戏剧学院的《黎雅王》、上海戏剧学院的《泰特斯·安德洛尼克斯》《亨利四世》、上海戏剧学院藏族班的《柔蜜欧与幽丽叶》、中央实验话剧院的《温莎的风流娘儿们》、北京人艺的《哈姆雷特》、中国国家话剧院的《理查三世》《罗密欧与朱丽叶》、上海人民艺术剧院的《奥赛罗》、上海儿童艺术剧院的《威尼斯商人》，都在中国莎士比亚戏剧舞台上占有重要地位，成为以现实主义与浪漫主义精神相结合的优秀中国话剧莎剧的代表作品。

（四）《理查三世》：东西方戏剧的合璧之美

2012年伦敦奥运会期间举行了"2012 环球莎士比亚戏剧节"（World Shakespeare Festival 2012），中国国家话剧院受邀公演了王晓鹰导演的《理查

---

① 曹禺：《前言》，莎士比亚：《柔蜜欧与幽丽叶》，曹禺译，人民文学出版社1979年版，第1—5页。
② 同上。

三世》。这届莎剧节以"Global to Global"作为主题,采用37种不同的语言演出37部莎剧,演出时间2012年4月23日至6月10日,演出地点精心选择为伦敦的莎士比亚环球剧院。可以说,王晓鹰这部《理查三世》获得了空前的成功,为近年来中国舞台上不可多得的一部优秀话剧舞台莎剧。在这部莎剧中,导演追求的是把莎剧的哲理性和对人性的深入思考在中西合璧之美的形式中表达出来。王晓鹰认为,在话剧舞台演出创作中要汲取中国传统戏曲的养料,但绝不是简单地对戏曲表演的身段、念白、舞台调度的挪用,"而是在一个共同特征和相通机制之下对中国传统戏曲内在艺术精神的摄取"。[1] 该剧也并没有刻意丑化理查三世的外貌,没有简单把理查三世性格形成的原因归结为其身体和相貌的缺陷,而是深刻认识到,西方中世纪沿袭的文化传统认为人的外表与灵魂对应,残疾与丑陋是邪恶人格的象征,是为人物的邪恶性格加上了一层道德批判的砝码[2],而改编则把理查三世塑造成一个具有中国式思维特点和人类邪恶精神的象征性艺术形象。

该剧的改编尽量挖掘中国历史文化中的造型形象和艺术语汇,但故事、情节、人物都紧贴原作,并融入中国戏曲演剧元素。该剧不是"戏曲式的话剧",而是一部充分融入了中国戏曲、中国服饰、中国面具、中国图腾、中国书法、中国音乐的莎剧,我们既可以从中看到京剧武丑杀害克莱伦斯时展示的《三岔口》中的技艺,威尔士亲王的"趟马""变翎子",京剧包公戏《探阴山》中的黑纱蒙面,戏曲龙套程式和走矮子、报子、红布包人头、检场等中国戏曲元素,又可以看到三星堆面具和"欲望""权力""阴谋""谎言""战争""毁灭"等"英文方块字"丰富的内在意蕴,这些鲜明的艺术形式展示了中国美学精神,而戏曲、美术、书法元素则以既古典又现代的手段,甚

---

[1] 王晓鹰:《合璧——〈理查三世〉的中国意象》,文化艺术出版社2016年版,第1—2页。感谢王晓鹰导演在我参加北京大学莎士比亚学术研讨会期间,邀请我观看他导演的《伏生》,并赠我《理查三世》舞台演出的光碟,使我得以反复从容地观看该剧,并探讨两部剧中优秀的导表演艺术手法和其中蕴含的美学理念。

[2] 王晓鹰:《合璧——〈理查三世〉的中国意象》,文化艺术出版社2016年版,第12—15页。

至是"后现代"的艺术形式，深刻诠释了原作的意蕴和悲剧精神，该剧也被日本莎学专家濑户宏称为"中国最成功的《理查三世》"。① 在后面一节中，本书还将详细探讨该剧空间构形中的"诗化意象"。

（五）实践过程与理论资源

无论是话剧莎剧还是戏曲莎剧，其在中国舞台上的演出已经成为中国戏剧与世界戏剧对话的一条重要途径，甚至也在某种意义上成为挖掘当代社会中的人性与戏剧灵感的源泉和本体。回顾莎剧在中国舞台上流光溢彩的演绎，我们看到无论在话剧莎剧，还是在戏曲莎剧中，都涌现出一批具有经典元素的中国莎剧，把这些中国莎剧放在世界莎剧的舞台上与其他国家的莎剧相比可以说是毫不逊色的。而其中最主要的特色，就在于中国莎剧的导表演对莎剧中"人性"的独特诠释与中国戏剧、戏曲以其独特的美学思想、表现形式对莎剧的丰富，而这正是莎剧演出在中国舞台上的生动写照，是独特的有中国风格莎剧的成功实践，也是其影响力、魅力与活力所在。

毫无疑问，中国的莎作翻译、莎剧舞台演出和莎士比亚研究已经成为具有中国特色莎学的重要实践与理论资源，我们已经在这个基础上初步建构起中国莎学研究的理论体系，② 使我们的莎学研究不同于西方和世界上其他国家、地域的莎学，具有鲜明的中国特色、时代特色和民族特色。近年来，西方主流莎学忽视莎剧跨文化改编的倾向得到纠正，除了大陆排演的莎剧外，台湾的"豫莎剧"《约束》（《威尼斯商人》），台湾当代传奇剧场的《王子复仇记》《欲望城国》（《麦克白》）、《暴风雨》，台北新剧团的《胭脂虎与狮子狗》（《驯悍记》），河洛歌子剧团的歌仔戏《彼岸花》（《罗密欧与朱丽叶》），台湾客家采茶剧团的客家大戏《卡丹纽》，均展现了莎剧的"在地化"，有时

---

① ［日］濑户宏：《莎士比亚在中国：中国人眼里的莎士比亚接受史》，陈凌虹译，广东人民出版社2017年版，第256页。
② 李思剑：《莎士比亚研究的现代性——李伟民教授访谈录》，《四川戏剧》2015年第1期。

甚至是莎剧的"全球在地化"。①②

正如曹禺所说,"我们研究莎士比亚有一个与西方不尽相同的条件,我们有一个比较悠久的文化传统",因此我们"是以一个处于历史新时期的中国人的眼睛来看、来研究、来赞美这位世界巨人",我们试图用马克思主义的观点来研究莎士比亚,而最终目的则是"把一切用了心血写出来的戏都拿来丰富祖国的文化,作为我们的借鉴,作为我们的滋养"③。而这也是我们"用中国人的眼光看莎士比亚"这一重要的文化命题,"力图对莎士比亚的各类戏剧作品做出我们自己的理解,以形成具有中国特色的莎学理论体系、思维模式和独特风格"④。而对莎士比亚的翻译、研究和演出⑤正是我们积极吸收借鉴人类优秀文明成果和国外优秀文化成果的一个最为生动的体现。莎学研究与其他科学技术研究一样,在浩瀚的世界莎学研究领域"我们需要权威,但是权威绝不能专有真理"⑥,我们应该发出中国学者的声音。

(六) 汤显祖与莎士比亚比较研究

莎学史和汤学史将会永远铭记2016年,这对于世界范围的汤显祖研究和莎士比亚研究来说都是一个极为重要的年份。围绕着纪念这两位杰出的文学与戏剧巨擘,中国、英国与世界其他国家开展了一系列隆重而盛大的文化与学术活动。先后在浙江遂昌举办了"汤显祖、莎士比亚文化的当代生命国际高峰学术论坛""中国·抚州汤显祖剧作展演暨国际高峰学术论

---

① 陈芳:《莎戏曲:跨文化改编与演绎》,"国立"台湾师范大学出版中心2012年版,第16—44页。
② 陈芳:《全球在地化的〈卡丹纽〉》,《中国莎士比亚研究通讯》2014年第1期。
③ 曹禺:《发刊词》,中国莎士比亚研究会:《莎士比亚研究》(创刊号),浙江人民出版社1983年版,第1—5页。
④ 孟宪强:《三色堇——〈哈姆莱特〉解读》,商务印书馆2007年版,第10页。
⑤ 李伟民:《总序》,莎士比亚:《莎士比亚全集》(第一卷),朱生豪、陈才宇译,浙江工商大学出版社2015年版,第11—12页。
⑥ 郭永怀:《郭永怀文集》,科学出版社2009年版,扉页。又见郑哲敏编:郭永怀《我为什么回到祖国——写给还留在美国的同学和朋友们》,载《郭永怀先生诞辰九十周年纪念文集》,气象出版社1999年版,第213页。郭永怀为著名力学家、应用数学家、空气动力学家,荣获"两弹一星功勋"奖章。

坛",以及在英国举办了"第十届世界莎士比亚大会"。而这些活动所产生的文化与学术的世界性影响也必将在汤显祖和莎士比亚研究领域产生深远和持久的影响。为此,汤显祖与莎士比亚比较引起学界关注,相继出版了张玲的《汤显祖和莎士比亚的女性观与性别意识》(中国传媒大学出版社2013年版),李建军的《并世双星:汤显祖与莎士比亚》(二十一世纪出版集团 2016 年版),张玲、付瑛瑛的《汤显祖与莎士比亚》(江西高校出版社2016 年版),汪莹的《艺术哲学视角下的莎士比亚与汤显祖戏剧美学观之比较研究》(中国水利水电出版社 2017 年版)以及徐永明的《英语世界的汤显祖研究论著选译》(浙江古籍出版社 2013 年版)。显然借纪念莎士比亚、汤显祖逝世 400 周年,学界已经将汤氏与莎氏比较研究提升到新的高度,已经实现了从单篇论文研究到专著比较研究的历史性跨越,这一跨越对于汤学和莎学研究都将产生深远的学术影响。

第三节 以校园莎剧节为号召:中国大学莎士比亚戏剧演出

以中央戏剧学院、上海戏剧学院自排莎剧和国际莎剧邀请演出为主导,自 20 世纪 80 年代以来,中国高校校园莎剧的演出呈日趋繁荣趋势。中国高校校园莎剧的演出以话剧为主,兼用中文和英文两种形式演出。莎士比亚戏剧在中国高校的演出构成了莎士比亚在中国经典化的重要一环。但是,高校校园莎剧的演出也存在着明显的不足,即从事莎剧演出的学生在戏剧艺术素养方面相对欠缺,表演手段相对贫乏,演出缺乏表现力,随意性较大。高校校园莎剧的演出质量亟待提高,但高校校园莎剧演出的繁荣,近年来已经成为莎士比亚在中国戏剧界的一个重要方面,成为莎剧在中国演出一个值得关注的现象。

一 校园莎剧：提供了互动与参与的热情

莎士比亚戏剧在中国的演出是从校园开始的。从莎剧在中国高校校园落脚以来，校园莎剧的演出一直持续不断。20世纪80年代以来，校园莎剧（主要是指高校非艺术和戏剧类学校的非专业性莎剧演出），尤其是高校英语专业的莎剧演出，呈经常化趋势。这固然与高校校园戏剧的繁荣有一定的关系，同时，更说明莎士比亚具有巨大的文化辐射力，再加之其在戏剧、文学中的经典地位，莎士比亚在中国的大学受到青睐是毫不奇怪的。由于莎剧对人性的深刻发掘，以及通过对莎剧的演绎能够为现代人性与现代人提供不断的反思，所以在文化交流日趋繁荣的今天，能够持续吸引高校学生的改编。莎士比亚戏剧的吸引力究竟在哪里呢？莎士比亚为什么能够吸引大学生对其改编的热情？我们认为，莎士比亚研究与演出区别于其他外国作家的最显著的特征之一，就是不仅可以进行文本研究和考证，而且可以进行舞台创作实践，而创作实践正好把学生互动与参与的热情凝聚在舞台创作实践上，莎剧所提供的舞台实践也正是其他外国文学家所不具备的。毫无疑问，莎士比亚戏剧在中国高校的演出构成了莎士比亚在中国经典化过程中的重要一环。所以，我们不难看到，在中国戏剧舞台上，莎士比亚戏剧不但可以用英语演出，而且可以采用话剧与中国戏曲的形式演出；莎士比亚戏剧不仅被专业戏剧团体推上舞台，而且已经成为大学校园戏剧演出的常备性剧目，这也是莎士比亚批评不断被激活的原动力之一。

二 追求经典文化的重要方式

当我们追溯中国话剧的发展时，就会看到话剧与校园戏剧有着难以分开的联系。20世纪初期的中国大学校园孕育了话剧，话剧在大学校园的发展成为推动中国走向新民主主义革命胜利的一支不容忽视的生力军。五四运动之后，中国社会、中国文化领域风云际会，由于校园戏剧的参与，在校园戏剧中涌现出了无数脍炙人口的好戏，其社会影响、文化影响和文学影响都是非常深远的，同时也培养造就了一大批从校园起步的著名戏剧家。这些戏剧家在学生时代一般受到了莎士比亚戏剧的启蒙，并逐渐成长为戏剧界的泰斗，逐步走向戏剧艺术的辉煌殿堂，① 并且在他们有所成就时，也开始在中国的校园中排演莎士比亚戏剧。

由于莎士比亚戏剧的经典意义，一百多年过去了，不管社会和文化环境如何变换，莎士比亚戏剧一直居于中国大学校园改编外国戏剧的榜首。纵观20世纪80年代以来的校园戏剧，始终热衷于反复演绎莎士比亚和其他戏剧大师的经典作品，其实这就是学子们在自觉追求着经典的再创造和戏剧的艺术品位，从而为展现自己的才华，为实现"人生的艺术化"作种种修炼。

随着高校校园戏剧热潮的兴起，在改编经典的热潮中，莎士比亚戏剧也就顺理成章地成为校园戏剧创作者们首选改编剧目。因为莎士比亚戏剧中所蕴含的伟大的人文主义精神和经典的巨大号召力，以及挑战效应，加上对导表演的多方面的要求，能够充分激发他们的创新潜力，培养他们的合作精神，提高学生的交流能力、口头和文字表达能力。

开新时期非艺术类高校学生较大规模地业余演剧风气之先的，当推北京师范大学的"北国剧社"。北国剧社成立后，1986年4月，演出了《第十二夜》《雅典的泰门》，1998年演出了《麦克白》。尤其是《第十二夜》的演出，被曹禺称为"表演质朴，自然，没有舞台腔"。② 其后莎士比亚戏剧的演出在高校校园中就一直没有中断过。通过组织莎剧排演，大学生得到了表演艺术方面的技能训练，受到了莎剧表演的启蒙，从舞台行动、规定情景、塑造人物、刻画心理、反映性格入手，将一系列舞台行动的判断、想象交流交融。通过莎剧演出的初步练习，领略戏剧艺术的堂奥，不但提高了大学生的话剧表演素质，也促进了大学生对戏剧艺术的喜爱。

根据我们的统计，改革开放四十年来，在全国的许多高校舞台上演出

---

① 桂迎：《大学校园戏剧活动初探》，《戏剧艺术》1996年第4期。
② 郦子柏：《〈第十二夜〉导演断想——对开展校园戏剧的思考》，《北京师范大学学报》（社会科学版）1991年第4期。

过莎士比亚戏剧。甚至有一些高校已经把举办"莎士比亚戏剧演出"作为经常性的活动固定下来了。2015年9月,第四届世界戏剧院校联盟国际大学生戏剧节在中央戏剧学院举行,由保加利亚国立戏剧影视学院、中央戏剧学院、德国恩斯特·布施戏剧学院、墨西哥韦拉克鲁斯大学、西班牙戏剧学院、乌克兰卡宾·卡利国立戏剧影视大学、日本桐朋学园艺术短期大学演出了7台《罗密欧与朱丽叶》。① 2016年9月,上海戏剧学院举行了"2016国际莎士比亚戏剧节暨首届中华戏剧学刊联盟学术会议"(简称"第三届中国莎士比亚戏剧节"),共演出三十多场莎剧。② 而中国大学的业余莎剧演出更是持续不断,仅上海外国语大学截至2016年已经举办了二十届"莎士比亚戏剧节"。清华大学自2010年举办第一届莎士比亚戏剧节以来,到2017年,清华大学外文系、清华大学新雅书院举办了第四届莎士比亚戏剧节(莎士比亚之夜·戏剧专场)。上海大学至2016年共举办了六届莎士比亚戏剧节。四川外国语大学举办过三届"莎士比亚文化艺术节"。2008年4月25日,江西上饶师范学院从1999年举办了"第一届莎士比亚戏剧节",出演了《仲夏夜之梦》《麦克白》片段,至2017年共举办了十七届莎士比亚戏剧节。陕西师范大学、鲁东大学也举办过莎士比亚戏剧节。四川大学生命科学学院在2008年4月26日举行了莎士比亚戏剧节宣传活动。2006年武汉大学外国语学院举办了"莎士比亚戏剧节"。2007年11月22—24日在武汉大学举办了第四届中国大学生莎士比亚戏剧节大师班。2007年在"纪念中国话剧诞辰一百周年暨重庆市第二届大学生戏剧节"期间,由四川外国语大学国际商学院选送的《哈姆雷特》获得了"优秀演出奖"和"优秀表演奖",剧中身着白衣的忧郁"白王子"与袭一黑衣的复仇"黑王子",通过强烈的对比和视觉效果,对哈姆雷特复杂的内心做了具象化的诠释。上海师范大学外国语学院于2007年5

---

① 沙嫣婆:《讲好莎剧的中国故事——莎士比亚的东西互渐:莎剧走出去与迎进来》,《中国莎士比亚研究通讯》2015年第1期。
② 《中国莎士比亚研究通讯》《"2016上海国际莎士比亚论坛"和"2016国际莎士比亚戏剧节暨首届中华戏剧学刊联盟会议"隆重开幕》,《中国莎士比亚研究通讯》2016年第1期,第5页。

月15日举办了"首届莎士比亚戏剧节"。广西大学外语学院2017年7月出演了年度大戏《驯悍记》。2017年5月1日,河南师范大学外国语学院莎士比亚剧社在河南大学音乐厅,出演了《哈姆雷特》《李尔王》《奥赛罗》《麦克白》《罗密欧与朱丽叶》以及《快乐的温莎巧妇》。2011年11月,黑龙江外国语学院首届莎士比亚戏剧节开幕,出演了《哈姆雷特》(英文)。2012年,黑龙江外国语学院莎士比亚戏剧团成立,出演《温莎的风流娘儿们》,采用英语对白、法语旁白的双语演出形式,受到外国观众的赞赏;该学生莎剧团相继出演了《罗密欧与朱丽叶》《仲夏夜之梦》《威尼斯商人》《终成眷属》,2013年出演了《泰特斯·安德洛尼克斯》。2017年4月,河北省莎士比亚研究会举办年会期间,河北北方学院外国语学院用英文出演了《罗密欧与朱丽叶》。2017年10月,华东师范大学扬之水中文话剧社出演了《麦克白不白》。在2017年中国大学生戏剧节期间,中央戏剧学院、德国恩斯特·布施戏剧学院、日本桐朋学园艺术短期大学、俄罗斯国立戏剧学院、乌克兰基辅国立卡尔潘科卡利戏剧影视大学、英国盖德霍尔音乐戏剧学院、俄罗斯戏剧艺术学院带来了具有专业特色的《李尔王》,波兰国立戏剧学院则出演了《李尔的女儿们》。

在中国大学举办的"莎士比亚戏剧节"一般均由外国语学院承办,大多以英文演出,具有较为浓厚的学院气息。虽然这些演出还显得稚嫩,但显示了大学生对莎士比亚、对戏剧演出的热爱以及对文艺复兴时期莎剧语言相对娴熟的把握。河北莎学会、重庆莎学会在每年学术年会召开之际,演出莎剧也成为重要学术环节。(见表3-1)

表3-1　中国大学举办的莎士比亚戏剧节及莎剧演出(1980—2018)

序号	莎剧名称	演出活动与单位	演出时间
1	仲夏夜之梦	上海外国语学院英语系	1980
2	雅典的泰门	北京师范大学北国剧社	1986
3	第十二夜	北京师范大学北国剧社	1986

续　表

序号	莎剧名称	演出活动与单位	演出时间
4	雅典的泰门（英语）	北京第二外国语学院	1986
5	威尼斯商人	解放军艺术学院戏剧系	1986
6	驯悍记	南京大学中文系学生影剧社	1986.4
7	第十二夜	北京师范大学北国剧社	1986.4
8	无事生非（英语）	复旦大学外文剧社	1986.4
9	麦克白	北京师范大学北国剧社	1998
10	温莎的风流娘儿们	解放军艺术学院戏剧系	1999
11	亨利五世（北京大学）冠军、第十二夜（复旦大学）亚军、第十二夜（香港中文大学）季军	第一届中国高校莎士比亚戏剧节决赛（香港中文大学主办）	2005.4
12	无事生非、威尼斯商人、驯悍妇、奥赛罗、罗密欧与朱丽叶	山东大学外国语学院莎士比亚戏剧节	2005.11.28
13	威尼斯商人、仲夏夜之梦、无事生非、驯悍记、莎士比亚蜡像馆	上海外国语大学英语学院第十届莎士比亚戏剧节	2005.12.8
14	凯撒大帝（对外经济贸易大学）冠军、一报还一报（南京大学）亚军、暴风雨（澳门大学）季军	第二届中国高校莎士比亚戏剧节决赛（香港中文大学主办）	2006.4
15	罗密欧与朱丽叶	四川外国语大学国际文化交流学院"首届莎士比亚文化艺术节"	2006.4.5

续 表

序号	莎剧名称	演出活动与单位	演出时间
16	李尔王（获最受欢迎剧目奖）	武汉大学外语学院在全国第二届大学生莎士比亚戏剧节中获奖	2006.5.12—26
17	无事生非、罗密欧与朱丽叶、一报还一报、仲夏夜之梦	四川外国语大学、四川大学、电子科技大学在"莎士比亚与英语文学研究学术研讨会"期间举行"大学生莎士比亚戏剧展演"	2006.9
18	奥赛罗（北京外国语大学）冠军、驯悍记（香港岭南大学）亚军、驯悍记（澳门理工学院）季军	第三届中国高校莎士比亚戏剧节决赛（香港中文大学主办）	2007.4
19	仲夏夜之梦、李尔王、罗密欧与朱丽叶、麦克白、奥赛罗、哈姆雷特、威尼斯商人	上海师范大学外国语学院首届莎士比亚戏剧节	2007.5.15
20	奥赛罗、李尔王	四川外国语大学国际文化交流学院、中文系"第二届莎士比亚文化艺术节"	2007.12
21	哈姆雷特（武汉大学）冠军、安东尼与克莉奥佩特拉（香港中文大学）亚军、奥赛罗（厦门理工学院）季军	第四届中国高校莎士比亚戏剧节决赛（香港中文大学主办）	2008.4
22	哈姆雷特	"纪念中国话剧诞辰一百周年暨第二届重庆大学生戏剧节"分别在四川外国语大学、重庆大学、西南大学三所高校进行巡回演出	2007.11.21—30

续 表

序号	莎剧名称	演出活动与单位	演出时间
23	仲夏夜之梦、麦克白、威尼斯商人	上饶师范学院中文与新闻传播系"第一届莎士比亚戏剧节";第十七届莎士比亚戏剧节	2017、2008.4.23
24	哈姆雷特、罗密欧与朱丽叶	海南大学国际文化交流学院和外国语学院联合举办的第五届中国高校"莎士比亚戏剧节"海南大学预选赛	2008.10.9
25	威尼斯商人、第十二夜	四川外国语大学国际文化交流学院"第三届莎士比亚文化艺术节"	2008.11
26	无事生非、李尔王、第十二夜、威尼斯商人、爱的徒劳、莎翁情史	上海外国语大学英语学院第十三届莎士比亚戏剧节	2008.11.27
27	温莎的风流娘儿们（京剧）	上海戏剧学院戏曲分院（2009届毕业剧目）	2009
28	罗密欧与朱丽叶（演出多部莎剧）	中央戏剧学院第一至第四届世界戏剧院校联盟国际大学生戏剧节	2009—2015
29	哈姆雷特、温莎的风流娘儿们（英语对白、法语旁白）、泰特斯·安德洛尼克斯、罗密欧与朱丽叶、仲夏夜之梦、威尼斯商人、终成眷属	黑龙江外国语学院首届莎士比亚戏剧节	2011.11.11—2013
30	威尼斯商人（演出多部莎剧）	上海外国语大学英语学院第二十届莎士比亚戏剧节	2016
31	无事生非	上海大学第六届莎士比亚戏剧节	2016

续 表

序号	莎剧名称	演出活动与单位	演出时间
32	驯悍记（京剧）、李尔王、哈姆雷特、哈姆雷特大都市、莎士比亚民谣、麦克白芭提雅（演出多部莎剧）	上海戏剧学院	2016
33	第十二夜（香甜版）、威尼斯商人、奥赛罗、李尔王、仲夏夜之梦、哈姆雷特（现代版）麦克白（魔幻版）	清华大学外文系、清华大学新雅书院莎士比亚戏剧之夜·莎士比亚戏剧专场	2017、2018
34	罗密欧与朱丽叶（音乐剧）	绍兴市艺术学校（演出地点：绍兴市文化馆）	2018

中国的莎剧演出是20世纪初叶从校园开始的。自20世纪80年代以来，以中央戏剧学院、上海戏剧学院等专业院校为引领，中国的大学校园演出莎士比亚戏剧一直没有中断，近年来校园莎剧演出在许多学校已经形成了一种惯例。如自2005年起在中国香港已经连续举行了多届"中国大学莎士比亚戏剧比赛"，而四川外国语大学、上海外国语大学等高校也已经连续举办了多次"莎士比亚艺术节"，北京大学、复旦大学、北京对外经济贸易大学、四川大学、西南大学、重庆师范大学、河北师范大学的学生莎剧演出也很活跃。在"全国莎士比亚研究和英语文学学术研讨会"期间，四川外国语大学奉献了《无事生非》《罗密欧与朱丽叶》、四川大学提供了《一报还一报》、电子科技大学提供了《温莎的风流娘儿们》，这些英文莎剧的演出均受到了莎学专家的肯定。在"纪念中国话剧诞辰一百周年暨第二届重庆大学生戏剧节"上，四川外国语大学的英文莎剧《哈姆雷特》被称为戏剧节的一个亮点（参见李伟民等《中国莎士比亚学者的一次盛会——"莎士比亚研究与英语文学研究学术研讨会"大写意》，《四川戏剧》2007年第1期）。由于高校之中校园莎剧

的演出多局限于校园之内，受指导教师工作变动、学生毕业的影响，一般难以长期坚持举办莎剧节，因此本表的统计尚存在着遗漏，希望以后能够逐步完善。本表的统计主要以高校校园业余莎剧演出为主。

三 以学习莎剧语言，提升综合人文素质为目标

综观当今的高等院校，几乎每所高校都有自己的校园戏剧队伍。以校园戏剧为窗口反映学生的生活，为学生丰富自我，施展才华，提高艺术修养及品位，完善校园精神文明建设提供了重要阵地。尤其是高校中的外国语学院，在校园戏剧的演出中一般都会考虑莎士比亚戏剧的演出，采用英语排演莎剧有语言学习功利性的一面，容易得到校方的支持。[①] 马文·斯佩瓦克通过计算机统计出莎作中的词汇量为29066个，演出莎剧不仅有利于学习掌握英语词汇也有助于展现英语学习水平。高校校园演出莎剧的特点是：既采用中文演出莎剧，也更多地采用英文演出莎剧；在排演中，出演整部莎剧少，而排演片断的多，或者经过大幅度压缩出演莎剧；校园莎剧主要以话剧形式的演出为主，基本上没有戏曲形式演出的莎剧。

毫无疑问，在高校校园莎剧的演出中，由于受到发展空间和参与人员主要来自学生群体的限制，在阐释莎士比亚这样的经典戏剧时，明显存在着力不从心的感觉。这些校园莎剧的演员大多是从观赏舞台上的戏剧开始的，他们是在参与了戏剧整体的体验中初步认识了戏剧表演，他们最初接触到戏剧艺术就是完成的整体。[②] 他们最初爱上表演，想到莎剧演出既是受到经典文化熏陶的结果，仰慕莎士比亚的原因，也是受到戏剧舞台魅力的影响和校园戏剧团体精神的感召。尽管他们有相当的热情，但在相当一些校园莎剧的演出之中，我们常常可以看见演出几乎是在没有经过多少系统训练的专业戏剧导表演章法和技能的演出中进行的，演员靠的是真诚与质朴以及观众的宽容，

---

① 李伟民：《中西文化语境里的莎士比亚》，上海外语教育出版社2009年版，第3—5页。
② 桂迎：《回归表演原生态的仪式——校园戏剧表演状态研究》，《戏剧》2004年第4期。

而这种来自本能的演出是在没有多少顾忌的原生态表演创作中展示大学生对莎士比亚精神的理解的，同时也构成了一种没有技巧的模仿、对经典的误读与情感的自由宣泄。

同时，我们也应该看到，校园莎剧，特别是以英文形式演出的莎剧，不是注重对于莎剧中人物性格的挖掘与塑造，而是更多地出于语言训练的目的，或不适当地强调外在形式的华彩，或只是简单地追求语言的练习，忽视了舞台形象的再创造，随意性较为明显。一些校园莎剧只是以搬演名著为号召，即便是在简陋的校园舞台上，也不适当地在舞台设计、演员服装、化妆等外部手段上花费过多心血，在演员表演、声调处理上也在竭力模仿某些知名演员，然而对演出准确体现莎士比亚原作的精神层面方面则少有注意，所以出现在校园舞台上的莎剧，无论导演还是演员，都没有从根本上理解莎士比亚原作的精神实质，没有沉浸在剧作本身，去寻找人性中最本质的内涵以及作为文艺复兴时代最主要的人文主义精神，更谈不上赋予莎翁作品以自己的再思考与再创作。而且由于时代和文化背景的变易，中西文化之间的差异，大学生人文底蕴的缺失，就其整体来说，与莎士比亚戏剧中所表现的人生与现实会有相当的距离。由于缺乏对中西文化的深刻理解，缺少对文艺复兴时代人性的张扬与社会背景的深入理解、认知、批判，一些校园莎剧别说不能深刻地表现莎士比亚的人文主义思想，甚至在演出上也显得异常吃力。由于基本戏剧素质的缺乏，大学生面对莎剧这样的经典时往往感到束手无策，表演手段贫乏，舞台意象简陋，只有语言的对话，而无情感、心理的交流。

我们看到，这些校园莎剧既有生命力强、青春气息浓厚的优势，又有难以回避的问题，如由于戏剧艺术修养薄弱，表演、表现手段单一，过于注重形式模仿，不能通过"戏剧性"反映莎剧人物的复杂心理和性格冲突。由于对莎剧中所体现出来的人性与人文主义精神缺乏整体与深入的把握，或者把握起来相当力不从心，所以难以通过莎剧中所透露出来的整体精神，观照当下社会与人类精神层面的思考等。这是目前高校校园莎剧演出中普遍存在的问题与不足。

四 感受莎剧魅力，丰富校园文化

通过大学生对莎剧的热情演出，我们能够感觉到，尽管他们的演出还很不到位，但是他们以莎剧演出为契机，在对莎剧的研读与排演练习中，从构成戏剧的必要的综合性框架出发，综合运用它的艺术形式，把对莎剧的解读与对生活的思考结合起来，通过把握莎剧的戏剧化、动作化、诗意化，为展现莎剧中人物性格命运提供更多更大的空间，使校园莎剧的表演在美学原则下向高水准靠拢，真正体现出莎剧中对善与美、丑与恶、真与假的审美追求，不断提高校园莎剧表演者所应有的艺术想象与审美鉴赏能力。

所以，我们看到在高校的校园戏剧中，除了个别的专业戏曲学院以外，①主要是以话剧的形式改编莎剧。进入20世纪90年代以来，由于增长文化知识、练习语言、提高文化素养的需要，除了以中文演出莎剧外，在高校中更多的是以英文形式演出的莎剧，而且这种以原文形式演出的莎剧更多的是集中在高校中的外国语学院。这种在高校的外国语学院定期或不定期举行的莎士比亚戏剧演出（或者举办的"莎士比亚戏剧艺术节"）以其对经典改编的号召力与高校中其他戏剧演出活动互相影响，互相促进，为提高大学生的文化和艺术修养做出了贡献。由于校园莎剧具有直接面对有相应的文化层次的观众的长处，高校中熟悉西方文化的观众群的期待也为莎剧演出活动的不断开展持续提供了新的坐标与鼓励。2009年，由上海戏剧学院戏曲分院作为2009届毕业演出剧目演出的京剧《温莎的风流娘儿们》，较好地演绎了莎士比亚原作的精神。该剧以京剧的形式演出，既融合了京剧的声腔、程式，又将英格兰风格的手风琴、舞蹈等融入其中，将京剧的"美术化"②与莎剧的

---

① 童龙、王少颖、罗园：《温莎的风流娘儿们》（根据莎士比亚同名话剧剧本改编），上海戏剧学院戏曲分院2009年版。（包括剧本和演出录像均由上海戏剧学院戏曲分院提供，导演：喻名佩、王少颖等。该剧为上海戏剧学院戏曲分院2009届毕业演出剧目。）

② 齐如山：《梅兰芳游美记》，岳麓书社1985年版，第71—72页。

写"真"结合起来,从而达到"艺术之真"① 的呈现。《温莎的风流娘儿们》将话剧的写实与京剧的歌舞结合起来,以"歌唱舞蹈的方式,形容剧词的意义"②,以"表演的虚拟性……表现处在这种特定环境中的人物的心理情趣",③ 从而体现出莎剧的喜剧精神。但是,我们认为,校园莎剧的演出还应该有更高的追求,即能够通过审美的间离作用、人性的善恶拷问、哲理的深入追索、伦理的仔细辨析(与具体感性形象保持一段心理距离)进行重构。从而以莎剧特有的情感强度在发挥审美作用中体现出哲理与审美的沉思,使观演双方都在对莎剧的美与崇高的强烈感召中形成健康的审美价值取向,感受到经典文学的魅力。因为在此意义上,莎士比亚"可以教导我们如何在自省时听到自我……感受莎剧的艺术魅力教我们如何接受自我及他人的内在变化"④,包括在"变化的最终形式"⑤。

2012 年,第六届国际小剧场戏剧展演期间,上海戏剧学院戏曲导演本科班推出了实验音乐京歌舞剧《乱世枭雄》(《理查三世》),改编赋予历史剧思考以现实意义和社会责任,演出形式以戏曲程式为主,又不拘囿于传统的"皮簧腔",做出了"音乐京歌舞剧"的崭新尝试。参加"上海国际莎士比亚论坛"(东华大学)的中外莎学家,以及美国莎士比亚学会原主席大卫·贝文顿、国际莎士比亚学会原主席吉尔·莱文森观赏该剧后均认为,《乱世枭雄》以中国传统戏剧程式改编莎作,在诠释原作思想的基础上给人带来了新的思考,戏曲程式和歌舞已经成为原作思想、情节、情感的有机组成部分。2015 年,上海戏剧学院继续教育学院 2012 级表演系毕业大戏、赵肖男导演的《无事生非》呈现以轻喜剧的风格描写出鲜明的人物性格。

---

① 齐如山:《梅兰芳游美记》,岳麓书社 1985 年版,第 106 页。
② 齐如山:《齐如山回忆录》,辽宁教育出版社 2005 年版,第 158 页。
③ 章诒和:《中国戏曲》,文化艺术出版社 1999 年版,第 14 页。
④ [美]哈罗德·布鲁姆:《西方正典:伟大作家和不朽作品》,江宁康译,译林出版社 2005 年版,第 17 页。
⑤ Harold Bloom, *Shakespeare: The Invention of the Human*, Riverhead Books A Member of Penguin Putnam, New York: INC Prese, 1998, pp. 3 – 22.

南京理工大学外国语学院2014级以英语提高、致敬大师为目的，于2017年演出了《驯悍记》。

2007年，理查·谢克纳为上海戏剧学院第三届国际小剧场导演的《哈姆雷特，那是一个问题》，在戏剧媒介多媒体化方面进行了创新。该剧在叙事上创造了两个观看演出的视点，一个视点是媒介信道是观众通过自己的视觉和听觉来打通的；另一个视点是用摄像机摄录演出，同时通过剧场四个墙面上放置的四个很大的电视屏幕同步放映出现场画面，形成了舞台表演视点和电视屏幕放映视点，两个视点同时在场。该剧为观众提供了新颖的视觉感受，即"窥视"的欲望得到了满足。该剧以"窥视"视点的变化，现代媒介技术的全方位介入戏剧表演创造出一种新的复合型的戏剧媒介。[1] 可以肯定，校园莎剧演出对于理解莎剧，加深了大学生对代表人类精神、文化高峰的认识深度，而且，通过演出带动、促进了中国莎学研究的发展。

从莎剧进入中国大学，尤其是改革开放四十年以来的中国大学来看，"大学生们对莎士比亚怀有感情，在他们的世界里展开一片新的境界，这是多么可喜的事情"。[2] 中国现代戏剧特别是校园戏剧从萌芽期开始就受到莎剧艺术的滋养，显性影响表现为对莎作的阅读、翻译、研究、传播和文化、时代、语言之间的碰撞；深层影响表现为莎剧在人物塑造、情节丰富性、生动性、语言诗意化、现实主义表现、风格浪漫化和莎氏悲剧审美方式方面对中国现代戏剧以及校园戏剧的创造者们文化素养的影响。所以，无论是采用中文的话剧形式，还是采用英文戏曲形式的演出、改编的莎剧都受到了大学生和高校管理者的关注，校园莎剧的传播与莎士比亚经典的回馈，取得的是双赢的成功。通过莎剧演出实践，校园莎剧的改编者意识到，既可以有中文形式的莎剧演出，也可以有英文形式的莎剧演出，而采用英文

---

[1] 汤逸佩：《戏剧媒介与戏剧创新——从谢克纳的话剧〈哈姆雷特：那是一个问题〉谈起》，胡志毅、周靖波：《戏剧与媒介：第九届华文戏剧节学术研讨会论文集》，浙江大学出版社2016年版，第101—107页。

[2] 曹禺：《曹禺全集》（第5卷），田本相、刘一军主编，花山文艺出版社1996年版，第466页。

形式演出莎剧，既是高校校园戏剧演出莎剧的特色，也弥补了专业戏剧团体演出莎剧的不足，既能够借莎剧表现现代生活和现代意识与观念，也能够通过排演莎剧达到熟悉异域文化、练习语言和文化交流的目的。因此在这个意义上，莎剧成为连接过去与现在生活、思想观念、思维方式，英国文艺复兴时代和当代中国社会、人性之间的一座桥梁。从这个意义上说，21世纪的中国莎学，在中国高校的舞台上的莎士比亚戏剧演出将放射出更加璀璨耀眼的光芒。

第四章　深沉哲思与严谨演绎：现实主义和浪漫主义结合的莎剧叙事

第一节　青春、浪漫与诗意美学：张奇虹对莎士比亚《威尼斯商人》的舞台叙事

张奇虹的《威尼斯商人》是中国改革开放以后最早呈现于舞台上的莎士比亚戏剧之一。该剧在深入研究莎作精神实质的基础上，以独立思考的精神和适合中国舞台的表现方式，调动舞台艺术手段，通过人物的行动和表演叙事，创作出一台具有青春浪漫抒情风格的《威尼斯商人》。同时，这也是一部现实主义与浪漫主义叙事融合，既有经典价值而又具有过渡性质的莎剧改编作品。

一　浪漫主义精神的宣泄与冲破话剧表现禁区

张奇虹和原中国青年艺术剧院的《威尼斯商人》（以下简称《威》剧）是改革开放以来较早在中国舞台上改编的莎剧之一。1980—1982 年，这部具有青春浪漫气息的抒情喜剧演出了"五百场以上"①。在改革开放的初期，该剧犹如一只报春的燕子，为改编莎剧提供了重要的舞台实践和理论探索的依据，也获得了广大观众的喜爱。20 世纪五六十年代，以孙维世、陈颙、张奇

---

①　张奇虹：《奇虹舞台艺术》，文化艺术出版社 2013 年版，第 26 页。

虹等人为代表的女导演，在中国传统文化的积淀中，系统研习斯坦尼斯拉夫斯基的演剧体系，以现实主义为创作宗旨，其作品既"洋溢着传统文化真善美的气息，也有着革命浪漫主义精神的滥觞"① 的鲜明烙印。

对莎士比亚戏剧持续、广泛的研究、演出是确立其经典地位的重要因素。正如曹禺所说："《威尼斯商人》在'五四'以后，成为莎士比亚最早在中国舞台上被介绍的剧本，不是偶然的。当时，这个剧本叫作《女律师》或《一磅肉》。因为'五四'运动，'妇女解放'也是其中一个重要的思潮。从这个意义上讲，易卜生的《娜拉》、莎士比亚的《威尼斯商人》，与'五四'这样的思想大解放运动是相适应的。波希霞所意味的性格、思想，对中国人民来说是不陌生的。"② 而莎剧的经典"艺术"③ 所蕴含的审美价值更不容忽视。

当时间的指针拨到20世纪80年代时，中国"使人们有可能从爱情、友谊、宗教，甚至性的角度认识《威》剧的主题"。④ 因而《威》剧的演出也就凸显出了思想解放、释放情感和解除精神束缚的意义。当我们回顾极"左"思潮和视爱情、性如洪水猛兽的精神扭曲的"文化大革命"年代，发现其影响甚至绵延至改革开放初期。1980年9月7日，《北京晚报》发表了一个"自认为并不封建"的国家机关干部的来信，信中指责张奇虹导演及中国青年艺术剧院公演的莎士比亚喜剧里的演员在"大庭广众之下搂搂抱抱，挨脸接吻，实在违反公德，有伤风化"，害得他看了之后，"心里一直不舒服"。有的观众来信称《威》剧的台词"俗不可耐，不堪入耳"，因为第五幕里有"天哪，我们还没有当丈夫就当上王八了！"以及"上床""睡觉""做爱"等两性之间的对白，认为"这些台词我们今天不应该听"。因为在十年"文化大革命"当中，爱情、性爱、做爱等字眼，在公开场合都成了禁语。张奇虹的

---

① 顾春芳：《她的舞台：中国戏剧女导演创作研究》，上海远东出版社2011年版，第13页。
② 曹禺：《祝辞》，中国青年艺术剧院：《威尼斯商人》（戏单），1980年，第1页。
③ 应云卫：《回忆上海戏剧协社》，《中国话剧运动五十年史料集》编辑委员会：《中国话剧运动五十年史料集》（第二辑），中国戏剧出版社1959年版，第5页。
④ 李伟民：《从单一走向多元——莎士比亚的〈威尼斯商人〉及其夏洛克研究在中国》，《外语研究》2009年第5期。

《威》剧借世界经典的莎剧的审美魅力为号召，力图冲破人们禁锢已久的思想和情感樊篱，确实给观众带来耳目一新、回归正常思维，以及情感宣泄的渠道。诚如方平先生所言："美感的丧失，意味着人性的丧失……文学艺术的一个主要使命是启发人们的美感，培养人们的艺术欣赏能力，激发人们对于生活的热爱，'美'成了人文主义者心目中的上帝。"①

二 写实为主、写意为辅的审美

同时，由于该剧诞生于改革开放的初期，不可避免地与许多改编外国戏剧类似，仍然在斯坦尼斯拉夫斯基戏剧理论的影响下，在舞台呈现中，在对社会问题进行严肃批判中，"讴歌仁慈、善良，赞美真挚的友谊，纯真的爱情，鞭笞残暴、丑恶的主题"②，并尽可能按照导演对斯氏理论、剧本主题、环境和人物的理解，强调"当是非善恶被颠倒了的现实得到匡正以后，人们是多么渴望'真、善、美'之泉浇灌自己的心灵啊！"③ 以斯坦尼斯拉夫斯左戏剧理论作为《威》剧改编的理论依据，建构了符合其莎剧异域特征、莎剧意味，强调在"景的设计上要有文艺复兴时期的时代感，要有威尼斯水城的特点"④，甚至人物的化妆也要戴上金色的假发，画出深陷的眼眶和高高的鼻梁，以此与本土的中国戏剧相区别。而这种舞台呈现方式正是那一时期中国舞台改编外国戏剧的主流呈现模式。同时，也有限度地借鉴戏曲的"写意性"，以中国戏曲中的搓步、云步等虚拟性的写意手法，表现人在流水中行船。⑤ 显然，采用中国戏曲写意手法，较之"船下装小轮子，用布口袋制造翻

---

① 方平：《和莎士比亚交个朋友吧！漫谈艺术修养》，《读书》1981年第1期。
② 张奇虹：《在实践和探索中的几点体会——试谈〈威尼斯商人〉的导演处理》，《人民戏剧》1981年第1期。
③ 张奇虹：《导演的话》，中国青年艺术剧院：《威尼斯商人》（戏单），1980年，第2页。
④ 张奇虹：《洋为中用 古为今用——谈〈威尼斯商人〉的导演构思》，张奇虹：《奇虹舞台艺术》，文化艺术出版社2013年版，第269页。
⑤ 曹树钧、孙福良：《莎士比亚在中国舞台上》，哈尔滨出版社1989年版，第156页。

滚的波浪"①的写实,更具有假定的审美意蕴。因此,《威》剧叙事所具有的代表性和呈现方式既成为衔接以斯坦尼斯拉夫斯基戏剧理论指导莎剧改编,也成为具有若干"中国化"的"写意性"②话剧莎剧,更是连接过去、面向未来的,具有过渡性质的改编莎剧。

张奇虹《威》剧改编的成功之处正在于"保持原作精神实质的前提下,而非亦步亦趋地采用斯坦尼戏剧理论体系作指导,用自己的观点和处理手法,寻找自己的演出形式"③。该剧塑造了以波希霞为代表的具有人文主义精神的人物形象。改编紧扣《威尼斯商人》"所表现出来的人生观、幸福观、恋爱观都来自人文主义"④的总倾向。导演的舞台叙事通过对叙事形式本身的关注,力图使观众"受到'美'的轻拂,'善'的感应,'真'的陶冶,让正义和善良来净化我们的心灵",⑤既让观众沉浸于舞台叙事的创造,又让观众对"讲述故事"的文化产品⑥给予特别关注。张奇虹在准确诠释《威》剧主题思想的前提下,要求表演"植根于深厚的内心体验和生活,以强烈的形体表达和情感释放,着力于舞台人物的塑造",⑦同时为中国莎剧提供"寻找自己的表现形式"⑧和全新的视觉感受,即"认识文化的包容性与兼容性,在更深更广的层面上互相借鉴"⑨。莎剧的经典性不断显示为"一个特定事件可以在不同配置中阐释为不同功能。配置的改变引起阐释的变换"⑩。《威》剧以浪漫

---

① [苏] K. 斯坦尼斯拉夫斯基:《〈奥瑟罗〉导演计划》,英若诚译,中国电影出版社1985年版,第9—10页。

② 张奇虹:《奇虹舞台艺术》,文化艺术出版社2013年版,第49页。

③ 张奇虹:《在实践和探索中的几点体会——试谈〈威尼斯商人〉的导演处理》,中国莎士比亚研究会:《莎士比亚研究》(创刊号),浙江人民出版社1983年版,第281页。

④ 王忠祥:《论莎士比亚的〈威尼斯商人〉》,《华中师院学报》1983年第4期。

⑤ 张奇虹:《在实践和探索中的几点体会——试谈〈威尼斯商人〉的导演处理》,中国莎士比亚研究会:《莎士比亚研究》(创刊号),浙江人民出版社1983年版,第285页。

⑥ [荷] 米克·巴尔:《叙述学:叙事理论导论》(第二版),谭君强译,中国社会科学出版社2003年版,第1页。

⑦ 徐健:《中国话剧还能否培养出学者型演员》,《文艺报》2013年3月4日,第4版。

⑧ 张奇虹:《在实践和探索中的几点体会——试谈〈威尼斯商人〉的导演处理》,中国莎士比亚研究会:《莎士比亚研究》(创刊号),浙江人民出版社1983年版,第288页。

⑨ 李伟民:《中西文化语境里的莎士比亚》,上海外语教育出版社2009年版,第12页。

⑩ [美] 戴卫·赫尔曼:《新叙事学》,马海良译,北京大学出版社2001年版,第16页。

主义色彩"倡导正义与友情，贬斥自私与贪心"①，在青春、"真情美的艺术创新"② 和人文主义精神张扬的叙事框架内结构故事、安排情节，从而实现了结构、形式上双重叠加的审美价值。③

三 性格叙事：激情与浪漫

在多种文化的语境中，以不同艺术形式和编导演手法改编莎剧正是当代世界莎剧舞台演出、影视表演的明显趋势，既是莎剧刺激当代戏剧发展的一种特殊方式，也是莎剧赢得世界性声誉，经典地位不断得到巩固和增值的原因。莎士比亚将"一篇以爱情和冒险为主的传奇，点化成富有深刻意义的社会批判剧……目的在于歌颂人文主义的友谊与爱情，以及善良对于邪恶的批判"。④ 在改革开放的初期，斯坦尼斯拉夫斯基的戏剧理论仍然是话剧界的主流话语，改编外国戏剧仍然要求导表演在反映原作主题思想的基础上，力争在人物性格、形象、叙事、舞台环境、服装等方面追求逼真的艺术效果，《威》剧的舞台叙事也不例外。《威》剧对原作的改编，并没有使原作的主题、内容发生根本偏离，而是遵循现实主义美学所倡导的"真实性""典型性"和"倾向性"，再现典型环境中的典型人物以及现实主义客观的表现方式的演剧原则，在淡化原作宗教色彩的叙事中，青春与诗意得到了更为刻意的张扬。在此基础上，既形成了文化、主题和文本、表演之间的交流、对话，又在很大程度上使原作的批判性、喜剧性的激情与青春叙事成为贯穿整个舞台审美过程的指导思想。

（一）现实主义与浪漫精神的多重叙事

"《威尼斯商人》的艺术特征，最突出的是浪漫主义的'幻想世界'（贝

---

① 张奇虹：《导演的话》，中国青年艺术剧院：《威尼斯商人》（戏单），1980年，第2页
② 肖雨珊：《张奇虹，做戏剧最快乐》，《光明日报》2013年7月6日，第9版。
③ 李伟民：《中西文化语境里的莎士比亚》，上海外语教育出版社2009年版，第3—5页。
④ 王忠祥：《论莎士比亚的〈威尼斯商人〉》，《华中师院学报》1983年第4期。

尔蒙）与现实主义的'真实世界'（威尼斯）巧妙结合，打破悲喜剧界限。"①正如张奇虹所言，《威》剧是一出雅俗共赏的具有浪漫主义色彩的抒情喜剧。戏中主人公，聪明美丽、博学智慧的波希霞，不仅是十六世纪人文主义的典型，在今天也是令人钦慕的少女形象……安东尼奥、巴萨尼奥和他的朋友们，为了友谊勇于献出自己的一切……善良的品德又强烈地衬托出夏洛克的贪婪残忍、唯利是图的丑恶形象。……②《威》剧立足于"渲染波希霞的机智和聪慧，她的智慧和勇气甚至超过了男性"。③ 在第五幕第一景中，波希霞对白珊尼奥说："您要是拿不出我的戒指来，我永远不上您的床。"随后说："那么凭着我还没有失去的贞操起誓，我会让那个博士来陪我睡觉……那博士就是凭着这个戒指，昨晚已经跟我睡过觉了。"④⑤ 波希霞相对于剧中的男性来说，公爵有权力，无智慧；白珊尼奥无金钱，有愿望；安东尼奥有财富，输了法；夏洛克有钱财，无仁慈；而波希霞有财富、有智慧、有勇气，有一颗仁慈的心，有爱的情感，也有法律作为保障。毫无疑问，她是一个光彩照人的理想的人文主义者的形象。所谓对人性的刻画，不仅仅停留在挖掘人性光辉的方面，更包括人性之自然，但即使涉及了人性，作品也不一定深刻，关键是能够真实、朴素地展现人生之过程、个体之性格和人之精神。《威》剧以写实的叙事方式塑造人物，以"戏剧接近实际生活"⑥的艺术理念，从演绎走向了创新，在《威》剧与20世纪80年代的中国社会之间寻求映射的支点，成功建构并张扬了原作中的喜剧精神，在亦美亦丑、亦张亦弛、亦实亦虚、亦真亦假、亦俗亦雅的表演中，形成了舞台叙事的审美特色。

---

① 王忠祥：《论莎士比亚的〈威尼斯商人〉》，《华中师院学报》1983年第4期。
② 张奇虹：《在实践和探索中的几点体会——试谈〈威尼斯商人〉的导演处理》，中国莎士比亚研究会《莎士比亚研究》（创刊号），浙江人民出版社1983年版，第2页。
③ 顾春芳：《她的舞台：中国戏剧女导演创作研究》，上海远东出版社2011年版，第129页。
④ 中国青年艺术剧院：《威尼斯商人》（中国话剧大系）[VCD]，北京电视艺术中心音像出版社/中国科学院大恒电子出版社。（该剧采用方平先生译本，但在舞台演出过程中有变动和删节。）
⑤ [英]莎士比亚：《莎士比亚喜剧5种》，方平译，上海译文出版社1979年版，第246—250页。
⑥ [苏]特里峰诺伐：《论一九五三年的剧本》，胡宏骏、黄成来译，[苏]西蒙诺夫：《文艺理论学习小译丛》（第六辑合订本），蔡时济等译，新文艺出版社1954年版，第351页。

《威》剧在朴素的舞台叙事中,"将叙述内容作为信息,由信息的发送者传达给信息的接受者"①,营造出文艺复兴时期的时代感,扩展舞台空间和时间的表现范围,舞台设计"简练、宏伟,柱子、石阶、雕像、喷泉都能成为帮助演员行动的支点"②。导演着意于淡化《威》剧中"自然主义的真实和平淡"③的悲剧元素,力求通过舞台的假定性存在,演变为审美呈现方式的"一种现实的力量"④,通过演员创造人物的言语行动,即"运用台词为行动手段来创造人物的行动"⑤,请莎士比亚"这位'上帝'降临人间,来到中国的土地上,让莎士比亚和广大中国观众交朋友"。⑥ 不是机械和僵硬地忠实于原作,而是在"忠实于原作的规定情景和符合人物关系的情况下",⑦使动作成为"叙事作品的重要组成部分"⑧,通过不同的造型和具有强烈暗示色彩的冲突、行动,赋予人物以不同的性格特点。我们认为,戏剧的言说(表达)方式是"代言体",属于人的表演,有时空制约的特征。为此,《威》剧的叙事利用"多重叙事"的特点,利用"道具流动性、行动灵活性、支点多样性"的特点,从观众的心理和需要出发,既没有采用"纯粹的幻觉主义布景"⑨的叙事手法,也没有采用中国戏曲的写意性布景的隐喻叙事,而是使作品主要倾向、人物形象和舞台叙事之间形成互为映射的关系,加上角色、服装、布景、美术、音乐、形体所表露出来或隐含在其中的叙事,使舞台上的

---

① 谭君强:《叙事学导论:从经典叙事学到后经典叙事学》,高等教育出版社2008年版,第12页。
② 张奇虹:《在实践和探索中的几点体会——试谈〈威尼斯商人〉的导演处理》,中国莎士比亚研究会:《莎士比亚研究》(创刊号),浙江人民出版社1983年版,第288页。
③ 张奇虹:《奇虹舞台艺术》,文化艺术出版社2013年版,第208页。
④ 余秋雨:《中国戏剧史》,上海教育出版社2006年版,第110页。
⑤ 胡导:《戏剧表演学:论斯氏演剧学说在我国的实践与发展》,中国戏剧出版社2002年版,第34页。
⑥ 张奇虹:《让"上帝"降临东方——在"中国莎士比亚研究会"成立大会上的发言》,张奇虹:《奇虹舞台艺术》,文化艺术出版社2013年版,第209页。
⑦ 同上书,第209—210页。
⑧ 申丹、王丽亚:《西方叙事学:经典与后经典》,北京大学出版社2010年版,第26页。
⑨ 张奇虹:《让"上帝"降临东方——在"中国莎士比亚研究会"成立大会上的发言》,张奇虹:《奇虹舞台艺术》,文化艺术出版社2013年版,第212页。

每一因素构成不同的"多重叙事"① 层级，共同为全剧的青春、激情与诗意的叙事服务。《威》剧通过集众多艺术形式于一体的综合性质的"多重叙事"，以"浓郁的喜剧情绪、清新的诗意感染观众"②；"演员运用动作进行行动了以后……内心生活"③ 得到了明确的诠释。在舞台呈现方式上则间或运用"间离效果"；在"间离"中，"人物"成为精神层面诗意的激情与青春"符号"；以及物欲系统中"仇恨"与"腐朽"的代表。例如，因为考虑夏洛克与犹太民族的关系，④ 在剧中出现身穿中国古装放"印子钱"的掌柜与迷惘状态的夏洛克对话，使观众在与《威》剧的中西对接中，获得了全新的审美感受。这就使剧外人物扮演者的叙述以游戏性的间离效果和戏谑性动作引起观众的思考或会心一笑。但是由于放"印子钱"的掌柜的舞台叙事通过念白、独白、形体表演，与全剧风格缺乏联系，亦缺乏铺垫和过渡，难以引起人物、内心、观众在"多重叙事"作用下的情感波澜，加上音乐、服装、布景的直接或间接叙事所营造的氛围，尚不足以透视人物贪婪、嫉妒、狡黠、仇恨、残酷的内心，故显得突兀和生硬。

（二）既是"返璞"，也是"归真"

《威》剧的叙事，展现了"真实作者"的创作意图，"舞台上的真实，是演员所真心相信的东西，是自身以内的真实，这样才能成为艺术"。⑤ 而作为"扮演者"的演员自身也构成了"角色"和"叙事者"的双重身份，此时，"角色的一切情感、感觉、念头都应该成为演员本人的活生生的、跳动着的情感、感觉和念头"⑥。

---

① 邹元江：《戏剧"怎是"讲演录》，湖南教育出版社2007年版，第181页。
② 方平：《返朴归真——〈威尼斯商人〉的演出设想》，《外国文学研究》1981年第4期。
③ 胡导：《戏剧表演学：论斯氏演剧学说在我国的实践与发展》，中国戏剧出版社2002年版，第19页。
④ 高鉴：《文如日月常见常新——记青艺导演张奇虹》，《戏剧报》1987年第3期。
⑤ ［苏］K. 斯坦尼斯拉夫斯基等：《苏联戏剧大师论演员艺术》，江韵辉等译，艺术出版社1956年版，第24页。
⑥ ［苏］K. 斯坦尼斯拉夫斯基：《斯坦尼斯拉夫斯基全集》（第六卷），郑雪来、姜丽、孙维善译，中国电影出版社1986年版，第79—80页。

第四章 深沉哲思与严谨演绎：现实主义和浪漫主义结合的莎剧叙事

作为"角色"体现者——扮演波希霞的王慧源，要通过念白、独白、表演"用动作来帮助言语和思想"，①创造出"角色"聪明、美丽、热情、青春，可钦敬的女性形象，甚至不乏幽默感，故此"角色"始终是内在的角色与外在叙述者的统一体和矛盾体，"角色"通过表演演绎故事，成为"内叙述者"，而"角色"又始终不是剧中人，在"返璞"与"归真"的叙事中，即"以接近莎士比亚当时的戏剧手法来演出莎剧，才能更好地再现莎剧原来的面貌和神韵"；"以接近于原来的喜剧风格来演出这个戏，才能取得最好的戏剧效果"。②我们认为，舞台叙事取决于"角色"外叙述者演技的高低和内叙述者表演的逼真与否，而二者之间的必然差异，则造成了对角色的性格、形象、心理的不同理解，构成了"角色"与"叙述者"之间的舞台对话。而对话的目的之一就是要在"舞台上创造出活生生的人的精神生活，并通过富于艺术性的舞台形式反映这种生活"。③《威》剧的改编必然要触发两种文化、相同人性在融合过程中，由于不同审美观、戏剧观、叙述方式之间和不同时空之间的直接交流与对话。《威》剧在青春、诗意、幽默、清新和反讽中不脱人性之真的基础上，力求反映原作之神。即如曹禺所说：《威》剧乃"更明确地歌颂新的女性。波希霞的聪明、品德和追求自由的勇敢，都是十分突出的"。④因为"诗意在人的心灵和记忆中不仅会使熟悉的东西，而且主要地会使美丽的因而是珍贵的回忆和体验过的情感复活起来"。⑤如原作中第三幕第二景"贝尔蒙的大厅"白珊尼奥手挽波希霞，波希霞略带羞涩地说：

不，这不是爱情，啊，你知道……女儿家的心事怎好说出口，是您

---

① [苏] K. 斯坦尼斯拉夫斯基：《〈奥瑟罗〉导演计划》，英若诚译，中国电影出版社1985年版，第279页。
② 方平：《返朴归真——〈威尼斯商人〉的演出设想》，《外国文学研究》1981年第4期。
③ [苏] K. 斯坦尼斯拉夫斯基：《斯坦尼斯拉夫斯基全集》（第六卷），郑雪来、姜丽、孙维善译，中国电影出版社1986年版，第79页。
④ 张奇虹：《怀念您，我的恩师曹禺》，张奇虹：《奇虹舞台艺术》，文化艺术出版社2013年版，第455页。
⑤ [苏] K. 斯坦尼斯拉夫斯基：《斯坦尼斯拉夫斯基全集》（第六卷），郑雪来、姜丽、孙维善译，中国电影出版社1986年版，第88页。

这双迷人的眼睛,它无情地把我分成了对半,半个我听您的,还有半个还是您的,我虽然是您的,可未必就是您的人。①②

随后用深情的歌声唱道:

假如谁要找到了他,不要被那耀眼的光彩,蒙住了眼睛,蒙住了你的眼睛。③④

巴珊尼奥也深情地回应:

好温柔的诗文,请原谅我的大胆,我遵照您的指示,来跟您把柔情交换。⑤⑥

演员所创造的舞台形象是"从内心去体验并终而去表现的那个人的生活状况"。⑦ 在"莎士比亚"已经成为文本的一种效果……是一种继承了西方文化之概念、比喻和故事的语言⑧的现实条件下,《威》剧既实现了借助莎剧的经典性超越时间、空间的距离,表达了爱之激情、热烈、纯真,"所以整个儿的我,都归给了您啦"。⑨ 对于人文主义者来说,"男女的婚姻应该拿纯洁的爱情作基础",⑩ 使观众在我"有颗柔顺的心,要捧着先给您"的深情一吻中

---

① 中国青年艺术剧院:《威尼斯商人》(中国话剧大系)[VCD],北京电视艺术中心音像出版社/中国科学院大恒电子出版社。(该剧采用方平先生译本,但在舞台演出过程中有变动和删节。)
② [英]莎士比亚:《莎士比亚喜剧5种》,方平译,上海译文出版社1979年版,第184—193页。
③ 中国青年艺术剧院:《威尼斯商人》(中国话剧大系)[VCD],北京电视艺术中心音像出版社/中国科学院大恒电子出版社。(该剧采用方平先生译本,但在舞台演出过程中有变动和删节。)
④ 莎士比亚:《莎士比亚喜剧5种》,方平译,上海译文出版社1979年版,第184—193页。
⑤ 中国青年艺术剧院:《威尼斯商人》(中国话剧大系)[VCD],北京电视艺术中心音像出版社/中国科学院大恒电子出版社。
⑥ [英]莎士比亚:《莎士比亚喜剧5种》,方平译,上海译文出版社1979年版,第184—193页。
⑦ [苏]C.Г.碧尔曼:《形象的创造》,[苏]K.斯坦尼斯拉夫斯基等:《苏联戏剧大师论演员艺术》,江韵辉等译,艺术出版社1956年版,第171页。
⑧ [美]J.希利斯·米勒:《解读叙事》,申丹译,北京大学出版社2002年版,第141页。
⑨ [英]莎士比亚:《莎士比亚喜剧5种》,方平译,上海译文出版社1979年版,第185页。
⑩ 方平:《和莎士比亚交个朋友吧》,四川人民出版社1983年版,第311页。

更深地体味到人性中的真、善、美。

（三）淡化与建构：夏洛克形象的美学意蕴

对《威》剧的改编既不能彻底忽略其宗教性，又不能完全忽视因为基督教和犹太教之间的矛盾造成的夏洛克的悲剧。但是考虑到中国观众的文化习俗、观剧习惯和欣赏口味，所以就要对宗教矛盾和悲剧性因子的沉重给予淡化。《威》剧的改编"对剧本中的宗教矛盾（犹太教、基督教之争）和种族矛盾有所减弱，仅保留了三场夏洛克的独白。剧中对犹太民族歌颂的台词，以及犹太人的服饰礼节等全部保留，以便体现历史的真实背景"。① 在求"真"的戏剧演出过程中着力塑造人物鲜明的个性特征。例如由王景愚、赵汝彬、江水扮演的夏洛克，尤其是"王景愚所扮演的夏洛克有激情，有人物性格的多面性和鲜明性"。② 在一来一往的叙事性对白中，故事情节得以推进，夏洛克的形象也渐趋丰满。詹姆斯·费伦指出："叙事以故事为中心，抒情诗则聚焦于心境，尽管每一种模式都包含着另一种模式的因素。"③ 人物塑造是在"更朴素的表演"④的基础上"谐谑这个丑恶的形象，他不想使人们为夏洛克之流去流泪"，⑤ 夏洛克的形象"实质是一个重利盘剥、惨无人道的高利贷者"⑥，是一个缺乏善良和仁慈的负面形象，正如波希霞所说："愿你有一颗善良的心，给他一些仁慈吧。仁慈高于王法的威力。"⑦⑧ 这才是作品所要表现的精神实质。

---

① 张奇虹：《洋为中用 古为今用——谈〈威尼斯商人〉的导演构思》，张奇虹：《奇虹舞台艺术》，文化艺术出版社2013年版，第267页。
② 同上书，第268页。
③ ［美］詹姆斯·费伦：《作为修辞的叙事》，陈永国译，北京大学出版社2002年版，第6页。
④ 李伟民：《中西文化语境里的莎士比亚》，上海外语教育出版社2009年版，第247页。
⑤ 张奇虹：《洋为中用 古为今用——谈〈威尼斯商人〉的导演构思》，张奇虹：《奇虹舞台艺术》，文化艺术出版社2013年版，第265页。
⑥ 同上书，第267页。
⑦ 中国青年艺术剧院：《威尼斯商人》（中国话剧大系）［VCD］，北京电视艺术中心音像出版社/中国科学院大恒电子出版社。
⑧ 莎士比亚：《莎士比亚喜剧5种》，方平译，上海译文出版社1979年版，第221页。

戏剧艺术的特点之一是"通过形象看思想"①，在对内容呈现方式上，《威》剧的美学意蕴和莎剧的内容表现之间始终通过准确的人物性格塑造和对人物心理的剖析营造审美艺术空间，让观众从普世的人性角度咀嚼真善美在当代的价值，并从原作的主题中构建异域审美的期待视野。从该剧演出所达到的审美艺术效果看，我们不能不说《威》剧力图在写实的基础上向中国传统戏曲学习，突出人物的行动，为人物形象的塑造服务，并取得了成功，即像莎士比亚那样"迫使他的一些人物作出叙述性和带有评价性的陈述"②，以放松的心态"将人情世故刻画入微，而其根本思想则在尊重人类'自由意志'，以为一切祸福皆由人类自造"③的思考纳入《威》剧的叙事与抒情中，成为与经典和普遍人性、文艺复兴与中国当代之间跨越时空的对话。

（四）超文本链接中的叙事

《威》剧的叙事采用直接呈现或间接表现人物性格特征和人物心理活动的方式，舞台呈现出流动性特点，尤其是对于"选匣"中的"人格化"处理，"把固定不变放在桌子上的金、银、铅三个盒子变成赋予一定性格的三位金、银、铅侍女，让她们顶着盒子出场；在音乐中，她们变化着队形，用不同的舞姿和艺术造型随着舞台行动的发展"④引诱着选匣者。张奇虹认为"戏是给观众看的，它需要形象化、艺术化、美化，观众就会爱看"。⑤当手托金匣的侍女身着金光闪烁的服装，跳着充满诱惑的阿拉伯舞出场，摩洛哥亲王选中这个盒子也就在意料之中了；当手托银匣，身着银光闪烁的西班牙样式的

---

① [苏]格·尼·古里耶夫：《解答有关导演工作的几个问题》，中央戏剧学院编辑室：《戏剧学习（资料汇编·第一册）》，中央戏剧学院编辑室/中国戏剧出版社1957年版，第110页。
② [美] W.C.布斯：《小说修辞学》，华明、胡晓苏、周宪译，北京大学出版社1987年版，第405页。
③ 王光祈：《王光祈文集》（时政文化类·第4集），四川音乐学院/成都市温江区人民政府编：四川出版集团/巴蜀书社2009年版，第514页。
④ 张奇虹：《洋为中用 古为今用——谈〈威尼斯商人〉的导演构思》，张奇虹：《奇虹舞台艺术》，文化艺术出版社2013年版，第269页。
⑤ 同上。

衣裙，高傲而热烈地跳着西班牙舞引诱选匣者时，阿拉贡亲王的落选也尽在情理之中了；而当朴实无华手捧铅匣，衣着朴素，以落落大方的舞姿出现的侍女时，铅匣被巴珊尼奥选中也就不足为奇了。① 这一"人格化"的处理，通过对原作进行"超文本链接"叙述，一下子将观众带入特定的抒情语境氛围之中，在"瞬间形象叙事"的基础上，创造出了符合人物身份、性格特点的叙事语言，能够紧贴剧中人物情绪的变化，构建出人物性格、心理变化发展的逻辑轨迹。

在这里，无生命的金、银、铅三个盒子，化为洋溢着无限风情的代表人物性格的女性，此时，言语是叙述，舞蹈、道具、布景也是叙述。叙事中的这种形象化的建构映射出原作的中心思想——闪光的不仅仅是黄金。在此，叙述者既面对受述者，也面对观众，同时体现出与原作和表演者自身的交流。这一成功导演手法，不仅具有开创性，在获得具象审美效果的基础上，成功地阐释了《威》剧的主题思想，也被上海戏剧学院表演系七七级毕业班公演的《威》剧，以及张奇虹导演的粤剧《天之娇女》（《威尼斯商人》）、上海儿童艺术剧院的《威》剧所借鉴和沿用。《威》剧表现出爱的永恒和青春的激情与诗意，批判了不择手段追逐金钱而对人的生命的漠视。这一超文本链接叙事对金钱的露骨追求、极度渴望、盲目自尊的情感的暴露，说明莎士比亚是站在人文主义立场上对社会的丑恶给予深刻批判。

（五）真与美之间的选择

"斯坦尼斯拉夫斯基戏剧体系的精髓是现实主义，它为现实主义演剧实践提供了行动指南。"② 张奇虹的《威》剧继承发展了中国话剧改编莎剧的现实主义美学传统，"注重人物内心独白，创造人物形象"③，在"重视于原作的

---

① 张奇虹：《奇虹舞台艺术》，文化艺术出版社2013年版，第316页。
② 徐健：《中国话剧还能否培养出学者型演员》，《文艺报》2013年3月4日，第4版。
③ 张奇虹：《我的回忆与怀念——纪念恩师舒强》，中国国家话剧院：《国话研究》2010年第2期。

规定情景和符合人物关系的情况下进行加工"①，也在一定程度上借鉴了中国戏曲的"写意性"美学表现手法。我们认为，具有现实主义风格的莎剧改编也需要不断更新观念，需要寻找更加适合当代审美和艺术实践的表演形式。

《威》剧借助对经典的阐释，"愿天下所有的人都得到幸福"，②③ 重构了青春、激情与诗意的审美叙事，为莎剧带来了现实主义的诠释形式，在整体上体现出明丽的色彩和青春气息，其美学意蕴显示为主要以西方戏剧之"真"，作为舞台叙事的基础，借鉴中国戏曲写意之"美"、之"虚"，表现人物心理和营造戏剧氛围，通过表演的虚拟性创造出诗意的美感。《威》剧的创造性改编，为世界莎剧舞台上增添了一朵主要按照斯坦尼体系改编的莎剧之花，为当下莎剧改编提供了严谨的范本，反映该剧主要剧情舞台演出的8幅系列剧照也再现了编导的这一审美艺术思想。④《威》剧通过中国导演的创造，在舞台叙事中不仅准确诠释了《威》剧的人文主义精神，同时通过舞台实践，完成了中西方戏剧审美意识与戏剧观念之间差异中的融合。

第二节　人性的演绎：在王袍加身与脱落之际： 《李尔王》的当代阐释

莎士比亚的《李尔王》在题材与描写方面具有"普遍性"和"永恒性"的特点。它的特点在于和其他莎氏悲剧比较，在伦理道德的教益和哲理的涵

---

① 张奇虹：《导演艺术构思》，中国美术学院出版社1998年版，第25页。（后来在张奇虹赴苏联排戏的过程中，苏联记者问道："苏联演员如何扮演中国人？他们的金黄色、褐色头发怎么办？要染吗？"张奇虹回答："无须染发，主要是应把握人物的精神面貌和思想感情。"可见，此时张奇虹对现实主义的戏剧观理解更为开放了。见张奇虹：《永恒的朝晖》，中国文联出版社2007年版，第371页。）
② 中国青年艺术剧院：《威尼斯商人》（中国话剧大系）[VCD]，北京电视艺术中心音像出版社/中国科学院大恒电子出版社。
③ ［英］莎士比亚：《莎士比亚喜剧5种》，方平译，上海译文出版社1979年版，第184—193页。
④ 《威尼斯商人》，中国青年艺术剧院演出莎士比亚名喜剧，曹西林摄，载《影剧美术》1981年第2期，第18—19页。

盖面上深刻揭示了人性的异化。莎士比亚通过所塑造的鲜明形象对人物精神世界和痛苦体验的揭示以及意象的运用、诗意的想象都达到了一个相当的高度。因而，在很多学者的眼中，《李尔王》内涵的丰富、思想的深刻在莎氏四大悲剧中甚至应该放在首位。因此，《李尔王》被誉为莎氏戏剧中悲剧效果最强烈的剧作之一，也成为中国戏剧舞台上经常上演的莎剧之一。

一 "变法"与"革新"兼具的李尔王

在国内饰演李尔王的演员中，有5位演员给观众留下了深刻印象。在这些演出中扮演李尔王的有著名表演艺术家李默然、金乃千、鲍国安、尚长荣和胡庆树等，由这些重量级表演艺术家出演李尔王，可见莎士比亚所创造的《李尔王》在中国舞台上的分量。他们的表演都给观众留下了非常深刻的印象，并共同为莎士比亚的李尔王塑造了一个个令人难以忘怀的中国舞台形象。上述演出尽管各有特色，但辽宁人民艺术剧院在首届中国莎士比亚戏剧节上推出的李默然的《李尔王》，尽管时间已经过去了20年，仍然使人感到李默然塑造的李尔王给观众造成了强烈的心灵震撼感，特色相当鲜明，具有极强的穿透力。对于一个戏剧演员来说，能够饰演李尔王这一角色，可以说是达到了演员生涯的最高峰，可以和饰演哈姆雷特这一角色相媲美，甚至在某种程度上难度更大。因为扮演李尔王不仅需要具有丰富的舞台经验，更需要有丰富的人生阅历，没有在舞台和生活中历经50年以上的酸甜苦辣、世态炎凉，是难以准确把握人物内涵的。曹禺曾经以难以抑制的激情对李默然说："我看了一台最好的《李尔王》演出，也看到了一个最好的李尔的形象。"国际莎士比亚学会会长、英国布罗克班克教授激动地对李默然说："你演的李尔王，演出了莎士比亚要写的好的傻老头。"[①] 李默然准确地找到了李尔的两个思想基点：我即一切和自私的强烈的感情占有欲，把握了李尔的贯串动作：求爱不得；性格核心：高度威严。莎士比亚戏剧集西方戏剧之大成，在中国

---

① 李默然：《戏剧人生》，春风文艺出版社1996年版，第609页。

舞台上搬演莎士比亚戏剧，既要发挥中国戏剧表演的特长，又要在遵循西方戏剧舞台规律的基础上进行某种"变法"和"革新"；李默然将二者有机地融合在一起，充分发挥东方艺术的特长，将《李尔王》中蕴含的人性光辉展示给观众。

西方戏剧是建立在模仿论的基础上的，其目的不仅在于创造出逼真的外在环境，更重要的还在于把具有真实感的人物置身于这个环境中去，并让他们自主地行动起来。李默然在表演中显然抓住了"真实感"这个关键，同时又不囿于"逼真的外在环境"，充分发挥了中国戏剧"虚拟"的表演特长。在表演中李默然结合传统演出方式，将悲怆、浓烈、深邃和阔大的演出风格贯穿于人物的行动，忠实、自主地传达了原作的精神。戏剧，就其本质来说，是行动的艺术。为了在人物的精神领域刻画下深刻、浓重的一笔，李默然创造的李尔王以"四跪"立体地展现了李尔的愤怒、怨恨、觉醒、认罪四个感情变化的层次，从而揭示了李尔同情人民和自我悔罪的两个转变，完成了"人性复归"的主题。

李尔给大女儿下跪的时候，干脆硬朗，不失唯我独尊的国王气概，有跪无求，全是讽刺挖苦的意味，跪下比挺直身板更加有力，其愤慨之情顿然溢出；李尔跪二女儿显出无力回天，软弱可欺，乞求的脸上，似乎全部希望都灭绝了；三跪人民、跪自己，悔恨交加，慨叹自己身上的人性已经被权力异化；四跪小女儿，处于贫病交加中的李尔，柔肠寸断，悔愧不已，老泪纵横，迸发出人性的思想光辉。四次下跪在舞台上造成了四次交叉的内交流，这种内交流以李尔王为中心分别向不同的对象映射，形成交流的不同指向，同时在各个交流点之间形成强烈的对照关系，对照关系又回流到李尔王的内心，引起人物情感的大起大落、跌宕起伏，以具有震撼感的戏剧性形成的合力感染着舞台外的观众，形成了演员和观众之间的情感交流与戏剧话语之间的默契。戏剧性话语此时此地已经在演员和观众之间达到了非常默契的交流。因为，李默然凭自己的演出经验和创造人物的艺术原则深深懂得："莎士比亚的本意却无论如何也不是完全地和忠实地再现生活，制造现实的幻觉并不是莎士比亚的拿手的手段,也不是他施展才能的所在……追求酷似远非是艺术创造中唯一需要解决的问题,相反,它却有可能是最不能达到美的坏因素。"①因此,在人物转变过程上,他把握住"四跪"(一跪大女儿:怒;二跪二女儿:怨;三跪人民:认罪;四跪小女儿:忏悔)和"二转变"(对人民态度的转变;对小女儿态度的转变)的关键环节,把李尔心理世界表现得具有丰富的层次感。

二 悲剧精神与审美想象

在戏剧的表演过程中,我们体会到,李默然通过联系于知觉和表象的审美想象赋予所塑造的人物以新的审美知觉和审美想象,而且,这种想象不是凭空进行的。它是在已有的知觉、表象以及它们之间相互联系的基础上,对李尔的形象进行了重新创造。富于想象力的形象,并不是去歪曲真理,而是对真理的肯定。实际上,正是在处理那些最普通的对象和最为老生常谈的故事时,艺术想象力才能明显地表现出来它的美的张力。而这种富有想象力的再创造,必将使在世界莎剧舞台上被演绎过无数次的《李尔王》获得新的生命。李默然通过自己的艺术想象力在使观众获得审美享受的同时,也展现了《李尔王》中所涉及的重大主题,即把悲剧提高到人性和危及整个人类社会、影响人类前途的高度来认识,从而较好地使原作中的精神得到了阐释,也得到了中国观众的认可。

通过对李尔的演绎,李默然让我们看到一个中国演员的艺术修养,许多年艰难生活的磨炼,甚至十年动乱的苦难形成的复杂感情和深刻体验,这些都不知不觉地影响他并融化到舞台形象中。李尔最后变成了一个有智慧的人,不是越来越绝望,而是一个纯粹的"悲剧人物",李默然使我们在悲剧中看到人性的变化和智慧的升腾。李默然创造的李尔既是莎翁笔下的李尔,也是中国的李尔,更是属于表演艺术家李默然自己的李尔。他把深邃的思想和现实

---

① 李默然:《戏剧人生》,春风文艺出版社1996年版,第127—130页。

主义的性格刻画结合起来，突出了李尔刚愎、自信、骄横、愚昧、孤独的性格特点，而一旦王袍脱落，李默然就着重表现他对生活主观看法的崩溃。他没有把80多岁的李尔演成风烛残年的衰败模样，而是让刚健之气充溢于形象之中，充满了一种遒劲雄健的气概。即使在暴风雨中，也仍然保持着清新的风貌和自然的气息。在语言上则追求穿透性的力度，充分发挥出中国语言的音乐美。

《李尔王》中的李尔是一个封建国王，在政治上属于行将灭亡的阶级，剧本以李尔之死告终是符合历史真实的，但是，更重要的是要符合艺术的真实和情感的真实。李默然在李尔身上倾注着莎士比亚对其人物的同情，传达出莎士比亚对这个人物寄托的人文主义理想。李默然认为，演员工作的开始，常常是从感情入手，从感觉开始来唤起创作的炽热情感，但伴随着创作工作的不断进行，亦有抽象思维活动，演员的创作工作，既需要形象思维活动，亦离不开抽象思维活动。只强调前者将失去灵魂，热衷于后者将失去血肉。

孙家琇在和李默然的通信中曾经说，塑造李尔要注意三个问题：高度威严的李尔；一百八十度的巨大变化；形象的巨大规模和巨大内涵。高度威严的李尔，不只是李尔得势之时，而且贯串始终。一百八十度的巨大变化，充分反映了李尔从万人之上，跌入贫民、乞丐之中的大跌大宕。巨大的规模与巨大的内涵，充分概括了李尔从内到外的形象素质与特征。为了充分表现出李尔的威严，在排练中，李默然寡言严肃，与同台演员相处，尽量注意剧中人物的关系，对三个女儿，三种面孔、三种态度；在不同的场次，采取不同的行为与言谈，求得同台演员的适应。他说，我始终以"巨大的规模与巨大的内涵"①约束着自己平时的"自我"，而使自己有李尔的感觉……命运，这又是戏剧中主体中的主体。莎士比亚不仅写人，更善于写人的命运，在李尔的命运出现巨大转折的时候，他的人性终于慢慢释放出来了，只有这时他才能得到人们的理解和同情。故而李默然能够将威严气概与儿女情长统一于一

---

① 李默然：《戏剧人生》，春风文艺出版社1996年版，第127—130页。

身,自然地完成了这种转变,并最终得到观众的承认。"倔强、暴虐的李尔,为什么又得到人们的同情?正因为命运使他身上的人性得以复苏,因为命运使他睁开了眼睛,看到了穷人所受的苦。因为,催人泪下之处,不在于李尔被逼疯,与乞丐为伍,狂风暴雨中的呐喊,而是他躺在病床上,有气无力地向小女儿考狄利娅认罪。观众只有在此时,才向这个仍然不失为是一个人的李尔,洒下同情之泪。"①

在舞台上,我们不但看到了狂怒,这种性格在奴颜媚骨的奉承中得到了片面的发展,满足于个人的恣意妄为;还看到了懦弱,李尔也有仁慈和温和的一面,也同情不幸者,富有人道的正义感,两种性格在李尔身上交替出现。在他似疯非疯的理性中,观众发现其中有一股强大的、无规律的推理的力量,他可以对人类的腐败和社会弊端任意施加它那震撼灵魂的威力。李默然的李尔符合心理学家布洛提出的在"心理距离"上的"二律背反"的原理,在创作中"最满意的情况是,最大限度的减少'距离'而又不失去'距离'"。②戏剧开始的时候,我们会对李尔这个毫无约束的专制暴君产生痛恨;随着剧情的展开,我们又会把他当作一个普通人原谅他、同情他;在戏剧的结尾,观众又会为能够把李尔这样的人引到无法无天的野蛮、缺乏人性的环境,充满了不满和强烈的憎恶。李默然在《李尔王》中,赋予想象以崇高的地位,将动人心弦的悲愤激情和令人感动的怜子之情自由交织在一起,"纯自然"与"社会自然"构成了艺术中的交响乐,使大自然和人类的激情在汹涌澎湃的冲撞中得到了和谐和统一,从而营造了一种荡气回肠的艺术效果。

三 艺术家的心灵与情感承载的形式

李默然表演的《李尔王》真实、准确。他在演出中追求念白的非生活化,呈现出诗的韵律,具有震撼人心的力量。演出以真实表现荒诞,使观众从现

---

① 李默然:《戏剧人生》,春风文艺出版社1996年版,第127—130页。
② [瑞士] 布洛:《"心理距离"——艺术与审美原理中的一个因素》,钱广华译,马奇:《西方美学史资料选编》,上海人民出版社1987年版,第1034页。

实中感受到象征的力量：舞台上呈现的不仅是个人的命运，而是人类的命运和世界的前途。《李尔王》是所有的莎士比亚戏剧中最难演的一个。李默然把李尔的帝王气概准确地表现了出来，得到了莎学界和戏剧界的认可。他艺术地控制语言，达到了艺术的自然境界。

戏剧话语的最大特点在于把情境直接展现出来，而不是通过别人叙述，而这种情境的展现主要依靠的就是呈现在舞台上的台词语言。[①] 李尔的台词经过李默然的锤炼，似珍珠光芒四射，他的台词经过精心提炼成为极其讲究的艺术语言，具有强烈的审美感。这种审美感知是艺术家的心灵所赋予这些对象的形式。听他念词，清晰洪亮，跌宕有致，富于强烈的韵律感，加上莎翁台词本身具有的诗意，使他的台词已锤炼到了朗诵化的境界，也有浓郁的戏曲"韵白"的味道，由于观念与形象达到了和谐一致、水乳交融，美的感受就产生了。李默然不但将李尔的情绪宣泄于外在的情境之中，而且将李尔内心情感的大起大落也清晰地表达了出来，前者使观众感受到真，后者使人物形象立体地呈现在观众心里。通过这样的感受，观众受到了美的形象的直接性、震撼力，正如钟嵘所说"观古今胜语，多非补假，皆由直寻"，从而获得心与物会、石击火生的审美快感。

独白并非仅仅是主人公一般心理活动内容的外观方式，还常常是作为揭示人物内心冲突的手段。在"风暴"一场，李默然以深厚的底气，超人的力度，喷发出"吹吧，风呵，猛烈地吹吧！"犹如飞来的奇峰，拔地而起，把全场观众震在座位上。然后，李默然调动全部感情和力量，全场的大段独白一气呵成，更如一石千浪，汹涌澎湃。李默然的台词字字句句都像携带着雷电。演出严谨，气氛凝重，台词讲究韵律，似生活又非生活，追求一种诗的韵律。

诗是最本质的语言，在诗语中可以通向"存在"并领悟其中存在的真理。艺术的本质就是诗，诗的本质是真理的确立。文学的艺术语言，即我们言之于口、可以文字记载的语言，又称文学语言。因此，无论史诗、抒情诗，还

[①] 李默然：《戏剧人生》，春风文艺出版社1996年版，第127—130页。

第四章　深沉哲思与严谨演绎：现实主义和浪漫主义结合的莎剧叙事

是戏剧体诗，它们的艺术语言归根结底都是文学语言。对文学的戏剧来说，舞台演出不过是一次对剧本的解读，而文学的解读总是力求借助文学的语言符号，在想象中恢复感觉世界的全部细节与逻辑。尽管戏剧作为综合性的艺术可以运用多种多样的手段来揭示人物的"人的精神生活"，而演员用以创造这种外部形式的主要手段只能是形体动作、声音和语言。李默然的表演如大江东去，一泻千里；又细腻如涓涓溪水，沁人心田。他的台词，在朗诵中糅入了京剧念白的韵味……舞台语言要"大江东去潺潺流水并用"……朗诵与咏叹相结合，直白与呼号相结合。这种朗诵与咏叹的结合，直白与呼号的结合，相当准确地体现了人的存在的种种灾难、恐惧和紧张不安。正如维柯所说"哲学默察理性或道理"①，悲剧出现在斗争、胜利、失败和罪恶里。它是对于人类在溃败中的伟大量度。悲剧显露在人类追求真理的绝对意志里。它代表人类存在的终极不和谐。我们把直接作用于观众视觉的，把观众能直接看到的演员的举手投足、坐卧行走乃至表情的细微变化称为外部形体动作。舞台上人物的外部形体动作必须是有内心根据的、合乎逻辑的。在戏剧艺术中，一个人和另一个人说话，目的不仅仅是表述自己，而且还想影响别人。对话的动作性特点，在指向对方的影响和冲击当中应使双方的关系有所变化。李尔王在剧中的大段独白表达出强烈的感情冲突。特别是有一场戏中，李尔抱着考狄利娅的尸体，从台下跑到台上，咏叹一般的大段独白长达十几分钟，这对李默然来说，是向生命的挑战。

《李尔王》的演出是对象征意义的追求和当代审美体现的内在之"神韵"，②《李尔王》在这一点上完成得比较自然，具有时间和空间上的跨越性，呈现出了"莎士比亚戏剧的心理气氛和灵魂气氛"。③ 李默然"试着用生活语言说台词"。李默然接受斯坦尼斯拉夫斯基表演方法的培训，无疑是使他走向成功的决定性的一步。既体现了莎剧的原作精神，又淋漓尽致地发挥了"李

---

① ［意大利］维柯：《新科学》，朱光潜译，人民文学出版社1987年版，第86页。
② 董每戡：《董每戡文集》（中卷），广东高等教育出版社1999年版，第1064页。
③ ［丹麦］索伦·克尔凯郭尔等：《悲剧：秋天的神话》，中国戏剧出版社1992年版，第115页。

派"气势磅礴、感情奔放、深沉雄浑、挥洒自如的特点。演员完全有权利去寻找表情的形式来完成某个行动,也可以说这是在寻找适应的方式……表达情感的表情在生活中总是随着人们情感的变化自然而然地流露出来。① 在表演中,则是演员在行动的过程中所产生出来的内心体验的自然流露。

李默然的《李尔王》使我们看到了回归人性的光辉,通过孝悌反映人性,但又不局限在此,在《李尔王》最能得到深受儒家文化浸润的千千万万普通中国人的理解和共鸣的同时,将人文主义的精神带给广大观众,这就是李默然的《李尔王》成功的基础。

第三节 《泰特斯·安德洛尼克斯》:血泊与哲思相交织的空间叙事

在首届中国莎士比亚戏剧节上,《泰特斯·安德洛尼克斯》成为一部震撼人们心灵的艺术佳作。该剧以尊重原作精神和内容为宗旨,在时间之流的叙事中构建了恢宏的空间叙事,其叙事场景既不回避原作中的血腥与恐怖,紧扣原作中的人物、情节、故事、语言,又以磅礴的气势、深邃的哲理、浓烈的情感获得了独立的空间叙事意义,反映了在血流成河的屠戮中的人性之善恶,生与死的思考,邪恶与良知的搏斗。全剧以深沉的哲思和人性之叩问统驭舞台的空间叙事。《泰特斯·安德洛尼克斯》一剧以独特的空间叙事,创造出中外莎剧舞台对莎剧原作改编的范例。

《泰特斯·安德洛尼克斯》(以下简称《泰》剧)为莎士比亚创作的第一部悲剧,也被称为莎氏悲剧中极不成熟、很难改编、极不容易引起当下观众兴趣的一部悲剧。欧美戏剧家常常因它在感官刺激上的露骨、集中而嘲笑它

---

① 李伟民:《对爱的真切呼唤——论莎士比亚〈李尔王〉中的基督教倾向》,《四川外语学院学报》2005年第1期。

的幼稚。① 但著名导演徐企平不畏繁难、不避失败风险,以恢宏、深沉、凝重的空间叙事,在尊重原作精神的基础上,成功地将该剧呈现于舞台之上,并赢得了海内外戏剧家、莎学家、观众广泛而高度的赞誉,甚至被认为是创作出了该剧演出史从未有过的、引起当代观众强烈震撼的悲剧。与其他莎剧的多次改编不同,在百年中国莎剧传播史上,《泰》剧的改编仅此一例,即使在已经发表、出版的中国莎学研究论著中,也鲜有对该剧集中而深入的研究。因此,有必要从该剧的舞台叙事特点出发,特别是从空间叙事的多维性,以及空间意象建构的角度,深入探讨改编者是如何挖掘原作悲剧意蕴,如何在舞台空间的开拓与强调中,彰显莎氏悲剧人文主义精神和人类对持久和平的渴望,变"故事时间流程的平面叙述"② 为空间叙述的情景营造,情感状态、心理过程的外化与凸显的。

一 从文本到"空间的时间"

弗鲁德尼克认为:"叙事是通过语言和(或)视觉媒介对一个可能世界的再现"。③《泰》剧原作在宏阔的历史画卷中,描述了公元 4 世纪初罗马帝国充满凶杀暴虐和恐怖悲惨气氛的"塞内加式的复仇剧"④,其审美价值在于完成了泰特斯·安德洛尼克斯等一系列人物精神形象的准确呈现。将该剧搬演于舞台之上,由于导演不同,"戏剧叙述"的方式亦大不相同。那么,《泰》剧的改编者是如何将文本叙述转化为舞台叙述,扮演"既是能指又是客体的悖论的双重身份"⑤,从文本的客体空间到舞台空间,并以"空间的时间"突出人类对命运的思考,对和平、安宁、幸福的渴望,升华原作复仇主题的呢?显然,如果我们回答了这一问题,对现代莎剧在"时间性"与"空间性"的

---

① 余秋雨:《莎士比亚在中国》,《文汇报》1986 年 4 月 28 日。
② 姚金成:《戏剧叙事学:透视"剧体之变"背后的奥秘》,《河南教育学院学报》(哲学社会科学版)1998 年第 1 期。
③ Monika Fludernik, *An Introduction to Narratology*, London: Routledge, 2009, p. 6.
④ 王忠祥、贺秋芙:《莎士比亚戏剧精缩与鉴赏》,华中师范大学出版社 2009 年版,第 214 页。
⑤ [法] 于贝斯菲尔德:《戏剧符号学》,宫宝荣译,中国戏剧出版社 2004 年版,第 129 页。

"文本叙述"与"舞台叙述"的跨文化阐释中,会有助于我们回望 20 世纪 80 年代以来中国莎剧改编模式,探索现实主义莎剧改编的精神魂魄,厘清莎剧改编叙事模式的变化,在借鉴西方和中国戏曲叙事手法的改编中,摒弃老套的线性时间叙述模式,发挥莎剧"空间叙述"的现代阐释功能,以对战争、仇恨和杀戮反思的空间叙事,对所谓戏仿、穿越、颠覆、解构试验的莎剧改编保持清醒的认识。恩格斯认为"一切存在的基本形式是空间和时间"①,而"空间性构成了事物存在的基本维度"②,包括对《泰》剧在内的一系列莎剧的跨文化改编说明,莎剧改编成功与否,衡量其质量的标准并不在于"时间的空间"文本叙述的精确程度,而是整体叙事技巧在"空间情节建构"(spatial plotting)③ 中的卓越表现。我们认为,超越了一般英美莎剧所提供的认知和符码,跨文化的莎剧改编所提供的"本土化"的空间叙述模式,则会通过对哲学、美学、艺术、伦理、人性、命运等的舞台建构,为莎剧提供更为丰富、更具有现代意义的认知,而《泰》剧的成功已经充分证明了这一点。

在全媒体时代,莎剧多重艺术文本并置,莎剧解读一元化、唯一性的时代早已过去。纵观莎剧演出史,当下形式各异的莎剧改编已经成为世界戏剧舞台上的新常态。④ 但面对这样一部被戏剧评论家称为莎氏早期最简陋的最坏剧本,⑤ 改编的目标之一就是要通过剧中人物的显在叙述,以空间架构的再创作,为塑造人物性格提供合适的条件。《泰》剧的改编者以富有伦理思考的空间叙事强调,采用脱去"悦目的外衣去遮掩粗野的人类的情欲,不用虚伪的

---

① [德]恩格斯:《反杜林论》,《马克思恩格斯选集》(第三卷),人民出版社 1972 年版,第 91 页。
② 喻仲文:《从诗意到欲望:现代建筑的空间叙事》,《创意与设计》2012 年第 4 期,第 49—79 页。
③ 尚必武:《当代西方后经典叙事学研究》,人民文学出版社 2013 年版,第 133 页。
④ Li Weimin, "Shakespeare on the Peking Opera Stage", *Multicultural Shakespeare: Translation, Appropriation and Performance*, Vol. 10, No. 25, 2013, pp. 30–37.
⑤ 徐企平:《戏剧导演攻略》,中国戏剧出版社 2005 年版,第 60 页。

外表去掩饰罪行和不义"① 的"能重现事件及情境的场所和地点"② 的空间叙事手法，以气势壮阔、人数众多的"场景"，浓墨重彩的"强调与夸张"，③ 通过倚重空间中身体张扬演员的表演个性、表现技巧的"潜在叙述层"④ 的空间架构，实现对《泰》剧"行动的伦理道德方面"⑤ 的解读。

  该剧的空间叙事"反对表面的逼真，追求一种更有诗意的现实主义"，⑥ 通过舞台空间和时间范围内组织与展开的戏剧动作，以"在场"的浓烈情感表达，将戏剧高潮不断演变为空间之间的切换。《泰》剧围绕着原作中"人类的冤冤相报何时才是尽头，仇杀，战争这个怪物，这一现象何时才能消灭"⑦ 的主题展开，文本叙事通过空间切换重组了叙述的线性形式，以"时间的凝固、保存和创造"⑧ 投射于人物自我塑造的现代主体性的认知之上，寻求在空间范围内通过对时间的回溯、定格、虚构和想象，建构出故事的发展脉络。在戏剧叙事中，空间是一种重要的叙事手段，空间"从内部决定叙事的发展"⑨，时间是通过空间（场景）叙述出来的，而空间的变化则推动着叙事进程的发展。我们看到，《泰》剧的舞台叙事极具象征性，表演区提供的三层梯级平台，使戏剧的空间叙事在"水平、纵深、垂直三个维度内展开，尤其为170人的群众场面提供了富有表现力的支持"⑩。《泰》剧的叙述、代言互相转换，使叙事能够从具体空间的基本原点出发。"夸张就必然导致变形，而变形常常孕育着思想"⑪，古罗马的雄伟立柱，就是在尸体遍地、血水染红的"场

---

① 徐企平：《戏剧导演攻略》，中国戏剧出版社2005年版，第63页。
② Gerald Prince, A Dictionary of Narratology, Lincoln: University of Nebraska Press, 2003, p. 88.
③ 上海戏剧学院朱端钧研究组：《沥血求真集——朱端钧戏剧艺术论》，百家出版社1998年版，第55页。
④ 苏永旭：《导演文本：戏剧叙事学研究不可忽略的重要的"中间转换形式"及其理论归宿》，《河南教育学院学报》1999年第2期。
⑤ 聂珍钊：《文学伦理学批评导论》，北京大学出版社2014年版，第133页。
⑥ 胡妙胜：《隐喻与转喻——舞台设计的修辞模式》，《戏剧艺术》2000年第4期。
⑦ 徐企平：《戏剧导演攻略》，中国戏剧出版社2005年版，第70页。
⑧ 龙迪勇：《寻找失去的时间——试论叙事的本质》，《江西社会科学》2000年第9期。
⑨ Franco Moretti, *Atlas of the European Novel. 1800—1900*, London: Verso, 1998, p. 70.
⑩ 胡妙胜：《莎士比亚戏剧的视觉世界》，《戏剧艺术》1986年第3期。
⑪ 童道明：《他山集——戏剧流派、假定性及其他》，中国戏剧出版社1983年版，第250页。

所"(topos),引发了作为叙事主体的泰特斯对伦理的思索、对生命的敬畏。此时,空间叙述的特殊性被赋予了"生命价值"的"此在"意义,这对揭示原作内涵、表现角色心理状态、体现生命"灵魂"的"特性和本质",① 而非仅仅局限于复仇过程的叙述,起到了关键作用。隐喻通过灯光、布景、道具、音乐和服装共同构成了多维而复杂的空间情绪意念,通过"结构化了的故事"② 情节表现事物之间的因果关系或其他必然的联系,由此构成《泰》剧独特的空间叙事有机组成部分。该剧的空间叙事并没有拘泥于纯粹的写实叙事风格,而是试图通过空间叙事的象征性,在联想、隐喻中创造出情感表达的空间叙事,横陈的战士遗体、血腥狼藉的战场与雄伟的古罗马建筑形成了强烈对比,隐喻着叙述者对人类悲剧的困惑与无奈,引发"观抑扬褒贬座中常有戏中人,演离合悲欢当代岂无前代事"的联想。在这里,空间叙事所形成的视觉隐喻具有情绪感染和充分调动想象力的作用,在"压缩"的视觉隐喻中,其"诗的概括力"③ 与原作中的叙事,在舞台空间的重构叙述中得以强化。《泰》剧利用"舞台假定性"和"象征化"的隐喻通过空间叙事展示出原作的感染力和思想深度,成为中国莎剧舞台上一部不可多得的,既阐发了原作精神,又在舞台空间叙事方式上有所创新,能够引起当代观众深入思考伦理与人性的佳作。

二 故事与情节:重构的叙事空间

在世界莎剧演出史上,虽然改编的方法、形式五花八门,但严格按照原作思想改编的莎剧仍然占有重要的位置且拥有稳定的审美价值,成为莎剧改编的范本。这类致力于阐发原作精神的改编,要求导表演在反映原作主题思想的基础上,准确揭示人物性格特征,但在空间叙述上则对导演提出了更高

---

① [挪威]诺伯格·舒尔茨:《场所精神——迈向建筑现象学》,施植民译,台北田园城市文化事业有限公司 1995 年版,第 18 页。
② 苏永旭:《戏剧叙事学研究》,中国戏剧出版社 2004 年版,第 122 页。
③ 胡妙胜:《隐喻与转喻——舞台设计的修辞模式》,《戏剧艺术》2000 年第 4 期。

的要求，要求空间叙事既符合原作精神，又融入导演再创作理念，创造出能够令人耳目全新的叙事。《泰》剧空间叙事的长处在于"使我们的视点在无数的主线中往外延伸，将主题与所有可以比拟的事例联系起来"①。在促使意义的时间流动复杂化中，呈现泰特斯家族的苦难与萨特尼纳斯集团的卑劣。作为"角色"体现者——扮演泰特斯·安德洛尼克斯的王熙岩强调的是"用动作来帮助言语和思想"②，所以"角色"始终是内在的角色与外在的叙述者的统一体和矛盾体，"角色"以空间作为叙事的结构和线索，"角色"在"现场真实感"与"强烈的象征性"相交织的"流血与复仇"③的悲剧中，"从内心去体验并终而去表现的那个人的生活状况"④，从而达到个人内心世界和个体内在心理的生动呈现。

空间叙事以"更朴素的表演"⑤呈现出人物塑造的层次性，泰特斯·安德洛尼克斯面对"政治绞杀，善良和无辜的被摧残，以及对于邪恶势力的抗争和铲灭"，⑥他的复仇获得了一种崇高的力量。空间叙事不仅不能回避惨不忍睹的血腥、奸淫、妄杀无辜、断肢、人肉宴、邪恶、欺骗、仇恨、虚伪，而且以"不惜淋漓尽致地让受到摧残后的拉维尼亚表现那惨不忍睹的疯狂状态"⑦展示了美丽、纯洁、无辜被毁灭。在空间叙事中，人物个性是否鲜明取决于"角色"外叙述者演技高低和内叙述者表演的逼真与否。而叙事就是要在"舞台上创造出活生生的人的精神生活，并通过富于艺术性的舞台形式反映这种生

---

① ［美］爱德华·W. 苏贾：《后现代地理学——重申社会理论中的空间》，王文斌译，商务印书馆2004年版，第5页。
② ［苏］斯坦尼斯拉夫斯基：《〈奥瑟罗〉导演计划》，英若诚译，中国电影出版社1985年版，第279页。
③ 中国莎士比亚研究会：《首届中国莎士比亚戏剧节（上海）节目单》，1986年4月11日。
④ ［苏］C. Г. 碧尔曼：《形象的创造》，［苏］K. 斯坦尼斯拉夫斯基等：《苏联戏剧大师论演员艺术》，江韵辉等译，艺术出版社1956年版，第171页。
⑤ 李伟民：《中西文化语境里的莎士比亚》，上海外语教育出版社2009年版，第247页。
⑥ 曹树钧、孙福良：《莎士比亚在中国舞台上》，哈尔滨出版社1989年版，第151页。
⑦ 同上。

活"。①《泰》剧的主要角色以直达人物内心的表演不断制造出一个又一个悲剧高潮,无论是剧中的叙事,还是情感爆发的宣泄抒情,都要能够超越时间、空间的阻隔,以大气、震撼而发人深思的空间叙事,达到震撼观众心灵的目的。

戏剧叙事本质上就是空间生产,是行为或故事发生当下的"故事空间"(story space)和叙述者讲述的"话语空间"(discourse space)的表现形态"场景"的构成。② 而"伦理选择是文学作品的核心构成"。③ 导演由《泰》剧中人类相互残杀的情节进入历史与现实的想象空间,"《斯巴达克斯》、奥斯维辛集中营、南京大屠杀"④ 的联想,通过"浓缩在空间中的历史时间"⑤ 的当代阐释,解释了为什么莎士比亚并没有用"悦目的外衣去遮掩粗野和血腥的人类的情欲,并不用虚伪的外衣去掩饰罪行和不义"。⑥ 显然,《泰》剧当代演绎的空间叙事,也不应该回避"血腥""残酷"的场面,而应该把这种残酷作为空间叙事中对"美""善"的"毁灭"来追求。我们认为,无论从主题的凝聚、提炼,还是从情节安排、台词选用、叙事节奏、抒情运用上,《泰》剧的创排以空间里的时间作为标志,其美学、伦理理念则以时间的因果理解和衡量作为空间叙事的承载体。《泰》剧的空间叙事,不仅还原了原作的血腥、仇杀,而且力求对战争、杀戮和人性作出当代人的全新诠释。同时《泰》剧的叙事已经不完全拘泥于原作所提供的意蕴,而是在改编原作的过程中,升华了对战争和暴力的批判。例如,第四幕第四场塔摩拉的"面面讨好是塔摩拉的聪明的计策,可是,泰特斯,我已经刺中你的要害……但愿艾伦

---

① [苏] 斯坦尼斯拉夫斯基:《斯坦尼斯拉夫斯基全集》(第六卷),郑雪来等译,中国电影出版社1986年版,第70页。
② 王安:《论空间叙事学的发展》,《社会科学家》2008年第1期。
③ 聂珍钊:《文学伦理学批评导论》,北京大学出版社2014年版,第267页。
④ 徐企平:《戏剧导演攻略》,中国戏剧出版社2005年版,第62页。
⑤ [苏] 巴赫金:《巴赫金全集》(第三卷),白春仁等译,河北教育出版社1998年版,第217页。
⑥ 徐企平:《戏剧导演攻略》,中国戏剧出版社2005年版,第62页。

不要一时懵懂"①。在话剧舞台上塑造人物，主要依靠语言和形体，这就要求在形体表现上既要通过形象表现人物的精神特征，又要通过动作反映人物的内心世界，即使在对白中，空间也"常常是作为大段时间流的'描述'"，②或者反映人物内心活动，情感变化；"或作为叙事事件在时间中展开的'场景'而存在"。③与现代戏剧不同，莎剧中存在着大量"冗长"的属于故事时间的独白（《泰》剧中大约有四十多处），例如第二幕第一场艾伦对自己的诉说："现在塔摩拉已经登上了俄林波斯的峰巅，命运的箭镞再也不会伤害她……你的主后已经长久成为你的俘虏，用色欲的锁链镣铐她自己……她将要迷惑罗马的萨特尼纳斯，害得他国破家亡。哎呦！这是一场什么风暴？"④此时导表演将故事时空中的人物、心理和情绪转换为叙事时空，以连续、间断、静止的动作有效地控制着舞台的时间与空间。同时，"独白"中的故事时空也可以随时转换为叙事时空，第三幕第一场艾伦对泰特斯说："你牺牲了一只手，等着它换来你的两个儿子吧。"随后做"旁白"状："我的意思是说他们的头……"⑤此时"场景和事件可以在不断被间断的时间流中随叙述主体"⑥的故事时间，展现出人物的心理和情感状态。

《泰》剧的"叙事空间"以具体人物、事件、时间，以及动作、语言、色彩、背景音乐的叠加投射于"场所"（take place）中，以造型思维的空间形式对原作中冗长的台词进行浓缩，在空间叙事中营造出极富张力的想象空间，即利用空间叙事的综合性特点建构人物的行动。还是在第三幕第一场，当目睹拉维尼亚遭到蹂躏后的悲痛欲绝，被砍掉双手时的凄惨，泰特斯悲愤

---

① ［英］莎士比亚：《莎士比亚全集》（第三卷·悲剧），朱生豪、陈才宇译，浙江工商大学出版社2015年版，第43—44页。[同时参考了上海戏剧学院在中国首届莎士比亚戏剧节上，《泰特斯·安德罗尼克斯》（1986）实况演出录像中的台词，中央电视台1986年版]。
② ［美］苏珊·斯坦福·弗里德曼：《空间诗学与阿兰达–蒂洛伊的〈微物之神〉》，James Phelan J. Rabinowitz：《当代叙事理论指南》，申丹等译，北京大学出版社2007年版，第205页。
③ 同上。
④ ［英］莎士比亚：《莎士比亚全集》（第三卷·悲剧），朱生豪、陈才宇译，浙江工商大学出版社2015年版，第29页。
⑤ 同上。
⑥ 谭君强：《论小说的空间叙事》，《云南民族大学学报》（哲学社会科学版）2010年第5期。

地说："给我一柄剑。"而在舞台叙事中，泰特斯的"给我一柄剑"在空旷的舞台上伴随着拉维尼亚悲戚的哭声连说了三次，彰显出泰特斯悲愤的心情和决心复仇的坚定信念。同时也通过歧异的"未言说状态"① 获得了言说的空间意义。舞台的空间叙事，在"沉重而凝滞、迟缓而单调的鼓声"中，久经沙场、杀人如麻的大将竟然为被打死的苍蝇而惋惜。原作将拉维尼亚、塔摩拉、泰特斯、萨特尼纳斯等人相继被杀体现为"冤冤相报，有命抵命"②，并成为"从今起惩前毖后，把政事重新整顿，不要让女色谗言，动摇了邦基国本"的警告③（此段台词仅见于朱生豪译本，在英文原作及方平等人的译本中均没有此段台词）。对统治者的行为提出了严重警告，而《泰》剧的叙事则具象化地展示了原作的悲剧精神。

时空并置的叙述方式，表现为时间暂时的停顿，以此来升华空间叙事的时代意义。我们看到随着意识的流动和空间的变换，小路歇斯孤独地从高处走下来，追光投射在他的脸上，再次响起泰特斯的画外音："可是假如那苍蝇也有父亲和母亲呢？可怜的善良的苍蝇！"④ 时间似乎在此时此刻突然停顿了，空间意象静止在时间的流逝之中，成为反思战争、人性思考叙事的落脚点，挖掘了原作对暴力的否定和非正义战争的反人类性质，以及人类对永久和平的祈盼。"泰特斯的复仇，既是为了个人，也是为罗马选择一位'贤明的君主'"，⑤ 这是对战争的反思，对杀戮和仇恨的批判，更是对人性的反思。以表现"人的悲剧"⑥ 的叙事和对形而上思考的"语言之流最终产生某种空间"⑦ 的舞台叙事建构，从而达到了一石多鸟的空间叙事的艺术效果。甚至不

---

① ［美］维克多·泰勒、查尔斯·温奎斯特：《后现代主义百科全书》，章燕、李自修等译，吉林人民出版社2007年版，第123页。
② ［英］莎士比亚：《莎士比亚全集》（第三卷·悲剧），朱生豪、陈才宇译，浙江工商大学出版社2015年版，第55页。
③ 同上书，第57页。
④ 徐企平：《戏剧导演攻略》，中国戏剧出版社2005年版，第69页。
⑤ 同上书，第65页。
⑥ 同上书，第70页。
⑦ ［墨］奥帕斯：《批评的激情》，赵振江编译，云南人民出版社1995年版，第252页。

惜让观众看到后台的"灯具、天桥,甚至墙上那个放消防工具的红色小箱子",①使观众在悲剧的空间叙事中,通过"间离",在无意识中回归当下,并获得某种程度的放松。

"导演是当代莎剧演出形式的创造者"。②《泰》剧的改编尽力扩展舞台空间的叙事能力。"导演的本性是构形……宏大的场面在全剧中共出现五次"③,文本转化为具有英雄气概、庄严氛围视觉的语像叙事(ekphrasis);原作中明场杀死6人,改编增加了接生婆与摩尔人艾伦被杀,对原作给予"时间性"颠倒、悬置、重组,建构了多层次、多变幻、多意象的舞台空间叙事,传达出原作的历史氛围,形象渲染了战争的残酷与无情。空间意象的不断过渡与切换,揭开的是"人类原始悲剧迷宫"④中隐匿的真相。同时,《泰》剧也力求通过各种叙事手段,例如灯光创造的"心理造型空间"⑤,开拓人物的心理空间、情感空间,控制、渲染戏剧情绪,创造出特定的戏剧时空,以"浓烈激荡的灯光变化,揭示剧本内涵,表现角色心理状态"。⑥灯光作为"血路"叙事的辅助手段,在杀伐和鲜血的象征中,在静态与动态外在形象塑造中,在虚幻空间与真实空间之间传达出"人物的心理情绪",⑦营造出古罗马战场气势恢宏、金戈铁马、儿女情长、生离死别的历史长卷,以灵活的空间叙事,在"一种现实的力量"⑧秩序之内,营造出当代莎剧舞台所需要的美学效果。

三 作用于情感、心理的空间叙事

如果我们把莎剧排演放到20世纪80年代以后,中国话剧求变、求新与

---

① 胡妙胜:《莎士比亚戏剧的视觉世界》,《戏剧艺术》1986年第3期。
② 李思剑:《莎士比亚研究的现代性——李伟民教授访谈录》,《四川戏剧》2015年第1期。
③ 徐企平:《戏剧导演攻略》,中国戏剧出版社2005年版,第69页。
④ [法]雅克·阿达利:《智慧之路——论迷宫》,邱海婴译,商务印书馆1999年版,第13页。
⑤ 金长烈:《浅谈舞台灯光的重要性》,《戏剧艺术》1984年第1期。
⑥ 徐企平:《戏剧导演攻略》,中国戏剧出版社2005年版,第65页。
⑦ 金长烈:《舞台灯光特点探讨》,《戏剧艺术》1984年第3期。
⑧ 余秋雨:《中国戏剧史》,上海教育出版社2006年版,第110页。

在斯坦尼斯拉夫斯基戏剧理论指导下的话剧同时呈现于舞台的大背景来看，《泰》剧的空间叙事模式既没有完全颠覆文本叙述的线性结构，又通过"时空交叉和时空并置的叙述方法"①处理诸如剧本主题、环境和人物之间的关系。此时《泰》剧所营造的一系列"场面"试图突破"文本虚构空间的'彼在'（there）与囿于文本虚构空间的'此在'（here）"②，即单纯写实的斯氏戏剧的束缚，尝试运用更为丰富、更加多样的舞台叙事手段，给"欣赏者提供想象驰骋余地的'意中之境'"③。《泰》剧的叙事性空间强调的是具有命运感的人生悲剧、伦理沉思，通过"尸横遍野，血流成河"④的情景和空间，推动叙事进程的发展和揭示人物性格，空间场景的具象性所引发的心灵震撼，已经超越了文本叙事本身，成为导演艺术创造力的鲜明表征。主人公泰特斯跪倒在血泊中对人性、战争、复仇、爱情、和平沉思默想的场景，"从反映善良愚蠢的泰特斯个人的悲惨命运，提高到表现人的悲剧，从反映安德洛尼克斯家族对哥特女王塔摩拉一家人的复仇与反复仇，扩展到表现两个政治集团、军事集团之间的战争，从血腥恐怖的个人复仇悲剧到愚昧的人类相互仇杀的历史性悲剧"⑤，形成了对人类命运的反思。《泰》剧的空间叙事采用"电影中声画对立"⑥的表现手法，战场的死寂、胜利者的孤独感成为确立自身本体地位的支点，而关于苍蝇的"内心对白"则成为由此及彼的"他者性"，在思考与留恋生命的空间叙事中，由于"空间总是一种建立在意识和无意识经验之上"⑦的场域，所以《泰》剧成功地利用"心理空间"："'空间意识''空间知觉''空间记忆''空间体验''空间想象'"作用于人物的心理建构

---

① 龙迪勇：《空间问题的凸显与空间叙事学的兴起》，《上海师范大学学报》（哲学社会科学版）2008 年第 6 期。
② Jeffrey R. Smitten, Ann Daghistany. *Spatial Form in Narrative*. Ithaca：Cornell Inquiry, 1980 (6)：59.
③ 于是之：《论北京人艺演剧学派》，北京出版社 1995 年版，第 84 页。
④ 徐企平：《戏剧导演攻略》，中国戏剧出版社 2005 年版，第 70 页。
⑤ 同上。
⑥ 同上书，第 71 页。
⑦ ［英］丹尼·卡瓦拉罗：《文化理论关键词》，张卫东等译，江苏人民出版社 2006 年版，第 166 页。

与主观反应,并通过物质性的"战场喋血空间""权力争夺空间""家庭悲戚空间""伪善正义空间"达到探索人物内心世界的目的。利用这一"特殊的空间去表征人物性格特征……特定的空间成为人物性格的空间性表征物",①以此来"诱发观众的想象、联想和情思"。②《泰》在时间性艺术的"生命"反思中,与心理空间、物质空间共同建构了"书写的多重空间——'空间中的空间'"③,既展现出主人公深层的心理世界,提炼出哲学、伦理、人生思考的深度,又展现出战争的无情和残酷。因为对于现代观众的认知水平来讲,弥漫于原作中的强奸、凶杀、割舌、断肢、焚尸、食人肉等浓重的血腥气,十四起暴力行为和三十四具尸体,三只断臂,割断的舌头以及人肉馅饼便是"冤冤相报的血淋淋的结果"④。即使是鲜血淋漓的,也已经很难引起今天观众的内心共鸣和震颤。如果叙事仅仅停留于复仇情节的复述,局限于具体悲惨场面,直露感官刺激的呈现,仅仅表现为戏剧行动"从这一空间到那一空间的旅行"⑤,缺乏从事件中抽象出悲剧思考的伦理深度,不能从空间叙事中抽象出人性善恶、命运多舛、人生多难的喟叹和思考,那么缺少形而上思考和普遍意义的叙事,则很容易让当代观众感到麻木,引起反感甚至哄笑。

　　《泰》剧改编的成功之处正在于始终以原作的悲剧精神为依托,在空间叙事中带动情节的发展,毫不回避原作中的所有残暴行为,甚至在舞台呈现中不惜"走极端,做过头"地展现对"残酷美的偏嗜"⑥,以挖掘原作中强烈残暴"所蕴涵的内在魂魄"⑦,即剧中所有的残暴行为的空间叙事都必须为伦理思考服务。改编紧扣原作中泰特斯·安德洛尼克斯关于"苍蝇"

---

① 龙迪勇:《空间叙事研究》,生活·读书·新知三联书店2014年版,第51页。
② 徐企平:《戏剧导演攻略》,中国戏剧出版社2005年版,第70页。
③ 龙迪勇:《空间叙事研究》,生活·读书·新知三联书店2014年版,第51页。
④ 朱雯、张君川:《莎士比亚辞典》,安徽文艺出版社1992年版,第387页。
⑤ [法]于贝斯菲尔德:《戏剧符号学》,宫宝荣译,中国戏剧出版社2004年版,第147页。
⑥ 徐企平:《戏剧导演攻略》,中国戏剧出版社2005年版,第70页。
⑦ 余秋雨:《莎士比亚在中国》,《文汇报》1986年4月28日。

的一段疯话：一个苍蝇，我已经把它打死了；"可是假如那苍蝇也有父母呢？可怜善良的苍蝇！""该死的凶手！……我的眼睛已经看饱了凶恶的暴行；杀戮无辜的人是不配做泰特斯家的兄弟的。"① 出现在序幕、幕中和尾声中的空间叙述，伴随着敲击的鼓声，战场上缓缓抬下牺牲的士兵遗体、餐盘中两个儿子的头颅和自己被砍下的手、胜利场面中小路歇斯的思考，不同的空间叙事不断强化着对人性善恶的叩问与对命运、人生的感慨。同时，泰特斯和弟弟玛克斯的对白，在回溯过去、思考未来中，也通过空间叙事不断强化着泰特斯的"忏悔"意识，展示时间化了的空间意象成为对生命意义的思考，而且也包含了过去、现在、未来的时间向度和空间场景的伦理思考，表明泰特斯已经意识到，他杀死塔摩拉的儿子祭奠罗马勇士的亡魂和牺牲于战场上自己的 21 个儿子，以及为向新王表达愚忠再次杀死幼子，与萨特尼纳斯集团对自己家族的追杀和羞辱，都属于"杀戮无辜"，是对人性、正义和伦理的根本背离。他的复仇既是对自己杀戮行为和内心的谴责，更是对王朝强加给自己家族的恐惧，以及对草菅人命、蔑视人性的控诉与批判，是对君王愚忠价值信念的彻底崩溃，而对生命的漠视更是会遭到无情的报复。正如剧中所说，"因为你们对待我的女儿太残酷了，所以我要用残酷的手段向你们报复……让父亲的怨恨也和你的耻辱同归于尽吧！"②《泰》剧通过流畅的舞台空间叙事，反思了战争与和平、仇恨与挚爱、绝望与希望。戏剧的空间叙事从人物的心理活动出发，在准确表现《泰》剧悲剧主题的前提下，叙事重点始终围绕角色丰富的内心体验予以空间建构，人物性格在事件叙述和情感抒发中不断清晰、丰满起来。舞台上的每一因素均参与了"多重叙事"的空间重构。符号文本层次的空间结构与事件、行动的时空体结构叙事在原作与改编之间形成了具有强烈象征意味的叙事层次，使观众能够通过创新的空间叙事反思人生、战争的悖论，

---

① ［英］莎士比亚：《莎士比亚全集》（第三卷·悲剧），朱生豪、陈才宇译，浙江工商大学出版社 2015 年版，第 32—33 页。
② 同上书，第 53—54 页。

由此也悟到"冷眼看藏刀变脸才知人间戏还多",从而通过双重审美叠加获得悲哀与悲壮的内心感悟。

莎士比亚戏剧在当代已经成为国际戏剧艺术的名片。对莎剧的演绎,也已经不仅仅局限于阐释原作精神的复古式演绎,不同的改编,乃至不同媒介的传播往往形成了大相径庭的艺术感觉,其意义也处于变化之中。优秀的莎剧演出应该是"叙述体""代言体"和"直喻体"的高度统一和有机融合。[①]如何叙述和叙述什么同等重要,"故事环境空间可以在叙事空间中被自由表现"[②],利用场所(take place)的空间性特质进行叙述,塑造人物,已经成为表达当代人情感、心理,甚至政治、哲学、美学、民族、思想、主义、主张的载体。导表演的创造,就在于把人物性格,包括突出"拉维尼亚——女神、贞女与塔摩拉——淫妇、巫婆"[③] 在男权眼中的同和异,以"空间意象"甚至是"诗化的空间意象"展现出来,而在这一点上《泰》剧还存在若干不足。因为"对于莎剧,各种形式均有潜在的可能性……莎士比亚舞台不宜于逼真地再现地点和环境。因为动作地点再现得愈逼真对莎剧特有的诗的意象的冲击就愈大"。[④] 莎士比亚的生命力存在于舞台的特定空间中。对莎剧内在精神的美学探讨,已经成为一种全球化的文化现象,改编提供了追求"深刻的内心真实和情感真实"[⑤] 的"复仇"[⑥] 莎剧。西方莎剧的排演亦往往受到不同民族、不同文化丰富多彩、形式各异、不同叙事风格莎剧演出的启示。可以说,各种风格莎剧的演出,为阐释莎剧带来了无限的可能,这也许正是当代莎剧的魅力所在。

[①] 苏永旭:《戏剧叙事学研究的五个重要的理论突破》,《中国戏剧》2003年第5期。
[②] 汤逸佩:《叙事者的舞台:中国当代话剧舞台叙事形式的变革》,中国戏剧出版社2006年版,第168页。
[③] 邵雪萍:《〈泰特斯·安德洛尼克斯〉中的主要女性人物形象分析》,《国外文学》2008年第2期。
[④] 胡妙胜:《莎士比亚戏剧的视觉世界》,《戏剧艺术》1986年第3期。
[⑤] 周宁:《西方戏剧理论史》(上册),厦门大学出版社2008年版,第59页。
[⑥] 卢新华:《一出大场面的复仇悲剧:莎剧〈泰特斯·安德洛尼克斯〉排练散记》,《文汇报》1986年4月10日。

第四节　回到话剧审美艺术本体：《温莎的风流娘儿们》的舞台叙事

中央实验话剧院版的《温莎的风流娘儿们》是中国话剧舞台上一出主要按照斯坦尼斯拉夫斯基戏剧理论改编的莎剧。该剧在深入研究莎氏喜剧精神的基础上，以原作的人物、情节、故事、语言蕴含的笑声中的批判为舞台叙事总基调，创作出具有鲜明性格特征的文艺复兴时代的喜剧人物。《温莎的风流娘儿们》以其严谨的现实主义、创新的浪漫主义舞台叙事以及布莱希特戏剧"间离性"呈现方式，营造出一台幽默、调侃、讽刺、好玩，既有浪漫主义的隐喻，也略有游戏性质，更有现实主义指涉的中国风格、中国气派的莎剧。中央实验话剧院版的《温莎的风流娘儿们》有别于戏曲改编莎剧和当下莎剧改编中的穿越。这也是它被列入改革开放以来外国戏剧被改编为当代戏剧的"中国话剧大系"的重要原因之一。

一　大处写实，局部写意

中央实验话剧院版《温莎的风流娘儿们》（以下简称《温》剧）于1986年首届中国莎士比亚戏剧节期间被搬上舞台。该剧的文学顾问为我国已故的著名莎学家孙家琇[①]，导演为杨宗镜，主要演员有张家声（福斯塔夫）、雷恪生、马书良（福德大爷）等。这部主要遵循斯坦尼斯拉夫斯基"科学演剧体系"舞台创作原则，舞台叙事着眼于大处写实，局部写意，同时融合布莱希

[①] 仅以此节纪念著名莎学家孙家琇先生逝世18周年。2002年1月3日，我突然收到中央戏剧学院寄来的"孙家琇先生的讣告"和"孙家琇先生生平"，告之孙家琇先生已于2001年12月22日在北京逝世。孙家琇先生为中国莎学研究做出了卓越贡献，在他生命的最后几年，多次与我通信，在信中指导我的莎学研究。我曾以《将飞更作回风舞：孙家琇先生的莎学思想研究》《让生命中的挚爱化为永恒——忆著名莎学家孙家琇先生》等文探讨、回忆了先生的莎学研究思想以及与先生的交往经过。

特陌生化舞台艺术表现手法改编的莎剧,堪称中国莎剧改编的成功之作。该剧的改编以"不失真"为舞台叙事审美原则,由于其较为准确地体现出原作的主题和莎氏喜剧中蕴含的人文主义精神,因此也成为被列入当代"中国话剧大系"系列中仅有的两部莎剧之一。① 但是,在该剧诞生近 30 年的时间里,即使是已经发表、出版的中国莎学研究史论中,也鲜有对该剧改编的研究。显然,这在中国莎学研究史、舞台演出史研究中是一个明显缺失,应该予以弥补。

二 回归经典本体的审美观照

综观当下世界戏剧舞台,对莎士比亚戏剧持续、广泛的演出、研究是确立其无与伦比经典地位的重要原因。当代莎学研究证明,对莎剧的阐释早已不是英美莎学研究的专利,对莎氏戏剧的跨文化阐释也早已成为一种世界性的学术现象,并且已经成为激发莎学研究持久活力的最主要动力。诚如耶鲁大学戏剧系大卫·钱伯斯教授(David Chambers)所指出的,"莎士比亚的未来在于非英语区的世界文化。过去、现在和将来的各种'异国的莎士比亚'实验所提供的启示要大过一般的英语莎剧演出"。②

因为时代在发展变化,一代人有一代人的艺术语言和审美观念。20 世纪 80 年代中期,以首届中国莎士比亚戏剧节的举办为标志,中国舞台上的莎剧改编已经成为一种常态。③

但值得一提的是,相对于当下莎剧改编中的穿越、互文、拼贴、挪移、

---

① 中央实验话剧院:《温莎的风流娘儿们(中国话剧大系)》(上、下)[VCD],北京威翔音像出版社/大恒电子出版社 1986 年版。(文中所引词均出自对该光碟中演出的记录。)[中央实验话剧院于 1956 年 9 月 16 日在导演干部训练班和表演干部训练班基础上成立,首任院长为欧阳予倩;1978 年 2 月 2 日,撤销中国话剧团,恢复中央实验话剧院、中国儿童艺术剧院、中国青年艺术剧院独立建制,2001 年 12 月 25 日,上述三所剧院合并,成立中国国家话剧院。见中国国家话剧院《中国国家话剧院的缘起图示》,《国话研究》(创刊号),2010 年第 1 期]。

② [美]大卫·钱伯斯:《序》,[罗]科尔奈留·杜米丘:《莎士比亚辞典》,宫宝荣等译,上海书店 2011 年版,第 15 页。

③ Li Weimin, "Shakespeare on the Peking Opera Stage", *Multicultural Shakespeare: Translation, Appropriation and Performance*, Vol. 10, No. 25, 2013, pp. 30–37.

颠覆、解构试验，以《温》剧为代表回到话剧"从生活出发的舞台现实主义"① 和莎剧审美艺术本体的改编，显得更为稀少也更加弥足珍贵，甚至在导表演上也更显难度和功力。莎剧改编不易，要达到很高的审美艺术成就，获得当代观众的心灵震撼更是难上加难。唯其如此，《温》剧才成为中国莎剧改编中一部不可多得的艺术杰作。《温》剧改编的主要特点之一，就是以作为世界经典的莎剧审美魅力为号召，在遵循原作乐观主义精神和人文主义生活原则方面，力求在不改变原作轻松愉悦喜剧效果的前提下，结合中国式的幽默，通过笑声反映人性中的弱点和道德缺失，甚至在基本沿用原作台词的基础上，既比较忠实地按照原作中人物性格塑造人物，处理人物之间的关系，也在明快乐观和开怀畅笑中展现"轻松活泼的生活情趣和严肃的生活准则是可以结合在一起的"②。而中文剧名中的"风流"，其实就是"快乐"的误植。③ 在舞台叙事上，该剧既符合20世纪80年代中国话剧舞台上主流话剧的呈现模式，又在写实的主流话剧之外掺入了对斯坦尼体系的辩证认识，尝试用"多种手法反映生活真实"，④ 以此对现实人生、扭曲人性做戏谑式的嘲笑与批判。诚如方平先生所言："在莎士比亚的全集中，《温莎的风流娘儿们》占有一个特殊地位。它是最散文化、最富于现实主义风格的一个戏剧……只有在这个莎剧里，当时很富于生命活力的英国社会的市民阶层和他们的妻女，作为主要人物登上了舞台，向观众展现了他们活跃的精神面貌，和他们家庭的内部情景。"⑤

显然，《温》剧主要以"生活于角色"⑥ 的写实叙事把握、突出原作的现实主义创作风格，但同时也不过分拘泥于舞台叙事的写实风格，试图突破在

---

① 童道明：《焦菊隐和斯坦尼斯拉夫斯基》，《探索的足迹》编委会：《探索的足迹：北京人艺演剧学派国际学术讨论会论文集》，中国戏剧出版社1994年版，第117页。
② 中央实验话剧院：《温莎的风流娘儿们》（剧单），1986年3月，第1页。
③ 张泗洋：《莎士比亚大辞典》，商务印书馆2001年版，第693—694页。
④ 陈世雄：《三角对话：斯坦尼、布莱希特与中国戏剧》，厦门大学出版社2003年版，第306页。
⑤ 方平：《和莎士比亚交个朋友吧》，四川人民出版社1983年版，第20页。
⑥ [苏] 斯坦尼斯拉夫斯基：《斯坦尼斯拉夫斯基全集》（第六卷），郑雪来等译，中国电影出版社1986年版，第70页。

舞台上创造幻觉的写实手法的束缚,以"非幻觉主义艺术"的写意手法,①特别是"舞台假定性"和"陌生化"的叙事增强该剧的表现力,这也是该剧舞台叙事的主要特点。但放在20世纪80年代中国话剧的大趋势之中观察,《温》剧仍与其前后产生的"写意话剧"或以更加纯粹的陌生化舞台叙事引起轰动的戏剧保持了相当的距离。

三 两大戏剧体系之间的叙事

"文化大革命"结束,新时期伊始,在思想解放的潮流中,话剧走在了前列,对外国戏剧包括莎剧的改编也是这一行列中一支重要的生力军。我们看到,尽管《温》剧的排演仍然按照斯坦尼斯拉夫斯基的戏剧理论来处理诸如剧本主题、环境和人物之间的关系,但与20世纪80年代以来对戏剧本质的反思和对形式多样化的探索相呼应,此时《温》剧的改编也在试图突破以再现美学为基础的现实主义和单纯写实的斯氏戏剧的束缚,尝试运用更为丰富、更加多样的舞台叙事手段,在幻觉的真实情景之外,给"欣赏者提供想象驰骋余地的'意中之境'"②,"拿笑声做武器,对于各种各样阻挠社会向前发展的封建保守势力,给予无情的讽刺"③,而这本身就是对"文化大革命"以及所谓批判"大、洋、古"戏剧,视爱情、性为洪水猛兽等极左思想的一种反拨。④ 但是,由于当时现实主义的戏剧表演方式仍然是舞台叙事的主流,所以《温》的叙事也依然是建立在符合文艺复兴时代感,具有异域特征、莎剧意味,具有英国小城镇特点的背景,甚至人物的化妆也要具有异域特征,以此与本土的中国戏剧相区别,即更多地强调叙事中的所谓现实主义的"莎味"。而这种舞台呈现方式正是那一时期中国舞台改编外国戏剧的主流叙事模式。

---

① 胡星亮:《当代中外比较戏剧史论(1949—2000)》,人民出版社2009年版,第248页。
② 于是之等:《论北京人艺演剧学派》,北京出版社1995年版,第84页。
③ 方平:《前言》,[英]莎士比亚:《莎士比亚喜剧5种》,上海译文出版社1979年版,第1页。
④ Li Weimin, "Social Class and Class Struggled: Shakespeare in China in the 1950s and 1960s", *Shakespeare Yearbook*, No.17, 2010, pp.161–180.

但是，随着戏剧思想的进一步解放，有些戏剧开始强调演员的表演"既是角色又不化身为角色的陌生化效果"。① 尽管这一时期莎剧的改编，显然还没有也难以适应这一变化，但与斯氏写实戏剧不同的舞台叙事手法毕竟已经成为该剧导表演的一种自觉追求。因此，《温》剧的舞台叙事和呈现方式既成为衔接原作，以斯坦尼戏剧理论指导莎剧改编，也掺入了"陌生化"的话剧莎剧表现方式，成为既连接过去也面向未来，改编严谨，体现原作主要思想，具有中国特色的话剧莎剧。

《温》剧改编的成功之处正在于始终以原作的讽刺精神为依托，以写实手法体现其喜剧精神的实质，既不盲从也不固执地以斯坦尼戏剧理论体系作为改编的唯一指导思想，根据改编者对该剧深入地理解，创造属于自己的独特表现形式。因此，这一时期以《温》剧为代表的这类莎剧改编，可以视为从斯氏戏剧理论体系向多元化改编方向发展的过渡时期的一类中国话剧莎剧。现实主义的文学强调时代背景，《温》剧亦突出时代特征，塑造了一个以福斯塔夫为代表的从落魄贵族封建骑士堕落为游民②的泼皮无赖形象，并且给予了富于"生活气息和现实性"③的讥讽。

《温》剧以已经沦落到社会底层的福斯塔夫等人所处社会环境为背景，其审美价值在于完成了福斯塔夫等一系列人物形象的准确塑造。改编紧扣福斯塔夫愚蠢追求肉欲"可爱的堕落"和自作聪明的"放荡"④，并时时与人文主义的爱情观进行了比对。因为对于封建包办婚姻和以金钱财产缔结的婚姻来说，正如剧中所说，"爱情这回事，自有上天来做主；买田，要金钱；娶老婆，要靠命数"。⑤ 而这个所谓命数正是指当事人具有自主追求婚姻爱情的权

---

① 宋宝珍：《中国话剧史》，生活·读书·新知三联书店2013年版，第390页。
② 中国莎士比亚戏剧节筹备委员会：《中国莎士比亚戏剧节剧单》，上海戏剧学院、中央戏剧学院、中国话剧艺术研究会、中国莎士比亚研究会1986年版，第7页。
③ 中央实验话剧院：《温莎的风流娘儿们》（剧单），1986年3月，第1页。
④ ［英］肯尼思·麦克利什、斯蒂芬·昂温：《莎士比亚戏剧指南》，曹南洋、刘略昌译，上海文艺出版社/百家出版社2008年版，第176页。
⑤ ［英］莎士比亚：《莎士比亚喜剧5种》，方平译，上海译文出版社1979年版，第526页。

利。为此,《温》剧的舞台呈现既在观众面前徐徐展现出一幅文艺复兴时期英国下层社会的风情画,又通过流畅的舞台叙事使观众领略到画中人的幽默、诙谐与乐观精神。该剧的导演和演员从人物的性格出发,在准确渲染《温》剧欢乐主题的前提下,把重点始终"植根于深厚的内心体验和生活,以强烈的形体表达和情感释放,着力于舞台人物的塑造"①。原作由于具有闹剧的因素,在排演中很容易做过火的闹剧演绎,但是,导表演并"没有依据剧本中的闹剧因素去过火地处理,而是十分注意地体味莎翁笔下的英国式的幽默"②。扮演福斯塔夫的张家声致力于"真实地刻画出一个虽已七十高龄,却因种种强烈欲望而骚动不安的,自以为聪明可又处处被捉弄的形象"。③《温》剧的幽默通过张家声扮演的福斯塔夫以"松弛、自然、夸张、含蓄的表演,张弛有致地描绘了有着各种色彩的爵爷"。④ 导表演所欲建构的是围绕着福斯塔夫这个人物形象周围的各色人物,所展现的典型环境中的典型人物。在对经典的重新建构中,《温》剧主要采用现实主义的舞台叙事手法,"尽量做到生活化"⑤,以及表演上有意穿帮的陌生化表演方式,在幽默、讽刺中张扬人文主义的爱情婚姻观,并且通过斯坦尼与布莱希特戏剧审美思想的交织与交汇运用,实现了生活与艺术在舞台表演上的双重审美叠加。⑥

四 镜像:双重身份的跨体系建构

19—20 世纪的莎剧演出经历了从富丽堂皇的布景到布景越来越少的过程。⑦ 世界范围内的莎剧改编已经进入了多元化时代,各种形式的莎剧演出层出不穷,中国的莎剧改编也不例外。尽管多元化莎剧改编有其存在的理由,

---

① 徐健:《中国话剧还能否培养出学者型演员》,《文艺报》2013 年 3 月 4 日第 4 版。
② 唐斯复:《追求表演艺术的感染力——记中年演员张家声》,《戏剧报》1986 年第 7 期。
③ 同上。
④ 同上。
⑤ 本刊记者:《访问英国老维克剧团演员》,《外国戏剧》1980 年第 1 期。
⑥ 李伟民:《中西文化语境里的莎士比亚》,上海外语教育出版社 2009 年版,第 3—5 页。
⑦ 上海艺术研究所:《英国老维克剧团导演托比·罗伯逊谈莎士比亚戏剧在英国》,《外国戏剧》1980 年第 1 期。

也确实给人们欣赏、阐释莎剧中蕴含的丰富思想带来耳目一新的感受。但是，严格按照原作思想改编的莎剧具有恒定的审美价值，由于较为接近原著，故也受到观众的喜爱，并在莎氏戏剧传播中占有重要位置。莎氏通过其剧作显示出"戏剧艺术是最贴近人生现实的"，[①]所以，按照斯坦尼的戏剧理论排演的莎剧仍然显示出"展示生活本质的现实主义精神"。[②]现实主义的改编，要求导表演在反映原作主题思想的基础上，准确揭示人物性格特征、塑造人物形象，而舞台叙事、环境、服装也仍然要求获得逼真的舞台艺术效果。

为此，《温》剧的改编不做拼贴与戏仿阐释，也不对原作的主题、人物给予所谓的现代演绎，而是在不偏离原作主题、内容的基础上，遵循现实主义美学所倡导的"真实性""典型性"和"倾向性"原则，强调再现典型环境中的典型人物。在《温》剧调侃、幽默、好玩的氛围中，在轻松与愉悦中，通过挖苦福斯塔夫这一类人，达到批判的目的。更由于该剧现实主义与陌生化表现手法相交织的叙事，使原作的喜剧精神与幽默叙事成为贯穿整个舞台审美过程的主旋律。这就是说，《温》剧是以展现"真实作者"的喜剧精神为目标，叙事始终遵循"舞台上的真实，是演员所真心相信的东西，是自身以内的真实，这样才能成为艺术"[③]的现实主义表现风格。而作为"扮演者"的演员也必须在"角色"和"叙事者"的双重身份之间形成有机互动，进入"角色的一切情感、感觉、念头都应该成为演员本人的活生生的、跳动着的情感、感觉和念头"[④]。作为"角色"体现者——扮演福斯塔夫的张家声塑造的福斯塔夫强调的是"用动作来帮助言语和思想"[⑤]，所以"角色"始终是内在的角色与外在的叙述者的统一体和矛盾体，"角色"在斯氏现实主义演剧体系

---

① 孙家琇：《从莎剧看莎士比亚的戏剧观》，《外国戏剧》1986年第2期。
② 同上。
③ [苏] K. 斯坦尼斯拉夫斯基等：《苏联戏剧大师论演员艺术》，江韵辉等译，艺术出版社1956年版，第24页。
④ [苏] 斯坦尼斯拉夫斯基：《斯坦尼斯拉夫斯基全集》（第六卷），郑雪来等译，中国电影出版社1986年版，第80页。
⑤ [苏] 斯坦尼斯拉夫斯基：《〈奥瑟罗〉导演计划》，英若诚译，中国电影出版社1985年版，第279页。

与布莱希特陌生化表现手法之间来回穿梭，人物在"现实主义"与"间离"的舞台叙事中，有规律、有分寸地不断"再现莎剧真善美面貌和神韵"①，并得到真实而又具有中国特色的审美呈现和莎学专家与观众的认同。

"莎士比亚的剧本是用来演出的，而且始终听命于剧场演出的实际需要。"② 演员所创造的人物形象是"从内心去体验并终而去表现的那个人的生活状况"。③ 张家声按照人物的思想、行动、行为逻辑表现人物的性格特征，例如，当福斯塔夫写好了勾引福德大娘和培琪大娘的情书，命令跟包送出时，先是自以为得计的笑，继而暴怒，在怒火中烧中显现出某种优越感，转而又在歇斯底里中咒骂，然后从牙缝里蹦出一连串骂人的语言。人物塑造的层次性是在"更朴素的表演"④ 的基础上谐谑这个丑恶、有些做法又傻得可爱的形象，从而有层次、多侧面、层层递进地创造出"人物"狡黠的复杂性格。在舞台叙事中，人物个性是否鲜明取决于"角色"外叙述者演技高低和内叙述者表演的逼真与否。而叙事就是要在"舞台上创造出活生生的人的精神生活，并通过富于艺术性的舞台形式反映这种生活"。⑤ 我们看到，《温》剧的导演和演员是深谙斯氏这一思想的，叙事既实现了借助莎剧的经典性超越时间、空间的阻隔，以真实、自然、准确的表演，细致传神地开掘出人物的内心世界，也以松弛、夸张、形象的戏拟，张弛有致地表现了人物的性格特征。福斯塔夫的形象是一个在我们的日常生活中常见的，缺乏善良和仁慈的负面人物镜像式的隐喻，但却又是无伤大雅的好玩人物，这也许就是作品所要表现的莎氏喜剧精神的实质。

---

① 李伟民：《真善美在中国舞台上的诗意性彰显——莎士比亚戏剧演出 60 年》，《四川戏剧》2009 年第 5 期。
② ［美］戴维·斯科特·卡斯顿：《莎士比亚与书》，郝田虎、冯伟译，商务印书馆 2012 年版，第 125 页。
③ ［苏］C. Г. 碧尔曼：《形象的创造》，K. 斯坦尼斯拉夫斯基等：《苏联戏剧大师论演员艺术》，江韵辉等译，艺术出版社 1956 年版，第 171 页。
④ 李伟民：《中西文化语境里的莎士比亚》，上海外语教育出版社 2009 年版，第 247 页。
⑤ ［苏］斯坦尼斯拉夫斯基：《斯坦尼斯拉夫斯基全集》（第六卷），郑雪来等译，中国电影出版社 1986 年版，第 70 页。

五 原著精神的体现与民族化

西方学者曾将中国舞台上的莎剧改编归纳为经典、本土、后现代三种形式，所谓"经典的莎士比亚"，就是原作被精确翻译，演出完全是西式的。[①]《温》剧的创排到了 20 世纪 80 年代以后，突破话剧理论界以北京人艺独特演剧风格为标志的现实主义原则的话剧形式，[②] 表现为对莎剧的诠释更加自信，更为自如，也更有底气。诚如童道明先生所言，《温》剧是"莎剧演出民族化"[③]的大胆实践。但是《温》剧的民族化并非一般意义上的民族化，即《温》剧的民族化有别于着中国戏曲服装、运用戏曲程式、操戏曲声腔的戏曲莎剧。较少有学者注意到，《温》剧的民族化并不是外在的表现，而是一种内在表演形式的创新，是既具有莎氏喜剧精神，又能得到中国观众理解、联想和会心一笑的民族化莎剧。统观该剧的演出，我们可以看到，《温剧》的改编，既致力于营造原作欢乐、轻松的人文主义乐观精神，演出中也对内容、情节不做大的变动；对白既包含了原作中的幽默、调侃，又不完全拘泥于原作所提供的意蕴；叙事既与原作中人物对白、语境相适应，又在化用原作的过程中，增加了中国元素和中国色彩。例如，《温》剧开始和结尾都将原作第四幕第二场培琪大娘的"不要看我们一味胡闹，这蠢猪是他自取其辱，我们要让天下人知道，风流娘儿们不一定轻浮"，[④] 化为"我们这就要让大家瞧个明白，娘儿们爱闹着玩，可照样清白。莫怪我们爱玩、爱乐、太胡来，俗话

---

① [澳] 约翰·吉列斯：《中国演出西方视点》，上海戏剧学院、香港浸会大学、澳大利亚拉筹伯大学：《莎士比亚在中国演出与研究国际研讨会学术论文集》，上海戏剧学院 1999 年版，第 5 页。
② 傅谨：《新中国戏剧史（1949—2000）》，湖南美术出版社 2002 年版，第 175 页。
③ 童道明：《戏剧的幻想（之二）》，《剧艺百家》1986 年第 2 期。（童道明先生意识到了中央实验话剧院版的《温莎的风流娘儿们》具有"莎剧演出民族化"的特点，但是并没有就此展开论述，而该剧的这一"民族化特点"，恰恰构成了区别于同时期以及后来的改编莎剧最明显的特征。）
④ [英] 莎士比亚：《朱译莎士比亚戏剧 31 种》，朱生豪、陈才宇译，浙江工商大学出版社 2011 年版，第 246 页。

说得好,蠢猪只配吃泔水"。① 如此解释,既在戏剧的开场点明了喜剧的主要内容,又在结尾再一次营造了喜剧气氛,引发观众在意犹未尽中的回味,同时造成了首尾呼应,强化喜剧精神的舞台效果。在话剧舞台上塑造人物,主要依靠语言和形体,这就要求在形体表现上既要表现人物形象特征,又要通过动作反映人物的内心世界以及舞台表现的形式美。在《温》剧中,张家声根据人物特点和不同语境,突出福斯塔夫这个人物语言的粗俗、幽默和"滑稽幻象"②,并力求真实地在福斯塔夫外形之外,刻画出其丰富复杂的内心世界。因为"戏剧的本质不在于创造一个酷似现实的舞台时空,而应当最大限度地发挥舞台假定性的魅力"③,即在舞台叙事中"以夸张的形式引入讽刺喜剧所具有的真实感"④。例如在第一幕第一场中,当夏禄要跟福斯塔夫算账时,原作中福斯塔夫说:"可是没有吻过你家看门人女儿的脸吧?"⑤ 在《温》剧中则改为:"可是我没有搂着你家女人亲嘴吧?"⑥ 显然,这一改动更加凸显出福斯塔夫沦为社会底层,毫不避讳的放荡与幽默,在调侃中使矛盾的指向更为明确,因为吻看门人的女儿与搂着你家女人亲嘴的行为显然是不等值的。《温》剧的民族化还表现为利用人物对某些词语的误读或采用中国语境特有的口语,以加强喜剧效果。同样是在第一幕第一场,"傻得可爱"⑦的斯兰德说"喝酒喝得叮当大醉",操一口河南话的牧师,纠正他说应该是"酩酊大醉";剧中巴道夫等人一连说了两个"你可咯啊",⑧ 在全剧中"咯"这个北京土

---

① 中央实验话剧院:《温莎的风流娘儿们》(中国话剧大系)(上、下)[VCD],北京威翔音像出版社/大恒电子出版社1986年版。(在该剧的剧单中,后两句话为:"别怪我们寻欢作乐太胡来,老话说得对,蠢猪只配吃泔水。")

② [罗]科尔奈留·杜米丘:《莎士比亚辞典》,宫宝荣等译,上海书店2011年版,第447页。

③ 丁罗男:《二十世纪中国戏剧整体观》,百家出版社2009年版,第256—258页。

④ 杨宗镜:《导演是演出形式的创造者》,《人民戏剧》1982年第7期。

⑤ [英]莎士比亚:《朱译莎士比亚戏剧31种》,朱生豪、陈才宇译,浙江工商大学出版社2011年版,第222页。

⑥ 中央实验话剧院:《温莎的风流娘儿们》(中国话剧大系)(上、下)[VCD],北京威翔音像出版社/大恒电子出版社1986年版。

⑦ 孙家琇:《莎士比亚辞典》,河北人民出版社1992年版,第118页。

⑧ 中央实验话剧院:《温莎的风流娘儿们》(中国话剧大系)(上、下)[VCD],北京威翔音像出版社/大恒电子出版社1986年版。

语共出现了6次以上,以拉近当代观众与《温》剧之间的距离;当斯兰德表示要向安妮·培琪小姐求婚时,把"牢不可破"说成是"这是我牢不可靠的决心"①。这种张冠李戴、弄巧成拙,恰恰弄拧的人物语言,凸显出斯兰德矫揉造作、装模作样的性格特征,而福斯塔夫此时则揶揄地嘲笑:"胡说、瞎说、乱说,一派醉说……哈、哈、哈。"再如在第一幕第三场福斯塔夫说:"我快要穷得鞋子都没有后跟啦。"②《温》剧紧接是"逼得我要去打野食",③在这里"野食"也具有特定的含义而能为中国观众所理解。所谓对人性的刻画,包括对人身上缺点、丑陋面的形象反映,总之是通过舞台叙事,真实、朴素地展现了人生之过程、人生之态度、人生之位置,个体之性格与他人和社会环境之间的关系。《温》剧既通过写实的叙事方式塑造人物的性格特征,以"戏剧接近实际生活"④的艺术理念建构舞台叙事,又采用陌生化、大写意和具有中国特色的舞台叙事创造出使中国观众感到愉悦、认可、开心的舞台语汇。显然,编导在《温》剧与20世纪80年代的中国社会之间力求寻找到一系列映射的支点,将原作中的喜剧精神以中国老百姓所喜闻乐见的方式,以及20世纪80年代中国戏剧求新、求变、创新、开放、放松心态呈现于舞台之上,在亦美亦丑、亦庄亦谐、亦张亦弛、亦实亦虚、亦真亦假、亦俗亦雅、亦莎亦中的表演中,创造出一部既属于斯坦尼斯拉夫斯基演剧风格,也融会了布莱希特陌生化戏剧特点,且又具有中国风格的莎剧。

莎剧被搬上西方现代剧场或中国舞台,没有不经过改编的,只不过考虑的焦点常常是采用何种改编形式,改编保留多少莎剧内容、精神而已。即使被认为是严肃、严谨的演出,也会根据现代导演、演员对莎剧的理解,以及

---

① 中央实验话剧院:《温莎的风流娘儿们》(中国话剧大系)(上、下)[VCD],北京威翔音像出版社/大恒电子出版社1986年版。

② [英]莎士比亚:《朱译莎士比亚戏剧31种》,朱生豪、陈才宇译,浙江工商大学出版社2011年版,第225页。

③ 中央实验话剧院:《温莎的风流娘儿们》(中国话剧大系)(上、下)[VCD],北京威翔音像出版社/大恒电子出版社1986年版。

④ [苏]特里峰诺伐:《论一九五三年的剧本》,胡宏骏、黄成来译,[苏]西蒙诺夫:《文艺理论学习小译丛》(第六辑合订本),蔡时济等译,新文艺出版社1954年版,第351页。

现代观众的观剧习惯给予或多或少的改动，《温》剧的改编岂能例外？在现代戏剧舞台上，"导演是演出形式的创造者"。①《温》剧的改编遵循在信息的传送与接受之中，尽力扩展舞台空间和时间的表现范围，舞台设计力求简约、洗练，实景与象征性舞台布景相结合，无论是温莎培琪家门前、嘉德饭店、温莎街道、福德家中和温莎公园都利用旋转舞台创造出演员行动的支点。这就是说《温》剧既借助于建构人物活动的真实氛围，也力求通过舞台假定性存在，在"一种现实的力量"②秩序之外，营造出莎士比亚喜剧所需要的美学效果。我们看到，《温》剧中的男女艳闻也成为推进情节发展的动力。在伊丽莎白时代，"花心男子的艳闻是一定会被邻居七嘴八舌地传颂"③的。莎剧中有许多乐天而充满感情的妻子类型，作为一部现实主义风格较为浓郁的话剧莎剧，《温》剧通过角色创造人物艳闻、笑料的戏谑性，即"运用台词为行动手段来创造人物的行动"④，例如第二幕第一场福斯塔夫给培琪大娘的信："我就是那忠诚的骑士供归你差遣……我要高高举起宝剑，为了你把天下打遍……"⑤原作中福斯塔夫说："我不过略有几分才干而已，怎么会有魔力呢？"⑥在《温》剧舞台上变为："我哪有什么勾引女人的绝招啊？"⑦在《温》剧中这类接地气的言语可以说时时在撩动着观众幽默的心弦，刺激、愉悦着观众的神经。例如"胖得有线条""揍我个底掉是什么意思？""不准武斗""小公鸡、小跟包""土豹子""肉山""活王八""别价""三从四德"

---

① 杨宗镜：《导演是演出形式的创造者》，《人民戏剧》1982年第7期。
② 余秋雨：《中国戏剧史》，上海教育出版社2006年版，第110页。
③ [英] 劳伦斯·斯通：《英国的家庭、性与婚姻1500—1800》，刁筱华译，商务印书馆2011年版，第92页。
④ 胡导：《戏剧表演学：论斯氏演剧学说在我国的实践与发展》，中国戏剧出版社2002年版，第34页。
⑤ 中央实验话剧院：《温莎的风流娘儿们》（中国话剧大系）（上、下）[VCD]，北京威翔音像出版社/大恒电子出版社1986年版。
⑥ [英] 莎士比亚：《朱译莎士比亚戏剧31种》，朱生豪、陈才宇译，浙江工商大学出版社2011年版，第232页。
⑦ 中央实验话剧院：《温莎的风流娘儿们》（中国话剧大系）（上、下）[VCD]，北京威翔音像出版社/大恒电子出版社1986年版。

等,甚至在击剑的决斗中,决定胜负的不是人物手中的剑,而是一本当作了武器敲到头上的《圣经》;在第四幕第二场,当福斯塔夫第二次来到福德家中,熊抱福德大娘时,培琪大娘在里面弄出声响,福斯塔夫懊恼地嚷道"这才他妈是时候啊"①;而当福德要翻动筐子时,福德大娘有意举起了女人的乳罩在人们眼前挥动。显然,《温》剧的舞台叙事不是机械和僵硬地忠实于原作,而是在强调忠实于人物性格和规定情景的前提下,挖掘、创造出符合人物心理特征和性格逻辑的舞台形象,动作成为叙事的重要手段,为人物的行动和表现人物多侧面性格服务,同时通过滑稽的造型和具有强烈暗示色彩的冲突、行动和语言,赋予人物在不同环境中的不同性格特征。再如《温》剧第二幕第二场中福德化名为"白罗克",要福斯塔夫把福德家的女人弄上手,"假如我能够抓住她一个把柄,知道她并不是神圣不可侵犯的,我就可以放大胆子,去实现我的愿望了"。②丑角表演动作的滑稽性,主要在"夸张性、变形性、机械性中呈现出来……滑稽是人物性格的自然流露"。③此处,雷恪生扮演的福德在和张家声扮演的福斯塔夫的对手戏中,有意使人物的动作多次"穿帮"(粘在脸上的胡子几次险些掉下来,又不故意扶正),"白罗克"为了掩饰自己被福斯塔夫骂为"王八"的尴尬,故意装蚊子叫。二人对话时,福斯塔夫看着假扮为"白罗克"的福德说:"我眼里有这个混蛋家伙吗?"④

陌生化叙事增添了喜剧效果,表现出福德心虚、好吃醋的性格,此时演员与角色之间的间离,有助于把握事物的本质真实和人物的内心世界,也使观众看到,福德与福斯塔夫其实是一路的好色货色。此时,现实生活与剧中

---

① 中央实验话剧院:《温莎的风流娘儿们》(中国话剧大系)(上、下)[VCD],北京威翔音像出版社/大恒电子出版社 1986 年版。
② 同上。
③ 苏国荣:《中国剧诗美学风格》,上海文艺出版社 1986 年版,第 185—191 页。
④ 中央实验话剧院:《温莎的风流娘儿们》(中国话剧大系)(上、下)[VCD],北京威翔音像出版社/大恒电子出版社 1986 年版。

人物的感情的南辕北辙，形成了戏剧对世界的间离反映。① 这种通过"穿帮"造成的间离幽默效果，在《温》剧的叙事中得到了多次运用。按照布莱希特的想法，"演员在舞台上不可完全转变为表演的人物……他尽量真实地传达出他的言辞，按照自己对人的理解，表演他的举止行为，但是，他绝对不试图使自己（并且借此也使别人）幻想由此而完全转变了另外一个人"。② "穿帮"既使演员同角色保持了距离，又在距离感中使观众获得了观察人物内心世界的愉悦。戏剧的言说（表达）方式是"代言体"，在代言中，雷恪生和张家声的表演都"批判地注意着他的人物的种种表演，批判地注意与他相反的人物和戏里所有别的人物的表演"③，从而以轻松自如的表演，表现出对人物的深刻理解。《温》剧避免容易造成幻觉的"生活本真美"④ 的叙事，也不取中国戏曲写意性的隐喻叙事，而是根据作品中提供的人物活动环境，以及人物之间的关系使舞台上的每一因素尽可能参与"多重叙事"带来的"莎味"。《温》剧致力于以细腻的表演，对人物精神、心理的准确把握，穿插陌生化表演方法，共同为全剧的诙谐、幽默、乐观的叙事效果服务，创造出一幅英国文艺复兴时代色彩斑斓的风俗长卷。而"当演员运用动作进行行动了以后……内心生活"⑤ 得到了明确诠释之时，可恨、可爱而又可笑的福斯塔夫等一干人也就跨越时代、民族、语言和文化来到了中国观众中间。《温》剧有意识地运用"间离效果"，人物扮演者以游戏性的间离和戏谑性引观众开心，又在"间离"的叙事中，使"人物"成为精神层面漫画化的夸张与世俗社会的特定"符号"。在莎氏喜剧乐观精神的引导下，《温》剧探寻了三教九流本我中"贪婪""下流""泼皮""虚伪""好色"的行为，以接民族地气的叙事方式打通了莎氏喜剧与中国当代观众之间的时空、文化隔阂。

---

① 陈世雄：《戏剧思维》，福建教育出版社1996年版，第307页。
② ［德］贝·布莱希特：《布莱希特论戏剧》，丁扬忠等译，中国戏剧出版社1990年版，第210页。
③ 同上书，第31页。
④ 孙惠柱：《第四堵墙：戏剧的结构与解构》，上海书店2006年版，第177页。
⑤ 胡导：《戏剧表演学：论斯氏演剧学说在我国的实践与发展》，中国戏剧出版社2002年版，第19页。

六 内心真实与情感真实的佳作

莎士比亚戏剧的生命力存在于舞台之上。《温》剧紧贴原作现实主义风格的改编，为人们正确诠释经典的意义留下了一部不可多得的佳作，为莎士比亚戏剧教学、研究和改编提供了追求"深刻的内心真实和情感真实"[①] 的话剧莎剧。通过中国导演的舞台叙事，《温》剧准确呈现出原作的人文主义精神。现实主义风格的莎剧改编在今天仍有强大的生命力，斯坦尼戏剧体系的精髓是现实主义，它为现实主义演剧实践提供了行动指南。现实主义是一种美学追求，《温》剧的改编，发扬光大了中国话剧改编莎剧的现实主义美学传统，"话剧用自己的方式带给人们深刻感动和深刻震撼"[②]，同时不拘泥于斯氏写实戏剧的表现手法，而是利用布莱希特戏剧的"陌生化"表现手法，在间离中制造出比真实更加富有生活气息的幽默感、喜剧感。同时，我们认为，具有现实主义风格的莎剧改编也需要不断更新观念，需要寻找更加适合当代审美和艺术实践的舞台表现形式，而利用各种陌生化的舞台表现形式，无疑会为我们更好地诠释《温》剧和为莎氏喜剧找到一条更加丰富多彩的道路。

第五节 历史演绎与世俗戏谑的空间表征：
《亨利四世》的中国化空间叙事

上海国际莎士比亚戏剧节的开幕大戏——《亨利四世》，在深沉的历史叙述中以恢宏大气和富有生活气息的空间叙事，为我们完整呈现出英国封建割据时期围绕着权力斗争所呈现出来的刀光剑影与五光十色的世俗社会。该剧

[①] 周宁：《西方戏剧理论史》（上册），厦门大学出版社2008年版，第59页。
[②] 王晓鹰：《关于"创新""当代性"和"泛娱乐化"》，《国话研究》2010年第1期。

第四章 深沉哲思与严谨演绎：现实主义和浪漫主义结合的莎剧叙事

以尊重原作精神和内容为宗旨，以恢宏的空间叙事建构了青年君王在权力斗争中成长的历程，血雨腥风与世俗乡野的空间叙事成为塑造人物形象的重要手段，反映了在通向权力巅峰的过程中人性的复杂。全剧以深沉的理性思考和张扬的感官世俗风情叙事，阐释了原作的美学意蕴。《亨利四世》以创造性的空间叙事，成为中外莎剧舞台上改编莎氏历史剧的一部成功之作。

《亨利四世》（以下简称《亨》剧）（上下篇）为莎士比亚创作的历史剧中最优秀的剧作之一，但相较于莎氏悲剧、喜剧，当今的中外舞台演出莎氏历史剧相对较少，搬演《亨》剧就更少，因此，在百年中国莎剧演出史中，由著名导演苏乐慈导演的《亨》剧第一次把莎氏这部优秀剧作搬上了中国舞台虽成为创举，但却未见对此剧的深入研究。该剧以大气、壮阔的战争场面，"动荡多难"的国内局势，君臣、地方和王权的矛盾为空间叙事的主体框架，与伦敦东市"野猪头酒店"中亨利王子和大胖子福斯塔夫等三教九流呼朋唤友、寻欢作乐的下层社会世俗王国的另一个主体框架，通过空间（场所）交替切换，以及它们之间的鲜明对比、映衬，折射出反对封建割据、统治阶级暴政，呼唤中央集权和贤明君主，深刻反映社会变迁的人文主义辩证历史观。

《亨利四世》原作为上下篇，导演对原作的语言、场面和背景交代进行了删改，加快了事件和矛盾冲突发生发展的节奏，改编将叙事聚焦于福斯塔夫、亨利王子和亨利四世身上，以具有强烈震撼力与浓郁喜剧戏谑性舞台叙事风格的多维空间，构成事件的行动变化场所、故事情节线索，与矛盾冲突爆发构成"空间标示"，从而引发当代观众透过宫廷权力斗争的血雨腥风，窥视到色彩斑斓下的下层社会的贫困与人性堕落。因此，我们有必要从该剧空间意象的建构、空间叙事的多维性，深入探讨改编是如何挖掘原作意蕴，如何通过舞台空间"标示"符号的建构，从架构故事线索、提炼主题、塑造人物、反映人物情感和心理变化等诸多层面，变古典文本故事时间的平面叙述为当代舞台多元统一立体空间展示，从而通过揭示"君权神授"的虚伪、没落阶级的无奈、下层社会人民的愚昧与贫困，在反映英国文艺复兴时期现代文明曙光之必然性中，凸显出其莎剧当代改编的美学价值。

一 "双层空间"：激活中的创构

搬演该剧首先要考虑的是"戏剧空间叙事"采用何种方式。《亨》剧的改编强调从文本的客体空间到舞台空间，通过能指与客体的双重身份刺激当代观众的兴奋点，以弱化宫廷权力斗争为线索，在更为广阔的社会生活场景中彰显文艺复兴时代五光十色的普通人生。对于《亨》剧改编来说，成功与否的衡量标准，并不仅仅在于描述文本中宫廷权力斗争中的剑拔弩张和血雨腥风中的担当，而是如何有机而鲜活地将下层社会"空间情节建构"（spatial plotting）的戏谑性呈现给观众。因为"空间在故事中以两种方式起作用。一方面它只是一个结构，一个地点……不过，在许多情况下，空间常被'主题化'：自身就成为描述的对象"。[①] 显然，如果能够较为合理地处理好作为结构、地点和主题化的"宫廷空间"与"世俗空间"之间孰轻孰重之关系，把握莎剧改编叙事模式的显在与隐含意义，利用现代舞台技术手段，充分调动莎剧蕴藏的"静态空间"叙述的"标示"功能，就会使人物对话和叙事成为有生命的情感语言，那么，《亨》剧在"时间性""文本叙述""空间性"与"舞台叙述"之间，也会在扑面而来的富有浓郁生活气息的跨文化的异域"动态空间"演绎中，使当代观众感受到现实主义与浪漫色彩相交织的莎氏历史剧之精神魂魄。空间和时间是事物的存在形式，我们认为，跨文化的莎剧改编所提供的"在地化"的空间叙述模式，通过原作与改编之间的映射及对人物内心的准确把握，《亨》剧中野心、欲望、美、恶、良心、贞操、死亡、命运、邪恶、犯罪、淫欲、战争、伪善、虚伪、虚荣等母题的当代建构，已经为古典莎剧注入了更符合当代美学观念的呈现方式和认知感受。

在全媒体的现代社会，对于莎剧这样的经典来说，传播早已超越了平面文本的解读，立体研究的态势俨然成为主流，打上各种文化、艺术标签的莎

[①] ［荷］米克·巴尔：《叙述学：叙事理论导论》，中国社会科学出版社2003年版，第160页。

剧改编所创构的空间结构已经成为"不同感知模态整合的媒介"①，并构成了莎剧舞台上的全新演绎方式。②《亨》剧改编的着眼点在于尊重原作精神，在时代风云的激荡之中，创造出性格鲜明的人物形象。《亨》剧以"能重现事件及情境的场所和地点"③的空间"标示"，以宫廷上层的政治斗争和底层平民的日常生活的"场景"和"动态空间"叙事，突出其空间标示，从而表现出与一般历史剧迥异的哲理性质。《亨》剧导演倾心的是空间叙述与原作平行结构、政治斗争与下层平民的生活两条线索交相辉映，浓烈的喜剧性情节和权力斗争特殊场景的切换，舞台叙事强调通过对贫困社会及其对福斯塔夫的描述和夸张，倚重空间中"善滑稽""好谐谑"的喜剧身体叙事，在毫无雕琢气息的潜在喜剧叙述层面，使现实主义与浪漫色彩兼具的《亨》剧的形式空间化了。

《亨》剧的空间叙事追求一种更有诗意、包裹着浪漫色彩的现实主义，通过对人物心理的挖掘，以"在场"的情感夸张，将戏剧高潮不断推向戏谑与暗讽。《亨》剧围绕着原作中，反对分裂、维护统一和争夺王位的冲突与从城市到乡村的英国社会风俗长卷重构空间叙事，空间叙事围绕着那些小店员、仆人、听差、妓女、酒保、雇用工、手艺人、流浪者的生活、思想、心理和言行徐徐展开，情节演进与情感结构通过或隐或显的空间标示并置、切换、剪接和植入，在叙述的线性形式之外，创构出互相映衬、互为对照的空间叙事场景和节奏，展现出在政治斗争、权力之争之外，历史过渡时期的特殊人物——福斯塔夫这一没落骑士可笑、荒唐的秽行。显然，对于当下的观众来说福斯塔夫更具认知价值。"事件在空间上的位置取决于其他参与因素的位置，"④福斯塔夫式的戏谑投射于饱含生活气息的空间叙事之中，从而在空间切变中表现出从神学禁欲主义解放的"人"追求生活乐趣、寻求感官刺激的

---

① M. Johnson, *The Body in the Mind*, Chicago: University of Chicago Press, 1987, p. 6.
② Li Weimin, "Shakespeare on the Peking Opera Stage", *Multicultural Shakespeare: Translation, Appropriation and Performance*, Vol. 10, No. 25, 2013, pp. 30 – 37.
③ Gerald Prince, *A Dictionary of Narratology*, Lincoln: University of Nebraska Press, 2003, p. 88.
④ Franco Moretti, *Atlas of the European Novel* (800—1900), London: Verso, 1998, p. 104.

庸俗趣味与大众娱乐。野猪头酒店的世俗空间成为承载人物活动的特殊环境，隐喻的叙事使空间"从内部决定叙事的发展"[1]，动作在具有空间三维特征的场景中形成，动作的空间化成为人物行动的支点，时间通过空间（场景）的叙事显现出人物性格发展的逻辑，而空间的变化则推动着叙事进程和人物心理、性格的变化、发展。我们看到，《亨》剧的舞台叙事突出其对比意蕴，表演区提供的双层空间，使戏剧的空间叙事构成上下二个层面的鲜明"对照"，不同层面的隐喻叙事将威严的军阵、哈尔王子的深谋远虑与福斯塔夫寄居的村野小店、其泼皮无赖的性格特征和人性的弱点给予合度的描述、夸张，虽然这种夸张可能导致真实性的减弱，但从文本变形为空间往往孕育着美学思想方向性的转变。从故事的叙事按时间顺序排列上看，尽管叙事主要表现为线性时间行为，但是，戏剧的叙事则必须从特定空间的基本原点出发，其"空间框架也合并于感知和运动体验"[2]，下层社会的空间叙事始终以浓郁的生活气息、戏谑人生，吸引、感染着观众，鄙俗的野猪头酒店空间在为上层社会政治、权力斗争涂抹上一层伪善、残酷和滑稽的同时，也以反讽的形式表现出资本原始积累时期英国社会的穷人问题。

王朝历史的演变被叙事模式构造出来，通过语言层级符号系统的话语联系，形成空间的切换与对照，在帝王将相之言的庄严体、口语化的市井小人语与中间社会阶层中庸话语对照中引发矛盾和冲突，福斯塔夫等人的叙事以其浓郁的生活气息和对社会、人生的认知，激活了"宫廷空间"的权力斗争，通过"场所"（topos）表达出莎士比亚所要传达给观众的对于人生与世界的观察与认知。显然，空间叙事的特殊性被赋予了鲜活"生命价值"的"此在"意义，以角色心理状态，体现生命"灵魂"的本质。戏谑性多重指涉是《亨》剧成功的关键。该剧叙事通过结构化的空间情节表现事物之间的因果关系或其他必然联系，从而创造出能够引发当代观众更大兴趣的空间叙事。威

---

[1] Franco Moretti, *Atlas of the European Novel* (800—1900), London: Verso, 1998, p. 70.
[2] J. Paillard, (ed.), *Brain and Space*, Oxford: Oxford Science, 1991, p. 471.

武雄壮的军阵、高高在上的王朝与欢乐鄙俗的酒肆之间形成极为强烈的对比，福斯塔夫存在的空间隐喻着叙述者对王公贵族的揶揄、嘲讽，对平民百姓的熟悉、同情和理解。"没有隐喻的政治正如没有水的鱼"，① 人性基本隐喻中同一性的相应、相关，"权力转移""将军走马""小子搵食"再现的空间叙事所形成的视觉隐喻具有情绪感染和充分调动想象力的认知作用，"舞台假定性"和"象征化"的隐喻通过空间叙事展示出原作丰富的美学内涵。

二 戏谑的喜剧性空间认知

莎剧改编成功与否，阐发原作精神是否准确是一条衡量标准；另一标准为是否创造性地准确揭示了人物的性格特征。从文本到舞台，导演是当代莎剧演出形式的创造者，在汉语语境中，行为动作往往被当作实体来对待，因而也就具有空间化的特质。《亨》剧空间叙事在动荡的局势，君臣、地方与王权的紧张关系与尖锐对立的历史画卷中，三教九流聚会的野猪头酒店和颇具喜剧性的福斯塔夫占据了舞台空间。《亨》剧的空间叙事深谙人物个性是否鲜明取决于"角色"外叙述者演技高低和内叙述者表演的逼真与否。我们看到，作为"角色"体现者的李家耀准确揭示了人物的性格特征，再现了一位君临一切的僭主的悲剧况味，以及龙俊杰饰演的帅气、英武的哈尔王子的恬淡与从容。"角色"以空间作为性格叙事的场所，福斯塔夫的扮演者赵屹鸥嬉笑怒骂的喜剧性成为言语、思想的有机组成部分，轻松而又游刃有余地展现出莎氏历史剧中福斯塔夫这一喜剧人物的特殊性格。该剧空间叙事强调"角色"始终是内在的角色与外在的叙述者的统一体和矛盾体，国之大事与民之生存、庄严的王权与调侃戏谑的民间之间的空间交换，使叙事充满了张力。世俗空间叙事以充满了张力的表演呈现出人物的性格特征，福斯塔夫寻欢作乐、厚颜无耻、吹牛皮，颠覆了帝王将相的煊赫声势，王朝兴替的庄严在装痴弄怪的笑剧与闹剧中顷刻被无情解构。

---

① Thompson, "Politics without metaphors is like a fish without water", In J. S. Mio & A. N. Katz (eds.), *Metaphor: Implications & Applications*, New Jersey: Lawrence Erlbaum Associates, Publishers, 1996, pp. 188–190.

而观众透过福斯塔夫的生存环境和人生态度,看到的是对王权的百般讥讽,在世俗人生百态之中,呈现出的是对权力的反讽。《亨》剧中的福斯塔夫、亨利四世、哈尔王子,以直达人物内心的表演不断制造出一个又一个矛盾冲突,其空间叙事在"以实写意"和"以意写实"的调侃、幽默、嘲弄的空间认知中,成为通过世俗叙事建构历史语境的上佳选择。

戏剧叙事本质表现为空间生产,"场景"是行动、情节、矛盾发生的"故事空间"(story space)和叙述者讲述的"话语空间"(discourse space)的有机表现形态。《亨》剧导演以宫廷帝王将相的权力斗争为线索,展开三教九流、村野鸡毛小酒店的空间场景。人生百态的叙事在富有生活气息的空间叙事中,不同立体时间系统在点上交叉为线、面的对比空间,以宫廷、军机大事、王权的被调侃,创造出一个个生机勃勃的喜剧空间场景。

《亨》剧空间叙事的着力点,在于以福斯塔夫的想象力、虚荣心、优越感、盲目乐观精神、自我嘲弄、精神胜利法、自欺欺人、以羞耻为荣耀等人性中的弱点,"把自己的戏剧性格表现得淋漓尽致",以"不可多得的喜剧角色"营造出富有生活气息的喜剧空间。例如福斯塔夫抢劫后,为证明自己勇敢的颠三倒四的有趣描述,在野猪头酒店与桃儿和老板娘之间打情骂俏,桃儿坐在福斯塔夫的大腿上的狎昵,福斯塔夫、老板娘和桃儿之间"有色"的对话:"打弯了的长枪从那道空隙中拔出后,就得去求医生;然后,装满了弹药的大炮才可以雄赳赳地上阵再试试它的火力——女人是一件柔弱中空的器皿,你应该容忍她几分才是……一件柔弱中空的器皿容得下这么一只满满的大酒桶吗?"① 我,福斯塔夫"这身病就是被你传染的"②,莎士比亚把野猪头酒店的老板娘写进戏里,明摆着是写乡俗之类的娱乐,朱生豪把桃儿的名字

---

① [英]莎士比亚:《莎士比亚全集》(第二卷·历史剧),朱生豪、陈才宇译,浙江工商大学出版社2015年版,第216页。(该全集将陈才宇改译、补译的文字以不同字体显示,并参考了朱生豪翻译的莎剧手稿,与朱译文有区别。)

② 上海戏剧学院:《亨利四世》(VCD),《'94上海国际莎士比亚戏剧节演出剧目》,上海市广播电影电视节目中心1994年版。(根据朱生豪译本改编演出,将《亨利四世》上下篇合并为两个小时左右的演出,本文根据演出台词记录。)

翻译为"桃儿·贴席","桃儿在剧中的身份是一个准妓女,水性杨花,打情骂俏。一个妓女'贴'在'席'上,还能干什么呢?……世上有什么器皿是柔弱中空的吗?那是什么?女性生殖器也……这样的遣词造句,极具创造性和才气"①。莎士比亚在表现福斯塔夫这个人物时使用了大量的黄色笑话和性暗示,符号被解读出不同的意义,其中隐喻的喜剧性往往会令人忍俊不禁,这是莎士比亚这样的天才作者所特有的语言标志。话剧主要依靠矛盾冲突、语言和形体塑造人物,刻画人物性格,这就是说,不但要通过言语轻重音、气息缓急表现矛盾冲突和心理活动,还要通过动作反映人物的精神世界,在言语交锋中,空间改变了大段时间流的"描述"方向,或者作为反映人物内心活动、情感变化、推进情节的发展的"场景"而存在。《亨》剧中福斯塔夫这个人物在历史的罅隙中,以其特有的言语和形体、心理、情绪以及人物的外在典型特征,在叙事与抒情中,注重心理动作,内外结合,"由内启动,直指内心",有效地掌控着叙事时空的节奏。例如第二幕第四场太子扮演亨利四世、福斯塔夫扮演太子时的对白:"一个魔鬼扮成一个胖老头的样子迷住了你;一只人形的大酒桶做了你的伴侣。为什么你要结交那个充满着怪癖的箱子,那个塞满着兽性的柜子,那个水肿的脓包,那个庞大的酒囊,那个堆叠着脏腑的衣袋……除了为非作歹以外,他有些什么计谋?他干的哪一件不是坏事?哪一件会是好事?"②当巴道夫报告"郡吏带着一队恶狠狠的警士到了门口了"时,福斯塔夫故作镇定地说:"滚出去,你这混蛋!把咱们的戏演下去;我还有许多替福斯塔夫辩护的话要说哩。"③此时场景和事件跟随叙述主体的故事时间,在即时的叙述话语中通过时间与空间的结合点,展现出太子对福斯塔夫的调侃与揶揄,以及福斯塔夫颇为恼羞成怒的心理造型空间,使

---

① 苏福忠:《朱译莎剧为什么是经典文献》,《四川外国语大学学报》(哲学社会科学版)2012年第4期。

② [英]莎士比亚:《莎士比亚全集》(第二卷·历史剧),朱生豪、陈才宇译,浙江工商大学出版社2015年版,第152页。(该全集将陈才宇改译、补译的文字以不同字体显示,并参考了朱生豪翻译的莎剧手稿,与朱译文有区别。)

③ 同上书,第153页。

哈尔王子和福斯塔夫喜剧性叙事效果，以游戏式的"戏中戏"戏谑互换表达出空间叙事的多重审美意蕴。

戏剧以绝对的"空间"找寻其内在的精神与节奏，那么，《亨》剧的叙事空间是如何反映文本的精神与节奏，如何呈现原作内容、主题与塑造人物形象的呢？弗鲁德尼克认为："叙事是通过语言和（或）视觉媒介对一个可能世界的再现。"[1]《亨》剧原作宫廷的权力斗争和平叛战争与富于喜剧性的社会生活交织在一起，通过上下两个完全不同的环境，通过较之于宫廷权力斗争更为广阔的下层社会环境和包括福斯塔夫在内一帮"破落潦倒烂眼"在"浑堂子旅馆"野猪头酒店"黑色幽默"的悲凉凄惨人生，映衬了一位英明君王的成长过程。《亨》剧的成功得力于"叙事空间"以人物、事件，以及动作、语言、色彩、背景音乐的叠加综合投射于"场所"（take place）中，在叙事中营造出极富张力的空间语境，即利用空间叙事的综合性建构人物活动的环境，对福斯塔夫性格的渲染，尽管在节奏上中断了宫廷叙事的即时性，但却创造出更为生活化的戏剧空间。例如在原作第一幕第二场中，当太子说："星期一晚上出了死力抢下来的一袋金钱，星期二早上便会把它胡乱花去；凭着一声吆喝'放下'把它抓到手里，喊了几回'酒来'就花得一文不剩。"[2] 此时，舞台空间叙事则对原作台词进行浓缩，福斯塔夫以戏谑性夸张动作配合太子喊着"放下""酒来了"[3]，动作干净利落，富于喜剧效果，彰显出福斯塔夫玩世不恭的"杂匹"性格特征。再如原作中，福斯塔夫"气得像一块脱了胶的毛茸茸的天鹅绒一般"[4]，改为"像一头喝醉了

---

[1] Monika Fludernik, *An Introduction to Narratology*, London: Routledge, 2009, p. 6.

[2] ［英］莎士比亚：《莎士比亚全集》（第二卷·历史剧），朱生豪、陈才宇译，浙江工商大学出版社2015年版，第123页。（该全集将陈才宇改译、补译的文字以不同字体显示，并参考了朱生豪翻译的莎剧手稿，与朱译文有区别。）

[3] 上海戏剧学院：《亨利四世》（VCD），《'94上海国际莎士比亚戏剧节演出剧目》，上海市广播电影电视节目中心1994年版。（根据朱生豪译本改编演出，将《亨利四世》上下篇合并为两个小时左右的演出，引文根据演出台词记录。）

[4] ［英］莎士比亚：《莎士比亚全集》（第二卷·历史剧），朱生豪、陈才宇译，浙江工商大学出版社2015年版，第136页。

第四章 深沉哲思与严谨演绎：现实主义和浪漫主义结合的莎剧叙事

酒的豪猪"①；"把你自己吊死在你那太子爷的袜带上吧！"② 改为"把你们咒死在你们父亲的三角裤上吧"③，言语象征物从"天鹅绒"变为"豪猪"，"袜带"变为"三角裤"，更能彰显福斯塔夫的淫邪、粗鄙，通过欢乐调侃、幽默的喜剧性创构，特有的下层社会粗野的俚语强化了言说状态的戏谑喜剧色彩，巧妙调整、弱化宫廷叙事的节奏、意蕴，却获得了接地气的言说空间表达形式。

《亨》剧改编追求在有限的空间创造出多重审美意蕴，以调侃解构严肃，即通过现实主义与浪漫主义的审美创构，寻找表现形式的历史感和现代感之间的融合。导演的创造力体现在构形之中，形式是为表达人物内心服务的。《亨》剧以空间对比：英雄气概、庄严氛围与泼皮无赖、嘈杂下流的小酒馆中的视觉语像叙事（ekphrasis）作为表现人物性格的特殊语境，对原作"时间性"朝廷浓缩、颠倒、悬置、重组，在空间意象的重构中，通过市井无赖的所作所为，形象地嘲讽了权力斗争和至高无上的王权，在一种现实的力量秩序之内，营造出当代莎剧舞台所需要的美学效果，传达出人物的心理情绪，而揭示出来的则是色彩斑斓颇得悲剧神韵的《亨利四世》的内在审美价值。

《亨》剧的空间认知模式来源于改编者面对原作本体通过时空并置叙事寻找相似或相应的投射方式。《亨》剧的"场面"突破"文本虚构空间的'彼在'（there）和囿于文本虚构空间的'此在'（here）"④，即传统西方戏剧单纯写实表演的束缚，在简约、象征中适当增加了写意成分，形成了更具有现

---

① 上海戏剧学院：《亨利四世》（VCD），《'94上海国际莎士比亚戏剧节演出剧目》，上海市广播电影电视节目中心1994年版。（根据朱生豪译本改编演出，将《亨利四世》上下篇合并为两个小时左右的演出，引文根据演出台词记录。）

② [英] 莎士比亚：《莎士比亚全集》（第二卷·历史剧），朱生豪、陈才宇译，浙江工商大学出版社2015年版，第137页。（该全集将陈才宇译、补译的文字以不同字体显示，并参考了朱生豪翻译的莎剧手稿，与朱译文有区别。）

③ 上海戏剧学院：《亨利四世》（VCD），《'94上海国际莎士比亚戏剧节演出剧目》，上海市广播电影电视节目中心1994年版。

④ Jeffrey R. Smitten, Ann Daghistany, *Spatial Form in Narrative*, Ithaca: Cornell Inquiry 6, 1980, p. 59.

代意识的空间认知表征,为欣赏者提供想象驰骋的"意中之境"。《亨》剧的空间认知围绕王权继承的使命感与生活气息浓郁的下层社会之间的互动,共同推动情节发展线索的行为过程和揭示人物性格,因此也就赋予相对枯燥的莎氏历史剧更为丰富、灵动、广阔的认识模式。空间认知表现为"真实或想象场景中的几何关系"①,《亨》剧的空间表征形成了双层空间的表现形式,国家的宏图大略、权力的交接、胜利、征服的祈盼与卑微、渺小、猥琐、淫欲,构成了当下观众对《亨》剧这样的莎氏历史剧的认知。情节发展线索构成人物行动的主体,戏剧空间聚焦于意识场域,所以《亨》剧的导演成功地建构了"心理空间",使"空间意识""空间知觉""空间记忆""空间体验""空间想象",一并聚焦于人物的性格、心理层面,利用这一"特殊的空间去表征人物性格特征……特定的空间成为人物性格的空间性表征物"。②《亨》剧通过太子翻脸不认人的冷酷、残忍和福斯塔夫命运的急转直下,在心理空间、物质空间中共同建构了"书写的多重空间——'空间中的空间'"③,即通过福斯塔夫的"彼在"挖掘出亨利四世和太子的权力"此在",或福斯塔夫一厢情愿的"此在"和太子斩断关系的"彼在"。

显然,如果叙事仅仅停留于文本的演绎,局限于从文本叙事到重构的舞台空间旅行,缺乏从事件中抽象出喜剧人物福斯塔夫悲剧人生的表现深度,也不能从空间叙事中构建出用绚丽喜剧色彩包裹的"时代的木乃伊"的真正本质,那么对这个理智与罪恶复合的道德秩序破坏者,令人为之捧腹的丑角——福斯塔夫,就缺少对其身处穷困潦倒境地,仍旧乐观、机智、随机应变,追求纵欲享乐,反对禁欲主义狂欢精神的真正理解。

《亨》剧改编的成功之处正在于始终以福斯塔夫及其戏谑性"心机灵变"为依托,在空间叙事中带动亨利四世和哈尔王子"宏图伟业"的实现。在戏

---

① G. Cinque & L. Rizzi (eds.), *Mapping Spatial PPs*, Oxford: Oxford University Press, 2010, p. 86.
② 龙迪勇:《空间叙事研究》,生活·读书·新知三联书店2014年版,第51页。
③ 同上。

剧中，如果我们对涉及两性间的性感关系抱有迂腐成见，就会严重地窒息戏剧诗人的创造力。《亨》剧中所有的戏谑都以包括"爱欲"在内的富有诗意的浓烈生活气息，为人物形象和舞台效果服务，并通过空间叙事不断强化着福斯塔夫的"性狂欢"意识。总之，《亨》剧以流畅的舞台空间叙事，揭示了宫廷权力斗争的黑暗，通过寄生于下层社会的福斯塔夫之流，反映了社会生活的广度与深度，"以其喜剧性彰显了消解英雄的喜剧精神"的哲理思考。围绕着宫廷权力继承权的明争暗斗与抓拿骗吃、声色犬马的小酒店，戏剧的空间认知从人物的心理活动出发，在准确展现《亨》剧历史纵深感的前提下，叙事重点始终围绕福斯塔夫等人丰富的内心体验予以空间确认，丰富的人物性格、人物复杂的心理空间在贴近生活的叙事中完成了其现代审美建构。

三 不足与改进

对于有创新意识的导演来说，创造经典的叙事空间是戴着镣铐的舞蹈，如何利用场所（take place）的空间性特质建立"存神过化"的认知关系十分重要。尽管苏乐慈对宫廷争斗及战争场面均处理得气势非凡，极具雄健之风，但在历史剧内涵的方面却显得有所欠缺，即未能从哲理和伦理层面揭示权力斗争的深刻意义。从而导致观众在欣赏有关王室与叛党之间的纷争场面时，兴趣显然要比观看福斯塔夫表演时来得低，由于对封建王权政治统治的建立与巩固、王权统治的继承与合法性疏于深刻阐释，在反映以福斯塔夫为代表的下层市井生活，表现"微言解颐"戏谑、谐趣、世俗、风趣的同时，相比之下宫廷斗争交代得不够清楚，即围绕着权力的宫廷斗争缺乏巩固王权与分裂国家的哲理探讨。《亨利四世》的改编，如果能在这一层面揭示权力继承的必然性、合理性，就会与雄健的空间叙事相得益彰，并与福斯塔夫的喜剧世界形成更为鲜明的对照，也会在为观众提供内心深邃、情感真实的历史感与生活气息的空间叙事时，通过审美互动和异文化中身体的新表征，使观众在扑面而来的鲜活生活气息中感受到宏大叙事的莎士比亚历史剧的认知价值和美学况味。

第六节　面对经典的舞台叙事：北京人艺改编的《哈姆雷特》

由北京人民艺术剧院与日本四季剧团倾情打造，王斑主演、浅利庆太导演的莎士比亚戏剧《哈姆雷特》是近年来中国莎剧舞台上一出摈弃戏说、回归经典，堪称成功阐释莎士比亚原作精神的戏剧作品。王斑饰演的哈姆雷特，通过对传统理解下作品主题的演绎，在颇具中国京味儿的当代舞台叙事中，重新诠释了《哈姆雷特》中人性的复杂，由使观众信服转变为通过表演使观众感动，在对故事空间予以变更、变形、扩充和压缩中体现出经典所具有的思想深度与丰富内涵；在话语空间的叙事中揭示出人物的性格特征，从而使人文主义精神重新呈现于当代舞台的叙事之中。

由北京人民艺术剧院王斑主演、浅利庆太导演，北京人艺与日本四季剧团合作的莎士比亚戏剧《哈姆雷特》一登上舞台，就以其刚劲、亮丽、高雅的人物形象令观众眼前一亮。该剧既不同于北京人艺具有先锋性质的话剧《哈姆雷特》，也不同于中国戏曲舞台上的青年王子，更不同于对《哈姆雷特》中所蕴含的人性的现代延伸阐释，而是在充分尊重莎士比亚原作基础上，以阐释人文主义精神，深入挖掘人性为旨归的当下演绎。在我国莎剧舞台形态新奇、形式多样的演出中，人艺的《哈姆雷特》的现实主义风格演出显得难能可贵。而哈姆雷特的饰演者王斑就其塑造的形象而言，显示了表演者对莎剧原作的独特理解。王斑对哈姆雷特这一形象的阐释在确定故事情节走向的基础上，对人物的性格特征与故事情节的发展趋势给出了自己的舞台叙事方式。

一　叙事创新：必要而充分的模式

在对莎士比亚戏剧的演绎中，北京人艺以演出现实主义戏剧著称，它的

《哈姆雷特》被誉为中国舞台上相当忠实地阐释了原作精神的莎剧。该剧在参考梁实秋、四季剧团译本的基础上，选择了朱生豪译本，并以英若诚未发表译本的语言，统一演出台本的叙事、风格。"哈姆雷特"不仅是一个王子，也是一种思想。[①] 王斑对哈姆雷特形象的诠释，再次使我们看到了经典的张力。随着哈姆雷特思想的解脱，他整个形象和身上的服装色调也越发明快。王斑饰演的王子一扫我们对《哈姆雷特》一剧所形成的阴暗、复仇、血腥的思维定式。王斑在建构青年王子英俊、果敢、思考的形象中，使观众领略到思想和伦理的价值与力量，既对文艺复兴时期的一出具有强烈人文主义精神的悲剧进行了还原，也使观众通过舞台上的叙事深刻感受到经典在当代的无穷魅力，同时通过对原作中人性的深入发掘，在人们已经熟悉的经典基础上，为观众提供了认知莎剧与人性的新视角，将人性中的美与丑、善与恶、爱与恨、生存与死亡、平凡与伟大通过现代舞台叙事展现给中国观众，为观众再次能够从舞台角度亲近莎士比亚的《哈姆雷特》提供了一次难得的机会。我认为，北京人艺的《哈姆雷特》，重新诠释了我们对于莎剧，特别是《哈姆雷特》中人性的复杂性认识，使观众能够透过颇具京味儿的舞台叙事模式，认识到当代人所面临的困惑与困境，在文本与舞台、主体与客体、人文主义精神与当下中国语境、莎氏与中国观众之间架设起了一座四通八达的立交桥。诚如佩吉·费伦所说"表演艺术旨在削弱主体与客体、做与叙之间的区分……在这种舞台叙事对表演艺术的施为者而言，叙事是一种必要而非充分的模式"。[②] 王子的扮演者王斑在模式下的主客体之间的融合构成了面对经典的可贵创造意识，《哈姆雷特》以"叙述的同时就在进行描写"[③] 的叙事方式，在体验人文主义精神和伦理情感在被制造的意义过程中享受了审美愉悦，进而成为莎

---

① 王斑：《朴素而高贵的灵魂——〈哈姆雷特〉访谈录》，《北京人艺》2008年第4期。
② [美]佩吉·费伦：《表演艺术史上的碎片：波洛克和纳粹斯通过玻璃、模糊不清》，James Phelan Peter J. Rabinowitz：《当代叙事理论指南》，申丹等译，北京大学出版社2007年版，第589—590页。
③ [加]琳达·哈钦、迈克尔·哈钦：《结局的叙事化：歌剧与死亡》，James Phelan Peter J. Rabinowitz：《当代叙事理论指南》，申丹等译，北京大学出版社2007年版，第509页。

剧舞台叙事以及形式创新的参与者。显然，在舞台的叙事创新中，北京人艺的《哈姆雷特》充分利用了当代舞台叙事的特点，既为我们讲述了一个古老的故事，又赋予这个故事中的人物以新的舞台形象，并充分利用现代舞台的布景、灯光等特点，在隐喻人间、宫廷、天国、鬼蜮、光明、黑暗、高贵、藐小等环境和人生意象时，给观众以强烈的暗示效果。这种在阐释原作人文主义精神、思想魅力、伦常善恶框架中演绎的《哈姆雷特》，在主题、内容和认知的舞台叙事中，又一次使我们看到了经典所具有的超越时空的思想意义与审美价值。

二 叙事中的空间环境与时距

北京人艺的《哈姆雷特》舞台叙事的故事空间充满了象征性，在黑色的犹如镜面般的舞台上，几根白色的线条延伸至无限，从金碧辉煌的华丽到低调暗淡的黑色，在不同灯光的运用中给人以天国、地狱、人间互通的无限遐想，并由此通过舞台上的每一个场景的组接构成了空间叙事的内在结构。舞台以不同的线条配合灯光在不同空间的聚合、分散的运用，组成宫廷、通向天堂的道路等舞台空间环境，从而使人物所处的不同场景成为展现人物行动的不同场所，并由此建立起特定的话语空间。哈姆雷特在简洁、有纵深感的故事空间与话语空间的交替变换中，随着谋杀阴谋在空间场景中的一再被验证，复仇行动也就在时间的流逝中聚焦于如何复仇，什么时间、什么时机复仇的问题。这种交互的空间和时间的延展，给舞台上的表演者提供了最大限度地施展身手的行动与思想的空间。这就使该剧在阐释人文主义思想，弥合生活与表演的距离上，在从古观今的叙事和从今观古的回溯中，能够最大限度地获得叙事表演的逼真，并在"假戏真做"中创造出具有审美意义的悲剧人物形象。

斯坦尼斯拉夫斯基在谈到舞台和演员的表演时曾说：舞台上所发生的一切都应该使演员本人信服，使对手和看戏的观众信服，这三个"信服"的意义，其实就在于应该使人相信那些和演员本人在舞台上创作时，所体验到的情感的真实和所进行的行动的真实具有一种纯真的信念。① 但是，由于文化、民族、时空的阻隔，今天的观众已经很难获得这种"信服感"了。为此，舞台演绎在建构叙述行为的"话语空间"的叙事中，其主要任务已经由使观众信服转变为如何表现的问题，即通过自己的表演和舞台叙事使观众信服。而我们通过王子得知父死母嫁这一系列重大变故中的一系列行动，所构成的"复仇"故事的"故事空间"和"话语空间"的叙事，感受到了人文主义精神的喷泻。在这两个空间中，北京人艺打造的是一部中国版的《哈姆雷特》。导演和演员更感兴趣的是如何通过"故事空间"，再现《哈姆雷特》的"话语空间"；而观众更感兴趣的则是观看导演和演员如何在这个"故事空间"中创造属于他们自己的一切。哈姆雷特在话语空间中的一系列行动，使中国语境下《哈姆雷特》的故事空间获得了观众的认同，以及对人性超越时空意义的理解。为了达到这一审美效果，人艺版的《哈姆雷特》对故事空间或变更、或变形、或扩充、或压缩，给予的重新安排，使整个舞台的调度和故事空间整体韵律感，通过舞台诗一般韵律的"话语空间"的不断变更，达到听得懂、好听，又不能太"外国范儿"的人艺特色。这就在审美意义上将现实的、真的故事转换为艺术的、舞台的审美。这就是说"演员表演的时间是实的……演员表演的人物在故事中展示的时间是虚的"②。而我们在关注北京人艺的《哈姆雷特》的"话语空间"所体现的原作精神上，领悟到"故事空间""为人物提供了必需的活动场所，'故事空间'也是展示人物心理活动、塑造人物形象、揭示作品题旨的重要方式"③。人艺版的《哈姆雷特》已经成功地将现代意义、象征意义的舞台叙事转换为对经典阐释的"故事空间"了。显然，这是人艺版《哈姆雷特》既获得莎学专家认可，也赢得普通观众青睐

---

① ［苏］斯坦尼斯拉夫斯基：《斯坦尼斯拉夫斯基全集》（第二卷），郑雪来等译，中国电影出版社1986年版，第208页。

② 汤逸佩：《叙事者的舞台：中国当代话剧舞台叙事形式的变革》，中国戏剧出版社2006年版，第137页。

③ 申丹、王丽亚：《西方叙事学：经典与后经典》，北京大学出版社2010年版，第132页。

的原因之一。

该剧强调《哈姆雷特》是一部文艺复兴时期的经典戏剧,其"故事空间"要始终以探索人物内心的"最高真实"为目标,赋予抽象概念以具体的可以感知的形式,调动了观众的联想。在现代剧场的时空中,只要基本叙事清晰,为《哈姆雷特》的"华丽"台词找到恰当的表达方法,舞台呈现具有当代审美风格,莎剧的思想深度能够得到恰当表现,改编就会得到观众的认同。为此,在中国语境的"话语空间"的叙事中,自然就过渡到人物视角显现的故事中的真实空间与人物心理活动、价值取向的王子精神的想象空间。为此,王斑以人物视角的舞台叙事充分展示了人物的心理空间,在这一心理空间的建构中,既形成了人物心理活动的投射,又是人物所在的真实空间。由此,王子视角所及的范围内,不仅表现出他在特定条件下对自己所处环境的感受,也成功地揭示了王子的性格特征。在这一舞台环境所营造的故事空间中,王子的复仇行动与在杀父娶母一系列事件展现的故事空间成为一幅舞台长卷。围绕着人生的重大变故,宫廷中的谋杀事件成为互为关联的人生与人性悲剧。而各色人物在特定语境中的非等时性叙事则显现出一种戏剧叙事节奏感和运动形态,剧中人物心理的嬗变与情感的起伏就在这种节奏感和戏剧的律动中向前推进。正如卢伯克所认为的,这种具有表演性质的戏剧化"展示法"(showing),英武的王子的叙述在彻底摒弃外叙述者的声音的同时,已经使观众听到、看到了人物的言行[1]和内心深处的欲望,这无疑加速了情节推进的节奏。

北京人艺的《哈姆雷特》由于这种非等时性所建构的"节奏效果"[2],使舞台呈现中以加速的频率在仅有的舞台场景中叙述了较长一段时间的故事,而不会使当代观众感到冗长。为了强调剧中人物的心理活动,或为了表现其思想中的矛盾、斗争,则以较多的舞台场景叙述一段较短的时间的

---

[1] Percy Lubbock, *The Craft of Fiction*. New York: Viking Press, 1957, pp. 112–113.
[2] Gérard Genette, *Narrative Discourse*. Ithaca: Cornell University Press, 1980, pp. 87–88.

故事，充分展示了人物性格。而由于叙事中的这种时长关系，以及出于考虑情感、心理的因素，对于主人公性格成长中不具关键作用或者被有意略去事件的时间在舞台表现中就往往给予了省略、概要或延缓。省略的是不具有关键作用的时间，在总结性概括中，把特定的故事时间给予了压缩，而延缓则在故事的叙述中起到了强调和唤起观众注意的作用。在《哈姆雷特》的舞台叙事上，重要的事件和需要强调的重点与非重要的事件或仅仅起连接作用的描述的交替运用，使整个舞台的叙事呈现出一种韵律感，并对人物形象、性格的塑造和发展起到了关键作用，同时推动了戏剧情节波浪式的发展。哈姆雷特的行动和话语空间在省略、概要与延缓的设置中，其复仇的心情、复仇的方式、延宕的原因、复仇的时机、复仇的效果被反复强调。

这种延缓与压缩、概要与强调通过伦理、宗教等方面的禁忌被充分表现出来，因此它很"适宜于表现一个人存在的空虚、乏味和无聊"[①]与决心和毅力。所以反映哈姆雷特性格、思想的复仇在具有韵律感的舞台叙事中得到了一再的强调和放大。呈现于舞台的叙事的话语空间或加速或延缓，但却浓缩了文本之精华，几乎所有能够体现哈姆雷特思想深度和精神气质的段落都给予了强调，尤其是哈姆雷特的"如今黑白颠倒，一切混乱，命运却选中我，来重整乾坤"[②]等表现人物性格、心理的叙事，更是被作为戏剧性情节的焦点。因为"在场景中，故事时间的跨度和文本时间的跨度大体上是相当的。最纯粹的场景形式是对话"，[③]而在舞台叙事上则起了变化。这种变化既包括人物之间的对话，也包括与自己心灵以及与观众的对话和独白。哈姆雷特的行动也就通过对话这样的场景，以言语的你来我往得以推进情节发展。在这

[①] 谭君强：《叙事学导论：从经典叙事学到后经典叙事学》，高等教育出版社2008年版，第139页。
[②] 北京人民艺术剧院：《哈姆雷特》［DVD］，北京文化艺术音像出版社2009年版。
[③] 谭君强：《叙事学导论：从经典叙事学到后经典叙事学》，高等教育出版社2008年版，第139页。

种言语的对话中，人物的内心世界、如何行动、行动的依据以及最终的行动，都在对话中显示出来，人物的性格特点也在对话中逐渐清晰起来。而其言语的力度则对哈姆雷特性格的成功塑造功不可没。如：

> 但愿我这太结实的肉体，能够溶解消散，化成一滴露水，但愿永生的神明没有做出规定，禁止自杀。上帝呀，人世间是多么陈腐、厌恶、乏味和无奈。它使我感到恶心。去你的，去你的吧。这是一个杂草丛生的花园，长满了恶毒的莠草，它怎么能荒芜到如此地步，去世才二个月，不，还不到二个月。①

正如巴赫金在《对话想象》中所描述的："时间能变浓，能长出肌肉，能在艺术上看得见；同样，空间也是有负载的，能回应时间、情节和历史的律动。"② 在《哈姆雷特》中，我们已经熟知的几个富于戏剧性的场景、情节，通过对一连串事件浓墨重彩的舞台叙事，在内心的重重矛盾中，在情感激烈起伏的时候，在事件发展或转折的关口，在关键性的场景中，往往以大段的独白和长篇的对白构建起"话语空间"，显示人物行动的依据和精神世界。例如，哈姆雷特所表示的对"人生"的极度失望；要"重整乾坤"恢复过去的秩序；对人的赞美以及对"生存还是毁灭"的考虑等。③ 而在人艺版的《哈姆雷特》中这种场景的设置与其他场景中省略、概要、延缓等的交替出现，使戏剧情节得以张弛有度地向前推进并得以被强调或带过。哈姆雷特活动空间和复仇事件发生的空间，在故事空间中构成了正义与非正义、谋杀与复仇之间的较量，空间中包含了情节的走向，"让那些在其中行走的人们的身份也活动起来。他们不仅仅是情节的背景，还体现了叙事性"。④ 在这一"故事空

---

① 北京人民艺术剧院：《哈姆雷特》[DVD]，北京文化艺术音像出版社2009年版。
② M. M. Bakhtin. *The Dialogic Imagination*: *Four Essays*, ed. M. Holquist. trans. C. Emerson and M. Holquist. Austin：University of Texas Press，1981，p. 84.
③ [英] 莎士比亚：《莎士比亚全集》（九），朱生豪译，人民文学出版社1984年版，第14—66页。
④ [美] 苏珊·斯坦福·弗里德曼：《空间诗学与阿兰达蒂–洛伊〈微物之神〉》，James Peter J. Rabinowitz：《当代叙事理论指南》，申丹等译，北京大学出版社2007年版，第215页。

间"中,《哈姆雷特》中的生命激情与悲剧精神与当代人类社会中的世俗生活一起演奏了一曲沉重的悲剧大合唱,从而使具有很强概括力或相似性的思想观念和情感方式的叙事在中国舞台上被表现出来,这一表现也就被赋予了形象本身和通过时间、空间的重构,超越自身意义更丰富的哲学与美学思想内涵。

三 实现创新的形式:叙事差别

在莎士比亚戏剧的舞台改编中,人们普遍认可的原则为既不能自由地不受限制地改动,也不应极端地固守传统,"把莎士比亚的教规当作圣典"。①在中国莎剧舞台上,导演一般也要遵从这一改编原则。在这一原则指导下的改编,最大的变化只是在于表演形式之间的差别及与当代社会、当代生活嫁接程度的深浅。如何引导当代人从经典中悟出《哈姆雷特》在思考人与人性深度方面的思想价值,如何使当代年轻观众在共同参与、共同思考中建立起审美的兴奋点,既能从经典中感受其艺术审美的张力,戏剧本身又不失掉《哈姆雷特》所蕴含的思想力度,这的确是对导表演的一个挑战。如何使莎士比亚来到我们中间,使我们普通的年轻观众感到莎士比亚的《哈姆雷特》在当代所具有的思想价值与艺术魅力。演绎莎士比亚戏剧不但需要对经典有充分的尊重,更应该有充沛的想象力量、重新阐释舞台叙事的能力,这种想象的力量是将文艺复兴时期的《哈姆雷特》与中国普通观众联系起来的重要方式。正如玛格丽特·韦伯斯特所说:"任何莎士比亚剧本的正确演出都要依赖于富有想象力的理解,借此才能再现其人性。"②

王斑的《哈姆雷特》为当代中国人寻找到把昨天与今天、西方与东方、经典与世俗、莎士比亚与中国联系起来的桥梁。年轻观众看到的是,舞台上的哈姆雷特是一个阳光、英武挺拔的青年王子,在他身上具有现代人的气质,

---

① [英]玛格丽特·韦伯斯特:《论导演莎士比亚戏剧》,杜定宇:《西方名导演论导演与表演》,中国戏剧出版社 1992 年版,第 427 页。

② 同上书,第 433 页。

令人窒息的环境，生存与死亡、行动与延宕的思考和选择折磨着他，而对于信心和信仰来说，他从来就没有怀疑过。在哈姆雷特的眼里，生存或者是死亡既是一个深刻的哲学命题，也是决心能否坚持、信仰能否坚守的问题；行动与延宕只是一个时机的选择问题，而不是一个惧怕邪恶的问题。"无论你怎样复仇，你的行事必须光明磊落"①。选择只能是唯一的，不可能是多元的。归根结底，你只能选择其中一种，或者是为了信仰，通过复仇达到理想的彼岸，或者是以犬儒主义的姿态，选择苟且偷生。王斑"更想让观众看到朴素外表下掩饰不住的王子贵族的气质和高贵的思想……更愿意让观众看到王子真快被周遭的人和环境逼疯了"。②毫无疑问，青年王子义无反顾地选择了前者。为了实现这一角色塑造的目的，王斑饰演的王子具有唯一性，展示出一个具有人文主义精神面貌的青年王子形象。

戏剧舞台叙事是在特定时空产生和延续的讲述行为生成的舞台叙事文本。在戏剧作品的叙事中，也要通过栖居在"这些空间和时间场所中的各种人物，提供工具以探讨和描述这些人物的意义③"，但是由于戏剧具有直观性，因此对于人物的直接描绘往往会辅以间接表现，相对于直接描绘来说，间接表现的方式以人物的行动、语言、外貌、场景作为表达方式，间接表现对环境的描绘，拓展了其开放性和可塑性。这种间接叙述在舞台叙事中往往构成了不必叙述、不可叙述、不应叙述和不愿叙述的间接呈现方式。北京人艺的《哈姆雷特》把握了叙事、台词之间的关系，"如果叙事游离，就只有华美'台词'，失掉了叙事，如果过于强调台词的意义，就会只有概念"。④我们看到，在哈姆雷特的行动、语言中，不必叙述事件（the subnarratable）也通过"阴谋总要败露，虽然地球上所有的尘土将之掩盖"⑤的叙述被表达出来，而不可

---

① 北京人民艺术剧院：《哈姆雷特》[DVD]，北京文化艺术音像出版社2009年版。
② 王斑：《朴素而高贵的灵魂——〈哈姆雷特〉访谈录》，《北京人艺》2008年第4期。
③ [美]杰拉尔德·普林斯：《论后殖民叙事学》，James Peter J. Rabinowitz：《当代叙事理论指南》，申丹等译，北京大学出版社2007年版，第434页。
④ 陶子：《一台中规中矩的〈哈姆雷特〉》，《北京人艺》2008年第4期。
⑤ 北京人民艺术剧院：《哈姆雷特》[DVD]，北京文化艺术音像出版社2009年版。

第四章　深沉哲思与严谨演绎：现实主义和浪漫主义结合的莎剧叙事

叙述者、不应叙述者、不愿叙述的事件"谁料青春化作泥尘"①"没有思想的祈祷，上不了天堂"②"一把锄头扛在肩，寿衣寿鞋不能全，尘归尘，土归土，尘归尘，土归土……"③"既没有因'对未发生事件的叙述（disnarration），也没有因'未叙述'而标记出来……也由于不能用言语表达，因社会常规不允许而不应被叙述事件，遵守常规而不愿叙述的事件"……总之，"它的在场的典型标记就是它的缺场"④。这种"不必要叙述事件和言语"尽管打断了或间离了剧情，但却在《哈姆雷特》中一再被隐喻出来，在叙事中体现出莎剧台词的魅力。

这不仅使观众在剧情的发展中看到了人物的心理发展、变化，而且使观众能够透过人物内心的表达，对人性有了更为深刻的理解。"'生存的意义'不仅是王子的问题，也是值得每一个人思考的问题。"⑤就刻画人物性格而言，通过故事空间所构建的话语空间凸显了人物性格中动态和行动的一面，复仇中一系列的行动构成了人物的性格链条，从而揭示了青年王子的性格特征，而不同的话语空间则展示了人物的心理变化，人物的行动和心理斗争的有机结合，最终完成了人物的性格塑造。

北京人艺的《哈姆雷特》沿袭了其一贯朴实的现实主义艺术风格，以朴素的舞台叙事赢得了莎学家和观众的认可。我们看到，该剧中的人物正是通过"故事空间""话语空间"，以及必要叙述和不必叙述的交替运用，使人物的行动在不同场合和不同情况下所表现出来的种种主动或被动的反应，凸显了剧中人物思想深处的矛盾和所面临的人生困境，而通过舞台叙事所表现出来的哈姆雷特对这些行动时间的把握与行动的延宕，则显示出他在特定环境下的性格特征。正是在不同的言语交锋和一组组行动构成的人物性格形成的

---

① 北京人民艺术剧院：《哈姆雷特》[DVD]，北京文化艺术音像出版社2009年版。
② 同上。
③ 同上。
④ [美]罗宾·R.沃霍尔：《新叙事：现实主义小说和当代电影怎样表达不可叙述之事》，James Peter J. Rabinowitz：《当代叙事理论指南》，申丹等译，北京大学出版社2007年版，第245—249页。
⑤ 王斑：《朴素而高贵的灵魂——〈哈姆雷特〉访谈录》，《北京人艺》2008年第4期。

链条中，使王斑饰演的哈姆雷特具有较为鲜明的人文主义精神的青年王子性格特征。

第七节　诗化意象的空间重构：《理查三世》的跨文化书写

由中国国家话剧院王晓鹰导演的莎士比亚戏剧《理查三世》在展现阴谋、杀戮、野心、篡权、邪恶与欲望的过程中，以展现《理查三世》的悲剧精神为宗旨，以象征意蕴和情感的"诗化意象"演绎人物的悲剧命运。叙事以具有丰富中国文化元素的艺术表达形式，既运用中国戏曲、中国服饰、中国面具、中国图腾、中国书法、中国音乐建构了整个戏剧的故事空间，又创造性地在原作故事、情节、人物、心理叙事中植入了中国文化元素。《理查三世》是一部重塑经典，成功阐释莎士比亚原作悲剧精神，但又与"戏曲莎剧"和借用戏曲表现形式的"话剧莎剧"有明显区别的莎剧。该剧在对故事空间予以变更、变形、扩充和压缩中体现出经典所具有的思想深度与丰富内涵，同时在话语空间叙事中揭示出人物复杂的内心世界和性格特征。

一　"诗化意象"的隐喻

由中国国家话剧院王晓鹰导演、张东雨主演的莎士比亚戏剧《理查三世》（以下简称《理》剧）是庆祝伦敦奥运会，2012年环球莎士比亚戏剧节参赛剧目。该剧在伦敦首演之后，先后在马其顿、美国、罗马尼亚、丹麦、匈牙利以及北京、上海、苏州、台北演出，而后再次赴伦敦展演。一部以汉语为台词，融入中国戏曲意象展现原作悲剧意蕴的中国话剧莎剧，能够普遍获得东西方观众的理解、认同，演出获得极大成功，这在近年来中国莎剧改编中是不多见的。

《理》剧成功的原因究竟是什么？当代莎剧以什么样的空间建构方式，在近400多年后的舞台演绎中能够再现原作的悲剧精神？为何对那些古老而又现代的中国文化元素、艺术手段和审美思想的征用能够在对原作的演绎中，以其现代感引起观众的强烈共鸣？这都需要莎学研究者从理论的角度予以分析。我们认为，该剧"话语空间"（discourse space）以"诗化意象"的象征意义与情感色彩的表现性运用于"故事空间"（story space）内涵的自然区隔，以某种"后莎士比亚400时代"① 跨越语言和文化差异的艺术形态借助于莎剧，营造出中西莎剧比较的对话场域，在戏剧美学层面实现了有价值的"个性追求"。叙事不仅仅是语言行为，对审美空间的重构与改写已经成为现代莎剧存在的理由之一。

该剧既不同于林兆华具有先锋性质的话剧《理查三世》，更不同于上海戏剧学院戏曲分院的《理查三世》，而是以原作中的故事、情节和人物为空间叙事基础，通过对空间形式"诗化意象"外化幻象的寓言式隐喻，在鲜明中国戏曲精神的话语空间中，重塑人物形象，完成了文化的解码与重构。《理》剧中西合璧的舞台叙事方式，成功打破了西方莎剧中心主义的格局，以东西方共有的戏剧理论为指导，使莎士比亚时代的"人文主义思想"投射到"后莎士比亚400时代"，并通过再历史化、再艺术化的演绎，既调动了"中国传统戏曲各方面的演剧元素"，② 又有别于戏曲改编的莎剧，更不同于纯粹的话剧莎剧。《理》剧以全球化和多元视野再造莎剧，可谓在对西方莎剧的祛魅与拒绝神话化的全新空间叙事框架中，为中国舞台上成功演绎莎剧开辟了一条创新之路。

二 "意象塑形"：中西合璧的空间建构

20世纪50年代，在上海、北京纪念莎士比亚诞辰390周年时，就演出了《哈姆雷特》片段和颇具诗剧色彩的《罗密欧与朱丽叶》，③ 但彼"诗剧色彩"

---

① 李伟民：《多元化世界主义与后莎士比亚400时代》，《四川戏剧》2017年第12期。
② 王晓鹰、杜宁远：《合璧：〈理查三世〉的中国意象》，文化艺术出版社2016年版，第10页。
③ 葛一虹：《中国话剧通史》，武汉大学出版社2015年版，第330页。

并非王晓鹰版的《理》剧中的"诗化意象"。以"诗化意象"为创作理念的《理》剧的出现,毫不夸张地说,其中所蕴含的"诗化意象",在整体上已经表明中国对莎剧的深刻理解与独特演绎,完全可以和世界上最优秀的莎剧同台竞技,并且在世界戏剧舞台上寻找到中国艺术精神和美学灵魂得以安放的所在。"艺术创造是想象的自由活动"。①《理》剧的改编首先建立在对原作深刻理解和深入解读之上。当身体—情感的转喻借助于戏曲的唱念做打,以"意象塑形"(imageshaped)② 和"摹写音景"③ 重构内容和情节之时,原作中"无法用心灵想象的丑八怪"葛罗斯特(理查三世)的肉身就已经在叙述与抒情的空间化中被钉上了"主题化"④ 的耻辱柱,同时亦通过具有中国式思维特点的象征性艺术形象的"去残疾化",显示出更为鲜活、生动,更具说服力的叙事方式和更具当代意义的批判精神。

《理》剧是如何通过故事空间与心理空间的交互实现对人物形象塑造的呢?要回答这个问题,我们不仅要深入文本的肌理,而且要在"再艺术化"中发现置换、投射的机制,情节的设置以及带有象征性的隐喻。我们看到,主演张东雨对"理查三世"采用以肢体和语言的"意象塑形"(imageshaped)达到转喻人物的心理空间与故事空间的目的。葛罗斯特由于其内心的变态,不仅使我们从异于常人的形体扭曲中,折射出内心的黑暗,而且"就像一棵被施了魔法抽干水分狰狞的枯树"⑤ 外化他的灵魂。张东雨为表现葛罗斯特的邪恶,赋予扭曲的动作和怪异的造型空间叙事功能,动作与造型在心理空间、故事空间承载的是欲望、野心、杀戮堕落的意象,"身体—情感的语言表达中很大一部分所涉及的身体活动,都跟视听器官、嘴部及四肢活动有关",⑥ 而

---

① 周文柏:《文艺心理研究》,中国人民大学出版社1988年版,第104页。
② 徐盛桓:《语言运用于意识的双重结构》,《外国语文研究》2015年第1期。
③ 傅修延:《论音景》,《外国文学研究》2015年第5期。
④ [荷] 米克·巴尔:《叙述学:叙事理论导论》,谭君强译,北京师范大学出版社2015年版,第131页。
⑤ 张东雨:《葛罗斯特让我痛并快乐着》,王晓鹰、杜宁远:《合璧:〈理查三世〉的中国意象》,文化艺术出版社2016年版,第42页。
⑥ 徐盛桓:《镜像神经元与身体—情感转喻解读》,《外语教学与研究》2016年第1期。

且空间作为重要的结构原则，以意象的表现性映射出多重伦理批判的隐喻色彩。《理》剧改编的策略是，以"阴阳辩证"的叙事建构人物反差极大的外部与心理空间，通过理查三世的"独白""对白"营造出人物的"内心真实"和"虚伪表面"。一方面，当理查三世处于"独白"叙述的心理空间状态时，并不需要任何生理上的理由，而是由于"内心残疾"引起的"肢体的扭曲痉挛直接投射出他内心的丑陋凶残"，[①] 经诗化意象转喻显现出来的隐秘内心、狰狞嘴脸、邪恶灵魂被展示得淋漓尽致；另一方面，当面对他人，处于"对白"的故事空间时，其外部形象则显得自信、强势、机敏，其肢体动作变形不大，甚至对爱情的表白也足以迷惑他人。

在《理》剧中，当我们通过葛罗斯特的邪恶与杀心，以不同于常人的扭曲形体来外化内心之时，甚至这一变化多端的肢体扭曲成为反映他不同微妙心理的折射时，空间元素的多重叙事就会有针对性的投射于"心理"故事的衍变之中，体现为采用民族艺术精神元素塑造的凸显"人性"的象征性叙事。主演张东雨以充满张力的人物肢体叙事诠释人物的心理变化，当心理空间的"表现"作用于肢体的变形时，即形成了人物能指系统所意指的内心生活，反映出理查三世在特定语境中多面人的性格特征。理查三世的小人嘴脸、暴君形象与虚伪、谎言等成为隐喻在故事空间中红黑相间、鲜血淋漓历史长卷里若隐若现的面影。肢体的扭曲与如瀑的血流隐喻，围绕着阴谋与战争、宫廷中谋杀事件的血腥与残忍、权谋与屠戮中的空间叙事以及各色人物特定语境中的非等时性叙事，显现出戏剧叙事的节奏感和运动形态，由此剧中人物心理的嬗变与情感起伏也就在这种节奏感和身体的律动中向前推进。正如卢伯克所认为的，这种具有表演性质的戏剧化"展示法"（showing），肢体并不残疾的葛罗斯特肢体叙事，已经使观众听到、看到了人物的言行[②]和内心深处的邪恶。在肢体空间与心理空间的互相映射之下，优秀的导演和演员更加致力

[①] 王晓鹰、杜宁远：《合璧：〈理查三世〉的中国意象》，文化艺术出版社2016年版，第10页。
[②] Percy Lubbock, *The Craft of Fiction*. New York: Viking Press, 1957, pp. 112–113.

于肢体与语言之间的背反呈现在"故事空间"的框架之内,从而再现《理》剧的"话语空间";而更易引起观众兴趣的则是观看导演和演员如何在这个"故事空间"中创造性阐释出《理》剧的内涵。理查三世在话语空间中颇含指涉意味的肢体律动和心理波动,赋予视觉上的多侧面造型,作为体现心理的重要手段。肢体隐喻所带来的"各种重复,替换,转化,以及悖反总是从意义(sens)的历史中引出",①"意象塑形"在"心理空间"与"故事空间"之间进行转换,不但从精神层面诠释了人性,也从现实生活和现代社会层面勾画出权力争夺中处于"阴阳辩证"状态的一幅人性"太极图"。②《理》剧在语言与造型中彰显人物外表与内心的矛盾以及能指与所指的正反两面。舞台空间中隐含的综合意蕴,不仅揭示了理查三世这一形象的普遍意义,也由此获得了具有现代感的空间阐释张力,同时对莎氏通过其戏剧呼唤人文主义精神做出了某种当代回应,更使观众通过舞台上的语言与形体空间构形的"直接戏剧空间",进入想象中的"间接戏剧空间"。③《理》剧通过这种多方位的空间叙事有机而自然地穿梭于不同情绪与不同的"诗化意象"的空间之中,那千变万化扭曲的形体造型在"心理空间"投射出来的浓烈情感和多重而复杂的隐喻被传递、显现。由此,《理》剧也通过对原作中虚伪、邪恶、丑陋人性跨越时空的空间阐释,使人们领悟到经典在"思想后面它们所思考的空间、时间存在本身的分量"。④

作为一部中国莎剧,《理》剧在时间的空间形式中强调音舞构形,设置了不少具有独特中国美学意味的场景,将人性中美与丑、善与恶、爱与恨、战争与和平,以"舞蹈音乐和流动画面,共同构成了诗意浓郁且具有强烈感染力的意象化演出造型",⑤让诗化意象的空间叙事与抒情时时激荡着观众的心

---

① 王逢振、盛宁、李自修:《最新西方文论选》,漓江出版社1991年版,第134页。
② 王晓鹰、杜宁远:《合璧:〈理查三世〉的中国意象》,文化艺术出版社2016年版,第10页。
③ 王晓鹰:《戏剧演出中的假定性》,中国戏剧出版社1995年版,第59页。
④ [法]梅洛-庞蒂:《可见的与不可见的》,罗国祥译,商务印书馆2016年版,第143页。
⑤ 王晓鹰:《戏剧演出中的假定性》,中国戏剧出版社1995年版,第4页。

灵。我认为,就莎剧创新来说,这种空间建构的"诗化意象"颇似徐渭的"不求形似求生韵"①的艺术主张,通过舍形对"生韵"的空间建构,从而获得主体的创造性自由。因为意义的变迁构成了阐释的内在机制。《理》剧音舞"诗化意象"的空间建构,无论是在叙事,还是在场景调度(包括舞美设计、布景)上,由于其文化意识和"文化无意识",均在深刻阐释人性弱点的同时,达到了艺术形式诗化意象的创新。诚如佩吉·费伦所说"表演艺术旨在削弱主体与客体、做与叙之间的区分……对表演艺术的施为者而言,叙事是一种必要而非充分的模式"。②《理》剧为了获得空间表现的自由,诗化意象的空间表达全方位采用了具有中国艺术精神的审美形式,在空间构形中尽情地甚至任意地使用包括中国戏曲、中国服饰、中国面具、中国图腾、中国书法、中国音乐在内的各种中国艺术元素。故事空间与心理空间通过文本与舞台、主体与客体、话剧与戏曲、英文与中文的"意象塑形",在原作与改编之间架设起独特的文化阐释渠道。

综观当下世界莎学与莎剧舞台,完美、创新的艺术形式往往会比所谓号称发现某种隐秘主题更容易也更应该受到关注。《理》剧以跨文化"虚拟化的叙事空间去叙述故事",③在当代莎剧的建构中,空间叙述其实也是追寻叙事的跨文化书写,而且,跨文化书写所展现的"原典真实",则是在历史语境和文化语境的自我认知中,融入中国艺术精神的"后莎士比亚400时代"的想象、投射和位移。《理》剧在空间叙事的创新中,充分把握莎剧中蕴含的"写意化叙述方式"④,既为我们讲述了人性与权力的故事,又赋予这个故事中的人物以中国艺术精神的审美呈现。这种空间建构的意义在于,在对原作丰富内涵的阐释中,使我们能够以现代性视角、中国形式、中国意象、中国构形,甚至从后现代视

---

① 徐渭:《徐渭集》(第一册),中华书局1983年版,第154页。
② [美]佩吉·费伦:《表演艺术史上的碎片:波洛克和纳穆斯通过玻璃,模糊不清》,James Phelan Peter J. Rabinowitz:《当代叙事理论指南》,申丹等译,北京大学出版社2007年版,第589—590页。
③ 汤逸佩:《叙事者的舞台:中国当代话剧舞台叙事形式的变革》,中国戏剧出版社2006年版,第172页。
④ 苏永旭:《戏剧叙事学研究》,中国戏剧出版社2004年版,第275页。

角看到了经典所具有的超越民族、地域、时代的思想意义与审美精神。

三 跨文化阐释与诗化意象

对莎剧的当代改编实质上既是一种跨语言的阐释，也是跨戏剧美学形态的阐释，归根结底也是跨形式、跨民族、跨文明的文化阐释。文化阐释不但在哲学层面上可以深化对理解自身的理解，而且也构成了特殊的文化空间。《理》剧的跨文化阐释从理论与实践层面形成了"不同文化之间的解释"。[①] 阐释关注的是"阐释的空间维度"[②] 的调度，空间维度体现为构形中的位移，"空间形式"体现为戏曲手段时间性叙事媒介的空间呈现。"导演的本性是构形"。[③] 构形的新意，取决于叙事空间对于视觉、听觉意象塑形的创新程度。《理》剧的神韵在于以空间叙事的位移置换话剧的逼真性模仿，促使象征性意象在构形中"超越自身的意指功能"[④]。原作中的故事空间被置换为带有中国文化特征的指涉符码，以地域文化特征"内在可信性"[⑤] 的故事空间，投射于观众感知的人性、人心的"心理空间"。所以《理》剧的"空间意象"中[⑥]，以青衣饰演的安夫人可以用京剧"韵白"与采用话剧道白的葛罗斯特或唇枪舌剑，或威逼就范；京剧武丑以《三岔口》技艺展现伦敦塔中的屠戮，以京剧《探阴山》的黑纱蒙面显示遭到谋杀灵魂的飘逝；采用京剧的"趟马""耍翎子"表现内心波澜、龙套、战争场面，以"凶手组合"的"哑背疯""三星堆"面具、兽鸟造型、图腾纹，夸张变形的汉代衣饰、京剧脸谱、藏戏面具、傩戏面具、藏族音乐铜钦、蒙古族的呼麦和市井叫卖的拼贴搭建古今沟通、中西交融的平台，或红或黑流淌、晕染于宣纸上的液体与"英文

---

① Ming Xie, eds., *The Agon of Interpretations: Towards a Critical Hermeneutics*, Toronto: University of Toronto Press, 2014, p. 3.
② 李庆本：《强制阐释与跨文化阐释》，《社会科学辑刊》2017 年第 4 期。
③ 徐企平：《戏剧导演攻略》，中西书局 2015 年版，第 56 页。
④ 胡妙胜：《演剧符号学》，上海古籍出版社 2015 年版，第 25 页。
⑤ 缪朗山：《西方文艺理论史纲》，中国人民大学出版社 1985 年版，第 616 页。
⑥ 龙迪勇：《空间叙事研究》，生活·读书·新知三联书店 2014 年版，第 51 页。

方块字""欲望、权力、利益、占有、阴谋、谎言、虚伪、杀戮、战争、毁灭、噩梦、诅咒"形成了强烈视听冲击力。"空间意象"舍弃了逼真性,从跨文化的空间表征层面显示出隐喻替代与相似记号之间的审美联系和关于反省人性的指涉,唤起的是"戏剧性时刻的那种最有意义"① 的共鸣。血腥权力、人性邪恶、人心难测的诗化意象以"非常强烈的后现代味道",② 打通了古典与当代、原作与改编之间的界限,从而使思想内涵能够在文化通约中,从内容到空间以戏曲的艺术精神展现《理》剧深邃的人性思考。这种舞台叙事模式下内容与形式之间的融合已经构成了空间叙事多元文化的当代阐释。每一个场景的组接,每一组行动的指向,每一种话语的拼贴,每一套程式的运用,每一件道具的嫁接均有机构成了该剧空间叙事的内在张力。舞台以中国文化元素诠释《理》剧故事,以"中国戏曲中的美学精神和简洁凝练的视觉来构建舞台空间"③,以山水画长卷《富春山居图》和中国书法彰显天下、江山和帝国的精神气韵。当符号化的舞台空间与原作文本中的内涵相契合,"不事模仿,唯欲暗示"④ 的"外在空间"就会从历史和人性的深处,散发出足以引起当代精神与人性解读的双向共鸣。

在《理》剧中,每当人物的内心发生转变之际,京剧中的"韵白"与话剧台词同时出现于同一场面,甚至同一人物的话语中,这种"韵白"与话剧台词之间互相转化的特定话语空间,既通过"戏曲的韵白"对角色娇、羞、媚、威、阴、黑、俏、怒、惊作戏曲式的处理,又在话剧台词所叙述的贪婪、欲望、野心、虚伪和杀戮中彰显出人物的性格和心理。叙事已经不仅仅是空间和时间的二者之和,而是隐藏在他者之后,在戏曲空间与话剧空间、改编

---

① [英]罗杰·弗莱:《绘画的意义之———讲故事》,《弗莱艺术批评文选》,沈语冰译,江苏美术出版社2010年版,第294页。
② 王晓鹰、杜宁远:《合璧:〈理查三世〉的中国意象》,文化艺术出版社2016年版,第14—15页。
③ 刘科栋:《生长——关于〈理查三世〉舞台的一些想法》,王晓鹰、杜宁远:《合璧:〈理查三世〉的中国意象》,文化艺术出版社2016年版,第21—25页。
④ 洪琛:《洪琛戏剧论文集》,东方出版中心2011年版,第77页。

与原作的交替变换中，随着谋杀阴谋在空间场景中的一再被验证，篡位行动也就在时间的流逝中聚焦于如何篡位以及什么时机篡位的问题。由此，《理》剧也就从哲学层面强调了"时间和空间在超出可见的现实的同时又处在可见的现时之后，在深层中藏匿着"，① 即空间和时间延展中的复现，给表演者提供了施展中国戏曲最大限度的行动与思想空间。同时使该剧从莎士比亚那里回到了当代社会，以充满了崭新诠释与深邃含义的审美形式，表现政治枭雄如何为野心所推动，并最终被野心、权欲毁灭的惨烈过程。《理》剧叙事的空间性不仅存在于原作的故事空间，还表现在言语和台词层面的空间构成。思想与情节的呈现既存在于物质实体或抽象概念的感性空间中，又能从空间中体现出隐喻、象征、暗示等超越剧场时空的能指，即语言所指被表示成分能指化，所言非仅仅为所指，充满诗意的灵动之感顿然显示出具有后现代舞台拼贴的诗化想象空间。《理》剧的后现代色彩，并不在于建构阐释空间的历史维度，而是从中华民族艺术精神中借用五彩斑斓的文化元素。拼贴的空间"使全剧既充满中国文化气质又富于现代感"，② 同时说明即使揭示畸形灵魂也"要有好的艺术手段和表现形式"。③《理》剧对故事空间的扩充、压缩、变更、变形，在打击乐的"鼓点"声中使叙事空间充满了整体韵律感。《理》剧的叙事所强调的"话语空间"不但体现了原作精神的丰富内涵，也在挖掘人性、超越具体人物的哲理层面，赋予了《理》剧戏剧空间以不同于西方话剧的全新意义。更为重要的是这个文化再阐释的"'故事空间'也是展示人物心理活动、塑造人物形象、揭示作品题旨的重要方式"。④ 我们认为，《理》剧的"故事空间"已经成功地将中国艺术精神、现代意义、象征意义，甚至后现代艺术理念投射于原著的"故事空间"之内，从而创造出既不同于原有

---

① [法] 梅洛-庞蒂：《可见的与不可见的》，罗国祥译，商务印书馆2016年版，第141页。
② 胡开奇：《中国国家话剧院〈理查三世〉在纽约外百老汇》，王晓鹰、杜宁远：《合璧：〈理查三世〉的中国意象》，文化艺术出版社2016年版，第154页。
③ 徐晓钟：《畸形灵魂的鞭笞——莎翁戏剧的一次有意义的国际展演》，王晓鹰、杜宁远：《合璧：〈理查三世〉的中国意象》，文化艺术出版社2016年版，第80页。
④ 申丹、王丽亚：《西方叙事学：经典与后经典》，北京大学出版社2010年版，第132页。

第四章　深沉哲思与严谨演绎：现实主义和浪漫主义结合的莎剧叙事

以写实为主的话剧莎剧，又不同于单纯强调写意的中国戏曲莎剧。

《理》剧的"故事空间"始终紧扣以中国艺术精神来探索人物内心的"最高真实"为目的，赋予扑朔迷离的内心世界以具体可感的外在形式，并为《理》剧对理查三世们的批判找到恰当的叙事空间。为此在中国语境的"话语空间"的叙事中，从原著显现的真实空间与人物心理活动的想象空间中搭建起连接的通道。《理》剧通过现实主义的莎剧嫁接于中国戏曲表现形式的诗化意象所产生出来的"节奏效果"①，不仅使舞台叙事以不同的频率浓缩了原著的故事，而且使《理》剧中的人物形象在"出于己衷"②的异质文化转化中显得更加自由、更显灵动，也更具诗化意象，而且也不会使当代观众感到演出的冗长。《理》剧演出本将原著6万多字的中文译本，浓缩为2.7万字，叙事集中于重要人物、情节、场景的阐释，并把《麦克白》中"三女巫"情节移入《理》剧中。"情节通常围绕着寻找一个人物道德的临界点"③展开，为了强调葛罗斯特的心理活动，表现其内心的矛盾和斗争，三个巫婆预言"一个名字以G开头的人将成为新的国王"④，以简洁的舞台场景表现主人公的心理动因。第四幕结尾也增添了"三女巫"的情节，具有关键作用或者被有意强化的场面在舞台表现中突出、延伸，在把原著特定的故事时间给予变更的同时，则在故事的叙述中由鼓噪、诱惑转变为"三女巫"对理查三世的批判。"你居然用一顶金冠盖在你的头上？你的额头应该打上一个罪犯的烙印！……这世界充满了你的罪恶！你对上天犯下的罪行更加严重。千万不要凭未来发誓！你过去的罪恶已经把你的未来彻底损毁了！"⑤《理》剧中的"诗化并不

---

① Gérard Genette. *Narrative Discourse*. Ithaca：Cornell University Press，1980，pp. 87 – 88.
② 黄旛绰：《梨园原》，中国戏曲研究院：《中国古典戏曲论著集成》，中国戏剧出版社1959年版，第11页。
③ ［美］诺亚·卢克曼：《情节！情节！通过人物、悬念与冲突赋予故事生命力》，唐奇、李永强译，中国人民大学出版社2012年版，第23页。
④ ［英］威廉·莎士比亚：《〈理查三世〉（罗大军·演出本）》（根据方重、梁实秋译本编辑整理，王晓鹰、杜宁远：《合璧：〈理查三世〉的中国意象》，文化艺术出版社2016年版，第238页。)
⑤ ［英］威廉·莎士比亚：《〈理查三世〉（罗大军·演出本）》（根据方重、梁实秋译本编辑整理，王晓鹰、杜宁远：《合璧：〈理查三世〉的中国意象》，文化艺术出版社2016年版，第278页。)

等于美化……诗化是指强化表现力"。①

这种互文与拼贴、重置与嫁接强化了哲理化的表达,扮演三个王后的女演员当众转换角色兼演三个巫婆;对玛格丽特长篇咒语的重组,均使空间叙事中的诅咒有了双重指涉含义。随着"不幸被言中之人"的咒语,宣纸背景的"英文方块字"被鲜血浸染,理查三世性格、心理的邪恶被置于具有"强大的抒情诗传统"②的空间中得到隐喻的放大。《理》剧的叙事强调阐释性空间叙事的隐喻效果,人物性格、心理活动和故事意蕴通过视听一体投射于"四维空间",四维空间的运用使理查三世的内心在互文、拼贴与重置的空间叙事中,使伪善面孔、膨胀野心、权力欲望、屠戮动机、扭曲心理得以诗化。视听一体把能够体现理查三世扭曲灵魂、邪恶心理的动作、听觉、视觉、场景有机拼合。理查三世的复杂性格在于:"我这个杀死了她丈夫和她父王的人,要在她极度悲愤之余娶过她来;她的咒骂还在嘴边,眼眶里还含着泪,她那心头之恨还有这斑斑血痕做实证;而我呢,只凭包藏的祸心和满面的春风,仍要把她弄到手……难道她已经把那位勇敢的王子抛到脑后去了吗?"③"……我居然把她骗到了手"④,我眼见您一厢情愿地把那辉煌的重担套上我的肩头,而我却默然承受下来了……我面前这条登基的道路已经铺平……上帝知道,你们也可能见到,这是一件多么违反我心愿的事⑤的说辞,通过"最纯粹的场景形式"⑥显示出人物的伪善、阴险和狡诈。正如巴赫金在《对话想象》中所描述的:"时间能变浓,能长出肌肉,能在艺

---

① [美]罗伯特·麦基:《故事:材质、结构、风格和银幕剧作的原理》,周铁东译,天津人民出版社2014年版,第466页。
② 丰华瞻:《中西诗歌比较》,生活·读书·新知三联书店1987年版,第17页。
③ [英]莎士比亚:《理查三世》,《莎士比亚全集》(六),方重译,人民文学出版社1978年版,第348页。
④ [英]莎士比亚:《利查三世》,载《莎士比亚全集》(第六集),梁实秋译,中国广播电视出版社1995年版,第147页。
⑤ [英]莎士比亚:《理查三世》,《莎士比亚全集》(六),方重译,人民文学出版社1978年版,第410—412页。
⑥ 谭君强:《叙事学导论:从经典叙事学到后经典叙事学》,高等教育出版社2008年版,第139页。

术上看得见；同样，空间也是有负载的，能回应时间、情节和历史的律动。"①

《理》剧的空间叙事正是建立在"看得见"和"听得见"基础上的，其叙事空间以京剧韵白、话剧道白和戏曲程式建构，在贯穿全剧的戏曲边鼓、堂鼓和中国戏曲锣鼓点与西方打击乐双重节奏构成的"音景"烘托下，把戏曲的水袖、翻滚等视听语汇融进《理》剧的叙事，在鲜明民族形式的重置中，达到哲思与审美的深入解读。无论是安夫人，甲、乙杀手，威尔士亲王，提瑞尔等，"从扮相、造型，到形体动作和念白，都可以说是'准程式化'的"。② 例如，当安夫人以京剧的程式和韵白呈现"语言的质感"③ 说着："可怜的夫哪，你高贵的躯体俱已冰凉，你皇族的血已然流尽！我的夫君啊！我呼唤你的魂灵，望你听到我悲苦之声。我诅咒杀害你的凶手！诅咒那伤天害理、万恶不赦之人！"④ 葛罗斯特则以扭曲的肢体和话剧的道白显示自己的得意和邪恶："世上有哪个女子是这样被人求婚的？又有哪个女子是这样接受求婚的？我杀死了她的丈夫，杀死了她丈夫的父亲，她刚才还满嘴诅咒，满眼泪水。可是，在她内心极度憎恨我的时候，我却娶她为妻子了！我是用花言巧语包藏起我的祸心，而她呢，丈夫尸骨未寒，却已改变心意……"⑤ 安夫人的扮演者张鑫所要实现的是通过空间叙事"将她与葛罗斯特之间复杂的情感、荒诞中的不可思议，顺理成章地转化为必然"。⑥ 叙述话语在京剧韵白、话白与话剧的道白的空间中交替出现，安夫人以京剧的身段诉说着自己对丈夫的

---

① M. M. Bakhtin, *The Dialogic Imagination: Four Essays*, ed. M. Holquist. trans. C. Emerson and M. Holquist. Austin: University of Texas Press, 1981, p. 84.
② 谭霈生:《"中国演剧学派"在行进——看王晓鹰执导的〈理查三世〉所感》，王晓鹰、杜宁远:《合璧:〈理查三世〉的中国意象》，文化艺术出版社2016年版，第88页。
③ [美]马克·克雷默、温迪·考尔:《哈佛非虚构写作课：怎样讲好一个故事》，王宇光等译，中国文史出版社2015年版，第248页。
④ [英]威廉·莎士比亚:《〈理查三世〉（罗大军·演出本）》（根据方重、梁实秋译本编辑整理，王晓鹰、杜宁远《合璧:〈理查三世〉的中国意象》，文化艺术出版社2016年版，第242页。）
⑤ [英]威廉·莎士比亚:《〈理查三世〉（罗大军·演出本）》（根据方重、梁实秋译本编辑整理，王晓鹰、杜宁远:《合璧:〈理查三世〉的中国意象》，文化艺术出版社2016年版，第245页。）
⑥ 张鑫:《〈理查三世〉创作手记》，王晓鹰、杜宁远:《合璧:〈理查三世〉的中国意象》，文化艺术出版社2016年版，第47页。

思念、对葛罗斯特的仇恨，角色的京剧身段与话剧动作成为"内在心理空间"叙事的载体，并在造型中共同完成了人物的心理描写、性格塑造和对贪婪暴君的控诉。剧中韵白和道白交替出现，写意、传神、变形、变色使"情感要真，形式要美"得到了充分体现。

因为"假定性情境中的热情的真实和情感的逼真"①会使戏剧中人物心理通过戏曲程式和话剧动作交叉组合丰富人物的性格。尽管"安夫人的形体动作是准程式化的，台词则是采用戏曲中旦角念白的方式，从韵白开始，随着感情的变化，转化为散白，最后又以韵白结束。与之相配合，葛罗斯特的形体动作和对白，也多有夸张"，②但人物的活动空间和心理空间融合于中西戏剧的交融中，"安夫人的形体动作与念白（特别是韵白部分）给人造成一种特殊的感受——她在做戏，……转移了对人物内心变化过程的合理性的身世与挑剔"。③如此一来，萦绕于"故事空间"中《理》剧的批判精神与悲剧内涵直指人性的丑陋和伪善，均利用中国戏曲演剧技巧融入"意象空间"之中，以中国戏曲经过变形的"程式化"的抒情叙事彰显原作的批判精神，才使《理》剧这一中西合璧的改编具有了在时间、空间超越自身意义的哲学与美学思考价值。

四　位移：特殊符码的现代意义

莎士比亚戏剧在当今舞台上如何创新？在莎学传播、研究中已经成为一道世界级的艺术、学术难题，中国演绎莎剧岂能例外？今天演出莎剧，不仅仅为了介绍莎氏，而是在艺术创作与审美形式上进行的经典与当代演绎之间的对话。根据过去比较粗略的归类，一般认为莎剧在中国舞台上主要有两种

---

①　[苏]斯坦尼斯拉夫斯基：《斯坦尼斯拉夫斯基全集》（第二卷），林陵、史敏徒译，郑雪来校，中国电影出版社1959年版，第72页。

②　谭霈生：《"中国演剧学派"在行进——看王晓鹰执导的〈理查三世〉所感》，王晓鹰、杜宁远：《合璧：〈理查三世〉的中国意象》，文化艺术出版社2016年版，第89页。

③　同上。

第四章　深沉哲思与严谨演绎：现实主义和浪漫主义结合的莎剧叙事

演出类型，一种是话剧形式的莎剧改编；一种为戏曲形式的莎剧改编，其中又分为西洋化与中国化的改编。其实，如果我们根据莎剧在中国的传播进行细分，远远不止上述几种演出类型。

晚清之际，中国社会经历了"数千年未有之大变局"，睡狮乍醒，民智渐开，立志救国拯民的前辈知识分子，于1907年创立了崭新的现代舞台艺术样式——话剧。从莎剧登上中国舞台以来，先有教会学校供教学学习以英文演出的莎剧；在文明戏时期，有采用幕表形式演出的莎剧；而采用幕表戏演出的莎剧亦有戏剧和戏曲形式混杂之文明戏；随后戴假发、画眼圈、装高鼻子的话剧莎剧登上中国舞台；1949年后，现实主义的话剧莎剧独领风骚，既有着经过改良的着西式服装，也有着现代服装不化妆为西人的莎剧，并一直延续到21世纪；自民国初年莎剧被引入中国，就出现了戏曲莎剧。在1986年首届中国莎士比亚戏剧节期间，戏曲莎剧占有半壁江山，出现了着古装的戏曲莎剧，着民族服装、着经过改良的西式服装的戏曲莎剧和英文莎剧；而话剧莎剧也出现了先锋性质的莎剧、实验性质的莎剧；地方戏曲莎剧则百花齐放，成为跨文化戏剧中独特的文化现象。[①]就现实主义话剧莎剧来说，也不同程度地采用了中国戏曲表现手法。但《理》剧不同，它的创新在于大量借鉴中国戏曲表现形式，既不同于已有的戏曲莎剧，也不同于斯坦尼戏剧体系指导下的现实主义莎剧对若干中国戏曲元素的借鉴，而是融入中国戏曲形式"诗化意象"的话剧莎剧。

对于莎剧改编，人们普遍认可的原则为既不能随意地不受限制地改动，也不应极端地固守传统，只是"把莎士比亚的教规当作圣典"。[②]决定莎剧重构质量的往往不在于文本自身，甚至不在于人物和性格，而是呈现于空间形

[①] 李伟民：《被湮没的莎士比亚戏剧译者与研究者——曹未风的译莎与论莎》，《外国语》2015年第5期。关于中国有多少剧种，何时演出过莎剧，可参考李伟民《中国莎士比亚研究：莎学知音思想探析与理论建设》，重庆出版社2012年版，第478—488页。在此基础上，笔者又进行了补充。

[②] ［英］玛格丽特·韦伯斯特：《论导演莎士比亚戏剧》，杜定宇：《西方名导演论导演与表演》，中国戏剧出版社1992年版，第427页。

式的整体叙事方式。单纯的形式出新对于莎剧已经难以引起观众的兴趣；而强调微言大义地解读在当代社会也只会使观众昏昏欲睡；对后现代主义理论来说："意义的产生过程已经比意义本身更有意义"，① 只有将形式的创新扎根于民族艺术的沃土，把戏曲中的台步、手势、眼神全方位地运用到《理》剧构形中，才会引导人们从富有民族艺术的形式中感受到莎剧的不朽魅力。"戏剧艺术的最重要的本质是它的假定性本质"。② 审美艺术的想象能力是将文艺复兴时代的《理查三世》与当下观众联系起来的重要"关键"，即通过诗化意象追求"用非写实的或远离生活形态的形式，直接外化形象的心理潜意识及创作者的主观感受和理念"③。正如新剧研究家朱双云所说："唱白做表四者兼茂，能身入戏中，而忘其形骸者。"④ 通过极具想象力的意象，才能在情节的空间构形中有所建树。按照亚里士多德的说法，最重要的是情节、事件的安排，"悲剧中没有行动，则不成为悲剧，但没有'性格'，仍然不失为悲剧"⑤。西方形式主义、结构主义理论继承了亚里士多德的理论，强调"人物"附属于"行动"，尽管人物和性格仍然在空间意象中具有不容忽视的重要意义，但《理》剧为"空间意象"形式寻觅饱含哲理、诗情和意境的表现形式，才是其显示创新价值的意义所在。

观众在位移的诗化意象空间叙事中看到的是，舞台上的理查三世是大奸大恶的枭雄，也是一个贪得无厌的小人，在他身上涵括了从古至今人类社会中的奸佞、伪善、冷酷、无耻诸种性格特征。在理查三世的灵魂里，人们会意识到无论在西方还是东方，暴君为了达到攫取权力的目的，任何伤天害理

---

① [瑞典]查尔尼娅维斯卡：《社会科学研究中的叙事》，鞠玉翠等译，北京师范大学出版社2010年版，第87页。
② [苏]梅耶荷德：《梅耶荷德谈话录》（A. 格拉特柯夫辑录），童道明译，中国戏剧出版社1986年版，第232页。
③ 徐晓钟：《反思、兼容、综合》，《剧本》1988年第4期。
④ 朱双云：《新剧史》（影印珍藏本），东方出版社2015年版，第120页。
⑤ [古希腊]亚里士多德：《诗学》，罗念生译，人民文学出版社1962年版，第21页。

的事情都不在话下，因此"女人被强奸在隐喻上与侵略、与空间的毁灭"①发生了联系。霸占与屠杀只是一个时机选择问题，而不是一个惧怕审判的问题。正如理查三世所言："如果我是杀害了你的子嗣，那么为了使你的子嗣得以繁衍，我将使你的女儿怀胎，使我的子嗣含有你的血统……我就要戴着胜利的花冠归来，领你的女儿到一位征服者的床上。"② 戏剧叙事空间应该通过栖居在"这些空间和时间场所中的各种人物，提供工具以探讨和描述这些人物的意义"③。相对于原作的主题思想来说，《理》剧改编所带来的空间位移以诗情哲理和直观表象的象征性形象超越了具体的人物、语言、外貌和场景，不但构建了全新的中西戏剧的审美空间，而且其艺术感染力和美学意蕴得到增殖，现代性价值得以体现；而其互文与拼贴的叙事空间，则又使《理》剧呈现出某种后现代主义叙事色彩。这种新颖的空间叙述手段在《理》剧的叙事中自然而不生硬。《理》剧把握了叙事与抒情、京剧韵白、道白与话剧台词、身段与动作在空间叙事和性格塑造之间"诗化意象"的关系，戏剧演出的时空构成了戏剧的"欲望、动作、冲突和变化"④，空间在细微、适中、重大情感的转折之中，以"表现性的象征"⑤和超越自然形态的方式表现内心生活。动作与程式、叙事与抒情之间的自然转换，身段与动作之间的互相映衬，非话剧再现与逻辑关系以及演员与角色之间的距离，通过戏曲这一叙事媒介物，转换为具有中国文化的特定审美符号（signs）。

在融入戏剧表现，强化戏剧叙述效果，以戏曲方式表现思想、情感的空间叙事中，异域的"场景"被悬置，但悬置既没有使情节、动作游离于内容

---

① ［荷］米克·巴尔：《叙述学：叙事理论导论》（第三版），谭君强译，北京师范大学出版社2015年版，第130页。
② ［英］莎士比亚：《利查三世》，《莎士比亚全集》（第六集），梁实秋译，中国广播电视出版社1995年版，第233—234页。
③ ［美］杰拉尔德·普林斯：《论后殖民叙事学》，James Peter J. Rabinowitz：《当代叙事理论指南》，申丹等译，北京大学出版社2007年版，第434页。
④ ［美］罗伯特·麦基：《故事：材质、结构、风格和银幕剧作的原理》，周铁东译，天津人民出版社2014年版，第266—267页。
⑤ 谭霈生：《戏剧本体论纲》，《剧作家》1989年第1期。

之外，也通过抒情和身段，强调空间叙事的非"言"性，即"无以寓言外之意"①的全新感受。例如，开场两面红白大纛旗以戏曲龙套的程式虚打"幺二三"构成隐喻的空间；张鑫一体两面，以京剧青衣饰演安夫人，以手执马鞭，头戴雉尾羽，着武生靴饰演小王子威尔士亲王，以真假声结合的"娃娃生"形体动作诠释人物，表现舞台空间的变化，给全剧带来灵动之感；伦敦塔的甲乙杀手以武生"三岔口"表演形式实现了空间转换的自由，在调侃、谐谑、自嘲的表现中，以明场完成血腥残杀。音舞呈现的戏剧空间不仅为写实服务，而且以表现特定空间的隐喻，为表现人物的"心理空间"营造气氛。具有表现功能的戏曲打击乐四大件——板鼓、大锣、小锣、铙钹，以及中国堂鼓、排鼓、木鱼、大镲、小镲、梆子轻重缓急的变化，使其阐释人物情感和心理的"音景"的表意性得到了适时的展现，使音乐随剧情推进和角色情绪的起伏营造出特有的人物性格和心理空间氛围。嵌入的技术性戏曲技艺为阐释服务，因为阐释（auslegung）也是理解（verstehen），而且是对于呈现于意识的"视界融合"（Horizontverschmelzung）的理解。戏剧时空在此环境与彼环境、此人物与彼人物、此情感与彼情感、此戏剧与彼戏剧"动容转曲，知舞动容"②的自由转换中，以非写实空间的写意化和抽象的诗化意象，通过中国艺术精神自觉意识的投射显示了文化的主观性，通过戏曲营造的空间宣告已经超越莎剧"终极裁判者"的狭隘戏剧理念，在空间的陌生化中完成了对人性更具现代性意义的演绎。

五　蕴含现代理性精神的空间叙事

由王晓鹰导演的《理》剧以民族艺术的现代化和诗化意象，彰显了莎剧改编对诗的韵味的追求和诗的意境的创造③。"诗化意象"演绎，既不同于以往话剧莎剧改编仅仅借用戏曲表现的某种手法，更有别于戏曲化莎剧；从这

---

① 钱锺书：《谈艺录〈随园非薄沧浪〉》，中华书局1984年版，第100页。
② 叶景葵：《叶景葵文集》（上），柳和成编，上海科学技术文献出版社2016年版，第13页。
③ 王晓鹰：《从假定性到诗化意象》，中国戏剧出版社2006年版，第164页。

一点来说，在处理"'空间'（时空）与人的关系上"，① 在"真"与"美"孰轻孰重中，更偏重于"美"，即以程式化手法中蕴含的美学原则投射于现代理性精神之中。通过《理》剧这种"诗化意象"的改编，我们看到了中国莎剧改编的广阔天地和多种可能，同时为世界范围内的莎剧改编提供了一个成功的范例。只有经历了包括跨文化在内的反复改编，莎剧才能始终保持不朽的生命力。改编是文化的选择与变异。改编也许会误读和曲解，也许会失去一些东西，但也会在陌生的文化语境中挖掘出全新的美学意义。《理》剧的中西文化、艺术的融合以"诗化意象"连接"故事空间"与"话语空间"的异质性，由此也强调了经典改编的当下意义。这也正是在不同文化空间的置换或交叠中，赋予了《理查三世》以现代性或后现代性的最佳证明。

---

① 王晓鹰：《戏剧演出中的假定性》，中国戏剧出版社1995年版，第35—36页。

第五章 演绎、思考与创新：先锋实验精神与对莎剧神韵的把握

第一节 转动万花筒，隐喻中的先锋性：林兆华改编的《哈姆雷特》

林兆华导演的莎士比亚戏剧《哈姆雷特》被誉为中国最具先锋实验精神的戏剧作品之一。林兆华导演的《哈姆雷特》通过对传统理解下的作品主题进行颠覆与解构，哈姆雷特的形象本身和他的所谓复仇都具有某种荒诞性，显示出了将古代与现代连接、西方与中国交错、经典与普通相融的特征，人人都是哈姆雷特。

自 20 世纪 70 年代以来，中国莎剧表导演已经走向成熟，标志为"中国这个学生"离开了"苏联老师"——在排演莎剧时鲜有苏联莎学专家指导。无论是 20 多种莎剧同时上演的大型莎剧节，还是平时零星的演出，中国人完全能够依靠自己的力量排出异彩纷呈的莎剧，并且对莎士比亚的戏剧作出自己独特和独立的阐释。在对莎士比亚戏剧的演绎中，林兆华的《哈姆雷特》被誉为中国最具先锋实验精神的戏剧作品之一，他对《哈姆雷特》进行了全新的阐释，一扫我们对《哈姆雷特》一剧所形成的思维定式，形成了极强的解构性，给人以全新的理解。

林兆华将文艺复兴时期的一出具有强烈人文主义精神的悲剧，解构为当代人和当代生活的悲剧，成功地将文艺复兴时期的人文主义精神移植到

20世纪当代中国人所面临的尴尬和两难之中，通过对人性的深入发掘与天才链接，以对悲剧和经典《哈姆雷特》的隐喻来认知"人人都是哈姆雷特"，利用人们已经熟悉的经典，将观众带入经过解构的莎剧之中，为观众提供了认知经典莎剧与人性的新视角，将人性中的美与丑、善与恶、爱与恨、生存与死亡、平凡与伟大以及平和与焦虑展现给了中国观众，林兆华对《哈姆雷特》的解构，在某种意义上拓展了我们对于莎士比亚戏剧特别是《哈姆雷特》的理解。正如杜清源所认为的，林兆华的《哈姆雷特》的演出，"起码在两个方面突出地显示了他们的创造意识：一是对哈姆雷特艺术形象的重新解释并赋予独特的体现方式；二是对'墓地'一场意蕴的开掘，并由此而创造出新的舞台景观。"[①] 这种解构是面对经典悲剧可贵的创造意识，也是中国导演在阐释《哈姆雷特》过程中所表现出来的中国意识和中国化。这种对传统演绎的《哈姆雷特》的主题、内容和认知的解构在使我们看到莎士比亚戏剧不朽价值的同时，构成了莎士比亚戏剧的当代价值与现代性，也是我们为什么要不断在舞台上特别是中国舞台上搬演莎士比亚戏剧的理由之一。

一 组成万花筒的基本元素：先锋性

在莎士比亚时代，英国舞台上的导演和演员并不满意他们舞台上装腔作势的演出状态，尽可能地要使表演接近现实，他们在物质条件许可的情况下，一般要使表演最大限度地获得逼真的感觉，他们注意表演的真实性，这使他们的表演朝着现实主义的方向发展。尽管他们也可以把木柱表示为大树、安乐椅是国王的御座、脚蹬马靴表示骑马、放上桌子就表示宴饮、身着甲胄说明打仗，但是它绝不可能像中国戏曲那样，把桌椅当作山坡。这就说明莎剧依靠的还是物质舞台的再现。莎士比亚戏剧演出的发展史也

[①] 杜清源：《舞台新解》，林克欢编：《林兆华导演艺术》，北方文艺出版社1992年版，第228—247页。

证明，莎剧"经历了不用景、用复杂的景、恢复不用景、用景多样化这样反复曲折的发展道路。"① 斯坦尼斯拉夫斯基在谈到舞台和演员的表演时曾说：舞台上所发生的一切都应该使演员本人信服，使对手和看戏的观众信服，应该使人相信那些和演员本人在舞台上创作时所体验到的情感的真实和所进行的行动的真实具有一种纯真的信念。② 那么，在林兆华的《哈姆雷特》中具有现代意义、生活意义、象征意义的先锋性、实验性的舞台布景能够使演员和观众信服吗？这取决于林兆华导演《哈姆雷特》的指导思想。换句话说，就是将《哈姆雷特》定位于一部文艺复兴时期的经典戏剧，还是定位于哈姆雷特是生活在我们中间普普通通的一个人，归根结底是一个如何再现的问题。脱离"现实主义"，脱离通常对"经典"的演绎，进而超越"现实主义"，超越"经典"式的演绎，才能实现先锋性的预想。林兆华以探索人物内心的"最高真实"为目标，赋予抽象概念以具体的可以感知的形式，在《哈姆雷特》中，既可以是自然主义的描写，也可以是夸张、荒诞、变形、写意的颠覆与解构等各种先锋性元素的组合。他以布景象征人物的心理状态，调动观众的联想。

哈姆雷特有常人的思想、性格、烦恼、缺点和喜怒哀乐，甚至有人性中邪恶的一面。为此，《哈姆雷特》剧设置一个充满现代颓废、落伍风格的舞台，作为哈姆雷特命运或性格的暗示与烘托，《哈姆雷特》不但在现实意义上超越了文艺复兴时期的舞台布景的时空观念，而且赋予了舞台布景以先锋性、现代性，或者说是中国莎剧舞台上的先锋实验性，让人感觉到《哈姆雷特》还可以这样布景。当演员穿梭于其间，观众的目光所及，一幅被时代抛弃的场景展现在舞台上，林兆华的《哈姆雷特》的舞台布景就体

---

① 而林兆华导演的《哈姆雷特》说明在上述几种莎剧舞台布景之外，还可以用景强化导演的主观意图。可参见田文《关于莎士比亚戏剧用景和戏曲用景问题的思考》，中央戏剧学院莎士比亚研究中心编：《莎士比亚戏剧节专刊》（一），中央戏剧学院戏剧杂志社1986年版，第59页。

② ［苏］斯坦尼斯拉夫斯基：《斯坦尼斯拉夫斯基全集》（第二卷），郑雪来等译，中国电影出版社1986年版，第208页。

现出其先锋特色，一块巨大的色彩斑驳的黑灰色幕布是演出背景，同样色彩的布铺满舞台，这样的色彩符合悲剧的压抑气氛，叮当作响、尚可转动，而又毫无用处的废旧机器横陈在舞台上，舞台上空悬置着五台时转时停的电风扇，理发店常见的椅子就是国王与王后的御座，为强调作品的基调和品格提供了应该具有的色彩与氛围。这样的舞台布景颠覆了时代的必然性，为剧中人物营造了一个颓废、空虚、冷淡、灰色和不确定的艺术氛围，赋予非生命物质以生命，甚至将其与人生命运、人物性格统一起来，形成了某种人格化的特征，如此一来就铺垫了解构哈姆雷特复仇的理由，哈姆雷特也一改惯常的王子装束，身着中性颜色的随身便装。人人都成为这座废墟里苦苦挣扎却又徒劳无益的平凡灵魂。

"墓地"作为独立的乐章，贯穿于全剧的始终（包括每幕终场的收束）。这一结构性的总体调节，产生独有的艺术概括力和表现力。经过导演分解和重组的场景，突破了原有的情节范围和具象的束缚而获得某种全新的质的飞跃。《哈姆雷特》中的生命激情与悲剧精神与当代人类社会中的世俗生活一起演奏了一曲众生杂合的大合唱，从而使具有很强概括力或相似性的思想观念和情感方式在先锋感中被一再重复，赋予了形象本身超越自身意义的更丰富的哲学与美学思想内涵。先锋式的重构场景，不再是囿于一出戏的开幕必须介绍剧中人物，表现什么具体事件和故事端倪，而是升华为诗化的舞台意象，先锋性意味着、象征着、标志着某种意义和总体的预示。"掘墓人敲打铁铲的舞台声音和他们的对白，营造了舞台的气氛，总括了全剧的题旨，从这舞台的氛围和声响中，诱发了观众的思绪：这是为埋藏一个颠倒混乱的时代敲丧钟，还是为召唤重整乾坤敲警钟？……当导演把分离出来的掘墓人形象以并列的方式接续到每一幕的墓尾时，原著的精髓不仅没受到挫伤，相反得到了丰富和更深的开掘。"[①]

[①] 杜清源：《舞台新解》，林克欢编：《林兆华导演艺术》，北方文艺出版社1992年版，第228—247页。

二 转动万花筒就能看到自己

面对世界文学史上最伟大的经典之一的《哈姆雷特》，导演莎士比亚戏剧一般会有两种考虑，"一种是会不惜任何代价过于热心地去追求新奇；另一种则表现为过于尊崇传统。从剧本的角度来处理这个问题，应该有一个折中的方案，既不能自由地不受限制地改动，也不应极端地固守传统，把莎士比亚的教规当作圣典"。① 即使是在中国莎剧舞台上，这两种导演和表演《哈姆雷特》的方式，我们也已经看得够多的了。以这两种导演与表演方式呈现在舞台上的《哈姆雷特》尽管有其存在的价值，也受到了一部分观众的欢迎，但是，其中却掺杂了过多的猎奇和保守的成分，而缺少了思考的力量，特别是缺少了当代人思考人与人性的深度，既缺乏使当代观众共同参与思考的兴奋点，也失掉了《哈姆雷特》中所蕴含的思想的力量。

如何使莎士比亚来到我们中间，使我们普通人感到莎士比亚塑造的哈姆雷特所面临的困境与今天我们每个人所面临的选择有相通之处？他所碰到的问题也是我们在日常生活中也要碰到和也要解决的，这形成了改编《哈姆雷特》并使之具有现代性的关键之点。这种现代性的设想，使林兆华的《哈姆雷特》先锋性最终得到了落实。演绎莎士比亚戏剧不但需要对经典有充分的尊重，更应该有充沛的想象力量和重新阐释的能力，这种想象的力量是将文艺复兴时期的《哈姆雷特》与中国普通观众联系起来的重要因素。正如玛格丽特·韦伯斯特所说的："任何莎士比亚剧本的正确演出都要依赖于富有想象力的理解，借此才能再现其人性。"② 林兆华导演的《哈姆雷特》为当代中国人寻找到把昨天与今天、西方与东方、经典与世俗、莎士比亚与中国联系起来的桥梁。在林兆华那里，观众看到的哈姆雷特是一个普通人、现代人，生存与死亡的思考不仅折磨他，也折磨着你和我。林兆华说："哈姆雷特是我们

---

① ［英］玛格丽特·韦伯斯特：《论导演莎士比亚戏剧》，杜定宇：《西方名导演论导演与表演》，中国戏剧出版社1992年版，第427页。

② 同上书，第433页。

中间的一个，在大街上我们也许会每天交错走过，那些折磨他的思想每天也在折磨我们，他面临的选择也是我们每天所要面临的。"①

在林兆华的《哈姆雷特》中，生存或者是死亡既是一个深刻的哲学命题，也是世俗生活中每一件具体的大事和小事。或者不是，选择可以是多元的，也可以是一元的，但是归根结底，你只能选择其中一种。为了体现这一导演思想，在林兆华那里设置了"人人都是哈姆雷特"，人人又可能不是哈姆雷特。哈姆雷特的多元化，不仅激活了这个经典形象潜在的底蕴，同时贯通了现代意识。② 为了对我们熟悉或不熟悉的哈姆雷特的故事灌注以当代意识，林兆华在充分合理地展示哈姆雷特如何形成自己的性格和意识的时候，往往将人物的内在视野与观众的外在视野有机地结合在一起，将伟大与平凡、高贵与世俗、激情与冷静、情感与理智，通过双向的心理沟通激活观众兴奋点，使戏剧中哈姆雷特心理的复杂性与观众感受到的大千世界中人性的复杂融合在一起，形成一股强大的情感和理性的合力。借助于戏剧的假定性、间离效果、结构直喻、艺术抽象、象征、写意性和人物类型化等艺术因素和审美手段，以哲学和美学的尺度要求《哈姆雷特》，融现实主义的艺术形象、超现实主义的艺术形象、象征性的寓意、荒诞的合理性、超现实主义的情节、表现主义的艺术手法乃至音乐、舞蹈、雕塑式的造型于一体，既在空间上将哈姆雷特彻底转化为普通人的造型，又在时间上具有某种延续性，从而化解因地域、文化、身份不同而带来的生疏感和隔膜感，同时，使观众清晰地意识到，哈姆雷特作为一个思考者的形象也包含着我们自己的影子在里面，我们在其中看到的是自己。其实，这种在我们当代人影子里面的思考者的形象就是"人性"的普遍性，是当代中国人在世俗生活中的喜、怒、哀、乐，也是当代中国人所面临困难与困惑时的某种选择。在先锋性的悲剧审美痛感转化过程中，与审美痛感相连的种种不安、紧张、恐惧、怜悯、哀伤、尴尬，或交织

---

① 杜清源：《舞台新解》，林克欢编：《林兆华导演艺术》，北方文艺出版社1992年版，第228—247页。
② 同上。

或融合或转化为当代中国观众的审美愉悦。

"莎剧的中心点是人性,这是莎士比亚艺术的基本特色之一;他的主要成就之一就是人物性格的塑造。"① 哈姆雷特的喜怒哀乐、爱恨情愁,其实就是我们的喜怒哀乐、爱恨情愁,我们知道,在戏剧的唯一宗旨"美"和"动观听"的基础上,观众在无形之中得到了"补风化"②的作用,当然除了"补风化"的作用,更可贵的是我们通过文艺复兴时期莎士比亚所创造的哈姆雷特这面镜子看到了我们自己,看到了我们自己的内心深处善与恶的搏斗,认清了主我与客我,明白了"一个人肉体上的毁灭,就是他精神上的毁灭,也可能看来是悲剧性的。一个人在精神上被命运碾成齑粉。他最后完全背弃了自己内在的人性。但是他身上原有过人所应有的力量。这种力量被毁坏了,于是使它的价值尤其令我们感动"③。哈姆雷特的思考、延宕、犹豫、爱与恨并不会因为岁月的销蚀和文化的差异,在现代中国社会而归于不存在,因为人性是共通与共有的,哈姆雷特也属于芸芸众生中的一个。从林兆华的处理中,我们找到了"导演处理一部莎剧的手法所必须依据的原则,毕竟与他处理任何其他剧本的技巧所遵循的原则并无什么不同;他的方法可以有所变化,因为导演技巧本身是根据个人特殊素质的不同程度而定的。我相信他首先应该决定戏的情调,它的物质与精神气氛,它的结构模式以及它的总体效果"④。

从这一点出发,我们认为,林兆华是一个思考型的导演,他思考的是人与人性。在人与人性的大前提下,林兆华导演的《哈姆雷特》为人们提供了认识、揭示和批判现代社会扼杀人们精神生活的理由,起到了组构、选择、推理、评价、渗透和延伸经典悲剧《哈姆雷特》的情调、结构模式

---

① [英]约翰·盖斯特:《莎士比亚戏剧的体现》,杜定宇:《西方名导演论导演与表演》,中国戏剧出版社1992年版,第443页。
② 吴梅:《中国戏曲概论》,冯统一点校,中国人民大学出版社2004年版,第51页。
③ [德]里普斯:《悲剧性》,马奇主编:《西方美学史资料选编》(下卷),上海人民出版社1987年版,第811页。
④ [英]玛格丽特·韦伯斯特:《上演莎士比亚戏剧》,杜定宇:《西方名导演论导演与表演》,中国戏剧出版社1992年版,第436页。

与总体效果的作用。所以，林兆华在阐释自己的导演原则时说，哈姆雷特离开我们已经太久了。人们把他悬挂在半空中，好像他生来多么高贵，让他像一个披着满头假发的家伙在台上乱嚷乱叫，让那些只爱热闹的低级观众听了出神。现在，我们要让他回到我们中间来，作为我们的兄弟和我们自己——我们今天面对哈姆雷特，不是面对为了正义复仇的王子，也不是面对人文主义的英雄，我们面对的是我们自己，面对的是处于生活万花筒中庸庸碌碌的我们，以及我们的所思所想和所作所为。林兆华甚至给哈姆雷特涂抹了一脸小丑的白粉，他彻底颠覆和解构了西方经典《哈姆雷特》。全剧无论是酷似生活形态的舞台画面，还是经过特殊艺术处理而呈现的远离生活的表象，甚至是在社会现实中不存在的变形、抽象、荒诞、离奇的形象和艺术图景，在整体上均表现出一种哲学和美学层面的真实。对哈姆雷特形象的塑造，尽管还是出于原著的勾画，但却不是对原著的照本宣科，因为"戏剧艺术家只有摆脱对生活被动性的依附，挣脱幻觉主义——写实主义的束缚，才有可能获得审美的自主性、能动性、创造性，求得审美的自由，并还戏剧和舞台以本来的面目，复归它的本体"，[①] 形成一种解构之后的重构。林兆华的《哈姆雷特》就像是一个万花筒，形形色色的观众在其中看到的是不同的自己和别人，是自己和别人不同的侧面，是人与人性中的美与丑、善与恶。

三 如何转动万花筒

美学家与文艺理论家贝尔曾经说："莎士比亚的戏剧确实是描写了很多细微的心理活动和塑造了很多现实主义的人物形象，这些东西是如此酷似现实，无怪乎很多人为之惊叹和陶醉。但是，莎士比亚的本意却无论如何也不是完全地和忠实地再现生活，制造现实的幻觉并不是莎士比亚拿手的

[①] 杜清源：《无定向的走向》，林克欢编：《林兆华导演艺术》，北方文艺出版社1992年版，第95页。

手段……追求酷似远非艺术创造中唯一需要解决的问题，相反，它却有可能是最不能达到美的坏因素。欲使作品逼真是非常容易的。如果艺术家使作品逼真到无以复加的地步，那么他的最高尚的情感和他的聪明才智就不会再体现到这个作品中了。"① 追求酷似不仅不是莎士比亚在《哈姆雷特》中所要解决的问题，而且更不是判定文学艺术作品的标准。重构的关键是要完成原作内容的艺术化的转换，在这种转换中就涉及如何转动原作内容的万花筒，显然，转动的角度不同，莎士比亚戏剧就会在导演的手中呈现出不同的面貌。"戏剧，就其本质来说，是动作的艺术。"② 戏剧就是通过演员的表演，把人物的动作在舞台上直观再现出来，使观众获得直接、具体的感受，③ 林兆华设置了人物的一系列动作来转动这个万花筒，使观众通过这个万花筒看到人性的不同侧面，他在改编中将《哈姆雷特》的作品内容的伦理因素用转述的方式传达或部分地转换：用另一种说法叙述在作品中经过艺术化的体验、行为和事件对重新理解《哈姆雷特》的美学、哲学内涵以及将哈姆雷特的所思、所感、所做与现代中国普通人的世俗生活联系起来具有非常重要的作用。林兆华在《哈姆雷特》中是这样转动万花筒的——角色之间的互换。在第一幕中，当新国王克劳迪斯与王后劝慰哈姆雷特之后，准备携手离去，这时，垂头丧气的哈姆雷特突然精神抖擞，变成踌躇满志的国王，挽起王后的手臂，昂然下场，刚才还趾高气扬的国王克劳迪斯则头一低，满脸阴郁，变成了哈姆雷特，开始诉说内心的痛苦。通过这种外部形象的转换，他们的内心世界也有了根本的不同，两个人的精神世界形成了强烈的对比、对立，并且在这种对比、对立中显示出人性的复杂。这种强烈对比效果大大强化了人物内心世界的风暴，这种内在冲突的根本动力以及特有的展开方式，是这两个对立面之间独特的性格之间的较量，是人性中美与丑、善与恶之间的搏斗，同时

---

① ［英］贝尔：《艺术》，马奇主编：《西方美学史资料选编》（下卷），上海人民出版社1987年版，第1078页。
② 谭霈生：《论戏剧性》，北京大学出版社1981年版，第11页。
③ 同上书，第12页。

是他们独特人物关系的艺术反映。这种人物性格的独特性给观众以非常明显的暗示和隐喻，使观众不由不慨叹人生的无常、人性的扭曲、人心的复杂和人世的沧桑。

人物形象的多次转换与交换完成了《哈姆雷特》对人、人性与社会的隐喻，外表交换造成的巨大反差带来的效果是戏剧性的，也是有巨大震撼力的。其震慑性使观众不得不审视自己的内心，调动自己的社会经验，完成从正面戏剧形象到社会经验、从反面戏剧形象到人生感悟、从正反两个戏剧形象到回馈自我的过程，从而完成一次精神与心灵的洗礼与对人性的重新审视。接受主体随着悲剧人物一道经历被颠覆和解构的痛苦、磨难以及困惑，一种独特的审美愉悦从这种困惑和顿悟中升腾起来，悲剧的审美愉悦在颠覆和解构中化为对人生、人性的哲理化阐释，当代人郁闷情感的疏导与宣泄在审美愉悦中完成了一次形而上交流。"戏剧里的人和事像正常经验中的人与事一样感动着我们，只是他们通常以直接个人的方式所产生的影响消失了……当然戏剧表演之实际的以及公认的非实在性，加强了'距离'的效果……正是'距离'才给予戏剧表演以外表上的非实在性。"① "'距离'不包含这种非个人的、纯粹理性的关系。相反，它描述一种个人的关系，常常带有高度的情感色彩。"《哈姆雷特》演出中最为震慑人心、引人联想的是哈姆雷特与国王克劳迪斯、大臣波洛涅斯三人之间角色互换与角色重合。哈姆雷特明天可能是国王，国王明天可能是小丑；哈姆雷特是国王，国王又是哈姆雷特。一会儿，哈姆雷特精神抖擞，变成踌躇满志、不可一世的国王，一会儿，刚刚还趾高气扬、志得意满的国王克劳迪斯，摇身一变成忧郁、孤苦的哈姆雷特，开始诉说内心的痛苦。哈姆雷特关于"生存还是毁灭"的独白由他本人、克劳迪斯和波洛涅斯共同完成，三个人都发出了"生存还是毁灭"的强烈疑问。这里不仅是角色的转换，也是人性善恶和哲学视角的转换。"艺术哲理的本质，

---

① ［瑞士］布洛：《"心理距离"——艺术与审美原理中的一个因素》，马奇主编：《西方美学史资料选编》（下卷），上海人民出版社1987年版，第1032页。

在于对世界、人生的内在意蕴的整体性开发",①对隐喻的艺术整体性的张扬和开掘，将艺术的本性发挥到了极致，"人人都是哈姆雷特"的意图得到了最直接、最有力、最具象的阐释。所有人都痛苦、都矛盾、都面临抉择，整个时代和全社会都沉浸在痛苦之中。

　　角色之间的叠合。林兆华对《哈姆雷特》的先锋式演绎使我们懂得，"形式只有表现审美活动主体的具有价值规定性的创作积极性，才能够非物化和超越作品作为材料组织的范围"。②哈姆雷特决定试探国王，安排伶人将老王之死的情节穿插在戏中，之后哈姆雷特与众人一同退下，台上留下的大臣波洛涅斯此刻变成哈姆雷特，满脸悲愤，面向观众诉说自己揭露克劳迪斯的决心。哈姆雷特与奥菲利娅在城堡相遇，哈姆雷特、国王克劳迪斯、大臣波洛涅斯在舞台上成"品"字形站立，同时扮演装疯的哈姆雷特，令奥菲利娅茫然不知所措，决斗一场，哈姆雷特举剑奋力向国王刺去，两人面对面站立，静止有顷，最后，倒下去的是哈姆雷特，国王站立不动，之后他扮演哈姆雷特，委托霍拉旭传述他的故事和遗嘱。

　　这种转化超越了我们以往对《哈姆雷特》的认识，在哲学和审美层面令人重新做出思考，人物形象并非简单地叠加，而是通过这种叠加造成了"一加一大于二"甚至大于三的效果。"戏剧是对人类经验的模仿……它作为生活经验的隐喻或意识在于，剧场中娱乐性的表演本身是严肃的，它所表现的人类经验丰富性与暧昧性，本身就是生活经验的一部分，它在表演过程中完成了个人身份的创造，也间接地完成了人类集体仪式与文化意义的创造，后者是由戏剧的仪式本质决定的。"③上述角色之间的叠合、错位，你中有我，我中有你，我即是你，你即是我，非常直观地隐喻了一个混乱、颠倒、黑白不分的复杂世界。在行动中进行戏剧对话，"剧中人物的价值语调之间的斗争，表现各个剧中人物在这一或那一事件中采取的不同情绪和意志立场之间的冲

---

　　① 余秋雨：《艺术创造工程》，上海文艺出版社1987年版，第120—121页。
　　② ［俄］巴赫金：《巴赫金文论选》，佟景韩译，中国社会科学出版社1996年版，第302页。
　　③ 周宁：《想象与权利：戏剧意识形态研究》，厦门大学出版社2003年版，第158页。

突，表现不同评价之间的斗争。对话的每一个参与者都是在直接言语中以每一个词直接诉述对象和自己对对象的积极反应——语调具有生活的现实性"。①这三个人物的形象不仅发生了错位、叠加，而且都发出了同一个声音"生存还是毁灭"，但是，这三个角色之间在各自的原型那里所体现出来的悲剧的主导意象是不同的。从这三个人物的原形出发，每一个角色又可以互换，在这种互换中，形象之间出现了叠加，形象的叠加隐喻了人性的复杂、社会的险恶，由于这种你中有我、我中有你的性格、行为的叠加，原来固有的性格特征被解构为9种人物形象和性格特征，而这种"9"的概念代表了无限和多义，从而一举实现了林兆华的"人人都是哈姆雷特"的改编意图。正如巴赫金所说："审美的一个基本特点使它与认识和行为截然不同——这就是它的积极接受的性质……生活确实不仅存在于艺术之外，而且也存在于艺术之内，并具有自己的全部价值重量：社会的、政治的和认识的等等价值重量。"②

在这儿，不仅仅是角色间的简单换位和叠加，即克劳迪斯、波洛涅斯与哈姆雷特同时扮演哈姆雷特，而且，在几百年来最打动人心的这一段独白，在转换、错位之后，完全融合为他们所面临的共同的问题。这三个人物之间构成了互为"他者"的关系。"'他者'在一种拍摄—倒卷—拍摄的系列启蒙策略中被征引、被引用、被框定、被曝光、被打包。关于差异的叙事和文化政治成了封闭的阐释循环。他者失去了表意否定、生发自己的历史欲望，建立自己制度性的对立话语的权力。"③ "哈姆雷特代表正义、崇高、完美，国王恶贯满盈，大臣卑劣无耻，在这三个人物形象固有意义的背景映衬下，三个完全不同、有着天壤之别的人竟合而为一，既非好人也非恶人，他们都痛苦着同样的问题，用同样的口吻说着同样严肃的话，给观众的刺激显然是强烈的，其荒诞性不言而喻。而荒诞性的背后，是更加深刻的本质，即哈姆雷

---

① ［俄］巴赫金：《巴赫金文论选》，佟景韩译，中国社会科学出版社1996年版，第326页。
② 同上书，第275页。
③ 包亚明：《二十世纪西方美学经典文本》（4），复旦大学出版社2000年版，第358页。

特的痛苦不是他一个人的，国王克劳迪斯、大臣波洛涅斯也与他一样痛苦着。"① "'性格冲突'，正是要求剧作者着力于人物性格的塑造，使冲突双方都具有丰富、生动的个性，并通过他们之间的冲突揭示出具有普遍意义的社会问题。"② "他人的痛苦被我共同体验……对他人痛苦的共同体验是一种完全新的存在性现象，只是由我在他人身外，从我的唯一地位内在地实现的。"③ 角色的互换与叠合把复仇变成自残，一种毫无意义的荒诞行为，哈姆雷特的死亡意义被否定，变得毫无价值。在此，哈姆雷特的荒诞性被推到极端。

在林兆华那里，荒诞被演绎为悲剧的最高形式，这种荒诞性、先锋性能够从哲学层面上深刻揭示哈姆雷特和现代人所面临的同样的处境、同样的矛盾、同样的问题。隐藏于荒诞中的矛盾律犹如老子所言"反者道之动"④，矛盾双方一旦发展到了极端，就会转化为相反的方向。有着人文主义理想的王子死了，普通人的生活开始了，痛苦开始了，人性的不确定性、多样性在舞台内外留下了深沉的哲学思考，在观众内心深处也留下一个遥远的记忆。利用布景的假定性与现代观众熟悉的生活场景，将哈姆雷特等人还原为现代人，并面临与经典作品中人物同样的困境和精神痛苦；以人物形象和性格的互换与叠合作为其实现观照现代人精神家园的艺术手段，林兆华已经全面解构了我们对哈姆雷特的认识，同时颠覆或深化了历来对哈姆雷特的批评，在隐喻中完成了文艺复兴时期的《哈姆雷特》与当代中国的一次对视，完成了单纯的道德评判与对复杂人性审视的一次对照，完成了西方王子与中国普通人的一次对接，从而使我们在哲学与美学、人生与人性的深刻性、复杂性上对这一不朽形象有了不同于以往的认识，也使林兆华的《哈姆雷特》不同于一般的演出阐释，而更具有一种先锋实验精神。

---

① 刘烈雄：《中国十大戏剧导演大师》，中国人民大学出版社2005年版，第62页。
② 谭霈生：《论戏剧性》，北京大学出版社1981年版，第102页。
③ ［俄］巴赫金：《巴赫金文论选》，佟景韩译，中国社会科学出版社1996年版，第441页。
④ 老子：《道德经》（中英文对照），辜正坤译，中国对外翻译出版公司2007年版，第114页。

第二节　戏仿与隐喻：《理查三世》的叙事策略

林兆华的《理查三世》既深刻阐释出原作的深刻内涵，又在戏仿与隐喻中获得了部分观众的理解与认同，通过对莎剧这样的经典的演绎，林兆华力图探索莎剧所具有的巨大艺术张力和人性魅力，以及莎剧在舞台上呈现出来的当下性，其中既通过舞台叙述话语与当下观众理解的戏仿呈现了莎剧的魅力，又通过隐喻引发了观众对所谓的人性与权力的再思考。《理查三世》被推上中国舞台，显示出中国导演对莎士比亚剧舞台呈现方式的不懈探索。

林兆华的《理查三世》既不同于以往中国话剧舞台上的莎剧改编，也不同于戏曲改编的莎剧，而是在颠覆观众原有莎剧演出形式的认知中，借鉴戏仿与隐喻叙事，在中西文化、英国文艺复兴与当下中国的对接中，采用光与影来建构舞台叙事，正如林兆华自己所说："我感兴趣的东西是：阴谋者杀人、害人并不可怕，可怕的是人们对阴谋的麻痹感……这些被害者实质上是害人者的帮凶。"[1] 林兆华以此视点切入莎剧的思想价值，彰显其理性光辉、张扬其审美主张并建构起对莎剧精神的当代阐释，而以皮影的表现形式演绎《理查三世》也在某一点上契合了"真正有中华民族味道的舞台艺术"[2] 与莎剧对接，同时亦为世界莎剧舞台贡献出了一部具有先锋性质、后现代色彩浓重，打上了鲜明导演探索风格的话剧莎剧。

一　叙事的批判作用与多媒介指涉

林兆华的舞台叙事延续、扩展了文本叙事的生命。如果林兆华的舞台叙事仍然拘囿于理查三世在觊觎国家权力的阴谋中采取的是哪些伎俩，他是如

---

[1] 张誉介、林兆华、易立明：《〈理查三世〉采访笔录》，《戏剧》2003 年第 2 期。
[2] 曹禺：《曹禺的话》，张帆：《走进辉煌：献给热爱北京人艺的观众》，中国戏剧出版社 2007 年版，第 1 页。

何嫉妒王位和实施阴谋的,当下的观众兴趣不大,他们感兴趣的是林兆华通过其舞台叙事,是如何以戏仿和隐喻来演绎这一过程的:理查三世当着玛格莱特的面,杀死他年幼的儿子;闯入塔狱,杀死玛格莱特的丈夫亨利六世;又准备杀死克莱伦斯公爵;将爱德华四世的两个小儿子勒死;把克莱伦斯的傻儿子关起来,把他的女儿嫁给穷人;处死伊丽莎白的兄弟和前夫之子;杀死海斯丁这一系列事件。

林兆华为我们提供了身体之外已经在变形的魅影,戏仿和隐喻也使我们看到了莎士比亚对"社会政治秩序的彻底失望",① 以及林兆华式的悲哀。理查三世为了开脱自己的罪责说王上"他一向过着不检点的生活,把自己尊贵的身子过分糟蹋了"。② 他的如意算盘是"克拉伦斯啊,你别想再多活一天了。打发了他,让上帝把国王招去吧。下一步,我要娶华列克的小女儿为妻;是我杀死了她丈夫、她公公,又怎么样?要补偿这小妞儿,最简便的办法莫过于既做她的丈夫,又充当她的公公。这主意我打定了,决不是为了什么爱,只为了我私下另有个阴谋在心头,只有娶了她,才能实现我的计谋"。③ 这既是理查三世直言不讳的表白,又是他隐秘心理的大暴露。他篡夺王位,屠戮国王,娶被害者的小女儿为妻,根本不是为了什么爱情。而他却口口声声地说"正是你这花容月貌招来了祸殃呀——你太美了,为了能在你的怀抱里享受片刻的幸福,我可以把苍生都杀尽……你的美,就是我的白天,我的命"。④ 杀戮总是以爱的名义,实则是在满足情欲的基础上把一切权力都集中在自己手上。别把你小嘴巴噘得那么高,这朱唇天生是给人吻的,哪能这么憎恨人。你果真一心要报仇,不懂得宽恕,瞧,我这里借给你这把青锋剑,你想要解恨,就叫它闯进我胸膛,让爱你的真诚的灵魂得到解

---

① 赵澧:《莎士比亚传论》,中国人民大学出版社1991年版,第107页。
② [英]莎士比亚:《新莎士比亚全集·理查三世》(第九卷),方平译,河北教育出版社2000年版,第29页。
③ 同上。
④ 同上书,第36页。

脱吧。① 理查三世的苦肉计表演得毫不脸红和如此恬不知耻，难怪寡后一针见血地说：

> 让上天给你最大的惩罚，直到你恶贯满盈……你生来就是个怪胎，是地狱的魔鬼，是你母亲的尸身，是你父亲的谬种。你这个声名狼藉的家伙，你这个骗子。②

寡后指着王后说：

> 可怜的王后……你这个笨女人，自己给自己磨刀，总有一天你会求我，让我和你一起诅咒这个魔鬼。③

理查三世甚至毫不掩饰自己的魔鬼身份和欺骗的伎俩，而在这之后的一系列的谋杀也使他将以多重"叛逆者"的角色走完自己的生命旅程，我把她弄到手，可不打算长久留着她。怎么！我杀了她丈夫，她丈夫的父王，她把我恨死了，我却把她征服了。……为我的求爱，说句话。我依靠的只有魔鬼的假笑和奉承，却居然还是我赢了——把她骗到手！④ 理查三世的戏剧性的死亡是对"阴谋政治"的悲剧性控告，也是对"恶人政治"的有力警示。因为恶人、小人得势会给民族和个人带来灾难性后果，理查三世在人伦情感、人性方面，已经成为人类的公敌，成为统治阶层和社会的一个毒瘤，面临的是"共诛之"的命运。这时候的理查三世无论如何发狠，给人带来的也都是带有强烈批判意识的舞台叙事效果，而寡后也说：

---

① ［英］莎士比亚：《新莎士比亚全集·理查三世》（第九卷），方平译，河北教育出版社2000年版，第39页。
② 林兆华：《理查三世》（2007）［DVD］，杜冠华：《林兆华作品集》（Ⅱ），林兆华戏剧工作室、北京艺术音像出版社2007年版。
③ 同上。
④ ［英］莎士比亚：《新莎士比亚全集·理查三世》（第九卷），方平译，河北教育出版社2000年版，第43页。

你们所有的人都是上帝仇恨的对象。……你得罪的不是我们，得罪的是国王。①

我们知道，戏剧演出是由多媒介形态共同参与的话语建构，在它最小的叙事单位一个个场面的呈现中，"叙述故事的一段话语"②构成了故事中的场面。林兆华要求演员"你们都可以把自己的台词，根据你自己的感觉变成叙述"。③莎士比亚的语言通过舞台媒介的隐喻叙事，戏仿了奸雄的命运归宿与宫廷政治的黑暗、虚伪，将人性中的丑、恶、奸、爱、恨、民主与独裁、强权与弱小、生与死之间的博弈，以戏仿与隐喻的舞台表现方式，颠覆原作恢宏而深重的历史感、真切和象征的现场感，而将戏仿与隐喻融合的反讽、调侃、揶揄的叙事融合在一起，二者之间的嫁接在带给观众以强烈的现代视觉冲击的同时，对于统治者与政治更有了一个俯视的感觉。

可以说林兆华对《理查三世》的戏仿与隐喻，在某种意义上拓展、丰富了我们对于莎士比亚历史剧的认识，特别是对《理查三世》的理解。索绪尔的现代语言学理论表明，语言本身没有具体形态，必须通过言语才能体现，而戏剧的游戏规则也没有具体的形态，必须通过戏剧舞台的具体体现才能表现出来。④ 舞台上透明的三方体装置和中间悬吊的人形似的发光的金元宝，指涉的故事环境空间，让观众联想到在一个古堡或囚笼里，禁锢着的是黄金和行尸走肉，而演员对这个布景的整理、抻拉或进出，则在舞台叙事方面创造出一种间离的效果和隐喻。这种间离效果既表现为演员与角色之间的间离，也表现为舞台和观众之间的间离，其指涉的空间效果是既"阻止观众向人物

---

① 林兆华：《理查三世》（2007）［DVD］，杜冠华：《林兆华作品集》（Ⅱ），林兆华戏剧工作室、北京艺术音像出版社2007年版。
② 汤逸佩：《叙事者的舞台：中国当代话剧舞台叙事形式的变革》，中国戏剧出版社2006年版，第68页。
③ 张誉介、林兆华、易立明：《〈理查三世〉采访笔录》，《戏剧》2003年第2期。
④ 汤逸佩：《叙事者的舞台：中国当代话剧舞台叙事形式的变革》，中国戏剧出版社2006年版，第74页。

的共鸣和移情，以保持观众自觉的独立的批判意识和立场"，① 又以舞台叙事空间叙事造型表现出对故事深层意蕴的阐释。林兆华在《理查三世》的舞台叙事中所表现出来独特的价值在于对经典的平视态度，更为可贵的是表现出来的一种"展示人物心理情绪和表达一定的哲理思考的需要"，② 探索、创造意识，尤其是面对莎剧这样的经典改编时。

他对《理查三世》的改编，使我们看到了莎剧在当代中国舞台阐释的多样性，即中国导演借助于莎剧在当下中国语境中所拥有的对经典阐释的话语权，以及通过此话语权从"自然王国"走向"自由王国"进程中所要表达的对于人的哲学与审美思考。这种在导表演叙事方式上的朴实与时髦、戏仿与隐喻、反讽与批判的叙事，在使我们看到莎剧不朽价值的同时，也在舞台上彰显了莎剧的永恒价值和现代人对自己生存语境多层面的困惑。林兆华在《理查三世》中运用的游戏规则，正如后经典叙事学所显示出来的阐释作用的功能业已证明的一样，这样的"情教细语传"③ 的叙事已经不仅仅局限于对叙事文本本身的关注，而是在戏仿与隐喻的作用下，将叙事学讨论范围扩展到"讲述故事"的文化产品，④ 更是在戏仿与隐喻中将舞台建构表现为面对莎剧这样的经典时他的一种可贵的创造意识、当代意识和中国本土意识。

二 叙事：戏仿与隐喻

莎剧既是在西方写实戏剧的基础上发展而来的，又超越了写实与幻觉的限制，与"三一律"戏剧有很大差别。在西方写实戏剧的观念中，导演和演员仍然要改变舞台上的原始状态，尽可能地使表演接近现实，以便最大限度

---

① 周宪：《布莱希特的叙事剧：对话抑或独白？》，《戏剧》1997年第2期。
② 丁罗男：《中国话剧文体的嬗变及其文化意味（续）》，《戏剧艺术》1998年第6期。
③ 引自唐天宝年间（742—755）人常非月的《咏谈容娘》，见陈多、叶长海选注《中国历代剧论选注》，上海古籍出版社2010年版，第53页。
④ ［荷］米克·巴尔：《叙述学：叙事理论导论》（第二版），谭君强译，中国社会科学出版社2003年版，第1页。

地获得现场感。而当代戏剧表演,尤其是莎剧的改编,不但要在形似上下功夫,而且更加注重以身影"瞬间闪现"① 的舞台哲理建构整部戏剧的美学基础。"伟大的戏剧和叙事剧,像伟大的抒情诗一样,它们本身就是对生活原样或可能的样子所做的隐喻;它们进而成为批评的深层源泉,包括对生活的批评和对其他诗人用隐喻所表示的生活的批评。"② 这就涉及戏剧空间的营造,作为戏剧叙事的叙事空间的视觉调度只是叙述符号的能指,而故事环境空间是作为所指的对象而存在的,所以,林兆华的《理查三世》的"故事环境空间也同样可以在叙事空间中被自由表现"。③ 林兆华将舞台表演的有限时空与生活的无限时空相结合,④ 或者在有限时空之间进行转换,以此把叙事的建构中以戏仿和隐喻走向舞台的调侃、游戏、虚拟作为目标。所以舞台上不同阵营的交战只是以看似随意的列队、杂沓的行进中队形和双方的集体对视来完成。残酷、血腥的战斗,伴随着红色、黄色、灰色的背景,群山、田野、宫廷、天坛、皇家陵寝、巨大的石碑和具有现代感的进行曲音乐,剧中人一边扫地,一边谈论国王之死等内容。这已经把文本变为舞台上具有明显意味的戏仿与隐喻叙事,无论是死亡还是改朝换代都犹如打扫卫生,"话剧舞台叙事的内容一旦被允许'不真',演员表演的符号化特征就能充分表现出来"。⑤ 富于创意性的戏仿与隐喻叙事,凸显的是符号的集体属性,湮没的是角色的个性特征。这样的舞台叙事就已经在莎剧的"真实"中构建了后经典叙事的元素,并注入了戏仿与隐喻所指的现代戏剧元素。通过文本与舞台、真实与虚构、情感与情绪的间离,在经典与通俗、再现与表现、写实与写意、现代与后现代之间的交融中,既在第一层次上呈现了莎士比亚在《理查三世》中

---

① [美]哈罗德·布鲁姆:《剧作家与戏剧》,译林出版社 2016 年版,第 159 页。
② [美]韦恩·C. 布思:《修辞的复兴:韦恩·布斯精粹》,穆雷等译,凤凰出版传媒集团、译林出版社 2009 年版,第 83 页。
③ 汤逸佩:《叙事者的舞台:中国当代话剧舞台叙事形式的变革》,中国戏剧出版社 2006 年版,第 168 页。
④ 焦菊隐:《论民族化》,张帆:《走进辉煌:献给热爱北京人艺的观众》,中国戏剧出版社 2007 年版,第 149 页。
⑤ 张誉介、林兆华、易立明:《〈理查三世〉采访笔录》,《戏剧》2003 年第 2 期。

的言说，显示其心理动机，推动了故事情节和情感的发展；又在第二层次中借助于理查三世隐喻了当下语境中的人对阴谋的麻痹，对迫害的麻木。正如布斯所说的："在戏剧里，许多东西都是经由某一人物的叙说我们才得知的，因而，我们很感兴趣的常常是对叙述者内心和感情的影响，就像对得知作者必然要讲的其他事一样感兴趣。……对我们正在看戏的人来说却是很重要的。"① 戏仿与隐喻所透露出来的舞台叙述效果恰恰显示出后经典叙事的斑驳色彩。当下观众所习以为常的雄壮进行曲的整齐与嘈杂音响，与"理查三世的独白在很多场合都是面对着台下的观众，仿佛台上台下在进行思想交流"，② 让观众和发展中的戏剧叙事始终保持紧密联系，从而使宫廷中各色人物之间错综复杂的矛盾在理查三世的表白中叙述出来。理查三世的叙事已经成为调动所有人物行动，并以戏仿达到隐喻目的重要手段。

莎士比亚戏剧演出发展史表明，莎剧"经历了不用景、用复杂的景、恢复不用景、用景多样化这样反复曲折的发展道路"。③ 斯坦尼斯拉夫斯基在谈到舞台和演员的表演时曾说："舞台上所发生的一切都应该使演员本人信服，使对手和看戏的观众信服，应该使人相信那些和演员本人在舞台上创作时所体验到的情感的真实和所进行的行动的真实具有一种纯真的信念"。④ 而《理查三世》所具有的后经典叙事色彩，在使观众明白这是莎剧的同时，所要达到的舞台艺术效果，不是让观众进入幻觉，而是要让观众了解莎剧拥有多种阐释的巨大空间，这是20世纪中国舞台上的莎剧，是林兆华的莎剧。毫无疑问，林兆华站在了超越斯坦尼斯拉夫斯基戏剧理论的立场上，他不满足于使演员和观众"信服"那些真实情感和具有一种纯真信念，而是在注入当代舞

---

① [美]布斯：《小说修辞学》，华明、胡晓苏、周宪译，北京大学出版社1987年版，第170页。
② 濮存昕、童道明：《我知道光在哪里》，北京十月文艺出版社2008年版，第10页。
③ 田文：《关于莎士比亚戏剧用景和戏曲用景问题的思考》，中央戏剧学院莎士比亚研究中心编：《莎士比亚戏剧节专刊》（一），中央戏剧学院戏剧杂志社1986年版，第59页。而林兆华导演的《哈姆雷特》说明在上述几种莎剧舞台布景之外，还可以用景强化导演的主观意图。
④ [苏]斯坦尼斯拉夫斯基：《斯坦尼斯拉夫斯基全集》（第二卷），郑雪来等译，中国电影出版社1986年版，第208页。

台艺术手段的基础上，融入自身的叙事理念，引导当代观众对《理查三世》的认知。尽管《理查三世》已经与我们所看过的莎剧有很大的区别，以其戏仿与隐喻的舞台实践，实现了后经典性质的舞台叙事，并将现实主义或显或隐地融于后经典叙事的光、影、乐之中，利用光与影之间的无穷变幻，将变形的人物轮廓投射于舞台上，并利用屏幕将人物面部的表情加以放大，黑、白、灰的影像或具象、或抽象，在充分发挥中国戏剧写意与间离的美学表现手段，以及皮影、连环画的指涉功能，"有意强化戏剧假定性"① 以丰富观众的联想。在光与影创造的戏仿与隐喻的假定性中，《理查三世》带给观众的是具有多重思考层面的现代意义悲剧的深刻意蕴。

戏剧终究是要反映人、人所处的环境和人的生存状态的。但是在林兆华那里也可以通过形式的隐喻反映人，二者是相反相成的关系。林兆华宣称："在这个戏里，性格和思想相比，思想是重要的，性格是次要的。"② 我们看到《理查三世》的叙事始终围绕着莎剧原作的台词和表面上与台词背离的形式进行表演，在同一叙事空间，叙事与表演的结合所创造出的隐喻意义，已经借莎剧得到了更为有效的放大。当屏幕和布景中的画面和类似于哈哈镜中变形的人物投影隐喻，指涉了理查三世的猥琐、阴谋和阴暗心理以及宫廷黑暗之时，就已经通过戏仿把这位后来被推翻的金雀花旧王朝的末代君王的残暴、愚蠢、自负、奸佞、粗俗、下贱，而又唯利是图的人物形象勾画了出来，变形的人物投影隐喻了理查三世的阴暗心理世界，同时不仅仅指理查三世个人。当理查三世或赤裸裸、或假惺惺地说："我干下坏事，可又带头大吵大闹；是我暗地里布置下阴谋诡计，却嫁祸于人，叫别人背上黑锅。把三哥扔进了暗无天日的场所……从圣书中我偷来了一鳞半爪，掩盖了赤裸裸的奸

---

① ［英］安·塞·布雷德利：《莎士比亚悲剧》，张国强、朱涌协、周祖炎译，上海译文出版社1992年版，第128页。
② 张誉介、林兆华、易立明：《〈理查三世〉采访笔录》，《戏剧》2003年第2期。

诈——我的真相。我俨然是圣徒，却干着魔鬼的勾当。"① 这时候屏幕上的形状如骷髅一般的画面在叠加中徐徐划过，隐喻了人物性格的残忍与内心的孤独、无奈，此时的舞台叙事是在莎氏《理查三世》原有文本的基础上"从叙事文本或者话语的特定排列中抽取出来的、由事件的参与者所引起或经历的一系列合乎逻辑的，并按时间先后顺序重新构造的一系列被描述的事件"②。

换句话说，就是从其悲剧性和人性的复杂和多元角度出发，通过戏仿与隐喻所呈现的舞台叙事，以所有人的变形为"影子"，以"小人书"的连续性组合为表现手法，将一个奸雄的人格分裂过程，以及由于人性异化、物化所引起的严重后果呈现在观众眼前，以此建立与现代观众相联系的现代舞台莎剧的叙事方式。对于奸雄与权欲、虚伪与狡黠、民主与独裁这样的话题，归根结底是要建立在对人格的评判与人性的挖掘上，其实就是一个如何叩问当代人的灵魂的问题。在林兆华那里，性格不是最重要的，"我要表现出莎士比亚台词的魅力，而不是装腔作势地刻画所谓性格"，③ 也正如濮存昕与林兆华多次合作所体会到的"莎士比亚台词的精神和灵魂的表达比故事情节的说明更有意义，那就要看演员如何通过台词进入精神和灵魂的状态"。④ 这里的精神与灵魂其实就是对于人与人性的刻画，因为这也正是莎剧能够在舞台上长盛不衰的原因之一，其实也是林兆华改编《理查三世》的动力之一。

三 戏仿与象征，隐喻与思想

"莎士比亚悲剧的总格局是让一方力量在与对方的明争暗斗中发展，直至取得某种程度上的决定性成功，随后，在对方被激起的反抗下，形势急转直

---

① ［英］莎士比亚：《新莎士比亚全集·理查三世》（Ⅸ），方平译，河北教育出版社2000年版，第62页。
② 濮存昕、童道明：《我知道光在哪里》，北京十月文艺出版社2008年版，第21页。
③ 张誉介、林兆华、易立明：《〈理查三世〉采访笔录》，《戏剧》2003年第2期。
④ ［英］安·塞·布雷德利：《莎士比亚悲剧》，张国强、朱涌协、周祖炎译，上海译文出版社1992年版，第188页。

下，最后以失败而告终。"① 在《理查三世》中，林兆华以戏仿形式隐喻人物内心的"最高真实"和人物的心理、情绪变化为目标，但是这种探索却并非仅靠传统意义上的矛盾冲突，而是采用对白与叙事的交替，将矛盾冲突外化，以戏仿达到隐喻的舞台艺术效果。《理查三世》在对奸雄屠戮、权贵阴谋与弱势臣服的舞台叙事中，以戏仿的手法将戏剧对白朝廷创造，通过夸张、荒诞、变形的舞台表演，构建全新的舞台叙事，从而引导观众在全新的舞台叙事建构中，引导观众从人性的普遍性视角，以游戏之心态认识权力与暴政、嫉妒与阴谋、群治与独裁之间的各种错综复杂的关系。例如在戏剧结尾时，在无数模糊的类似于"底片"的人物麻木的面目表情中，宣布了：

> 勇敢的里士满，这是您的丰功伟绩，如今这顶桂冠终于从篡位者的头顶摘下，我们要把它戴在您的头上，接受、享受、利用它吧。②

林兆华以理查三世的几次谋杀并最终失败建构了丰富的戏仿形式，并以戏仿的人与事在隐喻中凸显其当代莎剧的艺术特点。林兆华在舞台上交叉使用转喻和隐喻的叙事手法，实现了《理查三世》"整体隐喻性故事"的形式创新。③ 舞台上的各色人物在光、影、乐渲染的戏仿中，通过隐喻，把尖锐的心理较量、矛盾冲突与性格碰撞外化为一系列符号，在人物心理变化的大起大落的曲线中，引导、带领观众进入预先设置的戏剧情景之中，对邪恶人格和非人性进行了嘲讽、揶揄。尽管文本无法对人物心理活动进行详细的说明与剖析，但是《理查三世》到了林兆华手里却借助于"皮影式"的戏剧行动、布景、舞蹈"直接形容与间接表现"④ 等对人物的行动给予隐喻指涉。

---

① 申丹、王丽亚：《叙事学：经典与后经典》，北京大学出版社2010年版，第259页。
② 林兆华：《理查三世》（2007）［DVD］，杜冠华：《林兆华作品集》（Ⅱ），林兆华戏剧工作室、北京艺术音像出版社2007年版。
③ 汤逸佩：《叙事者的舞台：中国当代话剧舞台叙事形式的变革》，中国戏剧出版社2006年版，第216页。
④ 谭君强：《叙事学导论：从经典叙事学到后经典叙事学》，高等教育出版社2008年版，第168页。

理查三世巨大的阴影投射于肮脏的幕布之上,象征了他及其一类人的邪恶一生,以及灵魂深处所暴露出来的致命弱点和极端私欲,对女性的侮辱与对他者蔑视,隐喻了一个人或一类人不断滑向反人类、反社会泥沼的舞台叙事。

  毫无疑问,莎士比亚"在外表与内心之间建立联系"①,对现实的思考有一定的深度,尤其体现在《理查三世》这样具备了强烈批判精神的莎剧上。为了鲜明地表现理查三世这类奸雄与集体和社会的对立与矛盾,林兆华设置的是充满隐喻、象征意义的舞台。杂乱的舞台、杂沓的队列、变形的人影、无序的音响、嘶哑的号叫,映射出《理查三世》中的荒唐与无序,以及人的价值观的极度扭曲和道德水准的快速下滑,充分暴露了"这世界充满了欺诈,而且理查戴上国家的花环之后,也没有什么变化"。② 此一隐喻通过欺骗、挑唆、伪善、造谣、不孝、奸诈、背叛、迫害、荒淫、恶毒、贪婪等元素进行呈现,无疑带给经济社会快速增长下的中国社会的观众综合性联想:"恶的是当憎恶的。"③ 让我们感到惊讶的是,即使理查只是统治者的一个影子,他仍然关心老百姓是怎么说他的:"国王是如何骄奢淫逸,如何强奸民心,他的独断专行。"④ 而当理查三世手执话筒叫嚣"国家还是需要我的,即使需要我,但我也无力帮助你们",⑤ 当民众面对被升降机升高的理查三世高呼"不要拒绝我们的爱戴",幕后却传来一片"杀了我,杀了我"的呼喊,此时,投射于屏幕的则是蚂蚁的乱爬、乱撞。在颠覆某种深邃历史感和宏大史诗性的时代语境中,给人物戴上面具,使他们成为戏剧"小人书"中的人物。此一戏剧"小人书"式的戏剧表现契合了现代人的认知习惯,漫画式地刻画了这类恶人的可悲宿命,同时通过隐喻辐射直达当代人的内心深处。庞大的、混乱的、

---

 ① [美]M. H. 艾布拉姆斯:《以文行事:艾布拉姆斯精选集》,赵毅衡、周劲松等译,凤凰出版传媒集团/译林出版社2010年版,第142页。
 ② 林兆华:《理查三世》(2007)[DVD],杜冠华:《林兆华作品集》(Ⅱ),林兆华戏剧工作室、北京艺术音像出版社2007年版。
 ③ 颜元叔:《莎士比亚通论·历史剧》,台湾书林出版有限公司1995年版,第88页。
 ④ 林兆华:《理查三世》(2007)[DVD],杜冠华:《林兆华作品集》(Ⅱ),林兆华戏剧工作室、北京艺术音像出版社2007年版。
 ⑤ 同上。

嘈杂的，即宫廷与应当俯视的理查三世之间的舞台呈现，已经将技巧的作用发挥到了极致。因为有时"技巧也能震撼人的心灵，这是我们在欣赏戏曲艺术中感受到的，是我在现代戏剧表演艺术上的追求的根据"。① 导演将人物压缩成为"皮影"映现出来的影子，而"皮影式"的表现形式则从根本上颠覆了我们观赏莎剧的习惯。林兆华让观众惊讶、习惯于他对《理查三世》的戏仿与隐喻叙事。当演员穿梭于其间，观众的目光所及，一幅幅具有隐喻宫廷内幕的场景以及光怪陆离的变形人影投射于观众面前，预示了宫廷的神秘、人性善恶的同构。扮演约克公爵夫人的张英的体会是"我们人人都可能是理查，我们人人都可能是妈妈"。② 理查三世和他的对手之间的利益诉求永远不可能得到协调。理查三世的所作所为已经构成了对整个统治集团的巨大威胁，他与整个统治集团之间有了一条不可逾越的鸿沟。所以，在这个戏剧场面中，充满隐喻的舞台布景将这种具有明显暗示色彩和历史纵深感的对立性表现得淋漓尽致。强烈的色彩对比使人在期盼中感到了压抑、绝望和血腥，也感受到了某种悲哀和无奈，并为后来理查三世的悲剧结局作了极为有力的叙事隐喻。而舞台空间处理为营造氛围、渲染气氛、宣喻矛盾斗争创造出了环境，对人物形象、性格作了剪影式的勾勒，通过戏仿与隐喻所提供的联想空间，为观众提供了无限的想象余地。

这样的舞台调度不仅强化了围绕着权力的再分配，统治集团之间的尖锐矛盾和斗争，以及围绕着矛盾、斗争所采取的一系列暗杀与阴谋手段，也为剧中人物的心理世界营造出一个滥情、卑鄙、骄傲、自高自大与渺小卑微相交织的舞台艺术氛围，在戏仿与隐喻的作用下，观众以无限的想象空间，将其与大起大落的人生命运、变幻莫测的人物心理通过舞台上的艺术元素，通过暗示或明示与当下进行比对，从而使舞台元素在戏仿与隐喻的作用下，成为叙述人物性格特征的舞台叙事，也成为表现人物命运的叙述工具，不落俗

---

① 林兆华：《垦荒》，王翔、黄纪领主编：林兆华戏剧中心编印，第65页。
② 张誉介、林兆华、易立明：《〈理查三世〉采访笔录》，《戏剧》2003年第2期。

套地深刻揭示出造成理查三世人性悲剧的真正原因。

戏剧中的矛盾冲突往往在情节发展的转折点出现，并且决定着戏剧情节的发展方向。理查三世的心理表白既是行动的依据，也是造成矛盾的内在心理动因，矛盾的最终结果决定着剧中很多人物的生死命运。按照林兆华的说法："这个戏语言是莎士比亚的，我找的这个形式里面根本不是莎士比亚的内容……在舞台上的行动、游戏和莎士比亚台词的内容是相悖的。"① 理查三世的"表白"作为人物心理的外化和行动的依据，贯穿于全剧的始终。而林兆华面对理查三世的一系列心理表白，采用不同的戏仿与隐喻形式外化为戏剧行动，使林兆华的《理查三世》的舞台产生了独有的戏仿式艺术概括力和隐喻表现魅力，使观众通过隐喻对人性的思考大于人物性格的呈现。每当矛盾冲突的关键时刻，《理查三世》中人物的"表白"就以皮影的放大和变形，再借助于屏幕中连续划过的影像，促使观众产生无穷的联想。这时候观众的联想，已经一举越过了对人物形象的认识，成为连接莎剧与当下，求证人性中的不变因素，使灵魂与精神受到洗礼，感受莎剧带来的愉悦的一次观赏活动。

在一个个经过林兆华分解和重组的戏剧行动和场景中，《理查三世》中的光与影已经突破了文本所提供的情节范围和具象的束缚而获得某种新的飞跃，"从戏剧场景所叙述的具体事实中，引发出具有普遍意义的哲理"。② 通过光与影的戏仿与隐喻的"戏剧言语"，当叙述者直接面对观众时，戏仿不仅包括了叙述者的话语，还利用叙述过程中的表情、动作和语气等使文本叙事转化为隐喻的舞台呈现。此时，口头叙事中的叙述话语和叙述行为③在其共时存在中，已经转化为光与影的隐喻，"就事演戏"④ 般地把理查三世所显示的奸雄特色和悲剧宿命与当下社会中的世俗生活融合在一起，演奏了一曲透视人性的众生杂合的多重奏。从而使人性的普遍性与永久性，在隐喻中将悲剧的历

---

① 张誉介、林兆华、易立明：《〈理查三世〉采访笔录》，《戏剧》2003年第2期。
② 林克欢：《多声部与复调——"戏剧的叙述结构"之四》，《剧本》1988年第9期。
③ 申丹：《叙述》，赵一凡等：《西方文论关键词》，外语教学与研究出版社2006年版，第738页。
④ 胡度：《胡度文丛》（上卷），四川文艺出版社2011年版，第80页。

史感与现场感中交熔于一炉。此时的舞台叙事已经赋予了形象本身超越文本自身意义的更为丰富的哲学与美学思想内涵，就如同中国戏曲中副末所承担的"以陈述一剧开场词为专门"① 的任务，已经由人物、光、影共同承担一样，林兆华《理查三世》的剧情已经超越了剧中人物的命运归宿，人物形象也已经一举超越了具体的理查三世，而与普遍的人性和当下中国观众所处的语境发生了某种联系。林兆华所营造的这种现场感，在既定的悲剧发展方向之外和人物的悲剧命运的指向中，暗示人性的弱点，在既写实又写意的重构场景中，不再囿于具体事件和故事端倪，而是通过戏仿与隐喻转化为诗化的舞台意象和现实化的舞台之外的人生与人性联想。

该剧既以莎剧原作《理查三世》的批判精神为依托，又借助于林兆华所设计的特殊戏剧形式，直接向观众说话的《理查三世》在戏仿与隐喻中与现代观众达成默契并产生共鸣，"隐含作者此刻就是个道德家"②。从这一采用戏剧行动的戏仿和利用光与影的皮影式隐喻的艺术表现手法，既摆脱了"真实幻觉"的限制，又在虚拟的基础上充分发挥符号属性，③ 通过简洁艺术风格的改编和大胆创新，以现代表演形式，对莎剧的现代性进行了卓有意义的探索。《理查三世》可以说是在林兆华改编的三部莎剧中，最具探索精神和后现代意义的一部莎剧，在体现原作批判精神的前提下，建构了莎剧的现代性，同时也使林兆华的莎剧改编，通过舞台叙事层面，从审美的"自然王国"过渡到审美的"自由王国"。

林兆华导演的莎士比亚戏剧《理查三世》在光与影的叠加中将隐喻与戏仿发挥到了极致，尽管对于林兆华的舞台阐释众说纷纭，赞同、欣赏的人并不多，但是，我们却不得不承认，《理查三世》是中国话剧舞台上一部全新风

---

① [日] 青木正儿：《中国近世戏曲史》，王古鲁译，蔡毅校订，中华书局2010年版，第386页。
② [美] 韦恩·C. 布思：《修辞的复兴：韦恩·布斯精粹》，穆雷等译，译林出版社2009年版，第260页。
③ 汤逸佩：《空间的变形——中国当代话剧舞台叙事空间的变革》，《云南艺术学院学报》2004年第3期。

格的莎剧，而且是一部极具主观创意的莎剧。由光、影的戏仿所组成的《理查三世》，所追求的叙事效果充满隐喻特征和调侃色彩，内涵已经通过经典文本的重构被置换为现代舞台叙事。

林兆华探索式的《理查三世》与北京人艺一贯的舞台风格有着不小的距离，在获得一部分观众认可的同时，也使一部分观众感到了失落和不满足，该剧在林氏戏剧中并不算一部叫好又叫座之作。在莎士比亚那里，《理查三世》是一个大悲剧，但林兆华却用一个"喜剧的方式表现出来"。① 我们从戏仿与隐喻的叙事角度观察，可以说，《理查三世》在颠覆人物、颠覆对白、颠覆布景，甚至颠覆我们已经习惯的莎剧表演形式的基础上，以戏仿为主要叙事手法，将莎士比亚的《理查三世》严肃、残酷和凝重的悲剧主题，通过隐喻置换为一系列皮影、连环画与漫画式的舞台画面。如果我们将舞台上呈现的画面衔接起来，就组成了一本《理查三世》的戏剧连环画，人物之间的对话则组成了"小人书"中讲述的故事，而作为形式的舞台媒介则整体性地参与到"叙述话语"中来，并以"间离效果达到反幻觉、推翻'第四堵墙'的目的"。② 从该剧所呈现的效果来看，戏仿使该剧更具现代意义，隐喻则使该剧的思想、思考价值得以彰显。但是，林兆华的《理查三世》改编毁誉参半，甚至毁大于誉，因为"隐喻本质上就要求接受者拥有更丰富的创造力，隐喻承受着更大的风险"。③

四 当代阐释：光与影中的戏仿与隐喻叙事

我们看到林兆华的《理查三世》对莎剧的舞台呈现方式进行了颠覆性的探索，其表现手法通过戏仿与隐喻的自在运用，以富有艺术创意和现代感的

---

① 张誉介、林兆华、易立明：《〈理查三世〉采访笔录》，《戏剧》2003年第2期。
② 汤逸佩：《叙事者的舞台：中国当代话剧舞台叙事形式的变革》，中国戏剧出版社2006年版，第23—24页。
③ ［美］韦恩·C. 布思：《修辞的复兴：韦恩·布斯精粹》，穆雷等译，译林出版社2009年版，第212页。

叙事，舍弃了性格化表演，舞台叙事呈现的是非写实的形态。① 该剧不沿袭莎士比亚时代诗剧的演法，正如林兆华所说，建构的是"理查的叙述这样一条线……也就是说他一边实施着这些阴谋，一边叙述着理查的故事，我想建立这样一种东西：他既是叙述人，又是故事里边的人，还是事件的导演，这个阴谋是他策划的"。② 在舞台上，该剧以破除生活幻觉的社会政治语境和司空见惯的宫廷权力斗争、阴谋作为叙事背景，通过对清除通往权力宝座的障碍、践踏人的尊严、不择手段的无耻行径的戏仿叙事，通过莎剧语言与表演之间的分离，对叙述者与他所讲述的人物的关系进行考察，"隐形叙述者大于人物，显形叙述者等于或小于人物，"③ 强调其叙事的调侃、游戏、辛辣的嘲讽。《理查三世》借重的是莎士比亚的原作，而颠覆的则是既有的舞台呈现方式。

为此《理查三世》大胆融入、创造了现代意识的舞台表现手法，利用光与影之间的有机组合，以小竖领白衬衣、黑色的西装，相似的动作，流动的屏幕作为理查三世"掌控的游戏（政治游戏）的棋子，就是投映在后墙或后幕上的影子"。④ 此种戏仿时代环境的舞台表现形式，在隐喻中，较好地胜任了中国导演对《理查三世》的一次当代莎剧阐释。

为什么如此改编《理查三世》？为什么林兆华要借用光与影的外在舞台表现形式反映《理查三世》阴谋实施并由此隐喻人性的堕落？如果要寻找答案，用林兆华自己的话来说就是"每出戏找每出戏的风格"。⑤ 隐含在故事中的创作者"主要关心的是什么能吸引听众，什么能使'产品'卖座……'观众会接受什么样的故事'"⑥。至今，呈现在舞台上林氏所改编的莎剧是"一戏一

---

① 汤逸佩：《叙事者的舞台：中国当代话剧舞台叙事形式的变革》，中国戏剧出版社2006年版，第235页。
② 张誉介、林兆华、易立明：《〈理查三世〉采访笔录》，《戏剧》2003年第2期。
③ 林克欢：《叙述者——"戏剧的叙述结构"之二》，《剧本》1988年第7期。
④ 林克欢：《历史·舞台·表演——评林兆华的文化意向与表演探索》，《艺术评论》2005年第7期。
⑤ 林兆华：《戏剧的生命力》，王翔、黄纪领主编，林兆华戏剧中心编印，第73页。
⑥ [美] 韦恩·C. 布思：《修辞的复兴：韦恩·布斯精粹》，穆雷等译，译林出版社2009年版，第263页。

格"①，用这个标准来衡量《理查三世》，其呈现给观众的舞台表现方式，正是林氏探索精神、不拘一格，注重感受的风格的具体体现。

从本质上看，林兆华的《理查三世》借用的只是莎剧文本主要内容和情节，其舞台叙事形式则以皮影式戏仿与戏仿所要达到的隐喻效果，为当代观众带来了异样的视觉冲击。我们看到在林兆华的"从形式开始"②的舞台叙事中，《理查三世》的舞台呈现已经转化为运用形象、声音、虚拟化表演、符号化的舞台空间等舞台媒介建构的"能道人心"③的演出叙事文本，六道光影和白色的帐幔戏仿了宫廷的环境，交错的前进与后退的队列形成了时光的流动感，投射于幕布上的放大的瞳瞳人影隐喻了人与人格的变形与分裂，舞台上"老鹰"的利爪置小鸡们于死地，"小鸡"中也包括自己的哥哥和亲人，舞台上的游戏被投影于幕布之上，"小鸡们"一个个死于"老鹰"的魔爪之下，麻木、麻痹而毫无办法，影子—舞台—叠加的隐喻使观众能够在莎剧所蕴含的经典意义之下，通过老鹰捉小鸡的游戏，把叙事的视点映射于宫闱夺权及其党争。该剧中的舞台叙事表明，在故事（récit）与话语（discours）的结合中，莎剧的故事在不同媒介、文化、语言、光与影、音乐的转换之中已经成为"被叙述的基本材料"④。将戏剧中的人物、情节、对话置换为这些"基本材料"，其戏剧中的主要材料就已经被完全颠覆了。

林兆华所追求的是"在戏剧舞台艺术的组合中，将故事结合进叙事文本中"，其叙事已非传统的叙事文本，而是重新在舞台上建构的言语、动作、布景、音乐、灯光等的重新组合。这种叙事利用戏仿式的"艺术组合与结构"⑤建构了隐喻和隐喻所指的意义。在林兆华认为"对白是现实的对白，对白又可以变成叙述，这些我们的演员不会，但中国传统的说唱艺术就会，你想如

---

① 濮存昕、童道明：《我知道光在哪里》，北京十月文艺出版社2008年版，第130页。
② 张誉介、林兆华、易立明：《〈理查三世〉采访笔录》，《戏剧》2003年第2期。
③ 蒋观云的《中国之演剧界》，原载《新民丛报》第三年第十七期（1905年3月20日），（在该文中他提到："今欧洲各国，最重莎翁之曲，至称为唯神能造人心，唯莎翁能道人心。"）
④ 谭君强：《叙事学导论：从经典叙事学到后经典叙事学》，高等教育出版社2008年版，第6页。
⑤ 同上。

果把对白能够变成一种叙述,再有一层,把对白这些现实的东西,变成心理的东西去表现,它就赢得了更大的自由"。① 由此,《理查三世》的舞台叙事在嫁接的莎剧台词与表面不相干的表演动作之间达成了某种默契,当我们展开皮影之时,一部完整、连续的皮影连环画就呈现在了我们眼前,展开了当下中国语境下,从叙事者的角度对它们所作的讲述。

舞台下的观众则无非在集体阅读这部采用时空错位处理手法演绎的"皮影小人书"。这部"小人书"对剧情给予压缩和缀连,"将人物置于高倍望远镜或哈哈镜之下放大和变形,任意折叠时空使外部动作的连续性中断"②,由光、影戏仿所组成的《理查三世》,所追求的叙事效果充满隐喻特征和调侃色彩,内涵已经通过经典文本的重构被置换为现代舞台叙事。尽管舞台上所有的台词并非都是莎士比亚原作中的,但舞台所提供的叙事语言则被林兆华宣称是莎士比亚的,其实林兆华为自己和当代观众拼贴的台词也不在少数。而总的精神则是,在理查三世荼毒生灵的本质并没有改变的情况下,通过凸显戏仿与隐喻赋予舞台叙事的现代性,反映的是整个社会、世界、人类的处境。这种叙事策略使《理查三世》既属于莎士比亚这样的经典戏剧,又跨越了时空、文化,不仅仅属于莎剧这样的经典,而与当下的中国观众面临的社会环境、文化语境,以及人性中的"恶"发生了联系,并因此引发有关人的本质、人性善恶的深层次思考与感喟。《理查三世》通过对权力欲望、民主政治的戏仿,隐喻并展示了一个奸雄如何为了实现权力欲望而堕落为一个魔鬼的过程。

林兆华将莎士比亚这一较为冷僻的历史剧搬上了中国舞台,不但解构了我们对宏大的莎氏历史剧的期待视野,颠覆了我们对莎剧舞台叙事方式的认知,而且通过对野心与杀戮、英雄与小人、阴谋与虚伪、篡国与复国、杀戮与求生等多重意象的舞台组合叙事,构建出对经典无穷的阐释方法和方式,并通过舞台显示出具有当下意义的叙事延伸空间。"艺术作品的核心标准不再

---

① 张誉介、林兆华、易立明:《〈理查三世〉采访笔录》,《戏剧》2003 年第 2 期。
② 叶志良:《当代戏剧的叙述方式》,《戏剧》1998 年第 2 期。

是真实，或是为了博取与现实一致的信任感，而是它的真诚，在于它能否与艺术家情感的真挚表达保持一致。"① 为此，林兆华通过构建光与影的舞台世界，恰到好处地拿捏出莎剧所蕴含的深层思想意义，敦促观众在隐喻之中得到俯视人性善恶的游戏。《理查三世》以对"阴暗心理的暴露"独裁政治的讽喻建构的叙事层次，在认知层面使观众获得的是一次不同于以往的《理查三世》。林兆华的《理查三世》将莎氏的文本叙事转化为戏仿舞台叙事，理查三世巨大的阴影，挤压着众人的生存空间，折射出权力的显赫、人性的邪恶，权欲的危害性和野心的可怕与可恶，以及所谓的民主政治的脆弱性，愚昧之下的麻木、善良中的麻痹，民主政治随时可能被别有用心之人利用的危险性；在具有现代感的灯光勾勒的僵尸形象中，理查三世哀鸣"一匹马，给我一匹马，用整个的王国换一匹马"②，将恶棍的众叛亲离、骄奢淫逸、刚愎自用、鲁莽、嫉妒、孤独和所谓民主中的遗憾，在充满游戏与隐喻的舞台叙事中展示出来，恰当、有目的地迎合了当下戏剧观众的游戏心理，其戏剧叙事不仅展现了莎士比亚对人性、权力欲望、占有欲望的嘲讽，更为值得注意的是，让观众通过颠覆的悲剧叙事，以更加宏观的视角、更为轻松的方式、更为放松的心态了解莎剧的普世意义，以及经典的无限阐释空间所辐射出来的多重思考。

五　叙事层面的交叉与互换

林兆华所带给我们的舞台叙事启示是，奸雄是人，是恶人，是小人，但也是普通人。他们的邪恶在其"身份"的映照下往往表现得更为突出，甚至更加强烈。理查三世的邪恶性格与他所篡夺的权力，不仅造成了他人的悲剧，甚至使国家、民众和民族蒙难，而理查三世正是集各种邪恶于一身的一个时

---

① ［美］M. H. 艾布拉姆斯：《以文行事：艾布拉姆斯精选集》，赵毅衡、周劲松等译，译林出版社 2010 年版，第 142 页。
② 林兆华：《理查三世》（2007）［DVD］，杜冠华：《林兆华作品集》（Ⅱ），林兆华戏剧工作室、北京艺术音像出版社 2007 年版。[本文中的台词均引自《林兆华作品集》（Ⅱ）]。

代的奸雄，舞台叙事显示其篡位的本身，也是一个悲剧。所以，林兆华的舞台叙事并不在于直接揭露理查三世的罪恶，而在于通过游戏式的戏仿，映射、隐喻了人性和人生的悲剧。"这个戏的人物刻画就在现有的莎士比亚的语言当中"。[①] 林兆华有意识地削弱所谓的人性，"我的目的就是要建立理查的叙述"。[②] 但也不可否认的是，《理查三世》表现的人性缺陷已经在其叙事中，以游乐的戏仿形式嘲讽、调侃以及黑色幽默，把表现一个"残酷游戏"，甚至"连战争场面也是游戏"[③] 的叙事，转换为各式各样的游戏，隐喻引发处于"野心""阴谋""奸佞"与"贪婪""淫亵"的集体无意识作用下的"集权政治的危险性"与人无限膨胀的欲望，往往会给国家、民族带来更大的灾祸，具有更大的危险性，会给个人带来灾难性后果，对社会、城邦、国家与民族的生存，也会造成更加明显的破坏，其叙事效果则在隐喻中指涉了当下社会普通人性中潜藏着的上述心理因素。林兆华的《理查三世》借莎士比亚所描述的历史上曾经无数次上演过的血腥的宫廷政变，以隐喻形式再现了莎氏原作所揭示的人在环境中所显示出来的人性的缺失和重大人格缺陷，在戏仿式的杀戮、战争中，隐喻指涉了野心家与独裁统治的致命弱点，而"下跪"与"反抗"的对比则隐喻了理查三世心理与行动的逻辑依据，以及通过戏剧反映出来的世态百相，深刻嘲讽了野心家、篡位者的虚伪性、反动性，颠覆了统治者的所谓正人君子形象。

林兆华的舞台叙事创造出了对统治者、宫廷、战争、爱情、婚姻、争斗的戏仿与隐喻。《理查三世》中的群众场面、杀戮现场、战斗场景总是伴随着现代音乐的反复运用，在营造出的乱哄哄、多变、野性而无序的场景中，呈现出当代世界的多元化与碎片化。无论是理查三世的多次杀戮，对手之间的正面对决，还是其假惺惺的求爱，以及"给我一匹马"的最后哀号与挣扎，现代乐手的间离式演奏，不仅使叙事增强了反讽效果，而且使宫廷的阴暗显

---

① 张誉介、林兆华、易立明：《〈理查三世〉采访笔录》，《戏剧》2003年第2期。
② 同上。
③ 同上。

得更为扑朔迷离与神秘莫测，也使舞台叙事在表面轻松的同时，看到人性的黑暗与宫廷斗争的残酷性，在不经意间显得更为残酷和黑暗。这样的叙事效果显然离不开叙事者的介入。在《理查三世》中，"叙事者（讲解人）拿着书对情节作照本宣科似的朗读……第一叙事层面的讲解人讲述故事的过程与被讲述的故事的第二叙事层面的表演……演员与所扮演的角色之间的关系是不固定的，可以随意地互换……叙事不再具有主宰的地位，不再成为演出得以进行的主要目的"，① 而叙事人拿着剧本朗诵，以及与理查三世的对话尤为值得关注：

> 恶魔也会说真话，太棒了！他们死了，是被你这个恶魔杀死的。②
> 理查三世则恶狠狠地说：
> 把光幕放下来。
> 我让你放就放，不然叫你见阎王……请允许我在你的面前洗刷我的恶名。③

叙述人被投影在大屏幕上。此时的叙事者表现为：叙事人、寡后、安妮之间的转换，故事的讲述者现身于舞台，故事被讲述的特征非常明显，演员与角色先分离，然后再与某一角色合为一体。此时，叙事与中国戏曲中助演之男角色"最重要角色"④ 的副末承担"以陈述一剧开场词为专门"⑤ 的任务有些类似。此时的"对白又可以变成叙述"，⑥ 叙述人与剧中被任意宰割的"小鸡"合二为一，坐在了安妮身上与理查三世对话。此时的叙事主体已经发生了转移，由故事外的叙事人，即异故事叙述者，转移为故事内的叙事，即

---

① 汤逸佩：《试论中国当代戏剧叙事观念的演变》，《戏剧艺术》2002 年第 3 期。
② 林兆华：《理查三世》（2007）［DVD］，杜冠华：《林兆华作品集》（Ⅱ），林兆华戏剧工作室、北京艺术音像出版社 2007 年版。
③ 同上。
④ 齐如山：《国剧艺术考》（二），辽宁教育出版社 1998 年版，第 387 页。
⑤ ［日］青木正儿：《中国近世戏曲史》，王古鲁译，蔡毅校订，中华书局 2010 年版，第 386 页。
⑥ 张誉介、林兆华、易立明：《〈理查三世〉采访笔录》，《戏剧》2003 年第 2 期。

同故事叙述者，异、同故事叙事者承担了一肩三任的任务：叙事者—寡后—安妮，这种人物身份的自由转换，使物质层面的能指，与客体对象之间的所指，在真与不真之间来回摆动，使戏剧表演像语言符号一样构成"叙事话语"，[①] 而"小鸡们"则以陈尸于舞台，以"无言"的叙事显示出了此时无声胜有声的隐喻。林兆华对这种悲剧叙事的舞台呈现，甚至可以引发当下更为关注自我的观众，在《理查三世》之外对现实政治和社会产生丰富的联想。由于"叙事讲述的任何事件都处于一个故事层，下面紧接着产生该故事的叙述行为所处的故事层"，[②] 观众从该故事层的隐喻叙事中，由篡位者与被篡位者之间的根本对立，权力之间的尖锐冲突体悟到的亘古不变的人性，而由权力冲突造成的社会动荡和不安宁感，也是当下社会人们有可能面临的普遍问题。观众亦可以借戏仿与隐喻对民主、集权、野心、独裁、狂妄及其人的生存在游戏的心态下，丰富其认知能力。而这一点也构成了当下改编莎剧这样的经典所具有的现代性。林兆华的戏仿与隐喻使经典作家和作品不断被其他作家引用和喻指……而且被纳入文化群体的话语中，成为文化生活的一个组成部分……长期被纳入舞台演出，通过演出、教学和知识传授使莎剧得到普及和延续，[③] 这一贡献我们是应该充分予以肯定的。

林兆华的《理查三世》既颠覆了以往中国话剧舞台上的莎剧审美形式，又对莎剧舞台表演形式进行一次艺术创新。该剧在解构观众对莎剧演出形式的期待中，突出戏仿与隐喻叙事，采用光与影来建构丧失了人性的野心与阴谋的舞台，通过光与影明暗对比变化，折射隐喻野心的膨胀、人心的麻木、人性的卑劣与险恶。正如林兆华自己所说："我感兴趣的东西是：阴谋者杀人、害人并不可怕，可怕的是人们对阴谋的麻痹感……这些被害者实质上是

[①] 汤逸佩:《叙事者的舞台：中国当代话剧舞台叙事形式的变革》，中国戏剧出版社 2006 年版，第 37 页。

[②] ［法］热奈特:《叙事话语新叙事话语》，中国社会科学出版社 1990 年版，第 158 页。

[③] 刘意青:《经典》，赵一凡等:《西方文论关键词》，外语教学与研究出版社 2006 年版，第 282 页。

害人者的帮凶。"① 林兆华以此视点切入莎剧的思想价值,彰显其人文主义的理性光辉,"就事演戏"② 般张扬其审美主张并建构起对莎剧精神的当代阐释,以皮影、连环画,甚至漫画和速写,对应莎剧的"开放式"③ 表现形式。尽管舞台上摇曳的光与影在深层次上隐喻了该剧的"阴谋与麻木"的主题,但却是以牺牲了观赏价值为代价;尽管在形式上也借用"真正有中华民族味道的舞台艺术"④ 的表演手法,但也不乏对后现代表现形式的大胆张扬。林兆华在《理查三世》中,由于其舞台建构的晦涩,实验性表现手段的杂糅,而使观众对莎剧的审美期待被颠覆于光怪陆离的形式之中;但在以其为导演理解的主导思想开道的舞台,却为世界莎剧表演贡献了一部后现代色彩浓重,具有特殊的形式感,打上了鲜明导演风格的实验、探索的话剧莎剧。

第三节 后经典叙事:从《科利奥兰纳》到《大将军寇流兰》

林兆华的《大将军寇流兰》在舞台上创造性地演绎了莎士比亚的《科利奥兰纳》。《大将军寇流兰》在莎剧与当下的中国观众之间所建构的联系,不但使观众能够更深刻地理解《科利奥兰纳》,而且通过舞台呈现,表现出后经典叙事的特征。《大将军寇流兰》通过话剧舞台上摇滚乐,军鼓狂暴、无序、野性的叙事给观众以新颖、强烈的震撼,并在震撼中对剧中民众的诉求和人物性格有了更深刻的理解,在后经典叙事中实现了当代中国观众与莎士比亚

---

① 张誉介、林兆华、易立明:《〈理查三世〉采访笔录》,《戏剧》2003年第2期。
② 胡度:《胡度文丛》(上卷),四川文艺出版社2011年版,第80页。
③ 张殷:《中国话剧舞台演出史纲》,武汉大学出版社2008年版,第409页。
④ 曹禺:《曹禺的话》,张帆:《走进辉煌:献给热爱北京人艺的观众》,中国戏剧出版社2007年版,第1页。

的对接。

在林兆华改编的莎士比亚戏剧三部曲中,他的《大将军寇流兰》(以下简称《大将军》)被称为是最为贴近原作和颇具深沉感的一部舞台作品。面对莎作中这一较少引起人们关注的《科利奥兰纳》(以下简称《科》),改编它显然存在着一定的难度和风险,但林兆华却力图通过自己的舞台演绎在再现莎氏悲剧意蕴的同时,从人性的角度出发,阐释民主、权力、欲望、英雄、草民的内在意蕴和当下认知,以此激活中国观众对莎剧的当代理解。统观《大将军》的舞台呈现,我们认为林兆华的这一目的是基本达到了,并由此使该剧成为林兆华系列莎剧中有别于前两部改编莎剧的一部兼具思想性和观赏价值的舞台作品。

一 游走于莎士比亚与当代观众之间

林兆华《大将军》的改编试图表现的是,我们今天面对莎士比亚笔下的寇流兰,面对的不是充满悲剧性的古代将军,也不是充满英雄主义却被人陷害、误解的英雄,而是处于生活万花筒中被各种欲望充塞了头脑的庸庸碌碌的我们自己。林兆华重塑充满英雄主义的大将军形象是企图借助于陨落的英雄命运折射出当下人们的生存困惑。在《大将军》中,无论是酷似生活形态的舞台画面,还是经过特殊艺术处理而呈现的远离生活的表象,甚至是在社会现实中不存在的变形、抽象符号、艺术图景与写实和间离艺术手法,均融会在同一舞台画面中,故在整体上表现出追求悲剧思想与审美观赏相统一的艺术、哲学和美学层面的叙事特征。对寇流兰形象的塑造,尽管还是出于原著的内容与框架,但却不是对原著的照本宣科,因为"戏剧艺术家只有摆脱对生活被动性的依附,挣脱幻觉主义——写实主义的束缚,才有可能获得审美的自主性、能动性、创造性,求得审美的自由,并还戏剧和舞台以本来的面目,复归它的本体",[①] 只有如此才能形成阐释之后的重新建构。林兆华的

---

① 杜清源:《无定向的走向》,林克欢:《林兆华导演艺术》,北方文艺出版社1992年版,第95页。

《大将军》的改编意义在于，通过对人与社会的悲剧精神的舞台叙事，使观众在其中既看到不同的自己和同类，也看到相同的欲望和人性弱点，既有当下的自己和别人相同的诉求，也反映了自己和别人不同的侧面，在舞台上展现出来的是人与人性中的美与丑、善与恶的深层动因与角力。

改编莎剧一般会不由自主地走向两个极端，"一种是会不惜任何代价过于热心地去追求新奇；另一种则表现为过于尊崇传统。从剧本的角度来处理这个问题，应该有一个折中的方案，既不能自由地不受限制地改动，也不应极端地固守传统，把莎士比亚的教规当作圣典"。[①]《大将军》在这两种模式中，自取所需，"新奇"和"传统"的比重有所差异，获得了不同的审美艺术效果。以"新奇"和"传统"这两种导演与表演方式呈现在舞台上的莎剧尽管各有其存在的价值，也受到了一部分观众的欢迎，但是，其中不是掺杂了过多的猎奇成分，就是谨小慎微居于保守。对莎剧的改编，特别是单纯追求形式的新奇，既缺少了思想的力量，更缺少了当代人对人与人性的深度思考，这样的改编虽然在形式上能够一时满足观众的口味，却难以调动当代观众共同参与思考的兴奋点；而拘泥于形式的仿古，更易使观众产生审美疲劳，所以二者均无助于我们深入解读《大将军》中所蕴含的思想深度、审美感染力以及对人性的深入解剖。为此，我们应该超越这两种搬演莎剧的模式，寻找一条能够在这两者之间取得平衡支点的改编。显然在这两者之间，林兆华走的是第三条道路，即大胆地运用现代元素，追求一种新奇感，又紧紧抓住《科》剧的人性精髓，再现莎剧深刻的悲剧意蕴对当下观众的启示。而这也正是林兆华以自己的艺术感觉为主，近年来力求寻找突破和超越自己的一贯做法。正如林兆华所说："中国有句老话，不能在一棵树上吊死。艺术上的惰性要靠自我去挣脱，捆绑自己的固然有客观因素，而自己束缚自己更是可悲。"[②]显然这正是林兆华一贯改编莎剧的着眼点之一，只不过这种改编思想是通过

[①] [英]玛格丽特·韦伯斯特：《论导演莎士比亚戏剧》，杜定宇：《西方名导演论导演与表演》，中国戏剧出版社1992年版，第427页。
[②] 林兆华：《垦荒》，王翔、黄纪领主编：林兆华戏剧中心编印，第62页。

有时走得远些、有时走得近些的不同的莎剧改编风格不断呈现的。

如何使莎剧与当代中国观众产生共鸣？这是所有改编者面临的一个世纪性课题。如何使我们普通人感到莎士比亚所塑造的大将军，所面临的人生抉择、人性拷问、生存困境与我们今天普通人所每天面临的选择、拷问与困境有相通之处，剧中主人公所遇到的困惑也是我们在日常生活中要碰到的和应该解决的困惑与难题，这形成了改编《大将军》并使之具有当下意义的关键点。林兆华改编的指导思想是："我不替莎士比亚说话，我替我林兆华说话。我是当代人，我身处在当代的生活环境当中，我遇到的是当代的事，我看到的也是当代的现象。有了这个东西，那当然我就有感觉了。当然，莎士比亚的伟大也在于给新的创作提供了无限的可能性。"① 这样的定位正是建构莎剧现代性的正确道路，也是我们今天演绎莎剧最重要的当下意义之一。演绎莎剧不但需要对经典有充分的尊重，更应该有充沛的想象力和重新阐释的能力，想象力量和重新阐释的到位与否是衡量其现代性的重要标志。而摇滚乐的大胆运用就将这种想象发挥到了极致。这种想象的力量是将文艺复兴时期的《科》剧与中国普通观众联系起来的重要纽带，而莎剧的经典价值正在于超越时空给后代的导演提供了充分的想象空间，无论是群众情绪化场面，还是战争场面，想象的力量在《大将军》中无处不在，两支摇滚乐队的摇滚和铿锵的战鼓声有一种特殊的震撼力量，同时完全遮蔽了理性的声音，当"大将军"与伏尔斯大将的决斗取得胜利时，摇滚乐显得是那么轻松；而当护民官宣布"我以人民的名义，立即放逐马修斯"② 的时候，伴随着长达六分钟的凄婉独唱和激烈摇滚，观众也从悲情中解脱出来，对人性的弱点有了更深一层的体会。

毫无疑问，这是林兆华富于想象力的创造性发挥使然。因为现实生活和

---

① 林兆华：《戏剧的生命力》，王翔、黄纪领主编：林兆华戏剧中心编印，第75页。
② 林兆华：《大将军寇流兰》（2007）[DVD]，杜冠华：《林兆华作品集》（Ⅱ），林兆华戏剧工作室，北京文化艺术音像出版社2008年版。（文中的引文均根据英若诚先生的译文，演出时的DVD记录，按照剧中的称呼：大将军、寇流兰、马修斯在不同的情景中可以交替使用。）

想象之间存在巨大差异,想象高于现实生活,比现实生活更为精彩、完满和概括。正如雨果所强调的:"莎士比亚首先是一种想象。"① 没有一种精神机能比想象更能自我深化,更能深入对象。想象是人类所感受到的本性最完整的表现。"思想的竞争是美的生命"②,莎士比亚就是人类永恒精神历程中最杰出的代表人物。林兆华导演的《大将军》通过想象为当代中国人寻找到把西方与东方、经典与世俗、昨天与今天、莎氏与中国联系起来的精神立交桥。相较于文本"只能通过文字叙述加以说明"③,舞台通过转换与调度,在时间与空间的处理上,则既可以不动声色,也可以非常方便地来暗示、转换、强调时间或空间。观众看到的是,通过这种舞台叙事,大将军被还原为一个普通人、现代人,在权力与民众、民主与集权、众声喧哗与独裁统治的选择中,两难的抉择不仅折磨他,也折磨着你和我。与其一贯的导演风格一致,"林兆华不在舞台上费大力气去制造生活的幻觉,而是用最简洁的手段调动演员和观众的想象力,在光光的舞台上建立一种心理情景"。④ 这种两难抉择心理情景的建立,使林兆华在舞台上以《科》剧的文本叙事贯穿于舞台,但却常常依靠打破文本叙事所蕴含的生活幻觉,强调其哲理性,使观众建立剧中人物与自己当下所处环境之间的联系,并通过舞台上的《大将军》感受《科》剧的悲剧内蕴。

以莎氏的《科》剧文本叙事为基础,林兆华始终关注的是如何从文本转换为舞台叙事,表现《大将军》中的人的欲望,并将集权与分权、分裂与统一、生存或死亡集中于人性煎熬的反复之中,因为这既是一个深刻的哲学命题,也是英雄人物面对民众的每一件具体的大事和小事。选择可以是多元的,也可以是一元的,但是归根结底,你只能选择其中一方,二者之间呈现的是对立状态。为了体现这一导演思想,在林兆华那里设置了权力的虚伪与荒诞,

---

① [法]雨果:《威廉·莎士比亚》,丁世忠译,团结出版社2001年版,第152—153页。
② 同上书,第91页。
③ 申丹、王丽亚:《叙事学:经典与后经典》,北京大学出版社2010年版,第260页。
④ 高行健:《高行健评说林兆华》,王翔、黄纪主编,林兆华戏剧中心编印,第4页。

"人人都逃脱不了权力欲望的束缚"这一命题，在莎氏与当下观众之间构建了一种默契。时间虽然已经流逝，但矛盾和事件依然在每天上演，并如此尖锐和具有讽刺意义，正如剧中所说：

> 朋友，元老们向来是爱护你们的，可是你们把灾难和饥荒怪罪在政府的头上，你们应该去咒老天爷才对，灾难是天意，不是人为，下跪比反抗会给你们带来更多的好处。①

> 你们所享受的一切福利和待遇都是从政府和元老那里得到的，完全不是你们自己挣来的。②

《大将军》通过舞台所蕴含的对权力和政府的谴责，以及无视民众诉求的虚伪性，最终展示了使英雄演变为小人、战士沦为叛徒、救世主转变为魔鬼这一悲剧意蕴。当代人在各种欲望诱惑面前所面临的选择以及如何规避风险、明哲保身，通过《大将军》剧的叙事再现了出来。这就不仅激活了《科》剧潜在的思想底蕴，同时贯通了现代意识。③

"大将军"的故事要跨越时空，就必然会以欲望的膨胀和毁灭作为连接的通道，打通过去与现在的联系。在这一点上，《大将军》的舞台叙事往往将人物的行动与观众的外在视角有机结合在一起，将伟大与平凡、高贵与世俗、激情与冷静、情感与理智，通过双向的心理沟通激活观众兴奋点，使寇流兰心理的复杂性、性格的弱点、纠结的心理与观众感受到的当代大千世界中欲望的实现与被压制，融合于复杂人性之中，以欲望的扭曲展示其必然的悲剧命运。在欲望、命运、情感、理性与野性混合的推力中，人的身份在权力欲

---

① 林兆华：《大将军寇流兰》(2007) [DVD]，杜冠华：《林兆华作品集》(Ⅱ)，林兆华戏剧工作室，北京文化艺术音像出版社2008年版（文中的引文均根据演出时的DVD记录）。

② [英]莎士比亚：《科利奥兰纳》，《新莎士比亚全集》(Ⅵ)，方平译，河北教育出版社2000年版，第322页。（舞台上的台词显然比文本中的台词更具口语色彩，读者可与方平先生的译本进行对照。）

③ 杜清源：《舞台新解》，林克欢：《林兆华导演艺术》，北方文艺出版社1992年版，第228—247页。

望中一再被异化,因为个人身份绝不是真正包含在个人的身躯之内,而是由差别构成的……身份不在身内,那是因为身份仅存在于叙事之中。① 林兆华以"欲望"作为舞台行动的根据,借助于戏剧的假定性、间离效果、结构直喻、艺术抽象、象征、写意性和人物类型化等艺术因素和审美手段,以哲学和美学的尺度反思人的欲望,解剖"人性"。② 处于戏剧演进中的寇流兰的骄傲自大、刚愎自用、喜怒哀乐、爱恨情愁,其实也是当下的观众在现代社会中各种欲望、感情的再现。我们知道,在戏剧的唯一宗旨"美"和"动观听"的基础上,观众在无形之中得到了"补风化"③的作用,即补"人性的风化",这是林兆华不替莎氏说话,而替当下中国观众说话所力求达到的思想深度和美学效果之一。

我们通过寇流兰这面镜子看到了我们自己面对社会现实时的无奈与悲哀,以及所产生的内心深处欲望的涌动,认清了本我与他我,明白了一个人精神上的堕落,随之就会演变为肉体上的毁灭。《大将军》以相对写实的艺术形象追求某种历史感,以贯通历史与当下的象征寓意表现人物的心理和精神世界,既在空间上塑造了"大将军",又在时间和事件中将其还原为普通人,再在情感、诉求、心理上赋予其当下的精神、心理的通约性、延续性,在现代人更需要面对的精神危机与心理困惑的永久悖论之中,彰显因地域、时代、文化、身份不同而带来的生疏感、隔膜感。这样就能使观众时刻意识到,寇流兰作为一个悲剧形象,其性格特征也包含着我们自己的影子在里面,我们在其中看到的是自己,看到的是人性的弱点和社会的冷漠,看到的是在权力和欲望之中的无望选择。

二 改变的方式:后经典叙事

美学家贝尔曾经说:"莎士比亚的戏剧确实是描写了很多细微的心理活动

---

① [英]马克·柯里:《后现代叙事理论》,宁一中译,北京大学出版社2003年版,第21页。
② [英]约翰·盖斯特:《莎士比亚戏剧的体现》,杜定宇:《西方名导演论导演与表演》,中国戏剧出版社1992年版,第443页。
③ 吴梅:《中国戏曲概论》,冯统一点校,中国人民大学出版社2004年版,第51页。

和塑造了很多现实主义的人物形象,这些东西是如此酷似现实,无怪乎很多人为之惊叹和陶醉。但是,莎士比亚的本意却无论如何也不是完全地和忠实地再现生活,制造现实的幻觉并不是莎士比亚的拿手的手段,……追求酷似远非艺术创造中唯一需要解决的问题,相反,它却有可能是最不能达到美的坏因素。欲使作品逼真是非常容易的。如果艺术家使作品逼真到无以复加的地步,那么他的最高尚的情感和他的聪明才智就不会再体现到这个作品中了。"① 林兆华根本不屑于制造幻觉,他明白《大将军》作为一部中国舞台上的莎剧就更应该不以制造幻觉为目的,或者说即使是在某一个片段中制造了幻觉也是为了超越幻觉,以达到美和为当下的观众服务为目的。综观林兆华改编的莎剧,一贯也不以追求酷似莎剧为自己的目标,追求酷似不仅不是林兆华所要达到的审美效果,而且是他在改编《大将军》中所要极力避免的改编效果。

林兆华要求《大将军》中的人物呈现出来的即使是"一个角色,活生生的人物形象,也应该是多元的,也可以说是多义的……演员最终完成的角色形象,与观众的互相交往,要给观众自主的认识判断,产生想象,产生理解和感动。也可以说舞台形象的最后完成是由观众的想象、观众的理解、观众的感受形成的。……演员在台上,他可以只是一个思想形象。这时演员实际上的任务是代替作家、代替导演在台上传递信息,而不只是性格塑造。那时候的性格服从于思想传达,演员在台上就是表述"。② 林兆华在他的舞台叙述中关注的是如何表现一个人在精神上被命运碾成齑粉。他最后完全背弃了自己要为之献身的祖国,人性异化、欲望扭曲的复杂心理在发展。"他身上原有过人的力量"③,但已经被前述两种力量摧毁了。我们通过不断地在舞台上

---

① [英]贝尔:《艺术》,马奇:《西方美学史资料选编》(下卷),上海人民出版社1987年版,第1078页。
② 濮存昕、童道明:《我知道光在哪里》,北京十月文艺出版社2008年版,第132页。
③ [德]里普斯:《悲剧性》,马奇:《西方美学史资料选编》(下卷),上海人民出版社1987年版,第811页。

流淌出的摇滚乐,将寇流兰的行动、辩解、冒失、爱与恨加以间离式放大。这种间离式的放大使观众通过舞台建立了当下与莎士比亚的联系,此种基于人性的共同特点和为当下中国观众所能够理解的震耳欲聋的音乐反讽,并不会因为岁月的销蚀和文化的差异,在现代中国社会而归于不存在,反而在舞台上得到了强化和共鸣,只不过观众采取的是平视而间离的视角看待寇流兰。

从林兆华对《大将军》的舞台处理中,我们找到了"导演处理一部莎剧的手法所必须依据的原则,毕竟与他处理任何其他剧本的技巧所遵循的原则并无什么不同;他的方法可以有所变化,因为导演技巧本身是根据个人特殊素质的不同程度而定的。我相信他首先应该决定戏的情调,它的物质与精神气氛,它的结构模式以及它的总体效果。"① 从这一点出发,我们认为,林兆华所创造的舞台世界在关注如何成功阐释莎剧的同时,借助于莎剧这种艺术形式,验证了其艺术主张,也为其舞台创造和观众的审美赏鉴服务,以一个当下中国导演的舞台审美思想和一种新奇的艺术形式,诠释出一部中国话剧版的莎剧《大将军》。

对改编莎剧成功与否的判定标准,主要遵循于审美的标准,在改编的基础上如何获得审美的成功转换,对所有的莎剧改编者都是一个考验。莎剧在不同的叙事手段中会呈现不同的情调,舞台审美的形式不同,叙述的角度不同,不同的导演也会以不同的舞台呈现带给观众相异的审美感受。《大将军》通过话剧舞台上摇滚乐狂暴、无序、野性的叙事给观众以新颖而强烈的震撼,并在震撼中对剧中民众的诉求和人物性格有了更深刻的理解,正如由农民工装扮的角色所说:

> 我们是贫苦百姓,贵族才称得上好市民,那些有钱有势的人吃饱了,塞不下去的东西,本来可以救了我们。可是,他们向来就觉得养活我们

---

① [英]玛格丽特·韦伯斯特:《上演莎士比亚戏剧》,杜定宇:《西方名导演论导演与表演》,中国戏剧出版社1992年版,第436页。

太不值了,其实呀,我们要是不吃苦,他们哪来享受?

你是不是要专门冲着那马修斯来劲?

对,就冲着他来劲,因为他是条出卖群众的狗。你有没有想过,他为国家立过多少功啊!可是功劳归功劳,他的骄傲早就把他的功劳给抵消了。唉,咱们说话可不能心怀恶意,有人说,他干得那些轰轰烈烈的事情是为国争光,其实呀,他只有一个目的,那就是讨他母亲高兴。①

尽管"穷人一张嘴就一股大蒜味"②,但有大蒜味穷人的盲目力量是可以覆舟的,"今天就让他尝尝我们拳头的厉害"③。在此舞台上的民众已经与舞台内外的农民工合二为一了,暂时拥有了话语权。"戏剧,就其本质来说,是动作的艺术。"④ 戏剧就是通过演员的表演,把人物的动作在舞台上直观再现出来,使观众获得直接、具体的感受,⑤ 林兆华通过改变叙述方式,让时空在一系列的动作中流动起来,"其'变异'与'融通'的审美效果在'像与不像'之间"⑥,从而实现审美形式的转换,借助于中国戏剧特有的叙事方式,利用叙述者(舞台上的农民工)的抗议,马修斯对民众一味敌视的叙事,让寇流兰的性格悲剧得到了更为丰富的展现。"演员在角色、自身和评判者不同的身份中穿行。"⑦ 尽管作为对象的受述者没有在作品中出现,也始终是叙述者的介绍对象,但由于受述者有可能使观众在观看的过程中等同于自己,将置身事件之外变换为置身事件之中,从而对舞台上所表现的人生获得审美愉悦的同时产生强烈的共鸣。

---

① 林兆华:《大将军寇流兰》(2007)[DVD],杜冠华:《林兆华作品集》(Ⅱ),林兆华戏剧工作室,北京文化艺术音像出版社 2008 年版。

② 同上。

③ 同上。

④ 谭霈生:《论戏剧性》,北京大学出版社 1981 年版,第 11 页。

⑤ 同上书,第 12 页。

⑥ 李伟民:《变异与融通:京剧与莎士比亚戏剧的互文与互文化》,《上海师范大学学报》(哲学社会科学版)2008 年第 4 期。曹顺庆、王向远:《中国比较文学年鉴》(2008),中国社会科学出版社 2010 年版,第 148—149 页。

⑦ 过士行:《林兆华导演方法之我见》,王翔、黄纪领主编,林兆华戏剧中心编印,第 96 页。

这种不纯粹的"叙述者的出场,是中国当代话剧演出形式变革的划时代标志"。① 民众叙述者的叙事,模糊了剧中人物与剧外人物之间的界限,促使剧外人物与剧中角色在创作对象的假定性与"某种疏离感"② 之间建立起紧密联系,使观众通过民众叙述者的叙事,更为真切地看到剧中各个人物的不同社会诉求、不同的性格侧面和内心矛盾。一个编剧在叙事时有三重身份,剧中人、观众和作者③,他们分别承担着不同的任务,有时叙述者完全没有参与故事,而仅仅进行叙述,有时叙述者又或多或少地参与了故事,成为不纯粹的叙事。而"受述者即使并不以任何人物的身份在叙事文本中显现,仍然是叙述者所面对的叙述对象,因为任何叙述都必然脱离不开特定的对象"。④ 林兆华将《大将军》的叙事用转述、隐喻给予转换,推进了"行为和事件"⑤的进一步发展。

"'形式主义'历来是给戏剧革新者准备的。"⑥ 林兆华在《大将军》中的叙事主要通过对比展现人物的不同性格,他们的内心世界也在形式主义的变化中得到了鲜明外化,在人物、集团的利益鸿沟面前,矛盾不断被激化,而这时寇流兰的命运也就注定了其悲剧性,两个阵营之间的精神世界和利益诉求也就形成了强烈的反差、对比、对立;并且在这种反差、对比、对立中显示出人生的诡谲、人性的奸诈。正如寇流兰的母亲伏隆妮亚所说:

这个人本来很英勇,却在最后一次行动中亲手毁灭了他的国家。⑦

也正如米尼涅斯所一语道破的:

---

① 汤逸佩:《叙述者的舞台》,中国戏剧出版社2006年版,第17页。
② 余秋雨:《林兆华印象》,王翔、黄纪领主编,林兆华戏剧中心编印,第88页。
③ 吴祖光:《吴祖光谈戏剧》,鄂力、吴霜编,江西高校出版社2003年版,第120页。
④ 谭君强:《叙事学导论:从经典叙事学到后经典叙事学》,高等教育出版社2008年版,第33页。
⑤ [俄] 巴赫金:《巴赫金文论选》,佟景韩译,中国社会科学出版社1996年版,第286页。
⑥ 林兆华:《垦荒》,王翔、黄纪领主编:林兆华戏剧中心编印,第63页。
⑦ 林兆华:《大将军寇流兰》(2007)[DVD],杜冠华:《林兆华作品集》(Ⅱ),林兆华戏剧工作室、北京文化艺术音像出版社2008年版。

> 我们的美德是随着时间而变更价值的，权力本身固然令人佩服，可是那一时的威风，往往注定他日后的败露……靠强权得来的强权从来就不牢固。①

这种强烈的形式主义对比效果大大强化了包括寇流兰在内的人物内心世界的风暴和行动，这种内在冲突的根本动力以及行动特有的展开方式，是多个阵营之间利益的较量，是人性中美丑、善恶的搏斗，同时是他们独特人物关系的艺术反映，这种人性弱点在形式主义的演绎下，给观众以非常明显的暗示和隐喻，使观众不由慨叹人生的无常、人性的扭曲、人心的复杂和人世的沧桑。舞台呈现通过内心视域在英雄与叛徒、贵族与民众、贫穷与富有的层面进行自我心灵的审美审视，突破利益层面后，建构起一次精神与心灵的洗礼。而对于演员来说，则似乎"有一个自我可以审视作为演员的他是如何进入角色的，……保持着表演者的意识，这是表演艺术的高境界"。② 此时，接受主体随着大将军这个悲剧人物一道经历被抛弃和被刺身亡的震撼、磨难以及困惑，在或调侃、或鲁智、或愚蠢、或鲁莽、或欺骗、或盲目的人物行动中，将人物的无奈与悲剧摆在观众眼前，悲剧的审美愉悦在哲理和伦理层面化为对人生、人性的形而上的阐释，当代人从剧中人物的悲剧命运中，看到了自己面临的种种不如意，从而使郁闷情感的疏导与宣泄在审美愉悦中完成了一次精神和心理上的交流。

对隐喻的艺术整体性的张扬和开掘，将艺术的本性发挥到了极致，"人人都要面对两难的处境"的意图得到了最直接、最有力、最具象的阐释。而正是在这一点上，林兆华沟通了莎剧与当下中国观众的认知神经，在此意义上，观众强烈感受到人往往会在两难的抉择中会受到命运的捉弄，在命运的捉弄中英雄的业绩陨落了，人性的弱点暴露了，民众的生活依然如故，统治者照

---

① 林兆华：《大将军寇流兰》（2007）[DVD]，杜冠华：《林兆华作品集》（Ⅱ），林兆华戏剧工作室、北京文化艺术音像出版社2008年版。
② 林兆华：《垦荒》，王翔、黄纪领主编，林兆华戏剧中心编印，第63页。

第五章 演绎、思考与创新：先锋实验精神与对莎剧神韵的把握

样骄奢淫逸，国家、民族的危机照样存在，不但以往如此，人生和历史也具有延续性和惊人的相似性。

三 叙事中当下意义的呈现

现实主义的创作手法可以说是北京人艺最明显的创作手法，但这一创作手法并没有束缚、阻碍林兆华在《大将军》中呈现出来的后经典叙事色彩。改编莎剧最终是为中国的观众，甚至主要是为年青一代的中国观众服务的。林兆华遵循的是形式上的出新和以现实主义创作手法为基础的混搭叙事。在形式上的出新和内容上的写实式相结合的演绎中，使我们看到，"形式只有表现审美活动主体的具有价值规定性的创作积极性，才能够非物化和超越作品作为材料组织的范围"。[①] 形式上的后经典叙事显然能够使观众超越剧中人物命运的悲剧性，超越莎剧，超越我们以往对《科》剧的认识，从而在当下性上获得人物性格、命运在哲学和审美层面的重新思考。正如巴赫金所说："审美的一个基本特点使它与认识和行为截然不同——这就是它的积极接受的性质……生活确实不仅存在于艺术之外，而且也存在于艺术之内，并具有自己的全部价值重量：社会的、政治的和认识的等等价值重量。"[②] 在后经典叙事中，并非是单向度的，而是通过不同人物的心理、性格碰撞，不断放大悲剧效应，从而在有限的舞台上开拓出相当自由的表现空间。"戏剧是对人类经验的模仿……它作为生活经验的隐喻或意识在于剧场中娱乐性的表演本身是严肃的，它所表现的人类经验丰富性与暧昧性，本身就是生活经验的一部分，它在表演过程中完成了个人身份的创造，也间接地完成了人类集体仪式与文化意义的创造，后者是由戏剧的仪式本质决定的。"[③] 而现实主义的表现方法与后经典叙事的象征、隐喻与中国舞台上的写意表现方法结合在一起的时候，也就在莎剧和现代中国观众之间建立起了某种联系，表现为角色的内心生活

[①] ［俄］巴赫金：《巴赫金文论选》，佟景韩译，中国社会科学出版社1996年版，第320页。
[②] 同上书，第275页。
[③] 周宁：《想象与权利：戏剧意识形态研究》，厦门大学出版社2003年版，第158页。

并不是外部的历史与政治世界的隐退，而是由这种外部世界构成的，并由这种外部世界的情节和动作显示出人物内心的变化和矛盾，从而使观众感受到《大将军》的悲剧力量。该剧将现代元素与"剧中人物的价值语调之间的斗争，表现各个剧中人物在这一事件或那一事件中采取的不同情绪和意志立场之间的冲突，表现不同评价之间的斗争。对话的每一个参与者都是在直接言语中以每一个词直接诉述对象和自己对对象的积极反应——语调具有生活的现实性"① 融合起来，这种现代叙事不仅有效打通了莎氏与我们之间的距离，而且观众也已经俨然成为叙事的参与者，进而通过林兆华设置的《大将军》的舞台叙事，实现了跨越时空的现代感与莎剧的有缝对接。

《大将军》所追求的是现代戏剧表演的多重意义，并以叙述者、演员的身份和他所扮演的角色之外的"那个超脱的自我进行审视。演员一旦有了这种自我审视的意识与技巧，不管是做客观的描述，还是抒发角色的主观感受，都来得十分从容"。② 此种自我审视使人物、集团、阵营之间错综复杂的关系构成了互为"他者"的关系。正如马修斯和护民官所说：

　　因为我从来没有想过向穷人讨饭吃。③

具有讽刺意义的是护民官始终是强奸民意的代表。正如他们自己所说：

　　迷路的人要想认清方向，就要低声下气地向别人请教，否则你永远坐不上执政这个尊位。④

英雄的骄傲既是造成他人悲剧的原因，也是造成自己悲剧的原因，观众在一系列的间离或有缝对接中获得的是一种互为"他者"的对立，并在英雄

---

① ［英］马克·柯里：《后现代叙事理论》，宁一中译，北京大学出版社2003年版，第154页。
② 林兆华：《垦荒》，王翔、黄纪领主编，林兆华戏剧中心编印，第64页。
③ 林兆华：《大将军寇流兰》（2007）［DVD］，杜冠华：《林兆华作品集》（Ⅱ），林兆华戏剧工作室、北京文化艺术音像出版社2008年版。
④ 同上。

与小人的"一种拍摄—倒卷—拍摄的系列启蒙策略中被征引、被引用、被框定、被曝光、被打包。关于差异的叙事和文化政治成了封闭的阐释循环。他者失去了表意否定、生发自己的历史欲望,建立自己制度性的对立话语的权力"①。距离的美感,促使观众在悲剧命运的背后产生更加深刻的反思。

林兆华的《大将军》遵循悲剧的"'性格冲突',正是要求剧作者着力于人物性格的塑造,使冲突双方都具有丰富、生动的个性,并通过他们之间的冲突揭示出具有普遍意义的社会问题"。②

寇流兰的悲剧人生在当代观众共同参与之中被建构起来,表明在《大将军》中,并不仅仅局限于"对他人痛苦的共同体验是一种完全新的存在性现象,只是由我在他人身外,从我的唯一地位内在地实现的"。③ 观众的共同参与实现了大将军的英雄价值被颠覆,死亡意义被彻底否定,其行为也被质疑,他的盲目、盲从已经变得毫无价值,而这一舞台效果正是后经典叙事所期盼的一种舞台审美效果。我们知道,如果让一出戏的模仿幻觉和情感力发挥作用,我们必须进入观察者的位置……人们常常谈论的有人跳上舞台、阻止表演的那些例子恰好说明了我们进入叙事后,读者的位置如此之深……莎士比亚戏剧中反面人物的独白就在作为受述者(或理想叙事读者)的观众与虚构内部作为观察者的观众之间拉开了一段距离。④ 在此,大将军的悲剧性被推到极端后,反而产生的是调侃、讽刺、荒诞、反讽的美学效果。在林兆华那里,尽管英雄背叛祖国被演绎为悲剧的最高形式,但是却在荒诞与反讽之中,从哲学层面深刻揭示寇流兰和现代人所面临的同样的两难处境、同样纠结的情感、同样复杂的矛盾。有着英雄业绩的英雄背叛了自己为之保卫的祖国,可悲的下场令人惋惜与深思。人生命运多舛,人性的游移与不确定性、多样性在舞台之外、在观众内心深处也留下一个遥远的感慨与共鸣空间。

---

① 包亚明:《二十世纪西方美学经典文本》(4),复旦大学出版社2000年版,第358页。
② 谭霈生:《论戏剧性》,北京大学出版社1981年版,第102页。
③ [俄] 巴赫金:《巴赫金文论选》,佟景韩译,中国社会科学出版社1996年版,第441页。
④ [美] 詹姆斯·费伦:《作为修辞的叙事》,陈永国译,北京大学出版社2002年版,第116页。

将现实主义创作手法与现代演绎融会在一起,"揭示了以尊重民意为核心的民主制度内在蕴含的缺陷"①,将寇流兰等人的悲剧建构为现代人的无奈。当下的观众面临与经典作品中人物同样的困惑、困境和精神痛苦。林兆华在建构我们对寇流兰认识的同时,在后经典的舞台叙事中,完成了文艺复兴时期的《科》剧与当代中国观众的对接,开启了从单纯的道德评判到对复杂人性审视的比对,完成了莎士比亚与中国普通人的一次对话,从而使我们在哲学与美学、人生与人性的深刻性、复杂性上对这一不朽形象获取了不同于以往的认识,也使林兆华的《大将军》成为有别于他人改编的莎剧,成为林氏莎剧中一部既能获得莎学家肯定,又能够受到当下观众特别是青年观众欢迎的莎剧。

第四节 我秀故我在:走向现代的《第十二夜》

中国青年艺术剧院的话剧《第十二夜》在中国舞台上可称为一部理解莎氏喜剧精神,利用现代舞台表现手段,大胆采用戏仿与拼贴的艺术表现手法,合理融入当下社会、世俗生活,在轻松、幽默、调侃、戏谑的喜剧氛围中,再现莎士比亚人文主义精神,并提供给当下的我们在面对经典的过程中,如何演绎、对待、阐释经典的一次成功实践。表明中国在改编莎士比亚戏剧中已经完全成熟,能够借助于《第十二夜》的经典性,创造出一部具有鲜明中国风格,得到青年观众普遍认同的莎士比亚戏剧。

当代如何演绎莎士比亚戏剧,如何在文本改编和舞台演出上呈现莎士比亚的喜剧精神?如何在20世纪80年代,获得对外国戏剧特别是莎剧解禁的惊喜之后,在改编上有所突破、创新?通过莎士比亚的人文主义精神,如何使今天的观众获得心灵的震颤和会心一笑?即在话语语言之外,利用动作、

---

① 傅瑾:《〈大将军〉和"人艺"的林兆华时代》,《读书》2008年第4期。

第五章　演绎、思考与创新：先锋实验精神与对莎剧神韵的把握

姿势、符号的语言达到"被震撼的敏感性"①？这是每一个试图在当代把莎剧搬上舞台的改编者首先面临的问题。应该说，中国青年艺术剧院的话剧《第十二夜》为我们提供了一个成功改编的范例。该剧在国内演出三十多场，1994年赴日本参加了"'94亚洲、太平洋地区青少年戏剧节"，受到观众的普遍好评。在莎剧改编和演出中，如果仅仅亦步亦趋地照原样扮演，已经很难获得观众的认同，更别说引起观众的共鸣了。而改编演出的失败，责任并不在于莎士比亚，而在于改编者是否具有"我秀故我在"的创新、独具的眼光和崭新的舞台呈现，以及借助于莎剧使观众体味到当下的某些社会图景和人情世故，以获得心灵的放松。

一　我"秀"故我在：喜剧之魂的拼贴与戏仿

当我们回顾20世纪的莎剧演出形式的演变时，就会懂得"寻找更多样的手法"②是莎剧被搬上当今舞台的必由之路。同时也是改编莎剧的难点，更是每一个改编者必须要面对的问题。尤其是在当代戏剧从精英文化、审美文化、现代主义转变为大众文化、消费文化、后现代主义的今天，对莎剧的改编，我们对"时尚流行性、平民世俗性"③也应该抱有宽容的态度。我们认为"秀"乃是一种"不同于西方审美经验接地气的形式创新"。④ 携世界莎剧演出潮流，我们看到，当今的莎剧演出可以说是利用各种艺术形式的五花八门的改编，原封不动地搬演已经少之又少了，也难以普遍获得观众的认同。"秀"（Show）体现了莎剧改编的现代性，其精神内核是与当下社会紧密联系在一起的，在戏剧观念上，打破了单纯模仿西方莎剧的格局，既通过莎剧反映社会人生，表现人的价值尊严，也更为关注以审美娱乐大众，升华人格，

---

① ［法］安托南·阿尔托：《残酷戏剧：戏剧及其重影》，桂裕芳译，中国戏剧出版社2006年版，第111页。
② 吴光耀：《多样化：戏剧革新的必由之路》，上海戏剧学院霞光工程，2003年，第83页。
③ 丁罗男：《二十世纪中国戏剧整体观》，百家出版社2009年版，第284—296页。
④ Li Weimin. Shakespeare on the Peking Opera Stage. *Multicultural Shakespeare：Translation，Appropriation and Performance*，Vol. 10，No. 25，2013，pp. 30 – 37.

陶冶情操。"秀"主要在于通过阐释莎剧丰富的内涵，揭示莎士比亚与现代文化乃至后现代文化之间的关系，以及在新的时代莎士比亚给人类社会所提供的精神资源。《第十二夜》的"秀"企图通过，现实主义、浪漫主义、表现主义、象征主义，乃至后现代主义描写的独特方式，以及对人类情感的探密，表现莎氏原作中的人文主义精神。"秀"又联系当下社会，通过互文、拼贴、变形、挪移、重构、解构、映射出万花筒般的现实人生。"秀"作为一种文化范式和创作方法在当代大行其道，给观众带来的是多方位的视听娱乐享受。莎士比亚的普世性，已经成为各种戏剧风格、流派吸收他者导表演理论、经验的一张畅通无阻的介绍信，并且演绎出无数的莎士比亚的副产品。"秀"体现了文本和舞台改编的多元性，这种多元性主要表现为，从形式与语境出发，拉开当代观众与莎士比亚的距离；或者宣称遵循原著精神甚至细节的演出，希冀当下的观众能够重新回到莎士比亚戏剧产生的时代。"秀"也是融入了后现代元素的莎剧演出，呈现的是互文、戏仿与解构的莎剧演出。在莎学现代性的框架之内，后现代性永远是一种当下状态。后现代强烈地质疑各种知识定论赖以形成的基础，情节不断被复制或增殖，在新文本的自我形成过程中，寻求对原作的吻合、解构或颠覆，并在暗喻或换喻中形成新的意义。"秀"也是不同民族审美艺术与莎剧全方位的深度融合。因为时代要求我们演出莎剧必须进行大幅度的改编。正如安托南·阿尔托所说："当戏剧使演出和导演，即它所特有的戏剧性部分服从于剧本时，这个戏剧就是傻瓜"。[①]

当中国的莎剧演出已经从幕表戏、初期的话剧、戏曲演出、在斯坦尼斯拉夫斯基戏剧思想指导下的演出，进入了采用多种艺术手段，熔现实主义与浪漫主义表现手法于一炉的探索、发展、繁荣的新阶段，由中国青年艺术剧院倾情打造，何炳珠、刘立滨导演，章抗美舞台设计，何瑜、范志博、于洋、黄蕾、闫汉彪、唐黎明、李晔、赵倩等表演的话剧《第十二夜》就是充分利

---

① ［法］安托南·阿尔托：《残酷戏剧：戏剧及其重影》，桂裕芳译，中国戏剧出版社2006年版，第34页。

用现实主义和浪漫主义表现形式，以"富于诗情的青春气息"① 和超脱的游戏精神，熔西方戏剧与中国戏曲表现手法于一炉，既深刻体现莎氏喜剧的人文主义气息，又能够吸引观众特别是年轻观众的一部中国莎剧。本节将从原剧文本与他文本、文本与舞台之间的对话，即拼贴、戏仿和互文性的角度，从《第十二夜》的人物、主题、情节及内容出发，分析其改编策略。

通俗而非庸俗、低俗与粗俗，时尚也非时髦、随意与粗糙，莎剧生命力的奥秘存在于不断的舞台演出之中。青艺版《第十二夜》在艺术上追求大雅与大俗兼具，采用拼贴、戏仿的舞台呈现方式，在喜剧精神的体现上可以说是颇得原作之神韵，而在具体艺术手法上却使之尽量"中国化"，这一改编策略则与当今观众的审美口味与成分有关。该剧的内容与主题都没有离开原作，这一点表明"人们对仿体的接受也是建立在对本体和仿体之间所存在的内部联系之上的"②。《第十二夜》尽管与原作有诸多的内部联系，但经过拼贴、戏仿和间离，以至于这种转换已经演变为一个"中国式的莎剧故事"了，也就是说"任何文本都是在文化提供的各种伴随文本之上的'重写'"③，而形成这种改编的超文本格局，在中国化、流行化和时尚化中与其他对《第十二夜》的改编共同被接收与延续，并"将严肃与游戏（客观性与游戏性）掺在一起"，④ 喜剧体（讽刺、幽默、滑稽模仿）与严肃体熔为一炉，舞台上剧中人的纯真爱情成为"想象视点"中的纯情的中国少男少女。青艺版《第十二夜》经过对原作的拼贴与戏仿，已经在形式上建构了当代莎剧的呈现方式，它既是莎氏的原作，更是中国的莎剧《第十二夜》，而其中采用的拼贴与戏仿，以及由此而显示出来的互文性，反映的是处于转型时期的中国人对纯真爱情的某种期盼和憧憬，以及在恋爱婚姻问题上所持有的大胆而浓烈、开放而清新、挚诚而轻松的态度，改编通过拼贴、戏仿、互文性在中国舞台上重

---

① 方平：《和莎士比亚交个朋友吧》，四川人民出版社1983年版，第29页。
② 徐国珍：《仿拟研究》，江苏人民出版社2003年版，第25页。
③ 赵毅衡：《反讽时代：形式论与文化批评》，复旦大学出版社2011年版，第50页。
④ ［法］弗兰克·埃尔拉夫：《杂闻与文学》，谈佳译，天津人民出版社2003年版，第57页。

新建构了莎剧的喜剧精神。该剧"秀"的超文本性已经在舞台呈现中非常生动地体现出来了,其中对美好爱情的憧憬,纯洁的相恋和善意的恶作剧体现了伊利里亚的人们"生活在一个理想的世界里"的美丽梦幻,薇奥拉被定位成"聪明而纯情"的年轻貌美、心地善良、忠于爱情的少女。纯洁爱情的理想模式隐含了改编者与观众之间潜在的"理想模式"与少男少女关于爱情的大众想象,而这种模式谁又能说不是对于过度商业化、消费化社会的一种精神反拨呢?

二 怎样拼贴:内容与形式

(一) 舞台与服装的拼贴

从中国莎剧改编的历史来看,青艺版《第十二夜》与其他成功的莎剧改编一样,导演和表演思想、技巧已经相当成熟,体现出导演和演员对主题意蕴把握的自信,通过拼贴和戏仿,以通俗化、现代特征、中国特征表现当今青年对爱情的理解已经成为导表演的共识和自觉行动。为了体现舞台的"假定性","在假定性的环境和事件中求得真实性的效果"[1],演员化妆和舞台布景采用象征爱情的隐喻,如人物造型的小丑化脸谱,主要演员面部"蝴蝶""玫瑰"的"文身贴"等美饰图案,现代而又明丽的服装,小丑那具有中国戏曲特点的服饰,向观众传达出浓郁的青春气息、爱情意蕴和文化特色。在通俗与高雅两者之间,为了更能接近青年观众,该剧的舞台布置简洁而具有象征性,舞台上的三组钢管象征着城堡、客厅、窗户、森林以及葫芦型的酒器,显示出既象征了原作提供的氛围,又具有现代特色和中国意味。舞台布景采用简洁的金属支架,在舞台灯光的反射下,象征各种不同的场合和地点,金属支架既可以成为人物表达感情,显示心理,展现爱情的依托物,也可以在舞台上形成不同层次的表演区间,隐喻为不同的地点,显在与此在共同呈现在观众面前,熠熠闪光的金属支架布景,甚至可以成为

---

[1] 谭霈生:《谭霈生文集》(论文选集1),中国戏剧出版社2005年版,第373页。

拴马桩和磨刀石。借助于金属支架多重隐喻的指涉,在稳定与自由流动的时空中体现出舞台的"假定性"①。这里既有剧情的叙述,也有间离效果的运用,既可以在此进行爱情的独白,又可以让观众体会到游戏的愉悦;既可以是现实主义的再现,也可以是浪漫主义氛围的营建。正如黑格尔所说:喜剧"本身坚定的主体性凭它的自由就可以超出这类有限事物(乖戾和卑鄙)的覆灭之上"。②

在该剧中,舞台布景与人物服装成为阐释原作精神、拉近与当代中国观众距离的重要手段。该剧中的人物并不是原作中穿着古典、人物动作老派、对白慢条斯理、拿腔拿调,异域特征明显的莎剧中的复古形象,而是一群身着亮丽、时尚、清纯、大方、朝气蓬勃,具有青春气息的少男少女。在演出服饰的选择中,既有白色西服、牛仔裤、系在前腰的衬衣、半透明的纱裙,也有中式对襟上衣、小管裤、皮鞋、迷彩服、贝雷帽、时尚T恤,更有反映鲜明中国戏曲特点的丑角服饰等。透过这些人物的服装所显示出来的符号指向,不仅在拼贴中建构、延展了原作的喜剧精神,拉近了与当代观众的距离,也在对原作的特定解读中,显示出莎士比亚的经典性、多义性。而这样的戏仿,使我们所看到的是,既"没有冲淡或丢掉莎士比亚,更增加了现实的亲切感"。③ 在改编中,无论是导演还是充满朝气的青年演员,在把握莎氏喜剧精神的总基调中,以青春、亮丽的"游戏般地阐释"④,在莎剧与当代中国观众之间搭建起了一座喜剧精神沟通的桥梁。

该剧几乎处处贯穿了时尚、通俗的爱情隐喻。由此可见导演的目的就是要营造一种大众化的爱情游戏氛围,从而使该剧在与莎剧的互动中显出了以拼贴为手段达到的对"爱"的互文性思考。按照巴赫金的理论,这种互文性

---

① 何炳珠、刘立滨:《寻找体现莎翁剧作的最佳形式》,《戏剧艺术》1994年第4期。
② [德]黑格尔:《美学》(第三卷),朱光潜译,商务印书馆1981年版,第293—294页。
③ 刘厚生:《同莎士比亚开了一次亲善的"玩笑"——看锦上添花的新〈第十二夜〉》,《中国戏剧》1994年第5期。
④ 冯大庆:《丢呀丢呀丢手绢——看游戏的〈第十二夜〉》,《中国戏剧》2000年第3期。

表现为一种对话和交流,因为"任何一个表述就其本质而言都是对话(交际和斗争)中的一个对话。言语本质上具有对话性"①。青艺的《第十二夜》正是通过拼贴、戏仿的互文性书写,以原作的内容、精神和喜剧精神为宗旨,以充分中国化、通俗化和游戏化达到了狂欢的大众娱乐效果。喜剧是以"幽默、讽刺、嘲弄,戏谑人们的错误、愚蠢、滑稽,以此达到欢乐的目的"②,使观众在"充满生活情趣的意境中获得艺术欣赏的喜悦"③。尽管青艺《第十二夜》的互文性被用来显示两个或两个以上文本间发生的错综复杂的吸收与被吸收的关系,④以及"任何文本都是引语镶嵌品构成的,任何文本都是对另一文本的吸收和改编"⑤,但是,经过改编的叙事呈现出的仍然是处在与原作文本的交汇之中的叙述路线,是在对原作创造性演绎的基础上,通过对原作流行化、时尚化、通俗化的拼贴来进行复述、追忆和重写,并将其呈现于舞台之上的。从该剧中,我们可以看到,在文本与舞台的转化中,经典与通俗、流行与过时、时尚与落伍、熟悉与陌生成为与莎士比亚相遇的关键词,由于该剧的拼贴、戏仿已使其自身成为一种既与原作喜剧精神相契合,也相当"中国化"的莎剧。

(二)音乐拼贴:高雅与通俗

中国青年艺术剧院的《第十二夜》与莎剧原作中的情节大体一致。该剧中人物的爱情纠葛、三角恋爱与乐观、青春向上的戏剧精神较好地体现出莎氏原作中的喜剧性,而该剧正是通过音乐拼贴营造出原作的喜剧氛围的。正如布莱希特所说:"由于引进了音乐,戏剧的常规被打破了:剧本不再那么沉

---

① [俄]巴赫金:《对话、文本与人文》,白春仁、晓河译,河北教育出版社1998年版,第194页。
② 黄美序:《戏剧的味道》,台湾五南图书出版股份有限公司2007年版,第518页。
③ 谭霈生:《论戏剧性》,北京大学出版社1984年版,第189页。
④ Juliu. Kristeva. *Word, Dialogue and Novel*. The Kristeua Peader, Toril moied, Oxford: Blackwell Publisher Ltd., 1986, p.36.
⑤ Ibid..

闷，也就是更高雅了，演出也具有了艺术性。"① 作为一出爱情喜剧，《第十二夜》的音乐性不容忽视，原作中的悲剧性、喜剧性插曲和音乐评论，既参与了剧情，又成为推动剧情发展，表现人物性格特征的重要手段。② 而且由于莎士比亚在该剧中赋予音乐以神奇的力量，那么在舞台的呈现中巧妙地植入音乐元素，进行拼贴和组合，包括大胆植入中国音乐、歌曲，甚至是通俗歌曲就成为该剧导演的首选。该剧以"现代流行的通俗歌曲作为全剧的音乐成分，借以表达和表现人物的思想情感，传达和表现出莎士比亚赋予此剧中音乐形象——民间的歌和诗的歌"③。戏一开场，在强烈的迪斯科音乐声中，伊利里亚的少男少女在"莫名我就喜欢你，深深地爱着你，没有理由没有原因……""送你一枝玫瑰花，哪怕你长得不那么美丽"以及"生命诚可贵，爱情价更高……"④ 的演唱、京白中拉开了大幕。这一开场，既营造出原作的欢快的气氛，又是我们所熟悉的大众爱情的宣泄模式。我们看到，在该剧的第一幕第一场中公爵说："假如音乐是爱情的食粮，那么奏下去吧；尽量地奏下去。"⑤ 此时，中国人熟悉的小提琴协奏曲《梁祝》那如泣如诉的"化蝶"的旋律，从幕后传出。当公爵的侍臣说"她要像一个尼姑一样，蒙着面目而行，每天用辛酸的眼泪浇沥她的卧室……"公爵一厢情愿地说："只有他充满在她的一切可爱的品性之中，那时她将要怎样恋爱着啊！给我引道到芬芳的花丛；相思在花阴下格外情浓"。⑥ 这时《梁祝》的音乐再次奏响。在爱情这一主题中，拼贴通俗与高雅音乐尤其是通俗歌曲，成为该剧采用的主要手法。"音乐拼贴"旨在调动中国观众的亲切感、熟悉感、认同感，这在很大程度上

---

① ［德］贝·布莱希特：《布莱希特论戏剧》，丁扬忠、张黎、景岱灵、李剑鸣译，中国戏剧出版社1990年版，第309页。
② 罗义蕴：《假如音乐是爱情的食粮——评莎士比亚喜剧〈第十二夜〉（又名〈各遂所愿〉）及其歌》，《戏剧》1999年第2期。
③ 何炳珠、刘立滨：《寻找体现莎翁剧作的最佳形式》，《戏剧艺术》1994年第4期。
④ 中国青年艺术剧院：《第十二夜》[VCD]，北京电视艺术中心音像出版社2000年版。（中国青年艺术剧院演出的《第十二夜》在中央戏剧学院1994届表演系毕业演出的《第十二夜》基础上进行了再加工。文中的所有对白、唱词均根据该光碟，即中国青年艺术剧院1999年版演出记录。）
⑤ ［英］莎士比亚：《莎士比亚全集》（第一集·第五种），朱生豪译，世界书局1949年版，第3页。
⑥ 同上。

引起了青年观众的共鸣,由于选曲的对位、对味。苏芮的《牵手》、李宗盛的《凡人歌》、陈明真的《我用自己的方式爱你》、张洪量的《你知道我在等你吗》、侯牧人的《小鸟》、潘越云和齐秦的《梦田》,戏谑式的,能够唤起童年、幼稚记忆,以及反讽的《丢手绢》《打倒列强》《我是一头小毛驴》和《小小牧童》共同成为该剧的爱情宣言。这些具有一定政治色彩和"精选的流行歌曲穿越几个世纪的时空,准确地传达出爱情的苦恼和甜蜜"。① 同时,也在通俗化中诠释了莎剧的喜剧精神和爱情主题。

在原作的第二幕第二场的歌曲中有骑士、小丑和侍女的三人轮唱,"闭住你的嘴,你这坏蛋","明显是一种通俗歌曲"。② 要体现原作的通俗性,并对观众做中国通俗化的处理,在拼贴中选用中国通俗歌曲显然也能够鲜明地体现出该剧的喜剧精神与时尚性、通俗性。在这里,几个主要角色被演绎为当代中国式的带有积极意义的体现青春、朝气、现代、时尚的"爱情欲望的化身"式的追求纯粹、理想爱情的"时尚青年",特别是对薇奥拉、奥丽维亚、费斯特小丑唱词的拼贴,显示了这一特色。例如薇奥拉、奥丽维亚深情地唱道:

背靠着背坐在地毯上,听听音乐聊聊愿望。我希望我越来越温柔,我希望你放我在心上。……我能想到最浪漫的事,就是和你一起慢慢变老。一路上收藏点点滴滴的欢笑,留到以后坐着摇椅慢慢聊。

因为爱着你的爱,因为梦着你的梦,所以悲伤着你的悲伤,幸福着你的幸福。③

---

① 冯大庆:《丢呀丢呀丢手绢——看游戏的〈第十二夜〉》,《中国戏剧》2000年第3期。
② 罗义蕴:《假如音乐是爱情的食粮——评莎士比亚喜剧〈第十二夜〉(又名〈各遂所愿〉)及其歌》,《戏剧》1999年第2期。
③ 中国青年艺术剧院:《第十二夜》[VCD],北京电视艺术中心音像出版社2000年版。(中国青年艺术剧院演出的《第十二夜》在中央戏剧学院1994届表演系毕业演出的《第十二夜》基础上进行了再加工。)

第五章　演绎、思考与创新：先锋实验精神与对莎剧神韵的把握

奥丽维亚所唱：

你的甜蜜，打动我的心。虽然人家说甜蜜、甜蜜，只是肤浅的东西。你的眼睛，是闪烁的星星，是那样的闪烁、闪烁，吸引我所有的注意。不管是内在美可靠，外在美重要，我已经不想去思考。

突然想爱你，在这温柔的夜里，看着你专注的背影，触动了我的心。①

以及薇奥拉和奥丽维亚的合唱：

爱到几度疯狂，爱到心都溃乏，爱到在空气中，有你没你都不一样，爱到几度疯狂，爱到无法想象，爱到像狂风吹落的风筝，失去了方向。②

你到那儿去，啊我的姑娘？听呀那边来了你的情郎，嘴里吟着抑扬的曲调。不要再走了，美貌的亲亲；……什么是爱情？它不在明天，欢笑嬉游莫放过了眼前，将来的事情有谁能猜料？不要蹉跎了大好的年华；来吻着我吧，你变十娇娃，转眼青春早化成衰老。③

在青艺的《第十二夜》中则改编为费斯特小丑手持话筒的演唱：

莫名我就喜欢你，深深地爱上你，没有理由没有原因。④

而对小丑唱词的拼贴更让观众获得了一份亲切感。在原剧中斐斯脱小

---

① 中国青年艺术剧院：《第十二夜》[VCD]，北京电视艺术中心音像出版社2000年版。（中国青年艺术剧院演出的《第十二夜》在中央戏剧学院1994届表演系毕业演出的《第十二夜》基础上进行了再加工。）
② 同上。
③ [英] 莎士比亚：《莎士比亚全集》（第一集·第五种），朱生豪译，世界书局1949年版，第29—30页。
④ 中国青年艺术剧院：《第十二夜》[VCD]，北京电视艺术中心音像出版社2000年版。（中国青年艺术剧院演出的《第十二夜》在中央戏剧学院1994届表演系毕业演出的《第十二夜》基础上进行了再加工。文中的所有对白、唱词均根据该光碟，即中国青年艺术剧院1999年版演出记录。）

丑唱道：

> 当初我是个小儿郎，嗨呵，一阵雨儿一阵风；做了傻事不思量，朝朝雨雨呀又风风，年纪大了不学好，闭门羹到处吃个饱。娶了老婆要照顾，法螺医不了肚子饿。一壶老酒往头里灌，掀开了被窝三不管，朝朝雨雨呀又风风。①

在此处拼贴成为：

> 你我皆凡人，生在人世间，终日奔波苦，一刻不得闲。既然不是仙，难免有杂念。道义放两边，把利字摆中间。我是个小儿郎，做事不思量，任人来笑骂，把眼泪往肚里咽。……有了梦寐以求的金钱，是否就算是拥有一切。②

正如该剧导演所说，小丑的"白"和"唱"都是"利用傻气作掩护道出饱含深奥哲理与人生真谛的名言警句，这是他智慧的体现"③。这里的歌唱既是叙事更是抒情，是深得中国戏曲唱之神韵的有意为之，通过通俗歌曲的演唱，将热恋中少男少女的心态以抒情的方式"戏剧化"④了。在"爱情的幻想曲"中，作为人文主义者的莎士比亚对人生的新评价是"爱情高于一切"⑤。在西方戏剧中"演员的表演艺术也以戏剧的绝对性为准绳。演员和角色的关系绝不允许显现出来，演员和戏剧形象必须融合成为戏剧人物"⑥。这

---

① ［英］莎士比亚：《莎士比亚全集》（第一集·第五种），朱生豪译，世界书局1949年版，第95—96页。
② 中国青年艺术剧院：《第十二夜》［VCD］，北京电视艺术中心音像出版社2000年版。（中国青年艺术剧院演出的《第十二夜》在中央戏剧学院1994届表演系毕业演出的《第十二夜》基础上进行了再加工。）
③ 何炳珠、刘立滨：《寻找体现莎翁剧作的最佳形式》，《戏剧艺术》1994年第4期。
④ 谭霈生：《论戏剧性》，北京大学出版社1984年版，第248页。
⑤ 方平：《和莎士比亚交个朋友吧》，四川人民出版社1983年版，第58页。
⑥ ［德］彼得·斯丛狄：《现代戏剧理论（1880—1950）》，王建译，北京大学出版社2006年版，第9页。

就是代言体——演员化身为角色，但是由于青艺的《第十二夜》中的拼贴，很多角色的歌唱，已经不仅仅属于"戏剧人物"了，成为演员直接向观众说话的叙事体，并与"当代的东西拼在一起"①。

显然青艺的《第十二夜》在充分汲取了中国戏曲的表演特点，在突破了西方戏剧的这一限制上用足了功夫。演员与角色的之间的关系时而一体，时而分离。小丑以夸张的外部动作和类似于中国戏曲脸谱的舞蹈、化装，使"观客感觉到极明了之，观念极愉快之地步"，②从而成为该剧的一个亮点，通过丑角的唱、做、舞使观众对这个"丑角"的聪明、机智、滑稽和幽默留下了深刻印象。诚如布莱希特所说："如果歌词表现了多愁善感的内容，那么音乐就应该要使观众能发现演员一本正经表演的事件原来是可笑和庸俗的。"③

从拼贴所带来的舞台审美效果来看，此时青艺的《第十二夜》和莎氏原剧中的内容、情节和人物不只是作为作者的创造物出现的，他（她）都成功地成为表现自己思想、行动和情感的主体。由此，一个经过拼贴的全新的叙述者视角经过中国化、时尚化的改造，成功地营造出原作狂欢、幽默的喜剧氛围，因为"莎士比亚也有不少狂欢节本性的外在表现：物质和肉体基层的形象、正反同体的粗野言辞和民间饮宴的形象……完全摆脱现有生活秩序的信念……它决定了莎士比亚的无所畏惧和极端清醒……这种积极更替和更新的狂欢节激情是莎士比亚世界观的基础"。④青艺版《第十二夜》的互文与戏仿实现了"本文结构在更高层次上的多重复合统一"⑤，即相对于莎剧来说，该剧在内容与情节上既紧扣其喜剧精神，而形式又是全新中国式、时尚化的演绎。此时舞台叙述者的视角，着眼于调动中国观众的游戏记忆，嵌入当下

---

① 孙惠柱：《第四堵墙：戏剧的结构与解构》，上海书店出版社2006年版，第223页。
② 齐如山：《戏中之建筑物》，《戏曲艺术》2012年第1期。
③ ［德］贝·布莱希特：《布莱希特论戏剧》，丁扬忠、张黎、景岱灵、李剑鸣译，中国戏剧出版社1990年版，第309页。
④ ［俄］M. 巴赫金：《巴赫金文论选》，佟景韩译，中国社会科学出版社1996年版，第249页。
⑤ 朱立元：《现代西方美学史》，上海文艺出版社1996年版，第117页。

时尚、通俗的卡拉 OK 歌曲，一曲曲深沉而又颇带生活哲理的通俗歌曲，成为表现消费社会人们向往纯真爱情的理想追求，其中也暗含了摈弃道德伦理说教对爱情的偏颇理解，通过"莎士比亚'发明'了我们现在所知道的'人'"①。我想，这也正是青艺版《第十二夜》的积极意义之所在。可以说，经过如此拼贴，该剧已经在中国化、时尚化的呈现中实现了与莎剧的复合统一，融合多种表演形式，实现了莎剧的当代转型。尽管经过拼贴的舞台呈现方式融入了中国元素和时尚元素，但毫无疑问，内容与情节的互文性也是该剧能够赢得广大观众喜爱的根本原因之一。

如果说互文性是"从本文之网中抽出的语义成分总是超越此本文而指向其他先前文本，这些文本把现在话语置入与它自身不可分割地联系着的更大的社会文本中"，②那么青艺的《第十二夜》在拼贴中所显示出来的互文性，在将原作故事植入其舞台表演的过程中，既联系着中国当代社会的价值观、爱情观，又在文化、时空上置换了先前的文本，但是这种"置换"却是以游戏式表演的中国化、时尚化、时髦感、时代感和流行性（相对于那一时代的观众而言）为方式的，甚至不乏无伤大雅的噱头，以幽默张扬向善、向美，批判、嘲讽的"拼贴""戏仿"作为旨归和特征的。该剧以再现"莎士比亚原作精神的新的演出方法"③传达原作的内涵、诗意、青年的天性，以时空自由、节奏流畅的舞台调度与中国传统戏曲表演手法和通俗时尚的夸张表情、动作建构了莎剧原有的喜剧精神。

同时，该剧的拼贴在互文性中显现出健康、积极向上的"伦理视点"。因为传统伦理道德和时下社会人们所秉持的道德观和价值观，使得导演在处理故事和人物形象塑造时显得更为通达，对现实中扭曲的人性给予了善意的嘲讽和戏谑，使善良的世俗愿望、欲望和想象得以在艺术幻觉中得到替代和满足。对于马伏里奥妄想获得绅士地位的幻想，包含了莎氏对自己及其父母

---

① ［美］哈罗德·布鲁姆：《如何读，为什么读》，黄灿然译，译林出版社 2011 年版，第 224 页。
② 王瑾：《互文性》，广西师范大学出版社 2005 年版，第 40 页。
③ 吴光耀：《多样化：戏剧革新的必由之路》，上海戏剧学院霞光工程，2003 年，第 73—75 页。

"谋求贵族地位计划的嘲笑"①。这种"伦理视点"是通过一系列的游戏显示出来的,无论是"丢手绢"、击剑、骑马和黑屋子的游戏均显示了改编者对莎剧喜剧精神的深刻理解以及改编中的放松心态,促使"一个(或多个)信号系统被移至另一系统中"②。在该剧中,由于大量采用了拼贴所造成的戏仿与互文性,无论是社会环境、舞台呈现,还是文化语境,都与莎作原剧既有故事、情节的一致性,即故事线索、情节发展、人物设置、矛盾的冲突与解决等基本要素保持一致,但舞台呈现方式却在互文性中显示出解构中的建构。因为,无论是社会还是历史,民族还是文化,时间还是空间,并不是外在于文本的孤立的背景或不相联系的各种因素的简单集合,而是两种戏剧观和不同时代、不同民族、不同文化之间的碰撞与磨合。对原作《第十二夜》的舞台演绎,早已有大量的莎剧改编实践。而青艺版《第十二夜》的创编,又处在改革开放、社会环境较为宽松时期;其中既有对莎剧经典性的应有的尊重,又有强烈的创新渴望;既有话剧的叙事特点,又有戏曲的抒情因素;既有对原作喜剧精神的深刻理解,又有对中国文化的充分自信;既反映了莎剧人文主义的总体精神,又有通俗化、娱乐化、时尚化的拼贴与戏仿艺术形式的建构。而上述诸种因素的集合,终于使该剧成为颇受老中青观众喜爱的一部莎剧。

(三)语言拼贴:戏谑的当代性

对于戏剧来说,"语言才是唯一的适宜于展示精神的媒介"③。显然,青艺版《第十二夜》的导演深谙这个道理。由此,语言拼贴成为该剧的另一主要特征。"诙谐有两种:幽默和打趣"④,通过优雅迷人的幽默和嘲笑中的打趣,在语言方面,该剧进行了大量拼贴,并且由于这样幽默与打趣的拼贴造

---

① [美]斯蒂芬·格林布拉特:《俗世威尔:莎士比亚新传》,辜正坤、邵雪萍、刘昊译,北京大学出版社2007年版,第50—51页。
② [法]蒂费纳·萨莫瓦约:《互文性研究》,邵炜译,天津人民出版社2003年版,第5页。
③ [德]黑格尔:《美学》(第三卷),朱光潜译,商务印书馆1981年版,第270页。
④ [古罗马]西塞罗:《西塞罗全集·修辞学卷》,王晓朝译,人民出版社2007年版,第798页。

成了非常强烈的戏仿效果。例如：玛利亚恶作剧拉掉托比的裤腰带的戏谑"红花配绿叶""同志们好！首长好！同志们辛苦了！为人民服务（为人民除害）！"；马伏里奥的"还是那只'猴票'""麦当劳""汉堡包""让暴风雨来得更猛烈一些吧""一切行动听指挥""我比窦娥还冤啊"；安德鲁·艾克契克爵士的"我要是学过文学，那该多好啊""旱地拔葱"；费斯特小丑"戴着和尚帽不一定就是和尚""八月十五庙门开呀……""炸酱面""手机"；薇奥拉的一声"哇塞""我妈不让我随便拿人家的东西""我妈不让我跟别人打架"；马伏里奥的"咱们院里今年不储存大白菜了，改存土豆了"；托比·培尔契爵士读"挑战书"时"还他妈是韩国话""降龙十八掌"；奥丽维亚的"此情无计可消除，才下眉头，却上心头"；西巴斯辛的"七星大法""天马流星拳"，以及兄妹二人的"打花巴掌嘚，老太太爱看莲花灯"，等等。① 戏谑式的幽默、打趣语言的拼贴成为拉近莎剧与当代观众的重要手段。语言特有的时代、政治、文化、大众和中国特色获得极强的喜剧和反讽效果，而"京白"的运用也增强了该剧的喜剧效果。该剧对原作语言的拼贴，使得不同艺术之间发生了多方位的吸收与被吸收的关系，在发生互动关系的文本与舞台交错重叠的情况下，"用语言美产生独立的想象"②，即使是显示其文本性质的代码、系统和话语也往往具有不同性质和向当代辐射的能力，即经过拼贴与戏仿，其变异体不一定是以原作的语言为载体的文本，它可以是造型艺术、音乐、舞蹈、当代语汇在舞台上的杂合。例如剧中采用戏谑式的"韩语"等"多国语言"朗诵"挑战书"的游戏场景，用"大哥大"通话的戏拟，赏赐"桑塔纳""换炸酱面"戏谑式的语言拼贴等，都充分显示出莎剧改编所拥有的巨大空间，以及改编的当下意义。

---

① 中国青年艺术剧院：《第十二夜》[VCD]，北京电视艺术中心音像出版社2000年版。（中国青年艺术剧院演出的《第十二夜》在中央戏剧学院1994届表演系毕业演出的《第十二夜》基础上进行了再加工。）

② [德] 贝·布莱希特：《布莱希特论戏剧》，丁扬忠、张黎、景岱灵、李剑鸣译，中国戏剧出版社1990年版，第9页。

《第十二夜》对原作的"吸收"和"改编"既是在文本之间,即文本必然的改编,也是在文本与舞台之间,即舞台的综合性呈现。通过拼贴、戏仿等互文性,确立了它们之间的关系。由莎氏原作改编为中国舞台上的《第十二夜》,它们之间经过拼贴与戏仿表现出来的互文性表明其喜剧精神可以在不同文化、语境或风格特征中形成一个混合交融的共同体。对于表演(语言、服装、歌曲、音乐、舞蹈)舞台、语境来说,正如钱锺书先生引用《第十二夜》"If this were play'd upon a stage, I could condemn it as an impossible fiction"所指出的,"使此等事而在戏中演出,吾必斥为虚造不合情理耳""戏中人以此口吻论场上搬演之事,一若场外旁观之话短长,则看戏者即欲讥谈'断无兹事''万不可能',亦已落后徒为应声,而大可悚先不必置喙矣"。① 即通过对原作的戏仿,该剧在新的语境中形成了自己的意义潜势,在这个虚构的舞台上,蕴含着正解的表意、表情模式,观众反而会融入该剧所提供的情景之中,在"假"戏真看中获得审美艺术享受。在这种主观化、时尚化、通俗化的改编中规定了建构的喜剧性,显示出不同的民族文化、不同时代所具有的主体位置。在改变了原有文本的潜势所形成的新的潜势里,构成了其独有的互文性潜势。所以这种改编,通过其当代演绎,可以比较从容地以自己的主观能动性与改编于原作之间的互文性关系使我们建构起当代中国观众观赏的审美视点。

三 如何戏仿:在文本与舞台之间寻找平衡

莎士比亚的五幕抒情喜剧《第十二夜》是其创作成熟时期的作品。在中外舞台上均有不少成功的改编和演出。正如世界著名导演彼得·布鲁克所说:"为了让莎士比亚戏剧在今天获得一种鲜活的生命,表演莎士比亚戏剧的人必须不拘泥于莎士比亚,将作品和他们身处的时代联系起来,然后再回到莎士

---

① 钱锺书:《管锥编》(第二册,太平广记·卷四五九),中华书局1986年版,第827—828页。

比亚的戏剧中去。"① 因此，挑选这样一部经典名作进行改编，本身就存在着很大的不确定性，这是当前改编莎剧，也是每一个莎剧改编者所面临的最大挑战。但是几经斟酌之后，改编者最后仍然选定了该剧，用导演的话来说，就是"有利于完整人物形象创造"②。在充分想象和喜剧化的基础上，用我们熟悉的现代人的方式，挖掘作品中的喜剧元素，塑造人物形象，体现其性格特征，"从生活入手去理解角色、靠近人物，寻找准确的人物自我感觉"，③用观众熟悉和能够接受的方式张扬其中的喜剧精神，以求达到"情节借用是制造陌生化效果的重要手段"④ 的艺术效果。这就涉及如何戏仿的问题。青艺的《第十二夜》的导演要求"在不损害作品的主体和精神中展开想象的翅膀"⑤，在表演中，演员需要"寻找十六七岁花季的男孩子和女孩子的自我感觉和特有的心态……初恋的感觉；寻找那'追星族'们对自己崇拜的偶像的执着、真诚、奔放"⑥"爱你没商量的纯情"⑦。可以说，导演的这一指导思想，是为该剧带来青春气息的根本原因。

戏一开场，强烈的迪斯科音乐和舞蹈就营造出狂欢的气氛，在伊利里亚那个不吃饭、只谈恋爱的地方，少男少女、贵族贫民在轻松热闹、欢天喜地中演绎了《各遂所愿》中的爱情。紧接着悠扬的小提琴协奏曲流淌出《梁祝》的爱情主题。随着剧情的展开，19世纪的口琴也不断奏出《梁祝》，奥西诺公爵在花园里练的是太极拳，托比·培尔契爵士、费斯特小丑、安德鲁·艾古契克爵士和玛利亚以中国儿童相当熟悉的《丢手绢》做着欢快的游戏，公爵在花园里用"大哥大"传呼仆人，奥丽维亚吟诵着李清照的"才下眉头，却上心头"，当安德鲁·艾古契克爵士要占玛利亚便宜的时候，却被玛

---

① ［美］玛格丽特·克劳登：《彼得·布鲁克访谈录（1970—2000）》，河西译，新星出版社2010年版，第144页。
② 何炳珠、刘立滨：《寻找体现莎翁剧作的最佳形式》，《戏剧艺术》1994年第4期。
③ 同上。
④ 陈世雄：《戏剧思维》，福建教育出版社1996年版，第138页。
⑤ 何炳珠、刘立滨：《寻找体现莎翁剧作的最佳形式》，《戏剧艺术》1994年第4期。
⑥ 同上书，第70页。
⑦ 同上书，第67—71页。

利亚用中国儿童熟悉的恶作剧,用膝盖狠狠地顶了裤裆一下。安德鲁没有占到任何便宜:"嗳哟,当着这些人我可不能跟她打交道。'寒暄'就是这个意思吗?"① 这一让人熟悉的恶作剧起到了令人意想不到的喜剧效果,将浪荡子的无聊,被人愚弄,侍女的聪明、顽皮通过鲜明而富有喜剧性的动作把人物的精神面貌生动地呈现了出来,喜剧效果非常强烈。玛利亚在观众的笑声中达到了对安德鲁这类先生的教训与讥讽。显然,导演意在通过这样的戏仿,恢复"戏剧的原始目的",② 在"娱人"——这个戏剧原始目的作用下,其戏仿效果和互文性已经成为该剧的主要特征,而通过"将戏剧与通过形式的表达潜力,与通过动作、声音、颜色、造型等等的表达潜力联系起来",③ 营造出特有的幽默、轻松、戏谑的喜剧效果。

如果我们单从故事和情节看,青艺版《第十二夜》与原作几乎毫无二致,以当下意义上的时尚化、通俗化使"演出具有为观众所熟悉的传统要素",④ 但从演出的效果来看,通过演员以当今少男少女戏仿文艺复兴时期人文主义的乐观精神获得观众的认可,则成为该剧改编成功的标志。我们认为,对有价值的西方文化的"热烈追求",⑤ 已经成为中国导表演改编莎剧的持久动力。这种原著和中国文化之间的互涉、交流,实质是通过整体与局部的间离所造成的戏仿效果在文本与舞台之间"秀"出狂欢化特征的互文性。

该剧既在整体上是间离的,包括舞台设计、服装、人物表演、音乐、歌舞等;又在局部一再间离,从而不断强化表演中的陌生化效果。这种整体与局部的"陌生化效果是和表演的轻松自然相联系的"⑥,因为"莎剧总会有不

---

① [英] 莎士比亚:《莎士比亚全集》(第一集·第五种),朱生豪译,世界书局1949年版,第8—9页。
② [德] 安托南·阿尔托:《残酷戏剧:戏剧及其重影》,桂裕芳译,中国戏剧出版社2006年版,第61页。
③ 同上。
④ [德] 彼得·斯丛狄:《现代戏剧理论(1880—1950)》,王建译,北京大学出版社2006年版,第108页。
⑤ 张隆溪:《走出文化的封闭圈》,生活·读书·新知三联书店2004年版,第13页。
⑥ [德] 贝·布莱希特:《布莱希特论戏剧》,丁扬忠、张黎、景岱灵、李剑鸣译,中国戏剧出版社1990年版,第197页。

同的连接点能让戏剧进入个体的生活。因此这些连接点必定是人性化的，也必定满含着现世的热情"，① 但却是以戏仿的形式呈现出来的。尤其值得一提的是该剧以间离效果所显示的戏仿，例如薇奥拉说："莎士比亚非要我去公爵的府中"以及唱完歌以后声情并茂的一声"谢谢"②，小丑手持话筒表面滑稽而内含深刻哲理与人生酸甜苦辣的演唱，马伏里奥把储存大白菜改为储存土豆的插科打诨等。这种"音乐间离""语言间离""道具间离""观众与剧情的间离""演员与角色的间离"③ 中的戏仿对营造舞台上的轻松、愉快也起到了不容忽视和令观众会心一笑的作用。再如奥利维亚在描述自己姣好的面庞时，以"一款浓淡适中的朱唇两片；一款，灰色的倩眼一双，附眼睑；一款，玉颈一围，柔头一个，等等表述"。④ 在这一爱情宣言中，即使是间离效果的运用也恰到好处地使观众体会到莎士比亚创作中的一个重要主题——爱情，当奥丽维亚与薇奥拉翩翩起舞之时，后者顺理成章地以莎士比亚的名义朗诵出莎士比亚在该剧中爱情诗歌片断。这一间离手段的运用不但没有令观众感到意外，观众反而在一种游戏、愉悦的心态下对人物的矛盾心情、该剧的爱情主题有了更为深入也更加放松的理解。

该剧"间离"方法的运用，使演员能够跳出角色和剧情，"以朗诵者的身份面对观众朗诵，然后再回到角色的自我感觉里"⑤，这种"Verfremdung 表演上的'间离'与 episch 结构上的'叙述性'"⑥ 在熟悉中收到陌生化的效果，而"陌生化本是一种喜剧方法"⑦。借助"间离"，在互文性关系形成的双向

---

① ［美］玛格丽特·克劳登：《彼得·布鲁克访谈录（1970—2000）》，河西译，新星出版社2010年版，第18页。
② 中国青年艺术剧院：《第十二夜》［VCD］，北京电视艺术中心音像出版社2000年版。（中国青年艺术剧院演出的《第十二夜》在中央戏剧学院1994届表演系毕业演出的《第十二夜》基础上进行了再加工。）
③ 陈世雄：《三角对话：斯坦尼、布莱希特与中国戏剧》，厦门大学出版社2003年版，第322页。
④ ［英］莎士比亚：《莎士比亚全集》（第一集·第五种），朱生豪译，世界书局1949年版，第20—21页。
⑤ 何炳珠、刘立滨：《寻找体现莎翁剧作的最佳形式》，《戏剧艺术》1994年第4期。
⑥ 余匡复：《布莱希特论》，上海外语教育出版社2002年版，第80页。
⑦ 王晓华：《对布莱希特喜剧理论的重新评价》，《戏剧艺术》1996年第4期。

交流作用下，原作中的喜剧精神通过现代的方式得到中国化的延伸和放大，即可能将观众带回到莎剧文本的"元语言"①中去，从而形成了原作文本与莎士比亚中国化的舞台演出之间的交流与互动，从而证明了"把高雅和通俗文化割裂开来的价值判断是似是而非的"②，既在中国特色浓郁的舞台表演中，张扬了莎氏的喜剧精神，强调了二者之间的互文性关联，又在其游戏的氛围、戏谑的动作与语言中蕴含了积极向上、健康、愉悦的大众爱情主题，更在其故事、情节、结构中利用中国经典爱情音乐、通俗歌曲、俗语、俚语、笑话等富有中国特色的文化，合情合理、合剧情、合原作精神，指涉了人物的精神状态和性格特征，使莎氏的喜剧精神得以通过戏仿这种形式实现文本与改编之间的互文性关系。

"人文主义者所热烈歌颂的爱情更富于时代精神"。③该剧通过戏仿所建构的舞台呈现方式，既是莎士比亚喜剧精神的一次展示，又在这种展示之外明显呈现出带有鲜明中国文化特征的另一文本。二者之间的交叉与互构有利于在熟悉与陌生之间建立联系，从而消除了因为时代、文化、形式所带来的陌生感，对莎氏剧作从人性普遍性角度的演绎，也会使观众产生更为放松也更为深刻的理解。通过戏仿，青艺《第十二夜》的舞台演出已经彻底中国化、民族化和大众化了。中国话剧舞台上《第十二夜》的中国元素，已经成功地在轻松、调侃、幽默、放松的状态下以游戏心态，对爱情所坚守的理想主义，寻找真爱和两情相悦给予了喜剧性的表现。在这个意义上，我们可以说，青艺的《第十二夜》是对原作在民族化立场上的戏仿与互文、吸收和改编、解构与建构。它们之间的互文性主要表现在主题的沿用与故事发展的主要线索上，无论是文本还是舞台，都是以表现"爱"作为推动故事发展的动力，而通过戏仿，青艺版的《第十二夜》则在"爱"的故事上衍变出更为民族化、

---

① [法]弗兰克·埃尔拉夫：《杂闻与文学》，谈佳译，天津人民出版社2003年版，第56页。
② [美]维克多·泰勒、查尔斯·温奎斯特：《后现代主义百科全书》，章燕、李自修等译，吉林人民出版社2007年版，第480页。
③ 方平：《和莎士比亚交个朋友吧》，四川人民出版社1983年版，第61页。

时尚化、通俗化的形式,以强烈的青春气息,淋漓尽致地展现出青年人对纯真爱情的追求。

四 大众化梦想:经典的当代演绎

对于莎士比亚之后的"显性伴随文本"①,我们的改编不可能脱离副文本因素的经典意义。而由于"伴随文本的普遍性"②,莎剧也被不断改编、上演。戏仿表现为一种"有意的漠然模仿",③而青艺版的《第十二夜》恰恰是以莎氏原作为骨架,以拼贴和戏仿为手段,以时尚、通俗、青春、欢乐、愉悦建构其艺术呈现方式,注入当代中国的元素,将其挪移到新的语境中。该剧的通俗性是对雅中有俗、俗中有雅、雅俗共赏的艺术高品位追求,这需要"超常的想象力自由驰骋,才可能给观众营造一个奇妙的世界"。④ 人物之间的调侃、幽默与"商业化的职业戏子"⑤ 对社会的讽刺形成了"互文的一面"。⑥ 该剧中的幽默、戏谑、调侃是形成戏仿的主要指涉方式,而中国化、时尚化的建构是形成这一差异性的主要原因。该剧中的反悖与戏仿,以"其他人物的言行"⑦ 说明中国化、时尚化、通俗化这种形式,以及改编者的改编指导思想决定的舞台呈现方式,是已经顾及中国文化环境、当代语境、观众的期待视野所特意为之的。

作为充满青春气息的《第十二夜》利用"情绪化表述",人物的动作也在激起心灵反应中产生了"戏剧性"。⑧ 一系列的动作拼贴与戏仿,在构建的幽默气氛中,既以熟悉打破陌生作为舞台建构的主要艺术手段,又以高雅、

---

① 赵毅衡:《反讽时代:形式论与文化批评》,复旦大学出版社2011年版,第42页。
② 同上。
③ 胡全生:《英美后现代主义小说研究:叙述结构研究》,复旦大学出版社2002年版,第128—129页。
④ 谭霈生编:《谭霈生文集(论文选集Ⅱ)》,中国戏剧出版社2005年版,第306页。
⑤ 洪衿编:《洪琛文抄》,人民文学出版社2005年版,第139页。
⑥ 胡全生:《英美后现代主义小说研究:叙述结构研究》,复旦大学出版社2002年版,第129页。
⑦ [美] W.C.布斯:《小说修辞学》,华明、胡晓苏、周宪译,北京大学出版社1987年版,第337页。
⑧ 陈世雄:《戏剧思维》,福建教育出版社1996年版,第91页。

通俗的音乐和歌声，以及戏谑的朗诵、击剑、舞蹈等表现青年男女爱情中的误会、初恋，表演以"真实感和观众的艺术感受同步"① 为原则，以充分调动观众的想象空间，为青年观众带来强烈的视觉冲击，营造狂欢的氛围为创作原则。故此戏仿构成了"一个文本的内部所表现出来的与其他文本的关系的总和（引文、戏拟、转述、否定等）"，② 而这一点恰恰成为建构戏仿的一个重要基础，正是基于"互文性与原文本互为悖反"③ 才使喜剧效应在跨越时空中不断得到放大。由于该剧对原作进行了"脱胎换骨"的改造，观众通过充满戏谑、调侃的表情和一系列动作，领略到其间所蕴含着的能指内质的"质料性"化为所指"'事物'的心理表象"，④ 促使所隐喻的健康欢快、明朗热情、高雅世俗、真挚和谐的爱情观得到了展现。从而也使我们通过舞台的反悖与戏仿能够追踪和摄取我们对生活的反映和对社会的看法。戏拟是对一篇文本改变主题但保留风格的转换，原作中的"风格"通过拼贴所达到的戏仿与互文，已经转化为中国式的幽默、戏谑、讽刺、纯真的爱情、善意的挖苦、捉弄与打趣了。因为对所有互文性现象的解读，即"所有互文性现象在文中达到的效果——势必包含了主观性"。⑤ 而这种"主观性"所形成的效果，既在整体上解构了我们原有对莎剧的认识，又在拼贴、戏仿中再一次建构了莎士比亚的喜剧精神。

我们认为青艺版《第十二夜》对原作的拼贴、戏仿与互文性显示了游戏式的狂欢，并通过这种狂欢式的游戏建构起当代中国舞台上的青春版《第十二夜》。舞台建构的主体特征表现为，其主体和主旨在自然性的"乐感之乐"⑥ 中演变为调侃、幽默、戏谑和带有娱乐倾向的"能指游戏"，并且使之

---

① 张殷：《中国话剧艺术舞台演出史纲》，武汉大学出版社2008年版，第416页。
② 秦海鹰：《互文性理论的缘起与流变》，《外国文学评论》2004年第3期。
③ 李玉平：《互文性：文学理论研究的新视野》，商务印书馆2014年版，第167页。
④ [法] 罗兰·巴尔特：《符号学原理》，李幼蒸译，中国人民大学出版社2008年版，第23—25页。
⑤ [法] 蒂费纳·萨莫瓦约：《互文性研究》，邵炜译，天津人民出版社2003年版，第83页。
⑥ 刘小枫：《拯救与逍遥》，华东师范大学出版社2007年版，第169页。

在观众的欲望、向往、困惑以及显在的欢快感中得到挪移性满足和想象性解决。"秀"乃是莎剧现代性的鲜活证明,"莎剧的现代性就是包括后现代表现形式的改编"。① 在拼贴、戏仿中呈现的互文性,令该剧成功地给出了既有莎剧元素,也是"时尚喜剧""都市戏剧"② 的表达特征,而二者合一所体现出来的经典精神与商业价值、传统与时尚并重的莎剧改编形式,使观众在充满诗意的欢快与幽默中将莎剧与大众梦想的娱乐化连接在一起,从而成为当今中国话剧舞台上一部充满时尚动感,具有强烈观赏性和时代特色的莎士比亚爱情喜剧。

第五节 中国化:田沁鑫变形的《明》

田沁鑫的《明》,标榜是根据莎士比亚《李尔王》改编的莎剧,同时融入了中国明朝16位皇帝围绕权力与阴谋展开的角逐,展现了当代导演借用莎剧和中国明史中血腥权谋的碎片,将其拼贴入《明》中,从而获得了反传统与反崇高的游戏性。永恒的壮丽秀美江山与过眼烟云的皇朝,美的形式与戏谑的权力之争,对经典与历史的当下介入是在揉碎《李尔王》和明史中的叙事,围绕皇权的争夺,在拼贴中将不同种类的人、事混杂形成戏仿,使舞台呈现在被割离的环境中,在关联与间离中,进入导演创作的情境中,从而通过拼贴以后的大幅度变形,利用戏仿获得了狂欢化的审美效果和后经典叙事学的诠释意义与内涵。

当田沁鑫的《明》(又称为《明——明朝那些事》)以莎士比亚之名义携《李尔王》参加"永远的莎士比亚"活动在国家大剧院上演之时,以莎剧的经典性为号召,以华丽的服装和写意的中国山水舞台为背景,将明朝十六位

---

① 李伟民:《戏与非戏之间:莎士比亚的〈麦克白〉与川剧〈马克白夫人〉》,《四川戏剧》2013年第2期。

② 傅谨:《新中国戏剧史(1949—2000)》,湖南美术出版社2002年版,第191页。

皇帝围绕权力的算计和宫廷阴谋呈现在浓淡相间、江山如画的壮美水墨山水之中，使观众在震撼于中国艺术之美中，通过拼贴、戏仿戏谑了围绕争夺皇位的人性的黑暗与荒诞，具备了从经典叙事学到后经典叙事学的某些特征，并在此基础上，实现了中西两种文化、戏剧、主题、观念的交融与嫁接。

有人认为《明》真像戏，有人认为莎剧不可以这样改。但导演已经以自己的理念将《李尔王》拼贴入《明》中，将后经典叙事扩大到对叙事形式本身的关注，使舞台呈现表现为观众对"讲述故事"的文化产品①的关注，创造出与以往大异其趣，在中国话剧舞台上打上后现代烙印的莎剧。在后经典叙事学中，媒介成为重要的中介，它"并不考虑叙事作品所得以表现的媒介"，②而是通过不同媒介的形式了解其叙事特点。我们认为对强调高度写意精神和假定性的《明》来说，在拼贴中显现的游戏性，后经典叙事性和荒诞色彩，为中国舞台呈现莎剧提供了全新的视觉感受，即"中国人怎么看莎士比亚，而不是照搬莎士比亚"。③《明》以讲男人成长的戏，④ 拓展、改变了其审美表现方式，并提供了"分江山"的伦理思考空间，⑤ 同时为从后经典叙事学观察话剧《明》给我们提供了新的视角。"这说明一个特定事件可以在不同配置中阐释为不同功能。配置的改变引起阐释的变换。"⑥《明》在权谋和人的精神成长的框架内结构故事、安排情节，实现结构、形式上的探索。⑦ 对话剧《明》的阐释可从拼贴、戏仿和后经典叙事研究入手，探讨其文本与舞台叙事特点，我们相信这样的探讨将为改编莎剧提供更为广阔的空间和更为多样、更加深刻和更为积极的思考。

---

① ［荷］米克·巴尔：《叙述学：叙事理论导论》（第二版），谭君强译，中国社会科学出版社2003年版，第1页。
② 谭君强：《叙事学导论：从经典叙事学到后经典叙事学》，高等教育出版社2008年版，第12页。
③ 田沁鑫：《田沁鑫的戏剧场》，北京大学出版社2010年版，第224页。
④ 同上书，第228页。
⑤ 李伟民：《中国莎士比亚批评史》，中国戏剧出版社2006年版，第401—402页。
⑥ ［美］卡法勒诺斯：《似知未知：叙事里的信息延宕和压制的认识论效果》，［美］戴卫·赫尔曼主编：《新叙事学》，北京大学出版社2001年版，第16页。
⑦ 田沁鑫：《田沁鑫的戏剧场》，北京大学出版社2010年版，第273页。

一 间离中的对话

对莎士比亚戏剧持续广泛的研究和演出是确立其经典地位的重要因素。当今，后现代主义思想和艺术方法早已渗入了莎剧改编之中了。多种文化、各种艺术形式以不同方式改编莎剧正是当代世界莎剧舞台演出、影视表演的明显趋势，是莎剧刺激当代戏剧发展的一种方式，也是莎剧赢得世界性声誉、经典地位不断得到巩固的原因。《明》从根本上改变了我们以往对莎剧改编的期待视野，在大雅与大俗之间以拼贴和戏仿制造了舞台叙述的间离效果，借助《李尔王》中蕴含的主题与明史中争夺皇位的阴谋，解构了其中的人文主义精神，稀释甚至抛弃了其悲剧性，但却在"戏"，"戲"的叙事中，达到了对主题更为现代、时尚、多元，甚至不无深刻的认识，充分张扬了世俗文化的丰富内涵。这种"俗"的本质与民间性使《明》与《李尔王》能够在戏仿中多层面、多角度地拼贴世俗生活，张扬其舞台表演形式。我们看到以舞台表现的《明》对《李尔王》的戏仿已经使表演的形式、内容发生了彻底改变，观众的崇高感也在拼贴、戏仿的过程中被频频颠覆。拼贴的是"分国"；"戏仿"的是二者之间人对于权力的共同欲望，并在此基础上，既形成了文化、主题和文本、表演之间的交流、对话，又形成了拼贴后的"后经典叙事对前文学文本的重复"[1]式的戏仿，在很大程度上使崇高叙述转化成一个时尚游戏的戏仿叙事进入舞台审美过程。

《明》以"接班"故事为载体，以莎剧《李尔王》（以下简称《李》）的"分国情节"、父子关系构成戏剧叙述主题，有机地将导演对明史与《李》中围绕权力继承的理解进行嫁接，"将叙述内容作为信息，由信息的发送者传达给信息的接受者"，[2] 以戏仿历史与莎剧作为舞台叙事的主要方法，在"事

---

[1] 祖国颂：《后经典叙事：泛互文性及其文化表征——以〈反复〉的叙事策略为例》，祖国颂：《叙事学的中国之路——全国首届叙事学学术研讨会论文集》，中国社会科学出版社2006年版，第142页。

[2] 余秋雨：《中国戏剧史》，上海教育出版社2006年版，第110页。

件"的演绎中勾勒出面对所处环境人物性格的不同侧面,并对这些人物及其性格特征进行讽喻、打趣、揶揄和调侃,在游戏性的建构中,解构了《李》的悲剧性,《明》在华丽的舞台叙事中,颠覆了《李》的悲剧语境,从舞台的假定性存在,演变为审美呈现方式的另"一种现实的力量"。① 在后经典叙事中包括戏剧在内的话语都是叙事作品的重要组成部分。"叙事在人类的所有语言表达"②中具有特殊作用,戏剧的言说(表达)方式是"代言体",属于人的表演;有时空制约的特征;采用有声语言、音乐效果与形体叙事;外在的存在方式(包括服装、布景等);剧作家、导演、演员的创作;观看的接受方式等。③ 戏剧叙事具有"多重叙事"的特点,有两个"第三者",即"叙事者""评论者"和"扮演者",而它们之间又形成互为映射的关系,即"剧中人"有时兼有上述三种身份,与"剧中人"相关联的叙事,也包括了角色、服装、布景、美术、音乐、形体所表露出来或隐含在其中的叙事,即舞台上的每一因素均可能构成不同的多重叙事,所以说舞台上的戏剧叙事是"多重叙事法"。④ 而《明》通过集众多艺术形式于一体的综合性质的"多重叙事",赋予"叙事者"以故事内外的叙述者身份,是言语的聚焦者、代言人和评论者,叙述者是用形体的表演和剧中人以"人物的眼睛来替代自己的眼睛";⑤以观众的感受代替自己的感受,置身于舞台的"评论者",他(她)既是剧中的某个人物,又对人物的言行作出自己的判断和理解,甚至对自己装扮角色的到位与否作出判断,以据此随时调整自己的演出状态,在舞台呈现方式上则随时表现为"间离效果"的使用;"扮演者"既将自己还原为剧中的人物,又在表演进程中或庄严、或戏谑、或揶揄地与历史、经典和当代观众对话,表现出后现代叙事的特点。由于拼贴所产生的戏仿效果,在"间离"中

---

① 申丹、王丽亚:《西方叙事学:经典与后经典》,北京大学出版社2010年版,第146页。
② 邹元江:《戏剧"怎是"讲演录》,湖南教育出版社2007年版,第181页。
③ 董健:《启蒙与戏剧》,山东友谊出版社2009年版,第30页。
④ 邹元江:《戏剧"怎是"讲演录》,湖南教育出版社2007年版,第181页。
⑤ 申丹:《叙事、文体与潜文本:重读英美经典短篇小说》,北京大学出版社2009年版,第94页。

"人物"成为权力系统中的"符号",成为"爱"与"欲望"的符号,由于《明》的叙事,要区分"爱"与"欲望"就像要在理发店的一堆头发中找出自己的头发一样难。《明》既是莎士比亚的《李》,又不是《李》;既是明朝的十六个皇帝,又不是十六个皇帝;既是剧外人物和叙述者,又是剧中人。此时戏仿成为人物言行叙述者的主要表达方式,评论者也通过拼贴阴谋手段和兄弟之间的互相倾轧的方式,实现了俯瞰式的打趣,此时的扮演者这个舞台角色跳进跳出,或者成为剧中人物,或者有时又成为剧外人物。作为剧中人,扮演者的叙述主要为情节的发展服务,如皇帝对三皇子说"老三呐,为了那些你曾经得到而又失去的,为了那些你拥有而又错过的……你那光辉的理想,终会实现";① 紧接着的叙述是"拿板砖拍他",② 同时皇帝递给三皇子一块砖头,这就使作为剧外人物扮演者的叙述以游戏性的间离效果和戏谑性的动作引起观众的思考或会心一笑。在舞台表现的"多重叙事"之中,无论是"叙事者""评论者"还是"扮演者",都要通过念白、独白、形体表演进行叙事,构成了人物之间、人物内心、人物与观众之间的又一个"多重叙事",加上音乐、服装、布景的直接或间接叙事,舞台表演的"多重叙事"此时已经超越了"舞台表演""人物台词""舞台说明"③ 所代表的"此在叙述者"(真实作者)。

《明》的创作,展现了剧作者、导演,即"真实作者"的戏仿意图,而作为"扮演者"的演员自身也构成了"角色"和"叙事者"的身份,作为"角色"的体现者,要通过念白、独白、表演演绎"角色"的故事,又要把角色变为剧中人,故此"角色"始终是内在的角色与外在的叙述者的统一体

---

① 田沁鑫:《田沁鑫的戏剧本》,北京大学出版社 2010 年版,第 53 页。又可见田沁鑫《明朝那些事》[DVD 光盘],中国国家话剧院/田沁鑫李东戏剧工作室:《田沁鑫戏剧作品集》(话剧篇),北京文化艺术音像出版社 2009 年版。该剧 2008 年 10 月首演于国家大剧院,(本文在撰写过程中,对该光碟中《明》的舞台演出台词与《田沁鑫的戏剧本》舞台工作本进行了对照阅读,文本与舞台演出的对白稍有不同,该剧演出时,舞台上出现了明朝 13 个皇帝)。

② 同上。

③ 胡亚敏:《叙事学》,华中师范大学出版社 1994 年版,第 10 页。

和矛盾体。"角色"通过表演演绎故事,成为"内叙述者",而角色又始终不是剧中人,在戏仿式的叙事中,他们有时是一体的,有时又是被间离的,二者合一又构成了"角色"的第三重身份。这就是作为导演的田沁鑫所要达到的赋予话剧以中国戏曲精神的效果。由于戏剧是"发生在观众与演员之间的事情",① 观众是表演之外的真实存在,表演接受者的感受取决于"角色"外叙述者演技的高低和内叙述者表演的逼真与否,而二者之间的必然差异,则造成了对角色的性格、形象、心理的不同理解,构成了"角色"与"叙述者"之间的舞台对话。

《明》在拼贴中的戏仿,颠覆了《李》的逼真,但又形成了观众与原有《李》之间的对话。所以《明》的被"看见"与被感知最终形成了大异其趣的《李》的"聚焦"②式审美效果,即剧中角色之间的"被看见""被感知"与观众的期待视野是不尽相同的。乍眼一看,尽管明朝与莎士比亚和《李》毫不搭界,但归根结底,在人性欲望的刻画上,田沁鑫与莎士比亚都力图通过分权、分国揭示人性中深层的"丑恶"。而《明》改编《李》必然要触发两种文化、相同人性在融合过程中由于不同审美观、戏剧观、叙述方式之间和不同时空之间的直接交流与对话,游戏的成分使其舞台节奏在游戏、调侃、轻松的会心一笑中加速流动,表演不受莎氏悲剧氛围的束缚,在幽默、清新和反讽中达到了得莎剧之神而不脱人性之真的艺术效果。如原作第一幕第一场高纳里尔说:"父亲,我对您的爱,不是言语所能表达的;我爱您胜过自己的眼睛,整个的空间和广大的自由……"③ 里根则表白:"我跟姊姊具有同样的品质,您凭着她就可以判断我。在我的真心之中,我觉得她刚才所说的话,正是我爱您的实际的情形……"④ 考狄利娅说:"父亲,您生下我来,把我教

---

① 谭霈生:《戏剧本体论》,北京大学出版社2009年版,第10页。
② [荷]米克·巴尔:《叙述学叙事理论导论》,谭君强译,中国社会科学出版社1995年版,第114页。
③ [英]莎士比亚:《莎士比亚全集》(9),朱生豪等译,人民文学出版社1978年版,第151页。
④ 同上。

养成人爱惜我,厚待我;我受到您这样的恩德,只有恪尽我的责任,服从您、爱您、敬重您。我的姊姊们要是想用她们整个的心来爱您,那么她们为什么要嫁人呢?……"① 而在《明》中的"别挡着我演戏!我现在就是大闺女"②的间离中,分别化为大皇子、二皇子、三皇子的:

  这种爱,是无法用语言来表达的;爸爸,我是爱您的。这种爱超过世间一切珍贵稀有的东西……③

  他刚才所说的,正是我对您爱的表现的一小部分。不过就他那点东西,还不足以表达我对您……我想说的是,我厌弃世界上一切可以感知的快乐,唯有爱您……④

  父亲,我只能给您一半的爱,因为我要嫁人,我要把另外一半的爱分给我的丈夫。这外国闺女真够实诚的,不拍挨打啊?⑤

无论是大姐、二姐、三妹,还是大皇子、二皇子、三皇子,她(他)们言语的意思都大致相同,但《明》的目的更多是在于通过"无厘头的动作和说话"⑥戏仿《李》,映射现实,扩大其表现领域,检验其审美张力,在间离中赋予对白以强烈的戏仿效果,如明明是面对的大皇子,二皇子却叫的是"大姐,你简直和我想的是一模一样啊!……他老人家,才是我的无上的幸福啊"。⑦一声"大姐"的间离,表明他们在演《李》,为戏中戏,此处的"他老人家"的"他",并不是指父亲,而是指的"大皇子",人称所指的改变,凸显了宫廷斗争的微妙;三皇子的"因为真爱是在心里,说出来就假了。鉴

---

① [英] 莎士比亚:《莎士比亚全集》(9),朱生豪等译,人民文学出版社1978年版,第152页。
② 田沁鑫:《田沁鑫的戏剧本》,北京大学出版社2010年版,第8页。
③ 同上。
④ 同上。
⑤ 同上书,第8—9页。
⑥ 同上书,第245页。
⑦ 同上书,第8页。

于我大姐二姐演得太假",①"鉴于剧本写得太实诚,我无话可说"。②"知道我大明什么规矩吗?""就是顺着——摩挲""这剧本谁写的?莎士比亚,皇上,几品官啊?乡长都没干过,皇上。"③"这英国人乡长都没干过,一点实践经验没有。可还是得分啊,给谁啊?!"④ 在"莎士比亚"已经成为文本的一种效果……是一种继承了西方文化之概念、比喻和故事的语言⑤的现实条件下,《明》既实现了借助莎剧的经典性超越时间、空间的距离和文化之间的差异,表达了"在江山面前,人人都是过客"⑥的理念,又通过戏仿增强了戏谑、调侃的舞台效果,在对权力野心层面的阐释中,将大明皇朝与莎氏联系起来,使人在幽默中能更深地体味到人性中深层的东西和统治者的内心世界。

对《明》的改编既要彻底颠覆《李》的悲剧性,又要进一步探索适应中国观众看戏的习惯和口味,甚至主要是张扬中国戏剧的游戏、娱乐精神,所以就要对悲剧的沉重和表演的求"真"的戏剧观和戏剧形式进行彻底改造,因为莎氏的《李》"内容很沉重,在大家不经意间确实说了很多很重要的事,比如江山问题,比如说权力问题,比如说残酷的争斗和死亡,一个个死去了,但是这么沉重的问题,如果用沉重的办法来讲这戏,就不能演了,因为太沉重残酷了,也不符合中国人的看戏方式……我们中国人演戏假的,观众都能接受,这是种表演的游戏精神……我要求大家在很轻松的状态下,而且是装扮的状态下来演绎很沉重的历史问题和人性的问题,这样的话,大家会哈哈笑的时候突然震动一下,我觉得这挺好"。⑦ 在剧本"创作"的基础上,如何结合中国戏曲的表演特点,并适应当代中国观众的欣赏习惯成为田沁鑫《明》所要达到审美目标,以中国戏曲精神来看,就是要从真到假,让观众觉得这

---

① 田沁鑫:《田沁鑫的戏剧本》,北京大学出版社2010年版,第9页。
② 同上。
③ 同上书,第9—10页。
④ 同上书,第10页。
⑤ [美] J. 希利斯·米勒:《解读叙事》,申丹译,北京大学出版社2002年版,第141页。
⑥ 田沁鑫:《田沁鑫的戏剧场》,北京大学出版社2010年版,第243页。
⑦ 同上书,第245页。

是"戏";适应当代中国观众的口味,就是要在"更朴素的表演"① 的基础上"找乐子",把莎士比亚《李》所体现出来的悲剧精神,用一种戏仿的喜剧效果表达出来。正如 W. C. 布斯所说,"无论一部作品具有什么样的逼真,这个逼真总是在更大的人为性技巧中起作用的;每一部成功的作品都以自己的方式显出是自然的和人为的"② 的痕迹。改变原作的叙述方式,以调侃的无厘头的呈现形式贯穿整个舞台,以《李》的故事框架作为拼贴材料,用戏仿来处理《明》中人物心理、冲突和矛盾。

《明》所追求的是"回到我们的中国戏曲,让你觉得舒服,恢复中国的传统精神,这是演,这是装的,直接告诉你。"③ 改变戏剧自亚里士多德和斯坦尼以来所遵循的表现形式,用田沁鑫的话说就是:"一直是斯坦尼这个欧洲老头指导中国表演,也挺荒诞的。"④ 从该剧演出所达到的审美艺术效果看,我们不能不说《明》力图寻找的是戏剧的游戏精神,以及在这种游戏精神通过莎剧和中国戏曲中蕴含的人性,创造出的既不同于西方舞台,也不同于以往中国改编莎剧模式的一种全新形式的莎剧。通过莎氏所作悲剧与当代中国和戏曲的游戏精神联系起来,像莎士比亚那样"迫使他的一些人物作出叙述性和带有评价性的陈述"⑤,以放松的心态"将人情世故刻画入微,而其根本思想则在尊重人类'自由意志',以为一切祸福皆由人类自造"⑥ 这一主旨拼贴入《明》的演绎之中,成为历史、经典,不同戏剧观和普遍人性之间的一次游戏状态下的当代对话。

---

① 田沁鑫:《田沁鑫的戏剧场》,北京大学出版社 2010 年版,第 247 页。
② [美] W. C. 布斯:《小说修辞学》,华明、胡晓苏、周宪译,北京大学出版社 1987 年版,第 63 页。
③ 田沁鑫:《田沁鑫的戏剧场》,北京大学出版社 2010 年版,第 247 页。
④ 同上。
⑤ [美] W. C. 布斯:《小说修辞学》,华明、胡晓苏、周宪译,北京大学出版社 1987 年版,第 405 页。
⑥ 王光祈:《王光祈文集》(时政文化类·第 4 集),四川音乐学院/成都市温江区人民政府编:《王光祈文集》,四川出版集团/巴蜀书社 2009 年版,第 514 页。

二 游戏中的后经典叙事映射

《明》展现的是游戏性抒情的不同画面,与莎剧强调戏剧性情境的营建与斑驳的游戏色彩的结合更显示出其戏仿的色彩。《明》通过"戏仿"与"写意"手法的结合使用,"从朱元璋到崇祯,这16个皇帝生前大部分没见过面,可是看戏的观众见着了。这是戏剧的魅力"。① 帝王穿梭于宋代李唐的《万壑松风图》和范宽的《临流独坐图》的背景之间,强化了《明》的隐喻效果,故此收到了戏仿上双层叠加的放大效果。在后经典叙事已经日益重视"口头叙事"的情况下,《明》的"把皇室斗争通俗化……讲男人成长的戏,同样男人都喜欢权力斗争"。② 舞台上十几把椅子有着权力象征的意味……这种通俗化的语言方式,背后是残酷、阴鸷的权力斗争,有它特有的游戏规则。③ 这种权力斗争的游戏化正是以其口头叙事为特色引起观众对权力斗争普遍化的理解,并由此进入了叙事范畴,在一来一往的叙事性对白中,故事情节得以推进,人物形象也逐渐丰满。詹姆斯·费伦指出:"叙事以故事为中心,抒情诗则聚焦于心境,尽管每一种模式都包含着另一种模式的因素。"④《明》正是在拼贴《李》剧的叙事中形成了严肃话题的戏仿特色,重大事件的戏谑性质,残酷斗争中的滑稽因素,"充满了权势和阴谋,帝王将相之术",⑤ 无厘头的叙事中蕴含了朴素道理的真谛,膨胀权欲拼贴的戏仿中内植了权力运行、阴谋策划和阴险内心的叙事。

《明》的叙事采用直接呈现或间接表现人物性格特征和人物心理活动的方式,既借用明朝皇帝权力斗争规则,又通过对莎士比亚和《李》的戏仿与调侃,乃至对当下社会的映射,使之与《李》的主题、内容、情节和人物性格

---

① 田沁鑫:《田沁鑫的戏剧场》,北京大学出版社2010年版,第239页。
② 同上书,第230页。
③ 同上书,第231页。
④ [美] 詹姆斯·费伦:《作为修辞的叙事》,陈永国译,北京大学出版社2002年版,第6页。
⑤ 田沁鑫:《田沁鑫的戏剧本》,北京大学出版社2010年版,第12页。

有某些或隐或现的相似性。我们看到《明》中，郝平饰演的老皇、陈明昊饰演的三皇子、吴国华饰演的大皇子、章劫饰演的二皇子以及太监、锦衣卫等的语言在"瞬间调侃叙事"的基础上，创造出了符合人物身份、性格特点的叙事语言。"莎士比亚讲述了一个老人的成长，其实老人成长也是一个心灵成长的课题。"① 郝平饰演的皇帝以调侃经典，解构权威，深沉、情感起伏大，荒诞意味浓郁，表演的威严和俏皮，塑造出一个工于心计，既有无上权威，又有帝王通病的皇帝形象。郝平抓住了皇帝在几场戏中情感变化的心理转折，使皇帝的言语既能够与莎剧《李》有一定联系，又能够紧贴《明》中人物情绪的变化，构建出人物性格、心理变化的无厘头逻辑轨迹。叙事中的这种无厘头的言语和表演映射借莎士比亚和李尔王引起当代观众对权力的联想。如皇帝说：

> King Lear，李尔王。你呀，就是吃了没文化的亏啊……这三闺女对父亲的爱，……根据李尔王的剧本演演戏中戏，说一说对父亲的爱吧……莎士比亚几品官啊？……乡长都没干过，就敢写剧本？把人抓起来……还有那大片大片的沙漠和原始森林都给谁呀？分还是合，这是个问题。就知道瞎翻译外国剧本，这英国人乡长都没干过，一点实践经验没有。可还是得分啊，给谁啊？！②

> 造反就是做生意，这生意要是做成了，你就可以收别人的钱，收别人的税，想收多少就收多少！朕做的就是大生意，明白了吗？③

从剧中父子之间的权力分配斗争来看，这种调侃外加无厘头的叙事形式使观众在与《李》和现代时空的对接中，获得了全新的审美感受。而陈明昊扮演的三皇子则在戏仿中，显示了较之大皇子、二皇子更为成熟、阴险老辣

---

① 田沁鑫：《田沁鑫的戏剧本》，北京大学出版社2010年版，第7页。
② 同上书，第7—10页。
③ 同上书，第50页。

和韬光养晦的人格特征,既与《李》中对人性阴暗的刻画相呼应,也通过三皇子的言语触及了父子相残、权力斗争的实质,通过他们在皇位争夺中的起落,将"爱"与"亲情"作出了自己的诠释。正如三皇子所言:

> 血流成河,白骨如山。大地哭号,苍山悲泣。人头,像是一张张纸片,飘忽落地……我得到了天下,我应该感到宽慰。我的女人回来了,我应该感到宽慰。我没有,我发现,痛苦、愤怒、悲伤都是那么懦弱……大明不分江山也不分权,大明讲的是大一统集权①

《明》通过独白,表现出江山的永恒和一个青年皇子对权势的清醒认识,权力之下对人的生命的漠视,以及对权力的露骨追求、极度渴望、盲目自尊的情感,说明他已经通过宫廷权力斗争中由一个男孩成长为一个男人。《明》以世俗化的方式表达了对莎氏悲剧精神的解构和"中国戏曲的独特感受"②,通过拼贴,对莎氏悲剧精神甚至基督教语境进行了戏仿式的再阐释,并且也通过现代街头口语"皇帝出事能自己把自己捞出来"加强了戏谑性。③ 由于基督教之爱在《李尔王》中构成了鲜明的特点,④ 故《明》叙事话语虽然通俗,但仍在其叙事中不可避免地借用了"肉身"的说法,如大皇子、二皇子对皇帝说"我们借您肉身练练"⑤ 这样的话语。李尔王的诅咒"像你这样不能在我面前曲意承欢,还不如当初没有生下你来的好"⑥ 模仿了《马窦福音》中的"人子固然要按照指着他所记载的而去,但是出卖人子的那人却是有祸的!那人若没有生,为他更好"。⑦ 这正是为吾有身,及吾无身,吾有何患这一认知的具体体现,从经典到通俗,从宗教到世俗,从有为到无为,从西方

---

① 田沁鑫:《田沁鑫的戏剧本》,北京大学出版社2010年版,第52—61页。
② 章诒和:《中国戏曲》,文化艺术出版社1999年版,第106页。
③ 田沁鑫:《田沁鑫的戏剧场》,北京大学出版社2010年版,第235页。
④ 李伟民:《中西文化语境里的莎士比亚》,上海外语教育出版社2009年版,第163页。
⑤ 田沁鑫:《田沁鑫的戏剧本》,北京大学出版社2010年版,第17页。
⑥ 莎士比亚:《莎士比亚全集》(9),朱生豪等译,人民文学出版社1978年版,第157页。
⑦ 中国天主教主教团教务委员会:《圣经》,南京爱德印刷有限公司2009年版,第1549页。

戏剧之"真"到中国戏剧之"假",《明》就是以这样的拼贴和戏仿建立了与莎士比亚《李》剧的联系。

《明》在沿用莎剧《李》的某些情节的基础上,彻底地颠覆了原作的悲剧精神、人物性格,保留了主要人物关系和矛盾冲突,编剧和导演将《李》剧挪移到《明》中,故事虽然"已经被《李尔王》的结构固定了"①,但"穿起黄袍来,全都成了好人"②。《明》把莎士比亚剧作变成一个筐,当代社会都可以往里装,拿莎士比亚和明朝那些事"说事",就可以在当代层面上把原作与创作进行嫁接,人性的普适性、宫廷斗争的雷同、权力继承所面对的共同问题,《明》"在明朝宫中进行了一次莎士比亚原版《李尔王》的剧本朗诵会,一举将这层大家都看得透的窗户纸捅破,让之后的移植和演绎变得顺理成章,也当着观众的面把整个故事笼罩在了莎翁的阴魂之下。虽然在老皇帝嘴里,莎士比亚连个乡长都没当过,写出的剧本不值一提,但有什么关系呢?这不过是戏"。③ 所以移植作品中的人物与原作人物共栖的舞台已经不是原作呈现的舞台,而是拼贴、戏仿之后变形了的舞台。在对内容呈现方式上,《明》的美学特征和莎剧的内容表现之间始终通过间离的手法营造舞台艺术效果,其中既围绕着明朝的皇权分配斗争为主体,又能够让观众从普世的人性俯瞰异质文化,因为异质戏剧已经从莎士比亚的角度构建起异域审美视角和审美的期待视野。这就使《明》以其后经典叙事的特色呈现出驳杂的审美感受,从而达到了一石二鸟的目的。

《明》的后经典叙事特征在于通过拼贴《李尔王》,戏仿经典,显示了间离作用下的哲理性、写意性、象征性和荒诞色彩,其改写与原作之间达到了"让李尔王走进明朝,成为中国的皇帝"④ 为当下观众服务这一创作目标,

---

① 石岩:《"反动"透顶 "绝对"穿帮:田沁鑫调戏李尔王》,《南方周末》2008年10月22日。
② 田沁鑫:《田沁鑫的戏剧场》,北京大学出版社2010年版,第212页。
③ 石岩:《"反动"透顶 "绝对"穿帮:田沁鑫调戏李尔王》,《南方周末》2008年10月22日。
④ 田沁鑫:《田沁鑫的戏剧场》,北京大学出版社2010年版,第219页。

"莎士比亚的《李尔王》本身提供了一种宫廷阴谋的可能性。"① 在这里，言语是叙述，动作、道具、布景也是叙述。如十三位皇帝（舞台上始终呈现的是十三位皇帝，而非导演所称的明朝十六位皇帝）齐声感叹"吾所以有大患者，为吾有身，及吾无身，吾有何患，顾贵以身为天下，若可寄天下，爱以身为天下，若可托天下"② 后，走入了一片苍茫的山水之间，形象地表现了"在江山面前，人人都是过客"③ 这一导演指导思想。为了体现"权力"的意象，《明》采用十几把椅子隐喻皇位，"从朱元璋到崇祯，这十六个皇帝生前都大部分没见过面，可是看戏的观众见着了。这是戏剧的魅力"。④ "权力最好的象征就是一把椅子。所以舞台上没有皇位，而是十几把一模一样的椅子。"⑤ 在既有强烈装扮性，力求表演形式拓展的隐喻舞台所指中，以颇具象征性的椅子、龙袍隐喻了古今中外对于权力的理解。

在此，叙述者既面对受述者，也面对观众，同时体现出与原作和表演者自身的交流，即使是开幕时众人的叙述："楼上的，手机调成震动的，您还没来得及吃晚饭的，家住四环以外的，自己买票看戏的，听我们说这么半天还不烦的。"⑥ 在对原作进行"超文本链接"叙述的同时，也一下子将观众带入特定的后现代叙事的当下语境氛围，再如导演所寻找的"中国舞台剧的某种娱乐精神"⑦，以二皇子的"童谣""打花巴掌噢，正月正，老太太爱逛莲花灯。打花巴掌噢，二月二，老太太爱吃冰糖棍儿……打花巴掌噢，三月三，老太太爱吃糖瓜儿粘"⑧ 这样的游戏叙述方式，反讽骨肉相残中他即将被活活烧死，通过调侃、间离使受述者倾听叙述，让观众感受其间离中的悲凉叙述，在比比皆是的间离性言语中，使剧中人物的心理、动机、行动得到合理解释

---

① 田沁鑫：《田沁鑫的戏剧场》，北京大学出版社2010年版，第217页。
② 同上书，第63页。
③ 同上书，第243页。
④ 同上书，第239页。
⑤ 同上书，第257页。
⑥ 同上书，第3页。
⑦ 同上书，第43页。
⑧ 同上书，第42—43页。

和放大，令观众意识到这是以"戏中戏"的形式对莎士比亚和《李尔王》的调侃，在戏剧的游戏精神上赢得观众的愉悦，即通过无厘头轻松改变、解构原作的悲剧精神，诗意、调侃地叙述了明朝宫廷权力运行的残酷性和人性的残忍和阴暗。因此"所谓写人性，不是就写人性的光辉，也不是说一写人性就要深刻，只要能够真实、朴素地说事儿就行了。……汤显祖、莎士比亚都挺随便的，而且随便到洋洋洒洒。因为他们写着没障碍，怎么高兴就怎么写"①。《明》只是提供了一种宫廷阴谋的可能性，西方的父亲由于子女孝道问题，亲手葬送掉了家庭甚至国家，造成了他三个女儿的死亡。我们讲述了老皇帝要传位，三个皇子争夺皇位的故事。②化用的只是莎翁原作中的权力继承，"用中国人的交流方式，演俗中国观众"③，以中国百姓喜闻乐见的戏剧方式，化宫廷语言为街巷俚语；以明朝的权力继承作为叙事基础，使分国土动机的写意化、表演的虚拟化、宫廷权力斗争的非虚拟化映射了人性中的自私，男孩在自私环境中的成长。其中的拼贴与戏仿使观众被"美术化之方式"，④ 以"完全避免写实"⑤的叙事方式推进剧情发展，彻底抛弃"戏剧接近实际生活"⑥的艺术观念，同时在诙谐、调侃、挖苦的笑声中一举解构了莎氏悲剧所传达出来的爱与孝的观念。《明》对《李尔王》的拼贴与戏仿在一定程度上改变了中国或国家话剧院"老演莎士比亚……觉得莎士比亚一个外国权威，都庄重得不行……莎士比亚话剧百年以来都是描红"⑦ 的状态。田沁鑫要超越"描红"状态，从演绎走向创造，在《李尔王》与明朝的宫廷之间寻求映射的支点，调和"阳春白雪，终不易入下里巴人之俚耳，世之常情

---

① 田沁鑫：《田沁鑫的戏剧场》，北京大学出版社2010年版，第265页。
② 同上书，第217页。
③ 同上书，第219页。
④ 齐如山：《梅兰芳艺术一斑》，陈纪滢：《齐如老与梅兰芳》，黄山书社2008年版，第163页。
⑤ 同上书，第161页。
⑥ [苏]特里峰诺伐：《论一九五三年的剧本》，胡宏骏、黄成来译，西蒙诺夫：《文艺理论学习小译丛》（第六辑合订本），蔡时济等译，新文艺出版社1954年版，第351页。
⑦ 田沁鑫：《田沁鑫的戏剧场》，北京大学出版社2010年版，第248页。

也"① 的审美规律；对宾白采取了生活化的处理，对表演采取了美术化的隐喻，成功颠覆了原作中的悲剧精神，又通过拼贴、戏仿对游戏精神加以尽可能放大，在亦真亦假、亦褒亦贬、亦庄亦谐的表演中，形成了后经典叙事的效果。

由于时代的变迁，艺术形式的丰富，科技的进步，舞台莎剧演出已经成为当代莎学研究最重要的方向之一。《明》借助历史与经典重构介入当下的策略成为首选的叙事方式，在中西戏剧的交融与土洋结合插科打诨的拼贴与戏仿中，为莎剧带来了新的诠释形式，在整体上体现出狂欢化的效果，其美学意蕴显示为，化西方戏剧之"真"为中国戏剧精神之"美"、之"虚"，在后经典叙事中《明》以拼贴、戏仿的艺术虚构性、假定性为前提，毫不掩饰表演的虚拟性，虽然是"代言体"的"现身说法"，但是仍要通过中国戏剧的审美表现情节、人物，"叙述者的背后不仅有一个人存在"②，而且有表演者、扮演者、评论者等中国戏曲精神的"多重叙事"。《明》的创造性的另类改编，以游戏、娱乐感的获得为目的，为世界莎剧舞台上增添了一朵蕴含戏曲精神的莎剧之花，开创了中国舞台上演绎莎剧的另一种形式，为当下莎剧舞台提供了饱含中国文化、表演形式和当代观众视角、心态的莎剧，也通过拼贴与戏仿在后经典叙事中完成了一次中西方戏剧审美实践与戏剧观念之间打通的尝试。

第六节　中西文化、语言在艺术和美学上的成功对接：双语《李尔王》

莎士比亚戏剧集西方戏剧之大成，在中国舞台上搬演莎士比亚戏剧，既要发挥中国戏剧表演的特长，又要在遵循西方戏剧舞台规律的基础上进行某

---

① ［日］青木正儿：《中国近世戏曲史》，王古鲁译，蔡毅校订，中华书局2010年版，第336页。
② ［德］格雷塔·奥尔森：《重新思考不可靠性：易犯错误的和不可信的叙述者》，唐伟胜主编：《叙事》（中国版·第一辑），暨南大学出版社2008年版，第33页。

种"变法"和"革新";谢家声将二者有机地融合在一起,充分发挥了中西方演员的特长,将《李尔王》中蕴含的人性的光辉展示给观众。

一 双语演绎及佛教与道教精神

2006年11月7日,由重庆英国领事馆文化教育处主办,英国黄土地剧团和上海话剧艺术中心共同演出《李尔王》,实现了中英两国演员首次携手,采用汉语与英语双语模式演绎莎士比亚的大悲剧。《李尔王》无论在导演手法上,还是在演出形式上,抑或在舞台布景上都不同于以往对这部悲剧的诠释。在主题的建构上,谢家声的《李尔王》表现了家庭关系中无休无止的势力斗争、争风吃醋、血缘关系、财产争夺、权力与爱的严峻对抗,并且把这种矛盾和争斗延伸到社会和生活的每一个角落,把各种势力、各种矛盾、各种心理活动都掺合在一起,表达了现代社会的复杂性和人性扭曲的主题。谢家声试图通过塑造一个具有儒家思想的中国的李尔和接受英国教育的考狄利娅之间发生的误解,以及里根等人物的野心、丑恶来探讨中西两种伦理观念的冲突。尽管舞台背景和服装是现代的,但戏剧的内容,包括采用的朱生豪的译本却仍然是属于莎士比亚的。

在导演手法上,谢家声着重于悲剧意蕴的开掘,他深得亚洲独特的东方式形体动作戏剧的灵感启发,将戏剧的背景放在一个规模巨大的国际商业王国之中,英伦的海滩变成了上海的外滩。而这个跨国公司正面临着前所未有的危机。在这个国际商业王国的高层视频会议上,各种人物在一个接一个的视频画面中表演了对权力的贪婪、膨胀的野心和罪恶的欲望。在背景不断变换的各种视频中,反复出现各种人物赤身裸体的画面,从女性的胴体,到男性的扭曲,再到一丝不挂的婴儿,这一切都表现了人性的复杂。在这个国际商业王国中,人们在股市上博取利润,在会议中钩心斗角,金钱像雪片一样飞来也难以填满欲望的沟壑。三个巨大的玻璃视频既成为戏剧的背景,又是舞台布景的有机组成部分,演员穿梭于其中,象征着会议室、客厅、监狱、电梯、多佛酒店、房地产公司等。中英两种语言交替使用,中国京剧的锣鼓点、形体动作与西方话剧的对白、独白的混合使用。

李尔的悲剧还涉及佛教精神，舞台呈现给观众的是他已经相信所有的生命终究是要经历苦难，而人的灵魂是可以轮回的，所以，今世要为来世着想和积德修福。救苦救难的观世音与《李尔王》对"爱"的演绎正是这种佛教精神的体现。但是，谢家声的《李尔王》还不止于此，道家思想也是他要表现的一个重要内容。李尔在历经人世的苦难与风暴之后，终于要在中国道教中去寻找人生的启迪，该剧的背景与服装设计也体现出道家的阴阳观念，人文主义精神的悲剧成为诠释道家阴阳观念的载体。弄臣的角色用歌队的形式表演，在音乐声和歌声中使李尔的潜意识不断得到了强化。谢家声采用中西嫁接、古代与现代融合、权力、野心、欲求与人性复归的导演理路，衔接儒教、道教与基督教对人性、爱的解释，淋漓尽致地显示了这部戏剧的主题。这种在内容上既忠实于原作精神，在形式上又力求与现代生活接轨的导演手法，使戏剧的主题不断得到了扩展和深化。中英两个民族、两种文化融合在一起的《李尔王》鲜明地体现了导演谢家声先生的艺术和美学追求。

西方戏剧是建立在模仿论的基础上的，其目的不仅在于创造出逼真的外在环境，更重要的在于把具有真实感的人物置身于这个环境中，并让他们自主地行动起来。由周野芒先生领衔主演的李尔王在表演中显然抓住了"真实感"这个关键，同时又不囿于"逼真的外在环境"，充分发挥了戏剧"虚拟"的表演特长。在表演中，周野芒结合中西戏剧的演出方式，将悲怆、浓烈、深邃和阔大的演出风格贯穿于人物的行动，忠实、自主地传达了原作的精神。"戏剧，就其本质来说，是行动的艺术。"为了完成"人性复归"的主题，处于贫病交加中的李尔，肠断肝裂，悔愧不已，老泪纵横，迸发出人性的思想光辉。前后对照关系又回流到李尔王的内心，引起人物情感的大起大落、跌宕起伏，以具有震撼感的戏剧性形成的合力感染着舞台外的观众，形成了演员和观众之间的情感交流与戏剧话语之间的默契。戏剧性话语此时此地已经在演员和观众之间达到了非常默契的交流。因为，谢家声和周野芒凭自己的导演、演出经验和创造人物的艺术原则深深懂得，莎士比亚的本意无论如何也不是完全和忠实地再现生活,在舞台上制造现实的幻觉并不是莎士比亚拿手的手段,也不是他施展才能的所在。追求酷似远不是艺术创造中唯一需要解决的问题,相反,它却有可能是最不能达到美的因素。

二 真实准确与"非生活化"

在戏剧的表演过程中,我们体会到,周野芒通过联系知觉和表象的审美想象赋予所塑造的人物以新的审美知觉和审美想象,而且,这种想象不是凭空进行的。它是在已有的知觉、表象以及它们之间相互联系的基础上,对李尔的形象进行了重新创造。富于想象力的形象,并不是去歪曲真理,而是对真理的肯定。实际上,文学艺术的创新性恰恰表现在此,正是在处理那些最普通的对象和最为老生常谈的故事时,艺术想象力才明显地表现出来。而这种富有想象力的再创造,必将使在世界莎剧舞台上被演绎过无数次的《李尔王》获得新的生命。周野芒通过自己的艺术想象力在使观众获得审美享受的同时,也展现了《李尔王》中所涉及的重大主题,即把悲剧提高到人性和危及整个人类社会、影响人类前途的高度来认识,从而较好地使原作中的精神得到了阐释,也得到了中国观众的认同。

周野芒扮演的李尔王真实、准确。他在演出中追求念白的非生活化,呈现出诗的韵律,具有震撼人心的力量。演出以真实表现荒诞,使观众从现实中感受到象征的力量,不仅是个人的命运,而是人类的命运和世界的前途。他艺术地控制语言,达到了艺术的自然境界。戏剧话语的最大特点在于把情境直接展现出来,而不是通过别人叙述,而这种情境的展现主要依靠的就是呈现在舞台上的台词语言。李尔王的台词经过周野芒的锤炼,似珍珠光芒四射,他的台词经过精心提炼,是极其讲究的艺术语言,具有强烈的审美感。这种审美感知是"艺术家的心灵所赋予这些对象的形式"。听他念词,清晰洪亮,跌宕有致,富于强烈的韵律感,加上莎翁台词本身具有的诗意,使他的台词已锤炼到了朗诵化的境界,也有浓郁的戏曲"韵白"的味道,由于观念与形象达到了和谐一致、水乳交融,美的感受就产生了。在"风暴"一场,周野芒以深厚的底气，超人的力度，喷发出"吹吧，风呵，猛烈地吹吧！"犹如飞来的奇峰，拔地而起，把全场观众震在座位上。然后，他调动全部感情和力量，全场的大段独白，一气呵成，更如一石千浪，汹涌澎湃。台词字字句句都像携带着雷电。演出严谨，气氛凝重，台词讲究韵律，似生活又非生活，既有潺潺流水，又有大江东去。他追求一种诗的韵律，既体现了莎剧的原作精神，又相当完美地发挥了气势磅礴、感情奔放、深沉雄浑、挥洒自如的特点。

第七节 肢体叙事与现代莎士比亚：形体戏剧《2008罗密欧与朱丽叶》

形体戏剧《2008罗密欧与朱丽叶》以肢体作为叙事符号，以形体动作代替语言叙事，以身体的"诗性叙事"演绎了原作不朽的爱情故事和人文主义精神，以浪漫的身体叙事重构了原作的美学意蕴，肢体成为表达人物心理和感情的重要叙事手段。

20世纪80年代以来，在中国舞台上演出莎士比亚戏剧呈现出百花齐放、争奇斗艳的繁荣格局。国外的莎剧演出团体不但常年来中国巡回演出，举办各种形式的莎剧演出季，而且，国内也不断推出话剧莎剧和戏曲莎剧。一些改编莎剧已经走出国门，赢得了国外戏剧界和莎学研究领域专家的兴趣。2016年为纪念汤显祖和莎士比亚逝世400周年，国内外举行了一系列隆重的纪念、演出和学术研讨活动。频繁的改编与常态的交流，显示出莎剧的经典价值与超越时空的现代性，以及获得普遍"认同的人类文明的智慧和精神素质"。[①]

[①] 李伟民：《总序》，[英]莎士比亚：《莎士比亚全集》（第一卷·喜剧），朱生豪、陈才宇译，浙江工商大学出版社2015年版，第15页。

自改编莎剧成为一种时尚以来，莎剧就无法拒绝当代人的演绎，无法回避冠以各种主义的或全面或片面的叙述、阐释、演出，甚至是曲解、解构和颠覆，但这一切均无损于莎剧的经典价值、莎剧的人文主义艺术张力和美学意蕴，而莎剧蕴藏的独特精神文化内涵和美学品格是吸引色彩缤纷、形式各异演绎的动力。现代舞台上各种形式的莎剧演绎虽不乏一时的"标新立异"，但也在这种"创新"中显示出演绎者对经典和大师的致敬乃至"噱头"；莎士比亚戏剧所具有的开放性，显示出各种不同形式的莎剧演绎，都可以在舞台上发出独特的声音，给莎剧带来进入现代社会的无穷机遇，哪怕是当代戏剧中最具代表性的先锋戏剧的新理念，也会使当下的人们景仰经典的无穷魅力，而各种形式的改编、演绎也是莎剧现代性和拥有经典价值的生动体现。

一　肢体叙事的重构

以"形体戏剧"为号召的三拓旗剧社的两组《2008 罗密欧与朱丽叶》（以下简称《2008 罗》）就是聚焦于空间思维，运用形体作为叙事符号，以或动态或静态、或在场或虚拟、或再现或表现的身体，遮蔽、取代话语叙事流程的当代莎剧演绎。我们看到，该剧的表演虽然生涩，但演员以青春朝气试图把握肢体的精准、得体，在"无言""寡言"中展示身体的原始魅力，把人物的清纯、真诚、执着的情感抒发得淋漓尽致。肢体剧往往不单纯依赖语言来表现戏剧的深刻、哲思，在注重观赏性的同时，亦强调能以肢体强烈的艺术感染力区别于有台词的剧目，洞达人物的内心。诚如阿恩海姆所说："知觉活动在感觉水平上，也能取得理性思维领域中称为'理解'的东西。"[①]《2008 罗》剧大胆以形体戏剧为表现形式，赋予形体以文化、当下和象征意义，以肢体叙事等基本手段消解语言对话，把身体的运用作为传达角色深层情绪的载体，在追求灵魂的诗性叙事中，或以肢体动作串连少量台词，用形体的能量去开辟情感爆发和生命存在的形式，或以肢体的表现性和审美意蕴

[①]　[美]阿恩海姆：《艺术与视知觉》，滕守尧译，中国社会科学出版社1984年版，第56页。

展现人物精神、心理冲突，乃至舞台道具、布景、环境、音效等艺术语汇的合成叙事。

两组《2008罗》剧同中有异，2008年的演出版，有时甚至以更为前卫的肢体叙事突出叙事的内心指向，例如"命运之河"的意象，强烈的迪斯科音乐和现代舞，"朋克"式的造型，明艳阳光中主人公相恋的剪影，富有想象力的粉红色光影中肢体的互动，力求做到现代与经典接轨。总之《2008罗》剧是一部既融入现代、时尚元素，企望以心灵、诗性、浪漫的身体叙事重构原典悲剧美学意蕴，又以"只有我实现身体的功能，我是走向世界的身体，我才能理解有生命的身体的功能"① 来阐释经典的形体盛宴。

三拓旗剧社的导演赵淼长期致力于肢体戏剧的呈现。《2008罗》剧宣称之所以要对这部莎氏经典进行改编，因为"看到的东西"② 既是灵魂、精神、意识形态的赋形，也是身体欲望的视觉对象，故事的演绎通过视觉的认知附着于欲望的对象之上，视觉中的身体欲望成为激发叙事的动能，其目的和所要达到的效果就是用身体动作和极简的语言，以身体的"诗性叙事"把原属于"诗剧"的"聚合原则"或"相似性原则以肢体叙事的"组合原则或"毗连性原则"③ 作为叙事符号，在动态与静态、在场与虚拟、再现与表现、个体对自我与他者的想象、构形中形成肢体叙事流，讲述一个经典而又浪漫的爱情故事，以更加感观化、视觉化的肢体叙事，将诗意的台词、人文主义的爱情理想、生命的价值、意义的可视，呈现出具有现代意义的形体叙事的"魅惑"莎剧。

在戏剧形式中最有力的媒介是人，④ 视觉经验在人的感性经验中具有主导性，观赏的视觉需求离不开对视觉的依赖和追求。形体叙事必须表现出原作

---

① ［法］梅洛·庞蒂：《知觉现象学》，姜志辉译，商务印书馆2003年版，第109页。
② 赵敦华：《基督教哲学1500年》，人民出版社1994年版，第24页。
③ ［俄］罗曼·雅各布逊：《隐喻和换喻的两极》，张祖建译，伍蠡甫、胡经之：《西方文艺理论名著选编》（下卷），北京大学出版社1987年版，第429页。
④ 曹路生：《国外后现代戏剧》，江苏美术出版社2002年版，第137页。

内涵与对人性的深刻反思。《2008罗》剧以展现肢体的审美和表现诗性本质为追求,"空间的认知是我们思维的核心"①,身体叙事的空间成为"精神"或"灵魂"寄托的场所。该剧开场就以角色兼叙事者的双重身份拉开叙事帷幕。我们看到,叙事者在剧中既是剧中的角色,又在与角色拉开一定距离中讲述了一个凄美的爱情故事,身体成为艺术和灵魂的载体,肢体叙事成为精神和情感的言说符号,剧情通过肢体叙事使我们看到,生命如何被欲望蹂躏,爱情如何被仇恨扼杀,人性如何被邪恶毁灭,爱情之花如何在不弃不离中绽放,由此诗性叙事也完成故事的现代审美重构。此时,身着黑色服装、撑着一把雨伞的叙事者在罗密欧、朱丽叶伸手的造型中沉重地讲述:"故事发生在一个遥远的城市,那里有两个名望相等的巨族,累世的宿怨,让他们激起了新的纷争,鲜血把市民的双手弄脏了……是命运注定这两个家族要成为仇人,生下了一对不幸的情人,他们悲惨凄美的毁灭,和解了他们交恶的尊亲……这一对生生死死的恋爱……才演出今天这一出戏剧。"② 语言仅仅介绍的是故事梗概,身体的动作才是推动情节的关键。随着背景音乐De usuahia a la quiaca的流淌,《2008罗》剧的肢体叙事以富有象征意义的家族冲突梯次展开,"音舞、程式与内在心理表现的完美结合"③,展示了世仇对人性的扭曲。肢体的运动和美感源自身体欲望与审美快感,身体、感情、欲望、快感、非理性与潜意识变为叙事的关注点,并与力图认识或拥有某个身体及其相关情景。此时的叙述者以富于表现性的肢体动作,表现、证实规定情景的存在。在肢体叙事中,叙事者亦随时可以成为剧中的一个角色,通过没有过渡的场景转

---

① Levinson, s. *Space in Language and Cognition: Explorations in Cognitive Diversity.* Cambridge: CUP, 2004, p. xvii.
② 赵淼:《2008罗密欧与朱丽叶》[DVD],三拓旗(北京)文化传媒有限公司/中国人民大学出版社2013年版。(三拓旗的形体戏剧《2008罗密欧与朱丽叶》首演于2008年5月,再演于2013年5月,故形成了两个版本,首演由史妍、秦枫、吴迪、张圣岳、郭振迦、田雷、杨婕、饶松、吴嵩担纲;2013年5月再次演出由史妍、王光磐、蒋博宁、王珩、王茜担纲。本文对两个版本均有参照,但以参照2013年版本为主、2008年版本为辅,文中引用的台词均根据该剧的DVD记录。)
③ 李伟民:《融合与拼贴中的中国建构——地方戏莎剧的全新视阈》,《戏剧文学》2010年第1期。

换，以肢体的定格表现爱的牵手，以及即将因为"爱"而引起的家族流血冲突。在《2008 罗》剧中，我们看到叙事者时而成为剧中的一个角色，（女性）叙事者粘上了胡子，变身为班伏里奥，与同样粘上胡子的（女性）提伯尔特争斗，时而又跳出角色，充当叙事人，肢体叙事通过与角色的间离审视角色，解释角色的心理、动机、性格及与他人的关系。

对于当代莎剧演出来说，如何叙述往往比叙述什么更为重要。肢体剧的叙事形式要求演员的表演不拘泥于传统意义上的现实主义表演方式，它要求演员必须在观察现实生活的基础上，通过形体的夸张、变形对现实生活进行有机提炼，因为在表演中"演员能全权处理他底身体"。① 肢体剧叙事要求叙事者要在场景的快速流动和不断切换中，创造出流畅的艺术效果，演员要用丰富的肢体呈现语言所蕴蓄的深层内涵，同时配合极简的道具和中性的服装突破一般舞台有声语言与固定角色的功能性拘囿。而这种极简的道具和中性的黑色服装在《2008 罗》剧第一场中就以两个偶人在拉起的布幔坟墓上的决斗，依靠演员的肢体动作喻示了两个家族之间冤冤不解的仇恨，而当布幔快速切换为王位的造型时，决斗停止，则喻示了两个家族争斗的深层原因。其后的一系列肢体叙事均以"离形得似""得意忘象"的简洁概括，再现了原典的精神实质和情节线索。形象的肢体叙事以"离形"更凸显出艺术的真实与追求假定性形式的肢体剧特色。由此使源自欲望与视觉的认知，成为叙事的原动力，视觉、欲望的身体不断建构情节发展的链条，角色的肢体叙事成为人物情感、心理的载体和呈现模式，也成为链接经典与当下，制造真实与虚幻魅惑的自由身体叙事。怎样叙事，身体如何叙事，成为肢体剧叙事的关键，所以"现代的叙事者重视'怎么写'，他们认为决定一件叙事作品质量的往往并不是事件本身，而是把这些事件组织成一个整体的叙事技巧"。②

肢体剧的象征往往蕴含着丰富的隐喻。美的身体叙事是艺术性和思想性

---

① 洪琛：《怎样创作人物》，刘子凌：《话剧与社会：20 世纪 30 年代中国话剧文献史料辑》，人民出版社 2014 年版，第 353 页。

② 龙迪勇：《空间叙事研究》，生活·读书·新知三联书店 2014 年版，第 171 页。

结合的产物。《2008 罗》剧以深灰色的布幔象征着仇恨和坟墓，阻隔着仇恨的双方；红、黄、蓝、白简洁的光影喻示了舞会的热烈、欢快，富于青春律动的现代舞，在迪斯科音乐的伴奏下，忽而轻柔婉约，忽而狂歌劲舞；叙事在女性小腿有规律的律动中，显示出现代青春朝气，并与喝药中群舞的悲伤形成鲜明的具有象征意义的对照。象征成为肢体叙事的主要表现手法。象征在肢体的律动和画面的多重构图中为悲剧的发展做了合理的铺垫。显然这来源于叙事转化的能力，因为"隐喻的表达方式也可以起于想象力的恣肆奔放，不愿按惯常形状去描绘事物或不用形象而只简单地直陈意义"。[1] 白色布幔与金属梯子围成的楼阁则象征了纯洁的爱情，罗密欧在楼阁上做着深情的爱情表白；劳伦斯神父欲告诉罗密欧朱丽叶喝药真相；但奶妈却在毫不知情中告诉罗密欧，朱丽叶已经因爱而亡；布幔象征受到阻隔的狂风暴雨中的行船。在肢体剧中时常利用绘画摄影作品营造环境氛围和叙事所隐喻的情感、心理。艺术的象征与艺术的夸张成为"假定性的一种表现形式"[2]，深灰色布幔代表了现实环境的严峻，布幔中人物的剪影、鞋底的轮廓，以及罗密欧最终登上阳台，均较好地完成了该剧的叙事。"肢体剧要求所有幕布与服装一律是黑色的，只有部分小道具才允许有极其鲜明的色彩。而这种鲜明的色彩和人物造型，往往给观众留下印象深刻的美的画面记忆。"[3] 主观意象的营造成为《2008 罗》剧体现其现代改编意识的一种重要美学原则。在《2008 罗》剧中，在处于一片深色舞台背景中身着黑色服装的戏中人所营造的戏剧氛围中，随着伸出布幔中的红色、黄色、蓝色和灰色雨伞的开合，与人物黑色服装和艳丽的雨伞形成鲜明对照，似幻似真传达出舞台人物的生活场景及肢体动作所隐喻的心理和情感。"夸张就必然导致变形，而变形常常孕育着思想"。[4]《2008 罗》剧以肢体叙事突破了现实主义的叙事原则，通过超越现实生活的

---

[1] [德] 黑格尔：《美学》（第2卷），朱光潜译，商务印书馆1979年版，第130—132页。
[2] 童道明：《他山集——戏剧流派、假定性及其他》，中国戏剧出版社1983年版，第228页。
[3] 陈谏：《肢体剧叙事特征初探》，《艺海》2012年第5期。
[4] 童道明：《他山集——戏剧流派、假定性及其他》，中国戏剧出版社1983年版，第250页。

艺术想象，对知觉心理表象进行改造，抒发了导表演者的主观心象。肢体叙事以外在动作传达出语汇中的潜台词和人物的内心焦虑。在此，身体不仅体现为主体的肉身，又代表了知觉的对象，"想象是通过图像相似性的特有综合而得到充实"，① 肢体的想象以自身为媒介已经将知觉体验实体化。所有的朱丽叶族人都是女人，套上黑袍的佝偻身躯；罗密欧的族人都是男人，野兽似的爬行、嘶吼。只有罗密欧、朱丽叶因为爱的滋润，真诚地正常行走。《2008罗》剧中空间标识在叙事中往往起至关重要而非微小的或是派生的作用，作为叙事的要素，空间串联起叙事的线索、情节，以事件"标识"作为情感、心理符号的承载物，布幔遮挡或不遮挡的"梯子"的多重标识显示了翻转舞台的效果，处于空间中的"梯子"既可以是"绳索""阳台"，也可以是"教堂"；空间构成了"行动着的地点"（acting place），6只灯箱可以组成朱丽叶明丽的卧室，衬托出爱的纯洁和分别的悲情。假定性中虚拟"戒指"的赠予在彷徨的群舞和音乐中，肢体以极具直观性的叙事方式传达出主人公的内心世界和难舍难分的真挚情感。此时，语言既显得苍白，又显得多余。肢体叙事将空间中的具象、抽象的画面"主题化""情感化""心理化"，甚至自身也成为特殊空间表征人物性格的对象；肢体叙事的空间化成为"行为的地点"（the place of action）②，肢体、布景、道具的动态性所营造的连续动态空间表现出人物行动的心理基础。在充满动感的舞台空间中，白色的布幔在红光的映衬下营造出欢快的婚礼氛围，罗密欧、朱丽叶幸福地穿梭、嬉戏于爱的海洋中。黑色成为扼杀爱情甚至生命的象征，黑色的布幔成为绞死班伏里奥的武器，当罗密欧在悲痛之中杀死提伯尔特时绝望地意识到："我是受命运捉弄的人。"③ 形体构成了死亡之门，黑色布幔构成了坟墓，悲伤的罗密欧抱起

---

① ［德］埃德蒙德·胡塞尔：《逻辑研究（第二卷第二部分）》，［德］乌尔苏拉·潘策尔、倪梁康译，上海译文出版社2006年版，第61页。
② ［荷］米克·巴尔：《叙述学：叙事理论导论》（第二版），谭君强译，中国社会科学出版社2003年版，第160页。
③ 赵淼：《2008罗密欧与朱丽叶》［DVD］，三拓旗（北京）文化传媒有限公司/中国人民大学出版社2013年版。

"假死"的朱丽叶,缓缓地给朱丽叶戴上戒指,"死虽然已经吸去了你呼吸中的芳蜜,却还没有力量摧残你的美貌……亲爱的朱丽叶,你为什么仍然是这样美丽……"① 无声的肢体叙事和有声语汇洞彻人物内心和情感深处:

> 我不是告诉过你,我们一定还会再见面的吗?不是告诉过你,我们一定还会再见面的吗?你还是一样美丽,难道死神也是个多情种想把你留在黑夜,当做他的情妇。②

身体欲望推动着对他者和世界的认知和占有,身体即海德格尔意义上的"此在"本身,③ 缠绵的身体叙事成为对心理情景的窥探、把握、描述和倾诉,而且通过身体情景所形成的张力,在与欲望对象的对视中,交叠肢体的倾诉达到心与心的相通、相融。罗密欧抱着朱丽叶毅然跃入河中,光影和白色布幔幻化出水波荡漾的悲哀,在放缓的叙事节奏中,当罗密欧以慢动作将匕首刺向自己心脏时,不管如何挣扎,二人都被汹涌的命运之河淹没。《2008罗》剧对叙事节奏的调控,有机地拓展了身体情景的叙事空间。欲望的身体俨然成为情景中的身体,展现了爱情在情景中的存在状态,罗密欧溺亡了,朱丽叶醒了,睁开眼睛,要以自己的身体托举起深爱的恋人,水波中肢体的舞动徒劳而悲伤,拯救爱人成为理解自身身体感受与身体处境的唯一途径。

该剧结尾采用电影中闪回手法,再现二人的热恋,大雨中的携手奔跑,黑色布幔(坟墓)中的相会形成强烈对照,回忆在"时间与空间的结合点"④"光与影的组合"⑤ 中发出耀眼的光辉。肢体叙事已经不是直接向观众解释什

---

① [英] 莎士比亚:《莎士比亚全集》(第三卷·悲剧),朱生豪、陈才宇译,浙江工商大学出版社2015年版,第125—127页。
② 赵淼:《2008 罗密欧与朱丽叶》[DVD],三拓旗(北京)文化传媒有限公司/中国人民大学出版社2013年版。
③ [德] 海德格尔:《诗·语言·思》,彭富春译,文化艺术出版社1991年版,第37页。
④ [荷] 米克·巴尔:《叙述学:叙事理论导论》(第二版),谭君强译,中国社会科学出版社2003年版,第174页。
⑤ 李伟民:《光与影的戏仿与隐喻叙事——论林兆华改编的莎士比亚戏剧〈理查三世〉》,《四川戏剧》2014年第1期。

么，而是通过触发观众深层意识中的记忆和经历，接通情感的共鸣，呈现原作对爱情的坚守与渴望的悲剧主题。该剧的叙事从身体情景与身体体验视角构筑了对经典的当代解读，罗密欧、朱丽叶通过对自身身体处境的超越和对他者身体处境的理解，既构成了该剧情景及肉身可感的身体性叙事系统，又使叙事成为对身体的阐发，同时成为连接经典、改编者、观众的一座现代桥梁。

二 叙事的两极：肢体与语言

《2008罗》剧的改编虽然离以"体"悟"道"，揭示"成吾身者，天之神也"的"理性意识与审美呈现'化神'"[①]的标准尚有不小距离，但莎剧这样的经典"需要不断地给予阐释……不断发现文学经典的新价值"，[②]而肢体剧当然可以参与当代众声喧哗的演绎莎剧的大合唱。形体叙事的审美经验，不仅来自视觉、听觉，也不仅局限于触觉、味觉、嗅觉，它所呈现的其实就是以"体"去"验"的展示。叙事者以大量的肢体动作取代台词，肢体剧的叙事功能灵活多变，极具象征意义，往往能够突破时空限制。《2008罗》的演绎既要遵循原作人文主义精神实质，又要借助于肢体叙事表现隐含作者（编导演）对经典和爱情的理解。莎士比亚原作《罗密欧与朱丽叶》中的"阳台会"为该剧中最重要的一场戏，也是《2008罗》剧改编的重点。在历来的演出、改编中，一般都把"阳台"作为演员活动的支点，通过这一支点展示两人的一见钟情和生死不渝的爱情。而《2008罗》剧则在叙事背景和支点上打破了以往的传统表演方式。剧中的罗密欧身着白色西服，胸前缀以蓝色玫瑰、深色西裤，朱丽叶则身着白色吊带上衣，胸前缀以粉色玫瑰，短裙、白色袜子和系带皮鞋，他们各自坐在象征纯洁的白色布幔之前，以肢体诉说着爱，在以蓝光为主的灯光变幻中，隐喻罗密欧、朱丽叶蓝色的爱之梦。叙

[①] 李伟民：《中西爱情悲剧的交融与互释——莎士比亚的〈罗密欧与朱丽叶〉与花灯剧〈卓梅与阿罗〉》，《戏剧文学》2014年第3期。

[②] 聂珍钊：《文学伦理学批评导论》，北京大学出版社2014年版，第136页。

事所追求的并不是现实生活场景的再现，而是突破了现实主义的表演方法，强调神似中人物心理、情感所带来的视觉冲击，肢体叙事隐喻，因为"这个有生命的身体和我的身体结构相同……是我的身体在感知他人的身体，在他人的身体中看到自己的意向的奇妙延伸，看到一种看待世界的熟悉方式"①。晶莹、热烈、梦幻、鲜艳的亮色隐喻着罗密欧、朱丽叶之间爱情的浪漫和纯洁。白色的布幔区隔出舞会中的众人与罗密欧、朱丽叶相爱的不同区域，布幔下坐着的天真、浪漫的罗密欧、朱丽叶，肢体叙事让舞台空间充满了诗意，他们以眼神、动作彼此交流着情感，热烈、纯真、真挚、真诚。此时，叙事早已超越了语言的力量，"演员的形体动作表演"② 实现了情感空间的交融与转换，伴随着口技声，他们以直白的动作献出彼此的"爱心"，并将其吞入自己的口中，以自己之"心"去推测他者之"心"，爱情的力量通过这种无声的肢体叙事得到了淋漓尽致的展示。

但是，肢体剧并非完全拒绝语言，而是根据剧情的发展和高潮有节制地运用语言叙事或抒情，在肢体与语言交汇的叙事中，罗密欧、朱丽叶发出爱的誓言："要是我的俗手亵渎了你，那但愿刚刚那一吻，能洗净我的罪；可是你的罪却粘在我的脸上，我的纯洁有罪。嗯，那让我把它收回。"③ 此时，随着音乐声的响起，以身体的情感转喻表示主体情感已然或必然的情状，深情的爱的拥抱，心与心的交流与交换，加强了情感爆发的力度。此时，"他心的理解是以推己及人的能力为基础的——通过想象自己处于别人的位置来推测对方的心理"④，肢体的直白叙事在语言的诱导下产生出很强的情感张力，肢体叙事在语言的辅助下表现出灵动多变和不受时空限制的叙事特点。我们认为《2008 罗》剧从具象到抽象的表现形式具有营造出环境和场景的

---

① ［法］梅洛－庞蒂:《知觉现象学》，姜志辉译，商务印书馆 2003 年版，第 445 页。
② 苏永旭:《戏剧叙事学》，中国戏剧出版社 2004 年版，第 100 页。
③ 赵淼:《2008 罗密欧与朱丽叶》[DVD]，三拓旗（北京）文化传媒有限公司/中国人民大学出版社 2013 年版。
④ 费多益:《他心感知如何可能?》，《哲学研究》2015 年第 1 期。

特殊能力，程式化的抽象幻化出美妙、多义的舞台肢体语言，突破并补充中国话剧舞台表演拘囿于斯坦尼斯拉夫斯基体验派的不足。肢体剧"不仅要求演员遵循现实主义的表演方法和逻辑，更要求演员对现实生活进行充分提炼"。①

《2008罗》剧丰富的肢体语言是对现实生活的有机提炼，而非对现实生活的单纯模仿，它冲破了一般舞台有声语言的局限，以肢体的叙事手段加强了舞台表现能力，从而创造出全新的舞台叙事方式，因为"生活的观念只有通过'生活的不在'才能在艺术中得到证明"。② 在《2008罗》剧中，当罗密欧、朱丽叶深情地告白："告诉我，你为什么会到这来，爱情怂恿我到这个地方……披着这轮皎洁的月光，我发誓，它变幻无常，你不用发誓，我一定会相信你的，晚安，我的爱……你还要什么满足，你还没有拿你爱的盟誓和我交换，在你要求以前，我已经把我的爱给了你了：告诉我，你爱情的目的是婚姻吗？我发誓……"③ 肢体的叙述在一定程度上就是要追索身体为什么会在现代叙述中成为想象物和一种象征，与原作"那边窗子里亮起来的是什么光？那就是东方，朱丽叶就是太阳！……你还没有把你的爱情的忠实的盟誓跟我交换"④ 所不同的是，强调形体所传达出的内心世界，在语言的作用下表现更加明确、有力。此时，剧中角色以连续不断的流畅肢体语言相拥在一起，爱的柔情蜜意已经是语言无法表达的了。观众正是在这些奔放、缠绵、灵感和生机勃勃的身体叙事中获得了对该剧主题理解的深化。

当然，号称《2008罗》剧的肢体剧虽然对传统戏剧的叙述方式进行了变革，但也充分利用语言叙事的功效，以身体行为喻示情感的身体——情感语

---

① 康爱石：《谈叙事性肢体剧表演》，《艺术教育》2010年第2期。
② 曹路生：《国外后现代戏剧》，江苏美术出版社2002年版，第40页。
③ 赵淼：《2008罗密欧与朱丽叶》[DVD]，三拓旗（北京）文化传媒有限公司/中国人民大学出版社2013年版。
④ [英]莎士比亚：《莎士比亚全集》（第三卷·悲剧），朱生豪、陈才宇译，浙江工商大学出版社2015年版，第79—82页。

言表达，在剧情的高潮中实现肢体叙事与语言叙事的双层叠加。这种双层叠加既使戏剧的叙事回归了经典，又在对经典的现代意义的阐释中表现出人物的深层心理和情感冲突。白色布幔既可以象征深不可测的横亘在主人公生命中的"天河"，也可以是盖住罗密欧、朱丽叶的双膝的"婚床"。莎剧本身就"具有强烈的假定性和剧场性这种写意化的叙述特征"，① 在肢体叙事与爱的盟誓交叠中，拉近了观众与经典的距离，是了解人物内心世界的极佳方式。人的肉体与灵魂高度融合，身体的延伸、心灵的开放、深情的语言，直接袒露了罗密欧、朱丽叶的内心世界：

亲爱的相信我，它是夜莺不是云雀，它每天晚上都会在那边的石榴树上歌唱；那是云雀，不是夜莺，我必须离开，或者束手等死；再多留一会吧。好，让我被他们捉住，让我被他们处死，我巴不得一直留在这里，永远不要离开。那是云雀，那是云雀，天越来越亮了，你走吧，天越来越亮，我的心却越来越黑暗……再给我一个吻，我就离开（长吻），亲爱的，我一定要在每一天的每一小时内都有你的消息，因为对我来说一分钟就等于很多天，我一定不放弃任何机会，向你传达我的思念与忠诚。我走了。罗密欧，我们还会不会再见面。一定会。上帝，我有一种不祥的预感，也许是因为你的脸色太苍白了，相信我，我们一定还会再见面的。快回去吧；罗密欧，罗密欧，命运啊，愿你不要改变你轻浮的天性，也许这样你会让他早早回来。②

此段对白对原作进行了改写，原作为："不是云雀，是夜莺的声音，它每天晚上在那边石榴树上歌唱……我有一种预感不详的灵魂……命运啊命运，

---

① 苏永旭：《戏剧叙事学》，中国戏剧出版社 2004 年版，第 268 页。
② 赵淼：《2008 罗密欧与朱丽叶》[DVD]，三拓旗（北京）文化传媒有限公司/中国人民大学出版社 2013 年版。（三拓旗的形体戏剧《2008 罗密欧与朱丽叶》首演于 2008 年 5 月，再演于 2013 年 5 月，故形成了两个版本，首演由史妍、秦枫、吴迪、张圣岳、郭振迦、田雷、杨婕、饶松、吴嵩担纲；2013 年 5 月再次演出由史妍、王光磬、蒋博宁、王珩、王茜担纲。本文对两个版本均有参照，但以参照 2013 年版本为主、2008 年版本为辅，文中引用的台词均根据该剧的 DVD 记录。）

谁都说你反复无常……"①改写契合原作的语境。因为身体"既为个体存活的血肉之躯，也是社会观念和话语实践的产物"②，身体的符号化（semioticization）叙事成为生命、爱情、身体、语言直达灵与肉的震颤，只有以此感性生命的自身，超越了泛泛生命意义的感怀，主人公双方才能呈现出血肉、情欲、自然内在的"互动置换"③，并在这种追求心灵相契中获得欲望的满足，证明身体的存在及与他者或世界交往的过程。肢体叙事与台词叙事、抒情并不矛盾，因为"镜像神经元"④的研究表明，觉知他人心理状态与觉知自己心理状态之间存在着内在联系，对"所观察、感觉到的行为可以通过自身脑神经的'镜像'似的反应得到理解，……即从一个个体的认知域到另一个个体认知域的复杂映射"⑤。外在的肢体与有声的语言聚焦于语流的潜台词和人物内心世界，但情景化的、关系性的肉身却规定着叙事情节的发展与方向。"身体"的苏醒与"自我"的觉醒成为肢体延展和"言为心声"的动力。叙事通过文本与演绎、改编与观众、变异与重构的"各种交流方式把人物身体的含义戏剧化"⑥。形体叙事减少了滔滔不绝的语言羁绊，无言的肢体叙事与话语之间产生了"互话语性"（interdiscursivity）的审美效果，思想以肢体叙事与话语叙事的双重方式"接触到外部世界……业已形成的质料会对必须不断独立自主地创造语言的人施加有力的影响"，⑦"镜像神经元"不但对肢体的行为作出了理解，而且读出了心智状态表征的行动意图，舞台

---

① ［英］莎士比亚：《莎士比亚全集》（第三卷·悲剧），朱生豪、陈才宇译，浙江工商大学出版社2015年版，第107—108页。
② ［英］布莱恩·特纳：《身体与社会》，马海良、赵国新译，春风文艺出版社2000年版，第2页。
③ 陈莉：《莎士比亚戏剧改编演出中的营销策略——以〈罗密欧与朱丽叶〉为例》，《四川戏剧》2014年第2期。
④ Rizzolatti, G., L. Fadiga, V. Gallese & L. Fogassi. Premotor cortex and the recognition of motor actions. *Cognitive Brain Research*, No. 3, 1996, pp. 131–141.
⑤ 徐盛桓：《镜像神经元与身体——情感转喻解读》，《外语教学与研究》2016年第1期。
⑥ Daniel Punday, *Narrative Bodies: Toward a Corporeal Narratology*. New York: Palgrave Macmillan, 2003, p. 82.
⑦ ［德］洪堡特：《论人类语言结构的差异及其对人类精神发展的影响》，姚小平译，商务印书馆2008年版，第99页。

上言语尽管有所"失语",但并不会缺席,强化的肢体叙事力度发生在特定空间中,成为特定空间中的身体情景,肢体叙事赋予事件以秩序和形式;同时舞蹈、音乐、灯光、装置综合构成了叙事环境,角色必要的台词则加强了形体动作的魅力和情感指向。罗密欧、朱丽叶各自的身体打上了他者的印记,成为欲望的对象,推动着情节的发展,身体的扭曲、跳跃、交叠、律动,与语言的真诚、幸福、悲伤、绝望、思念、忧伤共同组成了爱情诗剧的咏叹。

威廉·莎士比亚的名字在19世纪30年代进入中国。莎剧是被中国人民演出最多的外国戏剧。时代的发展孕育着新旧的更替,文化价值观念的嬗变催生新思想的产生,莎剧的演出促使了文艺在内容与形式上的变革。《2008罗》剧以肢体剧的形式从舞台行动、规定情景、塑造人物、刻画心理、反映性格入手,将一系列舞台行动的判断、想象、交流付诸肢体叙事这种特有的表现方式。毫无疑问《2008罗》剧将一部经典、唯美爱情故事以符号化的肢体叙事赋形,丰富了中国莎剧演出样式,这种探索精神有其艺术价值,同时也是值得肯定的。

第六章　与莎士比亚相约在中国舞台

第一节　异质文化与艺术之间的跨越

戏曲编演莎士比亚戏剧近年来频频出现在中国舞台上,不但引起了国内观众的强烈兴趣,还吸引了英美莎学家的关注。戏曲编演莎剧取得了很大的成功,也引起了一些争议。戏曲编演莎剧融入现当代人类意识,将中国传统戏曲与西方戏剧结合,开辟了莎剧现代化的一条路子。

"人生大舞台,舞台小世界",中华民族是一个拥有悠久戏剧(戏曲)传统的民族,也是一个喜爱戏剧的民族。万历年间到中国的传教士利马窦说中国"这个民族太爱好戏曲表演了",乾隆年间到中国的英国使团走到哪里都发现中国人在演戏。他们看到的是喜歌舞声妓乐,倡优歌舞,娥媌靡曼,所谓"满城钱痴买娉婷,风卷画楼丝竹声"的习俗在中国的民间颇为盛行。但是,利马窦和英国使团也绝想不到可以用他们所看到的中国戏曲来搬演西方戏剧或莎士比亚的戏剧。让莎士比亚走下神殿,进入普通的中国观众特别是戏曲观众的视野,使莎剧和中国戏曲在中西文化的融合中,在广泛的演出中显示出跨越东西方异质文化的生命力,让中国戏曲观众在他们所喜闻乐见和熟悉的中国戏曲的外在形式中理解莎士比亚戏剧的精髓,架设一座立体的中外文化交流的桥梁,这是许多莎剧戏曲改编者在改编时的初衷之一。

早在民国初年，莎士比亚戏剧就被改编为中国戏曲，但影响不大。20世纪80年代以来，用中国戏曲在舞台上演出莎士比亚戏剧引起了戏剧界、莎学界和观众的广泛注意。20世纪80年代以来，用中国戏曲在舞台上演出莎士比亚戏剧引起了世界莎学界的广泛兴趣。同时，用中国戏曲演出莎剧也显示了中华文化、中国戏曲的博大精深。中国戏曲莎剧的出现绝不是一时的"标新立异"，对莎剧的现代化和莎学研究意义是相当深远的。尽管对用中国戏曲演出莎士比亚戏剧还存在着种种不同意见，但是戏曲莎剧成为沟通中西方文化交流的一座桥梁，使西方观众在他们耳熟能详的莎剧中受到了中国文化、中国戏曲的熏陶，戏曲莎剧演出的本身也完成了中西异质文化之间的跨越，戏曲莎剧丰富了中国戏曲舞台，加深了我们对莎士比亚的理解，提高了中国莎剧的演出水准，促进了中国莎士比亚舞台艺术研究的不断深入则是毫无疑问的。①

一 莎剧内容与戏曲艺术

中国戏曲在与莎士比亚戏剧的不断碰撞中寻求东方文化和西方文化的对话。在这种交流中，充分发挥了中国戏曲的长处，使世界莎剧大舞台上，也有经过变脸的中国戏曲莎剧。曹禺曾经说：我们是以各种各样不同的形式来演出莎士比亚戏剧的，所有这些活动、创造，都在舞台上发出了它们独特的光彩，在莎士比亚与中国人民之间架起一座座美丽的桥梁。从戏曲莎剧的演出实际来看，莎士比亚的剧作比一般的外国戏剧更适合改编成中国戏曲。这是因为莎士比亚的剧作具有高度的人民性和民间性。由于莎士比亚戏剧的包容性和整合特色以及在世界文学史上的不朽价值，以及东西方文化的巨大差异，采用中国戏曲演出莎剧，显示了中华文化、中国戏曲的博大精深，以及这两种蕴含了深厚的文化传统的文学艺术在跨越异质文化方面的能动性、新奇性、再生性与创造性。而且，从莎剧与中国戏曲之

---

① 李伟民：《光荣与梦想——莎士比亚在中国》，香港天马图书有限公司2002年版，第119页。

间的表现手法和设计情节来讲，中国戏曲充满了诗情画意，在自由表现生活时拥有丰富的手段，既擅长讲故事，又擅长刻画人物心理。"中国戏剧，永远是那一套行头道具，永远是那些生旦净末丑，可以表演古往今来的各种故事。莎士比亚的舞台，既无幕，又无活动写实的背景，与中国式的舞台甚为一致，对于'时间''地点'正好无拘无束。"① 莎士比亚戏剧也重视故事的有头有尾和"大团圆"的结局，强调舞台的"虚拟性"，以调动观众的想象力。这就表明中国戏曲美学和莎士比亚戏剧美学理想无论在外在形式还是在内在思想内容上都是可以沟通的。

莎士比亚戏剧比许多外国戏剧更适合改编为戏曲。原因在哪里呢？就在于莎剧具有高度的大众性、民间性和雅俗共赏的特质，它们决定了来自西方的莎剧和东方自身戏曲之间蕴含着相当的一致性、和谐性和可复制性。中国戏曲也来自民间。莎剧和中国戏曲有许多相同或相近的地方，两者都不是片面强调舞台环境、事件、人物的逼真性。它们更注重的是神似。莎剧中时空变换的自由，开放式的情节展开方法，大段的抒情唱词，突出演员的表演，独白旁白的运用，文学性极强的诗歌化语言，女扮男装的演出习惯，等等，在中国戏曲中也不鲜见，甚至就是中国戏曲固有的特色。所以，无论是在精神实质上、艺术形式上，还是在情节的开展上，莎剧与中国传统戏曲之间都有许多共同的内在精神上的契合。统观近一个世纪中国舞台上的莎剧戏曲，我们不难看到改编莎剧是沿着两个方向发展的：一种是将莎剧全部或大部分改编为带有中国特点的戏曲，这种方法使中国观众感到亲切，而且容易发挥戏曲特长，淋漓尽致地揭示人物的性格；另一种是西洋化的改变，基本遵循莎士比亚原作，它的优点是更接近莎士比亚原作，使观众比较容易感受到具有异域风格的莎剧。两种方法各有千秋，只要改编成功，都会受到莎学家和中西方普通观众的肯定与赞赏。

我们认为，衡量改编成功的唯一标准应该主要不在于形式上的近似，而

---

① 梁实秋：《梁实秋自选集》，台湾黎明文化事业股份有限公司 1975 年 5 月初版，第 178—188 页。

是内在精神上忠实于莎剧。二者之间实质上是一种双向阐发的关系。莎剧精神应该和戏曲风格、表演程式有机融合，大胆巧妙借鉴、充分发挥中国戏曲的表演形式，在忠实于原作精神的基础上，不过分拘泥于中国戏曲和莎剧一贯的表演方式。让熟悉莎剧的观众看了中国戏曲改编的莎剧能够眼前一亮，认识、热爱中国戏曲；让不熟悉莎剧而对中国戏曲痴迷的观众，通过戏曲这种形式亲近莎剧、接触莎剧、了解莎剧、喜爱莎剧。戏曲编演的莎剧，无论是喜剧还是悲剧，也不论是用"中国化"的改编方法，还是用"西洋化"的改编方法，衡量它们是否成功的唯一标准，就是在借鉴或变革戏曲剧种时，要善于借鉴其他艺术形式的某些表现手段，丰富和提高本剧种的表现力，在戏曲莎剧中保持莎剧原作的基本精神。

二　丰富多彩的中国戏曲莎剧

虽然中国传统戏曲与莎剧代表两种不同文化，但是，它们对舞台的运用和对待观众的观念上却有相当多的"同"。中国戏曲起源于民间，与人民的感情、爱好息息相通，莎剧也来自民间，这些使戏曲改编莎剧在内在精神上有连接点；戏曲莎剧最终为中国观众所认可，在于能不能找到超越时代和国界，而今天又特别为我们这个世界所需要的精神和人性，戏曲莎剧是紧紧把握了这一根本特点的。在艺术形式上莎剧与中国戏曲也有相同或相似之处。如莎剧中时空变换的自由、开放式的情节、致词人和观众直接交流、语言的诗词化、女扮男装等都和中国戏曲的"度曲之处"、宾白的优美实有异曲同工之妙。凡是仔细阅读过莎剧剧本的读者都知道，在莎剧剧本中经常出现的那些"急急风""进军曲""花腔"和"喇叭声"，用中国戏曲的乐队来表现，将会有更加强烈的效果。戏曲改编的莎剧充分运用了这一特色，使中国戏曲音乐超越了时代、民族和文化，并且使中国戏曲观众在认可莎剧的基础上，不是感到陌生，而是感到亲切和熟悉。戏曲莎剧既让观众承认是莎剧，准确体现莎剧中的神韵，又让观众承认这是戏曲，并充分体现出中国戏曲的基本个性。戏曲莎剧在移植过程中既发挥中国传统戏曲章法、功架、音乐、唱腔和背景的作用，又摆脱了过多的程式化的表演，同时将极具性格特征的戏曲程式应用于莎剧。只有中国这样一个拥有庞大数量地方剧种，而且不同于西方戏剧的中国戏曲的传统文化形式才能提供这种大规模改编的试验田。正是大量莎剧在中国的演出为中国莎学和戏曲带来了新的机遇。昆剧是我国最古老、艺术性最高的剧种之一，而昆剧《血手记》就是在运用昆曲传统表演手法的基础上，进行了成功的再创造，将人物的内心体验和外部表演结合在一起，既忠实莎剧原作的精神，又具有强烈的艺术表现力和审美艺术价值。

曹禺曾经充满激情地说："把莎士比亚艺术的种子，遍植在中国文化的土壤上，即使要靠中国的戏剧工作者们创造性的劳动。"用昆剧、丝弦戏、越剧改编莎剧都是成功的范例。在中国317个剧种中，"昆剧是最能体现我国民族戏剧特色"[①]的一个剧种。黄佐临在表达自己的"写意戏剧观"的时候就认为，中国戏曲的审美特征主要就表现为，虚拟性表演和虚拟性空间装置，欣赏是在想象中完成的，雕塑性、立体感和程式化是中国戏曲最根本的美学特性。"昆剧，早就具备演好莎士比亚的潜在可能"。[②] 昆剧《血手记》充分利用中国戏曲舞台的表演技术，调动昆剧各种手段表现剧中人物的感情、欲望，把人物幽暗难测的心理活动用传统程式表现出来。昆剧中的麦克白以"红生"的扮相出场，相当艺术地通过脸谱展现了角色内心情感细微的变化。三个女巫的"定点透视"原理的运用和台词中美即丑、善即恶等具有哲理深度的所指与昆剧传统的审美特色相结合，再通过前后有脸的"两面人"，造成了强烈的视觉冲击力，这两张美丑、善恶反差极大的"脸"，将昆剧的表演与莎士比亚笔下的人物性格进行有机的融合，融会了文学、美术、音乐、舞蹈等多种艺术因素，以中国戏曲特有的虚拟性、象征性、程式性、写意性、音舞性丰富了莎剧的表现力。

---

① 胡忌、刘致中：《昆剧发展史》，中国戏剧出版社1989年版，第1页。
② 黄佐临：《我与写意戏剧观》，中国戏剧出版社1990年版，第85页。

越剧《王子复仇记》以越味为主，莎味辅之，两者结合，融为一体的做法，得到了莎剧专家、新老越剧迷的热情鼓励和充分肯定。《王子复仇记》叙事分明、线索清晰，比较完整地体现了原作的故事框架，剧中人物的感情通过越剧这种形式得到了淋漓尽致的宣泄，人物的性格特点非常鲜明，诚如阿甲先生所说：戏曲体验不是一般地强调把自己的感情贯穿到形象中去就算了，而是要把这种感情凝结在高度的技术里，达到好像肌肉筋骨也能思维的敏感程度，从而体验和表现既高度结合而又相对间离的艺术效果。这就是戏曲艺术特殊的体验性质。[①]《王子复仇记》在改编中着重将委婉深沉的尹派唱腔加以拓展、借鉴，糅合了道情的旋律和绍兴大班的某些曲调，高亢激越、刚柔相济，充分发挥了越剧唱腔塑造人物的基本特征，表现了越剧与莎剧堪称完美的结合，以及改编本身构成的间离效果，成功地将经典莎剧转化为越剧莎剧，展现了王子为重整乾坤与王权篡夺者进行的一场殊死斗争，人物性格鲜明、突出。京剧《歧王梦》的改编更是抓住了莎剧与京剧艺术形式相通的重点场面尽情发挥，把莎剧中人物内心的细腻刻画同京剧的表演特长充分结合在一起。歧王在展现京剧表演特点的基础上，大段唱腔酣畅质朴、苍劲悲凉，念白抑扬顿挫，一气呵成，把铜锤花脸与架子花脸的表演有机融为一体，歧王备受风雨摧残和灵魂激烈搏斗的复杂心情表现得相当成功。2005年版的京剧《哈姆莱特》在改编中遵循的是"美"和"情"，而不是拘泥于逼真和酷肖，通过动作在一定程度上的变形而达到高度的美化，在写意中追求情中寓形。虚拟表演的最高美学效果表现为"化境"，灵魂是莎士比亚的，形是京剧的，以中国京剧形式美，体现出鲜明、夸张、个性化的审美效果。《王》剧将故事置于一个虚拟的国度"赤城国"，剧中人物分别以中国姓氏命名。在表演上充分发挥中国戏曲"音舞性"的特点，以强有力的程式化的表演塑造人物，抒发情感，利用中国戏曲语言的舞化、音化、曲化营造美的艺术氛围，如子丹夜遇父亲鬼魂时的趟马、僵尸、甩发、朝天蹬以及翎子等技巧鲜明地表现

---

① 阿甲：《戏曲表演规律再探》，中国戏剧出版社1990年版，第61—62页。

了人物在特定环境下的心理及情感波动。京剧行当在塑造人物形象方面发挥了重要作用，如子丹为不戴髯口的文武老生，并融合武小生的表演特点，表现了人物英武、俊朗的气质；姜戎为梅派青衣，在表现她雍容华贵的王后气度外，进一步强化了她性格复杂的一面；殷缟在程派的基础上融入花旦的表演，突出了青春少女悲惨的命运；雍叔为架子花脸，显示了他阴险狡诈的内心世界；殷甫为走矮子的三花脸，以外化他虚伪、精于世故的真面目。全剧不但运用了二黄、西皮等传统调性的不同板式，并且辅以四平调、吹腔、高拨子、曲板以及独唱、对唱和重唱等方式，打造了一个既有西方经典戏剧美学意义、文化特点，既是莎士比亚的，又具有东方审美标准和文化韵味的、京剧的《王子复仇记》。①

同为改编莎剧《李尔王》，丝弦戏《李尔王》则采用许多将人物内心活动外化的表现手段，塑造了一个有地方特色的君王形象。在表演中运用了丝弦戏的成套唱腔，从起腔到回龙，又由二板三板再到赶板，把李尔王癫狂的精神状态和悔恨交加的痛苦心情酣畅淋漓地表现出来了。当然改编也不是十全十美的，丝弦戏《李尔王》从伦理道德层面批判了忘恩负义、骨肉相残的极端利己主义的行为，但对批判分裂、统一王权，树立人文主义价值观却揭示得不够充分。京剧《奥赛罗》利用汉语特有的四声、平仄、韵脚、对仗等格律感非常强烈的中国古典诗句，使剧中的对白和唱段都染上了特有的"上韵"和"京白味儿"。奥赛罗那勇敢刚健的动作熔铸着花脸的粗犷、小生的潇洒和须生的沉稳，苔丝德蒙娜则兼有青衣的端庄和花旦的活泼，她的"圆场""水袖"、奥赛罗的"剑舞"和"飞脚"都完美地表现了特定情境中人物的性格和心情。②黄梅戏改编的莎剧《无事生非》巧妙地将我国民间富有表现力的语言和表达方式糅进改编本之中，体现了莎剧中的民间泥土气息。《马克白夫人》是一个极富表现主义风格的川剧莎剧，它利用川剧特殊的表演方式，

---

① 上海京剧院：《京剧〈王子复仇记〉亮相克隆古堡掀起中国传统文化热》，《英语研究》（莎士比亚研究专辑）2005 年第 3 期。
② 刘彦君、廖奔：《中国戏剧的蝉蜕》，文化艺术出版社 1989 年版，第 115—116 页。

诸如变脸、吐火等技巧,将人性中的邪恶暴露无遗,采用层层剥笋的方式向观众交代了马克白夫人犯罪的原因和因此而带来的心灵自戕。川剧《马克白夫人》利用特殊的表演方式和中国戏曲舞台上最简单的设备解决最复杂问题的办法,变幻出各色脸谱,伴随着音乐的节奏,时而吐出飘飘洒洒的火星,时而吐出猛烈燃烧的熊熊烈火,人物鲜明的个性特征与复杂的心理变化,在脸谱的快速变化和火焰的急与缓、大与小之中得到了哲学和美学意义上的阐释。被誉为诗化戏曲的《仲夏夜之梦》在表演形式上也得力于中西文化的融合,《仲夏夜之梦》不但运用了京剧的扎大靠、甩水袖和传统唱法,又有歌舞、吟诵、迪斯科、方言俏皮话甚至通俗歌曲,在"显神写意"[①] 之中,采用京剧形式将莎剧中的哲理与思想整体"打包"给观众。

无论是黄梅戏《无事生非》借用川剧表演技艺"眼线"表现恋爱中的青年男女的炽热感情,还是东江戏《温莎的风流娘儿们》的搓滑舞步和虚拟的情丝象征热恋中的情人;无论是川剧《维洛娜二绅士》将现代审美意识和民族文化传统审美意识结合在一起,还是京剧《奥赛罗》、粤剧《天之骄女》(《威尼斯商人》)、婺剧《血剑》(《麦克白》)、东江戏《温莎的风流娘儿们》、潮剧《温莎的风流娘儿们》、庐剧《奇债情缘》(《威尼斯商人》)、湘剧《巧断人肉案》(《威尼斯商人》)、豫剧《罗密欧与朱丽叶》、花灯戏《卓梅与阿罗》(《罗密欧与朱丽叶》)都把地方戏曲的特有表现形式、表演技艺用在体现莎剧中所包含的人和人性的表现中,从而达到中国文化传统与西方文化传统、历史与现代的某种结合,甚至东北的二人转也可以和《罗密欧与朱丽叶》结合。莎剧成为中国戏曲改编外国戏剧的首选剧目,成为中国戏曲改编最多的外国戏剧,成为中国戏曲改编外国戏剧最经常用到的实验材料。通过这些改编,我们看到了无论是莎剧还是中国戏曲,在跨越东西方异质文化的过程中都具有巨大的包容性。

---

① 陈宏光:《创新是戏曲艺术发展的原动力——评诗化戏曲〈仲夏夜之梦〉》,《戏曲艺术》2005年第2期。

三　如何融合：戏曲与莎剧

既照顾到传统戏曲观众，又有变化创新使观众乐于接受；既要体现莎剧原作精神，又要艺术形式上有民族特色。莎剧的现代化就是世界上各种戏剧包括中国戏曲对其的不断改编和演绎。将莎剧现代化的进程不断推向前进，莎剧和中国戏曲的结合是实现这一进程的一条道路。我们既要认识到东西方文化之间的相似性，又应该意识到这两种异质文化之间的差异性。从文化、道德和心理的层面上看，莎士比亚悲剧主题与中国古典悲剧主题是十分相似的，都表现了人们为某种理想的实现而付出的牺牲。但二者却有各自的独特性。莎士比亚悲剧侧重暴露一个从旧体制向新体制过渡的社会的"失衡"状态；而中国古典悲剧则展示了一个超级权利体系怎样以"内耗"来维持自己的统治。所以，京剧舞台与莎士比亚时代的舞台相似之处颇多。在莎剧与中国戏曲的结合中努力实现莎剧的现代化，就是编导企图使东西方异质文化、莎剧演出与时代审美趣味同步发展所做的努力。

长期的艺术实践证明，戏曲莎剧作为两种文化复合的特殊产物，对于中国观众和西方观众具有其他艺术形式所难以完全取代的辐射力。一种异国文化能否在当代中国寻觅到知音，最终决定于有没有寻找到超越时代和国界，而又特别为我们今天所需要和认同的人类文明智慧和精神素质。中国戏曲和莎剧之所以拥有恒久的生命力，在于不同时期不同民族的艺术家可以从中找到其中根植于人性的内在需要，并获得时代精神和社会心理的某种感应。把中国戏曲与莎士比亚融合在一起也将为戏剧美学开拓一个新的研究领域。在向中国观众展示莎剧的过程中，也是对不同剧种以至一个国家戏剧水平的锻炼和检验，戏曲莎剧成为再创造的泉源和戏剧艺术新手法的实验场，同时，中国舞台上的莎剧演出也成为最实际、最生动、最活跃、最具中国特色的莎学研究和戏剧研究。

莎剧演出是莎学研究的一个重要方面。今日的观众不是伊丽莎白女王时代的伦敦观众。戏曲莎剧的演出不能像一些从来不踏进剧场大门的书呆子所想的，单单凭朗诵式的读词，或者只是尽力模仿莎士比亚在露天剧场的演出方法就能将莎剧的精神传达出来。分析、研究文学剧本是一种学问，而付诸演出则是另一种学问。① 莎剧的现代化就是莎剧演出在当代的多元化，戏曲莎剧自然而然是其中的一元。所以，采用中国戏曲的形式演出莎剧也可以视为莎剧现代化的一条道路，戏曲莎剧的诠释者借助中国戏曲之美，在阐释莎剧中所蕴含的人与人性特别是人文关怀方面完全可以达到一种极致之美的境界。

莎士比亚剧本和中国传统戏剧有许多共通的东西及惊人的相似之处。多场景的结构，舞台时空的自由表现，突出演员的表演，独白旁白的运用，充分发挥戏剧艺术的假定性原则，而不是片面强调舞台环境、事件、人物的逼真性。戏曲莎剧不在于形式，关键是思想内容和表现莎剧精神与现代社会中人类所共同面临的某种问题。戏曲莎剧成功与否关键不在于从技巧上如何平分秋色地兼顾"莎士比亚味"和"戏曲味"，而在于需要寻找一种东西方共有的文化精神、内在相通的精神素质和人类共通的情感。而且，我们也不必把"莎士比亚味"看作一种不可越雷池一步的机械的原则，在避免庸俗化或严重歪曲原作的主题思想的情况下，戏曲莎剧要尽量发挥自己剧种的长处。"中国戏曲尽管以再现的文学剧本为内容，却通过音乐、舞台、唱腔、表演，把作为中国文艺的灵魂的抒情性和线的艺术，发展到又一个空前绝后、独一无二的综合境界。它实际上并不以文学内容而是以艺术形式取胜，也就是说以美取胜。"② 追求中国化的"莎士比亚味"，"莎士比亚味"的中国化，把莎剧的原作精神同中国的民族戏曲艺术统一起来才应该是我们的目的。我们应该充分意识到，戏曲莎剧已经不是原汁原味的"莎士比亚味"，盲目追求这种所谓"莎士比亚味"无疑是缘木求鱼，在任何国家、任何剧团的演出中都是不可实现的。中国戏曲改编的莎剧是融入了中国人理解的"莎士比亚味"的

---

① 黄佐临：《我与写意戏剧观》，中国戏剧出版社1990年版，第66页。
② 李泽厚：《美的历程》，中国社会科学出版社1989年版，第182页。

莎剧，这种"莎味"在文化交流中具有强大的辐射力。这是中国戏曲和中国莎学家对莎剧现代化所做出的特殊贡献。

今天的莎剧演出特别是中国戏曲莎剧不可能完美无缺、原汁原味地还原"莎士比亚味"。莎士比亚的永恒魅力在于他的作品里有着超越时代、民族而引起人们共鸣和思索的哲理，他的作品能够容纳许多时代、民族的审美意识的可能。改编者在自己的世界观的支配下，从自己的美学追求出发寻求中国戏曲和莎士比亚戏剧的结合点和结合方式，从而在本质上还原莎剧原著的风貌，进而缩短西方经典文化与中国当代生活的距离。只要我们从当代观众的审美心理结构和现代舞台技术的角度把握这一点，就能创造满足当代观众审美需要的莎士比亚戏剧的视觉世界。莎士比亚在今天的欧美，可以不是一个极具专业性的戏剧意识，意义相当广泛，兼具经典文化和消闲娱乐的观赏文化。对于在当代社会更加平民化、大众化、审美化的莎士比亚，我们所要完成的，绝对不是一次和时代拉开距离的仿演出，而是挖掘一种所有民族和不同文化之间的人类情感、人文精神与人文关怀意识。虽然中国传统戏曲与莎士比亚代表两种不同的文化，但是它们在舞台的运用和对待观众的观念上却有许多共通之处。

四 戏曲改编：莎剧现代性的一种体现

戏曲莎剧最终为中国观众所认可，在于能不能找到超越时代和国界，而今天有特别为我们所需要的精神和人性。戏曲莎剧既要让观众承认是莎剧，准确体现莎士比亚戏剧中的神韵；又要让观众承认这是戏曲，并充分体现出中国戏曲的基本个性。戏曲莎剧在移植的过程中既要发挥中国传统戏曲的章法、功架、音乐、唱腔、表演、背景的作用，又要摆脱过多的程式化表演，同时将极具性格特征的戏曲程式应用于莎剧，在拓宽莎剧演出范围的基础上，对中国戏曲的改革与发展也不无益处。只有中国这样一个有数量庞大的地方剧种，而且有不同于西方戏剧的中国戏曲的传统文化形式才能提供这种改编的实验。正是大量莎剧在中国的演出，替中国莎学研究带来了新的机会。① 实践证明中国戏曲和莎剧可以在碰撞中寻求和谐，在保持莎士比亚戏剧神韵的前提下，又能充分发挥中国戏曲的特色。莎剧中的人文关怀思想具有伦理化的特点，这一点与中国戏曲极为相似。中国戏曲在内在精神上与莎剧就有了结合的可能。中国戏曲和莎剧在戏剧观和表演方法上都表现出一种自由超脱的态度和朴素的艺术辩证法思想。例如东江戏《温莎的风流娘儿们》在"洋味、中味、东江味"表演形式上，以"人道风流还须风流治，演一出风流娘子惩风流；互相信任才是好夫妻，愿有情人终成眷属，风流的娘儿们不可欺"；展现温莎人从来不记仇，拉拉手喝杯酒，人间常把友情留②的"情"为线索，发挥"抒情喜剧"特色，既忠实于原著精神，又使改编和演出戏曲化。在人物台词中大量使用中国民间或客家地域的成语和俗语，如"狗咬尿泡空欢喜""心急吃不得热豆腐""桃花鸿运迎春开""嚼了舌头变哑巴""做媒的自古不'三包'""君子爱财，取之有道""癞蛤蟆掉进醋缸""一说曹操，曹操就到""有钱能使鬼推磨""一言既出，驷马难追""脸不改色，心不跳""爬灰""猫扒饭甑狗享用"等。演出尽可能靠近莎氏描写的时代风习，而演出技巧则更多采用戏曲虚拟、夸张和歌舞演故事的表现手法，融戏曲、话剧、舞蹈、魔术、杂耍于故事情节的发展和人物形象塑造之中，以流行于广东东江地区的花朝音乐为基调，吸收汉调、民歌、当代音乐，舞美则采用象征性与装饰性相结合的方式烘托环境、渲染气氛和刻画人物。

中国戏曲的写意性贯穿于该剧表演、音乐、舞美、道具、效果的诸因素中。舞台设计具有浓郁的象征性，台口的框架抽象如白色的云彩，又如白色的银锭，两只雪白的天鹅在"云层"中振翅飞翔，两侧缀满艳丽的牵牛花，形态丑陋的癞蛤蟆对着美丽的白天鹅垂涎欲滴，反复的帮腔引导观众进入"温莎姑娘多智慧，风流的娘儿们不可欺"的艺术想象空间。当福

---

① 李伟民：《1993—1994年中国莎学研究综述》，《国外文学》1996年第2期。
② 侯穗珠：《温莎的风流娘儿们》（东江戏），阮珅主编：《莎士比亚新论——武汉国际莎学研讨会论文集》，武汉大学出版社1994年版，第468—491页。

斯塔夫被抛入泰晤士河中，舞台上的演员身披浅绿服装，象征碧波急流翩翩起舞，浪涛翻涌，绿波荡漾，福斯塔夫在急流中拼命挣扎；林苑"约会"，大树、石头、蝙蝠由演员装扮，增强了喜剧的浪漫主义象征色彩。①第五场福斯塔夫到福德家向福娘求爱，为表现福斯塔夫的愚昧、自负设计了大段唱词："自昨天你对我回眸一笑，我浑身酥痒得无处搔挠……我有才，你有貌，我潇洒，你风骚，我已中年你徐娘半老，见惯了情场不用害臊……抱住你的腿，扯着你的裙，我吃饭没有心，喝酒没有味，躺在床上就出神。人说这是相思病，我求你救命行好心！……你是金镶玉裹一天仙，啊！不是天仙胜似天仙呀！……愿从今双双化作比翼鸟，地久天长不变心！"②

东江戏《温莎的风流娘儿们》的改编说明，采用戏曲形式演出莎剧，在保持原作人文主义精神前提下与话剧形式的莎剧相比更富有中国特色。戏曲莎剧应该有更高的艺术追求，单纯求新求奇反而会导致莎剧本身的贬值。迎合现当代审美意识并不意味着对经典艺术从内容到形式的简单"现代化"。如果莎剧只能靠改换面目来博取不同时代人们的好感，那么它也就不是永恒的了。

不管采用何种形式，戏曲莎剧要体现莎士比亚作品中的人文主义精神和当代对于人性的关注与探索，演出要不断发掘莎剧中所蕴藏的新的含义。莎剧现代化的题中之义显然也应该包括现当代作者，即中国莎学家和戏曲演员联袂改编、演出的戏曲莎剧，其中当然也包括融入了现当代审美意识的"莎剧的现代化"。中国传统戏剧的原则、精神与包括莎士比亚戏剧在内的世界现代戏剧之间的界限所呈现的是不那么截然分明的状态，而是可以共容、互通的。某些中国戏曲莎剧中，中国改编者对莎剧精神的理解比西方的演出和理解更接近莎剧的原貌。正所谓"东海西海，心理攸同；南学北学，道术未

---

① 侯穗珠：《架设一座心灵桥——东江戏〈温莎的风流娘儿们〉编导体会》，阮珅主编：《莎士比亚新论——武汉国际莎学研讨会论文集》，武汉大学出版社1994年版，第301—305页。
② 侯穗珠：《温莎的风流娘儿们》（东江戏），阮珅主编：《莎士比亚新论——武汉国际莎学研讨会论文集》，武汉大学出版社1994年版，第469—470页。

裂"。注入了现当代哲学、文化、审美意识和人文关怀的中国戏曲莎剧的出现,只能证明莎士比亚戏剧超越时空的永恒价值,并将以令人耳目一新的绰约风姿使世界莎剧舞台放射出更加璀璨的光芒。

第二节 从《麦克白》到昆剧《血手记》

昆剧《血手记》自首届中国莎士比亚戏剧节首演以后,成为戏曲改编莎剧的代表性剧作受到莎学界和戏曲界的广泛关注,在时隔多年之后,上海昆剧院重排了这部昆剧《血手记》,并再一次引起了莎学界对戏曲改编莎剧的探讨。《血手记》在突出原剧《麦克白》悲剧意蕴的前提下,运用多种昆剧艺术表现手法,通过昆剧的唱、念、做、打,前后两个版本的《血手记》以不同行当,不仅充分挖掘、外化了马佩、铁氏杀人前后的心理特征,而且通过昆剧的程式突出了悲剧人物的心理状态。昆剧《血手记》以"诗意"的美丑对比彰显了原作的悲剧精神,而《麦克白》则借助于昆剧的写意性,成为一部深刻挖掘人性,颇具现代意识和经典性质的不可多得的昆剧莎剧。

早在20世纪30年代,著名导演黄佐临就萌发了以昆剧演绎莎士比亚戏剧的想法。正如黄佐临自己所说:"莎士比亚昆曲化是我几十年的愿望,希望他的杰作能借此获得更强大的表现力和生命力。"[1] 这个愿望直到1986年,中国首届莎士比亚戏剧节期间才以片段形式实现。1987年6月,该剧首演于上海儿童艺术剧场,[2] 其后应爱丁堡国际艺术节邀请,该剧到包括爱丁堡在内的英国23个城市巡回演出,均好评如潮。2008年,《血手记》(以下简称《血》剧)以"曲牌组合"[3] 又重新创排,亦赢得了广大观众的青睐。《血》剧由郑

---

[1] 黄佐临:《昆曲为什么排演莎剧》,《戏曲艺术》1986年第4期。
[2] 吴新雷:《中国昆剧大辞典》,南京大学出版社2002年版,第186页。
[3] 顾兆琳:《关于昆曲常用曲牌的建议》,《艺术百家》1991年第1期。

拾风编剧，黄佐临、沈斌导演。昆剧莎剧《血》剧前后有两个舞台演出版本。《血》剧无论是在昆剧表演，还是在以昆剧为体彰显文艺复兴时期莎氏悲剧的批判精神方面都赢得了莎学研究者和观众的赞誉，而其外化人物心理、情感冲突所建构的昆剧审美尤为人们所激赏。昆剧演绎《麦克白》，用黄佐临的话来说可谓"门当户对"，改编彰显了两大戏剧传统的经典性，同时为如何采用中国戏曲改编莎剧提供了理论与实践的思考空间。①《血》剧的改编，充分发挥了"昆曲传统的程式手段'载歌载舞'，努力使莎剧昆曲化"②的指导思想，以昆剧的"唱、念、做、打"叙述原作主题、情节，以巨型而狰狞的面具隐喻皇权的威严，使观众在深入理解莎氏剧作的人文主义精神的基础上获得了双重的审美愉悦。在当代莎剧的改编中，莎剧不仅仅存在于文本中，因此我们不能"只强调莎士比亚在语言方面的特点而忽视了它在舞台艺术等方面的优点"。③

中国戏曲改编莎剧的优势在哪里？黄佐临先生对中国文化和昆曲充满了自信："四百二十年来，莎翁戏剧在世界上有各式各样的演出方法和风格，但几乎没有可称满意者……问题出在莎士比亚以及后人皆注意'念''做'而忽略了'唱''打'，而昆剧和川剧同样讲究'唱、念、做、打'的有机结合。"④ 诚如黄佐临所言："昆曲《马克白》或许是演出莎士比亚诸多办法最好之一"。⑤实践和理论证明，全方位运用昆剧固有技巧，以写意的昆剧改编《麦克白》可以利用其丰富的舞台叙事手段深入挖掘人的心理活动，诠释原作的悲剧精神，并发现写意乃是文艺复兴时期莎剧所蕴含的现代精神的自然体现。通过莎士比亚戏剧的"中国化"，在21世纪的今天，我们也可以供此认识到，作

---

① 李伟民：《中国莎士比亚批评史》，中国戏剧出版社2006年版，第401—402页。
② 黄佐临：《昆曲为什么演莎士比亚》，《上海戏剧》2006年第8期。
③ [意大利]亚瑟·霍姆伯格：《莎翁戏剧在意大利上演——风格新颖独创、手法丰富多彩》，李美玉译，《文化译丛》1982年第3期。
④ 黄佐临：《我与写意戏剧观》，中国戏剧出版社1990年版，第325页。
⑤ 黄佐临：《从传统·创新·政治看中国与全世界各地华人的话剧情况》，《上海戏剧》1993年第1期。

为经典的莎剧本就应该是开放、包容、丰富多彩和经得起任何形式改编的。

一 从"写实"走向"写意"的审美转换

昆剧以怎样的形式呈现《麦克白》才能反映原作的悲剧精神？这是文本改编者首先要解决的问题。导演之一的沈斌认为："莎氏从正面人物着手写出了英雄在权欲面前的内心搏斗，野心战胜理智，这就是莎翁抨击的邪恶、暴虐、贪婪、仇杀的原作精神。"① 所以，《血》剧的文本改编既不能原封不动地搬用原作的内容、情节和语言，也不能抛开原作另起炉灶，更不能置昆剧的审美艺术特点于不顾。为此《血》剧的改编，必须在紧扣原作中人物心理刻画特点的前提下，以原作的主要故事情节引领叙事与抒情，充分发挥昆曲唱腔的抒情色彩与身段的隐喻意义，以写意来抒发人物内心情感波澜，进而达到塑造鲜明人物形象、开掘其性格特征的目的。这就要求改编时，无论是唱、舞还是做，都要以叙述人物的心理矛盾为旨归，并将人物的心理变化外化于舞台之上的唱念做打之中。

根据戏曲写意的特点，中国戏曲改编莎剧没有不重新安排情节，再造语境，改变语言叙述方式，重新创作台词的，这甚至已经成为改编能否成功的必要条件，也是戏曲改编莎剧，成功把莎剧搬上中国戏曲舞台的不二法门。《血》剧将《麦克白》五幕27场改为7折：晋爵、密谋、嫁祸、闹宴、问巫、闺疯、血偿。马佩在平叛中立功，加官晋爵激发了他窥伺皇位已久的野心。郑王晚宿其家，马佩夫妇同谋暗杀了郑王，采用欺骗和残暴掩盖罪行，剪除异己，旧仇新罪，众叛亲离，沾满鲜血的手难以洗净，在神经错乱中大势已去，马佩、铁氏结束了罪恶的一生。② 《血》剧以昆剧形式美作为承载原典悲剧精神的基础，紧紧抓住昆剧以美传真、以情显理、以虚衬实、以形演神的

---

① 沈斌：《中国的、昆曲的、莎士比亚的——昆剧〈血手记〉编演经过》，《戏剧报》1988年第3期。

② 上海市昆剧团：《血手记》[VCD]，1987年录制。上海市昆剧院：《昆曲血手记》[DVD]，2008年（七彩戏剧录制）。

写意性，在不脱离昆剧音舞的舞台呈现中，发挥昆剧"唱""念""舞""打"之长处，塑造了两个野心家从堕落走向灭亡的过程。《血》剧以其音舞叙事和长于抒情的特点，通过"美的造型形象，促使联想的发生，寄托创作主体的审美情感，隐喻某种诗情哲理"①，从而为以写意为主的昆剧改编成以写实为主要特征的莎剧提供了经过实践检验和引发理论思考的颇为成功的范例。

二　改写的叙事与抒情

如何以《血》剧的写意性再现莎氏悲剧的批判精神？《血》剧以中国戏曲的假定性和从"写意戏剧观"中升华出来的"诗化意象"，呈现原作的悲剧精神，从形式上对原作进行了脱胎换骨的改造。它采用昆剧的程式为媒介，营造出了浓郁而深沉的悲剧氛围，通过形式、内容的"扬"与改编中的"弃"，完成了昆剧写意性对经典莎剧的美学建构。诚如众多戏剧研究者所指出的，在20世纪世界莎剧演出舞台上，"以自己本民族的艺术形式搬演莎士比亚戏剧，这在世界上已经成为一种潮流"。② 实践证明，如果我们不对改编莎剧抱有僵化的认知，就会看到"现代舞台对于莎士比亚的改编，也呈现出各种各样的形态……寻找莎剧与自己心灵的契合点"③。问题在于，中国昆曲艺术古朴典雅，艺术上追求"功深熔琢，气无烟火"，情感上追求"一字之长，延至数息"，这与原作迅疾、激越、跌宕、写实的话剧行动构成了乐诗与剧诗在舞台表现上的诸多矛盾。这种"交集与融合"中的矛盾，在于昆曲能否在突破家门行当的基础上，以富有表现力的叙事与抒情，利用戏曲特有的形式，以独特的讲述故事的表达方式，在为塑造人物形象、刻画人物性格服务的基础上，创造出一部既深刻反映人性弱点，又具有昆剧审美艺术特征的《麦克白》。

---

①　王晓鹰：《戏剧演出中的假定性》，中国戏剧出版社1995年版，第133页。
②　李如茹：《莎士比亚与中国戏曲》，《戏剧报》1986年第9期。
③　[美] 霍华德·伯曼、帕特丽莎·襃雅特：《对话：莎士比亚与现代戏剧》，潘志兴、史学东译，《艺术百家》1991年第4期。

完美的叙事是最好的抒情。《血》剧以昆剧写意的叙事与抒情表达悲剧人物内心对权力的渴望和不择手段攫取最高权力的疯狂。这种改编通过具有强烈感情色彩的昆剧程式，变独白、对白为二十余个昆剧曲牌的唱与舞，将人物性格与内心隐秘聚焦于昆剧审美的程式之中。马佩和铁氏的疯狂，在叙事与抒情审美形式的呈现中不断得到音舞的放大。人物心理变化通过唱腔、舞蹈、语言的综合运用，使形式全面作用于内容，形成了"悲中美""外形美与内心丑"的强烈对比。此时写意所创造的审美，已经成为"一种被现代理性烛照的诗化戏剧观"[①]的美学隐喻。《血》剧的主题也就在"曲"的叙事与抒情中，演绎了原作的"普遍性的主题——权欲使人堕落"[②]。尽管在昆剧的写意性叙事与抒情中，原作的叙述方式和舞台呈现已经遭到了解构，但经过了唱腔、身段变异的主题也随之得到了陌生化的讲述方式。在《血》剧的舞台上，观众通过叙事的语言获得悲剧感已经降为次要地位，而主要是通过唱腔、舞美的呈现达到悲剧审美的愉悦。在此，音乐和舞蹈所营造的意境已经通过特定符号的转换，在对邪恶、野心的批判中，鲜明地表现出作者的伦理道德倾向。

为了获得改编的自由，以昆剧程式为舞台叙事手段的《血》剧之审美已经解构了《麦克白》之"真"，它已经不必在"真"上依附于原作，而是在外化"美"的过程中，与"情感""心理"的阴暗形成鲜明对比。《血》剧的化装、服饰、动作、对白呈现出"矫情镇物，装腔作势"[③]的昆剧美感，以昆剧超出生活之法的写意性审美，表现原作中人的心理和情绪。因为"在莎士比亚舞台上，服装不一定和剧情规定的时代相符，这和戏曲舞台也极其相似……不可能抛弃莎士比亚，也不能回到莎士比亚，我们演出莎士比亚戏剧

[①] 余秋雨：《佐临的艺术人格》，上海市艺术研究所话剧室：《佐临研究》，中国戏剧出版社1990年版，第45页。

[②] 费春放：《一个寻找作者的剧外人——佐临和他"似是而非"的戏剧观》，上海市艺术研究所话剧室：《佐临研究》，中国戏剧出版社1990年版，第86页。

[③] 章诒和：《中国戏曲》，文化艺术出版社1999年版，第7—8页

应该理解为我们和莎士比亚的交往"①。写意性所带来的陌生化将"角色"的表演统一于昆剧的程式之中。《血》剧以写意的昆剧建构出原作所需要的心理、情绪,在"高度发扬戏剧的假定性,与此同时又沿用模拟生活形态的真实性"②的昆剧讲述故事的方式中,以鲜明的行当表现人物、塑造人物,营造出以虚拟为主、写实为辅的昆剧莎剧。1986年首版《血》剧的马佩、计镇华以生行应工,2008年版的《血》剧,吴双饰演的马佩以净行应工。无论以何种行当塑造马佩,均兼顾了"程式规范和生活气息"③的统一。我们看到,计镇华饰演的马佩首次出场,头戴老爷夫子盔,身穿红靠,口挂黑三(胡须),意在显示其"大英雄气度和以功臣自居"④的心理;在曲牌、套曲联唱的曲牌体,以缠绵低回适用于老生的[商调集贤宾][逍遥乐][上京马][斗鹌鹑][紫花儿序][调笑令][秃厮儿]中,将马佩在弑君前恐惧、彷徨、迷茫、痛苦、争斗、孤注一掷的内心世界,以及张静娴扮演的铁氏的狂、狠、恨、怕、哀、癫、疯等性格特征,在叙述与抒情的交替演进中,通过情感的延伸与扩张,使"文化的理解与对话"⑤化写实莎剧为写意的昆剧莎剧。表导演在《血》剧的改编中反复强调的是"戏剧表演不是对现实生活的再创造",⑥而是对现实中的遭遇抒发情感,以写意的"唱曲为主要表现手段"⑦的昆剧,达到与犹重乐感的西方歌剧宣叙调在审美上的殊途同归。《血》剧对故事的叙述在紧贴人生、人性、命运展开的同时,以唱腔和身段的运用揭示人物的内心变化和情感世界。

2008年版本中,吴双以净行的"唱做兼工"⑧饰演马佩,更具英雄气质,

---

① 胡妙胜:《莎士比亚戏剧的视觉世界》,《戏剧艺术》1986年第3期。
② 章诒和:《中国戏曲》,文化艺术出版社1999年版,第16页
③ 吴新雷:《中国昆剧大辞典》,南京大学出版社2002年版,第380页。
④ 计镇华:《我演昆剧〈血手记〉》,《戏剧报》1987年第6期。
⑤ 中国戏曲学会汤显祖研究分会/浙江省遂昌县社会科学界联合会:《起航:汤显祖—莎士比亚文化交流合作》,浙江大学出版社2013年版,第82页。
⑥ [英]英尼斯:《千禧年的主流——时代的记录》,何辉斌、彭发胜:《艺术学经典文献导读书系·戏剧卷》,北京师范大学出版社2010年版,第276页。
⑦ 胡忌、刘致中:《昆剧发展史》,中国戏剧出版社1989年版,第326页。
⑧ 刘文峰、江达飞:《中国戏曲文化图典》,作家出版社、浙江教育出版社2001年版,第97页。

但也更显阴险狡诈，多种性格聚于一身，在亮相、造型、剑舞等程式的运用中，借"武生或麒派老生的表演手段塑造人物，用阳刚之气反衬其性格悲剧，铁氏则突出柔中见刚的性格反差",① 其外形英雄之美与内心小肚鸡肠之丑在极大反差中隐喻了生活、人性的复杂。《血》剧的舞台叙事以体现"风格的表现力"② 为主，再现了人物的心理变化和情感的跌宕起伏，彰显了人物的狂妄、凶狠、绝望、卑鄙。而原作的悲剧性也在"中国戏曲形式美的体现"③ 中得以建构，并在"神游于规矩之外的韵致"④ 中得到诠释。《血》剧的改编使原作中的戏剧性与昆剧的音乐性、舞蹈性结合在一起，将人物的内心世界用极具感染力的"代言体剧曲"的程式表现出来，从而实现了将"写实"，表现"生活真实"的行动，向"写意""写情"虚拟审美的昆剧莎剧转化。改编在加快叙事节奏的同时，以抒情中的大停顿展示人物内心矛盾冲突，在一张一弛的交替中表现了人物内心的矛盾和痛苦，从而达到了"以塑造人物为前提，保持昆曲的韵律和行当韵味"⑤ 的目的，创造出既有昆曲特点，又有原作人文主义精神，符合现代观众审美习惯的昆剧莎剧。

《血》剧的编导懂得，昆剧"首先是一种戏曲声腔，是音乐化的语言艺术"。⑥ 因此《血》剧的程式在音乐化中，表现了险恶、凶狠、良心发现、懊悔、恐惧、内心烦乱，此时，"动作和音乐的表现能力，显然超越了语言"。⑦ 昆剧改编莎剧使我们看到："当莎士比亚一旦拥抱了中国戏曲，也就拥抱了音乐，因此也就在根本上拥抱了诗。"⑧ 可以说通过昆剧程式，外化了剧中马佩、铁氏等人的内心，同时这种写意也超越了西方话剧的单纯"言语"，使观众在

---

① 沈斌：《是昆剧 是莎剧：重排昆剧〈血手记〉的体验》，《上海戏剧》2008年第8期。
② 唐葆祥：《路，就在自己脚下：记著名昆旦张静娴》，《中国戏剧》1990年第7期。
③ 蓝凡：《中西戏剧比较论稿》，学林出版社1992年版，第19页。
④ 齐森华、陈多、叶长海：《中国曲学大辞典》，浙江教育出版社1997年版，第18页。
⑤ 沈斌：《是昆剧 是莎剧：重排昆剧〈血手记〉的体验》，《上海戏剧》2008年第8期。
⑥ 周秦：《昆曲艺术的世纪之旅》，《苏州大学学报》（哲学社会科学版）2000年第2期。
⑦ 盖叫天：《粉墨春秋：盖叫天舞台艺术经验》，何慢、龚义江记录整理，上海文艺出版社2011年版，第272页。
⑧ 黄佐临：《我与写意戏剧观》，中国戏剧出版社1990年版，第89页。

"写意与写实对比——想象主义与自然主义对比——诗意与世俗对比"① 中感悟到人物的性格特征。中国戏曲的规律是,当叙事达到紧要关头时,叙事往往会让位于情感的抒发,此时,歌舞就成为抒发情感最重要的方式,高潮往往出现在载歌载舞之处。配合马佩、铁氏反映其心理活动的写意性歌、舞,使二者的心灵历程得到具象展现。"戏中人"的心理活动被昆剧的程式激活了,野心、凶残、邪恶的本性通过昆剧的演绎给观众留下了可以意会的具体形象。根据莎士比亚悲剧的"宗旨并不揭示绝对的邪恶,而是描述可以体验和经历的邪恶"② 这一审美原则,《血》剧通过音舞符号—语言之间的切换,准确描述出主人公内心世界的极度扭曲,具象性地呈现出马佩和铁氏被送上了不归之路的人性中的深层原因。《血》剧以程式中蕴藏的美,美中蕴含的情,情中所具有的批判精神,把固定不变的空间,变成了流动多变的象征性空间,角色靠自己的形体动作的诗化意象突破了"真"的樊篱。《血剧》对《麦克白》的改编形成了经典与经典、巨人与巨人之间的跨世纪对话。

三 陌生化的诗意表达

《血》剧对原作的改编,解构了我们已建立起来的对《麦克白》所呈现的写实悲剧叙事基础上的所谓"真实",其通过昆剧程式的写意建构,引导观众从故事、情节的叙事中解放出来,从关注情节发展,转向注重艺术美的表现形式。我们以唱舞为例,当角色以〔集贤宾〕低腔表现马佩复杂的心情,到〔上京马〕快节奏的垛板渲染其内心波澜,层次鲜明地展现出人物丰富的心理层次。《血》剧的表演设计,以呈现人物的诗意为旨归,采用"武戏文唱,文戏武演",运用京剧麒派表演手段,采用"髯口"的掸须、弹须、捋须等一系列动作,以层层递进的方式强化了马佩弑君前后内心的矛盾和恐惧;

---

① 黄佐临:《从传统·创新·政治看中国与全世界各地华人的话剧情况》,《上海戏剧》1993 年第 1 期。
② 〔英〕雷蒙·威廉斯:《现代悲剧》,丁尔苏译,凤凰出版传媒集团/译林出版社 2007 年版,第 52 页。

在处理洗净血手的表演中，张静娴充分发挥了水袖的表意—心理、表情—情绪功能，[①] 在双手的磨搓中，融生活化的动作于程式之中，使人物的心理与情感遇合在昆曲写意之美中，为《血》剧的"美""情""神"的诗意审美叙述方式，创造出外形柔媚而有力度、飘逸而不板滞、流动而非静止的昆曲写意之美。

此时的审美指向已经将"'情'假托为'物'，以'物'转而表'情'的高度象征的表演艺术，将'假定性手法'的物化主观情感，外化内心世界的功能发展到了几乎无以复加的程度"。[②] 从而在这一诗意性的建构中，既透视出人物心理、情绪变化曲线，又有造型美和雕塑感；既从内心挖掘原作内心矛盾冲突，又依靠昆剧艺术丰富的舞台语汇，使《血》剧在歌舞的演绎中，蕴含了现代戏剧所需要的更多的理性与思辨成分，创造出更为丰沛的远远超越"言语"表述的审美信息。《血》剧以"舞台上承载着'逼真的情感'的假定性的戏剧演出时空结构"，[③] 达到了人性的逼真；又通过"一种非生活逻辑的、非现实性的戏剧情景，并对这情景之中蕴涵着的深层情感和生命动机"，[④] 达到了对原作的陌生化改编。

所以，《血》剧自然也就不仅仅局限于在"舞台上创造现实生活的幻觉，而是通过某种象征形象的催化，在观众的心理联想和艺术同感中创造出再生的饱含哲理的诗化形象……诗化的意象可能使观众同时获得哲理思索与审美鉴赏的两种激动"。[⑤] 由此也就找到了美的形式的那些瞬间得以延续的根据。《血》剧的改编证明，写意的演绎完全可以"超越写实的环境戏剧的限制，可以提供创造想象自由驰骋的'心理时空'"，[⑥] 从而达到"'诗情哲理'和

[①] 胡申生：《从演员到导演：一条充满艰辛和希望的路——记昆剧导演沈斌》，《戏曲艺术》1991年第4期。

[②] 王晓鹰：《从假定性到诗化意象》，中国戏剧出版社2006年版，第111页。

[③] 同上。

[④] 同上。

[⑤] 徐晓钟：《在兼容与结合中的嬗变——话剧〈桑树坪纪事〉的实验报告》，林荫宇：《徐晓钟导演艺术研究》，中国戏剧出版社1991年版，第413—414页。

[⑥] 王晓鹰：《从假定性到诗化意象》，中国戏剧出版社2006年版，第31页。

'美的形式'的完满统一,实现对最富于理性震撼力和情绪感染力的'表现性舞台意象'的创造"。①

陌生化的舞台效果"出现在感情冲动的形式中",② 改编促使《血》剧在假定性中充分彰显了"表现性舞台意象"的阐释功能。在剧中,饰演马佩的计镇华从人物出发,在"真实体验的基础上运用程式,以增强人物的深度和表演的感染力"③。例如第三折"嫁祸",饰演马佩的计镇华从〔商调集贤宾〕到〔逍遥乐〕,再转〔上京马〕:

见龙泉心潮陡地涨,

转眼间赠剑人要剑下亡!

咦,却怎的事临头心旌乱恍,

迷茫茫知在何方?

……

血淋淋利刃寒光!

一会儿它变短变长,

使劳神者神丧,

劳心者心碎,

劳力者空忙。

……

到手的九五之尊莫彷徨。

上天助我好娇娘,

愿俩同心成大事她立后我称皇。④

---

① 王晓鹰:《从假定性到诗化意象》,中国戏剧出版社2006年版,第94页。
② [德]贝·布莱希特:《布莱希特论戏剧》,丁扬忠等译,中国戏剧出版社1990年版,第196页。
③ 计镇华:《蓦然回首——我的演艺生涯》,《上海戏剧》1996年第2期。
④ 文化部振兴昆剧指导委员会中国昆剧研究会:《兰苑集萃:五十年中国昆剧演出剧本选》(第二卷),文化艺术出版社2000年版,第238页。

这种表现个人心理和极度疯狂的情绪宣泄，三次通过"龙泉剑"的意象，在文场音乐和武场打击乐的节奏中，马佩以"舞"的程式——慌乱的台步、惊愕的眼神、惊恐中的亮相、头盔上抖动的珠子、宝剑的舞动、髯口的变化，以及从慌乱到孤注一掷的心理，在"九五之尊，虎踞龙床，皇天有命，违命不祥"①的画外音中，篡位的心理得到了超越"言语"昆剧程式的陌生化强调。又如在"闹宴"一折，在舞台上设置了老王杜戈鬼魂出场，鬼魂头披黑纱，又在白色的髯口中增加一束红色的髯口，"以渲染'白发苍苍血染沙场'和老杜戈'纷披血发的愤怒'形象。"饰演马佩的计镇华以"亮相"反映人物心理和情绪，又如当女巫以炉顶三峰的立体造型预言马佩即将成为"一字并肩王"时激发的勃勃野心，与"享九五之尊"的惊喜与恐惧，"不交出兵权，就要动用"时的老谋深算和自我陶醉；既有前弓后箭、推髯亮相与"两看门"，撩开斗篷，惊眼亮相，头盔上的珠子因惊惧而瑟瑟作响的"惶乱迷茫"，也有铁心杀伐的坚定，野心的不断膨胀，程式成为表达"人物心理活动的潜文本"②。此时马佩的"内心冲突是悲剧行动的全部"，大段的唱、舞则作为一种陌生化的"表演方式所造成的自由"③，成功将莎剧"写实"的震撼力与昆剧的"写意美"融合为一体，故而使《血》剧能在导演所构想的"人类的精神世界的建构中，保持民族特色"④，同时也以"美本身，形式本身，造成了陌生化"的新异审美效果。

郑拾风将"洗净你的双手"的多段台词扩展、丰富为"闺疯"一折戏，发挥了昆剧以歌舞表演人物内心世界的长处。尽管有莎学研究者认为麦克白夫人虽然是个"人妖，但她不可能是剧里一切罪恶的主要负责者"，⑤但相对

---

① 文化部振兴昆剧指导委员会中国昆剧研究会：《兰苑集萃：五十年中国昆剧演出剧本选》（第二卷），文化艺术出版社2000年版，第238页。
② 李小林：《"移步不换形"：〈血手记〉和〈欲望城国〉的迥异"移步"》，《戏剧艺术》2013年第1期。
③ 中国社会科学院外国文学研究所外国文学研究资料丛刊编辑委员会：《布莱希特研究》，张黎选编，中国社会科学出版社1984年版，第210页。
④ 黄佐临：《我的"写意戏剧观"诞生前前后后》，《中国戏剧》1991年第1期。
⑤ 戴镏龄：《〈麦克佩斯〉与妖氛》，《中山大学学报》1964年第2期。

于原作来说,《血》剧加强了麦克白夫人的戏份,统观几部中国戏曲改编的《麦克白》,都不同程度地赋予了麦克白夫人更为重要的地位,例如越剧《马龙将军》①②、川剧《马克白夫人》③、婺剧《血剑》等。④ 因为"离开创作想象力的自由,就没有莎士比亚艺术生命的永恒魅力"⑤。扮演铁氏的张静娴以其正旦的妩媚、刀马旦的武功、泼辣旦的果决、刺杀旦的凶狠等行当表现人物不同的精神状态,"从凄厉的狂笑、舞动的水袖、痛苦的面部表情,到节奏强烈的锣鼓、惨烈的歌唱,无不刻画出她自食恶果,垂死挣扎时的复杂心态"。铁氏以古装头、束裙,加长水袖,美艳而骄横,充分展现了旦角的水袖功,以抖袖、扬袖、摔袖、甩袖、绕袖、抛袖、抢袖、掀袖,以及坐子、慢鹞子翻身、翻跌、跪步、下腰、拧旋子、跪躺,最后以四鬼魂"喷火"绝技表现冤鬼的胸中怒火,铁氏精神错乱、全面崩溃的昏厥,最后以一个僵尸死于舞台中间的高潮戏,表现出莎氏悲剧的深刻意蕴。

2008 版《血》剧中饰演铁氏的余彬以"哀绝而不乏火烈"的唱,在美化的身段中聚焦反面人物内心的疯狂,通过强烈对比,深刻地呈现了莎氏悲剧对邪恶人性的批判,对野心家的警告。美丑的强烈反差,有助于观众在歌舞中把握铁氏色厉内荏、外貌艳丽,"外形娇美,内心残忍和精神分裂"⑥的特征,把一个老谋深算而又心狠手辣的人物勾画得入木三分。例如,铁氏在"密谋"中的〔归朝歌〕:"趁良宵神鬼不知血溅龙床。到明朝嫁祸除王党,

---

① 李伟民:《重构与对照中的审美呈现——音舞叙事:越剧〈马龙将军〉对莎士比亚〈麦克白〉的变身》,《南京社会科学》2010 年第 10 期。
② 李伟民:《从莎士比亚悲剧〈麦克白〉到越剧〈马龙将军〉的华丽转身》,《东南大学学报》(哲学社会科学版)2010 年第 2 期。
③ 李伟民:《戏与非戏之间:莎士比亚的〈麦克白〉与川剧〈马克白夫人〉》,《四川戏剧》2013 年第 2 期。
④ 李伟民:《从莎士比亚悲剧〈麦克白〉到婺剧〈血剑〉——后经典叙事学视角下的改编》,《戏剧艺术》2014 年第 2 期。
⑤ 陈恭敏:《莎士比亚戏剧节给我们的启示》,《戏剧报》1986 年第 6 期。
⑥ 李伟民:《朱生豪、陈才宇译〈莎士比亚全集〉总序》,《中国莎士比亚研究通讯》2013 年第 1 期。

你是百官朝拜的好皇上,妾身是铁心铁胆的铁皇娘!"① 无论是张静娴还是余彬在人物的塑造中都创造出刚劲而富有象征意味,既有夸张的造型美,又有流动的韵律美的铁氏形象。诚如拉康所言:"没有疯狂我们人就不称其为人。"② 如在原作第五幕第一场中,麦克白夫人说:"去,该死的血迹!……为什么我们要怕被人知道?可是谁想到这老头儿会有这么多的血?……这两只手再也不会干净了吗?……这儿还是有一股血腥气;所以阿拉伯的香料都不能叫这只小手变得香一点。"③ 而在《血》剧的"闺疯"一折的[斗鹌鹑][调笑令][秃厮儿]中铁氏则有:"近日你为几滩血痴呆呆般丧魂,是大丈夫怎扭扭捏捏妇人般胆小?……战战兢兢不似个人君,如何能威慑当朝!……可怜我冤孽缠身难自拔,轮番儿索命的高声骂","古往今来哪个帝王手上没有鲜血"。④

外表美艳,内心狠毒,备受精神折磨的"疯妇"铁氏以唱和舞传达给观众的是故事是戏剧,感情是戏剧,激情也是戏剧,疯狂更是戏剧,演员用诗、用歌、用优美的舞蹈、用强烈的形体动作、用延长的水袖,诉说使她疯狂、歇斯底里的原因。正如黄佐临所说:"在中国戏曲舞台上演出莎剧,将具有惊人的应变能力。不管表现什么……在中国戏曲的舞台技术中总能找到体现的方法。"⑤ 这段话既体现了我们应有的文化自信,也生动地体现了昆剧的经典性。因为戏曲代言体叙述的写意性是包含在"戏曲美学原则所贯穿着的表演程式体系之中"⑥ 的。戏剧是通过叙事推动情节发展、塑造人物,而贴切的程式具有很强的叙事功能。在《血》剧中,"无论是舞蹈,还是唱念,都不过是

---

① 文化部振兴昆剧指导委员会中国昆剧研究会:《兰苑集萃:五十年中国昆剧演出剧本选》(第二卷),文化艺术出版社2000年版,第238页。
② [法]拉康:《拉康选集》,褚孝泉译,上海三联书店2001年版,第182页。
③ 莎士比亚:《朱译莎士比亚戏剧31种》,陈才宇校订,浙江工商大学出版社2011年版,第847页。
④ 文化部振兴昆剧指导委员会中国昆剧研究会:《兰苑集萃:五十年中国昆剧演出剧本选》(第二卷),文化艺术出版社2000年版,第252—254页。
⑤ 黄佐临:《我与写意戏剧观》,中国戏剧出版社1990年版,第75页。
⑥ 郭汉城:《郭汉城文集》(第一册),中国戏剧出版社2004年版,第350页。

剧情的一部分,因此它的音乐性、舞蹈性、节奏性是统一于戏剧性的"。① 张静娴、余彬在戏剧氛围的营造上,以丰富的昆剧语汇叙述故事,使表演既充满了诗情画意,又以具象化的程式表达出人物的内在情感。当铁氏的目的已经达到之际,篡权者野心也在唱、舞结合的程式组合中得到了既深刻又写意的体现。

四 "真假之间":他山之玉与东方之美

有批评者指出,由于《血》剧强化了仙姑的神秘力量,将天意作为其劝说丈夫弑君篡位的依据,使马佩的"政治野心的企图被巧妙地变形为顺从神意的行为"②,似乎减弱了悲剧的力量,而没有看到所谓"神意"仅仅是野心家篡权的某种借口罢了。马佩"在天意的遮掩下,不去直视自己的野心"③,由于心理冲突的内容发生了变形,因而缺少悲剧的崇高感。而我们认为,实际上"天意"的借口更表现出人物伪善的一面,随着马佩政治野心的不断膨胀,"天意"仅仅是"野心"的一块遮羞布罢了,例如原作中女巫丙说:"万福,麦克佩斯,未来的君王!"④ 麦克佩斯也以"神巫"用"尊号"称呼自己,用"黄金的宝冠罩在头上"⑤ 寻找借口,其深层的心理动因也是借所谓女巫神示的天意寻找僭越的理由。麦克白极为虚伪的一面,其实早在戏剧开场,就已经被莎士比亚钉在了耻辱柱上了。所以《血》剧的"天意说"并没有减低对马佩政治野心的批判。因为围绕着批判精神的建构主要还要依靠昆剧的一系列程式来完成。甚至有时,这种囊括全部莎氏悲剧意蕴也只是一种理想的预设。如果以莎氏的原典作为标准,不管是现代莎学对其的诠释还是

---

① 章诒和:《中国戏曲》,文化艺术出版社1999年版,第112页。
② Lei, Bi-qi. Beatrice. Macbeth in Chinese Opera, Moschovakis, Nicholas, R., ed. *Macbeth*: *New Critical Essays*, New York: Routledge, 2008, p.284.
③ 李小林:《"移步不换形":〈血手记〉和〈欲望城国〉的迥异"移步"》,《戏剧艺术》2013年第1期。
④ [英]莎士比亚:《莎士比亚戏剧全集》(第二辑),朱生豪译,世界书局中华民国三十六年版,第8页。
⑤ 同上书,第13页。

舞台上的演绎是永远不可能穷尽的，尤其是"如果戏剧的意义是由剧作家来决定，当演出只是用来阐释这种意义的时候，演出对于剧作而言总是不充分的，舞台永远不能充分容纳莎士比亚"。① 这一判断标准适用于所有莎剧的舞台呈现，改编成功与否的标准应该放在超越文化之间的差异，以不同于对话性为主的西方话剧叙述方式的中国戏曲叙事的间离化抒情模式，直达原作的悲剧精神。

实际上，《血》剧的改编与原作相比，在于"戏剧线索过于集中，外部矛盾冲突的另一方始终隐于幕后，使马佩所处的环境世界显得单调，因而较之原著，马佩已不再是一个处于层层旋涡，重重矛盾中的复杂个性，而是被明显简化了、提纯了。而这种情况的必然结果，便是内心冲突强度的减弱"。② 对政治野心和贪婪欲望的批判转变为"善恶到头终有报"的中国传统的因果观念。③ 而将原作中麦克白夫人读信，改为述梦，认为隐匿了"麦克白复杂伪善的个性，在马佩身上，也就丧失了利用深层'潜文本'（subtext）来呈现的机会"④ 的说法也失之于简单。其实，"述梦"中的一句"虎踞龙床"已经把"读信"伪善暴露无遗了，它不仅是铁氏所想，更是马佩所想。我们认为，上述跨文化改编中的长短处，在《血》剧"跨行当"的人物设计与深厚功力、精湛演技，及其写意、虚拟、象征、程式、歌舞的演绎中，弥补了多少有些简化的心理刻画，"立主脑，减头绪"也是鱼与熊掌之间的选择性取舍。

因为，我们不能苛求当代所有的《麦》剧改编，都完整地涵盖原作的内容和悲剧精神，对《血》剧，也不能仅仅依靠改编文本进行评判，而是要结合舞台呈现方式的综合运用来彰显其悲剧精神的获得。原作与改编最佳结合点实质上介乎于"真假之间"。因为"唱"和"舞"对人物心理的刻画以及昆剧抒情，已经转变为写意的美学，程式和唱腔的运用已经获得了"自身的

---

① 杨世彭、潘志兴：《对话：戏剧，在东西方文化的交叉点上》，《戏剧文学》1992年第3期。
② 夏岚：《〈麦克白〉在中国舞台》，《东方艺术》1994年第3期。
③ 徐宗洁：《从〈欲望城国〉和〈血手记〉看戏曲跨文化改编》，《戏剧》2004年第2期。
④ 陈芳：《演绎莎剧的昆剧〈血手记〉》，《戏曲研究》2008年第2期。

整体感"①，以具有主观色彩和想象意义、刻画心理并兼具假定性的程式，使写意为主的昆剧和写实为特征的莎剧，通过"情与理的结合，在破除生活幻觉的同时创造诗化的意象"，也就成功引导观众深入野心家的内心世界、情感变化，以及从震撼感中领悟到人物悲剧命运必然归宿的审美途径。但不管怎样，论者对《麦克白》剧本的改编，预设了更高的审美目标，"即改编能否掌握原作的题旨要义，并融入本国的文化背景去表述……《血》剧的人物刻画简单且矛盾，文义格局较诸原作也颇偏狭"。② 如此批评强调《血》剧改编对原作深度与广度认识不足，又因为增饰的情节，造成脉络不清、缺乏呼应，难以达到预期改编效果的意见，是值得在莎剧改编中注意的。

能够表现东西方文化各自内在灵魂，并使之融合的戏剧，才是黄佐临心目中的写意戏剧、诗化戏剧。《血》剧已经远离了生活，在写意性极强的表现中，昆剧的程式强化、延长美化了肢体语言，扩展了情感表现的空间范围，"使主人公的心理变化过程具象化地呈现在观众面前"③。《血》剧的叙事—抒情，表现—表演，已经由第一人称的代言体兼具了第三人称的叙述体意蕴，④我既是剧中人，又超脱于剧中人之外，既在扮演剧中的人物，又通过程式的呈现，何止于扮演，而是表演。此时，尽管"叙事成为一种必要"⑤ 的模式，但叙事已经不仅仅是目的了，剧情的推进已经介乎于扮演与表演之间的"借叙事来抒情"，⑥ 通过抒情来反映人物的内心世界，借助于人物内心矛盾，通过外化的程式反映人物的精神状态。此时，舞台上的人物既以代言体出现，又通过昆曲的表演兼具第三人称的指涉功能。

这就是说，《血》剧以程式的陌生化把原作化为身段、唱腔、曲牌、韵白

---

① 王晓鹰：《从假定性到诗化意象》，中国戏剧出版社 2006 年版，第 276 页。
② 陈芳：《演绎莎剧的昆剧〈血手记〉》，《戏曲研究》2008 年第 2 期。
③ 李如茹：《莎士比亚与中国戏曲》，《戏剧报》1986 年第 9 期。
④ 蓝凡：《中西戏剧比较论稿》，学林出版社 1992 年版，第 30 页。
⑤ ［美］佩吉·费伦：《表演艺术史上的碎片：波洛克和纳穆斯通过玻璃，模糊不清》，见 James Phelan Peter J. Rabinowitz 编《当代叙事理论指南》，申丹等译，北京大学出版社 2007 年版，第 589—590 页。
⑥ 蓝凡：《中西戏剧比较论稿》，学林出版社 1992 年版，第 40 页。

和锣鼓点。显然，昆剧的程式已经对莎氏悲剧形成了更为诗意性的演绎，但也并没有以减弱对人物复杂内心世界的反映为代价。正如布莱希特所说："演员就把一个显然被抓住的事物本质诉诸观众的视觉，他的恐怖随即在此处引起陌生化效果。"① 这种把莎氏悲剧审美转化为昆剧的音舞，通过 22 段独唱、伴唱，以及独舞、群舞的表演方式，已经使其在外在形式上既远离生活，跨越时空，又在形式表现上，立足于人之心理层面的"尚情"。② 而"中国戏曲程式既有间离，又要求有传神的幻觉感"③ 的审美特性也就得到了强调。另外，如果改编仅仅依靠昆剧现有的程式也不足以表现《麦》剧的内容，为此就要对程式加以变化、发展，因为《血》剧改编源自外国经典，"演员必须自己揣摩表演的尺寸与章法"④，增加自己对经典、生活和人物的理解。《血》剧与传统昆剧相比，它"所表达的情感的激烈性远远超过了一般昆曲"。⑤ 为此，《血》剧吸收多种昆剧艺术表现手法，在不脱离原作情节和故事线索的大原则下，创造出符合剧情和人物特征的动作，以"变形的心理冲突"⑥ 达到了貌离而神合的审美效果。

对人的尊重是戏剧普世价值的体现。《血》剧的改编在遵循现实主义艺术创作原则的基础上，亦充分发挥昆曲的写意性，通过高度写意反映了原作的悲剧精神。《血》剧的改编以唱腔、舞蹈的虚拟、写意和陌生化为表现形式，对舶来品写实的话剧莎剧以假定性舞台建构，即表演者"以剧诗、剧曲、剧舞的手段去具体体验角色的内心世界"。⑦ 昆剧音舞改编《麦克白》所产生的间离效果，实现了莎剧由"生活符号"向写情的"写意符号"的诗意性转换。《血》剧的写意性昆剧建构所要达到的审美效果则"从内容到形式都高于

---

① ［德］贝·布莱希特：《布莱希特论戏剧》，丁扬忠等译，中国戏剧出版社 1990 年版，第 196 页。
② 申小龙：《语文的阐释》，辽宁教育出版社 1992 年版，第 306 页。
③ 阿甲：《阿甲戏剧论集》（上），李春熹选编，中国戏剧出版社 2005 年版，第 405 页。
④ 陈芳：《演绎莎剧的昆剧〈血手记〉》，《戏曲研究》2008 年第 2 期。
⑤ 李如茹：《莎士比亚与中国戏曲》，《戏剧报》1986 年第 9 期。
⑥ 李小林：《野心/天意——从〈麦克白〉到〈血手记〉和〈欲望城国〉》，《外国文学评论》2010 年第 1 期。
⑦ 阿甲：《阿甲戏剧论集》（上），李春熹选编，中国戏剧出版社 2005 年版，第 422 页。

生活真实"。① 我们看到，通过符号的转换，引起观众兴趣和关心的已经不仅仅是故事内容，而转化为演员表现心理的深度与情感的力度。

"莎作的传播是跨文化传播"②，《血》剧的改编使我们看到，昆剧—莎剧、写实—写意、生活—程式、言语—歌舞等在互为"他者"中，导表演对不同戏剧形式所秉持的宽容与放松心态，雅俗、善恶在中西融合之间回归为"戲"之本体，写实与写意共同营造出既是"中国古典审美精神结晶的昆曲"③，又具有想象力的现代舞台特点的诗意化《血》剧。由此进一步证明，莎剧的本土化、民族化已经成为现代戏剧发生深刻变革的一部分，从注重剧本到注重舞台演出，从写实到写意，从类型化到个性化表演手法的综合运用，是现代戏剧真正证明自己的一次审美艺术跨越。

第三节　音舞叙事：越剧《马龙将军》与《麦克白》

越剧莎剧《马龙将军》实现了越剧与莎剧之间的对话。这种对话体现出互文性的特点。莎剧《麦克白》的狂乱精神世界在得到表现的同时，实现了越剧形式的替换与重构。从而在越剧形式的基础上，将中国戏曲意识、形式运用于《马龙将军》的表演。以音舞诠释"情与理"、人性中的丑恶，以唱腔、程式、身段对原作的叙事给予鲜明的美丑对比建构，以越剧形式成功实现了与莎士比亚的对话。

在中国戏曲改编莎士比亚戏剧的舞台上，2001年11月，由绍兴小百花越剧团改编的莎士比亚戏剧《麦克白》(《马龙将军》)将莎剧以载歌载舞的越

---

① 丁罗男：《构建中国式话剧的新格局——论佐临写意戏剧观的形成及其民族特色》，上海市艺术研究所话剧室：《佐临研究》，中国戏剧出版社1990年版，第114页。
② 李伟民：《一种文化现象的继续——论莎士比亚作品的传播》，《国外文学》1993年第2期。
③ 中国戏曲学会汤显祖研究分会/浙江遂昌汤显祖纪念馆：《2006中国·遂昌汤显祖国际学术研讨会论文集》，西泠印社2008年版，第484页。

剧形式呈现出来,再一次说明,在中国戏曲舞台上"莎剧与中国戏曲的结合将获得更加诗意化的表现"①。这一改编,不但受到了"第三届中国上海国际艺术节"的倾情邀请,而且受到了莎学专家与观众的肯定和赞扬。以本民族特有的艺术形式改编莎剧,契合了当下世界莎剧舞台的发展方向,为越剧如何汲取世界优秀文化艺术和莎剧的营养、与经典对话做了一次有益的探索。

一 现代审美意识:主体与客体之间

采用越剧这种艺术形式改编《麦克白》(以下简称《麦》)本身就超越了莎剧产生的时空,超越了由东西方不同戏剧观生成的戏剧形式,跨越了文化、艺术形式之间的鸿沟,构成了多元现代审美意识的生动呈现。《马龙将军》(以下简称《马》)的现代改编意识表现为,绝不拘泥于话剧形式的莎剧,绝不拘泥于既往对《麦》剧的认知与诠释,而是充分调动越剧表演的各种艺术手段,突出情感叙事,演绎《麦》剧中的人性,使悲剧精神与越剧的表现形式在越剧莎剧舞台上有机融合。在现代莎剧舞台上,仿古的演出不多,服装已经不是最重要的了,关键是怎样诠释,如何跨越时空,跨越民族、文化之间的差异,使莎剧中所蕴含的人文主义精神得到现代人、中国人的认同。

对于《麦》剧故事情节耳熟能详的欧洲观众,甚至对于大多数观看越剧莎剧的中国观众来说,重要的不是故事情节,而是在舞台上如何表现的问题。而采用越剧这种艺术形式,利用原作的故事、赋予其现代意义,成功地讲述人的灵魂堕落、人格挣扎、精神分裂的过程,并且感受到越剧的审美魅力才是最为要紧的。为此,《马》剧着重展现了野心家马龙和其夫人的心路历程以及在谋杀老皇前后的心理变化,并在保留原作框架、突出其精神裂变的基础上,为唱、念、做、打提供了充分的表演空间。如麦克白具有"对话性的独白"②被改为马龙的唱段以及程式表演,他目睹姜氏行将就木后的大段内心表白:

---

① 李伟民:《中国莎士比亚批评史》,中国戏剧出版社2006年版,第396页。
② [法]托多罗夫:《巴赫金对话理论及其他》,蒋子华、张萍译,百花文艺出版社2001年版,第260页。

见皇后气息咽香消玉殒，

恨苍天，将我欺，

狠心割断我夫妻情，

满腹伤悲泪难抑，

只见她花容憔悴目紧闭，

怎甘心啊好夫妻今日要分离啊。

……

原以为，夫荣妻贵相守相依，

谁知晓，巫神道我应称帝，

我贪心，你纵容，

共把天欺，

开杀戒弑国君，

血染山河除异己，

如今我，手掌生死富贵有余。

……

到头来，只落得，

孤孤怜怜凄凄切切，

害人又害己，

我是害人又害己啊。①

"莎剧中有许多段落实际上就是抒情歌曲"。② 这里将大段的唱放在人物处于内心冲突很激烈的关口，同时以外化的程式表现人物的情绪变化和心理

---

① 谢柏梁、郝荫柏、颜全毅：《国戏文脉：中国戏曲学院戏文系师生剧作剧论集》（下），上海古籍出版社2008年版，第813页。
② ［英］约翰·吉尔古德：《莎剧演出谈》，杜定宇编：《西方名导演论导演与表演》，中国戏剧出版社1992年版，第452页。

矛盾，唱和舞既为人物的性格发展服务，又为戏（情节）的推进、发展、高潮和结局服务，用唱腔、程式展示人物性格特征，表现人物心灵的撞击，将话剧的莎剧直接诉诸语言或动作的呈现，变成越剧的舞台语汇，多了一道唱腔和虚拟身段的演绎，即在"真"的基础上，增加了越剧"美"的介入，使审美认知已经通过行为被认识和评价过的现实进入作品（确切说是进入审美的"越白"①，以唱腔和程式虚拟化的过渡再次表达出来，这就较原来通过语言的直接呈体），成为必要的构成因素"，② 在表达悲剧精神的基础上，也为审美准备了充分的表现空间。以辩证的眼光看，《马》剧中音舞的"仿拟是一个与真实的现实无关的动作……是一种比真实更真实的东西替代真实的现实"。③ 音乐为《马》剧演绎《麦》的重要艺术手段，配乐以传统音乐为主，同时增加了西洋音乐的元素，既依靠越剧传统乐队的配制，力图既越剧化，又不拘泥于传统越剧的唱腔和音乐表现，在着重展示越剧声腔特点的基础上，使其与《麦》产生的语境能发生某种联想，使观众在既有认知的基础上，更容易在形式方面认同越剧艺术的表现魅力和对《麦》的拼贴。

越剧和莎剧虽然都具有诗化、写意的艺术因素，"但中国戏曲传统戏剧往往只重视写意的主观性方面，而不太重视写意中所积淀的理性本质"。④ 通过改编《麦》剧，在主体与客体之间采用音舞方式增强戏曲本体在注重挖掘主观心灵的同时去挖掘客观的本质表现力。《马》剧这种有别于话剧的演绎在形式上正好追求的是一种现代莎剧舞台演出意识，以这种审美表现方式演绎西方经典《麦》剧，挖掘其人性内涵，无疑为观众带来了哲学与审美、震撼与愉悦的盛宴。中国观众通过越剧接触的是《麦》剧；西方观众通过《马》剧感受到的是越剧的审美魅力。

---

① 越剧舞台语音，在越剧界统称为"越白"。"越白"的基础语音乃是嵊县方言音。可参见中国越剧大典编辑委员会《中国越剧大典》，浙江文艺出版社、浙江文艺音像出版社2006年版，第957页。
② ［俄］M. 巴赫金：《巴赫金文论选》，佟景韩译，中国社会科学出版社1996年版，第275页。
③ 周宪：《文化现代性与美学问题》，中国人民大学出版社2005年版，第258页。
④ 黄佐临：《我与写意戏剧观》，中国戏剧出版社1990年版，第93页。

《马》剧所面对的主要是中国观众，或者是越剧观众，首先要征服的是中国观众和越剧观众，如果过多地迁就话剧莎剧，给人以越剧化不够而"莎味"过浓的感觉，似乎是看错了接受对象，因为归根结底，我们是用莎氏的戏剧讲述人性，是演给现代中国人看的，只要能够体现莎氏悲剧精神，无论采用哪种形式的改编都应该受到人们的尊重，也就是说，在主体确立以后，形式有一个怎样反映、如何反映、反映是否和谐的问题。为了汲取以往某些改编中曾出现过的"莎味过足"的失误，解决的方法是在"唱腔"与"程式"的运用中，始终以越剧为主体来处理《马》剧表演中"莎味"和"越味"的矛盾。台词是莎剧的精髓，麦克白的独白又是反映人物性格特征和内心煎熬的重要形式，《马》剧既要做到这是莎氏的《麦》剧，含有"莎味"，又要做到这是越剧莎剧，处处离不开"越味"，要解决互文性中这一对"交叉出现"①的矛盾，关键要把握"诗味"的追求，所谓"诗味"其实就是要紧扣《麦》的悲剧精神，按照越剧台词的特点进行剧本的重新创作和舞台的二度创作，这也是目前中国戏曲改编莎剧的不二法门。

尽管莎剧是诗剧，但与中国观众熟悉的越剧台词毕竟有很大的差异，因为越剧是要唱的，将念白、独白改编为唱词，和谐与否是"诗味"的一条重要衡量标准，把《麦》剧中的独白和念白落实为表现不同情感的唱段，其"诗味"就是要把握唱腔的节奏处理和运用，以不同的唱腔反映不同的人物、心理、情绪和情感，使唱腔的起承转合、跌宕起伏、流畅集中、强烈夸张、动静结合与人物性格变化熔于一炉，从外化的人物心理矛盾和精神的挣扎中透视性格特征，《马》剧所要保留的是"莎翁的魂，越剧的体"，我们认为这样的改编正是具有现代莎剧舞台意识的明显呈现。

二 程式与音舞对叙事的建构

《马》剧以越剧演绎莎士比亚名著，文本遵循原著的悲剧精神，即不以

---

① Julia Kristeva, Séméiotikè, Recherches pour une sémanalyse, Paris: Seuil, 1969, p. 133.

那种复古的演出为目的，演出中融合了大量的现代元素，从音乐、舞蹈、布景等方面力求贴近与现代观众的距离，充满了中国意识、越剧意识，即在尊重莎氏原著精神的前提下，充分调动越剧表演的各种手段，为表现《麦》剧的悲剧精神服务。所以，观众看到的是，在舞台的整体表现上，秉承了吴语方言、越剧音乐的传统，以越剧特有的悦耳音调作为其生命力的重要支撑，发挥了中国戏曲假定性与虚拟性的长处，追求在"写意性"中把握悲剧精神。中国戏曲的程式是一种"艺术化的描绘"。[①] 越剧的程式主要表现为身段的运用。音乐性是戏曲也是越剧的精髓。越剧的"各种形式均具有自己的概念和意义……从各个方面作用于你的精神"[②]。从《马》剧的表演中我们看到，唱腔、身段的运用发挥到了淋漓尽致的程度，不但人物的性格特征异常鲜明，而且人物的内心活动在唱腔、身段、程式的综合运用中得到了比较完美、鲜明的表现。负载了强烈情感的唱腔和程式的运用，是对原有话剧莎剧叙事的全面改写，是音舞对言语的颠覆，是"美"对"真"的替代。戏曲的欣赏，关键是听唱腔和看表演。在改编中，除了那些负载了强烈中国文化色彩、越剧元素，西方人难以细察的曲牌，难以深刻理解的特定程式外，那些手、眼、身、法、步，既可以用来表现中国人的喜、怒、哀、乐、心理以及情感，也可以表现人类共同的情感和心理以及喜、怒、哀、乐，达到了不同文化殊途同归于人性的目的，统一于越剧审美的效果，因为归根结底表现的是"人"的情感、心理和人性。更为重要的是，无论是《马》剧还是《麦》剧，二者都是以刻画人的精神世界为重要旨归，都以展示人性中善、恶的哲学追求与极致的审美为目标，只不过一为话剧形式的叙事，一为越剧形式的表现罢了。例如，陈飞扮演的姜氏和吴凤花扮演的马龙分别唱道：

---

①　邹元江：《戏剧"怎是"讲演录》，湖南教育出版社2007年版，第411页。
②　颜海平：《情感之域：对中国艺术传统中戏剧能动性的重访》，庄稼昀译，陶东风、周宪主编：《文化研究》（第6辑），广西师范大学出版社2006年版，第90—96页。

姜氏女此生好作梦，
梦中常捧着皇后玉玺，
醒来常恨竟是虚，
不料今日天赐良机。

……

恨不能夫郎即可把家进，
密室双双定巧计
平叛英雄众心系，
正可趁势做皇帝。①

我不怕夜夜噩梦冤鬼戾，
我只怕皇权帝位难永踞
我不怕血染山河遭天忌，
我只怕英雄空老徒悲戚
我不拍千夫所指人共弃，
我的妻呀，
我只怕黄泉下，你要遭那阎王欺。②

两个唱段以跌宕起伏的唱腔和多姿多彩的身段表演，再现了"原著中麦克白夫人的心情与麦克白听到王后死的消息时，其心态是一致的"。③虽然文

---

① 谢柏梁、郝荫柏、颜全毅：《国戏文脉：中国戏曲学院戏文系师生剧作剧论集》（下），上海古籍出版社2008年版，第799页。
② 舞台演出属于二度创作，因此剧本与舞台演出的唱白之间存在差异，本段唱词录自舞台演出，在《马》剧演出中尚有诸多地方与原剧本不同，见绍兴小百花越剧团《莎士比亚名剧〈麦克白〉（中国越剧版）》[VCD]，浙江音像出版社2004年版；亦可参见中国越剧大典编辑委员会《中国越剧大典》，浙江文艺出版社/浙江文艺音像出版社2006年版，第131页；绍兴小百花艺术中心编辑《绍兴小百花越剧团画册》。
③ 天高：《灵魂的炼狱——绍兴小百花越剧团〈马龙将军〉观后》，《戏文》2001年第5期。

本不同，但"悠长的唱段冲破了真实与虚构、生与死、可信与不可信、可能与不可能的界限"，① 人物的心理和精神世界得到了展现。《马》剧按照戏曲艺术程式化、虚拟性的规律，将全剧角色行当化，在此基础上刻画人物的欲望、惊恐、冷峻、骄傲、软弱、决断和依恋，如马龙基本定位在越剧文武生，姜氏为花旦兼泼辣旦，老皇以老外应工，叔班为花脸，太子为娃娃生，三个丑角，一个是净的基本造型，一个是彩旦等，在行当角色化的基础上进行表演，马龙既是文武生，又融合了净与昆剧官生的表演。

正如郭汉城所言，陈飞扮演的姜氏则灵活运用行当，表演既有傅派的清丽、典雅、高贵，又展现了人物残忍的一面，既善于抓住人物的主要性格特征，又表现了人物由残忍到恐惧的心理激变。②《马》剧在对《麦》剧叙事的改写中，无论是唱腔，还是身段的运用，都按照人物性格特点，从整体上以越剧重构《麦》剧，或根据原剧中的台词重新改写唱词，或调整戏剧结构，或西情中用，或旧式新用，有意淡化《麦》剧中的基督教元素，突出伦理价值、人性美丑的评判，达到活用越剧的表现手法，用足越剧的舞台效果的目标，其目的是尽量表现《麦》剧悲剧精神的内涵，在"灵魂堕落具体化""悲剧精神升华具体化"③ 中，展示越剧艺术的审美魅力。

如何利用越剧唱腔、身段呈现《麦》剧所蕴含的对异化人性的批判，这是判断改编是否成功的重要标志。显然以音舞表现主题，与用语言直接叙述主题，美是固然美了，但在表现原剧的批判精神上更多了一个层面和转换的环节，这就造成了改编的困难，造成观众是否认可越剧形式的改编的困惑。为此，无论在唱腔的选择上，还是在身段的运用上，都要依据人物性格、心理的变化以及主要演员的唱腔流派、表演特点进行定唱、定腔、定谱、定舞。④《马》剧充分发挥越剧写意和虚拟的美学原则，按照越剧表演艺术的规

---

① 李伟民：《光荣与梦想——莎士比亚在中国》，香港天马图书有限公司2002年版，第113页。
② 可参见绍兴小百花艺术中心编辑《越女陈飞》，2007年，第28页。
③ 陈庭辰：《越苑艺术的开拓之路——观绍兴小百花〈马龙将军〉有感》，《戏文》2001年第5期。
④ 卢时俊：《上海越剧志》，中国戏剧出版社1997年版，第223页。

律对《麦》剧进行重新改造。《马》剧注重越剧舞台的审美艺术构思,全剧采用大容量的"布幡""假面"的立体布局和多款式古典、汉化的春秋服饰,"既是人间万千的形象缩影,也突出了越剧缤纷异彩的艺术风格"。① 马龙上场身披大红披风,在身段的表演中飘逸、流动,背景的两道"V"字形的红色光柱,既体现了得胜回朝人物的喜悦心情,又隐喻了无论是战场的胜利,还是谋杀都是踏着"血河"前进的意象。

在《马》剧的最后一幕,精神崩溃的马龙自刎于城楼。舞台上挂满了100多个假面木偶人,马龙身后亦是一个一米多宽的巨大假面具,当马龙举剑自刎时,身后的面具扯着十几米长,一米多宽的红布腾上舞台的上空,犹如鲜血飞溅。在马龙脚下的斜坡上,三米宽、十几米长的红绸也瞬间滚滚而落,马龙颓然倒下,僵卧在"血河"中。《马》剧因"传播而变换其本来的面目",② 已经成为对《麦》剧的全新建构。而且在表演上致力于对越剧表现技巧的大胆运用,赋予舞台上的动作"舞蹈之美";③ 并且结合演员的嗓音特点,加大了唱腔的表现力度,那高亢、奔放、明亮的唱腔,使马龙这个枭雄的形象层次更为丰满。《马》剧尽管是改编自莎氏的《麦》剧,但观众对越剧"语言"的审美首先在于"语言"舞化、音化、曲化的满足。如果离开了越剧的审美,改编也就失去了所赖以依傍的根本。一般认为,西方戏剧语汇的审美是以自身的内容和人的性格发展作为推动剧情发展和矛盾展开的,即"形式只有表现审美活动主体的具有价值规定性的创作积极性,才能够非物化和超越作品作为材料组织的范围"。④

莎氏的《麦》剧转换为《马》剧,其"语言"必须是经过负载越剧文化信息的越音、越舞、越女、越地等"独特的审美与文化个性"⑤ 的建构,经

---

① 卢时俊:《上海越剧志》,中国戏剧出版社1997年版,第223页。
② 陈序经:《文化学概观》,中国人民大学出版社2005年版,第357页。
③ 徐城北:《京剧与中国文化》,人民出版社1999年版,第204页。
④ [俄] M. 巴赫金:《巴赫金文论选》,佟景韩译,中国社会科学出版社1996年版,第302页。
⑤ 王一川:《"全球性"境遇中的中国文学》,王宁编:《全球化与文化:西方与中国》,北京大学出版社2002年版,第339页。

过歌、舞的诠释，演绎其悲剧精神。因此《马》剧中所显示的《麦》剧的主题，在很大程度上折射成了唱腔、身段的外在美——以越剧审美的形式，以主题与形式之间的相互关联，来共同完成对话与互文性意义上重新建构起来的审美，从而成功地以越剧表演，推动剧情的发展、矛盾纠葛的展开与悲剧精神的重构。① 但也由于"做功太繁复，每唱必做"过于注重肢体语言的运用，缺少经典、深刻的人物造型，动与静未能有机磨合，对反映悲剧人物的心理活动亦有不同程度的削弱。

越剧表演艺术具有写意、虚拟、夸张和流畅等特点，它的"构成因素是充分独立化、审美化了的"。② 演员通过表演技巧的运用，演绎故事，通过外化表现人物思想、性格，即以歌舞演故事和表现人物性格的方式，展示演员的功底和越剧艺术的审美价值，"看的人明知是假的，还是当真的看。活动的形象比图像更要'意义'明显"，③ 即《马》剧必须在求"美"的基础上求"真"，而这个"真"也不是真正的"真"，也是一种"假"罢了，为此就必须在改编中舍假"真"，而求真"美"。因为"戏剧艺术的感染力量和审美价值，取决于它的艺术形象——舞台形象"。④ 对于《马》剧来说，审美是主导，"因为艺术的选择永远是以审美为主导的，附着于审美选择上的非审美、非艺术的选择因素并不是戏剧的本质内涵"。⑤ 音舞是否有感染力？是否有助于刻画人物性格？是否能够全面传达出越剧音舞独特的艺术魅力？这是决定舞台演出是否成功的一个重要衡量标准。"戏曲艺术也无所谓真实不真实、再现不再现的问题。它已经完全超越了'真实''再现'和'隐蔽'等这样一些东西。"⑥

---

① 蓝凡：《中西戏剧比较论稿》，学林出版社1992年版，第537页。
② 邹元江：《中西戏剧审美陌生化思维研究》，人民出版社2009年版，第310页。
③ 金克木：《文化的解说》，生活·读书·新知三联书店1988年版，第10—11页。
④ 谭霈生：《论影剧艺术》，湖南文艺出版社1986年版，第99页。
⑤ 邹元江：《戏剧"怎是"讲演录》，湖南教育出版社2007年版，第19页。
⑥ 邹元江：《中西戏剧审美陌生化思维研究》，人民出版社2009年版，第289页。

正如周信芳所说:"文戏有戏无曲不传,武戏有武艺无人物不传"。[①] 音舞性构成了《马》剧艺术表现形式的主要呈现方式,为此就必须紧紧抓住越剧最基本和最重要的特征——唱腔、身段,以唱腔和舞美建构人物的精神世界,以"载歌载舞"承载《麦》剧的悲剧精神。按照"戏曲者,谓以歌舞演故事也"[②] 的模式,遵循"后代之戏剧,必合言语、动作、歌唱,以演一故事,而后戏剧之意义始全",[③] 即以故事表演为演进主线的传统表现方式,吸收歌舞、杂技以及独唱、伴唱等诸多成分[④]为刻画马龙和姜氏等人物的心理服务。这就构成了区别于西方话剧的最本质特征。所以《马》剧审美艺术的节奏是声音的节奏——一种音乐的舞台节奏。《马》剧中的"戏"就与故事有了区别,因为故事只看重情节的意蕴,"戏"还格外注重表演的价值。

莎剧的故事与越剧的唱腔、身段结合,声音"也是文本性的产品的构成部分",[⑤]"音乐是一种表演"[⑥],舞美更是一种表演,程式性不仅指越剧舞台的表演动作……而是指一切中国戏曲的表现形式——视觉形象范围、听觉形象范围等。[⑦] 一个诉诸听觉,一个诉诸视觉,两种艺术效果的叠加使审美效果得到了进一步放大,从而达到了角色与观众之间的"戏剧化"(Dramatization)。唱腔、舞美程式与内在心理的表现契合,是《马》剧能够赢得越剧观众、熟悉莎剧的西方观众与莎学专家首肯的重要原因。在越剧舞台上,除了剧本问题之外,唱腔和表演技术起决定作用,"先要'字正',才能'腔圆'"[⑧],它不但决定了演员的舞台创作是在唱腔、程式基础上的再创造,而

---

① 周信芳:《艺坛》,上海书店2006年版,第335页。
② 王国维:《戏曲考原》,《王国维戏曲论文集》,中国戏剧出版社1984年版,第163页。
③ 王国维:《宋元戏曲考》,《王国维戏曲论文集》,中国戏剧出版社1984年版,第29页。
④ 胡明伟:《中国早期戏剧观念研究》,学苑出版社2005年版,第24页。
⑤ [荷]米克·巴尔:《视觉本质主义与视觉文化的对象》,吴琼编:[法]雅克·拉康、让·鲍德里亚:《视觉文化的奇观·视觉文化总论》,中国人民大学出版社2005年版,第133页。
⑥ [美]Philip Auslander:《音乐的角色》,Richard Schechner、孙惠柱:《人类表演学系列平行式发展》,文化艺术出版社2007年版,第27页。
⑦ 蓝凡:《中西戏剧比较论稿》,学林出版社1992年版,第16页。
⑧ 田志平:《戏曲舞台形态》,文化艺术出版社2008年版,第244页。

且只有把唱腔和程式作为第二天性,极其娴熟,极其到位,才能"传神传色"①地表现角色,而《马》剧的成功正有赖于此。

正如余秋雨所说:"观众欣赏中国戏剧,可以像生活中一样适性随意,而不必像西方观众那样聚精会神,进入幻觉。这种历史传统所造成的自身特点,构成了中国戏剧区别于其他戏剧的一系列美学特征。"②最吸引观众的"就是戏曲自身所具有的审美特征"③。《马》剧既是越剧,也是莎剧,是中国人用越剧演绎的莎氏的《麦》剧。在《马》剧中我们领悟到,采用以音舞为特长的"间离的戏剧",以德里达的话而言,就是那种"试图将思维行为塑造凝固成一种沉迷于抽象升华的姿态"的戏剧,并由此"将观众的,甚至是导演的和演员的不参与神圣化"④是艺术之间对话成功的重要基础。越剧搬演莎氏的《麦》剧,舞台叙事反映的矛盾不仅双方都有同样理由,而且在冲突中的每一个人的每种力量同样都有较高权利或努力实现较高职责的悲剧性的审美呈现,那么这种悲剧性就体现了现代价值和现代审美的魅力。

从文化之间的对话来看,"一切以审美方式被完成化的东西都具有独立、自足的形式"。⑤《马》剧的互文性"通过其自身揭示出所有不在场的世界和土地",⑥融"唱腔""程式"于改编中,用以表达情感、叙述心理变化、塑造人物性格,⑦丰富、检验、扩大了越剧的表现力,为莎剧带来了具有当代意义的中国化改编,以越剧特有的艺术魅力、文化底蕴和特有的表现技巧,拓展了当代莎剧舞台的审美空间,由此而带来的以对话为主导的互文性越剧莎

---

① 参见绍兴小百花艺术中心编辑《凤声花影——吴凤花表演艺术》,2007年,第163页。
② 余秋雨:《中国戏剧史》,上海教育出版社2006年版,第15页。
③ 邹元江:《戏剧"怎是"讲演录》,湖南教育出版社2007年版,第23页。
④ 李伟民:《光荣与梦想——莎士比亚在中国》,香港天马图书有限公司2002年版,第108页。
⑤ [俄]M.巴赫金:《巴赫金文论选》,佟景韩译,中国社会科学出版社1996年版,第265页。
⑥ [美]杰姆逊:《后现代主义与文化理论:弗·杰姆逊教授讲演录》,唐小兵译,陕西师范大学出版社1986年版,第168页。
⑦ 李伟民:《一种文化现象的继续——论莎士比亚作品的传播》,《国外文学》1993年第2期。

剧，向世界展示了作为"地方戏大剧种"①② 的越剧对莎剧的全新建构，为中国人了解莎士比亚、研究莎剧打开了另一扇窗户。

越剧莎剧《马龙将军》实现了越剧与莎剧之间的互文性。这种互文性和改写表现在莎剧《麦克白》的人文主义精神的主题在得到表现的基础上，实现了形式的替换与重构，从而将现代意识灌注于越剧《马龙将军》之中，在"情与理"戏剧观念的转换与音舞对叙事的改写中，形成了内容与形式、演出方式、戏剧观念等新的对话与互文性关系。

在外国戏剧的研究中，既应该包括文本研究，也应该包括舞台研究。但长期以来，在外国戏剧研究中，文本研究盛行，而舞台研究衰微，造成了外国戏剧研究中的缺失。在外国戏剧对中国现当代文学的影响中，莎剧不是影响最大，也不是影响最早的。而一个明显的事实就是，在当代戏曲舞台上，无论是易卜生的戏剧，还是其他外国戏剧家的戏剧，改编为戏曲的数量根本无法与莎剧相比。莎剧改编为众多的中国戏曲，拿到中国戏曲舞台上进行演出，可以说是一枝独秀，这种现象值得外国文学研究者关注。

自20世纪80年代以来，莎士比亚的《麦克白》多次被改编为多种中国戏曲莎剧，其中由绍兴小百花剧团改编的《马龙将军》将话剧形式的莎剧与音舞性很强的越剧较为完美地融合在一起，"莎士比亚的名字已经和中国人民的文化生活联系起来了"③，并且受到了喜爱越剧与喜爱莎剧观众的共同赞赏。这样的改编符合当下世界莎剧舞台演出的发展趋势，为世界莎剧舞台又增添了一朵越剧之花，成功地实现了文化与艺术之间中西方的对话。

三 艺术转型与莎剧的当下性

在中国戏曲改编的莎士比亚戏剧中，越剧是改编莎剧较多的一个剧种。

---

① 应志良：《中国越剧发展史》，中国戏剧出版社2002年版，第3页。
② 《中国越剧大典》编辑委员会：《中国越剧大典》，浙江文艺出版社/浙江文艺音像出版社2006年版，第1页。
③ 高占祥：《文化力》，北京大学出版社2007年版，第73页。

中国戏曲包括越剧对莎剧的改编，可以说是近年来中国戏曲在跨文化的交流中寻求当下性、现代性，突破原有的地域范围，获得更大范围认知的一种内在驱动力的表现。由于有了这种内在驱动力和改编世界著名经典戏剧，特别是莎剧的强烈愿望，那么，在全国女子越剧中独树一帜的绍兴小百花剧团把莎士比亚的《麦克白》（以下简称《麦》剧）改编为《马龙将军》（以下简称《马》剧）也就在事实上具备了莎剧舞台演出的当下性，该演出既为观众提供了欣赏越剧莎剧的机会，又为不同语境、戏剧观建构起来的戏剧带来了理论对话的必要。

在绍兴人文环境的浸润下，越剧以其高亢、激昂的绍调，过硬的武功，文武兼备的艺术特色，把江南水乡之柔美、婉约、华美、优美"演绎到了极致"[①]，使越剧在绍兴显得比别处多了些雄健之气，其天然的表现范围似乎更加宽泛，以这样的风格来搬演莎氏的《麦》剧应该说就有了成功的基础，但基础仅仅是一个方面，更主要的是采用越剧这种形式改编《麦》剧，可以通过改编，突破原有越剧的表现范围，检验、增强越剧的表现力，让越剧与莎士比亚接轨，通过改编使越剧能更加贴近当代，跨越地域的限制，实现经典与文化之间的对话，尽量传达出莎翁原剧的含义，让中国化、越剧化的《马》剧走向中国观众，并在跨文化的交流对话中，实现越剧改编莎剧的现代化意义。戏剧属于"文化之最直接呈现于感觉的层相"[②]的艺术，要将《麦》剧情节中国化并不困难，难的是如何使莎剧精神中国化与莎剧戏曲化达到水乳交融的程度，怎样在莎剧和越剧两种不同戏剧观形成的戏剧中间，在各有民族特色和文化传统的戏剧之间找到契合点、融合点。

无论是采用话剧形式改编莎剧，还是采用戏曲形式改编莎剧，在舞台上都有将改编的莎剧定位于中国某个朝代的这种做法，或者采用模糊处理的方法，如李健吾将《麦克白》改编为《王德明》就是定位于初唐。英国女演员

---

① 袁雪芬：《甘苦得失寸心知：越剧改革40年的回顾和认知》，《袁雪芬文集》，中国戏剧出版社2003年版，第132页。还可参见马向东《越剧》，中国文联出版社2008年版，第134页。

② 殷海光：《中国文化的展望》，上海三联书店2002年版，第59页。

兼导演玛格丽特·韦伯斯特相信"莎士比亚会欢迎并使用今天剧院所掌握的视觉手段；并且相信，一次莎剧演出应该给舞台带来的那种视觉美素质"。① 我们看到《马》剧把戏剧发生的年代隐约定位在春秋时期，舞台上远古饕餮纹的运用，在视觉与想象上，暗示了这点，饕餮下方悬挂的条幅，既代表旗也代表人，我们也可以把它理解成戏曲中"守旧"的变形，这是一种十分中国化的表达，同时也是一种将中国文化融入莎剧，使之走向西方观众，为当代莎剧演出带来另一种艺术形式的表达，即莎剧的中国化、现代性之间的融通。跨文化的异质性更表现为不同民族、不同艺术对莎剧不断的改编、演出和阐释。

这样的改编，使中国人通过越剧了解了莎士比亚。莎剧和越剧在中西文化的交流、碰撞、融合中跨越了东西方文化，让越剧观众在他们所熟悉的外在文化中感受到莎剧内在的深刻哲理性和人文主义精神，这是《马》剧之所以获得越剧观众喜爱与莎学学者肯定的原因，也是莎剧在当代社会和不同语境中一次成功的文化转型。

四 主题与形式之间的重构与替换

越剧与《麦》剧之间到底存在着什么样的改编基础呢？这种基础就在于戏剧尽管有其历史个性与独特风格，但也有共同的本质属性，当其向"本质属性归复"，就会"成为全人类的共同财富"。② 按照编剧孙强的话说："我们走的路子是忠实于原著精神，并将西方的故事完全中国化。"③ 将莎氏悲剧表现人性的深刻性植入越剧之中，尽管在植入过程中，对所谓"人性"的挖掘不可避免地有所偏移，但有助于改变20世纪90年代以来"以舞台装饰的华

---

① ［英］玛格丽特·韦伯斯特：《论导演莎士比亚戏剧》，杜定宇编：《西方名导演论导演与表演》，中国戏剧出版社1992年版，第430页。
② 司马云杰：《文化社会学》，中国社会科学出版社2001年版，第239—240页。
③ 孙强：《越剧麦克白——我的马龙将军》，《戏文》2001年第5期。

丽'奇观'(spectacle)掩盖戏剧精神内涵的贫弱或荒谬"。① 表现在《马》剧中，则反映出"每一个陈述都有一个作者……对话反应使话语人格化"，这个作者也指表演者，"陈述被看作人们的观念表达，未出现的陈述被看作另一种观念的表述"，② 即莎士比亚的表达与越剧的表演。在《马》剧的开场中，我们看到，春秋战国时代，英气勃勃、俊美的马龙以未见其人先闻其声唱"八百里狼烟俱扫尽"出现在观众面前：

> 今日里展宏图立功勋，
> 看天下英雄更有何人？
>
> ……
>
> 贤妻妆楼将我盼，
> 粉墙绿竹将我迎。
> 归心似箭催战马——③

"看天下英雄更有何人"的一大段唱腔表现了英豪之气，马龙以干净利落的"一字开"，跨步、疾走、踢腿、分袍，转体"抢背""转身僵尸"一气呵成的亮相后出场，英气逼人的马龙尽显英雄豪杰的豪迈气质。三位巫神预言的得胜班师，老皇恩赐，官上加官，封侯又拜相，虽然令其心有所动，但面对妻子姜氏杀皇登位的煽动和劝诱，马龙断然拒绝谋逆，"诸侯争霸，天下多

---

① 董健：《关于中国当代戏剧史的几个问题》，胡星亮主编：《中国现代文学论丛》（第1卷）（第1期），上海三联书店2006年版，第11页。

② [法]托多罗夫：《巴赫金对话理论及其他》，蒋子华、张萍译，百花文艺出版社2001年版，第260页。

③ 谢柏梁、郝荫柏、颜全毅：《国戏文脉：中国戏曲学院戏文系师生剧作、剧论集》（下），上海古籍出版社2008年版，第795页。由于舞台演出属于二度创作，因此剧本与舞台演出之间存在差异，在《马》剧演出中尚有诸多地方与原剧本不同，见绍兴小百花越剧团《莎士比亚名剧〈麦克白〉（中国越剧版）》，浙江音像出版社2004年版。

事，望我执剑护民保家邦"，① 面对一再的"这皇帝宝座，老迈昏庸的皇帝坐得，懦弱而无寸功的太子坐得，你，盖主功高，偏偏就坐不得吗?!"② 的劝诱，马龙"明知道窃国贼弑君忠义丧，却难挡金冠诱人闪华光，心魔驱起了黑暗的欲望，剑在鞘中声振响，焚心似裂五内乱"。③ 从"身负重任应报国，跪拜深深谢君王"④，到"杀人如麻血里洗手照样是圣人"⑤，再到"却是终日惶惶恶梦纠缠只落得众叛亲离冷冷清清"⑥，在这几个层次的心理较量中，扮演马龙的吴凤花利用越剧长于抒情的特点，比较准确地诠释了人物心理转折的复杂层次，即莎氏本身没有预见到后来的"被集体解释的方式"⑦ 所崇拜的权力表现方式，成为马龙"精神上的寄托"⑧。从互文性角度观照，《马》剧将莎氏的《麦》剧在深层次的改动中，利用越剧的艺术形式，在范派越剧声腔的基础上，围绕演员嗓音特点和人物性格特征进行唱腔设计，有机融汇了绍剧、京剧以及女子越剧的行腔风格。

吴凤花"紧紧把握住马龙坚韧、固执、贪婪、权欲，以及失去理性的狂傲、凶残和多疑，她没有去模仿别人扮演麦克白的魁梧和暴戾，因为需要她扮演的是越剧化的马龙，马龙是一个英雄，也是一个恶棍，既有思考又有灵魂的煎熬，行为极端，双重人格，性格复杂的艺术形象"。⑨ 《马》剧中的伦理判断把人当作目的，其"精神凸显了每一个个人的道德价值"。⑩ 《马》剧中的吴凤花以扮相俊美成为戏曲史上的第一位女性"麦克白"，他

---

① 谢柏梁、郝荫柏、颜全毅：《国戏文脉：中国戏曲学院戏文系师生剧作剧论集》（下），上海古籍出版社2008年版，第800页。
② 同上书，第801页。
③ 同上。
④ 同上书，第798页。
⑤ 同上书，第803页。
⑥ 同上书，第813页。
⑦ [英]特瑞·伊格尔顿：《文化观念》，方杰译，南京大学出版社2003年版，第61页。
⑧ 贺麟：《文化与人生》，商务印书馆2005年版，第73页。
⑨ 天高：《灵魂的炼狱——绍兴小百花越剧团〈马龙将军〉观后》，《戏文》2001年第5期。
⑩ 余英时：《从价值系统看中国文化的现代意义——中国文化与现代生活总论》，《文化中国与世界》编委会：《文化中国与世界》，生活·读书·新知三联书店1986年版，第75页。

（她）以繁复的做功和过于注重肢体语言的表达，力图体现人物的心理活动，① 音色宽厚而明亮，在真假嗓的结合上，唱腔跌宕起伏②，使观众对于英雄失路在批判的同时，更多了一层同情，也有别于我们看到的所有麦克白。而饰演姜氏的陈飞，唱腔清脆、委婉、甜润，扮相娇艳多姿，"运腔华彩流畅"③：

> 姜氏女此生好作梦，
> 梦中常捧着皇后玉玺，
> ……
>
> 平叛英雄众心系，
> 正可趁势做皇帝。④

从"可怜英雄志，全为他人忙"⑤，到"玉盘金盏齐欢呼，皇家威仪盖世无"⑥，再到"满手的鲜血难、难、难、难洗清"⑦，凶残——娇媚，野心——柔弱，美丽——奸诈的特点，在其身上得到了统一，"出现在舞台上的姜氏有异于越剧舞台上常见的旦角之处，在于她是一位有野心、有决断、有担当的女性，而不仅仅是一位功高盖主的将军的贤内助"⑧。在《马》剧中，她以冷

---

① 可参见绍兴小百花艺术中心编辑的介绍吴凤花的《凤声花影——吴凤花表演艺术》，绍兴小百花艺术中心2007年版，第162页。《马龙将军》曾获浙江省第九届戏剧节"优秀新剧目奖"。
② 赵洁：《吴凤花》，《新编越剧小戏考》，上海文化出版社2003年版，第246页。
③ 赵洁：《陈飞》，《新编越剧小戏考》，上海文化出版社2003年版，第246页。
④ 谢柏梁、郝荫柏、颜全毅：《国戏文脉：中国戏曲学院戏文系师生剧作剧论集》（下），上海古籍出版社2008年版，第799页。由于舞台演出属于二度创作，因此剧本与舞台演出之间存在差异，在《马》剧演出中有诸多地方与原剧本不同，见绍兴小百花越剧团《莎士比亚名剧〈麦克白〉（中国越剧版）》，浙江音像出版社2004年版。
⑤ 谢柏梁、郝荫柏、颜全毅：《国戏文脉：中国戏曲学院戏文系师生剧作剧论集》（下），上海古籍出版社2008年版，第800页。
⑥ 同上书，第809页。
⑦ 同上书，第812页。
⑧ 可参见绍兴小百花艺术中心编辑的介绍陈飞的《越女陈飞》，绍兴小百花艺术中心2007年版，第40页。

若冰霜的形象气质和传神传情的表演技巧,既将女性美丽温柔的一面展现了出来,更淋漓尽致地刻画了一个阴险奸诈的女野心家、阴谋家的性格特征,展现了人物性格的不同侧面。《马》剧通过这种形式之间的重构与替换,将《麦》剧中人物的性格特征与心理层次的变化,"移到一个新环境中,继而载入自己的文本与之相连"①,甚至通过这种戏剧形式之间的转化,以越剧的审美方式呈现出更多侧面的人物性格和心理矛盾。因为这种再现与重构,不会是莎剧的文化架构整体移入越剧。

"任何文化交流都离不开本土化过程,不仅对外来文化的解读,而且对外来文化的接受,永远不可能是对该文化本义的复制,期间不可避免地会经历一个本土化的过程。"②莎剧并不存在"'情节的整一性'……在这个现代性上,中国现代戏曲与莎士比亚是相一致的"。③而且"任何莎士比亚的剧本的正确演出都要依赖于富有想象力的理解,借此才能再现其人性"。④《马》剧就是在这两种审美理论和两个不同文化圈所孕育出来的不同文化、不同艺术形式的碰撞之间找到了一个平衡点。

五 美在模仿与虚拟之间

由于西方悲剧在本体上属于模仿的艺术,因此便形成了形态上特有的美学风貌。西方戏剧重模仿,注重模仿生活本身的"真"。美学风貌呈现为:悲剧的舞台形态基本上是再现生活形态,因而它基本上不作叙述的表现,就西方悲剧而言,其内心的活动就远比外在的动作来得主要。而对于《马》剧来说,既要在改编中表现出《麦》剧秉承"人文主义者逐渐发展出的重人的意

---

① [法]蒂费纳·萨莫瓦约:《互文性研究》,邵炜译,天津人民出版社2003年版,第27页。
② 王才勇:《中西语境中的文化述微》,上海人民出版社2004年版,第178页。
③ 吕效平:《论现代戏曲的戏曲性》,南京大学戏剧影视研究所:《南大戏剧论丛》(4),中华书局2008年版,第78—79页。
④ [英]玛格丽特·韦伯斯特:《论导演莎士比亚戏剧》,杜定宇编:《西方名导演论导演与表演》,中国戏剧出版社1992年版,第433页。

识"①的人文主义悲剧精神,又要在形式建构中,以展现越剧艺术"美"的方式来呈现。为了较好地解决不同戏剧观下产生的戏剧不同艺术形式之间的建构与转换,表演者以"浓墨重彩地剥开马龙的内心世界,利用越剧——长于抒发内心情感的唱段,向观众展示谋杀老皇前后,马龙夫妇波澜汹涌的内心体验,揭示邪恶欲望吞灭人性和毁坏社会的主题"。②

《马》剧中唱段的作用就等同于《麦》剧中的独白,在时而高亢、时而低回、时而亢奋、时而抒情的唱腔中,其中的残杀之事、心理矛盾、情感冲突被衍化成了观赏性极强的歌唱、程式表演。在"百官宴"上,当了皇帝的马龙在雄浑的音乐和激昂的鼓点声中所外化的长剑舞,以武功刻画了此时马龙的精神状态和志得意满的王者之气。在当今"艺术为人们之间的交流提供了可能"③的条件下,"单纯靠维护传统无法保持自己的文化身份",④所以观众在痴迷于演员的身段、程式等精湛表演的同时,也在不知不觉之中通过外化的程式感受到莎剧悲剧的力量。《马》剧通过言语(台词)与歌唱(唱腔)之间的对话,通过"力量"与"柔弱"之间的互文性,通过内心与外表的转化,用越剧方式探悉了人物的内心变化和人性的堕落,从而使观众惊叹不已。⑤对越剧演绎莎氏悲剧来说,通过这种既刚且柔的唱腔、程式表演,在扩大越剧表现力的同时,既成功地诠释了莎氏悲剧的精神,又通过感情的外在表现形式(美的技艺)的刺激,超越了对内容的理解。

越剧中的悲剧主人公往往是女性,这为改编《马》剧带来了难度。而这一难度恰恰为《马》剧中马龙的野心、罪行的表现,提供了更为宽广的表现空间。马龙的扮演者为著名梅花奖获得者吴凤花。女性扮演男性,越剧的这种特性与莎氏悲剧要塑造英雄、表现英雄的毁灭恰恰构成了强烈的性别冲突,

---

① 余英时:《文史传统与文化重建》,生活·读书·新知三联书店2004年版,第89—90页。
② 孙强:《越剧麦克白——我的马龙将军》,《戏文》2001年第5期。
③ 联合国教科文组织·世界文化与发展委员会:《文化多样性与人类全面发展:世界文化与发展委员会报告》,张玉国译,广东人民出版社2006年版,第39页。
④ 同上。
⑤ 蓝凡:《中西戏剧比较论稿》,学林出版社1992年版,第590页。

但却也因此获得了莎剧表演的越剧意义与现代意义。而姜氏的毁灭也在某种程度上契合了明代曲论家祁彪佳的说法,"偏于琐屑中传出苦情"。中国悲剧苦情美感的获得,往往会调动、激发起观众的怜悯和同情。所以,《马》剧的再现生活形态的悲剧精神与复杂的内心矛盾冲突与越剧女扮男装设计的刚烈、流畅的唱腔、程式结合在一起,用越剧音舞演绎《麦》剧的故事,阐释其人文主义精神,将模仿生活与虚拟性的审美表演融合为一体,既比较深刻地阐释了《麦》剧的批判精神,又在戏剧形式改变的基础上建构了鲜明的人物形象,其创新的表现形式,将悲剧精神外化于程式、唱腔和表演之中,将情感的大起大落、矛盾的纠结与化解,内心的阴暗与外表的俊美,行动的迟疑与果决融入《马》剧中,将《麦》剧中的爱、恨、情、仇用越剧的形式表现出来,使思想透过越剧审美的形式展现出来。当悲剧精神得以确立后,再使"人立于情,戏出于情",那么既能够从越剧审美、观赏层面上表现《麦》剧深刻的哲理内涵、强烈的批判精神和心理活动,也在哲学、美学、舞台表演层面上丰富了越剧"诗情画意"[1],塑造人物性格,反映人物心理变化的表演空间。

《麦》剧与《马》剧的对话、互文性,既是主题上的继承、开掘、建构与挪移,也是外在形式上的替换与创新,更是审美、艺术、文化之间的成功转型。《马》剧所遵循的改编策略就是在力图完整表现其主题的人文主义精神时,以越剧重构话剧(莎剧)这种艺术形式。这样的改编表明越剧的美学理想和莎剧美学精神通过《马》剧在审美层面上进行了一次成功嫁接,这样的嫁接表明,无论在外在形式、内在思想内容和审美视点上,越剧与莎剧对话和互文性都开拓出一片崭新的审美天地,并成功地跨越文化与艺术之间的差异。

---

[1] 张庚:《中国大百科全书·戏曲曲艺》,中国大百科全书编辑委员会,中国大百科全书出版社1983年版,第561页。

第四节　从《麦克白》到婺剧《血剑》

婺剧是中国南方最古老的剧种之一。根据《麦克白》改编的婺剧莎剧《血剑》把莎剧中对人性中假恶丑的鞭笞以古老的婺剧形式呈现在观众面前，这在中西戏剧的交流中具有特殊意义。婺剧《血剑》将婺剧与《麦克白》的剧情有机融合，形成了既以现实生活的常态为摹本，又忠实于舞台叙事的审美特点，通过后经典叙事的建构，在叙事与抒情之间的转换和互涉中达到了对人性的深度开掘。

中国婺剧，在江南文化的浸淫之下，明末清初流行于金衢一带。[①] 作为中国南方最古老的剧种之一，婺剧囊括了"高腔、昆腔、乱弹、徽戏、滩簧和时调等六大声腔"[②]，其丰富的表现力完全可以用之于莎士比亚戏剧的改编。"婺剧保存了古南戏系统的高腔和昆腔，花部勃兴时期的乱弹和徽戏，乾隆之际的滩簧和时调，可以说保存了戏曲史上各个时期歌场上最流行的古典剧种。"[③] 由于婺剧"古老浑朴，又保留着秦汉以来各种艺术表演的许多痕迹，表演动作极尽夸张而显得粗犷强烈，因此受到了浙江，以及福建、江西和安徽人民的喜爱。婺剧唱腔由于采用真假嗓结合的唱法而唱腔独特，声音既高亮又雄浑，鼓乐丰富，犹如虎啸龙吟；由于以武功特技见长，善于通过千变万化的武功、特技和舞蹈渲染气氛，刻画人物的情绪和性格特征"，[④] 在中西文化频繁碰撞的今天，以婺剧形式搬演莎士比亚悲剧《麦克白》就显得格外有意义。《血剑》的叙事在关注叙事语境和社会历史语境之外，还关注文本以

[①] 金华市艺术研究所：《中国婺剧史》，中国戏剧出版社2006年版，第5页。
[②] 章寿松、洪波：《婺剧简史》，浙江人民出版社1985年版，第2页。（在"声腔"的长期发展演变中，有些"声腔"融汇多种音乐，文化元素已经成为新的剧种。）
[③] 叶开沅、张世光：《婺剧高腔考》，中国戏剧出版社2004年版，第39页。
[④] 章寿松、洪波：《婺剧简史》，浙江人民出版社1985年版，第5—11页。

及舞台叙事。这一转换就从后经典叙事学视角为我们的研究提供了理论依据。根据《麦克白》改编的婺剧莎剧《血剑》把莎剧中丰富的人文主义精神和人性中的假恶丑和真善美以古老的戏剧形式呈现在观众面前，不仅得到了中外观众和莎学家的称赞，在中西戏剧的交流、中西文化的碰撞中也具有特殊的意义。

一 悲剧意蕴与舞台叙事

婺剧《血剑》由浙江省婺剧小百花东阳演出团演出，由已故中国莎士比亚研究会副会长张君川教授任艺术指导，编剧为金锦良、阮东英、王庸华，导演为阮东英，主要演员有：胡悦饰孟勃（麦克白），齐灵娇饰孟勃夫人（麦克白夫人），王文龙饰慕容昭，王文俊饰王子等。中国戏曲素"以宾白叙事，以词曲写情"。[①] 在婺剧《血剑》中，雄浑而悠长的婺剧伴唱"旌旗蔽日敌若云，箭矢交坠士争先，平叛御寇奏凯歌，常胜将军扬威名"[②] 不仅回荡在舞台上空，且驻足在婺剧观众和莎学家的内心深处，这已经宣告了《血剑》改编莎剧的成功。毋庸讳言，根据《麦克白》改编的婺剧《血剑》，以其鲜明的地方戏特色和对莎氏悲剧人物深刻的理解与刻画在中国地方戏与莎氏悲剧之间架起了一座文化交流的桥梁，为中国戏曲改编莎剧再添了一朵艳丽的娇花。《血剑》的编剧、导演、演员在充分尊重莎氏悲剧《麦克白》的基础上，以婺剧的独有呈现方式对《麦克白》进行了全新打造，在突出其悲剧色彩，运用婺剧特有的舞台叙事手段强调其悲剧意蕴，突出其人性与道德堕落的叙事中，围绕着野心膨胀、内心挣扎，以及对伦理道德泯灭的严厉批判，对人性的深刻审视，反映了人生的大悲剧。编导将人的灵魂放在"血剑"面前反复拷问，以其善与恶此消彼长的舞台叙事，展示了《麦克白》的经典价值和婺

---

① 吴梅：《中国戏曲概论》，冯统一点校，中国人民大学出版社2004年版，第64页。
② 《血剑》[VCD]，浙江婺剧小百花东阳演出团，（对白和唱词均根据浙江婺剧小百花东阳演出团公演的根据莎士比亚《麦克白》改编的"婺剧徽戏"《血剑》的现场演出，浙江婺剧小百花东阳演出团，1987年演出版记录。）

剧的审美特色。《血剑》既以《麦克白》对人性的揭示为基础，又在舞台叙事手法上以婺剧的审美形式为主体，通过恢宏、大气的舞台叙事长卷，揭示了孟勃（麦克白）和孟勃夫人（麦克白夫人）在人性善恶、人伦道德之间的无望挣扎，以及在权力、野心面前人性的异化，在亲情中伦理道德的泯灭，在情欲旋涡里的贪婪，等等，通过孟勃及其夫人的人生悲歌，以婺剧的审美展示了从英雄到杀人犯、从战将到篡位者的演变过程，批判了野心的膨胀、欲望的恶性发展，鞭笞了假恶丑，以婺剧的审美深刻揭示了伪君子和野心家的真面目。

婺剧虽然古老，但"婺剧有一种开放的胸襟"①，而这种开放的胸襟，不仅表现在对地域文化的吸收上，还表现在对莎氏《麦克白》的改编上。西方戏剧的舞台叙事，强调以演员的性格化表演展现人物的性格，以逼真的视觉、听觉模仿现实生活，但是，中国戏曲却不受逼真模仿这一叙事原则的限制，观众感兴趣的是叙述者内心和感情，叙述者可以离开隐含作者、故事中的人物，②正所谓"世事总归空，何必以空为实迹；人情都是戏，不妨将戏作真看"，诚如著名戏剧理论家郭汉城所言："婺剧表演上最大的特色，是善于把人物的喜怒哀乐以及各种复杂细致的感情，用鲜明的舞台形象表现出来。"③而《血剑》恰恰是在恪守视听觉审美原则的基础上，在"文戏武做""武戏文做"和"一戏一招"的艺术特色中，发挥"婺剧表演古老浑朴，粗犷豪放，雅俗共赏，既重唱又重做，且以武功特技见长，讲究夸张，载歌载舞，边做边唱"④的表演方式，使反映地域民间生活和江南民间智慧的婺剧在与莎士比亚悲剧《麦克白》的嫁接中，通过演员的唱、念、做、打刻画了悲剧人物的心理，表达了人物的情感。从而通过婺剧的行当体现出《麦克白》中的

---

① 刘桢：《婺剧的地位价值和保护研究——在中国婺剧理论艺术研讨会上的发言》，《戏曲研究》2009年第78辑。
② [美] W.C.布斯：《小说修辞学》，华明、胡晓苏、周宪译，北京大学出版社1987年版，第170—177页。
③ 章寿松、洪波：《婺剧简史》，浙江人民出版社1985年版，第321页。
④ 叶志良：《中国婺剧的文化定位》，《戏曲研究》2009年第78辑。

人物性格特征，将婺剧艺术与《麦克白》的剧情有机结合起来，形成了既以现实生活的常态为摹本，又不拘泥于生活的舞台叙事特点。

根据婺剧保留的剧目来看，以婺剧改编莎剧完全可以做到内容和形式的相得益彰。因为婺剧中的代表性剧目中的三国戏、水浒戏和春秋列国中的故事，内容大多围绕政治斗争、忠奸斗争、爱情婚姻悲剧而展开，即以"英雄戏、伦理戏、爱情戏和家庭戏"为主要表达方式。① 而以这些剧目形成的婺剧表演资源为《血剑》的改编提供了深厚的基础。在这种基础之上，我们从后经典叙事学的视角将《血剑》视为文化语境中的舞台叙事，关注《麦克白》的文本与《血剑》的舞台创作语境、接受语境的关联。那么，我们会更多地从文本、舞台叙事和文化语境的角度获得莎剧在原作与变体之间通过形式的改变获得的审美与文化意义的启示。

中国戏曲的特点就是"歌舞相兼"②，婺剧也不例外。婺剧所包含的六大声腔的"任一声腔都具有独立的表达和审美的功能，但又带有婺剧文化的特点并贴上婺剧的文化标签"③。由这种多声腔组成的剧种自身蕴含着旺盛的生命力和审美的包容性，在舞台叙事中能够以其特有的声腔演绎《麦克白》这样的悲剧。毫无疑问，不仅会通过人物的内心冲突突出其戏剧性，也必然会通过其抒情性展示人物内心的矛盾，会使其戏剧性赢得更为充分的表现。因为无论是莎剧，还是中国戏曲，其"内心冲突的转换总是以幅度越大戏剧性也越强"④ 显示其舞台叙事特色的。《血剑》在叙述一个英雄堕落为杀人犯过程中的内心挣扎，以及为了巩固自己的王位而大开杀戒的残忍，从情欲、伦理的角度，展现了人性的善恶。《血剑》带给观众的强烈感受就是在舞台叙事中利用婺剧的声腔和程式表现了孟勃和孟勃夫人激烈的内心冲突，通过其情感的大起大落刻画了人物内心的隐秘世界，彰显了婺剧《血剑》的悲剧意蕴，

---

① 林可、周国良：《论婺剧流派形成的可能》，《戏曲研究》2009年第78辑。
② 吴梅：《吴梅戏曲论文集》，王卫民主编，中国戏剧出版社1983年版，第190页。
③ 叶志良：《中国婺剧的文化定位》，《戏曲研究》2009年第78辑。
④ 顾仲彝：《编剧理论与技巧》，中国戏剧出版社1981年版，第137页。

从而赢得了婺剧观众和莎学专家的赞誉，也为婺剧拓展了表现领域，并在此基础上为婺剧在 21 世纪的发展以及开拓国际文化交流渠道提供了理论思考的空间与操作层面的成功实践。从文本到舞台的叙事，关键在于是否能将"诗情荡于舞台形象的整体关系之中"。①

《血剑》不脱离婺剧音舞、表演的本体，通过再造故事、安排情节，利用婺剧的唱腔、舞蹈使所建构的诗情阐释了深刻的哲理内涵，以婺剧的念白、唱腔、舞蹈和特技在伦理层面叙述人性善恶，以情感的波澜起伏，艺术地展现了古老婺剧和莎剧的艺术魅力和其巨大的兼容性、包容性，打造出一部颇具思想震撼力，地方特色浓郁，具有相当艺术水准的婺剧莎剧，为婺剧如何借鉴外国经典戏剧尤其是莎剧的艺术表现手法提供了可资借鉴的经验。

二　叙事与抒情之间的转换、互涉

在莎剧的演出中，"时空的更替往往通过角色的台词介绍，和中国戏曲景随情移，景在演员的表演中相似，两者均重内在情感的细致表达，轻外部环境的烦琐布置，充分运用舞台假定性来叙述戏剧动作的进展"。② 这就要求我们对通过表现媒介产生的舞台语境更为关注，而这恰恰属于后经典叙事学研究的范围。在《血剑》的舞台叙事中，我们看到，对白推进了故事情节的开展，唱和舞蹈则既有叙事的功能，也有抒情的功能，对白是引领观众进入剧情了解人物之间的关系必不可少的叙事，而唱和舞蹈则是通过其声音和肢体进行叙事，有时是在叙事中抒情，有时则是在抒情中叙事。诚如《乐记》中所言："乐者，心之动也。声者，乐之象也。"③ 所以，我们看到在《血剑》中既以曲辞为主，又不忽视宾白的叙事效果。《血剑》中的曲辞大多是抒情中

---

①　余秋雨：《胡伟民印象》，上海艺术研究所：《胡伟民研究》，中国戏剧出版社 1999 年版，第 215 页。
②　胡伟民：《导演的自我超越》，中国戏剧出版社 1988 年版，第 88—89 页。
③　《乐记·乐象篇》，陈多、叶长海选注：《中国历代剧论选注》，上海古籍出版社 2010 年版，第 8 页。

的叙事，宾白中也不仅仅起推进剧情的作用，也有抒情功能。所以在中国戏曲的戏剧话语中，对话尽管成为不了主导性的话语因素，但是由于其兼具叙事和抒情的功能，在感染力方面就显得颇为游刃有余。

中国戏曲的叙事是"在代言性叙述中，演员与观众组成话语中我与你的关系，演员向观众直接表白……直接叙述给台下的观众"。① 例如舞台上的叙述者在抒情中强调自己叙述者的身份，如第一场"授剑"中"女巫"所唱"沧海高山弹指地，朝飞暮返任飘零。巫即信，神即心。巫神有形本无形。美亦丑，丑亦美，或美或丑原无定。茫茫沙场息烟云，得胜回朝睡梦甜，姐妹相携手挽手，路逢贵人传福音"，② 既叙述了众女巫神秘、预言性的身份、美丑之间的转换以及她们所要传的"福音"，又通过颇有韵律感的唱强调了抒情。在《血剑》中，舞台叙述具有了对话话语和抒情话语的二重性，既有语言的相互作用，也有情感的相互交流，通过叙事与抒情的双重作用，叙述者直接面对听众的不仅有叙述者的话语，还有人物之间的交流，而这种代言性叙述与歌唱性的诗剧，叙述者的解释介绍，人物的自我表白，组成的是"不完全对话"③，而有强烈抒情性的《血剑》。不完全对话化的婺剧《血剑》在中国观众看来，正是婺剧莎剧的长处之一，因为它既能够发挥婺剧表演的特长，又能够通过唱腔和程式的运用成为一部地地道道的中国化莎剧。毫无疑问，口头叙事中的叙述话语和抒情性话语在共时存在中交替进行，使舞台语境张弛有度，戏剧性与抒情性相辅相成，代言性的抒情与戏剧性的对白共同作用于舞台叙事。观众听到和看到的是，"叙事者的始终在场，使得舞台上演出的人物和故事情节与外在的客体世界联系，演员的表演和舞台美术成为具

---

① 周云龙：《天地大舞台：周宁戏剧研究文选》，厦门大学出版社2011年版，第65—68页。
② 《血剑》[VCD]，浙江婺剧小百花东阳演出团（对白和唱词均根据浙江婺剧小百花东阳演出团公演的根据莎士比亚《麦克白》改编的"婺剧徽戏"《血剑》的现场演出，浙江婺剧小百花东阳演出团，1987年演出版记录）。
③ 周云龙：《天地大舞台：周宁戏剧研究文选》，厦门大学出版社2011年版，第79页。

有语言功能的视觉听觉符号"。① 不但叙事者始终在场，抒情者也始终在场，即使是叙事者暂时缺席，抒情者也能够引领观众的审美，并更深入地转涉人物的内心世界和情感；而当抒情让位于叙事后，则能够迅速推动故事情节的发展。在叙事中不但勾画了剧情的走向，而且传达出颇具哲理的美丑观。叙事与抒情之间的互涉，既将将观众带入了特定的环境与故事情境之中，也为情感的酝酿、宣泄做了极为重要的铺垫与强化，营造出特定的婺剧舞台审美艺术氛围。

中国戏曲从元杂剧开始，由于受到"说唱艺术的影响，故事中场景的变化，时令的更替，主要是通过剧中人物的描摹和特定动作的暗示，引起观众的想象，从而形成我国戏曲演出上不受时空限制，而以虚拟示意为特点的传统"。② 歌舞叙事正是以其极强的虚拟性，不仅要引领观众进入特定叙事情景、人物的内心世界之中，而且抒情也占有重要作用。这就是说，戏曲的言说（表达）方式，通过"代言体"的歌、舞的叙事和抒情共同营造出审美语境，即"至娱之感，常出于至美"③。中国戏剧的"作假者期其像真也……用以表现剧中人之心情，根本就没打算像真，所以用不着作假"。④《血剑》在舞台叙事上，通过"叙事者""抒情者""评论者""扮演者"之间角色的互涉，在寻求情感的碰撞与融合中，从野心、权力与伦理的角度诠释了人物的心理演变轨迹，展示了婺剧表现莎剧的独特审美呈现方式。在此，无论是孟勃、孟勃夫人还是其他剧中人物，当其叙事的时候，是故事情节的推动者和剧中人物；当其转为抒情时，则是故事情节、情感、心理的表现者，且是故事外的抒情者。《血剑》中的内外叙事者的交相映射，叙事与抒情的互构，构成了故事内叙述者的主要任务是推进情节的发展；而故事外叙事者的唱、做的任

---

① 汤逸佩：《叙事者的舞台：中国当代话剧舞台叙事形式的变革》，中国戏剧出版社 2006 年版，第 35 页。
② 王季思：《玉轮轩曲论新编》，中国戏剧出版社 1983 年版，第 198 页。
③ 钱基博等：《戊午暑期国文讲义汇刊》，傅宏星点校，广西师范大学出版社 2010 年版，第 11 页。
④ 齐如山：《齐如山回忆录》，辽宁教育出版社 2005 年版，第 207 页。

务主要由抒情来承担，作为表演者的叙述者，在互相映射的作用下"不知情之所自来，不知神之所自止"，① 人物的性格、内心活动在"多虚少实"中达到"功艺如神"②的境界。从而将求真的"潜在"叙述与戏曲常用的主观"显在"的抒情结合在一起，以此形成互涉关系，"扮演者"既将自己还原为剧中的人物，又在其行当规定的范围内属于某个角色，也可以"对视觉（通过它诸成分被表现出来）与表现那一视觉的声音的本体之间做出明确区分"③，即由于"抒情者""评论者"的在场，又能够随时跳出角色的羁绊，超然于剧情之外，成为剧中人物与观众之间交流的桥梁。

正是在叙事者和抒情者的相互作用和变化中，《血剑》给人物的细致、复杂的心理活动找到鲜明的形式。饰演孟勃的胡悦唱做俱佳，孟勃夫人的扮演者齐灵姣形象好，嗓音甜美，主演之一王文俊武功扎实。他们作为《血剑》的叙事者，忽而置身于事件、情景之内；作为抒情者忽而又置身其外。如第三场"血剑"中孟勃的唱段，不仅在叙事中推进了故事情节的发展，描绘了朝廷内外众叛亲离的局面，也通过婺剧的"剑舞""翎子功"、高难度的"僵尸"刻画了孟勃内心的矛盾："将臣思反众叛离，士卒纭纭惊慌离。军心动摇危机伏，不由我心寒身战栗。"④ "表演者"成为"潜在"的"隐含作者"，既是剧外人物，又是"显在"的剧中人物，内容决定行当，行当成为人物言行的叙述者、表演者和代言人。《血剑》通过演员在舞台上的唱、做，如第八场"伏剑"中的一系列高难度的武功，既以剧中的武行显示出矛盾与冲突，又以其抒情的"唱"和"做"，营造出浓郁的戏剧环境。而这种行当的叙事

---

① 汤显祖：《宜黄县戏神清源师庙记》，陈多、叶长海选注：《中国历代剧论选注》，上海古籍出版社2010年版，第160页。

② 吴自牧：《梦粱录》，陈多、叶长海选注：《中国历代剧论选注》，上海古籍出版社2010年版，第65页。

③ [荷]米克·巴尔：《叙述学：叙事理论导论》（第二版），谭君强译，中国社会科学出版社2003年版，第168—169页。

④ 《血剑》[VCD]，浙江婺剧小百花东阳演出团（对白和唱词均根据浙江婺剧小百花东阳演出团公演的根据莎士比亚《麦克白》改编的"婺剧徽戏"《血剑》的现场演出，浙江婺剧小百花东阳演出团，1987年演出版记录）。

与抒情兼用造成了跨文化、跨语境的审美比照，外在的"色厉"与心中的"内荏"，在叙述"说话"的基础上通过婺剧的唱、做、打得到了音舞审美的宣泄，而莎士比亚悲剧的人文主义精神，也正是在婺剧观众所获得的自我体验和身份认同之中彰显出经典性。

"潜在"的"隐含作者"必须通过表演者进行叙事与抒情，既推进情节的发展，也在抒情中刻画了人物的内心矛盾。"中国的古典歌舞剧，和其他艺术形式一样，是有其美学基础的……在舞台上的一切动作，都要顾及姿态上的美。"① 无论是"显在"的表演者，还是"隐含"的"叙事者""抒情者""评论者""扮演者"，也无论是叙事的宾白，还是抒情的唱、做，其实都集表演者于一身，并且都要以婺剧的审美为前提。从而体现出莎士比亚不仅谴责恶行，而且谴责恶行的原因。② 例如，当孟勃纠结于如何下手杀害慕容昭的时候，他唱道：

> 夜深沉，寂无声，星暗月昏，手持剑，步履艰，胆战心惊。昔日里，刀下横尸多多少，今夜晚，剑上却怕沾血腥。欲下手，只觉得，高墙侧耳四壁睁眼，欲罢手，又垂涎，龙袍玉玺玉宇金殿，欲下手，欲罢手，欲下手，欲罢手，下手、罢手，下手、罢手，孟勃我，心乱如麻进退难定。巫神卜言处处得应验，巫神卜言处处得应验。夫人规劝句句合世情，大丈夫，须作为，敢作为，良机到，得狠心时且狠心。图大志，难抑住，欲火胸中燃，谋王位，岂顾得，血染定邦剑。③

孟勃通过自己内心激烈的矛盾斗争，叙述了自己的心路历程，主要是通过大段抒情表达对自己篡位的担心与决心，在反复权衡以后，在"侯爷""好

---

① ［美］韦恩·C. 布斯：《修辞的复兴：韦恩·布思精粹》，穆雷等译，凤凰出版传媒集团/译林出版社2009年版，第259页。
② 梅兰芳：《舞台生活四十年》，许姬传、许源朱、朱家溍记，团结出版社2006年版，第149页。
③ 《血剑》［VCD］，浙江婺剧小百花东阳演出团（对白和唱词均根据浙江婺剧小百花东阳演出团公演的根据莎士比亚《麦克白》改编的"婺剧徽戏"《血剑》的现场演出，浙江婺剧小百花东阳演出团，1987年演出版记录）。

又听得敲门声，
烈焰咫尺灼我身，
愿得起死回生术，
妙手回春又还魂。
遗恨千古偶失足，
一剑断送了好前程。
敲门声阵阵紧逼人，
上天无路入地无门，
眼见得要露馅，
血，
血，
手染血污留印证，
罪恶昭彰人共诛。
千人指，
万人骂，
剑剁刀砍做千古罪人。①

"戏剧语言的第一个作用是叙述说明。[……剧情]进展停顿下来，而且还要能对剧情起推动[作用的语]言。"② 而"叙述说明"以音舞的方式呈[现……]用，而且是通过远离生活之法去叙事。正[是因为]孟勃的扮演者胡悦将大段的独白，化为悔[恨，将人]物内心的煎熬，抒情在于展示情感的波澜。

---

① 《血剑》[VCD]，浙江婺剧小百花东阳演出团（[演出]团公演的根据莎士比亚《麦克白》改编的"婺剧徽戏"《[血剑》……]出团，1987年演出版记录）。
② 顾仲彝：《编剧理论与技巧》，中国戏剧出版社 19[ ]。

一个侯爷"的孟勃夫人三劝中："紫薇冥冥陨西天，定邦全凭手中剑。暗施机巧转嫁祸，王党羽翼一扫尽"① "解甲归田罢仕途……"② 和"原以为你是一条龙，却原来是一条虫"③ 的劝诱，孟勃起伏的唱和不断抖动的"翎子"，形象地表现了要不顾一切，不计后果"血染定邦剑"。此时，他是集"叙事者""抒情者"于一身，通过舞台叙事，孟勃既以剧中人物的身份来叙述自己的心境，也通过生行的抒情显示出自己的情感起伏和内心挣扎，并且在抒情中与观众之间形成了交流关系，将婺剧粗犷、强烈的表演风格和处理舞台空间的特殊手法等审美艺术手法用之于人物的塑造。表演中的抒情，此时已经超越了"人物台词"和"舞台说明"④ 所代表的"此在叙述者"（真实作者）所扮演的"角色"，并且使观众参与进来，从而彰显出《血剑》的舞台叙事风格。

三 舞台叙事对人性的深度开掘

中国戏曲在元杂剧时期的"唱"的用途就显示为"对话之代用者，表白剧中人物意思者，表明事态者，描写四围之景象者"。⑤ "唱"的叙事具有综合性的审美功能。婺剧发生的源头与明代南戏诸腔有密切关系，如果"从声腔算起，大约有四百年的传承历史"。⑥ 婺剧以金华书面语（金华官话方言）的音乐、歌舞、说唱、杂技、魔术、武术、游艺及其他民间戏曲为基础。婺剧中包含丰富的民间和世俗文化的成分，因而受到了特定地域人民的喜爱。这就是说婺剧与莎剧的民间性、世俗性奠定了二者之间交融的又一基础。莎剧蕴含了丰富的世俗文化成分。民间性、世俗性使婺剧与莎剧在多层面、多

---

① 《血剑》[VCD]，浙江婺剧小百花东阳演出团（对白和唱词均根据浙江婺剧小百花东阳演出团公演的根据莎士比亚《麦克白》改编的"婺剧徽戏"《血剑》的现场演出，浙江婺剧小百花东阳演出团，1987年演出版记录）。
② 同上。
③ 同上。
④ 胡亚敏：《叙事学》，华中师范大学出版社1994年版，第10页。
⑤ [日]青木正儿：《中国近世戏曲史》，王古鲁译，蔡毅校订，中华书局2010年版，第29页。
⑥ 郭克俭：《以剧种视角解析婺剧概念的有效性》，《戏曲研究》2009年第78辑。

'看','叙述'与'聚焦'在区隔与关联"① 的状态下,已经成为文本与表演互相映射的一种舞台审美方式,借助于婺剧的舞台叙事和《麦克白》的经典性,《血剑》已经超越了时间、空间的距离和文化之间的差异,同时"显在"的叙述角度也使演员能够跳出角色,戳破真实生活幻觉,摆脱"逼真"的羁绊,而采用装腔作势、矫情镇物的婺剧审美完成《血剑》中的人物塑造。

中国戏曲"歌唱与科白相间……以曲本为巨擘矣"②。《血剑》主要通过"白"的"叙事"与"歌唱""科介"的"抒情"手法的交替使用,通过舞台综合叙事对人物心理进行深入刻画,在叙事中通过演员的唱、念、做凸显了其抒情性的审美效果与悲剧气氛的营建。《血剑》有选择性地利用婺剧的高腔,将"高亢激越、节奏明快、似歌似呼,甩腔、滚腔、衬腔构成了高腔声腔独具的音乐特色,曲牌结构有叫头、引子(或称甩腔),调式以五声音阶的宫、商、角、徵、羽诸调"③ 有机融入唱段之中。在第七场"梦游"中,当孟勃夫人急切地让孟勃采取行动,我们看到舞台叙事以一段长于表现感情的"白绸舞"较好地表达出孟勃夫人物的心理变化:

畏畏缩缩称懦夫,患得患失世为奴。
狠毒方可享不尽,奸诈始能坐正座。
惊慌失措囚何故,剑上手中染血污。④

中国戏曲的"科介""出演是往往包括着大部分剧情……唯有靠虚拟的动作来表明……纯以角色的身段出之。"⑤ 尽管"表演艺术旨在削弱主体与客

---

① 余秋雨:《中国戏剧史》,上海教育出版社2006年版,第110页。
② 梁启超:《饮冰室合集·集外文》(上册),夏晓虹辑,北京大学出版社2005年版,第150页。
③ 王加南:《婺剧六大声腔的音乐特性》,《戏曲研究》2009年第78辑。
④ 《血剑》[VCD],浙江婺剧小百花东阳演出团(对白和唱词均根据浙江婺剧小百花东阳演出团公演的根据莎士比亚《麦克白》改编的"婺剧徽戏"《血剑》的现场演出,浙江婺剧小百花东阳演出团,1987年演出记录)。
⑤ 周贻白:《中国戏剧史·中国剧场史》,湖南教育出版社2007年版,第60页。

体、做与叙之间的区分"①，表演者的唱、做，在叙事和抒情的双重作用下，饰演孟勃夫人的齐灵娇且唱且做将人物凶险、奸诈、一不做二不休的心态展示了出来。在语言上，独白性的叙事线条成为对话性的双重线条，在动作上，在此双重线条中结合着"做"的舞台叙事，综合展示了人物的心理和性格特征。"盖中国戏剧的形成，不仅唱词之行腔有赖于音乐的衬托，即剧中角色的一切表情动作，亦无不鸣金伐鼓，应节以赴"②。婺剧尤其以唱腔的大起大落、歌唱性与叙事性兼具和表演的生活气息浓厚为观众所喜爱，即"表达人物的强烈情绪，更有独到的地方"③。《血剑》恰到好处地运用了婺剧"既重唱又重做，且以武功特技见长。表演讲究强烈夸张，载歌载舞，边唱边做，满台有戏。更善于把人物的喜怒哀乐，以及各种复杂、细致的感情，用鲜明的舞台形象表现出来，表演细腻熨帖，真切感人……着意追求情外之情，景外之景，象外之象，着重在写意的艺术真实方面下功夫"④。婺剧《血剑》正是在叙事与抒情之间达到了比较完美地写意的艺术真实，同时也是对《麦克白》主题的深度开掘，故此叙事中蕴含了情感，抒情中内植了叙事，在婺剧舞台上创造了另一种风情的《麦克白》。

统观《血剑》的创排和演出，尽管还存在不足，如对人物的心理世界的叙事过于烦琐，除孟勃和孟勃夫人以外其他人物的性格尚不够鲜明，未能更充分利用婺剧的特点展示出人物堕落的过程，及其性格的弱点。但瑕不掩瑜，《血剑》达到了与《麦克白》悲剧精神之间的契合，并通过具有鲜明地方特色的婺剧使莎剧再一次亮相于中国戏曲舞台，使人们能够通过这一古老的戏剧形式再一次重新认识莎士比亚悲剧的经典性，以及不同于西方戏剧的中国婺剧所具有的独特审美价值与认识价值，在这一中西戏剧的交流与碰撞之中

---

① ［美］James Phelan Peter J. Rabinowitz主编：《当代叙事学理论》，申丹等译，北京大学出版社2007年版，第589页。
② 周贻白：《中国戏剧史长编》，上海书店出版社2007年版，第6页。
③ 郭汉城：《婺剧的表演风格》，《光明日报》1962年10月25日。
④ 金华市艺术研究所：《中国婺剧史》，中国戏剧出版社2006年版，第392页。

展示了中西优秀文化的无穷艺术魅力,并给中国莎剧的百花园地又增加了一部以戏曲演绎的优秀婺剧莎剧。

第五节　跨文化的本土建构:从《麦克白》到徽剧《惊魂记》

徽剧《惊魂记》为近年来以中国传统戏曲的虚拟性、写意性、程式化的唱、念、做、打表现手法改编莎士比亚悲剧《麦克白》的一部成功作品。《惊魂记》在充分挖掘、外化人物心理的基础上,在保持原作悲剧精神的大原则中,以徽剧擅长夸张、变形的抒情与叙事方式表现人物内心的煎熬,以徽剧特有的表现技艺外化人物的内心矛盾,通过浓郁的诗意呈现,以多样的叙述媒介为载体,以徽剧的呈现方式为本体,对原作中人性中的恶给出了伦理和美学层面的批判。《惊魂记》成功地以徽剧语言讲好了世界的莎剧,它的创排为中国莎学的重要收获之一。

一　跨越时空的彩桥与现代审美意蕴

用中国戏曲的语言讲述世界的莎士比亚,让世界观赏、倾听戏曲之美,这是中国莎剧舞台向来对改编莎士比亚四大悲剧情有独钟的原因之一,其中当然包括对莎剧经典《麦克白》的改编。近年来,中国舞台上的莎剧改编,包括对《麦克白》的改编,已经充分彰显出我们应有的文化自信、中国戏剧体系的包容性以及中国戏曲"写意性"的独特表现形式。我们认为,莎剧的经典性,使它能够适应不同文明、文化、艺术形式的改编、阐释,同时亦对搬演提出了很高的要求,由于莎剧的经典魅力,即使导演水准不足,演出仍会有若干可取之处。早在文明戏时期,《麦克白》就被改编为幕表戏《窃国贼》,用以抨击袁世凯复辟帝制。其后又由李健吾改编为《王德明》、话剧《麦克白斯》、昆曲《血手记》、越剧《马龙将军》、婺剧《血剑》和川剧

《马克白夫人》。

此次由安徽省徽京剧院改编，由孙强编剧，徐勤纳导演，汪育殊、陈娟娟主演的徽剧《惊魂记》（以下简称《惊》剧），以徽剧演绎文艺复兴时期莎氏悲剧，以戏曲的写意外化人物内心，表现人物性格、情感冲突，赋予了经典以现代意义的人性观照。该剧的创排为中国戏曲如何演绎经典莎剧提供了重要的实践经验和理论阐释空间。改编实践和理论研究证明，博物馆化的改编，不利于莎剧这样的经典在人性的深入挖掘中以其现代性获得现代审美意义。《惊》剧在对莎剧的重构中，按照"传统与创新相结合"①的美学理念，以更加成熟的文化自信、艺术自信，创造出了不同于以往世界上任何莎剧的演绎模式，徽剧与莎剧的联姻跨越了文化、语言、审美观念和民族艺术之间差异，使《惊》剧成为一部经得起时间检验的徽剧莎剧。

二 写意性中的悲剧精神与审美情怀

徽剧的产生已有四百多年，为京剧鼻祖，徽班进京也有二百多年的历史了。"梨园弟子多皖人"②，在历史的辉煌中，徽班进京最终对京剧的形成奠定了基础。"徽池雅调"的徽剧作为一个古老剧种，《惊》剧在改编原作中充分张扬徽剧的形式美，在尊重和把握原作精神，并弘扬徽剧粗犷豪放、古朴典雅的艺术风格中，以生活、动作、语言、舞美的虚拟写意和想象的自由超越写实的表现形式，观照悲剧精神的当代审美情怀，以"唱""做"表达人文主义对语境、时代、人物内心世界的独特感悟，力求把蕴含在人类精神生活中的心灵震颤和隐秘情感，人对多舛命运、人性矛盾、情感的困惑和感悟，通过想象世界予以重构，以对经典中深蕴哲思的再挖掘，对社会和人性的再

---

① 张光亚：《徽剧现代的审美价值及前途——兼谈戏曲声腔发展的某些美学规律》，安徽省文学艺术研究所：《徽调、皮簧学术讨论会论文》1983年10月版（油印本）。

② 蕊珠旧史：《长安看花记（一）》，张次溪编纂：《清代燕都梨园史料》，中国戏剧出版社1988年版。（可参见http//www.yunwenxue.com/index.php?r=onlinereader/index&chid=33572）。

反省，对人灵魂的再拷问，让经典成为具有现代内涵、隐喻了当代价值观，对人的心灵产生共鸣、共振的一部现代徽剧莎剧。《惊》剧以其音舞的叙事特点，从唯美与写意、哲思与伦理的角度，以表演艺术为中心，遵循传统精神，但又不拘泥于传统规程，既寻经典而定墨，"窥意象而运斤"，表演上不取西化，也对原作进行"中国徽剧化的演绎"①，由此成功创造出一部中西交融、徽莎合璧的中国徽剧莎剧。

那么，该剧的编导是如何改编这一经典莎剧的呢？又是如何在徽剧舞台上体现原作的悲剧审美情怀的呢？在现代舞台上，无论是话剧莎剧还是戏曲莎剧都要对原作文本进行删节，一是从现代观众承受的时间长度考虑；二是为彰显全剧的主要矛盾冲突；三是受现代戏剧与中国传统美学流动性的影响，对其他副线和过于哲理化、思辨化，乃至宗教化的内容予以删除。《惊》剧的改编以实现徽剧"表现的媒介"②的歌舞叙事，为营造徽剧的写意氛围腾出空间，借角色传递写实与写意相交织之美实现互文。《惊》剧将原作的五幕27场浓缩为"预言""封赏""密谋""血剑""绝杀""惊魂""血手""血债"8场戏，剧情为：中国古代，卫国遭受许国侵略，卫国将军子胤力挽狂澜，为国立功，三女巫赠其三则寓言，最后获君王宝座，在良心、野心、贪欲和妻子的怂恿下，高举血剑杀王篡位，屠杀异己，在恐惧与良心折磨中大军压境，夫妻双双走向灭亡。

"中国人之化装，在写意"③。改编由原作的"写实"装扮改编为"虚拟"，通过写意的装扮塑造人物，挖掘人物的内心世界，将原作的三个丑陋、怪诞、邪恶的女巫装扮为戏曲花脸、小丑、彩婆，他们成为贯穿故事的叙事线索、进入人物内心的钥匙，充分展现出"中国戏剧的装扮精神"④。该剧以

---

① 徐勤纳：《导演的话》，安徽省徽京剧院/安徽省徽剧研究院《〈惊魂记〉戏单》[（根据莎士比亚名著《麦克白》改编），第十三届中国戏剧节，2013年11月，苏州]。
② 谭君强：《叙事学导论：从经典叙事学到后经典叙事学》，高等教育出版社2008年版，第12页。
③ 程砚秋：《程砚秋戏剧文集》，程永江整理，文化艺术出版社2003年版，第54页。
④ 颜榴：《〈青蛇〉及中西戏剧——田沁鑫后海访谈》，《国话研究》2013年第2期。

"血剑"的冷酷、"血手"的肮脏和"血债"必须偿还作为体现其诗化意象的"有意味的形式"①，例如三个"巫"以"侏儒之歌，嗤戏形貌"增强其戏剧假定性，在假定性中"巫"跳进跳出，"是我非我"，以"预言颠覆了暂时的秩序"②，"巫"既是女巫，也是男巫；既是丑行的"开口跳"，又是女丑的"彩旦"；既是御医，又是宫女、丫鬟、门官、太监、左右将军、夫君、老皇爷；既是预言者，又是杀人的同谋帮凶；既是特指某个人物，又是任意假定的中性人物，既是教唆犯，也是旁观者，甚至成为受害者的替身；既深入人物的内心，又在舞台上起到调节气氛，增加审美情趣的作用。这就使改编既不与现代情感隔膜、疏离，保持了中国戏剧的"戏"之精神，又对原作进行了徽剧重构，而包括"巫"的"帅哥""来世报应"一类的插科打诨，也使演出成为具有现代意义又不乏传统儒家、佛家文化"因果报应"的徽剧莎剧。戏曲的丑角兼做"说话人'往往离开角色，直接向观众发表感想，或自我嘲弄……"③《惊》剧以"矮子功"应"巫"这一角色，在此前戏曲改编《麦克白》虽然也多次出现过，④但赋予"巫"这样重要的地位和多重身份，承担如此繁重的多重叙事任务，使叙事空间显得更为流畅和灵动，这在过去的改编中则是不曾出现过的，由此也更加彰显了中国戏曲的"假定性"审美原则。

三　悲剧精神的重构与"唱念做打"

如何把西方故事与徽剧完美结合，以徽剧语言讲好世界的莎士比亚？这是该剧编演首先要考虑的问题。莎剧由于其经典性，改编"可以带来最好的

---

① 金惠敏、赵士林、霍桂桓、刘悦笛：《西方美学史》（第四卷），中国社会科学出版社2008年版，第63页。
② ［美］戴维斯：《〈麦克白〉中的勇气与无能》，［美］阿鲁里斯、苏利文编：《莎士比亚的政治盛典：文学与政治论文集》，赵蓉译，华夏出版社2011年版，第262页。
③ 蒋星煜：《文坛艺林·备忘录续集》，上海远东出版社2007年版，第255页。
④ 李伟民：《从莎士比亚的悲剧〈麦克白〉到越剧〈马龙将军〉的华丽转身》，《东南大学学报》（哲学社会科学版）2010年第2期。

效果，但也可以导致最坏的结果"。① 徽剧剧种的基础主要是青阳腔和石牌调，② 属于多声腔的古老剧种，唱腔中有板腔体的吹腔、拨子、西皮、二黄，亦有曲牌体的高腔、昆曲，以及昆弋腔、杂曲小调等。徽剧表演场面宏丽，动作性强，风格朴实，武技高超，人物刻画和内心世界的表达细腻，尤为重视以写意性外化人物的性格特征。如何以徽剧这个古典剧种改编《麦克白》，对编导而言无疑是一次文化挑战。中国人习惯的看戏方式就是歌舞演故事。

《惊》剧遵循原作，故事按照时间先后顺序发生，以"情"的展现带动事件发展的徽剧形式进行演绎。音乐唱腔以"皮簧"为主，夹杂着"徽拨"，采用青阳腔点缀，综合吸收话剧、舞剧、雕塑等艺术表现手法，以融合时尚、唯美、绚丽的当代审美情怀和浪漫、夸张、深刻而古朴的艺术风格为改编理路，把展现子胤"从恐惧走向恐惧"③ 的内心，作为重构悲剧精神的核心，把改编的重点放在美的形式与角色的心理活动结合，以"内心外化"表现角色情绪的延伸与扩张，以此来建构人物的行动和情节结构，按照德里达的说法就是"创造新的身体和新的活动空间"④。在开场的"预言"中布景通过隐喻渲染外化了悲剧气氛。我们看到，在三"巫"的一番密谋之后，时隐时现的"帝王幡"以布景的华美、威仪，既美化了舞台，又隐喻着帝王和朝代的更迭与威严，在精彩的龙套武打之中，"巫"以"他若做好事，我们就帮他，他若做坏事，我们也助他"⑤ 的戏谑叙事，暗示了人物的行动和性格发展，也与原作的"美即丑恶丑即美"⑥ 的辩证哲理思维相呼应。"预

---

① [英]彼得·布鲁克：《活的戏剧》，于东田译，《国话研究》2012年第4期。
② 王长安：《徽班与徽剧》，《中国京剧》2005年第6期。
③ 尹鸿：《悲剧意识与悲剧艺术》，安徽教育出版社1992年版，第178页。
④ 金惠敏、赵士林、霍桂桓、刘悦笛：《西方美学史》（第四卷），中国社会科学出版社2008年版，第63页。
⑤ 安徽省徽京剧院、安徽省徽剧研究院：《惊魂记》（根据莎士比亚名著《麦克白》改编）[DVD]，2013年版。（剧中的所有道白、唱词均根据该剧院2013年11月在苏州第十三届中国戏剧节演出光碟记录。）
⑥ [英]莎士比亚：《莎士比亚全集》（第三卷），朱生豪、陈才宇译，浙江工商大学出版社2015年版，第453页。

言"也在大军班师的严整造型中通过舞台叙事完成了对人物身份、性格的铺垫。

徽剧舞蹈程式丰富,有十耍和一百三十二跳之说。《惊》剧对原作的重构主要以程式化的唱、做营造故事的诗意空间,以皮簧合奏,句式整齐,基本依韵"连唱带诵""滚白滚唱"的"滚唱""滚白"解释性通俗词句为特点,使剧词通俗易懂,"音乐节奏爽朗明快,感情更为真挚"①。《惊》剧在"滚"中往往"畅滚一二段"②以不同的韵律节奏和演唱方法,甚至"随口而歌"③强化曲文的抒情色彩,达到延伸角色悲观绝望情绪的感染力的目的。《惊》剧在对原作主要内容的"取"中,以身段的叙述与唱腔的抒情,揭示人物灵魂的堕落和生命中的绝望情绪。该剧叙事是在有限的空间和场景中张扬角色心理空间的丰富内涵,以程式的形式美彰显人物的个性和心理状态,例如当子胤以回肠荡气的"扫狼烟平叛乱,率部出征哪,众三军班师回举国欢腾"④一亮相,就博得满场碰头彩。三巫簇拥着这位"大英雄",不仅通过叙事,更以唱、舞的"言授于意"之抒情表现人物的英雄气概。而"引商刻羽,抗坠疾徐"的审美效果则通过行云流水般的时空处理和写意留白的场面交代出来,超越"写实",追求从外部细节真实地再现"生活真实"和"环境真实"的莎剧,向"写意""写情"的虚拟审美"表演空间"⑤转型。在诗意化的歌舞中,实现音舞的戏剧化,从叙事的道白、抒情的唱词、结构和场面、形象与意象,强调通过比兴抒情,象征隐喻、映衬对比"展示台词和唱腔的力量"⑥,将原作情节和心理活动予以徽剧的审美

---

① 陆小秋、王锦琦:《高腔衍变史上的重要一页:论"徽池雅调"和"石台、太平梨园"》,安徽省徽剧团、安徽省文学艺术研究所:《徽剧资料汇编》1983年版,第142页。
② 朱万曙:《明清戏曲论稿》,安徽大学出版社2008年版,第245页。
③ 邓琪:《徽剧与徽剧的伴奏乐器》,《乐器》2011年第7期。
④ 安徽省徽京剧院、安徽省徽剧研究院:《惊魂记》(根据莎士比亚名著《麦克白》改编)[DVD],2013年版。(剧中的所有道白、唱词均根据该剧院2013年11月在苏州第十三届中国戏剧节演出光碟记录。)
⑤ 杜定宇:《英汉戏剧辞典》,上海译文出版社2013年版,第606页。
⑥ 金惠敏、赵士林、霍桂桓、刘悦笛:《西方美学史》(第四卷),中国社会科学出版社2008年版,第776页。

放大，使作为诗剧的莎剧与诗化的徽剧，在音乐、舞蹈中重构其悲剧精神的写意性呈现方式。在流动与静止中，夸张美化的咏叹动作以及凝固延时的雕塑感把人物强烈丰富的内心世界具象化。舞台叙事的徽剧化重构，不仅显示了原作文本与舞台表演之间的内在联系，而且导致了叙事结构与叙事方式的根本变动。由此，《惊》通过叙事方式的解构与建构获得了迥异于话剧的"灵魂审判"和蕴含了哲思品格的写意审美，显示出原作所表达的，被野心、权欲扭曲了人性的男女所面临的人类道德困境及良心审判，以及"悲剧以价值的否定为终点"[①] 的悲剧精神。写实转化为写意，人物内心情感纠结、矛盾在歌舞叙事中，以经典与中国古典戏剧、写实与写意的"意实性"之融合，在不改变原作内容、背景和人物精神的前提下，自然而然地以徽剧的空间结构方式和表演程式，以诗意审美叙述方式，创造出一系列诗化意象。可以说，以徽剧演绎莎剧，对于主创人员来说，每一层面的重构都是原创，也是解构中的建构。

"戏曲程式是具有强大约束力的'法式'"。[②] 子胤的扮演者汪育殊和齐姜的扮演者陈娟娟的表演运用徽剧艺术符号的情感意象，以丰富的唱腔，流动的身段描绘出人物的心理变化曲线；又以静止的造型美、雕塑感，在动—静—动的节奏和韵律感中，不断强调"美蕴藏着更强烈的生命"[③] 意识，运用综合的舞台语汇，使《惊》剧与原作结合为写意和诗化的审美艺术整体。《惊》剧的改编，在总体把握原作悲剧精神的基础上，以鲜明的历史背景，强烈的矛盾冲突，鲜明饱满的人物形象，严谨凝练的节奏，发挥"徽剧独特传统程式和表演手法"[④]，改编结合徽剧粗犷豪放、古朴典雅的声腔和传统徽剧程式的夸张、变形，以及人物心理矛盾、情感爆发，以"变脸""耍翎子""高台扑虎""高台大虎跳""倒食虎""高台滑僵尸"的"情"与"技"的

---

① 尹鸿：《悲剧意识与悲剧艺术》，安徽教育出版社1992年版，第37页。
② 郑传寅：《传统文化与古典戏曲》，湖南人民出版社2004年版，第188页。
③ 傅雷：《世界美术名作二十讲》，生活·读书·新知三联书店2000年版，第43页。
④ 叶以萌：《看徽剧〈惊魂记〉，走戏曲传统路》，《中国戏剧》2014年第6期。

有机结合,将人物言语、内心,外化为徽剧的做、唱。汪育殊饰演的子胤"文戏武唱"①,用徽剧程式外化、诗化人物内心,以变脸表示情感的突转,以耍翎子显示人物内心的纠结,以转台上的跌扑虎外化人物的惊愕,以高台滑僵尸突出人物的极度恐惧。

音乐在中国戏曲中占有重要地位,而"科介的表演关系着演员刻画人物的成败"②,"剧中角色的一切表情动作……身段动作上采用了舞蹈姿态,故也离不开音乐,"③ 例如《惊》剧大段的唱中配合"做"的"耍翎子"表现人物内心搏斗,非文本叙事的"做"是对灵魂和人性善恶的拷问,是用审美理想观照和叩问人性的缺陷。在第三场"密谋"中,从拜见"靖边侯""宰相""大王千岁"的得意、欣喜、惊恐到"剑出鞘,血飞溅",以富于变化的"耍翎子",急速翻滚,双人、单人亮相,双人舞、单人舞外化人物的心理活动,子胤在"醉剑"中和妻子齐姜边唱边舞"血海起狂澜,胆颤心又寒。有朝一日登龙位……"④ 齐姜则"见此信难忍住心头狂喜,时来运转要步天梯"⑤,二人在一段难掩盼望、得意、娇宠、疑虑的"哈哈哈哈"的双人舞中表现出篡位杀人的野心。此时的子胤、齐姜唱、做结合:

> 欲念如火燃胸膛,万马奔腾难收缰。一剑难把万事断,来世报应令人心颤。心裂如焚五内乱,切不可犹豫再三妇孺模样,剑出鞘,血飞溅。⑥

现代戏剧已经逐渐远离了单纯的抒情话语,而以叙述体现人物特征的手段也并非"只能是和生活一样,展示人物的行动",⑦ 具体到戏剧中,如果不

---

① 汪育殊:《我的徽剧梦》,《中国戏剧》2014年第6期。
② 曾永义:《曾永义学术论文自选集(甲编·学术卷)》,中华书局2008年版,第206页。
③ 周贻白:《中国戏剧史长编》,上海世纪出版集团2007年版,第6—9页。
④ 安徽省徽京剧院、安徽省徽剧研究院:《惊魂记》(根据莎士比亚名著《麦克白》改编)[DVD],2013年版。(剧中的所有道白、唱词均根据该剧院2013年11月在苏州第十三届中国戏剧节演出光碟记录。)
⑤ 同上。
⑥ 同上。
⑦ 傅修延:《讲故事的奥秘:文学叙述论》,百花洲文艺出版社1993年版,第218—219页。

通过舞台"利用'地点''场所'或'环境'这样的空间性元素……那么他们所创造的人物形象难免会因抽象和朦胧而不易"① 为观众所感觉和理解。处于这一特定空间中的角色的"唱词"是叙事，叙述的是心理活动，而"唱"和"做"既是叙事的载体，也是通过抒情方式，显现出来的流动的"空间意象"②，通过抒情、叙事表征人物形象符号的意蕴和呈现的"空间冲突"③ 构建了人物性格冲突的空间化意象。

这种体现心理极度疯狂的"酷肖神情"④ 之宣泄，以"表现激昂情绪"⑤ 的"高拨子"演唱烘托悲剧气氛，通过特定空间"唱""舞"的抒情；"做""技"的身段叙事，在"滑僵尸""倒扎虎""串翻身""抖翎""涮翎""点翎""摇翎""晃翎""抢翎""变脸""甩发"的情感宣泄表演中，⑥ 叙事与抒情已经融为一体，叙事表明了人物的行动方向，"做"的抒情体现在每一次"技"的空间意象之中。可谓叙事中包含了抒情，抒情中也难离叙事。此时改编的空间意象异质性构成了原作与《惊》剧之间空间冲突的互文性基础，其中既含有符合角色性格的行为、动作和"道德敏感"⑦，也"表现角色的性格"⑧ 特征。人物的"掌握君临万民的无上威权……奸诈的心必须罩上虚伪的笑脸"⑨ 的内心冲突，已经转化为表现人物情感和悲剧精神的戏曲程式，改编所重构的"人物性格陌生化的……惊愕和新奇感"⑩，以美的形式本身与原作形成了互文性的审美效果。"西洋舞台上的动，局限于固定的空间。中国戏

---

① 龙迪勇：《空间叙事研究》，生活·读书·新知三联书店2014年版，第261页。
② 同上。
③ 同上。
④ 李渔：《闲情偶寄》（上），杜书瀛译注，中华书局2014年版，第366页。
⑤ 刘文峰、江达飞：《中国戏曲文化图典》，浙江教育出版社2001年版，第200页。
⑥ 侯露：《喜见徽班有传人：记徽剧文武小生汪育殊》，《中国戏剧》2014年第6期。
⑦ 周珏良：《周珏良文集》，外语教学与研究出版社1994年版，第20页。
⑧ 蒋星煜：《中国戏曲史钩沉》（上），上海人民出版社2010年版，第65页。
⑨ ［英］莎士比亚：《莎士比亚全集》（第三卷），朱生豪、陈才宇译，浙江工商大学出版社2015年版，第461—464页。
⑩ 张黎：《布莱希特研究》，中国社会科学出版社1984年版，第204页。

曲的空间随动产生，随动发展"①。《惊》剧唱、做结合，"使空间说话"②，摈弃了"写实性的时间和空间，而只有表现现场的时间和剧场空间"③，在舞台叙事中，身段在唱腔、显示情绪的锣鼓点的配合下，其写意性的非文本性叙事得到了强化。《惊》剧这种写意性的叙述方式是"运用'假定性'等形式和手法去表现自己对于现实，对于人的独到发现"④，并以戏剧的假定性显现出鲜明的诗化特征、节奏感和造型美。这种从原作悲剧精神，人性善恶普遍意义和权力、野心来反映人性的徽剧叙事，已经使其改编在外在形式上既远离、超越了生活，又在形式表现上，在陌生化中强调了改编的诗意之审美。

《惊》剧改编成功的关键因素在哪里？我们认为，以哲理化的叙事凸显原作的悲剧精神，在于对原作精神内涵的取舍，舞台手段的利用和舞台表演魅力的综合运用，同时追求情、理、技的统一。戏谚曰"戏无技不惊人"，因为"语言的词意会被空间的诗意所取代"⑤，《惊》剧在强调改编的无理不服人、无情不动人中，尤为注重无技不惊人，突出"技"在叙事与抒情中的特殊作用。例如在"血剑"一场的双人舞中强调了"血剑之下定乾坤""定国剑，剑定国，血剑之下多冤魂""这王位本来就是用鲜血换来的，只有趟着这血路，人没有退路了，走，走，走下去"。⑥这样具有很强认知意义和历史纵深感的哲理化叙事，在吸收多种艺术表现手法的基础上，以"宾白叙事，词曲

---

① 宗白华：《中西戏剧比较及其他》，翁思再：《京剧丛谈百年录（增订本）》，中华书局2011年版，第169页。
② ［法］安托南·阿尔托：《残酷戏剧：戏剧及其重影》，桂裕芳译，中国戏剧出版社2006年版，第88页。
③ ［美］布赖恩·理查森：《当代戏剧叙述进程的几种新方式》，傅修延主编：《叙事丛刊》（第一辑），中国社会科学出版社2008年版，第132页。
④ 胡星亮：《现代戏剧与现代性》，人民文学出版社2007年版，第33页。
⑤ ［法］安托南·阿尔托：《残酷戏剧：戏剧及其重影》，桂裕芳译，中国戏剧出版社2006年版，第32页。
⑥ 安徽省徽京剧院、安徽省徽剧研究院：《惊魂记》（根据莎士比亚名著《麦克白》改编）［DVD］，2013年版。（剧中的所有道白、唱词均根据该剧院2013年11月在苏州第十三届中国戏剧节演出光碟记录。）

写情"① 产生了貌离而神合的美学效果。如"血手"一场中，齐姜在执剑砍杀，血光溅红帷幕中的大段独舞与独白："一双血手泄漏了天机，百姓太医注视着这里，欲借沧海水把手洗净，洗不尽猩红的血手迹。染红的大海它暴露了秘密，机遇难得莫错过呀，莫错过……哎呀，我的夫君啊……你怎么缺少勇气和残忍，黄灿灿金丝皇冠至高无上，冷莹莹玉玺宝印压定乾坤，多少人梦寐以求发了昏，多少人刀剑相向拼却性命。"②此时"对白和唱词，多方面向观众提示时间的流转与空间的转换"③，人物身份的变更、时空交错巧妙地拓展了舞台空间。齐姜的扮演者陈娟娟以丰富的舞蹈语汇把人物的心理状态表现得颇具"诗化意象"，柔媚凶残而富有象征意味，既有夸张的造型美，又有流动的韵律美，从而体现出鲜明的角色性格特征。子胤、齐姜的双人舞和单人舞交替进行，将"大将军怎能杀，杀一个，一个梦中之人……老王殡天马上新王登基"④ 的复杂、矛盾心理状态表现得淋漓尽致。《惊》剧在假定性的舞台叙事中，已经解构了原作之"真"，它不必在"真"的写实上亦步亦趋地依附于原作，而只需在"美"的写意上匠心独运地表现"情感""心理"。《惊》剧以"高度发扬戏剧的假定性，与此同时又沿用模拟生活形态的真实性"⑤ 强调了以虚拟为主、实感为辅、"意实"结合的美学效果。

四 "意实性"：经典建构的方式

在戏剧叙事中，不管是非言说的内心独白，还是言说的"外在式独白或

---

① 吴梅：《吴梅戏曲论文集》，王卫民编，中国戏剧出版社1983年版，第62页。
② 安徽省徽京剧院、安徽省徽剧研究院：《惊魂记》（根据莎士比亚名著《麦克白》改编）[DVD]，2013年版。（剧中的所有道白、唱词均根据该剧院2013年11月在苏州第十三届中国戏剧节演出光碟记录。）
③ 董乃斌：《中国文学叙事传统研究》，中华书局2012年版，第375页。
④ 安徽省徽京剧院、安徽省徽剧研究院：《惊魂记》（根据莎士比亚名著《麦克白》改编）[DVD]，2013年版。（剧中的所有道白、唱词均根据该剧院2013年11月在苏州第十三届中国戏剧节演出光碟记录。）
⑤ 章诒和：《中国戏曲》，文化艺术出版社1999年版，第16页。

者自言自语"①，当叙事达到情感高潮时，叙事会被凝聚了情感的抒情取代，成为表现戏剧人物性格、思想、心理的"私语"，而歌舞则成为承载"私语"的最佳方式，因为"高潮的表现往往出现在最具歌舞性，最易载歌载舞的地方"②。《惊》剧中汪育殊扮演的子胤即使在恍惚和惊恐中仍然不失英雄气概，而陈娟娟扮演的齐姜可称为中国戏曲舞台上最显雍容华贵的麦克白夫人。外表晔兮如华，内在心兮如痌，在"血手"一场，体现人物"私语"的唱，配合奸佞之人的奸险而迷茫的眼神，通过唱叙的指涉，以"戏剧性动作而不是抽象的舞蹈动作"③的"做"强化了人物的悲剧性格。《惊》剧的唯情在于以唱、做为映射，以写意的假定性变异其生活的写实性，以戏剧性动作外化内心矛盾，正所谓"词如诗，曲如赋"④，表演者是"以剧诗、剧曲、剧舞的手段去具体体验角色的内心世界"。⑤

徽剧"动作多"⑥，为刻画人物的性格特征，陈娟娟以"卧鱼""以棍代剑"和"僵尸"的"做"的绝技，层次分明地显示出人物野心的膨胀和为杀人恶行做辩护的狡辩，其写意性所凸显出来的审美效应，动作推动剧情，动作也表现情感，已经成为变异了形式的重构的动作，其"唱""做"和"形象"等能指内质的"质料性"⑦呈现出的是"所指不是'一件事物'，而是该'事物'的心理表象"，⑧即情感表现心理，原作中不长的道白"所有阿拉伯的香料都不能叫这只小手变得香一点……洗净你的手"⑨，化为"空间意象"中的唱与做：

---

① ［美］杰拉德·普林斯：《叙述学词典》，乔国强、李孝弟译，上海译文出版社2011年版，第128页。
② 蓝凡：《中西戏剧比较论稿》，学林出版社1992年版，第447页。
③ 傅谨：《中国戏剧艺术论》，山西教育出版社2000年版，第239页。
④ 刘熙载：《艺概·词曲概》，俞为民、孙蓉蓉：《历代词曲汇编：新编中国古典戏曲论著集成》（第四卷），黄山书社2008年版，第457页。
⑤ 阿甲：《阿甲戏剧论集》（上），李春熹选编，中国戏剧出版社2005年版，第422页。
⑥ 洪非：《谈"青阳腔"与"徽剧"的源流》，安徽省徽剧团、安徽省文学艺术研究所：《徽剧资料汇编》1983年版，第72页。
⑦ ［法］罗兰·巴尔特：《符号学原理》，李幼蒸译，中国人民大学出版社2008年版，第26页。
⑧ 同上书，第23页。
⑨ ［英］莎士比亚：《莎士比亚全集》（第三卷），朱生豪、陈才宇译，浙江工商大学出版社2015年版，第499页。

为什么兄弟同胞全不顾，

为什么父母亲情全不认，

使尽奸计狠下毒手，

杀兄弑父血溅午朝门，

都只为权倾天下，

这财富归一人，

全不顾下地狱永难翻身，

……

老皇爷啊，

今日就是你明年的祭辰呐。

我是欲收难收欲罢不能，

……

刺了老皇，杀太子，刹了伍伯将军，

满手的鲜血，

难难难难……难洗净。①

"依靠美本身，美的事物才称为美"②，写意实乃是"一种被现代理性烛照的诗化戏剧观"③ 的反映。形式尽管已经重构了内容，但唯一不变的是原作中的悲剧精神，"耀眼的金冠呐，夺目摄魂"和"血手难掩罪十般，阴风冷雨

---

① 安徽省徽京剧院、安徽省徽剧研究院：《惊魂记》（根据莎士比亚名著《麦克白》改编）[DVD]，2013年版。（剧中的所有道白、唱词均根据该剧院2013年11月在苏州第十三届中国戏剧节演出光碟记录。）
② ［古希腊］柏拉图：《柏拉图全集》（第一卷），王晓朝译，人民出版社2002年版，第110页。
③ 余秋雨：《佐临的艺术人格》，上海市艺术研究所话剧室：《佐临研究》，中国戏剧出版社1990年版，第45页。

袭宫窗,留命难"①的"'僭越'男性"②的欲望困惑和恐怖心情在"做""唱"中得到宣泄。《惊》剧在形式上强调的是美与丑的"双重性真实"③的艺术原则的徽剧重构,并隐喻当代人因无节制的欲望而产生的内心困惑。但这种映射皆以"情"作为呈现依据,原作的悲剧精神和故事线索在"情"的叙事和牵引下,才会得到体现。因为戏曲中的身段"必须激起心灵的反应才能产生戏剧性"。④在戏曲中,"贯穿始终的最重要的因素是'情'……美的东西,感动人的东西"。⑤正如乔治·贝克所言:"显著的内心活动是很可以同单纯的外部动作一样有戏剧性"。⑥

可以说,《惊》剧的改编贯穿了中国戏曲叙事的自由时空原则,在情、理、技的统一中表现出原作的悲剧精神,动作性贯穿于唱、做之中,克服了话剧加唱的弊端,演出把静止不变的空间,变成了流动变化的叙事与抒情空间,角色靠唱做念打突破了"真"的樊篱,相比于语言精确得多的"动作及空间语言"⑦表达,将人物的心理、情感通过唱、做、念、打使原作的悲剧精神"所引发的灾难……渗透着深刻的命运感"⑧得以具象化。"演戏就是演人生"⑨,《惊》剧以透视权力、伦理、人性的多重架构,在徽剧的自由空间中,使人物的"疯狂"在音舞叙事的审美形式中不断被放大,在唱腔、舞蹈、语言三者之间的有机叠加中,营造出"悲中美""外形美与内心丑"的强烈对比。

---

① 安徽省徽京剧院、安徽省徽剧研究院:《惊魂记》(根据莎士比亚名著《麦克白》改编)[DVD],2013年版。(剧中的所有道白、唱词均根据该剧院2013年11月在苏州第十三届中国戏剧节演出光碟记录。)
② 彭磊选编:《莎士比亚戏剧与政治哲学》,华夏出版社2011年版,第201页。
③ 李鹏程、王柯平、周国平:《西方美学史》(第三卷),中国社会科学出版社2008年版,第984页。
④ 陈世雄:《戏剧思维》,福建教育出版社1996年版,第91页。
⑤ 阿甲:《阿甲戏剧论集》(上),李春熹选编,中国戏剧出版社2005年版,第363—364页。
⑥ [美]乔治·贝克:《戏剧技巧》,余上沅译,中国戏剧出版社2004年版,第34页。
⑦ [法]安托南·阿尔托:《残酷戏剧:戏剧及其重影》,桂裕芳译,中国戏剧出版社2006年版,第62页。
⑧ 叶朗:《美在意象》,北京大学出版社2010年版,第376—378页。
⑨ 易中天:《易中天文集·艺术人类学(学术卷)》,上海文艺出版社2008年版,第262页。

"中国戏剧的抒情功能重于叙事功能"①，徽剧的改编使莎氏悲剧的叙述方式由写实重构为写意，写事转变为写情。这两个重大转变，所强调的已经不是言语、动作的真实性，而是《惊》剧审美意蕴的呈现方式，是对人物内心情感的深入开掘，表演主要承担的不是叙述者的职责，而是把表现人物心理、情感，在"意实性"的作用下，以徽剧的叙事、抒情完美地建构原作的悲剧精神。

五　跨文化的"青春"嬗变

如何用中国戏曲讲好世界的莎士比亚？这是时代给中国莎学、莎剧演出提出的重要课题之一。青山依旧在，几度夕阳红，从20世纪80年代到21世纪的十多年里，以"中西混搭"的形式改编莎剧已经成为一种新常态。中国戏曲改编莎剧更多采用的是中国化的改编形式。二百年前徽班晋京，四百年前青阳腔"改调歌之，延续二千六百年前'优孟衣冠'"②，古老的徽剧独特的审美价值和"开放性"③期待着"青春的嬗变"。④《惊》剧的改编不仅具有跨文化的审美价值，对现代社会也含有警示意义。毫无疑问，中国化的改编有利于坚持、发扬中国戏曲的本体和美学精神，通过戏曲的审美，往往能传"神外之神，戏外之戏"⑤之韵致。《惊》剧改编证明"叙述、代言二体不但可以互相转换，而且存在着深刻的互相影响"⑥。所以这种写意的徽剧莎剧，也因其写意中的假定性和诗意化，以代言着重于原作悲剧精神的阐扬，在"空间意象"上重构了更加符合当代观众审美习惯的叙事与抒情方式，同时使早已远离了当代的莎士比亚，能够重新回到人们的审美视野，并通过对人性

---

① 傅谨：《中国戏剧艺术论》，山西教育出版社2000年版，第116页。
② 安徽省徽京剧院、安徽省徽剧研究院：《前言》，《中国徽班·纪念安徽省徽剧团建团五十周年（1956—2006）》2006年版，第1页。
③ 周思木：《谈徽剧的排它性与开放性》，《安徽新戏》1991年第2期。
④ 安徽省徽京剧院、安徽省徽剧研究院：《中国徽班：纪念安徽省徽剧团建团五十周年（1956—2006）》2006年版，第1页。
⑤ 铁桥山人、石坪居士、问津渔者：《消寒新咏·沈四喜》，俞为民、孙蓉蓉：《历代词曲汇编：新编中国古典戏曲论著集成》（第四卷），黄山书社2008年版，第729页。
⑥ 董乃斌：《中国文学叙事传统研究》，中华书局2012年版，第355页。

的解读，穿越历史的烟尘，站在当代人的角度上观照经典的永恒价值和现代意义，这是莎剧改编获得现代意义的必然选择。

第六节　戏与非戏之间：川剧《马克白夫人》

川剧《马克白夫人》以写意性将莎士比亚悲剧《麦克白》改编为以"马克白夫人"为主角的川剧折子戏。《马克白夫人》在川剧的唱、念、做、打程式中，不仅充分挖掘、外化了马克白夫人杀人前后的心理特征，而且通过改编把马克白的心理特征拼贴在马克白夫人的表演中，二者的心理、行动合二为一，在浓郁的诗意表演中，以角色的意识流动为线索，在叙述媒介的多样性的基础上，充分体现出人物的心理变态。川剧《马克白夫人》以"诗意"的川剧审美形式演绎了莎士比亚的悲剧《麦克白》，而《麦克白》则借助于唱腔和表演的诗意展现了人物性格、心理、行动和情感。将川剧的唱腔、表演之美拼贴入莎剧的情节之中，使川剧《马克白夫人》成为一部具有浓厚诗意特征，现代性与后现代性相交织的写意莎剧。

一　"以美传真"与"以形传神"

由徐棻编剧，曹平、田蔓莎导演，李群英帮腔，田蔓莎主演的川剧莎剧《马克白夫人》（以下简称《马》剧），无论是在川剧表演，还是以川剧为体彰显文艺复兴时期的莎氏悲剧精神方面都赢得了莎学专家和观众的赞誉，而其外化马克白夫人的心理、情感冲突所形成的审美特性尤为人们所激赏。可以说，该剧为川剧演绎经典莎剧走出去和拓展其表现领域提供了理论与实践的思考空间。① 《马》剧曾应邀赴德国布莱梅市参加了"第二届国际莎士比亚艺术节"，德国慕尼黑的"中国地方戏巡回演出"及荷兰"2000年舞台艺术

---

① 李伟民：《中国莎士比亚批评史》，中国戏剧出版社2006年版，第401—402页。

颁奖大会演出"①。该剧以具有浓郁中国地方特色的川剧演绎莎氏悲剧。川剧的音舞征服了西方观众,也赢得了川剧观众的喜爱。正如黄佐临先生所言:"四百二十年来,莎翁戏剧在世界上有各式各样的演出方法和风格,但几乎没有可称满意者。……问题出在莎士比亚以及后人皆注意'念''做'而忽略了'唱''打',而昆剧和川剧同样讲究'唱、念、做、打'的有机结合。"②

我们今天改编莎剧已经超越了单纯赢得西方观众赞扬的心理期待,而是利用我们自己的艺术形式重新诠释莎剧这样的经典,通过把莎剧改编为川剧,我们收获的是对我们民族文化、艺术、戏剧的自信,我们欣赏到的是丰富舞台叙事手段演绎下的中国川剧莎剧。而原来阅读《麦克白》剧本、观看话剧《麦克白》所容易忽略的审美趣味,也将在《马》剧的改编中得到异常鲜明的美的呈现;今天的西方观众由于缺乏中国文化、戏曲、川剧艺术的熏陶,也许对我们的改编还不能全方位地深入鉴赏,但是,他们却通过我们这种改编看到了另一类型、另一形式的莎剧,认识到莎剧的现代化自身本就应该是开放和丰富多彩的,而不是仅仅只有话剧形式的莎剧,而这种作为他者的莎剧,也展示了经典的价值,丰富了莎剧的表现方式。以上两个方面也正是我们今天研究外国文学和莎士比亚的理由和意义。

《马》剧将《麦克白》改为以其夫人为主角的独角戏,在充分张扬川剧形式美的基础上,把握川剧"以美传真,以情传理,以虚传实,以形传神"③的美学特征,既不脱离川剧的音舞、表演的本体,又在原作的框架内加强马克白夫人的戏份,通过川剧唱腔、舞蹈表现人物心理,沿着故事发展脉络,塑造了一个女人从堕落走向灭亡的过程。《马》剧以其音舞的叙事特点,从唯美与写意的角度,为中国戏曲改编莎剧提供了更为广阔的思考空间。对于《马》剧的写意性如何表现莎氏大悲剧的意蕴,我们对《马》剧的以认识论

---

① 《马克白夫人》剧组:《梨园香径长徘徊·田蔓莎戏剧专场·马克白夫人(川剧·高腔)节目单》,四川省川剧学校、四川省青年川剧团、四川省艺术学校,2002年版。
② 黄佐临:《我与写意戏剧观》,中国戏剧出版社1990年版,第325页。
③ 邓运佳:《川剧艺术概论》,四川省社会科学院出版社1988年版,第5—13页。

为主旨的现代主义与以本体论为主旨的后现代主义表现方式的探讨,就需要抓住"表现的媒介"①营造的写意氛围,探索川剧改编莎剧在表现形式上的重大改变,以及所形成的独特的审美艺术效果。

二 音舞隐喻中的表现媒介

川剧分为昆曲、高腔、胡琴、弹戏、灯戏五种声腔。高腔的唱腔变化多端,《马》剧主要是高腔戏,并采用唱、讲、咏、叹,以及徒歌、帮腔,提头、飞句(中间飞)、重句(重复帮)、合同和尾煞等富于表现力的唱腔。《马》剧"把人作为自己的思考对象和创造核心"②,从人物情绪激动这一点出发,促使"人物的心理特征相结合……演员演唱的衬托,角色情绪的延伸和扩张"③在美的形式中得到了鲜明体现。与其他中国戏曲一样,川剧的表演艺术以其程式化的歌舞搬演故事。在《马》剧的改编中我们看到,在抒发角色感情,用以叙事的川剧音舞与歌剧中的宣叙调与西方歌剧"不重词意而重乐感"④的审美特征融合在一起,对故事的叙述不以情节曲折取胜,而是让位于所运用的唱腔和身段能否有助于揭示人物的内心和情感世界,人物邪恶的心理是通过展现对比反差极大的美的外形而存在的。《马》剧在外形美与内心丑的极大反差映射下,程式的运用充分体现了心理和情感的外化,因为"程式也就是中国戏曲形式美的体现"⑤。《马》剧的曲词高亢、抒情兼具表现人物情感的大起大落,采用以唱煽情,以舞感人的音舞程式,以川剧"帮、打、唱"相结合的音乐结构形式在戏剧性与音乐性、舞蹈性的结合中,将起伏的情感用极具感染力的唱腔、身段表现出来,将"写实"、表现"生活真实"的莎剧,向"写意""写情"的虚拟审美的川剧莎剧转化。在"我歌且徘徊,

---

① 谭君强:《叙事学导论:从经典叙事学到后经典叙事学》,高等教育出版社2008年版,第12页。
② 李远强:《新时期四川戏剧文学史论》,香港天马图书有限公司2001年版,第291页。
③ 王朝闻:《川剧艺术》,四川省川剧艺术研究院:《名家论川剧》,四川出版集团、四川人民出版社2007年版,第67页。
④ 陈国福:《中国川剧》,成都出版社1993年版,第17页。
⑤ 蓝凡:《中西戏剧比较论稿》,学林出版社1992年版,第37页。

我舞影零乱"的诗意演绎中,使我们看到"当莎士比亚一旦拥抱了中国戏曲,也就拥抱了音乐,因此也就在根本上拥抱了诗"。① 可以说通过写意的川剧,外化了莎氏悲剧蕴含的心理、情感冲突,强化了抒情色彩。

由此,《马》剧的唱腔和舞蹈,也在解构了我们业已建立起来的对莎剧《麦克白》所呈现的悲剧叙事的基础上,得以让观众从另一角度,从对"反面人物的动作和声态美化"②,审视莎氏悲剧对邪恶人性的批判,从而为莎氏悲剧审美带来崭新的审美感受。《马》剧中的唱在川剧的建构中,以"个性化的诗意"③ 和传统的腔体表现、刻画人物性格和情感变化,使川剧与莎剧跨越时空的阻隔,遇合在写意的川剧中,并使川剧的唱腔、舞蹈成为《马》剧的"美""情""神"的诗意审美叙述方式,创造出外形柔媚而有力度,飘逸而不板滞,流动而非静止,具有川剧"定得住、点得醒"审美特点的川剧莎剧。

为了这一诗意性建构,田蔓莎的表演尽可能运用川剧程式化的表演方式,身段的运用既反映出人物的心理变化曲线,有造型美和雕塑感,又使唱念节奏相对加快,既在外化原著人物心理的基础上挖掘内心矛盾冲突,又借助于川剧艺术丰富的舞台语汇,使川剧与莎剧结合为写意的艺术整体。可以说,《马》剧借助于莎剧的经典性和对邪恶人性的批判,在川剧原有的表现领域和表现范围内,成功地创造了写意的《马》剧。而川剧借助于莎剧,也已经超越了时空和民族的界限,跨越了文化、艺术形式之间的鸿沟,为外国观众了解川剧打开了一扇窗户,同时也为世界莎剧舞台提供了诗意浓郁的写意川剧莎剧,而这一演出形式所蕴含的现代性,也必将为当代莎剧的后现代主义表演和研究提供全新的思考和阐释空间。

"中国戏剧的特性……不仅唱词之行腔使调有赖于音乐的衬托……身段动

---

① 黄佐临:《我与写意戏剧观》,中国戏剧出版社1990年版,第89页。
② 蓝凡:《中西戏剧比较论稿》,学林出版社1992年版,第37页。
③ 鄢然:《为了一个共同的目标——振兴川剧——与著名川剧演员田蔓莎一席谈》,《四川戏剧》2002年第2期。

作上采用了舞蹈姿态，故也离不开音乐。"①《马》剧的"写意性"采取了川剧化的形式，既通过大段的唱腔和身段表现人物复杂的心理变化，又通过念、做、舞使人物的心理、情感得以鲜明呈现，在化用莎剧语言的基础上，充分中国化、川剧化。在剧中，马克白夫人已经沦为了杀人的凶手，在一连三次惊恐的"谁在敲门？谁在敲门？谁在敲门？""鬼来了……鬼来了……冤鬼索命来了……人来了……人来了……有人抓我来了"②的呼喊声中，马克白夫人唱道：

> 快把计谋藏，速将笑脸装。
> 受宠的感激，要挂在眉梢眼角上；
> 报恩的殷勤，要手指脚尖都在忙。
> 阿谀的话儿，要口若悬河滔滔讲，
> 讲得他云里雾里不提防。
> 赞美的曲儿，要含情脉脉低低唱，
> 唱得他亦飘亦荡如痴狂。
> 只等那万籁俱寂三更后，
> 且看这血溅象牙床。
> 我为夫把钢刀磨亮磨亮
> 再磨亮！！！③

---

① 周贻白：《中国戏剧史长编》，上海世纪出版集团2007年版，第6—9页。
② 徐棻：《〈马克白夫人〉（根据莎士比亚〈马克白〉改编）》，《四川戏剧》2001年第1期。[文中所涉及的影像资料包括两个版本：1.《马克白夫人》系根据现场演出录制的光盘记录，未公开发行；2. 中共四川省委宣传部、四川省文化厅、四川省振兴川剧领导小组：《四川省振兴川剧三十年30部（折）优秀剧目梅花奖得主作品集·川剧30年（1982—2012）DVD》，四川文艺音像出版社2012年版。]
③ 徐棻：《〈马克白夫人〉（根据莎士比亚〈马克白〉改编）》，《四川戏剧》2001年第1期。[文中所涉及的影像资料包括两个版本：1.《马克白夫人》系根据现场演出录制的光盘记录，未公开发行；2. 中共四川省委宣传部、四川省文化厅、四川省振兴川剧领导小组：《四川省振兴川剧三十年30部（折）优秀剧目梅花奖得主作品集·川剧30年（1982—2012）DVD》，四川文艺音像出版社2012年版。]

这种体现个人心理和极度疯狂的情绪宣泄，通过配合"舞"的身段，"唱"既交代了马克白夫人谋杀的现实，也在"唱"的叙述与代言的二重性中，通过叙事色彩的异质性构成了悲剧的心理和情感氛围，此时马克白夫人的"内心冲突是悲剧行动的全部"①，即"把一个事件或者一个人物性格陌生化，首先意味着简单地剥去这一事件或人物性格中的理所当然的、众所周知的和显而易见的东西，从而制造出对它的惊愕和新奇感"。②

《马》剧中反复出现的帮腔就具有这种功能。在川剧表演中，"川剧帮腔具有多种功能，可以描述剧中规定情景，表达人物心理活动，也可以第三人称的口气，评定剧中人物事件"。③ 如开场时的幕后帮腔："宫廷静静，宫闱深深。夜色黯黯，夜梦沉沉。何人寅夜叩宫门？"④ 酝酿了气氛，为人物的出场做出了铺垫。帮腔的"何人寅夜叩宫门"⑤ 已经将马克白夫人的心理紧张程度表露无遗。"帮腔可以作为对话叙事"⑥，帮腔的"唯我独尊才了然"既表达了剧中人物的心理活动，又以第三人称的口吻，在叙事的过程中对谋杀进行了评判，代表了观众的心声，所以，"马克白夫人才（向帮腔处）嘘……（小声）有些事，心头明白就是了，不可说出口来"。⑦ 当马克白夫人取下一柄雪亮的钢刀时，帮腔评判道"恶女人丧尽天良"，马克白夫人则接着说："哪个在骂？丧尽天良，哼，你若处在我的位子上，也许比我更加恶毒。"⑧ 当马克白夫人以川剧特技"倒硬人"猝然倒地以后，帮腔的"背负谴责和

---

① ［英］雷蒙·威廉斯：《现代悲剧》，丁尔苏译，凤凰出版传媒集团、译林出版社2007年版，第36页。
② 张黎：《布莱希特研究》，中国社会科学出版社1984年版，第204页。
③ 杜建华：《川剧》，四川出版集团、四川人民出版社2007年版，第112页。
④ 徐棻：《〈马克白夫人〉（根据莎士比亚〈马克白〉改编）》，《四川戏剧》2001年第1期。［文中所涉及的影像资料包括两个版本：1.《马克白夫人》系根据现场演出录制的光盘记录，未公开发行；2. 中共四川省委宣传部、四川省文化厅、四川省振兴川剧领导小组：《四川省振兴川剧三十年30部（折）优秀剧目梅花奖得主作品集·川剧30年（1982—2012）DVD》，四川文艺音像出版社2012年版。］
⑤ 徐棻：《〈马克白夫人〉（根据莎士比亚〈马克白〉改编）》，《四川戏剧》2001年第1期。
⑥ 邓运佳：《川剧艺术概论》，四川省社会科学院出版社1988年版，第271页。
⑦ 徐棻：《〈马克白夫人〉（根据莎士比亚〈马克白〉改编）》，《四川戏剧》2001年第1期。
⑧ 同上。

内疚，黄泉路上你慢慢行"，① 以帮腔表现心理活动的还有："金交椅，金銮殿……俯视苍生我掌权"，在舞蹈和造型中的"水盈盈……水温温……仔细洗……仔细清……要用力，要用心，用心用力洗又清"，② 反复的帮腔和大段的唱与舞是作为一种陌生化的手段来使用的，故而达到了"美本身，形式本身，造成了陌生化"③ 的审美效果，同时使莎剧在川腔、川调、川剧的演绎中具有了浓郁的川味。

《马》剧唱、舞结合，在写意性极强的舞蹈中，角色以"水袖""水发"程式的延长美化了动作，增加了情感表现的力度，在唱与身段的建构中，使第一人称的代言体兼具了第三人称的叙述体意蕴，此时叙事已经不是目的，而是"借叙事来抒情"。《马》剧这种坦白交代的叙述方式，使表演成为诗意的唱、舞，舞蹈中身段在唱腔、曲牌、韵白锣鼓点中，其写意性也得到了陌生化的美的展现，显现出鲜明的节奏感和造型美。"唱腔和念白这种单纯的听觉艺术辅之以视觉形象，使其表演手段能够情景交融，视听同现。"④ 毫无疑问，即便是表现恐怖和丑恶，唱、舞也增强了《马》剧的表现力，川剧的程式对莎氏悲剧形成了更为诗意化的演绎。正如布莱希特所说："演员就把一个显然被抓住的事物本质诉诸观众的视觉，他的恐怖随即在此处引起陌生化效果。"⑤ 这种把莎氏悲剧审美转化为川剧的音舞，通过独唱、独舞的表演形式，已经使其在外在形式上既远离生活、变异生活，又在形式表现上，在陌生化中达到了诗意之审美。而"中国戏曲程式既有间离，又要求有传神的幻觉感"，⑥ 在《马》剧中得到了淋漓尽致的展现。《马》剧在吸收多种川剧艺术表现手法的基础上，以"宾白叙事，词曲写情"⑦ 创造出新奇、诗化的表现

---

① 徐棻：《〈马克白夫人〉（根据莎士比亚〈马克白〉改编）》，《四川戏剧》2001年第1期。
② 同上。
③ 张黎：《布莱希特研究》，中国社会科学出版社1984年版，第89页。
④ 薛沐：《戏曲导演概论》，中国美术出版社1994年版，第73页。
⑤ ［德］贝·布莱希特：《布莱希特论戏剧》，丁扬忠、张黎、景岱灵译，中国戏剧出版社1990年版，第197页。
⑥ 阿甲：《阿甲戏剧论集》（上），李春熹选编，中国戏剧出版社2005年版，第405页。
⑦ 吴梅：《吴梅戏曲论文集》，王卫民编，中国戏剧出版社1983年版，第62页。

场面，使其通过川剧丰富的艺术手段，达到貌离而神合的审美效果。如马克白夫人在执刀砍杀，血光溅红帷幕中的大段的独白："快夺走我的本性，快荡涤我的宽仁。将我的心肠变得铁一样硬，让我的臂膀能够力举千斤。实现野心须伴随残忍，夺取非分须抛弃常情。做大事要敢于承担责任，莫让那凡夫俗子的恐惧。阻碍我向峰顶攀登！"①表现得形象而富有诗意，刚劲而富有象征意味，既有夸张的造型美，又有流动的韵律美，从而体现出鲜明的角色性格特征。田蔓莎以丰富的舞蹈语汇叙述，在哲理化的悲剧中，使表演既充满了诗情画意，又以具象化的舞蹈表达出人物的内在情感。

《马》剧的表演既要叙述特定情境之中的人物，又要脱离"化身"的剧中人物。②而这一脱离正是《马》剧不同于话剧《麦克白》的独特之处。正如齐如山所说："话白有韵味，动作有舞式……的美化的动作"。③可以说，以唱腔、舞蹈为舞台叙事形式的《马》剧之审美已经解构了莎剧《麦克白》之"真"，它不在"真"上依附于原作，而是在"美"上表现"情感""心理"。显然，这一间离将表演者、评论者和"行当"的叙述统一于川剧的表演语汇之中。《马》剧既运用了化装、服饰、动作、语言"矫情镇物，装腔作势"的审美呈现，也把《麦克白》中的语言、日常的动作、戏剧性的冲突美化、艺术化、川剧化了，以川剧超出生活之法的审美，表现生活中人的心理和情绪。《马》剧以其表演形式创造出了《麦克白》所需要的心理、情绪的外化，以"高度发扬戏剧的假定性，与此同时又沿用模拟生活形态的真实性"④达到了以虚拟为主、实感为辅的审美效果。

总之，《马》剧以川剧的音舞，描述了马克白夫人的一段罪恶的心路历程，发挥川剧的表演技巧，以张扬、唯美的抒情方式，在时间与空间的分离中，通过形式上的创新，对原作的价值理性行为和功利理性行为进行了深入

---

① 徐棻：《〈马克白夫人〉（根据莎士比亚〈马克白〉改编）》，《四川戏剧》2001年第1期。
② 冯至：《后记》，冯至编选：《布莱希特选集》，人民文学出版社1959年版，第324页。
③ 齐如山：《国剧艺术汇考》（一），辽宁教育出版社1998年版，第33—64页。
④ 章诒和：《中国戏曲》，文化艺术出版社1999年版，第16页。

反思，艺术提供了救赎的功能，深刻表现出原作的悲剧精神，以及《马》剧的现代性张力与后现代主义表现手法。

三 写实与写意之间的符码转换

"川剧以浪漫主义为主导"①，《马》剧的改编遵循的亦是在浪漫主义原则基础上，以"川剧为体的唯美形式"，但并不妨碍改编中体现出来现代主义与后现代主义因素的显现。在表演中将莎剧念白、行动与川剧的"唱""舞"结合起来，对原作内容的叙述已经退居次要地位。关键是如何实现《马》剧在原作叙事中的符号体系和川剧程式之间的转换，如何以其音舞表现、外化人物心理和情感问题。我们可以很清晰地看到，《马》剧通过唱腔、舞蹈和念白的舞台叙述与话剧形式的原作表现方式完全不同，体现出"生活化、人物化、戏曲化"②的审美追求。《马》剧在表现矛盾、情感冲突时，不仅通过独白叙述，而且以化"独白"为"独唱"，化"生活动作"为装饰感极强的"独舞"方式表现人物的内心矛盾冲突，在情绪的发展、心理变化中，表现人性的异化和人的疯狂，渲染内心的悲凉与恐惧。

从这一意义来看，确实如拉康所言："没有疯狂我们人就不成其为人。"③如在原作第二幕第二场中，麦克白夫人说："意志动摇的人！把刀子给我。睡着的人和死了的人不过和画像一样；只有小儿的眼睛才会害怕画中的魔鬼。要是他还流着血，我就把它涂在那两个侍卫的脸上；因为我们必须让人家瞧着是他们的罪恶。"④而《马》剧，则以高腔和大幅度的舞蹈动作，对人物心理和情感进行渲染，在此，马克白夫人以歌唱性的念白表达了：

快夺走我的本性，

---

① 邓运佳：《川剧艺术概论》，四川省社会科学院出版社1988年版，第184页。
② 唐思敏：《川剧艺术管窥》，四川人民出版社1993年版，第232—233页。
③ [法]拉康：《拉康选集》，褚孝泉译，上海三联书店2001年版，第182页。
④ [英]莎士比亚：《莎士比亚戏剧全集》（第二辑），朱生豪译，世界书局中华民国三十六年版，第23页。

快荡涤我的宽仁。

将我的心肠变得铁一样硬，

让我的臂膀能够力举千斤。

实现野心须伴随残忍，

夺取非分须抛弃常情。

做大事要敢于承担责任，

莫让那凡夫俗子的恐惧，

阻碍我向峰顶攀登！①

从美学的角度观察语言与意义的组合，"形式就是内容，内容已移植为形式，作为形式而存在"。②《马》剧"无场次现代空台"以无限的空间和时间，增加了"戏曲的审美信息量"。③ 中国戏曲的叙事悬念以形式见长，当叙事达到情感高潮时，叙事会让位于情感的抒发，而歌舞则成为承载情感最重要的方式，因为"高潮的表现往往出现在最具歌舞性，最易载歌载舞的地方"。此时马克白夫人的念白配合夸张的舞蹈动作使"野心狂"与"诗人般想象力之间的搏斗"④ 得到了立体展现，其悲剧性通过唱叙和舞蹈，美的"含金量"得到了另一种形式的加强。在足以表达人物的性格、情感、心理、行动的歌舞中，使舞台上"戏中人"的心理活动被川剧的唱腔和身段激活了，野心、凶残、邪恶的本性通过川剧的程式给观众留下了深刻印象，也艺术地诠释了人物的心理与情感。"世界上大多数优秀悲剧作品的宗旨并不揭示绝对的邪恶，而是描述可以体验和经历的邪恶"⑤，根据这一审美原则，《马》剧采用川剧的音舞，通过舞台符号之间的转换，准确描述出主人公内心世界的极度

---

① 徐棻：《〈马克白夫人〉（根据莎士比亚〈马克白〉改编）》，《四川戏剧》2001年第1期。

② 王一川：《修辞论美学：文化语境中的20世纪中国文艺》，中国人民大学出版社2009年版，第49页。

③ 徐棻：《新风徐来·徐棻剧作新选》，四川人民出版社2016年版，第325页。

④ 黄佐临：《我与写意戏剧观》，中国戏剧出版社1990年版，第56页。

⑤ [英]雷蒙·威廉斯：《现代悲剧》，丁尔苏译，译林出版社2007年版，第52页。

扭曲，具象性地呈现出她最后被送上不归之路的人性中的深层原因。

《马》剧的唯美在于以唱腔、舞蹈为表现形式是对生活的假定性叙述，达到了川剧舞台叙事与故事之间的有缝对接，即"以剧诗、剧曲、剧舞的手段去具体体验角色的内心世界"①。有缝在于川剧音舞改编《麦克白》所产生的陌生化，对接则由写实向写意的转换。转换以其元叙事（metanarrative）的叙事方式，将语言的表述转变为音舞的表述，实际上是从审美层面颠覆了戏剧之"真"对现实世界的反映，使"戏"为"戲"也，而不是"戏"为"生活"，舞台上的写意就是要达到"马不如鞭"②的审美效果。《马》剧的写意性所要达到的审美效果则"从内容到形式都高于生活真实"③。中国戏曲的"所谓科介，唯有靠虚拟的动作来说明"④。

《马》剧在形式上创造出的是一个川剧的写意审美世界。它并不以叙述现实世界的可能性为目的，而是以通过叙述现实世界中人的情感和心理冲突达到审美目的。作为戏曲来说，舞蹈中的身段"必须激起心灵的反应才能产生戏剧性"⑤。为此，《马》剧中的舞蹈大量使用了川剧旦角的步法和脚尖技巧——直、勾、撇、翘、扛显示人物的情感，采用水袖以外化人物的心理矛盾、心理冲突和情感演变过程，并通过这种外化使人物的情感得到了加强和延伸。川剧的水袖有"拂搭裹抛托，抓抖挽转扬"十字诀，"水袖的组合大致可以归纳为40种……这些水袖组合剧情加以连接，用以突显人物的个性，激扬人物的思绪，具有强烈的艺术感染力"⑥。长袖善舞不仅仅是增加了美的感受，而且将人物的心灵丑，通过外在的形式美和韵律、节奏、造型，在加强观赏性的同时，放大地展现了人物更为阴暗的内心。在一连串的抱袖、掸袖、

---

① 阿甲：《阿甲戏剧论集》（上），李春熹选编，中国戏剧出版社2005年版，第422页。
② 黄佐临：《往事点滴》，上海书店2006年版，第47页。
③ 丁罗男：《构建中国式话剧的新格局——论佐临写意戏剧观的形成及其民族特色》，上海市艺术研究所话剧室：《佐临研究》，中国戏剧出版社1990年版，第114页。
④ 周贻白：《中国戏剧史·中国剧场史》，湖南教育出版社2007年版，第60页。
⑤ 陈世雄：《戏剧思维》，福建教育出版社1996年版，第91页。
⑥ 杜建华、王定欧：《川剧》，浙江人民出版社2008年版，第138—139页。

抖袖、回袖、扬袖、冲袖、抓袖、甩袖、抛袖、接袖、抢袖和绞袖的一放一收之中，马克白夫人的惊、骄、怨、贪、狠、悔、惧等情绪和复杂心理得以外化，"加强了表演动作的形式美"①，惊人的不是那敲门声，而是演员"表现惊恐的力度"②。当"俯视苍生我掌权"的马克白夫人黄袍加身之际，女皇的威仪也在一段水袖的组合舞蹈中得到了充分体现，而当她感到极度惊恐、矛盾的时候，《马》剧又运用了一系列的"水发"技巧，解冠，盔头揭起罗帽，罗帽拉直水发，演员采用顺甩水发、盆花水发、空中绕和十字水发揭示了人物的"惶恐"和情感的大起大落。

在戏曲中"贯穿始终的最重要的因素是'情'……美的东西，感动人的东西，戏曲要比话剧多"。③ 可以说，《马》剧"肯定叙述的人造性和假设性，从而把控制叙述的诸种深层规律——叙述程式、前文本、互文性价值体系与释读体系——拉到表层来，暴露之，利用之，把傀儡戏的全套牵线班子都推到前台，对叙述机制来个彻底的露际"④。《马》剧把固定不变的空间，变成了流动多变的空间，角色靠自己的形体动作突破了"真"的樊篱，将马克白夫人的心理、情感的悲剧性发挥到极致。戏曲代言体叙述性的存在是包含在"戏曲美学原则所贯穿着的表演程式体系之中"⑤ 的。由于音舞因素，使"真"通过唱腔、舞蹈之"美"得到了表现，在《马》剧中"无论是舞蹈，还是唱念，都不过是剧情的一部分，因此它的音乐性、舞蹈性、节奏性是统一于戏剧性的"。⑥ 田蔓莎寻求的是，《马》剧中人物的舞台动作必须通过舞蹈化身段、音乐化念白和川剧高腔、帮腔演唱形成一种经过提炼、强烈、鲜明、可看、可听的表现形式。在此转换过程中，我们看到了一个与原作完全不同的川剧《马克白夫人》。

---

① 胡度、刘兴明、傅则：《川剧词典》，中国戏剧出版社1987年版，第152页。
② 秦泰：《田蔓莎用生命体验烧出舞台艺术魅力》，《中国戏剧》2003年第2期。
③ 阿甲：《阿甲戏剧论集》（上），李春熹选编，中国戏剧出版社2005年版，第363—364页。
④ 赵毅衡：《当说者被说的时候：比较叙述学导论》，中国人民大学出版社1998年版，第269页。
⑤ 郭汉城：《郭汉城文集》（第一册），中国戏剧出版社2004年版，第350页。
⑥ 章诒和：《中国戏曲》，文化艺术出版社1999年版，第112页。

从现代主义的艺术形式和风格创新到后现代主义对思维方式和经验方式的颠覆，川剧在文化品位、戏剧样式、形象塑造、艺术语汇上"表现为大雅与大俗、大悲与大喜、类型与个性、多样性与独特性的统一"。① 而这一点正适合于原作的悲剧性和情感的跌宕起伏。同时，也在变革和差异、复制与增值中显示出改编的后现代主义色彩。川剧—莎剧、马克白夫人—马克白、写实—写意、生活—程式等在互为"他者"中，对不同戏剧形式表现为宽容与去分化，雅俗在融合之间回归本体，写实与写意共同营造出碎片化之后的现代性与后现代性拼贴图景。

在现代性与后现代性的交互映射下，马克白夫人以唱和舞传达给观众的是：写实是戏剧，写意也是戏剧；感情是戏剧，激情也是戏剧。演员用诗、用歌、用优美的舞蹈、强烈的形体动作、延长的水袖，诉说使她疯狂、歇斯底里的原因，剖析自己疯狂和杀人的原因。正如黄佐临所说："在中国戏曲舞台上演出莎剧，将具有惊人的应变能力。不管表现什么……在中国戏曲的舞台技术中总能找到体现的方法。"②《马》剧表达的是内心对权力的渴望和不择手段攫取权力的行动，叙事与音舞共同作用、互相生发。通过具有强烈感情色彩的川剧程式，带来的是对话语细节（优美唱腔）和隐喻特色明显的强化聚焦审美，③ 从而使马克白夫人的疯狂在音舞叙事的审美效应中得到放大，在唱腔、舞蹈、语言三者的有机叠加中，造成了"悲中美""外形美与内心丑"的和谐统一。由此造成的写意实乃是"一种被现代理性烛照的诗化戏剧观"④ 的反映。《马》剧在彻底的中国化和川剧化中，强调的是原作的"普遍性的主题——权欲使人堕落"⑤。在川剧的大写意中，莎氏悲剧的叙述方式和

---

① 杜建华、王定欧：《川剧》，浙江人民出版社2008年版，第15—16页。
② 黄佐临：《我与写意戏剧观》，中国戏剧出版社1990年版，第75页。
③ J. H. Murray, *Hamlet an the Holodeck*: *The Future of Narrative in Cyberspace*, New York: The Free Press, 1997, pp. 49–50.
④ 余秋雨：《佐临的艺术人格》，上海市艺术研究所话剧室：《佐临研究》，中国戏剧出版社1990年版，第45页。
⑤ 费春放：《一个寻找作者的剧外人——佐临和他"似是而非"的戏剧观》，上海市艺术研究所话剧室：《佐临研究》，中国戏剧出版社1990年版，第86页。

呈现的舞台效果已经明显发生了改变，观众主要不是通过语言、情节感受悲剧性，而是通过唱腔、舞美的呈现达到审美目的。"戏曲情感的表现性所以那么强烈，是因为音乐和舞蹈本身就是'表现性'艺术，是最能唤起情感的艺术"。① 川剧怎样演绎，如何演绎莎剧才能获得成功和美，才是改编者首先要解决的问题。在这一审美理论的指导下，川剧《马克白夫人》以唱腔的抒情色彩与戏曲身段的舞蹈化侧重于人物内心情感的刻画，而不以故事情节的完整为旨归，无论是唱还是做，都以人物的心理变化和情感表现外化于舞台上。东西方戏剧不乏"以女角为舞台审美中心，关注女性命运，重视女角塑造"②，张扬女性主义的戏剧，《马》剧在化莎剧原作中的独白和部分对白为唱段，表演主要承担的不是叙述者的职责，而是把表现人物心理、情感，在"隐含叙述者"的作用下，通过影子一样、始终沉默的马克白，借马克白夫人之口表现出来。这就是说："凡是进入戏曲中的东西都要提炼成为与整个程式体系相和谐、统一的程式，不允许自然形态东西的存在。"③ 在此，音乐和舞蹈所营造的语境本身已经把经过转换的作者的伦理道德倾向表现出来了。

四　取实用虚与重在表现

王国维曾言，中国人从天下走向世界。在中国戏曲莎剧走向世界的过程中，我们也应该充分认识到，莎士比亚以"超绝之思，无我之笔，而写世界之一切事物者也。所作虽仅三十余篇，然而世界中所有之悲欢离合，恐怖烦恼，以及种种性格等，殆无不包诸其中"④，这也是莎剧这样的经典价值所在。但是，莎士比亚不是法官，莎剧精神也非法律条文，话剧更不是莎剧演出的唯一形式，包括戏曲改编莎剧，总是既有所得又有所失。在体现莎剧主要精神的基础上，应该允许有多种现代性和中国戏曲的解读，应该"由'横向借鉴'走向'自我

---

① 阿甲：《阿甲戏剧论集》（上），李春熹选编，中国戏剧出版社2005年版，第420页。
② 李祥林：《性别文化学视野中的东西方戏曲》，香港天马图书有限公司2001年版，第83页。
③ 郭汉城：《郭汉城文集》（第一册），中国戏剧出版社2004年版，第326页。
④ 王国维：《王国维哲学美学论文辑佚》，华东师范大学出版社1993年版，第392页。

超越'"①。田蔓莎在多种场合中说过"感谢川剧"②。《马》剧把莎作原作的川剧化,"取实用虚,重在表现"③,互文性交流重构了莎剧,既是《麦克白》,又不仅仅是莎氏的《麦克白》,而是以川剧的唱腔、身段、舞美的艺术虚构性、假定性为前提,毫不掩饰表演虚拟性的中国的《马克白夫人》。

《马》剧以其"仪式的表演性,譬喻人生,使参与者以及表演者都因之而投入新境界"④。该剧通过音舞表现外化人物、心理和情感。在川剧舞台上放大了马克白夫人的野心和欲望,为世界莎剧舞台上增添了一朵绚丽的川剧莎剧之花,丰富了莎剧的演出形式,《马克白夫人》在东方古国和莎士比亚之间架起了"了解、对话的桥梁"⑤,也为当下莎剧舞台提供了唯美、唯情的现代主义与后现代主义相交织,在"程式化(规范化、类型化)的基础上追求独特创造"⑥的川剧莎剧《马克白夫人》,更为在当代舞台上如何演绎莎剧做了一次大胆、成功,而且富有特色的"变新"⑦。诚如清代巴蜀文化第一人李调元提倡"工"与"炼"的"工丽之美"⑧中所强调的:"戏也,非戏也;非戏也,戏也。"⑨而这也正是莎士比亚在当下获得"可理解性与可信性"⑩的现代主义、"主题、哲理深化"⑪与"元虚构和表演性"⑫的后现代主义因素融合的鲜活例证。

---

① 周企旭:《剧人论剧》,香港天马图书有限公司2002年版,第160页。
② 《马克白夫人》剧组:《梨园香径长徘徊·田蔓莎戏剧专场·马克白夫人(川剧·高腔)节目单》,四川省川剧学校/四川省青年川剧团、四川省艺术学校2002年版。
③ 陈国福:《川剧揽胜》,四川人民出版社1986年版,第98页。
④ 李亦园:《李亦园自选集》,上海教育出版社2002年版,第258—259页。
⑤ 李远强、黄光新:《斑斓岁月:四川省川剧院40年史(川剧之光·上册)》,巴蜀书社2000年版,第27页。
⑥ 中国大百科全书总编辑委员会《戏剧》编辑委员会:《中国大百科全书·戏剧》,中国大百科全书出版社1989年版,第442页。
⑦ 敏泽:《中国美学思想史》(第二卷),齐鲁书社1989年版,第512页。
⑧ 郑家治、尹文钱:《李调元戏曲理论研究》,四川出版集团、巴蜀书社2011年版,第95页。
⑨ 李调元:《雨村曲话》,《中国古典戏曲论著集成》(第八册),中国戏剧出版社1960年版,第35页。
⑩ [荷]佛克马、伯顿斯:《走向后现代主义》,王宁等译,北京大学出版社1991年版,第72页。
⑪ 朱丹枫、李兆权:《保护与振兴:21世纪川剧发展》,四川出版集团、四川人民出版社2012年版,第26页。
⑫ [荷]佛克马、伯顿斯:《走向后现代主义》,王宁等译,北京大学出版社1991年版,第50页。

第七章 生存与变异：莎士比亚戏剧的互文与互文化

第一节 国剧艺术中的京剧莎剧

以京剧改编莎剧在中国莎学史上留下了浓墨重彩的一笔。能否以京剧来演绎莎剧一直存在着争论，但演出的实践证明，这种改编大部分是成功的，中西方观众是可以接受的。以歌舞演故事的京剧莎剧是在变异与融通之中达到了京剧与莎剧的互文性解读，同时中西文化也在这种交流中达到了互文化的和谐。京剧的艺术形式可以表现莎士比亚悲剧之中蕴含的人文主义理想。

中华民族是一个拥有悠久戏剧（戏曲）传统的民族，也是一个喜爱戏剧的民族。万历年间到中国的传教士利马窦说中国"这个民族太爱好戏曲表演了"，乾隆年间到中国的英国使团走到哪里都发现中国人在演戏。他们看到的是：喜歌舞声妓乐，倡优歌舞，娥媌靡曼，"满城钱痴买娉婷，风卷画楼丝竹声"的习俗在中国的民间颇为盛行。在京剧舞台上，根据莎剧改编的京剧莎剧《哈姆莱特》《李尔王》《麦克白》《暴风雨》《驯悍记》（《胭脂虎与狮子狗》）[①] 和《罗密欧与朱丽叶》都曾被改编为京剧，代表西方戏剧最高成就的

[①] 陈芳：《莎戏曲：跨文化改编与演绎》，"国立"台湾师范大学出版中心2012年版，第204—231页。台湾地区吴兴国根据《麦克白》改编的京剧《欲望城国》有较大影响；京剧《暴风雨》则被认为是探讨"放下、和解、包容"的"禅"剧；京剧《胭脂虎与狮子狗》以京剧程式为表演主体，以说书人的插白、电影蒙太奇等创作手法，追求舞台呈现的"对位变奏"效果。

莎士比亚戏剧却能采用中国京剧形式搬演，使属于西方戏剧的莎剧与中国传统戏曲完美融通在一起，并且受到了喜爱京剧的观众与喜爱莎剧的观众共同的赞赏。让莎士比亚在变异、融通中走下神殿，进入普通中国观众特别是京剧观众的视野，使莎剧和京剧在中西文化的碰撞中，在演出中显示出跨越东西方异质文化的生命力，让京剧观众在他们所喜闻乐见和熟悉的外在形式中理解莎士比亚戏剧的精髓，架设一座立体的中外文化交流的桥梁，这是许多京剧莎剧改编者在改编时的初衷之一。

一　融通中的变异与疑虑

在莎剧与京剧的融通中来自批评界的疑虑，首先就是莎剧能否改编为京剧？改编以后是莎剧还是京剧？围绕着这些问题，莎学界和戏剧、戏曲界争论热烈。京剧是中华民族的国粹艺术，改编莎剧，也许人们最先想到的就是能否用京剧来演出莎士比亚戏剧。京剧作为东方戏剧的一个古老剧种，它的高度程式化的动作，载歌载舞的表演形式，对表现现代人的生活，困难是很多的，来自莎学界的疑虑与论争从来就没有停止过。将举世公认的世界悲剧名著移植改编，更不是容易的事情。但是，不容易不等于不可能。

（一）模仿的本真与审美的表现

那么，二者之间到底存在着什么样的改编基础呢？虽然实践对此早在20世纪20年代就做出了回答，但从理论上并没有进行过比较深入的探讨。

西方传统戏剧自亚里士多德时代就奠定了"模仿生活"的美学传统，其美学思想核心是"美是生活"。中国戏曲的美学命题则可以概括为"生活是艺术的基础"与"意象"，即反映生活的本质和内在的精神世界，戏曲的审美核心是"诗化"[①]。在美学层面上，西方悲剧在本体上属于一种模仿的艺术，因此便形成了在形态上的一些特有的美学风貌。"悲剧的舞台形态基本上是再现生活形态，因而它基本上不作叙述的表现……在西方悲剧中，其内心的活动

[①] 胡芝凤：《戏曲舞台艺术创作规律》，文化艺术出版社2005年版，第44页。

就远比外在的动作来得主要。"① 例如，对于中国悲剧来说，惨杀之事、苦情之感，在形式上被衍化成了观赏性极强的舞蹈、歌唱、武打、杂技，甚至绝技等（如打出手、变脸、抢背），观众也往往是为了演员的精湛表演而惊叹不已。对中国悲剧来说，感情的激动基于外形式（美的技艺）的刺激，审美的形式往往超过了对内容的理解。所以，如果将莎剧的再现生活形态与激烈的内心矛盾冲突与京剧的高度审美化的表演形式结合在一起，将内心活动外化为审美的动作，既能够从观赏层面上表现莎剧中深刻的哲理内涵与心理活动，也能够在哲学与美学层面上深入挖掘京剧刻画人物形象、塑造人物性格的象征性、形象性、具象性、审美性、深刻性与类型性，同时也符合现代人对戏剧审美的要求。京剧对莎剧"变异"与"融通"的审美效果在"像与不像"之间。正如川剧前辈表演艺术家康芷林所总结的："不像不成戏，真像不是艺。悟得情和理，是戏又是艺。"这就表明京剧的美学理想和莎剧的美学理想无论在外在形式还是在内在思想内容上都可以沟通和互补，并呈现出互文式的审美特征。

根据中国现代戏剧的发展轨迹看，京剧莎剧的出现绝不是一时的"标新立异"，也不是两种不同文化、不同艺术形式、不同审美方式的简单叠加。尽管用京剧演出莎剧始终存在着种种不同意见，② 但由于莎士比亚在世界文学史、戏剧史上无可争辩的地位，以及东西方文化的巨大差异，所以采用京剧演出莎剧，必然显示出中华文化、京剧的博大精深和在跨越东西方异质文化方面的主动性、可行性。以开放的眼光看，京剧莎剧丰富了中国戏曲舞台，加深了我们对莎士比亚的理解，以京剧特有的张力和精致的表演技巧，提高了中国莎剧的演出水准，向世界展示了全新的中国京剧莎剧，丰富了文化交

---

① 蓝凡：《中西戏剧比较论稿》，学林出版社1992年版，第586—587页。
② 除了提到的张振先与孙家琇对京剧改编莎剧的不同看法外，王元化也表示出对中国戏曲改编莎剧的担心。马焯荣认为："莎味的最高层面，乃是充溢在莎士比亚剧作中的人文主义理想。"可参见马焯荣《谈"莎味"与"中国化"之争》，载中国莎士比亚研究会编《莎士比亚在中国》，上海文艺出版社1987年版，第44页。

流的内容，促进了中国莎士比亚舞台艺术研究的不断深入。

（二）舞台环境与欣赏习惯的类同

莎学研究者首先注意到的是京剧与莎剧在舞台布景和观众欣赏方面的诸多类似之处。20世纪50年代，张振先从剧场、舞台演出、观众等几个方面提出了自己对以京剧形式演出莎剧的看法和可能。他认为，莎剧和京戏"尽管它们有多少不同的地方，但是如果我们仔细研究起来，它们确实也有很多相同或相似的地方。甚至还可以说，如果把莎剧译好，按莎士比亚时代的情况演出来，看惯京戏的老戏迷会比现在英国的观众更能欣赏"。"我们不但可以拿莎剧来丰富我们的话剧，同时也可以拿来丰富我们的京戏。张振先表达了这样的期望，如果京戏的老方家和研究莎士比亚的人们能够合作，把莎剧改编或京戏把莎剧的精华吸收到京戏里来，一定会有极大的成功"。

"莎士比亚时代的舞台（以下简称莎剧台）和京戏台都是三面凸到观众里去的方台子。台前都不用幕。我们只要看看颐和园里的大戏台和富连成时代的广和楼，就可以大致地想象到莎氏时代的剧院了"。"莎剧台上有活天窗，……台上有活暗门，可以把鬼什么的升上来。这点也和我们京戏一样。""莎剧舞台上也极少用什么布景和道具，因此也就不受笨重的布景和道具的限制。"① 这一点也与京戏舞台上布景和道具的运用相似。"在这种台上演的戏，它的写和演的技巧也会有很多相同之处。""独白和旁白也是莎剧和京戏共同的特点。"② "在莎剧台和京戏台上，观众就会觉得是自己的亲人在对自己'倾心而谈'"。"在莎剧和京戏台上，演员走到台口上，面对着三边围着的戏迷，其亲切的感觉和思想的交流实在不是在'画框'台上的演员与台下的观众所能体会的"。"莎剧台上也同京戏台上一样不用大幕，因此演起来有如大江东去的气势"，甚至京戏开场和文武场面也和莎剧有很多相似之处。"京戏讲究'说、唱、念、做、打'。莎剧既是用富有乐音的诗和散文写成的，'说、

---

① 张振先：《莎士比亚的戏剧和京戏》，《争鸣》1957年第3期。
② 同上。

念'起来自然也都非常好听。对'唱、做、打'也同样讲究。""莎剧和京戏的观众也很相似"。① 张振先注意到两者的相似之处。但是，这主要是指剧场环境与观众成分的构成，并没有从文化、哲学、美学、戏剧学、表演学的理论层面进行深入探讨。所以，在缺乏京剧改编莎剧实践的基础上，这种良好的设想并不能得到其他莎学家的认同。我们认为，除了舞台环境以外，对于一个熟悉京剧的观众来说，他更多地着眼于形式的欣赏，即使是同一剧团演出的同一剧目，剧情和故事的叙述也已经变得不重要了。这就是说，京剧观众在一定程度上可以忽略莎剧剧情，而着眼于京剧形式的魅力。

中国悲剧的表演在某种意义上可以说是"长演长新"。"在西方悲剧中，因熟视（熟知悲剧的情节内容）而无睹（观众的悲剧激情消退）的现象，在中国悲剧中，可以说基本上不存在。反过来倒可以说，对中国悲剧的情节内容越是熟悉，外形式（悲剧形态）的审美作用就越凸现出来，理智的思索也就越发让位于形式的鉴赏。"② 西方悲剧价值在于力量之美——因感到面对某种压倒一切的力量而产生的恐惧和怜悯，其归结在于真（在悲剧形态上要求逼真），中国的悲剧却基本上不存在这种舞台要求。悲剧价值对于中国悲剧来讲，不是以"激起恐惧与怜悯为目的"，而是以伦理美德的打动（感化）为目的。因为中国悲剧并不是净化心灵的崇高审美——恐惧与怜悯，而是因为情感和伦理，在精神层面得到的道德感化，属于高台教化式的善的审美。中国观众在欣赏京剧莎剧时，既通过内容与形式上变异了的莎剧京剧获得双重的审美感受，又在中外两种文化的融通中提高审美的层次。

（三）疑虑：京剧改编的莎剧能否表现人文主义精神

针对以上对京剧改编为莎剧的乐观看法，也有莎学家提出了异议，认为此种改编并不会如此简单。事实也确实如此。孙家琇认为：改编莎剧，并不是简单易举的事，更不是直接"拿来"翻改缀补的事。孙家琇提出衡量改编

---

① 张振先：《莎士比亚的戏剧和京戏》，《争鸣》1957年第3期。
② 蓝凡：《中西戏剧比较论稿》，学林出版社1992年版，第591页。

是否成功的一个重要标准,即"是否合乎现实主义艺术创作的精神"。改编者应该意识到,莎剧和京戏"对于从社会生活、时代背景、艺术传统、戏剧形式、民族性格到观众要求和习惯等,许许多多极为不同的地方和极其复杂的问题——也正是对于'改编'或'拿来'运用很不方便的问题"。① 如果要以京剧形式改编莎剧,就应该从戏剧文学创作过程的角度,从莎作本身出发考虑问题;如果没有分辨清楚莎翁作品中哪些因素可以简单地学习、吸取、加以模仿运用,哪些因素却只能通过我们剧作家的认真钻研和深刻领会间接作用于他们自己的戏剧创作,无论怎样改编——或是用京戏形式莎剧故事或是只根据莎剧的故事情节改写成京戏——都不容易做好而且也不必要。仅仅想象一下哈姆雷特、麦克白斯、夏洛克等外国人物着京戏服装、走京戏台步、唱京戏皮黄腔调,就觉得格格不入、十分滑稽;从来没有看过莎剧的观众,如果看了用中国戏曲形式归化的莎剧,认为莎剧是和我们的戏曲一样的,这并不意味着介绍莎士比亚的成功,只能说是失败。如果再仔细考虑一下艺术内容与艺术形式的有机关系;一定的戏剧内容有它一定的社会根源、时代特性;一定的民族形式有从自己人民的生活、语言、气质、传统获得的风格特点种种问题,那就更觉得不可能了。换句话说,产生在文艺复兴时期英国本土,反映当时英国社会现实(虽然表面是他乡异国)和莎氏人文主义世界观的戏剧绝不可能通过"改编",一变而成为中国的京戏。真要把莎剧"改编"为京戏,是否也有违反现实主义原则的危险或可能。② 孙家琇从客观与主观两个方面否定了京剧莎剧。她认为莎剧中的人文主义精神能否用京剧这种艺术形式表现出来是莎剧改编为京剧成功与否的关键所在。在文艺要遵循"现实主义"创作原则的语境下,采用京剧形式不可能表现出莎剧中所蕴含的"人文主义精神";而以京剧演出莎剧,人们又难以接受这种演出形式。但二者之间的嫁接也并不是不可能的,并不是高不可攀的。随着人们艺术观念的更新,

---

① 孙家琇:《对于〈莎士比亚戏剧与京戏〉一文的意见》,《争鸣》1957年第6期。
② 同上。

接触外来文化日趋频繁以及对莎剧精神内涵的更多把握,人们对此类改编所持的态度也日渐开放、宽容,改编的关键是看能否利用"优选法"在两种艺术、两种文化、两种文明之间找到一个最佳平衡点。

二 互文与互文化的京剧莎剧

(一) 变异与融通之间的互文基础

京剧改编莎剧具有互文与互文化的特征。我们认为"文学作品总是在和它自己的历史进行对话"①,同时也要与现实及不同文化之间的作品进行对话。有鉴于此,京剧莎剧的导演多次谈到,改编之所以能够得到认同,是因为莎剧和戏曲之间存在着许多共同之处:如莎剧是诗的灵魂,戏曲也是诗的结晶;莎剧尽管属于西方戏剧艺术的范畴,究其根本它属于"真"的范畴,但它与京剧都蕴含了"写意"的艺术风格;遵循了现实主义和浪漫主义相结合的演剧体系;二者都是以人为本,展示人性,以真善美的审美追求为目标。② 但是,我们也应该充分认识到,即使有上述相同之处,改编也不等于两种艺术的简单叠加。

那么,我们如何从京剧与莎剧不同的文化渊源、不同文化语境、不同戏剧传统、不同表现特点出发,在理论层面上构建起二者融合与互文的模式,探索其成功的内部规律呢?在莎剧研究中,我们发现,"无论是命运悲剧、性格悲剧还是社会悲剧,有一点是共同的,这就是人对于其对立物(命运、性格、社会)的挣扎"。③ 这种精神、心理层面的性格刻画一旦与京剧的"苦情"结合在一起,往往能产生双倍的悲剧审美效果,在舞台上更加淋漓尽致地发挥出悲剧震撼人心的效果。蓝凡认为:"中国的戏曲悲剧之所以被称为苦情戏,其中一个很重要原因,就是在于其冲突主要是描绘、展开(铺垫)作

---

① [法] 蒂费纳·萨莫瓦约:《互文性研究》,邵炜译,天津人民出版社2003年版,第10页。
② 石玉昆:《对偶相辅浑然一体——京剧版〈王子复仇记〉导演阐述》,载http://www.pekingopera.sh.cn/detail。
③ 蓝凡:《中西戏剧比较论稿》,学林出版社1992年版,第552页。

品中恶毁善、奸害忠、邪压正、丑贬美的苦情历程,而不是再现人对于其对立物的挣扎(抗争)。"① 对于中国悲剧冲突来说,由于其主要在于展现苦情的冲突历程,"因此而必然追求剧情的曲折性,即通过善恶、忠奸、正邪、美丑的多次冲突,来得到悲愤激烈、易生凄惨的苦情审美效果,而不是如西方悲剧那样,着重刻画人物性格的复杂性"。② 即在莎剧原有"命运""性格""社会"悲剧的"力"的基础上,突出"情"的感染力度,所以在"苦情"这个意义上,京剧莎剧悲剧中人物的命运更能够在审美层面上与人性的"情"的层面上得到观众认同。如果京剧莎剧的改编能够对这两个方面有明确的认识,并在改编中遵循以上规律,无疑会产生更具现实主义与浪漫主义有机融和的京剧莎剧。

(二) 着重于对人文主义和人物形象的把握

迄今为止,京剧改编莎剧钟情的全是莎士比亚悲剧,③ 说明改编者认为京剧这种艺术形式足以担当得起改编莎剧、再现莎剧精神的任务。而且将莎剧改编为京剧莎剧的实践也证明了这一点。"一种异国文化能否在当代中国寻觅到知音,最终决定于有没有寻找到超越时代和国界,而又特别为我们今天所需要和认同的人类文明、智慧和精神素质。而莎剧所以拥有恒久的生命力,在于不同时期不同民族的艺术家可以从中找到其中根植于人性的内在精神需求,并获得时代精神和社会心理的某种感应。"④ 京剧《奥赛罗》力图揭示奥赛罗坚强、光明磊落而不轻信的特征,苔丝德梦娜温柔、刚毅等性格特征。莎剧的出发点就是戏剧应该反映真实、力求自然、合乎分寸。西方戏剧的审美标准之一,始终是反映自然,显示善恶的本来面目,给它的时代看一看它自己演变发展的模型。该剧的导演认为,真实使莎士比亚特别重视戏剧的分

---

① 蓝凡:《中西戏剧比较论稿》,学林出版社1992年版,第554页。
② 同上书,第556页。
③ 中国戏曲学院创排的诗化戏曲《仲夏夜之梦》糅合了京剧、话剧、迪斯科等多种形式演绎莎士比亚喜剧,但那不是纯粹用京剧改编的莎剧,可参见陈宏光《创新是戏曲艺术发展的原动力——评诗化戏曲〈仲夏夜之梦〉》,《戏曲艺术》2005年第2期。
④ 李伟民:《中国莎士比亚批评史》,中国戏剧出版社2006年版,第411页。

寸感，想象则是戏剧诗人在实现这一目的过程中不可剥夺的权利和义务，导演将这二者有机结合既可以发扬二者之长，也在思想深度与感情强度方面做足文章，从而导演出有声有色的戏剧来。不过这种互文的方式有时是直接的，有时却是间接的；有的来自生活，有的来自想象。"互文性问题的关键还在于文学与原始模型或已有原型所保持的关系"①，通过这种互文式关系，莎剧和京剧在哲学、美学、表演层面上的有机融合既拥有了思想的魅力，也具有艺术想象的根据，故而其人文主义思想得到了一定程度的诠释，中国观众也在其中感受到了"人性"的诠释与伦理教化色彩。

所以，扮演奥赛罗的演员马永安读完《奥赛罗》剧本后认定："这是给我写的花脸戏！尽可将京剧的唱、念、做、打，表现大将军如浪潮般的矛盾心理。"他扮饰的奥赛罗令人信服，充分自如地运用了京剧的表演技巧，塑造了一个黑人悲剧英雄形象。编导者充分挖掘出原剧本中蕴含的深层结构，寻找到了适合中国戏曲表现的莎剧的精神内蕴。武汉京剧团推出的根据《麦克白》改编的京剧《乱世王》，就是一部将现代舞台技术与京剧表演程式、莎剧故事结合起来的京剧莎剧。《乱世王》充分运用了现代舞台技术和手段制造戏剧氛围。这种在舞台上创造第二空间的做法十分经济，以极为写意的创作手法简化了舞台，造成了强烈的比较效果，从而实现了"写真"与"写意"、"古典"与"现代"、"古朴"与"华彩"之间的互文。

毫无疑问京剧莎剧与原始模型的莎剧之间具有相当紧密的联系。中国的京剧舞台上从来就不缺乏帝王将相，用京剧改编的莎剧发挥了京剧的长处，如《李尔王》。但是，改编者面临的仍然还是阐释原剧思想、人文主义精神与京剧表演形式如何融合的问题。为此，尚长荣将莎剧内涵与京剧艺术的写意表演融为一体，把歧王备受风雨摧残和灵魂激烈搏斗的复杂心情表现得惊心动魄。互文的《歧王梦》根据莎剧悲喜剧因素交融的特点，在改编时既忠实于原作，又不拘泥于原作。《歧王梦》力求表达悲剧的矛盾双方都有同样的悲

---

① [法]蒂费纳·萨莫瓦约：《互文性研究》，邵炜译，天津人民出版社2003年版，第120页。

剧性，而且在冲突中的每一个人和每种力量同样都有较高权利或努力实现较高悲剧性的职责，如此，京剧莎剧人文主义的理想与艺术形式下的情感抒发就达到了一个崭新的境界，在微观上实现了互文，在宏观上实现了互文化，即表现人类共同的追求，那就是对真善美的追求。《歧王梦》鞭挞了被极端利己主义腐蚀了心灵的恶魔式的人物，歌颂了诚实、正直、恪尽孝道、仁爱，在道德层面对社会进行了深刻的批判，宣扬了人文主义的仁爱思想观念，既在一定程度上把握了莎剧人文主义的基本精神，又在尽可能保留其内涵的基础上发生了变异。

京剧《王子复仇记》的导演抓住《哈姆雷特》的主题，反映的是罪恶的诞生与建立和谐秩序之间的矛盾，以及哈姆雷特对于"生存还是毁灭"这一问题的思考是适合于任何时代、任何国度的永恒问题这一线索，并将此作为改编基调。在东方与西方、古代与现代、莎剧与京剧之间构建起一座反映人性的立交桥。当子丹得知事件的真相后，他的理想破灭，人间的罪恶和对生命的思考将他推入深深迷惘之中，他甚至对自己的恋人也发出了"你贞洁吗？你美貌吗？美貌可以令贞洁变成淫荡，贞洁却不能令美貌受其感化"，[①] 他怀疑由他来"重整乾坤"的意义，但责任、理智却时时鞭笞着他，要他果敢地去铲除罪孽。所以要传达人文主义者莎士比亚的精神力量，就必然会促使它进行改造性的艺术展示，从而建构起互文化过程，而变异是必然的，关键是变异时的融通。该剧导演石玉昆较好地阐述了《王子复仇记》的创作思路：魂是莎翁的，形是京剧的。换言之：尊重的是莎剧的精神，展示的是京剧的主体。

三 隐喻：自然与音舞的互喻

西方学者认为《李尔王》在莎剧中规模最大，气势也最为宏伟，在题材

[①] 冯钢：《王子复仇记（根据莎士比亚〈哈姆雷特〉改编）》[VCD]，上海京剧院、齐鲁音像出版社2008年版。

上具有"永恒性"和"普遍性"、形而上的哲理性、伦理道德的教化作用，对人物的精神世界和痛苦体验的揭示达到了登峰造极的程度，显示出莎士比亚具有惊人的艺术才能。正因为如此，《李尔王》也成为莎剧中最难把握的戏剧之一和最"不受欢迎"的莎剧。英国著名莎学家布拉德雷指出舞台创新的重要作用，我们在读《李尔王》的时候，所有这一切都会对想象产生非常巨大的影响，可是舞台表演的效果却恰恰相反，这就是《李尔王》在表演上的难度，而采用京剧改编该剧恰恰能够化不利因素为有利因素。

因为西方戏剧是一种情节的悬念，其最高的美学效果在于观众对戏剧情节发展的渴望；中国戏曲则是一种反映的悬念，其最高的美学效果在于观众对人物动作状态的品赏。当表演者将戏剧情节发展赋予美学观赏性的时候就在一定程度上克服了《李尔王》表演的难度，通过隐喻达到了京剧与莎剧的互文与互文化。京剧和莎剧虽然都是诗化的艺术、写意的艺术，"但中国戏曲传统戏剧往往只重视写意的主观性方面，而不太重视写意中所积淀的理性本质"。通过改编、学习莎剧，用审美方式增强戏曲本体在注重挖掘主观心灵的同时去挖掘客观的本质。用歌舞以演故事，一开始就是形成中国戏曲特征的根本因素，这是区别于西方话剧的最本质特征。西方戏剧艺术的舞台节奏（从内部到外部）可说是自然生活节奏的再现，中国戏曲艺术的节奏则是变形的节奏——一种音乐的舞台节奏。京剧《歧王梦》的改编与表演就是抓住了莎剧与京剧艺术形式相通的重点场面尽情挥洒，把莎剧中人物内心的细腻刻画同京剧的表演特长充分结合在一起，以歌舞演故事，以歌舞演人性，以歌舞隐喻主题，以歌舞展示主题，从而在融通的基础上实现了变异与互文，如在"疯审"一场中歧王终于明白了："貌若桃花心丑陋，口蜜腹剑施毒谋，万贯家财骗到手，且旦信誓脑后丢，逆伦恶行世少有，天理国法难容留，刀斧之下断儿身首，弃荒山，喂野狗，令你们魂坠地狱永难出头。"[①] 歧王的扮演者尚长荣在展现京剧表演特点的基础上，在隐喻的京剧程式和非隐喻的唱词

[①] 王炼、王涌石：《歧王梦》（新编京剧）[VCD]，上海京剧院、齐鲁音像出版社2005年版。

中,以间接或直接的方式向观众言说的抒情话语和叙事话语为主,歧王终于在残酷的现实面前明白了:"最不堪今日银铐锁镣,难忘却山呼万岁,冕旒冠带临早朝,自以为人间至理已悟到,怎敌得胜利当前有人逢迎,投你所好,说你是功勋昭昭一代英豪,说得你目眩神迷心旌摇摇,悔莫及,故辙重蹈难挽回,难挽回,只落得泱泱国土,巍巍王朝,一生业绩,千古英名全浪抛。"大段唱腔酣畅质朴、苍劲悲凉,念白抑扬顿挫,一气呵成。反映自然与音舞隐喻、心理刻画与外在行动形成互文,在莎剧与京剧之间建构起互文化的隐喻。

尚长荣在京剧舞台上载歌载舞,在表演上将铜锤花脸与架子花脸的表演融为一体,辅以六面风字旗穿插摇动,将山崩海啸天下大乱的气氛渲染得十分强烈,① 如在第四场"荒原"中歧王悲愤欲绝的唱词:"天崩裂地塌陷乾坤倒转……为什么女儿心竟似冰雪寒,为什么老天爷善恶不辨,为什么要对我这八旬老翁横加摧残?"② 歧王向苍天,向人世,也向自己发出一连串质问,在变异与融通基础上形成的互文与互文化的效果是,将歧王备受风霜雷电摧残和灵魂搏斗的复杂心理表现得惊心动魄,将歧王的性格与心理活动通过程式与表演技术展现在观众面前。在中国戏曲舞台上,除了剧本问题之外,表演技术决定一切,它不但决定了演员的舞台创作是在程式基础上的再创造,只有当演员熟练地掌握了程式之后,把程式化作为第二天性运用自如,才能传神传色地表演角色,并且决定了中国戏曲演员技艺训练的重要性。这种程式性的运用,采用京剧特有的表演方式与《李尔王》的故事情节、人物性格和矛盾冲突的展现有机结合起来,以其音舞性隐喻人物性格与心理矛盾,成功地实现了从莎剧到京剧的互文。这种京剧莎剧对于中外观众来说,它既是京剧的,也是莎士比亚的。它带给观众的是一种全新的审美享受和全新的莎剧。

---

① 曹树钧:《莎士比亚的春天在中国》,香港天马图书有限公司2002年版,第139—154页。
② 王炼、王涌石:《歧王梦》(新编京剧)[VCD],上海京剧院、齐鲁音像出版社2005年版。

新编京剧《王子复仇记》力求遵循原著的悲剧精神，改编充满了现代意识。该剧突出哈姆雷特复仇这一条情节线，着重展示哈姆雷特的心理历程，精减人物，集中情节，强调矛盾冲突，并保留原著中脍炙人口的独白。音乐为该剧重要表现手段，配乐以传统音乐为主，依靠京剧传统乐队的配制，力图既京剧化，又多样化，并充分展示各个行当的声腔特点。这种有别于话剧的演出方式在形式上正好追求的是一种现代舞台演出意识，① 以这种互文化形式演绎西方经典《哈姆雷特》，挖掘其人性内涵，有令中西方观众眼前一亮的感觉。中国观众通过京剧接触的是《哈姆雷特》；西方观众通过《哈姆雷特》感受到的是中国京剧的魅力。

《王子复仇记》的主题思想、中心事件、人物性格、矛盾结构、戏剧情节框架保持莎剧原貌。尤其是保存了原著中许多精彩的独白（有些改为唱段），克服某些以往改编中"莎剧中国化"里曾出现的变异不够、"莎味十足"的失误，解决的方法是在表演"正常"与"装疯"的状态中，关键要把握"诗味"的融通与追求，如在王子最重要的心理活动的展现中，就是以京白道出了："是生存，还是毁灭，死了，从此长眠不醒，心头的苦痛，躯干的打击，俱都消失殆尽，这岂不是世人梦寐以求的吗？睡吧，睡吧，睡着了就会做梦，做的是什么梦呢？是美梦？还是噩梦？令人难以猜透，世人畏惧这死后的梦境而踌躇顾虑。"②《王子复仇记》在唱词中时刻强调化用莎剧原作中的精神意境，同时在京白中对莎剧中的独白尽量保持其原有的意蕴，故在互文中求得了某种平衡。在舞台的整体表现上，遵循传统京剧的演剧精神，追求"写意性"；舞美设计简约写意，人物服饰基本上采用了传统的京剧衣箱，全剧以中国化的形式演绎，既是京剧对莎剧的全方位的互文，又是京剧的唱念做打形式对莎剧主题的互文式演绎。

---

① 石玉昆：《对偶相辅浑然一体——京剧版〈王子复仇记〉导演阐述》，载 http://www.pekingopera.sh.cn/detail。

② 冯钢：《王子复仇记（根据莎士比亚〈哈姆雷特〉改编）》[VCD]，上海京剧院、齐鲁音像出版社2008年版。

《王子复仇记》的背景布置也起到了烘托主题的鲜明效果,将王子的独白"生存还是毁灭,这是一个值得考虑的问题"以篆书、草书、隶书、楷书等书法形式组成四幅屏风,既突出了莎剧的精神内蕴,又以极其中国化的形式美,令观众耳目一新,不但在视觉上给人以强烈的震撼感,而且在精神层面向观众揭示了本剧的现代意义。《王子复仇记》保留了"莎翁的魂,京剧的体",剧本改编更加充满现代意识。以音舞性的隐喻接通诞生于四百年前的《哈姆雷特》与新编京剧《王子复仇记》之间对人与人性的观照和与人文主义精神的对接,在互文与互文化层面上,为后者的隐喻提供了坚实的人文主义思想基础。

通过异质文化、异质戏剧之间的互文与互文化,在变异中的融通与融通中的变异,使中国观众在欣赏京剧莎剧时,既可以通过京剧了解莎剧,也可以通过这种京剧莎剧观赏京剧的表演。其实,早在1958年6月,北京市戏曲编导委员会就编印了根据莎士比亚《奥赛罗》改编、袁韵宜编剧的戏曲剧本《奥赛罗》,可见曾有把《奥赛罗》这部莎剧搬上戏曲舞台特别是京剧舞台的想法。虽然这个剧本在当时的氛围中很难投入排演,但却是一个相当成熟的莎剧改编本。

袁韵宜先生后来回忆到,1958年,中央所属42个艺术单位下放北京市,戏曲编导委员会撤销,自己也被调到中国京剧院。"我在离开编委会之前曾把莎士比亚的《奥赛罗》改为京剧,马彦祥认为只要有团上演他愿任导演。当时编委会铅印一百本向下发放,可惜未获演出,'文革'后另有人编演了同名京剧。"[①] 袁韵宜改编的《奥赛罗》在尊重莎士比亚原作思想、内容、情节和人物性格的基础上,对《奥赛罗》做了戏曲化处理,符合戏曲演出的规律。例如,第一幕第二场,苔斯蒙娜与奥赛罗初次见面,大胆表白爱意的唱词:"将军啊!自那日,君与我父把话对/使儿对我说一回/下楼来,忙进厅堂内/听君表身世,感人泪双垂/你也曾,颠沛流离在四海内/你也曾,被掳为奴命

[①] 袁韵宜:《从艺留痕》,中国戏剧出版社2002年版,第433页。

垂危/你也曾乘长风破万顷浪/你也曾，戎马疆场，出生入死，屡建奇功，气概多雄伟/只为你，气度轩昂，性豪爽/因此上，见君喜，离君悲，从此不愿守春闺。"① 又如第三幕表现苔斯蒙娜纯洁美丽对奥赛罗无限依恋的唱词"昨日与夫圆好梦/促膝夜话到深更/晓来整妆描新容/畅怀闲步入花丛/含情笑语谢东风/今年花胜去年红/花红为东风/人喜结鸳盟，笑严亲，妄想逼我入樊笼/他岂知，云雀展翅早凌空/云雾薄，旭日已东升/沿花径，翩翩向前行/葡萄叠叠，翠叶丛/似为我，敬夫君，笑语相迎"②。再如第六幕第二场表现奥赛罗矛盾内心的唱段"阴沉沉，雾茫茫，海风悲号/一阵阵，悲恨交加，心似油浇/烛光下，见妻子，容颜皎皎/却为何，容貌美，性似枭鸟，竟把恩情一旦抛！我怎忍，损伤她，花容月貌/伸正义。岂能容，魔鬼逍遥/拔慧剑，要斩断这情根一条"。③

从以上所引的唱词来看，该改编本虽标明为"戏曲剧本"，但是非常适合京剧舞台表演，唱词具有浓郁的诗意，对白紧贴人物性格，内心描写细腻，无论是抒情还是叙事均非常符合京剧演唱的特点，京剧韵味十足，为声腔的跌宕起伏创造出较好的条件，剧情扣人心弦，人物性格鲜明，比较准确地表现出原作的人文主义精神。所有这些改编，通过京剧舞台，面对莎剧悲剧英

---

① 袁韵宜：《奥赛罗》（根据莎士比亚原著改编·戏曲剧本），北京市戏曲编导委员会编印（刻印本），1958年6月，第8页。"改编本"人名基本遵照原作，只是略有变动，例如："苔丝德蒙娜"为"苔斯蒙娜"。袁韵宜（1920—2004），1938年毕业于陕西省立师范学院，1949年由华北大学三部戏剧专业毕业。1949年后在北京军管会文管处旧剧处、中共北京市委工作委员会旧剧科工作，从事戏改工作，并先后在中国京剧院、梅兰芳京剧团、北京京剧院任专职编剧。1959年为向国庆十周年献礼，袁韵宜与陆静岩［陆静岩（原名：陆静嫣）为在五四运动中被称为卖国贼张宗舆的女儿，陆静岩一生坎坷，1949年以后没有稳定的正式收入来源，生活艰辛。］执笔从豫剧《穆桂英挂帅》改编并移植了京剧《穆桂英挂帅》，梅兰芳对袁韵宜说，演穆桂英晚年的戏，对于他来说是第一次，有正规导演也是第一次。穆桂英刚出场要青衣扮相，梳大头，穿披风，她不同于一般家庭妇女主要在做派上应有大将气质，一旦接印、挂帅，就要穿蟒袍，一定要人看了是京戏。在戏中梅兰芳在剧中以其炉火纯青的表演塑造了他最后一个光彩夺目的舞台艺术形象。袁韵宜为著名画家庞薰琹先生的夫人。袁韵宜：《从艺留痕》，中国戏剧出版社2002年版，第171页，并整理编写了《庞薰琹工艺美术文集》《庞薰琹画集》《庞薰琹艺术研究》《庞薰琹文集》《庞薰琹随笔》等。

② 袁韵宜：《奥赛罗》（根据莎士比亚原著改编·戏曲剧本），北京市戏曲编导委员会编印（刻印本），1958年6月，第45页。

③ 同上书，第92页。

雄所遭遇的难以摆脱的困境，中国观众在受到强烈震撼的同时，也对莎士比亚获得了新的理解；而西方观众则在自己熟悉的剧情中，欣赏到一个中国的莎剧、东方的莎剧、京剧的莎剧，并通过这种改编莎剧惊叹于京剧的艺术魅力以及变异与融通之后获得的新感悟。这也是为什么京剧莎剧的演出仍然得到中西方票友、莎士比亚爱好者追捧的原因之一。

第二节 从主题到音舞的互文：京剧《哈姆雷特》与现代文化转型

本节具体分析京剧莎剧《王子复仇记》在什么样的文化语境中实现了京剧与莎剧之间的互文。这种互文性和改写表现在莎剧《哈姆雷特》的人文主义精神的主题在得到表现的基础上，实现了主题与形式的替换与重塑。从而将现代意识灌注于京剧《王子复仇记》之中，在"情与理"戏剧观念的转换与音舞对叙事的改写中，形成了内容与形式、演出方式、戏剧观念等新的互文关系，即表现为借鉴的"互文性主题"与再造的"音舞性主题"。

莎士比亚剧作在中国的传播中，《哈姆雷特》多次被改编为京剧，代表西方戏剧艺术经典的《哈姆雷特》却能采用中国京剧形式搬演，使话剧形式的莎剧与音舞性很强的中国传统戏曲较为完美地融合在一起，并且受到了喜爱京剧与喜爱莎剧的观众共同赞赏，其意义当不仅仅在于对一部莎剧的改编。我们以为，莎剧以京剧形式演出，最为直接的就是能够利用京剧丰富的艺术表现手法，以其艺术审美形式展现莎士比亚戏剧的人文主义精神，以及对人与人性的现代性诠释。我们知道，京剧在揭示人物的内心世界时，除了通过程式、音舞表现故事、塑造人物以外，"主要通过许多细节和行为来展现人物的思想活动。它善于用粗线条的动作勾画人物的轮廓，用细线条的动作描绘人物的思想活动"。[①] 这种细节的表现和表演的京剧化与莎剧对人性的深入洞

---

① 焦菊隐：《粉墨写春秋》，百花文艺出版社2008年版，第51页。

悉相结合，无疑对塑造莎剧中的人物和刻画人物的心理起到了某种陌生化的作用。

一 主题与形式之间的衍化

程式、音舞与内在思想、心理表现的完美结合是莎剧改编取得现代文化转型成功的基本条件之一，也是赢得中西方普通观众与莎学专家首肯的重要原因，"京剧的做工具有舞蹈化的特点"。[①] 演员通过四功五法等表演艺术技巧的运用演绎故事，通过外化莎剧中人物思想、性格，即以歌舞演故事和音舞塑造人物形象的方式，在展示演员全面的功底和艺术才华的基础上为莎剧吹来了一股具有京剧韵味的"中国风"。其中京剧的程式性代替了莎剧舞台的表演动作……形成了京剧的表现形式——视觉、听觉形象等。在这个意义上，京剧中的"乐"可以视为"原初意义上与中国古典艺术种系发生相关的诗、歌、舞三位一体的'乐'"，[②] 所以在《王》剧的演出中自然也就融合了京剧古典美的韵味。

互文性表现为"文学不是把生活贴在艺术里，而是对别人的文本做深层的改动，并把它移到一个新环境中，继而载入自己的文本与之相连"。[③] 而采用京剧的形式去演绎《哈》剧的故事，阐释其人类精神世界的纷繁复杂，其本身就具有质疑原创性和作者权威的互文性特征。《王》剧将表现现实、还原生活与表现艺术、审美表演融合为一体，既有借鉴莎剧深刻的立意，复杂的心理活动的用意，又有鲜明的人物形象和陌生的中国京剧的表现形式，以莎剧对人性的深入发掘统驭于表演，以情感演绎贯穿京剧的音舞，即将人文主义精神融入京剧改编中，将莎剧中的主题、故事情节用京剧的形式表现出来，形成了京剧改编莎剧的"互文性主题"。"互文性主题"主要表现为借鉴，在

[①] 北京艺术研究所、上海艺术研究所：《中国京剧史》（上卷），中国戏剧出版社2005年版，第13页。

[②] 施旭升：《中国戏曲审美文化论》，北京广播学院出版社2002年版，第43页。

[③] ［法］蒂费纳·萨莫瓦约：《互文性研究》，邵炜译，天津人民出版社2003年版，第27页。

借鉴的基础上进行深化。"互文性主题"使悲剧的思想深度透过京剧美的形式得到展现,"使我们可以传递和继承我们已知的表达方式、语言和出处",①使思想的深度通过"人立于情,戏出于情"打动观众的心灵,从而既能够从审美、观赏层面诠释莎剧中所蕴含的深刻哲理内涵与心理活动,也能够从哲学与美学层面丰富京剧刻画人物形象的细腻,从而反映出《王》剧中所蕴含的丰富、复杂的悲剧性。

从当代世界范围的莎剧舞台演出看,以京剧这种艺术形式改编《哈姆雷特》本身就是现代审美意识的一种特殊呈现,从某种意义上说,改编指涉的其实是被传递的另外一部作品。这说明《王》剧与《哈》之间并非不存在互文关系。京剧文本与莎剧文本由改编彰显的这种互文关系形成了一个概念更加宽泛的"互文性"。这种文本之间的自我指涉和"呈现的混合的一面"② 以不同的艺术方式来完成,从而形成了"超文本性"。我们认为,京剧《王子复仇记》的现代意识表现出的"超文本性"为调动京剧表演的各种艺术手段,用京剧行头演绎《哈姆雷特》中蕴含的人性中普遍矛盾,发挥了关键的作用,因为在现代莎剧舞台上,最重要的已不是服装,同时,对于耳熟能详《哈姆雷特》的欧洲观众来说,故事情节也已经不那么重要了,重要的是通过互文化的涂抹,刻画出多侧面的人性。在互文性中,作为言说主体的莎剧和发音主体的京剧"最大不同是前者与具体的行为人相联系,后者关注的是言语实体本身,"③《王》剧的互文性充分说明了这一点。这就要求导演和演员,采用陌生的异域文化——京剧这种艺术形式,利用原作的故事,讲述人灵魂、人格的挣扎与分裂过程。《王》剧在改编时,保留了哈姆雷特"重整乾坤"这一主线,着重展现子丹(哈姆雷特)人文主义者的心路历程。对于原著中类似"生还是死,这是个问题"等脍炙人口的独白则以音舞进行多方位的演

---

① [法]蒂费纳·萨莫瓦约:《互文性研究》,邵炜译,天津人民出版社2003年版,第89页。
② 同上书,第94页。
③ 李玉平:《互文性与主体(间)性》,陶东风、周宪:《文化研究》(第六辑),广西师范大学出版社2006年版,第214页。

绎，在突出悲剧精神与保留戏剧框架的基础上为唱、念、做、打提供了充分的空间。如：

（白）执骨骸似看透人世幻想，
旧沧海今桑田变化无常。

（唱）这躯体是存是灭难掂量，
何去何从向哪方？
忍受着命运毒箭，
抑或挺身反抗，
扫尽了人间苦难，
孰贵孰贱叫人思虑长。

……

（白）是生存？还是毁灭？死了，从此长眠不醒，心头的苦痛，躯干的打击，
俱都消失殆尽，这岂不是世人梦寐以求的吗？睡吧，睡吧，
睡着了就会做梦，是美梦？还是噩梦？①

这里以大段的唱腔表现人物内心的激烈搏斗，"互文性主题"明显，唱为悲剧气氛的发展服务，舞为推进戏的高潮服务，用音舞造成气氛的紧张，展现人物的心灵撞击，突出王子子丹为何复仇、重整乾坤这一条情节线，以京剧美表现悲剧美（悲剧的力量）。莎剧的主题构成了京剧中形成主题思想的介质，并通过京剧美加以展现。正如梅兰芳所说："不论剧中人是真疯或者是假疯，在舞台上的一切动作，都要顾到姿态上的美。"② 以"美"作为表演的追

---

① 冯钢：《王子复仇记》（根据莎士比亚《哈姆雷特》改编）［VCD］，上海京剧院、齐鲁音像出版社2008年版。
② 梅兰芳：《舞台生活四十年》，中国戏剧出版社1987年版，第393页。

求目标,有别于西方戏剧以"真"作为舞台追求的目标。为此,《王》剧强调矛盾冲突,集中情节,精减人物,对莎剧进行京剧化的处理把对白、独白改为唱段,又删除了一些次要线索,在保持悲剧原貌、阐扬《哈》剧主题的基础上,为京剧表演提供了充分空间。二者之间共享的是一个思想接近的具有隐含意义的"互文性主题",共同的隐含意义事实上已经成为两种艺术形式之间的必然连接点。当我们看到以上《王》剧中的大段独白后,就会找到,它们之间共同的隐含意义——"人文主义理想"的实现和"重整乾坤"的决心。那么"人文主义理想的实现"与"重整乾坤"就使京剧与莎剧之间建立了"元——关系",形成了两种艺术形式之间联结的纽带。这是京剧与莎剧之间的全方位对话,其中包括艺术形式、语言、作品中的人物、现实与古代、京剧语境与莎剧语境之间的对话,因为"文学词语之概念,不是一个固定的点,不具有一成不变的意义,而是文本空间的交汇,是若干文字的对话,即作家的、受述者的或人物的现在或先前的文化语境中诸多文本的对话"。[①]

京剧味为《王》剧的重要艺术表现手段,配乐以传统音乐为主,依靠京剧传统乐队的配制,力图既京剧化,又多样化,在充分展示各个行当的声腔特点的同时,全剧不但运用了西皮、二黄等传统调性的不同板式,还辅以四平调、吹腔、高拨子、曲牌等元素,以及独唱、对唱、重唱的方式,多层次刻画人物心理变化,既是京剧,也是莎剧。借助观众对剧情的熟悉,使人们更容易在形式上认同京剧艺术的表现魅力,在内容上更容易理解,在主题上更容易获得共鸣。正如该剧导演石玉昆所阐述的《王》剧的创作思路:魂是莎翁的,形是京剧的。[②] 换言之:尊重原著,展示主体。他们感觉到这里面有欧洲人所熟悉的东西——这就是展示故事的方式,即戏剧性方式,[③] 以及通过

[①] Julia Kristeva, *Word, Dialogue and Novel*, *The Kristerua Reader*, Toril Moi (ed)., Blackwell Publishers Ltd., 1986, p.36.

[②] 石玉昆:《对偶相辅浑然一体——京剧版〈王子复仇记〉导演阐述》,http://www.peking opera.sh.cn/detail。

[③] 胡明伟:《中国早期戏剧观念研究》,学苑出版社2005年版,第24页。

音舞所反映出来的人、人性和人情。所以很多莎学家强调,"唯一的正确认识莎士比亚的道路,是从舞台演出的角度上"。① 在戏的主题思想、中心事件、人物性格、矛盾结构、戏剧情节上保持莎剧原貌,而在形式上则是彻头彻尾的京剧。正如焦菊隐所认为的:"中国戏曲有程式,程式是戏曲的一种表现手段,戏曲的艺术方法、艺术规律都是不容易感觉的,而艺术的可感性,是很容易感受到的。很多人认为戏曲是象征的,国外都讲中国戏曲是象征的,我觉得,中国戏曲无论内容还是表现方法,都是现实主义的。"② 因此,从这一点看,莎剧与京剧的结合将获得更诗意化,也更加现实化和民族化的表现。

为此,《王》剧分别运用京剧的"上韵"和"京白"来处理王子身上"莎味"和"京味"之间的矛盾。台词是莎剧的精髓,《王》剧要做到既是"莎味"的又是"京味"的,我们看到的是,在解决互文性中这一对"交叉出现"③ 的矛盾时,改编者明白,关键要把握"诗味"的追求,所谓"诗味"其实就是要把握音乐性节奏的处理和运用,即京剧韵味,因为"文学主体间性不仅是对对象主体的理解,也是对自我主体的理解"。④ 这里包括改编者对台词、唱腔、表演、交流以及全剧总体节奏的把握,并使起承转合、跌宕起伏、流畅集中、强烈夸张、动静结合成为舞台空间有机组成部分。尤其狠抓"肉头戏"(如"见鬼""装疯""斥母"等场次段落)和高潮戏("观戏"和"决斗"两场)的设置和呈现。⑤ 以京剧的韵味引领情感的抒发,在情感的跌宕起伏中透视出人物的性格特点。这样的改编正是具有现代莎剧意识的具体表现。因为改编者通过京剧诠释了《哈》剧中蕴含的人类时时刻刻都面临着罪恶的诞生,但人类也时时刻刻在重建着自己生存的家园"重整乾坤"的人

---

① 胡明伟:《中国早期戏剧观念研究》,学苑出版社2005年版,第24页。
② 焦菊隐:《粉墨写春秋》,百花文艺出版社2008年版,第52页。
③ Julia Kristeva. *Séméiotikè*, *Recherches pour une sémanalyse*. Paris: Seuil, 1969, p. 133.
④ 李玉平:《互文性与主体(间)性》,陶东风、周宪:《文化研究》(第六辑),广西师范大学出版社2006年版,第214页。
⑤ 石玉昆:《对偶相辅浑然一体——京剧版〈王子复仇记〉导演阐述》,http://www.peking opera.sh.cn/detail。

文精神，改编所追求的是美好、和谐，是个体生命在这样的打破与建立之间完成的价值体现。

这样的互文，接通了诞生于四百年前的《哈姆雷特》与京剧《王子复仇记》之间的精神联系，使"中国戏曲传统戏剧往往只重视写意的主观性方面，而不太重视写意中所积淀的理性本质"① 得到了一定程度的弥补。京剧强调"形式美的规律"②。这种有别于话剧的演出方式在形式上正好追求的是一种现代莎剧演出意识，因为"重复使用形式或主题也就是对形式和主题的重新定义"③。

"互文性审美"大量存在于中国戏曲对莎剧的改编中，通过此类"互文性审美"所建立的"元——关系"，以变换的艺术形式阐释了莎剧的主题，并在这种转换中构建了"元文本"。由此可见，由互文性所带来的"互文性主题"在《王》剧与《哈》剧的转变中起着异常重要的作用，是人们认同这是"莎剧"的重要原因。京剧《王子复仇记》在布景、服装、舞台美术、音乐唱腔和武打上都采取了中西融合、以京剧为主的设计，使人物的形象得以在故事与京剧声腔的演绎中具体化、审美化。所以黄佐临说"斯坦尼斯拉夫斯基相信第四堵墙，布莱希特要推翻这堵墙，而对于梅兰芳，这堵墙根本就不存在，用不着推翻"。④ 对于今天的中外观众来说，京剧《王子复仇记》实际上就是在两种大相径庭的艺术之间形成了审美的新互文。

二　真与美之间的程式与音舞

对于京剧莎剧来说，取得改编成功的关键，其一是"戏曲表演程式"的成功运用，"戏剧艺术的感染力量和审美价值，取决于它的艺术形象——舞台

---

① 王国维：《宋元戏曲考》，《王国维戏曲论文集》，中国戏剧出版社1984年版，第29页。
② 叶秀山：《中国的歌：叶秀山论京剧》，中国人民大学出版社2007年版，第318页。
③ 蒂费纳·萨莫瓦约：《互文性研究》，邵炜译，天津人民出版社2003年版，第114页。
④ 黄佐临：《我与写意戏剧观》，中国戏剧出版社1990年版，第93页。

形象"。① 审美以人的感官为诉说对象，其形式美具有反复鉴赏的耐久性，在与戏剧性结合以后，又以人的心灵为述说对象，在伦理层面上打动人，具有发人深思、耐看的韵味，形成了京剧形式与莎剧内涵的完美结合。正如田汉所说，"莎士比亚学之研究本应该是与实演底综合，这和医学之应该同时注重理论与临床一样"。② 其二是"忠实原著"，用京剧的形式在舞台上塑造莎剧中的人物。把两种不同文化体系的戏剧融合在一起，显然不是一件容易的事情。京剧的特点之一是"音乐性的对话与舞蹈性的动作……它作为一种戏剧形式有了自己的独特的艺术价值"。③《王》剧追求"写意性"；舞美设计简约写意。该剧的导演抓住《哈姆雷特》的主题所反映的是罪恶的诞生与建立和谐秩序之间的矛盾，以及哈姆雷特对于"生存还是毁灭""重整乾坤"是适合于任何时代、任何国度的永恒主题这一思考，唱腔和程式围绕着这一主题进行设计。子丹的外在行动是手刃杀父仇人——杀父夺位、骗取母亲的叔父雍叔，但在这条外在行动线的内部却是子丹展开行动时所产生的犹豫、彷徨和决心。全剧重点展示的是子丹心灵的煎熬，同时运用大幅度变化的系列程式表现人物情绪的突变，使感情喷发出来，子丹边舞边唱：

> 切莫让心灵蔓草再蔓延，
> 今夜晚话语虽厉意本善，
> 谨记下这字字句句逆耳言，
>
> ……
>
> 她自愧自责声凄惨，
> 勾起我母子的情怀我的心内软，

---

① 田汉：《我们的自己批判——〈我们的艺术运动之理论与实际〉（上篇）》，《南国月刊》1930年第2卷第1期。
② 黄佐临：《梅兰芳、斯坦尼斯拉夫斯基、布莱希特戏剧观比较》，黄佐临：《我与写意戏剧观》，中国戏剧出版社1990年版，第302—318页。
③ 叶秀山：《中国的歌：叶秀山论京剧》，中国人民大学出版社2007年版，第140页。

第七章 生存与变异：莎士比亚戏剧的互文与互文化

……

（白）纵然失节也要学做一个贞洁的妇人，

习惯可以改变人的本性，

……

惊变生悲愤交加热泪掉，

腾腾怒火胸中烧，

弑兄窃国乱宗庙，

贻害人间罪滔滔，

利剑挥处邪佞扫，

子丹复仇在今朝。①

当子丹得知事件的真相后，他的理想破灭，人间的罪恶和对生命的思考将他推入迷惘之中，在音乐表现上，王子出腔冲、行腔直、收腔足，唱来如波涛奔腾，一泻千里；急停与突起的腔型节奏处理，使得唱腔顿挫有致，铿锵有力，攻坚碰硬，险腔迭出，坠腔、顿腔、勒腔、颤腔交替使用，唱得有腔有调，念得有板有眼。舞台形象的一个重要元素就是音舞，唱腔和程式的编排是为了实现主题和刻画人物服务的，其特点构成了"互文性音舞"。音舞是否完美，是否有助于刻画人物性格，是决定舞台形象是否成功的一个重要衡量标准。"文戏有戏无曲不传，武戏有武艺无人物不传"，② 音舞性构成了艺术表现形式上最基本和最重要的特征。音舞性，通俗地说，就是"载歌载舞"。"后代之戏剧，必合言语、动作、歌唱，以演一故事，而后戏剧之意义始全"，③ 即以故事表演为演进主线，吸收歌舞、杂技以及讲唱文学等诸多成

---

① 冯钢：《王子复仇记》（根据莎士比亚《哈姆雷特》改编）［VCD］，上海京剧院、齐鲁音像出版社2008年版。

② 王国维：《戏曲考原》，《王国维戏曲论文集》，中国戏剧出版社1984年版，第163页。

③ 蓝凡：《中西戏剧比较论稿》，学林出版社1992年版，第29页。

分逐渐形成的。这是形成京剧艺术特征的根本因素（也就是区别于西方话剧的最本质特征），用京剧形式诠释莎剧自然也构成了探求意义的一种方式。

以音舞来表达这样的主题，更多的是通过这种互文性音舞，用中国人能理解的方式阐释主题，就在"原始模型或已有原型"① 之间保持了某种联系，通过演员和角色的间离达到"装龙扮虎"的艺术效果。京剧莎剧的导演多次谈到，改编之所以能够得到认同，是因为莎剧和戏曲之间存在着许多共同之处，在舞台演出方面互文性音舞的特点明显。莎剧与京剧都是诗的结晶，在莎士比亚时代"戏剧都是富于假定性的"。② 莎剧和京剧都统一于现实主义和浪漫主义相结合的演剧体系；都企图"在假定性的环境和事件中求得真实性的效果"③。京剧和莎剧都毫无疑问地要遵循这一艺术规律。因为"对话角色的无限可互换性，要求这些角色操演时在任何一方都不可能拥有特权"。④ 更为重要的是，无论是《王》剧还是《哈》剧二者都是以人为本，都以展示人性真善美的哲学追求与极致的美为目标。⑤ 谭霈生认为："用'写意'的手法处理舞台场景，可能更有利于舞台空间的自由变换……中国传统戏曲艺术处理舞台空间的特殊方法，是与表演艺术的虚拟性动作想适应的。"⑥ 从《王》剧的表演中我们看到，传统程式和音舞运用得好，不但可使人物动起来，还能很好地表现人物内心活动，这种京剧程式化的运用，除了那些负载了强烈中国文化色彩，西方人难以理解的特定程式外，那些既可以用来表现中国人的情感和心理，也可以表现西方人的情感和心理的表演，达到了不同文化殊途同归、统一于京剧审美的效果，因为归根结底表现的是"人"的情感和心理，《王》剧显然起到了这样的作用，即以"互文性音舞""打破团块，把一

---

① ［法］蒂费纳·萨莫瓦约:《互文性研究》，邵炜译，天津人民出版社2003年版，第120页。
② 谭霈生:《论影剧艺术》，湖南文艺出版社1986年版，第102页。
③ 同上书，第103页。
④ 周宪:《20世纪西方美学》，南京大学出版社1997年版，第340页。
⑤ 石玉昆:《对偶相辅浑然一体——京剧版〈王子复仇记〉导演阐述》，http://www.pekingopera.sh.cn/detail。
⑥ 谭霈生:《论影剧艺术》，湖南文艺出版社1986年版，第108—109页。

整套行动，化为无数线条，再重新组织起来，成为一个最有表现力的美的形象"。① 如子丹夜遇父亲鬼魂时的趟马，以及僵尸、甩发、朝天蹬、翎子等技巧都有助于表现人物在特定环境下的心理及情感波动。京剧莎剧的改编者利用了京剧的特点，调节紧张感，并将内心冲突与外在冲突衍化为抒情性的表现，通过音乐和歌舞展现人物的内心世界和各种冲突，从而在审美层次上让中国观众感到信服，让西方观众从另一角度审视莎士比亚戏剧。

在这样的改编中，程式化动作的运用坚持从人物出发，或重新组合，或旧式新用，达到用活、用到位的效果，在"精神升华具体化"② 中，展示京剧表演的独到之处。同时，充分利用行当的特长来塑造人物。子丹为不戴髯口的文武老生，并融合武小生的表演特点，表现人物英武、俊朗的气质；姜戎为梅派青衣，在表现她雍容的王后气度外，进一步加强她性格复杂一面；殷缡在程派的基础上融入花旦的表演，凸显她青春少女悲惨的命运；雍叔为架子花脸，显示他阴险狡诈的内心；殷甫为走矮子的三花脸，外化他虚伪、精于世故的真面目；其他如铜锤花脸的雍伯、武花脸殷泽、武生夏侯牧、小花脸掘坟人等都能恰到好处地体现人物的性格特点，其外在的艺术形式给观众以强烈的现代舞台艺术美感。这就表明《王》剧的演出已经在这种变异中使戏剧程式已融入了京剧舞蹈美的因素，并"按照舞蹈化动作的律动进行表演"。③ 所以在观众看来，这种带有浓郁京味的莎剧才值得一观。在京剧舞台上，除了剧本问题之外，表演技术决定一切，它不但决定了演员的舞台创作是在程式基础上的再创造，只有当演员熟练地掌握了程式之后，把程式化作为第二天性，运用自如，才能传神传色地表演角色，并且决定了中国戏曲演员的技艺训练的重要性。④

---

① 宗白华：《艺境》，北京大学出版社1987年版，第336页。
② ［德］黑格尔：《美学》（第三卷·下），朱光潜译，商务印书馆1996年版，第244页。
③ 孟昭毅：《东方戏剧美学》，经济日报出版社1997年版，第236页。
④ 焦菊隐：《粉墨写春秋》，百花文艺出版社2008年版，第23页。

三 京剧与莎剧的互文途径

《哈》剧在这样的改编中，无疑实现了一种文化、语言、艺术意义上的互文，即在"互文性主题"与"互文性音舞"的基础上实现的"互文化审美"。这种互文化审美既是京剧对莎剧形式意义上的互文，也是莎剧对京剧在刻画人性意义上的互文，二者之间的有机叠加当产生一加一大于二的效果。那么，《王》剧是如何在这种改编中实现互文的呢？我们知道，京剧中的"曲"为"歌唱"部分，"动作"则是"舞蹈"部分。京剧的表演具有"有声必歌，无动不舞"的特点。[①] 京剧莎剧在观众看来，完全可以不以情节设置为艺术创造，而其音乐的新鲜性、动作的陌生化、舞蹈的中国化以及对业已熟悉的故事、心理矛盾、人物的中国化色彩的高度概括，在审美的创造上仍然可以达到相当的高度，产生很强的艺术震撼力。"文本存在于语言中"，[②] 而互文存在于音舞之中，《王》剧在唱词的哲理性与唱腔的抒情性、爆发性之间的水乳交融，舞蹈的象征性与再现人物心理之间的准确性之间的合理转换，都可以令观众获得从未有过的艺术体验，回味无穷。对观众来说这是一种全新的莎剧，但是其反映人生和人性的宗旨则是与莎士比亚戏剧一致的，在艺术的审美上则带来一种全新的体验。所以，以京剧对话剧，音舞、对白、动作的互文来说，我们认为，京剧莎剧在音舞性上具有浓郁的中国色彩，无论是在戏剧性方面，还是在观赏性方面；无论是在哲学理念上，还是在美学观上，都更加符合戏剧的现代性，适合现代观众的欣赏习惯。在京剧莎剧中，音乐和戏剧不再是捆绑的夫妻，而是恩爱难解的结合了。京剧莎剧的板腔体音乐形式是戏曲音乐戏剧化的必然产物。在京剧艺术的综合机制中，音乐逐渐变成情节中的有机组成部分，成为高度戏剧化的音乐。音乐形式的突破，使得戏曲音乐或以唱腔，或以器乐，或以打击乐的形式渗透到剧情发展的每一个细

---

① 徐城北：《中国京剧》，五洲传播出版社2003年版，第107页。
② Roland Barthes, "Theory of the text", in Robert Young (ed.), *Untying the Text: A Post—structuralist Reader*, London: Routledge and Kegan Paul, 1981, p. 39.

节和人物形象的每一个细胞中去,使戏曲艺术的综合机制大大提高,戏曲艺术的表现力因而大大加强了,同时也丰富了莎剧的表现力。

京剧的板腔体音乐形式是戏曲音乐戏剧化的必然产物。《王》剧以板式、旋律和规格严谨的京剧音乐,唱得"字正腔圆",根据剧中人物的不同感情,表达出喜怒哀乐等迥然不同的艺术效果。在戏曲艺术的综合机制中,《哈》剧的改编力求使音乐逐渐变成戏曲的有机组成部分,在高度戏剧化音乐的演绎中,以京剧的表演程式展现人物的心路历程。"京剧是音乐化了的诗;唱词,即'歌唱性的诗词'"①,在京剧莎剧中,由于其唱腔结构的基本单元大大缩小了,音乐和宾白得以更自由地结合起来,在人物对话中,随时可以插入唱段来直接抒情或描写内心活动,或用连句对唱的形式直接表现人物语言,推动戏剧冲突的发展。② 甚至从京剧莎剧的改编者角度来看,有好情节固然好,没有好情节也关系不大,情节新一些固然好,情节熟套一点也没关系。③ 很多观众观看京剧莎剧的期待视野显然不在情节方面,甚至不在思想性方面,而中国观众对京剧莎剧的期待则是情节与表演、思想与艺术二者兼而有之。

京剧莎剧追求的是音乐及舞蹈的审美,追求的是"抒情""意境"的创造。因为抒情话语是曲本位的中国戏剧最重要的话语,其地位远远比西方戏剧的相应成分高。历来中国剧作家往往称自己的创作为"作词""填词""制曲"等,可见曲词是戏剧的核心部分。京剧莎剧的改编正是利用了自己的这一长处,以曲词抒情。清代的孔尚任曾说:"词曲皆非浪填,凡胸中情不可说,眼前景不能见者,则借词曲以咏之。"④ 京剧与莎剧的结合发挥"曲"的特殊作用也就是必然的了,以曲咏胸中之情,以曲托人物形象,以曲现人物

---

① 叶秀山:《中国的歌:叶秀山论京剧》,中国人民大学出版社2007年版,第151页。
② 石玉昆:《对偶相辅浑然一体——京剧版〈王子复仇记〉导演阐述》,http://www.peking opera.sh.cn/detail。
③ 吕效平:《戏曲本质论》,南京大学出版社2003年版,第65页。
④ 孔尚任:《〈桃花扇〉凡例》,秦学人、侯作卿:《中国古典编剧理论资料汇辑》,中国戏剧出版社1984年版,第313页。

心理。《王》剧的互文说明:"任何表述都隐含一个对话者,这个对话者不只是被动的'听',同时也在以自己的声音影响对方的表述,其中包含了'独白'中的自我对话。"① 可以说,京剧的音舞已经在观众面前创造了一种全新的莎士比亚戏剧。《王》剧与《哈》剧的互文性审美,既是主题上的继承、开掘,也是形式上的替换。

《王》剧所遵循的改编策略就是在力图完整表现其主题的人文主义精神的同时,以京剧替换话剧(莎剧)这种艺术形式。"就中国戏曲舞台艺术来说,真实和美的结合有它特别重要的意义。"② 这样的改编表明京剧的美学理想和莎剧美学精神通过京剧《王子复仇记》在审美层面上进行了一次成功嫁接,这样的互文性审美表明,在外在形式、内在思想内容和审美上,京剧与莎剧的互文开拓出一片审美的新天地,并成功地跨越了文化之间的差异。京剧莎剧《王子复仇记》实现了京剧与莎剧之间的互文。这种互文性和改写表现在莎剧《哈姆雷特》的人文主义精神的主题在得到表现的基础上,实现了形式的替换与重塑。从而将现代意识灌注于京剧《王子复仇记》之中,在"情与理"戏剧观念的转换与音舞对叙事的改写中,形成了内容与形式、演出方式、戏剧观念等新的互文关系。

自现代以降,根据莎剧改编的莎剧京剧一共有六部,《哈姆雷特》《李尔王》《麦克白》和《罗密欧与朱丽叶》都曾被改编为京剧,代表西方戏剧最高成就的《哈姆雷特》却能采用中国京剧形式搬演,使西方戏剧中的莎剧与中国传统戏曲的音舞性较为完美地融合在一起,并且受到了喜爱戏曲的观众与喜爱莎剧观众共同的赞赏。中国人看懂了英国的莎剧,英国人也看懂了中国的京剧。莎剧和京剧在中西文化的融合中,在交流融合中显示出跨越东西方异质文化的生命力,让京剧观众在他们所喜闻乐见和熟悉的外在形式中理解莎士比亚戏剧的精髓,架设一座立体的中外文化交流的

---

① 汪民安:《文化研究关键词》,凤凰出版传媒集团、江苏人民出版社2007年版,第117页。
② 叶秀山:《中国的歌:叶秀山论京剧》,中国人民大学出版社2007年版,第91页。

桥梁，这是京剧莎剧《王子复仇记》之所以获得中西方观众喜爱与莎学学者重视的原因。

四 主题与艺术形式之间

京剧与莎剧二者之间到底存在着什么样的改编基础呢？虽然早在20世纪20年代实践就对此做出了回答，但在理论层面上并未进行过比较深入的探讨。从美学和艺术理论层面上看，西方悲剧在本体上属于一种模仿的艺术，因此便形成了在形态上的一些特有的美学风貌。西方戏剧重模仿，就是模仿生活。美学风貌呈现为：悲剧的舞台形态基本上是再现生活形态，其内心的活动就远比外在的动作来得主要。而对中国悲剧来说，叙事与抒情被衍化成了观赏性极强的舞蹈、歌唱、武打、杂技，甚至绝技等，观众也往往是为了演员的精湛表演而惊叹不已。对戏曲悲剧来说，感情的激动基于外形式（美的技艺）的刺激，形式的打动超过了对内容的理解。戏曲悲剧是女性的——以女子为主人公。这种特性与西方悲剧恰恰相反。中国戏曲这种用小人物（小女子）来做主人公的悲剧特点，往往是"偏于琐屑中传出苦情"。中国悲剧苦情美感，并非因其主人公地位的超乎寻常，而是由于其主人公力量的弱小，才激发了观众的怜悯和同情。所以，如果将再现生活形态与激烈的内心矛盾冲突的莎剧与京剧的表演形式结合在一起，将生活的真实与表演的审美融合为一体，既有深刻的立意、丰富的感情，又有鲜明的人物形象，以情贯穿始终，"人立于情，戏出于情"的写意性，既能够从审美、观赏层面上表现莎剧中深刻的哲理内涵与心理活动，也能够从哲学与美学层面上丰富京剧刻画人物形象，反映人物心理变化的层次性。

由于莎士比亚在世界文学史、戏剧史上的位置，以及东西方文化的巨大差异，所以采用京剧演出莎剧，显示了中华文化、京剧的博大精深和在跨越东西方异质文化方面的主动性、可行性。以表现手法和设计情节来讲，京剧在自由表现生活时拥有丰富的手段，既擅长讲故事，又擅长刻画人物心理；莎士比亚戏剧也重视故事的有头有尾和"大团圆"的结局，强调舞台的"虚拟性"，以调动观众的想象力。京剧《王子复仇记》所遵循的改编策略就是在力图完整表现其主题的人文主义精神时，以京剧替换话剧（莎剧）这种艺术形式。这样的改编表明京剧的美学理想和莎士比亚戏剧美学原理无论在外在形式还是在内在思想内容上都是可以沟通的。京剧也具有叙事性的特点，这种被称为讲唱性的叙事性，是中国的说唱艺术渗入戏曲后所表现出来的一种特有表演形式。

京剧的叙事性是可以与莎剧的叙事性结合的，所以我们看到，通过对《王子复仇记》故事情节的叙述，反映出《哈姆雷特》中所蕴含的人文主义精神。根据中国现代戏剧的发展情况看，京剧莎剧的出现是中国传统文化、中华戏曲寻求更大的表现力，中外文化交流，中外思想、文化、戏剧观念、表演方式激烈碰撞后的一次融合，京剧被赋予了更大的艺术张力。而莎剧则在人们熟知的故事情节中获得了新的审美认知价值。莎剧与京剧的结合获得了更加诗意化和现代意识的表现空间。①

五　现代意识与新互文的呈现

采用京剧这种艺术形式改编《哈姆雷特》本身就是现代意识的一种生动呈现。京剧《王子复仇记》的现代意识首先表现为，调动京剧表演的各种艺术手段，演绎《哈姆雷特》中的人性，在现代莎剧舞台上，服装已经不是最重要的了。这就要求导演和演员，采用尽可能利用陌生的异域文化的外在形式，利用原作的故事情节，讲述一个现代人灵魂、人格的挣扎过程。现代莎剧的演出很少不做删减的，为了适应现代观众的审美习惯和要求，《王子复仇记》在结构上也删除了多条副线，仅仅保留了哈姆雷特复仇这一主要情节，着重展现了哈姆雷特人文主义者的心路历程。将大段的唱放在人物处于内心冲突很激烈的关口，唱为戏（情节）的发展服务，为推进戏的高潮服务，用音乐歌舞造成气氛的鲜明对比，展现人物的心灵撞击，突出王子子丹为何复

---

① 李伟民：《中国莎士比亚批评史》，中国戏剧出版社 2006 年版，第 396 页。

仇这一条情节线。音乐为京剧《王子复仇记》的重要艺术表现手段，配乐以传统音乐为主，依靠京剧传统乐队的配制，力图既京剧化，又多样化，并充分展示各个行当的声腔特点。对剧情的熟悉，使欧洲观众更容易在形式上认同京剧艺术的表现魅力。① 该剧导演石玉昆阐述了《王子复仇记》改编的思路：在内容与形式上，强调原作精神内涵的再现，但形式上必须不脱离京剧，即把握好"魂与形"之间的辩证关系。② 换言之：尊重原著，展示主体。戏的主题思想、中心事件、人物性格、矛盾结构、戏剧情节框架保持莎剧原貌。

从戏剧效果看，京剧版《王子复仇记》要做到既是"莎味"的又是"京味"的，关键要把握"诗味"的融通与追求，如在王子最重要的心理活动的展现中，就是以京白道出了："是生存，还是毁灭，死了，从此长眠不醒，心头的苦痛，躯干的打击，俱都消失殆尽，这岂不是世人梦寐以求的吗？睡吧，睡吧，睡着了就会做梦，做的是什么梦呢？是美梦？还是噩梦？令人难以猜透，世人畏惧这死后的梦境而踌躇顾虑。"《王子复仇记》在唱词中时刻强调化用莎剧原作中的精神意境，同时在京白中则对莎剧中的独白尽量保持其原有的意蕴，故在互文中求得了某种平衡。剧本改编充满了现代意识。

要表达伟大的人文主义者莎士比亚的精神力量，就必然会促使它进行改造性的艺术展示。还有，戏曲和莎剧虽然都是诗化的艺术、写意的艺术，"但中国戏曲传统戏剧往往只重视写意的主观性方面，而不太重视写意中所积淀的理性本质"。③ 通过改编、学习莎剧，用审美方式增强戏曲本体在注重挖掘主观心灵的同时去挖掘客观的本质，其益处，也是不言而喻的。这种有别于话剧的演出方式在形式上正好追求的是一种现代舞台演出意识，以这种形式演绎西方经典《哈姆雷特》，挖掘其人性内涵，有令中西方观众眼前一亮的感

---

① 冯钢：《王子复仇记（根据莎士比亚〈哈姆雷特〉改编）》，上海京剧院、齐鲁音像出版社2008年版。

② 石玉昆：《对偶相辅浑然一体——京剧版〈王子复仇记〉导演阐述》，http://www.pekingopera.sh.cn/detail。

③ 黄佐临：《我与写意戏剧观》，中国戏剧出版社1990年版，第93页。

觉。中国观众通过京剧接触的是《哈姆雷特》;西方观众通过《哈姆雷特》感受到的是中国京剧的魅力。京剧《王子复仇记》的舞台美术追求空灵、写意、简约的风格,通过对四扇可折叠的屏风与五把椅子的灵活运用,分别交代宫廷、城垛、坟地等场景。五把椅子不但是演员表演的支点,也可成为演员表演的道具。灯光运用不追求花哨,少量但精致,起到画龙点睛的作用。化妆、服饰基本沿袭京剧的传统体制,但做到符合人物身份及性格,并注意全剧色彩的统一,充分展示京剧服饰绚丽多彩及与演员表演相辅相成的特点。对于今天的中外观众来说《王子复仇记》实际上就是在两种大相径庭的艺术之间形成了审美的新互文。

六 京剧莎剧:"情—理"之下的互文性

京剧改编莎剧主要采用了两种方法加以探索:莎剧中国化和戏曲莎剧化(前者易发挥民族特征与戏曲本体,后者更接近莎翁原貌)。实践证明,在不同方法的指导下,两种演出方式都产生了大批精彩演出,为今天继续这项工作提供了许许多多成功、失误以致失败的经验和教训,也为我们从理论上总结京剧莎剧的结合提供了实践的支持。不过占主流的成功也告诉我们,将莎剧和中国戏曲联姻嫁接是大有希望、大有作为的。改编之所以能够得到认同,是因为莎剧和戏曲之间存在着许多共同之处,互文性明显:如莎剧是诗的灵魂,戏曲也是诗的结晶;莎剧和戏曲同属于"写意"艺术范畴;与京剧一样,在莎士比亚时代"戏剧都是富于假定性的"。[①] 莎剧和戏曲都是现实主义和浪漫主义相结合的演剧体系;"在假定性的环境和事件中求得真实性的效果,这就是人们对戏剧艺术的基本要求之一"。[②] 京剧和莎剧都毫无疑问地要遵循这一艺术规律。无论是京剧《王子复仇记》还是莎剧《哈姆雷特》二者都是以

[①] 谭霈生:《论影剧艺术》,湖南文艺出版社1986年版,第102页。
[②] 同上书,第103页。

人为本，都以展示人性真善美的哲学追求与艺术形式上美学等。①

对于莎剧来说，无论是命运悲剧、性格悲剧还是社会悲剧，有一点是共同的，这就是人对于其对立物（命运、性格、社会，甚至是自然）的挣扎。对于中国悲剧的冲突来说，由于其主要在于展现苦情的冲突历程，因此而必然追求剧情的曲折性，即通过善恶、忠奸、正邪、美丑的多次冲突，来得到悲愤激烈、易生凄惨的苦情审美效果，而不是如西方悲剧那样，着重刻画人物性格的复杂性。所以在"苦情"这个意义上，京剧版《王子复仇记》中人物的命运不但在哲学和伦理层面上持续引起中外观众的心灵震颤，而且更能够在审美层面上得到观众的认同。这种悲剧命运与心理层面的性格刻画一旦与京剧的"苦情"结合在一起，往往能从"理与情"的角度产生双倍的悲剧效果，在舞台上更加淋漓尽致地发挥出悲剧震撼人心的效果。西方戏剧是一种情节的悬念，其最高的美学效果在于观众对戏剧情节发展的渴望；中国戏曲则是一种反映的悬念，其最高的美学效果在于观众对人物动作状态的品赏。在《王子复仇记》中，我们不但看到了狂怒，这种性格在奴颜媚骨的奉承中得到了片面的发展，满足于个人的恣意妄为；还看到了懦弱，他们也有仁慈和温和的一面，也同情不幸者，富有人道的正义感，两种性格在悲剧人物身上交替出现。当子丹得知事件的真相后，他的理想破灭，人间的罪恶和对生命的思考将他推入深深的迷惘之中，他甚至对自己的恋人也发出了"你贞洁吗？你美貌吗？美貌可以令贞洁变成淫荡，贞洁却不能令美貌受其感化"，他怀疑由他来"重整乾坤"的意义，但责任、理智却时时鞭笞着他，要他果敢地去铲除罪孽。在迷悟的理性中，观众发现一股强大的、无规律的推理力量，他们可以对人类的腐败和社会的弊端任意施加它那震撼灵魂的威力。戏剧开始的时候，我们会对这些"悲剧人物"产生幻想或痛恨；但随着剧情的展开，我们又会把他们还原为一个普通人而原谅他们、同情他们。在《王子复仇记》

---

① 石玉昆：《对偶相辅浑然一体——京剧版〈王子复仇记〉导演阐述》，http：//www. peking opera. sh. cn/detail。

中，我们也能看到莎士比亚赋予想象以崇高的地位，动人心弦的悲愤激情和令人感动的诙谐自由交织在一起，大自然和人类的激情汹涌澎湃，从中我们看到这种大自然不仅包括我们通常所说的纯自然，而且包括"自然"社会。人与人之间相互的社会关系。只不过我们是通过京剧这种艺术形式看到的，面对这些悲剧人物所遭遇的难以摆脱的困境，中国观众在受到强烈震撼的同时，只能发出永久之憾，并通过京剧《王子复仇记》获得对莎士比亚这部悲剧的新的理解；而西方观众则在自己熟悉的剧情中，欣赏到一种全新的莎剧，一种中国的莎剧，通过这种改编莎剧惊叹于京剧艺术的无穷魅力。

七 程式与音舞对叙事的改写

京剧《王子复仇记》以传统京剧演绎莎士比亚名著，文本遵循原著的悲剧精神，改编充满了现代意识。在舞台的整体表现上，遵循传统京剧的演剧精神，追求"写意性"；舞美设计简约写意，人物服饰基本上采用了传统的京剧衣箱。《哈姆雷特》的故事发生在丹麦，《王子复仇记》将故事置于一个虚拟国度（赤城国），剧中人物分别以中国姓氏命名：子丹（哈姆雷特）、姜戎（乔德鲁特）、殷缡（奥菲莉亚）、雍叔（克劳狄斯）、殷甫（波洛涅斯）、雍伯（老哈姆雷特）、夏侯牧（霍拉旭）、殷泽（雷欧提斯），全剧以中国化的形式演绎。该剧的导演抓住《哈姆雷特》的主题所反映的是罪恶的诞生与建立和谐秩序之间的矛盾，以及哈姆雷特对于"生存还是毁灭"这一问题的思考是适合于任何时代、任何国度的永恒主题，这也是该剧成功流传的原因之一。

著名戏剧理论家谭霈生认为："用'写意'的手法处理舞台场景，可能更有利于舞台空间的自由变换……中国传统戏曲艺术处理舞台空间的特殊方法，是与表演艺术的虚拟性动作想适应的。"[①] 京剧传统程式运用得好，不但可使人物动起来，还能很好地表现内心活动。那些既可以用来表现中国人的情感

---

① 谭霈生：《论影剧艺术》，湖南文艺出版社1986年版，第108—109页。

和心理，也可以表现西方人的情感和心理，归根结底表现的是"人"的情感和心理的程式。

西方人对《哈姆雷特》的故事情节可以说是熟烂于心的。如何利用京剧形式表现其中所蕴含的人性的光辉，这是摆在编演人员面前的任务。在舞台体现的定位上，《王子复仇记》是一部纯京剧化的剧作，它严格遵守京剧写意和虚拟的美学原则，按照京剧艺术的规律进行外包装：这里有行当、程式、流派、脸谱、服饰、技巧、文武场基本乐队；提倡演员多面手；承认演出的假定性；恢复明上、明下及检场人；充分发挥演员和音乐的功能以及举一反三、以一当十、少而精的舞台美术。《王子复仇记》在表演上致力于对京剧表现技巧的深入开掘，以强有力的程式化的表演塑造人物，抒发情感。观众对中国戏曲语言的审美首先在于语言舞化、音化、曲化以及感情浓聚性格色彩表现（外形式）上的满足。这就是说，如果西方戏剧语言在剧中只是表现手段之一（唱、做、念、打的统一），它服从于京剧的整个舞台表演体系。换句话说，如果西方戏剧语言是以其自身的内容力量推动剧情的发展和矛盾的展开，那么，京剧语言必须是经过一次折光——需要经过歌、舞的诠释，语言主要载负内容这一点，在京剧语言中，却最大限度地折射成了语言自身的外在美——以一种积淀内容的形式，以形式之间（字、句、段）的相互关联，与音乐、舞蹈、做打相互黏附（甚至是融合），来共同完成语言意义上的任务，从而推动剧情的发展与矛盾纠葛的展开。

京剧表演艺术具有高度程式化、开放、写意、虚拟、夸张和流畅等特点。演员通过四功五法等表演艺术技巧的运用演绎故事，通过外化表现人物思想、性格，即以歌舞故事和人物的方式，展示演员全面的功底和艺术才华。"戏剧艺术的感染力量和审美价值，取决于它的艺术形象——舞台形象"。[①] 对于京剧来说，舞台形象的一个重要元素就是音舞。音舞是否完美，是否有助于刻画人物性格，是决定舞台形象是否成功的一个重要衡量标准。音舞性是京

---

① 谭霈生：《论影剧艺术》，湖南文艺出版社 1986 年版，第 99 页。

剧艺术表现形式上最基本和最重要的特征，在一定意义上，可以说京剧的程式性和虚拟性都是由此而生发出来的——建筑在音乐舞蹈基础上所表现出来的特性。音舞性，通俗地说，也就是常话讲的"载歌载舞"。换言之，"戏曲者，谓以歌舞演故事也"。①"后代之戏剧，必合言语、动作、歌唱，以演一故事，而后戏剧之意义始全"，② 即以故事表演为演进主线，吸收歌舞、杂技以及讲唱文学等诸多成分逐渐形成的，这是形成京剧艺术特征的根本因素（也就是区别于西方话剧的最本质特征）。西方戏剧艺术的舞台节奏（从内部到外部）可说是自然生活节奏的再现，京剧艺术的节奏则是变形的节奏——一种音乐的舞台节奏。京剧是"戏"，它与故事不同；故事只看重情节的意蕴，"戏"还格外注重表演的价值。程式性不仅指中国戏曲舞台的表演动作，而是指一切中国戏曲的表现形式——视觉形象范围、听觉形象范围等。

在中国戏曲舞台上，除了剧本问题之外，表演技术决定一切，它不但决定了演员的舞台创作是在程式基础上的再创造，只有当演员熟练地掌握了程式之后，把程式化作为第二天性，运用自如，才能传神传色地表演角色。并且决定了中国戏曲演员的技艺训练的重要性。这种程式性的运用，采用京剧特有的表演方式与故事情节、人物性格和矛盾冲突的展现有机结合起来，对于中外观众来说，它既是京剧，也是莎剧。

尽管京剧演出莎剧始终存在着种种不同意见。但是，以开放和包容的眼光看，京剧莎剧《王子复仇记》以其音舞形式，在空间构形上融"舞蹈""音乐""曲艺"于改编之中，通过唱念做打的京剧程式抒发情感、塑造性格③，以京剧艺术丰富了中国戏曲莎剧的表演形式，加深了我们对莎士比亚悲剧的理解，以京剧特有的文化张力和丰富的手眼身法步表演技巧，拓展了莎剧的审美范围，以及由此而带来的互文化戏剧观念，向世界展示了一种全新的莎剧，促进了中国莎士比亚舞台艺术研究的不断深入则是毫无疑问的。

---

① 王国维：《戏曲考原》，载《王国维戏曲论文集》，中国戏剧出版社1984年版，第163页。
② 王国维：《宋元戏曲考》，载《王国维戏曲论文集》，中国戏剧出版社1984年版，第29页。
③ 李伟民：《一种文化现象的继续——论莎士比亚作品的传播》，《国外文学》1993年第2期。

第三节　悲剧《哈姆雷特》戏剧性情景的
建构与越剧抒情性演绎

一　元叙事的变形：越剧《王子复仇记》

越剧《王子复仇记》为世界莎剧舞台增添了一朵绚丽的越剧之花。越剧以特有的唱腔演绎了莎士比亚的悲剧《哈姆雷特》。越剧《王子复仇记》采用写意性的表现手法反映了《哈姆雷特》的悲剧精神。《王子复仇记》借助于越剧的唱腔展现了《哈姆雷特》中人物的性格、心理、行动，将越剧唱腔之美拼贴入《王子复仇记》的情节之中，显示出元叙事的特点。这种经过拼贴形成的具有元叙事特征的越剧美，不同于作为话剧的《哈姆雷特》（以下简称《哈》剧）的美学形态，实现了在虚拟、写意基础上的审美叠加。

在中国莎士比亚戏剧的舞台演出中，由赵志刚主演的越剧莎剧《王子复仇记》（以下简称《王》剧）无论是在表演还是在体现原作的人文主义精神上都取得了较高的艺术成就，成为中国戏曲改编莎剧的一部成功之作，也成为中国莎剧舞台演出史上值得借鉴其演出经验和进一步研究的越剧莎剧。[①]《王》剧之所以能够达到这样的艺术高度，脱颖而出，得到莎学家与越剧界、越剧观众的认可，关键在于该剧在改编中，既在抓住原作的人文主义精神上安排故事情节，又通过越剧的音舞、程式等舞台表现形式在塑造人物性格，体现人物心理上下足了功夫，成功地以抒情性极强的越剧音乐、舞蹈和程式诠释出莎剧在话剧中蕴含的主题思想，突出情感的表现力，在众多戏曲改编的莎剧中，采用越剧的艺术形式打造出一部堪称具有典范因素的越剧莎剧，为丰富中国莎士比亚舞台演出做出了贡献。

---

① 李伟民：《中国莎士比亚批评史》，中国戏剧出版社2006年版，第401—402页。

二 越剧叙事：假定性中的写意性

越剧的声腔语言是以江南地区的方言文化为基础，因此是受到江南地域各阶层人士欢迎的剧种。莎剧自产生之日起，就具有雅俗共赏的特点，其中俗的成分不少。这一特点使越剧与莎剧之间具有一种天然的联系。一旦以哲理性、思想性和情节见长的莎剧与以音乐和舞蹈见长的越剧相结合，无论是在感染力方面，还是在演出形式上，都可以起到取长补短的作用，经过改编的越剧莎剧可以以声腔程式为载体，在以情节、人物、戏剧动作构成戏剧结构骨架的基础上，自然地将越剧与莎剧进行嫁接，以戏剧性作为一种载体，以音舞作为叙事的主要形式，使《王》剧"从假定性的存在变成了一种现实的力量"，① 而内容的表达则能够借助音舞性这一载体达到一石二鸟、殊途同归的表演效果。

在当下国际莎学研究与莎剧演出中，改编于各种戏剧形式的演出占据了突出位置。这也正是莎学研究历数百年而不衰，赢得国际性声誉的原因之一。无论是从表演的角度看，还是从研究的角度出发，对于认识莎士比亚这样的经典剧作家而言，认识他的作品最好的方法莫过于演绎、观看他的戏剧了。所以很多莎学家强调，"唯一的正确认识莎士比亚的道路，是从舞台演出的角度上"。② 也由于此原因，莎剧演出在世界戏剧演出史上一直占据着突出地位，久演不衰。并且由于莎剧的经典性，各种形式的莎剧演出已经不单单是莎剧演出了，而成为文化交流、戏剧教学、戏剧研究和彰显民族文化、剧种特色的国际的文化、戏剧、文艺批评、不同美学观之间的对话了。

正是基于这样的认识，在我国的莎剧演出舞台上，自 20 世纪 80 年代以来，根据越剧改编的莎剧演出一直与京剧莎剧演出并驾齐驱，占据了戏曲改编莎剧的半壁江山，而《王》剧则是越剧莎剧的代表性改编剧目。通过对

---

① 余秋雨：《中国戏剧史》，上海教育出版社 2006 年版，第 110 页。
② 胡明伟：《中国早期戏剧观念研究》，学苑出版社 2005 年版，第 24 页。

《王》剧的改编,改编者希望达到的目的之一就是既能重新审视越剧所蕴含的艺术张力,扩大、丰富越剧的表现领域,也能让观众深刻感受到莎剧深刻的思想性与审美价值,从而使带有浓郁地方色彩和江南审美情趣的越剧借助莎剧的经典性超越时间、空间的距离,获得在不同戏剧观、两种戏剧形式、审美意识、表演方式之间的直接交流与对话,同时为世界莎坛带来另一种审美形式的解读。对《王》剧的改编既要经得起莎学家的批评,又要适应越剧观众的口味,更要对在两种不同文化传统、不同戏剧观形成下的戏剧进行比较完美的融合,这就不仅涉及剧本改编,而且更涉及越剧声腔如何体现《王》剧中的人文主义精神等方面。改编者采取的改编策略是,以越剧的形式为主,以《王》剧的主要故事、情节贯穿其中,用越剧艺术的审美、表演处理《王》剧中人物的心理、矛盾,力求做到两者之间的融会贯通。从实际演出所达到的审美艺术效果看,这一改编形式得到了包括国内外莎剧专家、新老越剧观众的认可,认为这是一次成功的莎剧改编,以"用歌舞以演故事"的形式,创造出了一种全新形式的《王》剧。

三 悲剧精神与审美形式之间的映射

长期以来,西方戏剧注重于戏剧性情境的构建,而中国戏曲则擅长抒情性情景的演绎。《王》剧改编莎剧直接通过"写实"与"写意"两种导表演手法,对两种戏剧观形成下的戏剧进行嫁接,这种嫁接一方面强化了莎剧的抒情性、写意性的特点,也比间接在两种戏剧形式中采用各自、个别的艺术表现形式来得更为直接。《王》剧以中国式的抒情写景的越剧形式呈现《哈》剧,不仅满足、契合了中国观众的审美需求,而且也改变、开阔了西方观众接受莎剧的审美视野。中国戏曲的声腔是剧种的重要标志之一,"从宋代的戏文和元代的杂剧开始,中国戏剧始终呈现为一种音乐性的戏剧样式"[1]。越剧在诸多的戏曲剧种中,声腔的优美婉转和程式的婀娜多姿更为观众所喜爱。

---

[1] 傅谨:《中国戏剧艺术论》,山西教育出版社2000年版,第91页。

演员的每一次行动、表情、唱腔、念白都要遵循属于越剧审美艺术规则的特定节奏。

那么《王》剧的编导和演员是如何考虑以具有明显地域特点的声腔展现人物的性格特征和人物的心理活动的呢？我们可以看到，王子的扮演者赵志刚在继承"尹派"唱腔特点的基础上，扮演的王子以唱腔的流畅深沉，表演的潇洒和激情，塑造出风流倜傥、英武俊雅的青年王子的形象。尤其是王子在几场戏中的重点唱段，在沿用并突破越剧程式中，突出展现了人物的性格特征和心理活动。但是这种展现不同于话剧的表演，既是在写实与写意之间，也是在叙事与审美基础上的对越剧唱腔的展现。所以，这种展现既推进了情节的发展，又使观众获得了审美的享受。从王子与雷莉亚之间的爱情纠葛来看，《王》剧中悲剧主人公王子既有文弱、犹豫、延宕的一面，又有英武、痴情、坚定的一面，而从雷莉亚的多愁善感中，我们也更多地看到了中国戏曲中这类女性的影子。《王》剧中透过悲剧精神，显示出男女主人公追求自由爱情的生命激情，通过大段的抒情唱腔，展现了他们之间犹如地下炽热岩浆般的情感，他们内心世界凄婉哀怨的愁苦情愫被描绘得淋漓尽致。《王》剧中的唱腔、程式"是用地域性的声腔唱出来的；它的舞，是一种具有鲜明民族特色的程式化舞蹈"。① 此种具有地域性、民族化特色的声腔、程式化舞蹈，由于其写意的形式和审美的特殊性，在《王》剧中通过越剧的程式化与生活化的交替表演中，既可以表现剧中人物的心理，也可以反映人物的情感世界。因为在审美的表现与欣赏中的感受是可以互通的。当代戏曲，按照王国维关于"戏曲者，以歌舞演故事也"的定性叙述，实际上是以歌舞化、节奏化、诗化的方式去表达自己对当代生活的独特感受，② 《王》剧表达的也是中国人对莎士比亚悲剧精神的理解。

《王》剧在保持《哈》剧叙事完整、线索清晰的基础上，体现了原作的

---

① 苏国荣：《戏曲美学》，文化艺术出版社1999年版，第47页。
② 同上书，第106页。

故事框架，通过声腔显示了很浓的中国味、越剧味，同时，也不至于使观众误解这是别的什么戏剧，在内容与形式的交融中，《王》剧的审美体验和表现既高度结合而又相对间离，而且在互相转化中融入了异质文化、异质戏剧、异域审美视角的元素。这就使《王》剧在特殊的艺术体验中，通过唱腔、身段、形象塑造以及心理呈现和主要情节的描述，在展现莎剧悲剧精神的同时，更展现了中国越剧舞台上的《哈姆雷特》。《王》剧中的唱词在哲理性、抒情性，程式的写意性、象征性之间达到一种水乳交融的程度。越剧唱腔的抒情性与程式的象征性与再现人物心理的准确性之间达到审美契合，如开场中"宫殿内热腾腾醉了君臣，宫墙边冷清清寒风孤影"[1]的伴唱，"借刀"一幕中的"恋人远去老父死，弱女断肠心痴痴"[2]，以及空灵、象征性布景和古典美的服装等，均较好地诠释了剧中语境和人物的性格特征。

《王》剧在布景和服装上的中国化、写意化，表现人物心理变化和矛盾冲突中的戏曲程式的运用，充分发挥了越剧善于抒情、写意，长于表现男女爱情的特点，以越剧声腔的审美化和程式的写意化，即神韵、气质、韵味较好地刻画、表现了人物的性格特征，《王》剧中的人物和表演都令观众获得了新异的审美艺术体验。所以，《王》剧既在声腔的审美上赢得了越剧观众的激赏，又通过声腔的审美与写意在立意上遵循了原作的精神，既诗意般地展现了王子的心理变化、行动的根据，又较好地在体现"生存还是毁灭"这一点睛之笔的前提下，使《王》剧拓展了莎剧原有的审美表现形式，以越剧唱腔在审美和诗意中创造出震撼观众心灵的悲剧力量，即在展示人物心理和塑造人物性格的过程中，增加了审美的感染力。观众在为悲剧力量震撼的同时，也深深地被越剧的审美表演方式所吸引。

越剧的改编者正是力图在越剧审美上诗意般地阐释原作的悲剧精神，同时通过《哈》剧拓展了越剧的艺术表现张力和表演领域，由于观众对越剧写

---

[1] 上海越剧院：《王子复仇记（光碟）》（主演：赵志刚、史济华、孙智君、华怡青、张国华），上海电影音像出版社、扬子江音像有限公司1994年版。（文中的引文均根据该光碟记录）。

[2] 同上。

意性、审美形式的认同，《王》剧的悲剧性被赋予了一种抒情色彩，同时也打消了越剧改编之初来自改编者自己和戏剧界的疑问，具有鲜明江南特色的越剧能否成功改编《哈姆雷特》这类莎士比亚经典悲剧的担心。按照钱锺书的观点："遭遇灾难时对生活中的残忍还抱有希望，在不幸中还尽量享受，这绝不是悲剧。"① 如果以这一标准来衡量，中国是没有悲剧的。但是，中国的悲剧不同于西方的悲剧，中国悲剧并不是在结尾非要陈尸舞台，看不到希望，这不合中国观众的审美习惯，也不合其对戏剧（戏曲）的理解。关键是如何在《哈》剧与《王》剧之间找到一个映射的平衡点。我们看到作为主演的赵志刚在旋律和演唱上进行了大量的创造和发展，既紧扣原作中的悲剧精神，突出抒情和写意性，又挖掘越剧唱腔的表现手法，将唱腔中的四句四字腔，融进了武林调的成分，使唱腔既抒情写意，也能够表现得悲怆有力，低回婉转，异峰突起，② 达到了升华精神境界，表现人物心理的目的。

四 建构与颠覆后的审美重构

采用越剧形式改编的《王》剧在审美观念上可以说已经改变或颠覆了我们业已建立起来的对原有《哈》剧的悲剧精神和审美的理解。而悲剧精神和审美观念的改变，是因为戏剧形式已经被彻底转换了。这首先就包括利用越剧的声腔来演绎《哈》剧的故事，表现戏剧内容、悲剧精神内在的发展逻辑，并在反映出其人文主义精神的同时，以越剧的声腔进行重新诠释。《王》剧以板腔体的唱腔表现、塑造《王》剧中的人物，刻画性格和心理，使越剧与莎剧跨越时空的阻隔，遇合在越剧舞台上，并使越剧的唱腔成为《王》剧的审美呈现形式，创造出一部具有越剧审美特点的莎剧，再次验证了莎剧的普适性，丰富了当代世界莎坛的改编范围，也扩大了越剧的表现领域和表现范围，著名越剧表演艺术家袁雪芬认为饰演王子的赵志刚和饰演雷莉亚的华怡青等

---

① 钱锺书：《中国古代戏曲中的悲剧》，陆文虎译，《解放军艺术学院学报》2004 年第 1 期。
② 高义龙：《赵志刚唱腔集》，百家出版社 1996 年版，第 246—247 页。

演员在越剧改编的这部莎士比亚大悲剧中成功而鲜活地采用越剧艺术形式"创造人物",① 展示了莎氏悲剧的深刻内涵。赵志刚的"王子"以越剧尹派（尹桂芳）的艺术表现手段塑造出世界悲剧文学史上的这一著名形象。越莎结合的这种美学形式表明,莎剧在融入越剧的过程中,中国戏曲特有的流派已经成为阐释莎剧的一种独特而有张力的审美艺术形式。可以说,包括《王》剧在内的戏曲对莎剧的改编,已经创造了另一种形式的莎剧,已经跨越了文化与艺术形式之间的界限,在世界莎学史上具有极为重要的文化和美学意义。

越剧以歌舞演故事,并通过故事表现人物性格,所以,越剧在改编《王》剧时自然会运用唱腔揭示人物的内心世界。包括越剧在内的中国戏曲曲词具有抒情性强,"悲壮动人"② 的特点。将越剧的唱腔运用于莎剧之中,无疑能够在原有话剧莎剧"写实"表现"真实生活"的基础上,为《王》剧增添另外一种属于"写意"虚拟审美形式的演绎。而越剧编导之所以选择《哈》剧这出悲剧搬上越剧舞台,不仅考虑到这种转换的可能,也是考虑到哈姆雷特那种忧郁、自忤式的悲剧性格与越剧的抒情艺术特性之间具有的契合成分,改编的初衷之一也是想为越剧的男女合演拓展表演题材,拓展表现、表演方式。

我们看到即使是戏曲改编莎剧,也往往存在着两种改编方式,一种是西洋化的改编,即服装是西式的,而采用戏曲形式改编,另一种为中国化的改编,服装、表演都采用戏曲形式,前者无论在服装、唱腔、表演中都更多地融入了西洋元素,后者则是以戏曲为体,莎剧为用,在演绎莎剧故事中融入当下中国人对人性的思考与对莎氏悲剧的理解。目前大多数戏曲莎剧都是采用后一种改编方法,《王》剧在演出中也没有采用西洋化的包装,而采取了戏曲化、越剧化的艺术形式。赵志刚在演出中既突出了哈姆雷特的复杂性格,又展现了人的普遍性,既通过大段的唱腔反映了王子复杂的心理变化,又通

---

① 赵志刚:《严父·慈母——忆袁雪芬老师》,载上海越剧艺术研究中心《人民艺术家袁雪芬纪念文集》,上海音乐出版社2012年版,第142页。
② 王季思:《王季思学术论著自选集》,北京师范学院出版社1991年版,第667页。

过念、做、打使王子的形象得到较为鲜明的反映,尤其是通过越剧不同唱腔表现了王子复杂的矛盾心理,从而使《王》剧在整体上呈现出与《哈》剧决然不同的审美艺术效果,但这仍然是莎士比亚的《哈》剧。只不过是以《王》剧中对话的音乐性,动作的舞蹈性,使表现的内容以歌和舞的形式呈现出来,使其在外在形式上更加远离生活、变异生活,观众也就在原有的悲剧性之外,获得了节奏、韵律、整饬、和谐的另外一种审美体验。《王》剧的呈现方式使《哈》剧在外在形式的变异中,具有了更加纯粹的审美演绎的意义。正如齐如山所说,中国剧"处处是用美术化的法子来表演,最忌向真"。① 而此种越剧之美可以说在某种程度上颠覆了《哈》剧之"真",而代之以比一般的歌舞还要远离、变异生活的艺术之美。《王》剧有别于《哈》剧的关键就在这里,所以《王》剧的表演者既利用了中国戏曲在化装、服饰、动作、语言颇有"矫情镇物,装腔作势"之感这样的审美表现,也把《哈》剧中的语言、日常的动作、平淡的感情强化、美化、艺术化,以超出生活之法的审美,来表现生活的艺术原则。其实《王》剧的这种"何必非真"的表演,"非常的真,不过不是写实的真,却是艺术的真,使观众看了,觉得比本来的真还要真"。② 显然,经过《王》剧以越剧的表演艺术创造出了《哈》剧所需要的内容,在"艺术必须真实地反映生活这个基本规律的制约……符合生活逻辑"③ 的同时,"高度发扬戏剧的假定性,与此同时又沿用模拟生活形态的真实性,达到虚拟与实感相结合"④。以这样的思想指导《王》剧的改编,已经远远超出了对具体莎剧的改编中或直接或间接借鉴中国戏曲的表现手法,而成为两种文化、两种戏剧、两种审美思想之间的碰撞。这就是《王》剧与《哈》剧在两种审美原则指导下所呈现出的根本不同的舞台表现形式。

---

① 齐如山:《梅兰芳游美记》,岳麓书社1985年版,第72页。
② 同上书,第106页。
③ 章诒和:《中国戏曲》,文化艺术出版社1999年版,第16页。
④ 同上书,第112页。

五 "越剧为体"的审美呈现

那么,该剧是如何在改编中体现"越剧为体,莎剧为用"的呢?我们认为首先就在于莎剧的独白形式可以有机地与越剧的"唱"结合在一起。就中国观众来说,对《哈》剧的故事与情节是熟悉的,关键就是看越剧如何表现的问题。我们知道,在《王》剧中,通过越剧唱腔,音乐和宾白得以有机结合,这就与《哈》剧的呈现方式完全不一样。《王》剧在表现人物心理和戏剧冲突中,就不仅仅通过宾白来反映,既可以通过唱腔来强调、表达,也可以通过"吟唱"的方式加以叙述,在插入的唱段中通过直接抒情展现人物的内心活动,或用连句对唱的形式直接表现人物的性格和心理矛盾,在持续不断推动戏剧冲突发展①的同时,塑造出一个全新的越剧王子形象。

《王》剧既然已经改变了原有的话剧形式,就必须在唱腔的设计中考虑人物的行动和心理变化,即在唱腔运用中,要突出不同人物、不同性格、不同情感、不同心理、不同行动所能产生的美学效果,而只有以不同色彩的唱腔来表现剧中人物,特别是"王子"的形象,才能比较彻底地将话剧《哈》剧改造为以越剧为体的《王》剧。为此,在体现《王》剧的悲剧气氛与王子的深沉、忧郁、犹豫的性格特征时,赵志刚与作曲、唱腔设计反复研究、实验,根据《王》剧的特点,打破了过去越剧较多以〔尺调腔〕为基调的模式,确定了王子的唱腔以〔弦下调〕为主,目的是有利于揭示人物正义、悲壮的感情和激烈的内心挣扎,复杂的矛盾心理。剧中有时运用了吟唱的形式,以说说唱唱、边做边唱的方式,用"起调"作"落腔",以加强全剧的悲剧气氛,力求表现出人物深沉多思、优柔寡断的性格,同时也使人物的情绪和越剧的节奏得到了合理的调节。

在内容和情节确定之后,如何用唱腔表现人物性格、心理,叙述人物行

---

① 吕效平:《戏曲本质论》,南京大学出版社2003年版,第23页。

动成为主要需要解决的问题，在《王》剧中第三场"生存还是死亡"① 的大段白口中，起调用清唱式的"吟唱"（无伴奏）形式。这种越剧表现手法把王子忧郁、无奈、装疯、耍疯的心态交代给观众，又把尹派起调有机地化在大段白口的结尾之处，给人一种含义深长、余音未尽的感觉。② 在这种吟唱之中，"叙述者不仅成为主动性的第一叙述者，也可成为回应性的第二叙述者，即自我对自我的叙述进行叙述的回应"③。此时的叙述者不仅是对观众的交代，也成为自己内心的回应者，是王子内心矛盾激烈搏斗的反映，两者之间既不是分离的，也不是完全一致的，由此造成了观众对其复杂心态的理解。为了突出"生存还是死亡"这一被评论者阐释最多，也被认为最具思想力度的台词，④《王》剧的改编者，在介乎宾白与唱腔之间选择了第三种形式，既没有采取"说"的形式，也没有完全采取"唱"的形式，而是以"吟唱"表达人物的感情和心理，这种介乎于说、唱之间的形式，使戏剧效果在"说"与"唱"之间都保持了某种间离状态，这种间离使观众在获得审美新鲜感的同时，照顾到话剧"说"的内容与形式，从而使"生存还是死亡"灵魂拷问的思想力度得到强调，观众也对王子的这一矛盾心理获得了更加深刻的印象。这种强调并非可有可无，采取"吟唱"的方式，能够避免单纯采用"宾白"使台词淹没在唱腔之中，不容易给观众留下深刻印象。而随着第二次重复这句台词，行动、情感、心理、矛盾在吟唱的形式中，将越剧的形式因发挥得淋漓尽致。《哈》剧思想深度、人文主义精神由此也有机地融入了外在形式之中了。

中国戏曲包括越剧，即使是外部冲突很强的情节，"作者还是把更多的笔

---

① 上海越剧院：《王子复仇记（光碟）》（主演：赵志刚、史济华、孙智君、华怡青、张国华），上海电影音像出版社、扬子江音像有限公司1994年版（文中的引文均根据该光碟记录）。
② 高义龙：《赵志刚唱腔集》，百家出版社1996年版，第38页。
③ 邹元江：《中西戏剧审美陌生化思维研究》，人民出版社2009年版，第171—172页。
④ 李伟民：《从主题到音舞的互文——莎士比亚〈哈姆雷特〉的京剧转型》，《华中师范大学学报》（人文社会科学版）2009年第3期。

墨放在主人公行动之前的内心揭示"① 上,这一特点,恰好将王子的犹豫、延宕与越剧的这一特征结合起来了,使唱段反映出人物的心理状态。例如第一场"遇魂"中王子的跪唱:"奇冤大仇泼天恨,恨不得今夜晚插上翅膀,飞进宫去、挥剑除奸迎黎明!复仇壮举当谨慎,冤魂之言须验证。……真假待查明,善恶须辨清。颠倒混乱时,黑白怕难分。自叹不幸又无奈,要重整乾坤肩负大任。"② 而这些《王》剧中的精彩唱段,由于具有的间离效应,甚至可以独立出来,作为单独的折子戏或单独表演,由此,《王》剧实际上就已经改变了西方戏剧自亚里士多德以来,包括《哈》剧在内的舞台"整一性原则"。而是以越剧的审美形式在《王》剧与《哈》剧之间架设起了一座通向不同文化与审美方式之间的通道,以戏曲"可以随时被间断、打断、让人发出由衷的赞叹的,不受剧情的完整性、人物间的配合性的限制,甚至文场、武场也可以相脱节的"③ 呈现方式,创造出越剧审美形式的《王》剧。在历来的莎学研究中都把"生存还是毁灭"作为表现王子人文主义思想精神的主要分析段落。而这种在规范的越剧唱腔中突破声腔的表现形式,在回应式的说唱中,对王子吟唱的部分给予越剧审美的呈现,既显示出演员可贵的创造精神,又以越剧审美的独有方式强调了莎士比亚悲剧《哈姆雷特》所应具有的思想力度和哲学思考,同时极大地丰富了越剧的表现力。

六 元叙事与声腔的多种表现

(一) 达到的审美效果:元叙事

《王》剧的"搬演"正是在声腔对叙述的假定性中,将审美的表演和其人造性、假定性放在了重要位置,为此也就具有了元叙事的意义。元叙事以其颠覆对现实世界的反映,而将审美推向最显要的位置为出发点。这种元叙

---

① 苏国荣:《戏曲美学》,文化艺术出版社1999年版,第47页。
② 薛允璜:《问君能有几多愁——薛允璜戏文选集》,中国戏剧出版社1999年版,第379—380页。
③ 邹元江:《中西戏剧审美陌生化思维研究》,人民出版社2009年版,第310页。

事，认为在叙述中创造一个文学世界，并以此来反映现实世界的可能性，对现实世界采取的是根本怀疑的态度。元叙事认为文学与艺术的审美就是放弃叙述世界的真理价值，而以终极的审美为旨归，"它肯定叙述的人造性和假设性，从而把控制叙述的诸种深层规律——叙述程式、前文本、互文性价值体系与释读体系——拉到表层来，暴露之，利用之，把傀儡戏的全套牵线班子都推到前台，对叙述机制来个彻底的露际"。① 这一点正是包括越剧在内的中国戏曲的长处。《王》剧以"越剧为体"就要在充分把握其音乐性的审美特点的基础上，以唱腔将叙述过程、前文本和互文性呈现在舞台上。这种"呈现"正是元叙事的表现。

《王》剧中的"音乐因素属于主导地位，特别是歌唱。由于有歌唱，念白就不能保持生活语言的自然状态，它必须是吟咏，强调语言的节奏感和韵律"。② 这样就与话剧的生活化有了距离，使"真"必须通过越剧的唱腔之"美"方能得到表现，在这里"无论是舞蹈，还是唱念，都不过是剧情的一部分，因此它的音乐性、舞蹈性、节奏性是统一于戏剧性的"。③ 戏曲人物的舞台动作是通过舞蹈化身段、音乐化的念白演唱，并在"文武场"（乐队）的音乐伴奏中进行的，那么他（她）的表演节奏就必然是一种提炼了的、强烈鲜明的、可看、可听的节奏形式。④ 以这一要求来衡量，在《王》剧的唱腔、音乐化念白中，我们看到了一个与《哈》剧中的王子有所不同的艺术形象，通过富有表现力、穿透力的唱腔，观众看到了一个恨得强烈、爱得更为深沉的文艺复兴时期的王子形象。如《王》剧在有目的的元叙事中把"栽花植青立芳碑"的唱腔化进二胡独奏曲"二泉映月"的特色音调：

一见灵位心已碎，你为何芳菲飘落葬身清流独西归……鲜花本当新娘捧，如今默默洒江滩，给你采朵紫云英，清香幽幽头上戴，给你采朵

---

① 赵毅衡：《当说者被说的时候：比较叙述学导论》，中国人民大学出版社1998年版，第269页。
② 章诒和：《中国戏曲》，文化艺术出版社1999年版，第112页。
③ 同上。
④ 同上书，第113—114页。

红玫瑰,爱意绵绵暖胸怀,给你采朵白菊花,素洁年年不尽哀……无情摧折人间美。你心苦透已无泪,我心痛彻也无畏。你去九泉觅清静,我留尘世扫阴霾。忍悲痛、除祸害、讨还血债、民安国泰,我再来栽花植青立芳碑!①

这样的处理,在让观众感受到王子心已碎的同时,也似乎从熟悉的旋律中体味到一种悲哀之情,又如在"鲜花本当新娘捧"的唱词中,形成了此曲的悲情特色。赵志刚采用"给你采朵紫云英"的慢板甩清板,是在原来尹派基础上进行了移位,扩展到3音,丰富了赵腔的演唱手段。② 在这里感情是戏剧,激情也是戏剧,演员"用诗、用歌、用优美的舞蹈、用强烈的形体动作,诉说直接使他激动的事物,剖析'自己'的思考,倾吐'自己'的感受、披露'自己'的隐私……这个行动,最能表现性格,它的意义也超过了激情本身"。③ 通过这些具有强烈抒情色彩的唱段,加上身段与造型的运用,一个英武、爱憎分明的青年王子形象的审美效应得到了越剧式的放大。

《王》剧的表现对象在此已经不是以现实生活为目的,而是通过文本、声腔、程式、语言四者之间的有机叠加,以突出演出的虚构性、表演性为目的,在声腔叙述的过程中,通过越剧表现手法公开向观众传达出作品中讲述的故事是虚构的,而观众获得的审美感受却是实实在在的,摒弃的是戏剧就是生活的观念,观众的注意力主要集中于感受越剧之美,甚至是越剧声腔之美。而这正是诸多中国戏曲包括《王》剧改编莎剧所力图达到、已经达到或必须达到的一种审美艺术效果。

(二)叙述方式的根本性变化

无论是改编莎剧,还是越剧本身的演出,其声腔的运用都是居于主导地

---

① 薛允璜:《问君能有几多愁——薛允璜戏文选集》,中国戏剧出版社1999年版,第402—403页。又见上海越剧院《王子复仇记(光碟)》(主演:赵志刚、史济华、孙智君、华怡青、张国华),上海电影音像出版社、扬子江音像有限公司1994年版。(文中的引文均根据薛允璜剧本及该剧光碟对照记录。)

② 高义龙:《赵志刚唱腔集》,百家出版社1996年版,第246—247页。

③ 郭汉城、章诒和:《师友集》,中国戏剧出版社1994年版,第199页。

位的。为了多侧面地表现王子的性格,赵志刚根据王子这个特定人物刚毅、执意复仇的一面,多侧面地设计唱腔,使其在主要唱段中,突破了尹派的唱腔音调,较多地运用了具有自己特色的音调,使整个唱腔旋律起伏大、跳进多,并运用变音较多,以表现王子内心的悲伤、愤恨的情感。① 在"母子会"一场"哪个孩儿不爱娘"的唱段中,开始的两句唱:"哪个孩儿不爱娘,血肉相连总难忘"。一开始在"哪个"二字上唱腔音调出现六度大跳,一跃而上,在高音区展开,在"娘"字的长拖腔中音调高昂,再缓缓通过一串串花腔下行,表达了王子对母亲出自天性的依恋、挚爱之情,第一句的"娘啊"长腔也是赵腔以特色腔的进行的移位变奏,表现了王子对母亲的深情,一声长长地对"娘"的呼唤使母子之情得到了生动的展现;而"血肉相连"一句音调委婉,在"总"字上运用了尹派深沉温和的音调,在"难"字上又用了一个幅度较大的波浪形小腔,以加强前面的情绪,"忘"字的长拖腔通过变音7再过渡至1音落音,接着再加上二拍音调深沉的小腔,使情绪进一步得到延伸、补充,使这句唱倍感凄凉忧伤,刻画了王子对母亲爱恨交织的复杂感情。② 而后面的补腔则深沉而悲怆,具有男腔的特色。③ 从这两句[弦下腔·慢板]唱句中,可以看出赵志刚从王子的性格、情感出发进行创腔,在唱腔音调和节奏中有很大的突破。④

这已经说明,《王》剧的表现方式已经不再以描写现实人生经验为主要目的,而是以声腔叙述本身作为主要目的之一,莎氏悲剧的叙述方式已经发生了根本性变化,观众不是通过叙述过程去感受悲剧的伟大,而是通过叙述方式获得审美感知,其实综观当代的莎剧演出,哪一部莎剧的演出又不是这样的呢?即如何演绎,如何演绎得成功和美,才是或应该是改编者的首要目的。在这种审美感知的作用下,唱腔的抒情色彩与戏曲程式的舞蹈化奠定了统一

---

① 高义龙:《赵志刚唱腔集》,百家出版社1996年版,第28页。
② 同上。
③ 同上书,第246页。
④ 同上书,第28页。

的节奏基础①，这种元叙事的方式，虽然在反映《哈》剧人文主义精神"真"的方面有所削弱，但却在"美"的方面有了改变和加强，因此也就更加符合中国人和越剧观众的审美习惯，也为当下世界莎剧舞台吹来一股越剧风，中国风。

从越剧发展史来看，越剧是在不断借鉴吸收话剧、昆曲以及西洋音乐的艺术成就，保持自己唱腔婉转轻柔、缠绵细腻风格的前提下，力图创造出一种舞台新形式的剧种。越剧在对话剧的借鉴中，加强了唱腔的表现力和力度感，用以多方面地表现王子复仇的心理层次。《王》剧注意"运用曲式结构对比布局"②准确表现出王子的复杂心理状态。为此糅合了道情的旋律和绍兴大班的某些曲调，高亢激越、刚柔相济，充分发挥了越剧唱腔塑造人物的基本特征，再如在王子装疯时采用［道情调］："要是你既贞洁又美丽，那贞洁跟美丽千万莫来往！美丽，可叫贞洁变淫荡，贞洁，却未必能使美丽变芬芳。……魔鬼曾经爱过你，罪恶太多偏叫我情殇。魔鬼没有爱过你，美德太少难改我荒唐。……尽管你，坚贞如冰纯洁如雪，也逃不过，馋人的诽谤，夏日的毒光。倘若你必须做新娘，嫁一个傻瓜最稳当。不！做一个尼姑最稳当！"③原来如女声演唱为低八度，现在人物是装疯状态，昏昏然，唱腔设计与正常状态不同，男声翻上高八度，唱得一段比一段快，有发展，配合王子的"扇子功"，边舞边唱，又在音乐色彩上，变原来的［道情调］角调式为羽调式，既把气氛推上去，又符合剧情内容。④而且赵志刚在"奇冤大仇"⑤中渗透运用高腔低腔，采用大跳进的方式使王子的情绪张弛有度。面对高音，赵志刚开玩笑地对作曲、琴师说："这么高的大跳音，你们要唱死我！"但是，为了突出王子复仇的内心痛苦，就只有自己克服，努力练唱，使之符

---

① 高义龙：《赵志刚唱腔集》，百家出版社1996年版，第52页。
② 金钦夫：《论演员的创腔精神及越剧流派的创建》，《文化艺术研究》2009年第1期。
③ 薛允璜：《问君能有几多愁——薛允璜戏文选集》，中国戏剧出版社1999年版，第386页。
④ 高义龙：《赵志刚唱腔集》，百家出版社1996年版，第52页。
⑤ 上海越剧院：《王子复仇记（光碟）》（主演：赵志刚、史济华、孙智君、华怡青、张国华），上海电影音像出版社/扬子江音像有限公司1994年版。（文中的引文均根据该光碟记录）。

合人物的音乐形象。① 此曲第一句导板中的"恨哪",乃八度跳,近似京剧中的"嘎调",表现了王子得知父王被害后的极大震撼,整段唱腔没有长腔,朴素无华。唱法上运用了力度上的强弱对比,表现了忧郁王子的矛盾心理。② 音域的高低,音调的高起低落,显示了人物的疯癫状态,情绪的变化和情感的大起大落,符合王子得知父亲被害后的深仇大恨以及要报仇的决心。

以当下的戏剧审美观念衡量,这样的改编与戏曲的"游戏"、审美原则是相当契合的。《王》剧以富有特色的声腔把观念性的语言艺术表现于物质性舞台上,因此,《王》剧中沿用的《哈》剧情节不过是因其给人物提供了一个表现神色、情感的背景,③ 为《哈》剧提供了更大的认知空间的同时,也创造出别样的、越剧的审美感知形式。这就是说《王》剧舞台的时空物质性已经在越剧声腔的演绎下得到了改变、延展,在舞台物质性的形式"演员的存在,即舞蹈与歌唱"④ 中,改编者、演员和观众,其审美的注意力已经不在演出的情节完整与否,故事是否真实发生过,甚至不在于话剧形式的《哈》剧本身,而在于表现人物的精神、情感、心理是否具有说服力的基础上,越剧唱腔审美艺术感染力具有的穿透性上。

我们知道,中国戏曲的抒情性表现为,往往在情节的紧要关头以唱腔的唱来大段抒情,这种大段抒情既可以用来反映人物的心理、行动、思想、爱憎,又能够使观众通过熟悉的唱腔,领略到越剧艺术的审美魅力。《王》剧通过大段唱腔,反映人物的思想,按照巴赫金的话说就是:"把自己的思想直接放到主人公的嘴里,从作者的理论或伦理(政治、社会)价值的角度把这些思想说出来。"但是在西方戏剧特别是文艺复兴时期的莎士比亚戏剧里"台词会被认为具有超自然的力量。立足于一般水准,并不禁止既想到姿势动作又

---

① 高义龙:《赵志刚唱腔集》,百家出版社1996年版,第46页。
② 同上书,第246页。
③ 李首明:《论方言与地方戏音乐的互动关系》,《中国音乐学》2007年第4期。
④ 同上。

想到言词，甚至在这一点上，言词会获得更重要的效能……西方戏剧中言词仅仅用来表现心理冲突，特别是用来表现人及其日常生活的真实性"。① 而在《王》剧中，这种大段的唱腔，除了具有巴赫金所说的功能以外，更主要的是增添了越剧的审美功能。

因为，在《哈》剧中，台词的力量主要是"把这些思想传达出来"，具有揭示人物思想、行动缘由、心理特征的作用，在《王》剧中这种转换是要通过唱腔表现出来的。由元叙事形成的这种审美艺术效果，在构成"剧中人和剧中人性格成长的历史——情节的整一性，及由此而带来的效果的幻觉性"方面，必须以越剧的审美为主要标准。因此《王》剧的元叙事性也就明显地在《哈》剧的悲剧精神、语言经典性和越剧抒情性的结合上显示出来，王子的扮演者着重将委婉深沉的尹派唱腔加以拓展、深化，加强其力度感，目的是展现王子为重整乾坤与王权篡夺者进行的一场殊死斗争，是以鲜明的人物性格和形象呈现在舞台上。可以说，通过王子的唱腔，赵志刚对以"柔"为主的越剧唱腔已经进行了改造，这种改造已经初步在创腔方面表现了其对唱腔风格的延展。

越剧被很多戏剧家认为是最接近于现代江南剧种的代表，它既截取了昆曲的文化传统，又体现出江南的风貌，还体现出江南人民的审美情趣与爱好。以这样一个具有鲜明江南特色、抒情色彩浓郁的剧种来搬演具有哲学思考意味的《哈姆雷特》，并且通过越剧的声腔，在挖掘《哈姆雷特》一剧人文主义思想的同时，使越剧在原有反映生活的广度和深度，表现人性的复杂性方面赢得了更为广阔的空间，拓宽了越剧的表现领域，同时为莎剧的表演形式带来了全新的诠释形式。薛允璜强调《王》剧的改编，如果成为"忽视艺术本体生命的改革，很难获得生命力；脱离广大观众的创新，很难赢得观众心"。因此，《哈姆雷特》的改编也要呈现"越味为主，莎味辅之"的审美特色。《王》剧就是要在越剧的审美艺术形式中，让抒情与哲理、话剧与越剧、台词与歌舞、写实与写意之间的矛盾统一、融合在中国化、越剧化的审美艺

---

① ［俄］M. 巴赫金：《巴赫金文论选》，佟景韩译，中国社会科学出版社1996年版，第365页。

术形式之中。我们面对西方大悲剧《哈姆雷特》的改编应该显示出对中国艺术和中华文化的自信。例如：

> 生存还是死亡，忍受还是反抗？哪一种更高贵，更妥当……谁能忍受尘世的鞭挞，俗夫的讥嘲？谁能忍受权贵们的欺辱，傲慢者的冷眼？谁能忍受爱情的痛苦，复仇的怒火？谁能在忍受中反抗，在死亡中新生，谁就是真正的勇士、真正的天使。哈哈哈，我是天使，我是懦夫，我是魔鬼……我是天使啊……①

莎剧深邃的哲理不但生动表现在独白、对话中，而且充分体现在人物关系和情节的发展之中。越剧的念白具有节奏感和抒情性。演员运用吟唱、起调等越剧手法，配合眼神、身段、扇子等戏曲表演，使人物的独白既保留了莎剧的哲理特色，又富有越剧独有的美学韵味。这样的戏曲化处理，只会强化而不会削弱莎剧的哲理性内涵。

总之，《王》剧的改编拓展了越剧的题材，莎剧哲理性的内心独白发展、丰富了越剧的表现能力，显示了越剧男女合演的艺术生命力。赵志刚的表演有了显著的突破和提高；常见的缠绵悱恻的爱情戏减少了，常见的诗情画意的舞台场面在解构中呈现出更为深刻的意象画面，赵志刚演唱中的软绵绵的娘娘腔变成刚柔并济且多有阳刚之气的唱腔。② 这种改编可视为对《王》剧的元叙事（metanarrative）改编，《王》剧通过元叙事所要表现的是其他叙事的叙事，即通过越剧的表演嵌入叙事，或者在越剧本身的叙事中，以其独有的"古代传奇剧"叙事程序讲述《哈》剧的故事。

在这里，《王》剧已经彻底摒弃了戏剧表现的全知视角，作品不是以反映生活为目的，在面对观众时是将表演建立在艺术的虚构性、假定性基础上，并且在声腔的应用上已经无意掩饰文本的虚构性，更毫不掩饰表演的虚拟性。

---

① 薛允璜：《问君能有几多愁——薛允璜戏文选集》，中国戏剧出版社1999年版，第384—385页。
② 薛允璜：《莎剧戏曲化的一次尝试——越剧〈王子复仇记〉改编演出的几点思考》，薛允璜：《问君能有几多愁——薛允璜戏文选集》，中国戏剧出版社1999年版，第552—558页。

可以说，《王》剧尽管在改编中还存在着诸多的遗憾和不足，但在戏曲改编的莎剧中，却是能够在中国莎剧舞台留得下来，经得起品鉴的戏曲莎剧之一。《王》剧的成功，可以说为世界莎剧舞台上增添了一朵绚丽的越剧之花，丰富了莎剧的演出形式，为当下的世界莎剧舞台提供了饱含中国文化、戏曲形式的不可多得的改编莎剧。

第四节 旋转的舞台：互文在京剧《歧王梦》与莎剧之间

本节重点探讨根据莎士比亚戏剧《李尔王》改编的京剧莎剧《歧王梦》。该剧的改编实现了从文本之间的互文到文化之间的互文。既展示了人文主义精神，又在这种互文过程中与中国传统伦理教化实现了对接。两者互文的基础在于对"人性的剖析"，并通过改写与替换实现了艺术形式上的互文与互文化，在东西方文化之间架设起一座交流的桥梁。

京剧由于在中华戏曲文化中占有的重要位置，享有"国剧"的地位，采用京剧形式改编莎剧历来都会引起人们的普遍关注。由著名表演艺术家尚长荣领衔主演改编莎剧《李尔王》的京剧《歧王梦》给观众留下了非常深刻的印象，代表西方戏剧最高成就的莎士比亚戏剧却能采用中国京剧形式搬演，使属于西方戏剧的莎剧与中国京剧的音舞性完美融合在一起，并且受到了喜爱京剧的观众与喜爱莎剧观众的共同赞赏。让莎士比亚进入普通的中国观众特别是戏曲观众的视野，使莎剧和京剧在互文与互文化的融合中，在广泛的演出中显示出跨越东西方异质文化的生命力，让京剧观众在他们喜闻乐见和熟悉的外在形式中理解莎士比亚戏剧的精髓，使交流对象"从文学作品过渡到宽泛意义上的指涉行为（signifying practice）",[①] 从文本之间的互文

[①] 朱立元、张德兴：《西方美学通史：二十世纪美学（下）》，蒋孔阳、朱立元：《西方美学通史》，上海文艺出版社1999年版，第659页。

过渡到文化之间的互文,其中的京剧与莎剧之间的互文与互文化的交叉、映显、遮蔽与转换就显得尤为值得深入探讨了。

一 似与不似:人文主义精神与中国传统伦理

由于莎士比亚在世界文学史、戏剧史上的位置,以及东西方文化的巨大差异,所以采用京剧演出莎剧,显示了中华文化、京剧的博大精深和在跨越东西方异质文化方面的主动性、可行性。那么,二者之间到底存在着什么样的改编基础呢?从互文到互文化无疑是其由改编的过程推进到深层融合的原动力。虽然早在20世纪20年代实践就对此做出了回答,但从理论上并没有进行过比较深入的探讨。《歧王梦》的改编以莎士比亚的悲剧《李尔王》为基础,这是一部社会哲理悲剧,它不仅有关家庭关系和国家秩序,而且反映了整个社会关系的本质。围绕家国关系展示歧王悲剧的一生,而更深一层考察证明,在人性"恶"与社会转型期,即使他不进行分家,这个家迟早也是会分裂的。京剧《歧王梦》以篡夺王位的阴谋和血腥的谋杀作为互文的基础,所以从这一点来说歧王的悲剧实际上又是社会悲剧。歧王经过一系列严重的打击,终于看到了人性变坏的根源就在于对权欲的放纵;既然贪恋权欲是万恶之源,那么歧王就要替权力的受害者讨还公道,自然也包括他自己。

在莎氏原作中,作者深入挖掘权力、权欲、权势对人的腐蚀。当他认识到其对人的异化,就要以李尔的死来维护人性的纯真;京剧中的歧王也不惜以自己手中的利剑,斩断佞人追求权势的头颅,以换取王国的平安。在《歧王梦》的改编中既有对原作的重现,也有对原作进行"转换的戏拟",[①]其主旨是权欲对人的腐蚀。《歧王梦》在反映人文主义悲剧的渊源上的互文体现了原作精神。正如吴梅所说:"剧之妙处,在一真字。真也者,切实不浮,感人心脾之也。"[②]《歧王梦》以贪恋权势的人用甜言蜜语骗得了王权和国土,勾

[①] [法] 蒂费纳·萨莫瓦约:《互文性研究》,邵炜译,天津人民出版社2003年版,第44页。
[②] 吴梅:《中国戏曲概论》,冯统一点校,中国人民大学出版社2004年版,第50页。

画了淫乱和阴险的性格特征，这些人的残忍甚至到了无以复加的地步。这一点无疑是与莎剧的人文主义批判精神合拍的。

《歧王梦》的改编虽然力求反映人文主义的悲剧，但在互文中也不得不与观众进行某种妥协。我们发现在《歧王梦》中"人文主义者"悲剧的意义被改写了，即其主旨的呈现在"似与不似"之间，或者说以"孝"的内涵替换或部分替换了"爱"。莎士比亚的《李尔王》是以"爱构建了从宗教精神到人文主义精神之路和联系之桥"。① 而"孝"是中国文化区别于西方文明或印度文明的显著特色。

在伦理层面上，把中国的某种文化概念强加在西方文学的一个很好的例子，就是无论中国人在翻译《李尔王》时，还是在演出《歧王梦》时，都附加了"孝"的概念，《歧王梦》的改编也不可避免地陷入了此种悖论之中。我们知道在中国文化中，孝有广泛的文化内涵，它具有祖宗崇拜的人文宗教意义，崇拜祖宗是因为祖宗是我们生命之所出，是生命之源。孝顺，善事父母。而对西方人来说，养父母并非天职。以自由和平等为前提，如果父母的行为是不值得尊重的，那他们将失去子女对他们尊重甚或与之脱离关系。如果父母没有对子女尽到养育、监护责任甚或虐待子女，子女或其他人有权利去法院告其父母，这在中国的孝道看来，恰恰是大逆不道的，是有罪的。《歧王梦》以"孝"对"爱"的这种改写与替换，只是在微观上实现了互文，而在宏观上则是实现了互文化，是对莎剧原作一种在互文基础上的改写。这种改写与替换不但存在于京剧《歧王梦》之中，在其他戏曲改编的《李尔王》中也不同程度地存在着，同时由于观众的欣赏水平不一，或以中国传统文化眼光观看这类戏曲莎剧，对其主旨的理解也不尽一致。

二 互文基础在于人性的挣扎

京剧改编莎剧主要采用了两种方法加以探索：莎剧中国化和戏曲莎剧化

---

① 李伟民：《对爱的真切呼唤——论莎士比亚〈李尔王〉中的基督教倾向》，《四川外语学院学报》2005 年第 1 期。

（前者易发挥民族特征与戏曲本体，后者更接近莎翁原貌）。实践证明，在不同方法的指导下，两种演出方式都产生了大批精彩演出，为今天继续这项工作提供了许许多多成功的、失误的以致失败的经验和教训，也为我们从理论上总结京剧与莎剧的结合提供了实践支持。不过占主流的成功也告诉我们，将莎剧和中国戏曲联姻嫁接是大有希望，大有作为的，京剧莎剧的导演多次谈到，改编之所以能够得到认同，是因为莎剧和戏曲之间存在着许多共同之处：如莎剧是诗的灵魂，戏曲也是诗的结晶；莎剧和戏曲同属于"写意"艺术范畴；莎剧和戏曲都是现实主义和浪漫主义相结合的演剧体系；二者都是以人为本，展示人性真善美的审美追求等。

对于莎剧来说，无论是命运悲剧、性格悲剧还是社会悲剧，有一点是共同的，这就是人对于其对立物，诸如命运、性格、社会的反抗与挣扎。

对于中国悲剧冲突来说，由于其主要在于展现苦情的冲突历程，因此必然追求剧情的曲折性，即通过善恶、忠奸、正邪、美丑的多次冲突，来得到悲愤激烈、易生凄惨的苦情审美效果，而不是如西方悲剧那样，着重刻画人物性格的复杂性。所以在"苦情"这个意义上，京剧莎剧悲剧中人物的命运展现、人物性格的塑造上更能够在审美层面上得到中西方观众的认同。

在京剧舞台上，我们不但看到了狂怒，这种性格在奴颜媚骨的奉承中得到了片面的发展，满足于个人的恣意妄为；还看到了懦弱，他们也有仁慈和温和的一面，也同情不幸者，富有人道的正义感，两种性格在悲剧人物身上交替出现。在迷悟的理性中，观众发现一股强大的、无规律的推理的力量，他们可以对人类的腐败和社会的弊端任意施加它那震撼灵魂的威力。戏剧开始的时候，我们会对这些"英雄"产生幻想或痛恨；但随着剧情的展开，我们又会把他们还原为一个普通人而原谅他们、同情他们。在《歧王梦》中，我们也能看到莎士比亚赋予想象以崇高的地位，动人心弦的悲愤激情和令人感动的诙谐自由交织在一起，大自然和人类的激情汹涌澎湃。这种大自然不仅包括我们通常所说的纯自然，而且包括"自然"社会，人与人之间相互的社会关系,通过京剧舞台艺术,面对歧王这样的英雄所遭遇的难以摆脱的困境,中国观众在受到强烈震撼的同时,通过京剧与莎剧的互文将心理层面上的性格刻画与叙事上的以情动人糅合在一起,一个中国李尔(歧王)诞生了;而西方观众则在自己熟悉的剧情中,欣赏到一种全新的莎剧,一部中国的莎剧,通过这种互文与互文化的莎剧在获得哲理思考的同时惊叹于京剧艺术的魅力。

三 改写与替换:艺术形式的互文与互文化

在艺术表现方式上,我们看到《歧王梦》更多的是走了一条从互文到互文化的道路。以京剧和莎剧的艺术表现手法和情节设计来讲,京剧在自由表现生活时拥有丰富的手段,既擅长讲故事,又擅长刻画人物心理;莎剧也重视故事的有头有尾和"大团圆"的结局,强调舞台的"虚拟性"以调动观众的想象力。我们看到,在互文与互文化中将产生初期属于通俗文化的"他者"转变为雅俗共赏,甚至是大雅的,值得理解、研究的"我者",① 其结果表明莎剧的人文主义精神通过莎剧得到了一定程度的诠释;同时表明京剧的美学原理和莎士比亚戏剧美学理想无论在艺术表现形式还是在内在思想内容上都是可以互文和互文化的。在这种改编中互文是明显的。但是这种互文只是一种东西方艺术的殊途同归,是由此种舞台艺术的特点与观众的欣赏习惯所决定的。京剧不但注重抒情也讲叙事,叙事性即讲唱性,中国的说唱艺术渗入戏曲后所表现出来的一种美学特征。京剧《歧王梦》的叙事性互文正是在此意义上具有了改编的基础。所以我们认为,京剧的叙事性是可以与莎剧的叙事性结合。根据中西戏剧的表现传统与叙事特点和中国现代戏剧的发展情况看,是有内在的互文与互文化的"艺术共性"基础的。尽管用京剧演出莎剧始终存在着种种不同意见。但是,以开放的眼光看,通过互文与互文化的成

---

① 朱立元、张德兴:《西方美学通史:二十世纪美学(下)》,蒋孔阳、朱立元:《西方美学通史》,上海文艺出版社1999年版,第661页。

功改编，京剧莎剧丰富了中国戏曲舞台，加深了我们对莎士比亚的理解；以京剧特有的张力和丰富的表演技巧，提高了中国莎剧的演出水准，向世界展示了一种全新的莎剧，促进了中国莎士比亚舞台艺术研究的不断深入则是毫无疑问的，同时也使西方观众通过莎士比亚认识了京剧，感受了中国京剧艺术的魅力。

《李尔王》是莎剧中最难把握的戏剧之一和最"不受欢迎"的莎剧。如何尽善尽美地在舞台上呈现原作的精神内涵，是每一个导表演必须回答的问题。我们在阅读《李尔王》文本中所感受到的情感、意象、情节、矛盾和人物形象，都会作用于想象的产生，可是舞台表演的效果却很难还原这种想象，这就是《歧王梦》在表演上的难度。正是在这一层次上使熟悉《李尔王》的观众，在京剧与莎剧的互文中有了令人耳目一新的感觉。

在中国京剧舞台上用京剧演绎《李尔王》正发挥了京剧艺术的长处。尚长荣在互文化中将莎剧内涵与京剧艺术的写意表演融为一体，把歧王备受风雨摧残和灵魂激烈搏斗的复杂心情表现得惊心动魄。《歧王梦》根据莎剧悲喜剧因素交融的特点，在改编时以既定的互文原则，既忠实于原作，又不拘泥于原作。以饰演李尔王这一角色为例，可以说是达到了演员生涯的最高峰，因为扮演歧王不仅需要具有丰富的舞台经验，而且更需要有丰富的人生阅历，没有在舞台和生活中历经50年以上的摔打，是难以准确把握人物内涵的。表演更多的是通过京剧艺术形式与人文主义精神的嫁接来实现互文。而这种嫁接之后的舞台呈现，更多地表现为音舞性的一种替换。

我们看到，尚长荣扮演的歧王着重表现前期他是一个政治疯子的形象，后期着重表现经过苦难煎熬人性复归，与人民思想感情合二为一的精神状态。在表现喜怒哀乐情绪时，采用京剧中富于感染力的笑：得意狂妄的奸笑、受气压抑的怒笑、心理变态的疯笑和幻灭之笑展现人物的心理变化，简洁明了地采用京剧特有的艺术表现方式和舞蹈方式渲染、加深观众对人物内心的理解。显然这里更多地融入了中国导演的改编理念。用歌舞以演故事，歌舞演故事一开始就是形成中国戏曲特征的根本因素，这是区别于西方话剧的最本质的美学特征,西方戏剧艺术的故事和情节,无论从内部到外部,都可以说是自然生活节奏的再现,而中国戏曲艺术的内容和情节则是经过歌舞变形的,呈现的是音舞的舞台审美节奏。

在美学层面上,西方悲剧在本体上属于一种模仿的艺术,因此便形成了在形态上的一些特有的美学风貌。这些美学风貌就是,悲剧的舞台形态基本上是再现生活形态,因而它基本上不作叙述的表现……在西方悲剧中,其内心的活动就远比外在的动作来得主要。"莎士比亚在揭示人物的内心世界时总是充满着同情,使他们在舞台上显得总是一个个活生生的个人"[1]。例如,中国悲剧往往将内心世界的悲情衍化成观赏性极强的舞蹈、歌唱、武打、杂技,甚至绝技等(如打出手、变脸、抢背),观众也往往是为了演员的精湛表演而惊叹不已。对中国悲剧来说,感情的激动基于外形式(美的技艺)的刺激,形式的打动超过了对内容的理解。

在舞台体现的定位上,《歧王梦》是一部纯京剧化的剧作,它严格遵守京剧写意和虚拟的美学原则,按照京剧艺术的规律进行外包装:这里有行当、程式、流派、脸谱、服饰、技巧、文武场基本乐队;提倡演员多面手;承认演出的假定性;恢复明上明下及检场人;充分发挥演员和音乐的功能以及举一反三、以一当十、少而精的舞台美术。在表演上致力于对京剧表现技巧的深入开掘,以强有力的程式化的表演塑造人物,抒发情感。中国戏曲语言的审美首先在于语言舞化、音化、曲化以及感情浓聚性格色彩表现(外形式)上的满足。这就是说,如果西方戏剧语言在剧中只是表现手段之一(唱、做、念、打的统一),京剧莎剧就必须服从于中国戏曲的整个舞台表演体系。换句话说,如果西方戏剧语言是以其自身的内容力量推动剧情的发展和矛盾的展开,那么,中国戏曲语言必须是经过一次折光——需要经过歌、舞的诠释,语言主要载负内容这一点,在中国戏曲语言中,却最大限度地折射成了语言

---

[1] [美]奥斯卡·G.布罗凯特、弗兰克林·J.希尔顿:《世界戏剧史》(上),周靖波译,上海三联书店2015年版,第139页。

自身的外在美——以一种积淀内容的形式,以形式之间(字、句、段)的相互关联,与音乐、舞蹈、做、打相互黏附(甚至是融合),来共同完成语言意义上的任务,从而推动剧情的发展与矛盾纠葛的展开。这种京剧程式化的运用,除了那些负载了强烈中国文化色彩,西方人难以理解的特定戏曲程式外,那些既可以用来表现中国人的情感和心理,也可以表现人类情感和心理的戏曲程式,归根结底表现的是人类共同拥有的情感和心理。

在西方观众看来,此种经过折射的《歧王梦》的表演正是一次现代舞台意识的呈现。西方人对《李尔王》的故事情节可以说是非常熟悉的。如何利用京剧的形式表现其中所蕴含的人性的光辉,这是摆在编演人员面前的任务。对于一个熟悉京剧观众来说,他更多地着眼于形式的欣赏,即使是同一剧团演出的同一剧目,剧情和故事的叙述已经变得不重要了。而中国观众在欣赏京剧莎剧时,既可以通过京剧了解莎剧的剧情,获得悲剧震撼人心的感受,也可以通过这种京剧莎剧观赏京剧的表演,获得中国戏曲长于抒情的美学共鸣。

如果将莎剧的再现生活形态与激烈的内心矛盾冲突与京剧的表演形式结合在一起,既能够从观赏层面上表现莎剧中深刻的哲理内涵与心理活动,也能够从哲学与美学层面上深入挖掘京剧刻画人物形象,塑造出《歧王梦》中众多人物性格上的复杂性、具象性、观赏性、准确性与概括性。京剧莎剧自然也离不开音舞这一特点。《歧王梦》的改编更是抓住了莎剧与京剧艺术形式相通的重点场面尽情挥洒,结合了东西方艺术之长的《歧王梦》中的"美"与"真"在最大程度上实现了互文并进而达到了它们之间的互文化。《歧王梦》把莎剧中对人物内心的细腻刻画同京剧的表演特长充分结合在一起,歧王在展现京剧表演特点的基础上,以直接向观众言说的抒情话语和叙事话语为主,表现了歧王备受风雨摧残和灵魂激烈搏斗的复杂心情。

京剧《歧王梦》的扮演者尚长荣在京剧舞台上载歌载舞,配合他的表演,辅以六面风字旗穿插摇动,将山崩海啸天下大乱的气氛渲染得十分强烈,将歧王备受风霜雷电摧残和灵魂搏斗的复杂心理表现得惊心动魄,从而实现了京剧与莎剧在表演形式以及哲学、美学层面上的互文与互文化。我们看到《歧王梦》在展现京剧表演艺术中较好地处理了京剧程式的运用。程式性不仅指中国戏曲舞台的表演动作……而是指一切中国戏曲的表现形式——视觉形象范围、听觉形象范围等。诚如海德格尔所言:"'诗意语言'是与人的原初存在方式相连的东西。"① 这种程式性的运用，采用京剧特有的表演方式与《李尔王》的故事情节、人物性格和矛盾冲突的展现有机结合起来，对于中西方观众来说，它既是京剧的，也是莎士比亚的；既是东方的莎士比亚，也是西方的京剧；既是迷信权力的悲剧，也是对人性缺失的道德谴责；既是震撼灵魂的，又是温暖人心的。

"一门艺术必须懂得另一门艺术如何使用它的方法，这样就可能根据同样的基本原理来运用其各种手法，不过是通过它自己的媒介"。② 由此形成的现代意识表现为，调动京剧表演的各种艺术手段，演绎《李尔王》中的人性，在现代莎剧舞台上，形式反而凸显出它的重要性。同时，对于西方观众来说，故事情节也已经不那么重要了。这就要求导演和演员，采用尽可能利用陌生的异域文化的外在形式，利用原作的故事情节，讲述一个现代人灵魂、人格的挣扎过程。现代莎剧的演出很少不做删减的，为了适应现代观众的审美习惯和要求，《歧王梦》在结构上也删除了多条副线，仅仅保留了歧王复仇这一主要情节，着重展现其心理历程。音乐为该剧重要表现手段，配乐以传统音乐为主，依靠京剧传统乐队的配器，力图既京剧化，又多样化，并充分展示各个行当的声腔特点。这种有别于话剧的演出方式在形式上正好追求的是一种现代舞台演出意识，以这种形式演绎西方经典《李尔王》，挖掘其人性内涵，有令中西方观众眼前一亮的感觉。

中国观众通过京剧接触的是《李尔王》；西方观众通过《歧王梦》感受到的是中国京剧的魅力。京剧《歧王梦》在舞台美术上追求空灵、写意、简

---

① [德]海德格尔:《关于人道主义的信（1947）》,《存在主义哲学》,商务印书馆1963年版,第27页。
② [俄]康定斯基:《论艺术中的精神》,查立译,中国社会科学出版社1987年版,第31页。

约的风格,通过对四扇可折叠的屏风与五把椅子的灵活运用,分别交代宫廷、城垛等场景。

人类有着共同的追求,那就是对真善美的追求,而听信谗言又是人类共同的弱点。《歧王梦》以高度程式化的音舞,通过互文化的过程,鞭挞了被极端利己主义腐蚀了心灵的恶魔式的人物,歌颂了诚实、正直、恪尽孝道、仁爱,在道德层面对社会进行了深刻的批判,宣扬了人文主义的仁爱思想观念。无疑在人性、伦理道德层面、基督教的"爱"与儒家文化和戏剧艺术形式上成功地实现了互文与互文化。

第五节 跨界叙事:京剧《温莎的风流娘儿们》与"福氏喜剧"

京剧《温莎的风流娘儿们》的"跨界"对莎士比亚原作进行了适合中国戏曲表达方式的改写。该剧在"移步与换形"中既以彰显原作的喜剧精神为旨归,又以鲜明的京剧表现手段成功地在莎士比亚和中国京剧之间寻找融通之道;既在表演中利用京剧的唱腔、程式成功塑造出原作中人物的性格,又充分利用假定性原则和戏曲写意性的呈现方式,在轻松、幽默、调侃、戏谑的喜剧空间中,让莎剧与京剧通过跨文化的互渐、互识、互释、互文与互彰释放出各自的审美艺术张力,彰显了原作蕴含的"福氏喜剧"的深刻内涵。

一 福斯塔夫的异域喜剧

莎士比亚著名风俗喜剧《温莎的风流娘儿们》曾经以话剧、京剧、吉剧、东江戏和潮剧形式被搬上中国舞台,并且获得了莎学学者的肯定与普通观众的赞誉。1987—1988 年演出四十多场的东江戏《温莎的风流娘儿们》以原作为魂,戏曲为体,在表演形式、语言、人物心态上戏曲化、地方化,同时突出对拜金主义的批判。例如"金钱也是有情物,常留美丑警世人"的幕前曲,福斯塔夫把福德娘子、培琪娘子的眼睛、肌肤都看成一堆珠宝,点明了剧作的主题。为增强喜剧性,给桂嫂融入了中国媒婆的形象特征,增加了她与福斯塔夫之间的私情,同时亦表现出底层妇女可怜的命运和报复心理。① 在上述改编之中,京剧《温莎的风流娘儿们》(以下简称《温》剧)以其青春、清新、洗练,甚至多少带些稚嫩、模仿的改编风格在时间的序列性、事件的因果律和重组的空间并置了人物、故事和场景的不同意象,在删削原作内容、故事线索和情节的基础上,以特有的"福式喜剧""福式戏谑""福式思维""福式幽默"和"福氏精神"以及"地点""场所""环境"的空间迁移,以多重艺术形式的并置,运用唱念做打舞的京剧叙事与抒情,通过京剧的程式、唱腔再现了原作的人文主义喜剧精神,在为今天的观众献上莎作"心灵鸡汤"的同时,也使古典的莎剧能够借助于京剧这种中国传统戏曲形式,通过互视、互渐、互识、互释、互文与互彰呈现出东西方经典戏剧艺术深厚的文化内蕴。而这种以京剧对莎剧的改编,无论采用何种演绎方式,秉持何种审美理念,"在很大程度都是在从事一种真正意义上的创作"② 与创新。

二 跨界:陌生化的叙事与人物行当化

莎剧的经典性既在时间的叙事中显示出内容的丰富,人物性格的丰满,也在空间的建构,即"空间的时间"中揭示了社会的普遍矛盾和人性的复杂。而《温》剧原作正是通过"福氏喜剧"的空间叙事,为一去不复返的"骑士时代"唱出了最后的挽歌。针对莎氏喜剧这一经典名作,以京剧进行改编,既要通过京剧的抒情与叙事描绘出"福斯塔夫的性格特征",更要反映出"福氏喜剧"和"福氏精神"背后深刻的社会因素。显然,这对以"歌舞演故事"的中国戏曲改编莎剧提出了巨大而严峻的挑战,因为"莎剧中国化模式在总体上讲有一个难以逾越的障碍,那就是东西方伦理道德、价值观念、思

---

① 苟菲:《原著为魂戏曲为体:〈温莎的风流娘儿们〉改编琐谈》,《南粤剧作》1989年第4期。[该期刊物收入侯穗珠(执笔)、张彩华、苟菲、士曼的东江戏《温莎的风流娘儿们》剧本]。
② 宫宝荣:《当代中国戏曲舞台上的西方经典》,《剧作家》2013年第6期。

维、行为方式、风俗习惯及其历史文化背景的差异"，① 综观多部戏曲改编莎剧的成就与不足，以戏曲改编莎剧可谓一道跨世纪、跨文化的"哥德巴赫猜想"。那么以京剧改编《温》剧的特点又在哪里呢？该剧改编的成功与遗憾又表现在什么地方呢？我们知道，戏曲主要通过唱腔塑造人物，展现人物的内心矛盾和与周围社会的冲突。毫无疑问，中国戏曲和外国戏剧都要受舞台空间和表演时间的双重限制，要突破这种内容因素和形式因素的双重限制，为京剧的叙事、抒情留下更多空间，《温》剧通过对原作内容、情节以"一人一事之主脑，头绪繁多之大病"② 的戏曲"编码"，以京剧的程式对原作进行了京剧化的再"解码"，通过从原作文本到京剧表现形式的转化，以空间的写意性歌舞叙事，使原作以"京剧化"的互文性叙事，成为一部既彰显原作喜剧精神，又具有浓郁中国特征的京剧莎剧，但同时却在不得不"立主脑，减头绪"的改编中，遮蔽了部分莎氏原作所反映的社会矛盾。莎氏原作《温》剧为五幕22场，而京剧《温》剧则在删减原作的基础上合并为嘉德饭店、福德花园、福德家中、温莎林苑7场，第一、第二场交代故事起因介绍主要人物，第三、第五场展现福德大爷的试探，第四、六场为福斯塔夫赴约受愚弄，第七场为众人捉弄福斯塔夫。改编以福斯塔夫两次到福德大娘家赴约和福德大娘两次找福斯塔夫试探作为全剧的中心内容，为了突出主线，删除了女儿安和范顿的爱情纠葛，争取婚姻自主的故事线索以及桂嫂和众多乡邻等内容。这样的删减尽管为歌舞叙事留足了表演的空间，却是以削弱莎士比亚批判丑恶的"封建买卖婚姻"，提倡"新的道德观、新的伦理观"③ 的思想性和人文精神为代价的，这不能不说是一个很大的遗憾。在跨文化的莎剧改编中，以京剧演绎《温》剧，叙述与抒情方式的变异成为跨媒介的必然选择，在由言语转化为歌舞的叙事与抒情中，既要重述原作的主要内容，重建原作的主题，又要在京剧的语境和跨文化改编中重构原作的喜剧精神，这不能不说是对编导演的

---

① 宋光祖：《戏曲写作论》，百家出版社2000年版，第47页。
② 李渔：《闲情偶寄》（上），杜书瀛译注，中华书局2014年版，第457页。
③ 方平：《和莎士比亚交个朋友吧》，四川人民出版社1983年版，第16—18页。

挑战。中国戏曲的审美要求是，艺术应该通过有限之境，唤起无限之意，"唤起"所采用的形式，在空间转换上赢得自由，放弃视觉上的逼真，以虚拟的表演获得空间环境中的想象，表明歌舞叙事与抒情在重构中占有重要位置。明代戏曲理论家王骥德提出"并曲与白而歌舞登场"①，而《温》剧对原作空间的重新建构必然要通过歌舞的叙述和抒情体现，这是叙事手段的彻底改变。

《温》剧为了创造出既富于现代特点，又符合剧情的典型环境，舞台设计简洁、富有象征意义和异域风格，具有线条感的铁艺秋千，人物造型采用具有漫画化扑克牌人物形象特点的化妆，明丽的色彩，倾斜的房屋，象征妇女劳作的舞蹈在获得陌生化效果的同时，拉近的却是原作与当代审美的距离。戏曲以人物形象来反映社会生活和表现作品的主体精神，情节、结构、冲突和语言离不开人物。"戏曲塑造人物，就是塑造人物性格"②，京剧中虽然缺少反映莎剧中经典人物形象的现成程式，但却有行当之分。那么以什么样的行当对人物进行塑造呢？显然这是京剧改编莎剧必须解决的问题。为了塑造鲜明的人物形象，反映"福氏性格"，该剧以京剧中的花脸作为反映福斯塔夫这一人物的基本行当定位，同时赋予其丑行的特征。正如该剧的导演指导之一何畅所说：改编该剧要"以戏为本，内容决定行当，……福斯塔夫的行当不是传统意义上单一的行当，而是具有架子花脸的外形、丑角人物的心理，也就是净、丑二角兼而有之的复合型行当。实际排练过程中，在掌握净角和丑角的比例上，不能过于偏重丑角，偏重丑角的表演就会偏离剧中人物的性格特点，福斯塔夫不是一个跳梁小丑，即便是用丑角的手法，那也是'大丑'。净角本身是一个极具张力的行当，福斯塔夫应该按照净角的基本程式规律来塑造，越是按照大花脸的方式演，取得的喜剧效果就越强烈，丑角的本质就越是暴露无遗"③。而且京剧"花脸"的唱腔浑厚，念和做的程式丰富，

---

① 王骥德：《王骥德曲律》，陈多、叶长海编，湖南人民出版社1983年版，第43页。
② 张庚、郭汉城：《中国戏曲通论·史论卷》，中国戏剧出版社2010年版，第186页。
③ 何畅：《玫瑰开在春风里——莎士比亚戏剧〈温莎的风流娘儿们〉的戏曲化改编》，《四川戏剧》2012年第4期。

在表演中张力十足。花脸体现的是粗犷美，既可以雄浑、刚毅、豪放的气质反映人物的性格特点，也能够以诡秘、孟浪、奸诈的性格示人，通过激情揭示角色内心的喜怒哀乐。以"花脸"行当反映福斯塔夫的性格特征，花脸行当承载了解读"福氏性格""福氏喜剧""福氏戏谑"与"福氏幽默"的基本形式，同时亦辅以丑行的表演，反映人物的粗鄙、滑稽、愚蠢、可笑。在现代京剧舞台上演绎莎剧，在对人物进行行当定位的同时，显然也不能过多地受到行当与唱腔的限制。这种将话剧《温》剧改编为京剧《温》剧，把人物行当化的重构，既是从莎剧到京剧叙事手段的彻底变异，也是表演手段和呈现方式的必然改变，更是观众欣赏情趣的彻底变化。

三 通向思想与性格的"音画之景"

戏曲不仅要以形体表演作为创作手段，还要以歌唱进行表演，歌唱往往是衡量戏在艺术上成败的关键。在戏曲的唱中，"唱腔要配合内容，身段要扣准戏情"[1]，这就要求歌者"用自己的声音将唱词的意义情境诠释到最恰当的地步"[2]，要把话剧的诗剧化语言改编为板腔体的京剧唱词，从言语到唱歌的"移步"更加凸显了审美与艺术信息量，经过一唱三叹的艺术处理，人物情感的表达甚至更具艺术表现力和审美感染力，使原作的内容、情节和人物形象通过京剧的演绎再现其人文主义的喜剧精神。大量交代故事脉络，显示人物性格、心理的独唱、对唱让该剧增色不少，例如第一场福斯塔夫交代：培琪请我吃饭的时候，他老婆向我"眉目传情，一眨不眨朝着我望，瞧瞧我的腿，瞧瞧我的大肚皮，两眼水汪汪。……还有个福德的老婆脉脉含情，含情的眼光……俩娘儿们就是我金矿宝藏"的唱叙。第三场福斯塔夫去赴约会时"我的甜言蜜语让娘儿们上了当……有道是酒壮色胆酒更香"[3] 的心理表白；在第

---

[1] 程砚秋：《程砚秋日记》，程永江整理，时代文艺出版社2010年版，第53页。
[2] 曾永义：《戏曲腔调新探》，文化艺术出版社2009年版，第72页。
[3] 上海戏剧学院戏曲分院：《温莎的风流娘儿们（京剧）》[DVD]，上海大剧院2009年版。（此处引用的剧词，均根据现场演出的光碟记录。感谢该剧的导演指导教师何畅提供的演出光碟。）

二场中，福德大娘和培琪大娘以不拘泥于京剧程式身段的双人舞唱道："哪里的风暴吹到了温莎海岸……老色鬼自命风流伸出狗脸……背地里是肉麻的情书，把下流的曲调弹。怎容他在温莎对娘儿们肆无忌惮。"① 第四、第六场中，俩大娘以宽袍长袖的双人扇舞诠释了她们对福斯塔夫的愚弄心理，唱舞结合："可笑呐，肥胖的骑士真荒唐，想和我姐妹们耍花腔，温莎的娘儿们风流有胆量，想好计策将他防……我只是青布包头的村婆娘，哪里配艳丽打扮着盛装；……不要看我们一味胡闹似荒唐，风流的娘儿们不一定轻狂。"② 大段诉诸视觉与听觉的唱舞构成了一道美的流动风景，亦使口语的唱与身段的舞动成为"负载或通向一种思想的工具"③。舞蹈的在场与有形，声音的在场与无形以"骑士可悲，娘儿们聪慧……揭穿了骑士的虚伪"④，以"声不出于吾口而出于各人之心"⑤ 揭示了时代的进步和原作人文主义思想内涵。

除了表现人物内心情感的主要唱段外，《温》剧更多地运用了戏曲夹白夹唱的表现手段，且"带白""插白"兼用。该剧另一导演指导卢秋燕认为夹白夹唱的运用"部分契合了西方戏剧以叙事性为主的戏剧观念，采用连唱带念的方法，能更自然地表现出人物之间的真实交流，加快了戏曲叙述故事的节奏"。⑥ 叙述方式从言语的具体话段和诗剧化的对白到歌唱性的唱词，情节在叙事中快速推进，情感在抒情中不断变化，甚至在一白、一唱中均有高度强调和无穷变化，作为语言传输媒介的"言语"之"说"与京剧的诗意之"唱"在舞蹈性动作中交替演进，审美的程式在情节的发展变化、人物的矛盾冲突中连续彰显，从而使人物之间的情感交流更加凸显出戏剧性，也更为自然流畅和具有观赏性。例如，福德大爷引福斯塔夫上钩的试探：

---

① 上海戏剧学院戏曲分院：《温莎的风流娘儿们（京剧）》[DVD]，上海大剧院2009年版。（此处引用的剧词，均根据现场演出的光碟记录。感谢该剧的导演指导教师何畅提供的演出光碟。）
② 同上。
③ 耿幼壮：《写作，是什么？——评罗兰·巴特的"写作"理论及文学观》，《外国文学评论》1988年第3期。
④ 上海戏剧学院戏曲分院：《温莎的风流娘儿们（京剧）》[DVD]，上海大剧院2009年版。
⑤ 李斗：《扬州画舫录》（十一），中华书局1960年版，第258页。
⑥ 卢秋燕：《关于上海近年来京剧改编外国名著的思考》，上海戏剧学院2009年版，第9页。

福德（白）爵爷，贱名白罗克，我

　　（唱）是一个喜欢花钱的富绅士。

　　福斯塔夫（唱）久仰久仰！希望咱们以后来往经常。

　　福德（唱）今天有幸来拜望，

　　（白）不瞒爵爷说，我现在总算身边还有几个钱，您要是需要的话，随时问我拿好了。

　　……

　　福德（唱）福德的妻子，福德大娘，

　　我一片痴心追得她，追得我晕头转向，

　　我为她花钱花得如流水哗哗。

　　福斯塔夫（白）呃，她从来不曾有过什么答应您的表示吗？①

　　中国戏曲多以"宾白叙事，唱曲抒情"，② 作为叙事与抒情的重要手段，二者兼用往往能使情节的推进与情感的抒发更具戏剧性。夹白加唱手法的运用使唱曲有声调绳之，说白也句读分明，带白有助于情感的宣泄，增加了唱的灵活性和承上启下的作用，插白在曲白相生中，既能情畅事显，也能使原作的戏剧性与喜剧性得到充分的展示。扮演者把唱腔、话白、身段糅在一起，"白口"也具有了歌的审美意义，因为它"有腔调，有韵味，有顿挫，有气势，有音节，有时拉长声，有时用它叫锣鼓，止锣鼓，等候锣鼓，交代锣鼓……不但有韵味，且须有意义"，③ 夹白加唱的运用既合戏情，又有京剧程式的审美感。京剧唱腔运用得当，有助于渲染戏剧气氛，烘托人物形象，调动观众的情绪。福德大娘在福斯塔夫面前演戏，捉弄福斯塔夫的唱段，为了突出渲染紧张气氛，采用"散板加快流水"，由于福德搜查来得突然，紧急中营造出当着福斯塔夫之面第一次演戏怕露馅儿的心理。而在第六场中，培琪大娘描述福德搜寻福

---

① 上海戏剧学院戏曲分院：《温莎的风流娘儿们（京剧）》［DVD］，上海大剧院2009年版。
② 齐森华、陈多、叶长海：《中国曲学大辞典》，浙江教育出版社1997年版，第709页。
③ 齐如山：《国剧艺术汇考（一）》，辽宁教育出版社1998年版，第106页。

斯塔夫的唱，则采用"吹腔"来表现，以曲调悠扬，流畅华丽，明快幽默的"吹腔"突出培琪大娘对福斯塔夫的戏谑与揶揄。在两次捉弄福斯塔夫的情节中以差别甚大的腔调鲜明地区别出人物的心理状态，"以'声音图画'的声音为'画笔'不但'画'出发声的对象"①，而且在京剧程式与西式舞蹈融通中描绘动作所体现出来的内心世界和情感，声景与画景的配合，使表演丰富而不板滞，多变而不杂乱，收到了较好的审美艺术效果。

中国戏曲素有"俳优以歌舞调谑为事"②的传统，为此，《温》剧在处理"福氏戏谑"时又吸收了多种表现人物的手段，例如，当福斯塔夫向福德大娘一厢情愿地表达"爱情"的唱段中又分别运用了京剧老生的"言派、麒派唱腔，最后又用了一句小生的'韵白'处理台词，接着又飙了一个小生唱腔的高音。③表演既有花脸行当的基本定位，又不拘泥于行当，同时借鉴、融入丑行、老生、小生的表演手段，通过这些丰富的表现手段淋漓尽致地刻画出福斯塔夫为了讨女人欢心而使出的浑身解数"④的戏谑效果。

与话剧不同，京剧《温》剧更显示出通过"音景""画景"调动观众的游戏记忆和喜剧想象的功能，把人物形象，矛盾纠葛、情节置于京剧化的喜剧映射之中，由"歌"建构的"音景"与由"舞"连缀而成的"画景"构成了多层审美叙事手法，这种手法突破了话剧叙事的常规模式，赋予其更为开放，也更具当代艺术价值的"从精神或心理层面……雕刻于人们心中的风景——'心景'（soulscape）"⑤的审美旨趣。福斯塔夫这个人物的愚蠢、愚昧和没落骑士的"优越感"，通过俩大娘的戏谑、嘲弄与捉弄亦以隐喻方式构成了妇女对虚伪男权社会的揶揄、讽刺与嘲笑。声音对空间的即时覆盖，目的不仅仅起到

---

① 傅修延：《释"听"——关于"我听故我在"与"我被听故我在"》，《天津社会科学》2015年第6期。
② 季羡林：《吐火罗文A（焉耆文）〈弥勒会见记剧本〉与中国戏剧发展之关系》，李玲：《二十世纪戏曲学研究论丛·戏曲跨学科研究卷》，安徽文艺出版社2015年版，第188页。
③ 卢秋燕：《关于上海近年来京剧改编外国名著的思考》，上海戏剧学院，2009年，第24页。
④ 曹树钧：《京剧莎剧的编演与戏曲导演人才的培养》，《中国莎士比亚研究通讯》2015年第1期。
⑤ 程虹：《地域之乡与心灵之乡的联姻——论自然文学中的心景》，《外国文学》2014年第4期。

叙事的作用，还在于以抒情之唱激发想象力，因为"听觉想象力是对音乐和节奏的感觉"。① 戏曲要用自身的节奏把各种表现手段（唱念做打舞）统一起来，京剧的唱、念是诗歌化和音乐化了的表演，京剧的做、打也是舞蹈化的叙事与抒情。戏曲的念白一般分为散白、韵白、引子、数板四种。散白与日常语言接近，韵白与日常言语距离较远，接近歌唱，经过不同程度的音乐化加工，两者具有鲜明的节奏感和韵律感，拥有很强的表达人物思想感情的表现力。《温》剧通过对散白的强化处理，宾白的"调声协律"以浓郁的京剧化念白再现原作的喜剧精神，收到了很好的艺术效果。例如：福德大娘和培琪大娘引诱福斯塔夫一场，在小锣的伴奏下：

    培琪大娘瞧，这儿有一篓子！（大台）
    [福斯塔夫抱着雕塑朝篓子移动，张望]
    培琪大娘他要是不太高大也可以钻了进去！（大台）
    [福斯塔夫继续朝篓子移动，张望]
    培琪大娘再用些衣服盖在上头，让你的仆人连篓带人一起抬了出去，岂不一干二净？（台）
    福德大娘可他太胖了——恐怕钻不进去（福斯塔夫从俩大娘中间偷偷探出头来看篓子，又偷偷缩回头去）可怎么好呢？②

"'重听'经典的主要目的在于感受和体验……这种'不可靠叙述'更能激发"③《温》剧观众的审美想象。言语形式具有自然的节奏和韵律，扮演俩大娘的演员运用京白吐字、归韵的形式，运用夸张的京剧程式和舞蹈叙事，使人物的动作与念白共同成为情感特征的映射，表演与念白、锣鼓与动作在情感强调、心理揭示中融为一体，通过完全摆脱或超越现实生活环境的京剧审美形式，以"京白"在字音和语调的抑扬顿挫、轻重疾徐，把人物内心的嘲笑、戏谑、幽默

---

① T. S. Eliot. *The Use of Poetry and the Use of Criticism*. New York: Bames & Noble, 1955, p. 118.
② 上海戏剧学院戏曲分院：《温莎的风流娘儿们（京剧）》[DVD]，上海大剧院2009年版。
③ 傅修延：《听觉叙述初探》，《江西社会科学》2013年第2期。

强调出来。"京白是一种韵律化、节奏化、朗诵化了的，亦即美化、夸张了的北京口音的舞台念白，给人轻松、活泼、亲切、自然的感觉"，① 京白对音调和节奏的夸张，有意强化了散白的喜剧效果，配合富有节奏感的舞蹈和锣鼓点牵引福斯塔夫朝篓子走去，准确描绘出人物的心理状态。诚如李渔所说："宾白之学，首务铿锵。一句聱牙，俾听者耳中生棘；数言清亮，使观者倦处生神。世人但以'音韵'二字用之曲中，不知宾白之文，更宜调声协律"。② 调声协律与舞姿蹁跹既叙事也抒情，"再现的是物质形式的对象"③，在剧中，培琪大娘故意要引起福斯塔夫对篓子的注意，福德大娘则有意表示担心福斯塔夫钻不进篓子，情节发展与感情的微妙变化在唱、念、做、舞在打击乐的配合中，体现出明显的戏剧性节奏感。福斯塔夫和两位大娘在具有节奏形式的打击乐的烘托和渲染的京剧空间叙事中，以鲜明而强烈的节奏形态强化了喜剧效果。

我们认为《温》剧对原作的再演绎所呈现出来的美学色调，既借用了原作的内容，而形式又是属于京剧的跨文化改编所应该具有的"在地化"审美艺术特征，把话剧形式的莎剧改编为京剧莎剧，"不仅仅是改变了文本的'呈现'方式，更重要的是使得文本有了'接通'其他文本的可能"。④ 原作与改编之间的互涉，在"音景""画景"的歌舞演故事中产生的陌生化京剧莎剧，在历史与当代之间，创造出蕴含了各种艺术烙印的"莎剧文本"，挖掘莎剧的现代意义，同时为莎剧观演提供更多的自由选择，并以各种审美艺术形式为莎剧的超文本增添了更为新颖的表现力。而改编者正是抓住"陌生化本是一种喜剧方法"⑤ 这一美学表现形式，在原作与演绎之间形成了京剧与莎剧、时间与空间双重"陌生化"的互涉，从而使莎氏创造出来的"福式幽默"在与京剧的互动与互彰中得到了有京剧审美机趣的东方呈现。

---

① 吴同宾：《京剧知识手册》，天津教育出版社2001年版，第212页。
② 李渔：《闲情偶寄》（上），杜书瀛译注，中华书局2014年版，第132页。
③ 尚必武：《当代西方后经典叙事学研究》，人民文学出版社2013年版，第127页。
④ 傅修延：《文本学——文本主义文论系统研究》，北京大学出版社2004年版，第328页。
⑤ 王晓华：《对布莱希特喜剧理论的重新评价》，《戏剧艺术》1996年第4期。

四 "鱼"与"熊掌":解构与重构

莎士比亚作品是能够从历史走向未来的经典。即使面对跨文化和各种艺术形式的改编,甚至包括大众文化、消费文化、后现代主义的侵蚀与解构,莎剧都能以超稳定的经典性,超越改编、重写、互文、拼贴、戏仿、颠覆甚至恶搞所带来的冲击。因为无论如何变化,最终都能使莎剧能够成功渗入异质文化之中,通过无数次的"变脸"与"变身"巩固其无可撼动的经典地位,甚或成为另一艺术形式中的经典。

而这正是因为莎士比亚"把哲学思辨带进了喜剧"[①]之中。戏曲是"一种经过高度提炼的美的精华……特别突出了积淀了内容要求的形式美……实际上并不以文学内容而是以艺术形式取胜,也就是以美取胜"[②]。与众多戏曲改编莎剧相同,为了适应京剧的表演特点,展现原作丰富的人文主义内涵,首先《温》剧要对原作进行剧本的重新创作,其次要在对原作进行重新编码的基础上使内容、情节京剧化。

如何通过京剧改编,准确传达出原作的喜剧精神,这是改编者面临的最大课题。同时,改编也应该有清醒的意识,即我们不可能通过改编,全面地穷尽莎氏原作中所有的哲学思想与美学意蕴。因为"中国传统戏曲的虚拟的、程式化的、载歌载舞的演剧方法,决定了它必然比话剧演出更为看重表现手段本身的形式美感……这导致了戏曲舞台上不时出现那种简单迎合观众的需求习惯,太远地游离于人物情感之外,过于追求表面观赏效果和单纯展现演员技艺的现象"[③]。而《温》剧改编的指导思想就是以京剧的形式美,展示原作欢乐、戏谑人生的隐喻,通过原作的喜剧精神与京剧叙事在互文性的对话中,以歌舞的拼贴与戏仿产生的喜剧效果展示莎氏喜剧深层次的人性思考,既包含了莎剧深刻的哲理内涵,又具有京剧的形式美。为此就必须要在吃透原作精神的基础上,

---

① 王佐良:《英国文学史》,商务印书馆1996年版,第36—38页。
② 李泽厚:《美的历程》,文物出版社1981年版,第192页。
③ 王晓鹰:《从假定性到诗化意象》,中国戏剧出版社2006年版,第111页。

让京剧程式为莎剧内容服务，把莎剧诗剧化的对白和独白提炼为韵律化的唱词和念白，舞蹈化场面和简练的念白，在保留原作喜剧精神的基础上，让"原著中繁复的对话彻底'瘦身'"，① 从而为歌舞表现留出时间与空间。我们认为，从话剧转变为京剧，从原作转变为京剧莎剧，从言语转变为歌舞，从日常生活的动作转变为京剧程式，是一次跨越时空、文化、审美形式的中西戏剧的互文性对话。因为"任何一个表述就其本质而言都是对话（交际和斗争）中的一个对话。言语本质上具有对话性"②，言语转变为京剧的叙事与抒情，动作以京剧程式演绎正是两种戏剧观与审美观的对话性的生动体现。

《温》剧以"充满生活情趣的意境中获得艺术欣赏的喜悦"③ 为改编追求的目标，以艺术上的中西互融、莎京对接与混搭，采用拼贴、戏仿的舞台呈现方式，既在现代意义上建构了改编者的主体意识，又力求彰显原作喜剧之神韵。例如，《温》剧的音乐唱腔，不仅借用了多部脍炙人口的京剧唱腔，而且借鉴了歌剧《温莎的风流娘儿们》中"福斯塔夫"的主旋律，诙谐逗趣的舞蹈场面，将观众带入剧情之中。戏剧开场在轻松愉快的"福斯塔夫"主旋律的欢快声中，既呈现出嘉德饭店四个女仆的劳动场面，也在热烈、诙谐形式中造成了审美的仪式感，浓郁的英国乡村气息扑面而来，仪式的强调使场面的开掘以迅疾的速度把观众的注意力吸引到剧情中来，毕斯托尔、尼姆以富有节奏感的念白引出福斯塔夫，"这组发花辙的念白相当于变化后的定场诗"，④ 这样的开场以富有生活情趣、自然的动感，诙谐、灵动，契合了中国戏曲的演出规律和戏曲观众的审美欣赏习惯。

"中国戏曲不但是外在形象鲜明，内心的思想感情也通过形象表现"⑤ 得淋漓尽致。《温》剧不但以京剧形式演绎原作，而且运用多种艺术形式阐释原

---

① 卢秋燕：《关于上海近年来京剧改编外国名著的思考》，上海戏剧学院2009年版，第8页。
② ［俄］巴赫金：《对话、文本与人文》，白春仁、晓河译，河北教育出版社1998年版，第194页。
③ 谭霈生：《论戏剧性》，北京大学出版社1984年版，第189页。
④ 卢秋燕：《关于上海近年来京剧改编外国名著的思考》，上海戏剧学院2009年版，第6页。
⑤ 焦菊隐：《中国戏曲艺术特征的探索》，毛忠：《二十世纪戏曲学研究论丛·戏曲理论与美学研究卷》，安徽文艺出版社2015年版，第148页。

作的人文主义喜剧精神。《温》剧联系中国传播语境的独特性,在原作与改编、历史与现实之间,通过互文、拼贴、变形、挪移、重构、解构,映射出改编的异质性,这种利用各种艺术手段对《温》剧的重构,尽管是较少接触中国戏曲的外国莎剧观众难以深入感受到的,但却是改编者主体意识鲜明而生动的体现。改编以叙事、抒情的诗化和人物"性格化"成为彰显京剧审美特点、有鲜明中国特色的京剧莎剧。

五 "福氏喜剧"的"换形"与"移步"

中国戏剧、戏曲走出去,大致包括两种模式,一种是为展示中国传统戏剧审美特色,原汁原味的演出;另一种则为利用中国戏剧表现手段改编外国戏剧的跨文化戏剧。无论哪一种改编手法,外国观众最感兴趣的兴奋点则在于中国戏曲独有的审美呈现方式,莎剧改编岂能例外?由于跨文化戏剧能够克服文化理解的障碍,并在跨越了文化、语言、认知、审美习惯的前提下,对中国戏剧有更多、更新颖、更深入的理解,因而在欧美国家也受到广泛欢迎。

在跨文化戏剧中,我们给外国人看什么?显然,我们改编莎剧应该在深入理解原作的基础上,调动我们的各种戏剧表演手段,给他们看的是,用异常丰富的中国戏剧表现手法,更为艺术、更加巧妙、更为诗意、更加审美,以更为写意表现写实,甚至更为中国化的表演手法、戏曲机趣阐释原作主题思想、历史和社会语境、复杂人性和哲学沉思,并通过这样的阐释发现以往莎学研究中有所忽略的对人性的认知和隐喻。所以"为了让莎士比亚戏剧在今天获得鲜活的生命,表演莎士比亚戏剧的人必须不拘泥于莎士比亚,将作品和他们身处的时代联系起来,然后再回到莎士比亚的戏剧中去"。[①] 也许,这才是我们今天向大师、向经典致敬的态度和理由。

为此,《温》剧改编基于原作戏谑、揶揄、讽刺和幽默的特点,在轻松、

---

① [美] 玛格丽特·克劳登:《彼得·布鲁克访谈录(1970—2000)》,河西译,新星出版社2010年版,第144页。

灵动和自由的喜剧氛围中，采用多种艺术手段为塑造人物，展现"福氏喜剧"服务。在经典的重构中，语言重构首当其冲，对于戏剧来说"语言才是唯一的适宜于展示精神的媒介"①。为了更准确地展示原作的福氏喜剧精神，《温》剧大胆采用了相声、二人转以及戏拟汉语等多种艺术表现手法塑造福斯塔夫这个形象，例如，采用"兜包袱""出噱头""插科打诨"等，为表现"福氏喜剧"中福斯塔夫这个人物形象的生动性带来现代气息、时尚精神和中国元素。《温》剧通过接地气的京腔京韵表现手段和具有浓郁中国特色的艺术形式从多种角度塑造人物。例如在《温》剧的最后一场采用京韵大鼓表现福斯塔夫明白自己遭到愚弄后的解嘲："受了愚弄，做了蠢驴，我猛抬头见精灵，精灵鬼，鬼精灵，它是渺渺茫茫，恍恍惚惚，密密扎扎，直冲霄汉是正义辉煌。……梆儿听不见敲，钟儿听不见撞，锣儿听不见筛，这个铃儿听不见晃，我那心上的人儿，她布下罗网，我才猛醒了黄粱。"② 这一段套用了著名京韵大鼓表演艺术家骆玉笙的名段旋律，用调侃的口吻给福斯塔夫以"温和的讽刺"，③ 既契合原著的喜剧精神、喜剧风格和原作的特定环境，也回应、延展了中国观众的审美需求，同时也造成了异常强烈的戏仿效果。

戏剧语言要富于行动性，"具备推进动作的作用"④，戏谑式的幽默、打趣场面的拼贴由京剧音乐和西方音乐为背景，表现众精灵用蜡烛烫福斯塔夫的音乐，采用了京剧音乐"混牌子"的音乐调式，把京剧曲牌和具有一定旋律的锣鼓点交织在一起，但背景的旋律却接近西方音乐，由此构成了具有西洋音乐旋律的京剧"混牌子"伴唱："淫欲贪婪是罪恶的孽障，邪念就像她们的磷光。痴心把欲火越扇越旺，让恶人把恶果尝一尝。拧他，烧他拖着他团团转，直等到星辰暗灭了烛光。"⑤ 蕴含了西方音乐元素的音乐叙事成为拉近

---

① [德]黑格尔：《美学》（第三卷），朱光潜译，商务印书馆1981年版，第270页。
② 上海戏剧学院戏曲分院：《温莎的风流娘儿们（京剧）》[DVD]，上海大剧院2009年版。
③ 卢秋燕：《关于上海近年来京剧改编外国名著的思考》，上海戏剧学院，2009年，第36页。
④ 王朝闻：《透与隔——谈戏剧怎样表达思想》，《剧本》1962年第5期。
⑤ 上海戏剧学院戏曲分院：《温莎的风流娘儿们（京剧）》[DVD]，上海大剧院2009年版。

莎剧与当代中国观众的重要手段。《温》剧改编把能指内质喜剧精神的"质料性"转化为所指"'事物'的心理表象"① 的福氏喜剧,在大千世界的人生世相中,福斯塔夫性格中"玩世不恭的哲学""自我否定"②,言行在现实中错位的喜剧性,已经变异为不以原作语言为载体的道白,而京剧的唱、念、做、打、舞则成为以写意为主的叙事和抒情,在跨媒介视域"叙事性"中诗意性延展,使"处于中心位置的观察客体"③ 在喜剧效果得到充分彰显的基础上,拉进了当代中国观众与经典的距离。

六 意义的自身之美

形式体现出意义自身之美,说与唱是人类符号系统中最接近人自然形态的代码系统,"语言之流最终产生某种空间"。④ 形式创新的经典演绎是莎剧以其普世价值通向当代艺术最佳选择之一。⑤ 京剧以《温》剧原作的"语言或艺术材料的滑稽再功能化"(refunctioning)⑥ 的空间改写建构了莎士比亚多元文化的当代审美价值,对原作实现以符号感知的能指建立符号概念的所指的挪移性再阐释,莎剧的时间延续与空间变形,证明经典在时间与空间上所具有的内在文化影响力和持久生命力。《温》剧在"换形"中的"移步"已经在新的文化语境中以京剧的叙事动感和表演机趣再造了跨文化意义的莎剧,为戏曲改编莎剧提供了更多的思考与阐释空间。

---

① [法]罗兰·巴尔特:《符号学原理》,李幼蒸译,中国人民大学出版社2008年版,第23—25页。
② 李伟民:《福斯塔夫在消解英雄中所体现出来的喜剧精神》,《四川戏剧》2006年第5期。
③ Efrat Biberman, "On Narrativity in the Visual Field: A Psychoanalytic View of Velázquez's Las Meninas", *Narrative*, Vol. 14, No. 3, 2006, p. 251.
④ [墨西哥]奥帕斯:《批评的激情》,赵振江编译,云南人民出版社1995年版,第252页。
⑤ Li Weimin, "Shakespeare on the Peking Opera Stage", *Multicultural Shakespeare: Translation, Appropriation and Performance*, Vol. 10, No. 25, 2013, pp. 30–37.
⑥ [英]玛格丽特·A. 罗斯:《戏仿:古代、现代与后现代》,王海萌译,南京大学出版社2013年版,第53页。

第八章　美在民族化：中国地方戏莎剧

第一节　成功与遗憾：阐释莎剧内涵的地方化莎剧

中国地方戏莎剧以其特有的中国地域文化特色在莎剧舞台上展现了莎士比亚精神。地方戏与莎剧之间的嫁接和拼贴在观众特别是西方观众面前创造出一种全新的莎剧。地方戏莎剧在民族化、民间性的基础上将戏剧性与抒情性、哲理性与音舞性有机结合在一起，无论是在心理刻画、性格塑造，还是在人性的表达上都为中西方观众带来了异样的视觉冲击和文化碰撞感。是否敢于和有能力采用地方戏改编莎剧是一个国家和民族文化软实力的体现。

在中国莎士比亚戏剧演出之中，地方戏改编、演出莎士比亚戏剧构成了莎剧在中国的一个鲜明特色。20世纪八九十年代，地方戏莎剧演出在中国达到了高潮，至今仍不断有地方戏莎剧不时出现在中国戏剧舞台上。地方戏莎剧以其独特的表现彰显了莎剧魅力，通过演出的地方性、表演方式、唱腔和程式传达出莎士比亚原作的精神，地方戏莎剧既是属于莎士比亚的，也是属于中国，属于某个地域文化的。地方戏莎剧的演出、传播和研究不同于世界上其他地域的莎剧演出、研究和传播。那么，我们会问，莎剧的改编、演出，为什么会对中国地方戏具有如此魅力？地方戏莎剧在融合莎剧与地方戏民族、地方特色方面具有哪些成功的经验与不尽如人意的教训？地方戏莎剧在改编中是如何做到内容与形式的统一的？采用地方戏的形式改编莎士比亚戏剧是否具有生命力？地方戏莎剧今后的出路在哪里？这些都是本节重点探讨的问题。

一 碰撞与交流：蔚为大观的地方戏莎剧

地方戏莎剧是随着外来文化的涌入而发轫的，随着改革开放而逐步扩展剧种改编的范围，以当下的眼光来看，地方戏莎剧对莎剧的现代化、国际化、多元文化化和当下的莎学研究具有重要意义。因为，莎剧的生命力主要在于演出，而且是各种戏剧对其持续不断的演绎。毫无疑问，地方戏莎剧繁荣了中国戏曲舞台，丰富、加深了我们对莎士比亚的理解，提高了我们的莎剧演出水准，也成为地方戏改编外国戏剧的一块试验田，同时在中西文化、中西戏剧观念的直接碰撞、交流中，也促使我们能够对众多的地方戏从内容到形式的探索不断与时俱进。

一般认为12世纪宋金南北对峙时期在南方浙江温州一带出现的永嘉杂剧是中国最早成熟的完整的戏曲。从金末到蒙古灭金，与南戏出现大致相同，中国北方的院本也逐渐得到了丰富和发展，成为新的成熟的戏曲形式。元末明初，杂剧逐渐衰落，南方缓慢发展的南戏吸收了元杂剧的营养，突破了杂剧的形式限制，发展成称为"传奇"的新的戏剧样式。大致在明嘉靖年间，昆山腔进入上层社会。但18世纪上半叶，昆山腔由盛转衰，四大徽班进京，京剧流传各地，成为比昆山腔高腔流传更为广泛的全国性剧种。原来在民间流行的许多地方戏都也得到了较大的发展。特别是清朝中后期，出现了许多民间生活小戏，到清末民初，地方戏曲的剧种已经达到260—270种。① 样式丰富的地方戏为莎剧改编提供了土壤。地方戏莎剧中，既有"中国化"的改编方法，充分发挥我国戏曲运用丰富表现手段呈现审美艺术的

---

① 中国大百科全书总编辑委员会《戏剧》编辑委员会：《中国大百科全书·戏剧》，中国大百科全书出版社1989年版，第441—442页。

特点，以写意性为改编宗旨，用程式、音舞揭示人物性格发展和心理变化的改编、演出方式，又有接近莎士比亚原作将西方文化与戏曲形式融合的改编，①但是无论采用何种演出形式，地方戏莎剧，都在世界莎剧演出史上为中国赢得了应有的地位和荣誉，成为当下世界莎学舞台研究一门独有的课题。

二 契合与离散：莎剧地方化

莎士比亚戏剧能够在舞台上持续不衰地演出，除了说明古典作品特有的经典价值和恒久的生命力之外，其中的一个重要因素就是莎剧也来自古代历史故事和民间传说，在当时主要是满足下层民众精神生活需要的戏剧。②同时，地方戏莎剧能够出现在中国舞台上并放出异彩，也包含着当代中国戏曲工作者的选择意识，对经典阐释的冲动……因为，具有浓郁地域特点的地方戏改编、演出者，在莎剧与地方戏的转化、嫁接与拼贴过程中，自然也倾注了自己新的感受、认识和体验。让地方戏观众在他们所喜闻乐见和熟悉的地域方言、地方特色的外在形式中理解莎士比亚戏剧的精髓，其意义绝不仅仅限于二者之间的简单叠加。

地方戏改编莎剧应该从何入手呢？中国的古代戏曲都有从头到尾叙述一个完整故事的传统，但也同时具有结构松散、情节纷繁、节奏舒缓的通病，这一点和现代戏剧有相当差异。而西方爱情悲剧往往惊心动魄，主人公遭受苦痛之时往往表现出火山喷发式的生命激情，在情节上发展比较迅捷，故事结构较为紧凑。但是作为文艺复兴时期的莎剧却并不尽然，与西方的爱情悲剧有所差异，它实质上是一种诗剧，所以在表现形式上，莎剧也有完整的故事，多线索交叉并进，情节繁复，结构复杂、独白多，抒情性强，线索显得"太多、太多变"③的特点，二者之间的相似点，为地方戏改编莎剧在讲述故

---

① 李伟民：《中国莎士比亚批评史》，中国戏剧出版社2006年版，第25页。
② 杜清源：《舞台新解》，林克欢：《林兆华导演艺术》，北方文艺出版社1992年版，第236页。
③ 孙惠柱：《话剧结构新探》，中国戏剧出版社（上海）1983年版，第18页。

事，设置情节、表演、抒情和观众的欣赏心理适应方面带来了融合与拼贴的可能。

　　从中国地方戏的内容来看，中国古代爱情悲剧的主人公往往是文弱痴情的公子与多愁善感的小姐，他们追求自由爱情的生命激情与悲剧精神犹如地下运行的炽热岩浆，他们内心世界的凄婉哀怨的愁苦情愫被作品描绘得淋漓尽致。再看莎剧，莎士比亚悲剧《哈姆雷特》虽然有"延宕"的特点，但在总体上比中国古代戏曲情节的发展还是要迅速一些。而呈现在舞台上的越剧、京剧《王子复仇记》以及京剧《歧王梦》①，越剧《马龙将军》，丝弦戏《李尔王》等作品叙事完整、线索清晰，体现了原作的故事框架，而且有很浓的中国味和现代感。其改编风格正如阿甲所说：戏曲体验不是一般地强调把自己的感情贯穿到形象中去就算了，而是要把这种感情凝结在高度的技术里，达到好像肌肉筋骨也能思维的敏感程度，从而使体验和表现既高度结合而又相对间离而且互相转化。这就是地方戏特殊的艺术体验性质。比如唱词的哲理性与唱腔的抒情性、爆发性之间的水乳交融，舞蹈的象征性与再现人物心理的准确性之间的合理转换，都可以令观看地方戏改编莎剧的观众获得从未有过的艺术体验；再如在人物的姓名和服装上的中国化，表现人物心理变化和矛盾冲突中的戏曲程式的运用，都充分发挥了地方戏善于抒情、长于表现男女爱情的特点，并且能在重点唱段上，以地方戏的声腔的审美化和戏曲的脸谱化，即神韵、气质、韵味较好地描画了人物的性格特征。比如在越剧《王子复仇记》中"奇冤大仇泼天恨"导板中的"恨哪"采用八度跳，近似京剧中的"嘎调"，表现了王子心灵的极大震撼，"唱法上运用了力度上的强弱对比和节奏上的快慢对比，表现了忧郁王子的矛盾心理"②，"哪个孩儿不爱娘"运用"弦下调"移位变奏，补腔深沉而悲怆，"较多运用了吟唱的形式"③，表现了王子对母亲的深情。"栽花植青立芳碑"的唱腔中化进了二胡

---

① 在"花雅之争"中京剧吸收了其他剧种之长，逐渐形成"皮黄"，后来被称为"京剧"的剧种。
② 高义龙：《赵志刚唱腔集》，百家出版社1996年版，第246页。
③ 同上书，第28页。

独奏曲《二泉映月》的特色音调，形成了唱腔的悲哀特色。"心恋故国人间留"则融入了武林调的成分，使唱腔异峰突起，境界得到升华。① 地方戏的改编者正是在这一层次上准确再现了原作的悲剧精神，利用唱腔拓展了越剧的张力和表演领域，同时打消了越剧改编之初来自改编者自己和戏剧界的，具有鲜明江南特色的地方戏能否成功改编《哈姆雷特》这类莎士比亚大悲剧的担心。

三 审美与哲理的艺术互涉

地方戏植根于中国地方文化，具有浓郁的地域文化色彩，"表现"是"表演"的核心；而莎剧却从古希腊戏剧而来，"模仿"是"扮演"的核心，它们分属于两种不同文化、不同戏剧观指导下诞生的戏剧形式，并在发展的过程中分别将这两种戏剧观念渗入演出中，所以，二者之间无论是在美学理念、演出形式、导演原则乃至观众审美习惯上都存在着文化、民族上的巨大差异，加之地方戏的地域特点，更为地方戏改编莎剧带来了困难。而且，由于地方戏综合程度高，通过唱念做打，把音乐、舞蹈、歌唱、宾白、动作、美术、武打、杂技等统摄其间，诸声腔剧种的地域特点明显，依据的审美理念多元，在形成和发展过程中，受到地方文学、音乐、方言、民歌、歌舞小戏的影响。② 因此相对于以话剧形式改编莎剧来说，更需要克服文化上的障碍，改编要取得成功也显得更为艰难。

为克服这些困难，在地方戏改编莎剧的过程中，改编者深入挖掘莎剧中的伦理性，彰显美丑善恶的本质，这一点与地方戏伦理化传统极为契合。这就使地方戏在人性的阐释中与莎剧有了结合的可能。莎剧的文学性、哲理色彩与地方戏的艺术形式相结合，人性与人类普遍认同的伦理观念相叠加，使不同声腔的地方戏改编同一部莎剧，在呈现出迥异的审美形式之外，伦理化

---

① 高义龙：《赵志刚唱腔集》，百家出版社1996年版，第246—247页。
② 刘祯：《中国地方剧种生存、保护和发展的四种形态》，《南国红豆》2007年第4期。

得到表现。

同时，莎剧的文学性与地方戏的表现形式相结合使"中国戏曲尽管以再现的文学剧本为内容，却通过音乐、舞台、唱腔、表演，把作为中国文艺的灵魂的抒情性和线的艺术，发展到又一个空前绝后、独一无二的综合境界。它实际上并不以文学内容而是以艺术形式取胜，也就是说以美取胜"，[①] 甚至是以地域美为取胜特征的。在这种审美观念作用下的地方戏莎剧，融合了地域之美和莎剧之真，达到了中西戏剧、戏曲融合之美的境界。地方戏莎剧借助于地方戏塑造人物形象的程式与演员优美的神态，并将这种程式拼贴入莎剧，艺术的相通性使"拼贴画的原则成为20世纪所有各种媒体艺术的中心原则"。[②] 表演程式的拼贴完全可以将莎剧中人物的内心世界以地方戏表演方式得到展现。拼贴形成的美，可以达到更高层次的审美和谐，究其实质是形式之美与"观念"（comception）之真[③]之间拼贴下的融合，由拼贴所形成的地方戏莎剧的和谐美、地域美，使"莎士比亚戏剧主题在每一个后来时代中表现出的适时性，是莎剧在每一个后来时代的阅读和阐释中获得的意义"，[④] 这种拼贴的"适时性"正是莎剧改编的当代意义和文化意义。

由于地方戏的程式化与当代观众审美期待存在着距离，地方戏单调的直线型故事情节已不能给处于复杂生活中的今人以哲理性启迪，唱腔模式亦不足以表现今人的思想情感。[⑤] 但是，地方戏一经和莎剧结合，其直线型的故事情节就会得到改造，变得繁复起来，唱腔也努力适应莎剧中人物表达思想感情和心理活动的要求，因此大大拓展了地方戏的表现空间和对哲理、人性的表现力。例如，著名湘剧表演艺术家陈爱珠在湘剧《巧断人肉案》（《威尼斯商人》）饰演潘霞，以浓郁的三湘民间艺术特色和婉转悠扬的高腔征服了观

[①] 李泽厚：《美的历程》，中国社会科学出版社1989年版，第182页。
[②] 胡全生：《英美后现代主义小说叙述结构研究》，复旦大学出版社2002年版，第147页。
[③] 同上书，第140页。
[④] 张冲：《同时代的莎士比亚：语境、互文、多种视域》，复旦大学出版社2005年版，第4页。
[⑤] 吕育忠、姚惠明：《关于"地方戏"生存与发展的若干思考》，《戏剧文学》2006年第3期。

众；著名丑行演员唐伯华饰演的夏福禄着重于人物内心的刻画，脸部表情的运用成为塑造人物的主要手段，尤其是丰富多变眼神和面部肌肉的变化与运用，在湘剧高腔和诙谐滑稽的唱做结合中，刻画出夏福禄的贪婪与狡诈。

从莎剧与地方戏之间以表现手法和情节设计来讲，地方戏充满了诗情画意，抒情、写意性明显，三重表达方式集中于故事讲述者、表演者、评论者于一体的一个演员身上，演员与"行当"之间具有天然的"间离性"，[①] 所以审美意义的"行当"在自由表现生活时拥有丰富的手段，既擅长讲故事，又擅长刻画人物心理，莎士比亚戏剧"乃是有规律的诗"。[②] 地方戏中的那些"生旦净末丑，可以表演古往今来的各种故事。莎士比亚的舞台，既无幕，又无活动写实的背景，与中国式的舞台甚为仿佛，对于'时间''地点'正好无拘无束"。[③] 戏曲美学和莎剧美学理想无论在外在形式还是在内在思想内容上都是可以沟通的。正如焦菊隐所认为的："中国戏曲有程式，程式是戏曲的一种表现手段，戏曲的艺术方法、艺术规律都是不容易感觉的，而艺术的可感性，是很容易感受到的。很多人认为戏曲是象征的，国外都讲中国戏曲是象征的，我觉得，中国戏曲无论内容还是表现方法，都是现实主义的。"[④] 地方戏莎剧在移植莎剧的过程中发挥了地方戏的传统章法、功架、音乐、唱腔、表演、背景的作用，只有中国这样一个有着数量庞大的地方剧种，而且又不同于西方戏剧的地方戏曲形式才能提供这种改编的实验。具有戏曲脸谱特征的地方戏莎剧为中国戏曲舞台吹来异域的、清新之风。实践证明地方戏和莎剧可以在碰撞中寻求改编之和谐，分别扬地方戏和莎剧之长，在保持各自神韵的前提下，地方戏独特的魅力也将通过莎剧展现在中西观众面前。[⑤]

[①] 邹元江：《戏剧"怎是"讲演录》，湖南教育出版社2007年版，第44页。
[②] 洪琛：《洪琛戏剧论文集》，天马书店1934年版，第41页。
[③] 梁实秋：《梁实秋自选集》，台湾黎明文化事业股份有限公司1975年5月初版，第178—188页。
[④] 刘烈雄：《中国十大戏剧导演大师》，中国人民大学出版社2005年版，第16页。
[⑤] 李伟民：《中国莎士比亚批评史》，中国戏剧出版社2006年版，第413页。

四 转化之中的戏剧性与音舞性

近代地方戏的声腔语言一般以某一地区的方言文化为基础，词多淫亵猥鄙，皆街谈巷议之语，易入市人之耳。莎剧自产生之日起，就具有雅俗共赏的特点，其中俗的成分不少。这一特点使地方戏与莎剧之间具有一种天然的联系。一旦以哲理性、思想性和情节见长的莎剧与以音乐和舞蹈见长的地方戏曲相结合，无论是在感染力方面，还是在演出形式上，都可以达到取长补短的作用，经过改编的地方戏莎剧可以以声腔为载体，从戏剧性出发，在以人物戏剧动作的自然段落构成戏剧结构的骨架基础上，① 自然地将地方戏与莎剧进行嫁接，以戏剧性作为一种载体，托举起了音舞性，而音舞性则能够借助这一载体将表演艺术发挥到极致。

"戏剧艺术的感染力量和审美价值，取决于它的艺术形象——舞台形象"。② 审美以人的感官为诉说对象，其形式美具有反复鉴赏的耐久性，在与戏剧性结合以后，又以人的心灵为述说对象，具有发人深思的表现力。在地方戏莎剧中，这种戏剧性的张力借助音舞得到展现，并通过音舞塑造人物性格，突出人物心理的复杂变化。所以我们不难看到，外国观众在观看地方戏莎剧时，仍然能够在审美形式之外感受到莎剧的哲理之真，即通过多元审美展示其戏剧性，以及通过写意的音舞所反映出来的人与人性、人情。所以很多莎学家强调，"唯一的正确认识莎士比亚的道路，是从舞台演出的角度上"。③ 对于地方戏莎剧的改编，既能重新审视地方戏所蕴藏的艺术张力，也能让观众深刻感受到莎剧深刻的思想性与审美和认识价值。这样的效果在很多地方戏莎剧中都得到了印证。中国戏曲的抒情性表现为"往往在情节的紧要关头

---

① 张胜林：《古典戏曲与近代地方戏——两种戏曲文化形态之比较》，《烟台师范学院学报》（社会科学版）1991年第4期。
② 谭霈生：《论影剧艺术》，湖南文艺出版社1986年版，第99页。
③ 曹未风：《莎士比亚在中国——纪念莎士比亚诞生三百九十周年》，《文艺月报》1954年第4期。

大段地抒情。这种'独白'既是表达方式，也是叙述方式"①，这与莎剧中大段的独白具有相同的美学效果，而其审美的艺术效果在音乐和舞蹈的作用下更加明显。在莎剧里台词会被认为具有超自然的力量。立足于一般水准，并不禁止既想到姿势动作又想到言词，甚至在这一点上，言词会获得更重要的效能。而在审美的表现上则不具有表演的"唯一性"，即"攒戏"的美学效果。

故此，无论是京剧、越剧《王子复仇记》《歧王梦》，还是黄梅戏《无事生非》、丝弦戏《李尔王》、婺剧《血剑》、花灯戏《卓梅与阿罗》，在改编中都充分结合了莎剧言词和地方戏的声腔与舞蹈，着重将委婉深沉的地方戏唱腔加以拓展、借鉴，糅合了地方戏的旋律和曲调，充分发挥了地方戏以唱腔、程式等超越现实的艺术技巧表现人生。

地方戏莎剧的板腔体音乐形式是戏曲音乐戏剧化的必然产物，音乐性是其灵魂。在戏曲艺术的综合机制中，音乐逐渐变成地方戏莎剧的有机组成部分，成为高度审美化的音乐。例如，湘剧《巧断人肉案》就采用了徒歌清唱、锣鼓助节、一唱中和、滚白滚唱的形式，而且词句灵活，一板到底，帮腔形式多样化，既有前帮、后帮，也有帮片段、帮整句和以帮代唱的音乐形式，以此来渲染剧情，表现人物情感和内心世界，达到了丰富人物性格的目的。地方戏莎剧的表现力因而大大加强了，同时也丰富、构建了莎剧当下的艺术性与审美魅力。在地方戏莎剧中，由于其唱腔结构的基本单元缩小了。音乐和宾白得以更自由地结合起来，在人物对话中，随时可以插入唱段来直接抒情或描写内心活动，或用连句对唱的形式直接表现人物语言，推动戏剧冲突的发展。戏剧动作的舞蹈化奠定了统一的节奏基础，地方戏是把观念性的语言艺术表现于物质性的舞台，因此，地方戏莎剧也没有时空焦虑之忧，情节不过是给人物提供了一个表现神色、情感的背景。② 东江戏《温莎的风流娘儿们》采用戏曲虚拟、夸张和舞蹈的特点把莎剧通俗化、地方化，使莎剧情节

---

① 邹元江：《戏剧"怎是"讲演录》，湖南教育出版社2007年版，第137页。
② 吕效平：《戏曲本质论》，南京大学出版社2003年版，第204页。

和现代生活合二为一。这些改编或以中国传统戏曲的搓滑舞步象征在威尼斯水域行舟，或以牵扯虚拟的情丝象征相亲相爱的男女，或以金属镜面多视角映衬中的各色人物。因此，表演技巧的运用在地方戏莎剧中具有重要作用。地方戏莎剧对于中外观众来说，它既是地方戏，也是莎剧。以开放的眼光看，地方戏莎剧利用"舞蹈""音乐""曲艺""杂技"以及情感塑造性格的艺术手段丰富了戏曲舞台，加深了我们对莎士比亚的理解，以地方戏特有的文化魅力和复杂的表演技巧，丰富了中国莎剧的演出形式，拓展了莎剧的审美领域，向世界展示了一种全新的莎剧，促进了中国莎剧舞台艺术研究的不断深入。

莎学研究的特色之一，就是它与剧院里的创造性实践的有机联系。[①] 把地方戏与莎剧融合在一起将为戏剧美学开拓一个新的表现领域与研究领域。在向中国观众展示莎剧的过程中，也是对不同剧种，以至一个国家戏剧水平的锻炼和检验，戏曲莎剧成为再创造的源泉和改编的实验场，同时，地方戏改编的莎剧是掺杂了中国人理解的"莎士比亚味"的莎剧，是莎剧在中国的变脸。[②] 这是中国戏曲和中国莎学家、导表演对莎剧现代化、当下性所做出的特殊贡献。采用地方戏改编莎剧也是中国文化软实力的具体表现。"莎翁剧要容许现代的导演、设计家和演员们用各种不同的方法来阐述、解释和处理，甚至可以用各种离经叛道的方法……这可能就算是现代演出莎翁剧的一般方针"。[③] 在当下，地方戏莎剧演出成为最吸引人、最生动、最活跃、最具表现力以及最具中国特色的莎剧演出形式之一，为中国和世界的莎学研究与莎剧舞台提供了新鲜的内容和新颖的审美形式。

对于世界莎学领域来说，中国地方戏莎剧以其特有的中国地域文化特色展现了莎士比亚戏剧的精神。地方戏莎剧在世界莎剧舞台上是一种具有中国特色、民族特色、地方特色、方言特色、戏曲特色的莎剧。地方戏与莎剧的有机融合或者是上述特色的综合性拼贴，在观众特别是西方观众面前创造出

[①] ［苏］米·莫罗佐夫：《莎士比亚在苏联舞台上》，吴怡山译，上杂出版社1953年版，第87页。
[②] 李伟民：《中国莎士比亚及其戏剧研究综述（1995—1996）》，《四川戏剧》1997年第4期。
[③] 杨世彭：《近三十年来欧美莎剧上演情况和新趋势》，《南国戏剧》1984年第4期。

一种全新的莎剧,并在民族化、民间性的基础上将戏剧性与抒情性、音舞性有机结合在一起,无论是在心理刻画、性格塑造,还是在人性的表达上都为中西方观众带来了异样的视觉冲击和文化碰撞。

五 民族艺术形式:舞台上的全新阐释

从历史的纵向来看,地方戏莎剧是随着"五四"新文学运动的蓬勃发展而发轫的,到了改革开放而蔚为大观。地方戏莎剧丰富了中国戏曲舞台,加深了我们对莎士比亚的理解,提高了中国莎剧演出的水准,在中西文化、中西戏剧观念的直接碰撞、交流中,也促使我们能够对丰富的地方戏从内容到形式进行更深刻的反思,促进了中国莎士比亚舞台艺术研究的不断深入则是毫无疑问的。在中国戏曲舞台上先后出现过的地方戏莎剧有:粤剧《天之娇女》《豪门千金》(即《威尼斯商人》)、粤剧《天作之合》(即《第十二夜》)、越剧《双蝶齐飞》(即《冬天的故事》)、《王子复仇记》《第十二夜》《冬天的故事》《天长地久》(即《罗密欧与朱丽叶》)、越剧《马龙将军》(即《麦克白》)、沪剧《铁汉娇娃》(即《罗密欧与朱丽叶》)、湘剧《巧断人肉案》(即《威尼斯商人》)、花灯戏《卓梅与阿罗》(即《罗密欧与朱丽叶》)、黄梅戏《无事生非》、二人转《罗密欧与朱丽叶》、豫剧《罗密欧与朱丽叶》《无事生非》《天问》(即《李尔王》)、《约/束》《量度》(即《威尼斯商人》)、庐剧《奇债情缘》(即《威尼斯商人》)、婺剧《血剑》(即《麦克白》)、丝弦戏《李尔王》、川剧《维洛那二绅士》、东江戏《温莎的风流娘儿们》、潮剧《温莎的风流娘儿们》、川剧折子戏《马克白夫人》、徽剧《惊魂记》(即《麦克白》)、汉剧《李尔王》《驯悍记》、吉剧《威尼斯商人》《罗密欧与朱丽叶》、河洛歌仔戏《彼岸花》(《罗密欧与朱丽叶》以及客家大戏《背叛》《卡丹纽》)[①] 等。在地方戏莎剧改编上既有"中国化"的改编方

[①] 客家大戏《背叛》由台湾地区学者彭镜禧、陈芳根据源于莎士比亚佚失的剧本《卡丹纽》和哈佛大学格林布拉特等人合著的现代美国版《卡丹纽》改编。

法，充分发挥我国戏曲运用丰富艺术手段准确表现生活真实的特长，淋漓尽致地揭示了人物的性格发展和心理变化，又有接近莎士比亚原作将西方文化与戏曲形式融合的改编，①蔚为大观的地方戏莎剧，在世界莎剧演出史为中国赢得了应有的荣誉。

六 两种不同戏剧观之间的碰撞与融合

由于中国的地方戏和莎剧同属于两种不同文化、不同戏剧观指导下诞生的戏剧形式，所以从根本上来说，二者之间无论是在美学理念、演出形式、导演原则乃至观众审美习惯上都存在着很大的差异。地方戏诞生于中华深厚的文化土壤，其"综合程度格外高。戏曲兼具唱念做打，音乐、舞蹈、歌唱、宾白、动作、美术、武打、杂技等统摄其间，诸要素都发挥重要的作用，而不是附带的，诸声腔剧种的形成也是多元的，许多剧种的形成是其他剧种的复合物，还受到地方文学、音乐、方言、民歌、歌舞小戏的影响。由此说来，无论是对于地方戏来说，还是对于莎剧来说，这种遇合既是机遇也是挑战。

地方戏莎剧最终为中国观众所认可，又能得到国外观众的喜爱，在于其含有超越时代和国界，在今天又特别为我们所需要的精神和人性。在地方戏莎剧的改编中，改编者认为，莎剧中的人文主义思想具有伦理化的特点，这一点与地方戏伦理化思想的内涵极为相似。

在这一层面上，中国的地方戏在内在精神上与莎剧就有了结合的可能。莎剧中蕴含的人文主义思想与地方戏中蕴含的民间性特征互相激荡，莎剧的文学内容和地方戏的艺术形式相融合，人性与人类普遍认同的伦理观念相叠加，正是莎士比亚戏剧在中国舞台上能够常演常新的重要原因之一。正如李泽厚所说："中国戏曲尽管以再现的文学剧本为内容，却通过音乐、舞台、唱腔、表演，把作为中国文艺的灵魂的抒情性和线的艺术，发展到又一个空前

---

① 李伟民：《中国莎士比亚批评史》，中国戏剧出版社2006年版，第413页。

绝后、独一无二的综合境界。它实际上并不以文学内容而是以艺术形式取胜，也就是说以美取胜。"这是地方戏特有的美，并将这种美用之于地方戏和莎剧的嫁接，形成了一种融合之美。地方戏莎剧诠释者的目标就是借助地方戏曲之美，融合莎剧之美、思想性和复杂的心理变化，以达到中西艺术完美融合的极致之美的境界。借助于地方戏塑造人物形象的程式与演员用优美的神态、身份表现出来的云手、云步、旋风步、鹰展翅、双飞燕、燕掠人、鹞子翻身、金鸡独立、踹鸭、乌龙绞柱、跨虎、扑虎、趟马、卧鱼、鲤打挺、倒提柳、兰花指、绕花等拼贴入莎剧，艺术的相通性使"拼贴画的原则成为20世纪所有各种媒体艺术的中心原则"。① 全方位的拼贴完全可以将莎剧中人物的内心世界物化，并强烈地感染中西方的观众，引起他们的强烈共鸣。"莎士比亚戏剧主题在每一个后来时代中表现出的适时性，是莎剧在每一个后来时代的阅读和阐释中获得的意义"，② 这种拼贴的"适时性"正是通过不同民族、不同语言、不同文化、不同艺术形式对莎剧的改编中表现出来的。但是，地方戏一经和莎士比亚戏剧结合，其直线型的故事情节就会得到改造，其唱腔模式也要适应莎剧中人物表达思想感情和心理活动的要求，这种改编为地方戏注入了活力，拓展了地方戏的表现力和思想内涵的承载力。

从莎剧与地方戏之间以表现手法和设计情节来讲，地方戏充满了诗情画意，在自由表现生活时拥有丰富的手段，既擅长讲故事，又擅长刻画人物心理；莎士比亚戏剧"乃是有规律的诗"。③ "中国戏剧，永远是那一套行头道具，永远是那些生旦净末丑，可以表演古往今来的各种故事。莎士比亚的舞台，既无幕，又无活动写实的背景，与中国式的舞台甚为仿佛，对于'时间''地点'正好无拘无束。"④ 这就表明中国戏曲美学和莎士比亚戏剧美学理想无论在外在形式和内在思想内容上都是可以沟通的。两大戏剧传统在地方戏

---

① 胡全生：《英美后现代主义小说叙述结构研究》，复旦大学出版社2002年版，第147页。
② 张冲：《同时代的莎士比亚：语境、互文、多种视域》，复旦大学出版社2005年版，第4页。
③ 洪琛：《洪琛戏剧论文集》，天马书店1934年版，第41页。
④ 梁实秋：《梁实秋自选集》，台湾黎明文化事业股份有限公司1975年5月初版，第178—188页。

莎剧中融合在一起，并通过戏曲程式表现出来。正如焦菊隐所认为的："中国戏曲有程式，程式是戏曲的一种表现手段，戏曲的艺术方法、艺术规律都是不容易感觉的，而艺术的可感性，是很容易感受到的。很多人认为戏曲是象征的，国外都讲中国戏曲是象征的，我觉得，中国戏曲无论是内容还是表现方法，都是现实主义的。"① 因此，从这一点看，莎剧与地方戏的结合将获得更加诗意化，也更加现实化和民族化的表现。

七 音舞性：地方戏莎剧的鲜明个性

地方戏莎剧利用了其表演具有开放、写意、虚拟、夸张和流畅等特点，演员通过四功五法等表演技巧来演绎故事，通过外化莎剧中人物的思想、性格，即以歌舞演故事和音舞塑造人物形象的方式，展示演员全面的功底和艺术才华。因为"戏剧艺术的感染力量和审美价值，取决于它的艺术形象——舞台形象"。② 审美以人的感官为诉说对象，其形式美具有反复鉴赏的耐久性，在与戏剧性结合以后，又以人的心灵为述说对象，在整体上逐渐打动人，具有发人深思的韵味，形成了地方戏形式与莎剧内涵的完美结合。在地方戏莎剧中，这种戏剧性的张力则通过音舞进行展现，并通过音舞塑造人物性格，挖掘人物心理的复杂变化。所以我们不难看到，中国戏曲被翻译为外语时，被删去唱词，在除去那些由于文化和语言的差异导致西方人不能理解的东西之后，他们仍然能够理解和接受中国戏曲，他们感觉到这里面有西方人所熟悉的东西——这就是展示故事的方式，即戏剧性方式，③ 以及通过音舞所反映出来的人与人性、人情。所以很多莎学家强调，"唯一的正确认识莎士比亚的道路，是从舞台演出的角度上"。④ 对于地方戏莎剧的改编，既能重新审视中国地方戏所蕴藏的艺术张力，也能让观众深刻感受到莎士比亚戏剧深刻的思

---

① 刘烈雄：《中国十大戏剧导演大师》，中国人民大学出版社2005年版，第16页。
② 谭霈生：《论影剧艺术》，湖南文艺出版社1986年版，第99页。
③ 吕效平：《戏曲本质论》，南京大学出版社2003年版，第51页。
④ 曹未风：《莎士比亚在中国》，《文艺月报》1954年第4期。

想性与审美价值。这样的效果在很多地方戏莎剧中都得到了印证。越剧《王子复仇记》在改编中也充分结合了莎剧言词和中国戏曲的抒情性这一特点，着重将委婉深沉的尹派唱腔加以拓展、借鉴，糅合了道情的旋律和绍兴大班的某些曲调，高亢激越、刚柔相济，充分发挥了越剧唱腔塑造人物的基本特征，展现了王子为重整乾坤与王权篡夺者进行的一场殊死斗争，人物性格鲜明突出。

对戏曲来讲，它的戏剧性越强，其音乐声腔的独立性就越小，越需要依附于戏剧性才能发展。在地方戏莎剧中，音乐和戏剧不再是捆绑的夫妻，而是恩爱难解的结合了。地方戏莎剧的板腔体音乐形式是戏曲音乐戏剧化的必然产物，丰富了莎剧的表现力。地方戏莎剧由于曲白的有机融合，曲与白的节奏较统一，相应地，戏剧动作也容易做到统一。地方戏是把观念性的语言艺术表现于物质性的舞台，因此，地方戏莎剧也没有时空焦虑。对于语言艺术来说，舞台的时空物质性是不存在的，舞台的物质性表现为演员的存在，即舞蹈与歌唱。写戏的、演戏的和看戏的人，其注意力都不在一次演出的情节完整与否，而在欣赏对于人物神色、情感的表现，音乐、舞蹈美的艺术感染力。情节之所以被需要，不过是因其给人物提供了一个表现神色、情感的背景。音舞、程式与内在心理表现的完美结合是莎剧改编现代文化转型成功的条件，也是赢得中西方普通观众与莎学专家首肯的重要原因。

湘剧《巧断人肉案》(《威尼斯商人》)可以作为例子，该剧描述了近古时代，才华盖世、智慧超群的故尚书嗣女潘霞小姐，在府中巧设金、银、铅三个盒子，内藏婚姻密件，并挂榜招郎，选盒择婿。四方王孙公子纷纷前往选盒求婚。潘霞幼时好友巴相公因为破落，无钱前往，心急如焚。慷慨好义，侠骨柔肠的安员外为帮助巴相公筹集银钱，向狡诈险恶的仇家夏福禄借下三千银钱，并立下字据，如三月不还清债款，便任其在身上割肉一斤。三月期满，安员外因三只大船俱在海上遇难而破产，无力偿还夏福禄的债款，夏告到知府衙门，行将按约割肉抵债，安员外命在旦夕。巴相公选盒得中，闻知安员外临难，速带银钱一万到知府衙门，为安员外还债，夏福禄拒不接受债款，定要按约刑罚，割安之肉，好心而糊涂的胡知府一筹莫展。正当危急万分之时，潘霞小姐女扮男装，以巡抚幕僚的身份和惊人的才智，巧断人肉案，救下了安员外，使邪恶遭到惩治，正义得到伸张。① 《巧断人肉案》（以下简称《巧》剧）为"七场戏曲"，由曾任湖南省新闻出版局局长的刘鸣泰先生改编。《巧》剧遵循戏曲改编莎剧的模式，重写了剧词，重新调整了情节和结构，唱词优美，情节、场面、叙事、抒情往往具有浓郁的诗化特征和哲理意境，改编既遵循戏曲的舞台性和剧场规律，又能俗中见雅，保持戏曲的机趣。例如，《巧》剧单设了"金盒银盒"一场，在这一场中与莎氏原作不同，并没有出现巴相公择取铅盒的情节。而是在第五场才又另设"铅盒良缘"。在这一场中除了设置了"倩女"和"笑童"以"数板"营造强烈喜剧氛围外，为突出潘霞和巴相公之间真挚的爱情，安排了大段的抒情唱词，如潘霞的"相公莫匆匆/你我离合全在此举中/我本有心暗助你/教你如何选成功/奈何不能违盟誓/辜负泉台老亲翁/你若此举选不中/岂不要饮恨泣血泪流红？"② 巴相公的"小姐情意重/铭刻我心胸/怎奈是八年心愿急如火/热血比酒浓/休道泣血泪流红/为小姐碎骨粉身也从容……莫叫这玄虚幻境迷魂灵/世人常被装饰骗/真作假来假作真……黄金虽贵我不爱/白银虽亮我无情/寒碜铅盒无浮艳/质朴厚实动人心……"③ 该剧的台词除了具有湖南味以外，还大量化用了中国古典诗歌中的意象，例如第七场"皆大欢喜"的伴唱："卸去须眉装/换就闺阁裳/当窗理云鬓/对镜帖花黄/昨日奇男子/今朝美娇娘/顷刻相公至/双双齐拜堂"。④ 这些唱词不禁令人想起《木兰诗》中花木兰的吟唱。《巧》剧以湘剧

---

① 见湖南省湘剧院《巧断人肉案》演出戏单。感谢湖南省著名湘剧研究家，原湖南省戏剧家协会主席范正明先生在2013年3月赠我《巧断人肉案》的戏单，并赠我他的《湘剧高腔十大记》《湘剧名伶录》《湘剧剧目探微》等湘剧研究专著，外国戏剧演出戏单以及一枚珍贵的印有莎士比亚头像的崭新邮票。2013年11月，在湖南师范大学参加"全国英国文学学会第九届年会暨学术研讨会"期间我专程拜访了范正明先生，向他当面致谢并请教湘剧演出《巧断人肉案》的有关细节。

② 刘鸣泰：《鸣泰剧作选》，湖南文艺出版社2006年版，第123页。又可见刘鸣泰 湘剧高腔《巧断人肉案》（古装抒情喜剧）演出本，湖南省湘剧二团1983年1月。

③ 同上书，第123—124页。

④ 刘鸣泰：《鸣泰剧作选》，湖南文艺出版社2006年版，第141—142页。又可见刘鸣泰湘剧高腔《巧断人肉案》（古装抒情喜剧）演出本，湖南省湘剧二团1983年1月。

高腔对莎剧的"中国化"做出了尝试,改编保留了原作"友谊、仁爱与智慧"的主题和基本情节,依据戏曲的形态特点和审美手段,充分发挥湘剧的表演和艺术特点,以湘剧的表现方法为中国观众服务,我们可以说,湘剧莎剧的改编,包括莎剧的中国戏曲化改编构成了中国莎学研究的独特之处和亮点,因为莎士比亚学术研究的特色之一,就是它与剧院里创造性实践的有机联系。

第二节 现代意识下的实践与理论创新:越剧《第十二夜》

在中国舞台上曾经多次改编过莎士比亚喜剧《第十二夜》。越剧《第十二夜》可以称为在众多的改编中较为成功的一部改编莎剧。越剧《第十二夜》的改编,在固守莎剧精神、原著精髓和主题意蕴的基础上,以现代意识灌注于该剧的改编和演出之中,莎剧和越剧之间的互视,"撩开面纱",为中国莎剧改编提供了一部绝不雷同的"莎士比亚戏剧"和具有现代意识、现代感觉、现代信息、现代情感,深受现代观众喜爱的具有鲜明美学追求的越剧莎剧。

在众多中国戏曲改编莎士比亚戏剧中,除了话剧之外,越剧是改编莎剧最多的一个剧种。[①] 在莎剧中国化的改编中,上海市越剧院三团的越剧莎氏喜剧《第十二夜》(以下简称《夜》剧)以"符合当代审美理念的男女合演"[②]及阐释原作精神为旨归,采取"东张西望"的改编策略:既"从祖国古典戏剧遗产中吸收养料;也对世界各国的戏剧流派进行研究分析,从中择取对自己有用的东西",[③] 充分利用越剧浓郁东方情韵的表现手段,将"假定性——

[①] 李伟民:《在文本与舞台之间——中国的莎士比亚研究与莎剧演出兼及高校莎剧》,郑体武:《新中国成立以来的外国文学教学与研究》,上海外语教育出版社2011年版,第225—255页。
[②] 钱宏:《中国越剧大典》,浙江文艺出版社/浙江文艺音像出版社2006年版,第215页。
[③] 胡伟民:《导演的自我超越》,中国戏剧出版社1988年版,第6页。

中国戏剧艺术的精粹"①,贯穿于该剧的导表演之中,并以轻松自如、举重若轻、"中西合璧""莎越融合"之美,既通过中国越剧构建出原著的精神,又撩开莎剧之面纱,以"洋装洋扮"的表演方式,在越剧舞台上诠释出中国美学之意蕴,获得了"通达现代观众心灵"②的艺术魅力。正如梅兰芳所说,汤显祖和莎士比亚都堪称具有"光辉绚烂的异彩"③一样,《夜》剧亦以其独特的艺术魅力赢得了人们的赞誉。

一 重构：从写实到写意的叙事

按照符号学理论的解释,《夜》剧改编中副文本及其各种伴随文本均"可能对符号文本的接收起到重大作用"④。自20世纪80年代以来,"戏曲演出莎剧""已成为一种艺术活动实体"⑤,并与众多的改编一道建构了当代莎剧舞台上的现代性。而衡量其改编是否具有现代性,并不能以采用何种形式演出为标准,即便是采用古老的戏剧形式演绎莎剧,也要求导表演在阐释莎剧精神、叙述故事中运用现代戏剧理念,利用现代舞台演出手段阐释莎剧的经典价值。统观以中国戏曲形式改编的莎剧,大多采用的是"中装中扮"的演出方式,而以"洋装洋扮"演绎的莎剧并不是很多,能给观众留下深刻印象的更微乎其微,而已故著名导演胡伟民先生的《夜》剧在多年之后仍然能让中外观众津津乐道,得到莎学家的好评实属不易。《夜》剧的喜剧特点对中国的导表演有很强的吸引力,因为"中国人很少持有真正彻底的悲观主义,他们总愿意乐观地眺望未来"⑥,所以《夜》剧是一部中国人喜欢改编的莎氏喜剧。尽管,自《夜》剧演出以后偶有零星评论,以及胡伟民先生自己的总结,

---

① 胡伟民:《导演的自我超越》,中国戏剧出版社1988年版,第7页。
② 同上书,第187—189页。
③ 梅兰芳:《梅兰芳文集》,中国戏剧出版社1962年版,第60页。
④ 赵毅衡:《符号学》,南京大学出版社2012年版,第145页。
⑤ 胡伟民、王复民、李家耀等:《中西文化在戏剧舞台上的遇合——关于"中国戏曲与莎士比亚"的对话》,《戏剧艺术》1986年第3期。
⑥ 李泽厚:《中国古代思想史》,人民出版社1986年版,第311页。

但从理论角度对该剧进行研究的文章则几乎没有,故此,我们需要对《夜》剧的改编进行理论上的梳理。

越剧与莎剧之间的结合点究竟在哪里?越剧如何改编莎剧?胡伟民强调:"关键在于,演出有没有体现出莎士比亚剧作的精神。演出在保持原著精髓的同时,能否用现代意识对古典著作重新予以观照,努力找到通向现实世界的桥梁,使演出传达出现代感觉、现代信息。"① 这就是说《夜》剧的改编"既要让中国戏曲观众认同,这是中国戏曲,这是越剧,也要使海内外观众认同,这是莎士比亚。在国际莎学传播、演出史上,越是富有民族文化特性的莎剧演出,越是应该载入传播史册,因为,它提供了一个绝不雷同的'莎士比亚'"②。显然,这是《夜》剧改编的指导思想,也是它值得深入研究,能够赢得观众,尤其是年青一代观众的重要原因。

"戏曲,因为要唱,台词就要求比话剧更概括,因为要舞,动作的表现也要更洗练单纯,连情节结构也是如此"③。在《夜》剧的审美中,原作中的人文精神得到了现代阐释与激活,这就是说《夜》剧的改编充分利用了汉民族文化、戏曲艺术的表现方法,在自然而然的"民族化"的过程中,追求莎剧的"现代化",把原作唯美、青春感、少烦琐、少守旧程式、活泼、生动④的意象,在越剧程式的重构中予以象征性激活。我们看到《夜》剧的"诗情荡于舞台形象的整体关系之间……以中国(戏曲)的非自然主义的表现形式,扩展斯坦尼表演方法体系的领域……不失莎剧原意,'越剧味'又很浓"。⑤正如焦菊隐所认为的,中国戏曲有程式,程式是戏曲的一种表现手段,而且说到底程式的象征性仍然来自现实生活。《夜》剧的改编遵循了"中国剧为象

---

① 胡伟民:《导演的自我超越》,中国戏剧出版社1988年版,第183—184页。
② 同上书,第185页。
③ 阿甲:《阿甲戏剧论集》(上),李春熹选编,中国戏剧出版社2005年版,第220页。
④ 谢伯梁:《越剧新世纪的定位与展望》,《文化艺术研究》2009年第1期。
⑤ 上海话剧艺术中心、上海艺术研究所:《胡伟民研究》,中国戏剧出版社1999年版,第215—331页。

征办法"①的这一审美原则。这种象征的特点,更多关注的是人物内心意志的展示,在强化外部动作的形成过程中,聚焦于人物内心深处的心理状态和内心冲突。戏曲的象征始终强调的是对自然与生活的审美超越,因为"一切自然形态的戏剧素材,都要按照美的原则予以提炼、概括、夸张、变形"。②欲将莎氏话剧改编为越剧,《夜》剧的提炼就必然在概括生活的基础上,以"歌舞表达心情"③、叙述故事,歌舞应该成为"动于中而形于外"的主要审美手段。

在莎剧《第十二夜》中,大海是一种象征——在新的社会秩序中的救赎,它引导我们从"更高形态的秩序化的角度或更美好的世界的角度来观看戏剧的行动"④。而《夜》剧的改编则具有很强的主观写意性,对于胡伟民来说,戏剧的"主观写意"性,继承的是中国戏曲的"写意之精神",对《夜》剧的改编,"寻找的是意蕴和意念,传达的是比现实更为深刻的人生哲理和思考",⑤它所要反映的是"被选取的环境中的一种特殊关系"⑥。在这种关系的重构中,现代观众"既要艺术的陶醉,还要深刻的动情"⑦,为此也要求《夜》剧的主观写意更多地强调"美与善的统一"⑧。那么,《夜》剧能否以歌舞形式的越剧排演?排演又能否达到越莎合璧的审美高度?这既是一个理论问题,也是一个实践问题。

《夜》通过爱的激情和浓浓的人情味,既展示出莎士比亚的喜剧精神与越剧承载莎剧特有的表现形式,又在不同的艺术形式中寻找到莎士比亚戏剧和中国戏曲表现形式之间的契合点。诚如胡伟民所说:"莎士比亚的剧作结构、

---

① 齐如山:《梅兰芳游美记》,岳麓书社1985年版,第161页。
② 上海话剧艺术中心/上海艺术研究所:《胡伟民研究》,中国戏剧出版社1999年版,第115页。
③ 齐如山:《齐如山回忆录》,辽宁教育出版社2005年版,第134页。
④ [加]诺思罗普·弗莱等:《喜剧:春天的神话》,傅正明、程朝翔等译,中国戏剧出版社2006年版,第82页。
⑤ 郭小男:《观/念:关于戏剧与人生的导演报告(A)》,上海文艺出版集团、上海锦绣文章出版社2010年版,第37页。
⑥ 梁燕丽:《20世纪西方探索剧场理论研究》,上海三联书店2009年版,第442页。
⑦ 张庚、郭汉城:《中国戏曲通论(史论卷)》,中国戏剧出版社2010年版,第33页。
⑧ 李泽厚、刘纲纪:《中国美学史》(第一卷),中国社会科学出版社1984年版,第270页。

节奏、刻画人物的众多手法，酷似中国古典戏曲。莎士比亚也是舞台时空的主人……莎士比亚的戏剧节奏和中国的戏剧节奏宛如孪生兄弟。"① 显然，莎士比亚戏剧在舞台表现形式，甚至在戏剧美学理念上与中国传统戏曲确有不谋而合之处。这就是说，与严格遵守三一律和斯坦尼斯拉夫斯基理论的西方戏剧不同，在戏剧美学观，舞台呈现方式上，中国戏曲与莎剧有相通甚至相似之处。《夜》剧的排演为了获得现代审美意识，关键是要调动各种艺术手段，如"舞台美术的象征、寓意，灯光的变奏，道具的夸张，服装的变形，使舞台演出的情感信息大大增加"②，乃至超出文艺复兴时期莎氏原作的内涵，对内容和情节、情感与心理给予现代解释。主观写意要求，对于《夜》剧，我们不必将其"理解成现实主义剧，这样势必要导致艺术上的失败"③，对于莎剧的排演也绝对不能墨守成规，拘囿于狭隘的现实主义的理解，而是应该综合各种舞台表现方法，因为戏曲乃综合艺术，它是文学、音乐、舞蹈，甚至雕塑的有机呈现，其主要特点是人物动作的歌舞性，即运用地域性声腔歌唱，采用有鲜明民族特色舞蹈的艺术形式。莎氏原作本身虽然也"为改编戏曲提供了丰富多彩的歌舞场景"④，但是作为话剧的原作，追求的是真中之美，歌舞不占主导地位；而越剧的改编则恰恰要追求美中之真，越剧歌舞的诗情画意，抒情、虚拟性、写意性一旦与原作内容相结合，由于形式的重新建构，内容也将得到具有强烈主观意识的现代体现，而演员也在表演角色和扮演（化身为）角色之间，以声腔和身段"突出表现和展示演员个人的身体"⑤，从而完成了从话剧到越剧的过渡。

在戏曲叙事中，很多时候角色集故事讲述者、故事表演者、评论者于一

---

① 胡伟民：《导演的自我超越》，中国戏剧出版社1988年版，第175—176页。
② 郭小男：《观/念：关于戏剧与人生的导演报告（A）》，上海锦绣文章出版社2010年版，第37页。
③ 阿尼克斯特：《莎士比亚的创作》，徐克勤译，山东教育出版社1985年版，第638页。
④ 任明耀：《说不尽的莎士比亚·外国文学评论集》，香港语丝出版社2001年版，第309页。
⑤ ［德］艾利卡·费舍尔·李希特：《行为表演美学——关于演出的理论》，余匡复译，华东师范大学出版社2012年版，第121页。

身，表演者不但关注人物内心意志和心理冲突的展示，而且舞台空间也会更多地留给人物灵魂深处的徘徊。由此也会造成演员与戏曲"行当"之间天然的"间离性"。这种演员与角色之间的间离，要求《夜》剧的表演者，即使是洋装穿在身，也是以越剧的歌、舞、念、做、打，包括演员对角色把握的自由程度和对舞台气氛的控制力阐释原作的悲、欢、离、合以及喜剧之精神，从而达到越剧形式之美和原作之真的有机结合，通过越剧的改编把原作中"人物性格的夸张性、鲜明性、规范性"① 融合为既"相对写实与也不完全写意"的越剧莎剧。在当代莎剧舞台上，莎剧被多种艺术形式、戏剧改编已经成为一种世界性现象，甚至这种"异国的莎士比亚"改编对戏剧艺术发展所带来的贡献，超过了英语莎剧对舞台艺术的贡献。演出莎剧，允许采用各种戏剧艺术手法，实验不同美学观念指导下的改编。所以，莎剧的编演不能有任何固定化的模式，但"无论采取什么形式，都应该特别注意保持作品丰富的内涵和它'普遍性的意蕴'，绝对不能只看重它的外部形态，取其故事框架"。② 显然，导演的这一理念在实践中得到了落实和贯彻。

《夜》剧是以导演所感悟生活的审美，揭示生活的本质。显示的是改编者对莎剧深刻的人性与饱含哲理含义的中国式阐释。在这种"主体意识的觉醒"③ 中，改编达到的是内容与形式，人文精神与现代意识，莎剧与越剧之间的"间离与共鸣结合"；当莎剧这种"有规律的诗"④ 与中国戏曲程式具有的"凝固性"⑤ 特点结合之时，技巧和"情景中有鲜明个性"⑥ 的美学风格，就会通过越剧的程式将原作中的诗意充分显现出来。如同胡伟民所说："在运用表演程式时，如水银泻地，同样追求'中西合璧'、'土洋结合'，其中既融

---

① 阿甲：《阿甲戏剧论集》（上），李春熹选编，中国戏剧出版社 2005 年版，第 244 页。
② 胡伟民：《导演的自我超越》，中国戏剧出版社 1988 年版，第 90 页。
③ 郭小男：《观/念：关于戏剧与人生的导演报告（A）》，上海锦绣文章出版社 2010 年版，第 42—43 页。
④ 洪琛：《洪琛戏剧论文集》，天马书店 1934 年版，第 41 页。
⑤ 谢柏梁：《中华戏曲文化学》，南京师范大学出版社 2004 年版，第 266 页。
⑥ 廖奔、刘彦君：《中国戏曲发展史》（第四卷），中国戏剧出版社 2013 年版，第 424 页。

合了法国剑术和中国戏曲武打技巧,既可以看到'佐罗'式的欧洲出手及步法,也可以看到中国戏曲中旋子、单提、蹦子、抢背、矮子步、醉步、窜扒虎等毯子功、把子功技巧……剧中人物行礼、耍披风、甩帽等动作,从礼仪的外部形式和人物的感觉来说,是西洋的,但是,在表演技巧中糅合中国戏曲中生旦的某些步法手势,有时偏重于用小生或武生的动作,将云手、鹞子翻身等程式糅进去,使人物的形体姿态更放大,更夸张,更有造型美。"[1] 显然戏曲程式的运用摆脱了包括莎剧在内的西方戏剧以语言为基础的演剧格局,其表现方式显得更为丰富。例如原作第一幕第五场中奥丽维娅调皮地夸耀自己的美貌:"它的色彩很耐久,先生,受得起风霜的侵蚀……淡淡适中的朱唇两片;一款,灰色的倩眼一双,附眼睑,一款,玉颈一围,柔头一个。"[2] 将之化作了一段展现人物容貌和精神的唱舞。《夜》剧的改编,从诉诸语言,到诉诸表演,从单纯的话语,到写意的唱、舞,显然力图通过越剧音、舞不同于文字、文学的形式来反映原作中"人的本体生命所具有的生理和心理特征"[3]。

当然,改编者也清醒地意识到以越剧形式改编《夜》剧,要警惕或杜绝仅取越剧之貌,而伤了莎剧之神,对于原作的人物塑造、矛盾冲突、内心世界,乃至精神、气质都不能简单地套用越剧现成的表现手法,而是要根据原作的主题、人物、情节寻找合适的表现形式,从而达到内容与形式的完美融合。这就要求,我们所建构的《夜》剧的"莎味,首先是指对人的价值,人的尊严的肯定,对人的力量的歌颂,是指作品的深刻内涵及特有的精神、气质,自然也指莎士比亚剧作赋予演出的若干特色"[4]。离开了这一点,也就从根本上离开了原作的文艺复兴时期的人文主义精神。《夜》剧的改编"只应要

---

[1] 胡伟民:《导演的自我超越》,中国戏剧出版社1988年版,第192页。
[2] [英]莎士比亚:《第十二夜·莎士比亚全集(一)》,朱生豪译,世界书局1949年版,第20页。
[3] 廖奔、刘彦君:《中国戏曲发展史》(第三卷),中国戏剧出版社2013年版,第342页。
[4] 胡伟民:《导演的自我超越》,中国戏剧出版社1988年版,第189页。

求它体现现代人的审美感受,并具备相应的表现手段和艺术形式"①,以达到表达原作特定的主题及内涵的目标。明代戏曲理论家王骥德在《曲律·杂论》中说:"剧戏之道,出之贵实,而用之贵虚"②,"虚"即"写意",写意源于老庄哲学,乃东方艺术之精髓。《夜》剧追求的是以多种艺术手段的虚拟来"反映生活的真实,也可以不受生活真实的局限",③ 导演既遵循也深谙中国戏曲"用美术化的法子来表演……中国戏万不能象完全写真那么自然"④ 这一审美原则。但也看到戏曲之真,不是写实之真,而是艺术之真,"比本来的真还要真"⑤。《夜》剧的"洋装洋扮"无论是在艺术感染力方面,还是在演出形式上,都是在"真"与"美"之间寻求平衡点,在哲理、思想内涵与抒情、写意之间达到两美相融的效果,使其"从假定性的存在变成了一种现实的力量"⑥,同时也使原著借助于音舞性这一载体在"真"与"美"之间"遗貌取神"⑦,创作出一部既得莎氏戏剧之精神,又有越剧美之特色的《第十二夜》。

二 "越味"与"莎味":精神的解放和形式创新

我们认为,20世纪80年代,莎剧的中国化改编,在艺术形式上的创新,与"先锋戏剧"的出现后,消解宏大叙事,突破写实主义,向中国传统戏曲学习,注重假定性、陌生化、"形体表演"⑧ 有关。一系列的莎剧改编也是通过以"现代化"为指向的戏剧创新,在对斯坦尼斯拉夫斯基、易卜生到布莱希特、中国戏曲的扬弃与运用中发力的。《夜》剧尽管采用"洋装洋扮",剧情也是莎士比亚的,但毕竟要用越剧形式表现出来。这就是说,在《夜》剧

---

① 朱士扬:《莎味与越味——观越剧〈第十二夜〉有感》,《上海戏剧》1986年第3期。
② 陈多、叶长海:《中国历代剧论选注》,上海古籍出版社2010年版,第190页。
③ 周育德:《中国戏曲文化》(史论卷),中国戏剧出版社2010年版,第348页。
④ 齐如山:《梅兰芳游美记》,岳麓书社1985年版,第71—74页。
⑤ 同上书,第106页。
⑥ 余秋雨:《中国戏剧史》,上海教育出版社2006年版,第110页。
⑦ 徐慕云:《中国戏剧史》,中国出版集团、东方出版社2011年版,第259页。
⑧ 陈吉德:《中国当代先锋戏剧》,中国戏剧出版社2004年版,第78页。

中国化的改编中,"运用传统戏曲美学原则对生活进行了提炼和艺术加工"①是必不可少的,剧本、台词、表演要有浓郁的中国特色,而故事、人物、语境和服装则使观众意识到这就是莎剧。胡伟民认为:即便是排演莎剧这样的经典剧作,"当代戏剧对情节的兴趣,正在悄悄减弱。与现代戏剧家们对戏剧中人物说什么和做什么的注意力转移相适应,情节淡化,几乎使人讲不出一个完整故事的戏剧诞生了……戏剧家们对人的本质,人的深层心理发生了更大的兴趣"。②《夜》剧在面对观众时,既有完整的故事,又鲜明地意识到:"舞台艺术的真实,只能是假定性的。在这一点上,话剧和戏曲舞台都是一样,所区别的只是假定的形式、程度、手法不同而已。"③《夜》剧令观众发生兴趣,在于引起他们对人性的思考与美的共鸣,在于"使古典剧目的血管中流动现代血液,借此建立起一座通达现代观众心灵的桥梁"。④ 从《夜》剧改编的实践以及所取得的美学效果来看,这种重构是建立在以越剧独特的审美呈现方式来演绎莎剧故事,突出原作的人文主义爱情理想,批判违反人性的禁欲主义、封建门第观念,讴歌真挚纯洁友谊。同时赋予歌舞在舞台叙事中成为原作主题的主要表现手段,寻求越剧与莎氏喜剧灵动、时空表现自由、心理表现细腻等叙事特点的对接。

《夜》剧与原作的根本不同就在于越剧形式对原作的重新建构。从这一中国化的改编中我们看到,内容、剧情虽然仍然沿用了原作的发生、发展模式,而文本和舞台呈现方式则既有莎剧的韵味又不偏离越剧太远,即所谓利用"有限的舞台空间在瞬息之间转化为各种不同的情境"⑤。为此,就需要根据原作的剧情发展、人物性格特点设计越剧的表现形式,所以我们看到,《夜》剧中马伏里奥的扮演者史济华的表演,既有越剧的唱腔与身段,也借

---

① 郭汉城:《郭汉城文集》(第一册),中国戏剧出版社2004年版,第336页。
② 胡伟民:《导演的自我超越》,中国戏剧出版社1988年版,第47—48页。
③ 阿甲:《关于戏曲舞台艺术的一些探索》,《戏曲表演论集》,上海文艺出版社1962年版,第3页。
④ 胡伟民:《导演的自我超越》,中国戏剧出版社1988年版,第187—189页。
⑤ 张庚、郭汉城:《中国戏曲通史》(上),中国戏剧出版社2007年版,第277页。

用了西方舞蹈的表演技法,其中既蕴含了中国本土越剧的"越味",也以一派清新的异域之风,展现出不可缺少的"莎味"。史济华的马伏里奥"步法中有芭蕾,有英国民间舞的跳跃,又有川剧小生的蹉步、京剧武生的起霸;他的指法中有昆曲《醉皂》的手势,又有西洋舞蹈的功架;他的唱腔在越剧范派唱腔的基础上,大胆吸收了绍兴大班、京剧嘎调,甚至洋歌剧中美声唱法的技巧"。①

这种中西艺术之间的交融,越剧与莎剧的混搭,激发出观众丰富的想象力,同时也在中西审美两个层面上加深了对人物和内心世界的理解。因为"戏曲程式的强烈、夸张与鲜明,有时是话剧难以达到的"②,而在此正好用来表现剧中的矛盾冲突。《夜》剧的编导为莎剧的改编带来了"精神的自由和美"③,其目的还是要以土生土长的越剧在演绎莎作中,发现二者特有的审美魅力及对现代观众的有益启示。采用中国戏曲改编莎剧,要在戏曲与莎剧之间以"优选法"找到最佳"黄金分割点",改编如果完全向话剧靠拢,简单套用话剧的生活化表演,抛弃戏曲的程式、行当、流派,那么也就失去了改编的意义,改编应该建立在吃透原作的基础上,对传统越剧表现形式进行符合现代审美观念的改造和创新。所以,改编要求"在保持流派唱腔精华的基础上,大胆向外走出去,一切以准确表现人物思想、性格情绪、心理为依据……在具体做法上,既强调'出得了门',也强调'回得了家'……在保持戏曲唱法特色的同时吸收了歌剧的长处。薇奥拉就是从吕派旦角唱腔(《红娘》《打金枝》《三看御妹》)的精华中吸收最合适的部分,重新创造成新腔的"。④

莎剧精神与原作内容在生活化、西洋化的表演中,使观众意识到这就是

---

① 胡伟民:《导演的自我超越》,中国戏剧出版社1988年版,第93页。
② 胡伟民、王复民、李家耀等:《中西文化在戏剧舞台上的遇合——关于"中国戏曲与莎士比亚"的对话》,《戏剧艺术》1986年第3期。
③ 李泽厚、刘纲纪:《中国美学史》(第一卷),中国社会科学出版社1984年版,第270页。
④ 胡伟民:《导演的自我超越》,中国戏剧出版社1988年版,第191—192页。

原作，蕴含的是"莎味"；越剧程式、唱腔、技巧的运用，又使观众感受到浓郁的"越味"，使原作的喜剧精神在越剧的表演中得到了一次堪称中西合璧的审美重构。以越剧改编莎剧，既应该是莎剧，也应是越剧。《夜》剧为了改变越剧演出冗长、拖沓，节奏过于舒缓的表演方式，编导删除了角色对唱过程中的音乐"过门"，以使情节发展更为紧凑，加快了越剧演出的节奏。但越剧前辈袁雪芬看了该剧演出后非常惊讶，认为越剧怎么能这样演，她赶到作曲的家中强调，她反对唱中不用"过门"，要求恢复越剧原有形态。导演胡伟民尊重了越剧前辈的意见，又恢复了对唱中的"过门"音乐。我们认为，剧情可以增删，形式应该创新，能吸引现代观众，但原作的精神不能失落。无论是越剧的传统程式，还是融合了生活化的西方话剧表演，表演技术都是演员舞台再创作的重要基础，对于越剧演员来说，只有熟练地掌握了唱腔、程式、技巧之后，把越剧的表演方式化为第二天性，同时也要通过对莎氏原作的深入理解，才能将出色的表演技巧运用于对原作精神的把握之中，才能通过角色传达出越剧的神韵，将原作的"思想内涵与戏曲艺术的写意表演"① 融为一体，塑造出栩栩如生的鲜活人物。中西互补的全新诠释形式，实现了从话剧到戏曲的彻底转换，其艺术与审美追求达到了越剧莎剧融合的更高层次，实现了莎剧所创造的"诗的幻象，诗的境界"②。《夜》剧在"通俗喜剧"的形式下，引起人们对于爱情、人生和伦理道德的哲理思考，③ 也在现代意义上再现出剧作的哲理性以及人文关怀。

三 炼意的程式：审美符号的转换

对于西方戏剧来说，"戏剧要用戏剧化言词表达一切"④，但是这一原则

---

① Li Weimin,"Shakespeare on the Peking Opera Stage", *Multicultural Shakespeare：Translation, Appropriation and Performance*, Vol. 10, No. 25, 2013, pp. 30 – 37.

② 张君川：《把莎剧演成诗剧》，张泗洋、孟宪强：《莎士比亚在我们的时代》，吉林大学出版社1991年版，第318页。

③ 廖全京：《中国戏剧寻思录》，文化艺术出版社2005年版，第211页。

④ ［英］布鲁克：《空的空间》，邢历译，中国戏剧出版社2006年版，第37页。

对于中国戏曲来说却并非全部。《夜》剧呈现在观众面前的是既以程式塑造人物，刻画人物性格，表现人物的内心世界，也在程式的运用上强调"炼意于美"①，同时，也绝不拘泥于越剧的音乐、歌舞。《夜》剧是在融合了大量西方文化元素的基础上，以形式美服从于人物性格的塑造，剧情的发展、语境的设置，不以逼真描绘生活为目的，而是采用写意和假定性的"虚灵"② 表演手段获得生活的"真实感"，以"新而善变"③ 的形式美达到"撩开面纱"④，建构青春、欢乐和幽默、诙谐，同时也不乏惆怅和伤感的美学意蕴，内心意志通过形体与文学叙述，沿袭了"中国戏曲更多地注目于内心意志的展示，……把舞台空间腾给人物灵魂深处的内心徘徊"⑤。即使是舞台设计也根据《夜》剧的主导意象，蕴含的伦理思想、民俗特点，设计出不仅仅属于越剧，而是符合人物性格、精神，蕴含丰富话语内涵的戏曲技艺，充分把握舞台设计所提供的足够和灵活的空间，细腻地处理了薇奥拉的初恋，奥丽维娅的痴情，从守丧到对爱情的向往，转身迎着一片春景和声声鸟啼的场面，通过爱情"焦点"的强化，⑥ 使内容与形式、主客观审美得到统一。

"史济华扮演的马伏里奥，在花园拾信、读信一场中运用了蹉步、顿步和华尔兹的三拍子舞步，表现人物得意扬扬的心情，当他抓住自己外衣，幻想自己坐在宝座上时，用了武生的起霸和抓靠动作，跨腿、盘腿凌空而坐的动作，是从盖叫天的鹰展翅中演化出来的。"⑦ "他以范（瑞娟）派唱腔为基础，吸收了徐（玉兰）派，绍兴大班，甚至京剧、川剧、河北梆子等音乐唱腔。"戏曲程式具有艺术符号的性质"⑧，他利用自己"音质醇厚，音域宽，可与

---

① 周育德：《中国戏曲文化》（史论卷），中国戏剧出版社2010年版，第356页。
② 同上书，第350页。
③ 俞为民、孙蓉蓉：《历代曲话汇编》（清代编·第一集），黄山书社2008年版，第297页。
④ 胡伟民：《导演的自我超越》，中国戏剧出版社1988年版，第60页。
⑤ 苏国荣：《戏曲美学》，文化艺术出版社1999年版，第270页。
⑥ 周本义：《尝试——关于越剧〈第十二夜〉的舞美设计构思》，《上海戏剧》1986年第3期。
⑦ 胡伟民：《导演的自我超越》，中国戏剧出版社1988年版，第193页。
⑧ 张庚、郭汉城：《中国戏曲通论（史论卷）》，中国戏剧出版社2010年版，第129页。

女演员唱同调"①的嗓音条件，通过舞台叙事与抒情，以大幅度的身段与静止的造型相结合的方式，以"人物的心理真实、情感真实和戏剧假定性的结合"②的"幽默、夸张的表演"③，实现了"破坏假象来还原生活本身"④，并与越剧"写意""表现"，创造角色心灵与揭示人的精神世界，与表现人文主义蓬勃时代诗情的结合，例如，当史济华扮演的马伏里奥唱道：

> 戴上假头发，脸上脂粉搽，穿上黄袜子，袜带子扎断了我血脉，我亲爱的小姐，她要我微笑作回答。我满怀情意笑哈哈，一封香笺笔生花，我魂灵儿乐得飞天外，遵照命令细打扮，原心上人儿喜开怀。⑤

戏剧的"空间组合来自对话"⑥。"黄袜子"一句用高腔处理，有京剧嘎调及徐派唱腔的特色，接下去一句，则用了范派味道特别浓郁的甩腔，处理得异常巧妙，运用气息延长的表现技巧，"史济华吸收西洋歌唱发声法，运用真假声结合，使音域大跳，表现人物得意忘形放肆大笑的精神状态"；⑦演员在"唱"中强化了"做"的指涉，在表达人物内心的喜悦上颇具力度。喜剧的效果在唱与做中被发掘出来，"愉快的舞台气氛，靠演员丰富的、精巧的、大幅度的、变化多端的形体动作"⑧得以呈现。在这一唱段中，演员没有拘泥于越剧的唱，而是较多地以中西融合的"做"作为"喜剧取隽快的材料，作成愉悦之结果"⑨。承载情感的具体形式，由经过改编的越剧莎剧之美呈现出

---

① 钱宏：《中国越剧大典》，浙江文艺音像出版社2006年版，第366—367页。
② 徐晓钟：《迈向新的戏剧现实主义——试析"北京人艺"风格的发展及其走向》，《探索的足迹》编委会：《探索的足迹：北京人艺演剧学派国际学术讨论会论文集》，中国戏剧出版社1994年版，第447—458页。
③ 钱宏：《中国越剧大典》，浙江文艺音像出版社2006年版，第366—367页。
④ 朱宗琪：《喜剧研究与喜剧表演》，中国广播电视出版社1999年版，第41页。
⑤ 莎士比亚：《第十二夜（越剧唱段）》，见http://www.tudou.com/programs/view/ph8TOKIDI8Y。
⑥ [法] 于贝斯菲尔德：《戏剧符号学》，宫宝荣译，中国戏剧出版社2004年版，第121页。
⑦ 胡伟民：《导演的自我超越》，中国戏剧出版社1988年版，第192页。
⑧ 苏国荣：《戏曲美学》，文化艺术出版社1999年版，第270页。
⑨ 欧阳予倩：《戏剧改革之理论与实际》，苏关鑫编：《欧阳予倩研究材料》，中国戏剧出版社1989年版，第214页。

来，而原作中的文学性、喜剧性、青春、诙谐、幽默与哲理色彩也得到了凸显。又如原作第三幕第四场"奥丽薇霞的园中"马伏里奥说："不快活的小姐！我当然可以不快活，这种十字交叉的袜带，扎得我血脉不通；可是那有什么要紧呢？只要能叫一个人看了喜欢，那就像诗上所说的'士为悦己者容'了……我的腿儿虽然是黑的，我的心儿却不黑。那话儿他已经知道了，命令一定要服从。我想那一手簪花妙楷我们都是认得出来的。"① 也在戏谑的唱、做表演中更加形象地表达出人物失意、失落的心理和情绪。"戏剧需要抒情性，抒情成分也必须戏剧化"②，而《夜》剧所要表现的"诗意的童话、诗意盎然"③ 也就在创新的越剧程式、身段、歌舞的展示中，显示越剧莎剧所特有的韵味，使经过改造的越剧表演程式与原作对人性刻画具象地呈现在观众面前。表演将"原作意义不在场"，与中国化的"符号载体在场"④ 熔铸在了一起。

所以在《夜》剧中除了融入中国戏曲传统的表演技法以外，也绝不是抱住传统越剧的表演手段不放。这一戏剧形式的转换，创造出了较大的自由度和表演空间，利用人物与表演之间的间离感，洋装洋扮与越调的融合，越剧与莎剧的互渐，通过形式与内容的作用体现出鲜明的"性格特征"⑤，从而实现了《夜》剧在"更高层次上写意与写实相结合"⑥。

《夜》剧对爱情、青春、痴情、相思、失恋与单相思的歌咏、幽默、讽喻和调侃，很少通过传统的越剧音舞单独表达，而是在化用其他戏曲音舞的基础上，又融汇了大量的西方音乐、歌舞元素，整个戏剧节奏紧凑、人物情绪波澜起伏，人物形体的写实与精神状态的写意，虚实相生，取越剧之神而又

---

① [英] 莎士比亚：《第十二夜·莎士比亚全集（一）》，朱生豪译，世界书局1949年版，第56页。
② 谭霈生：《论戏剧性》，北京大学出版社1981年版，第248页。
③ [苏] 阿尼克斯特：《莎士比亚的创作》，徐克勤译，山东教育出版社1985年版，第637—638页。
④ 赵毅衡：《符号学》，南京大学出版社2012年版，第145页。
⑤ [以色列] 里蒙-凯南：《叙事虚构作品》，姚锦清译，生活·读书·新知三联书店1989年版，第114页。
⑥ 张庚：《张庚文录》（第四卷），湖南文艺出版社2003年版，第227页。

似脱不脱其形，离形在似与不似之间。薇奥拉的"瞬时里，为什么，满室生辉春光好，为什么，群玉峰云连雾障……什么是爱情，苦水和泪吞，面对着，朝思暮想的心上人，却忍听，他细细诉说相思恨"① 师承吕（瑞英）派的孙智君，不仅满足了一般越剧观众的审美需求，而且通过大幅度脱离传统越剧程式，又颇具西洋味以及符合人物心理、情感和戏剧语境的动作，以具有人物性格特征和雕塑感的造型，为观众带来了强烈的心理冲击和审美愉悦。再如薇奥拉（孙智君饰）和公爵（许杰饰）的对唱"陈陈细乐柔如柳，牵动心底层层愁，只道是，爱情犹如花芬芳，却不料，伊甸园中苦寻求。情海深邃容九州，方寸之心，拒不留。她一双秋水冷如冰，我满腔热情独向隅，几次求婚遭严拒，伊人柔肠铁铸就，心绪如麻理还休，纵然是，天堂仙乐也难解忧"，② 通过痴情的唱、舞准确刻画了人物的心理。正如明代祁彪佳在《远山堂剧品》中所说"传情者，须在想象间"③，公爵惆怅中不失潇洒、庄重，既洒脱，又英武挺拔，"勇猛倜傥冠群英"；薇奥拉清冽真挚、温柔多情，在羞涩中透出一股英气，勇敢而少拘束④，正如她自己所说"但我一定要做他的夫人"⑤"爱情让隐藏在内心中抑郁，像蓓蕾中的蛀虫一样，侵蚀着她的绯红的脸颊；她因相思而憔悴……"⑥"我爱他甚于生命和目睛，远过于对妻子的爱情，愿上天鉴察我的一片诚挚……"⑦ 化为感人的唱和做：

> 几年相思，今日感应，为什么，才进门，我便一见钟情……有人说好姻缘定于前生，上天的旨意，我又怎能违命，凭仁慈的圣母起誓，除了他，我再也不愿嫁别人……日间听传奇，夜来入梦魂，几年积思仰慕

---

① 莎士比亚：《第十二夜（越剧唱段）》，http://www.tudou.com/programs/view/ph8TOKIDI8Y。
② 同上。
③ 胡经之：《中国古典美学丛编》，凤凰出版社2009年版，第144—145页。
④ 莎士比亚：《第十二夜（越剧唱段）》，http://www.tudou.com/programs/view/ph8TOKIDI8Y。
⑤ [英]莎士比亚：《第十二夜·莎士比亚全集（一）》，朱生豪译，世界书局1949年版，第12页。
⑥ 同上书，第38—39页。
⑦ 同上书，第87页。

深，今日一见倍觉亲，若能允许长相随，殿下啊，我愿如星星伴月明。①

审美主体"激起了理想的展望和情绪的愉悦"②。《夜》剧以"入口成歌"③的青春、纯真、痴情对待爱的追求，以真心、真情对待自己所追求的爱人，这样的爱情与金钱、地位无关，尽管莎氏的原作最后难免落入已有的大团圆窠臼，但给观众留下的是在爱情追求的过程中对功利的超越，对美好爱情和自由自在生活的向往，也是人物真实内心世界的生动反映，及戏曲以"完整的组成部分去追求目的性"④的成功改编。《夜》剧的导表演者明白，戏曲"绝对不许写实，都必须以舞式表演"⑤，扮演者的表演要充分发挥越剧的特长，以及服装的飘逸、抒怀、流动性，同时利用了洋装生活化等特点，在大幅度、急促的形体变化中，显示了薇奥拉等人的痴情，在急促而又不拘泥于越剧传统音舞中，融入了西方音乐元素和生活化的动作，拉近越剧与青年观众的距离，赋予了《夜》剧鲜明的人文力量和现代意识，突出了对情的赞颂。我们看到《夜》剧的"唱"在对情的叙事与抒情中以独创开路，改编最具现代意识的地方，就在于没有过多地局限于传统越剧的唱与做。正所谓"意足不求颜色似"，符号已经超越了其在场的意义，薇奥拉、公爵、小姐乃至马伏里奥由强化的"雕塑感"和舞台形象，实现了回归现实的"在场"，即"普通事物圣化"⑥，从而更加突出爱的纯真、爱的可贵、爱的勇敢、爱的无价，以及对现实世界和世俗秩序的超越。"果然她，情深意挚是情种，从来是，心有灵犀一点通，她痴情，总能为我痴情动，愿爱神，为我奏奇功，一见中的芳心动。"⑦ 中西、莎越联姻在创作者和欣赏者之间构建起了共同承认

---

① 莎士比亚：《第十二夜（越剧唱段）》，http://www.tudou.com/programs/view/ph8TOKIDI8Y。
② 张庚：《张庚文录》（第四卷），湖南文艺出版社2003年版，第293页。
③ 孔尚任：《桃花扇·凡例》，《桃花扇》，人民文学出版社1982年版，第1—6页。
④ 阿甲：《阿甲戏剧论集》（上），李春熹选编，中国戏剧出版社2005年版，第120页。
⑤ 齐如山：《国剧艺术汇考》（一），辽宁教育出版社1998年版，第61页。
⑥ ［德］艾利卡·费舍尔·李希特：《行为表演美学：关于演出的理论》，余匡复译，华东师范大学出版社2012年版，第121页。
⑦ 莎士比亚：《第十二夜》（越剧唱段），http://www.tudou.com/programs/view/ph8TOKIDI8Y。

的"以美取胜"①的唱腔之美和"特殊艺术语汇——戏曲程式"②之美。

"学习莎士比亚,才知道天上有多少星星在亮"③。今天能在世界莎坛独享中国气韵,秀于世界莎剧艺术之林,具有独特审美艺术价值而毫不逊色的是中国戏曲改编的莎剧。在中国文化走出去的过程中,我们已经具备这样的文化自信,以我们的文化、艺术和文学"探索莎剧演出的中国气派、气韵"已经成为莎士比亚在中国的一个重要而独具特色的组成部分。④ 由于莎士比亚超越时空的价值,"世界上没有人认为莎士比亚过时,而是常演常新"⑤。以《夜》剧演绎原作为越剧表演提供了新鲜的审美经历和舞台呈现方式,是莎剧在中国的越剧形式的变脸。⑥ 写意的越剧擅长在叙述中表现。"叙述是抒情的躯壳,情是叙述的内核"⑦。百花齐放、形式创新的莎剧也已经成为莎剧改编的世界潮流,"莎翁剧有多种现代改编,可以说是八仙过海,各显其能"⑧。"继承是创新的基础,创新是最好的继承"⑨,我们所欲建构的是"舞台上的戏剧"⑩,莎剧改编的现代性要"兼顾内容和形式两个方面"⑪,只有这样,《夜》剧的审美、哲理和生活的空间,莎剧中国化、越剧化的建构形式才能为我们阐释莎剧的深刻内涵提供一条正确途径和经典建构的永恒动力。

---

① 李泽厚:《美的历程》,中国社会科学出版社1989年版,第182页。
② 张庚、郭汉城:《中国戏曲通论(史论卷)》,中国戏剧出版社2010年版,第129页。
③ 曹禺:《论莎士比亚》,上海越剧院三团,周水荷改编,胡伟民导演:《〈第十二夜〉戏单》(莎士比亚著名喜剧演出说明书),1986年。
④ 李伟民:《光荣与梦想——莎士比亚在中国》,香港天马图书有限公司2002年版,第257页。
⑤ 张庚、郭汉城:《中国戏曲通论(史论卷)》,中国戏剧出版社2010年版,第34页。
⑥ 李伟民:《中国莎士比亚及其戏剧研究综述(1995—1996)》,《四川戏剧》1997年第4期。
⑦ 柯文辉:《以实求意——关于北京人艺风格的独白》,《探索的足迹》编委会:《探索的足迹:北京人艺演剧学派国际学术讨论会论文集》,中国戏剧出版社1994年版,第224页。
⑧ 李伟民:《莎士比亚研究动态(1—2)》,《中国莎士比亚研究通讯》2012年第1期。
⑨ 郭小男:《观/念:关于戏剧与人生的导演报告(B)》,上海锦绣文章出版社2010年版,第27页。
⑩ 洪琛:《现代戏剧导论》,《洪琛文集》(第4卷),中国戏剧出版社1959年版,第38页。
⑪ 范方俊:《洪琛与二十世纪中外现代戏剧》,文化艺术出版社2003年版,第297页。

第三节 在场与不在场:《冬天的故事》的越剧改编

越剧《冬天的故事》是中国戏曲改编莎士比亚传奇剧的唯一尝试。越剧《冬天的故事》紧扣传奇这一特点,采用写意性表演,表现出《冬天的故事》中所蕴含的人文主义精神,以越剧唱腔和程式演绎莎士比亚传奇剧中对封建王朝黑暗现实的批判,对美好爱情的讴歌,以及善恶观念的转化,在艺术上借助于越剧的唱腔、程式展现了《冬天的故事》中人物的性格、心理、行动,将越剧唱腔、程式之美拼贴入《冬天的故事》的舞台叙事。在众多的戏曲改编莎剧的剧目中,《冬天的故事》虽然还难以称为完美的改编,但却是具有一部鲜明美学追求的越剧莎剧。

在中国戏曲改编的莎士比亚戏剧中,越剧是改编莎剧最多的一个剧种。由杭州市越剧一团改编的越剧莎剧《冬天的故事》(以下简称《冬》剧)将体现原作的人文主义精神和越剧之美作为改编的落脚点,该剧的改编实践提供了在中西文化、艺术表演、舞台审美的碰撞中所遇到的困惑,为中国戏曲如何改编莎剧提供了值得借鉴的经验和思考。我们认为,该剧在改编中,既在抓住原作的人文主义精神上安排舞台叙事,又通过越剧的音乐、程式等舞台呈现手法,突出人物性格,心理矛盾冲突。但在改编中由于过分拘泥于传统越剧表演形式,故而在追求莎剧精神的呈现上,尚存在着一定的遗憾。因此,我们有必要深入探讨《冬》剧改编中的不足,为中国戏曲、越剧改编莎剧提供实践指导经验和莎剧与越剧碰撞中的理论思考空间,以使我们通过这样的改编,真正认识到莎剧与越剧在美学形态上的异与同。

一 叙事、写意中的间离与共鸣

随着时代的变化,莎剧传奇剧在今天的人们看来是"古老的琐碎的不写实的冬夜漫话"①，早已失去了传奇色彩的魅力。如何改编莎氏传奇剧？如何让当下的观众也感受到"奇"？如何让莎士比亚的人文主义与今天观众的情感和心理接轨？这确实是对改编者、导演和表演者的一个严峻的考验，也是几个世纪以来"后莎士比亚时代"戏剧的难点。自20世纪80年代以来，"戏曲演出莎剧""已成为一种艺术活动实体"②《冬》剧采用越剧独特的艺术语言叙述原作，莎剧依靠越剧走向中国观众，而越剧也在搬演莎剧的过程中丰富、发展自己，不但拓宽了演出的戏路，而且通过中西文化、戏剧之间的碰撞，加深了我们对两种戏剧形式美学内蕴的认识。二者之间的结合点究竟在哪里？我们认为，莎剧一向以情节的紧张、哲理性、思想性和人性刻画的深刻而见长，改编者将《冬》剧的主题提炼为指斥和控诉的"暴怒、忌妒、欺诈、凶杀的恶行"③，批判宫廷内的血腥、疯狂、嫉妒、封建君王的独断专横、暴虐无道，歌颂为人的尊严而进行斗争的善良女性，以及对民间自由、纯朴生活的向往，强调的是"美与善的统一"④。在主题确定之后，关键是要调动各种艺术手段，如"舞台美术的象征、寓意，灯光的变奏，道具的夸张，服装的变形，使舞台演出的情感信息大大增加，乃至远远超出了剧作的内涵量"，⑤对莎氏传奇剧，我们不必将其"理解成现实主义剧，这样势必要导致艺术上的失败"⑥。越剧《冬》的艺术顾问，著名莎学专家张君川教授之所以选择《冬》剧，就在于他认为越剧的歌舞更适合表现莎氏传奇剧轻松、愉快的意象，莎氏传奇剧服中国越剧的水土，尽管其中也有批判和控诉，但结尾则给观众营造出皆大欢喜、有情人终成眷属的艺术氛围。前半场"严酷、冷漠，

---

① 颜元叔：《莎士比亚通论：传奇剧·商籁·诗篇》，台湾书林出版有限公司2002年版，第156页。
② 胡伟民、王复民、李家耀、蒋维国、叶长海：《中西文化在戏剧舞台上的遇合——关于"中国戏曲与莎士比亚"的对话》，《戏剧艺术》1986年第3期。
③ 钱鸣远、王复民、天马：《冬天的故事》（六场古装越剧·根据莎士比亚同名话剧改编），《杭州剧作选》（第十一辑），杭州市文化局戏剧创作室（内部资料），1986年，第2页。
④ 李泽厚、刘纲纪：《中国美学史》（第一卷），中国社会科学出版社1984年版，第23页。
⑤ 郭小男：《观念：关于戏剧与人生的导演报告（A）》，上海文艺出版社2010年版，第19页。
⑥ ［苏］阿尼克斯特：《莎士比亚的创作》，徐克勤译，山东教育出版社1985年版，第638页。

在坚冰难融的气氛下稍稍透露出一点人性的温暖；后者轻松、自由、活泼，在富于喜剧性的情趣中夹带一点微乎其微的寒意"，① 以此来表达"冬天"和"春天"的差别、矛盾和意境。这就涉及莎剧的特点，虽然莎剧本身也"为改编戏曲提供了丰富多彩的歌舞场景"②，但其追求的是真中之美，歌舞原本不占主导地位，而越剧则追求美中之真，越剧的诗情画意，抒情、虚拟性、写意性明显。戏曲程式的内涵是"表现戏曲生活情节和人物性格的夸张性、鲜明性、规范性"③。改编要既擅长讲故事，又擅长刻画人物心理，需要达到的是"间离与共鸣结合"④；而莎剧"乃是有规律的诗"，⑤ 当越剧与莎剧结合之时，二者之间迥然有别的美学评判标准、审美视点必然带来改编的困难。

《冬》剧的改编显然力图通过越剧载歌载舞的艺术形式反映出原作的精神。诚如该剧导演王复民所说：改编就是要遵循"莎翁精神不可丢，在中国戏曲观众中找到知音"⑥ 这一原则，改编不在于形式上的"莎味"，而在于"寓'莎味'于中国的戏曲之中"⑦。明代戏曲理论家王骥德在《曲律·杂论》中说："剧戏之道，出之贵实，而用之贵虚"。⑧ 这就是说戏曲既要"反映生活的真实，也可以不受生活真实的局限"。⑨ 我们看到，成功的改编，无论是在艺术感染力方面，还是在演出形式上，都力求在"真"与"美"之间达到平衡，在哲理、思想内涵与抒情、写意之间取长补短。《冬》剧在以戏剧性作为一种载体，以音舞作为叙事的主要形式，使其"从假定性的存在变成了一

---

① 王复民：《戏剧导表演艺术散论》，中国戏剧出版社2002年版，第82—83、87页。（又见2013年4月10日，李伟民采访该剧编剧之一、王复民导演的谈话记录。）
② 任明耀：《说不尽的莎士比亚·外国文学评论集》，香港语丝出版社2001年版，第309页。
③ 阿甲：《阿甲戏剧论集》（上），李春熹选编，中国戏剧出版社2005年版，第244页。
④ 同上书，第336页。
⑤ 洪深：《洪深戏剧论文集》，上海天马书店1934年版，第41页。
⑥ 胡伟民、王复民、李家耀等：《中西文化在戏剧舞台上的遇合——关于"中国戏曲与莎士比亚"的对话》，《戏剧艺术》1986年第3期。
⑦ 王复民：《戏剧导表演艺术散论》，中国戏剧出版社2002年版，第82—83、87页。
⑧ 陈多、叶长海：《中国历代剧论选注》，上海古籍出版社2010年版，第190页。
⑨ 周育德：《中国戏曲文化》（史论卷），中国戏剧出版社2010年版，第348页。

种现实的力量"①的过程中，使原著借助于音舞性这一载体在"真"与"美"之间体现出编导的美学追求，但尚没有达到炉火纯青的程度。

二 寻求超越一般意义上的得与失

在《冬》剧中国化的改编中，"运用传统戏曲美学原则对生活进行了提炼和艺术加工"②，剧本、台词、人物、表演、语境、服装均有浓郁的中国特色，该剧剧情为：息国国王李昂与姬国国王姬克，幼年同窗，亲如兄弟，分别二十多年后，二人均掌国权，思念之情日深。李昂王后霍代春日省亲姬国时，持李昂手书邀姬克访问息国。是年秋末冬初，姬克应邀起程。二王幸会，欣喜万分。李昂盛情相待，日日宴饮，伴以歌舞，并命王子李眕晨昏问安。姬克秉性纯朴，不谙礼仪，相处一月有余，恳辞归去。李昂坚留不肯，命王后婉言相劝，王后对姬克明之以理，动之以情，姬克乃允。为此引起李昂疑忌，认为王后与姬克之间关系暧昧，大国之君岂能受此侮辱，妒性大发。乃命大臣阚谧毒杀姬克，并将王后贬入冷宫。阚谧不忍加害姬克，设法营救归国。李昂却认为此乃欲谋夺息国王位阴谋暴露，主谋人即王后，更欲置其于死地。王后冷宫中早产一女，李昂却认定是姬克之种，拒不相认，大臣安禔之妻包夫人冒死苦谏不从，痛骂李昂暴虐。李昂固执己见，命安禔亲携婴儿，弃于国境之外。因其自以为是，一意孤行，王子气愤而亡，王后亦晕绝，待他悔悟时，已妻离子亡。十六年后，庶民姜土根父子收养的弃婴李盼已长大成人，与姬国王子姬泽相恋，因门第不称，遭姬克所阻，然姬泽、李盼却两情难分。经阚谧指点逃往息国。姬克追至息国时，姜土根呈述往事，真相大白，父女相认，同往王后庙宇谒见雕像，雕像复活合家团聚，皆大欢喜。③

21世纪以来，按照本民族戏剧形式，或者以"现代化"方式上演莎剧方

---

① 余秋雨：《中国戏剧史》，上海教育出版社2006年版，第110页。
② 郭汉城：《郭汉城文集》（第一册），中国戏剧出版社2004年版，第336页。
③ 钱鸣远、王复民、胡天马：《冬天的故事》[VCD]，浙江音像出版社1987年版。[浙江省第三届戏剧节·《冬天的故事》（根据莎士比亚同名话剧改编·六场古装越剧戏单）]。

兴未艾，而越剧的改编可视为对《冬》剧的元叙事（metanarrative）改编。《冬》剧在面对观众时，是将表演建立在艺术的虚构性、假定性基础上，充分调动表演的虚拟性，在突破戏曲二道幕的基础上，空间的表达更为灵活自由，通过六块景片的分与合，隐喻出宫殿城墙、屏风、牢门、森林、庙堂的大门，在"拙中见巧"[①]中重构、隐喻了莎剧灵动的时空，并力求以越剧特有的表现形式，再现莎士比亚《冬》剧中蕴含的人文主义精神。但以编导的这一标准来衡量，可以说，《冬》剧在改编中还存在着诸多的遗憾和不足，即在元叙事的改编中如何利用越剧的程式与声腔，更自然、更强烈、更深入、更现代地挖掘莎剧精神，是《冬》剧这类中国化、越剧化改编为我们提出的一个亟待解决也必须解决的课题。显然，《冬》剧中国化的改编不同于"时间、地点、情节内容、精神等进行部分或全部中国化改编而成的翻译剧本"[②]，即"改译剧"，其根本不同就在于戏曲形式对原作的重新建构。从这一中国化的改编中我们看到，内容、剧情虽然仍然沿用了原作的发生、发展模式，而文本和舞台呈现方式则彻底中国化了。"戏曲程式的强烈、夸张与鲜明，有时是话剧难以达到的"[③]，如果《冬》剧的编导不局限于通过越剧的传统表现方式，而为莎剧带来越剧化的全新诠释形式，实现从话剧到戏曲的彻底转换，充分发挥出越剧表现手段的作用，同时亦通过中国化的建构，彰显了地方剧种特色，显然，其艺术与审美追求将达到更高的层次。

将来自异域的戏剧故事、人物彻底中国化，这是包括莎剧改编在内的许多外国戏剧改编为戏曲的首要工作。而改编的成功与否，衡量的标准在于是否采用中国老百姓所喜闻乐见的形式，成功地传播莎剧所创造的"诗的幻象，诗的境界"[④]。西方戏剧注重于戏剧性情境的建构，而中国戏曲则擅长抒情性

[①] 王复民：《戏剧导表演艺术散论》，中国戏剧出版社2002年版，第91页。
[②] 刘欣：《论中国现代改译剧》，上海书店出版社2011年版，第1页。
[③] 胡伟民、王复民、李家耀等：《中西文化在戏剧舞台上的遇合——关于"中国戏曲与莎士比亚"的对话》，《戏剧艺术》1986年第3期。
[④] 张君川：《把莎剧演成诗剧》，张泗洋、孟宪强：《莎士比亚在我们的时代》，吉林大学出版社1991年版，第318页。

情景的演绎。现代观众"既要艺术的陶醉，还要深刻的动情"①。莎剧的中国化包括外在的中国化和内在的中国化两个方面，不能只注重外部形态，而是要通过当代舞台再现莎士比亚的精神，即不仅仅是服装、布景的越剧化，而且也是程式和声腔的越剧化，无论如何改编，关键是要得到观众的承认和喜欢，让观众相信这就是越剧，这就是越剧莎剧。越剧莎剧《冬》的定位是"新编古装越剧"②。越剧《冬》的编导强调要防止取貌伤神，简单套用中国古典戏剧的现成手法不加选择地搬用在具有文艺复兴时期背景的莎剧上，从而导致"内容与形式的剥离"③。为此，《冬》剧的编导和演员在充分发挥越剧表演的基础上，以越剧的程式、声腔展现了原作中人物的性格特征和心理活动。但是，由于在中国化的过程中始终没有比较好地解决莎剧与当代中国观众的距离感，以及唯美的越剧形式彻底与原作的人文主义精神的深度融合，尚缺乏超越非一般意义上的表现形态，如情节、结构、事件安排、人物设置等，以及提纯的空灵、象征性的场景、场面构思和本体之外对应的文化意义的重构与建构。所以，最终能不能寻找到超越叙事本体的表现形式，即通过改编，在强化舞台呈现的戏曲化中，消除原作与今天中外观众的时空隔阂、文化差异，在现代意义上挖掘出剧作的哲理性，在人性的阐释上，给现代观众以比较强烈的共鸣感，因为，这是衡量改编成功与否的重要标志。《冬》剧改编的不足正在这里，改编还难以说完全达到了通过越剧化使剧中人物的心理、情感世界与当今观众心灵相通的程度，而这一点也正是21世纪的我们改编莎剧的难度所在。

三 中国化：符号的在场与原作不在场

越剧化的《冬》剧就是要以程式塑造人物，刻画人物性格，表现人物的

---

① 张庚、郭汉城：《中国戏曲通论》（史论卷），中国戏剧出版社2010年版，第33页。
② 胡效琦：《杭州戏曲志》，浙江文艺出版社1991年版，第234—235页。
③ 胡伟民、王复民、李家耀等：《中西文化在戏剧舞台上的遇合——关于"中国戏曲与莎士比亚"的对话》，《戏剧艺术》1986年第3期。

内心世界，程式的运用在于"炼意于美"，① 以形式美诉诸人的感官，那么其"新而善变"② 的形式美也就具有了反复鉴赏的耐久性。戏曲的程式"是创造人物的方法"③，以这一要求来衡量《冬》剧，我们还不能说人物内心深处的矛盾已经通过其外部动作完美展现出来了，也还不能说在《冬》剧中，越剧审美与戏剧性、理性精神叠加所形成的艺术张力已经得到了完全释放，也就是说改编成功的重要标准在于，应该引导观众通过程式运用中的身段、动作、造型等来认识人物性格、情绪、心理的复杂变化。在此基础上，重视"西洋写实体戏剧在展示内心动作转化后的外部动作，更多的表现人物面对面的动作与反动作……强调的是内心意志的已经'实现'。中国戏曲则更多地注目于内心意志的展示，强调外部动作的形成过程，把舞台空间腾给人物灵魂深处的内心徘徊"。④

为此，必须使《冬》剧的程式在表现原作的大悲与大喜方面达到更佳的内与外的炼意之美。所以《冬》剧的编导，应该考虑在深入挖掘莎剧对生活、人生的宏观思考，对历史和现实的哲学认知，以及其中饱含的伦理思想、民俗特点的过程中，设计出一系列符合人物性格、精神、心理状态的身段、程式，有丰富话语内涵的"虚拟性""写意性"⑤ 的戏曲技艺，而《冬》剧在这里已经进行了可贵的尝试，如第五场"乍暖还寒"中"花朝节""扑蝶会"中少男少女的游春踏青，货郎焦狗子的唱舞："正月里来踢毽子，二月里来放鹞子，……十一月里生儿子，十二月里一家团圆安安稳稳过日子！"以及焦狗子的"数板""货郎我本姓焦，人们都说我刁……"给观众留下了深刻印象，但由于此时"原作意义不在场"，仅是中国化的"符号载体在场"⑥，观众就难以与原作联系起来。所以《冬》剧的主要矛盾不是"在性格本身，而是如

---

① 周育德：《中国戏曲文化》（史论卷），中国戏剧出版社2010年版，第356页。
② 俞为民、孙蓉蓉：《历代曲话汇编（清代编·第一集）》，黄山书社2008年版，第297页。
③ 张庚：《张庚文录》（第四卷），湖南文艺出版社2003年版，第227页。
④ 苏国荣：《戏曲美学》，文化艺术出版社1999年版，第42页。
⑤ 程砚秋：《程砚秋日记》，程永江整理，时代文艺出版社2010年版，第249页。
⑥ 赵毅衡：《符号学》，南京大学出版社2012年版，第47页。

何呈现"①。这就是说，除了焦狗子这样的次要人物之外，主要人物更应该在戏剧形式的转换过程中形成较大的自由度和表演空间，利用越剧特有的程式所表现出来的情感色彩和心理活动，调动观众的联想和想象，以"程式"的审美，身段的流动引起观众对剧中人物命运的共鸣。因为"戏曲不凭借生活的幻觉，而是运用一切的艺术手段来集中和强调出艺术家认为生活中最重要的东西"②。

改编者由于主观上不想损失《冬》剧的"含莎量"，因此《冬》剧在上半场改编中着重于在叙事中讲述故事，而忽视了通过越剧美渲染诗情画意，未能突破越剧惯用的"四堵墙"的演出样式，在人物的思想和心理交锋中本应该出现若干高潮的场面，由于讲述故事的需要，强化程式表意不够，因而也就未能"做到更高层次上写意与写实相结合"③，也由于人物在舞台上的反差不够明显，上半场王后在后宫的一大段心理独白，以及王后与儿子母子情深的对唱，本应在声腔的配合下，通过若干能够展现人物心理的程式，让观众形象地看到王后所受到的不公平对待，以及在自然的唱与舞中形成"定得住，点得醒"的人物造型来感染观众，但由于改编者过于强调"莎剧精神"，而放弃了越剧长于表现生离死别浓烈感情的煽情特点，过多强调王后"坦荡、刚毅和斗争"④的一面。由此也造成了上半场有矛盾冲突，但没有把矛盾冲突在大段的唱与舞中转换为特定的舞台造型，以揭示、传达人物的主观世界，用强烈的感情撞击观众的心灵显得着力不多或力不从心，尽管有威严的王权与手足兄弟之情、夫妻之情、父子之情、母子之情的展示，但整体上仍然显得较为平淡，应该有的高潮不能凸显出来。《冬》剧的改编，缺乏一下子抓住越剧的审美形式和运用于莎剧历经时间淘洗之后仍然保存的哲理之真，即在莎剧所规范的戏剧性方式的演绎中，如果能够通过写意与审美的程式反映出

---

① 邹元江：《戏剧"怎是"讲演录》，湖南教育出版社2007年版，第420页。
② 张庚：《张庚文录》（第三卷），湖南文艺出版社2003年版，第83页。
③ 钱宏：《中国越剧大典》，浙江文艺出版社2006年版，第133页。
④ 王复民：《戏剧导表演艺术散论》，中国戏剧出版社2002年版，第88—89页。

人性、人情和人的精神世界，才能使改编更臻于完美。

在《冬》剧的审美中，原作中的人文精神应该得到现代性的放大，原作的传奇色彩应该与越剧最唯美，最有青春感觉，少烦琐、少守旧程式、活跃性、生动性的结合，继而在重新建构中得到展示。中国戏曲有程式，程式是戏曲的一种表现手段，戏曲的艺术方法、艺术规律都是不容易感觉的，而艺术的可感性，是很容易感受到的。"戏曲，因为要唱，台词就要求比话剧更概括，因为要舞，动作的表现也要更洗练单纯，连情节结构也是如此"[1]。戏曲"舞台上不允许有自然形态的原貌出现，一切自然形态的戏剧素材，都要按照美的原则予以提炼、概括、夸张、变形，使之成为节奏鲜明、格律严整的技术格式，即程式。"[2] 程式是中国戏曲舞台实践中形成的一整套独有的虚拟性和象征性表现手法。中国戏曲是以"歌舞表达心情"[3]"传奇剧的大方向是朝向喜剧的"[4]。越剧的歌舞吸收众多剧种中的营养并化为己用，使其成为"动于中而形于外"的重要表现手段。

我们认为，《冬》剧之所以还有进一步修改的余地，关键就在于还没有充分发挥出越剧以程式表达感情的长处，即抛开表面上的歌舞演绎，达到以"做"渲染、表达内心矛盾的境界。因为观众要求的是"情景交融中人物思想感情的真实"[5]，在《冬》剧中，剧中人物仅仅局限于传统的唱、做而较少通过"做"的有目的渲染来表达人物的心理和情绪。表演者尽管在一唱一和中也叙述了角色对扼杀人性的愤怒、愤恨和哀怨。例如李睟对母亲的"娘冤倘若沉海底，儿情愿不做王子，陪娘坐御牢，为娘鸣冤无所顾，儿要与父王明理，不怕犯律条"；霍王后为了表示自己对"陛下暴虐已成性，喜怒能定人死

---

[1] 阿甲：《阿甲戏剧论集》（上），李春熹选编，中国戏剧出版社2005年版，第220页。
[2] 章诒和：《中国戏曲》，文化艺术出版社1999年版，第115页。
[3] 齐如山：《齐如山回忆录》，辽宁教育出版社2005年版，第134页。
[4] 颜元叔：《莎士比亚通论：传奇剧·商籁·诗篇》，台湾书林出版有限公司2002年版，第203页。
[5] 郭汉城：《郭汉城文集》（第一册），中国戏剧出版社2004年版，第350页。

生"① 的强烈控诉等,虽然显示了极端悲痛和感情的激荡、起伏,但由于缺乏相应的程式作为载体,难以给观众留下深刻的印象。

《冬》剧对君王暴虐、猜疑的批判性主要表现在戏剧的上半部分。为了表现霍王后的蒙辱含冤、既恨又爱的绝望心理,在"蒙辱含冤""灰飞烟灭"等场次中,编导注重的是以具有"'越味'的唱段重点抒发人物感情",无论是霍王后被打入冷宫后的独唱,与儿子李眕见面母子生离死别时的对唱,还是与丈夫李昂争辩时的对唱,其唱段固然满足了一般越剧观众的审美需求,但是却疏于通过大幅度的动作、具有人物性格特征的亮相为观众带来更为强烈的心理冲击。例如:王后在"梦魂无所依,又听五更鸡。独坐寒窗思往事,往事依稀似梦里。……怨盖顶啊,奇冤平地起;恨缠身啊,此恨何时已!"②的大段唱中,如果以大幅度的身段与静止的造型相结合的方式,表现人物的心理和情感,其艺术的感染力就会为观众留下更加强烈而难忘的印象。又如在"灰飞烟灭"一场中,霍王后以大段的唱作为抒发人物情感的载体:

> 死罪能吓那负罪汉,吓不倒我这含冤蒙辱的人!我早已把生死置之度外,如今是,活着比死难十分!夫妻恩爱如烟逝,生生割断我母子情。可怜小女坠地刚弥月,被你活活扔进虎狼坑。我被贬入冷宫凄凉境,日日夜夜受苦辛。我活在世间还有何情趣?岂惧你把我定死刑。③

由于在"唱"中没有强化"做"的指涉,在表达人物内心的哀怨、悲痛上仍然显得力度不够。在这一唱段中,演员在表演中由于拘泥于越剧的唱,而没有较多地以"做"作为承载情感的具体形式,因而不能充分展示越剧之美,因此,原作的文学性、批判性、哲理色彩也难以得到凸显,而原作第二幕第一场以及第三幕第二场的"西西里,宫中一室"和"西西里,法庭",

---

① 钱鸣远、王复民、胡天马:《冬天的故事》,陈建一:《新中国成立六十周年杭州市优秀剧作选》(上卷),浙江摄影出版社2009年版,第691—704页。(本剧本为《冬天的故事》的定稿本。)
② 同上书,第688—689页。
③ 同上书,第704页。

王后赫米温妮面对里昂提斯的诬陷说"我以生命起誓,我什么都不知情……我心里蕴藏着正义的哀愁,那怒火的燃灼的力量,是远过于眼泪的泛滥"①;"我相信无罪的纯洁一定可以使伪妄的诬陷惭愧,暴虐将会对含忍战栗……我的生命要摧毁在您那异想天开的噩梦中了"②的怨恨,即"被邪恶主宰了灵魂的人的哲理剧,善对恶的胜利和美好人性表现的胜利"③的主题有待一定程式的承载与呈现,而《冬》剧所要表现的"诗意的童话、诗意盎然"④也应该在越剧程式、身段的展示中水乳交融地结合在一起,由于"做"得不够充分,致使越剧表演程式与原作对人性刻画不能具象地呈现在观众面前。再如王子姬泽在"自然和解牧歌般的梦"⑤中,以兼有少数民族王子的英气潇洒,勇敢而少拘束,洒脱庄重,武生英武挺拔的特点唱道:

民间风雨甜又暖,民间花卉别样馨。民间人情浓似酒,民间友爱纯如金。自从结识盼儿你,好似草木逢三春。我不怕丢弃王储位,愿与你,男耕女织度终身。……王法森严不用怕,情真能使铁石化。你我都是自由身,效比翼,展双翅,天涯何处不是家?!⑥

以不惧失去王储地位,真心、真情对待盼儿,对美好爱情和自由自在的民间生活的向往,唱出了自己真实的内心世界。戏曲动作应该以"完整的组成部分去追求目的性"⑦。姬泽的扮演者在这一段的表演中如果能够充分利用

---

① 朱生豪:《朱译莎士比亚戏剧31种》,陈才宇校订,浙江工商大学出版社2011年版,第1059页。(原作中的"我的生命要摧毁在您那异想天开的噩梦中了"一句,在朱生豪译本中没有译出,在陈才宇的校订本中补译出了这句话。)
② 同上书,第1064页。
③ [苏]阿尼克斯特:《莎士比亚的创作》,徐克勤译,山东教育出版社1985年版,第632—635页。
④ 同上书,第637—638页。
⑤ [美]阿兰·布鲁姆:《莎士比亚笔下的爱与友谊》,马涛红译,华夏出版社2012年版,第123页。
⑥ 钱鸣远、王复民、胡天马:《冬天的故事》,陈建一:《新中国成立六十周年杭州市优秀剧作选》(上卷),浙江摄影出版社2009年版,第709—710页。
⑦ 阿甲:《阿甲戏剧论集》(上),李春熹选编,中国戏剧出版社2005年版,第120页。

服装的飘逸、抒怀、流动性等特点,展现出人物内心、行为对爱情的执着,在大幅度、急促的身段表演中,显示对李盼的无限深情:"突变使我志更坚,电闪雷击心不变。凝视双眸无泪眼,姬泽更觉胆气添。世态犹如翻覆雨,如今依旧是烟淡风暖二月天!"① 人物的性格会更加鲜明。

十部传奇九相思,才子佳人,一见倾心,誓死相爱,虽经挫折,必成连理是中国老百姓喜闻乐见的题材。所以,在悲欢离合的情理矛盾中,《冬》剧更应该突出对情的赞颂。《冬》剧的"唱"在对情的叙事应该发挥四两拨千斤的审美效应,以带动其他舞台表演手段的应用。遗憾的是《冬》剧由于过多地局限于传统越剧的唱,而忽视了戏曲传统技法在表现人物心理、情感上的运用。在越剧美学精神与现代剧场艺术观念,戏曲程式化与莎剧具体生活表现行为之间的转换显得较为生硬。我们认为,如果转换较为自然,符号就能超越其在场的意义,例如霍王后由"雕塑"回归现实的"在场"能够使"普通事物圣化"② 而引起观众的惊奇,那么在显示人物的矛盾心理、内心激烈搏斗十六年的"苦熬苦等"时的力度就会得到加强。又如在对李盼的诠释中,演员采用对唱的形式表达出内心对王子的爱恋,如"穿花丛,蝶儿飞,花露沾我衣,桃灼灼,柳依依,风暖眼迷离。花朝节,相约郎君小桥西;插花笑向郎怀倚"。③ 也是一带而过,难以在创作者和欣赏者之间构建起共同承认的"以美取胜"④ 的"特殊艺术语汇——戏曲程式"⑤ 的美。

四 "藏头诗":鲜明民族文化特色的体现

中国戏曲往往是传奇性与真实性相结合,戏曲从话本中吸收了大量养料。

---

① 钱鸣远、王复民、胡天马:《冬天的故事》,陈建一:《新中国成立六十周年杭州市优秀剧作选》(上卷),浙江摄影出版社2009年版,第714—715页。
② [德]艾利卡·费舍尔·李希特:《行为表演美学——关于演出的理论》,余匡复译,华东师范大学出版社2012年版,第239页。
③ 钱鸣远、王复民、胡天马:《冬天的故事》,陈建一:《新中国成立六十周年杭州市优秀剧作选》(上卷),浙江摄影出版社2009年版,第708页。
④ 李泽厚:《美的历程》,中国社会科学出版社1989年版,第182页。
⑤ 张庚、郭汉城:《中国戏曲通论》(史论卷),中国戏剧出版社2010年版,第129页。

有趣的是《冬》剧为了解决剧中的矛盾，增强文学的趣味性，以特有的中国诗词"藏头诗"形式嵌入故事的矛盾设置和真相水落石出之中。"藏头诗"又被称为"藏头格"，作为一种"杂诗"，由于其颇有文字游戏的机趣和诗歌深藏不露的弦外之音，既委婉含蓄，有意在言外的隐喻意义，又往往在背后隐匿着有趣的故事、情节、矛盾、情愫，适合表达当时环境难以或不能出口之意，多在民间流传，亦颇得一些诗人喜爱，其既有"藏词""藏情"，也有"匿意"的文学隐喻功能。例如《望江亭》中谭记儿与白士中定情，谭记儿吟诗"愿把春情寄落花，随风冉冉到天涯。君能识破凤兮句，去妇当归卖酒家"，"愿随君去"表明了主人公情真意切的心迹，可谓韵味悠远。戏剧家徐渭赏西湖秋月所作"平湖一色万顷秋，湖光渺渺水长流。秋月圆圆世间少，月好四时最宜秋"，① 连起来乃"平湖秋月"，一派湖光月色的感慨。明代唐伯虎的"我画兰江水悠悠，爱晚亭上枫叶稠。秋月融融照佛寺，香烟袅袅绕轻楼"② 乃"我爱秋香"之绵绵爱意的抒发。

英文中亦有"藏头诗"，被称为 acrostic（又译离合诗），英语中的"藏头诗"可能是受到希腊文化的影响。汉语中"藏头诗"这种特有的修辞格式，一般有三种表现形式：其一，指在某一律诗的尾联中点明题意，前三联均不说出诗歌主旨，直到结尾最后两句，才含蓄指出诗歌的主题；其二，"藏头诗"每句的第一个字皆藏于上句的结尾之中，实际上是"歇后诗"；其三，最常见到的是作者将欲说之事或全诗答案或主旨分藏在诗的各句之首，每句的第一个字连起来就是答案。《冬》剧中的"藏头诗"属于第三种形式。在《冬》剧第四场"灰飞烟灭"，安禔"奉王命，弃婴儿……小公主"，剧作在这里设置有藏头诗一首，"放在你的身上，你能否活命，全靠天神保佑了！"姜阿乐捡到公主，认出藏头诗中的一句"盼得明春花再开"，遂为公主取名"盼儿"。第六场"雏燕归巢"，包夫人向众人念藏头诗"公子王孙息国来，

---

① 杭州图书馆编：《西湖传说故事集成·名胜古迹卷》（1），杭州出版社2013年版，第25页。
② 张漫：《元明清散曲里的美丽情感》，重庆出版社2011年版，第174页。

主人沽酒尽余杯。李桃梨杏魂消逝，盼得明春花再开"①。"四句的前一字相连，就是诗歌的谜底'公主李盼'"。无巧不成书，故事不巧不行，但要巧得合理，必然中蕴含了偶然，既是情理之中又是意料之外，意料之外必然是在情理之中，偶然产生于必然之中。剧作家将这一颇富中国诗歌形式的修辞方式运用于《冬》剧前后的矛盾设置与解决之中，既增添了文学融通的趣味，丰富了改编莎剧的表现形式，又使"藏头诗"这种修辞方式，在匿意藏情中有机地成为剧情不可缺少的组成部分，为戏曲改编莎剧提供了一种可资借鉴的方式。

今天能在世界剧坛立足，立于世界戏剧艺术之林而毫不逊色的是真正意义上的中国戏曲。"探索莎剧演出的中国气派、气韵"已经成为莎士比亚在中国的一个重要组成部分。② "世界上没有人认为莎士比亚过时，而是常演常新"③。以《冬》剧演绎原作为莎剧表演提供了新鲜的审美经历和舞台表演方式，是莎剧在中国的越剧形式的变脸。④ 中国化的莎剧改编已经成为中国舞台演绎莎剧的主要形式之一，而百花齐放、形式创新的莎剧也已经成为莎剧改编的世界潮流，"莎翁剧要容许现代的导演、设计家和演员用各种不同的方法

---

① 这首"藏头诗"的第二句"主人沽酒尽余杯"。有学者指出并怀疑用韵存在问题，在原作中为"主人沽酒尽余杯"。最后一个字如果是"杯"字，可能是印刷错误，应该为"怀"韵。因为原作中的"杯"字与"怀"字，在打印中容易误植。熊杰平先生请求我查阅原作，在反复观看光碟（光碟制作时并无字幕，唱词难以辨听），并往返讨论的基础上，多方联系，经请教九十多岁高龄的剧作者（执笔）钱鸣远先生和八十多岁高龄的导演王复民先生，他们对创作、改编、演出《冬》剧的具体细节已经记不清楚了。但是，后来钱鸣远先生给我来信并赠诗集《滕庐诗草》，专门就这一问题指出，原文没有错误。因为"来""杯""开"均系"十灰韵"，杜甫的《客至》即用此韵，《客至》押平水韵"十灰韵"，唐代诗人作诗用平水韵，故不能以汉语拼音来判断；"怀"乃为"九佳韵"，"十灰韵"与"九佳韵"不能通韵。见2018年5月23日，钱鸣远先生给笔者的来信。杜甫在成都草堂的《客至》诗，"肯与邻翁相对饮，隔篱呼取尽余杯"中的"余杯"是剩余（古作餘）的酒，而不是"我的杯"。故，不能把"余杯"当"吾杯"。《冬天的故事》为钱鸣远先生剧本创作的封笔之作。剧本可具体参考钱鸣远（执笔），王复民、胡天马改编：《冬天的故事》，载陈建一主编《新中国成立六十周年杭州市优秀剧作选》（上卷），浙江摄影出版社2009年版，第724页。

② 曹禺：《柔蜜欧与幽丽叶（专题报告）》，中国作家协会文学讲习所，1954年7月15日，第4—6页。

③ 张庚、郭汉城：《中国戏曲通论》（史论卷），中国戏剧出版社2010年版，第34页。

④ 李伟民：《中国莎士比亚及其戏剧研究综述（1995—1996）》，《四川戏剧》1997年第4期。

来阐述、解释和处理，甚至可以用各种离经叛道的方法……这可能就算是现代演出莎翁剧的一般方针"，① 亦已经成为莎剧现代性最明显的特征。

对于现代意义上的莎剧的视听建构，"继承是创新的基础，创新是最好的继承"②。尽管《冬》剧的改编还存在着不足，但是其中国化的建构形式却为我们探索莎剧的改编提供了宝贵的经验，而在重构、融合过程中的文化、民族、戏剧形式、审美视点的碰撞以及排异反应，说明莎剧改编的探索是永无止境，无论是中国化还是西洋化的改编都是有其存在的艺术与美学价值。

第四节　西卉东植：《罗密欧与朱丽叶》与花灯剧《卓梅与阿罗》

云南彝族花灯剧《卓梅与阿罗》在对莎士比亚的悲剧《罗密欧与朱丽叶》的改编中，以遵循原作的悲剧精神为根本，以花灯剧的形式对原作的主题进行了颇为有力的阐释，运用中国戏曲"写意性"的审美艺术表现手法，以花灯剧载歌载舞的表现形式，营造出悲剧的诗意氛围，实现了《罗密欧与朱丽叶》在当代中国的重现与再生。

20世纪80年代以来，中国舞台上演出莎剧之多，涉及剧种之广，都是前所未有的。中国戏曲与莎剧的"互动置换"③，引起了美国学界的关注。莎士比亚的《罗密欧与朱丽叶》（以下简称《罗》剧）在中国舞台上曾经被改编为沪剧《铁汉娇娃》、越剧《天长地久》、花灯剧《卓梅与阿罗》（以下简称《卓》剧）以及同名话剧、豫剧、二人转、芭蕾舞剧等多种艺术形式。《卓》

---

① 杨世彭：《近三十年来欧美莎剧上演情况和新趋势》，《南国戏剧》1984年第4期。
② 郭小男：《观念：关于戏剧与人生的导演报告（B）》，上海文艺出版社/上海锦绣文章出版社2010年版，第27页。
③ 田民：《美国的中国戏剧研究》，张海惠：《北美中国学：研究概述与文献资源》，中华书局2010年版，第686页。

剧的改编实现了中国戏曲与莎剧的对视与对话，重现了莎剧鲜活的舞台生命力，使"莎剧与中国戏曲之美，在新的层次与更高的艺术水准上凝铸成美的结晶"。①

一 "化神"：理性意识与审美呈现

中国戏曲强调"人立于情，戏出于情"双线并出式的演绎，通过抒情和叙事对主要人物的性格发展进行多方面的描绘。我们说，戏剧的"思想必须饱含着激情……抒情成分也必须戏剧化"②。改编不仅要使"悲情"打动人的心灵，而且更重要的是通过悲剧引起心灵冲击与精神震颤。在传统的"玉溪花灯里缺少激烈奔放的音乐"，③ 为了表现强烈的情绪，《卓》剧的音乐往往舍弃过板，以增加情感的起伏层次和情绪激动的冲撞。《卓》剧第四场的"分离"中，杨丽琼"以委婉伤感的旋律，在糅入通俗唱法的基础上"，④ 以大段以抒情见长的灯调"五里塘"抒发哀怨、悲伤和难舍难分的情感，以唱腔、念白和身段动作，表现深沉的恋情，失落的愿望，内心的痛苦，通过大幅度的舞台调度，多层次的形体动作表达人物感情，舒缓中伴以深情，以画龙点睛的音乐节奏，表达了对美好爱情的期盼，悲情的宣泄达到了泣不成声的审美效果，较好地渲染了《罗》剧蕴含的悲剧精神。例如：

> 阿哥呀，你怎能离我而去？
> 哀牢山的土，哀牢山的泥，
> 泥土做成了我和你。
> 心连在一起，血流在一起，哪怕是粉身碎骨，

---

① 马良华：《莎士比亚与中国戏曲——〈罗密欧与朱丽叶〉改编体会》，《民族艺术研究》1997年第2期。
② 谭霈生：《论戏剧性》，北京大学出版社1981年版，第247—248页。
③ 马良华：《莎士比亚与中国戏曲——〈罗密欧与朱丽叶〉改编体会》，《民族艺术研究》1997年第2期。
④ 同上。

也是哀牢山的土和泥！
你我对天曾发誓，
山和水在一起。

阿梅
阿罗（唱）

星宿和月亮在一起，
阿罗卓梅生生死死在一起！①

  我们只在艺术中才可能"纯粹而充分地理解莎士比亚"②，这是莎剧舞台建构不同于文本的鲜明特点。为此《卓》剧的改编突出的是"味"与"情"，当一曲"选取滇东北会泽县的小彝腔（汉调叫翠吉腔），又具有通俗歌曲韵味的主题歌"③："山水结情天作证，一对苦中求爱人。但愿天神保佑你，今生今世莫离分"④ 响起，观众在无限回味中，将体味到的悲剧的情感又一次推向高潮。在这个意义上，当我们仔细品味《卓》剧时，我们获得的不仅仅是悲情叙事，还通过"苦情之悲"的美感获得了对主人公的怜悯和同情。《卓》剧的改编，以求获得"渗入现代人的思想感情和审美要求"⑤ 的感染力，改编采用"彝腔揉灯味，灯调融彝音，以卓梅的羽调式、阿罗的徵调式为主，从滇中南彝族'杂弦调'中筛选音调，取滇东北（送郎哥）创作出"⑥ 抒情

---

  ① 马良华：《云南花灯剧〈卓梅与阿罗〉》（根据莎士比亚戏剧罗密欧与朱丽叶改编），《剧本》1998 年第 4 期。（本文在撰写过程中对台词的引用亦参考了根据上海有线电视戏剧频道、上海人民广播电台、上海有线电视台"上海大剧院"录制的现场演出《卓梅与阿罗》光碟。）
  ② ［美］M. H. 艾布拉姆斯：《以文行事：艾布拉姆斯精选集》，赵毅衡、周劲松等译，译林出版社 2010 年版，第 87 页。
  ③ 李鸿源：《花灯剧〈卓梅与阿罗〉音乐创作的体会》，《民族艺术研究》1997 年第 2 期。
  ④ 马良华：《云南花灯剧〈卓梅与阿罗〉》（根据莎士比亚戏剧罗密欧与朱丽叶改编），《剧本》1998 年第 4 期。（本文在撰写过程中对台词的引用亦参考了根据上海有限电视戏剧频道、上海人民广播电台、上海有线电视台"上海大剧院"录制的现场演出《卓梅与阿罗》光碟。）
  ⑤ 张庚、郭汉城：《中国戏曲通论》，中国戏剧出版社 2010 年版，第 93 页。
  ⑥ 李鸿源：《花灯剧〈卓梅与阿罗〉音乐创作的体会》，《民族艺术研究》1997 年第 2 期。

与叙事兼具,将"人的内心情感表现与外部"① 的歌舞,以"化神"② 达到了阐释《罗》剧人文主义悲剧精神的目的。杨丽琼和沈建南把主人公对爱情的向往与追求外化于程式、唱腔之中,以情感的起落,矛盾的纠结与化解融入《卓》剧中。尽管文本和舞台呈现形式发生了较大的挪移与变化,但悲剧的崇高感并没有因此而被削弱。《卓》剧"化神"的悲壮崇高感也就具有了震撼人心的力量。

尽管《卓》剧对"人物的心理刻画"③ 还有待加强,但却给观众留下了崇高与悲壮的无穷回味,即个人与封建社会的整体对立,爱情对专制强烈控诉,以及由此所形成的"鲜明的理性批判意识"④。莎士比亚写出了罗密欧与朱丽叶两人鲜明的性格特征,正如曹禺所说:"柔蜜欧是温柔好幻想的性格,终日沉醉在梦想里,很不实际,幽丽叶的坚强的性格引导着他慢慢发展,最后他坚强起来……她一开始就引导着柔蜜欧进行反抗。……幽丽叶性格的发展也是莎士比亚对妇女争取解放的肯定。莎士比亚对妇女的描写是进步的。……看完了莎士比亚的剧本就令人感到人应该活着,应该斗争。"⑤ 在创作中最重要的不是故事,而是在于如何表现人物性格。莎士比亚表现了新鲜的、萌芽的、上升的精神世界,而典型人物恰恰拥有丰富进步的精神世界。

按照当代改编莎剧的趋势,采用包括花灯剧在内的各种艺术形式都有其存在的理由和价值,但关键是这样的改编能否在审美中为莎剧的现代舞台演出增添对当下观众的启示,能否将表演者有魅力的创作气质转化为"思想和生活内涵",⑥ 即利用原作的故事,赋予其现代意义,把"追求婚姻自由、反

---

① 李泽厚、刘纲纪:《中国美学史》(第一卷),中国社会科学出版社1984年版,第360页。
② 陈多、叶长海:《中国历代剧论选注》,上海世纪出版股份有限公司/上海古籍出版社2010年版,第8页。
③ 马良华:《莎士比亚与中国戏曲——〈罗密欧与朱丽叶〉改编体会》,《民族艺术研究》1997年第2期。
④ 郭汉城、章诒和:《师友集》,中国戏剧出版社1994年版,第178页。
⑤ 曹禺:《柔蜜欧与幽丽叶(专题报告)》,中国作家协会文学讲习所,1954年7月15日,第4—6页。
⑥ 胡导:《戏剧表演学:论斯氏演剧学说在我国的实践和发展》,中国戏剧出版社2009年版,第314页。

对封建礼教提到人性本然的个性解放的认识高度"①。我们认为《卓》剧改编,以其符合时代审美艺术要求,达到了现代社会、现代人与经典深刻沟通的目的。《卓》剧在展现爱的力量和生离死别的爱情悲剧的过程中调动了众多艺术手段,对当事人双方心路历程以及在面临死亡面前心理变化进行了多层次的歌、舞与"对话性的独白"②的有机拼贴。"戏剧独白不表述任何根本无法传达的东西",③如在"坟场殉情"的高潮中,设置了象征哀祭的高台,冷光罩在盖着白纱的卓梅身上,当阿罗揭去卓梅身上的白纱时,运用影视中的"推、拉"特写镜头,在哀婉的伴唱中把高台推向观众;当卓梅抚尸痛哭之际,又采用心理外化的写意,让卓梅出现幻觉,在犹如幻影的白色"精灵"中穿梭,再现了她与阿罗生前美好的爱情意境。④当阿罗绝望地倾诉"生不能同可共死,爱心永固不可夺!今生无力驱魔障,愿与你同欢共舞在天国!"时⑤,卓梅则呼唤"阿罗不应,荒野无声天地阴暗,星月无光,茫茫人世漆黑一团……你在这茫茫黑夜暂安睡,让阿妹弹口弦为你催眠"。⑥这些深沉的爱情倾诉结合现代的太空舞步和彝族踩翘舞⑦,反映了爱情追求的反封建意义和追求纯洁爱情的理想,同时由于其表演运用"上头腔"共鸣,体现卓梅的悲痛和愤恨,泪声伴着弦声,吹起相约的调子⑧,在相爱的双人舞中,爱情在缠绵中显示出悲壮与激情。而悲剧也在卓梅呼天抢地中达到了高潮,卓梅唱道:

---

① 郭汉城:《郭汉城文集》(第一册),中国戏剧出版社2004年版,第437页。
② [法]托多罗夫:《巴赫金对话理论及其他》,蒋子华、张萍译,百花文艺出版社2001年版,第260—261页。
③ [德]彼得·斯丛狄:《现代戏剧理论(1880—1950)》,王建译,北京大学出版社2006年版,第29页。
④ 何瑞芬、严跃龙:《花灯剧〈卓梅与阿罗〉导演的探索与追求》,《民族艺术研究》1997年第2期。
⑤ 马良华:《云南花灯剧〈卓梅与阿罗〉》(根据莎士比亚戏剧罗密欧与朱丽叶改编),《剧本》1998年第4期。
⑥ 同上。
⑦ 朱丽云:《拓宽玉溪花灯的艺术路子》,《民族艺术研究》1997年第2期。
⑧ 何瑞芬、严跃龙:《花灯剧〈卓梅与阿罗〉导演的探索与追求》,《民族艺术研究》1997年第2期。

在梦中你可听得见弦声响?

在梦中你可知我在你身边?

曾约好风平浪静重相见,

到那时比翼双飞上青天,

曾约好相亲相爱永不散,

让山寨亲睦团结共合欢,

如今你悄然独睡离我去,

丢下我旷野独身好孤单!①

中国戏曲的发展"不仅依赖于一定发展程度的叙事文学,而且依赖于歌舞"。②《卓》剧的叙事与抒情"利用舞蹈为艺术手段,音乐为戏剧基础……探求美"③ 将《罗》剧的激情直接诉诸语言或将动作转化为歌舞叙事,"歌"的叙事,增强了语言的韵律感;"舞"的叙事,延长了动作的表现力,符合现代观众的欣赏习惯,也与当代莎剧改编的大趋势一致。因为,莎剧在历经几百年的改编后,人们看舞台上莎剧主要的关注点不在于内容,而是在于形式如何表现内容,以及形式如何创新。《卓》剧增加的艺术形式,即"美的叙事"的介入,建构起"审美活动所既有的、已经通过行为被认识和评价过的现实进入作品(确切说是进入审美客体),成为必要的构成因素"。④ 这样的舞台叙事,不仅使《罗》剧的悲剧精神通过"刻画人物内心情态,达到'传神'的艺术效果"⑤,还使花灯剧的叙事与抒情功能得到了充分发挥。《卓》剧的舞台叙事力求达到"仿拟是一个与真实的现实无关的动作……是一种比

---

① 马良华:《云南花灯剧〈卓梅与阿罗〉》(根据莎士比亚戏剧罗密欧与朱丽叶改编),《剧本》1998年第4期。

② 廖奔、刘彦君:《中国戏曲发展史》(第一卷),中国戏剧出版社2013年版,第37页。

③ 梅绍武:《五十年前京剧艺术风靡美国》,周育德:《说梅兰芳》(中国艺术大系京剧卷·评论篇·剧人部),中国戏剧出版社2010年版,第361页。

④ [俄] M. 巴赫金:《巴赫金文论选》,佟景韩译,中国社会科学出版社1996年版,第38页。

⑤ 李晓:《昆曲——古典戏剧表演的完美体系》,胡忌:《戏史辨》(第四辑),中国戏剧出版社2004年版,第135页。

真实更真实的东西替代真实的现实"。①

我们认为，当下莎剧的改编，只有做到了艺术的"更真实"，才是对美的体现。当今的人们对爱的理解尽管已经多元化了，但是为爱而死这种行为仍然具有崇高的意义。《卓》剧的叙事，在其善、"幻"② 二重性中的以善为幻和以幻为美，达到了窥人物"真情"③ 的境界。"中国的戏曲意识素以'善'与'美'的完满结合为最高标准，要求审美意识具有高尚纯洁的道德感，强调艺术在伦理道德上的感染作用"。④《卓》剧在改编中以"幻"为审美艺术手段，将"真"转化为"美"，始终强调的是"戏剧艺术的感染力量和审美价值，取决于它的艺术形象——舞台形象"。⑤ 又如：当卓梅唱道"星宿月亮在一起，阿罗卓梅生生死死在一起"，⑥ 他们二人突然转身，在惊呼声的跪梭步中，拥抱—定格，在凄凉的无伴奏歌唱中，二人身体前倾双手高举，祈求天神保佑，慢慢倒地，虚拟的双人舞叙事，象征现实黑暗中"一种无形的力量，强行掰开两颗苦恋之心，有情人不能相爱，美满的姻缘横遭摧残"。⑦《卓》剧的歌舞叙事，在增强表现力的前提下，带来了哲学与审美的全新观照，既照顾到"莎味"，又不失花灯的本体。歌舞叙事构成了《卓》剧改编成功的基础。"戏剧要用戏剧化言词表达一切"⑧，如果我们不是狭隘地理解，"戏剧化言词"也应当包括歌舞叙事。

诚如王国维所说："就美之自身而言之，一切之美皆形式之美也"。⑨

---

① 周宪：《文化现代性与美学问题》，中国人民大学出版社2005年版，第258页。
② 周宁：《想象与权力：戏剧意识形态研究》，厦门大学出版社2003年版，第19页。
③ 廖奔：《中国戏曲史》，上海人民出版社2004年版，第232页。
④ 张庚、郭汉城：《中国戏曲通论》，中国戏剧出版社2010年版，第68页。
⑤ 梅兰芳：《梅兰芳舞台生活四十年：梅兰芳回忆录》（下），许姬传、许源来、朱家溍记，团结出版社2006年版，第99页。
⑥ 马良华：《云南花灯剧〈卓梅与阿罗〉》（根据莎士比亚戏剧罗密欧与朱丽叶改编），《剧本》1998年第4期。
⑦ 齐致翔：《灯火阑珊望彩云：听云南玉溪花灯剧团团长朱丽云"领唱"花灯》，《中国戏剧》2002年第6期。
⑧ ［英］布鲁克：《空的空间》，邢历译，中国戏剧出版社2006年版，第36—37页。
⑨ 胡经之：《中国古典美学丛编》，凤凰出版社2009年版，第14页。

《卓》剧在对文本进行重写中，并没有使原著中的悲剧精神和叙事体戏剧风格被遮蔽，甚至被认为是"家族仇毁灭爱情的莎翁名剧的翻版"①。但是《卓》剧仍然在内容与戏剧形式之间达成了陌生化叙事的美学效果，即以现代舞台意识统领全局，并且从音乐、舞蹈、布景等方面力求贴近与花灯观众的距离，既尊重传统的花灯的表演方式，也充分调动花灯表演的各种艺术手段，为"追求内心的神似……经过艺术化的精心表现出来的高浓度感情"②服务。为此，《卓》剧的首尾均采用写意手法，利用彝族人民崇拜的"火"，隐喻光明、吉祥和希望。例如，在尾声部分，红色与白色、红色与黑色的对比，在隐喻中具有强烈的视觉对比效果，富含了丰富的潜台词，当男女主人公双双殉情后，巨幅红绸随着火把飘动，比喻冲天烈焰把邪恶化为乌有；而白衣舞女的白扇舞蹈，则隐喻遍地白花悼祭殉情恋人之间纯洁的爱情。③甚至舞台美术设计也为剧情发挥了"物我一体的表演特性"④，《卓》剧"以它充满人性的概念……但却含有生命本能与博爱的某种东西"⑤展现爱之生死。《卓》剧在利用悠长的唱段冲破了真实与虚构、生与死、可信与不可信、可能与不可能的界限时，悲剧精神的依托和对现代意义上的爱情观念的重构，不仅使观众感觉到了爱的倾诉与爱的缠绵，同时在此基础上获得现代观念意义中的"爱"的启示与赴死的决绝和关于爱与死的激情宣泄。

　　《卓》剧的叙事仍然保留了《罗》剧之悲剧精神，负载了强烈情感的唱腔和程式成为刻画人物心理，塑造人物形象，抒发人物情感，承担戏剧冲突和反映人物性格的有效手段，从根本上达到了不同文化殊途同归于人性的目的。《卓》剧的改编借助于《罗》剧的悲剧性达到刻画人精神世界的目的，展现爱情的美好追求，展示人性中的善、恶的哲学与极致的审美为目标，改

---

① 桂荣华：《生而何不欢！——'99中国戏剧诘难》，《上海戏剧》2000年第1期。
② 张庚：《张庚文录》（第五卷），湖南文艺出版社2003年版，第311页。
③ 何瑞芬、严跃龙：《花灯剧〈卓梅与阿罗〉导演的探索与追求》，《民族艺术研究》1997年第2期。
④ 苏国荣：《中国剧诗美学风格》，上海文艺出版社1986年版，第51页。
⑤ ［波］耶日·格洛托夫斯基：《迈向质朴戏剧》，魏时译，中国戏剧出版社1984年版，第12页。

编者抓住《罗》剧悲剧精神的内核,"以声情激扬词情"①,体现出中国戏曲成功改编莎剧的普遍性规律。

二 审美幻象与表现形式

"从民族戏曲的写意美学出发"②去探索莎剧的戏曲改编,不断激活当代中国戏剧演出是时代对中国莎剧改编提出的更高审美要求。《卓》剧表现出浓郁的青春气息,赋予悲剧以更多的浪漫色彩。③《卓》剧以云南花灯、彝族民间音乐为基础,融合外来音乐素材,④成为一种"主题性的文化跨越",⑤民族化、戏曲化莎剧改编的路子,自有其独特的审美价值。从文化之间的对话来看,"一切以审美方式被完成化的东西都具有独立、自足的形式"⑥,关键是要通过《卓》剧这样的改编"将审美幻象落实为具体表现形式"⑦,并以"其自身揭示出所有不在场的世界",⑧融"编剧""导演""唱腔""程式"于悲剧精神与现代性于中国戏剧的"精神本质"⑨的建构中。毫无疑问,《卓》剧的改编尽管还存在着种种不足,但却为中国戏曲改编莎剧提供了可资借鉴的成功经验,也是中国戏曲与莎剧的一次极有意义的文化互动。

《卓》剧在将花灯与莎剧对接中,以其遵循原作的悲剧精神为根本,又以家族仇恨毁灭美好爱情,呼唤人文精神为旨归,对文本进行了脱胎换骨的改

---

① 曾永义:《戏曲腔调新探》,文化艺术出版社2009年版,第73页。
② 胡星亮:《当代中外比较戏剧史论(1949—2000)》,人民出版社2009年版,第13页。
③ 金重:《花灯六人论——兼论花灯表演》,《民族艺术研究》2000年第2期。
④ 金重:《李鸿源论》,《民族艺术研究》2000年第4期。
⑤ 森茂芳:《戏剧改编艺术论——兼论繁荣云南戏剧创作的艺术之路》,《民族艺术研究》1998年第5期。
⑥ [俄] M. 巴赫金:《巴赫金文论选》,佟景韩译,中国社会科学出版社1996年版,第265页。
⑦ 王文章:《张庚学术研究文集》,中国戏剧出版社2005年版,第209页。
⑧ [美] 杰姆逊:《后现代主义与文化理论:弗·杰姆逊教授讲演录》,唐小兵译,陕西师范大学出版社1986年版,第168页。
⑨ [美] 斯达克·杨:《梅兰芳》,周育德:《说梅兰芳》(中国艺术大系京剧卷·评论篇·剧人部),中国戏剧出版社2010年版,第361页。

写。尽管由此形成的互文性和拼贴更多地在借用《罗密欧与朱丽叶》的悲剧精神，但更为明显的是剧情以云南哀牢山彝族花山大寨卓梅与阿罗的爱情故事为线索，以戏曲特别是花灯载歌载舞的表现形式，把剧情与彝族民间习俗结合起来，在实现文本重构与形式替换的基础上，在思想内涵、艺术表现形式上对《罗密欧与朱丽叶》中的悲剧精神做了"写意性"的审美建构。《卓梅与阿罗》为世界和中国莎士比亚戏剧舞台再添一朵绚丽的云南玉溪花灯之花。

云南玉溪花灯剧团的《卓》剧，以"自由之物的非自由性"① 的改编，以花灯剧的艺术表现形式和云南彝族人民的生活为背景，在诗意的建构中再现了原作的悲剧精神，该剧不仅受到了喜爱莎剧和花灯剧观众的赞赏，亦受到了莎学家的肯定，主演杨丽琼也因饰演中国彝族山寨的"朱丽叶"——卓梅，一举获得了中国戏剧艺术的最高奖——梅花奖的桂冠。② 显然，探讨该剧的改编，使戏曲莎剧"外之既不后于世界之思潮，内之仍弗失固有之血脉"③，能够为莎剧在中国舞台上的改编提供不同于西方舞台改编莎剧的经验，彰显中国戏曲丰富的表现形式，参与现代舞台对《罗》剧的当代建构，并为在中国舞台上如何改编莎剧，使之更具现代意识，并为当代观众所喜爱提供了深入的思考。

三　文本的悲剧精神与舞台时空的自由

当代中国戏曲莎剧的改编着重于"戏剧精神"④ 的探索，是选择中的转

---

① ［瑞士］费尔迪南·德·索绪尔：《索绪尔第三次普通语言学教程》，屠友祥译，上海人民出版社2007年版，第111页。

② 玉溪市花灯剧院/玉溪市艺术创作研究所：《花红灯亮六十春：玉溪市花灯剧团建团60周年（1952—2012）》，玉溪市艺术创作研究所2012年版，第243页。(此外，该剧1997年参加"上海国际艺术节"获得"综合一等奖"；2000年参加"中国戏剧节曹禺优秀剧目奖评奖"获得"曹禺戏剧奖"；并参加世博会、国际旅游节、世界园艺博览会等多项国际文化交流活动，为第一部中国戏曲改编莎剧获得中国戏剧演出最高奖梅花奖的剧目。)

③ 鲁迅：《文化偏至论》，《坟》，人民文学出版社1995年版，第49页。

④ 胡星亮：《当代中外比较戏剧史论（1949—2000）》，人民出版社2009年版，第13页。

化、创新和变形。"戏剧精神"着重于写意性的建构,它捕捉的是"非一般意义上的表现形态"。玉溪花灯剧"在关注本土题材创作的同时,也开始思考世界戏剧经典作品与本土文化结合的可能性,进行了积极、有效的探索"。① 莎剧的特点是主线之外,还设置了若干副线,文艺复兴时期人们有充足的时间观赏戏剧,但这种结构与中国戏曲立主脑、减头绪的创作有冲突,已不适合当下观赏戏剧的习惯,为了体现原作的主要内容和情节,改编删除了若干副线,以彝族风情舞蹈贯穿全剧,为爱情悲剧增添歌舞场面,通过"反衬法"形成了悲与喜的强烈对比。

《卓》剧在改编中沿用了家族世仇的内容,人物设置大体对等,但是故事发生的背景从意大利挪移到了云南明朝洪武年间的"改土归流"的哀牢山他郎甸彝族花山大寨,假面舞会改为了彝族火把节的跳脚舞及摔跤,增加了互赠爱情信物荷包和口弦的情节,以男女主人公在火把节期间邂逅、幽会、结婚、诀别和殉情等情节,② 将剧情与民间习俗,花灯音乐与彝族音乐结合起来,发挥玉溪花灯载歌载舞、"字润腔圆"③ 的演唱技巧,以诗意的表现,在寻求改编突破、拓展表现领域、实现现代舞台演绎、赋予经典鲜活舞台生命力的改编中,比较成功地实现了从原作到《卓》剧的成功转型。正如安托南·阿尔托认为:"东方戏剧完好地保存了戏剧概念"。④ 显然,这是中国戏曲与莎剧融通的有利条件。但"如何使莎士比亚作品中国化、彝族化和花灯化,一直是整个剧组创作人员最关心的问题"。⑤ 在具体的改编中,由于莎剧内涵的复杂性、多义性,以及中西戏剧无论在戏剧思想、表现形式、表演方式上存在的差异性,往往在兼顾莎剧的人文主义思想内涵和中国戏曲的"立

---

① 玉溪市花灯剧院/玉溪市艺术创作研究所:《花红灯亮六十春:玉溪市花灯剧团建团60周年(1952—2012)》,玉溪市艺术创作研究所2012年版,第97页。
② 胡耀池:《成功的改编》,《民族艺术研究》1997年第2期。
③ 云南省群众艺术馆/云南省花灯剧团:《玉溪花灯音乐》,云南人民出版社1957年版,第20页。
④ [波兰] 安托南·阿尔托:《残酷戏剧及其重影》,桂裕芳译,中国戏剧出版社2006年版,第31页。
⑤ 沈建南:《我演阿罗》,《民族艺术研究》1997年第2期。

主脑，减头绪"的改编中，难以做到和谐和统一，很难在戏曲观众与莎学家之间找到一个最佳的平衡点。而《卓》剧的改编者则力求以《罗》剧之"神"与花灯之"貌"的融合，撷取爱情悲剧之神韵，"力求做到既是地道的花灯戏，但又不失莎士比亚戏剧的韵味"。① 这就要求《卓》剧的改编要以其诗意的强化，花灯的拼贴和"民歌特色"②，为在不同语境、戏剧观建构起来的花灯与莎剧的对话中，既展示莎剧所蕴含的深刻的人文主义精神，又拓展、丰富了花灯剧的表现空间，"既是莎翁，又是花灯，是彝人，是中国的莎士比亚"③。

随着莎士比亚的经典化，"莎士比亚的戏剧已经成了众多戏剧艺术家磨砺风格、推陈出新的展示窗……展现文艺新观念、当下社会现实，于是莎士比亚也就超越了时间，成为批判的武器"。④ 诚如彼得·布鲁克所言，我们不能用"僵化的戏剧"⑤控制莎剧的演出形式。而采用戏曲改编莎剧是其超越文本，回归舞台获得多样化和经典性的途径之一。

中国戏曲"从来就不是为了读的，如果你只要它能读，那么它就未必能十全十美地被送上舞台表演"⑥，中国戏曲以歌舞演故事，"情节属于再现性质，歌舞属于表现性质"。⑦ 将《罗》剧情节中国化，重要的是使莎剧精神与花灯艺术水乳交融般结合在一起，既为当代中国观众带来人文精神的新启示，又力求最大限度地发挥花灯的艺术表现力，并且表演形式的创新将莎剧的人文主义精神通过现代舞台传达给中国观众，在保持文本精神的基础上，不断

---

① 马良华：《莎士比亚与中国戏曲——〈罗密欧与朱丽叶〉改编体会》，《民族艺术研究》1997年第2期。
② 云南省群众艺术馆/云南省花灯剧团：《玉溪花灯音乐》，云南人民出版社1957年版，第13页。
③ 齐致翔：《灯火阑珊望彩云：听云南玉溪花灯剧团团长朱丽云"领唱"花灯》，《中国戏剧》2002年第6期。
④ 沈林：《莎剧的重现与再生》，刘立滨：《莎士比亚戏剧研究（第一届世界戏剧院校联盟国际大学生戏剧节研讨会论文集）》，文化艺术出版社2010年版，第8—11页。
⑤ 周宁：《西方戏剧理论史》（下册），厦门大学出版社2008年版，第1080页。
⑥ 吴小如：《论梁实秋先生谈旧剧》，武汉市艺术创作研究中心、蒋锡武：《艺坛》（第二卷），武汉出版社2002年版，第23页。
⑦ 阿甲：《戏曲创作·观众·社会效果及其他》，《戏剧论丛》1984年第1期。

以中国戏曲审美的"舞台时空的绝对自由"① 对经典进行阐释。

四 写意建构中的审美呈现

中国戏曲改编莎剧,没有不对文本进行全新改造的,《卓》剧岂能例外?但有些改编,文本中多少还保存了原作的独白、对白的影子,但在《卓》剧中,我们几乎看不到文本的痕迹,却能在精神上感到这就是《罗》剧。这就是说衡量改编成功与否的关键,不在于文本建构中是否保存了原作的话语,而在于能否准确把握原文本的精神实质,即通过花灯的歌舞,以戏曲的写意建构原作写实的悲剧精神。我们认为,中国戏曲在舞台上"根本就没打算像真,所以用不着作假"②,"戏曲艺术也无所谓真实不真实、再现不再现的问题。它已经完全超越了'真实''再现'和'隐蔽'等这样一些在场性的东西"③。为此,《卓》剧在"善"与"美"之间利用花灯的音舞和"雕塑性"④强调其"爱情"的悲剧意义,即"从里面观察被聚焦者的'内心生活'",⑤达到了"心里有戏,戏才真实"⑥ 的境界,赋予外部动作"有灵魂"⑦,以承载悲剧精神和莎氏的人文主义思想,实现"戏曲传统中现实主义和浪漫主义相结合"的审美魅力,⑧ 并以花灯的舞台呈现作为区别西方话剧的最本质特征,达到了角色与观众之间的"戏剧化"(Dramatization),使《罗》剧的悲剧性在云南花灯中得到了完美建构。

"改编自莎翁经典剧目《罗》剧的大型花灯剧《卓》剧把莎翁经典移植

---

① 施叔青:《西方人看中国戏剧》,人民文学出版社1988年版,第28页。
② 齐如山:《齐如山回忆录》,辽宁教育出版社2005年版,第207页。
③ 邹元江:《中西戏剧审美陌生化思维研究》,人民出版社2009年版,第289页。
④ 黄佐临:《导演的话》,上海文艺出版社1979年版,第143页。
⑤ [以色列]里蒙-凯南:《叙事虚构作品》,姚锦清等译,生活·读书·新知三联书店1989年版,第146页。
⑥ 阿甲:《阿甲戏剧论集》(上),中国戏剧出版社2005年版,第178页。
⑦ 谭霈生:《论影剧艺术》,湖南文艺出版社1986年版,第35页。
⑧ 梅兰芳:《梅兰芳舞台生活四十年:梅兰芳回忆录》(下),许姬传、许源来、朱家溍记,团结出版社2006年版,第592页。

进玉溪彝族山寨,以独特的人物性格和艺术魅力"① 获得了中西交融的审美效果。而"只有环境中国化,故事人物也才能中国化"。②《卓》剧的改编者马良华把故事发生的时间、年代定位于中国明朝洪武年间的"改土归流"以后,哀牢山他郎甸彝族花山大寨的火把节,卓梅与阿罗相互赠送荷包和口弦作为爱情信物,正直善良的彝族长者,愿天下有情人终成眷属,但在强大的家族世仇面前,阿罗和卓梅双双殉情,真、善、美在烈火中得以永生。③《卓》剧采用花灯特有的艺术表演形式,丰富了男女主人公之间的生死之恋。从该剧的故事情节来看,改编既保留了《罗》剧的情节主线,又在原有的故事情节之上,以"内容和形式的和谐"④ 的写意性,通过彝族生活、歌舞、风习、装扮,在保留剧情内容主干,不背离精神品格,不减弱思想意蕴的歌舞,甚至把"花灯与许多民俗活动联系起来"⑤,达到对"做"的重构。在彝族火把节的背景下,偶数形式的彝族青年男女以整齐、欢快的"对脚舞"(彝语称"达体且"或"喜则且")种娴熟的对脚步伐,双臂的上下摆动或拍手营造出热烈的场面,给人纯朴美的感受。⑥ 卓梅和阿罗的相识、相恋、定情,在对歌谈情,具有浓烈彝族风情习俗的情景中展开,⑦ 以花灯形式把握了"文化复兴和人文复归的……家族毁灭爱情"⑧ 的主题。

循着这一改编思想,我们会问,花灯剧与《罗》剧之间到底存在着什么样的改编基础呢？莎剧与戏曲尽管有其历史个性与独特风格,但也有共同的本质属性,为使本质属性得到互补,改编者借用《罗》剧中蕴含的人文主义

---

① 玉溪市花灯剧院/玉溪市艺术创作研究所:《花红灯亮六十春:玉溪市花灯剧团建团60周年(1952—2012)》,玉溪市艺术创作研究所,2012年,第97页。
② 马良华:《莎士比亚与中国戏曲——〈罗密欧与朱丽叶〉改编体会》,《民族艺术研究》1997年第2期。
③ 胡耀池:《成功的改编》,《民族艺术研究》1997年第2期。
④ 金重:《花灯艺术形式革新的又一次突破——〈卓梅与阿罗〉观后》,《民族艺术研究》1997年第2期。
⑤ 张桥:《云南花灯剧的基础、定位及发展》,《民族艺术研究》2008年第1期。
⑥ 彭蓉:《彝族"对脚舞"》,《四川戏剧》2013年第5期。
⑦ 抱朴:《莎剧民族化的新成果》,《民族艺术研究》1997年第2期。
⑧ 李祥林:《百年反思:世纪末戏曲何以"迷恋"世纪初话语》,《艺术百家》2003年第3期。

悲剧精神，剔除清教徒背景，① 宣示爱的无畏。由于《罗》剧的经典性质所设立的情节与冲突具有唯一性，改编不在言语的相似性上寻求相似度，而是在"声腔和音乐节奏更偏重于戏剧性"上做文章。②《卓》剧正是在这一改编中，力求在"展示剧中主人公在真、善、美的追求中，对自由爱情的向往和以死来谴责封建家庭的内讧与残杀"③ 原剧的悲剧精神为旨归，"表现莎士比亚悲剧的那种深刻的现实主义描绘和浪漫主义激情"④。《卓》剧紧扣"原作歌颂人文主义者的爱情理想、抨击封建思想的主题"⑤，同时在"立主脑，减头绪"的结构原则指导下，以卓梅和阿罗两个主要人物的行动为一条线，删去《罗》剧中乐工和仆人在朱丽叶假死后为金钱的戏谑和调侃，以及罗密欧和卖药人的戏，根据花灯载歌载舞的特点，设计了彝族特有的风情舞蹈，爱情悲剧中的歌舞。花灯化的歌舞，成为与爱情悲剧形成强烈对比的情感表现手段。

《卓》剧对"人性"与爱情悲剧的深入开掘，以中国戏曲艺术的自由时空特性为基础，通过"建立虚拟性动作基础之上的虚拟时间和虚拟空间"⑥，作悲中有喜，喜中亦悲的渲染，正所谓"以喜衬悲，愈觉其悲"，加强了场景、情感之间层次的对比和"行动的进程"⑦，体现出"每一个陈述都有一个作者……对话反应使话语人格化"，在隐喻中使"中国剧诗更多地侧目于内心意志的展示，强调外部动作的形成过程，把舞台空间腾给人物灵魂深处的内心徘徊"。⑧ 这种采用"美术化的象征之法"⑨，侧重于强调艺术的表现力，歌

---

① 周宁：《西方戏剧理论史》（上册），厦门大学出版社2008年版，第303页。
② 严伟：《戏剧天地舞台人生：严伟导演文集》，云南大学出版社2008年版，第60页。
③ 玉溪市花灯剧团：《卓梅与阿罗》（戏单）（根据莎士比亚戏剧《罗密欧与朱丽叶》改编，1998年9月迎接中国'99昆明世界园艺博览会北京宣传周演出。）
④ 马良华：《莎士比亚与中国戏曲——〈罗密欧与朱丽叶〉改编体会》，《民族艺术研究》1997年第2期。
⑤ 曹树钧：《莎士比亚的春天在中国》，香港天马图书有限公司2002年版，第131页。
⑥ 谭霈生：《戏剧本体论》，北京大学出版社2009年版，第185—186页。
⑦ [法]于贝斯菲尔德：《戏剧符号学》，宫宝荣译，中国戏剧出版社2004年版，第258页。
⑧ 苏国荣：《中国剧诗美学风格》，上海文艺出版社1986年版，第22页。
⑨ 齐如山：《梅兰芳游美记》，岳麓社1985年版，第132页。

舞的形体动作和队形变换表达了"丰富的艺术想象",①在具有浓郁的"彝族风情特色的烟盒舞、跳(对)脚舞、阿乖乐、摔跤舞、牛角舞、小三弦舞、牛角二胡舞、跳乐、踩荞步、凤点头及表现火把节熊熊烈火的扇子红绸舞等民族舞蹈"②的映衬下,将悲壮—欢快、惨烈—喜庆、凝重—活泼、深沉—开朗注入卓梅、阿罗的爱情主旋律之中,强化了舞台叙事能力和大悲大喜的人物情感发展焦点,从而使主要悲剧人物性格的鲜明化与悲剧氛围的营造,在对比中显得更加突出。"美的艺术,不仅需要真实地反映美好的内容,也需要有足以唤起美感的形式。……演员在舞台上创造人物,就是通过歌舞表演来创造美"③。例如,她(他)唱道:

> 卓梅(唱)自从与你来相见,
> 卓梅夜夜想阿罗。
> 你点燃我心中一团火,
> 烧暖卓梅心窝窝。
> 问声阿罗敢不敢,
> 从今后做我的情哥哥。
> 阿罗(唱)爱你敢把天捅破,
> 捅破苍天来作合。
> 天不作合人作合,
> 人不作合自作合!
>
> 卓梅
> 阿罗(唱)

---

① 张庚、郭汉城:《中国戏曲通史》(上),中国戏剧出版社2007年版,第277页。
② 何瑞芬、严跃龙:《花灯剧〈卓梅与阿罗〉导演的探索与追求》,《民族艺术研究》1997年第2期。
③ 何为:《梅兰芳艺术三论》,周育德:《说梅兰芳》(中国艺术大系京剧卷·评论篇·剧人部),中国戏剧出版社2010年版,第62页。

> 天不作合人作合,
>
> 人不作合自作合!(亲密地拥在一起)①

对于戏剧来说,"在这个舞台上讲的话能否有生命力,就只能取决于这话本身既定的舞台环境中所产生的力量"。②《卓》剧以大段的唱、舞增加了感情的浓度,为了表现爱的坚贞,卓梅与阿罗大胆、勇敢地对真挚爱情进行无畏的追求。因此,卓梅、阿罗反抗封建婚姻,追求自由恋爱,为爱敢于抛弃一切,甚至牺牲自己的生命也在所不惜的对人的精神价值追求的时代意义得到了形象体现。我们知道,戏曲舞蹈的"静"有造型之美,能够以"优美的亮相调节观众的视觉"③,触动情感;动有流动之美,以曲线达到"舞式化"④,扮演卓梅的杨丽琼和扮演阿罗的沈建南利用云南花灯剧和彝族舞蹈动、静结合,长于抒情的特点,用感知的生命的创造性肢体语言参与"形容心思之舞"⑤,建构了"崇尚写意,遗貌取神"⑥的审美叙事,尤其是杨丽琼"用花灯特有的艺术表演形式——载歌载舞来塑造卓梅这一人物"⑦,丰富了爱慕之心的倾诉,情深意厚,似拥、似吻的双人舞,使身段在静态的造型与动态的舞蹈中把人物的情感推向高潮。而沈建南也以鲜明有力的外部表现手段,通过内心动作和外部动作的统一,将京剧武打和民族武术,民族比武和现代剑术融为一体,在民族化、戏剧化、抒情化的前提下"塑造了人物的完整艺术形象"⑧,通过歌舞叙事诠释了人物心理转折的复杂层次和情感。这种"精

---

① 马良华:《云南花灯剧〈卓梅与阿罗〉》(根据莎士比亚戏剧《罗密欧与朱丽叶》改编),《剧本》1998 年第 4 期。

② [英]布鲁克:《空的空间》,邢历译,中国戏剧出版社 2006 年版,第 36—37 页。

③ 梅兰芳:《梅兰芳舞台生活四十年:梅兰芳回忆录》(下),许姬传、许源来、朱家潘记,团结出版社 2006 年版,第 471 页。

④ 齐如山:《国剧艺术汇考》(一),辽宁教育出版社 1998 年版,第 61 页。

⑤ 同上。

⑥ 徐慕云:《中国戏剧史》,东方出版中心 2011 年版,第 259 页。

⑦ 杨丽琼:《从中国村姑到欧洲贵族小姐》,《民族艺术研究》1997 年第 2 期。

⑧ 齐致翔:《灯火阑珊望彩云:听云南玉溪花灯剧团团长朱丽云"领唱"花灯》,《中国戏剧》2002 年第 6 期。

神上的寄托"① 对爱的权利的无畏追求,不仅适用于渲染卓梅与阿罗悲欣交集的情感,而且以震撼人心的审美效果表达了爱情的专一和对人世黑暗的怨恨。

《乐记·乐象篇》有"乐者,心之动也。声者,乐之象也"②。《卓》剧的作曲李鸿源不仅把少数民族音乐花灯化,而且把西方作曲多声部合唱运用到人物心理的烘托中,③ 我们看到阿罗和卓梅的对唱虽然已经对原作言语进行了重写,但仍然有保留原作中心意思的痕迹,例如原作中朱丽叶爱的慨叹:"罗密欧啊,罗密欧!为什么你偏偏是罗密欧呢?……那么只要你宣誓做我的爱人,我再也不愿姓凯普莱特了。……叫做玫瑰的这一种花,要是换了个名字,它的香味还是同样的芬芳。"④ 罗密欧抒发爱的激情:"那边窗子里亮起来的是什么光?那就是东方,朱丽叶就是太阳!……你只要管我叫做爱,我就有了一个新的名字,只要你用温柔的眼睛看着我,只要你爱我。"⑤《卓》剧的舞台叙事重写仍然是沿着"爱"的盟誓在展开:"月琴声声,巴乌低唱……阿罗在何方?残月挂树上,晚风送暗香……阿罗忙答腔……手凉心发烫,一颗热心藏胸膛,不信阿罗摸摸看,烫得你心发慌!……恨你为什么是上寨头人的儿子……恨我为什么偏偏又是下寨头人的女儿!"⑥

但是,改编却并没有受到原作言语的束缚,而是重构其抒情意蕴。我们知道"莎剧中有许多段落实际上就是抒情歌曲"。⑦ 这里大段的唱仍然沿用了原作的中心意思,但是却以外化的歌舞表现人物的情绪变化和心理矛盾、情

---

① 贺麟:《文化与人生》,商务印书馆2005年版,第73页。
② 陈多、叶长海:《中国历代剧论选注》,上海世纪出版股份有限公司/上海古籍出版社2010年版,第8页。
③ 陈刚、芮燕:《玉溪花灯音乐现状与未来——以"花灯传人"李鸿源的音乐创作为透视点》,《民族音乐》2013年第3期。
④ [英]莎士比亚:《罗密欧与朱丽叶》,《朱生豪译莎士比亚戏剧手稿》(第四册),国家图书馆出版社2012年版,第50页。
⑤ 同上书,第49—52页。
⑥ 马良华:《云南花灯剧〈卓梅与阿罗〉》(根据莎士比亚戏剧《罗密欧与朱丽叶》改编),《剧本》1998年第4期。
⑦ [英]约翰·吉尔古德:《莎剧演出谈》,杜定宇:《西方名导演论导演与表演》,中国戏剧出版社1992年版,第452页。

感演进与个性特点,同时在激情的呈现上紧扣《罗》剧"爱"的强度,以"中国戏剧的表情动作,俗称'身段'……往往包括着大部分剧情"① 的表演为依托,插入民族、民间歌谣、俗语、谚语、格言来借景抒情,托物寓意,唱和舞既为人物的性格发展服务,又为戏(情节)的推进、发展、高潮和结局服务,用歌舞展示人物性格,表现人物心灵的撞击和人物感情的爆发。《卓》剧在揭露"世仇流血和宗法专制对社会和个人的莫大害处"② 的同时,展现了卓梅和阿罗敢于蔑视和反抗束缚人性发展的旧习俗、旧势力,为了爱情,不惜牺牲生命③的情感纯粹性。例如:

> 阿哥呀,你怎能离我而去?
> 哀牢山的土,哀牢山的泥,
> 泥土做成了我和你。
> 心连在一起,血流在一起,哪怕是粉身碎骨,
> 也是哀牢山的土和泥!
>
> 你我对天曾发誓,
> 山和水在一起。
>
> 阿梅
> 阿罗(唱)
>
> 星宿和月亮在一起,
> 阿罗卓梅生生死死在一起!④

《卓》剧将《罗》剧中人物的性格特征与心理层次的变化,"移到一个新

---

① 周贻白:《中国戏剧史/中国剧场史》,湖南教育出版社2007年版,第59—60页。
② 孙家琇:《莎士比亚辞典》,河北人民出版社1992年版,第97页。
③ 同上书,第98页。
④ 马良华:《云南花灯剧〈卓梅与阿罗〉》(根据莎士比亚戏剧《罗密欧与朱丽叶》改编),《剧本》1998年第4期。

环境中,继而载入自己的文本与之相连"①的互文性,使《罗》剧主题与《卓》剧形式之间建立了紧密关系。艺术的纯粹美感,虽然有天生自然的"距离"②,但这种距离业已在悲剧精神的阐释中得到了花灯化的重构。尤其是当男女主人公双双殉情后,巨大的红绸滑盖过舞台,比喻熊熊烈火把邪恶烧毁,手持白扇的白衣舞女,"隐喻遍地白花悼祭殉情恋人纯洁的爱情"③。凄凉、悲壮的冷色与火红、热烈的红色,构成了动—静,冷—热之间极大的反差,增添了悲剧的凝重感,体现出"为爱而死"④,以及"唯有至情,可以超生死、忘物我,通真幻,而永无消灭"⑤的境界。尽管包括莎剧在内,"任何文化交流都离不开本土化过程,不仅对外来文化的解读,而且对外来文化的接受,永远不可能是对该文化本义的复制,期间不可避免地会经历一个本土化的过程"⑥。但是,文本的建构必须"依赖于富有想象力的理解"⑦,并在现代意义上强化中国戏曲不依靠"激烈的戏剧性"⑧,强化调和性的中和之美的文化传统,故而也能借此在展现莎剧叙事的诗化风格的基础上,"承袭原著的人物形象和思想脉络……让新的人物形象闪耀出原著人物的神采"⑨。这就是说,这种本土化的改动,是以是否保持了原作的精神为衡量标准的。

《卓》剧的表演者聚焦于以浓墨重彩地剥开卓梅与阿罗的内心世界,利用花灯剧——长于抒发内心情感的唱舞,展示了悲剧主人公的叛逆精神与超越

---

① [法]蒂费纳·萨莫瓦约:《互文性研究》,邵炜译,天津人民出版社2003年版,第27页。
② 朱光潜:《朱光潜全集》(3),安徽教育出版社1987年版,第381页。
③ 何瑞芬、严跃龙:《花灯剧〈卓梅与阿罗〉导演的探索与追求》,《民族艺术研究》1997年第2期。
④ Paul M. Lee, William Nickerson,李慕白:《西洋戏剧欣赏》,李慕白译,幼狮文化事业公司1975年版,第84页。
⑤ 吴梅:《吴梅戏曲论文集》,王卫民编,中国戏剧出版社1983年版,第159页。
⑥ 王才勇:《中西语境中的文化述微》,上海人民出版社2004年版,第178页。
⑦ [英]玛格丽特·韦伯斯特:《论导演莎士比亚戏剧》,杜定宇:《西方名导演论导演与表演》,中国戏剧出版社1992年版,第433页。
⑧ 于允:《巫风傩影中的戏曲源流:就〈中国演剧史〉的译介访日本学者田仲一成教授》,胡忌、洛地:《戏史辨》(第三辑),艺术与人文科学出版社2002年版,第158页。
⑨ 孙军:《欧洲奇葩云岭开》,《民族艺术研究》1997年第2期。

世俗的纯真爱情，而只有"戏寄悲慨……才能把真正的思想融汇在艺术里面"①。从而使观众既体会到了原作强烈的人文主义悲剧精神和已经化为了哀牢山彝族村寨男女青年中国故事的花灯剧莎剧。

第五节 经典与草根，叙述兼代言：二人转《罗密欧与朱丽叶》

二人转《罗密欧与朱丽叶》以一种独特的戏剧形态演绎莎士比亚的第五大悲剧《罗密欧与朱丽叶》。原作《罗密欧与朱丽叶》借助二人转特有的"演人物又不人物扮"的表现手法，采用叙事兼代言的诗体形式，以"做比成样"的叙事手法，对该剧的悲剧人物，以抒情和传神的"半真半假"与"相"的"神似"，显示了人物的性格、心理、行动和原作之悲剧精神。二人转《罗密欧与朱丽叶》在同一时空内的"叙事"与"代言"拓展了戏剧艺术的想象空间。这种区别于话剧、戏曲莎剧的叙述与代言兼具的改编莎剧，可谓中国和世界莎剧舞台上的一朵奇葩。

一 以"二人"形态"转"出本体生命的精髓

在中国，从民国时期的文明戏肇始，话剧、戏曲和校园英文演出莎剧已经有近二百年的历史了。以中国戏剧演出莎剧，讲好莎剧的中国故事，使带有鲜明中国文化元素的戏剧在走向世界的过程中，更容易获得文化之间的理解与认同。莎剧深邃的人文主义精神与具有浓郁民族形式的戏曲相结合所显示出来的审美张力，正是我们的戏剧在提升国际莎剧舞台演出与研究话语权中奉献给世界莎剧百花园中的一朵奇葩，也是戏剧工作者不断改编世界经典莎士比亚戏剧的动力之一。

起源于民间的二人转在中国东北大地上已经有二百多年的历史了。二人

---

① 苏关鑫：《欧阳予倩研究资料》，中国戏剧出版社1989年版，第195—197页。

转主要以彩扮的一女一男叙事加代言，跳进跳出演唱故事的基本形式成为中华民族文化艺术传统中极具草根特色的艺术形式。二人转《罗密欧与朱丽叶》（以下简称二人转《罗》剧）利用这种较为自由和具有浓郁乡土气息的表现形式，把角色精神探索的心理写实主义与表演的戏剧化紧密结合在一起，以令人震惊和陌生的二人转形式，演绎出莎氏悲剧在思想、情感上带给人们的心灵震撼，取得了较好的艺术效果。在强调中国文化走出去的今天，这一现象本身就值得我们关注和研究。我们现在看到的由赵万捷编剧、张振国编曲、吴敏导演、吉林省民间艺术团史秀丽、王金平以草根形式的二人转演出莎士比亚的《罗》剧可谓一次大胆的莎剧创新改编实验。该剧1987年在二人转新剧目观摩评奖大会演出，获吉林省第八届二人转新剧目评奖推广综合演出三等奖、创作三等奖。该剧还另有一个演出版本，为黄晓娟、邢占明表演，但剧本非本剧本。

二人转《罗》剧的表演形式为"叙述与代言"兼容，特点为"演人物又不人物扮"，沾曲艺性、戏剧性、人物性、舞蹈性，而不曲艺化、戏剧化、角色化、舞蹈化，"以唱为主，说舞帮腔，以丑捧美，丑而不脏，凝聚东北民间文化精神"[1]的艺术形式，成为区别于话剧、戏曲改编莎剧的特殊演出形式。《罗》剧在戏剧性与舞蹈性中以"'二人'形态，'转'出本体生命的精髓"，[2] 以特有的作者介入叙述对"所表述的情景与事件、表述本身及其语境的介入"[3] 的自由间接话语，以人物叙事兼代言的演出形式，丰富了中国和世界莎剧舞台。但是自该剧诞生以来，一直未见对该剧的研究，尤其是通过叙事中角色与人物之间特殊叙述方式的改编研究，更是未见踪影。

我们认为，从叙事学理论出发对二人转《罗》剧的研究将会使我们认清二人转中显性的叙述人，既有不是所讲述的故事中情境与事件中的异故事叙

---

[1] 田子馥：《东北二人转审美描述》，吉林文史出版社2007年版，第8—9页。
[2] 田子馥：《二人转本体美学》，时代文艺出版社1996年版，第34页。
[3] ［美］杰拉德·普林斯：《叙述学词典》，乔国强、李孝弟译，上海译文出版社2011年版，第19页。

述，也显示出被讲述情境与事件中人物的同故事叙述特点，加上与一般戏剧隐藏的叙述人，以及模拟化角色与化身角色之间的根本区别，① 使得《罗》剧成为区别于话剧、戏曲改编的莎剧最主要的特色之一，也是"扭浪"的二人转这种叙述与代言对莎剧改编重要而特殊的贡献。显然，二人转《罗》剧的艺术特色值得深入探讨，研究的这一缺失也是应该得到弥补的。

那么，二人转《罗》剧对于原典的改编从何入手呢？其意义、特色又主要体现在哪里呢？最主要的恐怕就是遵循二人转表演艺术本身，以二人转两个特定的叙述人，以叙事兼代言的形式，在表演故事展现情节的基础上，通过表演叙述本身，具有后经典叙事学"讲述故事"② 的特殊视角建构改编策略。这就是说二人转《罗》剧的改编，以声画形象，既表演故事，又表现怎样叙述故事。在二人转的人物画廊中，最有光彩，最具特色的是"追求婚爱解放的女性人物"③。《罗》剧的改编契合了二人转中的"女爱男"的故事模式，在与原作恋情同构的基础上，将文本转换为叙事兼代言的呈现方式，在文本与肢体的双重叙事中，以虚拟、写意兼有的表达方式，为二人转《罗》剧表现人物的内心世界、矛盾纠葛，赋予了人物以"较为深沉的理性色彩和对人物命运的深层探询"，④ 并由此重构出原作的悲剧审美意蕴，而这也正是二人转《罗》剧带给现代观众的审美魅力之一。

二 叙事与代言：自由时空中的审美

二人转的感染力量和审美价值，取决于"上装""下装"一旦一丑"欢歌浪舞的表演方式"⑤，表现其主题的亲和性和舞台形象，"演员既是戏剧故

---

① 杨朴、李艳荣：《二人转：奇特的叙述体戏剧》，《戏剧文学》1998年第11期。
② 谭君强：《叙事学导论：从经典叙事学到后经典叙事学》，高等教育出版社2008年版，第196页。
③ 田子馥：《东北二人转审美描述》，吉林文史出版社2007年版，第315页。
④ 田子馥：《二人转本体美学》，时代文艺出版社1996年版，第438页。
⑤ 杨朴：《二人转的文化阐释》，文化艺术出版社2007年版，第295页。

事的叙述者又是戏剧角色的扮演者"①,即"二人"的叙述和代言过程中,以人物性格为中心,依靠叙事与动作之间的不断切换,通过"加冕与脱冕""表现与表演",以叙述描述人物的性格特征,以代言式的对话展现人物的性格、心理。这种对原作"交替与变更"②的置换方式,形成了草根与经典之间的交流与对话。在身段的舞动中,中国戏曲对听觉的感受尤为倚重,二人转《罗》剧除了强调外部动作的形成原因,主要以哭腔、悲调、噎腔衬托人物内心意志的展示,身段之外,声音成为情感赖以显示和强化自身存在的能指,从而更为灵活地把舞台空间腾给人物灵魂深处的内心徘徊。在叙述方式、叙述角度上毫不遮蔽叙述人身份,以白山黑水的"东北的事儿、趣儿、味儿、气儿"的二人转《罗》剧,呈现出莎作改编的中国特色、东北特色和民间乡野特色。

二人转《罗》剧的改编也是二人转具有"悲剧审美价值的生动体现"。③二人转的叙事与代言,以及角色与人物之间的特殊关系是构成舞台形象的明显特征,这就与"西洋写实体戏剧在展示内心动作转化后的外部动作,更多地表现人物面对面的动作与反动作……强调的是内心意志的已经'实现'"④,在舞台呈现方式上形成了根本区别和戏剧理念上的重大分野。同时,二人转的"扮演"又不是"全演",而是"半演",拉开了演员与角色的距离,"以超越戏曲的'自由时空法则'的惊人奔放的想象力,把艺术的假定性抽象到最极端的地步",⑤ 从而堪称超越戏剧与戏曲思维的演剧形式。

二人转是"一种独特的戏剧形态"⑥ 介于曲艺和戏曲中间地带,有三百多种曲牌,俗称"九腔十八调,七十二嗨嗨"⑦。二人转《罗》剧借助于这一

---

① 孙红侠:《二人转戏俗研究》,文化艺术出版社2013年版,第136页。
② [俄]巴赫金:《拉伯雷研究》,李兆林、夏忠宪译,河北教育出版社1998年版,第8页。
③ 王兆一:《创作植根于爱》,辽宁省艺术研究所:《二人转艺术论集·东北三省二人转艺术学术研讨会(表导演、舞台美术专题论文选)》,1987年版(《艺品》增刊),第89—90页。
④ 苏国荣:《戏曲美学》,文化艺术出版社1999年版,第42页。
⑤ 田子馥:《东北二人转审美描述》,吉林文史出版社2007年版,第39页。
⑥ 王肯:《土野的美学》,时代文艺出版社1989年版,第11页。
⑦ 王玉文:《二人转辞典》,辽宁省丹东市群众艺术馆1986年版,第1—2页。

丰富的表演形式，对外部动作的形成做了变形处理，由两个中性扮的男女演员，即一旦一丑运用简单道具，说、唱、扮、舞结合，人物跳进跳出，以假代真，以虚代实，在深入体验人物内心矛盾的同时，以罗密欧、朱丽叶内心变化支配形体动作和面部表情，在诗体的叙事兼代言表演中，以"千军万马，全凭咱俩"的形式美塑造出敢于冲破封建恶势力的阻挠，用生命争取爱情婚姻自主的男女主人公形象。

　　二人转《罗》剧以形式美诉诸人的感官，达到的是神似重于形似的审美效果。二人转《罗》剧在与原作的遇合之中，把艺术的假定性抽象到极为简约的程度，以展现人的精神、心灵为目标，在以形式重构原典的过程中，以二人转这种形式获得了艺术生命的真实，充分体现出"形式乃是最高的内容"①这一审美思想。二人转《罗》剧在形式美的表演中，依靠原典理性和思想的魅力，充分调动二人转表演中的身段、动作、造型等来反映人物的性格、情绪、心理的复杂变化。二人转《罗》剧，可以在更为灵活、自由、简约的假定语境，虚拟表演中超越时空限制，在最大限度地追求审美形式的时空自由之中，通过莎剧的哲理之真与思想的深刻性，特别是如火山爆发般的情感力度，运用"简化了的戏曲行当扮"②的二人转演绎，把"听觉想象力"（auditory imagination）③的神形兼备的写意传神发挥到了极致，通过"得意忘象""俩人多角戏"的上装和下装两个演员的分包赶角，跳出跳入地饰演原作中的不同类型、不同个性的多个角色，以心理的真实，情感的真挚，在"得意忘形"中反映出人生的跌宕起伏和精神世界。二人转《罗》剧以歌舞、说唱、代言三位一体的呈现方式开辟了认识莎士比亚乃至西方戏剧的另一条途径，既不仅可以通过叙述、代言，还可以通过"演人物又不人物扮"的"半进半出"二人转形式改编莎剧。对于二人转《罗》剧来说，发挥的是"像不

---

①　［德］弗里德里希·赫勃尔：《日记》，中国社会科学院外国文学研究所外国文学研究资料丛刊编辑委员会：《外国现代剧作家论剧作》，中国社会科学出版社1982年版，第306—309页。
②　王木箫：《二人转美学三题》，《戏剧文学》2002年第1期。
③　T. S. Eliot, *The Use of Poetry and the Use of Criticism*, New York: Bames & Noble, 1955, p.118.

像,做比成样"的审美艺术张力,让观众感受到的是"不需要装扮得和'真的一样'的真戏真做和弄假成真的'真戏假做'"①,依靠叙述与代言所创造的具体戏剧环境和想象,揭示人物的心理、动作,叙述、表现人物的外部动作,介绍故事的发展过程,评价人物的行为和情感。

莎士比亚"为情作使",罗密欧与朱丽叶是用生命追求爱情的使者。二人转《罗》剧直观地把人物、故事再现于舞台之上,赋予人物特定情境中的思想感情,通过舞蹈、说唱在行动中进行叙述。《罗》剧的叙述是构成本文语言符号的讲述者。叙述者的叙述不仅包括其对人物和事件的认知,以叙述原作故事情节为线索,而且在展现原典人文主义精神中,以爱情的真挚为价值判断标准,在突出写意性中,"以演员(我)运用唱、说、扮、舞等二人转特有的表现手段和方法,引起观众(你)的联想,在跳进跳出、时断时续的叙述与扮演角色(他)的过程中"② 使观众得到美的熏陶和享受。我们看到,《罗》剧的审美建构,最终以反映人性和人的精神为旨归。按照西方戏剧的剧本制原则,"台词会被认为具有超自然的力量。立足于一般水准,并不禁止既想到姿势动作又想到言词,甚至在这一点上,言词会获得更重要的效能⋯⋯西方戏剧中言词仅仅用来表现心理冲突,特别是用来表现人及其日常生活的真实性",③ 而在审美的表现上则不具有表演的"唯一性",即"攒戏"的美学效果。而二人转《罗》剧则在叙述加代言中,已经对原作的经典话语结构进行了拆解和重新建构,并设计了一系列超越生活之真的叙事与代言呈现方式。为了达到"攒戏"的审美预期效果,二人转《罗》剧充分发挥了超越现实虚拟性的艺术技巧。这样就使原作的戏剧性,在面对中国观众时以更为抒情、写意的审美表现呈现出别一种风情的莎士比亚戏剧。

毫无疑问,二人转《罗》剧的改编意在强化、扩展抒情、写意、虚拟、

---

① 田子馥:《二人转本体美学》,时代文艺出版社1996年版,第21页。
② 王肯、马力:《独特的"我·你·他"》,辽宁省艺术研究所:《二人转艺术论集·东北三省二人转艺术学术研讨会(表导演、舞台美术专题论文选)》,1987年版,(《艺品》增刊),第72页。
③ 邹元江:《戏剧"怎是"讲演录》,湖南教育出版社2007年版,第301页。

诗意性上赢得观众。二人转《罗》剧的戏仿采用欲望规则被裁剪的幻觉空间变形原典文本的内容、情节、言语，"释放了观众的身体和欲望"①，改编不仅满足了特定观众的审美期待，而且通过二人转这种艺术形式，使西方观众认识到二人转在戏剧叙事中蕴含的独特审美价值、认识价值与经典阐释的多种途径。

戏曲"舞台上不允许有自然形态的原貌出现，一切自然形态的戏剧素材，都要按照美的原则予以提炼、概括、夸张、变形，使之成为节奏鲜明、格律严整的技术格式"。② 二人转在形式上为二人相对载歌载舞，具有歌舞、说唱、戏曲"三性兼容"，跳进跳出、分包赶脚的特征。"两位演员可分别'扮'剧中一人，也可以分别'扮'若干人，还可以二人同'扮'同一人，也可以二人换'扮'一人"③。根据这一特点，我们看到《罗》剧中的演员王金平一人就饰演了罗密欧与神父两个角色，如果再加上跳进跳出的叙述人，我们会在《罗》剧中看到更多的角色。《罗》剧在突出戏剧性的同时特别注重虚拟性质的舞蹈和象征等表现手法的发挥，舞蹈的虚拟性在时空跨越、转换和描写情感心理历程的叙事时，发挥了"千军万马就靠咱俩"的作用。对于二人转《罗》剧来说，现实的苦难被转化为朴素的审美情感，叙事成分有机融入歌舞之中，"表现"已经成为"表演"的核心。二人转与莎剧分属于两种不同文化、不同戏剧观指导下诞生的戏剧形式，并在其长期的发展过程中已经将不同的戏剧审美观念渗入各自的舞台演出中，二人转中的典型样式"双玩艺儿"的唱词，表面看是从代言（第一人称）的角度出发，表现人物内心世界，但其实质仍是在叙事，以第一人称叙事，"与纯代言的表达方式明显不同"④。所以，原典与二人转《罗》剧之间无论是在美学理念、演出形式、导演原则、叙事、表演、人物塑造、情节、人物心理刻画上都存在着文化、民族、戏剧

---

① 宁国利：《"畸变"背后的"狂欢"——浅析二人转的"戏仿"》，《戏剧文学》2009 年第 11 期。
② 章诒和：《中国戏曲》，文化艺术出版社 1999 年版，第 115 页。
③ 刘振德、吕树坤、王木箫：《二人转艺术》，文化艺术出版社 2000 年版，第 82 页。
④ 同上书，第 148 页。

审美理念上的巨大差异，加之二人转的东北地域特点，相对于以话剧、戏曲形式改编莎剧来说，更需要根据二人转叙事加代言的特点边讲边唱边模仿。

二人转《罗》剧感情浓烈，有时甚至是热辣的，在叙事与代言中抒情，其虚拟性、写意性明显，表达方式集故事讲述者、故事表演者、评论者于一体的演员身上，角色与人物，演员与"代言者"之间的固定人物对话，情感的表露，心理感受和动作的交流，在代言中既达到了刻画人物形象，反映人物心理的目的，又在二人转天然的"间离性"之中，达到了不隔语、不隔音和不隔心的审美效果。中国文学从散曲到代言体词的突破，除模拟性格的多样化，"物"之"自诉"① 以外，"人格化"② 的抒情、叙事为其表现的主体标志，叙事与代言的二人转《罗》剧以歌舞的"虚拟性"调动观众的想象力。这就与黑格尔所提倡的生动活泼的自然和真实拉开了距离，而这恰恰是二人转《罗》剧区别于原典和其他莎剧改编的审美魅力之一。这也表明二人转《罗》剧审美和莎剧美学理想无论在外在形式还是在内在思想内容上都是既可以沟通，又是有所区别的。二人转《罗》剧这种表现形式，视觉形象范围、听觉形象范围的叙事与代言决定了演员的舞台创作是在"我、你、他"中自由转换，"物质的时间性"叙事作用于"物质的空间性"叙事之中，观看虽难以完全让位于"聆听"③，但听觉的"音景"与视觉的"舞景"的共同作用能够使观众获得更为形象的认知感，它是拔得着的音乐，也是听得见的舞蹈，"它是演员'嘴里说（唱）的''身上做的'，与观众'心里想的'相结合的产物"。④ 二人转《罗》剧对于中外观众来说，它既是二人转，也是莎剧，既是经典，又是草根，既是莎剧，也超越、变形、戏仿、拼贴了莎剧，是二人转演绎的《罗》剧。如果我们以宽容、开放和欣赏的眼光看，《罗》

---

① 李昌集：《中国古代散曲史》，华东师范大学出版社1991年版，第220—224页。
② 华玮：《性别、身份与情的书写——论马湘兰与梁孟昭的曲》，叶长海：《曲学》（第二卷），上海古籍出版社2014年版，第124页。
③ 耿幼壮：《火焰与灰烬之思——德里达的"符号学"》，《文艺研究》2011年第9期。
④ 刘振德、吕树坤、王木箫：《二人转艺术》，文化艺术出版社2000年版，第202页。

剧利用融"舞蹈""音乐""曲艺""杂技"的东北民间艺术手段丰富了莎剧改编的舞台，探索了独特东北民间艺术对经典阐释的方式、方法，土洋结合的《罗》剧，以二人转特有的汉民族地域文化魅力和写意、虚拟的叙事与代言，在二人转与莎剧的拼贴、戏仿之中，丰富了中国莎剧的演出形式，为莎剧带来了另一种审美感受。

三 形神之间：自我表现与自我塑造

二人转的叙述人和角色（模拟化角色）集中于一身。叙事在二人转中发挥着重要的作用。叙述人的身份、叙述角度与叙述方式统统呈现在观众眼前。为了使《罗》剧的表演在表现原作的悲剧性方面达到一定的审美效果，二人转《罗》剧的导表演力图在保持原作悲剧精神的前提下，以二人转的形式重构莎剧的悲剧性，为此设计了一系列符合人物性格、精神、心理状态的身段，追求人物独特的个性，以塑造人物形象、刻画人物性格为核心，把写实与写意、体验与表现、逼真与仿真结合起来。所以《剧》改编的主要矛盾不是在性格本身，而是如何呈现的问题。在二人转的唱、舞叙事中，减少"喜""逗"的因素，突出悲剧的哀怨，彰显美丑善恶的本质。这就使《罗》剧通过二人转这种艺术形式，在对人性的阐释中与原作的悲剧性有了结合的可能。

《罗》剧根据情节发展的不同情境、不同人物的具体特点，"以现实生活为基础，写意为手段"①。譬如《罗》剧中设计的罗密欧、朱丽叶的"亮相"，在动中取静、以静显动，利用较长的停顿、富有雕塑感的造型，配以起伏的抒情性，给观众以鲜明的印象。将人物的"亮相"作为表现其人物性格特征的重要手段，给观众提供了人物在特定瞬间的神情变化和人物气质、规定情境中的思想、心理活动，这就使《罗》剧在写意的"亮相"中增强了二人转表现悲剧的力度。同时在时间、空间的转换过程中造成了比较大的自由度和表现空间，代言所表现出来的情感色彩和心理活动，调动了观众的联想和想

---

① 吴小如：《吴小如戏曲文录》，北京大学出版社1995年版，第59页。

象，以"代言"的审美，身段的流动引起观众对剧中人物命运的共鸣。

二人转的舞蹈中蕴含了丰富的唱腔曲调。中国戏曲乃是以"歌舞表达心情"[①]，二人转的文学性、演艺性的表现形式与音乐体裁有着密不可分的联系，歌舞性、说唱性、戏曲性是其根本特点。二人转《罗》剧遵循叙事加代言演叙故事的结构方式，"线索"（线）简略，"珠儿"（珠）精细，以"线串珠""'线'围绕主人公故事发展的主线，'珠'则通过'篇儿''段儿'"[②]显现出来。《罗》剧的叙事与代言依靠二人转的叙事方式，在载歌载舞的表演形式中，演员史秀丽和王金平，不仅在叙事中代言，也在代言中塑造人物，既是戏剧的代言，又不同于一般意义上的戏剧代言，努力追求神似，而不拘泥于形似。在俗称"走三场"和"滚三场"的二人转"三场舞"以东北秧歌的舞步、舞姿、舞容为主体，吸收了戏剧舞蹈中的兰花指、理鬓、提鞋、卧鱼、劈叉、走矮子、鹞子翻身等基本功法。二人转《罗》剧的唱腔音乐的节奏丰富多变，有选择地运用了体现腔格字位的"黑、红、抢、跺、顿、留、锁、撤、顶、掏、连、闪、撞、叫、飞、过"的"九腔十八调七十二嗨嗨"中的音乐。而舞蹈则是叙事兼代言的基础上的唱、说、扮、舞的有机综合。因为是悲剧，所以在《罗》剧中，基本舍弃了二人转双线缠绕的"俗艺线"，突出"叙述人物故事情节的情节线"，[③]以突出悲剧的感染力量，身着西洋化服装的罗密欧的舞蹈造型，一身湖蓝色长裙以及朱丽叶手中的羽绒扇，根据人物所处的语境，在富有交谊舞音乐元素和二人转音乐元素的单人舞、双人舞中达到了某种和谐，表现了主人公对黑暗现实的怨恨、愤怒、担心和不满。朱丽叶为了表示对爱的执着，采用长时间的舞蹈造型，一手着地，一手高高举过头顶，犹如一只受伤的天鹅；为了表示悲痛欲绝，罗密欧的造型则如一只折翅的雄鹰，显示出内心的极端悲痛和超越生死的挚爱。

《罗》剧中的上庄（旦）、下装（生），在舞蹈的运用上结合人物情感、

[①] 齐如山：《齐如山回忆录》，辽宁教育出版社2005年版，第134页。
[②] 刘振德、吕树坤、王木箫：《二人转艺术》，文化艺术出版社2000年版，第214页。
[③] 田子馥：《东北二人转审美描述》，吉林文史出版社2007年版，第80—81页。

心理矛盾淋漓尽致地发挥出舞蹈的表现功能，以舞蹈性、观赏性和审美性强化、外化了人物悲剧性格、心理，美化了人物形象，创造出既不同于话剧也不同于戏曲的二人转莎剧。当朱丽叶、罗密欧唱道："朱丽叶我服下假死的药，坟茔地里伴着死尸眠""咱二人双双盟誓愿，就凭着咱俩的痴情火热，洁白如玉，忠贞不渝的美好心灵……朱丽叶，我的爱，你等等我，我来了！"①此时的代言，时而将"刻骨铭心"的仇恨，时而将"内心熬"的彷徨，时而将"悱恻缠绵"的离情，时而将心中的"无限惆怅"，时而将胸中压抑的"无限悲愤"化作相亲相爱大段的抒情唱舞，抒发的情感、情绪，诚如二人转艺人所言："折腾来，折腾去，反复折腾才是戏。"② 在哀怨的倾诉和难舍难分的拥吻中，传达出多少仇恨、悲愤，多少幽怨、凄凉，多少执着、坚贞，多少热情、爱意，所有这一切，都在唱舞叙事中展现、外化出来。

在二人转中，演员的"自我表现""自我塑造"与表现人物同样不可忽视。"二人转的观众是可以对故事内的人物命运与故事外的杂耍分开来欣赏的"③。二人转舞姿好看，被称为"会浪"④，史秀丽扮演的朱丽叶天生丽质，聪慧大方，美丽多情，对爱的追求超越了生死。刚出场时的朱丽叶，身着西洋式蓝色长裙，手握一柄纯白色的羽绒扇，当罗密欧"轻轻地他握住她的红酥手"，朱丽叶以：

  好像浑身上下通了电流，掌心的密合，我就感到十分幸福，……这一吻我一生一世铭记心头……朱丽叶我柔肠寸断相思苦。⑤

---

① 赵万捷：《罗密欧与朱丽叶》，《吉林省二人转剧本全集》编委会：《吉林省二人转剧本全集（全10册·卷三）》，吉林大学出版社2011年版，第299—304页。（该剧的演出可参见 http://v.youku.com/v_show/id_XNDExNTg3mjY4.html。）
② 王肯：《写戏全凭一腔血——吉剧〈包公赔情〉改编札记》，王木箫：《吉剧集成·论文（卷2）》，时代文艺出版社2014年版，第7页。
③ 田子馥：《论二人转表现之美》，《戏剧文学》1994年第8期。
④ 王兆一、王肯：《二人转史论》，时代文艺出版社2002年版，第269页。
⑤ 赵万捷：《罗密欧与朱丽叶》，《吉林省二人转剧本全集》编委会：《吉林省二人转剧本全集（全10册·卷三）》，吉林大学出版社2011年版，第299—304页。

第八章 美在民族化：中国地方戏莎剧

"演员是二人转综合美和整体美的主宰者"①，朱丽叶飘洒蓝色长裙的亮相和独特的舞蹈语汇展示了人物内心的纯情和"妩媚温柔无限风流"。②史秀丽在这一段的表演中利用了扇子衬托人物飘逸、抒情的舞姿，使体现情感的舞蹈表演呈现出婀娜多姿的特点，展现出人物内心的绵绵爱意，在大幅度的时而急促、时而舒缓的身段表演中，显示了内心对爱的渴望，而当唱到"人生最苦是离情，爱人哪，我一生一世把你等"③时，则以舞姿的"浪"，扭出了大秧歌的情致和韵律，在民间、土野、鲜活的舞蹈化的戏剧性表演中，以富有人物性格的爱的无畏给观众带来美的感受。在空间意识的呈现上，利用"美化演员的艺术造型装饰物"④的"扇子"，扩大了演员的表演空间，在扇子的一收一放、一开一合之中，在移情与共鸣的形式美之中，与原作中的内容结合在一起，成为人物动作、心理、语言的审美工具，通过心灵、情感的物化，增强了美的表现张力。在对罗密欧的诠释中，史秀丽、王金平采用对唱的形式，"敞开自身以倾听他者的声音"⑤和一系列手上功夫表达出内心的爱恋，如"但愿这长夜漫漫无穷尽，但愿你永远铭记我的爱，我万语千言说不尽"⑥；罗密欧的"但愿这良辰美景能永恒，但愿你时刻把我记心中，我时时刻刻怕天明，不知何日能重逢"⑦中，以装饰了演员、人物和情感的"象征符号"之扇子的收放开合，象征爱的高贵与情的浓烈，在结尾处，扇子又化为刺向自己胸膛的一柄短剑，表达出"忠贞不渝、誓死相随"的悲怨。为塑造人物形象，表现浓烈、悲惨之哀情，《罗》剧中的"代言"均为超长的抒情唱段，当罗密欧以46句的超长唱段悲痛欲绝地唱道：

---

① 王兆一、王肯：《二人转史论》，时代文艺出版社2002年版，第193页。
② 赵万捷：《罗密欧与朱丽叶》，《吉林省二人转剧本全集》编委会：《吉林省二人转剧本全集（全10册·卷三）》，吉林大学出版社2011年版，第299—304页。
③ 同上。
④ 田子馥：《二人转本体美学》，时代文艺出版社1996年版，第213页。
⑤ 耿幼壮：《倾听：后形而上学时代的感知范式》，北京大学出版社2013年版，第46页。
⑥ 赵万捷：《罗密欧与朱丽叶》，《吉林省二人转剧本全集》编委会：《吉林省二人转剧本全集（全10册·卷三）》，吉林大学出版社2011年版，第299—304页。（该剧的演出可参见 http://v.youku.com/v_show/id_XNDExNTg3mjY4.html。）
⑦ 同上。

你说是一生一世把我等,却怎么你年轻轻的没灾没病无缘无故,冷不丁的就丧了生?……不怕两家有仇怨,不怕一旁枝节生,不怕世间多欺诈,不怕人世有不平。从此后长夜漫漫无穷尽,这一回咱二人才能够相亲相爱,形影不离,甜甜蜜蜜,相陪到永远!①

代言的叙述者确定了叙述内容、情感和声音,"摹写音景的事件信息创造出更为鲜活生动的叙述效果,'以声拟声''以声拟状'极大地丰富了叙事的音景。'以声拟语'将声音由'无义'变为'有义'"。②在场的"音景"声音与"身景"舞蹈在空间中的构形推动着叙事的开展与情感的深入,王金平的表演结合单人、双人的舞蹈造型,身段表现了对爱的执着和绝望,以及为爱而死的决心。此时,代言中的模拟,成为叙述中的模拟,通过以代言为主、叙述为辅的"对话"展现性格,塑造人物,虚构故事中的叙述者所形成的元叙事(metanarrative)的"自我指涉的叙事"③,在二人实现自身叙述人身份模拟的同时,为了表现对朱丽叶的爱,罗密欧与朱丽叶在深情的凝望之中,似乎唤回了朱丽叶的灵魂,此时的语境为阳间,还是阴间,是现实中的世界,还是想象中的情景,已经难以说清,也没有人会计较了,人鬼之情达到了"至情",情已经不是手段,而成为目的,中间的一切荒诞都可以忽略不计,正如汤显祖所说:"情不知所起,一往而深,生者可以死,死者可以生,生而不可以死,死而不可复生者,皆非情之至也。梦中之情,何必非真"。④在戏剧的"假定性"中,"难道说在阴间我们又相会?却为何如此真切不朦胧?难道说此情此景是一场恶梦?咱俩双双天涯走,就如同鱼入大海鸟出笼"。于是

---

① 赵万捷:《罗密欧与朱丽叶》,《吉林省二人转剧本全集》编委会:《吉林省二人转剧本全集(全10册·卷三)》,吉林大学出版社2011年版,第299—304页。(该剧的演出可参见http://v.youku.com/v_show/id_XNDExNTg3mjY4.html)。

② 傅修延:《论音景》,《外国文学研究》2015年第5期。

③ Gerald Prince, *A Dictionary of Narratoloty. Revised Edition*, Lincoln: University of Nebraska Press, 2003, p. 51.

④ 汤显祖:《〈牡丹亭〉题词》,蒋星煜、吴新雷、李晓:《汤显祖曲文鉴赏辞典》,上海辞书出版社2013年版,第207页。

朱丽叶也以22句的哀调唱出了"催人泪下的'扎心段''饱含哲理的骨头话'"① 和引发情感强烈共鸣的"勾魂腔"：

> 这一生我找到了我的爱，我爱他，他爱我是如此真诚……七窍灵魂还没走，等我与他喜相逢。人生自古谁无死，最难得知心人生生死死永相从。②

为了表现为爱而死的决心，史秀丽在大段唱舞中，也以大幅度的身段与静止的造型结合的方式，表现人物的情感，形象地抒发出朱丽叶的内心悲痛和无限哀怨，乃至以死抗争的决绝之心。演员在表演中融入了较多的二人转的舞蹈动作，展示了原作中的悲情之美。《罗》剧通过"像不像，做比成样"的美学观念，在既不需要装扮得和"真的一样"，也不需要"弄假成真"③ 的抽象与移情中，把舞台表演提高到主观与客观，抽象与具象美的层次，在"以美取胜"④ 中，达到"假戏假做"的美学要求。尽管，《罗》剧所表现出来的悲剧性，已经不可避免地稀释了原作的悲剧意蕴，剧中人物的命运尽管与原作一致，但是已经没有了"那种满台的毁灭与死亡，找不到一丝光明的结局；那种显示在命运不可抗拒的威力下的人生旅途的情节；那种压抑得透不过气来的悲剧样式"⑤ 已经很难找到。但换来的却是，原作的悲剧性在被颠覆中，被转换为更具舞台假定性的审美形式。含有戏拟的代言成为具有特定叙述视角的二人转《罗》剧。观众被二人转接地气的生动性所吸引，观众由此也通过演员"'指而可识''做比成样'的歌舞表演，进入了人物的'心理空间'"。⑥

---

① 王肯、李文华：《从二人转到吉剧》，王木箫：《吉剧集成·论文集》（1），时代文艺出版社2014年版，第157页。
② 赵万捷：《罗密欧与朱丽叶》，《吉林省二人转剧本全集》编委会：《吉林省二人转剧本全集（全10册·卷三）》，吉林大学出版社2011年版，第299—304页。
③ 田子馥：《二人转本体美学》，时代文艺出版社1996年版，第21页。
④ 李泽厚：《美的历程》，中国社会科学出版社1989年版，第182页。
⑤ 郭汉城、章诒和：《师友集》，中国戏剧出版社1994年版，第2页。
⑥ 田子馥：《二人转本体美学》，时代文艺出版社1996年版，第144页。

四 跳进跳出：直接叙事与叙述人的叙事

从叙事学理论来看，二人转的叙事包含了"涉及内容的'故事层'和涉及艺术手法的'话语层'"，① 叙事以第三人称的口吻进行介绍、描写、判断，具有全知视点，"能够讲述比人物所知还要多内容的全知叙述者，对被叙情景与事件（几乎）无所不知"②；代言则是以第一人称口吻进行述说、对话、论理，构成情节主体的是人物的行动，而经典叙事学则把眼光聚焦于人物行动。在聚焦中，全知叙述者往往采用直接塑造法来描述人物，或者采用间接塑造法以具体手法对人物形象、行动、语言、外貌、环境给予多维度的描述。二人转的叙事与代言处于同一时空内，"'叙事'与'代言'只能相互兼容、相互补佐"。③ 在二人转《罗》剧的叙事中，"'演人物'时也有'叙述'成分，但它在'叙述'时多用剧中人物的眼睛所见之景，所感之事，赋予人物特定情景中的思想感情"④ 的直接叙事对人物进行塑造，叙述者是作为故事中的人物出现的，例如，朱丽叶所唱："我见他英姿勃勃世间少有，朱丽叶我柔肠寸断相思苦，朱丽叶我倚楼窗自言自语，坟茔地里我伴着死尸眠，只要能见到罗密欧的面，我视死如归心坦然，朱丽叶我没枉活这一生"；⑤ 罗密欧所唱："我见她妩媚温柔无限风流，罗密欧我情同烈火烧心头，罗密欧我跳墙来眼望绣楼，罗密欧我听说爱人丧了命，只觉得天也塌来地也倾"；⑥ 在这些描述中，作为叙述者的朱丽叶、罗密欧既是作品中的讲述人物，也作为第一人称叙述者"我"描述各自的形貌和精神气质，自己的相思心理、行动和对真爱的无

---

① 申丹、王丽亚：《西方叙事学：经典与后经典》，北京大学出版社2010年版，第42页。
② ［美］杰拉德·普林斯：《叙述学词典》，乔国强、李孝弟译，上海译文出版社2011年版，第159页。
③ 田子馥：《二人转本体美学》，时代文艺出版社1996年版，第21、144、79—80页。
④ 田子馥：《论演人物又不人物扮》，辽宁省艺术研究所：《二人转艺术论集·东北三省二人转艺术学术研讨会（表导演、舞台美术专题论文选）》1987年版（《艺品》增刊），第98—99页。
⑤ 赵万ё：《罗密欧与朱丽叶》，《吉林省二人转剧本全集》编委会：《吉林省二人转剧本全集（全10册·卷三）》，吉林大学出版社2011年版，第299—304页。
⑥ 同上。

限期盼，在逐渐形成的人物性格中，显示出人物的内心世界。

这些描述在歌舞的强调背景中，以人物语言独特形式将叙事与代言区别开来，突出了他们各自在自己心中的位置，由于有了"柔肠寸断相思苦"，才可以为了爱，克服极端恐惧的心理伴着死尸眠也心中坦然；由于有温柔妩媚无限风流的形貌，才引来刻骨的烈火烧心头的情感，从而产生闻听爱人丧了命，天塌地陷精神震撼。

《罗》剧的叙事超越了一般二人转以五字、七字、九字、十字的限制，而且沿用了传统的"连珠句"，例如"一双眉目多英武，二目紧闭含深情，三尺剑鞘腰中挂……"①，这些直接叙事所体现出来的"戏剧性"凝结成人物性格冲突中的行动和动作。演员在人物扮中，从内心到表象动作的完整统一中，通过"唱""说""做""舞""绝"塑造人物。而不人物扮的《罗》剧则不以"再现人物形象"为唯一表现手段，即不以人物之形，来传人物之神，而是以第三人称的叙事（唱或白）介绍自我、剧中人、做什么、怎么做，介绍环境，言到景到、舞到意到。因为"听觉叙事的接受与消费，其最高境界或许就是《楞严经》中所说的'心闻'……引发的感觉和体验才最为重要"。②此时的叙述者并非仅仅是被讲述情景与事件中人物的叙述，而是关于"他""她""他们"的叙述。③且不说开头和结尾的"山海深情传万代"，"惊天动地忠贞爱，回肠荡尽谢莎翁"的伴唱成为具有弦外之音间离效果的叙事，刻画了主人公的内心世界，就是在情节的推进之中叙事也同时涉及了作者的编码与读者的解码，代言的我暂时放弃了自己的叙事视角，例如朱丽叶与罗密欧的对白：

  咱这不是演戏吗？演戏？演啥戏？莎士比亚的名著《罗密欧与朱丽

---

① 赵万捷：《罗密欧与朱丽叶》，《吉林省二人转剧本全集》编委会：《吉林省二人转剧本全集（全10册·卷三）》，吉林大学出版社2011年版，第299—304页。
② 傅修延：《听觉叙事初探》，《江西社会科学》2013年第2期。
③ ［美］杰拉德·普林斯：《叙述学词典》，乔国强、李孝弟译，上海译文出版社2011年版，第231页。

叶》……两个人一见钟情，难舍难分。现在你扮演罗密欧，你不快走，我家里人见了你还不要你的命？①

　　这里的叙事既是作品中隐含作者与作品创作者站在场景的背后对故事情节的描述与介绍，即角色作为叙述人的叙述，第一人称"咱"代言的并非"剧中人"，而是"剧外人"，可称为"外视角"的叙述；在二人转的叙事（唱）中，隐含作者随处可见，人物充当的是故事情节中当事人的叙述，即"内视角"的叙述，叙述者的话语"成为我们对他作为人物的理解，而人物的行动则相关于我们对他的话语的理解"，②例如罗密欧与朱丽叶的对唱："第二天红日高照风送爽，这一对有情人相约寺院中，好心的神父他为我们把婚证，哪承想风云突变灾祸生，老父亲威逼朱丽叶，朱丽叶断然不应允。"③叙事同时抒发和宣泄创造者、叙述者、剧中人的思想情感和潜意识欲望，艺术之间的审美通约性已经使"拼贴画的原则成为20世纪所有各种媒体艺术的中心原则"④。《罗》剧的歌舞拼贴已经有机地将莎剧中人物的内心世界和观众以二人转的表演方式联系起来。

　　在《罗》剧文本中甚至出现了"咱两家哪来那么大的仇？不就是'文化大革命'那时候你爹打了我爸一个脖溜"⑤这样具有二人转魅力的"柳活歪唱"，由代言转换为叙事，叙述声音与叙述眼光溢出叙述者之外，故事外叙述者与故事内叙述者，分别让观众直接看到了叙事者在舞台上的表演，因此，也就进入了另一"社会历史语境"之中，向叙述接受者传达叙述内容。这种经过拼贴不依赖环境，也不仅仅依赖人物造型二人转的美学意蕴，已经越过

---

① 赵万捷：《罗密欧与朱丽叶》，《吉林省二人转剧本全集》编委会：《吉林省二人转剧本全集（全10册·卷三）》，吉林大学出版社2011年版，第299—304页。
② [美]詹姆斯·费伦：《作为修辞的叙事》，陈永国译，北京大学出版社2002年版，第82页。
③ 赵万捷：《罗密欧与朱丽叶》，《吉林省二人转剧本全集》编委会：《吉林省二人转剧本全集（全10册·卷三）》，吉林大学出版社2011年版，第299—304页。
④ 胡全生：《英美后现代主义小说叙述结构研究》，复旦大学出版社2002年版，第147页。
⑤ 赵万捷：《罗密欧与朱丽叶》，《吉林省二人转剧本全集》编委会：《吉林省二人转剧本全集（全10册·卷三）》，吉林大学出版社2011年版，第299页。

原作的美学形态和悲剧意蕴，实现了在写意基础上的叙事与代言，而究其实质乃是形式之美与"观念"（comception）之真①之间在映射中的融合，且创造出另一种风情的莎剧。

毫无疑问，二人转灵活的叙事与代言证明"莎士比亚戏剧主题在每一个后来时代中表现出的适时性，是莎剧在每一个后来时代的阅读和阐释中获得的意义"，②二人转《罗》剧这种具有强烈民族艺术理念和形式改编的"适时性"正是"莎剧改编的当代意义、文化意义和审美意义的体现"。③二人转一经和莎剧结合，其演人物又不人物扮的叙事与代言为莎剧的改编带来全新的审美感受，直线型的故事情节、简略的内容、简洁的叙事方式、简省的人物、间离的抒情表演与简练代言方式的交替运用，对以代言为主的莎剧及其他改编莎剧带来了新鲜的艺术表现形式。借助于原作对人性的深刻表现，二人转形式的《罗》剧，在拓展二人转的表现空间和对哲理、人性的表现力方面也进行了一次有益的审美探索。

中国戏曲一直是集言、歌、舞三者于一体的艺术形式，二人转是"一种独特的戏剧形态"④。《罗》剧在对原作改编的过程中超越了创造自由时空的体制和艺术原则，以戏拟化的表述，更多的则是以代言为主体，通过人物演和又不人物扮的对话形式，追求神似之美，为人物性格的塑造服务，在性格冲突、环境冲突及矛盾冲突中塑造人物，揭示主题思想。《罗》剧正是以"唱词为主的语言叙述故事"⑤，在时间中消失的可闻声音映射于"在时间中持续存在"⑥的可见舞姿之中，音景与身景在交融中叙事与抒情。二人转这种艺术形式为世界莎剧舞台提供了另一种形态的审美观照。通过改编，我们发现草

---

① 胡全生：《英美后现代主义小说叙述结构研究》，复旦大学出版社2002年版，第140页。
② 张冲：《同时代的莎士比亚：语境、互文、多种视域》，复旦大学出版社2005年版，第4页。
③ Li Weimin, "Social Class and Class Struggled: Shakespeare in China in the 1950s and 1960s", *Shakespeare Yearbook*, No. 17, 2010, pp. 161–180.
④ 王肯：《土野的美学》，时代文艺出版社1989年版，第11页。
⑤ 高茹：《二人转唱功研究》，吉林戏曲学校1983年版，第2页。
⑥ 傅修延：《释"听"——关于"我听故我在"与"我被听故我在"》，《天津社会科学》2015年第6期。

根形态的二人转和经典莎剧可以在碰撞中寻求改编之和谐,亦可以借助莎剧的悲剧意蕴以二人转之神韵演绎,"为世界莎剧演出提供不同于西方审美经验的中国审美形式"。①

五 "非戏非曲":舞出世界的精彩

具有草根性质的黑土文化奇葩二人转文学是抒情与叙事兼善,演唱、说口、舞蹈兼具的诗体形式。不受舞台场地限制的"二人转虽然有进入某个角色的表演,但总体风格仍然是叙述的"。② 数百年来,莎剧在世界舞台上常演常新,常改不衰。对莎剧改编的热情"既可以依赖于经典丰富而又深邃的内涵使作品先天拥有某种程度的号召力,同时又可以借此享受到'站在巨人肩上'的乐趣",③"说学逗浪唱"的《罗》剧为具有俗文化特征的叙事诗体,可称为以独特的语言方式"诗化"的"剧诗"④。虽然《罗》剧在"土洋结合"⑤方面并非完美无缺,在反映生活的深度和广度,塑造人物,描述人物性格、心理方面存在一定的局限,但其以声传情、以舞传情,抒写心灵情怀、精神性情、生命体验,以特有的艺术方式严肃地改编莎剧经典却是应该得到肯定的。中国人很少持有真正彻底的悲观主义,他们总是愿意乐观地眺望未来。"我们看完这个戏以后,虽然感到深沉的悲恸,但并不绝望,反而有一种新的生机,乐观的心情在冲动着,这是莎士比亚对人类的号召和对生活的信心的表现。"⑥《罗》剧的叙事突破了戏剧的时空观念,创造出极为自由、灵活的叙事艺术空间;其美学风格呈现为悲喜交融,悲剧喜唱,喜中含悲;说与表、人物与角色、叙事与代言随剧情、情感、心理而变动,既突破了传统

---

① Li Weimin, "Shakespeare on the Peking Opera Stage", *Multicultural Shakespeare: Translation, Appropriation and Performance*, Vol. 10, No. 25, 2013, pp. 30 – 37.
② 杨朴、李艳荣:《二人转:奇特的叙述体戏剧》,《戏剧文学》1998 年第 11 期。
③ 傅谨:《新中国戏剧史 1949—2000》,湖南美术出版社 2002 年版,第 186 页。
④ 田子馥:《东北二人转审美描述》,吉林文史出版社 2007 年版,第 261 页。
⑤ 袁文波、王天君:《二人转艺术论》,中国国际广播出版社 1997 年版,第 224 页。
⑥ 曹禺:《柔蜜欧与幽丽叶(专题报告)》,中国作家协会文学讲习所,1954 年 7 月 15 日,第 15 页。

戏剧的樊篱，也创造出别一种风情的莎剧。

　　这种创新与中国戏曲的基本精神高度一致，显然应该得到鼓励和赞赏。以二人转演绎原作《罗密欧与朱丽叶》的经典性、精致性，为莎剧表演提供来自异域的新鲜审美经验和舞台表现方式，也证明莎剧能够经得起任何艺术形式的改编检验，并通过这种不断的检验，验证莎士比亚的经典价值。二人转以创造狂欢化的情绪宣泄，改编莎士比亚的经典悲剧《罗密欧与朱丽叶》，这本身就是一种大胆创新。

　　二人转改编的《罗》剧是莎剧与中华民族审美思维的有益嫁接。① 这也是中国人、中国戏剧对莎士比亚戏剧改编开放、自信的表现。莎剧的艺术魅力就在于"莎翁剧要容许现代的导演、设计家和演员用各种不同的方法来阐述、解释和处理，甚至可以用各种离经叛道的方法……这可能就算是现代演出莎翁剧的一般方针"。② 当我们看到二人转与"十分大众化的莎剧"③ 结合，在惊喜之余就会发现，二人转《罗》剧的改编为中国和世界的莎学研究与莎剧舞台提供了有泥土气息和中国风格的新颖审美观照形式，其改编原作的意义甚至不在改编本身，而是以"非戏非曲"、抽象到极端的艺术假定性和最自由的审美想象，对莎剧这样的不朽经典进行了民族化改编的尝试，提供了不同于西方戏剧和中国戏曲的另一种审美思维，这样的探索是值得莎学界鼓励的，也有进一步深入研究和探讨的必要。

第六节　遮蔽与失落的悲剧审美：越剧《罗密欧与朱丽叶》

　　越剧莎剧《天长地久》（《罗密欧与朱丽叶》）在将越剧与莎剧对接的过程中，以其改写与原作之间的嫁接构成了互文性。但是这种互文性和改写却

---

① 李伟民：《中国莎士比亚及其戏剧研究综述（1995—1996）》，《四川戏剧》1997年第4期。
② 杨世彭：《近三十年来欧美莎剧上演情况和新趋势》，《南国戏剧》1984年第4期。
③ 苏福中：《前言》，威廉·莎士比亚：《莎士比亚全集（经典插图本·全12册·第1卷）》，新星出版社2014年版，第11页。

融入了更多的中国传统文化和伦理观念,在实现内容重构与形式替换的基础上,在思想内涵、艺术表现形式上对《罗密欧与朱丽叶》中的悲剧精神做了重大变更。这一重大变动使该剧在回归越剧本体的同时,削弱甚至遮蔽了莎剧原作的思想价值和悲剧精神。《天长地久》的改编尽管并不成功,但却为中国莎剧改编提供了宝贵的经验与教训。

一 内在精神的"移位"与形式重构

中国越剧对莎剧原作改编可以说是情有独钟,《罗密欧与朱丽叶》《哈姆雷特》《麦克白》和《第十二夜》都曾被多个越剧院团改编为越剧莎剧。改编实现了越剧与莎剧不间断的对话,再现了莎剧鲜活的舞台生命力。在这些改编中既有比较成功的范例,也有不甚成功、有待总结的经验,其中上海虹口越剧团根据莎氏原作《罗密欧与朱丽叶》(以下简称《罗》剧)改编的《天长地久》(以下简称《天》剧),尽管自1989年以来演出200多场,[①] 而且参加了"香港葵青区第二届艺术节"[②],取得了不俗的成绩,受到了喜爱越剧观众的赞赏,但是该剧却受到了莎学家、戏剧人的忽略与批评。显然,探讨该剧在改编中的不足,有助于我们通过莎剧与越剧之间的中西方文化对话,为改编外国经典戏剧、改编莎剧,使之具有现代性提供更加深入的思考。

如何改编《天》剧,我们认为,目的是要在突破原有越剧表现范围的基础上,检验、增强越剧的表现力,通过改编使越剧能够与莎剧接轨,实现西方经典与越剧的对接、对话。让中国化、越剧化的《天》剧走向中国观众,并在跨文化交流对话中,赋予越剧改编莎剧以现代意义。但是,我们现在看到的《天》剧则离这一目标还有不小的距离,原因在哪里呢?值得探讨。中国戏曲"从来就不是为了读的,如果你只要它能读,那么它就未必能十全十

[①] 潘祖德、胡铁民、陈容:《虹口越剧团史话》,中国人民政治协商会议上海虹口委员会文史资料委员会:《文史苑》(第7辑),1991年,第113页。

[②] 钱宏:《中国越剧大典》,浙江文艺出版社2006年版,第171页。

美地被送上舞台表演"①，要将《罗》剧情节中国化并不困难，难的是如何使莎剧所散发的人文主义精神中国化，既最大限度地发挥越剧所长，又能在更高层次上提炼出莎剧的人文主义精神并与现代接轨，在两者之间找到契合点，显然，这对编剧、导演和演员都提出了很高的要求。

二 遮蔽与失落的悲剧精神

越剧对莎剧的改编，可以说是近年来中国戏曲在跨文化交流中寻找题材，寻求突破，拓展表现领域，引发现代人深入思考，实现当下性、现代性演绎，赋予经典鲜活舞台生命力，获得中国观众认可的积极探索。但是在具体的改编中，由于对莎士比亚戏剧内涵的复杂、多义缺乏足够认知，以及中西戏剧在戏剧思想、表现形式、表演方式上存在的巨大差异，这种改编往往费力而难以讨好，一般来说也难以通过"情节借用"制造出最佳的"陌生化效果"②。今天，当我们审视《天》剧时，我们认为该剧，在中国改编莎剧的序列里，为当今戏曲莎剧的改编提供了一个鲜活样本的同时，也通过改编过程中遮蔽、失落的悲剧精神留下了遗憾与教训，提供了理论思考的必要。

越剧的长处在于以"通俗易懂的情节和悲欢离合的人情伦理"③的结合，展现人物的心理和情感。《天》剧把故事发生的年代定位于中国明朝，故事发生在江西南昌，在两家世仇之中，两家儿女情深义重，私订终身。但在家族争斗中罗公子失手杀人，在广济寺长老的帮助下到灵山避祸，临行前，罗公子夜会裘小姐，二人海誓山盟。裘家将小姐许配给庆王的侄儿，小姐不从。在婚礼前一天到广济寺以烧香为名求长老帮助，长老赐以假死之药。新婚日，小姐服毒"身亡"。罗公子赶回，只见孤坟一座。坟前情敌相见，罗公子杀死庆王侄儿，掘开坟墓，自刎于坟前，小姐醒来，见心上人殉情，痛不欲生，

---

① 吴小如：《论梁实秋先生谈旧剧》，武汉市艺术创作研究中心，蒋锡武主编：《艺坛》（第二卷），武汉出版社2002年版，第23页。
② 陈世雄：《戏剧思维》，福建教育出版社1996年版，第138页。
③ 袁雪芬：《求索人生艺术的真谛——袁雪芬自述》，上海辞书出版社2002年版，第10页。

终于也死而复生又生而复死。从该剧的故事情节来看,既有《罗》剧的情节主线,又在原有的故事情节之外增加了庆王侄儿追求小姐,罗公子与庆王侄儿一对情敌决斗的线索。

循着这一重写的内容,我们会问,越剧与《天》剧之间到底如何贯彻改编思想,构建改编策略呢?我们说在莎剧改编的舞台上可以采用各种形式改编,但改编应以创新并获得现代意识的升华与共鸣为前提,而《天》剧却正是在这一改编中遮蔽了原剧的悲剧精神。《天》剧由"两姓仇""一见情""花园会""街心斗""困龙吟""生死离""寺中疑""灵丹计""死别恨"九场组成。而围绕着庆王侄儿朱公子带有主观随意性的情节安排,既显得多余,也冲淡了罗密欧、朱丽叶爱情悲剧的崇高意义,"过分突出了男女主人公爱情生活中第三者的作用"[1],失落了"原作歌颂人文主义者的爱情理想、抨击封建思想的主题"[2],致使该剧在舞台表现上不能集中于罗密欧、朱丽叶为了爱情要冲破一切束缚的叛逆精神,以及淡化了这一爱情的纯粹、明丽、脱俗的气质和文艺复兴时期的悲剧精神,所以难以得到现代观众的认同。这也是《天》剧之所以不能获得莎学学者肯定的原因。我们认为《天》剧改编的横生枝节偏离了原著精神,分散了观众的注意力,无形中减弱、失落了对"人性"与人文主义爱情悲剧的深入开掘,致使舞台叙事分散,情感浓度被稀释,而由此建构的三角恋爱误导、遮蔽了"另一种观念的表述",[3] 从而影响到主要悲剧人物性格的鲜明化与悲剧氛围的营造。改编中设置的庆王侄儿朱公子与裘丽英的纠葛,使"中国戏曲观众始终不变地要看主要演员的表演"[4] 愿望受到持续干扰。我们看到,改编者给了朱公子以大量戏份,使该剧一开场就将戏剧冲突引向了情敌之间的较量,误导了观众,使原作深刻的思想性明

---

[1] 曹树钧:《莎士比亚的春天在中国》,香港天马图书有限公司2002年版,第131页。
[2] 同上。
[3] [法]托多罗夫:《巴赫金对话理论及其他》,蒋子华、张萍译,百花文艺出版社2001年版,第260页。
[4] 袁雪芬:《求索人生艺术的真谛——袁雪芬自述》,上海辞书出版社2002年版,第66页。

显削弱,如在第一、第二场"两姓仇""一见情"中由萧雅饰演的朱公子伯龙抒发了对裘丽英的爱慕,他唱道:

"裘丽英倾国倾城早闻名,欲睹芳颜慰痴情……欲求名媛做佳偶。①"大段唱所增加的心理较量层次,只是为了表现朱公子倾慕淑女、名媛,而这种倾慕由于缺乏思想基础,跳出来的第三者严重干扰了罗立安与裘丽英对真挚爱情的追求。在原作中虚掉的内容和伏线,在《天》剧中则被实实在在地呈现了出来,而且围绕着朱公子这一人物安排了诸多的情节,如上面提到的第一场,以及第七场"寺中疑",朱公子对裘丽英的表白:"我与你,父母之命红丝定,结为夫妻有名份,夫妻交谈未越礼,小姐何必太拘谨……你若伤心我不安心"② 等唱段,分散了观众的注意力,直到朱公子死于罗立安的剑下,这样的纠缠才结束。以上诸多情节的安排在原作中是一笔带过的伏线,而《天》剧将伏线搬上前台,展开叙事和抒情,朱公子这一人物的公开露面不仅占去了《天》剧的舞台时间、空间,而且朱伯龙在与罗立安、裘丽英的纠结中,遮蔽了罗立安、裘丽英反抗封建婚姻,追求自由恋爱,为爱敢于抛弃一切,甚至牺牲自己的生命也在所不惜的对人的精神价值追求的时代意义。虽然扮演罗立安的韩婷婷和扮演裘丽英的胡佩华以及扮演朱伯龙的萧雅尽可能地利用越剧长于抒情的特点,尤其是萧雅的"唱讲究声情并茂,以声传情,以情美声"③,"扮相儒雅,风度潇洒"④,在一定程度上诠释了人物心理转折的复杂层次和情感,但这种三角恋爱终嫌多此一举。观众也许会问,这种

---

① 上海虹口越剧团:《天长地久》(《罗密欧与朱丽叶》)光碟,凤凰出版传媒集团、江苏电子音像出版社2000年版。[文中的唱词、独白与对白均根据《天长地久》的光碟和上海虹口越剧团《天长地久》(九场古装悲剧)戏单记录。光碟中的唱词与戏单中的唱词略有出入,例如:第三场中,罗立安所唱"天仇地根却有爱",在戏单的"唱词选辑"中为"我对你无仇无恨却有爱",本文主要根据演出时的光碟记录,少量唱词则根据戏单中的"唱词选辑"有所调整。]

② 上海虹口越剧团:《天长地久》(《罗密欧与朱丽叶》)光碟,凤凰出版传媒集团、江苏电子音像出版社2000年版。

③ 荣广润:《我看萧雅》,《上海戏剧》2007年第7期。

④ 文念:《萧雅》,《上海文化年鉴》编辑委员会:《上海文化年鉴》(2005),《上海文化年鉴》编辑部2009年版,第340页。

"精神上的寄托"①，对爱的权利的无畏追求，难道这样的情感表达方式只适用于罗立安，而不适用于朱伯龙吗？

我们认为朱伯龙这一人物的设置，从情节建构的角度看颠覆了原作的经典性，既解构了"揭露中世纪世仇流血和宗法专制对社会和个人的莫大害处"②，也在一定程度上冲淡甚至遮蔽了罗密欧与朱丽叶敢于蔑视和反抗束缚人性发展的旧习俗、旧势力，为了爱情不惜牺牲生命③的情感纯粹性，反而使观众感觉到朱公子追求裘丽英也有一定的道理和值得同情之处。

从互文性角度观照，《天》剧对《罗》剧的这种脱离原作悲剧精神的改动，由于线索增多，抒情唱段所要表现的心理和情感的表现力度被削弱，致使观众难以对罗立安（罗密欧）与裘丽英（朱丽叶）的爱情悲剧产生强烈的认同感，属于画蛇添足。这说明《天》剧将《罗》剧中人物的性格特征与心理层次的变化，"移到一个新环境中，继而载入自己的文本与之相连"④的互文性并不成功，改编企图通过人物情感的诸多纠结来叙述故事，结果反而湮没了对主要矛盾的反映和主要人物的刻画，也未能达到"唯有至情，可以超生死、忘物我，通真幻，而永无消灭"⑤的境界。这就是说，莎剧本土化的改编是有一定限度的，否则，我们在颠覆了经典的同时，也会完全失却自我。《天》剧就是没有在这两种审美理论和两个不同文化圈所孕育出来的不同文化、不同艺术形式的碰撞之间找到平衡点。因为朱伯龙这一人物的出现，致使《天》剧横生枝节，冲淡了悲剧精神。观众只看到才子佳人式的中国故事的越剧，而不可避免地从根本上忽略了《罗》剧对于不是手段，而是终极目的"情"的生死追求。

---

① 贺麟：《文化与人生》，商务印书馆2005年版，第73页。
② 孙家琇：《莎士比亚辞典》，河北人民出版社1992年版，第97页。
③ 同上书，第98页。
④ [法] 蒂费纳·萨莫瓦约：《互文性研究》，邵炜译，天津人民出版社2003年版，第27页。
⑤ 吴梅：《吴梅戏曲论文集》，王卫民编，中国戏剧出版社1983年版，第159页。

三 理性批判意识与崇高、悲壮的缺位

通过建构对封建礼教的批判,彰显其为爱而死的崇高与悲壮,这是《天》剧改编必须解决的问题。这对演员也提出了很高的要求。我们知道,越剧中的悲剧主人公往往是女性,这为改编《天》剧带来了难度。而这恰为《天》剧中罗立安的饰演者表现青年男子挺拔英姿带来了表演上的难度。罗立安的扮演者韩婷婷虽然极力淡化自己性别上的差异,但由于对构成了强烈性别冲突的表演者与角色之间的冲突处理不到位,含蓄有余,"英"气不足,激情表露不够大胆和彻底,因而,在客观上也减弱了悲剧震撼人心的效果。我们说,戏剧的"思想必须饱含着激情……抒情成分也必须戏剧化"①。《天》剧中呈现的是对"苦情"的展现,相恋、相爱而不能相伴,而不是悲剧所引起的心灵冲击与精神震颤。当我们仔细品味《天》剧时,我们获得的是更侧重于"偏于琐屑中传出苦情"的中国悲剧苦情美感的获得,引起的是观众对于主人公的怜悯和同情,而非西方悲剧把美好的人生毁灭给人看的现代悲剧的审美满足。

总体看来《天》剧虽借鉴了《罗》剧再现生活形态的悲剧性与复杂的内心矛盾冲突,但较少"渗入现代人的思想感情和审美要求"②,用越剧音舞去演绎《罗》剧的故事,虽然在一定程度上将模仿生活与虚拟性的审美表演结合在一起,但是终究没有达到比较深刻地阐释《罗》剧悲剧精神的目的,由于爱情的表白不够大胆和直接,鲜明的人物的性格也变得模糊起来,演员虽然也尽力将主人公对爱情的向往与追求外化于程式、唱腔之中,以情感的起落,矛盾的纠缠与化解融入《天》剧之中。但由于在重新建构的舞台叙事中发生了较大的挪移与偏离,悲剧的崇高感被遮蔽,冲破封建宿仇腐朽观念过程中生长起来的爱情和所遭受的磨难被淡化,所以悲壮的崇高感也难以达到

---

① 谭霈生:《论戏剧性》,北京大学出版社1981年版,第247—248页。
② 张庚、郭汉城:《中国戏曲通论》,中国戏剧出版社2010年版,第93页。

震撼人心的程度。从演出效果来看，该剧很难给观众留下崇高与悲壮的回味。而且由于没有充分把握《罗》剧这部经典的悲剧精神，即个人与封建社会整体对立。造成这种"鲜明的理性批判意识"① 的缺位，使其舞台演绎犹如一部中国古典才子佳人式的爱情故事，而非透过这一故事所深刻体现出来的人文主义精神的爱情升华。

按照当代改编莎剧的趋势，莎剧改编已经成为一个无限开放的空间，阐释权并非仅仅掌握在少数人手里，采用包括越剧在内的各种艺术形式改编莎剧都有其存在的理由和价值，但关键是这样的改编能否在审美中，为莎剧的现代舞台演出增添对当下观众的启示，能否将表演者有魅力的创作气质转化为"思想和生活内涵"②，即利用原作的故事，赋予其现代意义，把"追求婚姻自由、反对封建礼教提到人性本然的个性解放的认识高度"③。我们遗憾地看到，《天》剧在展现爱的力量和生离死别的爱情悲剧的过程中既缺乏对这一高度的现代认知，亦对当事人双方心路历程以及在面临死亡心理时的变化缺乏揭示力度，没有对封建礼教的残酷、虚伪、反人道给予明确的更高层次上的"理性批判"。在裴丽英的眼里："只觉得，英气阵阵透心底""想见有缘心依依"，而罗立安则是"只觉得，光彩奕奕耀天际""盛宴易散不忍离"，二人之间的倾慕是"一路上，惊魂未定不在意/心怀忧思未在意；想不到，他鹤立鸡群非凡器/她鹤立白鸽显珍奇"。④ 在这些爱情倾诉中，失落了反映爱情追求的反封建意义和现代思想，有的仅仅是对个人容貌、气质的喜爱，同时由于其表演上的局限，罗立安与裴丽英之间的"对话性的独白"⑤ 缺乏

---

① 郭汉城、章诒和：《师友集》，中国戏剧出版社1994年版，第178页。
② 胡导：《戏剧表演学：论斯氏演剧学说在我国的实践和发展》，中国戏剧出版社2009年版，第314页。
③ 郭汉城：《郭汉城文集》（第一册），中国戏剧出版社2004年版，第437页。
④ 上海虹口越剧团：《天长地久》(《罗密欧与朱丽叶》)光碟，凤凰出版传媒集团/江苏电子音像出版社2000年版。文中的唱词、独白与对白均根据《天长地久》的光碟和上海虹口越剧团《天长地久》（九场古装悲剧）戏单记录。
⑤ [法]托多罗夫：《巴赫金对话理论及其他》，蒋子华、张萍译，百花文艺出版社2001年版，第262页。

心理基础，显得突兀，爱情在缠绵、哀怨中缺乏激情，而这恰恰也是《天》剧的重大缺失之一，因为《罗》剧的一个重要特征去神化，彰人性，显激情，这也是文艺复兴时期人文主义精神的时代特征之一。而罗立安与裴丽英的互诉衷肠的"花园会"中，裴丽英所唱为：

> 皓月当空洒清辉，
> 倚楼赏花遣愁怀。
> 花好月圆虽堪爱，
>
> ……
>
> 为什么你偏是冤家子，
> 为什么你生在罗家内，
>
> ……
>
> 无仇无恨却有爱。
>
> ……
>
> 倘若你心似我心，
> 可愿将罗姓来抛开？
> 倘若你心似我心，
> 我情愿为把裴姓改。①

而罗立安也唱道：

> 天上银河双星对，
> 人间清风送情来。

---

① 上海虹口越剧团：《天长地久》（《罗密欧与朱丽叶》）光碟，凤凰出版传媒集团/江苏电子音像出版社2000年版。文中的唱词、独白与对白均根据《天长地久》的光碟和上海虹口越剧团《天长地久》（九场古装悲剧）戏单记录。

> 出你之口入我心，
> 寒冰解冻迎春晖。
> 只要你心如明月长皎洁，
> 只要你情似烈火永不衰。
> 化仇为亲结姻好，
> 我情愿张王李赵任你改。①

我们看到这一段罗公子和裘小姐的对唱虽然对原作进行了大幅度的删削，但仍然保留了若干中心意思，例如原作中朱丽叶爱的慨叹："罗密欧啊，罗密欧！为什么你偏偏是罗密欧呢？……那么只要你宣誓做我的爱人，我再也不愿姓凯普莱特了……叫做玫瑰的这一种花，要是换了个名字，它的香味还是同样的芬芳。"② 罗密欧抒发爱的激情说："那边窗子里亮起来的是什么光？那就是东方，朱丽叶就是太阳！……你只要管我叫做爱，我就有了一个新的名字，只要你用温柔的眼睛看着我，只要你爱我。"③ 而两相对比，《天》剧较之《罗》剧感人的力度却不够理想。这是什么原因造成的呢？我认为，"莎剧中有许多段落实际上就是抒情歌曲"，④ 这里将大段的唱也放在人物处于内心冲突很激烈的关口，但是以外化的程式表现人物的情绪变化和心理矛盾、情感演进与个性特点，在激情的呈现上远远没有达到《罗》剧原有的精神境界。我认为，问题出在舞台叙事方式上，即表演、程式、造型、舞美等缺乏反映人物心理的力度，过于拘泥于才子佳人式的表述，"皓月当空""依楼赏花""花好月圆""银河双星""清风送情"等诗意化的爱情隐喻，在含蓄中

---

① 上海虹口越剧团：《天长地久》(《罗密欧与朱丽叶》)光碟，凤凰出版传媒集团/江苏电子音像出版社2000年版。文中的唱词、独白与对白均根据《天长地久》的光碟和上海虹口越剧团《天长地久》(九场古装悲剧)戏单记录。

② [英]莎士比亚：《罗密欧与朱丽叶》，朱生豪译，《莎士比亚戏剧手稿》(第四册)，国家图书馆出版社2012年版，第50页。

③ 同上书，第49—52页。

④ [英]约翰·吉尔古德：《莎剧演出谈》，杜定宇编：《西方名导演论导演与表演》，中国戏剧出版社1992年版，第452页。

显得力度不足。《天》剧的改编应该遵循的是，唱和舞既为人物的性格发展服务，又为戏（情节）的推进、发展、高潮和结局服务，用唱腔、程式展示人物性格特征，表现人物心灵的撞击和人物感情的爆发。

《天》剧的舞台叙事与抒情应该将《罗》剧的激情直接诉诸语言或动作，并转化为戏曲程式以彰显人物的内心世界和情感历程。可是，我们看到，在《天》剧中，不仅《罗》剧的思想性没有得到深刻地"刻画人物内心情态，达到'传神'的艺术效果"①的舞台呈现，而且越剧的长处也没有得到充分发挥。如"花园会"表现的是："丽英我，不是草木心感戴……更求你，姻缘簿上刻心碑……莫笑我，闺训不守礼仪违，都只为，感君恩情仰君才，愿向神灵明心迹。从此我，心如磐石志不改。此生绝不从别姓，生生死死永相随……"②因此，《天》剧难以达到"一种比真实更真实的东西替代真实的现实"③，只有做到了这个"更真实"，才能够实现对于美的追求。

《天》剧的改编，由于对原作主题人物塑造缺乏深入理解，"将人物朝气蓬勃、充满青春活力和希望的性格、心情表现得过于平直、浅露"，④所以无法为观众带来哲学与美学的全新观照。中国观众无法通过越剧真正领略到《罗》剧的悲剧精髓。该剧的改编采用了彻底中国化的方式，没有照顾到"莎味"。改编者在主体确立以后，对形式怎样反映、如何反映、反映是否和谐的问题认识不足，而这一点也构成了《天》剧的缺陷。"戏剧要用戏剧化言词表达一切"⑤，《天》剧在"唱腔"与"程式"的运用中，始终以越剧为主体来处理剧中人物和"莎味""越味"之间所呈现出来的矛盾，其结果是"越味"过浓，"莎味"较淡，反过来由于对"莎味"改编的解构，也影响了"越味"的审美效果。所以《天》剧在保留"莎翁的魂，越剧的体"的改编中仍然有

---

① 李晓：《昆曲——古典戏剧表演的完美体系》，胡忌：《戏史辨》（第四辑），中国戏剧出版社2004年版，第135页。
② 上海虹口越剧团：《天长地久》（《罗密欧与朱丽叶》）[VCD]，江苏电子音像出版社2000年版。
③ 周宪：《文化现代性与美学问题》，中国人民大学出版社2005年版，第258页。
④ 曹树钧：《莎士比亚的春天在中国》，香港天马图书有限公司2002年版，第131页。
⑤ [英]布鲁克：《空的空间》，邢历译，中国戏剧出版社2006年版，第37页。

值得商榷和颇多改进之处。

四 移步与换形中的错位

由于《天》剧对文本进行了过多改动，致使原著的悲剧精神和叙事体戏剧风格被遮蔽，由于震慑人心的陌生化悲剧效果的缺失，拘泥于才子佳人式的舞台叙事方式，又使改编在移步中既失去了原作的人文主义精神，又在越剧具体表现技巧的"必然"换形中丧失了现代意识，最终，也没有能够充分彰显梅兰芳所提出的"移步而不换形"中"形"所代表的越剧，那犹如振裘持领、絜网之纲的特殊审美魅力。尽管该剧从音乐、舞蹈、布景等方面力求拉近与越剧观众的距离，但却未能充分调动越剧表演的各种手段，也未能创造出为"追求内心的神似……经过艺术化的精心表现出来的高浓度感情"[1]的审美效果。由于总体悲剧精神与抒情和叙事之间的错位，该剧的主要演员在唱腔、程式运用上并没有得到淋漓尽致的发挥。本应负载了强烈情感的唱腔和程式变得无所依托，难以承担通过戏剧冲突反映人物性格的目的。

《天》剧改编的初衷是借助于《罗》剧的悲剧性达到刻画人的精神世界的目的，展现爱情的美好追求，展示人性中的善、恶的哲学与极致的审美，这就要求改编者抓住《罗》剧悲剧精神的内核，"以声情激扬词情"[2]。但在具体的改编中恰恰忽视了这一点。例如"生死离"中罗立安与裘丽英的对唱：

> 相对黯然泪难禁，
> 只恨我
> 一怒之下铸大错，
> 惹下灾祸悔无门
> 一语欣慰值千金，
> 果然小姐是知心。

---

[1] 张庚：《张庚文录》（第五卷），湖南文艺出版社2003年版，第311页。
[2] 曾永义：《戏曲腔调新探》，文化艺术出版社2009年版，第73页。

> 长老为我指迷津,
> 别后重逢再相亲。
> 江水涛涛千丈深,
> 不若小姐对我情。
> 玉环绕指指连心,
> 见环犹如见丽英。
> 愁听长夜秋虫悲,
>
> ……
>
> 你心磊落我明如镜,
> 今宵别后几时见,
> 凄凉如何变晨昏,
> 指上脱落碧玉环,
> 权代丽英伴郎君。
> 夜夜望月将你等,
> 等着你
> 寒冬枯草重转青。①

这些唱词和原著中罗密欧与朱丽叶之间的对白,虽然都是倾诉爱情,但是《天》剧在利用"悠长的唱段冲破了真实与虚构、生与死、可信与不可信、可能与不可能的界限"②时,由于缺乏悲剧精神的依托和对现代意义上的爱情观念的重新建构,观众在这里感觉到的只是爱的倾诉与爱的缠绵,却无法在此基础上获得现代观念中的"爱"的启示与赴死的决绝,即失落了关于爱与

---

① 上海虹口越剧团:《天长地久》(《罗密欧与朱丽叶》)[VCD],凤凰出版传媒集团、江苏电子音像出版社2000年版。[文中的唱词、独白与对白均根据《天长地久》的光碟和上海虹口越剧团《天长地久》(九场古装悲剧)戏单记录。本文主要根据演出时的光碟记录,少量唱词则根据戏单中的"唱词选辑"有所调整。]

② 李伟民:《光荣与梦想——莎士比亚在中国》,香港天马图书有限公司2002年版,第146页。

死的激情宣泄。"我们学习莎士比亚要灵活,不能硬搬,要创造性的学习,研究柔蜜欧与幽丽叶要看出它的创作痕迹"。① 在原作中罗密欧说:"来吧,死,我欢迎你!因为这是朱丽叶的意思……我决不放弃任何的机会,爱人,向你传递我的衷情",② 而朱丽叶也大胆地表白:"你就这样走了吗?我的夫君,我的爱人,我的朋友!"③

今天的人们尽管对爱的理解已经多元化了,但是,"为爱而死"在当今社会仍然具有崇高的悲剧意义。而《天》剧的改编恰恰忽视了这一点,既欲求"善",也欲求"美",从而忽视了《天》剧应强化"脱俗"的现代意识与传统审美特色融合,强调人类命运共同体所遵循的普世价值,在摆脱习惯认知的前提下,提升审美觉察力的"陌生化"(defamiliarization)④,达到窥人物"真情"的效果。"戏剧艺术的感染力量和审美价值,取决于它的艺术形象——舞台形象"。⑤ 我们看到,剧本的改编者在这一方面忽视了悲剧现代性的建构,例如在第九场"死别恨"中,罗立安"泪如雨下唤丽英,心碎肠裂欲断魂……楼台惜别赠玉环,依依惜别两离分,别后重逢更相亲……你为我甘将青春殉情死,我岂能空老年华长遗恨。在世不能成连理,死后愿求葬同坟"的深情倾诉,裘丽英"你既魂归离恨天,日已残缺补不全,我王子空留在人世间,天长地久永相恋"⑥ 超越生死的咏唱,均表现了超越世俗观念的爱情观。但是,由于"爱"的现代性的缺失,这样的生死离别也就显得苍白和平常了。

---

① 曹禺:《柔蜜欧与幽丽叶(专题报告)》,中国作家协会文学讲习所,1954年7月15日,第9页。

② [英]莎士比亚:《罗密欧与朱丽叶》,朱生豪译,《莎士比亚戏剧手稿》(第四册),国家图书馆出版社2012年版,第96—97页。

③ 同上书,第96页。

④ [美]杰拉德·普林斯:《叙述学词典》,乔国强、李孝弟译,上海译文出版社2011年版,第42页。

⑤ 谭霈生:《论影剧艺术》,湖南文艺出版社1986年版,第99页。

⑥ 上海虹口越剧团:《天长地久》(《罗密欧与朱丽叶》)光碟,凤凰出版传媒集团/江苏电子音像出版社2000年版。文中的唱词、独白与对白均根据《天长地久》的光碟和上海虹口越剧团《天长地久》(九场古装悲剧)戏单记录。

《天》剧如果能够在"善"与"美"之间利用越剧的音舞和"雕塑性"①强调其"爱情悲剧"的现代激情,以宾白"补唱词之所不足"②,克服表演手段单一的不足,避免改编中过于含蓄的才子佳人爱情表达模式,"这样的外部动作才有灵魂"③,也才能够充分发挥作为越剧表演艺术家尹桂芳的得意弟子萧雅,以及宗越剧表演艺术家范瑞娟范派的韩婷婷的唱腔④和舞美长处,达到建构莎士比亚大悲剧所蕴含的崇高人文主义悲剧精神的目的,从而在现代思想意义上强化"戏曲传统中现实主义和浪漫主义相结合"的审美魅力⑤,以超越时代、民族、文化的爱情悲剧达到角色的"戏剧化"(dramatization),使《罗》剧崇高的悲剧性在越剧中得到更为完美的再现。

对于《罗》剧,我们可以描述忠贞的爱情,也可以揭示复仇与宽恕。从文化之间的对话来看,"一切以审美方式被完成化的东西都具有独立、自足的形式"⑥,关键是要通过《天》剧的改编"将审美幻象落实为具体表现形式"⑦,融"编剧""导演""唱腔""程式"于悲剧精神与现代性的建构中⑧,用以表达情感、叙述心理变化、塑造人物性格,⑨而这一点正是《天》剧所没有达到和有所不足的。认识到这一点,也为中国戏曲改编莎剧提供了可资借鉴的宝贵经验与教训,从这一意义上来看,也是我们以中国戏曲改编莎剧应该和必须付出的代价。

---

① 黄佐临:《导演的话》,上海文艺出版社1979年版,第143页。
② 周贻白:《中国戏剧史长编》,上海书店出版社2007年版,第79页。
③ 谭霈生:《论影剧艺术》,湖南文艺出版社1986年版,第35页。
④ 钱宏:《中国越剧大典》,浙江文艺出版社2006年版,第626—627页。
⑤ 梅兰芳:《梅兰芳舞台生活四十年:梅兰芳回忆录》(下),许姬传、许源来、朱家溍记,团结出版社2006年版,第592页。
⑥ [俄] M. 巴赫金:《巴赫金文论选》,佟景韩译,中国社会科学出版社1996年版,第265页。
⑦ 王文章:《张庚学术研究文集》,中国戏剧出版社2005年版,第209页。
⑧ 李伟民:《真善美在中国舞台上的诗意性彰显——莎士比亚戏剧演出60年》,《四川戏剧》2009年第5期。
⑨ 李伟民:《中国莎士比亚及其戏剧研究综述(1995—1996)》,《四川戏剧》1997年第4期。

第九章 莎士比亚戏剧的地域化:"何必非真"与"取神略貌"

第一节 黄梅戏:为莎剧增色的写意性表达

一 "何必非真"的叙述

后经典叙事注意到叙述媒介的多样性,在叙事学讨论的范畴内戏剧也得到了初步接纳。黄梅戏以"何必非真"的审美形式演绎了莎士比亚的喜剧《无事生非》。黄梅戏《无》借助于唱腔和表演展现了《无事生非》中人物的性格、心理、行动,将黄梅戏唱腔、表演之美拼贴入莎剧《无事生非》的情节之中。黄梅戏《无事生非》的美学形态,呈现了后经典叙事、元叙事与虚拟、写意基础上的审美叠加。

由马兰、吴琼、黄新德、王少舫主演的黄梅戏莎剧《无事生非》(以下简称《无》)无论是在黄梅戏表演,还是在彰显莎剧表现的文艺复兴时期喜剧精神方面都赢得了莎学专家和观众的赞誉,为中国戏曲如何与经典莎剧融合提供了可资借鉴的经验,也为土生土长的黄梅戏如何改编莎剧,拓展其表现领域提供了理论思考的空间。[①]"这说明一个特定事件可以在不同配置中阐释为

[①] 李伟民:《中国莎士比亚批评史》,中国戏剧出版社2006年版,第401—402页。

第九章　莎士比亚戏剧的地域化："何必非真"与"取神略貌"

不同功能。配置的改变引起阐释的变换。"① 该剧将原剧五幕十七场，改为七场，既不脱离黄梅戏音舞、表演的本体，又在原作的框架内结构故事、安排情节，通过黄梅戏唱腔、舞蹈叙述故事，塑造人物，展示人物心理，黄梅戏《无》以其音舞的叙事的特点，为中国戏曲改编莎剧提供更为广阔的空间。对《无》的改编不仅仅局限于对叙事文本本身的关注，而且将叙事学讨论范围扩展到"讲述故事"的文化产品，② 这样以舞台为媒介的戏剧也就被挪入了叙事学研究的视野。由于对语境更为关注，《无》的黄梅戏改编充分利用了"叙事作品所得以表现的媒介"③，为世界莎剧剧坛提供了一个不可多得的莎剧改编样式。

黄梅戏以歌舞演故事，改编的成功与否全在于所运用的唱腔能否有助于揭示人物的内心世界。黄梅戏的曲词具有抒情性强，以情感人的特点。将起伏的情感用极具情感的唱腔表现出来，实现话剧莎剧由"写实"、表现"真实生活"，向"写意""写情"的虚拟审美转化，可以说是找到了莎氏喜剧蕴含的欢快、开放式的喜剧内涵与黄梅戏的抒情艺术特性之间的叙述的契合点。黄梅戏《无》的唱腔和舞蹈，已经改变或颠覆了我们业已建立起来的对莎剧《无》所呈现的喜剧叙述的理解，这是审美观念的根本转变。而喜剧精神的保存和审美观念的改变，又使矛盾双方戏剧观的对立性得以转化。黄梅戏《无》中的唱段以创新的腔体表现、刻画人物性格和情感变化，使黄梅戏与莎剧跨越时空的阻隔，遇合在黄梅戏舞台上，并使黄梅戏的唱腔、舞蹈成为《无》的主要审美叙述方式，创造出一部具有黄梅戏审美特点的莎剧。黄梅戏《无》"从整体上改变黄梅戏抒情、缓慢的节奏，注入轻松、明快的喜剧节奏，演员的表演也尽可能丢掉一些戏曲程式化的东

---

① ［美］卡法勒诺斯：《似知未知：叙事里的信息延宕和压制的认识论效果》，［美］戴卫·赫尔曼主编：《新叙事学》，马海良译，北京大学出版社2001年版，第16页。
② ［荷］米克·巴尔：《叙述学：叙事理论导论》，谭君强译，中国社会科学出版社2003年版，第1页。
③ 谭君强：《叙事学导论：从经典叙事学到后经典叙事学》，高等教育出版社2008年版，第12页。

西，唱念节奏相对加快，整场戏幽默、清新、和谐，既忠于莎士比亚原著，又不失黄梅戏艺术特征，使黄梅戏与莎士比亚戏剧结合成一个新的艺术整体"。① 借助于莎剧的经典型和对人性的普适性叙述，突破了黄梅戏原有的表现领域和"表现范围"，在世界莎剧舞台上，创造出的黄梅戏莎剧，已经超越了时空和民族的界限，跨越了文化、艺术形式之间的鸿沟，为世界莎剧舞台提供了黄梅戏莎剧的演出形式，必将为莎剧表演和研究提供全新的思考和阐释角度。

黄梅戏《无》"何必非真"的叙述拒绝了西洋化的包装，采取了黄梅戏化的形式，既通过大段的唱腔叙述人物复杂的心理变化，又通过念、做、打、舞使人物的心理、情感得以鲜明呈现，在化用莎剧语言的基础上，充分中国化，如第四场杜百瑞让巡丁脱下帽子统统露出光头皮时，对当差的巡丁唱道：

>当差只留光头皮，双脚踩着西瓜皮，能剥老鼠皮，别摸老虎皮。佛面贴金皮，人顾两张皮。又要肥肚皮，又莫破脸皮。②

这种体现个人意志和智能的言语以其叙事功能的讽刺效果、叙事任务的二重性、叙事色彩的异质性构成了具有喜剧色彩的叙事者角色，叙事的接受者既是巡丁，又是观众。他的叙事不仅通俗易懂，而且幽默中含有喜剧的讽刺，配合夸张的"跑驴"舞步，削弱了主体与客体、做与叙、写实与写意之间的区分，使"叙事成为一种必要"③ 的模式，观众不仅认同舞台上的唱、舞叙事，而且通过黄梅戏的风格对莎氏喜剧风格、叙述的隐喻性加深了认识，

---

① 王长安：《中国黄梅戏》，安徽文艺出版社2009年版，第167页。[马兰、吴琼主演：《无事生非》（黄梅戏），VCD（上下集），导演：蒋维国，文学顾问：张君川，安徽省黄梅戏剧院，1986年，文中除了参考剧本之外，也参考了实际演出时的唱词和宾白。]对于莎士比亚的原作可参看莎士比亚《无事烦恼》，《莎士比亚戏剧全集》（第一辑·第三种），朱生豪译，世界书局1949年版。

② 同上书，第624—625页。

③ [美]佩吉·费伦：《表演艺术史上的碎片：波洛克和纳穆斯通过玻璃，模糊不清》，James Phelan Peter J. Rabinowitz主编：《当代叙事理论指南》，申丹等译，北京大学出版社2007年版，第590页。

取得的是会心一笑的美学效果。正如曹禺所说，黄梅戏《无》"使莎士比亚到你们手头忽然变得更亮了"。① 这种把莎氏喜剧审美转化为黄梅戏喜剧审美，通过对唱、独唱、合唱、独舞、群舞的"形式和功能来对其加以描绘"② 的表演形式，使其在外在形式上既远离生活、变异生活，又在形式表现上贴近了中国观众，从而使观众在幽默、诙谐、调侃、讽刺的唱叙、表演中获得了节奏、韵律、整饬、和谐的黄梅戏莎剧的审美体验。

黄梅戏《无》在吸收多种艺术表现手法，创造出新奇、诗化的表现场面，使其通过黄梅戏丰富的艺术手段，达到貌虽离而神合的审美效果。如在第一场中，娄地鳌与李海萝目光相遇，李碧翠从两人眼前各牵过一条"丝线"，一拉一弹，两人身体随之晃动，"丝线"断了，两人从忘情中回到了现实世界，顿觉羞涩脸红。运用这种"牵线打线"③ 的舞台叙事表现手法，将娄地鳌与李海萝的爱情表现得形象而深挚，含蓄而富有象征意味。又如在原剧中，克劳狄奥当堂羞辱茜罗的一场戏，黄梅戏《无》把教堂婚礼改为洞房花烛夜，用"三揭盖头"的传统表演手法收到了很好的艺术效果。在舞会一场，编导汲取了中国古代角牴戏和傩戏古朴稚拙的风格，以假面舞营造了气氛，反映了人物心理。④ 再如第七场中，娄地鳌来到李海萝"坟"前，挥剑劈墓，八位头戴面具、身着素服的女子飘然而来，娄地鳌要从中选择一位替代李海萝，而被选中的"瞎眼婆"正是假传死讯的李海萝。这些舞蹈设计新奇不俗，在"三重叙事"中，既有叙述者，又有表演者，也有评论者，既置身事中，又置身事外，演员以丰富的舞蹈语汇叙述，使中西方文化差异在舞蹈中得到了理解，既充满了诗情画意，又以具象化的舞蹈表达出人物的情感。⑤ 正如齐如山

---

① 曹禺：《莎士比亚更"亮"了——曹禺、黄佐临等同志看戏后的谈话》，安徽省黄梅剧团/安徽省艺术研究所编印：《黄梅戏〈无事生非〉演出专刊》，1986年6月，第7页。
② [法]罗兰·巴尔特：《符号学原理》，李幼蒸译，中国人民大学出版社2008年版，第12页。
③ 王长安：《中国黄梅戏》，安徽文艺出版社2009年版，第370页。
④ 葛剑群：《黄梅戏史上的一次突破——记黄梅戏移植莎剧〈无事生非〉》，《黄梅戏艺术》2005年第2期。
⑤ 王长安：《中国黄梅戏》，安徽文艺出版社2009年版，第370页。

所说，中国剧"处处是用美术化的法子来表演，最忌向真"。①

可以这样认为，以唱腔、舞蹈为舞台叙事形式的黄梅戏《无》之审美已经解构了莎剧《无》之"真"，它不在"真"上做文章，而是在"美"上表现"生活之真"，这是"三重叙述"中表演者的叙述。也是评论者的叙述，更是"行当"的叙述，黄梅戏《无》有别于莎剧《无》的关键就在这里，中西方戏剧的审美分野也在这里。黄梅戏《无》既利用了化装、服饰、动作、语言"矫情镇物，装腔作势"之感这样的审美表现，也把莎剧《无》中的语言、日常的动作、戏剧性的冲突强化、美化、艺术化，以黄梅戏超出生活之法的审美表现生活。

黄梅戏《无》这种"何必非真"的叙事：在张扬喜剧精神的基础上，"非常的真，不过不是写实的真，却是艺术的真，使观众看了，觉得比本来的真还要真"。② 黄梅戏《无》以其表演形式创造出了莎剧《无》所需要的内容，在"艺术必须真实地反映生活这个基本规律的制约……符合生活逻辑"③ 的同时，"高度发扬戏剧的假定性，与此同时又沿用模拟生活形态的真实性，达到虚拟与实感相结合"④。黄梅戏《无》是全面借鉴黄梅戏艺术表现手法的成功改编，融中西两种戏剧艺术表现、审美观念于一台，以叙事和抒情的叙述，既深刻表现出莎剧《无》的喜剧精神，又充分调动、发挥了黄梅戏的表演技巧，在文化、戏剧观的碰撞中显示出两者的无限生命力。

二 符号体系之间的审美转换

黄梅戏《无》的改编遵循的是以"黄梅戏为体，莎剧为用"的方针，故此形成了"洋戏土演"的基本格局。而这样的定位可以将莎剧的念白、行动

---

① 齐如山：《梅兰芳游美记》，岳麓书社1985年版，第72页。
② 同上书，第106页。
③ 章诒和：《中国戏曲》，文化艺术出版社1999年版，第16页。
④ 同上。

与黄梅戏的"唱""舞"结合起来。重要的不在于对莎剧《无》内容的叙述，关键是黄梅戏《无》在原作的语言"符号体系"和黄梅戏已经形成的符号体系中以其音舞如何表现的问题。黄梅戏《无》通过唱腔、舞蹈和念白的舞台叙述与莎剧《无》的表现方式完全不同，观众的欣赏感受也不一样。黄梅戏《无》在表现矛盾冲突时，不仅通过对白叙述，而且化"对白"为"对唱"，通过"对唱"的方式叙述矛盾冲突，在针锋相对的对唱交锋、交流中渲染矛盾的尖锐与化解，在"平词对板"① 的演唱中，持续不断地推动戏剧冲突发展②。如在原作第一幕第一场中，克劳第奥向裴尼狄克问起希罗，裴尼狄克说："她是太矮了点儿，不能给她太高的恭维；太黑了点儿，不能给他太美的恭维……"③ 在黄梅戏《无》中，以诙谐、讥讽的"取莎翁之意境化为戏曲之词"④ 即使用特定词语对人物性格加以直接标记的方法对人物进行描绘，其描绘以黄梅戏特有的"有意识地误会纠缠"表现白立荻、李碧翠评价娄地鳌的对唱：

> 他比我身材高一分，哎呀呀，还是一根三寸钉。他比我脸蛋白一分，不过是黑炭头洒上粉一层。他比我武艺强一分，只能拍死小苍蝇。他比我容貌美一分，哎呀呀，还是猪八戒又还魂。⑤

李碧翠和白立荻分别互为叙述者和叙述的接受者，叙述中的"她"虽为第三人称，但无论是白立荻，还是观众都明白实指的是在场的李碧翠。黄梅戏《无》做这样的改动使其喜剧性通过唱叙得到了另一种形式的加强，黄梅戏在独唱、重唱、合唱、对唱、背唱等传统手法的运用中，"以欢快的

---

① 王长安：《中国黄梅戏》，安徽文艺出版社2009年版，第302页。
② 吕效平：《戏曲本质论》，南京大学出版社2003年版，第27页。
③ ［英］莎士比亚：《无事烦恼》，《莎士比亚戏剧全集》（第一辑·第三种），朱生豪译，世界书局1949年版，第8页。
④ 金芝：《当代剧坛沉沉录》，中国戏剧出版社1993年版，第192页。又见殷伟《新花初绽清香四溢——记黄梅戏〈无事生非〉的演出》，《安徽日报》1986年4月9日，安徽省黄梅剧团/安徽省艺术研究所编印：《黄梅戏〈无事生非〉演出专刊》，1986年6月，第12页。
⑤ 王长安：《中国黄梅戏》，安徽文艺出版社2009年版，第613页。

仙腔和彩腔为旋律的基调，糅合经过创新的花腔小戏的曲调，在描写音乐上又选用了具有少数民族风味的音乐，并配以色彩性打击乐"，① 人物的性格、情感、心理、行动依据所迸发出来的审美效果"集秀溶美，使莎剧（包括一切外国的优秀戏剧）的美和中国戏曲的美，在新的意识与更高层次上凝铸成美的结晶"②，使"戏中人"的心理活动被黄梅戏的唱腔激活，诙谐、俏皮的唱腔给观众留下了深刻的印象，也艺术地诠释了人物的心理特征。如裴尼狄克祖露自己的心迹："一个女人生下了我，我应该感谢她；她把我养育长大，我也要向她表示至诚的感谢……我愿意一生一世做个光棍"。③ 黄梅戏《无》将其化为：

> 只感女人恩。我是落花不结子，我是浮萍不留根……丑女我不念，美女不放心，生为大丈夫，怕戴绿头巾。不如终生做光棍，自由自在似天神。④

在叙述中，黄梅戏《无》的喜剧气氛与主人公的直率、聪明、执着的性格特征得到体现，改编者与作曲、唱腔设计反复研究、实验，根据黄梅戏的特点，继承、发展了黄梅戏小戏"运用夸张手法，冷嘲热讽"⑤ 的特点，在挖苦、讽刺的笑声中，揭示了人物直率、大胆，既高傲又软弱的性格特征。情节的进展以说说唱唱、边舞边唱的叙述形式，加强了全剧的喜剧气氛。用唱腔、舞蹈表现人物性格、心理，叙述人物行动成为改编是否成功的关键，在黄梅戏《无》中第七场"真面真心结丝罗"⑥ 的唱段中，把李海萝对爱情的真挚表现得淋漓尽致，给人一种含义深长、余音未尽的

---

① 殷伟：《新花初绽清香四溢——记黄梅戏〈无事生非〉的演出》，《安徽日报》1986 年 4 月 9 日。
② 金芝：《当代剧坛沉思录》，中国戏剧出版社 1993 年版，第 190 页。
③ ［英］莎士比亚：《无事烦恼》，《莎士比亚戏剧全集》（第一辑·第三种），朱生豪译，世界书局 1949 年版，第 10 页。
④ 王长安：《中国黄梅戏》，安徽文艺出版社 2009 年版，第 613 页。
⑤ 同上书，第 29 页。
⑥ 同上书，第 640 页。

感觉。这时表露心迹的唱叙已经使"叙述者不仅成为主动性的第一叙述者，也可成为回应性的第二叙述者，即自我对自我的叙述进行叙述的回应"①。此时的叙述者不仅是对观众的交代，也成为自己内心的回应者，李海萝经过一系列误会之后，终于找到了爱的归宿，并对人生也有了更深刻的认知。

第二节　中西戏剧审美观念的碰撞

一　假定性中的后经典叙事

在后经典叙事中，达到叙事与故事同一的手段，涵盖了"元叙事"。② 黄梅戏《无》以唱腔、舞蹈为表现形式是对生活假定性叙述，达到了舞台叙事与故事之间的同一，这种假定性将审美的表演和艺术的假定性加以放大，是以其元叙事（metanarrative）的表演方式，将语言的表述转变为音舞的表述，实际上是从审美层面颠覆了戏剧之"真"对现实世界的反映。元叙事所要表现的是其他叙事的叙事。"把莎剧化为戏曲演出，并不是简单地移植，而是一种再创造。"③ 黄梅戏《无》在形式上创造出的是一个审美的世界。它并不以叙述现实世界的可能性为目的，而是以通过叙述现实世界中人的矛盾达到审美目的。黄梅戏《无》的改编与元叙事放弃叙述世界的真理价值，而以终极的审美为旨归这一理论不谋而合，它肯定叙述的人造性、假设性和异质性。叙述程式、前文本、互文性价值体系与释读体系在审美转换的过程中，演员放下了"真"的包袱，可以将莎剧《无》的喜剧性发挥到极致，因此，黄梅戏《无》的元叙事也就成为人造性和假设性的成功实践。黄梅戏《无》唱腔

---

① 邹元江：《中西戏剧审美陌生化思维研究》，人民出版社2009年版，第171—172页。
② 祖国颂：《后经典叙事：泛互文性及其文化表征——以〈反复〉的叙事策略为例》，祖国颂：《叙事学的中国之路：全国首届叙事学学术研讨会论文集》，中国社会科学出版社2006年版，第146页。
③ 金芝：《当代剧坛沉思录》，中国戏剧出版社1993年版，第182页。

的"音乐因素属于主导地位,特别是歌唱。由于有歌唱,念白就不能保持生活语言的自然状态,它必须是吟咏,强调语言的节奏感和韵律"。① 这样就与话剧形态的《无》拉开了距离,使"真"必须通过唱腔、舞蹈之"美"方能得到表现,在这里"无论是舞蹈,还是唱念,都不过是剧情的一部分,因此它的音乐性、舞蹈性、节奏性是统一于戏剧性的"。② 黄梅戏《无》中人物的舞台动作是通过舞蹈化身段、音乐化的念白演唱形成了一种经过提炼的强烈、鲜明、可看、可听的表现形式。经过叙述者、评论者、表演者的三重舞台叙述,"不仅叙述文本,是被叙述者叙述出来的,叙述者自己,也是被叙述出来的——不是常识认为的作者创造叙述者,而是叙述者讲述自己。在叙述中,说者先要被说,然后才能说"。③ 在此过程中,我们看到了一个与莎剧《无》审美呈现方式完全不同的黄梅戏《无》,"尽管莎士比亚剧作的台词不是像中国戏曲的唱词那样用的是比较严格的韵文体,但也同样具有诗的韵律美"④。人物的性格就通过黄梅戏的唱腔、舞蹈得到了鲜明呈现,如第七场李碧翠、白立荻、李海萝的唱、做:

> 喜欢他与我合秉性,无情冷面锁情心。口若心来心如口,舌头刺人不伤心。喜欢他情海舟自稳,风亲浪吻不动心。唇枪舌剑传情语,我的坟墓是他的心。⑤

> ……你没见侯爷和将领,都张着血口来喷人。这世道,丈夫气概已丧尽,豪侠精神也无存,壮志消磨在打躬作揖里,良心融化在逢迎阿谀中……⑥

---

① 章诒和:《中国戏曲》,文化艺术出版社1999年版,第112页。
② 同上。
③ 赵毅衡:《当说者被说的时候:比较叙述学·导论》,中国人民大学出版社1998年版,第 I—II 页。
④ 金芝:《当代剧坛沉思录》,中国戏剧出版社1993年版,第187页。
⑤ 王长安:《中国黄梅戏》,安徽文艺出版社2009年版,第636—637页。
⑥ 同上书,第637页。

悄悄一声请，果然变温柔。她说美意少，哽住乌鸦喉……要我细品味，将她情意留。我若不把她怜爱，立荻真是一条牛。①

呆呆呆，痴痴痴，苦苦苦，悲悲悲。唾沫赛过东海水，舌根重似千斤锤。一片真情换得千重罪，死了清净活着卑。②

李碧翠、白立荻、李海萝以唱和舞传达给观众的是，感情是戏剧，激情也是戏剧，演员"用诗、用歌、用优美的舞蹈、用强烈的形体动作，诉说直接使她激动、愤怒的事物，剖析'自己'的思考，倾吐'自己'的感受，披露'自己'的隐私……这个行动，最能表现性格，它的意义也超过了激情本身"。③ 马兰的唱法较本色，声音富有磁性，演唱朴实大方，以情带声，把戏剧内容与演唱技巧统一起来，创造出角色所需要的音乐形象；④ 黄新德的唱法表情细腻，嗓音圆润明亮，底气充足，又注重小腔，抑刚扬柔；这里在"背白""互视"等一系列身段表演中，李碧翠的叙述使"二人动了真情，竟致飘然起舞，相依相偎"。⑤ 而吴琼在模仿严凤英唱法的基础上，把握了其精髓，重视声音的造型作用，音色与唱法多样，音色纯正，⑥ 如李海萝的"相伴永相随"唱段：

人醉地醉天也醉，紫雾托着彩霞飞。故土更香林更美，赤颊红花两相辉。枝头鸟语声声脆，似问我，问我嫁后几时归？⑦

她的叙事更多的是面对自己的内心和观众，表达的是内心对真挚爱情的憧憬、向往，而观众通过其唱腔既把握了人物的心理活动，又领略了黄梅戏

---

① 王长安：《中国黄梅戏》，安徽文艺出版社2009年版，第627页。
② 同上书，第632页。
③ 金芝：《惶恐的探索——改编莎剧〈无事生非〉为黄梅戏的断想》，《戏曲艺术》1987年第1期。
④ 王长安：《中国黄梅戏》，安徽文艺出版社2009年版，第325页。
⑤ 同上书，第637页。
⑥ 同上书，第325页。
⑦ 同上书，第627页。

唱腔特有的美感，叙事与唱腔互相生发，从而引起观众共鸣。这些具有强烈感情色彩的唱腔，加上身段与造型所形成的舞台叙事，带来的是对话语细节（优美唱腔）和象征特色明显的强化聚焦审美，① 一个个直率、俏皮、真挚、爱憎分明的青春男女形象在音舞叙事的审美效应中得到放大，在唱腔、舞蹈、语言三者之间的有机叠加中，以突出演出的虚构性、表演性为目的，在唱腔、舞美的喜剧性叙述的过程中，造成了"悲中喜，喜中愁"② 的艺术效果，达到了所谓"戏"乃"戲"也的目的，观众获得的是黄梅戏莎氏喜剧的审美愉悦，改变的是戏剧等同于生活的观念。观众从黄梅戏《无》的声腔之美和舞蹈的身段之姿中体会到莎剧的魅力，这正是两种戏剧、不同审美形式嫁接的结果。

黄梅戏《无》所要带给观众的早已不再以描写现实生活、反映现实为主要目的，而是以唱腔、舞美呈现所需要达到的审美愉悦为旨归，元叙事表明"叙述者直接面对听众的不仅有叙述者的话语，还有其在叙述过程中的表情、动作和语气等等。可以说，口头叙事中的叙述话语和叙述行为是共时存在、相辅相成的"。③ 从后经典叙事这一角度观察，莎氏喜剧的叙述方式和呈现的舞台效果悄然发生了改变，观众主要不是通过语言感受喜剧的轻松明快，而是把莎剧语言戏曲化即黄梅戏化，通过唱腔、舞美的呈现达到审美目的，表明"莎士比亚在中国戏曲里活着，他获得了新的生命，英国戏剧也获得了新的生命",④ 他在"借他人的酒杯，浇自己的块垒"中，怎样演绎，如何演绎得成功和美，才是或应该是改编者首先要解决的问题。在这一审美理论的指导下，唱腔的抒情色彩与戏曲身段的舞蹈化戏曲程式奠定了统一的节奏基础。

---

① J. H. Murray, *Hamlet an the Holodeck: The Future of Narrative in Cyberspace*, New York: The Free Press, 1997, pp. 49–50.
② 郭汉城、章诒和：《师友集》，中国戏剧出版社1994年版，第127页。
③ 申丹：《叙述》，赵一凡：《西方文论关键词》，外语教学与研究出版社2006年版，第738页。
④ [英] 菲力浦·布洛克班克：《莎士比亚在中国戏曲里活着——国际莎协主席布洛克班克看戏后的谈话》，安徽省黄梅剧团/安徽省艺术研究所编印：《黄梅戏〈无事生非〉演出专刊》，1986年6月，第8页。

黄梅戏《无》在适合中国观众"审美"方面所形成的后经典叙事性与元叙事,不仅体现在形式上,而且对原作的内容和人文主义精神也化为道德、伦理的评判,但这仍然是莎士比亚,也是黄梅戏的《无事生非》。

黄梅戏《无》化莎剧原作中的独白和部分对白为唱段,既承担了叙述者的任务,叙述了故事内容,推动了情节发展,表现了人物情感,又把"隐含叙述者"思想通过主人公之口叙述出来。音乐所营造的语境本身也是叙述。"黄梅戏是以演唱为主的戏剧,而戏剧音乐则应当是富有戏剧性的,戏剧需要利用音乐手段塑造鲜明的人物形象,配合戏剧矛盾的展开、渲染戏剧环境、制造戏剧气氛、协调戏剧节奏"①。按照巴赫金的话说就是:"把自己的思想直接放到主人公的嘴里,从作者的理论或伦理(政治、社会)价值的角度把这些思想说出来。"但是在西方戏剧特别是文艺复兴时代的莎士比亚戏剧里"台词会被认为具有超自然的力量。立足于一般水准,并不禁止既想到姿势动作又想到言词,甚至在这一点上,言词会获得更重要的效能……西方戏剧中言词仅仅用来表现心理冲突,特别是用来表现人及其日常生活的真实性"。②而在黄梅戏《无》中,以"主腔"为主,富有变化的大段唱词,除了具有巴赫金所说的功能以外,以观众所形成的欣赏定式为审美参照,已经在后经典叙事中,通过舞台创造出符合"隐含作者"思想价值判断的人物性格。正如"英国首相撒切尔夫人给曹禺的贺信"中所说:"尽管莎士比亚是一位独一无二的剧作家,但他一直是为普普通通的男人和女人而写作的……正是这种将复杂思想和感情变得简单易懂,将崇高的思想用明了的语言表达出来的能力,使他成为伟大的剧作家,不管他用什么语言来写作。"③

在莎剧《无》中,台词的任务,主要是"把这些思想传达出来",具有揭示人物思想、行动缘由、心理特征的作用,而在黄梅戏《无》中,由此构

---

① 王长安:《中国黄梅戏》,安徽文艺出版社2009年版,第304页。
② [俄] M. 巴赫金:《巴赫金文论选》,佟景韩译,中国社会科学出版社1996年版,第365页。
③ [英] 撒切尔夫人:《撒切尔夫人给曹禺的贺信》,安徽省黄梅剧团/安徽省艺术研究所编印:《黄梅戏〈无事生非〉演出专刊》1986年6月,封二。

成的"剧中人和剧中人性格成长的历史——情节的整一性,及由此而带来的效果的幻觉性"①,就必须以黄梅戏的审美为主要标准,"角色既与常见的花旦行当有很大的区别,又不同于一般的小生或武生,也绝不是四平八稳的老生",②而是人物性格的反映,通过李碧翠、白立荻、李海萝的"唱",马兰、黄新德、吴琼对以"柔"为主的黄梅戏舞台的"做"的舞台叙述,已经对莎剧《无》进行了假定性的彻底改造,而也正是这一改造使我们看到了黄梅戏《无》可以在后经典叙事的阐释中得到更好的说明,也使我们能够通过后经典叙事与元叙事更深入地把握其改编特色。在后经典叙事中黄梅戏《无》已经彻底摒弃了西方戏剧的全知视角,而是以唱腔、舞美的艺术虚构性、假定性为前提,毫不掩饰表演的虚拟性,虽然是"代言体"的"现身说法",但是仍要通过音舞叙事塑造人物形象,在叙述者背后形成了"三重叙事"的特点。黄梅戏《无》改编演出的成功,为世界莎剧舞台上增添了一朵绚丽的黄梅戏之花,丰富了莎剧的演出形式,为当下莎剧舞台提供了饱含中国文化、戏曲形式的不可多得的改编莎剧,也在后经典叙事中完成了一次中西方戏剧审美实践与戏剧观念之间的打通工作。

后经典叙事注意到叙述媒介的多样性,在叙事学讨论的范畴内戏剧也受到了初步接纳。黄梅戏以特有的唱腔演绎了莎士比亚喜剧《无事生非》。黄梅戏《无》采用写意性的表现手法反映了莎士比亚的喜剧精神。黄梅戏《无》借助于唱腔和表演展现了《无事生非》中人物的性格、心理、行动,将黄梅戏唱腔、表演之美拼贴入《无事生非》的情节之中。这种经过拼贴形成的改编,在后经典叙事的阐释中不同于作为话剧的《无事生非》的美学形态,实现了后经典叙事、元叙事与虚拟、写意基础上的审美叠加。

从经典叙事学到后经典叙事学的变化之一,不仅仅局限于对叙事文本本身的关注,而且将叙事学讨论范围扩展到"讲述故事"的文化产品,这样以

---

① 邹元江:《中西戏剧审美陌生化思维研究》,人民出版社2009年版,第172页。
② [英]撒切尔夫人:《撒切尔夫人给曹禺的贺信》,安徽省黄梅剧团/安徽省艺术研究所编印:《黄梅戏〈无事生非〉演出专刊》1986年6月,第13页。

舞台为媒介的戏剧也就被挪入了叙事学研究的视野。由于对语境更为关注，在后经典叙事学中"并不考虑叙事作品所得以表现的媒介"①。从这一进步来看，对莎剧的研究，或者说对中国戏曲改编莎剧的研究，显然可以纳入后经典叙事学的研究范畴。后经典叙事学理论作为一种有用的工具，会为问题的阐释提供新角度。纵览莎士比亚戏剧在中国的演出，由马兰、吴琼、黄新德、王少舫主演的黄梅戏莎剧《无》无论是在黄梅戏表演，还是彰显莎剧表现的文艺复兴时期喜剧精神方面都赢得了莎学专家和观众的赞誉，为中国戏曲如何与经典莎剧融合提供了可资借鉴的经验，也为土生土长的黄梅戏如何改编莎剧，拓展其表现领域提供了理论思考的空间，② 同时也为从后经典叙事学分析黄梅戏《无》提供了新的视角。"这说明一个特定事件可以在不同配置中阐释为不同功能。配置的改变引起阐释的变换。"③ 该剧将原剧五幕十七场，改为七场，既不脱离黄梅戏音舞、表演的本体，又在人文主义精神的框架内架构故事、安排情节，通过黄梅戏唱腔、舞蹈叙述故事，塑造人物，展示人物心理，以黄梅戏念白、唱腔、舞蹈诠释出莎氏喜剧反映的人性善恶，以情感的波澜起伏和矛盾解决，艺术地展现了黄梅戏和莎剧的魅力，打造出一部形式特别，地方特色浓郁，具有相当艺术水准的黄梅戏莎剧，在中国戏曲改编莎剧中可谓独树一帜。对黄梅戏《无》的阐释可从后经典叙事研究入手，探讨其音舞的叙事特点，将为中国戏曲改编莎剧研究提供更为广阔的空间。

二 三重叙事：两种审美形式之间的对话

黄梅戏是在民间歌舞"三打七唱"的基础上发展起来的，它的根基是以吴楚文化为基质，成长于皖中，受到皖文化浸淫的具有鲜明地域特色的剧种，即黄梅戏在戏歌之间，似戏似歌，天然具有来自民间、乡土的根基。而文艺

---

① 谭君强：《叙事学导论：从经典叙事学到后经典叙事学》，高等教育出版社2008年版，第12页。
② 李伟民：《中国莎士比亚批评史》，中国戏剧出版社2006年版，第401—402页。
③ ［美］卡法勒诺斯：《似知未知：叙事里的信息延宕和压制的认识论效果》，［美］戴卫·赫尔曼主编：《新叙事学》，马海良译，北京大学出版社2001年版，第16页。

复兴以来的莎剧也冲破了自古希腊以来西方戏剧的传统，在雅俗共赏的同时，蕴含了丰富的世俗文化成分。民间性使黄梅戏与莎剧在多层面、多角度展现人性方面具有天然的潜在基础，以载歌载舞见长的黄梅戏对莎氏喜剧的移植，在形式、内容发生了很大变化的表演中，通过黄梅戏和莎氏喜剧擅长表现青年男女相悦相恋的方式，基本上达到了黄梅戏和莎氏喜剧的无缝对接。二者之间既形成了表演之间的交流、对话，又形成了"后经典叙事对前文学文本的重复"①，在某种程度上使叙述转化成一个观看和倾听的物质形态进入了黄梅戏审美过程。正如徐晓钟所指出的，黄梅戏《无》"既保持了黄梅戏的特色，又保留了莎士比亚戏剧的灵魂"。② 黄梅戏《无》以声腔表演为载体，以莎剧《无》的情节、人物构成戏剧骨架，有机地将黄梅戏与莎剧进行嫁接，"将叙述内容作为信息，由信息的发送者传达给信息的接受者"③，以音舞作为叙事工具、塑造人物性格的主要形式，利用莎氏喜剧的戏剧性，使黄梅戏《无》借助音舞叙事，"从假定性的存在变成了一种现实的力量"④ 和审美呈现方式。叙事在人类的所有语言表达⑤中具有特殊作用。戏曲叙事不同于小说叙事，它有"多重叙事"的特点，有两个"第三者"，即"叙事者""评论者"和"扮演者"，在"叙事者"中既包括了文本作者、导演，又包括了表演者，其中文本作者和导演属于"隐含作者"，而"表演者"则既是"隐含作者"，又是"角色"所代表的人物，所以说戏曲的叙事是多重"叙事法"。⑥ 而正是通过具有综合性质的"多重叙事"，赋予"叙事者"故事内外的叙述者身份，同时他也是言语的聚焦者，作为表演者的叙述者是用"人物的眼睛

---

① 祖国颂：《后经典叙事：泛互文性及其文化表征——以〈反复〉的叙事策略为例》，祖国颂：《叙事学的中国之路：全国首届叙事学学术研讨会论文集》，中国社会科学出版社2006年版，第142页。
② 成瑞、竹笛："莎""黄"结合誉满京华——中国戏剧家协会、中央戏剧学院为〈无事生非〉在京演出召开座谈会》，《黄梅戏艺术》1986年第4期。
③ 谭君强：《叙事学导论：从经典叙事学到后经典叙事学》，高等教育出版社2008年版，第12页。
④ 余秋雨：《中国戏剧史》，上海教育出版社2006年版，第110页。
⑤ 邹元江：《戏剧"怎是"讲演录》，湖南教育出版社2007年版，第181页。
⑥ 同上。

来替代自己的眼睛"①,以自己的行动行使角色的行动;置身于舞台的"评论者",他(她)既是剧中的某个人物,又对人物的言行作出自己的判断和理解,甚至对自己装扮角色的到位与否作出判断,以据此随时调整自己演出状态的剧外人物;将客观的"潜在"叙述与戏曲常用的主观"显在"叙述结合在一起,"扮演者"既将自己还原为剧中的人物,又属于某个角色,叙事者置身于事件、情景之内,也必然与所叙述的故事层中的角色构成交流关系;而中国戏曲相对于西方戏剧来说,"表演者"更是属于某个行当,是"潜在"的"隐含作者",既是剧外人物,又是"显在"的剧中人物,行当成为人物言行的叙述者、表演者和代言人,行当也通过叙述成为显在的剧中人物或潜在的剧外人物。在"多重叙事"之中,"潜在"的"隐含作者"必须通过表演者进行叙事,"显在"的表演者则集"叙事者""评论者""扮演者"于一身,通过念白、独白、唱腔、舞蹈进行叙事,这构成了又一层次的"多重叙事",加上服装、布景的隐喻叙事,这两个层次的"多重叙事"或叙事中的叙事,表演中的叙事,此时已经超越了"人物台词"和"舞台说明"② 所代表的"此在叙述者"(真实作者)或者所扮演的"角色",从而实现了黄梅戏与莎剧的对接。

随着莎士比亚经典性的确立,在改编莎剧的世界大合唱中,早已不是亦步亦趋的改编形式独霸舞台的时代了。与时俱进,多种文化、各种形式共同参与改编正是当代世界莎剧舞台演出的显著特点,也是莎剧赢得世界性声誉,业以奠定经典地位的原因。文本阅读和观看演出犹如莎学研究之两翼,缺一不可。有时,观看演出甚至比文本阅读更为重要,因为每一次演出都会是一次崭新的诠释。话剧莎剧属于语言叙述,以写实性为表演特色,戏曲莎剧属于语言、音舞叙述,以写意性为主要特色。在上述两种叙述中,必然包含了"评论者",即剧本改编和导演工作者,他们属于"真实作者",而作为"扮

---

① 申丹:《叙事、文体与潜文本:重读英美经典短篇小说》,北京大学出版社2009年版,第94页。
② 胡亚敏:《叙事学》,华中师范大学出版社1994年版,第10页。

演者"的演员自身也拥有了"角色""行当"和"叙事者"三重身份,作为"行当"的体现者,要通过唱腔、表演叙述"角色"的故事,故此"行当"成为外叙述者,而"角色"通过表演叙述故事,成为"内叙述者",二者合一又构成了"叙事者"的第三重身份,这种内外结合,写实性与写意性的交融成为黄梅戏《无》的显著特色。由于戏剧是"发生在观众与演员之间的事情"①观众是表演之外的真实存在,表演接受者的感受取决于"角色"外叙述者和内叙述者演技的高低,而对不同叙述接受者性格、形象、心理的理解,则又构成了"角色"之间的叙述,以及莎剧《无》和黄梅戏《无》之间观众与剧中角色之间交流的差异。在这种差异中形成的被"看见"与被感知最终形成了不同的"聚焦"②,即剧中角色之间的被"看见""被感知"与观众是不尽相同的。尽管黄梅戏与莎剧有一些类似特征,但归根结底,"黄梅戏与莎剧之间的差异性大于共通性"。③ 而黄梅戏改编莎剧《无》正是两种戏剧形式在融合过程中的美学观、戏剧观以及叙述方式之间的直接交流与对话,结合莎氏喜剧特点,使黄梅戏抒情缓慢地唱、念节奏在轻松明快的喜剧气氛中加快流动,表演不受戏曲程式化束缚,在幽默、清新、和谐中达到的莎剧之神而不脱黄梅之形的审美效果。如原作第二幕第一场琵特丽丝说:"有一颗星星在跳舞,我就在那颗星星下生下来了……"④"我还要找一个'家常丈夫'"⑤;第四幕第二场狱吏道勃雷说:"……记住我是头驴子"⑥。分别化为李碧翠、道勃雷的:

> 有一颗星星正跳舞,我无忧无虑到人间……女儿有价身无主,难得

---

① 谭霈生:《戏剧本体论》,北京大学出版社2009年版,第10页。
② [荷] 米克·巴尔:《叙述学叙事理论导论》,谭君强译,中国社会科学出版社1995年版,第114页。
③ 葛剑群:《黄梅戏史上的一次突破——记黄梅戏移植莎剧〈无事生非〉》,《黄梅戏艺术》2005年第2期。
④ [英]莎士比亚:《无事烦恼》,《莎士比亚戏剧全集》(第一辑·第三种),朱生豪译,世界书局1949年版,第27页。
⑤ 同上。
⑥ 同上书,第72页。

真情结良缘。炎黄子孙皆兄妹,何须寄身嫁一男。①

只听说"家常豆腐",没听说"家常丈夫"②

……你们能骂天骂地,可不能骂我蠢驴。③

黄梅戏《无》,通过对莎剧《无》的改编,目的在于通过改编深入挖掘、扩大黄梅戏的表现领域,检验黄梅戏的艺术张力,将大段的独白,化为风趣、精练的隐喻性唱段,在"莎士比亚"已经成为文本的一种效果……是一种继承了西方文化之概念、比喻和故事的语言④的现实条件下,借助莎剧的经典性超越时间、空间的距离和文化之间的差异,同时"显在"的叙述角度也使演员跳出角色,直接戳破真实生活幻觉,不强调"逼真",与写实模式交替进行和观众交流的做法丰富了莎剧表演形式。对《无》的改编既要适应黄梅戏观众的口味,甚至主要应该适应中国观众的欣赏习惯,又要得到莎学专家的认可,更要对在两种不同文化传统,不同戏剧观形成下的戏剧形式进行彻底改造。其中一个重要问题是:在剧本改编的基础上,如何采用黄梅戏唱腔、表演体现莎剧《无》的喜剧精神。改编者遵循的是,改变原作的叙述方式,以黄梅戏呈现形式为主,以莎剧《无》的主要故事、情节为纲,用黄梅戏的音舞处理莎剧《无》中人物心理、冲突和矛盾。从该剧演出所达到的审美艺术效果看,是以"用歌舞以演故事"的黄梅戏形式,创造出了一种全新形式的黄梅戏莎剧。

三 叙事与抒情、写实与写意的映射

莎剧强调戏剧性情境的营建,也有浓郁的抒情色彩。黄梅戏则擅长通过

---

① 王长安:《中国黄梅戏》,安徽文艺出版社2009年版,第617—618页。
② 同上书,第618页。
③ 同上书,第636页。
④ [美] J. 希利斯·米勒:《解读叙事》,申丹译,北京大学出版社2002年版,第141页。

抒情进行叙述。黄梅戏《无》通过"写实"与"写意"手法的交替使用，在对两种戏剧观形成下的戏剧进行嫁接的同时，强化了黄梅戏《无》的审美效果和生活气息，在喜剧性上收到了双层叠加的美学效果。黄梅戏的声腔是其剧种的重要标志之一，"从宋代的戏文和元代的杂剧开始，中国戏剧始终呈现为一种音乐性的戏剧样式"①，说、唱、舞是其舞台呈现的主要方式。在后经典叙事已经视"口头叙事"为其研究对象，黄梅戏的说、唱正是以其口头叙事为特色，可以进入叙事研究的范畴，念白和唱均为推进故事情节和塑造人物的重要手段。黄梅戏尤其以唱腔的优美婉转、歌唱性强和表演生活气息浓厚为观众所喜爱。詹姆斯·费伦指出："叙事以故事为中心，抒情诗则聚焦于心境，尽管每一种模式都包含着另一种模式的因素。"② 黄梅戏《无》正是使叙事与抒情达到了比较完美的融合，叙事中蕴含了情感，抒情中内植了叙事。演员在表演中既要遵循黄梅戏的行动、表情、唱腔、念白等审美抒情规则，又要符合莎剧的内容、情节和人物性格。为此，就须依托黄梅戏唱腔，采用直接呈现或间接表现人物性格特征和人物心理活动的方式。

我们看到黄梅戏《无》中，李碧翠的扮演者马兰和李海萝的扮演者吴琼在继承黄梅戏唱腔特点的基础上，创造出了符合人物性格特点的唱腔，以表演的载歌载舞诠释莎剧，征服了观众。马兰扮演的李碧翠以唱腔的流畅、活泼、情感起伏大，喜剧意味浓郁，表演的激情和俏皮，塑造出美丽、聪明、自尊、自强、健康、向上的青年女子形象。马兰抓住了李碧翠在几场戏中情感变化的重点唱段，使黄梅戏的唱腔表现能够紧贴莎剧《无》中人物情绪的变化，构建出人物性格、心理变化的喜剧逻辑轨迹。叙事中的抒情表演，要求在形式上以写意为本，在内容上以莎剧《无》为基础，通过叙事与抒情的转换，建构出在写实与写意之间的黄梅戏《无》。这种经过叙事与审美转换的形式使观众获得了全新的审美感受。

---

① 傅谨：《中国戏剧艺术论》，山西教育出版社2000年版，第91页。
② [美]詹姆斯·费伦：《作为修辞的叙事》，陈永国译，北京大学出版社2002年版，第6页。

从剧中两对主人公的爱情纠葛来看，黄梅戏《无》中的主人公李碧翠既有自尊、自傲的一面，又有美丽、聪明、善解人意的一面，而吴琼扮演的李海萝则显示了多愁善感、执着、自尊的人格特征，既表现了莎剧中的喜剧精神，也透露出人性的光芒，通过她们在爱情中的一波三折，将青年男女追求自由爱情的生命激情宣泄在舞台上。

黄梅戏《无》剧通过大段的抒情唱腔，表现出处于青春期的青年男女对爱的追求、渴望、自尊、羞涩、矜持的情感，推动了故事情节的发展。黄梅戏《无》中的唱腔、舞蹈"是用地域性的声腔唱出来的；它的舞，是一种具有鲜明民族特色、地域特色、生活特色的舞蹈"。① 地域性声腔、舞蹈的特点使它保证了黄梅戏的特色。此种具有地域性、民族化特色的舞台叙述，充分发挥了黄梅戏生活化、写意化方式，即相对于话剧的审美特殊性，在黄梅戏的写意性与生活化的交替表演中，既叙述了剧中的矛盾冲突、人物心理，也在叙事、抒情中展现了人物的情感世界。这样就将莎剧《无》中的话剧叙事转换为载歌载舞的黄梅戏《无》的美学呈现，从而打通了两种艺术形式之间的鸿沟。

黄梅戏《无》以唱腔、歌舞、节奏、诗化的方式表达了对莎氏喜剧精神的"独特感受"，② 以及通过另一种戏剧形式对莎氏喜剧精神的黄梅戏进行阐释。那么，这一转换又是如何完成的呢？

黄梅戏《无》在沿用莎剧《无》内容、情节的基础上，保持了原作的故事框架、矛盾冲突，二者之间的移植是需要"想象力"③ 的。因为在移植的世界中可以拥有原作与移植之间的重叠，移植作品中的人物与原作人物共栖的舞台不是原作呈现的舞台，而是改编创作的舞台。在内容呈现方式上，黄梅戏《无》的美学特征和莎剧的内容表现，既在内容上高度结合，又在形式上相对间离，其中既以黄梅戏的表现形式为主体，又能够让观众从异质文化、

---

① 苏国荣：《戏曲美学》，文化艺术出版社1999年版，第23页。
② 章诒和：《中国戏曲》，文化艺术出版社1999年版，第106页。
③ 晴空、成瑞：《黄梅新花香更浓〈无事生非〉非晋京演出散记》，《黄梅戏艺术》1987年第3期。

异质戏剧、异域审美视角建立起审美的期待视野。这就使黄梅戏《无》通过唱腔、舞蹈演绎其心理矛盾和主要情节，达到了一箭双雕的目的。由于黄梅戏《无》所具有的"多重叙事"功能，在叙事世界里"阐释可以说明行动的动机"①，促使情节得以展开。

黄梅戏《无》通过哲理性、抒情性、写意性、象征性的改写与原作之间达到了喜剧精神的契合，在这里唱是叙述，舞也是叙述。如第二场李碧翠唱道"初相识，鹿撞心头舞步乱，苦相思，情急舞狂湿衣衫。托媒时，气喘吁吁红晕泛，成婚时精疲力竭举步难……"②"第三场"中的"你若真心喜欢我，碧翠十倍还温柔。花儿莫把我羞笑，剪不断，堵还漏，一任这细细清泉心上流"，③既有写实意味，又以跳舞比喻男女婚事，再加上颇具象征性的布景、服装的衬托，黄梅戏的神韵、气质、韵味较好地表现了人物性格特征，既以细腻、真实表现青年女子的心理状态、心理活动为目的，又推进了情节的叙述与发展。

在此，叙述者既面对受述者，也面对观众，同时体现出与原作和表演者自身的交流，即使是开幕时的合唱"喜报边关获全胜……"④也是在对观众叙述的同时，将其带入特定的语境氛围，通过唱使受述者倾听叙述，让观众接受其叙述，促成剧中人物的心理、动机、行动得到合理解释。要令观众承认这是黄梅戏，就要在唱腔的审美上赢得观众的认同，既通过唱腔表现原作的喜剧精神，诗意般地叙述李碧翠的心理、情绪变化。对"莎士比亚优美的语言，改编者的处理是尽可能保留其精华，又力求中国化、通俗化。作品较多地从莎翁原作语言中化用意境，唱词合辙压韵，以唱带叙，改编为中国百姓喜闻乐见更为通俗的语言"⑤；以舞带叙，使动作的虚拟化、内容的非虚拟化映

---

① [美]戴卫·赫尔曼：《新叙事学》，马海良译，北京大学出版社2002年版，第26页。
② 王长安：《中国黄梅戏》，安徽文艺出版社2009年版，第617页。
③ 同上书，第623页。
④ 同上书，第609页。
⑤ 同上书，第639页。

射了青年男女之间的爱情与婚姻,从而在较好地体现"爱"这一点睛之笔的前提下,"以欢快的仙腔和彩腔为旋律的基调,糅合经过创新的花腔小戏的曲调,在描写音乐上又选用了具有少数民族风味的音乐,并配以色彩性打击乐",① 承接了原作欢快的喜剧精神,以具有浓郁生活气息的唱词创造出拨动观众心弦的琴音,使观众被黄梅戏音舞叙事的表演方式所吸引,同时在诙谐、调侃、挖苦的喜剧笑声中感受莎氏喜剧抒情色彩所传达出来的爱情观、生活观。

黄梅戏《无》的成功改编打消了来自改编者自己和戏剧界的担心、疑问,即具有鲜明皖文化特色的黄梅戏能否成功改编《无》这类莎氏经典喜剧。要解决改编中的矛盾,关键是如何在话剧与黄梅戏,语言与唱腔、舞蹈,莎剧《无》与黄梅戏《无》之间找到一个映射的平衡点。为了解决这一矛盾,李碧翠的扮演者马兰和李海萝的扮演者吴琼根据人物和情感的发展逻辑,对唱腔进行了全新设计,对表演采取了生活化的处理,既强调原作中的喜剧精神,又对黄梅戏唱腔中的喜剧因素加以放大,在抒情与写意的表演中,以比较强烈的喜剧效果凸显出人物之间的矛盾和情感纠葛,使话剧形式的莎剧成功转变为黄梅戏形式的莎剧。

"大水冲出来的"黄梅戏前身是采茶歌、黄梅调,是皖文化剧种的代表,体现出皖文化区域人民的审美情趣与爱好,以这样一个具有鲜明皖文化特色的剧种来搬演莎剧《无》,并且通过黄梅戏的唱腔、舞美表现莎氏的喜剧精神,这就使带有民歌特色的黄梅戏在反映生活的深度、广度,表现人性的复杂性方面赢得了更为广阔的空间,拓宽了黄梅戏的表现领域,同时也在中西戏剧的交融与土洋结合的表演中,为莎剧的表演形式带来了全新的诠释形式,其美学意蕴为化西方戏剧之"真"为黄梅戏之"美",在后经典叙事中黄梅戏《无》已经彻底摒弃了西方戏剧的全知视角,而是以唱腔、舞美的艺术虚构性、假定性为前提,毫不掩饰表演的虚拟性,虽然是"代言体"的"现身

---

① 殷伟:《新花初绽清香四溢——记黄梅戏〈无事生非〉的演出》,《安徽日报》1986年4月9日。又见安徽省黄梅剧团/安徽省艺术研究所编印《黄梅戏〈无事生非〉演出专刊》,1986年6月,第12页。

说法",但是仍要通过音舞叙事塑造人物形象,"叙述者的背后不仅有一个人存在"①,而且具有"多重叙事"的特点。黄梅戏《无》改编演出的成功,表明"莎士比亚在中国戏曲里活着,他获得了新的生命,英国戏剧也获得了新的生命"②,他为世界莎剧舞台上增添了一朵绚丽的跨文化的黄梅戏之花,丰富了莎剧的演出形式,为当下莎剧舞台提供了饱含中国文化、戏曲形式的不可多得的改编莎剧,也在后经典叙事中完成了一次中西方戏剧审美实践与戏剧观念之间的打通工作。

第三节 粤剧《天之骄女》与《威尼斯商人》

粤剧《天之骄女》为众多中国地方戏改编莎剧影响较大的粤剧莎剧。这部粤剧莎剧在力求反映原作精神实质的基础上,以浓郁的岭南文化、广东文化的表现方式,运用粤剧舞台艺术表现手法,将原作的背景、人物中国化、地方化,在突出原作人文主义精神的前提下塑造人物形象,实现了原作诗化语言与粤语、话剧与粤剧的互文性抒情与叙事。

一 《威尼斯商人》与"妇女解放"

在莎学已经成为一门世界性学问的当下,演出和研究莎士比亚戏剧已经成为确立莎士比亚经典地位的重要原因。迄今为止,中国已经有24个剧种改编演出过莎剧并多次赴世界各地演出,莎剧在中国,中国戏曲莎剧在世界,已经绽放出绚丽色彩,可谓繁花似锦,春色烂漫,其中《威尼斯商人》是在

---

① [美]格雷塔·奥尔森:《新思考不可靠性:易犯错误的和不可信的叙述者》,唐伟胜主编:《叙事(中国版·第一辑)》,暨南大学出版社2008年版,第33页。
② [英]菲力浦·布洛克班克:《莎士比亚在中国戏曲里活着——国际莎协主席布洛克班克看戏后的谈话》,安徽省黄梅剧团/安徽省艺术研究所编印:《黄梅戏〈无事生非〉演出专刊》,1986年6月,第8页。

中国舞台上被改编上演最为频繁的莎剧之一。

回顾莎剧演出史,可以看到,中国对《威尼斯商人》(以下简称《威》剧)的介绍、演出和研究正是伴随着20世纪初叶时代思潮而出现的。可以毫不夸张地说,在20世纪20—40年代,《威》剧在个性、思想解放上的意义,与易卜生戏剧对于中国人妇女解放观念同时产生影响。正如曹禺所说:"《威尼斯商人》在五四以后,成为莎士比亚最早在中国舞台上被介绍的剧本,不是偶然的。当时,这个剧本叫作《女律师》《剜肉记》或《一磅肉》。因为五四运动,'妇女解放'也是其中一个重要的思潮。"① 从这个意义上讲,易卜生的《娜拉》、莎士比亚的《威》剧,共同构成了振聋发聩的五四思想大解放题中之义的"妇女解放"的时代强音。但是,在20世纪80年代的中国,《娜拉》和《威》剧的"妇女解放"意义已经随着时间的烟尘而淡化,但后者所蕴含的经典审美价值,则随着时间的推移越来越受到人们更广泛、更持久的重视和解读,促使当下人们更多地从"爱情、友谊、宗教,甚至性的角度认识《威》剧的多重意义"②。这其中就包括了粤剧对莎氏《威》剧的多次改编。文化交流是双向的,粤剧在国际上的传播范围比较广泛,其前身广府戏大约在19世纪中叶传播于海外。在很多国家,人们"用英语、法语、德语、印度语、越南语、马来语演绎粤剧"③,其文化影响不容忽视。而粤剧对莎氏《威》剧互文性语境中的改编则是通过演绎外国故事,对原作进行粤剧解读,以中国戏曲的审美精神再现经典魅力,达到文化交流目的。

二 经典的地域化,莎剧改编的重要创获

粤剧是岭南文化的灵魂,粤剧传达、承载了岭南人的情感,"晚清同治光绪之际,粤剧在声腔、表演、剧目等各方面都呈现鲜明特色,艺术渐趋

---

① 曹禺:《祝辞》,中国青年艺术剧院:《威尼斯商人》(戏单),1980年,第1页。
② 李伟民:《从单一走向多元——莎士比亚〈威尼斯商人〉及其夏洛克研究在中国》,《外语研究》2009年第5期。
③ 陈凝:《粤剧在世界各地的传播和影响》,《南国红豆》2005年第4期。

成熟"。① 粤剧是中国地方戏的代表性剧种之一。由于得风气之先的缘故，粤剧在发展过程中一直有改编世界名著的传统，具有超常的开放性和兼容性，由于受商品经济的影响，粤剧的现代化和通俗化特点明显，从不拒绝外来文化的影响，故也被认为"演出风格也更富丽庞杂而庸俗"。② 而粤剧的开放、跨文化传统，在第一届全国戏曲观摩演出大会上，被严厉批评为"染上了商业化、买办化的恶劣风气"，③ 以粤剧改编《威》剧可以视为对此类批判的一个迟到的回应。跨文化的莎剧改编可以被视为广义的翻译，早在20世纪三四十年代，粤剧就将《威尼斯商人》改编为《一磅肉》，将《罗密欧与朱丽叶》改编为《情化两家仇》，将《驯悍记》改编为《刁蛮公主憨驸马》④，将《奥赛罗》改编为《姑缘嫂劫》，将《安东尼与克莉奥佩特拉》和《裘力斯·凯撒》改编为《凡鸟恨屠龙》；20世纪50年代，粤剧大师薛觉先、马师曾演出过西装粤剧《威尼斯商人》（又被称为《心头一磅肉》），1952年，红线女曾在中国香港演出过比较粗略的粤剧《一磅肉》⑤。20世纪80年代以来，更有多部莎剧被改编为粤剧《天之骄女》《天作之合》《豪门千金》和东江戏《温莎的风流娘儿们》。⑥

1985年，在"全国戏曲剧目调演"中，红虹、倪惠英也曾以中西合璧的

---

① 《粤剧大辞典》编纂委员会：《粤剧大辞典》，广州出版社2008年版，第1页。
② 陈芳：《莎戏曲：跨文化改编与演绎》，"国立"台湾师范大学出版中心2013年版，第84页。
③ 周扬：《改革和发展民族戏曲艺术》，《文艺报》1952年第24期。
④ 红线女艺术中心：《刁蛮公主憨驸马》，《红线女艺术丛书》编委会：《红线女演出剧本选集》，广州出版社1998年版，第41—82页。（该剧根据《驯悍记》改编，在20世纪40年代由太平剧团首演，马师曾、谭兰卿、红线女主演；1981年广州粤剧二团再次整理演出；此剧另一名称为《刁蛮公主》，由红线女、秦中英整理，1982年，广州粤剧团率该剧出访美国、加拿大演出。红线女为中国当代著名粤剧表演艺术家，粤剧艺术一代宗师。红线女开创了迄今为止中国粤剧史上花旦行当中影响最大的红派艺术，被周恩来总理誉为"南国红豆"。红线女于2013年12月8日逝世。谨以此节缅怀粤剧红派艺术的创始人红线女。）
⑤ 易红霞：《白云集》，中国戏剧出版社2004年版，第75页。
⑥ 易红霞：《莎士比亚在广东》，上海戏剧学院、香港浸会大学、澳大利亚拉筹伯大学：《莎士比亚在中国演出与研究国际研讨会学术论文集》，上海戏剧学院、中国莎士比亚学会1999年版，第217—229页。东江戏《温莎的风流娘儿们》最初发表于《南粤剧作》1989年第4期，第93—151页，后又刊登于阮珅主编：《莎士比亚新论——武汉国际莎学研讨会论文集》，武汉大学出版社1994年版，第448—492页。两个文本中的剧词略有不同。

服装形式演出过《天之骄女》（以下简称《天》剧）。可以认为，《天》剧对《威》剧的改编是新时期中国地方戏对莎剧改编的重要收获之一。该剧以再现莎作真善美人生观为宗旨，突出纯真爱情和诚挚友谊，鞭笞贪婪与邪恶，同时通过在"春郊试马""男女击剑""双人绸带舞"等表演中有意汲取西洋歌舞剧、击剑技巧，对粤剧程式、身段如何与现实生活结合进行了有益探索①。1983年广州实验粤剧团创排的《天》剧将《威尼斯商人》改编为二场粤剧，著名粤剧表演艺术家红线女亦以经过改良的中西融合的粤剧服装和"音乐舞蹈"，②扮演主角鲍西娅，引起人们的广泛关注。因此该剧是"被认为在某方面有所突破、出新"③的粤剧莎剧。而由红线女出演的《天》剧则为以后红虹、倪惠英版的《天》剧和《豪门千金》的演出奠定了基础。

三 叙述模式的转变：从言语到粤剧程式

那么，作为一个具有浓郁地域特征的地方戏，粤剧改编莎剧《威尼斯商人》的特色在哪里呢？具有浓郁南国特色的粤剧又是如何改编《威尼斯商人》的呢？《天》剧的编剧为著名粤剧编剧秦中英，导演为我国著名导演张奇虹。秦中英剧本以善于"煽情"而著称。我们知道，广州话的九个音调必须从字的读音中选择合乎音律和声韵的音符，这是由粤剧的特性决定的，这就对粤剧编剧提出了很高的要求。秦中英的剧作结构严谨，文学性强，注重写人、写情，他改编的文本在把握粤语方言特殊性的基础上，强调戏曲的"情节必须简洁、浓烈"④。编剧秦中英围绕着原典"所表现出来的人生观、幸福观、恋爱观都来自人文主义"⑤这一总倾向，以突出"情"字为宗旨。改编强调："剧本所体现的莎士比

---

① 广州实验粤剧团：《〈天之骄女〉献演的话》，载《西方古典喜剧·天之骄女剧单（根据莎士比亚名剧〈威尼斯商人〉改编）》，广州实验粤剧团1983年版，第1页。
② 易红霞：《白云集》，中国戏剧出版社2004年版，第74页。
③ 方欣：《1983年粤剧剧目述评》，《戏剧研究资料》1984年第4期。
④ 曾石龙：《相思红豆树常青：〈秦中英剧作选〉序》，广州市振兴粤剧基金会：《秦中英剧作选》，澳门出版社2005年版，第3—9页。
⑤ 王忠祥：《论莎士比亚的〈威尼斯商人〉》，《华中师院学报》1983年第4期。

亚一贯的真善美的人生观，在今天仍有着现实的意义。"① 所以，中西戏剧不同的叙事差异性，完全可以显示不同文本的审美取向，甚至包括意识形态、权力关系、修辞、情感特征、改编与原作、创作者与观者之间的文化差异。根据《天》剧所形成的浪漫精神浓郁的中国化、粤剧化的审美效果来看，其中蕴含的符合戏曲艺术规律和莎剧"戏曲化"所带来的"遵循戏曲美学原则和艺术规律"②的美学取向的审美原则衡量，改编必然是"不受'逼真的幻觉'法则限制的自由叙事"③，同时也必然会带来内容的挪移。导演张奇虹则力图通过对社会问题的批判，消弭原作的宗教色彩，放大对青春与爱的讴歌，以突出叙事的情感指向，"赞美真挚的友谊，纯真的爱情，鞭笞残暴、丑恶的主题"④，强调以真、善、美建构人们的精神世界和思想情感。⑤ 显然，编剧和导演的美学追求，均在舞台演出中都得到了鲜明体现。由于红线女演出版本和红虹、倪惠英演出版本之间的继承关系，我们可将这两个版本联系起来论述。《天》剧分为：序幕"割肉之争"、第一场"宝剑奇缘"、第二场"高朋义友"、第三场"选匣定亲"、第四场"半场婚礼"、第五场"大智回天"、第六场"天成美眷"。显然，相对于红线女版本而言，后者的改编更为完整地突出"鲍西娅和巴萨尼奥的婚恋，歌颂真善美，鞭打假恶丑"⑥的主导思想。

戏剧创作的最终目的应该是使人获得美的熏陶，"粤剧讲究的是秀美"⑦。

---

① 广州实验粤剧团：《〈天之骄女〉献演的话》，《西方古典喜剧·天之骄女剧单（根据莎士比亚名剧〈威尼斯商人〉改编）》，广州实验粤剧团1983年版，第1页。

② 董健、胡星亮：《中国当代戏剧史稿（1949—2000）》，中国戏剧出版社2008年版，第277—278页。

③ 汤逸佩：《叙事者的舞台——中国当代话剧舞台叙事形式的变革》，中国戏剧出版社2006年版，第21页。

④ 张奇虹：《在实践和探索中的几点体会——试谈〈威尼斯商人〉的导演处理》，《人民戏剧》1981年第1期。

⑤ 张奇虹：《导演艺术构思》，中国美术学院出版社1998年版，第25页。（后来在张奇虹赴苏联排戏的过程中，苏联记者问道："苏联演员如何扮演中国人？他们的金黄色、褐色头发怎么办？要染吗？"张奇虹回答："无须染发，主要是应把握人物的精神面貌和思想感情。可见，此时张奇虹对现实主义的戏剧观理解更为开放了。见张奇虹《永恒的朝晖》，中国文联出版社2007年版，第371页。）

⑥ 易红霞：《白云集》，中国戏剧出版社2004年版，第75页。

⑦ 余秋雨：《余秋雨谈粤剧》，《南国红豆》2001年第3期。

《天》剧改编的指导思想在于保持原作精神实质，采用粤剧程式、歌舞诠释原作的人文主义精神，塑造美丽、聪慧、博学多才的"天之娇女"鲍西娅。[①] 这一改编策略在红线女清脆甜美、明亮圆润的音色和宽广音域的嗓音中得到了强调。通过《天》剧的改编，我们认识到，"跨文化改编与演绎的重点，可能并不在于表面上是否贴近原著或直译原著；而在于改编与演绎后的作品，究竟在立足自身文化传统中时，展现了什么样的构思和创意"[②]，究竟以什么样的程式、唱腔塑造人物形象，表达人物情绪和内心矛盾。"红腔善于以声音塑造人物形象，以唱腔表达角色情绪……达到唱腔人物性格化的理想高度……为唱情而形之于声"。[③] 红线女的"红腔"是"红派"艺术的核心。红线女根据鲍西娅这一角色的神韵、情绪需要，以全知叙述者的身份，利用发音轻重、行腔徐疾，或尖沉跌宕，吐字柔婉；或腔音娇美，叮板（节奏）灵活，[④] 来安排唱腔的声情功能和唱词的情绪表达。在舞台叙事的建构中，通过粤剧程式，结合唱和念白，充分发挥表演特长，以"做手"鲜明地表达出人物情感和所处环境，将故事叙述者在叙述（表演）过程中人物的心理和情感呈现在观者面前，使观者通过故事主人公的性格特征，深入故事、情节之中，了解人物微妙的心理和情感变化，达到了通过唱腔和舞蹈直接反映人物心理，突出人物性格的目的。

粤剧具有形式美的特点，田汉说，粤剧素来有"热情如火，缠绵悱恻"[⑤]的特点。所以，《天》剧的改编者着力以粤剧的时尚和艳丽突出鲍西娅对爱人柔情似水，在法庭上击败凶残的高利贷者，勇敢、机智和聪慧的"天使"形象。改编以"互文本"[⑥]的"重写"来解读原作，利用粤剧歌舞叙事、抒情

[①] 广州实验粤剧团：《〈天之骄女〉献演的话》，《西方古典喜剧·天之骄女剧单（根据莎士比亚名剧〈威尼斯商人〉改编）》，广州实验粤剧团1983年版，第1页。
[②] 陈芳：《莎戏曲：跨文化改编与演绎》，"国立"台湾师范大学出版中心2013年版，第106页。
[③] 《粤剧大辞典》编纂委员会：《粤剧大辞典》，广州出版社2008年版，第445—446页。
[④] 红线女唱腔浅探，可见 http：//www.yuejuopera.org.cn/index.php。
[⑤] 《粤剧大辞典》编纂委员会：《粤剧大辞典》，广州出版社2008年版，第8页。
[⑥] [美]杰拉德·普林斯：《叙述学词典》，乔国强、李孝弟译，上海译文出版社2011年版，第106页。

演绎原作中的故事。《天》剧的叙事与抒情在突出其形式美的同时，对白和独白完全是中国化、粤剧化的。这就证明，无论是在经典叙事学还是后经典叙事学"衍化出来的新的结构"①中，包括《天》剧的独白、念白等艺术表现手法，已经超越了原作的表达和表现方式，甚至通过表述之间的差异，超越、变异了原作——莎剧，同时也成为超越了扮演者自身的隐含创作者。我们看到，在第一场中鲍西娅以"梆子中板"唱道："古人说道，景生情，诗言志，听君几句话情志尽明了，说什么人才抱负，壮志豪情，到底是胸襟这般狭小，梅花灿烂压群芳，冰雪聪明称绝艳，被你讲得横秋老气肃瑟萧条。春色无边，万物峥嵘正合鹰击长空，勿负阳和普照。"莎剧是不受法则限制的"自然的诗"②，在此，第一层面以真正的叙事过程和未点明的第一人称叙述鲍西娅心情的，第二层面的叙述则在故事内容的框架内，通过试探，悟出了弦外之音，颇有古典诗词韵味，曲辞又以汉语修饰功能所提供的空间延展性，在情与景互相交融的隐喻唱段中，以抒情隐喻自己的美貌和智慧，语言符号的讲述者在叙事中将自己对待爱情的态度，宣示于对方，强调已经接受了巴萨尼奥的求爱。当巴萨尼奥说："敬求小姐佳章，并唱：爽飒英风语高俏，优美华词着意描……"鲍西娅以景喻人之情感，炽热的爱情表白，在"湖光山色锦屏开，宠柳娇花扑面来，撑天拔地春光占，独爱峥嵘岭上梅"的唱舞和情与景的交融中，鲍西娅完全沉浸在美好的爱情遐想之中了，并与巴萨尼奥共唱："绿丝轻绕，红霞淡照，能与君子同领春光，襟怀尽开了。"③ 在《天》剧中，红线女通过"戏剧化叙述者"④"我"的粤剧程式，以强烈的形体表达和情感释放，着力于舞台人物的塑造，同时也通过对经典莎剧的粤剧化包装，为情感

---

① 乔国强：《叙述学有"经典"与"后经典"之分吗？》，《江西社会科学》2014年第9期。
② [美] R. 韦勒克：《批评的诸种概念》，丁泓、余徵译，四川文艺出版社1988年版，第128页。
③ 广州实验粤剧团：《天之骄女》选曲，西方古典喜剧·天之骄女剧单（根据莎士比亚名剧《威尼斯商人》改编），广州实验粤剧团1983年版，第1—2页。（同时参阅，广东音像出版社《天之骄女》[VCD]中的唱词记录，VCD中的"鲍西娅"作"鲍西亚"。光碟出版年代不详。）
④ [美] 杰拉德·普林斯：《叙述学词典》，乔国强、李孝弟译，上海译文出版社2011年版，第54页。

找到了自己独特的叙述方式。原典中的人文主义精神与粤剧审美形式的有缝链接，在具有空间拓展性质的古典诗词隐喻与时间延展性质的现代汉语智性抒情的共同作用下，表明《天》剧"形象内容所体现的美可以被欣赏，其形象形式也可以作为美而被单独欣赏"。①

《天》剧以文化的包容性与兼容性改编，实现了粤剧与莎剧形式与内容"在更深更广的层面上互相借鉴"②。莎剧的经典价值通过《天》剧的改编，有力证明特定事件可以在不同配置中阐释为不同功能，而且配置的改变引起阐释的变换，即西方的话剧莎剧可以改编为粤味十足的粤剧莎剧。《天》剧以浪漫主义色彩"歌颂纯真的爱情和诚挚的友谊，鞭笞贪婪与邪恶"③ 为改编宗旨，在青春、真情美的艺术创新和人文主义精神张扬的粤剧叙事框架内结构故事、安排情节，其目的是要实现结构、形式上双重叠加的审美价值。

四 聚焦于审美的叙事与抒情

对于《威》剧，莎士比亚是将"一篇以爱情和冒险为主的传奇，点化成富有深刻意义的社会批判剧……目的在于歌颂人文主义的友谊与爱情，以及善良对于邪恶的批判"。④《天》剧的改编虽然也遵循这一主导思想，但友谊与爱情叙事更加突出。所以，红线女版的《天》剧才会以痴情与选匣、法庭两场戏浓缩、悬置原作中的某些故事情节和行动线索。我们看到《天》剧的舞台呈现已经突破了人物性格、形象、叙事、舞台环境、服装等方面追求逼真艺术效果的限制，改编遵循的是中国戏曲的写意性原则。《天》剧"以广东音乐糅合西洋音乐"⑤ 突破原有的粤剧音乐和唱腔的限制，增强异域感、青春与诗意。改编在喜剧的框架内，形成了文化、主题和原作文本与粤剧表演之间的交流与

---

① 吴世枫：《从艺术和审美规律谈粤剧的若干问题》，《南国红豆》2001 年第 2 期。
② 李伟民：《中西文化语境里的莎士比亚》，上海外语教育出版社 2009 年版，第 12 页。
③ 广州实验粤剧团：《〈天之骄女〉献演的话》，《西方古典喜剧·天之骄女剧单（根据莎士比亚名剧〈威尼斯商人〉改编）》，广州实验粤剧团 1983 年版，第 1 页。
④ 王忠祥：《论莎士比亚的〈威尼斯商人〉》，《华中师院学报》1983 年第 4 期。
⑤ 《粤剧大辞典》编纂委员会：《粤剧大辞典》，广州出版社 2008 年版，第 919 页。

对话，激情与青春的互文性叙事成为贯穿整个舞台审美过程的主旋律。

粤剧演"喜剧有妙不可言"①的审美艺术效果。文艺复兴时期的人文主义作品"关注爱欲与世俗社会文化背景之间的关系"②。"《威尼斯商人》的艺术特征，最突出的是浪漫主义的'幻想世界'（贝尔蒙）与现实主义的'真实世界'（威尼斯）巧妙结合。"③从喜剧的表达方式看，《天》剧立足于渲染鲍西娅的机智和聪慧，重点突出她的智慧和勇气甚至超过了男性。鲍西娅属于莎士比亚女性画廊中最杰出者之一。诚如李渔所言："凡说人情物理者，千古相传。"④例如，在第三场中，当鲍西娅对巴萨尼奥以"古调秋江别"，在身段与心理的延伸中，为突出心灵的融合与平衡，唱道："方寸心骤若铅沉重，他是情如磐石固，得失不动，容喜双飞有梦，怕双飞破梦，怕终身事竟在虚无飘渺中……不，我不愿你这么快就去选！我甚至永远不愿你去选！（白）我害怕事情难料选难中，拆鸾分凤，今生寡守抱恨以终。你我可悲正同，问人世，情河上同命鸟，又谁个甘心，将命运比飞花舞乱风。我不忍两家好愿变空，也不敢背父，唯有一曲隐语，奉君报情隆。"⑤而巴萨尼奥此时的心情是"方寸心骤若铅沉重，她是言如明月朗，许选绝代容，盼双飞有梦，怕双飞破梦痛，果真一下就翻然变初衷，问句小姐，可知话离口，好比箭离弓……小姐你休担心，身可分，爱不终，你心永远印在我心中，倘得天庇佑能选中，今生今世幸福永无穷。小姐，你请放心，我坚信天必眷愿不空"⑥。

改编突出鲍西娅这位杰出的女性，有一颗善良、智慧、仁慈的女儿之心，而且敢于大胆追求自己的幸福，渴望真挚的爱情。"言者，心之声也"，"即使最高度戏剧化的叙述者所作的叙述动作，本身就构成了作者在一个人物延长

---

① ［日］波多野太郎：《粤剧管窥》，廖枫模译，《学术研究》1979年第5期。
② 周春生：《文艺复兴史研究入门》，北京大学出版社2009年版，第159页。
③ 王忠祥：《论莎士比亚的〈威尼斯商人〉》，《华中师院学报》1983年第4期。
④ 李渔：《闲情偶寄（全二册·上册）》，杜书瀛译注，中华书局2014年版，第60页。
⑤ 广州实验粤剧团：《天之骄女》选曲，《西方古典喜剧·天之骄女剧单》（根据莎士比亚名剧《威尼斯商人》改编），广州实验粤剧团1983年版，第1—2页。（同时参阅广东音像出版社《天之骄女》VCD中的唱词记录，VCD中的"鲍西娅"作"鲍西亚"。光碟出版年代不详）。
⑥ 同上。

了的'内心观察'中的呈现"。① 在这一段的表演中,红线女以写意的唱舞叙事表达人物的心理和情感波澜,扮演者既通过粤剧程式对人物进行深入的内心观察,也把人物的内心叙述(表演)给观者看,在此"我"与第一人称隐含叙述者之间的融合与转换,使《天》剧的主题在粤剧程式中得到了美的升华,同时也成功张扬了原作中的诗意精神,在亦张亦弛、亦虚亦实的矫情镇物表演中,通过舞台叙事放大、强化了人物感情,使观者沉浸于舞台叙事构筑的情境中,以凸显粤剧的审美特点。

20世纪的莎剧演出已经摆脱了以前单一写实的形式,注重隐喻与暗示,"重在表现心理因素和传递精神信息"。②《天》剧以粤剧的歌舞叙事方式通过舞台假定性存在,变"现实的力量"③为粤剧的程式之美,使粤剧的程式成为戏剧性"叙事作品的重要组成部分"④,成为建构人物之间的冲突、心理矛盾、情感纠葛的审美手段,在流动的舞姿和瞬间定格的粤剧美的造型中,表现出人物不同的性格特点和情感特征。

《天》剧的言说(表达)方式既是"代言体",也是"非代言"的,既是写实的,更是写意的。粤剧歌舞的程式成为叙事与抒情的手段,在抒情的程式中,叙事已经被淡化,而"多重叙事"的特征,也主要从抒情的程式出发,以粤剧的写意性和抒情来推动情节的发展。《天》剧的改编沿着原作的故事脉络,在大幅度删减原作内容和情节的基础上,以写意的抒情突出鲍西娅的智慧和美丽,并给予夏洛克以无情的嘲讽与批判。抒情更有利于展示粤剧的程式之美,从而使原作人物形象和舞台叙事之间形成互为映射的审美关系。《天》剧的叙事采用直接呈现或间接表现人物性格特征和人物心理活动的方式。戏剧中的现实主义特征主要取决于剧作的思想内容,其实"莎剧本身并

---

① [美]W.C.布斯:《小说修辞学》,华明、胡晓苏、周宪译,北京大学出版社1987年版,第20页。
② 吴光耀:《西方演剧史论稿》(下),中国戏剧出版社2002年版,第612页。
③ 余秋雨:《中国戏剧史》,上海教育出版社2006年版,第110页。
④ 申丹、王丽亚:《西方叙事学:经典与后经典》,北京大学出版社2010年版,第146页。

不适宜于使用写实布景"①。

《天》剧以写意为主,"把固定不变放在桌子上的金、银、铅三个盒子变成赋予一定性格的三位金、银、铅侍女",舞台的符号化特征明显,在以人代物,变静为动的舞台呈现中,不但以部分相似代替完全相似,而且相似与标示混杂,就是"舞台上的演员也是象似性符号"②,成为传递叙事倾向、情感色彩的工具。我们看到,在粤剧音乐中,"金女""银女""铅女"变换着队形,用不同的舞姿和艺术造型随着舞台行动的发展③引诱着选匣者。这一"人格化"的处理,沿用的是张奇虹在中国青年艺术剧院排演《威尼斯商人》的形象化、人格化处理方式,但却是以粤剧程式对原作进行的"超文本叙事链接",将无生命的金、银、铅三个盒子,化为洋溢着代表人物身份、性格和价值判断的隐喻。舞台动作"是用来表露内心状态的"④,这种形象化的建构以歌舞叙事映射出原作的中心思想——闪光的不仅是黄金。观者感兴趣的是角色的内心和情感,形象化、人格化的审美呈现,在丰富的具象审美效果基础上,成功地以粤剧音舞诠释了原作的主题思想。在此,《天》剧的"粤剧叙事",以"浓郁的喜剧情绪和清新的诗意去感染观众"⑤,人物内心得到了明确诠释。而"鲍西娅"也已经成为精神层面爱与美的"符号";"夏洛克"则明确成为物欲系统中"仇恨"与"腐朽"的代表。

粤剧以"美艳、娇羞、情调而取胜"⑥。正所谓"以媚取胜,秋波一转,默然销魂"⑦。《天》剧的改编在这一点上也下足了功夫。将"角色"体现者——扮演鲍西娅的红线女作为代言者,通过念白、独白、表演和"动作来

---

① 吴光耀:《西方演剧史论稿》(下),中国戏剧出版社2002年版,第655页。
② 赵毅衡:《文学符号学》,中国文联出版公司1990年版,第243页。
③ 张奇虹:《洋为中用古为今用——谈〈威尼斯商人〉的导演构思》,张奇虹:《奇虹舞台艺术》,文化艺术出版社2013年版,第269页。
④ 乔治·贝克:《戏剧技巧》,余上沅译,中国戏剧出版社2004年版,第34页。
⑤ 方平:《返朴归真——〈威尼斯商人〉的演出设想》,《外国文学研究》1981年第4期。
⑥ 黄纯:《民国前期广州粤剧全女班演出新探》,《中山大学研究生院学报》(社会科学版),2012年第1期。
⑦ 古哲夫:《论洺洸观剧记》,《广州民国日报》1924年12月9日。

帮助言语和思想",① 创造出美艳的"角色"——聪明、美丽、热情、智慧，甚至不乏幽默感的鲍西娅。红线女作为杰出的表演艺术家，其表演以粤剧表演程式为外在形式，代言者与角色之间的"越界"使鲍西娅这一"角色"成为内在角色与外在叙述者的统一体和矛盾体。红线女的唱腔因音质优美，音色清脆秀丽，富有变化，高、中、低音区的声音统一、匀称而被称为"红腔"，"红腔"是真正意义上的女声唱腔艺术。"红腔"以创新的演唱准确刻画人物性格，唱腔为塑造人物形象服务，或华美雍容，或明丽晶莹，或奔放雄奇，或沉郁低回，展示了传统与现实生活的和谐。② 舞台上的角色、场景、故事是叙述者操作叙述符号创造出来的虚拟呈现中的对象性存在，改编与原作的区别在于叙述者采用的叙述方式不同，而《天》剧中的"角色"通过粤剧富有表现力的"红腔"演绎故事，成为"内叙述者"，而角色又始终处于"红腔"主体意识之内。这种复合为一体的扮演者、角色与故事的经历者及故事的讲述者共同构成了"同故事叙述者"，使《天》剧在歌舞"建构"与言语"解构"的粤剧叙事中，"以接近于原来的喜剧风格来演出这个戏"。③

我们认为，舞台叙事取决于"角色"外叙述者演技的高低和内叙述者表演的逼真与否，而由于中国戏曲的假定性，作为外叙述者的演技高低在"角色"与"叙述者"之间往往会起决定性作用。中国戏曲尤其重视"美"要通过"舞台上创造出活生生的人的精神生活，并通过富于艺术性的舞台形式反映这种生活"，④ 红线女扮演的鲍西娅达到了这一要求。《天》剧在清新、诗意、幽默和反讽中，力求在反映原作之神的同时，塑造出性格丰满的人物形象。因为"诗意在人的心灵和记忆中不仅会使熟悉的东西，而且主要地会使

---

① [苏] 斯坦尼斯拉夫斯基:《〈奥瑟罗〉导演计划》，英若诚译，中国电影出版社1985年版，第279页。
② 谢彬筹:《永远的红线女》，南方出版传媒/花城出版社2016年版，第16—17页。
③ 方平:《返朴归真——〈威尼斯商人〉的演出设想》，《外国文学研究》1981年第4期。
④ [苏] 斯坦尼斯拉夫斯基:《斯坦尼斯拉夫斯基全集》（第六卷），郑雪来、姜丽、孙维善译，中国电影出版社1986年版，第79页。

美丽的因而是珍贵的回忆和体验过的情感复活起来"。① 粤剧曲文的形象化特色明显,歌舞的抒情叙事可谓"热情如火、缠绵悱恻、刚柔相济",② 第三场中鲍西娅和巴萨尼奥之间的对唱鲜明地体现了红线女汲取西方音乐发声方法和西方歌剧演唱技巧"曲随人变,腔随情生"③ 这一特色,例如:

> 明珠往往埋在泥土,丑心灵多掩上美姿容。贵重的金银有时并不贵重,真情不在外表,真情只在心中。④

尽管在西方现代舞台上已经极少单纯运用独白这种戏剧表演方式了,⑤ 但是,由于中国戏曲不同于西方戏剧的审美原则,大段的唱(独白)成为叙事,尤其是抒情的重要手段。我们看到,《天》剧与原作人物思想、情感的契合,对社会道德给出了自己的评价标准,显然,"莎士比亚迫使他的一些人物作出叙述性和带有评价性的陈述"⑥ 的这一叙事模式,在《天》剧中应该以写意的抒情得到体现,为此巴萨尼奥深情地回应:

> 意中倩影在我手中,眼睛微动柔情轻送,啊!我成就了古往今来第一功。抛尽了,抛尽了闲愁万种,满眼春光绿影红……⑦

此时鲍西娅和巴萨尼奥的内心独白,反映了人物内心的情感、思考、喜悦和憧憬,包括了对美好未来的想象和预测。红线女扮演的鲍西娅外刚内柔,英气袭人。《天》剧的排场也"因为唱做功法的完备,而具有了情节

---

① [苏]斯坦尼斯拉夫斯基:《斯坦尼斯拉夫斯基全集》(第六卷),郑雪来、姜丽、孙维善译,中国电影出版社1986年版,第88页。
② 紫霞:《兼容并蓄发展粤剧——著名粤剧艺术家红线女访谈录》,《南国红豆》2001年第1期。
③ 《岭南文化的奇葩——"红腔"艺术门外谈》,载 http://www.yuejuopera.org.cn/index.php。
④ 广州实验粤剧团:《天之骄女》选曲,《西方古典喜剧·天之骄女剧单(根据莎士比亚名剧〈威尼斯商人〉改编)》,广州实验粤剧团1983年版,第1—2页。
⑤ [美]乔治·贝克:《戏剧技巧》,余上沅译,中国戏剧出版社2004年版,第34页。
⑥ [美]W.C.布斯:《小说修辞学》,华明、胡晓苏、周宪译,北京大学出版社1987年版,第405页。
⑦ 广州实验粤剧团:《天之骄女》选曲,《西方古典喜剧·天之骄女剧单(根据莎士比亚名剧〈威尼斯商人〉改编)》,广州实验粤剧团1983年版,第1—2页。

完整、结构紧凑,人物性格鲜明"①的特点。扮演者通过第一人称的独白透视主人公的内心世界,将人物的意识活动呈现于观者眼前,人物的感知与叙述者之间的感知成为聚焦于人物"双重视点"中的叙述者与人物的有机结合体。

即使是同一曲牌的填词,红线女也会赋予其"不同的情绪表现"②。《天》剧更多地表现为"歌舞在选择故事",既实现了借助莎剧的经典性超越时间、空间的距离,也充分利用粤剧这种戏曲形式将原作中的爱之激情、热烈、纯真带给了岭南的观众。此时,全知全能的外部聚焦者借助于内部聚焦者在聚焦对象(the focalized)上显示出来的主观心理、情感成分,用粤剧美的形式使"被聚焦者既能从外边(from without)也能从里边(from within)被观者感知"③原作的哲理和诗情,正如詹姆斯·费伦指出:"叙事以故事为中心,抒情诗则聚焦于心境,尽管每一种模式都包含着另一种模式的因素。"④人物塑造始终是在粤剧的程式中表现人物的精神、情感世界。《天》剧的美学意蕴和莎剧的内容,通过人物性格的塑造和人物心理的剖析,以及采用叙述者的语词"再现人物说话方式和言词思想"。⑤叙述者(演员)变扮演为表演,以粤剧程式聚焦于人物,通过对普世人性的深度咀嚼,使观者领略到真善美之价值。⑥红线女从粤剧程式中,以放松的心态"将人情世故刻画入微,而其根本思想则在尊重人类'自由意志'",⑦以粤剧程式塑造莎剧人物形象,实现的是东方与西方、言语与歌舞、写实与写意、莎剧与粤剧之间跨越时空、民族、

---

① 王馗:《粤剧的生态环境与艺术遗产》,《戏曲艺术》2012年第4期。
② 何平:《论粤剧曲牌音乐的结构及其在唱腔中的运用》,《天籁》(天津音乐学院学报)2002年第1期。
③ Shlomith Rimmon-Kenan, *Narrative Fiction: Contemporary Poetice*, Routledge, 2002, p. 72.
④ [美]詹姆斯·费伦:《作为修辞的叙事》,陈永国译,北京大学出版社2002年版,第6页。
⑤ [美]杰拉德·普林斯:《叙述学词典》,乔国强、李孝弟译,上海译文出版社2011年版,第151页。
⑥ 李伟民:《真善美在中国舞台上的诗意性彰显——莎士比亚戏剧演出60年》,《四川戏剧》2009年第5期。
⑦ 王光祈:《王光祈文集》(时政文化类·第4集),四川音乐学院/成都市温江区人民政府编,巴蜀书社2009年版,第514页。

文化和不同审美观之间的对话。

《天》剧作为粤剧与西方莎剧之间的互动，粤剧莎剧与整个中国戏曲传统之间的互动，其改编的经验是值得总结的。我们认为，当代各种戏剧形式的莎剧改编要在重视原作的规定情景和符合人物关系的情况下进行富有民族、文化特色的创造性改编，创造出契合内容与形式的呈现方式。当下莎剧的改编特别需要不断更新观念，寻找更加适合当代审美和艺术实践的表现方式。在未来的时代，莎氏戏剧更会显示出"惊人的艺术容量"[①]。对莎剧的阐释，艺术形式的创新有时具有特殊的审美意义，会使今天的我们对人性的理解更为深刻。《天》剧借助于粤剧对经典进行阐释，其美学意蕴显示为，以粤剧的写意之"虚灵美"，通过表演的假定性创造出诗意的美感。虽然，《天》剧的整体演出尚不能说对原作进行了创造性改编，但是其探索和创新精神却是值得我们肯定和赞赏的。

第四节　叙事与抒情模式：粤剧《豪门千金》对《威尼斯商人》的改编

粤剧《豪门千金》为粤剧改编莎剧三部曲中，中西合璧、莎粤融合、古今穿越，且又地方化特色明显的影响较大的粤剧莎剧。这部粤剧莎剧在突出原作人文主义基本精神的前提下塑造人物，淡化原作的宗教色彩，以对友谊、爱情、仁慈、道义、诚信的歌颂为主线，对贪婪和见利忘义进行了批判和嘲讽。将原作背景充分中国化、地方化、粤剧化，以浓郁的岭南文化、广东文化、商埠文化为表现方式，综合运用粤剧、京剧和话剧等舞台艺术表现手法，实现了原作诗化语言与粤语结合，及粤剧、京剧和话剧的互文性抒情与叙事。

粤剧《豪门千金》是近百年的粤剧改编莎剧历史中，特别是近年来粤剧

---

① 吴光耀：《西方演剧史论稿》（下），中国戏剧出版社2002年版，第634页。

改编莎剧三部曲中,影响较大的一部粤剧莎剧。莎剧演出是世界戏剧舞台演出的常青树,而莎剧改编也是中国戏剧、戏曲舞台上的常青树。莎士比亚戏剧在中国传播之初,就是莎剧中国化之始。莎剧改编与莎学理论的传入几乎同步,一同开始了中国化的进程。莎剧在中国,中国戏曲莎剧在世界,已经以其特有的审美观念和民族形式,成为世界莎剧百花园中一朵绚丽耀眼的鲜花。

早在20世纪三四十年代,粤剧就将《威尼斯商人》改编为《一磅肉》(《半磅肉》)①。20世纪50年代,粤剧大师薛觉先、马师曾演出过西装粤剧《威尼斯商人》,1952年,红线女曾在香港演出过粤剧《一磅肉》。20世纪80年代以来,更有多部莎剧被改编为粤剧——《天之骄女》《天作之合》和东江戏《温莎的风流娘儿们》。而《豪门千金》(以下简称《豪》剧)的改编尽管还存在着诸多不足,但其对《威尼斯商人》的改编则是新时期中国戏曲改编莎剧的重要收获之一。这部具有浓郁岭南风格,并以新文本面貌形成的——超文本《豪》剧,使莎剧的存在形式发生了改变,对原作进行了中国化的粤剧解读,以粤剧的审美精神再现了经典的无穷魅力,实现了莎剧与粤剧跨越时空、文化、民族和审美观念的互文性解读。

一 从激活经典到经典的粤剧化

中国戏曲改编莎剧,粤剧改编莎剧,旨在通过接地气的艺术形式激活"文本背后隐匿的特定意图"②。粤剧被誉为岭南文化的灵魂,形成于明代万历年间,已有"三百多年的历史"③了,"晚清同治光绪之际,粤剧在声腔、表演、剧目等各方面都呈现鲜明特色,艺术渐趋成熟"。④ 由于经济文化交流

---

① 郭秉箴:《粤剧艺术论》,中国戏剧出版社1988年版,第10—76页。(在该书中提到根据《威尼斯商人》改编的粤剧为《半磅肉》,而非《一磅肉》。)
② 李玉平:《互文性:文学理论研究的新视野》,商务印书馆2014年版,第167页。
③ 赖伯疆、黄镜明:《粤剧史》,中国戏剧出版社1988年版,第1页。
④ 《粤剧大辞典》编纂委员会:《粤剧大辞典》,广州出版社2008年版,第1页。

的便利，粤剧在发展过程中一直有改编世界名著的传统，显示出超常的开放性、兼容性特点，由于面向海外传播和发展，而且受商品经济的影响，一直以来粤剧的现代化和通俗化相交织。而这一审美特色融汇中西，接粤剧地气所体现出来的互文性，在《豪》剧的改编中更可谓独树中国戏曲改编莎剧之一帜。

《豪》剧将原作的背景中国化，时间改在清末民初，地点放在广州（珠城）和澳门（濠江）。设置这一背景的理由为：清末民初正是中国历史上风云激荡的时代，各种人物、思想、主义纷纷登台，商贸繁荣的南国大都市的喧嚣符合原作中的情节要求，"一磅肉"的情节能够通过互文性印证找到商品社会的法理与游戏规则。如果说在原作中，莎士比亚写了利与义的冲突，安东尼奥寄托了他"逐利而不忘义"的人文主义理想，而将《豪》剧背景改换为接地气的中国背景，则较好地诠释作为海上丝绸之路的起源地的广州、中国澳门，商业社会的繁荣，借贷关系的普遍，以及商业社会中所应该遵循的基本道德准则，正由于这一背景的设置，《豪》剧已经转换成为展示"中国清末民初通商贸易的一幅斑驳的艺术画卷"[①]。这样的改编意图也只有在当今改革开放的经济社会中才能够实现。当回顾粤剧的开放、跨文化传统时，我们看到，在第一届全国戏曲观摩演出大会上，粤剧被严厉批评为"染上了商业化、买办化的恶劣风气"，[②] 从反面来看，而这也正是粤剧得风气之先的一个鲜明审美特色，所以《豪》剧的改编可以视为新时期以来中国莎剧改编解放思想的鲜活例证。

二 叙事模式的跨语际演绎

那么，具有浓郁广东特色，以歌舞演故事的粤剧改编莎翁名剧采取的是

---

① 广州粤剧团：《〈豪门千金〉戏单》，广州番禺丽江明珠歌剧院，2007年2月14日，广州大学演艺中心剧场，2007年4月23—30日演出；（李安东的扮演者有京剧表演艺术家关栋天，粤剧演员陆敏谓。）

② 周扬：《改革和发展民族戏曲艺术》，《文艺报》1952年第24期。

何种叙事策略呢？改编《威尼斯商人》为《豪》剧，其兼容中西文化的审美特色又是如何呈现于舞台之上的呢？关于这些问题，我们可以从粤剧特有的叙事方式及互文性角度予以回答。

《豪》剧的编剧为著名粤剧编剧秦中英，导演为我国著名导演陈薪伊。《豪》剧改编首先着眼于文化、艺术形式之间的审美融合。陈薪伊在剧中强调文化的融合，在中西文化的融合中突出地域特色，使原作背景中的商业氛围、借贷关系和文艺复兴时期的文化，在本土的商品社会环境中也能够得到印证。为此，剧本的文学叙事"把莎士比亚原著的散文体语言与广府白话的俚语俗语、汉语的文言和古体诗等"①熔于一炉，而浓郁的岭南文化特色、广州的方言俚语和汉语词汇，如"波罗庙""红豆相思树""阳江刀""大耳窿""竹孔顽童笛""玉镂凤凰箫""细赌""魔鬼罗刹""观音慈航""凰求凤""皇天"等符号载体的在场，促使需要解释出的意义拉近了剧情与观众之间的距离。与现代社会生活、语言接轨是当下莎剧舞台演出的一大特色。尽管对这一戏仿，人们还有不同的看法，但如果运用得好和得体，未尝不是拉近现代观众与经典之间距离，实现互文性的一种手段。故《豪》剧中也穿插了许多当下中国社会生活中的词汇，例如："二奶""人妖""贴士""如今世上的男人和女人，有时好难分得出嘅"。"苏格兰特产"以及英语词汇等语带双关、暗含针砭时弊的对白和唱词等"必有意义"的符号文本，同时"意义使符号成为可能"②"既不在场（尚未解释出来）又在场（必定能解释出来）"③的符号，与原作中的剧情形成了互文性。

在音乐设计上，《豪》剧"以广东音乐糅合西洋音乐"，④突破原有的粤剧音乐和唱腔限制，以增强异域感。在舞台叙事上，形成了文化、主题与原

---

① 秦中英：《豪门千金（民间传奇剧）》，《戏脉流芳》编辑委员会：《戏脉流芳：广州粤剧团六十年剧本选·第七辑》，广州出版社2012年版，第148页。
② 赵毅衡：《符号学》，南京大学出版社2012年版，第48页。
③ 同上。
④ 《粤剧大辞典》编纂委员会：《粤剧大辞典》，广州出版社2008年版，第919页。

作文本和粤剧表演之间的交流与对话，不同的叙事影响到符号的内容、结构形式和风格，并在文本意义的生成和阐释中组成新的意义。同时，改编"将传统粤剧板腔、流行歌曲、新曲（'生圣人'）以及外国音乐一起呈现在观众面前"，①并且有意运用《彩云追月》《恭喜发财》等观众熟悉的岭南音乐，汲取莫扎特歌剧《费加罗的婚礼》中著名的咏叹调，配合萨克斯独奏和单簧管、双簧管、爵士鼓等西洋音乐元素，使音乐节奏清新明快，散发出浓郁的异国情调。舞台叙事围绕着原作所表现出来的人生观、幸福观、爱情观都来自人文主义这一总倾向，通过粤剧程式、身段，或让时间停滞，或让情感定格，或跳出剧情，倾诉情怀。

粤剧是以板腔体和曲牌体为主，杂以歌谣体、小曲杂调，主要唱腔为"腔梆子"和"二黄"，在上下句结构曲调的基础上加以演变，派生出一系列不同板式的唱腔，以及反调和相异行当的不同腔调，以此构成唱段的地方戏曲。我们看到，《豪》剧的舞台叙事与抒情在突出其形式美的同时，对白、独白、行动完全是粤剧化的。这就说明，在通过互文性的文类转换"衍化出来的新的结构"②中，《豪》剧的内容与形式，已经超越了原作的表现方式，甚至通过表述之间的差异，超越、变异了原作——《威尼斯商人》，《豪》剧成为粤剧程式的载体和本体，其形式使我们得以体悟粤剧美和全部信息（内容），在互文性的改编中"不可能有完全脱离或独立于形式之外的任何信息（内容）"③，即原作中的内容已经成为被粤剧"形式化的内容"④了。例如《豪》剧的念白以声调高低起伏、抑扬顿挫、节奏感强、旋律优美的"韵白"，包括有韵律的"诗白"、以有韵口白衬托的"口鼓"，以及将自由的语言纳入固定的节奏规范之中的"白榄"为主，唱腔由板腔、曲牌和说唱三部

---

① 秦中英：《豪门千金（民间传奇剧）》，《戏脉流芳》编辑委员会：《戏脉流芳：广州粤剧团六十年剧本选·第七辑》，广州出版社2012年版，第148页。
② 乔国强：《叙述学有"经典"与"后经典"之分吗?》，《江西社会科学》2014年第9期。
③ 赵宪章：《形式美学之可能》，《江海学刊》2000年第3期。
④ 同上。

分组成，并"依字行腔"，其曲调有［卖杂货］［白榄］［滚花］［双飞蝴蝶］［岐山凤］［长句二黄］［唱序］［二黄］［梆子中板］［银河会］［减字芙蓉］［快中板］［七字清］［二流板面］［二流］［二黄滚花］［王祥哭灵］［板眼］［旱天雷］［二黄慢板面］［四不正］［快琴音］［十八摸］［莫扎特曲］［新曲］［滴珠二黄］［秋江别］［彩云飞］［银台上］［乙反减字芙蓉］［禅院钟声尾段］［昭君怨尾段］［红绣鞋］［口鼓］［芙蓉中板］［戏皇叔］［娱乐生平中段］［十字清］［反线中板］［恨填胸］［尾腔］［二黄慢板］［乙反长句二黄］［沉腔滚花］［三脚凳］［正线二黄］［反线中板］［西皮连序］［步步高］等，在板腔体的运用中，既有根据剧情、人物、矛盾、心理和情感设置的"散板类"板腔，如"乙反滚花""滚花"；也有"慢板类"的"长句二黄""滴珠二黄""乙反长句二黄"等，二黄唱腔的特点是细腻悠扬、缠绵悱恻，变化较大，"中板类"的"十字清""反线中板"表现悲凉哀怨的"苦喉"，以及曲调诙谐、幽默活泼"一板三叮"的"板眼"。这一在互文性系统中形成的超文本的开放格局已经使莎剧内容成为粤剧程式的有机组成部分了；而运用不同曲牌和歌谣体的连缀，用音乐形象刻画人物，表现戏剧冲突，或欢快、或喜庆、或忧伤、或悲愤、或奸诈、或豪爽、或深情、或逢场作戏，民间歌谣"板眼""芙蓉"也使《豪》剧的唱腔更为丰富、俚俗，因而也使互文性的改编俨然成为更具地方特色的粤剧莎剧了。

由此可见，《豪》剧在广东方言的基础上以浓郁的粤剧特色表达人类的情感认知是相通的观念。例如第一场中朱西娅以"梆子中板""滚花"接"诗白"："听君几句话，情志尽明了。说什么，人才抱负，壮志豪情，到底胸襟还是低小。春来红豆惹相思，相思是甜不是苦，你把诗人情俏话，讲成黯淡萧条。无限风光，正合舒展胸怀，放开心窍……无边广阔海开怀，锦帆万里顺风来，最爱相思红豆树，长得情人带笑栽。"①《豪》剧成为诗意浓郁且不

---

① 秦中英：《豪门千金（民间传奇剧）》，《戏脉流芳》编辑委员会：《戏脉流芳：广州粤剧团六十年剧本选·第七辑》，广州出版社2012年版，第154页。

受法则限制的"自然的诗"①，剧中人物通过试探和深情地对视，"爱情的火在眼睛里点亮，凝视是爱情生活的滋养……爱情啊！把你的狂喜节制一下，不要让你的欢乐溢出界限……"②粤剧曲辞以汉语修饰功能所提供的空间延展性，在红豆相思的隐喻中，深情告白自己对待爱情的态度。当常英志说："只怕在下庸愚，难并小姐高雅"时，朱西娅以景喻人："兰芷清芬松梅高洁，与君同游俗气全消"③的唱舞，使观众领略到朱西娅完全沉浸在美好爱情遐想之中了。倪惠英、黎骏声通过"戏剧化叙述者"的粤剧唱舞，"以强烈的形体表达和情感释放，着力于舞台人物的塑造"，④同时也通过对原作的粤剧化包装，在互文性中找到了《豪》剧改编的独特叙述方式。

在《豪》剧的互文性建构中，舞台叙事充分发挥了粤剧的写意性特点，运用丰富的舞台表现手段塑造人物，以假定性表现人物的行动，刻画人物的心理状态，铺陈人物的情感抒发，让美的瞬间在变换的光影中定格。⑤改编通过中西戏剧在写实性与写意性之间的叙事差异，以构建两者之间互文性的审美为目标，利用粤剧特有的叙事方式在建构与解构中张扬其人文主义精神。《豪》剧叙事所呈现出来的是"不受'逼真的幻觉'法则限制的自由叙事"⑥。思维、情感与规律在互文性符号中排列组合下，舞台叙事通过操作叙述符号创造出来的虚拟呈现，使原作在不同的叙事方式中，呈现出中国戏曲的假定性意趣。而《豪》剧中的"角色"则通过粤剧表演演绎故事，成为"内叙述者"，原作中的符号意象被挪入粤剧符号的组合中，而角色又始终处于粤剧主体意识之内，在互文性的交织中，被接受者理解为整合为一体的意义向度。扮演者和角色与故事的经历者和故事的讲述者共同构成了"同故事叙述者"，

---

① [美] R. 韦勒克：《批评的诸种概念》，丁泓、余徵译，四川文艺出版社1988年版，第128页。
② 秦中英：《豪门千金（民间传奇剧）》，《戏脉流芳》编辑委员会：《戏脉流芳：广州粤剧团六十年剧本选·第七辑》，广州出版社2012年版，第152页。
③ 同上。
④ 徐健：《中国话剧还能否培养出学者型演员》，《文艺报》2013年3月4日，第4版。
⑤ 张申波：《豪门，千金难买——观粤剧〈豪门千金〉有感》，《南国红豆》2011年第1期。
⑥ 汤逸佩：《叙事者的舞台：中国当代话剧舞台叙事形式的变革》，中国戏剧出版社2006年版，第21页。

使《豪》剧在歌舞"建构"与言语"解构"的粤剧叙事中，不仅"以接近于原来的喜剧风格来演出这个戏"①，而且以外叙述者的歌舞建构，即表演水平的高低，在"角色"与"叙述者"之间达到高度融合的状态。《豪》剧之"美"通过"舞台上创造出活生生的人的精神生活，并通过富于艺术性的舞台形式反映这种生活"，②《豪》剧在反映原作之神的同时，也用粤剧程式塑造出性格丰满的人物形象。由此，粤剧曲文在意义传达形成的符号关系中，歌舞符号的表意成为跨越时间、空间、表意距离的审美符号，其表意过程使符号"文本性"（textuality）得以释放，其"文本性"既涵盖了文本的内在元素，也反映了接收者对符号构筑方式的认同，这种情况突出表现在《豪》剧独白式的演唱之中。《豪》剧内容与原作人物思想、情感的契合是叙述者对文本内涵、形态解释和协调的产物。显然，"莎士比亚迫使他的一些人物作出叙述性和带有评价性的陈述"③ 这一叙事模式，在《豪》剧中得到了表演者写意性的抒情演绎。改编通过对人性中唯利是图行为的强烈谴责，鞭笞残暴、丑恶，"有意将《豪门千金》谱写成一部商界人士斗智、联姻的喜剧。利/义之辨、缘/情之合、智取奸商、巧合团圆，才是情节主旨所在"。④ 以善良的伦理道德和爱的呼唤张扬真善美。显然，编剧和导演的美学追求，均在符号组合提供的"文本间性"的语境组合中，在呈现出来的合一性框架内得到鲜明而写意的体现。

三 舞台叙事的诗化：从"全知视角"到"视角越界"

尽管粤剧的"两柱制"受到很多批评，但《豪》剧依然沿用了粤剧的

---

① 方平：《返朴归真——〈威尼斯商人〉的演出设想》，《外国文学研究》1981年第4期。
② [苏]斯坦尼斯拉夫斯基：《斯坦尼斯拉夫斯基全集》（第六卷），郑雪来、姜丽、孙维善译，中国电影出版社1986年版，第80页。
③ [美] W. C. 布思：《小说修辞学》，华明、胡晓苏、周宪译，北京大学出版社1987年版，第49—52页。
④ 《戏脉流芳》编辑委员会：《戏脉流芳：广州粤剧团六十年剧本选·第七辑》，广州出版社2012年版，第76页。

"两柱制"的演出体制,由正印花旦、文武生担纲,如此安排有利于诠释原作的人文主义思想和展示名角的水平。《豪》剧以"利""缘""义""情""智""巧"作为贯穿剧情的主导意象,以朱西娅对美好爱情的向往与追求营造喜剧效果。《豪》剧更多地表现为"歌舞在选择故事",叙事围绕文本和舞台展开想象力,用动作、肢体和歌声调动审美意象。此时,全知全能的外部聚焦者借助于内部聚焦者在聚焦对象(the focalized)上显示出来的主观心理、情感成分,用粤剧程式使"被聚焦者既能从外部(from without)也能从内部(from within)被观者感知"① 原作中蕴含的哲理和诗情。无论是以故事为中心描写人物和变化的叙事,还是聚焦于心境的抒情,既是某种模式的综合体,也必然存在着改编莎剧中的"视角越界"(alteration)。叙事者原来坚守的人物视角因为多种原因产生了视角与方位变化,形成了"对控制叙述之聚焦编码的短暂背离"。② 例如在第三场"义"中,夏老克以"二流板面"唱"天光不安,天黑不安,走上街,记着家门,钱柜里的金宝藏……守在家中,又记住外头的欠账"的全知叙述进入了夏老克的视角:"要是天下间的人都死光,就留下我和我的金银那样多好……做人真难呵!"③ 叙述转入极端吝啬的夏老克的心中,使观众从道德批判的角度得以窥见夏老克灵魂深处的黑暗。又如在第四场"情"中,常英志从第一人称叙述"我当然是真的爱你,这还用怀疑么",转入因为情节和道德赞颂的需要进入常英志的内心世界"外观往往和事物的本身完全不符,世人却容易为表面的装饰所欺骗"。④ 改编过程的视角越界提供了比控制编码更为充分、具有粤剧叙事特点和价值判断的信息。

《豪》剧通过进入人物内心的剖析,以及"视角越界",再现了人物说话方式和言词思想。叙述者(演员)变扮演为表演,又从表演到扮演,以粤剧

---

① Shlomith Rimmon-Kenan, *Narrative Fiction: Contemporary Poetice*, Routledge, 2002, p.72.
② 乔国强:《叙述学有"经典"与"后经典"之分吗?》,《江西社会科学》2014年第9期。
③ 秦中英:《豪门千金(民间传奇剧)》,《戏脉流芳》编辑委员会:《戏脉流芳:广州粤剧团六十年剧本选·第七辑》,广州出版社2012年版,第157页。
④ 同上书,第167页。

莎剧人物形象，实现的是东方与西方、言语与歌舞、写实与写意、莎剧与粤剧之间跨越时空、民族、文化和不同审美观之间的对话。这就是说，在互文性的基础上，除了内容、情节、人物对原作的解构以外，"中西文化的交融与碰撞不仅表现在外观舞台设计和服装道具方面，也表现在唱腔音乐的设计和演员表演方面"，① 对原作的创造性建构。就剧中营造的氛围来看，无论是清末民初广州、濠江（中国澳门）中西商贸往来的街景，还是立体路标、满眼广告，灯红酒绿的喧嚣与繁荣，都与原作中的环境大异其趣，加上具有强烈地域风格，富有岭南特色的背景音乐，跨越时代、文化、民族的粤剧莎剧在借用原作内容、情节以及主要价值取向的基础上，着重塑造了朱西娅的英武聪慧、常英志的痴情执着、李安东的真诚义气，以及夏老克的贪婪狠毒，其互文性也就在这种"视角越界"的粤剧的建构与解构中得到了实现。

互文性既体现在对原作独白、对白的直接借用，也采用舞台人物、表情、动作的定格化处理表现人物的情感和内心，"既是莎剧诗化语言与粤语的结合，又是话剧艺术与粤剧的结合"。② 在舞台叙事的建构中，演员用粤语直接吟诵原作台词，通过"间离"对人物的内心世界给予话剧化、定格化的情感强调。根据剧情需要，原作的戏剧语言富有诗的韵律和幽默感，由粤剧演员朗诵出来，也并不显得突兀，反而增加了观众对原作精神的理解。例如，剧中人物用眼神表达人物内心情感，以粤语直接吟诵原作中的台词："告诉我爱情生长在何方？还是在脑海？还是在心房？爱情的火在眼睛里点亮，凝视是爱情生活的滋养，它的摇篮便是它的坟墓。让我把爱的丧钟鸣响。"③ 在《豪》剧中以哀怨的"秋江别"词牌转为深情的"彩云飞"词牌，在"身可分，爱不终，你心永在我心中。倘得天庇佑，能选中，今生今世幸福永无

---

① 易红霞：《又见莎士比亚：来自新编粤剧〈豪门千金〉的启迪与思考》，《中国戏剧》2007年第7期。

② 同上。

③ ［英］莎士比亚：《莎士比亚戏剧全集（第一辑·第二种）》，朱生豪译，世界书局1949年版，第46—47页。

穷……我坚信天必眷，愿不空，坚心守志、共得失、报情隆。"① "发闪光的不全都是金子"②，"再看那些世间所谓的美貌吧，那是完全靠着脂粉装点出来的，愈是轻浮的女人，所涂的脂粉也愈重"③。除个别词汇有所变化外，《豪》剧的这一段台词与原作基本一致，只不过原作的中"美貌"换成了"美女"；"你惨白的银子，在人们手里来来去去的下贱的奴才"④一句中除了"银子"变成了"白银"外，其他均与原作吻合；此时原作中的"旁白"："不要让你的欢乐溢出界限，让你的情绪越过分寸；你使我感觉到太多的幸福，请你把它减轻几分吧，我怕我快要给快乐窒息而死了！……就请接受你的幸运，赶快回转你的身体，给你的爱深深一吻。"⑤化为"新曲"深情而欢快的唱段："爱心相通，情心相通，成就了天下不世功，终盼得双飞梦。华丽府堂春色动，笑声欢歌飘飘送。"⑥由话语转为歌舞的互文性建构以粤剧程式，结合唱和原作台词念白、"做手"，鲜明地表达出角色所要表达的客观事物或环境，以及情感、情绪和内心世界，将故事叙述者在叙述（表演）过程中人物的内心波动和情感起伏呈现在舞台上，达到以粤剧再现原作精神，通过原作与唱腔、舞蹈之间所形成的互文性，反映人物心理，突出人物性格互文性的目的。原作中的人文主义精神与粤剧审美形式的有意识链接，在具有空间拓展性质的粤剧板腔、曲牌、歌谣、小曲隐喻与时间延展性质的诗体语言共同作用下，表明《豪》剧的形式"可以作为美而被单独欣赏"。⑦可以说，《豪》剧的改编继承了粤剧大师薛觉先"欲综中西剧为全体……使吾国戏剧

---

① 秦中英：《豪门千金（民间传奇剧）》，《戏脉流芳》编辑委员会：《戏脉流芳：广州粤剧团六十年剧本选·第七辑》，广州出版社2012年版，第166—167页。
② [英]莎士比亚：《莎士比亚戏剧全集（第一辑·第二种）》，朱生豪译，世界书局1949年版，第34页。
③ 同上书，第47页。
④ 同上。
⑤ 同上书，第48—49页。
⑥ 秦中英：《豪门千金（民间传奇剧）》，《戏脉流芳》编辑委员会：《戏脉流芳：广州粤剧团六十年剧本选·第七辑》，广州出版社2012年版，第168页。
⑦ 吴世枫：《从艺术和审美规律谈粤剧的若干问题》，《南国红豆》2001年第2期。

成为世界最高之艺术"①的改编思想。莎剧的经典价值通过《豪》剧的改编，充分说明西方的话剧莎剧可以成功改编为粤味十足并颇接地气的粤剧莎剧。

中国戏曲改编莎剧没有不删减情节的，这与我们民族对戏剧的审美习惯和戏曲的唱念做打的审美形式有关。诚如李渔所言："头绪繁多，传奇之大病也"，欲传之于后世"止为一线到底，并无旁见侧出之情……能以'头绪繁多'四字，刻刻关心，则思路不分，文情专一"。②为此，《豪》剧也对原作进行了大幅度的删减，除了保留"一磅肉"和"选匣定亲"两条基本线索外，删除了罗兰佐和杰西卡私奔与众多次要人物，弱化了葛莱西安和尼莉莎恋爱这两条副线，为强化该剧的中心思想，增加了原作中没有的场次。例如《豪》剧第一场"利"，交代了故事发生的时代背景和求婚者的性格、身份，为夏老克割李安东身上一磅肉埋下伏笔，也为剧情的发展作了伏笔式的铺垫；而男女主人公一见钟情和狂欢化的婚礼场面，也使剧情发展在喜剧的狂欢中达到高潮。改编者的意图是反映莎士比亚用喜剧精神歌颂人性对金钱的胜利和真善美的爱情观，表现商业社会人们所应秉持道德，痛斥商人的拜金主义。第六场"巧"将矛盾转移到一枚戒指上，剧情由赤裸裸的金钱关系转换为"诚信"，这才有"指在指环在，生死不寒盟"③的盟誓，是否信守诺言成为矛盾的焦点。

《豪》剧立足于原作的浪漫主义的幻想世界（贝尔蒙）与现实主义的真实世界（威尼斯）巧妙结合。从喜剧的表达方式看，以"娇、嗔、傲"着重刻画朱西娅，重点突出她的智慧和勇气甚至超过了男性，改编力求从"真境"的为所欲为，达到"幻境"的纵横之上。诚如李渔所言："欲代此一人立言，

---

① 赖伯疆、黄镜明：《粤剧史》，中国戏剧出版社1988年版，第37页。
② 李渔：《闲情偶寄（全二册·上册）》，杜书瀛译注，中华书局2014年版，第57—58页。
③ 秦中英：《豪门千金（民间传奇剧）》，《戏脉流芳》编辑委员会：《戏脉流芳：广州粤剧团六十年剧本选·第七辑》，广州出版社2012年版，第180页。

先宜代此一人立心。"① 例如，在第五场"智"中，当朱西娅除了以"反线中板"的"为善予人，为福予己"和"滚花续唱"的唱舞外，在矛盾冲突、紧张的时刻，更多采用叙事以加快情节的推进，有力突出了朱西娅这位杰出的女性，有一颗善良、智慧、仁慈的女儿之心。因为"即使最高度戏剧化的叙述者所作的叙述动作，本身就构成了作者在一个人物延长了的'内心观察'中的呈现"。② 扮演者倪惠英既通过唇枪舌剑表现了人物的智慧，也把人物的内心叙述（表演）给观者看，在此，第一人称的隐含叙述者利用互文性，通过舞台叙事放大了人物感情，强化了矛盾冲突，在柳暗花明又一村中，使观者沉浸于互文性叙事构筑的情境之中，凸显了粤剧的审美魅力。

四 "虚灵美"：审美形式的变异

陈薪伊醉心于莎作，导演莎剧，在其心路历程中曾坦陈"让理性与激情为崇高人性作注释"③，但综观其在舞台上执着而酣畅淋漓地"追求真、爱和美"④，相对于《商鞅》等剧作而言，则《豪》剧并非她的代表作，而是其导演艺术中的遗憾之作。这也是莎剧改编在当下所遇到的普遍困惑和问题。例如，在金、银、铅三个匣子选择的舞台呈现上，《豪》剧的指导思想为把固定不变放在桌子上的金、银、铅三个盒子变成赋予一定性格的三位金、银、铅侍女，舞台的符号化特征明显，在以人代物，变静为动的舞台呈现中，希求达到既好睇（看）又有益的审美效果，人物成为"象似性符号"。"金女""银女""铅女"变换着队形，"用不同的舞姿和艺术造型随着舞台行动的发展"⑤ 引诱选匣者。这一"人格化"的处理，虽然迥异于话剧写实的审美效

---

① 李渔：《闲情偶寄（全二册·上册）》，杜书瀛译注，中华书局2014年版，第137页。
② ［美］W. C. 布斯：《小说修辞学》，华明、胡晓苏、周宪译，北京大学出版社1987年版，第20页。
③ 陈薪伊：《生命档案：陈薪伊导演手记》，上海社会科学院出版社2006年版，第175页。
④ 顾春芳：《她的舞台：中国戏剧女导演创作研究》，上海远东出版社2011年版，第205页。
⑤ 张奇虹：《洋为中用古为今用——谈〈威尼斯商人〉的导演构思》，张奇虹：《奇虹舞台艺术》，文化艺术出版社2013年版，第269页。

果，也使舞台动作成为"表露内心状态的"① 写意性符号"创造出诗意的美感"②，但由于除了舞蹈和音乐选用不同外，在中国莎剧舞台上，以及在诸多的《威》剧改编中已经多次使用过这一形象化的写意方式，故其象似与标示已经难以通过具有"浓郁的喜剧情绪和清新的诗意"③ 赢得观众新奇的审美感受了。

关注文本生成后的意义流动是改编《豪》剧的意义所在，也是莎剧赢得经典性的最佳证明之一。《豪》剧的美学意蕴显示为，穿越语言、形象、文本、文化、审美层面的变异，达到了经典与粤剧的互文性平视对话。虽然，《豪》剧的整体演出尚不能说对原作进行了非常成功的改编，但其改编中的互文性以及叙事中的建构与解构，却是值得莎学界深入研究和探讨的。

第五节　对经典的跨文化阐发：从《第十二夜》到粤剧《天作之合》

广州红豆粤剧团根据莎士比亚喜剧《第十二夜》改编的新编古装喜剧《天作之合》在展现原作审美精神、抒情性、幽默而又富含哲理的同时，在中国舞台上创造出一部再现莎氏喜剧人文主义精神的佳作。借助于《第十二夜》的经典性，《天作之合》是具有鲜明中国化、浓郁粤剧风格、地方化、岭南化特色明显的莎士比亚喜剧。但该剧在人性深度开掘，现代情感表达，舞台诗化意象存在不足，人物类型化，妨碍了对原作更加完美的呈现。

---

① ［美］乔治·贝克：《戏剧技巧》，余上沅译，中国戏剧出版社2004年版，第34页。
② 李伟民：《青春、浪漫与诗意美学风格的呈现——张奇虹对莎士比亚经典〈威尼斯商人〉的舞台叙事》，《四川戏剧》2014年第6期。
③ 方平：《返朴归真——〈威尼斯商人〉的演出设想》，《外国文学研究》1981年第4期。

一　现代理性精神与传统美学原则

根据莎士比亚著名喜剧《第十二夜》改编的粤剧《天作之合》（以下简称《天》剧）可谓当代粤剧改编莎士比亚喜剧三部曲中取得较大影响的一部粤剧莎剧。《天》剧的改编以原作中的人文主义精神、个性解放、爱情、欢乐、戏谑为主旨，以中国化、粤剧化的改编，创造出中国粤剧舞台上颇具新意，并在某些方面有所建树的莎氏喜剧《第十二夜》，从而实现了粤剧与莎剧的跨时空审美对话。如同今天所有的莎氏喜剧改编一样，《天》剧的改编也面临着：采用何种表现方式凸显经典的现代性？如何以歌舞的叙事与抒情展现经典品质中的喜剧精神？如何通过莎士比亚的人文主义精神，使今天的观众在获得心灵慰藉的同时对社会发出笑对生活、人生的深度感悟？面对话剧形式的经典莎剧，粤剧如何在话语语言之外，利用动作、歌舞和粤剧符号引起"被震撼的敏感性"[①]？即经典所蕴含的跨越时代、地域、文化、种族，甚至文明的与"接受群体产生情感共鸣和思考共振的内在品质"[②]的艺术张力，如何在粤剧改编中得到体现？也就是说，我们要"寻找莎士比亚与当代中国观众在思想意识和审美心理上的沟通点"。[③]这是每一个试图改编莎剧者首先面临的问题。应该说，莎剧的戏曲化建构是莎剧与戏曲相互阐发的现代性的具体表现，是在超越戏曲类型化人物在现实情境的局限中，"为中国传统戏剧的美学原则注入现代理性精神"[④]的契机，即莎氏戏曲改编应该体现为人的存在、人生意义、人类命运、人的内心、灵魂、本体的深层意识的挖掘或拷问。[⑤]通过《天》剧的跨文化改编，在中西戏剧的交流、碰撞与阐发中，我

---

① ［法］安托南·阿尔托：《残酷戏剧：戏剧及其重影》，桂裕芳译，中国戏剧出版社2006年版，第111页。
② 王晓鹰：《把经典排出现代意味，把原创排出经典品质——从演出剧目看国家话剧院的艺术品格》，《国家话剧》2014年第4期。
③ 丁罗男：《中西文化汇合的绚丽之花——首届中国莎士比亚戏剧节上海地区演出述评》，《新剧作》1986年第3期。
④ 王晓鹰：《从假定性到诗化意象》，中国戏剧出版社2006年版，第114页。
⑤ 胡星亮：《当代中外比较戏剧史论（1949—2000）》，人民出版社2009年版，第30页。

们能够再一次追寻、"'发现'民族戏曲的独特魅力和美学价值"①,莎氏原作通过异国文化的演绎,提供了"大过一般的英语莎剧演出"②的思想、艺术、内容、形式的审美启示,并通过对生活的深入思索和思想力度彰显经典的魅力和莎剧之现代性。

二 现代性:莎剧与粤剧的互渗

莎剧的大家风度和经典性使它能够适应不同文明、文化的阐释性搬演,由于莎剧的经典价值,它也对搬演提出了很高水平的舞台呈现要求,要完美呈现莎剧,打动当代观众的心灵,使演出具有国家气度,对导表演提出了近乎苛刻的审美素质要求;由于莎剧文本的美学内蕴,即使改编存在瑕疵,但演出仍可能有若干可取之处。《天》剧的改编由著名粤剧表演艺术家红线女提议,编剧吴树明、张奇虹将改编《第十二夜》定位于民间传奇剧,"剧中人物、地点、风俗、语言等方面,全部按中国化处理",③该剧充分利用现实主义和浪漫主义的表现形式,以"较易为粤剧观众所接受"④的民族形式,熔戏剧性与写意性表现手法于一炉,既表现了莎氏喜剧的人文主义精神气质,又接岭南文化之地气,创造出一部探索实验性的中国粤剧莎剧。

莎剧的本土化、表演的虚拟化、叙事的诗词化、抒情的歌舞化是莎剧被搬上当今中国舞台的重要形式之一。莎士比亚戏剧中包含各种主题,而且它创造出了跨越文化、民族和艺术形式界限的表达方式。在几百年的莎剧演出史上,莎氏的经典性是一个逐步积累的过程。当下,莎剧的经典性是与演出的现代性、现代意识、现代精神、现代表现方式和方法,甚至是后现代主义的演出方式紧密联系在一起的舞台审美跨界。无论从理论维度还是舞台实践

---

① 董健、胡星亮:《中国当代戏剧史稿》,中国戏剧出版社2008年版,第287页。
② [美]大卫·钱伯斯:《序》,[罗]科尔奈留·杜米丘:《莎士比亚戏剧辞典》,宫宝荣等译,上海书店出版社2011年版,第15页。
③ 吴树明、张奇虹:《天作之合》,《戏脉流芳》编辑委员会:《戏脉流芳:广州粤剧团六十年剧本选》(第六辑),广州新华出版发行集团/广州出版社2012年版,第44页。
④ 同上。

来看，中国戏曲的表现力都能够使"莎剧在舞台上获得更丰满、更美妙的体现"①。但我们认为，并非所有的经典莎剧都适合"中国化"改编，在跨文化的演绎中，莎剧的改编必须以多变的舞台形式和生动有机的表演加以诠释，才能达到在回望经典的基础上，以具有现代意味的情感震撼和思想，阐释人文主义精神，即通过现代舞台的创排，运用戏曲的象征、隐喻、幻觉、回忆、内心独白把握人物精神世界的发展，揭示人物的心灵历程，又通过凝练、诗化的舞台语汇对生活和形象做高度的概括与提炼。《天》剧对原作的改编，既是"模仿也是创新"。② 衡量改编成功与否的重要标准和是否具有现代意味，显示为戏曲莎剧与莎氏原作之间的内在关系，即"首先表现为'人的戏剧'的现代性……以戏剧精神的渗透……揭示人的精神现代性"③。而对《天》剧的选择、改编、转化、创新和变形，就是要以粤剧思维达到"不同于西方审美经验接地气的形式创新"④，既是莎士比亚的，也是中国的、粤剧的莎剧。《天》剧改编应该以其表演手段多样而新鲜，表现手法虚拟而现实，情景与人物心境交融，⑤ 戏剧性与写意性兼具，来体现戏曲舞台空间结构方式和表演程式，并以融合中西舞台艺术的创新为互文性方向。综观当代莎剧舞台，在现代性框架之内，其改编的民族特色、地域特色、本土文化特色已经成为一种常态，成为当下莎剧演出的主要呈现方式。我们认为，现代意义的改编应该有意识地质疑各种已有的传统、现代、后现代解读和舞台呈现方式，或者以莎氏原有文本为基础，作出新的诠释。我们看到，《天》剧在民族化、粤剧化改编中，情节被复制、增饰、删减，其舞台文本，既寻求对原作的吻合、解构或颠覆，同时也在暗喻、隐喻或换喻中形成了具有民族形式的新建构，达到地方戏曲与莎剧的融合。

---

① 汪培：《戏曲需要莎士比亚——莎剧"戏曲化"断想》，《新剧作》1986年第3期。
② 傅谨：《戏在书外：戏剧文化随笔》，北京大学出版社2014年版，第126页。
③ 胡星亮：《当代中外比较戏剧史论（1949—2000）》，人民出版社2009年版，第11—15页。
④ Li Weimin, Shakespeare on the Peking Opera Stage. *Multicultural Shakespeare: Translation, Appropriation and Performance*, Vol. 10, No. 25, 2013, pp. 30–37.
⑤ 江巨荣：《明清戏曲：剧目、文本与演出研究》，上海古籍出版社2014年版，第278页。

第九章　莎士比亚戏剧的地域化："何必非真"与"取神略貌"

戏曲就其"本质而言是戏谑性的"①。《天》剧改编所呈现出来的戏谑性，在喜剧精神的体现上可以说是颇得原作之神韵，而在具体艺术手法上却使之尽量粤剧化。与西方话剧不同，戏曲的曲本位表明，抒情话语为中国戏剧最重要的话语，在表现形式上则是以写意为主，曲本位要求在诗的意境中叙事与抒情。《天》剧因为是对莎剧《第十二夜》的改编，针对原作强烈的戏剧性，改编尽量将抒情性的话语"镶嵌到戏剧对话之中"②。这说明，《天》剧对原作"仿体"③的接受是建立在对原作戏剧性本体和抒情性仿体之间的建构与解构、叙事与抒情、内容与形式链接基础之上的。因为"任何外部动作必定会有心理动作的依据和支撑"④。我们认为，相对于中国传统戏剧直接表现抒情话语，对于《天》剧这类改编外国戏剧的跨文化戏剧来说，即使是抒情，也是为表现人物心理，推进剧情和言说内容服务的。可以说，话语模式、情节结构和戏剧冲突的中国化建构，已经成为当今戏曲莎剧的重要特色。《天》剧紧扣原作的主题、情节、人物、矛盾，但经过粤剧的拼贴、转换、戏仿和间离，已经演变为一个"中国式的莎剧故事"了，也就是说《天》剧已经建构出"任何文本都是在文化提供的各种伴随文本之上的'重写'"⑤的内容与形式，而莎剧的"在地化"⑥在世界范围内已经成为莎剧改编中的普遍形态。莎剧的每一次舞台演绎，都会有所不同，甚至是完全相反的舞台处理，每次改编都是"原创"。《天》剧以略带戏谑之"生趣"⑦的喜剧（讽刺、幽默、滑稽模仿）风格，实现了原作与粤剧之间"在地化"的互渗、互融，成功地在内容和形式两个方面建构了当代莎剧的呈现方式。粤剧对莎剧的激活

---

① 安子：《再探戏剧美的本质》，《安徽新戏》1991 年第 4 期。
② 何辉斌：《戏剧性戏剧与抒情性戏剧：中西戏剧比较研究》，中国社会科学出版社 2004 年版，第 19 页。
③ 徐国珍：《仿拟研究》，江苏人民出版社 2003 年版，第 25 页。
④ 丁涛：《本体戏剧的守望——谭霈生戏剧理论思想"内生性"探源》，《四川戏剧》2013 年第 6 期。
⑤ 赵毅衡：《反讽时代：形式论与文化批评》，复旦大学出版社 2011 年版，第 50 页。
⑥ 陈芳：《全球在地化的〈卡丹纽〉》，《中国莎士比亚研究通讯》2014 年第 1 期。
⑦ 李斗：《扬州画舫录》，中华书局 1960 年版，第 127 页。

表明，固执地将莎剧博物馆化，不利于经典走进当代观众的心灵并获得共鸣。

三 冲突与融合：戏剧性与写意性的跨语际融通

那么，具有浓郁广东特色，以歌舞演故事的粤剧改编莎剧经典采取的是何种叙事策略？改编《第十二夜》为《天》剧，又会选择什么样的表演方式使之呈现于舞台之上呢？我们从粤剧特有的叙事方式和互文性角度出发，可以看到，《天》剧在形式上将原作的背景、人物、时间和风俗习惯中国化，观众从中看到的是中国古典园林的楼台亭榭，小桥流水，莎氏原作中的爱情故事就发生在中国古典园林中少男少女的之中。在《天》剧中，故事发生的背景为中国古代，原作中的人物薇奥拉、奥西诺、西巴斯辛、奥丽维娅、托比爵士、安德鲁、马伏里奥分别对应韦思娥、敖新岳、韦思山、高丽雅、陶尔醉、安得乐、马福禄，人物姓名的谐音，如此隐喻已经为《天》剧的喜剧效果做了类型化铺垫。

《天》剧的导演为张建军、红线女。主要人物敖新岳、韦思娥由欧凯明、梁淑卿扮演。《天》剧改编首先着眼于内容、艺术形式之间的审美对接。与原作一致，针对薇奥拉的青春、靓丽；梁淑卿扮相俊俏、嗓音甜脆、身段优美，在演出中擅长结合运用形体动作表现角色的内心情绪，善于饰演性格外向，情绪起伏较大的角色，人物塑造出色；[1] 敖新岳的扮演者欧凯明扮相英武，嗓音高亢激越，武功扎实，尤其具有火爆、明快、硬朗的表演风格。[2]《天》剧的文本在保持原作喜剧精神，主要情节、主要人物性格特点的基础上，对原作进行了重新创作，也可以说是进行了粤剧式的重新建构，以具有高度假定性的"物化主观感情，外化内心世界"[3] 的歌舞，以强烈的形式美，提供了表达人物内心情感的可能。人物活动的背景、语言、内心情感已经充分中国化了。

---

[1]《粤剧大辞典》编纂委员会：《粤剧大辞典》，广州出版社2008年版，第916页。
[2] 同上书，第902—903页。
[3] 王晓鹰：《从假定性到诗化意象》，中国戏剧出版社2006年版，第111页。

在《天》剧的"序幕"中，原作中的"伊里利亚"变为"胶州的鲁国公封地"，韦思娥劝诫高丽雅："鲁国的孔圣人说过'过犹不及'，'桃之夭夭，灼灼其花（华）'，'之子于归，宜其室家'，'《诗》曰：娶妻如何，匪媒不得'，'《礼》云：'媒氏掌万民之判'。"① 除了古典诗词以外，梁山伯与祝英台，关公送嫂，赵匡胤千里送京娘的唱舞，都是以带有鲜明中国文化印记的文化记忆"通过叙事者的介入并以叙事来'间离'其行动"。② 例如，在"第一场"中，众歌女在公爵府中的花园水榭排练歌舞，引来敖新岳与韦思娥的初次相见，以及韦思娥的"暗地情牵"。《天》剧把原作散文体语言与具有广东方言特色的俚语俗语，特别是汉语的文言和古体诗词等融合在一起，利用汉语的双关，形成了多重的叙事与抒情的互文性效果。例如原作中的"你倘能成功，那么你主人的财产你也可以有份……我愿意尽力去向您的爱人求婚"③，被置换为敖新岳说唱："我也非常中意你，你可喜欢在我身边？有件事情关系我终身，非你不能如我愿……娶不到新娘，我就捉你这个媒人上轿。"韦思娥则唱道："思山就一世伺候你好了……你的夫人就包在我身上了！……保你百年好合，并蒂花开。"④ 话里有话的对唱，既喻示了双方关系的发展方向，又表现出双方在各自心目中的分量。再如在第二幕第四场中，由于敖新岳一时难解风情，韦思娥处处以隐喻表露出自己对其的爱恋，如韦思娥的"我见过女人是怎样爱男人的"，并以敖新岳作比喻"和你差不多……千般情谊，都付与大海汪洋……心里恨透你这无情薄幸郎……飘零弱女，愿借春荫护海棠"。⑤ 此处不难让人与"梁山伯与祝英台"的中国古典爱情故事联系

---

① 吴树明、张奇虹：《天作之合》，《戏脉流芳》编辑委员会：《戏脉流芳：广州粤剧团六十年剧本选》（第六辑），广州新华出版发行集团/广州出版社2012年版，第47—51页。（天作之合［DVD］，广州红豆粤剧团、佛山市顺德区孔雀廊影音电器有限公司，剧中部分剧词根据该光碟记录。）

② ［法］帕特里斯·帕维斯：《戏剧艺术辞典》，宫宝荣、傅秋敏译，上海书店出版社2014年版，第295页。

③ ［英］莎士比亚：《莎士比亚全集（第一卷·喜剧）》，朱生豪、陈才宇译，浙江工商大学出版社2015年版，第567页。

④ 吴树明、张奇虹：《天作之合》，《戏脉流芳》编辑委员会：《戏脉流芳：广州粤剧团六十年剧本选》（第六辑），广州新华出版发行集团/广州出版社2012年版，第47—48页。

⑤ 同上书，第62—63页。

起来。原作中的"我知道得很明白女人对于会怀着怎样的爱情……正像假如我是个女人,也许会爱上了您殿下一样"。①角色以粤剧的歌舞抒情表达人物的内心世界,通过中国化的隐喻以"叙事取代模仿"②,透露出敖新岳、韦思娥双方在关系尚不明朗的懵懂中,形成不同的心理指向,爱的表达"既不在场(尚未解释出来)又在场(必定能解释出来)"③的情感,在双方之间形成了默契。含蓄的隐喻,欲言又止,欲擒故纵的叙事指向,情感的微妙变化,为阴差阳错而又欲罢不能的喜剧元素的生成和建构准备了充足的条件。

"曲到字出音存时谓之腔"④。粤剧是以板腔体和曲牌体为主,杂以歌谣体、小曲杂调混合的剧种,主要唱腔为"腔梆子"和"二黄",在上下句结构曲调的基础上加以演变,派生出一系列不同板式的唱腔,《天》剧在通过话语到曲的文类转换"衍化出来的新的结构"⑤中,在内容与形式上,对原作进行了"歌、舞、诗三位一体"⑥的改造,变异了原作的呈现方式,采用舞蹈、音乐形象刻画人物,表现戏剧冲突,把生活中的语言、动作变为可以歌唱的诗化的语言和节奏化了的舞蹈动作,⑦从而形成"不可能有完全脱离或独立于形式之外的任何信息(内容)"⑧,即原作中的内容已经与粤剧"形式化的内容"⑨有机地融为一体了。这仅从该剧的曲调中就可见一斑。现代粤剧偏重于"以唱功见长的文戏"⑩。例如《天》剧的唱以"梆、黄"显示其风格特点,"既可粗犷又能纤柔,旋律接近生活语言,朴素委婉,悠扬嘹亮,善于抒

---

① [英]莎士比亚:《莎士比亚全集(第一卷·喜剧)》,朱生豪、陈才宇译,浙江工商大学出版社2015年版,第584页。
② [法]帕特里斯·帕维斯:《戏剧艺术辞典》,宫宝荣、傅秋敏译,上海书店出版社2014年版,第117页。
③ 赵毅衡:《符号学》,南京大学出版社2012年版,第48页。
④ 李斗:《扬州画舫录》,中华书局1960年版,第129页。
⑤ 乔国强:《叙述学有"经典"与"后经典"之分吗?》,《江西社会科学》2014年第9期。
⑥ 齐森华、陈多、叶长海:《中国曲学大辞典》,浙江教育出版社1997年版,第4页。
⑦ 《粤剧大辞典》编纂委员会:《粤剧大辞典》,广州出版社2008年版,第277页。
⑧ 赵宪章:《形式美学之可能》,《江海学刊》2000年第3期。
⑨ 同上。
⑩ 赖伯疆、黄镜明:《粤剧史》,中国戏剧出版社1988年版,第274页。

情"①，以充分展现人物的性格、情感。

《天》剧的唱腔由板腔、曲牌和说唱三部分组成，并"依字行腔"，其曲调有［滚花］［七字清］［浣溪沙］［减字芙蓉］［小红灯］［梳妆台］［无锡景］［白榄］［走马］［雨打芭蕉］［尾句］［续唱］［凤笙怨］［长句滚花］［滚花］［减字芙蓉］［唱序］［南音］［二黄］［春风得意］［三脚凳］［寻针］［小潮调］［小潮调尾句］［走马尾段］［平湖秋月］［梆子中板］［板眼］［梆子慢板］［汉宫秋月］［反线中板］［秋江别］［担梯望月］［和尚思妻］［长句二流］［二黄滚花］［木鱼］［静悄悄］［快二黄］［双星恨］［红豆曲］［旱天雷］［快中板］［十字清］［三字经］［中板］［快慢板］［凤阳歌］等。

地方戏曲的唱腔音乐，是地方性语言在情感、音调和节奏方面的延伸。在板腔体的运用中，既有根据剧情、人物、矛盾、心理和情感设置的音乐节拍自由的"散板类"板腔，"梆子"的"长句滚花""滚花"；也有"中板类""二黄"的"长句二流"，"梆子"的"七字清""十字清""中板"；以及快板类的"快二黄""快中板"等，二黄唱腔的特点是细腻悠扬、缠绵悱恻，变化较大，"中板类"的"七字清""十字清"表现哀怨的"苦喉"，以及曲调诙谐、幽默活泼"一板三叮"的"板眼"。

"在现代戏剧中，独白和旁白不仅没有被废弃，而且大大发展，在揭示剧中人物的主观世界方面发挥至关重要的作用"②，动作、对白与独白演变为曲调和歌舞，成为刻画人物形象，表达人物内心世界，抒发情感的主要形式；形式成为刻画人物，表现戏剧冲突，或欢快、或喜庆、或忧伤、或幽默、或调侃、或深情、或认真执着、或逢场作戏的戏谑载体。歌谣体的民间说唱形式的"板眼""三字经""木鱼"，也使《天》剧转化为地方特色浓郁的粤剧莎剧了。《天》剧以粤音、粤调、粤舞的粤剧叙事、抒情，强调了对真挚美好爱情的追求。改编所强调的诗意化抒情，加强了对情感展示的力度，当韦思

---

① 赖伯疆、黄镜明：《粤剧史》，中国戏剧出版社1988年版，第121页。
② 谭霈生：《戏剧与叙事》，《四川戏剧》2013年第5期。

娥由"女扮男装"再次到"男扮女装",深情地以抒情诗风格的唱(独白)舞的"梆子慢板""汉宫秋月"接"反线中板":"风波不信菱枝弱,月露谁教桂叶香。空负蕙质兰姿,身似浮萍飘荡。我本将心托明月,谁知明月照他方。至令千般情意,都付与大海汪洋。……我柔情蜜意多方示爱,怎知君却对我冷似冰霜……使我芳心绞碎,寸断柔肠……"① 观众也在她对爱情的执着面前受到了感动。

粤剧以"七情上面"②见长,《天》剧将原作中省略之处,敷衍为韦思娥"女装示真情"的重点场次,鲜明地表现出人物的性格特点和其身上体现出来的现代意识,且歌且舞成为诗意浓郁且不受法则限制的"自然的诗"③。敖新岳真要"捉媒人上轿了":"我择偶求淑女,幸有苍天赐,与你恩爱永不渝。你柔情似水人尤美,才华机智胜须眉;今生喜得结神仙侣。"④ 表演以戏曲长于抒情和充满张力富于变化的动作,"把原作中只用对话交代的情节直接用歌舞表演的形式展现在舞台上,在形体中融入舞蹈元素,增强了戏剧的表现力和观众的直观感受"⑤。在中国人的深层意识和文化心理中,看戏的方式就是歌舞演故事。粤剧曲辞以汉语修饰功能所提供的时空、文化延展性,通过唱舞达到了既以叙事推进剧情,又以抒情抒发心曲之目的。梁淑卿、欧凯明通过"戏剧化叙述者"的粤剧唱舞,以形体表达和情感释放作为塑造人物的手段,在互文性的呈现中找到了《天》剧抒情、叙述方式。

与西方戏剧的戏剧性不同,抒情性构成了中国戏曲的总体特征。在这里"戏剧动作的表现性质与戏剧行动的再现性质构成抒情性与戏剧性之间的矛盾"⑥。在《天》剧互文性的舞台叙事中,以粤剧的写意性为主要表现手段,

---

① 吴树明、张奇虹:《天作之合》,《戏脉流芳》编辑委员会:《戏脉流芳:广州粤剧团六十年剧本选》(第六辑),广州新华出版发行集团/广州出版社2012年版,第62—63页。

② 刘文峰、江达飞:《中国戏曲文化图典》,作家出版社/浙江教育出版社2001年版,第223页。

③ [美] R. 韦勒克:《批评的诸种概念》,丁泓、余徵译,四川文艺出版社1988年版,第128页。

④ 吴树明、张奇虹:《天作之合》,《戏脉流芳》编辑委员会:《戏脉流芳:广州粤剧团六十年剧本选》(第六辑),广州新华出版发行集团/广州出版社2012年版,第75页。

⑤ 易红霞:《白云集》,中国戏剧出版社2004年版,第56页。

⑥ 沈达人:《戏曲意象论》,文化艺术出版社2014年版,第215页。

遵循的是"'真',是生活,'假',是艺术"①的中国戏剧精神和戏曲美学原则,其中既有一桌二椅的灵活调度,也设置了具有亦虚亦实象征意义的布景,并以唱舞对人物的行动做出诠释,在唱舞中反映人物的心理状态,展示人物的情感变化,呈现于舞台之上的,则"处处要照顾到美"②,让美的瞬间在假定性的唱舞中给观众留下深刻印象。《天》剧所呈现出来的是"不受'逼真的幻觉'法则限制的自由叙事"③。人物的思维、情感通过叙述符号抽象出来的歌舞,使原作相当自然地以粤剧的意象宣泄其喜剧精神。《天》剧通过粤剧歌舞"建构"与对原作言语"解构"所形成的重构意义潜势中,强调的是紧扣"适宜开掘人物内心活动的戏剧情景,再以诗歌化、音乐化、舞蹈化的言语动作和形体动作……体现人物的种种内心活动"④。显然《天》剧所显示出来的互文性,不同于原作之"美",开掘出具有丰富抒情因素的戏剧场面,通过"舞台上创造出活生生的人的精神生活,并通过富于艺术性的舞台形式反映这种生活"。⑤ 即在不颠覆原作的情节逻辑的基础上,加强、丰富粤剧曲文情感逻辑的表现方式,在意义传达形成的符号关系中,歌舞符号的表意成为跨越时间、空间、表意距离,连接粤剧与莎剧的审美符号,其表意的方式、过程以及舞台呈现的方式,使蕴藏在符号"文本性"(textuality)中的戏剧性得以通过写意的情感逻辑得到充分释放。

四 "西天取经"与中国色调

莎氏原作《第十二夜》围绕着爱情主题安排了七条线索,表现了七种爱情,以薇奥拉、奥丽维娅、奥西诺为全剧的基本骨架,其余的线索都是

---

① 盖叫天:《粉墨春秋:盖叫天舞台艺术经验》,何慢、龚义江记录整理,上海文艺出版社2011年版,第140页。
② 同上书,第38页。
③ 汤逸佩:《叙事者的舞台:中国当代话剧舞台叙事形式的变革》,中国戏剧出版社2006年版,第21页。
④ 沈达人:《戏曲意象论》,文化艺术出版社2014年版,第216页。
⑤ [苏]斯坦尼斯拉夫斯基:《斯坦尼斯拉夫斯基全集》(第六卷),郑雪来、姜丽、孙维善译,中国电影出版社1986年版,第80页。

由此辐射出来的。舞台上要表现如此多的线索，显然给载歌载舞的粤剧表演带来困难，也不符合粤剧观众的欣赏习惯。为此，就需要在突出原作喜剧精神，保留基本结构和线索的前提下，按照粤剧的审美规律适度"减""增"。当我们研究莎剧在中国的传播时，就能够看到，中国戏曲改编莎剧没有不删减情节和故事线索的。因为，唱词和念白是叙述性的，歌舞表演是展示、剖析性的，带有更多的舞台假定性。故李渔认为："头绪繁多，传奇之大病也。"①

为此，《天》剧也对原作进行了多处删减，把原作的五幕十八场浓缩为现在的七场，删除了与小丑费斯特有关的全部情节，增加了原作中没有的人物管家敖兴、女仆玉兰，以强化演出的喜剧性。《天》剧由正印花旦、文武生担纲，如此安排有利于在展现作为名角的领衔主演的表演水平。改编者的意图是突出韦思娥、敖新岳和高丽雅身上所表现出来的人文主义思想，尤其是他们执着追求爱情幸福，甚至不惜牺牲自己幸福的美好心灵，② 反映莎士比亚用喜剧精神歌颂人性、爱情、友谊，嘲讽封建价值观、道德观，表现资产阶级新人战胜封建主义教条、偏见的过程。

《天》剧为了突出抒情性，把一个美丽多情的少女韦思娥活脱脱地展现在观众眼前，"原作中只用对话交代的情节直接用歌舞表现的形式展现在舞台上，增强了戏剧的表现力和观众的直观感受……"③ 改编有力突出了韦思娥的美丽、温柔和执着，从"幻境"中的歌舞，诗情画意中的两情相许，达到"真境"中人物心理的剖析与心境的诉说，因为戏剧化的叙述者所演绎的叙述动作，通过话语、矛盾冲突，以及音乐、画面明确表现出人物延长了的"内心世界"。《天》剧中深情的唱舞，诗化的唱词和韵白，以及音乐化、舞蹈化的唱念做，既真实地塑造了人物，又在写意中完成了对人物情感的展示，发挥舞蹈化"做"的表演功能，以虚实结合的传统美学原则，达到通过粤剧的

---

① 李渔：《闲情偶寄（全二册·上册）》，杜书瀛译注，中华书局2014年版，第57—58页。
② 朱雯、张君川：《莎士比亚词典》，安徽文艺出版社1992年版，第274—275页。
③ 易红霞：《白云集》，中国戏剧出版社2004年版，第56页。

审美魅力诠释原作喜剧精神的目的。

粤剧被誉为岭南文化的灵魂，形成于明代万历年间，已有"三百多年的历史"① 了。粤剧是以皮黄为基础，融昆、弋、梆、黄为一体，同时吸收了广东民间音乐及流行曲调。粤剧经过二百多年的演变形成了特色鲜明的南方地方剧种。"中国戏曲已经成为识别民族个性的最显著的标志"②，而地方戏曲的地域特征也是表达乡音，故乡认同的重要载体。"中华民族是愿意向'西天取经'的"③，粤剧在长期发展过程中，善于在艺术形式上融合外来艺术形态，被誉为"能土能洋"④，并且形成了"两柱制"的表演体制。粤剧一贯有改编外国戏剧的传统，其开放性深受"中国文明以人文主义精神为主体"⑤的深刻影响，《天》剧对原典的改编"使外国故事和人物形象中国化，这是粤剧编剧和艺人独特的再创作"。⑥ 中国戏曲风格特色，通过"内容和形式两个方面"⑦ 激活原典"文本背后隐匿的特定意图"⑧。

在《天》剧中突出表现为对中国古典诗词、俗语、风景、情感、地理，甚至是中国爱情故事的化用：例如"胶州、邕州、乐府、凤求鸾、杏花天、月圆花好、风流倜傥、西厢、张生、莺莺、红娘、梁山伯、祝英台、晋代温峤、岳飞、关公、京娘、张飞、赵匡胤、瑶池仙女、薄情郎、春荫护海棠、百年好合、珠帘、桃之夭夭、宜其室家、《诗》《礼》、碧桃、冰雪聪明、冰心玉壶、月貌花容、风雅、玉镯、路遥知马力、芳心、柔肠、石榴裙、秦晋、财神、孟子曰：男女授受不亲，礼也、巧笑倩兮、美目盼兮、东床等"。⑨ 再如，第二场中高丽雅、韦思娥以"减字芙蓉"的边唱边舞："这少年丰神俊

---

① 赖伯疆、黄镜明：《粤剧史》，中国戏剧出版社1988年版，第1页。
② 刘祯：《戏曲学论》，学苑出版社2013年版，第317页。
③ 陈鸿彝：《中华交通史话》，中华书局2013年版，第417页。
④ 郭秉箴：《粤剧艺术》，中国戏剧出版社1988年版，第78页。
⑤ 方汉文：《比较文明学》（二），中华书局2014年版，第142页。
⑥ 郭秉箴：《粤剧艺术》，中国戏剧出版社1988年版，第78页。
⑦ 陈世雄：《戏剧人类学》，上海古籍出版社2013年版，第491页。
⑧ 王晓鹰：《从假定性到诗化意象》，中国戏剧出版社2006年版，第111页。
⑨ 吴树明、张奇虹：《天作之合》，《戏脉流芳》编辑委员会：《戏脉流芳：广州粤剧团六十年剧本选》（第六辑），广州新华出版发行集团/广州出版社2012年版，第44—75页。

美,小姐她玉貌雪肤。可羡他气度高华,可惜她性情骄傲。他定然诗书饱读,她一定心比天高。"① 在第五场中"双星恨""红豆曲"的对唱:"你把我玉镯送别人,枉我万缕痴情尽献与君……当初君曾问,奴心暗许谁人?今天可以奉告,玉镯便是我心。"② 《天》剧的改编借助于音舞多重隐喻的指涉,以富含中国色彩的隐喻、独唱、对唱,通过自由流动的时空呈现,其"写意性",在诗化的唱、舞中"揭示情节、场面和思想"③,达到塑造人物性格、阐释人物心理、抒发人物情感的目的。"地方语言的丰富性与复杂性,正是中国出现音乐旋律与风格各异的诸多剧种的基础",④ 这里既展现了情节的发展过程,也有间离效果的自然与人为运用,既可以在此进行爱情的独白,又可以让观众体会到粤剧独有的审美魅力,甚至"戒指"也换成了更有中国文化特色的"玉镯"。《天》剧以其互文性改编,在把握莎氏喜剧精神总基调的基础上,在莎剧与当代中国观众、粤剧观众之间搭建起了一座喜剧精神沟通的桥梁。

《天》剧以"爱""误会"作为贯穿剧情的主导意象,以敖新岳、韦思娥、高丽雅对美好爱情的向往与追求,以马福禄、安得乐自命不凡的单相思,陶尔醉的不拘小节营造喜剧效果。作为粤剧莎剧,《天》剧既表现为"故事选择歌舞",更表现为"歌舞叙述故事",同时又避免了"唱段无助于剧情发展"⑤ 的弊端。歌舞叙事围绕文本和人物展开想象,用动作、肢体和歌声调动审美意象。原作中蕴含的哲理和巧合,无论是以无巧不成书的歌舞进行叙事,还是聚焦于心境的细腻抒情,均构成了改编对于原作的"视角越界"(alteration)。歌舞叙事使原作中人物视角因为多种原因产生了视角与方位变化,不

---

① 吴树明、张奇虹:《天作之合》,《戏脉流芳》编辑委员会:《戏脉流芳:广州粤剧团六十年剧本选》(第六辑),广州新华出版发行集团/广州出版社2012年版,第51—52页。
② 同上书,第66—67页。
③ [美]吉姆·帕特森、吉姆·亨特等:《戏剧的快乐》(第8版),张征、王喆译,人民邮电出版社2013年版,第40—41页。
④ 傅谨:《戏在书外:戏剧文化随笔》,北京大学出版社2014年版,第103页。
⑤ 梁谋:《浅谈粤剧的革新和发展》,罗铭恩:《粤剧论坛:第三届羊城国际粤剧节学术研讨会论文集》,澳门出版社2001年版,第239页。

仅形成了"对控制叙述之聚焦编码的短暂背离",① 而且其编码材料也发生了根本性变化,但原作与改编之间的联系却并不因此而中断。例如在第三场,茉莉、陶尔醉、安得乐捉弄马福禄,马福禄以"滚花"唱:"何以账簿之中,夹有花笺一纸?"接着以想入非非的猜测进行解释:"'路遥知马力,福禄在其中'。哎呀,我马福禄三个字都有……'本是东床选,无须作仆从',东床就是女婿,莫非小姐要选我做女婿!……'狗头炸熟,巧笑倩兮穿黑服;虾公蒸熟,鞠躬如也着红袍'……小姐平日喜欢食虾,我向她鞠躬时,她就像喜欢虾那样喜欢我……着红袍就是换上大红吉服与小姐拜堂成亲了!"② 捉弄马伏里奥这个"鬼清教徒"可以说是原作中的一个重要情节,也是彰显该剧喜剧性的一个重要看点。

在原作中,马伏里奥说:"M.O.A.I,这隐语可跟前面所说的不很合辙,可是稍微把它颠倒一下,也就可以适合我了……有的人是生来的富贵,有的人是挣来的富贵,有的人是送上来的富贵……我要放出高傲的神气来,穿了黄袜子,扎着十字交叉的袜带……"③ 可以说,凡是熟悉《第十二夜》的观众和读者对这几句话和"黄袜子"的意象,以及这一段饱含着社会人生体验以及哲理的笑料都有深刻印象。但是,戏曲表演不是潜意识地进入角色,而是有意识的表演,文化不同,叙事、抒情和呈现方式也不会相同。

在今天的中国语境中,改编如果仍然沿用"黄袜子"的意象,显然就产生不了应有的喜剧效果,中国观众甚至会产生莫名其妙的感觉。所以中国舞台上大部分《第十二夜》的改编,均对上述言语进行了巧妙转换,对"黄袜子"的喜剧意象做了重大改动,以中国人特有的含有喜剧因素的服装、语言、

---

① 赵毅衡:《符号学》,南京大学出版社 2012 年版,第 9 页。
② 吴树明、张奇虹:《天作之合》,《戏脉流芳》编辑委员会:《戏脉流芳:广州粤剧团六十年剧本选》(第六辑),广州新华出版发行集团/广州出版社 2012 年版,第 57 页。
③ [法]帕特里斯·帕维斯:《戏剧艺术辞典》,宫宝荣、傅秋敏译,上海书店出版社 2014 年版,第 588—589 页。

动作，特别是与中国文化和当下语境紧密相连的戏谑来强化这一喜剧效果。①《天》剧以刺眼的红色的"虾"公动作伴着自嘲的"小潮调"对喜剧意象进行了强化，按照"中国人的习俗和广东方言幽默地化用了原作的含义，把马福禄的名字巧寓其中"②，尽管戏谑的表现方式还不能说完全达到塑造人物性格的目的，但也营造出戏谑的喜剧气氛。这说明《天》剧的改编以具有粤剧叙事特点的视角越界转换了原作语言、内容与艺术的控制编码，达到了以不同的喜剧意象，产生了相同的喜剧效果的目的。但是，遗憾的是改编删除了马伏里奥关于人生"富贵"的那些话，由此减轻了原作对人生、社会洞察的思想深度，这不能不说是一个损失。《天》剧通过进入人物内心的剖析，以及"视角越界"，在消解原作思想的同时，又"按诗的方式对生活表象加以改造"，③ 以中国式、粤剧式的戏谑、调侃与幽默建构了人物的说话方式和言词思想，可以说是以得为主，但亦有失。

在互文性的改编中，除了必然的内容、情节、人物对原作的沿袭与解构以外，戏曲莎剧唱词的诗词化、戏曲化也是必不可少的。这种改编，正如瓦·康定斯基所言："艺术家的情感力量能冲破'怎样表现'并使他的感觉自由驰骋，那么艺术就会开始觉醒"。④ 这就是说，对形式的选择"取决于人类心灵有目的的反响"。⑤ 因为形式与内容所引起的内在精神的共鸣，以及形式同时具有揭示和表现时代和民族特征的作用，说明《天》剧的形式在"作为美而被单独欣赏"⑥ 的同时，原作中内在的喜剧精神已经在跨文化意义上实现了莎剧的当代转型。

---

① 李伟民：《现代意识下的经典阐释——越剧莎士比亚喜剧〈第十二夜〉》，《社会科学研究》2014年第6期。
② 易红霞：《白云集》，中国戏剧出版社2004年版，第56页。
③ 陈世雄：《戏剧人类学》，上海古籍出版社2013年版，第217页。
④ ［俄］瓦·康定斯基：《论艺术的精神》，查立译，中国社会科学出版社1987年版，第20页。
⑤ 同上书，第41页。
⑥ 齐森华、陈多、叶长海：《中国曲学大辞典》，浙江教育出版社1997年版，第4页。

五 源文本的间离与形式模式

莎剧进入中国"必然受到中国戏剧及文化的选择、误读、消化、改造而变形"①,粤剧艺术的生命力在于其形式美。②莎剧的跨文化戏曲改编,为在交流沟通中寻找灵感,阐释感动世界的题材,带来了更多的可能性,也是莎剧能够不断赢得经典性的重要一环。在这种跨文化改编中所显示出来的互文性,在"能指层面和所指层面改变原作……对原文本加以间离",③是以我们民族特有的戏剧形式构筑经典文本的当代流动模式,也是坚持民族文化主体性和民族艺术特性基础上的莎剧改编。《天》剧通过其民族美学意蕴达成了经典与粤剧的互文性对话。虽然,《天》剧的改编与演出,还存在着人性内涵开掘不深,对经典的现代意义和现代情感彰显不足,富有想象力的舞台诗化与精致意象不强,对创造恢宏大气富有国家气度民族艺术精神的戏曲莎剧考虑不够,人物塑造满足于类型化等缺点,但其以歌舞叙事、抒情建构的粤剧与莎剧之间的互文性和美学体现,尤其值得莎学界深入研究和思考。

第六节 "秀"出来的"东北味":吉剧《温莎的风流娘儿们》

吉剧《温莎的风流娘儿们》对莎士比亚的原作进行了大胆改编。该剧以鲜明的"中国化""东北味"为特色,根据莎氏原作的喜剧精神,融入当代艺术的流行时尚元素,利用现代舞台表现手段,大胆采用戏仿与拼贴等艺

---

① 胡星亮:《当代中外比较戏剧史论(1949—2000)》,人民出版社2009年版,第5页。
② 吴世枫:《从艺术和审美规律谈粤剧的若干问题》,罗铭恩:《粤剧论坛:第三届羊城国际粤剧节学术研讨会论文集》,澳门出版社2001年版,第164页。
③ [法]帕特里斯·帕维斯:《戏剧艺术辞典》,宫宝荣、傅秋敏译,上海书店出版社2014年版,第177页。

表现手法，融入当下社会世俗生活，在轻松、幽默、调侃、戏谑的吉剧莎剧氛围中，让人们能够近距离亲近经典，感受经典的魅力。改编虽然在一定程度上遮蔽了原作的人文主义精神和蕴含于喜剧中的"悲情"成分，但却借助于《温莎的风流娘儿们》的经典性，"秀"出了一部具有中国东北风格的跨文化莎剧。

一　谐谑与幽默：乡音、乡情中的"福氏喜剧"

20世纪80年代以来，在改革开放的大背景下，以中国戏曲形式改编莎剧可谓在与话剧改编、外国来华演出莎剧三分天下的态势下占有一席之地，而且大有超越后面两种演绎方式，成为中国舞台上演绎莎剧的主流呈现模式。根据本人的研究和统计，自民国以来，除了文明戏莎剧演出，中国共有24个剧种改编、演出过莎剧。[①] 目前活跃于舞台的主要剧种都有多次改编、演出莎剧的成功范例。[②] 这些演绎虽受到了一些批评，但仍受到了中国观众的热捧，而且得到了中外莎学家的肯定，在戏剧界也产生了较大的影响。中国戏曲演绎莎剧更多走的是中国化路子，即在借鉴原作内容、情节的基础上，对莎剧进行重新包装，争取通过再现莎剧的人文主义精神，既走进戏曲，也走向莎剧，使四百多年前的莎剧能够借助于中国传统戏曲这种形式，在双向的互动中激活其各自内蕴的审美艺术魅力，也使今天的中国观众在"乡音""乡魂""乡情""乡恋""乡曲""乡思""乡愁"的"乡土"回望中拓展其审美视域。回眸莎剧改编史，莎士比亚的《温莎的风流娘儿们》已经成为中国莎学舞台经常演绎的莎氏喜剧之一。[③] 吉剧《温莎的风流娘儿们》（以下简称

[①] 李伟民：《被湮没的莎士比亚戏剧译者与研究者——曹未风的译莎与论莎》，《外国语》2015年第5期。

[②] 李伟民：《真善美在中国舞台上的诗意性彰显——莎士比亚戏剧演出60年》，《四川戏剧》2009年第5期。

[③] 李伟民：《回到话剧审美艺术本体的外国戏剧改编——莎士比亚喜剧〈温莎的风流娘儿们〉》，《人文杂志》2015年第4期。

《温》剧）的改编也以"独特而新鲜的戏剧情境"①，对戏仿文本的"目标""模板"的景仰，力求在保留莎士比亚原作原汁原味的基础上，以特有的"福式喜剧""福式戏谑"和"福式幽默"，"结合东北特有的实惠嗑儿、喜幸词儿、融入吉剧的经典唱段、板腔，以及诸多流行元素"②，以快节奏、接地气和"我秀故我在"的艺术创作实践对原作的戏仿与拼贴，穿梭于历史与现实、原作与改编、话剧与吉剧之间，在使观众获得心灵放松、审美愉悦的同时，为中国莎剧演出史再添了一朵经典与时尚兼容的吉剧新花。

二 "在地化"中的陌生效果

莎剧这样的经典，几个世纪以来不管是翻译还是演出，被戏仿的原作文本被戏仿者不断"解码"，以变异的形式（或"编码"）呈现给解码者的"显性伴随文本"③的出现可谓汗牛充栋。由于"伴随文本的普遍性"④，使莎剧的经典价值不断通过拼贴、戏仿形成的互文性得到确认。改编为什么选择莎氏喜剧《温莎的风流娘儿们》？因为就吉剧的戏剧情调而言，"吉剧的喜剧情调和二人转的喜剧情调有着直接的血缘关系"⑤，戏仿本身就蕴含了笑的因子与喜的因素，采用吉剧演绎莎氏喜剧可谓"双喜"临门，喜上加喜。在当代莎剧演绎中，要想避免拼贴、戏仿，演绎"冗长"而又"中规中矩"的原作，似乎已经成为一种奢侈和笨拙的愿望。在世界范围内，莎剧的"地域化"已经成为一种证明自身文化、戏剧价值、文化交流和抒发当代人情感的重要手段，把莎剧注入"地域化"的文化元素，置于异文化语境中的重构，已经成为莎剧编演的一种趋势。

---

① 王肯：《关于吉剧编剧的六封信——第四封信·情境》，《戏剧创作》1985年第4期。
② 四平艺术剧院有限公司：《吉剧·〈温莎的风流娘儿们〉戏单》，吉林省演出有限责任公司2014年版，第1页。
③ 赵毅衡：《反讽时代：形式论与文化批评》，复旦大学出版社2011年版，第42页。
④ 同上。
⑤ 关德富：《谈谈吉剧的戏剧情调》，《戏剧创作》1984年第4期。

由于中国戏曲"世俗化色彩相当鲜明",①就与莎氏原作有了嫁接的便利,《温》剧是通过对原作的中国化、东北化,以流行、时尚、通俗的现代元素拼贴,进行的当代再演绎。毫无疑问,这样的改编是一次跨越时空的互文性对话,通过从原作文本到吉剧舞台的转化,如果能够抓住原作与改编、经典与通俗、写实与写意、流行与陈旧、叙事、抒情与歌舞、时尚与落伍、过去与当下、熟悉与陌生等互文性对话中关键词的内涵,就会在异质性改编中做到游刃有余。莎氏原作为五幕二十二场,而《温》剧则在删减原作的基础上,由"情书、设计、离间、入瓮、诉苦、中计、戏弄、狂欢"六场组成,描述了英国温莎镇贪财好色、贫困潦倒的没落爵士福斯塔夫,为了骗钱决定勾搭当地最有钱的两家太太辣二娘(傅德太太)、媚三娘(裴琪太太)的经过。他给两人写情书,妄图通过与她们谈恋爱接管两家的钱财,两位妇人识破了其诡计,一次次戏弄福斯塔夫,令他在大家面前卖乖出丑。我们看到,《温》剧为了突出主线,删除了女儿争取婚姻自主的另一条故事线索,由此也遮蔽了作为新时代的新道德观、伦理观在爱情婚姻问题上的人文主义观点的反映,以及"超越一般道德戒律的对人生的哲理性思考"②。可以说,这是《温》剧改编的不足。

艺术应该通过有限之境,唤起无限之意。明代戏曲理论家王骥德提出"并曲与白而歌舞登场"③。吉剧属于新创剧种,"吉剧唱腔,是选择二人转唱腔中最有代表性的、群众最喜欢听的曲牌作基调,进行戏曲化、板式化、行当化,逐渐形成了柳调、嗨调两大声腔"④。文艺复兴时代英国的戏剧演出就非常重视音乐及其音响的效果,演出注重所谓"身份音乐"的强调,"当时的

---

① 郑传寅:《古典戏曲与东方文化》,武汉大学出版社2007年版,第35页。
② 方平:《前言》,莎士比亚:《莎士比亚全集》(Ⅱ),河北教育出版社2000年版,第310—311页。
③ 王骥德:《王骥德曲律》,陈多、叶长海编,湖南人民出版社1983年版,第43页。
④ 王肯:《吉剧》,《人民戏剧》1978年第12期,第96页。

服装很讲究，犹如中国戏曲"。①《温》剧为了创造狂欢的效果，有意识地拉近了原作与当代的距离，该剧通过颇为流行的时尚音乐：《今个儿真高兴》《小苹果》《倍儿爽》和东北民歌《大姑娘美，大姑娘浪》的拼贴，营造出中国观众熟悉的喜剧氛围。音乐的抒情着眼于调动中国观众的游戏记忆和喜剧想象，当下时尚而通俗的民歌、广场歌舞、卡拉OK歌曲，成为人物感情流淌和性格的在地化、当下性的喜剧映射，同时亦以隐喻方式构成了妇女对虚伪的男权社会的嘲笑。正如布莱希特所说："由于引进了音乐，戏剧的常规被打破了：剧本不再那么沉闷，也就是更高雅了，演出也具有了艺术性。"②《温》剧以当代流行通俗音乐作为渲染喜剧风格的基调，使陌生的莎剧在中国东北观众熟悉的大众化旋律中得到认同和共鸣。这就使《温》剧在时尚、通俗化的音乐衬托之下，最大限度地拉近当代观众，尤其是东北观众与莎剧经典之间的距离。

莎剧诞生之初就属于民间，莎氏喜剧具有民间戏剧的狂欢化色彩。诚如巴赫金所言："莎士比亚也有不少狂欢节本性的外在表现：物质和肉体基层的形象、正反同体的粗野言辞和民间饮宴的形象……完全摆脱现有生活秩序的信念……它决定了莎士比亚的无所畏惧和极端清醒……这种积极更替和更新的狂欢节激情是莎士比亚世界观的基础。"③ 而吉剧所具有的浓郁的喜剧色彩和"乡土情是地方剧中的精髓"④，狂欢化色彩构成了吉剧演绎与原作的审美链接点。而《温》剧中流行音乐的拼贴，成为借助经典对当代社会生活、人性的隐喻性宣泄，同时亦成功地呈现出原作欢快、幽默的人文主义喜剧精神。我们认为《温》剧对原作的再演绎所呈现出来的美学色调，既借用了原作的

---

① 黄佐临：《四百年来莎士比亚剧本演出的情况》，《上海戏剧学院院报》1957年第19期，见赵澧《莎士比亚》[外国文学研究资料选编（初稿）·下编]，中国人民大学文学系1963年油印本，第238页。
② [德] 贝·布莱希特：《布莱希特论戏剧》，丁扬忠、张黎、景岱灵、李剑鸣译，中国戏剧出版社1990年版，第309页。
③ [俄] 巴赫金：《对话、文本与人文》，白春仁、晓河译，河北教育出版社1998年版，第194页。
④ 王肯：《关于吉剧编剧的六封信——第五封信·诗情》，《戏剧创作》1985年第5期。

内容，而形式又是属于吉剧的。《温》剧以地域化、时尚化、时髦感、时代感和流行行为方式置换了原作文本，原作与改编之间的互涉，在"秀东北"中产生出陌生化的具有轻喜剧特色的莎剧。"陌生化本是一种喜剧方法"①，《温》剧的"秀"在原作与演绎之间形成了双重"陌生化"的互涉，莎氏在原作中创造出来的"福式幽默"和吉剧特有的喜剧精神得到了地域化的呈现，形成了原作文本与演绎之间的交流与互动。

三 "秀"出东北味的经典重构

21世纪的今天，在演绎莎剧已经几个世纪以后，不管是需要正襟危坐观看的莎剧，还是以通俗、流行、时尚风格演出的"类"莎剧，都面临着寻找更多样的艺术表现方式，历史与现实如何沟通的难题。判断作家、作品能否成为经典，其中很重要的一个因素就在于他们是否能够进入大众文化的审美视域，被包括戏剧、影视以及各种具有异质文化特色的现代传播媒介普遍传播。尤其是在当代戏剧从精英文化回归为大众文化、消费文化、后现代主义的今天，对于莎剧这样的经典来说，早已不惧任何"类"形式的改编、解构与颠覆，莎剧能够成功渗入异质文化之中，不断"变脸"与"变身"，这本身就是强化其经典地位，证明其经典价值的最好、最佳方式。所以，我们对莎剧演绎的时尚流行性、平民世俗性，以"不同于西方审美经验接地气的形式创新"②的莎剧之"秀"，显然应该持有一种微笑的宽容气度。

从宏观的中国莎剧演出史看，各种形式的改编尽管有其不足，但基本没有"恶搞"的莎剧。我认为，通俗而非庸俗、低俗、粗俗与恶俗，时尚也非时髦、随意、粗鄙与粗劣，以通俗、时尚方式演绎莎氏喜剧，已经成为众多演出方式中一种，大有成为一派之趋势。在莎氏喜剧世界里本来就"充满了

---

① 王晓华：《对布莱希特喜剧理论的重新评价》，《戏剧艺术》1996年第4期。
② Li Weimin, "Shakespeare on the Peking Opera Stage", *Multicultural Shakespeare: Translation, Appropriation and Performance*, Vol. 10, No. 25, 2013, pp. 30 – 37.

欢笑、戏谑，爱情的逗笑，机智的对答"，同时也"把哲学思辨带进了喜剧"①，而《温》剧改编的指导思想就是以吉剧的通俗、接地气的喜剧基调，展示原作欢乐、戏谑人生的隐喻，通过原作的喜剧精神与吉剧特有的东北味的戏谑式拼贴，《温》剧在互文性的对话中，拼贴与戏仿产生的喜剧效果异常明显。对话和交流乃互文性特征之一，"任何一个表述就其本质而言都是对话（交际和斗争）中的一个对话。言语本质上具有对话性"②。从话剧转变为吉剧，从原作转变为吉剧莎剧就是一次跨越时空、文化、审美形式的中西戏剧的互文性对话。《温》剧正是通过拼贴，在戏仿中沿用原作的内容、情节，在充分地域化的基础上重构出大众娱乐的轻喜剧艺术效果。

《温》剧以"充满生活情趣的意境中获得艺术欣赏的喜悦"③为改编追求的目标，以艺术上的雅与俗、俗与俗、莎剧与吉剧的对接，采用拼贴、戏仿的舞台呈现方式，渲染出一派"中国化""东北化"特点，同时亦彰显了原作喜剧之神韵。像"你整得我都不会了，就只能用眼神向您下跪了"④等叙述，就具有强烈的二人转和吉剧语言特点。显然，《温》剧借用了原作的内容、情节，但经过拼贴、戏仿和间离的重构，已经演变为一个"东北、吉剧版的莎剧故事"了。

乐以诗为本，戏剧的极致是诗，莎剧是诗剧，"主体用韵文写成"，⑤在中西戏剧的嫁接中，《温》剧富有东北味的"秀"（show），其呈现方式是以民族、地域文化为载体的"秀东北"，在演出形式上，摆脱了单纯模仿西方莎剧的学步者身份，虽力求挖掘出原作深刻的人性内涵，但也特别关注以吉剧"诗情化为剧诗"⑥的审美艺术形式"秀莎剧"。《温》剧的唱词也多押韵，例

---

① 王佐良：《英国文学史》，商务印书馆1996年版，第36—38页。
② ［俄］巴赫金：《对话、文本与人文》，白春仁、晓河译，河北教育出版社1998年版，第194页。
③ 谭霈生：《论戏剧性》，北京大学出版社1984年版，第139页。
④ 吴东光、张振海、朱博宇：《〈温莎的风流娘儿们〉（六场吉剧）》，《戏剧文学》2014年第9期。（部分台词和唱段根据四平艺术剧院有限公司《温莎的风流娘儿们》2014年版现场演出光碟记录。）
⑤ 王佐良：《读莎士比亚随想录》，《世界文学》1964年第5期。
⑥ 王肯：《关于吉剧编剧的六封信——第五封信·诗情》，《戏剧创作》1985年第5期。

如快嘴桂嫂、傅德大娘的"月朦胧,鸟朦胧,夜深人静在三更"①,"你的情报太重要了,你真是咱女人贴身小棉袄啊"②。为了剧情和反映人物心理的需要,《温》剧的改编有减有增,有合并也有浓缩,如福斯塔夫的唱,在原作中前为福斯塔夫的自言自语,后为福斯塔夫对福德的叙述:"想不到我活到今天,却给人装在篓子里扛出去了……头朝地,脚朝天,再用那些油腻得恶心的衣服把我闷起来"③,化为:

  当初我被塞进篓子还没坐定,
  脏衣服臭袜子压了一层层。
  压得我骨软筋酥身不能动,
  大气不敢喘到处臭烘烘。
  危难中我突然灵机一动。
  ……
  怎么不见美娇娘,
  搞得爵爷好彷徨。④

而裴琪大娘引诱福斯塔夫的唱,就是句式整齐的歌词,是为了体现人物的机智,营造捉弄的氛围重新创作的:

  我要你把白日当成黑夜,
  把我当作公主前来迎接。
  我要那红酒红唇红玫瑰,
  红红的大地毯铺满长街……⑤

---

 ① 吴东光、张振海、朱博宇:《〈温莎的风流娘儿们〉(六场吉剧)》,《戏剧文学》2014年第9期。
 ② 同上书,第31页。
 ③ [英]莎士比亚:《莎士比亚全集(第一卷·喜剧)》,朱生豪、陈才宇译,浙江工商大学出版社2015年版,第463—466页。
 ④ 吴东光、张振海、朱博宇:《〈温莎的风流娘儿们〉(六场吉剧)》,《戏剧文学》2014年第9期。
 ⑤ 同上。

"中国戏曲不但是外在形象鲜明,内心的思想感情也通过形象表现"① 得淋漓尽致。《温》剧的互文性与戏仿的表现形式是"秀东北""秀莎剧"。它利用具有浓郁地方色彩的民族文化资源,在当代中国社会生活语境中展现出莎剧的适时性。我们知道"西方演剧观为写实的演剧观,思考的是演员与角色的关系,中国演剧观为传神写意的演剧观,思考的是形与神的关系"。②《温》剧的"秀东北"联系传播语境的独特性,在历史与现实之间,通过互文、拼贴、变形、挪移、重构、解构、映射出改编的异质性,尽管其剧词还需要进一步的诗化打磨,但在将原作充分吉剧化的基础上,仍然通过口语化、戏曲化、通俗化的包装,彰显原作中蕴含的文艺复兴时期人文主义喜剧精神,③ 以诗化和人物"性格化"④ 达到了在吉剧舞台上"秀莎剧"的目的。

四 跨文化演绎的"换形"与"移步"

在地化莎剧的重构已经成为经典重构中的重要一环。"为了让莎士比亚戏剧在今天获得鲜活的生命,表演莎士比亚戏剧的人必须不拘泥于莎士比亚,将作品和他们身处的时代联系起来,然后再回到莎士比亚的戏剧中去。"⑤ 在经典的重构中,语言重构首当其冲,对于戏剧来说"语言才是唯一的适宜于展示精神的媒介"⑥。语言拼贴成为《温》剧互文性的重要特征。

《温》剧将接地气的幽默和具有浓郁东北味的嘲笑、打趣拼贴于台词之中,"人物用自己的语言和行动来表现自己的特征",⑦ 以"与大众不隔心,

---

① 焦菊隐:《中国戏曲艺术特征的探索》,毛忠:《二十世纪戏曲学研究论丛·戏曲理论与美学研究卷》,安徽文艺出版社2015年版,第148页。
② 夏写时:《夏写时戏剧评论自选集》(上卷),文化艺术出版社2013年版,第106页。
③ 李伟民:《我秀故我在:从经典走向现代的莎士比亚爱情喜剧——中国青年艺术剧院的〈第十二夜〉》,《外国语文》2015年第1期。
④ 王肯:《关于吉剧编剧的六封信——第三封信·语言》,《戏剧创作》1985年第3期。
⑤ [美]玛格丽特·克劳登:《彼得·布鲁克访谈录(1970—2000)》,河西译,新星出版社2010年版,第27页。
⑥ [德]黑格尔:《美学》(第三卷),朱光潜译,商务印书馆1981年版,第89页。
⑦ 王朝闻:《透与隔——谈戏剧怎样表达思想》,《剧本》1962年第5期。

幽默、风趣等特点"①，造成了异常强烈的戏仿效果，在演唱中以大众化的通俗直白的顺口溜形式建构了谐拟的喜剧效果，同时，这样的戏剧语言也富于行动性，"具备推进动作的作用"②，例如：开幕时的群唱："英国有个温莎城……风流娘儿们有名声"，快嘴桂嫂的"一步跨过三趟街，我会保媒。爱拉纤……""头可断，血可流，皮靴不能不打油"，傅德大娘的"风也清来天也蓝，派兵布阵把令宣……"裴琪大娘的"捏着火候掐着点，前后悬念紧相连……"福斯塔夫的"美人约会喜讯传，脚步好似箭离弦。穿过大街和小巷，转眼已到娘子关"，等等；大量借用具有浓郁东北地方特色的方言，并将这些方言有机拼贴于人物的叙述与抒情之中，例如："整点事儿来扯点景""遛弯""麻溜""人五人六""虚头巴脑""要貌有貌，要样有样""分包赶脚""抹布条子、小褂子、裤衩子、包脚布子、肚兜子""蘸辣根""捯饬儿""像个牛子、肩膀头子、两个球子、胯骨轴子""没整"等；在叙述中大量插入间离化、接地气的语言以制造笑料，例如：快嘴桂嫂的"福尔摩斯"、福斯塔夫的"老板给我整碗姜汤，据中国人说这玩意儿驱寒"、裴琪大娘的"这可是中国文人田汉的词耶""那十四行情书也不能一稿两投哇"；通过现代词汇的拼贴跨越时空，既拉近了观众与改编本身的距离，又在陌生化中强调了戏仿谐趣。再如："股票债券金元宝""风流富婆""高富帅""商机""桃花运""小资情调，文艺范儿""贴身小棉袄""野男人""文艺片""炒鱿鱼""梅开二度""华尔兹""粉丝""暗恋"，以及成语、俗语的运用等，通过"福式喜剧"的"移步"实现了吉剧的"换形"。③中国戏曲素有"俳优以歌舞调谑为事"④的传统，具有当下世俗生活特色的言语和反讽，以及戏谑式的幽默、打趣语言的拼贴在手绢、扇子等的绝活舞蹈叙事中，成为拉近莎剧与当代观

---

① 殷晶波、李秀云：《平视经典：吉剧〈温莎的风流娘们〉的现代性意味——试论莎士比亚戏剧的东北民间化演绎与言说》，《戏剧文学》2015年第2期。
② 王朝闻：《透与隔——谈戏剧怎样表达思想》，《剧本》1962年第5期。
③ 吴东光、张振海、朱博宇：《〈温莎的风流娘们〉（六场吉剧）》，《戏剧文学》2014年第9期。
④ 季羡林：《吐火罗文A（焉耆文）〈弥勒会见记剧本〉与中国戏剧发展之关系》，李玲：《二十世纪戏曲学研究论丛·戏曲跨学科研究卷》，安徽文艺出版社2015年版，第188页。

众的重要手段。

《温》剧将当下中国社会生活中的语言拼贴到叙事与抒情中，使得演绎的"语言美产生独立的想象"[1]，促使文本中蕴含的喜剧因素向不同审美艺术形式产生在地化辐射，即经过拼贴与戏仿，其演绎已经变异为不以原作语言为载体的道白，而吉剧的唱、念、做、打则成为主要表演审美叙事形式。

"吉剧的表演，是在二人转五功：唱、扮、舞、说（说口）、绝（手绢、扇子等绝活）的基础上形成的……手绢功是吉剧的特长。"[2]《温》剧长水袖的甩法也吸收了二人转手绢和长绸子舞的技巧。"拼贴会被戏仿者用作戏仿的一部分，或者拼贴中又带有一些戏仿成分"，[3]为了营造出欢快、喜庆、戏谑的氛围，《温》剧中主要女性角色均着华贵、鲜艳的西式婚纱，既有西方文化的元素，向观众传达出浓郁的异域文化气息、爱情意蕴和文化特色，又符合东北大红大绿的审美认知，拼贴和戏仿力求"在假定性的环境和事件中求得真实性的效果"[4]。该剧的舞台布置简洁而具有象征性，具有西方特征的街景投射于舞台深处，喻示了故事发生的环境。在这样的背景中融歌剧、舞剧、交际舞、二人转、小品、快板、流行歌曲、广场舞等众多艺术行为于一体[5]的拼贴，叙事既有利于剧情的展开，更有间离手段的运用，"在'间离'的叙事中，使'人物'成为精神层面漫画化的夸张与世俗社会的特定'符号'"，[6]同时，以写意为主的叙事和抒情，使戏仿效果得到了充分彰显，拉近了当代中国观众与经典的距离，可谓在莎剧与当代中国东北观众之间架设起了一座富于喜剧精神的桥梁。

---

[1] ［德］贝·布莱希特：《布莱希特论戏剧》，丁扬忠、张黎、景岱灵、李剑鸣译，中国戏剧出版社1990年版，第9页。
[2] 王肯：《吉剧》，《人民戏剧》1978年第12期。
[3] ［英］玛格丽特·A. 罗斯：《戏仿：古代、现代与后现代》，王海萌译，南京大学出版社2013年版，第74页。
[4] 谭霈生：《谭霈生文集（论文选集1）》，中国戏剧出版社2005年版，第373页。
[5] 王刚：《转换性创造：在吉剧与莎剧之间——评改编版吉剧轻喜剧〈温莎的风流娘儿们〉》，《戏剧文学》2015年第1期。
[6] 李伟民：《回到话剧审美艺术本体的外国戏剧改编——莎士比亚喜剧〈温莎的风流娘儿们〉》，《人文杂志》2015年第4期。

《温》剧的改编有别于话剧《温莎的风流娘儿们》"以写实手法体现其喜剧精神的做法"①，通过中国化、东北味的拼贴及对原作的戏仿，《温》剧在"换形"中的"移步"已经在新的语境中形成了吉剧的跨文化意义潜势。"移"是拼贴与戏仿，"形"是地域化的吉剧。吉剧化的演绎以张扬喜剧精神为目的，不同的戏剧表现形式在取代原作中建构了自身的主体位置，在原作之后建构了其独有的互文性潜势。

吉剧以戏拟的形式对原作进行的"脱胎换骨"的跨文化演绎，把能指内质喜剧精神的"质料性"转化为所指"'事物'的心理表象"②和喜剧形式。形式体现出意义自身之美，《温》剧的戏仿以彰显原作喜剧精神的跨文化重构为审美目标，原作的"喜剧精神"通过拼贴所形成的戏仿与互文性，在原作的语境之中，映射出中国式的幽默、戏谑、讽刺，善意的挖苦、捉弄与打趣，显示出吉剧莎剧跨文化的演绎与原作之间既保持着必不可少的喜剧精神的内在联系，又具有浓郁的地方特色。

五 "秀东北"：曲中情思的"能指喜剧"

《温》剧以吉剧的"语言或艺术材料的滑稽再功能化"（refunctioning）③和对原作的中国化、东北味拼贴、戏仿与互文性建构了莎士比亚多元文化的当代价值。吉剧以"乐感之乐"④，将带有喜剧精神"曲中情思"⑤的"能指游戏"，嵌入于"秀东北"的戏仿再创造之中，既对原作实现了所指的挪移性再阐释，也证明经典所具有的内在张力，同时更说明"秀"乃是莎剧不断获得生命力，拥有现代价值，观照人生，解析普遍人性，回归戏剧悦人，展示

---

① 李伟民：《回到话剧审美艺术本体的外国戏剧改编——莎士比亚喜剧〈温莎的风流娘儿们〉》，《人文杂志》2015年第4期。
② ［法］罗兰·巴尔特：《符号学原理》，李幼蒸译，中国人民大学出版社2008年版，第23—25页。
③ ［英］玛格丽特·A. 罗斯：《戏仿：古代、现代与后现代》，王海萌译，南京大学出版社2013年版，第53页。
④ 刘小枫：《拯救与逍遥》，华东师范大学出版社2007年版，第169页。
⑤ 钟嗣成、贾仲明：《录鬼簿正续编（新校）》，浦汉明校，巴蜀书社1996年版，第39页。

莎剧审美包容力的途径,"戏仿已经大大促进了现代和后现代文学艺术的发展"①,其实"莎剧的现代性显然也应该包括后现代表现形式的改编"②。改编所发散出来的喜剧精神与跨文化重构演绎,将会不断激活莎剧的生命力,使今天的观众和读者能够通过当下的演绎更为经常、愉悦地走向经典,并从中悟得经典稳定而恒久的审美品格。

第七节　地域化呈现:互文性视角下的丝弦戏《李尔王》

根据莎士比亚悲剧《李尔王》改编的丝弦戏莎剧《李尔王》以其诗意化的改编与呈现方式实现了从原作到舞台的跨文化转换。改编既力图展示原作的人文主义的悲剧意蕴,又通过戏曲化、地域化的改编,以虚拟、写意的假定性表现出原作的哲理内涵,实现了原作的悲剧精神与中国传统伦理教化之间的嫁接。以中国戏曲中的古老剧种和带有明显地域化特征的丝弦戏的"土"演绎莎士比亚经典悲剧。通过外化的戏曲程式塑造人物,反映人物的内心矛盾,在莎剧的丝弦戏改写与替换中,以审美的互文性,在莎剧与丝弦戏之间架起一座文化交流的桥梁。

对莎士比亚悲剧《李尔王》的改编自民国以来就不断呈现于中国舞台之上,其中以顾仲彝改编的话剧《三千金》③、上海京剧院的京剧《歧王梦》④和丝弦戏《李尔王》(以下简称《李》剧)取得了较大的影响,也给观众留下了颇为深刻的印象。在文化与艺术的交流中,从整体上看,莎剧与中国戏

---

① [英] 玛格丽特·A. 罗斯:《戏仿:古代、现代与后现代》,王海萌译,南京大学出版社2013年版,第284页。
② 李伟民:《戏与非戏之间:莎士比亚的〈麦克白〉与川剧〈马克白夫人〉》,《四川戏剧》2013年第2期。
③ 李伟民:《互文与戏仿——顾仲彝〈三千金〉对〈李尔王〉的改编》,《戏剧艺术》2008年第3期。
④ 李伟民:《旋转的舞台:互文在京剧与莎剧之间——论根据莎士比亚戏剧改编的京剧〈歧王梦〉》,《中国比较文学》2009年第1期。

曲结合是了不起的宏伟工程。欧潮东湃，斯文焕变，代表西方戏剧最高成就的莎剧采用地域特征浓郁的中国古老的地方戏——丝弦戏形式搬演，使话剧莎剧与以音舞为表达方式的丝弦戏结合在一起。表现方式由"洋"转"土"，令中国观众甚至是中国农村观众通过唱念做打与莎剧亲近，更能体现互文性的新文本形式对原作的重构，即超文本使"文本的存在形式发生改变"①。证明莎剧和丝弦戏的"跨体互文性"② 已经跨越了文化、民族、表现形式、写实与写意之界限，与世界范围内的多姿多彩、形式各异的莎剧改编同步，参与了莎氏戏剧在当代经典化的历史进程。

一 拉开距离的陌生化：改写与替换

当代莎剧演出的潮流之一就是在不同语境中衍生出无数的"副文本"（paratext），以莎剧的经典魅力和丝弦戏独特的表现形式，彰显虽历经四百多年，仍在舞台上常演不衰的莎剧，探寻其中蕴含的跨越时代的现代性密码，运用叙事手段的变更促使原作在更为宽泛意义上的指涉行为（signifying practice）的形成，使莎剧在交叉、映显、遮蔽与转换的过程中再一次被丝弦戏激活，呈现出明显区别于原作的另外一种审美意蕴，这是丝弦戏改编莎剧所要达到的目的之一。

石家庄丝弦戏为河北地方剧种，又名弦腔、弦索腔、河西调、小鼓腔、罗罗腔、女儿腔，诞生于河北农村，是在明清俗曲的基础上衍变而来的，已成为燕赵文化的代表之一，有五百多年的历史，为国家第一批口头与非物质文化遗产，也是古老的濒危剧种。而《李尔王》这部社会哲理悲剧可称为莎剧王冠上的一颗明珠，它不仅反映家庭和国家秩序之间的关系，而且以反映整个社会关系的本质为思考圆心，围绕此圆心艺术地展示了"李尔王国"悲剧命运的必然结局。莎士比亚通过形象化的人物塑造，揭示在人性"恶"与

---

① 李玉平：《互文性：文学理论研究的新视野》，商务印书馆2014年版，第85页。
② 同上书，第91页。

社会转型的大背景之下，即使李尔王此时此地不进行分家，这个家也迟早是会四分五裂、国（家）破人亡的，甚至以更加残忍、极端的方式。

"天地鬼神，临质在上"，丝弦戏《李》剧的改编，以篡夺王位的阴谋和血腥谋杀作为叙事的主要线索，其叙事空间形式在不舍弃现行顺序与因果关系等时间性因素的前提下，以共时性的丝弦戏程式的空间叙事方式，让观众看到歌舞空间模式在表现时间和推动叙事进程中，可以彰显更深内蕴的人生悲剧，强调"李尔王国"的悲剧并非仅仅是家庭悲剧。

从《李》剧的改编中我们也获得了宝贵的启示，虽然文本之间存在潜在的对话性联系，但如果改编中没有任何创新，过于尊重莎士比亚故事就会"造成莎士比亚精神遗失"。[①] 因此改编必须在不脱离原作故事、情节和人物的情况下采用丝弦戏的表现形式，以外化内心世界的歌舞形式展现人物内心矛盾和精神世界。丝弦戏的舞台呈现形式更应该突出李尔王不惜以自己手中的利剑，斩断佞人追求权势的头颅，以自己的性命换取人性的复归和王国平安的主题。为此，丝弦戏《李》剧的改编主要以再现"原作的精髓，不减莎剧独特的魅力和韵味"[②] 作为出发点，改编既有对原作悲剧精神的再现，也更需要以歌舞所具有的陌生化效果的越界、非规约、变异的叙事对原作进行"转换的戏拟"[③]，以形式的反模仿达到改编自身的"建构性"（constructedness）。莎剧是话剧，丝弦戏的改编除了宾白以外，需要以歌舞叙事演绎原作的悲剧故事，如此就必须与期待模仿、经典和自然叙事规约拉开距离。改编所要把握的是"戏曲唱词既是诗，富有诗词节奏与韵味，又是戏，要有规定的情境和行为、动作"。[④]《李》剧的改编力求在反映原作人文主义悲剧精神的同时，在审美形式的互文中顾及中国观众的审美需求。

《李》剧的文本显示出改写与替换后的中国化特征，例如：臣服九州、江

[①] 余秋雨：《艺术创造工程》，上海文艺出版社1987年版，第266页。
[②] 戴晓彤：《戴晓彤戏剧文学集》（下卷），河北教育出版社2012年版，第384页。
[③] ［法］蒂费纳·萨莫瓦约：《互文性研究》，邵炜译，天津人民出版社2003年版，第44页。
[④] 屠岸：《丝弦戏〈李尔王〉唱词赏析》，《大舞台》2009年第2期。

山、长幼有序、孝廉女、皇恩浩荡、福寿绵长、宰相、乘龙、驸马郎、贺表、分疆裂土、忠言逆耳、国将不国、社稷、耍不成猴倒让猴给耍了、奏章、朕、御河桥、圣旨、凤体、孤、为虎作伥、过河拆桥、绝情绝义、断子绝孙、龙凤辇、挡驾、圣驾、赵公元帅、雷公电母、女娲娘娘、龙体、冰清玉洁、贤淑端庄、口蜜腹剑、玉皇老儿、极乐净土等。这些具有浓郁中国文化特征的词汇在植入台词的基础上，已经成为《李》剧改编的鲜明特点。我们甚至发现在《李》剧的跨文化改编中，"人文主义者"悲剧的意义已经被改写，发生了位移，舞台的呈现方式已经从经典叙述学的文本中心转向后经典叙述学的"语境倾向"①，即其主旨和人物形象地呈现在"似与不似"之间，或者说以彰显"孝"的内涵替换或部分替换了具有基督教色彩的人文主义之"爱"。而我们发现，这种以"孝"替换"爱"的仿文对原文主题转换的前现代戏仿，不独为丝弦戏《李》剧的改编中所独有，而且很多中国舞台上改编的《李尔王》均有不同程度的改写与替换。我们知道，出于"伦理表达的需要"②，原作以"爱构建了从宗教精神到人文主义精神之路和联系之桥"。③而"孝"是中华文明区别于西方文明甚或印度文明的显著特色。前现代的戏仿在"正统而有秩序的纲常伦理世界抒写人性丑恶，呼吁人的价值的复归"④的改写与替换中均附加了"孝"的概念。而作为乡土特色浓郁的丝弦戏《李》剧的改编显然更须强调"孝悌"观念，才能为观众所接受。丝弦戏《李》剧以"孝"对"爱"的这种改写与替换，⑤形成了对莎剧原作在互文性基础上的戏仿。

---

① ［美］约翰·皮埃尔：《法国存在后经典叙述学吗?》，乔国强、吴春英译，唐伟胜：《叙事》（中国版）（第四辑），暨南大学出版社2012年版，第56页。
② 聂珍钊：《文学伦理学批评导论》，北京大学出版社2014年版，第142页。
③ 李伟民：《莎士比亚戏剧的中国化——田沁鑫变形的莎士比亚〈明〉》，《国外文学》2012年第1期。
④ 谢柏梁：《世界悲剧文学史》，上海文艺出版社1995年版，第468页。
⑤ 李伟民：《〈李尔王〉中的"孝"与"爱"》，《四川戏剧》2009年第2期。

二 时空物质性中的"真"与"美"

一个多世纪以来的莎剧在中国的改编已经证明,"莎士比亚的精华已经融入我们的文化传统,文化建设需要莎士比亚"。① 以具有鲜明民族文化特色的戏曲改编莎剧主要采用莎剧中国化和戏曲莎剧化的改编,但无论哪种形式的改编都离不开发挥民族艺术特征与彰显戏曲本体的改编方式。前者采用中国戏曲高度的技巧性和有规则的运动,以近乎完美的程式和极致的审美,表现人物丰富的内心,甚至是扭曲、反常或疯狂的精神世界;而后者则在形式上力求更接近莎翁原貌,但在戏曲技巧的运用上则易受到了诸多限制。改编的实践证明,两种改编方式都能产生精彩的演出。而今天的中国莎剧舞台上则以中国化,以古装的形式演绎莎剧为主,改编者甚至认为,只要具有"开阔的现代意识,穿古装恰恰是最好的选择……超越了日常生活服装、不受约束的宽袍大袖,加上行云流水的肢体动作和嗟叹之、咏歌之的唱,才配得上'大写的人'的气度"。② 因为这毕竟是戏曲莎剧。民族不同,文化不同,语言不同,戏剧表现形式不同,舞台呈现方式不同,审美观念也不同,而戏曲莎剧之所以还能够得到认同,除了莎剧和戏曲之间存在着许多共通之处以外,如莎剧是诗的灵魂,戏曲也是诗的结晶;莎剧写实,但不乏与戏曲的"写意",美学旨趣有暗合之处;莎剧和戏曲崇尚现实主义和浪漫主义相融合的美学原则;二者都遵循以人为本的表演理念,强调对人性的审美开拓,等等。

如何以丝弦戏改编原作,才能建构其悲剧精神?这是改编者碰到的首要问题。丝弦为混合腔体制的剧种,主要伴奏乐器有板胡、曲笛、笙,文场乐器包括弦索、月琴、大三弦、小三弦,即常说的四架弦。以丝弦戏改编莎剧,对于当代欧美观众来说,故事情节也已经不那么重要了。改编所要达到的审美效果是尽可能利用陌生的异域文化的外在形式,在遵循原作精神的基础上,

---

① 方平、孟宪强:《贺信》,曹树钧、赵秋棉、史璠:《二十一世纪莎学研究》,中国广播电视出版社2010年版,第337—339页。
② 孙惠柱、费春放:《心比天高:中国戏曲演绎西方经典》,文化艺术出版社2012年版,第3页。

以戏曲化的丝弦戏讲述人的灵魂、人格挣扎、人性堕落的过程,在表现人性上获得当代观众的理解,即怎样在中国舞台上重构经典的问题。为了符合戏曲创作的规律和适应当代观众的审美习惯和要求,《李》剧在结构上删除了多条副线,仅仅保留了李尔王复仇这一主要情节线索,着重展现其心理历程。该剧的"叙事是要通过语言和(或者)视觉再现一个可能的世界"①,在保留原作悲剧线索和精神的前提下尽量戏曲化,改编必须精减人物,集中情节,强调矛盾冲突,保留原著中脍炙人口的独白(作丝弦戏化的处理或改为唱段),为唱、念、做、打提供充分的空间。音乐为该剧重要表现手段,配乐以传统音乐为主。服饰以明代舞台服装为主,同时增加些鸡尾翎、毛边衣以体现异域色彩。《李》剧改编显示出如果欲拥有强有力的话语权,改编者"就必须成为一个精明的互文解读者"②。《李》剧以丝弦戏的音舞与莎剧的互文性阐释了经典的无穷魅力,既把人物投入尖锐的戏剧情景中,在人物关系的纠葛和冲突中显示矛盾的尖锐,揭示人物独特的情感世界;又调动多种艺术手段,以"唱舞"显示人物的内心冲突,以丝弦戏的程式重构其文学形象,挖掘埋藏在人物内心深处的复杂感情,展示了王权对人性的摧残,鞭挞了被极端利己主义腐蚀了心灵的恶魔式的人物,歌颂了诚实、正直、恪尽孝道、仁爱精神,并在伦理道德层面对社会进行深刻批判。《李》剧的改编以丝线戏形式之美使"赏善罚恶的原则得到了贯彻"③,宣扬了人文主义的仁爱思想观念,在人性、伦理道德层面,基督教的"爱"与儒家文化的"孝"④在戏剧艺术形式上实现了对接。

"丝弦戏表演动作夸张,刻画人物细腻,生活气息浓郁,武打热烈火爆崇

---

① Monika Fludernik, *An Introduction to Narratology*, London: Routledge, 2009, p. 6.
② Jonathan Culler, *The Pursuit of Signs: Semiotics, Literature, Deconstruction*. London: Routledge, 2001, p. 131.
③ 范存忠:《约翰逊论莎士比亚》,王守仁、侯焕镠:《雪林樵夫论中西——英语语言文学教育家范存忠》,南京大学出版社2002年版,第274页。
④ 李伟民:《中国莎士比亚批评史》,中国戏剧出版社2006年版,第104—105页。

第九章　莎士比亚戏剧的地域化："何必非真"与"取神略貌"

尚特技。"① 丝弦戏《李》剧的改编抓住了莎剧与戏曲表现方式相通的大段道白与唱尽情挥洒，以美的形式带动情感抒发、内心冲突和人物塑造。《李》剧中的"美"与"真""是通过时间的流程和空间的方位来叙述的"②，《李》剧把莎剧中对人物内心的细腻刻画同丝弦戏的表演特长充分结合在一起，以直接向观众言说的抒情话语和叙事话语为主，李尔王扮演者张鹤林以"气局老苍"③、酣畅质朴、苍劲悲凉的大段唱腔，抑扬顿挫的念白把握人物气质，给人以"曲到音存字出"④的审美享受。"不同的情景需要完全不同的符码与元语言"⑤，张鹤林充分发挥了他文武并长的优势，继承传统丝弦粗犷、凄婉的表现手法，通过优美的音乐形象丰富文学形象，念白和唱腔相互配合、补充，同时根据剧情、戏理、人物特征设计形体动作，创造角色，在表演上将刻画人物的感受和内心变化的表演融为一体，在夸张、写意，粗犷而细腻的表演之中，将李尔王备受风霜雷电摧残和灵魂搏斗的复杂心理表现得淋漓尽致，在"唱、念、做、打、抖须、跪步、跌翻，塑造了暴风雨中处于癫狂状态的李尔王形象"⑥。

在莎氏原作中，我们看到莎士比亚赋予想象以崇高的地位，因为想象是戏剧创作的生命和"特殊的真实"⑦，而《李》剧也突出想象的作用，将动人心魄的悲愤激情和令人泪如雨下的儿女情长交织在一起，迥然相异的戏剧形式与殊途同归的艺术表现手法，使大自然和人性善恶的意象得到了戏曲化的呈现。丝弦戏与原作的重构，已经在互文性作用下将心理层面的性格刻画、叙事上的以情动人和抒情中揭示人物心理糅合在一起；而西方观众则通过自己熟悉的剧情，欣赏到一种全新的莎剧，一种具有浓郁中国地方化色彩的丝

---

① 刘文峰、江达飞：《中国戏曲文化图典》，作家出版社/浙江教育出版社2001年版，第244页。
② 胡志毅：《神秘·象征·仪式：戏剧论文集》，文化艺术出版社2003年版，第52页。
③ 李斗：《扬州画舫录》，中华书局1960年版，第123页。
④ 同上书，第129页。
⑤ 赵毅衡：《符号学》，南京大学出版社2012年版，第183页。
⑥ 戴晓彤：《戴晓彤戏剧文学集》（下卷），河北教育出版社2012年版，第382—383页。
⑦ 余秋雨：《世界戏剧学》，安徽文艺出版社2014年版，第168页。

弦戏莎剧。

我们认为，莎氏悲剧是人对于其对立物（命运、性格、社会）的挣扎。① 这种精神、心理层面的基本隐喻与"情节艺术的时空物质性"一旦与戏曲语言艺术的"乐音物质性"的"离形得似"② 悲剧的"现实的反映"③ 相结合，写实与写意、叙事与抒情、原作与改编的深度交融往往就能够产生叠加的悲剧审美震撼，能在舞台上更加淋漓尽致地发挥出原作精神洗礼的悲剧效果。同时经过改编的作品中蕴含的悲剧精神，亦会化作当代人在普遍性上引起共鸣的自身体验。反之，如果改编过于尊重莎剧故事，固执地按照所谓莎剧原貌演出，很可能会造成莎士比亚悲剧精神的遗失，从而也就摒弃了演出与观众之间的再创造。改编以丝弦戏的叙事与抒情再现了人对于其对立物的挣扎（抗争）。因此对于丝弦戏《李》剧中的对立面来说，在戏剧冲突中揭示事件的内在伦理意义，通过善恶、忠奸、正邪、美丑的反复冲突，创造出悲愤激烈、哀怨凄惨、冷酷悲壮的人物形象和戏剧情景，对人物命运的展现、性格的塑造也就更能够在审美层面上得到中西方观众的认同。

三　写意中的立体叙事与诗意彰显

在莎剧的戏曲化改编中，"追求哲理和追求空间往往是一致的"。④ 西方学者认为《李尔王》在莎剧中规模最大，气势也最为宏伟，在题材上具有"永恒性"和"普遍性"、形而上的哲理性、伦理道德的教化作用，对人物的精神世界和痛苦体验的揭示达到了登峰造极的程度，显示出莎士比亚具有惊人的艺术才能。这就要求以丝弦戏改编这样的经典要在情感和生命形式的抒发中，以发乎心而形于外的具有独立意义的创造，在强调主体心灵的品位，变异主体心灵的表现形式中，强化客观世界的厚度，通过形式体现人类情感

---

① 戴晓彤：《戴晓彤戏剧文学集》（下卷），河北教育出版社2012年版，第552页。
② 吕效平：《戏曲本质论》，南京大学出版社2003年版，第256页。
③ 童道明：《他山集——戏剧流派、假定性及其他》，中国戏剧出版社1983年版，第256页。
④ 吕效平：《戏曲本质论》，南京大学出版社2003年版，第71页。

的通约性与哲理意义，因为"情感一旦提纯为形式，情感也就靠向了哲理"。① 采用丝弦戏改编莎氏原作，恰恰能够化不利因素为有利因素。因为西方戏剧是一种情节的悬念，其最高的美学效果在于观众对戏剧情节发展的渴望；中国戏曲则是一种反映的悬念，其最高的美学效果在于观众对人物动作状态的品赏。② 正是在这一美学层面上，使熟悉或不熟悉原作的观众，通过丝弦戏与莎剧的嫁接，相同的悲剧精神和不一样的美学呈现方式，在互文中产生了全新的感受。

在审美方式上，《李》剧更多的是走了一条从互文到互文化的道路。以丝弦戏融合原作的悲剧精神塑造人物、设计情节。因为包括丝弦戏在内的中国戏曲的总体特征为歌、舞、诗的综合，戏曲在自由表现生活时拥有丰富的手段，既擅长讲故事，擅长刻画人物心理，又能够以舞台的"虚拟性""写意性"调动观众的想象力，"舞台演出形式倾向于与生活原型拉开距离"③。为此，丝弦戏《李》剧的互文性就必须将属于通俗文化的"他者"转变为雅俗共赏接地气的"我者"。④ 如此深度的融合造成了丝弦戏的审美形式与莎剧美学精神以互文性为纽带，最终在互文化的交融中，形成了地域特征明显的丝弦戏莎剧。在这种改编中互文性是明显的。但是这种互文只是一种东西方艺术的殊途同归，是由此种舞台艺术的表现方式与审美特点所决定的。例如，丝弦戏《李》剧的叙事用以表现原作的戏剧冲突，"'说白'是工笔，'唱'是写意"⑤，情节发展时，形式一经与原作的悲剧精神相结合，其空间场域的叙述手法便彰显出更加强烈的情感色彩和明显外化的心理冲突。在互文性改编中，丝弦戏以特有的抒情张力和丰富的写意表演技巧，展示了一出具有浓郁中国地方特色的莎剧，丰富、促进了中国莎剧舞台演出和莎士比亚舞台艺

---

① 余秋雨：《艺术创造工程》，上海文艺出版社1987年版，第200页。
② 郑振铎：《郑振铎集》，中国社会科学出版社2004年版，第445页。
③ 齐森华、陈多、叶长海：《中国曲学大辞典》，浙江教育出版社1997年版，第4页。
④ 朱立元、张德兴：《西方美学通史：二十世纪美学》（下），蒋孔阳、朱立元：《西方美学通史》，上海文艺出版社1999年版，第661页。
⑤ 周信芳：《周信芳全集》（文论·卷一），上海文化出版社2014年版，第44页。

术研究的不断深入。

《李》剧的互文性究竟是如何体现的呢？《李》剧的演绎更多的是通过丝弦戏艺术形式与原作内容的深度融合来实现互文性的。而这种融合之后的舞台呈现，更多地表现为音舞性抒情与叙事对语言，戏曲程式对生活动作的替换。丝弦戏演员通过互文性，将莎剧内涵与丝弦戏艺术的写意表演融为一体，把李尔王备受风雨摧残和灵魂激烈搏斗的复杂心理表现得惟妙惟肖。《李》剧充分发挥戏曲唱念做打的表演形式，并以抒情的唱腔作为表现心理冲突的主要手段，表演朴实、敦厚，以浓郁的乡土特色承载原作的悲剧精神，充分"发挥丝弦戏用唱腔抒发人物内心世界的特色，并将它同念、做、舞等表现手段结合起来"[1]的特点，丝弦戏的唱腔以"声闻十里外"[2]而著称，原作的台词是诗，改编本的唱词也是诗，改编以丝弦戏唱词的诗意与特有的悲腔，彰显了原作的语言美，弥合了因时空、文化、民族和审美观念不同造成的差异，增强了莎剧在今天的审美艺术张力。张鹤林扮演的李尔王着重表现一个刚愎自用、顽固迂腐的统治者经过重大变故，感受到世态炎凉和失去权力的人生大挫折之后转变为人性复归之人。《李》剧的改编者深谙"假定性是戏剧的最重要的本质"[3]这一美学原则。主要人物在表现人物喜怒哀乐情绪时，采用丝弦戏中富于感染力的笑：谄媚虚伪的假笑、肆意狂妄的奸笑、受气压抑的怒笑、心理变态的疯笑和幻灭绝望的傻笑展现人物的心理变化，简洁明了地采用戏曲特有的程式表现人物的心理，糅合丝弦戏的绝技以凸显人物的情绪变化，流美多出于奇，例如以丝弦戏的"抽刀断袍"表现李尔王专横顽固割断父女之情的隐喻，以绝技"耍盘滚碗"揭示李尔王受辱后的愤懑和痛苦。显然这里更多地融入了中国导演努力探索用传统地道的民族戏曲形式展现原作经典性和悲剧精神，同时又在形式上有所创新的改编理念。

莎剧可以用各种解释来演出，"可以演成马克思主义的，或是妇权主义

---

[1] 曹树钧：《评丝弦戏〈李尔王〉新演出本》，《大舞台》1996年第12期。
[2] 刘文峰、江达飞：《中国戏曲文化图典》，作家出版社/浙江教育出版社2001年版，第243页。
[3] 吕效平：《戏曲本质论》，南京大学出版社2003年版，第79页。

的,也可以是弗洛依德主义的"①,但是西方的话剧莎剧改编为戏曲必须服从于中国戏曲的整个舞台表演体系。《李》剧是一部戏曲化的莎剧,因此它的写意和虚拟的美学原则,通过戏曲唱词的叙事与抒情表演其内心活动,是通过外在程式的运用,在推动故事情节发展的同时,以集中、多层次的抒情展现人物丰富的心理层次,以富有表现力的程式化表演塑造人物,抒发情感。戏曲莎剧,作为跨越语言、艺术形式界限的文本转换,其互文性体现为由文字的破译、解释到艺术符码的转换,由语言为主要媒介到戏曲程式的跨文化、跨媒介呈现方式的映射,由文本语言到歌舞叙事的改编和重构,从而实现从古代形式向现代舞台艺术形式和审美观念的转换。中国戏曲语言的审美首先在于语言舞化、音化、曲化以及感情浓聚性格色彩表现(外形式)上的满足。戏曲语言必须经过折射——需要经过歌、舞的诠释,语言主要载负内容这一点,在中国戏曲语言中,却最大限度地折射成了语言和程式自身的外在美,通过"'象似同一'(iconic identity)与标示的符指方式"②,以形式之间(字、句、段)的相互关联,与音乐、舞蹈、做、打相互黏附(甚至是融合)。③ 这种从话剧到戏曲的转化,使那些既可以用来表现中国人的情感和心理,也可以表现人类普遍情感和心理的程式,在《李》剧中不断得到了强调和放大。

音舞性是中国戏曲艺术表现形式最基本和最重要的特征,在一定意义上,可以说中国戏曲的程式性和虚拟性都是由此而生发出来的。正所谓"戏音有曲,而其体始成,其风始盛"。④《李》剧在音乐与舞蹈形式上实现从文本到舞台、从话剧到丝弦戏两种不同艺术之间的互文、美学层面的互文、观赏层面的互文。例如在表现李尔王与三公主"野外重逢"的一场暴风雨戏中:

见女儿面憔悴心中痛酸都怪我头发昏是非不辨……难得你心量宽以

---

① 荣广润:《莎剧在今日英国——英国当代戏剧散记之一》,《新剧作》1986年第1期。
② 赵毅衡:《文学符号学》,中国文联出版公司1990年版,第243页。
③ 郑振铎:《郑振铎集》,中国社会科学出版社2004年版,第537页。
④ 卢冀野:《中国戏剧概论》,世界书局中华民国二十三年版,第9页。

德报怨，更让我心内疚抱恨终天……小女儿一番话情深意远，铁石人也动心好似刀剜。父女情骨肉亲感人肺腑，禁不住喜又悲泪如涌泉！①

国多丧乱，"两苦相逢，苦人吃着苦味"以"戏曲载歌载舞揭示人物内心世界和情感变化，以丝弦戏的成套唱腔，从起板到回龙，又由丝弦传统的二板、三板再到赶板……将李尔王癫狂的精神状态淋漓酣畅地表现了出来"②。此时的舞台空间在叙述中的重要作用表现为事件和地点之间的关联与对比作用，发挥着结构意义上阐释情感的功能。这种空间形式的互文性表达，使观众的"注意力就被吸引到事件成分与从这些关系中涌现出来的意义之间的对称、对立、分级、重复等关系上"。③ 显然，作为一种诗性审美悲剧精神的阐发，无论是原作还是改编的《李》剧都以其强烈的抒情性与崇高感、哲理性结合在一起。在原作中李尔王悲愤到极点："吹吧，风啊！吹破了你的脸颊，猛烈地吹吧！你瀑布一样的倾盆大雨，尽管倒泄下来……不要让一颗忘恩负义的人类的种子遗留在世上。"④ 在《李》剧中，李尔王在"乌云翻雷电闪天昏地暗"中蹒跚踉跄登场，以长达24句的激越悠扬、慷慨奔放的长篇唱词和跌扑翻滚、碎步的表演展示人物的内心世界：

> 为什么亲生女口蜜腹剑？翻手云、覆手雨、假作真、美作丑、恶欺良善、是非不辨、乾坤倒转……人际利益熏心欲壑难填……我是风我是雨我是雷电，我是鬼我是神我是大仙。我要把世上罪孽全审判，讨一个

---

① 戴晓彤：《戴晓彤戏剧文学集》（上卷），河北教育出版社2012年版，第229—235页。（本文在撰写过程中，同时对照参考了石家庄市丝弦剧团演出的《李尔王》（丝弦）光碟（中国国际广播音像出版社，出版年代不详）中的宾白和唱词，剧本文本与舞台演出文本略有不同。）

② 曹树钧：《莎翁名剧登上燕赵舞台——简论丝弦戏〈李尔王〉》，《大舞台》1995年第2期。

③ [美] 杰拉德·普林斯：《叙述学词典》，乔国强、李孝弟译，上海译文出版社2011年版，第210—211页。

④ [英] 莎士比亚：《莎士比亚全集》（第三卷·悲剧），朱生豪、陈才宇译，浙江工商大学出版社2015年版，第407页。[在这一场中（第三幕第二场），弄人最后有一段16行的"预言"，预示了人性堕落、社会和国家的混乱，代表了李尔王对世界的悲观看法："我们这个英格兰，劫数难逃，将陷入一场混乱。"在朱生豪最初的译本中没有译出来，在此版本中由陈才宇补译出来。]

公道明白在人间。①

激情中的"崇高想象"②已经在重构中映射出纲常伦理崩坏的互文性。《李》剧在音乐与丝弦戏舞蹈形式上,在自然与人物精神世界、肉身的原初空间所固定的方位隐喻,在自我与他者之间,将个体的肉身存在与空间场所之间进行对比和区分（distinction）之后,伴随着"唱舞",叙事聚焦从人转向了大自然,心理空间再与大自然融为了一体。大自然中的狂风暴雨与李尔王胸中的暴雨狂风在这一内一外、一实一虚的悔恨交替的抒情中,以"雕刻式的戏剧"③动作,刻画了主人公旋乾转坤的心理活动。这是原作悲剧精神从自然生活节奏到舞台节奏（内部到外部）的再现,亦为中国戏曲艺术变形音舞节奏的表现。因为对于戏曲来说"是发端乎抒情的节奏,不但借重声音,尤其借重姿态"④美学层面上的"悲剧的节奏应该就是理想、挫折、斗争、受难和献身"。⑤同时与悲剧美学风貌的舞台形态再现生活相配合,即在遵循"叙述的客观性"⑥的美学原则的基础上,在跨文化的改编中,将"睁眼舒头伏剑锋"的悲情衍化成观赏性极强的舞蹈、歌唱、武打、杂技,甚至绝技等（这在丝弦戏改编中均有所体现)⑦,强化了叙事的表现力度。

---

① 戴晓彤:《戴晓彤戏剧文学集》（上卷）,河北教育出版社2012年版,第230—231页。(本文在撰写过程中,同时对照参考了石家庄市丝弦剧团演出的《李尔王》（丝弦）光碟（中国国际广播音像出版社,出版年代不详）中的宾白和唱词,剧本文本与舞台演出文本略有不同。)
② 张泗洋:《莎士比亚大辞典》,商务印书馆2001年版,第499页。
③ 邓以蛰:《邓以蛰全集》,安徽教育出版社1998年版,第88页。
④ 余上沅:《戏剧论集》,北新书局1927年版,第28—29页。
⑤ 陈瘦竹、沈蔚德:《悲剧理论述评》,徐保卫:《凝望与倾听——戏剧理论家陈瘦竹》,南京大学出版社2000年版,第276页。
⑥ 杜定宇:《英汉戏剧辞典》,上海译文出版社2013年版,第271页。
⑦ 在戴晓彤创作的《李尔王》（丝弦）剧本中,这一段的唱词达三十多句,在实际演唱中对剧本中的唱词有删减。在演出中,李尔王以3句唱词出场,加上帮腔共6句,在"暴风雨"一场,以"甩发"等"做功"和22句唱词抒发极端愤恨、悲戚、愤怒的情感。可参见《戴晓彤戏剧文学集》（上卷）,河北出版传媒集团/河北教育出版社2012年版,第230—235页。[本文在撰写过程中,同时对照参考了石家庄市丝弦剧团演出的《李尔王》（丝弦）光碟中的宾白和唱词,剧本文本与舞台演出文本略有不同,录像见中国国际广播音像出版社,出版年代不详;又可见河北电视台1996年6月6日录像。]

四 "以神传真"：以形式感受内容

莎氏悲剧能唤起"深邃广阔的悲剧情感"①，"只有坚持洋为中用、开拓创新，做到中西合璧、融会贯通"②，以民族形式改编、演出莎剧，才能在莎士比亚的传播中，努力争取国际话语权，增强我们民族文化传播的亲和力，讲好莎剧的"中国故事"。同时开辟新的审美土壤的独创性内容并挪用其审美和认知价值的经典内涵。"把莎剧彻头彻尾的中国化不是我们所要追求的目标"③，对于戏曲莎剧来说，必须通过完美的形式感受内容、剧情和故事叙述，以创新的形式达到"以神传真的情绪和气质"④才有世界意义。"莎剧之所以拥有恒久的生命力，在于不同时代不同民族的艺术家可以从中找到其中根植于人性的内在需要"⑤，将原作再现生活形态与激烈的内心矛盾冲突与丝弦戏的表演形式融合，就既能够从审美层面上表现原作中所蕴含的深刻哲理内涵，又能够从哲学与美学层面全面展现地域化的丝弦戏外化人物心理的呈现方式。《李》剧在改编中较好地处理了程式与生活化之间的关系，它既是丝弦戏，也是莎剧；既是地方戏对经典颇有特色的改编实践，也是展现了悲剧精神的丝弦戏莎剧。

---

① [英]威廉·燕卜荪：《朦胧的七种类型》，周邦宪、王作虹、邓鹏译，中国美术学院出版社1996年版，第379页。
② 习近平：《在文艺工作座谈会上的讲话》，中国中央宣传部：《习近平总书记在文艺工作座谈会上的重要讲话学习读本》，学习出版社2015年版，第29页。
③ 汪培：《戏曲需要莎士比亚——莎剧"戏曲化"断想》，《新剧作》1986年第3期。
④ 闻玉梅：《读〈清园谈戏录〉，感悟元化表哥》，陆晓光：《清园先生王元化》，华东师范大学出版社2009年版，第519—520页。
⑤ 李伟民：《总序》，莎士比亚：《莎士比亚全集》（第一卷·喜剧），朱生豪、陈才宇译，浙江工商大学出版社2015年版，第15页。

第十章　台湾莎学研究情况综述

台湾莎学是在梁实秋、虞尔昌、颜元叔、朱立民等学者的努力下发展起来的。梁实秋以一人之力完成了《莎士比亚全集》的翻译,虞尔昌补译了朱生豪未译完的莎士比亚历史剧,合成一套完整的《莎士比亚全集》在台湾出版。近年来,台湾除了出版了多种台湾译者的莎作译本外,还出版了多种大陆翻译的莎剧译本和《莎士比亚全集》。颜元叔和朱立民主要从事莎士比亚评论和研究工作,彭镜禧、陈芳等人的莎学研究在近年来较有影响。台湾的莎剧演出也取得了不俗的成绩,台湾莎剧演出主要以话剧、京剧和豫剧为主。台湾和大陆之间的莎学交流也日渐频繁。

第一节　奠基与发展

一　台湾莎学:翻译与研究

台湾开始莎士比亚研究是在 20 世纪 50 年代中后期。这时从事莎著翻译和莎学评论的主要是从大陆去台湾的学者、教授,其中以梁实秋和虞尔昌为代表。1947 年秋,渡海去台湾大学外文系执教的虞尔昌教授,在台湾物力艰窘,学者颇危衣食,大学授业之余,日居斗室,埋头几翻译莎剧。他的夫人邵雪华则席地而坐,伏在门板上誊清译稿,通宵达旦,从无怨尤,以 10 年功夫终于克竣10部莎士比亚历史剧。1957年，台北世界书局出版了朱生豪和虞尔昌合译的5卷本《莎士比亚戏剧全集》。这本全集包括朱生豪翻译的27个剧本和虞尔昌翻译的10个历史剧。每个历史剧均附有译者写的"本事"。全书附有"莎士比亚的评论"和"莎士比亚年谱"。

梁实秋译莎始于抗战前夕和抗战中。这一段时间梁实秋发表的莎学评论最多。他也是以一人之力独立完成汉译莎氏全集的第一人。在台湾任教期间，梁实秋继续勉力译莎。这时由于生活相对稳定，他译莎的速度也较以前更快。他曾对亲人谈道："我自从最近努力继续翻译莎士比亚以来，现已完成了7本稿子……我打算以余年完成这一工作，但是上天是否准许我，我自己也无把握，只有靠你们给我祷告了。"① 译到最后几剧，梁实秋感到语言偏僻，趣味较少，他又切除了胆囊，健康情况急遽恶化。但梁实秋说"硬着头皮，非干不可"，② 力争以余年完成这一译37部莎氏剧本的工作。梁实秋的妻子程季淑曾建议，把莎氏的译文改译为流畅的中文，弄得通俗些，梁实秋说："不成，不要说你们看了吃力，我自己也吃力。莎士比亚就是这个样子，需要存真。"③ 当年，文化大学上演《奥赛罗》，被警备司令部批驳，理由是剧中有兵变的描写，上演恐影响军心，几经交涉，修改剧本，把奥赛罗改为文职，不称将军改称大人，副官改为秘书，才勉强通过。梁实秋幽默又无可奈何地说："莎氏有知，怕要气炸了肺！"④ 莎氏全集出版后，梁实秋曾调侃地说要与莎氏"绝交"了："算是莎士比亚惹来的最后一难。莎士比亚做冥寿嘛！害死人！"梁实秋译莎，在大陆完成了10部，在台湾至1964年续译10剧，到1967年又译17剧，1968年补译莎士比亚诗3卷。1968年10月由台北远东图书公司出版，全集40册。梁实秋译莎士比亚大功告成之日，台湾"文协会""语文学会"

---

① 梁实秋：《梁实秋散文》（第二集），中国广播电视出版社1989年版，第199—200页。
② 同上。
③ 梁实秋：《怀念胡适先生》，《梁实秋散文》（第三集），中国广播电视出版社1989年版，第349页。
④ 梁实秋：《槐园梦忆》，海南出版社1997年版，第690页。

"青年写作协会""妇女写作协会"在"自由之家"举行了"梁实秋教授翻译莎士比亚全集出版庆功会"。①"立法院长""文学奖主持人"张道藩对梁先生馨香祷祝称:"梁先生替中国文艺界新添了一大笔精神财富。"梁实秋说:"我翻译莎士比亚……之所以完成,主要的是因为活得相当长久……健康的身体是做人做事的真正的本钱。"② 使梁实秋感到无比欣慰的是:"我有一套莎氏全集中译本送到莎氏家乡纪念馆,取得收据的信,我一生有三十年的功夫送给了莎氏,我自得其乐而已。"梁实秋还著有《永恒的剧场——莎士比亚》,由时报文化出版事业有限公司出版。1964年,莎士比亚诞辰400周年时,梁实秋主编了《莎士比亚四百年诞辰纪念集》,由台湾中华书局出版,书中收录了梁实秋的《莎士比亚四百周年纪念》、李启纯译《莎士比亚传略》、李曼瑰的《莎士比亚的故乡》、刘锡炳译《莎士比亚时代的英格兰》、梁实秋的《莎士比亚的戏剧作品》、梁实秋译《莎士比亚的作品是谁作的?》、吴奚真译《莎士比亚与宗教》、蒋绍成的《王子复仇记的演出》、陈纪滢的《富乐撷的莎士比亚图书馆》、胡百华译《莱特博士访问记》、梁实秋译《关于莎士比亚》、梁实秋的《关于莎士比亚的翻译》、金开鑫的《英国庆祝莎士比亚年见闻录》、金开鑫的《研究莎士比亚的重要书目》。从书中收录的文章看,所论基本为通论,专论比较少;译文多;文章长短不一,但显示了台湾莎学草创时期的研究情况。台湾学者关注莎学由此可见一斑。1984年,台湾第九届"文艺奖组委会"以"特别荣誉奖"的名义,对梁实秋创作雅舍小品系列、翻译莎士比亚全集、编写英语辞典、撰写英国文学史予以褒扬,奖给梁实秋等4人奖金各10万元台币。

毕业于杭州之江大学的虞尔昌教授,1947年应聘到台湾大学外文系执教,曾任台湾大学外文系主任。他在熟读了莎氏原著和一些译本以后,认为:"莎氏戏剧不乏知名之士的翻译,但文笔生硬西化,使读者读了一二页再也不想

---

① 梁实秋:《槐园梦忆》,海南出版社1997年版,第690页。
② 梁实秋:《雅舍杂文》,上海人民出版社1993年版,第65—66页。

读下去了,此种翻译实在是欺骗了读者,对不起原作,读者震于译者之大名,还会自愧学识浅薄,故不能欣赏艰深难懂的译文。"① 他在渡海去台湾前,看到世界书局1947年4月出版的朱生豪翻译的《莎士比亚戏剧集》爱不释手,感慨"朱氏虽属年青一代,而所译之译文信、达、雅三者都已做到,国内其他译作尚未有能出其右者"。他和朱生豪是之江大学的先后同学,他格外痛惜生豪的英年早逝,"未竟其功,殊为可惜!"于是他萌发了继续朱生豪的"译莎"工作,以"发不同青心共热",② 决心将朱生豪没有来得及译出的10个莎氏历史剧翻译出来。当年的台湾大学,教授收入不高,不少教师外出兼课,唯独虞尔昌先生在一无报酬、二无书局承诺出版的情况下,十年如一日埋首于莎剧的翻译,教学之余,时时遨游在莎士比亚戏剧之中。别人丢弃的书桌外加一张旧板凳就是他的工作场所。他对所译莎剧反复琢磨,再三修改,力争完美、准确地再现莎剧的原貌。1957年4月,台北世界书局以朱生豪译《莎士比亚戏剧集》为基础,加上虞尔昌翻译的莎氏历史剧,出版了五卷本的《莎士比亚全集》,这是中国第一套完整的莎剧全集。1961年台北世界书局又出版了他译的中英对照的《莎士比亚十四行诗》,他译的莎氏十四行诗在讲究忠实于原作的基础上,注意译诗的韵律,译出了中文诗的神韵、情感和心理上的变化。虞尔昌先生曾说:"我自译毕莎氏的史剧十种后,即继续从事于其十四行诗之翻译,前后共历三年多的时光,易稿数次……数年来的时间精力已尽注于此……拙译倘能有助于爱好莎氏作品之读者,使得从徒耳其不朽诗篇之名而至亲尝其原作佳美……则译者的劳力当不是虚掷的。"③

早期台湾流行的莎士比亚译本可以归类为两大系统,分别是梁实秋的全集和以朱生豪译本为主的莎氏全集,这两个版本成为台湾读者接受莎士比亚最重要的途径。1980年台湾河洛书局引进了朱生豪翻译、人民文学出版社1987年版

---

① 梁实秋:《雅舍杂文》,上海人民出版社1993年版,第65—66页。
② 虞尔昌:《文艺杂谈》,同济大学出版社1995年版,第11—12页。
③ 虞尔昌:《译者序言》,[英]莎士比亚:《莎士比亚十四行诗》,虞尔昌译,世界书局1961年版,第xiv页。

的莎氏全集，1999年台湾又出版了孙大雨的《莎士比亚四大悲剧》，卞之琳的《莎士比亚四大悲剧》（1999），方平主编主译的《新莎士比亚全集》（2000年）。同时还有台湾等地译者如李魁贤译《暴风雨》（1999），杨世彭译《驯悍记》（1982）、《仲夏夜之梦》（2001）、《李尔王》（2002），彭镜禧译《哈姆雷特》（2001）、《威尼斯商人》（2006）、《暴风雨》（2006）、《皆大欢喜》（2016）、《快乐的温巧妇》（2016）等莎剧，吕健忠译《马克白》（1999），夏翼天译《朱立奥该撒》（1961），黄美序译编《李尔王》（1987），杨牧译《暴风雨》（《自由时报》1998年12月28日——1999年1月13日）等。

二 研究的进一步深化

从20世纪60年代开始，台湾研读莎士比亚的人数不断增加，莎剧演出的种类和数量也比以前多，研究水平也有所提高。1970—1980年，台湾发表莎研论文29篇；1981—1990年，发表莎研论文52篇；1991—2000年发表论文99篇；从1970—2000年在台湾发表、出版的莎学论著共计211篇（部），刊登莎学论文最多的刊物为《中外文学》，同时也有个别大陆莎学学者的论文，如李伟民在台湾人文社会科学研究会的《人文学报》上发表了《他山之石与东方之玉——评〈中国莎学简史〉》（《人文学报》1997年第26卷第6期），方平的《〈新莎士比亚全集〉译后记》在《中外文学》1999年第28卷第2期发表。大陆学者张冲主持了2005年第4期《中外文学》的"莎士比亚专号"，张冲发表了《适时的莎士比亚》，王建开发表了《艺术与宣传：莎剧译介与20世纪前半期中国社会进程》，张琼发表了《〈两位高贵亲戚〉中的矛盾与错位》。在台湾发表莎学论文较多的有梁实秋、朱立民、颜元叔、彭镜禧等人。除了前面提到的莎学论著外，台湾还出版了朱立民的《爱情仇恨政治——汉姆雷特专论及其他》（台北，三民：1993），朱炎主编的《美国文学比较文学莎士比亚——朱立民教授七十寿庆论文集》（台北，书林：1990），吴青萍的《莎士比亚研究》（台北，远东：1964），李慕白的《莎士比亚入门》（台北，台湾商务：1988），马汀尼的《莎剧重探——历史剧及其风格化演出》（台北，文鹤：1996)，梁实秋的《文学因缘》（台北，时报：1964，系台北文星1964年版的重刊，内收入莎学论文7篇），陈冠学的《莎士比亚识字不多?》（台北，三民：1988），赵天华的《莎士比亚笔下的爱神》（台北，万象：1961），颜元叔的《莎士比亚通论：悲剧》（台北，书林：1996），《莎士比亚通论：历史剧》（台北，书林：1995），《莎士比亚通论：喜剧》（台北，书林：2001），《莎士比亚传奇剧、商籁、诗篇》（台北，书林：2002），虞尔昌译小泉八云著的《莎士比亚评传》，（台北，世界书局：1996)，"国立"高雄师范大学主编的《中美莎士比亚研讨会》（台北，文鹤：1995），邱锦荣的 Metadrama：Shakespeare and Stoppard.（台北，书林：2000)，李启范的 The Plays Within the Plays in Shakespeare. Taipei：Hai Kuei Cultural Enterprises.（1985）Steele, Eugene. Shakespeare and the Italian Professionals.（台北，书林：1993）。

在研究方法上，莎学研究不再局限于莎士比亚的语言、意象、结构、版本等文本范畴。彭镜禧主编的《发现莎士比亚——台湾莎学论述选集》中，有余光中的《锈锁难开的金钥匙》、赵星皓的《〈鲁克丽丝失贞记〉里的后设戏剧元素》、谢君白的《驯服之必要：〈驯悍记〉表演策略观察》、彭镜禧的《编剧者的梦魇：戏谈〈仲夏夜之梦〉》、张静二的《〈威尼斯商人〉的"彩匣"情节》、张小虹的《镜像舞台/阶段：〈第十二夜〉中的性别辨（误）识》、颜元叔的《莎悲剧之综合评论》、胡耀恒的《我对〈汉姆莱脱〉的三点看法》、廖炳惠的《谁需要奥菲丽亚?》、林镇志的《"然而她非死不可，否则她会背叛更多的男人"：德斯底蒙娜的"背叛"和奥赛罗的"正义之剑"》、阮秀莉的《三面马克白·多重莎士比亚：威尔斯、黑泽明和波兰斯基的〈马克白〉》、马汀尼的《隐遁逍遥于历史法则之外——论〈亨利四世〉》、王仪君的《征服的愿望：试论〈亨利五世〉中帝国主义、国族主义与身份认同》、陈玲华的《〈冬天的故事〉：花卉飘香的牧歌悲喜剧》、林明泽的《走出暴风雨：后殖民情境中"卡力班"认同的困境》、王淑华的《政治与戏剧：中国莎学新探》、王婉容的《莎士比亚与台湾当代剧场的对话》、林璄南的《戏剧写作与作者身份——以"莎士比亚"为例》、彭镜禧的《台湾出版莎士比亚学术论文目录初编（1970—2000）》。① 我们从中看到无论是诗或戏剧，论文并不局限于传统对作品内容或形式的欣赏分析，而是从剧场演出、影视改编、戏剧观念、女性主义、性别研究、新历史主义、后殖民主义、文化与跨文化研究等领域出发，从不同的角度研究莎士比亚。彭镜禧的《细说莎士比亚论文集》（台湾大学出版中心，2004）收入他历年发表的莎学论文17篇。②

此外，台湾商务印书馆出版有李慕白的《莎士比亚入门》。作家与作品丛书也列有《莎士比亚》专章。1986年，台湾师范大学上演了梁实秋译的《奥赛罗》。1989年，在台湾高雄师大召开了"第一届中美莎士比亚研讨会"。据笔者统计，仅莎士比亚十四行诗的译本，台湾就出了不下7个译本。它们是虞尔昌译《莎士比亚十四行诗》，台北世界书局，1961年2月（中英对照）；洪北江编译《莎士比亚语粹十四行诗合集》，台北洪氏出版社，1962年12月；梁实秋译《十四行诗》；施颖洲译《莎翁声籁》（中英对照），台北皇冠杂志社，1981年9月；杨耐冬著译《莎士比亚情诗》，台北文经出版社，1982年3月；陈次云译《莎士比亚商籁体》，台湾《中外文学》1991年各期。台北良友书局1971年出版了《莎士比亚析义》一书。1990年，台北书林出版有限公司出版了朱立民的《美国文学·比较文学·莎士比亚》。在这本书中还收入了黄美序的《〈罗密欧与朱丽叶〉中的喜剧艺术》，彭镜禧的《从表现角度看〈亨利四世上篇〉哈乐与富士塔的关系》，廖炳惠的《谁需要奥菲丽亚？》，苏其康的《〈仲夏夜之梦〉的浪漫人生观》。李国修根据《哈姆雷特》改编的演出本《莎姆雷特·狂笑版》由台湾INK印刻出版有限公司于2006年出版。近年来，台湾莎学方兴未艾，台湾《中外文学》等杂志除了发表莎评文章二百多篇外，《中外文学》还两次刊出《莎士比亚专辑》，此外在《中外文学》的专号，如"戏剧研究专号：文本、演出、戏剧史"上，以及台湾大学出版的《台大语言与文学研究》等刊物上也有莎学论文发表。杨世彭翻译的《仲

---

① 彭镜禧：《发现莎士比亚：台湾莎学论述选集》，台北猫头鹰出版社2000年版，第375—398页。
② 彭镜禧：《细说莎士比亚论文集》，台湾大学出版中心2004年版，第287—295页。

夏夜之梦》(2001)、《李尔王》(2002)分别由台湾猫头鹰出版社和木马文化事业有限公司出版。陈琳秀翻译的《罗密欧与朱丽叶》(2001)由台湾华文网有限公司崇文馆出版。台湾学者彭镜禧的《细说莎士比亚论文集》(其中收入方平先生的"序")也于2004年出版。此外，在台湾大学、清华大学（台湾）、淡江大学等高校的外文系也开设有"莎士比亚"课程。台湾师范大学许俊雅教授的《莎剧故事在台湾早期的流播与接受》在《中国莎士比亚研究通讯》2012年第1期发表；台东大学英美系陈淑芬博士的《台湾地区莎剧(1949—1987)演出的影响》在《中国莎士比亚研究通讯》2017年第1期发表。2015年9月，台湾举办了"世界—舞台—莎士比亚在台湾特展"。

第二节 莎剧演出

一 校园莎剧演出

1986年之前，台湾的莎剧演出大多局限于戏剧院系的毕业公演，其中文化大学戏剧系在毕业公演莎剧上较有影响。文化大学自1967年演出《李尔王》之后，共演出了25出莎剧，包括悲剧、喜剧和传奇剧等14个剧目：《仲夏夜之梦》(1966)、《李尔王》(1967、1968、1969)、《凯撒大帝》(1968、1977)、《威尼斯商人》(1969)、《奥赛罗》(1969)、《哈姆雷特》(1971)、《马克白》(1972)、《考利欧雷诺斯》(1973)、《安东尼与可丽欧佩区拉》(1975)。其中，王生善单独或与人联合导演7部，洪善群单独或与尹世英等人联合导演6部，前者重视运用传统或现代剧场形式及表现元素来呈现莎剧，后者大量采用象征性手法，特别是音响效果制造出戏剧所需要的基调与气氛。这些校园戏剧演出，不仅具有戏剧学习、艺术教育的功能，在表达形式、舞台美学创造上也进行了大胆的尝试和试验。台湾的莎剧编剧、导演和演员在莎剧演出中强调如何用中华文化、中国戏剧舞台表演形式和语汇重新诠释莎剧，使莎剧能够与台湾人民的生活、文化习俗和感情产生共鸣，使莎剧与台湾剧场和汉语文化产生更多的对话空间。1986年，由台北市立交响乐团邀请汪其楣导演的《仲夏夜之梦》音乐剧，在聂光炎的舞台灯光设计中融合了写实与抽象的创作手法，制造出一种似真似幻、晶莹剔透的水晶般的效果，在两道纱幕上，既有森林、鲜花、树叶的美妙投影，又可以使透明水管组合装置投影在纱幕上，营造出诗意般的梦幻空间。这也是台湾在舞台设计上首次采用大型幻灯及纱幕来营造剧场空间。

二 现代与传统之间：话剧莎剧与中华戏曲莎剧

1992年，台湾屏风表演班推出了由李国修编剧及导演根据《哈姆雷特》改编的讽刺情景喜剧《莎姆雷特》（该剧曾参加'94中国上海莎士比亚戏剧节演出，并多次赴北京演出）。《莎姆雷特》描述了风屏剧团演出莎氏经典名著《哈姆雷特》，希望一举扭转三年前公演失败的耻辱，重新树立剧团在观众心目中的形象。但是，由于业余编剧的笔误将"哈"字错写为"莎"字，演员因为临时调换角色而频频忘记台词，在李修国照本宣科念诵角色雷欧提斯的台词时，手上的剧本散落一地，页码已经错乱，台词前后次序颠倒，由一字之谬和台词错乱，破坏了原著中的悲剧气氛，并且还闹出了许多笑话。为此，剧团演出了剧名为《莎姆雷特》的"错误喜剧"。主要剧情为：团长李修国生性优柔寡断，虽然欲向红杏出墙的妻子证明自己的诸多能力，但空有想法而缺少目标，在剧团一再发生问题的情况下又无法果断处理。演员之间由于私心颇重，私事很多，也无法和谐相处，心不在演戏，甚至连导演也不想在无利可图的舞台剧演出上用心太多，一心想在影视界求得发展。该剧以《哈姆雷特》主要情节为主线，真实的"屏风"变成了"风屏"，真实的"李国修"，变成了"李修国"，角色的错乱造成了对原著中哈姆雷特忧郁、延宕的性格悲剧和复仇的反讽。① 该剧以三流的"风屏剧团"团员因角色竞争、感

---

① 李国修：《莎姆雷特》，台湾书林出版有限公司1992年版，第5页。

情纠葛导致仇恨、嫉妒、钩心斗角的情节为辅线，以戏仿演绎了当下演员在现实生活中一再重复的生存困境，大胆颠覆拆解、倒错原作，力求在精神上紧扣原作主题的同时，掺入现代社会熟悉的权利争斗和情感多变的因素，① 使观众对戏剧和真实之间的反讽、辨正和交互指涉关系有更多反省玩味的空间（该剧2000年8月推出第三版，即"千禧年狂笑版"），在"千禧年狂笑版"中包括莎士比亚在内都被渺小化乃至琐碎化了，凡夫俗子成为戏剧中的主角，哈姆雷特就是我们大家。《莎姆雷特》故意把剧团的幕后事件暴露出来，让观众亲眼看到演出中一系列的"出糗"事件以及演出中的种种意外，剧情也不可能以假为真演绎原作，而是表明这不过是一场"戏"，或是一场"游戏"而已。

《莎姆雷特》在戏仿的形式中同样探讨的是戏剧与人生和人性的关系。"李国修以悲剧性的角色性格与混乱的突发事件来成就喜剧的情境，以悲剧成就喜剧……设置'错误'、'错乱'、错置的'解构再解构，交错与颠倒、传统与现代、通俗与严肃'"②，每个人都是哈姆雷特，实现了悲剧向喜剧的转化。1992年由马汀尼在台湾"国立"艺术学院戏剧系导演的《亨利四世》演绎人在历史权力运作中的角色扮演及自我定位的戏剧空间，舞台设计体现出公共工程建筑物概念，如路桥、地下道路的出口、滑梯；象征国王权力中心的巨大圆柱体，以阐释王朝的重新建构等。1994年，"果陀剧场"推出梁志民导演的《新驯寻？悍汉？记计》，完成了导演设定的一个流浪汉的梦的主题阐释，塑造出当下成年人或现代人所缺少的梦想幻景，同时也创造了台湾剧场童话式的视觉语言风格。1986年，阎鸿亚在台湾"国立"艺术学院戏剧系执导改编的《射天》（《哈姆雷特》），将整个时代和历史北京都置换到了战国时代的宋国，以歌舞伎的形式糅合元杂剧元素，体现出一种有别于京剧（平剧）的中国风格。在舞台上，由于历史情景和时空背景的不断转换，使西洋

---

① 李国修：《莎姆雷特》，台湾书林出版有限公司1992年版，第154页。
② 黄致凯：《悲剧变奏曲》，李国修：《莎姆雷特》，台湾INK刻印出版有限公司2006年，第14—26页。

宫廷中的演剧传统转变为中国历史中帝王之家占卜的仪式，再现了先王的真实命运，完成了王子试验叔父是否有谋杀父王的目的。① 1989 年，"当代传奇剧场"推出的王安欣改编、吴兴国执导的《王子复仇记》，该剧是继《欲望城国》（《马克白》）之后，又一部以京剧形式改编的莎氏悲剧。该剧除了延续《欲望城国》中将莎剧中的戏词转换为京剧的韵白、唱腔，运用京剧表演程式、身段外，着重将王子内心独白的大段唱腔，用于表现内心复杂的矛盾心情，在中国古代背景中，融入了更多的中国传统民俗技艺的表现形式，表演中采用了弹词和哑剧形式，由一位说书人和两个弹奏琵琶者且说且唱呈现故事，而另外的演员则以哑剧表现出谋杀的情节。② 1998 年，贾孝国改编自《哈姆雷特》的摇滚版的《树林中的王子》则强调肢体张力和暴力氛围，运用强烈的现场摇滚音乐和仪式化的动作，创造出一个全新的树林王子，轻快逗趣的动作使画面中真实的残酷血腥呈现出疏离的反讽效果。1986 年，汪其楣导演，台北市立交响乐团制作、演出的《仲夏夜之梦》着重与现代生活语言接轨，身体语言呈现出舞蹈的特色。1992 年，由王小棣执导的《莎士比亚之夜》糅合、借用京剧艺术，采用京剧身段、动作、京白、文武场面呈现三段式及三部莎剧（《哈姆雷特》《奥赛罗》《马克白》），对人心的黑暗面给予揭露。1997 年，在台北国家戏剧院演出由梁志民导演的《吻我吧！娜娜》（《驯悍记》）以现代歌舞剧形式将莎剧中嬉笑怒骂的语言改为通俗易懂的唱词及对白，配以不同形式和风格的流行音乐、歌唱和舞蹈，反映了台湾流行文化的拼贴效果，使观众在轻松愉悦的氛围中亲近莎氏喜剧。③

2012 年，台湾师范大学陈芳出版了《莎戏曲：跨文化改编与演绎》，该书以台湾几部以戏曲形式演出的莎剧为研究对象，并且与大陆排演的戏曲莎

---

① 彭镜禧：《发现莎士比亚：台湾莎学论述选集》，台北猫头鹰出版社 2000 年版，第 337—348 页。
② 王婉容：《莎士比亚与台湾当代剧场的对话》，彭镜禧：《发现莎士比亚——台湾莎学论述选集》，猫头鹰出版社 2004 年版，第 337—348 页。
③ 简南妮：《果陀剧团〈吻我吧！娜娜〉中的离经叛道》，上海戏剧学院/香港浸会大学/澳大利亚拉筹伯大学：《莎士比亚在中国演出与研究国际研讨会论文集》，上海戏剧学院/香港浸会大学/澳大利亚拉筹伯大学 1999 年版，第 231—237 页。

剧进行了对比，她认为"'莎戏曲'演员在舞台上的身体变化，其实就是一种表演重塑"，① 在戏曲莎剧的排演中，可以通过这种重塑，达到转化程式，并以异化的身体跨界借鉴，同时也使戏曲表演在超越戏曲行当规范中，展现出中西文化交融的"化用程式"的身体之美、艺术之美、哲理和伦理的力量。台湾与大陆骨肉相亲、血脉相通，两岸莎学研究者、导表演艺术家要携手同心，共同推进中华莎学走向世界，共圆中华民族伟大复兴的中国梦。台湾与大陆均以中华传统文化为根基，因此，与祖国大陆一样，在排演莎剧上除了用话剧形式演出莎剧以外，采用中国传统戏曲程式演出莎剧，已经成为台湾莎剧演出的一个鲜明特色。

进入21世纪以来，以豫剧排演的莎剧受到了海峡两岸莎学研究者和戏剧界的关注。由台湾大学外国语言文学系彭镜禧教授和台湾师范大学陈芳教授三度联手根据《威尼斯商人》改编了豫剧《约/束》，根据《恶有恶报》改编了豫剧《量/度》，根据《李尔王》改编了豫剧《天问》，赴中国大陆演出。《天问》由彭镜禧、陈芳编剧，吕柏伸导演，2009年在台湾首演。该剧以中国传统词曲对应莎剧台词，改编尽量保持原作同性恋的暧昧关系；采用了波黠欲借夏洛之刀除掉安东尼的心理。《天问》具有女性主义思潮的特点，以女权主义思想作为女性翻身的象征，"强调自然情感远比理性规范更为重要"②。彭镜禧和陈芳还根据哈佛大学葛林布莱和剧作家改编自"失传"的莎剧《卡丹纽》，创作了荣兴客家采茶戏《背叛》。《背叛》剧本2013年由台湾学生书局出版。2012年，在台北首演的《艳后和她的小丑们》借用京剧演绎莎士比亚的《安东尼克莉奥佩特拉》，在彰显京剧主体性的前提下，采用后设手法与莎士比亚对话，"后设戏剧主题即编剧对改编莎翁名剧过程中的自我对话、反

---

① 陈芳：《表演重塑：台湾"莎戏曲"演员的身体异化》，中国古代戏曲学会编：《中国戏剧史新论》，上海人民出版社2016年版，第685页。
② 彭镜禧、陈芳：《天问》（改编自莎士比亚《李尔王》），台湾学生书局2015年版，第X页。

思及焦虑",①并在此基础上实现场景转移、莎剧的在地化,以及原作语言的转换与重构。2016年,台湾传奇剧场以京剧和现代表现手法相结合,融汇东西方戏剧审美观念,演出了京剧《仲夏夜之梦》。

1992年4月,中国莎士比亚研究会在上海举行朱生豪诞辰80周年学术报告会,台湾英美文学学会会长、淡江大学教授、莎学专家朱立民专程参加了会议,并向大陆学者介绍了台湾"莎学"的情况。这也是海峡两岸"莎学"学者的第一次交流活动。近年来,台湾的莎学发展呈上升趋势,而且与大陆的莎学学者之间的交流也比较频繁。大陆举办莎士比亚戏剧节、莎学研讨会也有台湾莎学家如朱立民、彭镜禧、姜龙昭、王淑华、林璟南、简南妮等受到邀请来观摩、参与研讨。台湾莎学学者的论文也在大陆的《中华莎学》《南京师范大学文学院学报》《中国莎士比亚研究通讯》等刊物上相继发表。在大陆出版的一些莎士比亚书籍,也在台湾出版,如:哈勒岱著、刘蕴芳译的《莎士比亚》(1999)、孙大雨翻译的《莎士比亚四大悲剧》(2001)由台北市联经经典出版社出版;方平翻译的《新莎士比亚全集》(2001)、卞之琳翻译的《莎士比亚四大悲剧》(上、下,2004)均由台湾猫头鹰出版社及时推出。在台湾,莎士比亚研究是外国文学研究中的重镇,②在研究中融入了中国文化观点,探讨根据莎士比亚戏剧改编的影视作品中叙述方式的变异,莎士比亚戏剧与文艺复兴时期意大利剧场表演的关系。彭镜禧的《与独白对话:莎士比亚戏剧独白研究》强调了莎剧的独白继承了晚期道德剧中的语言习惯,而且更兼顾了修辞的华丽与角色的心境,即使是采用华丽的修辞手段,也会根据角色独白的心理矛盾"设句置词"③。独白创造了戏剧的张力,细腻而多角度地呈现出人物的内心世界,独白越多的角色往往越容易给观众留下深刻印

---

① 姜翠芬:《莎士比亚在台湾的时空穿越火花——以〈艳后和她的小丑们〉为例》,胡志毅、周靖波:《戏剧与媒介:第九届华文戏剧节学术研讨会论文集》,浙江大学出版社2016年版,第377—378页。
② 陈长房:《外国文学学门未来整合与发展》,冯品佳:《重划疆界:外国文学研究在台湾》,"国立"交通大学外文系1999年版,第385—431页。
③ 彭镜禧:《与独白对话:莎士比亚戏剧独白研究》,书林出版社2009年版,第17页。

象。彭镜禧根据莎剧中的场面、演员/角色，以及与观众之间的互动，将莎剧中的独白归纳为"阳春型独白""有偶型独白""配件型独白"和"对话型独白"4种独白类型，"说给谁听"是戏剧独白的意义所在。

总之，在台湾的外国文学研究中，莎士比亚研究的论文数量相当多，莎学论著也时有出版。① 由此可见，台湾莎学可谓"枝繁叶茂"了。近年来，海峡两岸文化交流频繁，除了大陆召开的莎学会议时有台湾学者参加以外，大陆莎学学者也多次赴台湾参加莎学会议。虽然中国大陆尚没有全面开启对台湾莎士比亚接受史、剧本翻译、莎剧改编、莎士比亚诗歌以及莎学数字化时代的传播研究，但是台湾学者和多位大陆学者、博士已经以台湾莎学研究为题对"莎士比亚在台湾"进行了深入研究②，并取得了一些前期研究成果。

---

① 陈长房：《外国文学学门未来整合与发展》，冯品佳：《重划疆界：外国文学研究在台湾》，"国立"交通大学外文系1999年版，第412—420页。
② 李伟民：《清风披玉尺，明月映冰壶——陈淑芬的〈莎士比亚戏剧在台湾〉兼论台湾莎剧演出与研究》，《四川戏剧》2018年第10期。

第十一章　结语:"后莎士比亚400时代"

一　莎剧是世界语言

从整个人类文明的发展史看,尤其是从文学、艺术和戏剧的发展来看,在"文明因交流而多彩,因互渐而丰富"① 的历史进程中,中国现代文学、文化在受到西方文化和文学影响的同时亦获得了现代转型,具体到晚清以来中国人对莎士比亚及其作品的认知,从莎剧被视为"说部"的小说,"直抗吾国杜甫"的"诗人"的"诗歌",到学俄苏马克思主义莎学的直接影响,转变为视莎士比亚为一个伟大的文学家和一位创造了诸多舞台奇迹和舞台艺术精品的伟大戏剧家。回顾我们对于莎士比亚及其作品的认知转型发现,我们在接受西方莎士比亚的同时,也试图以我们的翻译、演出和研究,对于莎士比亚的剧作在人类社会创造的各种舞台艺术表现形式,通过对其主题和内容的理解与阐释,在审美借鉴的过程中,积极吸纳其中有益的成分,丰富和发展我们自己的演出和舞台艺术。"文艺是世界语言"②,对于莎剧这样的经典,我们学习和研究的目的在于借鉴世界优秀经典戏剧文化成果,并通过这种学习与借鉴,在开拓创新中融会中西,更好地丰富和发现、发展自己的戏剧艺术的独有魅力,从而实现与世界主流莎剧之间的持续对话,通过学习借鉴世

---

① 习近平:《在文艺座谈会上的讲话》(2014年10月15日),中共中央宣传部:《习近平在文艺工作座谈会上的重要讲话学习读本》,学习出版社2015年版,第119页。
② 同上书,第9页。

界最优秀的戏剧,在与中华民族美学理念和审美习惯结合的同时,以不同于西方戏剧代言的写实,而是以写意或写意与写实兼具的中国风格、中国气派重构形式的单一"话剧莎剧"的戏剧叙事,为全球范围内莎剧舞台艺术提供中国气派、中国形式和中国风格的莎剧表演与舞台审美的作品、理论。

二 世界主义维度与多元"地域化"莎剧

莎剧的舞台演出和研究在当代社会所显示出的无穷生命力与其世界主义(cosmopolitanism)的内在因素有很大关系。从政治层面考虑,世界主义强调超越国家和民族的普世价值,这一西方的核心价值观具有相当的魅惑性,使人警惕。① 但从文化层面进行观照,莎剧在世界范围的广泛传播又显示出莎剧内在的经典价值,原因在于,莎剧的世界主义与现代性、后现代性、后殖民主义以及全球化等演出实践和研究有着难以分割的密切关联。尤其是在当代,如果我们忽视了对莎剧的世界主义、现代性和后现代性的理论思考和研究,也就难以理解"不属于一个时代,而属于所有世纪"的莎剧成为经典,而且已经超越国家、民族、语言和文化界限所具有的内在潜质,以及世界主义性质的莎剧在文化、语言、艺术指涉上的宽容、多元性与多样性,甚至不利于我们借鉴莎剧时更深刻地理解汤显祖、关汉卿、王实甫、孔尚任、洪升等伟大戏剧家剧作中所包含的人民性,也难以在中国文化走向世界的过程中,"在世界文化激荡中站稳脚跟的坚实基础,增强文化自觉和文化自信"。② 正如上海戏剧学院藏族班《罗密欧与朱丽叶》的导演徐企平在排演莎剧时所说:"莎士比亚的剧本更像一个剧本,它是一出戏,不是生活。当然它是反映了生活,但它是戏剧化了的生活,戏味特浓……扮演莎翁的剧中人最需要的是什么?我以为是一个解放了的人性,一个纯洁的人性,一个热情奔放的人性。"③ 所

---

① 吴兴唐:《"世界主义"与"颜色革命"》,《红旗文稿》2015年第8期。
② 习近平:《在文艺座谈会上的讲话》(2014年10月15日),中共中央宣传部:《习近平在文艺工作座谈会上的重要讲话学习读本》,学习出版社2015年版,第28页。
③ 徐企平:《〈柔密欧与幽丽叶〉导演技巧杂谈》,《戏剧艺术》1981年第4期。

以，在排演该剧的过程中，他以传统为主，兼收并蓄，传统但不陈旧，现代而不怪诞，立足传统，力求创新，对现代主义的各种流派的导表演手法采取拿来主义。在导演中，以中国人对莎氏的理解，甚至以导演的主观理解为主导，在民族文化的基础上创造自己的演出形象。

例如，该剧省略了械斗的原因，开幕就是一片刀光剑影，一片厮杀、一片叫喊声，取得了震撼的效果；"喝药"一场，月光中朱丽叶外表宁静，内心激荡，"灯光用绿色的月光，投到她的雪白的衣裙上，把纯洁的朱丽叶形象照得透明，好像一座晶莹剔透的雕塑，很美"①；再如，以灯光变脸，故意留下导表演"刀痕斧迹"，强调的是现实主义与浪漫主义、幻觉与技巧、生活真实与形式写意、传神与变形之间的辩证关系。"莎士比亚的绚丽花朵开在了世界屋脊之上"。② 藏族学生用藏语演出的《罗密欧与朱丽叶》中，是在中国古典戏曲—莎士比亚—现代主义之间构筑一座艺术的彩桥，戏剧不必拘泥于生活的真实，不是生活的再现，而是戏剧化了的生活，即"虚戈作戏，真假宜人""是莎士比亚的，又必须是中国的；是传统的，又好像是现代的；是传统的，但又不显得陈旧，是现代的，并不流于荒诞"③，当"真"与"美"发生冲突之际，宁愿放弃生活的真，而追求浪漫主义的艺术之美。因为我们演出莎士比亚戏剧终究是为了演给中国观众看的，是世界的莎剧，更是中国的莎剧。

因为对于莎剧来说，世界主义旨在超越文化传统、伦理和审美判断的指涉，已经证明并不断证明了莎剧含有至今仍然活跃于舞台，成为经典之中经典的深刻历史与现实原因。中西方戏剧分属于不同表演体系，以中国众多的剧种不断改编莎剧已经构成了莎剧中国建构的重要一环。我们对莎剧的重构也是在国际莎剧百花园中，以我们中华民族文化精神、美学精神对莎剧的中国式阐发，是对多元世界主义的莎剧现代性宏大叙事的独特艺术贡献，而这种独特的叙事形式，又在解构所谓单一"话剧性"所依附的当下语境中，实

---

① 徐企平：《〈柔密欧与幽丽叶〉导演技巧杂谈》，《戏剧艺术》1981年第4期。
② 徐企平：《戏剧导演攻略》，中西书局2015年版，第5页。
③ 同上书，第123页。

现和彰显了自身戏剧的特殊文化价值。对莎剧的当代重构可以展示中华文化独特的审美魅力，增强中华文化对世界的亲和力、辐射力、影响力和凝聚力，由此也就在跨越时空、超越国度，富有永恒魅力和当代精神的莎剧的演绎中既立足于本国文化又面向世界，从而能够为不断"提高国家文化软实力"①，做出我们应有的贡献。

马克思和恩格斯早已发现和预示了全球化在经济和文化领域内运作的规律。② 而在全球化的背景下，莎剧普遍被世界各个国家、民族、文化所接纳、改编、重写、解构的全球化现象，使在世界主义理论观照下的莎剧为全球化提供了理论话语与舞台实践的不竭动力，其审美理念甚至成为据以评价戏剧文本和舞台表演的唯一批评视角和审美艺术原则。以各种戏剧艺术形式，尤其是以国家、民族、地域为代表的传统戏剧艺术改编莎剧，其实就是超越舞台演出实践和莎学研究的欧洲中心主义和西方中心主义的美学范式。在全球化的莎学尤其是莎剧改编的全球化语境中，以"文化的多元性和多样性"③彰显莎剧的世界主义内在潜质。

民族色彩浓郁、地域特征鲜明的中国戏曲通过莎剧的"地域化"重构，获得了全球化的阐释空间。在西方戏剧中，角色类型指剧作中由剧作者创造出来的各类角色，角色类型不但是对角色的分类，而且也是对演员的分类，而中国"戏曲行当是对某种角色表演程式体系的载体，而西方戏剧的角色类型不具备这种性质"④，这就为莎剧表演提供了更为丰富的表演形式。莎剧作为一种超越国家和民族审美形式的世界主义戏剧，在艺术和审美上的追求，表现为现代主义和后现代主义的阐发和多元多样的艺术形式建构，也是世界主义视角下的莎剧在莎剧舞台上经常被肯定的理由之一，而这种演出形式恰

---

① 习近平：《习近平谈治国理政》，外文出版社有限责任公司2014年版，第160—162页。
② 王宁：《易卜生与世界主义：兼论易剧在中国的改编》，《外国文学研究》2015年第4期。
③ Douwe Fokkema, "Towards a New Cosmopolitanism", *The CUHK Journal of Humanities*, No. 3, 1999, pp. 1–17.
④ 陈世雄：《西方戏剧的角色类型与中国戏曲的角色行当》，中国古代戏曲学会编：《中国戏剧史新论》，上海人民出版社2016年版，第292页。

恰反哺了莎剧的全球撒播。在莎剧的世界主义映射下，对于写实主义或现实主义的莎剧来说，其实就是对二者的颠覆，但也成就了可以融合浪漫主义、现实主义、现代主义、后现代主义，融合话剧表演和戏曲表现的一种全新的莎剧。我们从世界主义的视角观照莎剧中的世界主义元素，就能够清晰地看到，当下某些后现代主义的莎剧是对于僵化、封闭的抗拒，是旨在超越现实主义、现代主义莎剧大胆而勇敢的尝试，改编尽管不时出现伴随着内容而呈现出的不加节制的解构，但相对于原作和已经熟烂于内容的观众来说，也许对表现形式更为看重，对审美形式也更加在意，即使是这种改编在文本和舞台呈现上表现为指涉性的断裂，也会被视为不同于欧美莎剧甚至是具有世界主义莎剧视域的另一种独具魅力的阐释。

世界主义普遍关切人和人的境遇，承认人与文化的多样性，重视人类生活的价值，与文艺复兴时期对人的肯定相一致。分属于不同表演体系的戏剧既存在着差异性，也存在着同一性。所以，我们对世界主义视域下莎剧的讨论将为中国莎学研究打开更为广阔、更加深入的理论视野。我们可以从以下几个方面认识莎士比亚与世界主义之间的关系。第一，莎剧具有世界主义的维度，注重莎剧对于文学和戏剧具有普遍人性的认知和审美价值的开拓。莎氏对人类情感现实主义、浪漫主义、表现主义，乃至象征主义描写的独特方式，以及把人类情感放在社会环境之中的深入描述，已经使莎氏作为人类共有的精神财富的公共性不断得以释放，具有世界视野的莎剧应该借用民族特色的艺术表现形式，协调文本与改编之间的文化与审美差异，在此层面获得阐释的普遍意义，甚至通过现代主义与后现代主义的某种呈现方式以互文、拼贴、变形、挪移、重构与解构映射出来，彰显莎剧传播的世界主义倾向。莎剧的跨文化、跨剧种改编的常态化让话剧形式的莎剧身份认同本身也发生了不断"裂变"，从固定的话剧形式，裂变为多种不同的戏剧艺术形式和被不同文化、民族所认同与接纳。第二，作为一种文化范式和创作方法，莎剧在全球化时代身份认同的普遍意义，促使我们的审美思维能力和想象力都有了更为多维的视角，演绎莎剧"是为了展示自己的文化,并表明我们沉浸于其中",① 对莎剧的重构已经成为各种戏剧风格、流派吸收他者导表演理论、审美经验的一张畅通无阻的通行证,并且演绎出无数的莎士比亚副产品。莎剧与中国戏曲的结缘不是为了强求审美理念的一致,而是为了它们以各自独特而鲜明的表现形式展示人性的复杂和戏剧审美的多元价值。第三,由于莎剧在世界范围内所拥有的经典性已经成为世界主义对民族主义戏剧的改编标尺,对莎剧的搬演已经日益成为戏剧工作者、学习经典、磨砺风格、体现创新、追求创意、实现深刻的必由途径。作为经典的莎剧在审美上具有某种标准性和评判艺术优劣的话语权,所以,人们常以是否成功导演、表演过莎剧作为自身艺术成功、成熟的标志。第四,在全球化的背景下,莎剧所具有的全球化文化身份,通过文本和舞台改编的多元性与异质性,使人们更多地看到相同中的相异或相异中的相同。这种多元化中的异质性与同一性主要表现为,从形式与语境出发,拉开当代观众与莎士比亚的距离;或者宣称遵循原著精神甚至细节的演出,希冀当下的观众能够重新回到莎士比亚戏剧产生的时代。第五,全球化与跨文化中的莎剧改编,表现为自我所拥有的个性化的本质,并不仅仅属于自我,强调建构本身是一种意义的再阐释,更是"过程"和"游戏"的不断增殖,而本质的东西主要体现在主体与客体的交互作用中,具有世界主义身份的莎剧成为建构多元文化莎剧、后现代主义莎剧的一股主要潮流。第六,以还原莎士比亚为号召,不断推出各种莎剧译本,既有根据英国皇家版莎氏全集重译的全集,也有根据英国皇家版莎氏全集校订的朱生豪译莎全集,还有回归散文形式的傅光明译莎剧。但朱生豪、梁实秋译莎氏全集在读者心中仍占有不容撼动的位置。进入21世纪以来,莎学研究著作不断推出,但学术质量参差不齐。

长期的艺术实践证明,戏曲莎剧作为两种文化复合的特殊产物,对于中国观众具有其他艺术形式所难以完全取代的辐射力。一种异国文化能否在当

---

① Jeremy Waldron, "What is Cosmopolitan?", *The Journal of Political Philosophy*, No. 8, 2000, pp. 232 – 234.

代中国寻觅到知音，最终取决于有没有寻找到超越时代和国界的方式、方法，而又特别为我们今天所需要和认同的人类文明智慧和精神。中国莎剧中那些演绎永恒主题、共同的人性和戏剧审美技法，在叙事上体现为"地域化"与世界的对话与交流，例如：爱情、死亡、仇恨、嫉妒等母题本身就是世界主义观照的范畴。诚如马克思所说："各民族的精神产品成了公共产品，于是有许多种民族的和地方的文学形成了一种世界的文学。"[①] 莎士比亚超越国家和民族的世界性，以及超越特定民族文学、特定戏剧形式和跨时空的经典性使其已经成为一种世界戏剧语言。莎剧在现代社会的多元价值与无可撼动的经典地位也应该是莎士比亚的世界主义因素之一。进入20世纪下半叶，全球化的潮流为世界主义提供了必要的温床，也使莎剧在全球化呼声中获得了更多的青睐。全球化时代使莎剧呈现后现代主义特征，具体表现为普遍而集中地倾向于通俗艺术，后现代主义莎剧建构的舞台文本的词汇和语义场呈现的是公开、玩笑、祈愿、分离、移位或不确定的形式，它填补的是精英文化和大众文化之间的鸿沟，凸显的是反解释和游戏性的格调。

在后现代主义莎剧的建构中，主题、内容、情节不再能够从文本叙事中发现人性的丰富与复杂，阐释唯一性依赖的是主题的戏仿、内容的互文、情节的拼贴、形式的翻新、话语的嫁接、情节的重组、人物的自嘲、互谑调侃和对现实的联想与映射。正如坎德尔所言："全球化不是世界主义，但世界主义依赖于全球化。"[②] 体现在莎学学术研究领域，具有世界主义身份的莎学不仅在文化、文学、戏剧领域与人类精神生活发生了紧密联系，而且当今的莎氏研究已经成为许多人文、社会科学涉猎的对象，而莎学研究自身结合哲学、美学、文学、戏剧，在全面超越新古典主义、浪漫主义、现实主义理论莎学的基础上，也不断从微观走向宏观，或微观与宏观并重，从单一学科研究走向交叉学科研究，由单纯理论研究走向理论与戏剧演出实践并重的研究格局。

---

① [德] 马克思、恩格斯：《共产党宣言》，人民文学出版社1966年版，第30页。
② Gavin Kendall, *The Sociology of Cosmopolitanism*: *Globalization*, *Identity*, *Culture and Government*, London: Macmillan, 2009, p.14.

莎士比亚已经成为宣示世界主义身份的手段和工具。而也恰恰是这种宣示，明白告诉了我们莎学研究自身与全球化有着难以分割的千丝万缕的联系。

莎士比亚在域外所获得的文学声誉，既取决于译者对其经典性的肯定，也取决于导演、演员在舞台上对其天才的搬演和改编，更在于研究者对其不断地发掘与解读。以多语种形式呈现出来的莎剧所具有的世界主义色彩，往往带给观众较强的文化、心理和语言承受能力，多元文化和审美形式的并存与融会，消解了西方莎剧的中心意识和唯一阐释途径。从世界主义的视角出发，在莎剧的改编中我们就可以据此发现某些具有通约性的艺术、戏剧美学原理。当把莎剧放在一个更广阔的世界语境下进行审视的时候，我们可以据此认识到莎剧在何种程度和什么语境中才能够最大限度地显示出内在的独创性与当代艺术价值。

三 莎学批评的世界视角

经典的价值在于分享。莎剧的叙事是对人性的多元阐释，通过故事理解人性的最终意义；悲剧意识揭示了人类的受难情结、残忍及无法预料、无法控制的后果。当下的莎学研究，从文化唯物主义（新马克思主义）、新历史主义（福柯）、女性主义，到差异地理学在莎学研究中均有不俗表现。莎学研究中的唯物论方法也成为新的主导性的批评、话语模式。在世界主义背景下，欧美学界的唯物论莎学话语背后潜藏着对后现代社会更为强烈的关切与焦虑。索绪尔结构主义语言学与弗洛伊德精神分析相结合成为拉康采用后精神分析理论验证其解释理论的武器。《麦克白》的非理性心理冲突重构出异化社会的真实、开放、多元的叙事文本，并超越了黑格尔的"诗性正义观念"。莎学研究中的新历史主义贡献突出，强调莎学研究并非要精确地重现历史。当代意识形态批评、性别身份批评和宗教观念被用来解释莎作。莎剧中的审美原创成为文学叙述和舞台表演技法的恒定评判原则，莎剧的美学价值已经成为西方文学中的最高尺度。

莎学批评也呈现出世界主义的发展趋势。西方莎学的多样性映射反映了人们对莎氏世界主义的自觉追求与开放心态。莎剧的美学艺术原则已经成为各种文艺理论产生的温床：新批评对莎士比亚诗歌和戏剧悖论语言的揭示、精神分析学俄狄浦斯情节对《哈姆雷特》的分析、新历史主义对莎士比亚戏剧社会能量"颠覆"与"含纳"的分析、女性主义批评对《驯悍记》的研究以及后殖民主义对莎士比亚《暴风雨》的研究等。① 20世纪西方文论的多种流派在很大程度上都与莎士比亚研究密切相关。如布鲁克斯和燕卜荪的新批评理论、弗洛伊德的精神分析理论、弗莱的原型理论、格林布拉特的新历史主义理论、西苏的女性主义理论和赛义德的后殖民批评理论等，以及俄苏马克思主义莎学批评的政治意识形态性质。总之，世界主义视角下的莎学批评超越了传统莎学批评，是从一个更为广阔的世界文学和世界戏剧的语境中探索莎剧的普遍意义和艺术价值。

在当代国外马克思主义莎学研究中，乔纳森·多利默、艾伦·辛菲尔德、加布里埃尔·伊根以及特雷·伊格尔顿等人的英国马克思主义莎评有较大影响。他们的莎评注重从社会角度出发阐释莎作，尤为习惯从权力与策略角度对莎作文本进行深度解读。伊格尔顿认为：马克思明确地"崇尚人类的自由"。② 所以，伊格尔顿采用结构主义理论分析莎作，强调从语言、自然、法律、欲望、价值、缺失层面研究莎剧。加布里埃尔·伊根着重从政治、文学、戏剧和文化批评视角分析莎剧。乔纳森·多利默与艾伦·辛菲尔德则从大众文化角度出发，挖掘文本和社会中隐含的非主流倾向，强调布莱希特戏剧理论与舞台实践与莎剧之间所具有的辩证关系。乔纳森·多利默揭示了权力运作、人性与意识形态之间的多元互动关系。格雷斯·霍克斯将莎作阐释视为历史和政治行为，认为现代主义与马克思主义对莎作的认知不无趋同之处。伊芙·堪布斯认为莎作文本中所透露出来的意识形态倾向对当代读者和观众都有深刻的影响。斯蒂芬·格林布拉特为代表的新历史主义批评和吉恩·霍

---

① 李伟民：《莎士比亚批评中的中国马克思主义莎评》，《上海文化》2016年第8期。
② Terry Eagleton, *Why Marx Was Right*, Yale University Press, New Heaven & London, 2011, p.52.

华德为代表的马克思主义莎评,与瓦尔特·科恩、司各特·舍肖从"幽灵"学说、女性与文化生产、海外贸易在莎剧中的描写,研究了现代电影中的莎剧。而吉恩·霍华德则从新历史主义、文化唯物主义、女权主义、后结构主义、现代主义以及法兰克福马克思主义视角对莎剧进行了再解读,认为马克思主义莎评已经形成了从历史唯物主义和辩证唯物主义理论分析莎作的理论、概念、技巧的方法。① 西方文论离不开对莎士比亚的研究和阐释。西方文论正是借助于对莎士比亚的研究掀起了一次又一次的理论变革的潮流。

四 聚焦移位:"后莎士比亚 400 时代"

在"后莎士比亚 400 时代",莎剧本身已经成为世界主义的演出实践场域,成为超越国家、民族、语言"在原文化之外流通的文学作品"②。莎剧的世界性给我们的启示还在于,莎剧的未来在于在非英语区的世界文化中的广泛传播,多语言、异形式的莎剧在语言的转换之中以文化的多元视角和开放的戏剧审美样式,打破了莎剧重构的中心与边缘界限,带来了背景、审美、文化、视角乃至学术聚焦的移位。改编借助于莎剧的内容表现人性的"在地化",形式不再归属于国家、民族和文化的某一体系,各种"异国莎士比亚"实验所提供的美学启示,以及对于人性的深刻理解往往也会超越很多一般英语莎剧的演出。

在"后莎士比亚 400 时代",中国将以更加开放的胸襟拥抱莎士比亚,改编形式也更趋多元化,例如,上海京剧院、国家京剧院、北京京剧院、天津京剧院、陕西省京剧院联袂推出的昆曲《罗密欧与朱丽叶》;英国利兹大学的《仲夏夜梦南柯》用本国视角阐释对方名著;日本戏剧人铃木忠志监制、中国黄盈导演的《麦克白》利用黑色滑稽的外在服装传递反英雄的悲剧内核。歌剧《奥赛罗》古典与现代风格相融通的舞台设计深刻地诠释

---

① 张薇:《当代英美的马克思主义莎士比亚评论》,中国社会科学出版社 2018 年版,第 8—10 页。
② C. David Damrosch, *What is World Literature*? Princeton: The Princeton University Press, 2003, p. 4.

了剧情。① 2016 年 12 月，国家大剧院版话剧《哈姆雷特》强调"深层次还原文学名著"，并且嵌入了朱生豪译莎的情节，都成为"后莎士比亚 400 时代"主体意识在莎士比亚传播中的生动反映。2016 年，重庆话剧团实验剧场版《麦克白》，以"麦克白夫妇忏悔录"的演绎方式，把古战场移植到肉联厂的屠宰车间，角色穿梭于肉林血池之中，该剧采用女演员（客观女体）饰演麦克白，男演员（客观男体）饰演麦克白夫人，以角色易位形式探讨人性中的非理性和荒诞性。

借 2016 年纪念莎士比亚和汤显祖逝世 400 周年，2015—2017 年，以多种形式改编的莎剧或融入莎剧的汤剧相继登上中国或世界舞台。这期间纪念莎士比亚和汤显祖逝世 400 周年的活动达到高潮，从多种审美视角出发改编莎剧，彰显了我们对中华文明的自信。2017 年"第二届文化传承和创新国际论坛"（江西抚州）召开期间，英国 TNT 剧团演出了《第十二夜》、阿尔巴尼亚国家剧院演出了话剧《驯悍记》、浙江小百花越剧团演出了《寇流兰与杜丽娘》。纪念汤显祖和莎士比亚逝世 400 周年的活动甚至在尼泊尔的首都加德满都展览、演出。2015 年，上海昆剧团创排了根据《麦克白》改编的昆剧《夫的人》。《夫的人》是以麦克白的"夫人"为主角，以昆曲形式，从心理和情感对麦克白夫人进行了深度的挖掘与刻画。全剧以夫人的"洗手"意象贯穿全剧，充分展现女主人公被爱欲情仇腐蚀的心理变化。2016 年，根据《麦克白》改编的粤剧《血手》以女主角的内心戏为重点，从心理与情感角度展示了人性善恶。2016 年，浙江小百花越剧团以莎剧《科利奥兰纳斯》为母本进行改编，创排了越剧《寇流兰与杜丽娘》。著名越剧女小生茅威涛一人分饰罗马将军和中国书生两个截然不同的角色。该剧对"寇流兰"部分的场面强化了音乐剧的叙事，而《牡丹亭》部分则以昆曲身段塑造人物。《寇流兰与杜丽娘》实现了两种不同戏剧的拼贴，杜丽娘看到的是寇流兰剑上殷红的血痕，

---

① 中央戏剧学院研究生部：《中央戏剧学院专业学位硕士优秀作品集》，文化艺术出版社 2017 年版，第 373 页。

寇流兰则看到了杜丽娘眼角上难掩的晶莹泪痕。我们从东西方戏剧的嫁接中，既领略了寇流兰的悲剧，又通过"春色如许"窥视到中国戏曲之美。2016年上海戏剧学院戏曲学院、上海戏剧学院附属戏曲学校联合创排了京剧《驯悍记》。该剧以原作为基础，更多地展示夫妻相处之道，探讨婚姻的真谛，"驯悍"在生活中的存在意义与作用。该剧在改编中保留了原剧的剧中剧形式，通过梦演绎了"驯悍记"。2016年，香港歌剧院的歌剧《奥赛罗》以威尔第宏大的歌剧气势登上香港舞台。该剧采用罗马歌剧院的服装与道具，将历史感与悲剧感结合起来。而话剧《莎士比亚》则以多个莎剧片段为板块，穿插莎氏生平，并插入《仲夏夜之梦》《罗密欧与朱丽叶》和《萨拉热窝的罗密欧与朱丽叶》的情节，以现代视角审视《罗密欧与朱丽叶》的爱恨情仇。2016年，林兆华版的《仲夏夜之梦》把原作演绎成具有中国民俗特点的民俗爱情戏。该剧以中国民俗为元素，融入小品表演方式，演出中贯穿了中国民俗歌曲和民间乐器。2017年在爱丁堡艺穗节上深圳民间艺术团演出了改编自莎剧的粤剧《夫人计》，在保留原剧精粹和主要情节的基础上，以马夫人为第一主人公，塑造了一个文武兼备、集善恶美丑于一身的艺术形象。该剧着重展现戏曲唱念做打、以歌舞演故事的艺术特点，利用戏曲程式"船舞""手舞""踢枪""下场花""走边""起霸""大架"，中国民乐《春江花月夜》《送你一朵玫瑰花》《打歌》《东山美人》及现代音乐等演绎莎剧。2017年4月，莎士比亚珍贵孤本在中国展出。2017年10月，英国皇家莎士比亚剧团在乌镇戏剧节期间举办戏剧工作坊，均旨在展示异域文化中的莎士比亚。2018年1月，浙江绍兴市艺术学校的原创音乐剧《罗密欧与朱丽叶》在绍兴首演。该剧融合了音乐、舞蹈、表演、舞美等多种形式新颖的艺术创作手段，把莎士比亚笔下的经典人物罗密欧与朱丽叶忠贞不渝的爱情以尊重原著、力求创新、形式精美、富于青春气息的演出呈现给观众。

作为莎学研究者和莎剧改编者，当我们更多地介入国际莎学讨论，更有文化预设地改编莎剧之时，就越应以鲜明的民族文化魅力大胆展示说不尽的莎士比亚。因为在跨文化的改编和莎剧演出中，往往使我们能够具体看到莎士比亚的不同身份，以及我们自己在流变中的现代文化身份。今天，我们的莎剧改编和演出，早已摈弃了那种仿古式的莎剧演出，在莎剧的改编中充分利用中国戏曲的优势，创造出了在世界上独一无二的莎剧演出形式，即使是采用话剧形式改编莎剧，也是接中国地气的莎剧，① 中国国家话剧院的普通话版《理查三世》已经不需要借助翻译而能够为说英语的观众所理解。② 莎士比亚现代性蕴藏着文化精神的自由流动，原文化之外流通的莎剧已经超越了民族、国界和文化成为世界戏剧，繁复多样的莎剧演出在舞台场域之中强调的是艺术的关联与形式的突破。

世界范围内的莎剧在当下亦可以表现为"秀"（show）。"秀"乃是一种不同于西方审美经验接地气的形式创新，是对传统莎剧演出形式的彻底解构。当今的莎剧演出可以说是利用各种艺术形式的五花八门的改编，原封不动地搬演已经少之又少了，也难以普遍获得观众的认同。"现代戏剧并不特别强调以忠实于原作的方式再现莎士比亚"，③ 因为莎剧已经为现代戏剧导表演的创新提供了无限的可能，莎剧"已经成为众多戏剧艺术家磨砺风格、推陈出新的展示窗"④。而"秀"恰恰体现了莎剧改编的现代性，其精神内核是与当下社会紧密联系在一起的，在戏剧观念上，打破了单纯模仿西方莎剧的格局，既通过莎剧反映社会人生，表现人的价值尊严，也更为关注以审美娱乐大众，升华人格，陶冶情操。"秀"主要在于通过阐释莎剧丰富的内涵，揭示莎士比亚与现代文化乃至后现代文化之间的关系，以及在新的时代莎士比亚给人类社会所提供的精神资源。几乎所有的莎剧都被以新的方法阐释，后现代性激烈地质疑各种知识定论赖以形成的基础，情节不断被复制或增殖，在新文本的自我形成过程中，寻求对原作的吻合或解构，莎剧已经在暗喻或换喻中形

---

① 李伟民：《血泊与哲思相交织的空间叙事——莎士比亚悲剧〈泰特斯·安德洛尼克斯〉的演绎》，《外语教学》2016年第6期。
② 王晓鹰、杜宁远：《合璧：理查三世的中国意象》，文化艺术出版社2016年版，第177页。
③ 刘立滨：《莎士比亚戏剧研究第一届世界戏剧院校联盟国际大学生戏剧节研讨会论文集》，文化艺术出版社2010年版，第142页。
④ 同上书，第8页。

成新的文化意义。改编利用人们已经熟悉的经典，将观众带入经过解构的莎剧之中，为观众提供了认识经典与人性的新视角，将人性中的美与丑、善与恶、爱与恨、生存与死亡、平凡与伟大以及平和与焦虑展现给了中国观众，在解构与建构中使我们看到莎剧不朽艺术价值的同时，也以其全新思考和演绎，构成了世界主义视域下莎剧当代思想认识价值。

"英国的世俗戏剧在16世纪末17世纪初的剧作家莎士比亚那里达到近乎完美的艺术境界"①，无论是神迹剧中的鬼魂、地狱，还是奇迹剧中的突变艺术，道德剧中的忠奸、善恶、美丑的说教与评判，都对莎士比亚戏剧有深刻影响，也与中国戏剧的内容与表现形式相契合。每一部中国的莎剧都代表着一种独特的文化和精神，每一部戏曲莎剧也都有着不可替代性。莎士比亚"同我们一起活在当下"②，在"后莎士比亚400时代"，全球化与跨文化的莎士比亚现代性与后现代性交织已经是一个不争的事实。

在莎学研究中，我们看到，尽管由于《外国戏剧》等杂志的停刊影响到我们对莎剧的了解和研究，但可喜的是近年来一大批青年学者投身于莎学研究领域。这批青年莎学研究者已经摆脱了传统的接触莎士比亚戏剧的途径，以他们敏锐的学术眼光和扎实的学术功底，把他们了解的国外最新莎学研究成果介绍进来，积极参与莎学学术研讨活动，并结合中国戏曲美学精神，凭借国际交流的便利，将"戏剧观念与创作手法直接融入自己的创作之中"③，为莎剧研究和演出带来了崭新气象，年青一代莎学学者的加盟使中国的莎学研究始终成为中国外国文学研究领域里的先行者。据统计2001—2010年引进的外国作家著作中，有关莎士比亚的书籍仍然占有绝对优势，占到引进外国作家著作总量的62%，有184种（包括兰姆姐弟的《莎士比亚戏剧故事》7种）。1949—

---

① 陈才宇：《古英语与中古英语文学通论》，商务印书馆2007年版，第230—231页。
② ［美］大卫·贝文顿：《莎士比亚：人生经历的七个阶段》（第二版），谢群等译，上海外语教育出版社2013年版，第2页。
③ 宫宝荣：《他山之石——新时期外国戏剧研究及其对中国戏剧的影响》，上海远东出版社2015年版，第11页。

2010年，中国出版有关莎士比亚的书籍92部，占外国戏剧研究著作的32%。1949—2012年，发表莎学论文5877篇；① 1993—2010年出版897个版本的莎剧，出版60部莎学研究著作。② 在莎学研究领域，研究更趋专门化，如莎作翻译研究、莎剧翻译研究、莎士比亚十四行诗翻译研究、基督教与莎士比亚研究、莎剧舞台艺术研究、新历史主义莎评研究、莎士比亚与同时代作家研究、莎士比亚与文学思潮研究、神话批评与莎评研究、女权主义莎评研究、莎士比亚与现代主义和后现代主义研究、莎士比亚语言研究、莎士比亚比较研究、中外莎学史研究、莎剧改编研究、莎士比亚与比较文学研究、马克思主义莎评研究、中国莎学家研究、朱生豪研究等课题均形成了不同的研究方向，仅《中国莎士比亚研究通讯》常设栏目就有十多个。莎士比亚学术研讨会相继召开，尤其是在"纪念莎士比亚汤显祖逝世400周年"的2016年，浙江遂昌、上海东华大学、上海戏剧学院、江西抚州和北京大学等地就先后召开了国际莎学学术研讨会及国际戏剧节活动，可谓盛况空前，举世瞩目。③

新时期以来，莎剧已经成为中国话剧和戏曲经常改编演出的剧目之一。一大批中国最优秀的表演艺术家、导演和舞台艺术工作者投身于莎士比亚戏剧的改编与演出中，演出莎剧、导演莎剧成为他们艺术人生的重要一课，能否准确解读莎剧原作丰富而深刻的内涵，从历史走向未来，从莎剧走向中国文化或从中国文化走向莎剧，用多彩多元的现代艺术手段成功演出莎剧，已经成为衡量他们艺术水平的一个重要标志。中国优秀导表演对莎剧的改编演出表明他们对莎剧这样经典戏剧的敬仰和喜爱，既是向莎士比亚致敬，更是向中国戏剧、中国艺术和中国文化致敬。在中国莎士比亚戏剧演出史上，黄

---

① 何辉斌：《新中国外国戏剧的翻译与研究》，中国社会科学出版社2017年版，第123页。关于中国出版的莎学书籍，许多论者进行过统计，例如孟宪强先生在他的《中国莎学简史》等著作中进行过统计。李伟民也在《中国莎士比亚批评史》以及其他的论著中对中国莎学研究出版的论著及发表的论文做过统计和文献计量学分析，此处采用何辉斌统计的数字。
② 何辉斌：《新中国外国戏剧的翻译与研究》，中国社会科学出版社2017年版，第223页。
③ 李伟民：《近年莎士比亚研究国际国内学术会议一览表（表4）》，李伟民：《中国莎士比亚研究：莎学知音思想探析与理论建设》，重庆出版社2012年版，第461—462页。

梅戏表演艺术家马兰凭借黄梅戏莎剧《无事生非》摘得1987年度中国戏剧梅花奖。徽剧表演艺术家汪育殊在时隔30年后的2017年，凭借徽剧莎剧《惊魂记》获得中国戏剧梅花奖。改编的莎剧能够获得中国戏剧艺术的最高荣誉，表明戏剧界对莎剧改编所达到的艺术成就的充分肯定。此外，还有多位曾经获得中国戏剧梅花奖的表演艺术家多次演出过莎剧，如：尚长荣（梅花奖大奖）、计镇华、张静娴、濮存昕、尹铸胜、王斑、郝平、徐帆、周野芒、茅威涛、赵志刚、田蔓莎、黄新德、倪惠英、吴凤花、欧凯明、杨丽琼、吴亚玲、萧雅、陈飞、黎俊声、魏海敏（台湾）。这些莎剧的改编演出丰富了中华莎剧的画廊，给莎学专家和观众带来了耳目一新的解读，留下了难以忘怀的深刻印象，为中外文化交流、中华文化的传播和以东方人的视角解读莎士比亚做出了独特贡献，同时通过国际戏剧交流活动把中国莎剧带向了世界，为国家和中国莎学赢得了应有的尊重和文化大国的无上荣光。

五 姹紫嫣红的莎士比亚，东西互渐与文化自信

随着中外戏剧交流的日益频繁，国外剧团不断甚至常年到中国演出莎剧，中国人导演的莎剧也开始进军欧美剧场。有人形容莎士比亚已经成为"中国戏剧发展的助推器"[①]。有人认为莎剧导表演犹如国际体操大赛中的固定动作，其实，助推器也好，固定动作也罢，莎士比亚已经成为艺术教育、中国戏剧教育和展示戏剧导表演艺术水准的一门必修课和必考题。世界范围内莎士比亚戏剧演出的国家交流和彼此接受，能否成功的一个重要衡量标准体现为是否成功地打破国家、民族、文化和艺术门类界限的舞台艺术实践。莎作与各种艺术形式交融已经成为"后莎士比亚400时代"的显著特征。音乐舞蹈包括交响乐、芭蕾舞和现代舞都参与了莎士比亚的经典化过程。在人文主义旗帜下，"莎士比亚激起了无数音乐家的激情，以莎剧、莎诗为题材的音乐作品使莎士比亚获得了第二次生命。音乐中的莎士比亚甚至以独特的艺术效果和

---

① 宋宝珍：《莎士比亚中国戏剧发展的助推器》，《国家大剧院》2014年第4期。

审美魅力独立于原作。在欧美音乐史上，莎作往往成为音乐家的首选改编作品。因为莎作以其巨大的文化内蕴和思想深度以及不朽的艺术形象，使音乐中产生的思想和形象获得了进一步的深化和解释，也使音乐的结构愈加富有诗意和美学表现力"。① 伊里奇·柴科夫斯基创作的配乐戏剧《哈姆雷特》（1891）和幻想序曲《罗密欧与朱丽叶》（1880）激荡了几代人的心灵。莎士比亚悲剧《罗密欧与朱丽叶》长期吸引着柴科夫斯基，他早在1869年就以歌剧这个体裁写过幻想序曲。柴科夫斯基的构思是"爱情二重唱的第一部分和第二部分完全不同，它一切显得明朗，爱情，是不受任何约束的爱情，但第二部分就变成了悲剧。罗密欧和朱丽叶是一对陶醉于爱情中的青年，最后被迫分离，竟陷入悲惨的处境中。我真想很快地作这个曲子"②，"每天晚上在我花园里的石榴树下自己唱起歌来……胆怯的星在空中渐渐消失……再见亲爱的人"③ 成为令人难忘的深情与幽怨旋律。

1920年，《罗密欧与朱丽叶》被列为法兰西喜剧院经典保留剧目；1953年后，有着336年历史的法国国宝级剧院——法兰西喜剧院再次把《罗密欧与朱丽叶》搬上舞台就显示出莎剧的国际性。在世界艺术领域，歌剧对改编莎剧可谓情有独钟，并产生了一批重量级作品。仅笔者观看搜集的就有1994年英国皇家歌剧院演出了查理·弗朗索瓦·古诺德作曲的《罗密欧与朱丽叶》，意大利维洛那竞技场歌剧团演出了威尔第作曲的歌剧《奥赛罗》，英国太平洋西北芭蕾舞团演出门德尔松作曲的《仲夏夜之梦》，2009年4月巴黎歌剧院演出威尔第作曲的《麦克白》，等等。

不仅仅是歌剧，20世纪的外国舞蹈也被大量改编莎剧，因为"舞蹈既是

---

① 李伟民：《莎士比亚文化中的奇葩——音乐中的莎士比亚述评》，《川北教育学院学报》（社会科学版）1994年第3期。
② 汪霭祥：《前言》，［俄］柴科夫斯基、索科罗夫：《罗密欧与朱丽叶》，汪霭祥译，上海音乐出版社1957年版，第1页。
③ ［俄］柴科夫斯基、索科罗夫：《罗密欧与朱丽叶》，汪霭祥译，上海音乐出版社1957年版，第2—32页。

肉体的，也是精神的，它既有物欲的，也有神性的"。① 约翰·克兰科作为英国戏剧芭蕾的代表人物之一，他创作的芭蕾舞《罗密欧与朱丽叶》(1962)、《驯悍记》(1969)被誉为"情舞交融"的佳作；敏感性甚至神经质是一个艺术家的特殊心理气质，"对所有伟大音乐的欣赏都要求承认情感与理解的结合……音乐不会使你富有，但是它能使你幸福；它不能拯救你的灵魂，但会使你的灵魂值得拯救"。② 音乐使我们与莎士比亚接近，只有悉心体会莎士比亚的人物形象和思想，认识到通过音乐和舞蹈等新形式才能更加多元有效地认识莎剧中蕴含的深邃人性。"在音乐中体现莎士比亚作品以及其他诗作的复杂性在于：只有当诗、剧、音乐各构成部分相互依存、彼此补充，综合性的作品才具有充分价值"③。这就是浓郁的人文艺术价值。例如，肯尼斯·麦克米伦的《罗密欧与朱丽叶》以"悲情"演绎现代芭蕾舞剧；苏联交响化戏剧芭蕾的代表人物尤里·格里戈洛维奇的《罗密欧与朱丽叶》(1979)以戏剧张力和磅礴大气为世界芭蕾舞坛带来阳刚之风。被誉为20世纪最伟大的芭蕾男演员米哈伊·巴里什尼科夫1970年创作了芭蕾舞剧《哈姆雷特》。1940年由列宁格勒的基洛夫剧院芭蕾舞团创作，S.普罗科菲耶夫与L.拉夫罗夫斯基编剧，普罗科菲耶夫作曲，G.乌兰诺娃主演的《罗密欧与朱丽叶》包括了序幕加3幕13场和尾声，属于苏联现代芭蕾舞剧的中期代表作。"该剧规模宏大，人物众多，悬念丛生，动人心魄……打破了古典芭蕾舞剧的双人舞脱离情节线索，一味炫耀程式化技术的ABA模式，创作出情景交融、情舞互动、循序渐进、三部曲式的双人舞……'文字语言'的莎士比亚悲剧在'非文字语言'的芭蕾舞剧中得到充分的表现"④。长期工作于德国的美国芭蕾舞编导大师约翰·诺伊梅尔经典芭蕾舞代表作有《罗密欧与朱丽叶》(1971)、《仲夏

---

① 欧建平：《外国舞蹈史及作品鉴赏》，高等教育出版社2008年版，第31页。
② [英]柏西·布克：《音乐家心理学》，金士铭译，人民音乐出版社1982年版，第103—139页。
③ [俄]奥尔忠尼启则：《莎士比亚与音乐》，逸文译，人民音乐出版社编辑部编：《作家与音乐(译文集)》，人民音乐出版社1983年版，第6页。
④ 本节中外国舞蹈改编莎剧的内容参考了欧建平《外国舞蹈史及作品鉴赏》，高等教育出版社2008年版，第136页。

夜之梦》（1977）、《奥赛罗》（1985）、《哈姆雷特：多种内涵解读》（1976）以及属于"戏剧芭蕾"范畴的新编《西区故事》（1978）。S. 普罗科菲耶夫作曲，B. 科比特斯扮演朱丽叶、C. 罗朗特扮演罗密欧的当代芭蕾舞剧《罗密欧与朱丽叶》对人物和情节大胆删减，在古典写实风格与当代写意风格之间寻求简练、抽象和写意。旧金山芭蕾舞团1997年创作的当代风格的大型芭蕾舞剧《奥赛罗》由L. 柳波维奇任概念及编导，奥赛罗由D. 理查德森扮演，苔丝德蒙娜由谭元元扮演，舞剧突出了婚姻的激情与狂欢、爱情的自私与妒忌、部下的野心与背叛。① 法国当代舞编导家昂热兰·普雷热卡日1990年为里昂歌剧院芭蕾舞团创作的"悲剧动漫版"《罗密欧与朱丽叶》背景由维洛纳广场变成码头的桥墩旁，家族的世代冤仇变为当代社会贫富悬殊造成的新门阀观念。双人舞中，两人的审图有着更为紧密的接触，程式化的舞蹈动作组合更加敏感和真实感人，表现厮杀采取了电影的"慢镜头"使动作画面更为清晰与写意。② 日本宝塚歌剧团"星组""雪组"创作演出的《罗密欧与朱丽叶》（2010—2013），以精美的形式和极强的感染力赢得观众的喜爱。③ 西方芭蕾舞尤为热衷改编《罗密欧与朱丽叶》等剧，莎士比亚以其世界文学史、戏剧史无可撼动的"正典"地位，赋予各类改编作品以人文主义的博爱情怀。

　　进入21世纪以来，中国也以更加开放的姿态和更为自信的心态迎来了国际莎剧演出热潮。中国国家大剧院以其巨大的影响力，近年来引进了众多国际级的莎剧。2001年，加拿大温尼伯格格皇家芭蕾舞团以"爱与痛为永远的浪漫"为主题，演出了古典芭蕾舞剧《罗密欧与朱丽叶》。2011年11月，美国布鲁克林音乐学院、英国老维克剧院与尼尔大街制作公司的由萨姆·门德斯导演、奥斯卡影帝凯文·斯派西领衔主演的《理查三世》登陆中国国家大剧院，该剧弱

---

① 本节中外国舞蹈改编莎剧的内容参考了欧建平《外国舞蹈史及作品鉴赏》，高等教育出版社2008年版，第281页。
② 同上书，第319页。
③ 邹慕晨：《宝塚歌剧团研究》，广西师范大学出版社2013年版，第120—121页。感谢日本研究中国戏剧专家濑户宏教授赠宝塚歌剧团"雪组"演出《罗密欧与朱丽叶》光碟及其他演出团体的莎剧演出光碟。日本的莎剧演出也体现出鲜明的民族文化特点，可谓民族化、西洋化、时尚化三者并重。

化历史背景，运用道具、服装、灯光、多媒体等现代舞台创作手法，展现权力支撑下个人欲望的膨胀，以及权力是如何扭曲和异化人性的。2014年4月，英国皇家莎士比亚剧团与苏格兰国家剧院联合制作的《麦克白后传》以权力、性别和民族性为主题，表达了人类在战乱、流离失所后由绝望到重建狼藉、颓败家园的勇敢尝试。2016年，为纪念莎士比亚逝世400周年，2月，由英国文化协会和"GREAT英国推广活动"共同发起的"永恒的莎士比亚"活动在全球140个国家和地区同步举办。在这次活动中，英国皇家莎士比亚剧团在中国国家大剧院带来了他们的《亨利四世》（上下部）和《亨利五世》"王与国三部曲"，以近10小时的"连续剧"方式呈现于中国莎迷面前。该剧在致力于体现莎剧美学精神的基础上以质朴的戏剧形态，简洁的舞美和拥有极强穿透力的诗化台词展现了莎氏历史剧的宏大时空。2016年9月，多明戈、丹尼尔·欧伦带来了歌剧《麦克白》。2016年，立陶宛OKT版《哈姆雷特》来到中国，该剧以9个类似简易梳妆台的活动柜子构成视点，随着剧情的变化以及柜子的推拉组合表现不同环境和情感，被称为既忠实于原作精髓又颠覆了舞台样式的"玻璃板"莎剧。普罗科菲耶夫的芭蕾舞《罗密欧与朱丽叶》组曲、门德尔松的《仲夏夜之梦》、威廉·沃顿的《理查四世》、理查·斯特劳斯的音诗《麦克白》、英国合奏团以巴洛克风格融合了约翰·威尔顿歌剧《一报还一报》、罗伯特·约翰逊歌剧《辛白林》、亨德尔歌剧《凯撒大帝》的《恋爱中的莎士比亚》等根据莎氏创作、生平的音乐作品也在国家大剧院相继奏响。

纵观莎学发展的大趋势，我们认为，在"后莎士比亚400时代"，莎学研究也正处于全面超越以往莎学研究经验和理论的过程中，全方位地为文化、文学、艺术批评带来了更为丰赡的话题，也能让我们从更加多元的角度解读、认识莎士比亚文本的审美价值和对世界上众多戏剧的深刻影响。莎士比亚是"全人类的财富，不仅仅属于英国，也是属于我们中国人的。他作品中的诗意与气魄不应该被禁锢在固有的模式中"。① 正如濮存昕所言，无论是在林兆华

---

① 濮存昕：《从忧郁王子到悲壮将军》，《国家大剧院》2014年第4期。

超越故事自身的诠释、注重心理分析的《哈姆雷特》中，还是在《大将军寇流兰》中，都应该学会在莎士比亚的戏剧里进行释放与沟通，而且应该把当代社会和当下对于人生的理解与疑问融化在戏里。姆努什金认为，正是当下为莎剧创造出了伟大的戏剧形式，这种戏剧形式甚至超越了莎剧演出的时代，从对莎剧文本的再发现创造出独有的戏剧形式。2008年10月，中国国家话剧院国际戏剧季主题为"永远的莎士比亚"，演出了《明》，此外还有：北京大学戏剧与电影研究所的《李尔王》，林兆华戏剧工作室的《哈姆雷特》，哈萨克斯坦高尔基剧院的《哈姆雷特》，英国TNT剧院的《驯悍记》，天津人民艺术剧院的《仲夏夜之梦》，韩国木花剧团的《罗密欧与朱丽叶》，立陶宛维尔纽斯市立剧院的《罗密欧与朱丽叶》。2014年9—10月，中国国家话剧院第六届国际戏剧季由美国燃月剧团演出了约翰·布朗德尔导演改编的《哈姆雷特》。马其顿比托拉国家剧院演出了约翰·布朗德尔导演改编的《亨利六世》。而韩国旅行者剧团梁正雄导演的《仲夏夜之梦》则展现了神奇的韩国精灵多克比（Drkkebi）在打击乐的韵律中富有节奏感的曼妙舞蹈。两次导演了《仲夏夜之梦》的熊源伟也强调莎剧这样的"经典之所以是经典，正是它为后人提供了无限创造的可能性"。[①] 由他导演的《仲夏夜之梦》在1986年中国莎士比亚戏剧节首演之后，国际莎士比亚协会主席布罗克·班克赞赏说："莎士比亚活着，是会欢迎北京的《仲夏夜之梦》的。"熊源伟的《仲夏夜之梦》简约抽象，舞美赋予16条绳子呈现情感意象，服装类型化、符号化，工匠身着中式土布坎肩、宽裆裤，满嘴北京土话，仙王仙后争夺的是一块八功能电子表，小精灵身着肉色紧身衣，手持中英两国国旗翩翩起舞。童道明认为："主要以绳子为构成因素的舞台设计。它竟是那样简洁而有效地把森林这个精灵世界的空灵飘逸之感表现了出来……在参与戏剧行动的同时，还蕴涵着一些象征意义：或是沟通情感的引线，或是阻碍交流的羁绊，或是寻求平衡的

[①] 熊源伟：《"胡来"的经典》，《国家大剧院》2014年第4期。

秋千……有的借鉴以模仿告终,有的借鉴以独创开路。"① 2005 年为庆祝上海戏剧学院建院 60 周年,熊源伟导演的《仲夏夜之梦》则以欢庆和活泼快乐为主导意象,林中仙子跳起了优美的芭蕾舞,戏曲演员扮演工匠,以京剧、赣剧、川剧、秦腔、高甲戏形式演出,西方芭蕾、戏曲技艺、变脸、吐火、少年武术的串翻身将婚礼庆典引向高潮。

戏剧呈现的形式可以千变万化,但是只要抓住了文艺复兴时代莎剧的核心精神,并寻找到与今天的共鸣点,就能跨越语言和文化,从文本出发,将其完美呈现于舞台之上。"面对戏剧舞台上的莎士比亚研究,并没有所谓的莎士比亚的原意,或者原汁原味的莎士比亚演出应该是什么样子。"② 2016 年,国家大剧院的"东西对话·纪念莎士比亚逝世 400 周年、汤显祖逝世 400 周年"与上海大剧院的"爱上莎士比亚"主题系列活动以话剧、歌剧、芭蕾、现代舞、交响乐等艺术形式遥相呼应。2016 年 7 月,皇家莎士比亚剧团克里斯·怀特合作导演的话剧版《仲夏夜之梦》以回归经典、映射当下语境的方式登上国家大剧院舞台。2016 年 12 月,国家大剧院制作、陈薪伊导演的《哈姆雷特》展现了哈姆雷特是思想的巨人、行动的矮子。该剧由"行胜于言"取代"复仇"成为第一主题,而朱生豪在妻子宋清如协助下重译《哈姆雷特》的场景则与哈姆雷特的迟疑、延宕形成鲜明对照。2017 年 1 月,李六乙戏剧工作室采用新译本创排了濮存昕主演的《李尔王》。濮存昕强调要把李尔王复杂、丰富和矛盾的性格融入中国式的戏剧中,"李尔王由于时代和自身的局限一错再错,可当他步入无错可错的绝境……恰恰也奏响他得到救赎的序曲"③。李尔王在最后时刻"向死而生",回到了自然人的状态。北京戏剧家协会与繁星戏剧村联合主办了"永远行走的莎士比亚"演出季,以轻灵、矫捷、怪诞、机趣的风格演出了改编自《驯悍记》的《爱在无城》与整合《亨

---

① 童道明:《重读〈空的空间〉》,布鲁克:《空的空间》,邢历等译,中国戏剧出版社 2006 年版,第 162—163 页。
② 王晓鹰:《〈理查三世〉的中国式说服力》,《国家大剧院》2014 年第 4 期。
③ 倪雨晴:《濮存昕演员三问》,《国家大剧院》2017 年第 2 期。

利四世》《温莎的风流娘儿们》的话剧《福斯塔夫狂想曲》。第九届北京青年戏剧节"致敬大师单元"则以解构、颠覆、重组、多元方式演出了《哈姆雷特》《李尔王》《奥赛罗》《罗密欧与朱丽叶》。演演戏剧社推出了《泰特斯》。北京丰硕果实文化传媒有限公司的《仲夏夜之梦》则打造出一部喜而不闹、俗而不恶,号称中西合璧的莎剧。2016年,雷国华导演的《麦克白斯》以主题的严酷更具现实性、视觉冲击力和现代主义精神纪念莎士比亚逝世400周年;同年,吉剧《罗密欧与朱丽叶》首演并入选国家艺术基金舞台艺术创作资助剧目。

从某种意义上说,文化在本体论上是关系性的映射,莎剧的传播与改编也不能例外。莎剧的重构是在本文与他者之间不断建构与解构中形成、变形与发展的。即使是新加坡也将《麦克白》改编为歌仔戏《大将军和小巫婆》,① 在尽力保留歌仔戏韵味、风格、色彩和个性的同时演绎原作的悲剧意蕴。2006年,以四川外国语大学毕业研究生、本科生为主要成员的重庆光荣之夏青年剧团成立。该团成立当年,在参加四川外国语大学主办的"莎士比亚与英语文学研究全国学术研讨会"期间演出的英文版《罗密欧与朱丽叶》,以纯正的语音、语调及精湛演艺获最佳演出好评。重庆光荣之夏青年剧团已经连续9年携中国本土戏剧以全英文形式登上了美国德克萨斯莎士比亚戏剧节舞台,演出了《哈姆雷特之遗失音符》、音乐舞台剧《理查三世》等。著名演员黄宗江翻译的《麦克贝斯》的"译者附记"中曾说"莎作贵在能熔古今文俚于一炉,今更试图纳入中外共融之,能得几分神似"②,而黄宗江的译文也更为符合舞台演出口语化的特点。

---

① 歌仔戏俗称"福建戏"。见新加坡秀玉剧团《大将军和小巫婆》戏单,艺术顾问与编剧为蔡曙鹏,导演兼领衔主演为洪秀玉,演出时间2013年5月3—4日,演出地点为新加坡"旧国会大厦"。
② 黄宗江:《译者附记》,黄宗江:《舞台集·黄宗江剧作选》(上下卷),中国文联出版公司1994年版,第381页。黄宗江翻译《麦克贝斯》乃是应金山邀请为排演而翻译的。用他的话来说,既付演出,译文当求上口,唯古今中英,口白难同。莎剧以无韵诗(Blank Verse)为主体,我国则无此一体,如欲音步音节相近,每每拗口,乃不追韵,但求有诗,又能几分神似,更难说。译文经过孙家琇教授校阅,得遮丑于万一。

例如第一幕第7场，麦克贝斯夫人恶狠狠地说：

> 当初是什么禽兽使你把这桩大事透露给我？你敢做，你就是一个人，你比自己敢做的更多点，你才更是个男子汉。无论时间和地点都不凑手的时候，你倒两头打算；而现在他们不请自来，处处合适，你倒全然不行了。我哺乳过婴儿，我知道对吃我奶的孩子的怜爱是多么温柔，可要是我发过你这样的誓，我就能，在他对我仰着脸笑的时候，从他没牙的小嘴里拔出我的奶头，摔出他的脑浆。……这儿还有血腥味，所有阿拉伯的香料都熏不香这只小手了。唉呀，唉呀，唉呀！……洗净你的手，穿上你的睡衣，不要瞧着那么苍白……上床去，上床去！有人在敲门。来，来，来，来，把你的手给我，已经做了的事就不能当没做。——上床，上床，上床！①

颇有些恐惧的麦克贝斯则言：

> 你就光生男孩吧，因为你大胆的气概只能造就男性。要是我们在他屋里睡着的那两个人身上涂上血，并且就用他们的刀子，人们会不会承认是他们干的？……那声音还在喊："再也别睡觉！"②

莎剧的地域化、国际化改编与演出，在阐释原作主题和内容的同时，既改编了文本，也改变了形式本身。莎士比亚的当代变脸，莎剧在异国文化中的"创造性叛逆"，使他旧貌换了新颜，莎士比亚在世界，莎士比亚在西方，莎士比亚在东方，均以本土文化模式展现莎剧的故事、情节和人物形象，从异质文化、文学、诗歌、音乐、美术、哲学获得的当代影响不断被重塑。2008年，美国宾州大学戏剧系与中国戏曲学院合作项目的《罗密

---

① 黄宗江：《麦克贝斯》，黄宗江：《舞台集·黄宗江剧作选》（上下卷），中国文联出版公司1994年版，第396—436页。当时，金山很想排演莎士比亚悲剧《麦克贝斯》，故邀请黄宗江先生重译莎剧《麦克贝斯》，但是由于各种原因该译本并未能搬上舞台与观众见面。

② 同上书，第397—401页。

欧与朱丽叶》运用中国戏曲的表演方式和舞台呈现莎剧的跨文化演绎。"全部演员以及舞台布景道具、音乐,置于统一的中国戏曲规范之下……观众听到的是英语的莎士比亚台词,却伴随着中国戏曲风格的音乐;看到的是满台穿中国服装的人,却长着一张张美国人的脸!"① 新加坡秀玉剧团的歌仔戏《大将军和小巫婆》的改编则在突出戏曲空间意识的基础上,以戏曲的造型、姿态、动作、说唱重构原作。以唱来反映人物的个性和心理矛盾,巫婆用颇富跳跃性的"庆高中",麦克白则用"情不在"的唱腔,突出他们各自的形象特征。② 改编既力求忠实于原作,又在中国化的基础上紧贴了歌仔戏的草根艺术特色。莎剧的跨文化改编表明,莎士比亚自身永远不会过时,这是当下世界主义视域中拥有现代价值的明显标志,也正是莎士比亚剧作人文主义精神的最好证明。

在"后莎士比亚400时代"的21世纪,我们将以自己空前的文化自觉与自信"形成具有鲜明中国特色的莎学研究范式",在世界莎学学术研究领域建立有中国特色的莎学理论体系。莎学研究上的文化自信是当今时代中国戏剧与莎剧为代表的西方戏剧互相学习、互相欣赏、互相借鉴、共同发展的基础和依据,是坚持莎学研究理论创新的源泉,也是不断创造性地利用我们民族的各种戏剧形式改编、演出莎剧的勇气和底气。因为,只有我们才最懂得我们悠久灿烂的中华文化,才能最深刻地领略中国戏剧(戏曲)的美学原理。我们能运用马克思主义理论研究莎士比亚,也能够借鉴莎剧这样的经典丰富炎黄子孙源远流长的伟大中华文明。中国的莎学研究可持续地深入发展,中国莎剧演出的不断繁荣,最终只能依靠我们自己。

早在1963年,莎学家赵澧曾经满怀信心地预示,在纪念莎士比亚诞辰400周年的1964年,中国的"莎士比亚研究介绍工作定将出现一次高潮,达

---

① 李如茹:《中国戏曲进入英、美学生演出莎剧之个案探析》,胡志毅、周靖波:《戏剧与媒介:第九届华文戏剧节学术研讨会论文集》,浙江大学出版社2016年版,第357页。
② 蔡曙鹏:《跨文化诠释——编写莎翁歌仔戏〈大将军和小巫婆〉的思考》,胡志毅、周靖波:《戏剧与媒介:第九届华文戏剧节学术研讨会论文集》,浙江大学出版社2016年版,第399—404页。

到一个新的更高的水平"。① 虽然这一预示到 20 世纪 80 年代才得以实现。但是，我们看到从曲折中一路走来的世界莎士比亚研究、中国莎士比亚研究充满了勃勃生机，我们拥有悠久灿烂的中华文化，更拥有拥抱世界优秀文化的博大胸襟。

滚滚长江东逝水，我们也早已超越把莎士比亚剧本和对莎氏剧本的解读作为"内部参考"② 的时代了。放眼中国莎学研究领域，西方学者也推出了一些研究中国莎学研究的专著，尽管这些学者的著述态度是严谨认真的，且视角不乏新意，在学术上也有若干建树。但是，我们看到这些著述多为介绍性质的，或直接或间接地搬用中国莎学研究的材料，或对中国莎学存在着多方面的误读。即使是号称中国通、中国戏剧通的外国莎学研究者所著的有关中国莎学的论著也存在着讹误。例如，日本著名学者濑户宏教授所著的《莎士比亚在中国：中国人的莎士比亚接受史》③ 一书，虽然作者在资料搜集方面下了很深的功夫，还观看了一些中国莎剧，研究视角独特，资料翔实，但对中国莎学、莎剧演出仍然缺乏从美学和中国戏剧（戏曲）理论层面的深入解析。

---

① 赵澧：《莎士比亚》[外国文学研究资料选编（初稿）上、中编]，中国人民大学文学系 1963 年油印本，第 7 页。

② 1954 年 7 月，中国作家协会文学讲习所曾编印了曹禺的《柔蜜欧与幽丽叶（专题报告）》，该资料除标明"内部参考，不准外传"以外，还标注"本讲稿未经讲授者审阅，如有与原讲授内容有出入之处，由记录员负责"。曹禺的《柔蜜欧与幽丽叶（专题报告）》介绍了莎士比亚的生平、悲剧并逐幕逐场地对《柔蜜欧与幽丽叶》的主题思想、创作特点进行了分析。以"内部参考"形式提供学习莎氏剧本的机会，可见当时政治形势对文学艺术的影响。曹禺在这个"专题报告"中说："人文主义者的所以伟大之处就在于它开始承认人的地位，肯定人有无穷的力量。……我们看完这个戏以后，虽然感到深沉的悲恸，但并不绝望，反而有一种新的生机，乐观的心情在跳动着，这是莎士比亚对人类的号召和对生活的信心的表现。"见曹禺《柔蜜欧与幽丽叶（专题报告）》，中国作家协会文学讲习所，1954 年 7 月 15 日，第 1—15 页。

③ 多年来，濑户宏深入中国的图书馆、档案馆查阅资料，并积极观看中国莎剧，多次参加中国举办的国际、国内莎学学术会议。他的这本中国莎学研究著作，视角新颖，涉及中国莎学研究者以往有所忽略的领域，发掘出一些新的资料，并提出了新的学术观点，在研究中国莎学时自觉与不自觉地与日本莎学进行了比较，作为一个外国研究者对中国莎学如此客观的研究尤为难能可贵。可参见濑户宏《莎士比亚在中国：中国人的莎士比亚接受史》，陈凌虹译，广东人民出版社 2017 年版，第 328—331 页。(附，濑户宏：《中国のッェイクピア》，日本松本工房出版社 2016 年版。)

在21世纪的莎学研究中，中国莎学研究应该高举起自己的理论旗帜，中国莎剧应该具有自己的民族文化特色。1981年2—4月，英国艺术家托比·罗伯森任导演，英若诚任副导演，北京人民艺术剧院排演的《请君入瓮》这台中外合作演出的莎剧在隐喻社会腐朽和没落的同时，兼顾内容与形式，"让舞台上动作的主要场面离观众越近越好"，[①] 将观众的注意力吸引到演员的面部表情上，整体设计"以其简练粗犷的造型，稳重含蓄的色彩，塑造莎翁笔下的众多人物……既大胆使用了泼墨写意，同时又注意必要的细节描绘"，[②] 甚至把剧中的公爵打扮成接近莎士比亚本人的形象，该剧的舞台空间、服装显示了中西合璧的鲜明特色。1991年，中央歌剧院邀请苏联人民艺术家、莫斯科模范剧院导演戈·巴·安西莫夫指挥演出《驯悍记》，演出将现代交响乐化的音乐与莎士比亚所塑造的人物形象有机融合，注意俄、汉两种语言的差异，显示了中国艺术在消化、吸收经典作品中的无限创造力。20世纪90年代英国皇家莎士比亚剧团的《威尼斯商人》演绎夏洛克向基督徒复仇，不但咒骂夏洛克和犹太人，还将十字架高举过头顶，显示基督教的威严，强调基督教拒绝犹太人。大国莎学应该有海纳百川的宽广胸怀，也要有自己的文化立场，既要充分吸收域外莎学研究的成果，又要具有鉴别和批判的眼光，既不要盲目地跟在泥沙俱下的所谓域外莎学后面鼓噪，被一些所谓的新名词所迷惑，又应该在莎学研究中保持应有的刮垢磨光的学术定力和扎实严谨的学风，因为这是建构莎学理论优良学统的唯一正确道路。

在文学理论研究中，20世纪80年代以来，时髦于文学与自然科学、数学嫁接，曾经风靡一时，就连现在被称为权威期刊的学术刊物也被裹挟其中，某些所谓的研究号称采用"新理论、新方法、新思想"的系统论、控制论、信息论、耗散结构、协同论、突变论解决了文学作品、文学

---

① 蔡体良：《英国舞台美术家阿伦·拜瑞特谈〈请君入瓮〉设计及其他》，《影剧美术》1981年第4期。可参考北京人民艺术剧院1981年5月演出的《请君入瓮》剧单，认为莎氏的现实主义创作方法。对人生的细致观察是该剧至今仍然保有旺盛生命力的原因。
② 李玉华：《整体设计精心点缀——谈〈请君入瓮〉服装特色》，《影剧美术》1981年第4期。

理论研究中的问题,"发现"了所谓隐秘世界。时间仅仅过去三十多年,现在还有谁再提起呢?在莎学研究中一些所谓研究也盲目跟风,把莎学研究与自己都不甚了了的自然科学甚至数学名词哗众取宠地挂钩。须知属于自然科学的数学尽管可以用最简洁的文字向大众普及,但真正的数学研究永远是用定理、公式和计算演算证明的,有些研究缺乏基本的数学分析,研究者初等数学能力都很欠缺,甚至毫无章法和逻辑,却喜欢照搬一些普及层面的数学"名词"常识,须知这样的"研究"只会沦为华而不实的笑柄。在莎学研究中订正讹误和从理论层面对莎学的深入解读只能依靠我们自己的莎学研究者踏踏实实地研究,对此我们充满了自信。

六 "折子戏":中国莎剧的一种呈现方式

令人可喜的是戏曲莎剧在其发展传播过程中,有一批剧目成为受到广大观众喜爱的"莎剧折子戏"①。这些莎剧"折子戏"主要有:湘剧《巧断人肉案》、越剧《马龙将军》、沪剧《铁汉娇娃》、京剧《王子复仇记》、越剧《王子复仇记》、昆曲《血手记》、黄梅戏《无事生非》、徽剧《惊魂记》、越剧《天长地久》、豫剧《无事生非》、越剧《冬天的故事》、京剧《歧王梦》、越剧《第十二夜》、京剧《温莎的风流娘儿们》、汉剧《驯悍记》等。"莎剧折子戏"是莎剧经典片断的创制,使没有"折子戏"概念和演出方式的话剧莎剧与中国戏曲相融合,演变、呈现出更为鲜明的民族戏曲的艺术形式,同时,也为广大中外观众了解、欣赏莎剧,特别是"中国莎剧",带来了新的方式和全新的审美艺术感受。

"折子戏"可称为戏曲的一种特殊呈现方式,具有鲜明的中国特色。折子戏是针对全本戏而言的,它是全本戏里的一折。相对于全本戏,折子戏只演其中相对完整的片断,而且该片断能够展示演员的表演水平。折子戏还有

---

① 以"折子戏"方式演出莎剧,很多原来是以全本呈现于舞台的,而"折子戏莎剧"突出了戏曲特点。

"摘锦""杂剧""插出""零出""散出""散剧""集戏"等名称，1949年后多称"折子戏"。一般来说划分演唱场次的单位，称为"折"，但它又不同于现代戏剧的一场或一幕。"折"是在音乐曲调上自成一"套"，故事情节为一个段落，是为一"折"。"折子戏"是指由一场或几场组成的、有独立体系。折子戏是表演艺术精致化的产物，有利于表演艺术流派的产生和形成。折子戏是全本戏中的精彩片断，好的折子戏故事情节相对完整、独立，情节浓缩，矛盾冲突尖锐激烈，人物形象鲜活生动，唱念做打精彩，在结构安排上，往往别出心裁，不落俗套。折子戏主要集中、突出体现戏曲剧种特有的唱念做打的表演艺术特征。

折子戏由于显示了艺术家表演艺术方面的鲜明特色，逐渐发展、积累了一批表现艺术流派的代表性剧目，并且这种演出方式深受中国观众的欢迎与喜爱。例如，上海新艺华沪剧团的沪剧《铁汉娇娃》①根据莎士比亚《罗密欧与朱丽叶》改编，共计十场，第一场：庙会·报恩寺旁、第二场：诓医·朱府内房、第三场：抗婚·朱府客厅、第四场：传情·路上、第五场：铸情·朱府花园、第六场：求计·报恩寺方丈禅房、第七场：折归·进京途中、第八场：婚变·朱丽云闺房、第九场：狐疑·朱府外室、第十场：殉情·报恩寺。在清代，有朱、罗两姓世代为仇，互不通婚。朱姓有女丽云，绮年玉貌，性甚孤高，一日去佛寺进香，邂逅罗杰，见其英姿魁伟，顿生爱慕，罗见朱亦惊为天人，一见倾心。折子戏只取第五场："铸情·朱府花园"中的片断。罗杰来到花园和朱丽云对唱，表现出他们之间一见倾心的相爱深情。罗杰唱道："仰望天空月色佳/俯首见满园是鲜花/花好月圆心感触/想起庙前相会朱小姐/我为她一身是胆翻墙进/此处楼台亭阁数十下/未知那一座闺楼是朱小姐"；丽云接唱："明月斜照绿窗纱/清风吹动满园花/对月怀人花不看/倩女心中乱如麻/爹爹将我表哥配/

---

① 由于沪剧《铁汉娇娃》（1962）演出时间较早，虽然后来几度排演，但影响不大，当时改编的剧本已经很难觅到，为了能够提供较为完整的改编信息，本剧中的唱词根据《铁汉娇娃》的剧单和"七彩戏剧"名段演唱尽量提供比较详细的唱词。"折子"是整本戏中有情、有趣的部分，能吸引观众，演员越演技艺越精湛，有的戏主要保留下来的是"折子"。

可是我对罗杰生情芽/恨只恨祖上两家世仇结/势不两立做冤家/罗杰啊,希望你能把姓名改/你不说出身是罗家/央媒说合成婚配/我愿将终身托付他";罗杰唱:"情不自禁叫一声朱小姐/恕我冒昧恭候在闺楼下/窃窃私语全听见/含情脉脉我多谢/只要小姐真心爱/任何名字由你叫/只要两家恩结并蒂花";朱丽云唱:"我在这里私语讲/有人偷听在闺楼下/他的声音非常熟/想不到就是他/使我怀情姑娘真害羞/低下头来责问他/你胆子因何如此大/深更半夜到我家/若被家奴来看见/狭路相逢遇冤家/告诉爹爹动干戈/将你罗杰要捉拿";罗杰唱:"罗朱两家虽有仇/但愿冤家变亲家/自从那日与你庙前会/小姐的芳容在我心目下/又蒙奶娘传书信/蕴藏的深情我多谢/故而今宵到此探望你/哪怕刀山火海我都不怕";朱丽云唱:"想不到丽云的心事他全知晓/真使我出乎意料外/我是夜夜盼月到天明/今天终于盼到他/我不免故意将他问/请你说真莫说假/若然你嫌我是轻荡女/请你立刻转回家/若然你真心对于我/任何一切都不怕/天下男子我全不爱/我情情愿愿嫁君家";罗杰:"感谢月老点就鸳鸯谱/罗杰真心无虚假/小姐如若再不信/趁今宵月色佳/对天盟誓重咒罚";朱丽云:"请你不要重咒罚/相信你是真心不会假/你是侠骨义肠英雄汉/一切举动我崇拜/常言道烈女要把英雄爱";罗杰:"讲一句良心话/铁汉永远爱娇娃/我爱你一片汪洋深似海";朱丽云:"我爱你汪洋一片海无涯。"真是家庭世仇,良缘难缔。幸得奶娘帮助,始得月夜私会,共订白首之约。此事被屡次求爱于丽云的表兄濮天龙所知,遂挑唆朱父及其后母强逼丽云与其成婚。在迎娶之日,丽云服佛寺长老之药假意"自尽",罗杰不知真情与濮决斗,将其杀死,来到丽云灵前大哭,自戕而亡。丽云药性过后醒来,悲痛欲绝,也自尽殉情。第十场"殉情·报恩寺",罗杰:"天长地久有时尽、此恨绵绵无尽期、最可叹物在人已亡、回忆及当初好时光、卿卿我我如烟云散、甜甜蜜蜜宛像做一场梦……丽云为我罗杰死,叫我怎能留恋在人世上,一包毒药拿在手,卿为我死我爱卿亡……罗杰薄命吞砒霜。"[①]

[①] 由于沪剧《铁汉娇娃》(1962)演出时间较早。本剧中的唱词根据《铁汉娇娃》的剧单和"七彩戏剧"名段演唱尽量提供比较详细的唱词。"折子"是整本戏中有情、有趣、有玩意儿的部分,能吸引观众,演员越演技艺越精湛,有的戏主要保留下来的是"折子"。

该剧的编导为赵燕士，主要演员有邵滨孙、王雅琴、筱月珍、小筱月珍。1944年4月，文滨剧团首演于恩派亚大戏院。石筱英、卫鸣岐、邵滨孙、筱爱琴领衔的中艺沪剧团于1951年重新演出于中央大戏院，邵滨孙任导演。1963年又由艺华沪剧团、上海新艺华沪剧团排演，导演为应云卫，主演有小筱月珍、王盘声、王雅琴等。

湖南省湘剧院的湘剧《巧断人肉案》将夏福禄（夏洛克）中的一个著名唱段改为"吝啬鬼"折子戏。吝啬鬼由著名湘剧演员唐伯华饰演，唐伯华有一段经典唱词："早酒三杯刚下怀，摇摇摆摆上市来，一收账，二放债，骨头也要榨出油水来！全凭我巧运心机施能耐，利滚利，赚下了万贯家财……有朝一日他被我斗败，要把他慢慢割来慢慢宰——好一似猫戏老鼠我心才开。"① 这段折子戏可谓生动形象地刻画了吝啬鬼夏禄福的心理状态和鲜明的人物形象。在这段表演中，唐伯华的每一个眼神和每一个动作都是戏。

中国戏曲学院根据黄梅戏《无事生非》剧本改编的实验豫剧《无声生非》，虽然剧词沿用了黄梅戏《无声生非》的剧本，且表演风格呈现为豫剧的表演方式，但是剧中融入了大量的歌舞表演作为穿插、衔接、营造戏剧氛围的手段，并且吸收了大量的西方音乐、舞蹈元素。例如在第二场"丹江嫉妒无事生非"中，李碧翠"初相识鹿撞心头舞步乱，苦相思情急舞狂湿衣衫。托媒时气喘吁吁红晕泛，成婚时精疲力竭举步难"的唱舞，已经使她与她妹妹李海萝之间的性格形成了鲜明对照。豫剧《无事生非》演员众多，在遵循豫剧表演风格的基础上，可谓一部改编力度颇大的戏曲莎剧。而汉剧《驯悍记》中"琵琶弹奏心不爽……我最爱赵飞燕汉宫飞舞，轻盈身翩翩舞移步华堂"的唱词也堪称经典。这些折子戏或经典唱段，使观众在了解莎剧的基础上，更为戏曲的表现方式所折服。

---

① 刘鸣泰：《巧断人肉案》（湘剧高腔·古装抒情喜剧演出本）（根据莎士比亚《威尼斯商人》）改编，湖南省湘剧院二团，1983年1月，第10—11页。

从中西不同的审美观念出发，我们看到，如何以中国戏曲的艺术表现手法再现莎剧中精彩、经典的段落，既深刻反映出原作深邃的人文主义精神，又让戏曲的审美艺术形式成为西方戏剧的理论与实践的参照物，我们的莎剧演出不仅仅追求酷似，也不单纯模仿自然，既要以人物的身份在舞台上生活，又不满足于创造生活的幻觉。我们应该明白，即使是现实主义的戏剧，也不可能是那么现实的。我们承认舞台条件的限制，又不能画地为牢受艺术观念、舞台条件的局限，莎剧舞台的中国化要充分发挥舞台假定性、诗化意境和中国戏剧的艺术魅力。我们相信，"折子戏莎剧"已经在中西文化、中西艺术和中西戏剧之间架设起了一座戏剧艺术融通的桥梁。①

七 独秀于世界的中国莎学与莎剧

随着时代的发展，世界舞台上的莎剧更加繁复多样。网络时代的莎剧呈现标志着改编所处的环境及其当代意识和艺术个性特征对莎剧改编的把控更具挑战性。尽管当代世界莎剧舞台呈现出许多大胆前卫的实验和多元混杂的景象，但是，戏剧本体的特质并没有消失，莎剧中存在的哲学思想仍然值得关注。正所谓，懿制犹循，甄综新法，因此衡量一部莎剧是否优秀是否具有当代性，绝不仅仅在于形式和技术，而是在于改编者"期望将自我的心灵与人世间无数的心灵沟通"，在于弘文究理的探索意识和观念，在于面对经典时改编者的当代莎剧意识。在莎剧中当我们认识别人的时候，我们也会更深刻地认识我们自己。演绎莎剧会让历史、人性、情感、理性、时间变得清晰。杨周翰先生曾说过，不懂莎士比亚就谈不上研究外国文学。

纵观中华莎学传播的历史长河，在中华民族伟大复兴的征程中，面对人类命运共同体和丰富浩瀚的世界文化，面对源远流长、博大精深的中华文化，"我们的莎士比亚学者，一生受了中国哲学、美学、文学、诗歌、戏剧的影

---

① 李伟民：《莎剧折子戏：艺术"不分"东西方》，《社会科学报》2018年10月25日，第5版。

响,同时又是探求并且理解西方文化的寻宝者"。① 因此,中国的莎学研究和莎剧演出应该具有鲜明的主体意识,即把莎士比亚研究、莎剧"都拿来丰富祖国文化"。② 我们看到,相对于写实性莎剧,英国伯明翰大学莎士比亚研究所前任所长、国际莎士比亚学会原会长布洛克班克认为,与中国色彩缤纷、乐音回荡的莎剧演出相比,西方当代莎剧演出显得过分低调,有些灰色。中国舞台上的莎剧并没有追随西方莎剧流行的压抑和低调,而是以其虚拟、写意及其程式化表演和特有的文化、艺术意蕴,已经拥有了一个独秀于世界其他莎剧的响亮名字——中国莎剧。

有中国特色的莎剧也不仅仅是形式问题,同时也是内容问题,是改编者对莎剧的解读和赋予其内容以当代意识,是对当下人性与生活本质的理解,是对现实世界审美而非刻板概念的艺术认知与呈现。莎剧的改编,只要有助于按照美的法则表现人和社会的特定内容,化为民族形式的血肉就都有其存在的价值。

从莎剧登上舞台以来经历过无数次戏剧形式和手段的革命,重要的不仅仅是所谓形式创新,而是如何在今天、在异域,在不同民族、不同文化、不同认知的语境中通过莎剧风阐八方,唤醒卓异,关注当代,关注人的本体、人的心态,以及对今天生活的哲学思考,通过莎剧再造当下的人文思想,从而让莎剧能在"舞台上"给予观众最深刻的心灵震撼。

莎剧在显示世界性、经典性的同时,并不排斥改编的民族化。庐剧《奇债情缘》(《威尼斯商人》)的改编到底是姓"莎"还是姓"庐"的争论亦颇能说明这个问题。主张姓"庐"的认为,该剧的成功就在于将莎剧充分融合、吸收到中国戏曲中来,在于莎剧充分戏曲化和完全中国化;认为应该姓"莎"的则强调,改编已经丢掉了洋味,看不出是莎士比亚的作品了。庐剧是在皖南大别山和淮河一带的山歌、门歌和花篮、花鼓灯等民间歌舞的基础上发展

---

① 曹禺:《曹禺全集》(第5卷),田本相、刘一军主编,花山文艺出版社1996年版,第465页。
② 同上书,第367页。

起来的，吸收了京剧、徽剧表演程式，唱腔分为主调和花腔两大部分，主调有旦和小生唱的"二凉""寒腔""三七"；老生和老旦的"正调""衰调""端公调"；丑与彩旦唱的"丑调"；以及鬼神的"神调""鬼对子"等。庐剧表演更具生活形貌，唱腔多为民歌小调。① 根据庐剧这一特点，改编大胆删除了夏洛克女儿杰西卡与基督徒罗兰佐私奔的情节线。庐剧中的夏老抠也不像莎剧中的夏洛克那么复杂、矛盾，作为一个戏曲人物，改编者赋予其更加单纯、鲜明的色彩。改编创造性地用"晒钱"和"金女、银女、铜女歌舞"，在春樱灼灼中式弦式歌，在秋桂团团中舞勻舞象，通过载歌载舞展示人性善恶，形式上具有中国色彩和乡土情调，力求把文艺复兴时期人文主义的欢乐和人性的复杂性，通过内容与形式的嫁接，植入中国文化的灵魂，从而完成莎剧演绎的庐剧化。而这样的中国化改编也才能真正拥有"莎士比亚化"的特点。② 中国莎剧对艺术形式、手段和技巧的诗化审美追求，对诗意真实的追求，必然最大限度地美化和诗化演剧形式。诚如焦菊隐所强调的，在表演上也要求艺术形式美，甚至可以用很美的动作来演丑，使得这个丑在表演形式上也很美。

中国莎剧包括话剧莎剧和戏曲莎剧两大门类，这就要求，中国莎剧应以现实主义为主，以自己民族的审美特性为引领，在继承中国戏曲美学思想的基础上，以话剧和戏曲的审美特征及当代观众的现代审美取向为艺术标准，有分析地吸收包括西方现代主义戏剧在内的西方现代戏剧，并且以中国民族艺术精神展现莎剧人物的"心灵空间"，采用诗意的象征语汇呈现中国莎剧的"诗化舞台意象"。关于有中国特色的莎学内涵还必然包括以汉语和少数民族语言翻译的莎作以及采用少数民族语言演出的莎剧。

---

① 可参见安徽省合肥市庐剧团根据莎士比亚喜剧演出的《奇债情缘》(《威尼斯商人》) 剧单。该剧为"第二届中国戏剧节演出剧目"，1990年11—12月北京演出。评论认为该剧发扬了戏曲写意的美学传统，又不受传统程式的束缚，空间处理灵活。

② 杨健:《"莎"味，还是"庐"味？——谈庐剧〈奇债情缘〉的改编》，《文艺报》1991年2月2日，第5版。

中国莎学是以马克思主义为指导，借鉴域外哲学、美学、文学、艺术等理论及莎学的研究，它构成了一个更为宏大、更有诱人前景、更具学术价值，也更有学术前途的研究领域。在世界莎学学术研究领域建立有中国特色的莎学研究体系，跂而望之，嘤其韶华，再启四百年清躅，这是中国的莎士比亚研究者在"后莎士比亚400时代"所应担负的义不容辞的学术重任。

参考文献

英文文献

Alexander Cheng – Yuan Huang. *Chinese Shakespeares: Two Centuries of Cultural Exchange.* New York: Columbia University Press. 2009.

Antony Tatlow. *Shakespeare, Brecht, and the Intercultural Sign.* Duke: Duke University Press, 2001.

Gary Taylor. *Reinventing Shakespeare: A Cultural History, from the Restoration to the Present.* Oxford: Oxford University Press, 1991.

Harold. Bloom. *Shakespeare: The Invention of the Human.* Riverhead Books a Member of Penguin Putnam, New York: INC Prese, 1998.

Lydia He Liu. *Translingual Practice: Literature, National Culture, and Translated Modernity China*, 1900 – 1937. Standord: Stanford University Press. 1995.

Li Weimin. Shakespeare on the Peking Opera Stage. *Multicultural Shakespeare: Translation, Appropriation and Performance*, 2013, 10 (25).

Li Weimin. Social Class and Class Struggled: Shakespeare in China in the 1950s and 1960s. *Shakespeare Yearbook*, 2010 (17).

Murray J. Levith. *Shakespeare in China.* New York: CONTINUUM. 2004.

Ruru Li. *Shashibiya: Staging Shakespeare in China.* Hong Kong: Hong Kong University Press. 2003.

Shuyu Kong. *Consuming Literature: Best Sellers and the Commercialization of Literary Production in Contemporary China*. Standord：Stanford University Press. 2005.

Xiao Yang Zhang. *Shakespeare in China：A Comparative Study of Two Traditions and Cultures*. London：Associated University Presses. 1996.

中文文献

高晓芳：《晚清洋务学堂的外语教育研究》，商务印书馆2007年版。

李传松、许宝发：《中国近现代外语教育史》，上海外语教育出版社2006年版。

付克：《中国外语教育史》，上海外语教育出版社1986年版。

朱尚刚：《诗侣莎魂我的父母朱生豪、宋清如》，华东师范大学出版社1999年版。

季羡林等：《外语教育往事谈》，上海外语教育出版社1988年版。

李伟民：《〈莎氏乐府本事〉及其莎剧注释本在中国——莎剧入华的"前经典化"时期》，《东方翻译》2010年第5期。

林纾：《序》，莎士比亚/兰姆姐弟：《吟边燕语》，林纾、魏易译，中国商务印书馆（上海）译印，光绪三十一年初版。

［英］莎士比亚/兰姆姐弟《莎氏乐府本事》，杨镇华译，启明书局（上海）1937年版。

［英］莎士比亚：《罗马大将该撒》，郎巴特注释，商务印书馆（上海）1924年版。

［英］莎士比亚：《罗马大将该撒》，杨锦森注释，蒋梦麟校订，商务印书馆（上海）中华民国七年版。

邝富灼：《莎士比亚乐府纪略》，商务印书馆（上海）中华民国八年九月初版。（中华民国二十一年八月第一版，中华民国二十九年二月第五版。）

［英］莎士比亚/兰姆姐弟：《威匿思商》，沈宝善注释，商务印书馆（上海）1921年版。

T. Takata：《莎氏乐府》（基本英文文库），中华书局（北京）1935年版。

［英］莎士比亚/兰姆姐弟：《暴风雨》，张莘农注释，中华书局（上海）民国二十五年二月版。

沈步洲：《新体莎氏乐府演义》（英汉双解），中华书局（上海）1921年版。

［英］莎士比亚：《麦克白传》，沈宝善注释，商务印书馆（上海）民国元年版。

甘永龙：《原文莎氏乐府本事》，商务印书馆（上海）中华民国二十七年五月版。

梁实秋：《梁实秋文集》（第1—10卷），鹭江出版社2002年版。

［英］莎士比亚：《暴风雨》，梁实秋译，商务印书馆（上海）民国二十六年五月版。

奚识之：《莎氏乐府本事》，春江书局（上海）1930年版。

［英］查尔斯·兰姆、玛丽·兰姆：《莎氏乐府本事》（英汉对照），何一介译述，启明书局（上海）中华民国三十六年十月三版。

［英］查尔斯·兰姆、玛丽·兰姆：《铸情》（《罗密欧与朱丽叶》），之江等译，上海译者书店（上海）中华民国三十三年二月初版。

李伟民：《中国莎士比亚批评史》，中国戏剧出版社2006年版。

田汉：《哈孟雷特》，《少年中国》1921年第12期。

田汉：《莎士比亚剧演出之变迁》，《南国》1929年第3期。

余上沅：《翻译莎士比亚》，《新月》1930年第3期。

余上沅：《我们为什么公演莎氏剧》，《国立戏剧学校莎士比亚纪念特刊》1937年6月。

陈瘦竹：《莎士比亚及其〈马克白〉》，《文潮月刊》1946年第4期。

袁昌英：《歇洛克》，《国立戏剧学校莎士比亚纪念特刊》1937年6月。

袁昌英：《沙斯比亚的幽默》，《国立武汉大学文哲季刊》1935年第2期。

杨晦：《雅典人台满》，杨晦译，重庆新地出版社1944年版。

梁实秋：《关于〈威尼斯商人〉》，《国立戏剧学校莎士比亚特刊》1937

年6月。

李贯英：《"莎士比亚的英国"中的"民俗"》，《民俗》1928年第37期。

李贯英：《莎士比亚的民俗花卉学》，《民俗》1928年第57期。

田本相：《中国现代比较戏剧史》，文化艺术出版社1993年版。

赵景深：《汤显祖与莎士比亚》，《文艺春秋》1946年第2期。

焦菊隐：《关于〈哈姆雷特〉》，《戏剧生活》1942年第3—4期。

徐云生：《研究莎士比亚的伴侣》，《文学季刊》1935年第1期。

林则徐：《四洲志》，华夏出版社2002年版。

戈宝权：《莎士比亚在中国》，中国莎士比亚研究会：《莎士比亚研究》（创刊号），浙江人民出版社1983年版。

王建开：《五四以来我国英美文学作品译介史》，上海外语教育出版社2003年版。

鲁迅：《鲁迅全集》（第1—16卷），人民文学出版社1981年版。

李伟民：《梁实秋与莎士比亚》，《书城杂志》1994年第10期。

中国社会科学院外国文学研究所外国文学研究资料丛刊编辑委员会：《莎士比亚评论汇编》（上、下），杨周翰编选，中国社会科学出版社1979/1981年版。

孟宪强：《中国莎学简史》，东北师范大学出版社1994年版。

卞之琳：《莎士比亚的悲剧〈哈姆雷特〉》，《文学研究集刊》第2册，人民文学出版社1956年版。

曹树钧、孙福良：《莎士比亚在中国舞台上》，哈尔滨出版社1989年版。

赵澧等：《论莎士比亚的社会政治思想及其发展》，《教学与研究》1961年第2期。

王佐良：《莎士比亚绪论——兼及中国莎学》，重庆出版社1991年版。

孟宪强：《中国莎学年鉴》，东北师范大学出版社1995年版。

陈嘉：《论罗密欧与朱丽叶》，《江海学刊》1964年第4期。

孙福良：《走向21世纪的中国莎学》，《中华莎学》1999年第7期。

张泗洋等：《莎士比亚大辞典》，商务印书馆2001年版。

钱中文：《新理性精神文学论》，华中师范大学出版社2000年版，第35页。

编者：《一定要把社会主义的红旗插在西语教学和研究的阵地上!》，《西方语文》1958年第3期。

卞之琳、叶水夫、袁可嘉、陈燊：《十年来的外国文学翻译和研究工作》，《文学评论》1959年第2期。

覃柯：《孙家琇、徐步右派小集团现出原形——首都话剧界反右派斗争获得新的战果》，《戏剧报》1957年第17期。

李缀：《反击右派分子孙家琇》，《戏剧报》1957年第14期。

毛泽东：《打退资产阶级右派的进攻》，《毛泽东选集》（第五卷），人民出版社1977年版。

郭沫若：《社会科学界反右派斗争必须进一步深入》，科学出版社编辑部：《反对资产阶级社会科学复辟（第二辑）：中国科学院召开的社会科学界反右派斗争座谈会发言》，科学出版社1958年版。

董建：《中国现代戏剧总目提要》，南京大学出版社2003年版。

李伟民：《光荣与梦想——莎士比亚在中国》，香港天马图书有限公司2002年版。

德辰：《光荣与辉煌——中国共产党大典》（下），红旗出版社1997年版。

李伟民：《从人民性到人文主义再到对二者的否定》，《重庆大学学报》（社会科学版）2004年第1期。

［俄］A. A. 斯米尔诺夫：《莎士比亚的马克思主义解释》，杨林贵译，张泗洋、孟宪强编：《莎士比亚的三重戏剧：研究演出教学》，东北师范大学出版社1988年版。

方汉文：《西方文艺心理学史》，陕西人民出版社1999年版。

陈奇佳、张永清：《文学与思想》，商务印书馆2011年版。

朱文振：《关于莎士比亚的翻译》，《翻译通报》1951年第3期。

孙大雨：《关于莎士比亚的翻译》，《翻译通报》1951年第3期。

顾绶昌：《谈翻译莎士比亚》，《翻译通报》1951年第3期。

顾绶昌：《评莎剧〈哈姆雷特〉的三种译本》，《翻译通报》1951年第3期。

未风：《翻译莎士比亚札记》，《外语教学与翻译》1959年第2期。

巫宁坤：《卞之琳译〈哈姆雷特〉》，《西方语文》1957年第1期。

张冲：《诗体和散文的莎士比亚》，《外国语》1996年第6期。

陈国华：《论莎剧的重译（上、下）》，《外语教学与研究》1997年第2—3期。

王佐良、何其莘：《英国文艺复兴时期文学史》，外语教学与研究出版社1996年版。

［美］哈罗德·布鲁姆：《西方正典：伟大作家和不朽作品》，江宁康译，译林出版社2005年版。

李伟民：《普及推广莎士比亚研究的基本建设——评〈英汉双解莎士比亚大词典〉》，《辞书研究》2004年第6期。

朱静：《新发现的莎剧〈威尼斯商人〉中译本〈剜肉记〉》，《中国翻译》2005年第4期。

王建开：《翻译史研究的史料拓展：意义与方法》，《上海翻译》2007年第2期。

辜正坤：《中西文化比较导论》，北京大学出版社2007年版。

［英］莎士比亚：《天仇记》，邵挺译，上海商务印书馆1924/1930年版。

毛时安：《生命档案：陈新伊导演手记》，上海社会科学院出版社2006年版。

张奇虹：《让"上帝"降临人间》，中国莎士比亚研究会：《中国莎士比亚研究会成立大会暨首届年会纪念特刊》1984年版。

蓝凡：《中西戏剧比较论稿》，学林出版社1992年版。

王元化：《思辨录》，上海古籍出版社2004年版。

王国维：《宋元戏曲史》，凤凰出版传媒集团/江苏文艺出版社2007年版。

林克欢：《林兆华导演艺术》，北方文艺出版社1992年版。

陈友峰：《生命之约：中国戏曲本体新论》，文化艺术出版社2008年版。

孟宪强：《中国莎士比亚评论》，吉林教育出版社1991年版。

李伟民：《中国英语教育史上的重要读物——莎士比亚戏剧简易读本》，《语言教育》2013年第3期。

邹红：《作家·导演·评论：多维视野中的北京人艺研究》，文化艺术出版社2008年版。

胡伟民：《导演的自我超越》，中国戏剧出版社1988年版。

林兆华：《导演的〈哈姆雷特〉》，《哈姆雷特1990》（说明书）2009年版。

李思剑：《莎士比亚研究的现代性——李伟民教授访谈录》，《四川戏剧》2015年第1期。

陈芳：《莎戏曲：跨文化改编与演绎》，"国立"台湾师范大学出版中心2012年版。

陈芳：《全球在地化的〈卡丹纽〉》，《中国莎士比亚研究通讯》2014年第1期。

曹禺：《发刊词》，中国莎士比亚研究会：《莎士比亚研究》（创刊号），浙江人民出版社1983年版。

孟宪强：《三色堇：〈哈姆莱特〉解读》，商务印书馆2007年版。

李伟民：《总序》，莎士比亚：《莎士比亚全集》（第一卷），朱生豪、陈才宇译，浙江工商大学出版社2015年版。

［英］莎士比亚：《莎士比亚戏剧集》（1—12），作家出版社1954年版。

何辉斌：《戏剧性戏剧与抒情性戏剧中西戏剧比较研究》，中国社会科学出版社2004年版。

从丛：《相映成辉的悲剧性格塑造——〈哈姆莱特〉与〈窦娥冤〉比较研究新探》，《国外文学》1997年第3期。

北京大学比较文学研究所：《中国比较文学年鉴》编委会：《中国比较文

学年鉴》，北京大学出版社1987年版。

中国莎士比亚研究会：《莎士比亚研究》第2辑，长江文艺出版社1984年版。

李万钧：《比较文学视点下的莎士比亚与中国戏剧》，《文学评论》1998年版。

吕效平：《戏曲本质论》，南京大学出版社2003年版。

苏晖：《超越者的悲剧——〈哈姆莱特〉与〈狂人日记〉》，《外国文学研究》1992年第1期。

辜正坤：《比较文学的学科定位及元——泛比较文学论》，《北京大学学报》（哲学社会科学版）2002年第6期。

王忠祥、杜娟：《〈外国文学研究〉与莎士比亚情结——兼及中国莎士比亚研究》，《外国文学研究》2004年第5期。

李伟民：《中西文化语境里的莎士比亚》，上海外语教育出版社2009年版。

齐如山：《梅兰芳游美记》，岳麓书社1985年版。

齐如山：《齐如山回忆录》，辽宁教育出版社2005年版。

章诒和：《中国戏曲》，文化艺术出版社1999年版。

张奇虹：《奇虹舞台艺术》，文化艺术出版社2013年版。

顾春芳：《她的舞台：中国戏剧女导演创作研究》，上海远东出版社2011年版。

《中国话剧运动五十年史料集》编辑委员会：《中国话剧运动五十年史料集》（第二辑），中国戏剧出版社1959年版。

赵澧：《莎士比亚·外国文学研究资料选编（初编)》（上、中、下编），中国人民大学语文系1963年版。（油印材料）

［俄］斯坦尼斯拉夫斯基：《〈奥瑟罗〉导演计划》，英若诚译，中国电影出版社1985年版。

［荷］米克·巴尔：《叙述学：叙事理论导论》（第二版），谭君强译，中

国社会科学出版社 2003 年版。

［美］戴卫·赫尔曼主编：《新叙事学》，北京大学出版社 2001 年版。

［英］莎士比亚：《莎士比亚喜剧 5 种》，方平译，上海译文出版社 1979 年版。

谭君强：《叙事学导论：从经典叙事学到后经典叙事学》，高等教育出版社 2008 年版。

余秋雨：《中国戏剧史》，上海教育出版社 2006 年版。

胡导：《戏剧表演学：论斯氏演剧学说在我国的实践与发展》，中国戏剧出版社 2002 年版。

申丹、王丽亚：《西方叙事学：经典与后经典》，北京大学出版社 2010 年版。

董健：《启蒙与戏剧》，山东友谊出版社 2009 年版。

邹元江：《戏剧"怎是"讲演录》，湖南教育出版社 2007 年版。

［俄］K. 斯坦尼斯拉夫斯基等：《苏联戏剧大师论演员艺术》，江韵辉等译，艺术出版社 1956 年版。

［俄］斯坦尼斯拉夫斯基：《斯坦尼斯拉夫斯基全集》（第 1—6 卷），郑雪来、姜丽、孙维善译，中国电影出版社 1986 年版。

［美］J. 希利斯·米勒：《解读叙事》，申丹译，北京大学出版社 2002 年版。

方平：《和莎士比亚交个朋友吧》，四川人民出版社 1983 年版。

［美］詹姆斯·费伦：《作为修辞的叙事》，陈永国译，北京大学出版社 2002 年版。

［美］W. C. 布斯：《小说修辞学》，华明、胡晓苏、周宪译，北京大学出版社 1987 年版。

王光祈：《王光祈文集》（时政文化类·第 4 集），四川音乐学院/成都市温江区人民政府编，四川出版集团/巴蜀书社 2009 年版。

张奇虹：《导演艺术构思》，中国美术学院出版社 1998 年版。

李默然：《戏剧人生》，春风文艺出版社1996年版。

谭霈生：《论戏剧性》，北京大学出版社1981年版。

周宁：《想象与权力：戏剧意识形态研究》，厦门大学出版社2003年版。

[丹麦]索伦·克尔凯郭尔等：《悲剧：秋天的神话》，中国戏剧出版社1992年版。

余秋雨：《莎士比亚在中国》，《文汇报》1986年4月28日。

王忠祥、贺秋芙：《莎士比亚戏剧精缩与鉴赏》，华中师范大学出版社2009年版。

[法]于贝斯菲尔德：《戏剧符号学》，宫宝荣译，中国戏剧出版社2004年版。

[德]恩格斯：《反杜林论》，《马克思恩格斯选集》（第三卷），人民出版社1972年版。

尚必武：《当代西方后经典叙事学研究》，人民文学出版社2013年版。

徐企平：《戏剧导演攻略》，中国戏剧出版社2005年版。

聂珍钊：《文学伦理学批评导论》，北京大学出版社2014年版。

龙迪勇：《寻找失去的时间——试论叙事的本质》，《江西社会科学》2000年第9期。

童道明：《他山集——戏剧流派、假定性及其他》，中国戏剧出版社1983年版。

苏永旭：《戏剧叙事学研究》，中国戏剧出版社2004年版。

[俄]巴赫金：《巴赫金全集》（第三卷），河北教育出版社1998年版。

[英]莎士比亚：《莎士比亚全集》（第三卷·悲剧），朱生豪、陈才宇译，浙江工商大学出版社2015年版。

[美]James Phelan J. Rabinowitz：《当代叙事理论指南》，申丹等译，北京大学出版社2007年版。

[美]维克多·泰勒、[美]查尔斯·温奎斯特：《后现代主义百科全书》，章燕、李自修等译，吉林人民出版社2007年版。

[墨西哥] 奥帕斯：《批评的激情》，赵振江编译，云南人民出版社 1995 年版。

雅克·阿达利：《智慧之路——论迷宫》，邱海婴译，商务印书馆 1999 年版。

于是之：《论北京人艺演剧学派》，北京出版社 1995 年版。

[英] 丹尼·卡瓦拉罗：《文化理论关键词》，张卫东等译，江苏人民出版社 2006 年版。

龙迪勇：《空间叙事研究》，生活·读书·新知三联书店 2014 年版。

朱雯、张君川：《莎士比亚辞典》，安徽文艺出版社 1992 年版。

汤逸佩：《叙事者的舞台：中国当代话剧舞台叙事形式的变革》，中国戏剧出版社 2006 年版。

邵雪萍：《〈泰特斯·安德洛尼克斯〉中的主要女性人物形象分析》，《国外文学》2008 年第 2 期。

周宁：《西方戏剧理论史》，厦门大学出版社 2008 年版。

[罗] 科尔奈留·杜米丘：《莎士比亚辞典》，宫宝荣等译，上海书店 2011 年版。

《探索的足迹》编委会：《探索的足迹：北京人艺演剧学派国际学术讨论会论文集》，中国戏剧出版社 1994 年版。

张泗洋：《莎士比亚大辞典》，商务印书馆 2001 年版。

陈世雄：《三角对话：斯坦尼、布莱希特与中国戏剧》，厦门大学出版社 2003 年版。

胡星亮：《当代中外比较戏剧史论（1949—2000）》，人民出版社 2009 年版。

宋宝珍：《中国话剧史》，生活·读书·新知三联书店 2013 年版。

本刊记者：《访问英国老维克剧团演员》，《外国戏剧》1980 年第 1 期。

孙家琇：《从莎剧看莎士比亚的戏剧观》，《外国戏剧》1986 年第 2 期。

[美] 戴维·斯科特·卡斯顿：《莎士比亚与书》，郝田虎、冯伟译，商

务印书馆2012年版。

上海戏剧学院、香港浸会大学、澳大利亚拉筹伯大学：《莎士比亚在中国演出与研究国际研讨会学术论文集》，上海戏剧学院1999年版。

傅谨：《新中国戏剧史（1949—2000）》，湖南美术出版社2002年版。

［英］莎士比亚：《朱译莎士比亚戏剧31种》，朱生豪、陈才宇译，浙江工商大学出版社2011年版。

丁罗男：《二十世纪中国戏剧整体观》，上海百家出版社2009年版。

杨宗镜：《导演是演出形式的创造者》，《人民戏剧》1982年第7期。

孙家琇：《莎士比亚辞典》，河北人民出版社1992年版。

［英］劳伦斯·斯通：《英国的家庭、性与婚姻（1500—1800）》，刁筱华译，商务印书馆2011年版。

苏国荣：《中国剧诗美学风格》，上海文艺出版社1986年版。

陈世雄：《戏剧思维》，福建教育出版社1996年版。

［德］贝·布莱希特：《布莱希特论戏剧》，丁扬忠等译，中国戏剧出版社1990年版。

孙惠柱：《第四堵墙：戏剧的结构与解构》，上海书店2006年版。

周宁：《西方戏剧理论史》（上册），厦门大学出版社2008年版。

苏福忠：《朱译莎剧为什么是经典文献》，《四川外国语大学学报》（哲学社会科学版）2012年第4期。

孙家琇：《论莎士比亚四大悲剧》，中国戏剧出版社1988年版。

杜定宇：《西方名导演论导演与表演》，中国戏剧出版社1992年版。

杜清源：《舞台新解》，林克欢编：《林兆华导演艺术》，北方文艺出版社1992年版。

吴梅：《中国戏曲概论》，冯统一点校，中国人民大学出版社2004年版。

马奇：《西方美学史资料选编》，上海人民出版社1987年版。

［俄］巴赫金：《巴赫金文论选》，佟景韩译，中国社会科学出版社1996年版。

刘烈雄：《中国十大戏剧导演大师》，中国人民大学出版社 2005 年版。

张帆：《走进辉煌：献给热爱北京人艺的观众》，中国戏剧出版社 2007 年版。

赵澧：《莎士比亚传论》，中国人民大学出版社 1991 年版。

[英] 莎士比亚：《新莎士比亚全集》（第 1—12 卷），方平等译，河北教育出版社 2000 年版。

陈多、叶长海：《中国历代剧论选注》，上海古籍出版社 2010 年版。

[美] 韦恩·C. 布思：《修辞的复兴：韦恩·布斯精粹》，穆雷等译，凤凰出版传媒集团/译林出版社 2009 年版。

[美] W. C. 布斯：《小说修辞学》，华明、胡晓苏、周宪译，北京大学出版社 1987 年版。

濮存昕、童道明：《我知道光在哪里》，北京十月文艺出版社 2008 年版。

[英] 安·塞·布雷德利：《莎士比亚悲剧》，张国强、朱涌协、周祖炎译，上海译文出版社 1992 年版。

[美] M. H. 艾布拉姆斯：《以文行事：艾布拉姆斯精选集》，赵毅衡、周劲松等译，译林出版社 2010 年版。

颜元叔：《莎士比亚通论·历史剧》，台湾书林出版有限公司 1995 年版。

赵一凡等：《西方文论关键词》，外语教学与研究出版社 2006 年版。

胡度：《胡度文丛》，四川文艺出版社 2011 年版。

[日] 青木正儿：《中国近世戏曲史》，王古鲁译，蔡毅校订，中华书局 2010 年版。

齐如山：《国剧艺术汇考》，辽宁教育出版社 1998 年版。

张殷：《中国话剧舞台演出史纲》，武汉大学出版社 2008 年版。

[美] 马克·柯里：《后现代叙事理论》，宁一中译，北京大学出版社 2003 年版。

李伟民：《变异与融通——京剧与莎士比亚戏剧的互文与互文化》，《上海师范大学学报》（哲学社会科学版）2008 年第 4 期。

包亚明：《二十世纪西方美学经典文本》（1—4卷），复旦大学出版社2000年版。

［美］詹姆斯·费伦：《作为修辞的叙事》，陈永国译，北京大学出版社2002年版。

［法］安托南·阿尔托：《残酷戏剧：戏剧及其重影》，桂裕芳译，中国戏剧出版社2006年版。

赵毅衡：《反讽时代：形式论与文化批评》，复旦大学出版社2011年版。

［俄］弗兰克·埃尔拉夫：《杂闻与文学》，谈佳译，天津人民出版社2003年版。

谭霈生：《谭霈生文集》（第1—6册），中国戏剧出版社2005年版。

何炳珠、刘立滨：《寻找体现莎翁剧作的最佳形式》，《戏剧艺术》1994年第4期。

［德］黑格尔：《美学》，朱光潜译，商务印书馆1981年版。

［俄］巴赫金：《对话、文本与人文》，白春仁、晓河译，河北教育出版社1998年版。

黄美序：《戏剧的味道》，台湾五南图书出版股份有限公司2007年版。

［英］莎士比亚：《莎士比亚全集》（第1—3册），朱生豪译，世界书局1949年版。

［德］彼得·斯丛狄：《现代戏剧理论（1880—1950）》，王建译，北京大学出版社2006年版。

齐如山：《戏中之建筑物》，《戏曲艺术》2012年第1期。

朱立元：《现代西方美学史》，上海文艺出版社1996年版。

［美］哈罗德·布鲁姆：《如何读，为什么读》，黄灿然译，凤凰出版传媒集团/译林出版社2011年版。

王瑾：《互文性》，广西师范大学出版社2005年版。

［古罗马］西塞罗：《西塞罗全集·修辞学卷》，王晓朝译，人民出版社2007年版。

钱锺书：《管锥编》，中华书局1986年版。

[美]玛格丽特·克劳登：《彼得·布鲁克访谈录（1970—2000）》，河西译，新星出版社2010年版。

张隆溪：《走出文化的封闭圈》，生活·读书·新知三联书店2004年版。

余匡复：《布莱希特论》，上海外语教育出版社2002年版。

胡全生：《英美后现代主义小说研究：叙述结构研究》，复旦大学出版社2002年版。

徐名骥：《英吉利文学》，上海商务印书馆民国二十二年版。

秦海鹰：《互文性理论的缘起与流变》，《外国文学评论》2004年第3期。

李玉平：《互文性：文学理论研究的新视野》，商务印书馆2014年版。

[法]罗兰·巴尔特：《符号学原理》，李幼蒸译，中国人民大学出版社2008年版。

刘小枫：《拯救与逍遥》，华东师范大学出版社2007年版。

金东雷：《英国文学史》，商务印书馆民国二十六年版。

田沁鑫：《田沁鑫的戏剧场》，北京大学出版社2010年版。

田沁鑫：《田沁鑫的戏剧本》，北京大学出版社2010年版。

胡亚敏：《叙事学》，华中师范大学出版社1994年版。

中国天主教主教团教务委员会：《圣经》，南京爱德印刷有限公司2009年版。

陈纪滢：《齐如老与梅兰芳》，黄山书社2008年版。

[法]梅洛·庞蒂：《知觉现象学》，姜志辉译，商务印书馆2003年版。

赵敦华：《基督教哲学1500年》，人民出版社1994年版。

伍蠡甫、胡经之：《西方文艺理论名著选编》，北京大学出版社1987年版。

曹路生：《国外后现代戏剧》，江苏美术出版社2002年版。

[德]埃德蒙德·胡塞尔：《逻辑研究（第二卷第二部分）》，乌尔苏拉·潘策尔、倪梁康译，上海译文出版社2006年版。

[荷]米克·巴尔：《叙述学：叙事理论导论》，谭君强译，尤千校，中

国社会科学出版社 2003 年版。

［德］海德格尔：《诗·语言·思》，彭富春译，文化艺术出版社 1991 年版。

费多益：《他心感知如何可能?》，《哲学研究》2015 年第 1 期。

［美］布莱恩·特纳：《身体与社会》，马海良、赵国新译，春风文艺出版社 2000 年版。

陈莉：《莎士比亚戏剧改编演出中的营销策略——以〈罗密欧与朱丽叶〉为例》，《四川戏剧》2014 年第 2 期。

徐盛桓：《镜像神经元与身体——情感转喻解读》，《外语教学与研究》2016 年第 1 期。

［德］洪堡特：《论人类语言结构的差异及其对人类精神发展的影响》，姚小平译，商务印书馆 2008 年版。

胡忌、刘致中：《昆剧发展史》，中国戏剧出版社 1989 年版。

黄佐临：《我的写意戏剧观》，中国戏剧出版社 1990 年版。

阿甲：《戏曲表演规律再探》，中国戏剧出版社 1990 年版。

吴新雷：《中国昆剧大辞典》，南京大学出版社 2002 年版。

王晓鹰：《戏剧演出中的假定性》，中国戏剧出版社 1995 年版。

李如茹：《莎士比亚与中国戏曲》，《戏剧报》1986 年第 9 期。

中国戏曲学会汤显祖研究分会/浙江省遂昌县社会科学界联合会：《起航：汤显祖———莎士比亚文化交流合作》，浙江大学出版社 2013 年版。

何辉斌、彭发胜：《艺术学经典文献导读书系·戏剧卷》，北京师范大学出版社 2010 年版。

刘文峰、江达飞：《中国戏曲文化图典》，作家出版社/浙江教育出版社 2001 年版。

盖叫天：《粉墨春秋：盖叫天舞台艺术经验》，何慢、龚义江记录整理，上海文艺出版社 2011 年版。

［英］雷蒙·威廉斯：《现代悲剧》，丁尔苏译，凤凰出版传媒集团/译林出版社 2007 年版。

王晓鹰：《从假定性到诗化意象》，中国戏剧出版社2006年版。

林荫宇：《徐晓钟导演艺术研究》，中国戏剧出版社1991年版。

文化部振兴昆剧指导委员会中国昆剧研究会：《兰苑集萃：五十年中国昆剧演出剧本选》，文化艺术出版社2000年版。

李小林：《"移步不换形"：〈血手记〉和〈欲望城国〉的迥异"移步"》，《戏剧艺术》2013年第1期。

中国社会科学院外国文学研究所外国文学研究资料丛刊编辑委员会：《布莱希特研究》，中国社会科学出版社1984年版。

戴镏龄：《〈麦克佩斯〉与妖氛》，《中山大学学报》1964年第2期。

［法］拉康：《拉康选集》，褚孝泉译，上海三联书店2001年版。

郭汉城：《郭汉城文集》，中国戏剧出版社2004年版。

申小龙：《语文的阐释》，辽宁教育出版社1992年版。

阿甲：《阿甲戏剧论集》，中国戏剧出版社2005年版。

中国戏曲学会汤显祖研究分会/浙江遂昌汤显祖纪念馆：《2006中国·遂昌汤显祖国际学术研讨会论文集》，西泠印社2008年版。

曹树钧：《莎士比亚的春天在中国》，香港天马图书有限公司2002年版。

梅兰芳：《舞台生活四十年》，中国戏剧出版社1987年版。

王国维：《王国维戏曲论文集》，中国戏剧出版社1984年版。

周宪：《20世纪西方美学》，南京大学出版社1997年版。

宗白华：《艺境》，北京大学出版社1987年版。

［美］韦勒克、沃伦：《文学原理》，生活·读书·新知三联书店1984年版。

徐城北：《中国京剧》，五洲传播出版社2003年版。

秦学人、侯作卿：《中国古典编剧理论资料汇辑》，中国戏剧出版社1984年版。

汪民安：《文化研究关键词》，凤凰出版传媒集团/江苏人民出版社2007年版。

宋光祖：《戏曲写作论》，百家出版社2000年版。

李渔：《闲情偶寄》（上、中、下），杜书瀛译注，中华书局2014年版。

张庚、郭汉城：《中国戏曲通论·史论卷》，中国戏剧出版社2010年版。

程砚秋：《程砚秋日记》，时代文艺出版社2010年版。

曾永义：《戏曲腔调新探》，文化艺术出版社2009年版。

耿幼壮：《写作，是什么？——评罗兰·巴特的"写作"理论及文学观》，《外国文学评论》1988年第3期。

李斗：《扬州画舫录》，中华书局1960年版。

齐森华、陈多、叶长海：《中国曲学大辞典》，浙江教育出版社1997年版。

李万钧：《中西文学类型比较史》，海峡文艺出版社1995年版。

傅修延：《释"听"——关于"我听故我在"与"我被听故我在"》，《天津社会科学》2015年第6期。

程虹：《地域之乡与心灵之乡的联姻——论自然文学中的心景》，《外国文学》2014年第4期。

傅修延：《听觉叙述初探》，《江西社会科学》2013年第2期。

傅修延：《文本学：文本主义文论系统研究》，北京大学出版社2004年版。

王佐良：《英国文学史》，商务印书馆1996年版。

孙惠柱：《话剧结构新探》，中国戏剧出版社（上海）1983年版。

高义龙：《赵志刚唱腔集》，百家出版社1996年版。

钱锺书：《中国古代戏曲中的悲剧》，陆文虎译，《解放军艺术学院学报》2004年第1期。

谭霈生：《论影剧艺术》，湖南文艺出版社1986年版。

曹未风：《莎士比亚在中国》，《文艺月报》1954年第4期。

［俄］米·莫罗佐夫：《莎士比亚在苏联舞台上》，吴怡山译，上杂出版社1953年版。

张冲：《同时代的莎士比亚：语境、互文、多种视域》，复旦大学出版社2005年版。

胡明伟：《中国早期戏剧观念研究》，学苑出版社2005年版。

傅谨:《中国戏剧艺术论》,山西教育出版社2000年版。

王季思:《王季思学术论著自选集》,北京师范学院出版社1991年版。

邹元江:《中西戏剧审美陌生化思维研究》,人民出版社2009年版。

郭汉城、章诒和:《师友集》,中国戏剧出版社1994年版。

郑体武:《新中国成立以来的外国文学教学与研究》,上海外语教育出版社2011年版。

钱宏:《中国越剧大典》,浙江文艺音像出版社2006年版。

刘鉴唐:《中英关系系年要录》,四川省社会科学院出版社1989年版。

梅兰芳:《梅兰芳文集》,中国戏剧出版社1962年版。

赵毅衡:《符号学》,南京大学出版社2012年版。

李泽厚:《中国古代思想史》,人民出版社1986年版。

辜正坤:《互构语言文化学原理》,清华大学出版社2004年版。

[加]诺思罗普·弗莱等:《喜剧:春天的神话》,傅正明、程朝翔等译,中国戏剧出版社2006年版。

郭小男:《观/念:关于戏剧与人生的导演报告》,上海文艺出版集团/上海锦绣文章出版社2010年版。

梁燕丽:《20世纪西方探索剧场理论研究》,上海三联书店2009年版。

[苏]阿尼克斯特:《莎士比亚的创作》,徐克勤译,山东教育出版社1985年版。

任明耀:《说不尽的莎士比亚·外国文学评论集》,香港语丝出版社2001年版。

[德]艾利卡·费舍尔·李希特:《行为表演美学——关于演出的理论》,余匡复译,华东师范大学出版社2012年版。

洪琛:《洪琛戏剧论文集》,天马书店1934年版。

谢柏梁:《中华戏曲文化学》,南京师范大学出版社2004年版。

廖奔、刘彦君:《中国戏曲发展史》(第1—4卷),中国戏剧出版社2013年版。

周育德：《中国戏曲文化》（史论卷），中国戏剧出版社2010年版。

徐慕云：《中国戏剧史》，中国出版集团/东方出版社2011年版。

陈吉德：《中国当代先锋戏剧》，中国戏剧出版社2004年版。

张泗洋、孟宪强：《莎士比亚在我们的时代》，吉林大学出版社1991年版。

廖全京：《中国戏剧寻思录》，文化艺术出版社2005年版。

俞为民、孙蓉蓉：《历代曲话汇编》（清代编·第一集），黄山书社2008年版。

钱宏：《中国越剧大典》，浙江文艺出版社/浙江文艺音像出版社2006年版。

苏关鑫：《欧阳予倩研究材料》，中国戏剧出版社1989年版。

［以色列］里蒙－凯南：《叙事虚构作品》，姚锦清译，生活·读书·新知三联书店1989年版。

张庚：《张庚文录》（第四卷），湖南文艺出版社2003年版。

胡经之：《中国古典美学从编》，凤凰出版社2009年版。

孔尚任：《桃花扇》，人民文学出版社1982年版。

齐家莹：《清华人文学科年谱》，清华大学出版社1999年版。

周宪：《文化现代性与美学问题》，中国人民大学出版社2005年版。

陈序经：《文化学概观》，中国人民大学出版社2005年版。

王宁：《全球化与文化：西方与中国》，北京大学出版社2002年版。

［荷］米克·巴尔：《视觉本质主义与视觉文化的对象》，吴琼编：《视觉文化的奇观·视觉文化总论》，中国人民大学出版社2005年版。

［美］杰姆逊：《后现代主义与文化理论：弗·杰姆逊教授讲演录》，唐小兵译，陕西师范大学出版社1986年版。

应志良：《中国越剧发展史》，中国戏剧出版社2002年版。

方汉文：《东西方比较文学史》（上、下），北京大学出版社2005年版。

袁雪芬：《袁雪芬文集》，中国戏剧出版社2003年版。

殷海光：《中国文化的展望》，上海三联书店2002年版。

司马云杰:《文化社会学》,中国社会科学出版社2001年版。

[英]特瑞·伊格尔顿:《文化观念》,方杰译,南京大学出版社2003年版。

贺麟:《文化与人生》,商务印书馆2005年版。

《文化中国与世界》编委会:《文化中国与世界》,生活·读书·新知三联书店1986年版。

联合国教科文组织·世界文化与发展委员会:《文化多样性与人类全面发展:世界文化与发展委员会报告》,张玉国译,广东人民出版社2006年版。

张庚:《中国大百科全书·戏曲曲艺》,中国大百科全书出版社1983年版。

颜元叔:《莎士比亚通论:传奇剧·商籁·诗篇》,台湾书林出版有限公司2002年版。

范存忠:《中国文化在启蒙时期的英国》,上海外语教育出版社1991年版。

王复民:《戏剧导表演艺术散论》,中国戏剧出版社2002年版。

刘欣:《论中国现代改译剧》,上海书店出版社2011年版。

胡效琦:《杭州戏曲志》,浙江文艺出版社1991年版。

张庚:《张庚文录》(第1—7卷),湖南文艺出版社2003年版。

廖可兑:《西欧戏剧史》,中国戏剧出版社1994年版。

[美]阿兰·布鲁姆:《莎士比亚笔下的爱与友谊》,马涛红译,华夏出版社2012年版。

吴小如:武汉市艺术创作研究中心,蒋锡武主编:《艺坛》(第二卷),武汉出版社2002年版。

[法]托多罗夫:《巴赫金对话理论及其他》,蒋子华、张萍译,百花文艺出版社2001年版。

[英]莎士比亚:《莎士比亚戏剧手稿》(第四册),朱生豪译,国家图书馆出版社2012年版。

[美]杰拉德·普林斯:《叙述学词典》,乔国强、李孝弟译,上海译文出版社2011年版。

王文章:《张庚学术研究文集》,中国戏剧出版社2005年版。

金华市艺术研究所：《中国婺剧史》，中国戏剧出版社2006年版。

章寿松、洪波：《婺剧简史》，浙江人民出版社1985年版。

叶开沅、张世光：《婺剧高腔考》，中国戏剧出版社2004年版。

顾仲彝：《编剧理论与技巧》，中国戏剧出版社1981年版。

王季思：《玉轮轩曲论新编》，中国戏剧出版社1983年版。

钱基博等：《戊午暑期国文讲义汇刊》，傅宏星点校，广西师范大学出版社2010年版。

董美戡：《董美戡文集》（上卷），广东高等教育出版社1999年版。

周贻白：《中国戏剧史长编》，上海世纪出版集团、上海书店出版社2007年版。

王长安：《中国黄梅戏》，安徽文艺出版社2009年版。

金芝：《当代剧坛沉思录》，中国戏剧出版社1993年版。

程砚秋：《程砚秋戏剧文集》，文化艺术出版社2003年版。

金惠敏、赵士林、霍桂桓、刘悦笛：《西方美学史》（第四卷），中国社会科学出版社2008年版。

蒋星煜：《文坛艺林·备忘录续集》，上海世纪出版股份有限公司、上海远东出版社2007年版。

尹鸿：《悲剧意识与悲剧艺术》，安徽教育出版社1992年版。

杜定宇：《英汉戏剧辞典》，上海译文出版社2013年版。

郑传寅：《传统文化与古典戏曲》，湖南人民出版社2004年版。

傅雷：《世界美术名作二十讲》，生活·读书·新知三联书店2000年版。

周珏良：《周珏良文集》，外语教学与研究出版社1994年版。

蒋星煜：《中国戏曲史钩沉》，上海人民出版社2010年版。

董乃斌：《中国文学叙事传统研究》，中华书局2012年版。

李鹏程、王柯平、周国平：《西方美学史》（第三卷），中国社会科学出版社2008年版。

［美］乔治·贝克：《戏剧技巧》，余上沅译，中国戏剧出版社2004年版。

叶朗:《美在意象》,北京大学出版社2010年版。

邓运佳:《川剧艺术概论》,四川省社会科学院出版社1988年版。

李远强:《新时期四川戏剧文学史论》,香港天马图书有限公司2001年版。

四川省川剧艺术研究院:《名家论川剧》,四川出版集团/四川人民出版社2007年版。

陈国福:《中国川剧》,成都出版社1993年版。

杜建华:《川剧》,四川人民出版社2007年版。

薛沐:《戏曲导演概论》,中国美术出版社1994年版。

［法］拉康:《拉康选集》,褚孝泉译,上海三联书店2001年版。

李祥林:《性别文化学视野中的东西方戏曲》,香港天马图书有限公司2001年版。

周企旭:《剧人论剧》,香港天马图书有限公司2002年版。

敏泽:《中国美学思想史》(第1—3卷),齐鲁书社1989年版。

郑家治、尹文钱:《李调元戏曲理论研究》,四川出版集团/巴蜀书社2011年版。

［荷］佛克马、伯顿斯编:《走向后现代主义》,王宁等译,北京大学出版社1991年版。

《粤剧大辞典》编纂委员会:《粤剧大辞典》,广州出版社2008年版。

戏剧学习资料汇编编辑委员会:《戏剧学习资料汇编》(1—9),中央戏剧学院1957—1960年版。

易红霞:《白云集》,中国戏剧出版社2004年版。

董健、胡星亮:《中国当代戏剧史稿(1949—2000)》,中国戏剧出版社2008年版。

［美］R. 韦勒克:《批评的诸种概念》,丁泓、余徵译,四川文艺出版社1988年版。

［日］波多野太郎:《粤剧管窥》,廖枫模译,《学术研究》1979年第5期。

周春生：《文艺复兴史研究入门》，北京大学出版社 2009 年版。

吴光耀：《西方演剧史论稿》（上、下），中国戏剧出版社 2002 年版。

郭秉箴：《粤剧艺术论》，中国戏剧出版社 1988 年版。

赖伯疆、黄镜明：《粤剧史》，中国戏剧出版社 1988 年版。

《戏脉流芳》编辑委员会：《戏脉流芳：广州粤剧团六十年剧本选》（第七辑），广州出版社 2012 年版。

江巨荣：《明清戏曲：剧目、文本与演出研究》，上海古籍出版社 2014 年版。

朱雯、张君川：《莎士比亚词典》，安徽文艺出版社 1992 年版。

［俄］瓦·康定斯基：《论艺术的精神》，中国社会科学出版社 1987 年版。

［俄］莫洛佐夫：《莎士比亚在苏联》，巫宁坤译，平明出版社 1953 年版。

［瑞士］费尔迪南·德·索绪尔：《索绪尔第三次普通语言学教程》，屠友祥译，上海世纪出版集团/上海人民出版社 2007 年版。

玉溪市花灯剧院/玉溪市艺术创作研究所：《花红灯亮六十春：玉溪市花灯剧团建团 60 周年（1952—2012）》，玉溪市艺术创作研究所 2012 年版。

余心：《欧洲近代戏剧》，商务印书馆民国二十二年版。

施叔青：《西方人看中国戏剧》，人民文学出版社 1988 年版。

田子馥：《东北二人转审美描述》，吉林文史出版社 2007 年版。

田子馥：《二人转本体美学》，时代文艺出版社 1996 年版。

杨朴：《二人转的文化阐释》，文化艺术出版社 2007 年版。

王玉文：《二人转辞典》，辽宁省丹东市群众艺术馆 1986 年版。

王兆一、王肯：《二人转史论》，时代文艺出版社 2002 年版。

耿幼壮：《倾听：后形而上学时代的感知范式》，北京大学出版社 2013 年版。

傅修延：《论音景》，《外国文学研究》2015 年第 5 期。

李伟民：《被湮没的莎士比亚戏剧译者与研究者——曹未风的译莎与论莎》，《外国语》2015 年第 5 期。

李伟民：《回到话剧审美艺术本体的外国戏剧改编——莎士比亚喜剧〈温莎的风流娘儿们〉》，《人文杂志》2015年第4期。

王肯：《吉剧》，《人民戏剧》1978年第12期。

钟嗣成、贾仲明：《录鬼簿正续编（新校）》，浦汉明校，巴蜀书社1996年版。

戴晓彤：《戴晓彤戏剧文学集》（上、下卷），河北出版传媒集团/河北教育出版社2012年版。

谢柏梁：《世界悲剧文学史》，上海文艺出版社1995年版。

王守仁、侯焕镠：《雪林樵夫论中西：英语语言文学教育家范存忠》，南京大学出版社2002年版。

余秋雨：《世界戏剧学》，安徽文艺出版社2014年版。

郑振铎：《郑振铎集》，中国社会科学出版社2004年版。

周信芳：《周信芳全集》（文论·卷一），上海文化出版社2014年版。

卢冀野：《中国戏剧概论》，世界书局中华民国二十三年版。

邓以蛰：《邓以蛰全集》，安徽教育出版社1998年版。

余上沅：《戏剧论集》，北新书局1927年版。

徐保卫：《凝望与倾听：戏剧理论家陈瘦竹》，南京大学出版社2000年版。

［英］威廉·燕卜荪：《朦胧的七种类型》，周邦宪、王作虹、邓鹏译，中国美术学院出版社1996年版。

刘炳善：《英汉双解莎士比亚大词典》，河南人民出版社2002年版。

刘炳善：《英汉双解莎士比亚大词典续编》，河南人民出版社2015年版。

虞尔昌：《文艺杂谈》，同济大学出版社1995年版。

彭镜禧：《发现莎士比亚：台湾莎学论述选集》，台北猫头鹰出版社2000年版。

彭镜禧：《细说莎士比亚论文集》，台湾大学出版中心2004年版。

尹锡南：《英国文学中的印度》，巴蜀书社2008年版。

冯品佳：《重划疆界：外国文学研究在台湾》，"国立"交通大学外文系 1999 年版。

［德］马克思、恩格斯：《共产党宣言》，人民文学出版社 1966 年版。

李伟民：《血泊与哲思相交织的空间叙事——莎士比亚悲剧〈泰特斯·安德洛尼克斯〉的演绎》，《外语教学》2016 年第 6 期。

王晓鹰、杜宁远：《合璧：理查三世的中国意象》，文化艺术出版社 2016 年版。

彭镜禧、陈芳：《背叛》，学生书局 2013 年版。

彭镜禧、陈芳：《天问》（改编自莎士比亚《李尔王》），学生书局 2015 年版。

［日］濑户宏：《莎士比亚在中国：中国人的莎士比亚接受史》，陈凌虹译，广东人民出版社 2017 年版。（附，濑户宏：《中国のッェイクピア》，日本松本工房出版社 2016 年版。）

中国莎士比亚研究会：《莎士比亚研究》（创刊号），浙江人民出版社 1983 年版。

中国莎士比亚研究会：《莎士比亚研究》（第 2 辑），浙江文艺出版社 1984 年版。

中国莎士比亚研究会：《莎士比亚研究》（第 3 辑），浙江文艺出版社 1986 年版。

中国莎士比亚研究会：《莎士比亚研究》（第 4 辑），浙江文艺出版社 1994 年版。

中国莎士比亚学会：《中华莎学》（第 1—9 辑），1989 年 2 月 23 日—2002 年 12 月 3 日。

中国莎士比亚研究会：《中国莎士比亚研究通讯》2011—2017 年第 1—7 期。

张泗洋、徐斌、张晓阳：《莎士比亚引论》（上、下），中国戏剧出版社 1989 年版。

朱光潜:《悲剧心理学:各种悲剧快感理论的批判研究》,人民文学出版社1987年版。

周兆祥:《汉译〈哈姆雷特〉研究》,香港中文大学出版社1981年版。

李慕白:《莎士比亚评传》,中华文化服务社民国三十三年三月版。

周越然:《莎士比亚》,商务印书馆民国十八年十月版。

郑正秋《新剧考证百出》,赵骥校勘,学苑出版社2016年版。

郦子柏:《导表演艺术论集》(上、下),中国戏剧出版社2011年版。

尹锡南:《印度比较文学发展史》,巴蜀书社2011年版。

李伟昉:《梁实秋莎评研究》,商务印书馆2011年版。

[英]莎士比亚:《莎士比亚诗全集》,陈才宇等译,浙江文艺出版社1996年版。

陈才宇:《古英语与中古英语文学通论》,商务印书馆2007年版。

龙迪勇:《空间叙事研究》,生活·读书·新知三联书店2014年版。

张生泉、王学明:《戏剧表演论》(上下册),上海远东出版社2015年版。

宫宝荣:《经典新论:莎士比亚逝世400周年纪念文集》,上海远东出版社2016年版。

后　　记

2018年早春3月，我所主持的国家社会科学基金项目"莎士比亚戏剧在中国语境中的接受与流变"（项目编号：12XWW005）终于以验收"优秀"获得了结项，令我欣慰的是，本项目在获得所有评审专家高度肯定的同时，被指出仍有若干不足。从而使作为项目主持人的我能够深入思考不足之处，继续修改完善。为此，我要衷心感谢这些匿名评审专家渊博的学识和独到的学术眼光，使我认识到应该精益求精的方向。芳菲永念，风雨灵根。吾观之，莎学研究，不离于真，谓之至人、至论，其益我者，更倍蓰于吾益也。正如夫擅论者，不凝滞于物而能与世推移矣。

为此，我不敢因为项目取得国家社会科学基金项目验收"优秀"的"结项证书"而有丝毫懈怠，而是仔细思考、咀嚼评审专家的意见，评审意见往往使我于冰融雪释之中得到更为深切的认知，使修订能够再次旁撼众家，择善而从，力求精心结撰《莎士比亚戏剧在中国语境中的接受与流变》一书，以期能在繁复的材料中梳理出中国莎剧的精义胜解，并在广求遗说、殚心诠解的前提下，以精练而蕴含深邃之妙语微言于归纳中，不断对这一项目进行了上百次的修订、增删，以期能为中国莎学做出一些切实的贡献。

2015年冬，当北京的第一场瑞雪纷纷扬扬以诗的潇洒飘落于天地之际，香山的红叶曼妙轻灵的舞姿在皑皑白雪的映衬下显得格外娇艳。飞雪迎春，红梅吐艳，借参加"香山国际学术研讨会"的机会，我携几位博士迎着寒风和树梢上不期滑落的红叶，在一派云起云飞、山水萧疏的清寒之中，踏访了香山正白旗街39号曹雪芹故居。站在曹雪芹著书的"黄叶村"前，我对这些挥斥方遒的青衿学子言，在莎学研究上"革命尚未成功，同志仍需努力"。

我勉励的是他们，激励的更是自己。近代以来，欧书译而白话盛，斯文已然多次焕变。文之工者，通乎神明，美必兼两；学人殚思著述，奇确圆畅。莎学东渐，研究尤为厚重，多姿多彩，给人以丰富的启迪、教化和艺术美之享受。"他山有砺石，良璧逾晶莹"。在衡文、论理、论剧、论曲之际，吾辈学人于落英纷然之际，读莎、译莎如坐春风，演莎、研莎悟学理，雪夜闻钟调冰弦，泪盈眸，实则一生爱好是天然。从世界文学的角度观察，莎士比亚之作以天地之化，雨露之润，雄视哲学、美学、文学、艺术、戏剧、文艺批评诸多领域，历经四百代而铸就其经典价值，乃为西方文学正典和源头之一，正所谓"经也者，恒久之至道"。

俱往矣，自近代以来，莎学与莎作研究已经成为外国文学众多学术门类、学术研究极为重要的领域，并在学科、学术研究中以"类例既分，学术自明，以其先后本末俱在"（郑樵，《通志·校雠略》）在神州大地蔚成风气。

本书的研究任务就是描述中国莎剧演变轨迹。本书遵循"美物者贵依其本，赞事者宜本其实"的学术精神，研究莎学、翻译莎书、阐释莎剧。我认为，在莎剧研究中，我们有与外国人不同的文化、视角和眼光，因此也就更独具莎学研究的中国特色和中国视角。因此，本书力求做到无论是"遵章合句，调有缓急"的宏观"总述"，还是每章中详细深入的具体莎剧研究"分述"与梳理，均力争做到穷古今之简篇，入字里与行间，究心莎学、莎剧在中国的特殊语境中的与舞台艺术呈现。在探讨中国莎剧主要特色，彰显其艺术特点，美学品格的基础上，力求以会通的全方位、多角度深入而细致地梳理与挖掘，在繁称博引之中，循理求道，条析文理、剧理，逐类而长，可谓将莎剧置于我国对特定时期传播大背景中，突出中国莎剧的独特艺术魅力和美学品格，从而充分展示中国莎学界近二百年来对莎士比亚戏剧的认知。

我中华地处亚东，神山屹屹，大江环之，五州钟奇，四海汤汤，自晚清海通以来，莎学东渐。自域外莎学东渐以降，我国文士眼界洞开，而炎黄学界则于源流实繁之中，指点江山，激扬文字，征文考献，从"总括群篇，撮其指要"，到"辨章学术，考镜源流"，携欧风美雨，论莎、谈艺、析理之作，旨在讲好、讲顺、讲通莎士比亚的中国故事。纵横华夏莎学，论者译者语流百年，论如析薪，玄风遗韵，将莎学不期文而文之哲学与伦理、社会与文艺、文学与美学、心理与精神、文本与舞台之神理，融会于心，下笔抒词，读而品之，歌而论之，译（易）而戏之，论而解之、化之，自然互备、互见、互识、互释、互文而互彰，而外师造化，中得心源，则中华莎学神气出矣。

莎士比亚处于欧洲文艺复兴末期，其人文主义思想既汲取了前人的思想精华，又具有鲜明的时代特点和个性特征。莎剧中众多的人物，血肉丰满、栩栩如生，尤其是主要角色，人各一面，形象、性格鲜明突出，正如黑格尔所言，"每个人都是一个整体，本身就是一个世界"。莎士比亚在塑造人物、突出人物个性的同时，竭力给他（她）们注入思想的血液，融入时代的精神，使之上升为具有恒久认识价值和审美意义的典型形象。

莎士比亚同时代剧作家，执剧坛牛耳者本·琼生称誉威廉·莎士比亚是"时代的灵魂"，说他"不属于一个时代而属于千秋万代"。大诗人弥尔顿对莎士比亚敬佩至极，弥尔顿在诗中惊叹"他，一个贫民的儿子，登上艺术宝座，创造了整个世界"。英国古典主义著名作家德莱登心悦诚服地认为"莎士比亚有一颗通天之心，能够了解一切人物和激情"。19世纪，浪漫主义和现实主义文学兴起后，莎士比亚风靡整个欧洲，雨果、司汤达等人在和古典主义斗争中，高举莎士比亚旗帜，信服莎士比亚人文主义精神，把他奉为神明，认为他是浪漫主义和现实主义的最高典范。巴尔扎克、狄更斯、雪莱、普希金、屠格涅夫等都以莎士比亚为榜样。普希金认为莎士比亚具有一种与人民接近的伟大品质。杜波罗留波夫把莎士比亚看作"黑暗王国的一线光明"，说他指出了人类发展的新阶段，是人类认识最高阶段的代表。别林斯基对莎士比亚更是无限崇拜。他认为：这位神圣而崇高的莎士比亚可谓"天地之道备于人，万物之道备于身，众妙之道备于神"的哲人。莎士比亚在马克思心目中占有独一无二的显要位置，没有任何作家可与之相比。马克思和燕妮在绿波荡漾的莱茵河边时常吟诵莎士比亚美妙的诗剧。莎士比亚是马克思科学研究过程中从始至终的最好伴侣。

威廉·莎士比亚的名字在19世纪30年代进入中国。当时，泱泱神州正处于列强瓜分、民族危难的历史巨变时期，欧风美雨之中，传统的中华文化面临陌生的时代巨浪和西方文化、价值观念的猛烈撞击，东方古华夏被这种撞击后所产生的巨响所惊醒。睁眼看世界，西方文化如潮水般涌向这块古老的神州，时代的发展孕育着新旧的更替，文化价值观念的嬗变催生新思想、新戏剧的产生，域外文豪的引进促使了文艺、戏剧在内容与形式上的变革，中西文化的交融、交锋打开了人们禁锢已久的思想，开创了崭新的中国现代文化、文学和戏剧。莎士比亚就是其中杰出的代表。莎士比亚的名字随着一些西方思想家、文学家的名字第一次登陆中国，为20—21世纪中国对莎士比亚全面介绍、翻译、演出、研究奠定了基础。

1904年《大陆》杂志刊登了《希哀苦皮阿传》（即莎传）。莎剧介绍到中国来，以上海达文社用文言文译，题名为英国索士比亚著的《澥外奇谭》为最早。1904年出版了林纾、魏易合译的《英国诗人吟边燕语》。在戏曲文学和表演艺术方面有很大贡献的清末民初的京剧改良家汪笑侬第一次以诗体的形式对莎剧进行了评论。晚清思想界的几位代表人物——严复、梁启超以及稍后的鲁迅、李大钊都在著作中提到莎士比亚的名字。梁启超将Shakespeare定名翻译为莎士比亚，从此沿用至今。1921年田汉发表了《哈孟雷特》，这是中国第一个以白话形式翻译的莎剧。作为一个戏剧家，田汉撰写的《莎士比亚剧演出之变迁》探讨了莎剧演出、莎士比亚时代的剧场、舞台、演出情况，尤其是对莎剧如何在舞台上演出，文本与舞台，演员在演出中的作用等关系强调了表演对于莎剧的重要性。这标志着国人对莎士比亚认知的根本转型。

朱生豪翻译莎士比亚之所以能够取得如此重大的成功，其重要原因就是他的诗人气质，正是这种诗人素质沟通了两颗伟大的心灵，融合了两个民族语言艺术天才之间的时空阻隔，隐约的世界向我们敞开了心扉。朱生豪译莎取得巨大成功最根本的原因，是他的爱国思想。莎剧是诗剧，朱生豪以他诗人般的气质和他所具有的中国古典诗词修养成就了莎剧翻译的豪举。朱生豪译莎追求的是"神韵""意趣"，以"诗情"译莎，反对"逐字逐句对照式硬译"，以文字的妥帖流畅而言，具有无可替代的美学价值。朱译本因此也成为舞台演出最常用的剧本。

梁实秋一人独立翻译了《莎士比亚全集》，而且堪称20世纪20年代至1949年中国撰写莎评最多的人。梁实秋始终强调莎士比亚首先是一个戏剧家，如果在译莎时心里没有戏剧，那么是译不好莎剧的。梁实秋认为："莎士比亚的剧本，是演员用的，不是为人读的。"他认为如果不把莎士比亚当作戏剧来翻译和演出，我们对莎士比亚的认识就是不完整的。

1986年，在首次中国莎士比亚戏剧节期间，25台莎剧争奇斗艳、蔚为大观，以至国际莎协主席布洛克·班克感慨地惊呼："莎士比亚的春天在中国。"'94上海国际莎剧节在上海隆重开幕，英国莎剧、德国莎剧、中国话剧莎剧、中国戏曲莎剧令国人眼前一亮；2016年国际莎士比亚戏剧节（第三届中国莎士比亚戏剧节）在上海举行，国内外18个剧团的莎剧演出和国际学术研讨会彰显出中国举办莎剧演出的国际化程度与中国莎学研究的国际影响力。近年来，国际莎协主席Peter Holbook、原国际莎协主席Jill Levenson，以及著名莎学研究专家原国际莎协主席David Bevington相继来华参加中国莎学研讨会，中国莎剧以其民族艺术形式对经典的诠释给他们留下了难以忘怀的印象。近年来，多名中国学者入选国际莎协执委和国际莎学通讯委员会委员。多位中国学者在国际重要莎学研究刊物《莎士比亚年鉴》《莎士比亚季刊》和《多元文化莎学》上发表了莎学论文，莎作译本、莎学专著出版，莎剧演出蔚为大观，中国唯一的莎学刊物《中国莎士比亚研究》连续出版，汤显祖与莎士比亚、塞万提斯戏剧节和学术研讨、中国莎剧的国外巡演和交流，均引起了国际莎学界的高度关注。

莎剧中的人物性格不是单一的，而是由多种要素构成的，甚至这些要素有时还是相互对立的，但莎士比亚却用生花妙笔把他们完美地糅合在一起，艺术地建构出多重性格的审美结合体。在莎剧研究中，我们既可以对莎剧演出的历史、现状、形式、热点、重点、成绩、问题、观点、学派、趋势和方向做出客观的梳理和评析，又可以对体现中国特色的莎剧进行分析、评价、比较。

环顾东渐以来莎士比亚，尤其是近年来的莎剧演出与研究，可谓文华出于沈思，义归乎文艺批评之藻。极目回首，秋水佩兰，寒香雅集。云影夕阳对青山，春雨如酥梦酒酣，神州良多握瑜怀玉之士在其导表演和批评中以人文精神为士林命脉，洗涤心源，独立物表，于弦歌红梅之际，遥听春歌人已醉，或写实于直抒胸臆，或写意于西体中用，或写实与写意结合于潇湘水云、晚钟流水、烽火硝烟之间比较工雅，或于华美锱铢之间窥其堂奥，或于舞台内外匡发心性，或指出其文之质其剧之理，其人之性。

莎剧研究贵在论有实据而理无定形，经籍英华，尽在于是，研究应以运思之密，识断之精，"疾虚妄"的"客观"态度钩沉发覆，通其殊变，方能在众多新异中追溯资料来源，查勘学术承受融会之迹，补辅嗣之阙漏，评其得失利病，因此在研究中我力避凿空躭缪之论，为了得观莎剧，不避繁难，老老实实地殚思著述，力求达到奇确圆畅，美必兼两。有时观看一部莎剧竟然达到了十多次。

为此，我特别怀念我亲爱的父母，父亲与岳父离开我们较早，而我们却经历了母亲一天天的老去。母亲陈漪芳和岳母柏令珍，她们都是极为平凡的母亲，也是我们伟大和敬爱的母亲。每当想起我在重庆的寓所反复观看莎剧，无数次按下暂停键，忙于品味剧情、记录剧词时，两位母亲仍然报以宽容的微笑，甚至兴致勃勃地一起陪我观看，丝毫没有怨言。

2017年年末和2018年初夏，两位母亲相继永远离开了我们。我至今仍然清晰地记得，时年已经94岁高龄，永远乐观豁达、衣襟永远整洁、头发永远一丝不乱、脊背永远挺直的岳母仍一如既往地关心我的莎学研究，每次见到我时，都会问："你的项目进行得怎么样了？书什么时候能出版啊？"

后 记

寒来暑往,伴着春风、夏荷、秋叶和冬雪,这句话一问就是六年,对我来说,这真是莫大的鞭策啊!也就是这一天,先是听到诗人余光中逝世的消息,随后就得到岳母仙逝的噩耗,我不禁泪如雨下。

我的母亲离开我们了,但母亲生前就做出了一个重大决定,回归带来生命与灵感的大自然。今天回想她的这一重要决定,我不禁肃然起敬。

面朝大海,春暖花开,临波涛滚滚的长江和嘉陵江交汇的五彩分界线,芳华永驻,让父亲沐浴在生命的挚爱中得到美之升华,母亲也要追随父亲,让大海,涌入心房,回到那浩瀚无垠、雄奇壮阔的大自然中去。

巍巍乎若高山,荡荡乎若流水,回眸在获得国家社会科学基金项目"莎士比亚戏剧在中国语境中的接受与流变"项目以来,整整六年多,我不敢稍有懈怠,默默体味亲人的鼓励,母亲们为我做出的无私奉献,以及亲人、学界朋友慷慨大度的帮助与学术思想的互相启迪与激荡。目睹世相的龌龊、丑陋、邪恶,佞人、小人的虚伪、自私、阴险、邪恶,联想到莎剧中的各色人物,真是感慨万千啊!

人世间有多少苦难,莎剧中就有多少泪水;世界上有多少种真情,莎剧中就有多少种幸福;社会上有什么样的人物,莎剧中就有什么样的角色,生活中有多少虚假与背叛,莎剧中就有多少次变脸!生旦净末丑,风水轮流转,人生聚散,悲欢离合,从这一意义上说,这个项目尽管是"莎学研究领域"所获得的国家社会科学基金"优秀"结项成果,但是,这个项目、这本专著未尝不是一本"忧世伤生"、人生"忧患之作"也。

清人姚振宗说,学术撰著"言其精则六经传注之得失,诸史记载之异同,子集之支分派别各具渊源"。而本书也力争在宏观与微观相结合的同时,更注重在采获鲜资中通过具体莎剧的深入阐发,把衡文、衡剧、论理、论艺熔于一炉,研究思想设定为,"总括群籍,撮其指要",辨章学术,考镜源流,条析个案,以精邃审美之思,治深美之籍、之剧思想为指导。写作中旁搜远绍,博致众议,统斯文之条贯,诏学者以知方,达到知其所以然的目标。同时在条举疑难,将散漫条理之,幽隐阐扬之,义理明晰之,详细梳理而广征解析中国莎剧的美学思想和艺术精神，以期能宣昭莎学士林。研究力争以文华出于沈思，义归乎文艺批评之藻的创新意识，达到阐发微远、微言之旨的初心，以对中国莎剧做出较为深入的阐发。

在近两个世纪以来的中国莎学研究中，这一领域汇聚了众多的资深学者，其中不乏高才雅杰之士与学有专长的学术新锐，可称广集闳识方闻之士，他们以斫轮之手，征文考献，以察莎剧时变，以化异域经典之愿，推勘精密，在推考解析中发扬涉然而精之学术精神。同时也综合了各种大相径庭的观点和妙论，可谓新见迭出，文章衔华而佩实，启牖良深，丰富了莎学研究学科。在学术研究中，学术同行以思积而满乃有异观溢出，方法创新、理论阐释以及资料运用等辩证观点，以详雅有度之阐发，笔扫屈曲尽意而言无不达之论多所发明，不时给吾以丰富之启示与借鉴，尤其是莎学前贤的研究，往往使吾辈学人于落英纷然之异域原野，犹如沐浴着春风暖阳。此项目得以完成，我常怀一颗感恩之心，我要感谢学术界的朋友、学术期刊的厚爱，使得前期成果能够问世，同时还要特别感谢中国社会科学出版社郭晓鸿主任、责任校对冯英爽老师为本书出版所提供的指导与帮助。

从中国莎学研究的历史，展望中国莎学的光明未来，我们应该清晰地意识到，在莎学研究学术领域，当我们以他山之石攻东方之玉之际，我们实际已经进入了"后莎士比亚400时代"。

纵观吾中华的优秀古典戏剧，有众多戏剧都可以和莎剧比肩，可谓各擅胜场，各有其妙其美。"东海西海，心理攸同；南学北学，道术未裂"（钱锺书，《谈艺录》），新时代已经对我们如何理解、阐释、演出、传播莎剧发出了新的召唤。在北京香山的白雪与红叶中，沿着"曹雪芹小道"，我看到纪念曹雪芹的巨幅宣传牌在晶莹的雪花和红梅的映衬下显得格外耀眼。曹雪芹《咏红梅花》一诗不禁浮上心头，"桃未芳菲杏未红，冲寒先已笑东风。魂飞庚岭春难辨，霞隔罗浮梦未通。绿萼添妆融宝炬，缟仙扶醉跨残虹。看来岂是寻常色，浓淡由他冰雪中"。在文学艺术的百花园中，莎士比亚、汤显祖和曹雪芹可谓穿越世纪的风雪，照眼而至，常笑东风。"春恨秋悲皆自惹，花容月貌为谁妍",《红楼梦》第二十三回《牡丹亭艳曲警芳心》描写了黛玉听唱《牡丹亭》曲文后心事盈胸,"原来戏上也有好文章",不禁心动神摇,如醉如痴,细嚼"只为你如花美眷,似水流年",不觉心痛神驰。

通过莎剧研究,吾时常勉励自己,研究应以前贤为榜样,只有兼蓄新质,方能长存故美。因为,文之为德本于道,吾辈论者亦应时时以,仁以任己,斯之唯宏,心心念念打通西学中学、话剧与戏曲、写实与写意,才能每至会心之际,以叙事论理之文,哲理辩难之思,使吾辈涣然冰释在莎学、西方莎剧、中国戏曲研究领域。吾辈学人更应避免各种干扰,面对纷纷攘攘的大千世界保持学术定力和赤子之心。

秋雨动琴音,轻烟笼碧山,雁渡寒潭,蜀韵雅集,去物才可从心,"文者,言乎志者也",君子使物,不为物使。在一盏清茶中静心赏一部莎剧,在丝竹管弦中聆一曲莎韵,在唱念做打中悟人生哲理,悠然于遐想和思绪的飞跃,这是一种境界。莎剧中的人文主义理想与文化精神、文化价值早已超越了民族、文化和国界,在当今时代仍然深刻影响着人类的精神生活与物质生活。

李伟民

2018 年 8 月 20 日